Pablo Neruda
Das lyrische Werk
Band 2

Pablo Neruda
Das lyrische Werk
Band 2

Die Trauben und der Wind
Elementare Oden
Neue Elementare Oden
Drittes Buch der Oden
Extravaganzenbrevier

Herausgegeben von
Karsten Garscha

Luchterhand

Mixed Sources
Product group from well-managed
forests and other controlled sources
www.fsc.org Cert no. SGS-COC-2452
© 1996 Forest Stewardship Council

Verlagsgruppe Random House FSC-DEU-0100
Das FSC-zertifizierte Papier *Profil Publish Spezial* von Drewsen
für dieses Buch liefert Papier Union.

Satz: Uhl + Massopust, Aalen
Druck und Einband: Druckerei C.H. Beck, Nördlingen

Printed in Germany
ISBN 978-3-630-87316-9

www.luchterhand-literaturverlag.de

Die Trauben
und
der Wind
(1954)

Prolog

HÖRT MICH AN

Unstet zog ich umher, singend
zwischen den Trauben
Europas
und unter dem Winde,
unter dem Winde Asiens.

Das Beste der Leben
und des Lebens Stoff,
die irdische Süße,
den lauteren Frieden
brachte ich, umherirrend, ein,
brachte ich ein.

Eines Landes Bestes
und eines weiteren Landes
rühmte ich mit meinem Mund
durch meinen Gesang:
die Freiheit des Winds,
den Frieden unter den Trauben.

Feinde
schienen die Menschen,
aber das gleiche Dunkel
hüllte sie ein,
und ein einziges Licht war,
das sie weckte:
das Leuchten der Welt.

Ich trat in die Häuser, da
sie aßen am Tische,
aus den Fabriken kamen,
lachten oder weinten.

Alle waren sie gleich.

Alle hatten Augen,
zugewandt dem Licht, und suchten
den Weg.

Alle hatten sie einen Mund
und sangen
dem Frühling entgegen.

Alle.

Darum
suchte ich zwischen den Trauben
und im Wind
der Menschen Bestes.

Und nun hört mich an.

I

Die Trauben Europas

EINZIG DER MENSCH

Ich überquerte die feindlichen
Cordilleren,
zwischen den Bäumen hindurch ritt ich zu Pferd.
Der Humus hat
auf dem Boden
seinen tausendjährigen Teppich belassen.

Die Bäume berühren sich in der Höhe
in wogender Einheit.
Unten ist dunkel die Wildnis.
Ein rascher Flug, ein Schrei
queren sie,
die Vögel der Kälte,
die Füchse mit elektrischem Schweif,
ein großes Blatt, das niederfällt,
und mein Pferd betritt den weichen
Pfühl des schlummernden Baums,
doch unter der Erde
kennen die Bäume wieder
einander und berühren sich.
Die Wildnis ist menschenleer,
von Düften ein einziger Schwall,
eine einzige Wurzel unter der Erde.

Die Stacheln zerbissen mich,
die harten Steine schlugen meinem Pferd Wunden.
Es einzusingen und einzuschläfern, suchte der Frost
unter meiner zerfetzten Kleidung mein Herz.
Die Flüsse, die vor meinen Augen
entsprangen, stürzten jählings herab
und wollten mich töten.
Plötzlich, ein Baum versperrte den Weg,
als habe er
zu laufen begonnen und ihn

die Selva
da gestürzt, und dorten lag er
mächtig wie tausend Männer,
mähnenbehangen,
insektenwimmelnd,
regenverfault,
doch seit seinem Tode
wollte er mich aufhalten auf meinem Weg.

Ich durchbrach den Baum,
zerschlug mit der Axt ihn,
streichelte seine Blätter, die wie Hände schön,
berührte die machtvollen
Wurzeln, die weit mehr noch als ich
die Erde kannten.
Ich überwand den Baum,
kreuzte die Flüsse all,
der Wogenschaum trug mich davon,
die Steine belogen mich,
die grüne Luft, die Minute um Minute
Kostbarkeiten erschuf,
versengte die Wimpern mir.
Ich bezwang die hohen Cordilleren,
denn mit mir war ein Mann,
ein anderer Mann, ein Mensch
begleitete mich.
Nicht folgten die Bäume mir nach,
noch begleiteten mich die taumelerregenden
Wasser, die mich töten wollten,
noch das dornige Erdreich.
Einzig der Mensch,
nur der Mensch war bei mir.
Nicht die Hände des Baums,
wie Antlitze schön, nicht die ehrwürdigen
Wurzeln, die die Erde kennen,
halfen mir.

Einzig der Mensch.
Weiß nicht, wie er heißt.
Er war so arm wie ich, hatte
Augen, den meinen gleich, und mit ihnen
fand er den Weg,
auf daß der andere Mensch hinübergelänge.
Und hier bin ich.
Darum blieb ich am Leben.

Ich glaube,
daß nichts uns zusammenführen wird
in Himmelshöhen.
Ich glaube,
daß unter der Erde nichts uns erwartet,
doch auf der Erde
gehn wir zusammen.
Unsre Gemeinsamkeit lebt auf dieser Erde.

II DER STROM

Ich fuhr ein in Florenz. Es war
Nacht. Ich erbebte, da ich, halb schlafend,
lauschte, was der liebliche Fluß
mir erzählte. Weiß nicht,
was die Bilder besagen, nicht, was die Bücher
(nicht alle Bilder, nicht alle Bücher,
einige nur),
aber ich weiß, was alle
Ströme sagen.
Sie reden die gleiche Sprache wie ich.
In den urwilden Himmelsstrichen
spricht der Orinoco zu mir,
und ich verstehe, begreife
Geschichten, die ich nicht wiederholen kann.

Geheimnisse gibt es von mir,
die davongetragen der Strom,
und um was er mich bat, ich werd es erfüllen
allgemach auf Erden.

Damals erkannte ich in des Arno Stimme
uralte Worte wieder, die suchten meinen Mund,
wie einer, der niemals die Honigsüße kennengelernt
und findet, daß ihre Köstlichkeit ihm bekannt.
Also lauschte ich den Stimmen
des Stromes von Florenz,
als ob man mir vor meinem Kommen gesagt,
was ich zu dieser Stunde vernahm:
Träume und Schritte, die mich vereinten
der Stimme des Stroms,
Geschöpfe voll regen Lebens.
Würfe des Lichts in der Menschheitsgeschichte,
wie Leuchten entflammte Terzette
Brot und Blut sangen
mit des Wassers nächtlicher Stimme.

III DIE STADT

Und als ich im Palazzo
Vecchio,
schön wie eine Agave aus Stein,
die abgenutzten Freitreppen aufstieg,
durchschritt ich die antiken Gemächer,
und mich zu begrüßen, erschien
ein Arbeiter,
Oberhaupt der Stadt, des alten Stromes,
der wie in Mondstein geschnittenen Häuser,
ich war nicht überrascht:
die Majestät des Volkes regierte.

Ich erblickte hinter seines Mundes Wort
die schimmernden Fäden
der Fülle der Gobelins,
die Malerei, die aus diesen gewundenen Gassen
hervortrat, die Blüte der Schönheit zu weisen
allen Straßen der Welt.
Die nie endende Kaskade,
die der hagre Dichter von Florenz
hingleiten ließ unentwegt
und nicht versiegen durfte,
denn aus rotem Feuer gemacht und grünem Wasser
sind ihre Silben.
Alles nahm ich wahr hinter
seinem Arbeiterkopf. Aber hinter ihm
war nicht die Glorie
der Vergangenheit, ihr Glanz:
die Schlichtheit war es der Gegenwart.
Wie ein Mann
vom Webstuhl oder der Pflugschar,
aus der dunklen Fabrik, so
stieg er die Treppenstufen aufwärts
mit seinem ganzen Volk,
und im Palazzo Vecchio, ohne Seide und ohne Degen,
war das Volk; derselbe,
der durchschritten mit mir die Eiseskälte
andinischer Cordilleren,
hier war er. Im selben Augenblick
hinter seinem Haupte
sah ich den Schnee,
die gewaltigen Bäume, die in der Höhe vereinten,
und hier, auf dieser Erde,
empfing er mich
mit einem Lächeln von neuem
und gab mir die Hand,
die gleiche,
die mir den Weg gewiesen

dort in den eisenhaltigen fernen
Cordilleren, den feindseligen, die ich bezwang.
Und hier war es nicht der Stein,
verwandelt in ein Wunderwerk, nicht das Licht,
das erschaffende, noch die blaue Gabe der Malerei
oder die Stimmen des Stromes all,
die mir das Bürgerrecht verliehen
der alten Stadt aus Stein und Silber,
sondern ein Arbeiter, ein Mensch
wie alle Menschen.

Darum glaube ich
in jeglicher Nacht an den Tag,
und wenn ich dürste, glaub ich an das Wasser,
denn ich glaube an den Menschen.
Ich glaube, daß wir aufwärts steigen werden
die letzte Stufe der Treppe.
Und von dort werden wir schauen
die Wahrheit ausgeteilt,
die Einfachheit eingepflanzt auf Erden,
Brot und Wein für alle.

IV DIE UMLEITUNG DES STROMES

Es war im rumänischen Sommer, grüner
Stahl der Fichtenwälder bis hin zum Meer,
und hin zum Meer, sah ich, vollendete ein Strom den Lauf:

die gelbe Donau Rumäniens.

Aber nicht aus eigenem Willen
floß der Strom dahin,
sondern der Mensch hatte ihm den Weg gebahnt.
Vorwärts trieb ihn der Mensch,
griff mit gewaltigen Händen ihn an,
die die Erde durchstachen.
Ein veilchenblaues Rauchgezweig
das Dynamit erhob.
Es erbebte
die Flanke des Stroms, und er floß dahin.
Aufbrach er zu anderen Regionen.
Ohne es zu wollen, wälzte die Flut sich,
sandige Erden befruchtend,
Frucht gebärend und Korn.

Es war nicht des Stromes Wille,
doch in den Rücken stieß ihn
der Mensch,
er peitschte seine Kruppe,
schlug seine schäumenden Wogen,
bändigte und besiegte ihn,
und zu anderen Küstenstrichen aufbrach der Strom
und mit dem Strom das Leben.

Ich sah die Jungen, schmutzig
von Pulver und Schweiß, winzig
angesichts der feindseligen unfruchtbaren Erde,
voller Stolz und winzig klein
brachen sie dem Strom die Bahn
und zeigten mir das künftige
Kraftwerk, da
in jenen finstren Gebreiten
das Wasser Licht spenden wird.
Ich sah sie, rührte sie an. Ich glaube,
die großen Götter von einst
glichen den lächelnden Kindern,

die den gelben
Lauf des Stromes lenkten,
auf daß aufgingen auf Erden
morgen die neuen Trauben.

V DIE FRÜCHTE

Milde grüne Oliven von Frascati,
wohlgestalten wie makellose Brüste,
kühl wie des Ozeans Tropfen,
zusammengeballtes erdhaftes Sein!

Von der alten besungenen
umgebrochenen Erde
empfangt ihr Vergänglichen
und Wiedererstehenden, immer wiederkehrend
und neu, ihr Olivenhaine
der dürren Erde Italiens,
dieses edlen verschwenderischen Leibes,
der durch allen Schmerz hindurch
immerfort Köstlichkeit gebäret,
empfangt ihr in jedem Frühling
aus dem nämlichen Baustoff
der Menschenwesen,
aus der gleichen Materie
unserer Ewigkeit neues Leben.
An jenem Tag, da alles,
die Olive, der junge Wein,
das Lied meines Freundes,
meine ferne Liebe,
die feuchte Erde,
so einfach war,
so ewig
wie das Weizenkorn,

empfing mich dort, in Frascati,
wo die Mauern durchlöchert
vom Tod
und in den Fenstern die Augenhöhlen des Krieges,
dennoch der Friede
mit einem Geschmack von Öl und Wein,
während alles wie das Volk natürlich war,
das mir darbrachte
seinen grünen Schatz:
die kleinen Oliven:
Frische, reines Arom,
köstliches Maß,
Fruchtstiel des blauen Tages,
irdische Liebe.

VI DIE BRÜCKEN

Ihr neuen Brücken Prags, ihr wurdet erschaffen
in der alten Stadt, Rose und Asche,
auf daß der neue Mensch
überschreite den Strom.
Tausend Jahre verheerten die Augen
der steinernen Götter,
die von der alten Karlsbrücke her
die vergangenen Menschenleben
kommen sahen und gehen und nicht wiederkehren,
und von der Mala Strana die Füße, die nach Mähren
hinstrebten, die schweren
Schritte der Zeit,
des alten Judenfriedhofs Füße
gingen und tanzten über die Brücke
unter zwanzig Schichten Zeit und Staub,
während aus dem Vergangenen
hinflossen die rauchfarbenen Wasser zum Stein.

Moldau, allgemach
nahmst du Gestalt an,
graue Gestalt eines Flusses, der hinstarb
mit seiner alten Eisenkrone auf der Stirn,
plötzlich jedoch schüttelt
deine Füße und deine Knie
der Wind der Geschichte,
und du singst, o Strom, und tanzest und ziehst dahin
eines neuen Lebens voll.
Die Fabriken gehen auf andere Art.
Des Volkes vergessenes
Bild in den Fenstern,
es lächelt und grüßt,
und hier sind nun
die neuen Brücken:
Helle überflutet sie,
einlädt ihre Geradheit
und spricht: »Vorwärts, mein Volk,
all den Jahren, die kommen, entgegen,
allen Äckern des Korns entgegen,
dem schwarzen Schatz der Mine,
dem unter alle Menschen verteilten, zu.«

Und vorbei fließt der Strom
unter den neuen Brücken,
mit der Geschichte
lichte Worte singend,
die erfüllen werden die Erde.

Nicht mehr Füße sind's von Invasoren, die
die neuen Brücken queren, noch die grausamen Karren
des Hasses und des Kriegs:
kleine Kinderfüße sind es, feste
Arbeiterschritte.
Über die neuen Brücken
gehst du, o Frühling,

mit deinem Korb voll Brot und deinem frischen Gewand,
während der Mensch, das Wasser, der Wind
singend erblühen.

VII PICASSO

In Vallauris haben sie
in jedem Haus einen Gefangenen.
Es ist der immer gleiche.
Es ist der Rauch.
Zuweilen hüten ihn
Väter mit weißen Brauen,
haferfarbene Mädchen.
Gehst du vorüber,
bemerkst du, die Hüter
des Rauchs
sind eingeschlafen,
und durch die Dächer inmitten zerborstner Gefäße
ein blaues Gespräch ist
zwischen Himmel und Rauch.

Aber an der Stätte, wo das Feuer
in Freiheit wirkt
und der Rauch eine Rose ist von Teer,
die die Wände geschwärzt,
dort ist Picasso
inmitten der Linien und der Hölle
mit seinem Brotklumpen Lehm,
ihn brennend
und glättend und brechend,
bis der Lehm Hüfte geworden,
Brust der Sirene,
Gitarre aus taufeuchtem Gold.
Und alsdann

fährt er mit einem Pinsel darüber,
und es erscheint der Ozean
oder die Weinlese.
Der Lehm bringt seine verborgene Traube hervor,
und schließlich erstarrt seine bemalte Hüfte.
Dann kehrt Picasso zurück in sein Atelier.
Die kleinen Zentauren, die ihn erwarten,
wachsen auf und stürmen herbei.
Das Schweigen kam
in den Eutern
der Ziege aus Eisen zur Welt.
Und abermals tritt Picasso
in seine Höhle, oder er kommt heraus und läßt
geritzte Wandungen zurück,
rote Stalaktiten
oder der Zeugung Spuren.

Und während der folgenden Stunden
spricht er mit dem Barbier.

VIII EHRENBURG

So viel zottige Hunde,
winzige Schnauzen mit glänzender Spitze,
hinter einem Möbel Schwänze;
und plötzlich mehr Haare noch,
graue Strähnen, Augen
älter als die Welt,
und eine Hand
auf dem Papier,
den Frieden einsetzend,
Legenden vernichtend,
Feuerfunken verschüttend und pfeifend,
oder einfach von Liebe redend

mit dem Zartgefühl
eines armen Bäckers.
Das ist Ehrenburg.
Das ist sein Haus
in Moskau.
Ach, wie oft,
umschlossen von seinem Haus,
meinte ich, es habe keine Wände.
Dort zwischen vier Wänden
dringt der Strom des Lebens,
der menschliche Strom
ein und fließt wieder hinaus, Leben
zurücklassend, Begebenheiten,
Kämpfe,
und der alte Ehrenburg,
der ewig junge Ilja,
nimmt hier und dort
Fragmente auf, Funken,
Wogen, Küsse, Hüte,
und verarbeitet es
wie ein Zauberer.
Alles wirft er in seinen Schmelztiegel
Tag und Nacht.
Dort entstehen Metalle,
gelingen rote Schwerter,
große Brote von Feuer,
gehen Wogen des Zornes hervor,
Banner,
Waffen für zwei Jahrhunderte,
Eisen für Millionen,
und er ganz ruhig,
struppig
mit seinen grauen Haarsträhnen,
rauchend und übersät
von Asche.

Von Zeit zu Zeit
verläßt er den Schmelzofen,
und wenn du glaubst,
er wird dich niederdonnern,
siehst du ihn lächelnd
einhergehn
in den zerknittertsten Hosen der Welt:
Er geht einen Jasminstrauch pflanzen
vor seinem Landhaus,
er macht ein Loch in die Erde,
steckt die Hände hinein,
und, als ob sie aus Seide wären,
behandelt er die Wurzeln,
er bedeckt sie mit Erde,
begießt sie,
und dann mit kleinen Schritten,
voller Asche, Lehm und Blätter,
mit Jasmin und mit Geschichte,
mit allen Dingen der Welt
auf den Schultern
geht er rauchend davon.

Willst du etwas über Jasmine wissen,
schreibe ihm einen Brief.

IX WORTE AN EUROPA

Ich, Amerikaner der kargen Erdstriche,
der metallischen Hochplateaus,
wo des Menschen Schlag gegen den Menschen
sich dem der Erde gegen den Menschen gesellt.
Ich, unstet irrender Amerikaner,
Waisenkind der Ströme und der
Vulkane, die mich zeugten,

sage euch, ihr schlichten Europäer
der krummen Gäßchen,
des Friedens bescheidene Eigner und des Öls,
ihr Weisen, friedlich wie der Rauch,
ich sage euch: ich bin hierher gekommen,
zu lernen von euch,
von diesem und jenem, von allen,
denn wozu diente mir
die Erde, wozu entstanden
das Meer und die Wege,
wenn nicht, um schauend einherzugehn und zu lernen
von allen Wesen ein wenig.
Versperrt mir nicht die Tür
(gleich den düsteren Toren meines mütterlichen
Spaniens, den blutbespritzten).
Weist nicht die feindliche Sense mir,
nicht die Panzerschwadron,
noch an den weiten Wegen, verwischt
von der Trauben Glanz,
den uralten Galgen für den jungen Athener.
Ich will keinen toten Soldaten sehn
mit zerfressenen Augen.
Weist mir von Land zu Land
des Lebens unendlichen Faden,
der das Kleid des Frühlings wirkt.
Zeigt mir eine Maschine, makellos
aus blauem Stahl unter dem schweren Öl,
bereit, vorzurollen in die Weizenfelder.
Zeigt mir voller Wurzeln das Gesicht
Leonardos, denn dieses Antlitz
ist eure Geographie,
und in den Bergeshöhen,
so häufig beschrieben und gemalt,
eure vereinten Fahnen,
die empfangen
den elektrisierten Wind.

Bringt Wasser der fruchtbaren Wolga
zum Wasser des goldenen Arno.
Tragt weiße Samen
der Auferstehung Polens herbei,
und von euren Weinbergen bringet
das süße und rote Feuer
zum Norden des Schnees!
Ich, Amerikaner, Sohn
der unermeßlichsten Einsamkeiten des Menschen,
kam, um von euch das Leben zu lernen
und nicht den Tod, und nicht den Tod!
Ich querte den Ozean nicht,
noch die tödlichen Cordilleren,
oder die wüste Pestilenz
der Verliese Paraguays,
um bei den Myrten zu sehen,
die einzig ich kannte
aus den geliebten Büchern,
eure Schädelhöhlen augenlos und euer getrocknetes Blut
auf den Wegen.
Zum uralten Honig bin ich und zum neuen
Glanz des Lebens gekommen.
Zu eurem Frieden und euren Türen,
zu euren angezündeten Lampen,
zu euren Hochzeiten bin ich gekommen.
Zu euren festlichen Bibliotheken
kam ich von weit.
Zu euren funkelnden Fabriken
kam ich, zu arbeiten eine Weile
und unter den Werktätigen zu essen.
In euren Häusern geh ich ein und aus.
In Venedig, in Ungarn, dem schönen,
in Kopenhagen werdet ihr mich sehn,
in Leningrad mich unterhalten
mit dem jungen Puschkin, in Prag
mit Fučik, mit allen Toten

und den Lebenden all, mit allen
jungen Metallen des Nordens
und den Nelken Salernos.
Ich bin der Zeuge, der kommt,
eure Wohnstatt in Augenschein zu nehmen.
Reicht mir den Frieden und den Wein.

Morgen zu früher Stunde gehe ich von euch.

Mich erwartet der Frühling
überall.

II

Der Wind über Asien

IM FLUG ZUR SONNE

Von den zerfurchten Weiten
des Nordens, Nordwestens flog ich
zum grünen und orangefarbenen Peking.
Unter mir im Fluge Yennan war
eine einzige gelbe Rinde
erzenen Mondes und der Leere.
Die Motore und der Wind,
die fliegende Sonne
grüßten die ehrwürdige Erde,
die Höhlen, aus denen
die Freiheit ihr Pulver nahm und häufte.
Schon waren die Helden nicht mehr
in den Narben der Erde:
Ihr hoher und freier
Same, er wuchs
weit verstreut und geeint.
Es glühte die dürre Haut
der Wüste Gobi, die Gebiete
mondhafter Grenzen,
das sandige Gezweig
deiner geräumigen Breiten, China,
bis der tiefe Flug
die Weiden erkennen ließ,
die Wasser, die Gärten,
und überraschend an deinem Ufer
Peking, antik und neu,
du mich begrüßtest. Dann,
als vereintest du
in einem lichten Kelch
der Wasser ganzes sanftes Rauschen,
hobst du entgegen mir
das ganze Leben deines Volkes:
Getön von Erde, Korn und Frühling,
Schritte auf den Wegen,

Straßen, bevölkert bis in die Unendlichkeit hinein,
die schrillen Pfiffe,
das Getöse des Stahls,
des Himmels Gewoge und der Seide.
Ich hob in meinem Pokal
deine zahllosen Leben empor
und das uralte Schweigen.

Es war das Geschenk, das du mir reichtest, Kraft
uralten Steines, der singt,
alten Stromes, der den jungen
Frühling fruchtbar macht.

Plötzlich sah ich
mit Blüten bedeckt und Früchten
den alten Baum der Welt.
Plötzlich hörte ich
des Lebens Strom
vorüberziehn, angefüllt und unbezwingbar
mit kristallnen Sprachen.
Ich trank aus deinem uralten Kelch
die harte Transparenz,
den neuen Tag:
Stern- und Erdarom schmolzen in eins
in meinem Munde. Ich erkannte unter den Gesichtern
dein Antlitz,
uralte und junge Mutter,
lächelnde,
in deinem Guerillakleid säend,
und beschützend das Korn
und deines Volkes Frieden
mit deinem wehrhaften Lächeln
und deiner Milde von Stahl.

II DER AUFMARSCH

Von Angesicht zu Angesicht aufmarschierte
vor Mao Tse-tung das Volk.
Es waren jene
Hungernden und Barfüßler nicht,
die niederstiegen einst
die Schluchten, die dürren,
in Erdhöhlen lebten,
die Wurzeln aßen,
und da sie niederstiegen,
waren sie stählerner Wind,
Yennans und des Nordens Wind aus Stahl.
Heute zog ein anderes Volk vorbei,
lächelnd und sicher,
voll Freude und entschlossen,
kraftvoll über die Erde schreitend
des geräumigsten Vaterlands.

Und also zog das stolze Mädchen vorüber, bekleidet
mit Arbeiterblau, und gemeinsam mit ihrem Lächeln
gleich einer Kaskade von Schnee
vierzigtausend Munde der Spinnereien,
die Seidenfabriken, marschierend und lächelnd,
die neuen Motorkonstrukteure,
des Elfenbeins Kunsthandwerker, die alten,
marschierend, marschierend
von Angesicht zu Angesicht mit Mao,
das ganze unermeßliche China, eisenharter Getreide
Korn um Korn,
und die Scharlachseide, im Himmelsraum wogend
wie die endlich vereinten Blütenblätter
der Erdenrose,
und es zog die große Trommel vorüber
im Angesichte Maos,
und ein dunkles Dröhnen

stieg auf von ihr
und grüßte ihn.
Es war die uralte Stimme
Chinas, Stimme aus Leder,
Stimme der begrabenen Zeit,
die alte Stimme, die Jahrhunderte
grüßten ihn.
Und dann wie ein Baum
voll unverhoffter Blüten
grüßten
zu Tausenden
die Kinder, und somit
waren dort
die neuen Früchte und die alte Erde,
der Zeitenlauf und das Korn,
die Fahnen des Menschen, die endlich vereinten.

Dort waren sie, und es lächelte Mao;
denn von den dürstenden
Höhen des Nordens geboren
ward dieser menschliche Strom,
denn aus den Häuptern
der Mädchen,
geköpft auf den Plätzen
von den Nordamerikanern
(oder von Tschiang, ihrem Lakai),
ging dieses gewaltige Leben hervor.
Denn aus der Unterweisung der Partei
in winzigen schlecht gedruckten Büchern
trat diese Lektion ans Licht für die Welt.
Er lächelte, der harten
vergangenen Jahre
gedenkend,
das Land überflutet von Fremden, Hunger
in den ärmlichen Hütten,
der Jangtse, er zeigte

auf seinem Rücken
die stahlgepanzerten Reptilien
der imperialistischen Invasoren,
leergeplündert das Vaterland,
und heute, zu dieser Stunde,
rein ist die Erde,
das unermeßliche China ist rein,
und es beschreitet sein Eigentum.

Heimatodem atmend
marschierten die Menschen auf,
Mao gegenüber,
und mit neuen Schuhen
hämmerten sie die Erde
beim Aufmarsch,
während der Wind in den roten Fahnen
spielte, und in der Höhe
lächelte Mao Tse-tung.

III VERLEIHUNG EINER MEDAILLE AN MADAME SUN YAT-SEN

Diese Medaille, die Ehrenburg an deine Brust geheftet,
ist eine Ähre vom Gold der Ernte des großen Friedenslandes,
der Sowjetunion.
Deine Brust ist dieser goldnen Ähre würdig, Sung Sin-ling.
Dich kennen wir seit jenen Zeiten, da China erwachte,
und dann, als China verraten ward und gemartert ein
weiteres Mal von seinen alten Feinden,
und seit dem ersten Tag, da China befreit ward, sahen
wir dich
in der ersten Reihe, in der Vorhut mit den Befreiern.
Also sahen wir dich, liebe Freundin, beim Landen auf
dem Flugfeld:
Jünger erschienst du uns als wir gedacht und einfacher,

gleich deinem Volk, das so viel gelitten und gekämpft
und das in seinem Siege lächelt und grüßt alle Völker
der Welt.

Wir, die Menschen Latein-Amerikas, wir kennen eure
Feinde.
Unser Kontinent hat jeglichen Reichtum, Erdöl, Kupfer,
Zucker, Salpeter, Zinn,
aber dies alles gehört unseren Feinden, den gleichen, die
ihr vertrieben für immer.
Während unsere Menschen der Felder und Dörfer nicht
Schuhe haben noch Kultur,
haben jene mit des Raubes Gewinn Häuser errichtet von
fünfzig Stockwerken in New York
und mit unserm Reichtum Waffen erzeugt, um andere
Völker zu versklaven.
Darum ist der Sieg des chinesischen Volkes unser Sieg.
Darum wird das neue China geliebt und geachtet von
allen Völkern.
Ein paar Diplomaten in San Francisco und in
Washington
wollen Volkschina nicht »anerkennen«. Diese Herren
wissen nicht, daß es existiert.
Sie könnten ebensogut den Erdball nicht »anerkennen«, und
dennoch bewegt er sich,
und er bewegt sich vorwärts, nicht rückwärts, wie jene
es wollen.

Die Herren von San Francisco »erkennen« das neue China
nicht »an«,
aber sie könnten eine Umfrage machen quer durch
Amerika,
und fragten sie Tausende Bergleute, Bauern, den Professor
und den Dichter, den Greis und den Jüngling,
von Alaska bis zum Südpol, sie erhielten die Antwort:

»Wir anerkennen und lieben Mao Tse-tung. Er ist unser
großer Bruder.«

Darum, liebe Freundin des Friedens, Sung Sin-ling,
ist diese Ähre aus Gold, die von der großherzigen Erde
Stalins
an deine Brust einer großen und einfachen Frau
gekommen ist,
nicht aus Zufall oder Laune dort hingelangt, sondern
weil wir dich lieben,
und wir lieben den Frieden, den du verteidigst, nicht nur
für dein Volk, sondern auf daß alle Völker
einander anerkennen und ihr Leben in Freiheit erbaun.

IV ALLES IST SO EINFACH

Am Morgen im Dorf
empfingen mich die Kinder und das Licht.
Die Bauern zeigten mir
ihre gesamten eroberten Ländereien,
die gemeinsame Ernte,
die Kornspeicher, die Häuser
des ehemaligen Besitzers.
Sie zeigten den Ort mir,
wo die armen Mütter
ihre Töchter erwürgten
oder sie verkauften vor nicht langer Zeit,
ach, vor nicht langer Zeit. Heute scheint es
ein böser Traum;
Pest und Hunger,
die Nordamerikaner,
die Japaner, die Bankiers
von London und Frankreich,
sie alle kamen, China

zu zivilisieren, ihm die Eingeweide entreißend,
es verschachernd
an den Börsen der Welt,
es prostituierend in Shanghai.
Sie wollten aus ihm machen
eine ungeheure Vergnügungsstätte
für ihre Landungstruppen, einen Ort
aus Seide und Hunger.
Es zogen die Skelette
längs des Flusses
in dichten Scharen einher,
die Dörfer weinten
schwarzen Rauch
und Pestilenz.
»Ach, wie faßt
der Tod
der Toten Chinas so viel«,
rief
die elegante Dame
beim Lesen der Zeitungen aus.
Die Toten am Ufer des Flusses
waren Aschenhaufen, der Hunger
zog auf Chinas Wegen,
und in New York erwarb
Tschiang Kai-schek Gebäudefluchten
im Verein mit Truman und Eisenhower.
Nach Kot und Opium roch
die uralte Zwingburg
der Melancholie.
Es füllten sich
die Kerker
gleichfalls mit Toten.
Die Studenten wurden geköpft
auf dem Marktplatz
einem nordamerikanischen Dekret zufolge,
und unterdes veröffentlichte

die Zeitschrift »Life« das Foto
der immer eleganteren
Mme. Tschiang Kai-schek.

Weiche, böser Traum!
Weiche von China!
Weiche aus der Welt!

Komm du mit mir in das Dorf!

Ich trete ein
und sehe die Kornböden,
das Lächeln
Chinas,
des befreiten:
Die Bauern
verteilten die Erde.
Von Yennan
niederstieg die Freiheit
mit bloßen Füßen und zerfetzten Schuhn
von Bauer und Soldat.
O Freiheit Chinas,
du bist meine Muse,
du gehst blaugekleidet
auf staubigem
Wege.
Du hast es nicht vermocht, dir abzuwaschen
oder abzutrocknen das Blut, aber du marschierst
und marschierst,
und an deiner Seite
marschiert die dunkle Erde,
marschiert Bolivien, von der Freiheit
vergessen, marschiert Chile,
wird der Iran marschieren,
sie ziehen mit dir ein ins Dorf,
mit meiner Muse.

Mädchen, gekleidet
in Kriegerblau,
Muse des Winds,
der freien Erdenbreiten,
dich singe ich:
den Ledergürtel und dein Gewehr,
deinen herben Mund
singe ich.

Du meine Muse,
mit Feuer und Pulver zieh ein
in alle Straßen der Welt,
zieh ein mit Schweiß und mit Blut,
du wirst die Zeit schon finden,
dich zu waschen, jetzt
geht voran, voran, voran!

Das alles sah ich im Dorf
des befreiten China.
Nichts hat man mir erzählt.
Die überall verstreuten Kinder
ließen mich nicht vorüber.
Ich aß ihren Reis, ihre Früchte,
trank ihren Reiswein, den fahlen.
Alles zeigten sie mir
mit einem Stolz,
den ich in Rumänien kennengelernt,
den ich in Polen kennengelernt,
den ich in Ungarn kennengelernt.
Es ist der neue Stolz
des Bauern, der beim Licht der morgigen
Welt
zum ersten Mal sieht das Mehl,
zum ersten Mal sieht die Früchte,
zum ersten Male wachsen sieht das Korn,
und dann,

mögen sie auch älter sein als die Welt,
er zeigt dir den Reis und die Trauben,
die Hühnereier,
und weiß nicht was sagen.
Alles ist sein
zum ersten Mal.
Der ganze Reis,
die ganze Erde,
das ganze Leben.

Wie einfach ist es, wenn man das Glück
errungen, wie einfach
ist alles.
Wenn du und ich, meine Liebste, uns küssen,
welche Leichtigkeit, glücklich zu sein.
Du aber vergißt,
wieviel du gewandert,
ohne mir zu begegnen,
und wie häufig
du in die Irre gingst,
bis zu müde niedersankst.
Nun,
du wußtest nicht,
daß ich, um dich zu finden, einherzog,
und daß mein Herz in die Irre ging,
in die Bitternis
oder ins Leere.
Wir wußten nicht,
daß, wenn wir vorwärts
schritten, vorwärts,
geradewegs, geradewegs,
unentwegt und unentwegt,
du mir begegnen würdest
und ich dir.
Siehst du, ebenso ist es
mit den Völkern:

Sie wissen nicht,
begreifen nicht,
können sich irren,
aber sie schreiten immer voran
und begegnen sich,
begegnen sich selbst,
wie du mir begegnet bist,
und dann
scheint alles einfach,
aber es war nicht einfach,
blindlings vorwärts zu gehen.

Man mußte vom Leben lernen,
vom Feind, von der Finsternis,
und dort war Mao und unterwies
mit seinen Texten,
und dort war die Partei
mit ihrer Strenge und ihrer Liebe,
und jetzt, chinesische Jungen
der Felder,
junge Muse,
vergessen wir nicht:
alles scheint selbstverständlich
wie das Wasser.
Es ist nicht wahr.
Der Kampf ist kein Wasser,
ist Blut.
Kommet her von fern.
Tote gibt es:
unsere gefallenen Brüder.
Der ganze Weg
ist voll von Toten,
die wir nicht vergessen werden.
Und das Dorf
ist nicht selbstverständlich,
die Luft ist nicht selbstverständlich,

sie führt Worte mit sich,
führt Lieder mit sich,
führt Angesichte,
vergangene Tage,
Verliese mit sich,
führt blutbespritzte
Mauern mit sich,
und nun,
lieblich ist das Dorf,
süß ist der Sieg.

Heben wir das Glas:
auf die Muse,
auf jene, die wir nicht vergessen,
auf sie, die wiedererbauen,
auf sie, die fielen
und weiterleben
überall,
denn weit ist die Welt,
und immer und überall
floß Blut,
das immergleiche:
unser Blut.
Nun
betrete ich das Dorf
des befreiten Ackergrundes,
und linde ist die Luft
wie keine,
und ich atme das Leben ein,
die Erde,
den Sieg.

Die Erde, so wir über ihre Rinde
die Hände breiten,
ist die gleiche,
hier oder in Patagonien

oder auf des Weltmeers Inseln.
Die Erde ist immer
die gleiche,
und nun,
da ich in dein Dorf eintrete,
Duft von Brot,
Duft von Rauch,
Duft von Korn,
Duft von Wasser und Wein
ist meine Erde,
ist die gesamte Erde.
Und da
grüßte ich voll Ehrfurcht
das uralte Erdreich,
seine Schönheit,
seine Agrikultur, die einmütige,
sein Antlitz voller Staub und Tau,
die Freiheit aufschimmernd
im Lächeln,
und ich dachte an meine Ufer,
an meine Fahne,
an mein Meeresgestade, an meinen Wogenschaum,
an meine Sterne all.
Und daher trat ich
an diesem Morgen singend
in dieses Dorf Chinas ein,
denn zur Gitarre
wurde mein Herz,
und alle Saiten erklangen,
sich meiner Heimaterde erinnernd,
sie sangen,
an mein Vaterland sich erinnernd,
dort, in Amerika.

Wenn ich
auf freier Erde einst
in das Haus des Volkes trete,
alles
wird so selbstverständlich scheinen,
so einfach
wie der Kuß, den wir jetzt
uns geben, meine Liebste.

V DIE ZIKADEN

Der Morgen des Dorfes war erfüllt
vom schrillen Herbst
der tönenden Zikaden.
Ich näherte mich: die Eingefangenen
in ihren winzigen Käfigen
waren der Kinder Gespiele,
waren unzählig das Violoncello
des kleinen Dorfes
und Chinas Raunen
und goldene Emsigkeit.

Ich konnte die Gefangenen kaum erkennen
in ihren winzigen Käfigen
aus jungem Bambus.
Doch als ich wieder aufbrechen wollte,
legten die Bauern
das Schloß der Zikaden
in meine Hände.

Ich entsinne mich meiner Kindheit, der Peone
des Zuges, auf dem mein Vater fuhr,
zornmütige Söhne
von Wind und Wetter, notdürftig

bekleidet mit Lumpen,
von Regen und Sand übel zugerichtete Gesichter.
Stirnen, von harten
Narben zerfurcht,
und diese brachten mir
bläulich schimmernde Rebhuhneier,
grünliche Käfer,
mondfarbene Kanthariden,
und diesen ganzen Schatz
aus den zerschundenen Riesenhänden
in meine Kinderhände,
dies alles
ließ mich lachen und weinen,
ließ mich nachdenken und singen
dort in den regenreichen
Wäldern
meiner Kindheit.

Und nun
gelangten diese Zikaden,
die ihre schrille Note
von Gold kratzend geigten,
in ihrem duftenden Bambusschloß
vom fernen Boden der chinesischen Erde,
in meine Hände
aus Händen, mit Pulver getauft,
das die Freiheit erobert, kamen
aus den unermeßlichen Gebieten,
den befreiten,
aber es waren die Hände des Volkes,
die mächtigen Hände,
die ihren Schatz
in den meinen ließen.
Ich denke an meine Kindheit zurück
und wieviel auf Erden
ich durchmaß

und besang,
nichts aber,
nichts war
diesem gleich,
diesem lebendigen Schatz.
Und so zogen sie mit mir umher,
begleiteten mich
während meiner Tage in China.

In meinem Hotelzimmer riefen
zur Morgenstunde dreißig Zikaden
meinen Namen
mit einem scharfen Klang
grünen Stahls,
und ich gab ihnen Blätter,
die sie fraßen,
wobei ich aus ihren kleinen Käfigen die bemalten
Kriegermasken nahm, und am Abend,
da in den weiten Erdenräumen
die Sonne sank,
hatte ein weiterer Tag im Vaterland
des Volkes Freiheit bekundet.

In meinem Fenster
sangen
mit einer einzigen metallischen
Stimme
die Zikaden
hin zu den Feldern,
hin zu den Kindern,
hin zu anderen Zikaden,
hin zu den Blättern und Ernten,
hin zu der ganzen Erde:
sie sagten Lebwohl dem Tage
mit ihres Gesanges unsäglicher Höhe,
und so, von meinem Fenster her,

grüßte dich, China,
des Tags und zur Nacht
eine Stimme der Erde,
die mir die Hände des Volkes
anvertraut,
eine tausendfältige Stimme, die mit mir
singen wird auf meinen Wegen.

VI CHINA

China, lange Zeit hindurch zeigten sie uns dein Bildnis,
speziell für das Abendland gemalt:
du warst eine kleine verrunzelte Alte,
unendlich arm,
mit einem leeren Reisnapf aus Holz
an eines Tempels Pforte.

Soldaten aller Länder
kamen und gingen,
Blut bespritzte die Wände,
dich plünderten sie wie ein herrenlos Haus,
und du schenktest der Welt ein seltnes Arom,
ein Gemisch von Tee und Asche,
während an des Tempels Pforte du mit deinem leeren
Holznapf uns ansahst mit deinen uralten Augen.
In Buenos Aires verkaufte man dein Bild,
besonders hergerichtet für gebildete Damen,
und auf den Konferenzen schossen deine magischen Silben
unvermutet hervor wie überlebendes Licht.

Ein jeder wußte etwas von den Dynastien,
und beim Nennen Mings oder Celadons kräuselten sie die
Lippen,
als äßen sie eine Erdbeerfrucht,

und damit wünschten sie, du wärest für uns
ein Erdreich ohne Menschen, ein Vaterland,
in das der Wind durch leere Tempel sauste
und einsam singend hinaus in die Berge zog.

Sie wollten, daß wir glaubten,
du schliefest,
du würdest schlafen einen ewigen Traum,
du wärest die »Geheimnisvolle«,
undeutbare, fremde,
eine Bettlermutter in Lumpen von Seide,
indes aus jedem deiner Häfen
die Schiffe mit Schätzen beladen in die Ferne zogen
und die Abenteurer untereinander sich dein Erbe
streitig machten: Erze
und Elfenbein, planend,
nachdem sie dich leergeblutet, wie sie ein seetüchtiges
Schiff entführten, mit deinen Gebeinen beladen.

VII DER GROSSE MARSCH

Aber etwas geschah in der Welt.
Dein Bildnis überzeugte uns nicht.
Schön war deine armselige Herrlichkeit,
aber sie genügte uns nicht.
Vom Pulver geküßt,
wogte das Sowjetbanner
inmitten der Menschenherzen.
Du, China, fehltest uns, und über die Meere hinweg
hörten wir plötzlich, daß des Windes Stimme
schon nicht mehr einsam sang auf deinen weiten Wegen.
Mao stand auf,
und mitten durch China
und in der Unermeßlichkeit
so vieler Leiden

sahen wir aufragen seine Schultern,
vom Frührot umhüllt.

Aus der Ferne, aus Amerika, an dessen Gestaden
mein Volk jeder Woge des Meeres lauschte,
sahen wir hervortreten sein gelassenes Haupt,
und seine Schritte gen Norden richten.
Yennan zu wandte
sich im staubigen Kleid seine starke Bewegung:
Und von nun an sahen wir, wie Chinas ausgeraubte Erden
ihm Menschen darbrachten,
geringe Menschen, runzlige Alte,
Kinderlächeln.

Wir sahen das Leben.

Nicht öd war und verlassen das alte Land,
nicht die weiße Seerose war es,
die die gespenstische Archäologie mit Leben erfüllte.
Jeder Stein ein Mensch,
ein neues Herz mit einem Gewehr,
so sahen wir dich, China, bevölkert von deinen Soldaten,
von den Deinen, endlich, ohne Brot,
ohne Wasser, Gras essend zogen sie durch den langen Tag,
auf daß das Morgenlicht anbreche.

VIII DER RIESE

Du warst Geheimnis nicht noch des Himmels Jade.
Du warst wie wir unverfälschtes Volk,
und als nackte Füße und Schuhe,
Bauer und Soldat, in die Ferne
zogen, deine Unversehrtheit
zu schützen, erblickten wir das Antlitz,
sahen wir die Hände

des, der das Eisen schuf, unsere Hände,
und auf dem langen Weg erkannten wir
die Namen deines Volkes: es waren die unsern.
Sie klangen wohl anders, aber hinter
den grellen Silben
waren es aller Völker Namen.
Es waren die Gesichter endlich und die Schritte,
die mit Mao marschierten
quer durch die Wüste und den Schnee hindurch,
das Keimen zu bewahren
unseres eigenen Frühlings.
Hochgewachsen war der Riese, Schritt um Schritt
durchmessend
seinen Reis, sein Brot, seine Erde, seine Wohnstatt,
und er ward anerkannt von den Völkern der Welt:
»Wie bist du jählings aufgewachsen, Bruder?«
Aber es blickte auf ihn auch der Feind.
Von den grauen Banken New Yorks und der City aus
sprachen die Geldsäcke, die dort von Blut
sich nähren, voller Angst: Wer ist jener?
Der friedfertige Riese gab keine Antwort. Er sah auf
die endlosen harschen Landstriche Chinas, raffte
mit einer einzigen Hand die Kränkungen all
und das Elend zusammen, und mit der anderen
wies er das rote vorfrühe Korn,
alles, was die Erde hervorbringen würde,
und in seinem gewaltigen Antlitz erwuchs
ein Lächeln, wogend im Wind,
ein Lächeln einem Getreidefeld gleich,
ein Lächeln wie Sterne von Gold
über all dem vergossenen Blut.
Und so erhoben sich deine Fahnen.
Schon sahen die Völker dich säubern dein geräumiges Land,
Eintracht, ein Orkan in der Bedrohung,
Hammer über dem Argen, obsiegendes Licht
über dem alten Feinde, sieghaft.

Republik, über deinen ganzen Leib
breitetest du deine weiten Arme
und gründetest den Frieden auf deinem Geschick!
Die Ruchlosen, die nahen von jenseits des Meeres,
dein Leben zu rauben, sie wurden gebührend empfangen,
und nach Formosa, dem in Fesseln geschlagenen,
fliegen sie,
das Nest der Skorpione zu nähren.
Darauf landeten sie in Korea. Blut
und Leid und Zerstörung ihr gewohntes
Werk: leere Gemäuer und tote Frauen,
doch eines Tages erschien
überraschend deiner Freiwilligen schützende Wehr,
die heilige Brüderlichkeit des Menschen zu erfüllen.
Von Meer zu Meer, vom Erdreich zum ewigen Schnee,
alle Menschen, China, blicken nach dir:
Welch eine machtvolle junge Schwester ward uns geboren!

Der Mensch beider Amerika, über seine Ackerfurche gebeugt,
umgeben vom Metall seiner feurigen Maschine,
der Arme der Tropen, der mutige
Bergmann Boliviens, der stämmige Arbeiter
des abgründigen Brasiliens, des unendlichen
Patagoniens Hirt,
sie blicken, Volkschina, dich an, grüßen dich
und senden dir durch mich auf deine Stirn diesen Kuß.

Für uns bist du nicht, was jene wollten: das Bildnis
einer blinden Bettlerin vor einem Tempel,
sondern eine starke und sanfte Führerin des Volkes,
mit deinen siegreichen Waffen noch in Händen,
einen erblühenden Ährenstrauß an der Brust
und über deinem Haupt
den Stern aller Völker.

III

Die Sirene kehrte zurück

ICH SINGE UND SAGE

Vom baltischen Sommer,
stählerne Bläue, Amber und Schaum,
bis dorthin, wo die Karpaten
Polens Schläfen krönen
mit den schneebleichen Diademen Europas,
durchschritt ich die Erde
der Martern und des Erblühens,
die geschundene Haut,
das unendliche Korn, das wieder erwächst,
die Bergeshöhlen der Kohle, und sie wiesen
im Schnee mir ehemaliges Blut,
den Wiesengründe aufwühlenden
Menschen und seine begrabene Küche,
das Kind und sein niedliches Wägelchen,
die Blume über der Mutter Gebein.
Zeuge jener Tage
bin ich und fühle mit und singe,
und es gibt keine Saiten von Gold
in dieser Zeit für mich.
Die Harfe und ihre Süße verbrannten zu Asche
im Weltenbrand,
um alles Wiedererstehn zu nennen und zu besingen,
bin ich gekommen.
Nehmt mich auf
und seht, was ich aus der verwüsteten Erde zog,
ein Bruchstück einer Geige, einen leblosen Ring
und das Vergessen.

Nehmet an, was ich bringe,
singe und sage,
denn nicht versunkenes Blut allein,
Trümmer, Klage und Asche
begleiten mich in dieser Stunde.
Ich trage in meinem Ranzen

den grauen Regen des Nordens:
Auf junge Saaten
fällt er und fällt,
und das Brot, das unendliche, wächst
wie nie zuvor auf Erden.
Der Hammer schlägt,
aufschwingt die Schaufel und nieder,
auf den Bauten erklingen die Steine,
das Leben steigt an.

O Polen, o Liebe,
o Frühling,
du ziehst mit mir,
auf daß ich,
erzählend und singend,
auf allen Wegen dich zeige,
und am Grund,
über alle Toten hinweg
singt und erzählt das Leben,
denn dies ist das Lied und die Geschichte,
die du mich gelehrt,
Polen, und die ich lehre:
der Glaube an das Leben, der um so tiefer,
je weiter er herkam:
vom Tode,
der Glaube an den Menschen, da er triumphieren konnte
über den Menschen selbst,
der Glaube an das Haus, da es neu erstehen konnte
aus der unermeßlichen Asche,
der Glaube an den Gesang, den man zu singen vermocht,
als es längst keinen Mund mehr gab;
Polen, du hast mich gelehrt, ein neues Leben
zu leben
und von neuem zu singen,
und dies ist, was der fremde Wandrer mit der Gitarre
aus dem Ranzen nimmt und singend weist:

die Blüte unzerstörbar
und die neue Hoffnung,
die uralten begrabenen Schmerzen
und das Wiedererstehen der Freude.

II FRÜHLING IM NORDEN

Ich durchwanderte den Frühling,
den grünen, entflammten
Polens.
Es flirrte im Licht die Fülle
des Korns, gleich einem weißen Strom
floß aus der Agrikultur, der gemeinschaftlichen,
die Milch
dem Meere zu;
feuchte Äcker, Erdgeruch,
Blumen wie blaue Blitze
oder wie flüchtig hingetupftes Blut.
Vom langewährenden Winter her
wogten die Schiffsflanken der Fichtenwälder,
als schwämmen sie in den Frühling hinaus,
und unten, im verwirrenden Dunkel,
die Erdbeeren öffneten ihre Brustknospen leis.

Metallen war die Luft,
eine neue Luft voll Auferstehen,
denn nicht der Wald allein
und Meer und Erde,
auch der Mensch
erstanden dort vom Tode.
Dort ging des Blutes Sintflut nieder,
und die heimliche Arche des Kampfs
schwamm zwischen Toten.
Darum hatte Eisengeschmack

der wilde Frühling Polens
für meinen Mund, er war
elektrisches Naß,
der Kuß der Erde,
das Menschenherz
im gestirnten Kelch des Lebens!

III DIE RUINEN AM BALTISCHEN MEER

Gdansk, kugeldurchbohrt vom Krieg,
irrzerfetzte Rose, ein Gespenst unter Gespenstern
ging ich einher zwischen Meeresruch
und dem hohen fahlen Himmel
inmitten deiner Ruinen,
zwischen Trümmern orangenen Silbers.
Eindrangen die Nebel mit mir,
die eisigen Schwaden,
und umherschweifend
entwirrte die Straßen ich,
die häuser- und menschenlosen.
Ich kenne den Krieg
und dieses Antlitz, augen- und lippenlos,
diese toten Fenster,
ich kenne sie,
ich sah sie in Madrid, in Berlin, in Warschau,
doch dieses gotische Schiff
mit seiner roten Ziegelasche
dicht am Meer, an der Pforte
der alten Fahrten,
merkantiles Antlitz eines Schiffsbugs,
grüner Kutter der eisigen Meere,
mit seinen herzzerreißenden Wunden,
seinen Mauerstümpfen,
seinem vernichtenden Stolz,

sie drangen in meine Seele
wie Böen, Schnee, Staub und Rauch,
wie etwas, das erblinden und verzweifeln macht.
Das Haus der Gilden
mit seinen gestürzten Emblemen,
die Banken, in denen das Gold
klirrend in Europas Kehle fiel,
die roten steinernen Uferdämme,
wo ein Strom
von Getreiden
einer Erdenwoge gleich
des Sommers Duft herübertrug,
alles war Staub, Berge
zerstörter Materie,
und der Wind des eisernen Baltischen Meeres
wehte in die Leere.

IV DER AUFBAUENDE FRIEDE

Jedoch das Leben
war gleichfalls dort.
An anderen Stätten und in anderen
Lebensstunden erwartete mich
an den Straßenecken der Tod.
Hier aber wartet das Leben.
Ich habe in Gdansk das Leben
sich wiederbevölkern gesehen.
Mich berührten zärtlich
die Motore mit Lippen von Stahl.
Die Fluten erbebten.
Ich sah, wie Schlösser auf dem Wasser,
die Krane aus meerhaftem Eisen,
die neuerbauten,
hoheitsvoll vorüberziehn.

Ich habe gesehen, wie aus
dem gigantischen Haufen
zerschrotteten Eisens
über dem Zerbombten allmählich
die Gestalt der Krane hervorging,
und die blaue Majestät der Schiffswerft
erwachte aus der Abgrundtiefe des Todes.
Ich sah mit meinen Augen aufsprühn
der Woge Tau
bei der Wiedergeburt der Kiele,
der Buge, geschmückt
von dem aus der Erde wiedererstandenen Menschen.
Ich habe gesehen,
wie ein Hafen erblühte,
nicht aus den Wassern und dem gereinigten
schimmernden Erdreich,
sondern aus dem Verhängnis.
Und dich, titanische Taube,
weiß und blau und meerhaft,
habe ich auftauchen und dich erheben
gesehen, sicher im Fluge und stark,
aus der verworrnen Verwüstung
und der blutigen Ödnis
des Winds und der Asche!

V DIE WÄLDER

Hin zu den kalten Wäldern und Seen
des grünen Nordens
ergießen in alle Richtungen sich
die masurischen Gewässer,
weitflächige Teiche, überflutet
vom bleichen Himmel,
Lagunen wie Nadeln;

alle Arten stiller Gewässer
blieben zurück, als wäre daselbst
ein Stern zerspellt
oder in Tropfen niedergefallen
aus Himmelshöhen ein grüner Mond.
Wunderbar ist die Luft, und der Wind
kämmt die aufgesträubten Mähnen
der stahlharten Fichtenwälder.
Wunderbar ist die Luft, frisch
und blau unter den Fichten.

Unvermutet schlüpft der Wind
in sein flirrend Gewand
aus Ozon und Nadeln.
Feierlich ist der Wind im Walde.
Er bewirkte leise Geräusche, so
als fielen Spielkarten nieder,
oder er tönt wie auf einer Flasche der Pfiff
oder fällt Steinbrüche an, sucht
nach Resten Holz,
die er fortschleift mit väterlicher Hand,
oder bläst und klettert
aufwärts von einem Baum zum andern,
die Vögel erschreckend.

Wunderbar ist der Wind des Nordens,
Bruder des Schnees,
in der Tiefe der Fichtenwälder.
Und ich wandere ohne Hut.
Die Luft krönt mit Kälte
mein Haupt,
kühle Munde beißen mich.
Singend trete ich
in die grüne Kühle
wie in einen hohen Ozean.
Ich singe

und gehe auf Gras,
das frisch mit winzigen
gelben Sternen geschmückte.
Schöner breitschultriger Norden
der Seen und Fichtenwälder,
ich dich grüße,
laß mich, singend und pfeifend,
dich atmen,
zwischen Fichten und Wassern einhergehn
und ausruhn auf deinem taufeuchten Teppich
wie ein sturmgefällter Baum
unter deinem grünen Träumen.

VI DIE SIRENE KEHRTE ZURÜCK

Geliebte, wenn eines Tags
du stürbest
und ich grübe
und ich grübe
Nacht und Tag
in deinem Grabe
und fügte dich wieder zusammen,
höbe deine Brüste aus dem Staub,
den Mund, den ich leidenschaftlich liebte, aus seiner Asche,
und formte neu
deine Arme, deine Lenden, deine Augen,
deine metallisch krause Haarflut,
schenkte wieder dir Leben
mit der Liebe, die dich liebt,
und machte dich wieder gehen,
ließe dein Herz von neuem pochen an meiner Seite,
also, o Liebe, bauten sie auf von neuem
die Stadt Warschau.

Ich würde blind zu deiner Asche kommen,
aber ich würde dich suchen,
und du würdest allmählich
deines Körpers zartes Gebild errichten,
also auch fanden sie
in der geliebten Stadt
Wind nur und Asche,
dem Boden gleich gemacht Fragmente,
Kohle, die im Regen weinte,
Frauenlächeln unter dem Schnee.
Tot war die Schöne,
da war kein Fenster,
die Nacht neigte sich über den weißen Tod,
der Tag erhellte den Wiesengrund, den leeren.

Und also richteten sie sie
in Liebe auf und nahten
blind und schluchzend,
aber sie gruben tief
und fegten hinweg die Asche.
Spät war es, Nacht,
Erschöpfung und Schnee
hielten die Schaufel fest,
und beim Graben fanden sie
zuerst das Haupt,
die weißen Brüste der süßen Toten,
ihr Sirenengewand,
und endlich unter der Erde das Herz,
begraben und verbrannt, doch lebendig,
und heute lebt es voller Kraft, pochend inmitten
des Erblühens ihrer Schönheit.

Jetzt begreifst du, wie
die Liebe die breiten Straßen baute
und den Mond bewegte in den Gärten zum Gesang.
Wenn heute

Blüte um Blüte niederfällt der Schnee
auf Dächer und Brücken
und der Winter an Warschaus
Türen klopft,
lebt wieder auf das Feuer,
das Lied am häuslichen Herd,
den über dem Tod die Liebe erbaute.

Weh denen, die flohen und glaubten,
zu entkommen mit der Poesie:
sie wissen nicht, daß in Warschau die Liebe ist
und, da der Tod
daselbst besiegt wurde
und der Strom, Menschenwesen
und Geschicke erkennend, vorüberfließt,
die Stadt und die Dichtung,
zwei Blüten von Duft und Silber,
Warschau und die Dichtung
in ihren hellen Kuppeln
das Licht bewahren, das Feuer und das Brot ihrer Bestimmung.

Wundersames Warschau,
begraben Herz
wieder voll Leben und frei,
Stadt, in der man beweist,
daß größer der Mensch
als jegliches Unglück.
Warschau, laß mich
deine Mauern berühren.
Sie sind nicht aus Stein gemacht oder Holz,
aus Hoffnung sind sie geformt,
und wer die Hoffnung berühren möchte,
Materie fest und hart,
dauerhafte Erde, die singt,
Metall, das wiedererbaut,
Gestade unzerstörbar,

unendliches Korn,
Honig für die Jahrhunderte all,
unsterblicher Hammer,
sieghafter Stern,
Werkzeug unbesiegbar,
des Lebens Zement,
der mag die Hoffnung hier berühren,
der mag in ihr fühlen hier, wie von neuem
durch sie das Leben aufsteigt, das Blut,
denn die Liebe, Warschau,
errichtete deine Sirenengestalt,
und so ich deine Mauern anrühre,
deine heilige Haut,
begreife ich,
daß du das Leben bist und daß in deinen Mauern
endlich gestorben der Tod.

VII POLEN SINGT

Der Krieg in der Tiefe
der großen Wälder dort,
der Krieg an den stillen
und tausendfältigen Gewässern,
brach aus, mich zu höhnen inmitten
des Friedens
im waldigen Reich:
Dort war er.
Göring hatte seine Blockbauten
aus Zement hingestellt.
Dort stand sie, die grausige Architektur,
die unmenschliche, vielkantige,
die schmalgeöffneten Scharten
gleich Augen von Reptilien, Formen
der Grausamkeit unverhüllt; dort,

in den neuen Höhlen wilder Tiere verborgen,
planten sie den Überfall
auf das sowjetische Licht.
Dort, aus dem Dunkel
griffen sie an den Stern,
alle scheußlichen Kräfte vereinend,
Würmer und Gift,
vernichtende Flammen
und die Pläne des Todes.
Zwar deckte der Wald
mit seinem dunklen Glanz
die bösartigen Male,
aber dort die geduckten Verschanzungen,
die zerfetzten Netze, die sie verbargen,
waren die Stimme grausigen Schreckens,
des Krieges zahnloses Maul.

Wie heutigen Tags in den stillen und hellen Sälen
der Militärakademien
Nordamerikas
mit hartnäckiger Gründlichkeit die Wirkung
der Mikrobe untersucht wird,
auf daß sie in die Dörfer
dringe mit ihrer pestspeienden Ladung
und die Kinder morde mit dem Wasser,
also wurden in diesen Gewölben kühler Wälder
die Gedanken des Weltenbrands
ausgebrütet und des Mordes.

Doch die Mörderwoge brach sich
an einer Mauer von Fels,
des Sozialismus
einmütiger Mauer, dem Gewicht
von Stalins Faust,
und aus dem verschneiten Osten
kehrte der Friede zurück in den Wald.

Die Invasoren, von dort aufgebrochen,
kehrten nicht wieder, aber
lichtverbreitend kam
die Luft Stalingrads,
sie durchflog die Wälder Polens,
stieß die Tore auf
des blutigen Invasors,
und seitdem wachsen
die Lianen im Walde,
erwartet das Wasser das fallende Laub,
hüpfen die elektrischen
Eichhörnchen im neuen Gewand.
Wie eine Flüssigkeit dicht ist die Luft,
die die Wölbung der Erde erfüllen wird,
es versinken meine Füße im Moos,
als schritten sie durch das Vergangene,
ein Stückchen Holz
überzog sich mit Moosen und Flechten
wie eine Geige mit Musik,
die Blätter weben Fäden, die sich
hinziehen von Baum zu Baum,
des Waldes durchsiebtes
Schweigen spinnend.

Am Waldessaume fühlen
die Wiesen das Wachsen des Korns,
dahinter streckt sich zum Stahl
die Kohle,
die Städte bevölkern sich,
aufbricht der Mensch,
vorwärts schreiten die Menschen,
es wachsen die Schiffe,
des Nachts weist der Himmel
auf Polen mit gewaltigem
Sternenschein
und spricht: »Menschen aller

Länder und Meere,
schaut, wie sie wächst,
die Tochter aus Stahl.«
Und der Mond ist verwundert,
denn im verkohlten
Hohlraum von gestern
strahlt heute ein Dach zurück
das milde nächtliche Licht,
zu früher Stunde tritt die Sonne
in die Bäckereien,
läßt sich in den Schulen nieder,
belebt das Leben,
der Mensch baut auf,
der starke Arm legt sich
um eine Taubenhüfte sanft.

Guten Tag, Polen!
Polen, gute Nacht!
Auf ein Wiedersehn, ich liebe dich!
Gute Tage, gute Nächte!
Gute Jahre und Jahrhunderte!
Polen, ich liebe dich, und ich nehme Abschied von dir,
indem ich eine Blume mit mir nehme und einen langen Kuß
belasse auf deiner Stirn, der wie alle meine Küsse
sich verwandelt: zum Gesang.

IV

Der verlorene Hirt

SPANIEN, KEHRE WIEDER

Spanien, Spanien, violettes Herz,
dich vermißte ich an meiner Brust, du fehltest mir,
nicht wie die Sonne auf dem Gurte fehlt,
sondern wie das Salz in der Kehle,
wie zwischen den Zähnen das Brot, wie der Haß
im schwarzen Bienenkorb, wie der Tag
über dem Aufschrecken des Frührots,
aber damit nicht genug, wie das Gewebe selbst
des Körperinnern, das tiefe
Augenlid, das nicht hinblickt und sich nicht ergibt,
der erzene Grund, die beinerne Rose,
entfaltet in meiner Vernunft wie ein Kastell.

An wen denn könnte ich mich wenden, wenn nicht an deinen Mund?

Habe ich andere Lippen, die mich vertreten könnten?

Bist du aufgegeben oder bin ich stumm?

Was bedeutet deine schweigsame Sphäre?

Wohin, mütterlicher Boden, gelange ohne deine Stimme ich?

Was bin ich ohne dein gekreuzigtes Fanal?

Wo bleibe ich ohne das Wasser deines Felsens?

Wer wärest du, wenn du mir nicht Leben verliehn?

O Qual! Richte mich wieder auf, nimm mich auf,
bevor mein Name und meine Ähren
in dem Frühling vergehen.
Denn zu deiner zornentbrannten Einsamkeit

eilt mein entfesseltes Geschick, hin zur Wesenheit
deines Sieges. Dir entgegen eile ich, geleitet.

Spanien, du bist bedeutsamer als ein Tagesablauf,
als eine Verheißung, als ein Meeressturm,
und wichtig ist nicht der unbarmherzige Turm
deiner verlorenen Stimme, sondern der hartnäckige
Widerstand, der Stein, der Halt verleiht.

Doch warum, wenn ich deines Bodens bin,
Wasser aus deinen Gewässern, Blut aus deinen Wunden,
verweigerst du heut mir deinen Mund, der mich ruft,
deine Stimme, meines Daseins Ordnung?

Ich fordere, was meine Substanz in deinem Wesen ist,
dein von Messern geschlagenes Wundsein,
auf daß man über dem Ungemach heut
deines Antlitz Leuchten enthülle,
und du dich, den Himmel durchbohrend, erhebst,
die Finsternis brechend und das Verhängnis,
bis du aufsteigst, Mehl und Morgendämmern,
über den Schädelstätten, aufglühender Mond.

Vernichten wirst du. Vernichte, Spanien, gebenedeite Jungfrau,
erhebe dich, die Zärtlichkeit wie eine blinde
losgerissene Rose erfassend
über den teuflischen Geschmeiden.

Wende dich her zu mir, gib den Turm mir wieder,
den sie mir geraubt,
                              gib mir die Sprache wieder
und das Volk, die meiner harren, überwältige mich
mit deiner Schönheit schließlichen Eintracht.
Erhebe dich aus deinem Blut und deinem Feuer:
Blut, das du hergabst und das erste war,
Feuer, Wiege deines heiligen Lichts.

WENN ICH DEIN GEDENKE

Spanien, von dir gibt es
kein Erinnerungszeichen, du bist kein Gedächtnismal.
Wenn ich der Orangenblüten
gedenken möchte
oder des gelben Marktes
oder der herben Schatten Valencias,
verberg ich die Stirn,
öffne die Augen
und beiße auf meine Lippen.
Nein, ich habe keine Erinnerungen.
Nichts mag ich von deiner rauhen Gestalt
noch von deinem üppigen Haar,
ich will deine Ähren nicht,
ich mag nicht durch die Melancholie
eines Weges gehen, sie einzusammeln.
Dich will ich unversehrt, vollkommen
mir zurückgegeben
mit Taten und Worten,
mit allen deinen Gefühlen,
entbunden und frei,
erzen und offen!
Rotes hartes Granada,
Spanien, düstrer Topas,
du meine Liebe, Hüfte
und Knochenbau der Welt,
weißglühende Gitarre,
nicht versehrendes Feuer, o schmerzensreicher
geliebter Fels,
wenn ich dein gedenke,
verblutet mein Herz,
und ich brauche das Blut,
um deine ganze Schönheit wiederzuerobern,
auf daß dein Schweigen
jählings breche in die Knie,

bezwungen, beendet,
und die Stimme deiner Dörfer man vernehme
in dem neuen Chor der Welt.

II UNSER BRUDER WIRD KOMMEN

Etwas ist da,
Gärungen, Tränen.
Monde, Betrübnisse, Schmerzen.
Man merkt,
etwas gleitet flüchtig vorbei,
ein Punkt. Etwas
gleich einem scharlachroten
Kometen:
All deine Sterne sind es,
Spanien,
deine Männer, deine Frauen,
Spanien.
Einen Ozean gibt es,
einen elektrisch strömenden mächtigen Wind,
der Blitze erzeugt,
irgend etwas wächst in deinem Leibe,
Spanien.
Wir erkennen
den Bruder, der naht,
hebe ihn in das Licht,
nähre ihn mit deinem Blut,
auf daß er, eben
geboren, laufe,
auf daß er beiße
in dieser Stunde,
reiche ihm
Milch urwilden Gesteins,
atomischer Erden Kraft,

übergib ihm all dein Gebein,
die Gebeine, die nichts vergessen,
übergib ihm die offenen Gruben
unserer Füsilierten,
gibt ihm dein Leben und meins,
so du es liebst,
und dann
händige ihm aus Messer
und versteckte Gewehre.
Wühle
unter deiner Lagerstatt,
such
zwischen den Saaten,
hole Waffen aus der Luft,
und laß es zu, daß er kämpfe,
Spanien, möge kämpfen dein Sohn,
möge kämpfen dein Sohn, o Spanien.
Zerbrich
deinen Kerker, öffne
deine Augen all,
richte auf
dein uralt Herz,
denn dieses ist deine Fahne,
der neue Stern inmitten
deines vergossenen Blutes.
Stehe auf
und erhebe dein Geschrei,
stehe auf
und reiße zu Boden,
erhebe dich und baue auf,
Schnitterin, bring deinen Sohn zur Welt,
backe wieder dein Brot,
die Erde lebt in Erwartung
deiner Hände und deines Mehls.
Dein ist der Sieg,
der uns fehlt,

den wir vor dem Einschlafen suchen,
auf den wir warten
vor dem Erwachen.
Dein vergessener Sieg
irrt umher auf den Wegen,
gib Einlaß ihm,
laß Einzug halten deinen Sieg,
öffne die Tore,
möge dein Sohn das Tor aufbrechen
mit starken roten Bergmannshänden,
mögen Spaniens Tore sich öffnen,
denn dies ist der Sieg,
der uns fehlt,
und ohne diesen Sieg
gibt es keine Menschenwürde auf Erden.

III DER VERLORENE HIRT

Er hieß Miguel. War ein unscheinbarer
Hirt an den Ufern
Orihuelas.
Ich liebte ihn und legte auf seine Brust
meine männliche Hand,
und aufwuchs seine machtvolle Gestalt,
bis in der Sprödheit
spanischer Erde
sich abhob sein Gesang
wie eine aufrauschende Eiche,
in der alle überlebenden Nachtigallen
sich sammelten,
alle Vögel des klingenden Himmels,
des Menschen Glanz, zurückgestrahlt
in der Liebe der geliebten Frau,
das düfteschwere Summen
der blonden Bienenkörbe,

der scharfe Muttergeruch
der säugenden Ziegen,
der helltönende Telegraph
der roten Zikaden.
Miguel formte aus allem
– Erdreich und Biene,
Braut, Wind und Soldat –
Lehm für sein sieghaftes
Geschlecht der Dichter des Volkes,
und also begann er zu wandern
über die Dornen Spaniens hin
mit einer Stimme, die heut
seine Henker
hören müssen, ihr lauschen,
jene,
die ihre Hände blutbefleckt
erhalten
durch sein unauslöschliches Blut,
vernehmen seinen Gesang
und wähnen,
es sei nur Erde
und Wasser.
Es ist nicht wahr.
Blut ist es,
Blut,
Spaniens Blut, Blut
aller spanischen Völker,
es ist sein Blut, das singt
und rühmlich preist
und aufruft,
alle Dinge nennt,
denn er liebte alles,
doch diese Stimme vergißt nicht,
dieses Blut vergißt nicht,
woher es kommt
und wem es singt.

Es singt,
damit die Kerker sich auftun
und auf den Straßen schreite die Freiheit.
Mich ruft es,
mir zu weisen die Stätten all,
wohin sie ihn geschleift,
ihn, das Licht der Dörfer,
Blitzstrahl der Sprache,
mir zu zeigen
das Gefängnis von Ocaña,
wo Tropfen um Tropfen
sie ihn verbluten ließen,
wo sie seine Kehle
schnürten,
wo sie ihn töteten sieben Jahre lang,
an seinem Blut
sich erhitzend,
denn als sie diese Lippen gemordet,
verlöschten die Lampen Spaniens.

Und daher ruft er mich und sagt:
»Hier vollstreckten sie mein Todesurteil nach und nach.«
So ward er, der voll Liebe war und unter
seinem dürftigen Gewand
alle Quellen Spaniens barg,
ermordet im
Schatten der Mauern,
während alle Glocken läuteten
zu Ehren des Henkers,
aber
die Orangenblüten
in jenen Tagen verliehen Duft der Welt,
und jener Wohlgeruch war
das gefolterte Herz
des Hirten von Orihuela,
und Miguel war sein Name.

In jenen Tagen und Jahren,
da er die Todesqual litt,
sargte man ein das Licht
in der Geschichte,
dort aber pulste es
und wird wiederkehren morgigen Tags.
In jenen Tagen und Jahrhunderten,
in denen die Kerkermeister
Miguel Hernández
Marter auferlegten und Todesqual,
vermißte die Erde
seinen Hirtenschritt auf den Höhen,
und der tote Guerillero,
der sieghafte, hörte,
da er fiel, wie von der Erde
ein Raunen aufstieg, ein Herzschlag,
als öffneten sich leis die Sterne
eines schweigsamen Jasmin,
es war Miguels Dichtung.
Aus der Erde sprach sie,
aus der Erde
wird sie sprechen allezeit,
es ist die Stimme seines Volkes,
er war unter den Kriegern
wie ein brennender Turm.

Er war
eine Feste
von Gesängen und Donnerschlägen,
war einem Bäcker gleich:
Mit seinen Händen formte er
seine Sonette.
Seine ganze Dichtung
lockeres Erdreich birgt,
Getreide, Sand und
Lehm und Wind,

sie hat levantinischen
Kruges Form,
schwellende Hüfte,
Bienenleib,
sie hat den Duft
von Klee im Regen,
von Amaranten-Asche,
von Düngerdunst am Abend
auf den Hügeln.
Seine Dichtung
ist Mais, zu einer
goldenen Dolde gefügt,
ist tiefdunkler Trauben Stock, ist Flasche
aus leuchtendem Kristall,
Tag und Nacht voll Wein und Wasser,
ist scharlachrote Ähre,
verheißendes Gestirn,
Sichel und Hammer, mit Diamanten geschrieben
ins Dunkel Spaniens.

Miguel Hernández, wieder
leben wird durch dich
aller orangene Lehm und Gärstoff
deines Landes und deines Volkes.
Du bewahrtest sie
in der Todespein mit der unbeholfensten Hand,
denn du warst geschaffen
für den Tagesanbruch und den Sieg,
warst aus Wasser gemacht und unberührter Erde,
aus unersättlichem Staunen,
aus Pflanze und Nest.
Du warst
der singenden Materie
unbesiegbare Keimkraft,
warst
Heimat der Vollkommenheit und strittest

gegen die Feinde,
den Mauren und den Frankisten,
eine wägende Hand
voller Ackerwinden und Metalle.
Dein Schwert in den Armen,
starbst du, unsichtbar,
aber du warst nicht allein.
Nicht das versengte Gras nur
auf den kargen Hügeln Orihuelas
verbreitete deine Stimme und deine Würze
in der Welt.
Dein Volk schien
stumm,
es sah nicht
deinen Tod
noch hörte es
die Messen der Verdammnis,
aber es geht einher,
geht und fragt,
geht und blickt um sich, ob es nicht einen gibt,
der deinen Namen gekannt.

Alle kannten
in den Verliesen,
da die Kerkermeister
mit Cossío zu Abend speisten,
deinen Namen.
Ein tränenfeuchter
Glanz war in
deiner Stimme wilden Honigs.
Deine revolutionäre
Dichtung
ward in der Zelle leise
von einem Kerker zum andern
wiederholt,
gesammelt wie ein Schatz,

und nun
treibt der Fruchtwein hervor,
tritt dein Samenkorn ans Licht,
dein Brotkorn, das ungestüme,
klagt an,
in jedweder Straße
deine Stimme nimmt den Weg
der Erhebung.

Niemand, Miguel, hat dich vergessen.
Hier tragen wir dich alle
tief in der Brust.

Mein Sohn, erinnerst du,
wie
ich dich empfing und in deine Hände
meine Freundschaft legte dauerhaft wie Stein?
Und nun, da
du tot,
gibst du mir alles zurück.
Du bist gewachsen und gewachsen,
du bist,
bist ewig,
bist Spanien,
bist dein Volk,
nun können sie dich nicht mehr töten.
Schon hast du aufgereckt
deine, eines Sämanns Brust,
dein Haupt
voll roter Strahlen,
schon konnten sie nicht mehr dich aufhalten.
Jetzt
möchten sie niederknien
wie saumselige Mönche
in deinem Gedenken,
möchten mit Speichel dein Antlitz

netzen, kommunistischer Guerillero.
Sie können es nicht.
Wir lassen sie nicht.
Jetzt
bleibe du makellos,
bleibe schweigsam,
bleibe voll Wohllaut,
laß
sie beten,
laß geschehen,
daß von ihren vermoderten Katafalken
und mittelalterlichen Mündern
der schwarze Faden niederrinnt.
Sie wissen nichts andres.
Nun wird kommen
dein Wind,
des Volkes Wind,
das Antlitz Dolores',
unseres Spaniens
sieghafter Schritt,
des niemals gestorbenen,
und alsdann,
Erzengel der Ziegenherden,
gefallener Hirt,
deines Volkes gewaltiger Poet,
mein Sohn,
wirst du sehen,
daß in den Fahnen sein wird
dein zerfurchtes Gesicht
und leben in dem Siege,
wieder leben, wenn das Volk wieder lebt,
und mit uns gehen, daß niemand mehr
dich trennen kann vom Schoße Spaniens.

V

Prager Gespräch
(Auf Julius Fučik)

MEIN FREUND DER STRASSEN

Täglich im Winter ging ich durch die
Straßen
Prags, vorbei an den Steinwänden des Hauses,
in dem Julius Fučik gefoltert ward.
Nichts besagt das Haus, winterfarbener Stein,
Eisengitter, fühllose Fenster.
Täglich aber ging ich dort vorbei,
betrachtete, berührte die Mauern, suchte den Widerhall,
das Wort, die Stimme, die lichte Spur
des Helden.
Und einmal erschien
so seine Stirn und eines anderen Abends seine Hände,
und dann begleitete mich der ganze Mensch,
er ging an meiner Seite,
ein guter Freund, über den Wenzelsplatz,
mit mir über den alten Havelka-Markt,
durch den Strakov-Garten, von dem aus
Prag wie eine graue Rose aufwächst.

II SO HÄTTE ES SICH ABGESPIELT

So hätte es sich abgespielt, so wäre es gewesen,
wenn du nicht auch, unsichtbar fast,
eingegangen wärest in die Geschichte für allezeit.
Wir hätten täglich uns gesehen,
gewisse Bücher, die wir lieben, ausgetauscht,
ich hätte dir Geschichten erzählt
von Fischern und Häuern
meiner meerhaften Heimat,
und wir hätten gelacht,
dermaßen, daß die Vorübergehenden
unsere große Freude
als gefährlich empfunden hätten.

III DU TATEST ES

Viele Männer hat es gegeben,
viele Fučiks,
die gewissenhaft erfüllten, was das Leben erheischt.
Auch du, Julius Fučik,
tatest es.
Die kleinen und die großen schmerzlichen Pflichten,
und die unerläßlichen
geringen Verrichtungen,
du tatest sie, erfülltest sie:
die Geradheit ist ein gewichtiger Punkt,
der, bis er Linie geworden, sich stetig wiederholt,
eine Norm, ein Weg,
und diesen Punkt schufest du,
allen schlichten Menschen gleich,
aus Pflicht und aus Freude,
denn so sollen wir sein.

IV DIE PFLICHT ZU STERBEN

Da aber die schwere Todesstunde schlug,
tatest du deine Pflicht,
erfülltest sie mit der gleichen freudigen Gelassenheit,
erfülltest des Sterbens Pflicht.
Nichts reißt dein Leben auseinander und deinen Tod:
Es ist ungebrochen eine einzige Linie,
die du gefügt.
Lebendig bleibt die Linie,
verläuft geradewegs und wächst
in einem fort und führt von deinem Tod
unablässig zu anderen Leben,
und eilt und eilet unaufhörlich, Menschenwesen sammelnd,
Menschen einend, Leben,

wie ein großer Strom anwächst durch andre Flüsse,
wie ein Ton anschwillt
in der Musik und empor sich schwingt,
so deine Stimme, dein Leben, sie fahren fort,
das ganze Erdrund zu durchlaufen.
Sie sind kein totes Erbe, sondern lebendig Blut,
sind kein Erinnern, sondern entschlossenes Handeln,
und du bist der menschliche Held,
nicht der Halbgott aus Stein,
du, der sein Menschenmaß anfüllte
mit des Lebens ganzer Fülle,
nicht mit seinem eigenen Leben nur,
sondern auch mit unsrer aller,
aller Leben,
und in dir ist die Freiheit kein Flügelpaar
auf einem Wappenschild, kein leblos Standbild,
sondern die sichere Hand der Partei,
welche die deine hält,
und so sammelten die neuen Leben
Samen aus deiner Standhaftigkeit,
die in dir aus zahllosen Leben erwuchs,
und säten ihn aus.
Die Menschen,
von der Minute an, da dein Antlitz sich neigte,
fuhren fort im Kampf, und es färbt unsere Fahne sich
mit dem heiligen Blut
deines unbezwingbaren Herzens.

V DU WARST DAS LEBEN

In den Straßen Prags
deine Gestalt.
Kein geflügelter Gott,
jedoch das bleiche Antlitz, das verfolgte,

das nach dem Tode uns zulächelt.
Der Held, der auf seinem
beständigen Haupt
keinen Lorbeer trägt aus vergeßlichem Stein,
sondern einen alten Hut
und in der Tasche die letzte
Botschaft der Partei,
die illegale, der Mitternacht,
das organisierte Frührot,
das Zirkular, dessen frische
Druckerschwärze abfärbt,
und also, Fučik, zogst du
Straße auf Straße umher mit deinen Losungen,
Fučik, mit deinen Flugblättern,
mit deinem alten Hut, weder Hochmut
noch Demut im Herzen, die Waffen
des Widerstands stählend,
dem Tod entgegen
mit der Gelassenheit eines Passanten,
der ihn erblicken soll an der nächsten Ecke,
hin durch die Straßen in des Prager Winters
antiker Perlenpracht,
während in der Burg der Feind
seine Meute anbellte,
organisiertest du
von Straße zu Straße
die Einheit deines Volkes, den Sieg,
der heut den Frieden deiner Heimat krönt.

VI DU BIST ÜBERALL

Fučiks Geschlecht, Nachkommen
schweigsamer, fröhlicher Menschen,
über den ganzen Erdkreis breitet ihr aus
das untilgbare menschliche Eisen.

Korea, geliebte Erde, du bewiesest
den viehischen Invasoren
aus Philadelphia, daß
über Asche
und Brand und Martyrium
Fučiks Rasse entflammet bleibt
und den Tod besiegt.
Fern in Paraguay, dem finsteren
und giftig grünen, schließen
die eingekerkerten kleinen Leute,
die in der Wildnis verfolgten,
beim Sturz auf die blutgetränkten
Blätter am Strom,
den gleichen,
den übermenschlichen Mund Fučiks für immer.
In Iran kehrt das Erdöl
in die Hände des Volkes zurück,
das mit roten Lettern deinen Namen
schreibt, Julius Fučik aus Prag.
Und das Mädchen von Vietnam,
das mit sanften Blumenhänden
die Mitrailleuse handhabt,
trägt in ihrer von Dornen der Wildnis
zerrissenen Ledertasche
dein Buch in Schriftzeichen,
die du nicht lesen könntest:
das Buch, das in den letzten Tagen
auf den edlen Gesichtern geschrieben stand
der zum Tode Verdammten von Athen,
auf daß die Mörder
von neuem deine Worte fänden
auf dem staubbedeckten Blut.

Vor Tausenden von Jahren wurde ein
Mensch gekreuzigt,
er starb für seinen Glauben, an das Jenseits denkend.
Auf dem Leben der Menschen lastete sein Kreuz
und band mit der Hoffnung die Angst.
Wir aber haben Millionen Gekreuzigte,
und unsere Hoffnung lebt auf der Erde.
Möge der, der sie sehen will, die Augen heben.
Reich mir deine Hand, so du sie berühren willst.
In den neuen Reisfeldern Chinas ist unsere Hoffnung.
Und wenn des Reis' weiße Zähne lächeln,
sollte da die Erde nicht glücklich sein?
Wahr ist, daß Korn und Fleisch, wahr ist, daß die
Schule,
das reinliche Haus, die gerechte und gesicherte Arbeit,
der Friede für die Kinder, die Liebe,
das Buch, in dem sich Freude und Weisheit einen,
wahr ist, daß dies alles des Menschen Eroberungen sind
und diese einfachen Wahrheiten unsre Hoffnung bilden.
Warum wollt ihr, daß zu den Bauern, den Aymarás
des unglückseligen Bolivien,
den von Hunger und Kälte der großen Höhen
zermürbten,
morgen ich käme und ihnen den Himmel verspräche?
Ihr würdet mich nicht an das Kreuz mehr schlagen,
weil sie weiterhin hungerten.
Spräche ich aber zu ihnen von einer Landwirtschafts-
Kooperative, die ich in Polen sah,
wo Milch und Brot und Buch allen gemeinsame Güter
sind,
dann würdet ihr einen Knüttel auf meinen Rücken
niedersausen lassen
und mich kreuzigen, wenn nicht die Meinen mich
beschützten.

Wir haben auf jedem Kilometer der Erde einen
Gekreuzigten,
und in der Nähe des prosperierenden New York,
nicht fern dem Stork-Club,
kreuzigen sie einen Neger und einen Weißen täglich.
Aber wir werden nicht untätig verharren,
den Märtyrertod erwartend und den Weihrauch,
wir, wir werden kämpfen jeden Tag unseres Lebens,
wir, wir werden siegen, und jetzt rufen wir dich an,
und also von ihrem Galgen oder ihrem Kreuz, es ist
ganz gleich, wie du es nennst,
überwand das tote Herz Julius Fučiks seine Henker.

VIII JULIUS FUČIK, STRAHLENDER DU

Julius Fučik, Strahlender du – der Wabe des Lebens
eiserne süße Zelle, aus Honig geformt und Feuer –,
gib uns heute als unser täglich Brot
dein Wesen, deine Gegenwart,
deine, eines lichten Strahls schlichte Lauterkeit.
Komm zu uns am heutigen Tage, morgen und immerdar,
denn du, aufrechter Held,
bist die Struktur
des morgigen Menschen.
Da der Tod dich traf, glänzte
über dem Planeten das Licht
in der Bienenfarbe deiner Augen,
und des Honigs und des Kampfes Keim,
der Süße und der Härte
wurde eingepflanzt
ins Leben des Menschen.
Deine Entschlossenheit zerstörte die Angst
und deine zärtliche Liebe die Finsternis.
Eintratest du, ein nackter Mensch,

in den Schlund unserer Hölle,
und mit zerschlagenem Leib
blieb ohne zu zerbrechen deine Wohlgestalt, unberührt
und weiterwirkend die Wahrheit,
die du bewahrtest trotz des Todes.

IX MIT MEINEM PRAGER FREUNDE

Glücklich dein Land, Mutter mit Augen
von Stahl: Tschechoslowakei, Europas
erlesenste Blüte, gekrönt
vom Frieden deines Volkes!
Sanfte Hügel, Gewässer, rote Dächer,
und wie grüner Regen flimmernd
aufreckt der Hopfen seine vertikalen Ranken,
während in Gottwaldau ein Bienenkorb
von Intelligenz und Vernunft die neue Rose
der menschlichen Arbeit stützt.
O Fučik, komm und besuche
mit mir den reinen Boden deines Vaterlandes,
grün, weiß und golden,
und in ihm des Volkes Helle,
die es mit Strahlenglanz erfüllt!
Ruhm der neuen Ackerfurche
und dem neuen Tagwerk
und dem unbesiegbaren Stahl von Kladno!
Dem neuen Menschen, der in die Werkstatt
tritt und die Plätze überquert,
Ruhm den neuen festen Brücken
über dem Gewog des alten Flusses
durch Fučik, meinen Freund,
meinen schweigsamen Gefährten,
der mir zuseiten alles wies
in der Winterfarbe Prags

mit seinem unsichtbaren alten Hut
und seinem milden stillen Lächeln
mitten durch das Leben und den Tod,
Erbe und Geschenk, die er uns hinterließ.
Julius Fučik, ich grüße dich,
verjüngte Tschechoslowakei,
Mutter schlichter junger Burschen,
der verstummten Helden Erde,
Republik aus Nebel und Kristall,
Traube, Ähre, Stahl und Volk!

VI

Weit ist die neue Welt

MIT DIR DURCH DIE STRASSEN

Ich möchte singen und sagen die Dinge
der weiten russischen Erde.
Einige wenige Dinge nur,
denn es faßt mein Gesang nicht alle.
Einfache Tatsachen, Pflanzen,
Menschen
und Vögel,
Unternehmen der Menschen.
Viele bestanden schon immer,
andere
sind im Werden,
denn dies ist die Erde
der unendlichen Geburt.
Und so beginn ich die Wandrung
mit dir durch die Straßen,
über die Felder,
am Meeresgestade im Winter.
Du bist mein Freund, komm,
laß uns gehn.

ES ÄNDERT SICH DIE GESCHICHTE

Es war zur Puschkinzeit,
der flächenweite Frühling,
eine Woge der Luft
gleich dem lichten Segel
eines transparenten Schiffes,
wehte über die Wiesengründe,
das Gras aufwirbelnd
und den Duft des Keimens.
Vor Leningrad tanzten

am Meerhorizont
einen Walzer die Bienen.
Gen Ost
rollten die Motore,
die Räder, die elektrische Kraft,
Jungen und Mädchen.
Die Steppe erbebte,
auf die unendliche Weite der Zärtlichkeit
setzten die Lämmer
ihre schneeweiße Interpunktion.

Endlos wie kein anderes Land
ist die Sowjetunion.
Raum hat sie
für die allerkleinste blaue Blume
und für den Fabrikgiganten.
Es wogen und singen gewaltige Ströme
über ihre endlos sich dehnende Haut,
und dort lebt
der Stör, der, in Silber gehüllt,
winzige Perlenbüschel
der Frische und Köstlichkeit birgt.
Durch die Berge wandert
mit zagen Füßen der Bär
gleich einem uralten Mönch im Dämmer
einer grünen Basilika.
Aber der sowjetischen Lande König
ist der Mensch,
der kleine Mensch,
der jüngst geboren ward,
Iwan heißt er oder Peter,
und er weint
und verlangt nach Milch:
Dieser ist der Erbe.

Mit Teppichen von Gras und Schnee
üppig ist und aufgelockert sein Reich.
Schwerlich vermag die Nacht
mit ihrem kühlen Diadem
das Haupt zu bedecken,
der Uralgebirge Gipfel,
und das Weltmeer spült die Borde
von Eis oder lieblichem Erdreich,
glaziale Zonen
oder der Traube Länder.
Alles ist sein:
die Erde, in Betrieb
wie ein Riesenwerk,
in dem er singen
und schaffen soll,
seit er geboren;
denn das Reich der Fruchtbarkeit
ist Menschenwerk.
Früher war düster die Erde,
Hunger und Leid füllten
Zeit und Raum.
Da trat in die Geschichte
Lenin,
er veränderte die Erde,
dann verwandelte den Menschen
Stalin.
Darauf der Friede und der Krieg,
das Blutvergießen, das Korn:
Unter Mühen
ward alles vollbracht
voll Kraft und in menschlicher Freude,
und heut tritt Iwan das Erbe an
des roten Frühlings von Meer zu Meer,
durch den ich dich leite an meiner Hand.

Lausche nur, lausche
diesem Vogelsang:
Es jubiliert das Silber im taufeuchten Zwitschern
seiner morgendlichen Stimme,
ihm folge ich inmitten der Nadeln
und Wedel der Fichten,
ihm antwortet andrer Gesang,
es belebt sich der Wald
in den Wipfeln mit Stimmen.
Ein Singen von Wald zu Wald,
und Woche um Woche
von Frührot zu Frührot tauschen sie
Triller, die frisch erblühten.
Von Dorf zu Dorf schallt Antwort,
von Werk zu Werk,
von Strom zu Strom,
von Erz zu Erz, von Gesang zu Gesang.

Es singt das ganze weitgedehnte Land,
singend gibt es Antwort,
Tau tragen die Blätter
am lichten Morgen.
Kühles Sternarom
birgt der Wald.
Wie über einen Planeten
zieht über die russische Erde
langsam wandernd der Frühling einher,
und Ähren und Menschen sprießen hervor
unter seinem Silberschritt.

II DER TRANSSIBIRISCHE

Ich streife durch den sibirischen Herbst:
Jede Birke ein Leuchter von Gold.
Plötzlich ein schwarzer Baum, ein roter Baum
flammt wie eine Wunde oder wie loderndes Feuer.
Steppe, du Antlitz
rauher Unermeßlichkeit, grüne Weite,
Getreideplanet, erdhafter Ozean.

Ich kam des Nachts
durch Nowosibirsk, erstanden
durch das neue Kraftwerk.
Seine Lichter wirkten inmitten der Nacht
im weiten Raume, der neue Mensch,
er formte neu die Natur.

Und du, großer Strom Jenissei, sprachst zu mir
mit mächtiger Stimme, vorüberfließend, dein Wort:
»Nun strömen meine Wasser nicht vergebens mehr.
Blut des Lebens bin ich, das erwacht.«

Die kleine Station, in deren Winkeln der Regen
ein Erinnern an das Wasser hinterließ,
und die uralten freundlichen Holzhäuser
oben, jene Fragmente der Wälder,
haben neue Gäste, eine Kette
von Eisen: Es sind die neuen Traktoren,
die gestern ankamen, strenge, einförmige
Soldaten der Erde,
Waffen des Brots, ein Heer
des Friedens und des Lebens.
Getreide, Hölzer, Früchte
Sibiriens, hochwillkommen
in des Menschen Haus:
Niemand gab euch das Recht zu wachsen,

niemand konnte wissen, daß ihr lebtet,
bis der Schnee zerging
und zwischen den weißen Schwingen der Schmelze
einzog der sowjetische Mensch,
auszustreuen die Samen.
O ihr sibirischen Breiten,
im gelben Licht
des weitesten Herbstes der Erde
sind heiter die goldenen Blätter,
alles Licht, aus seinem Kelch geschüttet, hüllt euch ein.

Der transsibirische Zug
verschlingt den Planeten im Fluge.
Mit jedem Tag versinkt
eine Stunde vor uns,
sie gleitet hinter den Zug
und wird Same.
Im Uralgebirge
ließen wir des Herbstes wundersame Kühle,
und vor Krasnojarsk, bevor ein Tag zu Ende,
kleidet sich der unsichtbare Frühling
erneut in sein zartes blaues Gewand.
Im benachbarten Abteil
reist der junge Geologe
mit seiner Frau und einem ganz kleinen Kind.
Die Insel Sachalin erwartet sie
mit ihren vierzig Kältegraden
und der Einsamkeit,
aber auch die Erze warten,
die ein Stelldichein gegeben den Entdeckern.

Vorwärts, sowjetisches Kind!
Wie sollen die Einsamkeit wir bezwingen,
wie sollen die Kälte wir besiegen,
wie sollen den Frieden wir gewinnen,
so du nicht mit der Transsibirischen fährst,

die Inseln fruchtbar zu machen?
Der Zug wird bis Wladiwostok
und noch inmitten der stahlgrauen Inselmeere
die Jungen verteilen, die verändern werden das Leben,
die Kälte und Ödnis und Wind
in Blumen verwandeln werden und Metalle.

Vorwärts, ihr Jungen,
die ihr in diesem transsibirischen Zug
während sieben Tage Fahrt
präzise Träume träumt
von Eisen und von Ernten.

Vorwärts, sibirischer Zug,
dein friedlicher Wille
umkreist beinahe den Erdball!

Endlose Weite, geräumige Erde, dich durchmessend
Tage und Tage, im gleitenden Zug
liebte ich deine Steppenbreiten,
deine Ackerkulturen, deine Dörfer, deine Fabriken,
deine Menschen, die dich verwandeln in nährenden Stoff,
und deinen unendlichen Herbst, der mit Gold mich überhäufte,
indes der Zug das Sonnenlicht besiegte und die Ferne!

Von nun an werde ich dich in meinen Augen tragen,
Sibirien, gelbe
Mutter, Frühling
der Zukunft, unfaßbar!

III DRITTES LIEBESLIED AUF STALINGRAD

Stalingrad mit den glutheißen Schwingen
des Sommers, deren weiße
Wohnbauten ragen:
eine Stadt wie jede andere.
Die Menschen eilen
zur Arbeit.
Ein Hund quert
den staubigen Tag.
Ein Mädchen läuft dahin
mit einem Papier in der Hand.
Nichts ereignet sich,
nur die Wolga
mit dunklen Wassern fließt.
Eins nach dem andern erhoben sich
aus dem Herzen der Menschen
die Häuser,
und die Briefmarken kehrten wieder,
die Briefkästen,
die Bäume,
die Kinder kehrten wieder,
die Schulen,
es kehrte die Liebe zurück,
die Mütter
gebaren,
es kehrten die Kirschen
an die Zweige zurück,
der Wind
an den Himmel,
und dann?

Ja, es ist dieselbe,
ganz ohne Zweifel.
Hier war die Bahn,
die Straße,

die Ecke,
der Meter und der Zentimeter,
wo unser Leben und der Sinn
unserer aller Leben
erkauft ward mit Blut.
Hier wurde der Knoten durchschnitten,
der die Kehle der Geschichte
umklammerte.
Hier war es. Unglaubhaft scheint es,
daß wir die Straße
betreten können und sehen
das Mädchen und den Hund,
und einen Brief dir schreiben,
ein Telegramm abschicken,
vielleicht aber war
dafür,
für diesen Tag, der
jedem andern gleicht,
für diese selbstverständliche Sonne
über dem Frieden der Menschen
der Sieg,
hier, in dieser Asche
der geheiligten Erde.

Heutiges Brot und heutiges Buch, junge Fichte
an diesem Morgen gepflanzt,
leuchtende Avenue,
vor kurzem aus dem Blatt Papier erstanden,
auf dem der Ingenieur sie
unter dem Stürmen des Kriegs entwarf,
Mädchen, das du vorübergehst, Hund,
der du hinläufst durch den staubigen Tag,
o Wunder,
Wunder des Blutes,
Wunder des Stahls und der Partei,
Wunder unserer neuen Welt.

Akazienzweig voll Dornen und Blüten,
wo denn, wo denn
duftest du stärker
als an dieser Stätte, wo getilgt ward jeglicher Duft,
wo alles stürzte,
nur nicht der Mensch,
der Mensch dieser Tage,
der sowjetische Mensch.

O duftender Zweig,
du duftest
hier
stärker denn ein ganzer Frühling!

Vom Menschen und der Hoffnung her rührt dein Duft,
hier, Akazienzweig,
vermochte das Feuer nicht, dich zu verbrennen,
noch des Todes Wind dich zu begraben.
Hier erstandest du täglich von neuem,
ohne je gestorben zu sein,
und heute schenkt uns in deinem Duft
das ewig Menschliche
von gestern, von morgen
und übermorgen
seine reife Unsterblichkeit wieder.
Du gleichst dem Traktorenwerk:
Es treibt heute
neue große metallische Blumen,
die in die Erde dringen werden,
auf daß der Same
tausendfältig werde.
Auch das Werk
ward zu Asche,
verbogenes Eisen, des Krieges
blutiger Schaum,

sein Herz aber setzte nicht aus,
es lernte sterben und wiedererstehn.

Stalingrad lehrte die Welt
des Lebens höchste Lektion:
geboren werden, geboren werden, geboren werden,
und es wurde geboren,
da es starb,
es gab Feuer
bei seiner Geburt,
es sank auf sein Antlitz und stand auf,
einen Blitz in der Hand.
Die ganze Nacht verströmte es sein Blut,
und in der Morgenröte schon
konnte Blut es spenden
allen Städten der Erde.
Es erbleichte unterm düsteren Schnee
bei dem großen Sturz des Todes,
und da du hinsahst
es stürzen zu sehen, da wir sein Ende
einer Feste beweinten,
lächelte es uns an,
Stalingrad
lächelte uns.

Und nun
floh der Tod von dannen:
wenige Mauern nur,
hie und da verbogenes Eisen,
zerbombt und zerkrümmt,
wenige Spuren des Menschen nur
wie eine Narbe des Stolzes,
heute alles ist Helle, Mond und Raum,
Entschlossenheit und Weiße,
und in der Höhe
ein Akazienzweig,

Blätter, Blüten und schirmende Dornen,
der Frühling Stalingrads,
der weithin entfaltete,
der unbezwingbare Duft
Stalingrads.

IV DER SOWJETISCHE ENGEL

Seit hundertfünfzig Jahren
ruht er in der Erde.
Im Petrograd der Seide und des edlen Bluts
fiel er, eine schmutzige Kugel
irgendwo in der Brust.
Die Zeit verging.
Mehr als hundert Winter fiel Schnee
auf Dächer und Straßen,
jedoch offen und blutend
blieb jene
kleine rote Wunde
in der Brust von Stein und Seide und Gold
in Petrograd. Ein Faden
Blut klagte an. Er tauchte auf
und verschwand,
klomm in die Kuppeln auf,
rann über die Seide
der bestickten Fräcke,
erschien überraschend
als kostbarer Edelstein
auf dem Dekolleté
einer Schönheit,
aber ach, es war nur ein Blutgerinnsel,
das klagte an.

So war es,
so war das Blut
des ermordeten Puschkin.
Überall floß es hin
wie ein unendlicher
Faden.
Durch das Schweigen
Petrograds, durch Gestein und Wasser
der schlafenden Stadt,
durch Peter des Großen Standbild und sein Roß
zog der Faden dahin,
der Faden Blut,
suchend zog er seine Bahn.

Bis eines Tags
unter Schüssen aufging die Morgenröte.
Auf den Treppenstufen
des Winterpalastes
bot sich ein seltsam
gefügtes Bild:
Kühnheit war es und Zorn,
Hoffnung war es und Feuer,
junge Häupter waren und graue,
war des Volkes Stirn.
Und Lenin
mit einem Federstrich
änderte vor der Hoffnung alsdann
die Geschichte.

Damals
zog jener anklagende Faden Blut
sich zurück an seinen ursprünglichen Ort,
und hell und rot und gleich dem Wind
lebte aufs neue
der gedankenvolle Engel.

Puschkin
sah auf sein Hemd:
Nun blutete die häßliche Wunde nicht mehr,
die die Mörderkugel hinterlassen.
Das Volk
hatte vertrieben
die Raufbolde
in goldbestickten Fräcken,
die mit Blutstropfen geschmückten
Henker,
und nun,
mit geschlossener Wunde,
empfing sein Haupt
den Lorbeerwind,
und er begann durch die Straßen zu schreiten
und begleitete sein Volk.

Und wieder voll Leben,
strahlend in seinem Glanz,
am Himmel wie eine gewaltige
Fahne wogend,
unter die Menschen sich mengend
am Ausgang des Bauwerks,
auf dem Ackergrund
mit taufeuchtem Haar
oder ein wenig Ruhe sich gönnend
bei den Sicheln des Weizens
sah ich den jungen Puschkin.
Mein Freund
sprach nicht,
man mußte ihn lesen.
Ich durchwanderte die weite Geographie
der UdSSR,
ihn schauend und ihn lesend,
und er entzifferte mir mit seiner ehemaligen Stimme
alles Leben und die Lande.

Gelassener Stolz
überzog sein Antlitz
wie ein Traum,
da er mir zuseiten
hinflog
transparent in der Transparenz der Luft,
über der Städte und Wiesengründe
unermeßliche Freiheit.

V BEI SEINEM TOD

Genosse Stalin, ich befand mich am Meer in Isla Negra,
ausruhend von Kämpfen und Reisen,
als die Nachricht von deinem Tod wie ein Schlag des
Ozeans mich traf.
Zuerst war Schweigen, das Entsetzen der Dinge,
und dann kam vom Meer eine Riesenwoge.
Aus Algen, Metallen und Menschen, Steinen, Schaum und
Tränen war diese Woge gemacht.
Von Geschichte, Raum und Zeit nahm sie ihren Stoff
und erhob sich weinend über die Welt,
bis sie, vor mir angelangt, gegen das Gestade peitschte
und vor meiner Tür ihre Trauerbotschaft niederwarf
in einem ungeheuren Aufschrei,
als ob die Erde plötzlich zerbarst.

*

Es war im Jahre 1914.
In den Fabriken häuften sich Schmutz und Schmerzen.
Die Reichen des neuen Jahrhunderts verteilten,
bis an die Zähne bewaffnet, das Erdöl und die Inseln, das
Kupfer und die Meeresengen unter sich.
Nicht eine einzige Fahne entrollte ihre Farben
ohne Spritzer Bluts.

Von Hongkong bis Chicago suchte
die Polizei nach Dokumenten und erprobte
die Mitrailleusen am Leib des Volkes.
Militärmärsche schickten vom Frührot an
arme Soldaten zum Sterben.
Toll war der Tanz der Gringos
in den raucherfüllten Nachtlokalen von Paris.
Der Mensch aber verblutete.
Blutregen
fiel herab vom Planeten
und befleckte die Sterne.
Da zog der Tod zum ersten Mal einen stählernen Panzer an.
Auf den Landstraßen Europas
war der Hunger
ein eisiger Wind, der dürres Laub aufwirbelte und Knochen
zerbrach.
Der Herbst blies durch die Lumpen.
Schreckerstarrt lagen die Wege unter dem Krieg.
Ein Geruch von Winter und Blut
entströmte Europa
wie einem wüsten Schlachthof.
Unterdes waren die Herren
der Kohle,
des Eisens,
des Stahls,
des Rauchs,
der Banken,
des Gases,
des Goldes,
des Mehls,
des Salpeters,
der Zeitung »Der Merkur«,
die Besitzer der Bordelle,
die nordamerikanischen Senatoren,
die mit Gold und Blut
aller Länder beladenen

Freibeuter
auch die Herren
der Geschichte.
Dort saßen sie
im Frack, höchst beflissen,
einander Ehrenzeichen zu verleihen,
sich Schecks zu schenken zu Beginn
und sie sich zu rauben am Ende,
Aktien des Gemetzels sich zu schenken
und, bis an die Zähne bewaffnet, Stücke
von Völkern und Erdreichen unter sich zu verteilen.

★

Da, in einfachem
Rock und Arbeitermütze
eintrat der Wind,
eintrat des Volkes Wind.
Es war Lenin.
Er veränderte die Erde, den Menschen, das Leben.
Die frische revolutionäre Luft
fegte die Aktenstücke, die besudelten,
durcheinander. Und es erstand ein Vaterland,
das nie mehr aufhörte zu gedeihen.
Groß ist es wie die Welt, doch birgt es sich
im Herzen noch des
bescheidensten
Arbeiters von Fabrik und Verwaltung,
von Landwirtschaft und Meer.
Es war die Sowjetunion.

An seiten Lenins
schritt Stalin vorwärts,
und so, in weißer Bluse,
mit grauer Arbeitermütze,
eintrat mit seinem gelassenen Schritt
Stalin

in die Geschichte, begleitet
von Lenin und dem Wind.
Seit damals baute
Stalin auf. Alles
fehlte. Lenin
hatte Spinnenweb und Lumpen
übernommen vom Zaren.
Lenin hinterließ das Erbe
eines sauberen und weiten Vaterlandes.
Stalin füllte es an
mit Schulen und Mehl,
Druckereien und Äpfeln.
Von der Wolga
bis zum Schnee
des unzugänglichen Nordens
legte Stalin seine Hand ans Werk, und von seiner Hand
geführt, begann der Mensch zu bauen.
Städte erblühten.
Wüsten sangen
zum ersten Mal mit Wassers Stimme.
Die Erze
gesellten sich hinzu,
verließen
ihre dunklen Träume
und standen auf,
wurden Schienen, Räder,
Lokomotiven, Drähte,
die über den ganzen Raum elektrische
Silben in die Ferne trugen.
Stalin
baute auf.
Es entstanden
unter seinen Händen
Getreidefelder,
Traktoren,
Schulen,

Wege,
und er war da,
einfach wie du und ich,
wenn es dir und mir gelänge,
einfach zu sein wie er.
Aber wir werden es lernen.
Seine Schlichtheit und seine Weisheit,
seine Art
gütigen Brotes und unbeugsamen Stahls
hilft uns, Mensch zu sein an jeglichem Tag,
hilft uns jeden Tag, Mensch zu werden.

Mensch sein! Das ist
das Stalinische Gesetz!
Kommunist sein ist schwer.
Man muß es werden lernen.
Kommunistischer Mensch sein
ist schwerer noch,
und man muß von Stalin lernen
diese heitere innere Kraft,
seine konkrete Klarheit,
seine Verachtung
des leeren Schön-Geredes,
des hohlen theoretischen Leitartikels.
Er ging ohne Umschweif daran,
den Knoten zu entwirren,
und zeigte das nicht aufzuhaltende
Licht des verfolgten Ziels,
drang ohne Phrasen,
die die Hohlheit verhüllen,
in die Probleme ein,
geradewegs zu auf den schwachen Punkt,
den wir berichtigen werden in unserem Kampf,
er beschnitt das wilde Gezweig
und wies den Sinn der Früchte.
Stalin ist der hohe Mittag,

des Menschen und der Völker Reife.
Im Kriege sahen
die eingeäscherten Städte ihn
die Hoffnung
dem Schutt entreißen,
sie abermals umschmelzen,
zu Stahl sie gießen
und ihn zum Angriff schreiten mit ihren Blitzen,
das Schanzwerk also zerstörend
der Finsternis.

Aber er half auch den Apfelbäumen
Sibiriens
Früchte tragen unter dem Wettersturm.
Es lehrte alle
wachsen, wachsen,
Pflanzen und Metalle,
Geschöpfe und Ströme,
er lehrte sie wachsen,
Früchte hervorzubringen und Feuer.
Er lehrte sie den Frieden,
und also hielt er auf
mit breiter Brust
die Wölfe des Krieges.

*

Menschen Stalins! Wir tragen mit Stolz diesen Namen.
Menschen Stalins! Das ist die Rangordnung unserer Zeit!
Arbeiter, Fischer, Musiker Stalins!
Stahlschmiede, Väter des Kupfers Stalins!
Ärzte, Salpeterbrecher, Dichter Stalins!
Gelehrte, Studenten und Bauern Stalins!
Handwerker, Angestellte und Frauen Stalins!
Gruß euch an diesem Tag! Das Licht ist nicht entschwunden,
nicht entschwunden ist das Feuer,
doch sich mehren soll

das Licht, das Brot, das Feuer und die Hoffnung
der unbezwinglichen Stalin-Epoche!

Während der letzten Jahre ließ die Taube,
der Friede, die unstet irrende Rose, die verfolgte,
auf seinen Schultern sich nieder, und Stalin, der Mächtige,
hob sie empor zur Höhe seiner Stirn.
So gewahrten ferne Völker den Frieden.
Von Steppen her und Meeren, Weiden und Versammlungen
richteten Menschenaugen
den Blick auf jenen Leuchtturm mit den Tauben,
und nicht der blindwütende Zorn, nicht der Blutdürstenden
Abscheu erregendes Gift noch die Grimasse
Churchills, Eisenhowers oder Trujillos,
nicht das Radiogeheul der Gekauften
oder das heisere Geknurr des gestürzten Schakals
verringerten seine epische Größe,
noch befleckten sie seine aufrechte Kraft.

★

Im Angesicht des Meeres von Isla Negra hißte ich
zur Morgenstunde die Flagge Chiles auf halbmast.
Verlassen lag die Küste, und ein Silbernebel
mischte sich des Ozeans erhabenem Schäumen.
In Mastes Mitte schien im blauen Feld
der einsame Stern meines Heimatlandes
eine Träne zwischen Himmel und Erde.
Ein Mann aus dem Volk ging vorüber, und da
er begriff, nahm er grüßend seinen Hut ab.
Ein junger Bursche kam und drückte mir die Hand.

Später näherte sich der Seeigelfischer, der alte Taucher
und Dichter,
Gonzalito, um bei mir zu verbleiben unter der Fahne.
»Er war weiser als alle Menschen zusammen«, sagte er zu mir,

während er mit seinen alten Augen auf das Meer sah, den alten
Augen des Volkes.
Und dann sprachen wir lange Zeit kein Wort.
Eine Woge
erschütterte des Ufers Felsgestein.
»Malenkow aber wird sein Werk nun weiterführen«, fügte
der arme Fischer in gestreifter Jacke, indem er aufstand, hinzu.
Ich sah ihn an, überrascht und nachdenklich: Wieso, wieso weiß
er es?
Woher, an dieser menschenleeren Küste?
Und ich verstand, das Meer hatte es ihn gelehrt.

Und so halten wir hier gemeinsam Totenwacht, ein Dichter,
ein Fischer und das Meer
für den fernen Völkerführer, der bei seinem Scheiden
allen Völkern ein Erbe hinterließ: sein Leben.

VII

Die Heimat der Traube

DIE GRÜNE TUNIKA

Auf den Landstraßen
und durch die Berge wanderte ich.
Die Weinhänge hüllten mich ein mit ihrer grünen Tunika,
ich kostete von Wein und Wasser.
Über meine Hände
stäubte das Mehl, glitt das Öl,
aber
der Erde edelstes Erzeugnis
ist in Italien das Volk.
Ich ging in die Fabriken,
sprach mit den Männern,
ich kenne das helle
Lächeln der geschwärzten Gesichter,
und dieses Lächeln gleicht dem herben Mehl:
die harsche Erde ist seine Mühle.
Ich ging
auf den Inseln unter den Fischern einher,
ich kenne das Lied
des einsamen Mannes,
allein in der steinichten Ödnis
hab ich des Fischfangs Netze heraufgezogen,
an den kalkigen Hängen des Südens
hab ich das Eingeweid schürfen gesehn
der kärglichsten Erde.
Ich sah den Ort,
an dem mein Freund, der Guerillero Benedetti,
die Sprengladung in der Hand, wie festgewurzelt,
dort für alle Zeit
das Augenlicht verlor, aber nicht das Lächeln.
Allüberall
hab ich des Menschen
Substanz berührt,
und dieser Kontakt
war für mich wie nährendes Erdreich.

Viel bin ich gewandert,
mit Kleidern mich unterhaltend,
Hüte grüßend,
Handschuhen die Hände reichend.
Ich wanderte viel
unter Männern ohne Mannestum,
Frauen ohne Fraulichkeit,
zwischen Häusern ohne Türen.
Italien, du erhöhst des einfachen
Menschen Maß
wie der Mutterboden den Weizen,
so du Getreide häufst,
erlesenen Ernteschatz,
tiefes Keimen
des Zartgefühls und der Hoffnung.
Die älteste
der Frauen, grau und olivenfarben,
brachte mir
in den Morgenfrühen
Felsenblumen, Rosen, mühsam gepflückt
am äußersten beschwerlichen Saum der Hänge.
Rosen und zartgrünes Öl waren die Gaben,
die ich empfing, aber
vor allem
lernt ich von deinen Inseln
Weisheit und Gesang.
Wohin ich auch gehe, in meinen Händen werde ich tragen,
als wär es das Fühlen
makellosen Holzes,
wohltönend und duftend,
das meine Hände behüten werden,
den Gang der Menschenwesen,
ihre Stimme und ihre Substanz,
den Kampf und das Lächeln,
die Rosen und das duftende Öl,
die Erde, das Wasser, den Wein

deines Landes und deines Volkes.
Ich lebte mit den zerborstenen Bildsäulen nicht
noch mit den Tempeln, deren Säulenreihen
stürzten mit ihren antiken Hierarchien.
Auch lebte ich nicht
von Azur nur und Duft,
ich litt die tiefen Erschütterungen
des menschlichen
Ozeans:
In das größte Elend
der eingestürzten Vorstädte
senkte ich
wie ein nächtliches Netz mein Herz,
und ich kenne die Tränen und den Hunger
der Kinder,
aber
ich kenne den Schritt auch
der Organisation und den Sieg.
Ich ließ, einer unbeweglichen
Leier gleich, meine Brust
nicht zerfließen in liebliche Weisen,
sondern ich wanderte durch die Fabriken
und weiß, ändern wird sich
das Antlitz Italiens. Ich rührte an den Grund
unendlichen Keimens
im Schimmer der Frühe und warte.
Ich badete mich in den Wassern
eines ewigen Quells.

II AUF CAPRI DIE HAARFLUT

Capri, Felsenkönigin,
in deinem Gewand,
lilien- und amarantenfarben,
lebte ich, das Glück vermehrend

und den Schmerz, den Weinberg voller
funkelnder Trauben,
den ich auf Erden errang,
den flimmernden Schatz
aus Duft und flutendem Haar,
Leuchte des Zenits, entfaltete Rose,
Honigwabe meines Planeten.
Ich legte im Winter an.
Ihr saphirnes Gewand
bewahrte zu ihren Füßen die Insel,
und nackt stieg sie auf im Dunst
ihrer Meereskathedrale.
Aus Stein war ihre Schönheit. Auf jedem
Fragment ihrer Haut grünte von neuem
der unberührte Frühling,
der in den Felsenspalten seinen Schatz verbarg.
Ein roter und gelber Blitz
schlummerte hingestreckt
unter dem zarten Licht,
die Stunde erwartend,
seine Kraft zu entfesseln.
Am Gestade die Vögel unbewegt,
mitten im Himmel
ein heiserer Schrei, Wind
und Meeresschaum, der unsägliche.
Von Silber und Fels dein Gewand, kaum
sternt die blaue Blume auf,
den Stachel- und Dornenmantel bestickend
mit ihrem Himmelsblut.
O Einsamkeit Capris, ich kam
von den Trauben aus Silber,
des Winters Pokal unsichtbaren
Wirkens voll,
ich rühmte deine Beständigkeit,
dein zärtlich Licht, dein Gefüge,
und deinen Sternenwein

trank ich, als würde
in mir das Leben geboren.

Insel, von deinen Wänden
nahm ich die kleine nachtentfaltete Blume
und barg sie an meiner Brust.
Und auf dem Meer, den Inselkreis umfahrend,
schuf ich einen Ring von Wasser,
der dort in den Wogen verblieb,
die stolzen Türme umspannend
blühenden Steins,
die zerschrundenen Gipfel,
die meine Liebe nährten
und hüten werden mit mitleidlosen Händen
meiner Küsse Spur.

III DIE POLIZEI

Wir sind
von der Polizei.
– Und Sie? Wer sind Sie?
Woher kommen Sie, wohin
beabsichtigen Sie zu gehen?
Ihr Vater? Ihr Schwager?
Mit wem schliefen Sie die letzten sieben Nächte?
– Ich schlief mit meiner Liebsten, ich bin vielleicht,
vielleicht, vielleicht,
ich bin von der Poesie. –
Und also fuhr eine Gondel,
schwärzer als die anderen all,
sie hinter mir her in Venedig,
in Bologna des Nachts
im Zug: ich war ein irrender Schatten,
von Schatten verfolgt.

Ich sah in Venedig den Campanile aufragen,
der zwischen den Tauben von San Marco
seinen Polizei-Dreispitz in die Lüfte hob.
Und Paolina, die nackte, sagte mir
im Museum, da ich ihren schönen kalten Mund
küßte: Sind deine Papiere in Ordnung?
Im Hause Dantes
unter den alten Dächern von Florenz
finden Verhöre statt, und David
mit seinen Marmoraugen, ohne Pupillen,
vergaß seinen Vater Buonarroti,
denn sie verpflichteten ihn, jedweden Tag zu berichten,
was er mit blinden Augen gesehn.
Trotz alledem wurde an jenem Tag,
da sie mich an die Schweizer Grenze brachten,
plötzlich die Polizei gewahr,
daß, ehe sie sich's versah,
die Dichtung ihr, die kämpfende, entschlüpfte.
Ich werde nie die Menschenmenge Roms vergessen,
die auf der Station zur Nacht
mich den Händen
der verfolgenden Polizei entriß.

Wie könnte ich die Guerillero-Gebärde Guttusos
vergessen und das Antlitz Giulianos,
die Woge des Zorns, den Schlag auf die Nasen
der Spürhunde, wie Mario vergessen,
durch den ich Italiens Freiheit
lieben gelernt im Exil,
und nun sein weißes zorniges Haupt
sich verlieren sah
im erregten Meer
meiner Freunde und Feinde?
Ich werde den kleinen Schirm
Elsa Morantes niemals vergessen,
der auf eine Polizistenbrust niederfiel

wie die schwere Blütenknospe
einer wunderbaren Kraft.
Und so wurde in Italien
durch Volkes Willen,
Gewichtigkeit der Poesie,
solidarische Festigkeit
und der Zärtlichkeit Aktion
mein Geschick.

Und so kam es, daß
dieses Buch entstand,
von Meer umgeben und Limonenhainen,
lauschte ich in die Stille
hinter dem Wall der Polizei,
wie kämpfte und kämpft,
wie sang und singt
das mutige Volk,
das eine Schlacht gewann, damit ich ausruhen
könnte auf der Insel, die mich erwartete
mit einem blühenden Zweig Jasmin im Munde
und in ihren kleinen Händen den Quell meines Gesangs.

IV GÖTTER IN LUMPEN

Seit Jahrhunderten lebt das Elend
im Süden Italiens. Schaut seinen Thron:
niederhängen von ihm, Wandteppichen gleich,
schwarze zitternde Spinnenweben,
und graue Ratten zernagen
das antike Gebälk.
Löchriger Thron, der durch
die zerbrochenen Fenster
der neapolitanischen Nacht
mit schaurigem Röcheln atmet,

und inmitten der Löcher
fallen schwarze Löckchen auf die Schläfen
der schönen Kinder,
die kleinen zerlumpten Göttern gleichen.
O Italien, wer bewohnt
deine Hausung aus Marmor und Glanz?
Behandelst du so, uralte rote Wölfin,
dein goldenes Geschlecht?
Traurig ist auf den Wegen die Stimme des Südens.
Ätzenden Schatten läßt der Himmel
auf die zerbrochenen Hütten niedergehn,
aus deren Türen blickt,
von Hunger und Armut zerzaust,
der Zweig,
und dennoch singt
dein wohltönend Haupt.
Traurig ist auf den Wegen die Stimme des Südens.
Mehr als ein hungriger Mund,
der dennoch singt,
weisen die Dörfer.
Ich trinke den roten Wein,
nicht nur die reife Sonne im Glase
erhebend, sondern das uralte Licht auch
des Zorns.

Der Erde entgegen marschieren
Italiens Bauern.
Sie wurden es müde,
den Stein zu klauben,
und bemächtigten sich des Besitztums,
des feudalen Geländes.
Männer, Frauen, Kinder
sammelten sich hurtig unter einem Baum,
um im Nu
die Erde zu säubern,
sie umzugraben,

sie umzupflügen,
und in die Furche
fällt das Korn,
die Handvoll Korn, das aufbewahrten,
als wäre es Gold,
die Hände der Armen,
und alsbald
dringt Rauch aus der ersten Küche,
das Feuer,
die Wäsche, die gewaschen wird,
das Leben.

Es kamen
die Soldaten
der christlichen Regierung.
»Ihr dürft nicht säen,
dürft kein Feuer machen.
Die Erde
der Herren
soll weiterhin unfruchtbar bleiben.
Reißet heraus das Korn,
vernichtet die Furche,
löschet das Feuer aus.«
Die alten Gesichter,
die runzelbesäten, der Erde
so ähnlichen Hände, Furchen, Samen und Feuer,
sie rührten sich nicht,
und als die christlichen Soldaten
anlegten die Gewehre,
sangen sie und fielen
unter Gesang.

Blut netzte das Korn,
dort aber wächst
ein Getreide unbezwingbar,
ein Getreide, das singt bis in den Tod.

Dieses geschah, da ich in Italien gelebt.
Die Bauern jedoch
haben so die Erde erobert.

V DA LANDETE DIE FLOTTE

Wenn die nordamerikanische
Flotte anlegt,
löst sich Italiens
Hirtenbanner
auf in Dunst.
Zu Ende die Bläue, und die Gitarren,
wo sind sie? Jene
Woge von Honig und Licht,
die einhüllt
Menschen, Monumente, Gespräche,
alles verbirgt sich, einzig noch
in der Bucht sind die Gebilde aus Stahl,
träge Reptilien,
des Krieges
verfluchte Späher,
und hoch oben
das Banner
des Invasors
mit seinen Gefängnisstäben
und geraubten Sternen.
Anwachsen
die Hurenhäuser,
und dort gehen ein und aus,
schwankend von Rausch zu Rausch,
die Matrosen der Zivilisation,
sie stürzen zu Boden,
dringen in die ärmlichen Hütten der Ufer
unter Faustschlägen ein,

genau wie es sich zutrug
zuvor in Havanna,
in Panama, in Valparaiso,
in Nicaragua, in Mexico.
Lichtet die Flotte
den Anker,
folgt ihr zu Lande ein Schiff.
In Zügen, in Lastwagen
rollt ein Hurenhaus
dem neuen Hafen zu, in dem die grauen Schiffe
die Kultur verteidigen werden.
Ach, der Schwierigkeiten!
Es fehlen Hotels, um die Mädchen
einzuquartieren
nach strategischem Ermessen im Hafen!
Oh, dafür jedoch
wurde die gesamte Regierung mobilisiert.

Es eilt der Herr de Gasperi, in
seinem feierlichsten Rock,
und der Polizeiminister,
daß alles
sich abwickle
mit allergrößter Tatkraft,
fegt die Schlafgemächer aus.
Darauf
treten die Herren italienischen Minister
zusammen
und beglückwünschen sich,
und der Präsident der Kammer, hager
und düster wie ein Sarg,
erklärt mit sanfter Stimme:
»Die Schwierigkeiten überwindend,
haben wir die Pflichten erfüllt
gegenüber der nordamerikanischen Flotte.
Außerdem habe ich heutigen Tags,

ich erkläre es voller Stolz,
eine Gemäldeausstellung verboten,
einen gefährlichen Dichter des Landes verwiesen
und zurückgehalten an unserer Grenze
das Leningrader Ballett.
So
bewiesen wir, wie wir hier in Italien
verteidigen
die christliche Kultur. «
Indes verbirgt sich in den Häfen
das Hirtenbanner,
Italiens Helle,
und der Kreuzer
Schatten
ruht auf dem Wasser, wie
in den modrigen Sümpfen der Wildnis
die Reptile lauern.
Und dennoch,
blau ist der Himmel Italiens,
großmütig seine ärmliche Erde,
breit des Volkes Brust,
voll Kühnheit sein Wuchs,
und was ich berichtet, geschah,
aber es wird nicht ewig so sein.

VI SINGEND ERSCHUF ICH DICH

Ich erschuf dich, ersann dich in Italien.
Ich war allein.
Das Meer in seinem Ungestüm
ließ in den Felsenklüften
die Schaumkronen los, die samenträchtigen.
So bereitete sich
der jähe Frühling vor.

Die schlummernden Keime öffneten leis
ihre feuchten Spitzen,
geheimes Verlangen und Blut
versehrten mein Haupt.
Aus Meer und Erde
erschuf ich dich singend.
Deines Mundes begehrt ich, deines kleinen Fußes
Wölbung makellos, deines flutenden Haars
sonnengebräunten Getreides.
Ich rief nach dir, und du kamst des Nachts,
und im glimmenden Licht der Morgenröte
fand ich, du lebtest
und wuchsest aus mir
wie aus dem Meer der Schaum, du meine kleine Göttin.
Warst zuerst ein ruhender Keim,
der wartete
in der dunklen Erde
auf das Wachstum des Frühlings,
und ich, der damals Schlafende,
fühlte, du berührtest mich
unter der Erde,
denn du begannst zu wachsen, und ich, ich hatte dich
gesät
im Bereich meines Daseins. Darauf folgten
die Zeitenläufte und das Vergessen,
und ich vergaß, daß du zusammen mit mir
erwuchsest in meinem Innern,
Einsame du, und plötzlich
fand ich, dein Mund
hatte sich aufgerichtet von der Erde
wie eine Blüte riesengroß.
Du warst es, die da lebte.
Und ich hatte dich erschaffen.
Da es dich erkannte,
erschrak mein Herz
und wollte dich von sich weisen.

Aber wir vermochten es nicht mehr.
Die Erde quoll über
von heiligen Trauben.
Meer und Land unter deinen Händen
erstrahlten
von gereiften Gaben.
Und so verströmte deine Süße sich
in meinen Atem und in meine Sinne;
denn von mir warst du erschaffen,
auf daß du mir hülfest
die Freude leben.
Und so warst du Erde,
Blüte und Frucht, so
gingst du hervor aus dem Meer,
versunken und wartend,
und strecktest dich neben mich im Traum,
aus dem wir nicht erwachen.

VIII

Fern in den Wüsten

ERDE UND HIMMEL

Höhen der Mongolei,
wüstenhafte Höhen,
auf einmal sah ich mein Land,
den Großen Norden, Chile,
die ausgedörrte rissige Haut
der Erde an den Grenzen des Himmels.
Sah die Sandgebirge,
die schweigende Weite:
Ich fand mich wieder, dem ungeheuren
Wind der Gobi lauschend,
den tobenden Wettern
auf dem »Dach der Welt«,
alles war den Regionen
des Kupfers so ähnlich,
des Salzes und Himmels
meiner andinischen Heimat.
Später trug der Wind
Ruch von Kamelen herbei,
ein verbrannter Splitter
wurde zu Weihrauch,
auf die Seide
eines roten Banners
bannte das Licht
einen Finger,
und ich sah, daß ich fern
war von meinem Vaterland.
Die Mongolen, sie waren längst nicht mehr
die schweifenden
Reiter
des Winds und des Sands:
sie waren meine Kameraden.
Sie zeigten mir
ihre Laboratorien.

Süß war dort in der Höhe
das Wort
Metallurgie.
Dort, wo die Magier
Weisheit und Spinnenweben
gewebt
in Durga, schwarzes Durga,
glänzte
der neue Name
Ulan Bator
jetzt,
eines Volksführers
Name.

Und alles war
so einfach.
Die Jungen,
die Studenten der Wüste,
über die Mikroskope
gebeugt.
Auf den eisigen Sandflächen
der Himmelshöhe
leuchteten
die neuen Institute,
Bergwerke wurden gebohrt,
Bücher und Musik
sangen im Chor
des Windes,
und neu geboren ward
der Mensch.

Dort verweilte ich.
Dort sah ich
nicht Sand nur und Wind,
nicht nur
Kamele und Metalle,
sondern den Menschen,
meinen unwahrscheinlich
fernen Bruder,
sah, wie er zu leben begann inmitten
der planetenhaften Einsamkeit,
sich der Natur
entgegenstellte,
das Geheimnis
ergründend
der Elektrizität und des Lebens,
die Hände dem Osten reichte
und dem Westen,
die Hände dem Himmel reichte
und der Erde,
das Brot und die Zärtlichkeit
verteilend,
erhaltend
und verbürgend
seinen Söhnen.

O rauhe Himmelsstriche,
mondhafte Strebepfeiler,
in euch
lebt
der Same
der sozialistischen Zeit,
und aus dem Stein
erwächst
die Blume und die Schönheit,

die Fabrik, die Zwiesprache hält mit dem Himmel
mit Worten von Rauch
und aus den bezwungenen Erzen
Werkzeuge schafft und Freude.

III ABER SIE TRUG FRÜCHTE

Da aber
im dürren
Gipfelgefüge
der Mensch
erscheint,
ein Verwandelter,
da
aus der Jurte
der Mensch hervortritt,
der kämpfen wird mit der Natur,
der Mensch, der nicht nur
einem Völkerstamme angehört,
sondern der Menschen Menge, der entflammten,
nicht mehr der Schweifende ist,
Flüchtling der hohen Einsamkeiten,
Reiter des Sands,
sondern mein Kamerad,
verbunden dem Geschick seines Volkes,
solidarisch aller menschlichen Würde,
Sohn und Erfüller der Hoffnung,
da
ward zwischen den Schrunden der Berge
das Werk bewältigt:
auch dort ist der Mensch unser Bruder.

Dort trug die harte Erde ihre Frucht.

IX

Das geborstene Kapitäl

IN DIESEN JAHREN

Jetzt,
in diesen Jahren,
nach einem halben Jahrhundert,
erschreckt und ängstigt
ein furchtbares Schweigen
den Okzident.
Wieder, ach wieder
vielleicht der Krieg.

Das fühllose Bild der Erde
von Zypressen durchzogen,
von Schatten vertikal,
die Nacht, durchbohrt
von Dolch und Blitz.
So steht über Dach
und täglichem Brot die Bedrohung.
Eines schwarzblättrigen Baumes
Schweigen,
legt sich ein Schatten
auf Griechenland.
Wiederum Bitterwasser
über dem strahlenden Zeitalter
der augenlosen Statuen.

Was geschieht?
Wo sind wir?

Vor langer Zeit schon wurden mit Vorbedacht
ein König und eine Königin »gemacht«,
»made in England«.
Dann folgte die Geschichte
dieser schrecklichen Zeit,
die grausamen Offiziere
der blutigen Oper

feiern Auferstehung,
die Nordamerikaner, die des Praxiteles
Rose der Schönheit
verwalten,
machten dies und das dem Erdboden gleich.
Wer hätte gedacht,
wer
hätte
zu denken
gewagt, daß die vollendetsten
Steine,
gemeißelt vom Strahl der Morgenröte,
besudelt würden
und Griechenland
in eine schwarze Grube
Chicagos
stürzen.
Wer sollte es künden,
wenn nicht die griechischen Sterne,
die Verse
der griechischen Muse
der frühantiken Zeit,
und also geschah es.
Die Bienen
summen
und bereiten
Honig aus Blut,
Licht aus Marterqualen,
Waben
aus geschändeter Architektur.

II DER HELD BELOJANNIS

Daher zwischen den Säulen liegt
Belojannis:
dorisch ist die Aureole
des Lichts auf seinen Schläfen.
Nicht die Automobile sind es,
die das Verbrechen bestrahlen.
Ein Planet ist es,
ein roter Stern ist's,
das feurige Funkeln
der uralten und jungen
Helle der Erde …
Er fällt,
vom Pentagon aus
haben sie ihn erschossen,
Kugeln, die das Meer
gekreuzt, um die lichteste Brust
zu durchbohren,
Kugeln, die unmenschliche
Schärfe aufnahmen in sich,
um einzudringen in die grüne
und weiße Grotte Griechenlands,
die Mauern zerspellend,
und die Akanthusblätter
zu bespritzen
mit Blut.

III BLICK AUF GRIECHENLAND

O Tränen, es ist nicht die Zeit,
hervorzuquellen aus meinen Augen,
es ist die Stunde nicht,
aus der Menschen Augen hervorzubrechen:

Augenlide: hebt euch
aus dem Dunkel, aus dem Schlaf, helle
oder dunkle Pupillen,
tränenlose Augen, blickt auf Griechenland,
das an seinem Holz gekreuzigte.
Blickt es an
die ganze Nacht, das Jahr, den Tag,
wie es seines Volkes Blut verströmt,
die Schläfen gegen seinen Säulenknauf
aus Dornen, den grauenhaften, schlägt.

Sehet, Augen der Welt,
was Griechenland erduldet,
das unschuldige, den Geißelhieb
des Sklavenhändlers,
und dieses Tag und Nacht und Jahr und Monat,
seht, wie seines stolzen Volkes
Haupt sich in die Höhe reckt.
Mit jedem fallenden
Tropfen Blut des Martyriums
wächst der Mensch,
das Denken webt seine Fahnen,
Stein um Stein und Hand in Hand
bestätigt die Tat
die Größe der Tempelstadt.

O Griechenland, helles,
wenn auf dich auch die Dunkelheit ihren Sack
schwarzer Sterne geschüttet, weißt du doch,
daß in dir selbst
die Helle ist und du die ganze große Nacht
auffängst in deinem Schoß,
bis aus deinen Händen
das Frührot steigt,
die weiße Schwinge, benetzt von Tau.
In seinem Lichte werden wir dich,

uralte und reine Mutter der Menschen,
lächeln sehen, sieghaft,
da du uns auf Bergeshöhen wieder
deine, eines Standbilds lichte Weiße zeigst.

X

Das gespaltene Geschlecht

DER MORGEN IN BERLIN

Ich erwachte. Es war Berlin. Durch das Fenster
sah ich das herausgebrochene Herz,
die irre Gräberstätte,
die Asche,
die bedrückendsten Ruinen
mit Blumenwerk und grausam
verstümmelten Friesen,
aus einer schwarzen Kinnlade gerissen: Balkone,
Mauern, die schon versanken, die nie mehr
ihre Fenster finden, ihre Türen,
ihre Männer, ihre Frauen,
und in angehäuften Schuttes
Mitte einen Berg,
Leid und Stolz, dem Mehlstaub
des Endes untermengt in des Todes
Mühle.

O Zitadelle, o Blut,
umsonst vertan,
vielleicht ist dieses aber, ist das
dein erster Sieg,
wo inmitten schwarzer Trümmer doch
der Friede, den du erkanntest,
die Aschen kehrt und deine feste Stadt
errichtet allen Menschen
und aus dem Trümmerfeld
nicht Tote befreit,
sondern den alltäglichen Menschen,
den neuen Menschen,
ihn, der die Bauten errichten wird
der Liebe, den Frieden und das Leben.

Wie an einem verkohlten Baum
ein roter Trieb
sich zeigt und an ihm
erschimmert die Blüte der Zeit,
also, Deutschland, überstrahlt
auf deinem vom Krieg versengten Gesicht
deine neue Jugend
die Brandmale und Narben
der vergangenen Höllenqual.
Ich begrüßte, da der Zug
aus Böhmen nach Deutschland kam,
an der Elbe,
an ihres uralten
Laufes Transparenz,
die blühende heutige Jugend
mit ihrem starken Lächeln,
die Hände
voller Blumen, die mir
die fliederbeladenen
Jungen und Mädchen reichten.
Aber nicht nur die Blumen waren es,
die das Licht erzeugten über den Fluten,
es war das neue menschliche Erblühen,
das Lächeln, von Kirschbäumen übernommen,
der offene Blick,
die festen Hände, die die meinen umspannten,
und die ganz blauen Augen.
Dort war die Erde erbebt
mit aller Grausamkeit und Heimsuchung,
und nun,
ihr Jungen,
wiedererstanden aus Wasser und Erde,
mit Blüten im Munde,
erhebt ihr die Liebe über die Erde,

das Wort Stalin
auf Lippen-Millionen
erwachset ihr zum Glück.
O Wunder,
daß wiedererstanden das Leben,
der Baum des Lichts, du Bienenkorb,
Kornkammer unerschöpflich,
der Friede und das Leben,
Blütenzweig an Blütenzweig,
Wasser und Wasser,
Traube an Traube
von den geschlagenen Wunden
bis zur neuen
Reife der Morgenröte.

Und ich vergaß die Trümmerstätten,
verbrannten Steines Alphabet,
des Feuers mahnende Lektion,
vergaß den Krieg,
vergaß den Haß,
da ich das Leben sah.
O Jugend,
junge Deutsche,
eures Frühlings neue Hüter,
standhafte offene Jugend des neuen Deutschland,
blickt gen Osten,
blickt hin zum großen Bund
der geliebten Republiken.
Seht, wie in Polen auch
aus seinem Trümmerfeld
ein zuversichtlich Lächeln aufsteigt.
China, das gigantische, hat abgeschüttelt
seine Ketten voller Blut
und ist nun unsre unendliche Schwester.

Vor euch
liegt der Schatz des Weltenrunds,
nicht der Plünderung Schatz von ehedem,
sondern der neue Schatz,
der weite Erdenraum, erfüllt
von brüderlichen Wesen,
der Friede, Ährenwind, die Begegnung
mit dem Menschen der Ferne,
der nicht, uns zu berauben, kommt.
Durch alle Erdenzonen zieht eine Kette sich
von Stahl, die wir behüten,
das Meer, es singt gemeinsam mit dem Menschen
seine ewig schäumende Hymne,
und, einem täglichen Funkspruch gleich, gibt die Luft
uns Kunde.
Wieviel neue Werke sind erstanden,
wieviel Schulen haben Dunkelheit getilgt,
wieviel Jugend kennt von nun an
die geheime Sprache
der Metalle und Gestirne,
weiß, wie wir Brot abringen dem Planeten
für alle
und der Erde Jugendfrische verleihn,
der uralten Mutter der Menschen.
Neue Gewässer werden wir ersinnen,
köstlichen Reis,
Motore aus Kristall.
Wir werden den Weltraum
ausdehnen jenseits der Inseln.
Und in den Wüsten aus Feuer und Sand
werden wir sehen, wie der Frühling
in unseren Armen im Tanz sich wiegt; denn
nichts wird vergessen sein,
die Erde nicht
noch der Mensch.
Der Mensch wird nicht vergessen werden,

denn er ist der Schatz.
O Jugend, bring aus dem Abgrund
des Krieges
ein Lächeln mit,
das nicht ausgelöscht wird,
dies ist der Schatz:
den Menschen nicht zu vergessen.
Denn so nur wird größer die Erde
als alle versammelten Gestirne.
So wachsen wir täglich und werden reicher
mit jedem Tag, reicher sind wir an Menschen,
haben der Brüder mehr
in Lüften, in Gruben,
auf den Hochplateaus
der metallenen Mongolei.
Der Mensch
in Ost, in Nord, in Süd,
in West, in Höhen,
wo der Himmelswind wandert,
der Mensch.
Siehe, Jüngling, wie man dich grüßt,
sieh, wie deine Familie angewachsen,
groß ist die Erde und dein,
groß ist die Erde und mein,
allen gehört sie,
grüße,
grüße die Welt,
die neue Welt, die erstanden
und wachsen wird mit dir;
denn Same bist du.
Wachsen wirst du, wir werden wachsen.
Niemand kann den Baum mehr fällen
noch seine Wurzeln abschneiden,
denn sie breiten sich in deinem Herzen aus,
und das ganze Erdenrund wird der Baum erfüllen
mit Blüten, Früchten und Gesängen.

Berlin, das gespaltene,
verblutete unablässig
heimliches Blut, dunkel
die Nacht, die kam und ging.
Im Berlin des Ostens erhellte
der Glanz der Zeit
wie ein Blitzstrahl den Schritt
der freien Jugend,
die die Stadt von neuem erbaut.
Im Dunkel ging ich von ungefähr,
und die Trauer einer verschütteten Zeit
erfüllte mein Herz wie eine Schaufel
voll Unflat.
In Berlin bewachte der Westen
seine schmutzige »Freiheit«,
und dort war auch
die Statue mit ihrem falschen
Fanal, ihrer leprösen Fratze,
bemalt mit alkoholischem Karmin,
den eben aus Chicago eingeführten
Knüttel in der Hand.
Westliches Berlin, mit deinem Markt
junger Gassenhuren
und betrunkener Besatzungstruppen,
westliches Berlin, um deine billige Ware
zu verkaufen,
überzogst du die Wände
mit Plakaten schamloser Beine,
halbnackter Vampire,
und selbst die Zigaretten schmecken
nach schwarzem Laster.
Tanzend schmiegen sich die Päderasten
an die Techniker des State Department.
Und die Lesbierinnen fanden

ein beschütztes Paradies
und ihren Heiligen: Sankt Ridgway.
Westliches Berlin, du bist die Schwäre
im greisen Gesicht Europas,
die alten Nazifüchse
gleiten über den Schleim
deiner illuminierten schmutzigen Straßen,
und Coca-Cola und Antisemitismus
ergießen sich in Hülle und Fülle
über deinen Auswurf und Verfall.
Es ist die verdammte Stadt, Tochter der Schildkröte Truman
und des ausgegrabenen Hitlerkrokodils,
und man schleift ihr die Zähne,
reicht ihr Bajonette,
während der Boogie-Woogie
den wahnwitzigen Strom entfesselt
des Geschlechtsmarkts für Soldaten.
»Junge Deutsche,
neunzehn Lenze alt,
sucht älteren Herrn oder gesicherten
Kaufmann, um ihm unverzüglich
ihre Jugend anzubieten«, besagt die Zeitung.

Und im schrecklichen Dunkel
der fortschreitenden Nacht
landen die Tanks.
Die Giftgase, die halb
Europa mordeten,
beginnt man wieder zu fabrizieren
unter nordamerikanischem Monopol.
Alte Nazihenker
treten wieder ans Licht des Tages und kläffen,
Blut witternd, in den Kaffees,
die abstrakte Gestaltung und der Konflikt der »Seele«
sind Themen der Künste, gewürzt
mit Sexus und Blutvergießen,

wie in den guten alten Zeiten Adolfs
verbietet man Zeitungen und zerschlägt den Leib
irgendeines kommunistischen jungen Mädchens,
das ihnen ins Gesicht speit.

So ist das Leben,
und für dieses Berlin fielen Männer
an allen Ecken des Todes.
Für diese schwarze Stadt,
die schwärende, giftige,
gab die Freiheit, von der Wolga
bis an die dunklen Wasser
der Spree verblutend, ihre größten Adern her.
Für diesen nordamerikanischen Tanz
und diesen Knüttelschlag Washingtons
kämpften, ach, kämpften
alle Männer
von einem Meer zum andern
bis an das letzte Festland und die Inseln.
Darum fliehe ich eilenden Schritts
nach Ost-Berlin, dort deckt die zerborstenen Dächer
gleichfalls die Nacht,
aber ich sehe den Schlaf,
ich weiß, die Arbeit schlummert,
um Kraft zu sammeln im Schatten der Nacht.
Sehe die letzten Jugendlichen, die heimkehren
singend aus den Fabriken.
Sehe
mitten durch die Nacht das Licht,
die Farbe der Blumen,
die die Züge füllten, als ich nach Deutschland kam.
Ich atme auf, denn hier ist
der Mensch mein Bruder.
Hier richten sie den Wolf nicht ab,
hier schleifen sie nicht die Zähne,
um loszulassen die Jagd.

Hier duftet es
nach ausgekehrter und besprengter Schule,
duftet es nach neuankommenden Ziegelsteinen,
duftet es nach frischem Wasser,
duftet es nach Bäckerei,
nach Wahrheit und nach Wind.

XI

Heimweh und Rückkehr (Intermezzo)

DIE RÜCKKEHR

Im Süden Italiens, auf der Insel,
eben angekommen
aus dem schimmernden Ungarn, der schroffen
Mongolei:
Sonne über dem Winter,
Sonne über winterlichem Meer.
Von neuem,
von neuem, o Liebe,
laßt uns beginnen, versammeln wir um uns
die Stoffe der Erde, das Fundament.
Daß Licht sei
und walte die Transparenz.
Schließen wir ums Brot
alles Leben zum Kreis.
Daß unter die Menschen
verteilet seien alle Güter der Erde.
Gerechtigkeit walte,
wir werden sie gründen.

Leben,
du gabst
mir alles.
Du trenntest von mir die Einsamkeit,
die einsame Lampe
und die Mauer.
Du schenktest mir
Liebe mit vollen Händen,
Kämpfe,
Freuden,
alles.
Und gegen meinen Willen
ihm ergab ich mich.
Ich schloß die Augen.
Wollte es nicht sehen.

Du kamst
trotz allem,
vollkommen,
vollständig, mit all deinen Gaben
und mit der Wunde, die ich selber schlug
in deinem Innern wie eine blutende Blüte
und die mich zittern machte, ohne mich zu zerstören.

II DIE VORÜBERGEHENDE AUF CAPRI

Woher, Gewächs oder Strahl,
wo, schwarzer Strahl oder herbes Gewächs,
kamst du her und gelangtest
bis in diesen Meereswinkel?

Fernsten Kontinentes Schatten
ist in deinen Augen, unverhüllter Mond
in deinem wilden Munde,
und dein Antlitz ist die Wimper einer schlummernden Frucht.
Eines Gestirns seidiger Fruchtstiel ist deine Gestalt,
Blut und Feuer antiker Lanzen lebt auf deinen Lippen.

Wo pflücktest du
transparente Blüten
vom Quell, woher
brachtest du den Samen,
den ich kenne? Und dann
das Meer von Capri in dir, das fremde Meer,
und hinter dir die Felsen, der Ölbaum,
die offne wohlgefügte Helle,
aber du, ich kenne,
ich kenne diese Rose,
ich kenne das Blut dieser Rose,
ich weiß, daß ich es kenne,

ich weiß, woher sie stammt,
und wittre die freie Luft der Flüsse und Pferde,
die deine Gegenwart mir ins Gedächtnis ruft.
Deine Haarflut ist ein roter Brief
voll ungestümer Küsse und Erkenntnisse,
dein bejahtes Dasein, deine lichte Erwähltheit,
sie sprechen zu mir in mittäglicher Stunde,
um Mitternacht sie pochen an meine Tür,
als ahnten sie,
wohin meine Schritte zurückkehren wollen.

Vielleicht, du Unbekannte,
tönt des Meeres Salz von Maracaibo
in deiner Stimme, sie mit Traum erfüllend,
oder Valparaisos eisiger Wind
rüttelte, da du aufwuchst, an deiner Vernunft.
Gewiß ist, daß heute, da ich im Vorbeigehen dich sah
zwischen den Vögeln mit rosenfarbener Brust
der steilen Meeresfelsen Capris,
berührte irgend etwas, das innere Feuer deiner Augen, etwas,
das von deiner Brust ich aufschweben sah, die Luft,
die deine Haut umgibt, das nachtgeborene Licht,
das zweifellos aus deinem Herzen kommt,
daß irgend etwas meinen Mund berührte
mit einem Blütenduft, der mir bekannt,
etwas färbte meine Lippen mit dem dunklen Saft
der wilden Pflanzen meiner Kindheit,
und ich dachte: Diese Frau,
obwohl alle Trauben des Himmels
ausschütten das klassische Blau auf ihre Brust,
obwohl in ihrer gekrönten Weiße
die Tempel hinter ihr
soviel Schönheit erstrahlen lassen,
ist sie es nicht, sie ist eine andere,
irgend etwas raunt in ihrem Innern, das mich ruft:
die ganze Erde, die mir Leben verlieh,

ist in diesem Blick, und diese zarten
Hände
fingen das Wasser auf am Gefäll,
und diese zierlichen Füße durchmaßen
die vulkanischen Inseln meiner Heimat.

O Unbekannte du, süß und herb,
da dein Schritt, um sich
zu verlieren, hinab schon ging,
und nur des zerbrochnen
Tempels Säulen und der grünliche Saphir
des Meeres, der in meiner Verbannung singt,
allein verblieben, allein
mit mir und deinem Schattenbild,
mein Herz tat einen harten Schlag,
als stürzte jäh
ein großer Stein, gehalten
in den unsichtbaren Höhen,
nieder aufs Wasser, und es sprangen auf die Schäume.

Und da erwachte ich aus deiner Gegenwart,
benetzt das Angesicht
von deinem Sprühen,
Wasser, Duft und Traum,
Ferne und Erd und Woge!

III WENN VON CHILE

O Chile, schmale Blütenknospe
aus Meer und Wein und Schnee,
ach wenn,
ach wenn und wenn,
ach wenn
ich wieder mit dir vereint,

wirst du deinen Gürtel weißen und
dunklen Wogenschaums um meine Hüften schlingen,
werd ich meine Dichtung rauschen lassen
hin über deine Erde.

Menschen gibt es,
halb Fisch, halb Wind,
andere, erschaffen aus Wasser.
Ich, ich bin aus Erde erschaffen.
Ich ziehe durch die Welt
freudiger von Mal zu Mal:
Eine jede Stadt schenkt mir ein neues Leben.
Die Welt ist im Erstehen.
Doch regnet es in Lota,
fällt auf mich der Regen,
gleitet in Lonquimay der Schnee
von den Blättern nieder,
gelangt der Schnee dorthin, wo ich weile.
In mir wächst der dunkle Weizen von Cautín.
In Villarica habe ich eine Andentanne,
im Großen Norden besitze ich Boden,
mein ist eine blonde Rose in der Provinz,
und der Wind, der die letzte Woge
Valparaisos ans Ufer wirft,
peitscht meine Brust
mit einem Geklirr,
als hätte dort mein Herz
ein zerbrochenes Fenster.

Der Monat Oktober ist da, so wenig
Zeit ist verflossen seit dem vergangenen Oktober,
daß, da dieser kam, es war, als blicke
auf mich die unbewegte Zeit.
Hier ist Herbst. Ich quere
die sibirische Steppe.
Tag für Tag alles ist gelb,

der Baum und die Fabrik,
die Erde und was auf ihr erzeugt der neue Mensch:
Gold und Flammenröte heut und
morgen Unermeßlichkeit und Schnee und Unberührtheit.

In meiner Heimat zieht von Nord gen Süd
mit seinem Wohlgeruch der Frühling.
Es ist, als schwebe ein Mädchen
über die schwarzen Steine Coquimbos,
über das majestätische Ufer des Schaumes
mit nackten Füßen
hin zu den sturmversehrten Archipelen.
Nicht Erdreich nur, o Frühling,
bietest du mir, mich ganz erfüllend.
Ich bin kein einsamer Mensch.
Im eisigen Süden kam ich zur Welt. Von der Grenze
brachte ich Einsamkeiten und des letzten
Häuptlings Galopp.
Die Partei aber hieß mich absitzen vom Pferd
und machte mich zu einem Menschen, und den Wüstensand
durchschritt ich und die Cordilleren,
liebend und forschend.

Du mein Volk, ist es wahr, daß im Frühling
mein Name in deinen Ohren klingt
und du mich wiedererkennst,
als wäre ich ein Strom,
der vorbeifließt an deiner Tür?

Ich bin ein Strom. Und lauschst du
ruhevoll in die Salzsteppen
Antofagastas oder
gen Süden auch bei Osorno
oder hin zur Cordillere, in Melipilla
oder in Temuco in die Nacht
taufeuchter Sterne und rauschenden Lorbeers,

legst du dein Ohr an die Erde,
dann wirst du vernehmen, wie ich
hinströme, versunken und voller Gesang.

Oktober, o Frühling,
gib mich meinem Volke wieder.
Was denn könnte ich wirken, sähe ich nicht Tausende Männer.
Tausende Mädchen,
was denn könnte ich wirken, führte ich nicht auf meinen
Schultern
einen Teil der Hoffnung mit?
Was denn könnte ich wirken, schritte ich nicht mit der Fahne,
die von Hand zu Hand in den Reihen
unseres großen währenden Kampfes
in meine Hände gelangte?
Ach Vaterland, Heimat,
ach Vaterland, wann,
ach wann und wann,
wann werde ich dich wiederfinden?

Fern von dir,
halb deine Erde und halb dein Mensch
bin ich geblieben,
und wieder zieht der Frühling heut vorüber.
Von deinen Blumen aber bin ich erfüllt,
deinen Sieg auf der Stirn, geh ich einher,
und in dir leben meine Wurzeln fort.

Wann, ach,
werde ich deinen rauhen Frühling wiederfinden
und unter deinen Söhnen allen
mit abgerißnen Schuhen
durch deine Felder, deine Straßen gehn?
Wann, ach,
werde ich mit Elias Lafferte
über die ganze goldene Steppe ziehn?

Wann, ach Chilenin, die du mich erwartest, werde ich meine
unsteten Lippen pressen auf deinen Mund?
Wann, ach,
werde ich in den Saal der Partei gehn können,
mich hinzusetzen neben Pedro Fogonero,
zu ihm, den ich nicht kenne und der trotzdem
mehr mir Bruder ist als mein Bruder,
wann, ach,
reißt ein grüner Donner deiner Meeresdecke
aus dem Schlummer mich?
Wann, ach Vaterland, werde bei den Wahlen ich
von Haus zu Haus gehn, zu empfangen
die Freiheit, die verängstigte,
auf daß sie schreie auf der Straßen Mitte?
Wann, ach Vaterland,
wirst du, meergrünen Auges und im Schneegewand,
dich bräutlich mir verbinden
und werden wir Millionen neuer Söhne haben,
die die Erde übergeben den Hungrigen?

Ach Vaterland ohne Lumpen,
ach, mein Frühling du,
wann, ach
wann, ach wann
werd ich in deinem Arm erwachen,
von Meer durchtränkt und Tau?
Ach, wenn ich wieder bei dir bin,
werde deine Hüfte ich umfassen,
niemand wird dich anrühren dürfen,
singend
werde ich dich schützen können,
wann
werd ich gehn mit dir, wann
wirst du gehn mit mir, wann,
ach wann.

IV DER GÜRTEL VOM ORINOCO

Carlos Augusto hat vom Orinoco mir
einen ledernen Gürtel geschickt.

Heute trage ich
gegürtet um die Lende einen Strom,
bräutliche Vögel, die in ihrem Flug
des Dickichts Blüten in die Höhe tragen,
den weithallenden Donner, den ich in der Kindheit verlor,
heute trag ich ihn umgeschnallt,
zusammengeheftet mit Blitzen und Regen,
meine alten Hosen haltend.
Leder der Küste, Leder vom Strom,
dich liebe und berühre ich,
du bist Blumenflor und Holz, Saurier und Schlamm,
bist Lehmerde unermeßlich.
Ich lasse über deine Runzeln meine Hände
gleiten wie über mein Land. Du hast eines Kusses
Lippen, der mich sucht.

Aber nicht nur Liebe, o Erde, birgst du,
ich weiß, du wahrtest mir auch
den reißenden Biß, die Schneide, den Untergang,
die nach mir fragen tagtäglich,
denn deine Küste, Amerika, hat nicht Federn nur
eines flammensprühenden Fächers,
hat nicht leuchtenden Zucker nur,
Früchte, die blinzeln,
sondern das giftige Sausen auch
des heimlichen Messerhiebs.

Hier erst
habe ich den Strom angeprobt:
er paßt nicht schlecht um meine Hüfte.
Der Orinoco

ist wie ein Name, der mir fehlt.
Ich nenne mich Orinoco,
mit seinen Wassern um die Hüfte muß ich gehn,
und von Stund an
dieser Lederstreif
wird wachsen mit dem Mond,
wird seine Borde öffnen im Morgenrot
und mit mir wandern durch die Straßen,
die Versammlungen aufsuchen,
mich erinnernd,
woher ich stamme: von den schroffen Himmelsstrichen
Sinaloas und Magallanes,
von den Bergesgipfeln aus Andenstahl,
den orkanberannten Inseln,
mehr als von allen anderen Orten aber
vom grünen Alligatorenstrom,
dem in seine Dünste
gehüllten Orinoco,
der zwischen den beiden ewig frisch gesäumten Ufern
über die Erd ausbreitet sein Lied.

Carlos Augusto, sei bedankt,
mein junger Bruder, da du in meine Verbannung
das Wasser der Heimat mir gesandt. Eines Tages
wirst du unvermutet am Lauf
des Flusses,
der ungebändigt hinfließt und uns eint,
ein Antlitz sehn, unser Volk,
groß, und glücklich mit den Wassern singend.
Und wenn uns dieses Antlitz anschaut,
werden wir denken, »wir taten unser Teil«
und werden mit unseren Strömen singen,
mit unsern Völkern werden wir singen.

V EIN TAG

Dir, Geliebte, dir weihe ich
diesen Tag.
Blau brach er an, mit einer weißen
Schwinge in Himmels Mitten.
An die Starre der Zypressen
rührte das Licht.
Winzige Lebewesen
wurden am Rand eines Blattes sichtbar
oder auf dem Sonnenfleck eines Steins.
Und blau bleibt der Tag,
bis er in die Nacht einmündet wie ein Strom
und auf seinen Wassern das Dunkel erzittern läßt.
Dir, Geliebte, diesen Tag.

Kaum, da ich ihn von fern,
aus dem Traume ahnte und kaum
mich berührte
unübersehbar sein Netzgespinst,
dachte ich: er ist für sie.
Er war ein silbernes Pulsen,
war über dem Meere schwebend ein blauer Fisch,
war ein Fühlen blendenden Sandes,
war der Flug eines Pfeils,
der zwischen Himmel und Erde
mein Blut durchdrang
und als ein Strahl in meinem Körper auffing
des Tages überströmende Helle.

Er ist für dich, du meine Liebe.

Ich sprach: er ist für sie.
Dies Gewand gehöret ihr.
Das blaue Strahlen, das

anhielt über Wasser und Erde,
ich weihte es dir.

Dir, Geliebte, dieser Tag.

Wie eine funkensprühende Schale
oder eine Blütenkrone flirrenden Wassers
heb ihn empor mit deinen Händen,
trinke ihn mit Augen und Mund,
gieß ihn in deine Adern, auf daß das gleiche
Licht aufflamme in deinem Blut und meinem.
Ich schenke dir diesen Tag
mit allem, was ich mit mir trage:
die Transparenz saphirener Trauben
und die ungebundene Bö,
daß sie deinem Fenster näher brächte
die Schmerzen der Welt.
Ich schenke dir den ganzen Tag.
Wir werden das Brot unsres Lebens
formen aus Helle und Schmerz
und nicht zurückweisen, was uns zuträgt der Wind,
und auffangen nicht nur des Himmels Licht,
sondern die bitteren Zeichen auch
des Schattens auf Erden.

Alles ist dein eigen.
Dieser ganze Tag mit seinem Traubenblau
und der geheimen Träne Blut,
die du finden wirst auf Erden.

Und nicht das Dunkel wird dich blenden
noch das strahlgrelle Licht:
Aus diesem menschlichen Teig
sind die Leben gemacht,
und von diesem Brot des Menschen werden wir essen.
Und unsere Liebe, gewirkt aus dunklem Licht

und leuchtendem Schatten,
wird sein wie dieser sieghafte Tag,
der mündet wie ein Strom
lichter Helle in die tiefe Nacht.

Nimm diesen Tag, Geliebte.
Dieser ganze Tag ist dein.

Ich schenk ihn deinen Augen, du meine Liebe,
ich schenk ihn deiner Brust,
ich laß ihn in deinen Händen und in deinem Haar
wie einen himmlischen Zweig.
Ich gebe ihn dir, damit du wirkest ein Gewand
aus blauem Silber und Wasser.
Und kommt
die Nacht, die diesen Tag überzieht
mit ihrem wogenden Netz,
leg dich an meine Seite,
berühre mich und deck mich zu
mit allen gestirnten Gespinsten
des Lichts und des Dunkels,
und schließ deine Augen alsdann,
auf daß ich entschlummere.

XII

Die Blüte von Seide

DIE FERNE LILIE

Korea, deine Wohnung
war ein tätiger Garten
neuer Blumen voll, die sich entfalteten.
Dein Friede von Seide war
ein grüner Schleier,
eine Lilie, die ihren reißenden
gelben Blitz in die Höhe trieb.

Aus Asien nahmst du
das ausgegrabene Licht.
Du webtest
mit uraltem Faden
den neuen Einschlag deines neuen Gewandes.
Dein blutbeflecktes Puppenkleid
wechselte in eine Arbeitshose,
und Reichtum schöpften
die Seidenfäden aus den Kaskaden
und führten Worte mit sich im Wind.

Mit deinen Händen wolltest du
deinen eigenen Stern ergreifen und ihn erhöhen
beim Bau des Firmaments.

II DIE INVASOREN

Sie kamen.

Sie, die zuvor
Nicaragua der Erde gleichgemacht.

Sie, die Texas geraubt.

Sie, die Valparaiso gedemütigt hatten.

Sie, die mit schmutzigen Klauen
die Kehle würgen
Puerto Ricos.

Sie kamen nach Korea.

Sie kamen.

Mit Napalm und mit Dollars,
mit Zerstörung, mit Blutvergießen,
mit Asche und Tränen.

Mit dem Tod.

Kamen sie an.

Mutter und Kind
verbrannten lebendigen Leibes sie im Dorfe.

Auf die wunderschöne Schule
warfen sie
ihr brennendes Erdöl.
Die Lebenden zu vernichten und das Leben.

Aus den Lüften
unten in den Bergen zu suchen
den letzten Hirten noch
und ihn zu morden.

Abzuschneiden die Brüste
der strahlenden Partisanin.

Gefangene zu töten auf ihrer Lagerstatt.

Sie kamen.

Mit ihren Gitterstreifen und ihren Sternen.
Und ihren Mördergeschwadern.

Sie kamen.

Und dann gab es nichts als Tod.
Rauch, Asche, Blut und Tod.

III DIE HOFFNUNG

Zu jeder Zeit beweist sich
der Mensch.
Es scheint, als verlöschten
Saatkorn und Lampen jäh,
und es ist dennoch nicht wahr.
Dann
erscheint
ein Mensch, eine Nation, eine Fahne,
eine Fahne, die wir nicht kannten,
und über dem Mast
und der Farbe, die flammt,
höher als das vergossene Blut
lebt wieder das Licht unter den Menschen,
und abermals ausgesät wird der Same.
Ehre dir, Korea,
Mutter unsrer Epoche,
du unsre Mutter mit zerstörten Lippen,
du unsre Mutter, im Martyrium zerstückt,
Mutter, in allen Dörfern verbrannt,
Aschenmutter, Trümmermutter, Mutter des Vaterlands!

IV DEIN BLUT

Ja, wir wissen,
ja, wir wissen es alle.
Deine toten Söhne, deine toten Töchter,
wir haben sie gezählt
einen um den andern in jeder nicht endenden Nacht.
Es gibt weder Ziffer noch Name
für so viel Schmerzen,
aber auch keine Zahl gibt's
für das, was du uns gabst,
für die verblutenden
Helden, die in dieser Stunde,
Korea,
in deine Hände legten
den stolzen Schatz,
die Freiheit, nicht deine
Freiheit nur, Korea,
sondern die ganze Freiheit,
die aller,
des Menschen Freiheit.

V DER FRIEDE, DEN WIR DIR SCHULDEN

Deinem Blut, Korea,
Beschützerin
der Blüten,
verdankt die Welt den Frieden.

Mit deinem Blut, Korea,
mit deiner zerfetzten tragischen Hand
verteidigst du uns alle!

Durch dein Blut, Korea,
konnte die Freiheit in meiner Epoche,
in diesen harten Jahren, ihren Namen nennen
und ihr Erbe weiterhin dauern.

Die Lampen,
sie werden weiterleuchten
und das Saatkorn die Erd aufsuchen.

XIII

Gang durch den Nebel

LONDON

London in tiefer Nacht
läßt zahllose Augen erkennen,
undeutlich nur,
harte heimliche Schatten,
Warenlager voll Stühle,
prachtvoller Stühle und Stühle.
Der schwarze Himmel
lagert auf London,
auf seinem schwarzen Nebel,
Schuhe und Schuhe,
der Fluß, der Fluß,
Straßen, unterwühlt von den Zähnen
eisengrauen Elends,
und unter dem Kehricht
liest in seinem alten Frack
der Dichter Eliot
den Würmern vor.
Sie fragten mich, wann
ich geboren, warum ich käme,
das Imperium zu verwirren.
Alles war polizeiliche Höflichkeit
mit Akten und unausstehlichen Quälereien.
Sie fragten mich
nach meinem Großvater, nach meinen Onkeln,
nach meinen allerpersönlichsten Angelegenheiten.
Eiskalt waren
diese jungen gefährlichen Machthaber,
auf welche
sich stützt,
stützt,
und stützt
die Matrone England,
ewig thronend
auf Millionen zerfetzter Leben,

auf armen lumpenbedeckten Nationen,
thronend
auf ihrem Ozean,
reserviert zu persönlichem Gebrauch,
Ozean
aus Schweiß und Blut und Tränen
anderer Völker.
Dort thront sie
mit ihren alten irischen Spitzen,
Tee trinkend und den immergleichen
albernen Geschichten lauschend
von Prinzessinnen,
Krönungen
und Prinzgemahlen.
Alles spielt sich ab wie in einem Feenmärchen.
Indes
macht der Tod die Runde mit viktorianischem
Hut,
ein Skelett, angefressen
von der finstren Brut der Würmer
der schwarzen Vorstädte.
Indes
verhört dich die Polizei:
es ist das Wort Frieden, das sie durchbohrt
wie ein Bajonett.
Dieses Wort Friede
möchten sie
einscharren,
aber sie können es nicht im Augenblick.
Sie decken es zu mit Schatten,
Nebel
von Schergen,
sie binden es und sperren es ein,
schlagen es,
bespritzen es mit Blut und Martern,
verhören es,

stoßen es ins abgrundlose Meer
mit einem Stein an jeder
Silbe,
brennen es mit einem Eisen,
mit einem Säbel
zerfetzen sie es,
überschütten es mit Essig, Galle und Lüge,
packen es ein,
füllen es mit Asche an
und stürzen es hinab.
Da aber
fliegt
von neuem
die Taube:
es ist das Wort Friede mit neuem Gefieder,
es ist der Jasminstrauch der Welt,
der seine Blüten vorausschickt,
es ist des Traumes und der Arbeit Stern,
der weiße Vogel
makellosen Flugs,
die über die Meere segelnde Rose,
das Brot eines jeden Lebens,
aller Menschen Stern.

II DIE GROSSE LIEBE

Trotzdem,
England,
ist etwas von einem Mahagonibaum
an deiner Hüfte,
uraltes Holz, abgenutzt
von des Menschen Hand,
Kirchengestühl, würdig dem Chor
einer Kathedrale im Nebel.

Irgend etwas
an dir verbindet uns,
irgend etwas
verbirgt
hinter deinen Fenstern sich,
aufbrausender Wind, ein Vogel
wilder Gestade,
eine morgendliche Melancholie,
etwas unfaßbar Einsames.
Ich liebte das Leben
deiner Menschen, unwirkliche
bezwungene Eroberer,
in alle vier Winde verstreut des Planeten,
um deinen Geldschrank zu füllen. Jedoch,
wenn auch mit schwarzer Woge das Gold sie trieb,
waren sie nicht dieses nur,
sondern Menschenwesen,
scheue Geschöpfe in Finsternissen, allein,
während die Löwenstandarte
den Kampf der Völker erstickte.

Arme englische Söhne, armselige Gebieter
einer entkernten Welt,
ich weiß, daß bei euch
die irdische Nachtigall
heimisch.
Shelley, er singt im Regen,
und der Regen ziert
seine scharlachrote Leier.
Deinem Gestade entspringt, angriffslüstern
auf alle Meere gerichtet, die Dolchspitze des Bugs,
an deinem Meeresufer aber fand der Verfolgte
das Brot und erbaute sein Haus.
Lenin trat im Nebel
in das Museum,
auf der Suche nach einer Zeile,

einem Datum, einem Namen,
währenddes die ganze Erde
zu Boden gedrückt,
einzig Verlassenheit, undurchdringliche Steppe schien,
und dort mit seinen Augengläsern
und seinem Buch
verwandelte Lenin
den Nebel in Licht.

Nun wohl, das warest du,
England,
Turm des Asyls,
Kathedrale der Zuflucht,
und jene, die jetzt
mit der Polizei
die Zeilen sperren, die Worte,
aller Weisheit
Schatz, den du bewahrst,
sie, die dem irrenden Pilger des Friedens
deine Küste verweigern,
sind deiner uralten Wahrheit, deines Holzes
nicht würdig,
denn sie versehren dich mit dem Messer,
töten in dir, was dich bewahrte,
nicht das Herz, doch die Ehre.

Heimat der Meeresvögel,
mich hast du gelehrt
alles, was von den Vögeln ich weiß.
Du zeigtest mir der Fische
blanke Schuppe,
den vollständigen Schatz
der Natur,
du ordnetest in Büchern Ströme, Blumen,
Mollusken und Vulkane.
Zu den grausamsten

Erdstrichen meines Landes
kam der junge Darwin
mit seiner Lampe,
und sein Licht brachte unter der Erde
und in den Meerestiefen Klarheit
in alles, was wir haben:
Pflanzen, Metalle, Lebewesen,
die wirken unsres dunklen
Planeten Struktur.
Später befaßte sich Hudson
in den Grassteppen
mit den Vögeln, die von den Büchern
vergessen worden waren,
und mit ihnen
bevölkerte er das Erdenrund,
das uns erzeugt nach und nach.
England,
du bist die sanfte
Entdeckerin
der Gefieder und Wurzeln,
du hast es vollbracht,
die leidenschaftliche Erkenntnis zu sein,
und heute,
warum läßt du zu,
daß unter deinem Dach
die Vernichter der Vögel hausen,
die Raubgierigen, die Totengräber?
Du warst
die Durchdringerin
des geheimsten
Labyrinths
des Lebens und der Lebenskräfte,
jetzt aber,
so wir deiner Stimme
lauschen,
nehmen wir die Asche wahr,

die Zerstörung des Staubes, die Agonie.
Ich weiß, du singst
und bist einfach
wie dein vergessenes Volk
der Vorstädte und Gruben,
ernst und funkensprühend
wie die Kohle, die du schürfst.

Ich verlange,
England, von dir,
daß du wieder
englisch
wirst,
hörst du mich?
Ja, englisch
sollst du sein,
laß dich nicht zu einem Chicago machen,
laß dich nicht zum Polizeistaat machen, auf daß du atmest,
sei das, ja sei es,
was du gewesen
auf deinem Feld und in deinen Dörfern,
fruchttragend ein Garten für Vögel und Menschen,
schlichte Menschlichkeit,
Zuflucht der Verfolgten,
Entdeckerin der Vögel.

England,
ich fordre von dir,
daß du wieder Königin bist unter den Inseln,
nicht eine Insel-Vasallin,
daß du gehorchst
dem Chor deiner Meeresvögel,
deinem einfachen
Bergmanns- und Seemannsgeschlecht.
Ich werde im geheimen dir sagen,
daß wir dich lieben möchten.

Schwer ist es,
du weißt,
wieviel Dinge geschahn
in den fernen Landen,
Blutvergießen, Ausgebeutete
und so weiter und so weiter.
Nun gut, jetzt aber,
in der Stunde der Liebe,
möchten wir dich lieben.
Bereite dich vor wie ehedem
für die Liebe, die sich erhebt
mit der höchsten Woge
des menschlichen Ozeans.
Bereite dich
für den Frieden,
und alsdann
werde wieder, was wir lieben,
Menschen wie wir,
Erde wie unsre,
das ist es, was wir mögen.
Alle
leben wir
auf Erden
in gleichen Wäldern,
auf gleichem Boden.
Wir können nicht
dem Herbst entgegenwirken
oder kämpfen
gegen den Frühling,
wir müssen
auf denselben Wogen
leben.
Unser sind sie, die der Menschen,
die der Kinder.
Keine
der Wogen all

trägt ein Siegel,
auch die Erde
trägt keins,
darum,
ihr Menschen so vieler Rassen und Himmelsstriche,
in dieser Epoche
der Fruchtbarkeit, der Erfüllungen
und Erfindungen,
haben wir das Vermögen,
die große Liebe zu entdecken
und sie einzuführen
auf Meeren und auf Erden.

XIV

Das verbrannte Licht

DIE SCHWARZE FLAMME

Die Rose von heut am Gezweig
kündet bereits im Gestern sich an.
Ist einzig Helle, erschaffenes Licht,
der Schönheit Quell,
winziger roter Strahl,
in die Höhe gerichtet auf Erden.
Die Fichten im Winde
streuen um sich ihr Rauschen und ihre Nadeln,
einfängt das Salz des Meeres
des Himmels lastende Bläue.

Voller Friede ist dieser Tag,
weit und offen und hell
wie das neue Gebäude einer Schule.
Aus Friede gemacht ist der Wind,
der die Wipfel der Pinien durchfährt.
Aus Friede das Licht deines Haares,
du meine Liebe, das,
so du dein Haupt neigst,
niederfällt auf meine Hände
und für eine kleine Minute
die Tore der Erde,
des Meers und der Pinien verschließt.
Nicht Blüte gilt und nicht Rose,
nicht schwarze Flamme gilt:
Blut gilt heute,
an diesem Tag jenseits der Winde.

Liebste, Liebste, nun
durchbohre mit deinen Augen
das Dickicht.
In Vietnam ist ein beizender
Ruch verbrannten Lichts,
ein Wind voll Wohlgeruch und Grabesluft.
Dringe vor
mit deinen Augen,
bahne dem Strahl deiner Augen
den Weg zwischen Lianen und Zuckerrohrfeldern.
Ich sehe
zerfetzt
die Helden
von Sonne zu Sonne, ohne Schlummer der Nacht, ohne Tau,
bescheidene Führer
des Schweißes und Pulverdampfs,
die nackte Haut verteidigen,
die stürmische Erde,
die Blüten des Vaterlands.

Ihr Jungen von Vietnam, von Urwald
umdunkelt, von Schweigen
und Lüge,
ich bin des Meeres nicht wert,
nicht wert bin ich
dieses Tags des Friedens und der Jasmine.
Für euch ist, für euch
der Erde Schatz,
für alle,
die zurückerobern vom Invasor
und aus seinem Feuer
mit ihrem Blut und ihren Knochen
Zentimeter um Zentimeter das Vaterland.

Für sie
den Frieden dieses Tags und den Frieden von morgen,
den wir, vereint
in einem Winkel aus Wildnis oder Zement,
erobert haben werden
für alle Menschen.

XV

Die Leuchte des Meeres

DER HIMMELBLAUE HAFEN

Wenn du landest
in Lissabon,
himmelblauer Himmel und rosenrote Rose,
Stuckverzierung weiß und golden,
Blütenblätter die Ziegel,
Häuser,
Türen,
Dächer
und Fenster
übersprüht vom Gold des Zitronenbaums,
von überseeischem Blau der Segler.
Wenn du landest,
weißt du nicht,
bemerkst du nicht, daß hinter den Fenstern
arglistige, korrekte
Kerkermeister der Trauer
auf der Lauer liegen,
die Runde machen,
Gefangene wie Tiere nach den Inseln treiben
und zum Schweigen verdammen.
Sie wimmeln
wie Schattenschwärme umher,
unter den grünen Fenstern,
inmitten der blauen Berge
Polizei,
unter dem Füllhorn des Herbstes
Polizei,
die nachspürt den Portugiesen,
den Fußboden aufreißt
und die Menschen ins Dunkel der Kerker verweist.

II DIE VERGESSENE LEIER

O schönes Portugal,
Korb voller Früchte und Blüten,
du steigst auf
am silbrigen Ufer des Ozeans,
am Schaumgestade Europas,
mit der goldenen Leier,
die Camões dir hinterließ,
voll Anmut singend
verströmst du über die atlantischen Buchten
den ungestümen Duft deiner Rebenhänge
und meerhaften Orangenblüten,
deinen leuchtenden Mond, unterbrochen
von Wolken und Wettern.

III DIE ZUCHTHÄUSER

Aber,
ganz unter uns,
Portugiese der Straße,
niemand hört uns zu,
weißt du,
wo
Alvaro Cunhal geblieben?
Spürst du die Abwesenheit
des mutigen
Militão?
Portugiesisches Mädchen,
du schreitest wie tanzend
durch die rosenroten
Straßen Lissabons,
aber
weißt du, wo Bento Gonçalves fiel,

der echteste der Portugiesen,
deines Meeres Ruhm und deines Gestades?
Weißt du,
daß es eine Insel
gibt,
die Insel des Salzes,
und auf ihr Tarrafal
Todesschatten wirft?
Ja, du weißt es, Mädchen,
Knabe, ja, du weißt es.
In Schweigen gehüllt,
zieht langsam
das Wort dahin, aber es durchläuft
nicht Portugal nur, sondern die Welt.
Ja, wir
in fernen Ländern wissen,
daß vor dreißig Jahren
ein Grabstein,
schwer wie ein Grabgewölbe oder gleich der Tunika
einer klerikalen Fledermaus,
Portugal, deinen wehmütigen Vogeltriller erstickt,
deine Süße bespritzt
mit den Blutstropfen des Martyriums
und seine Schattengewölbe aufrechterhält.

IV DAS MEER UND DIE JASMINE

In anderen Zeiten zogen aus deiner
kleinen Hand Geschöpfe fort,
verstreut
in das erstaunte Erdenrund.
So hinterließ Camões
dir einen blühenden Jasminzweig wieder,
der immerfort noch blüht.

Gleich einem Rebstock transparenter Trauben
glühte die Vernunft
in deinem Geschlecht.
Guerra Junqueiro stürzte
seinen Donner unbändiger Freiheit
in die Wogen,
den der Ozean weitertrug in seinem Gesang,
und andere mehrten
deinen Glanz von Rosenbüschen und Trauben,
als gingen von deinem schmalen Himmelsstrich
gewaltige Hände aus,
die Samen streuten
über die ganze Erde.

Dennoch
hat die Zeit dich begraben.
Der klerikale Staub,
angehäuft in Coimbra,
fiel auf dein Antlitz
einer ozeanischen Orange
und bedeckte deines Gürtels Glanz.

V LEUCHTE DES MEERES

Portugal,
kehre zurück zum Meer, zu deinen Segelschiffen,
Portugal, wende dich dem Menschen, dem Seemann wieder zu,
wende den Blick zu deiner Erde wieder, zu deinem Wohlgeruch.
Kehre zurück zu deiner unter dem Himmel ungebundenen
Vernunft,
von neuem
zum morgendlichen Licht
der Nelke und Wogenschaums.
Weise uns deinen Schatz,

deine Männer, deine Frauen.
Verbirg nicht weiterhin dein Antlitz
kühner Seefahrt
an des Ozeans vorgeschobenen Posten,
Portugal, Seefahrer du,
Entdecker der Inseln,
Erfinder von Gewürzen,
entdecke du den neuen Menschen,
die erstaunten Inseln,
entdecke den Archipel in unserer Zeit.
Das unvermutete
Erscheinen
des täglichen Brotes
auf dem Tisch,
die Morgenröte,
entdecke sie,
du Entdeckerin von Morgenröten.

Wie ist es möglich?

Wie kannst du dich versagen
dem Zyklus des Lichts, du, der du Wege
wiesest den Blinden?

Du, sanfter und eherner, alter,
schmaler und großer Urahn
des Horizonts, wie
kannst du verschließen das Tor
den neuen Trauben
und dem Sternwind des Ostens?

Bug Europas, suche
in der Strömung
die alten ehrwürdigen Wogen,
den Meeresbart
Camões.

Zerreiß
die Spinnenweben,
die deine herrliche Bemastung überziehn,
und dann
zeige uns, den Söhnen
deiner Söhne, jenen, für die
du das bis damals dunkle
Gestad entdecktest
des strahlenden Erdballs,
daß du von neuem zu durchmessen
vermagst das unbekannte dunkle Meer,
und zu entdecken den Menschen, der geboren ward
auf den größten Inselreichen der Erde.
Fahre zur See, Portugal, gekommen ist
die Stunde, hebe
deine, eines Bugs Gestalt in die Lüfte,
und zwischen Inseln und Menschen sei
wiederum weisender Weg.
Diesem Zeitalter füge du
dein Licht hinzu, sei wiederum Leuchte:

Abermals wirst du lernen, Stern zu sein.

XVI

Die Erde und die Malerei

ANKUNFT IM HAFEN PICASSO

An einem Tag des Herbstes um sechs
Uhr landete ich in Picasso, eben
kündete der Himmel sein rosarotes Entfalten an,
ich blickte um mich, Picasso
lag ausgebreitet da und erglühte wie das Feuer der
Frühe. Dahinter, in der Ferne,
ruhten die blauen Ketten der Berge, und zwischen ihnen
im Tal erhob sich der Harlekin aus Aschengrau.
Da bin ich: ich kam aus Antofagasta und Maracaibo,
ich kam von Tucumán
und aus dem fernsten Patagonien, jenem der eisgefrorenen
Zacken, vom Donner zernagt, der im ewigen Schnee
versunkenen Fahne.

Und nun landete ich und erblickte großgewachsen
apfelfarbene Frauen
an den Ufern Picassos, übermäßige Augen, Arme, die ich
wiedererkannte:
vielleicht war es das ungeheure Land des Amazonas, vielleicht
die Formgestalt.
Und im Westen waren verlaßne Akrobaten, die zum Gelb
hinschwebten,
musizierende Harlekine nebst allen Bildern der Musik,
und dort noch die Landschaft,
die sich belebte mit einer herzzerreißenden Auswanderung
von Frauen, aus Schnittpunkten von Linien,
Blüten und Flammen,
und in der Mitte von Picasso, zwischen den beiden
Ebenen und dem Baum von Glas,
sah ich ein Guernica, in dem das Blut stockt wie ein
gewaltiger Strom, dessen Lauf
sich verwandelt in des Pferdes Wölbung und die Lampe:

brennend Blut quillt zu den Nüstern auf,
blutnasses Licht, das anklagt immerdar.

Darum also bauten auf Picassos Boden von Süd nach Ost
ihre Wohnstatt die Lebenden all und der ganze Lebensstoff,
und das Meer und die Welt, sie häuften dort
ihr Korn und ihr Gesprüh.

Dort fand ich das zerschrammte Fragment
der Kreide, des Kupfers Rinde,
und das tote Eisen der Hufe wächst aus seinen Wunden
der Ewigkeit der Erze entgegen,
und sah die Erde in die Öfen gleiten wie Brot
und sah sie wiedererscheinen, ein bewunderungswürdiges
Kind.

Auch den schwarzen Hahn fand ich mit dem aufschäumenden
Hirn
aus einem Drahtgezweig und Windungen,
die blaue Katze mit ihrem Krallenfächer,
den Tiger frech auf den Skeletten.

Ich erkannte die Zeichen, die auf der Mündung
wogten des Wassers, an dem ich geboren.
Zuerst war jener Stein voller Dornen, wo
irreführend das abgerißne Gezweig überhing
und das Holz, aus dessen zerstörter Genealogie
die ungestümen Vögel schlüpfen meines heimatlichen Feuers.

Aus den Laufkäfigen kommend, tauchte im Erdenzentrum
aber der Stier auf, ich vernahm sein Gebrüll; Picassos
Boden scharrend, nahte er, violette
Mantillen verdeckten das Bild,
und ich sah den Nacken seiner dunklen Katastrophe nahen
und die Verbrämungen seines unbesiegbaren Geifers.

Picasso aus Altamira, Stier des Orinoco,
Liebe, die festigt das Wasser zum Turm,
Erdreich erzener Hände, die dem Pfluge gleich
des Mooses Unschuld verwandelten in Geburt.

Hier ist der Stier, dessen Schweif hinter sich
herschleift das Salz und die Wildheit, bei seiner Wendung
erzittert Spaniens Geschmeid mit hartem Geklirr
wie ein Sack Knochen, den ausschüttet der Mond.

O Arenenrund, wo noch immer die Seide glüht
wie im Sand von Mohnblüten ein Vergessen,
und nun ist, um der Gefahr sich zu stellen, Stier
der zügellosen Luft, nichts denn Tag, Zeitenablauf, Erde,
Geschick.
Diese Corrida faßt alle purpurdunkle Trauer,
die Fahne des Weins, der die Gefäße zerbrach;
und nicht genug: des Tiertreibers Sohle voll Staub
und die gehäuften Prunkgewänder bewachen das ferne
Schweigen des Gemetzels.
Auf diesen Stufen, Furchen aus Gold und Hunger,
steigt Spanien auf und das vom Zorn gefesselte Antlitz,
und nicht genug, prüfe seinen Fächer: da sind keine Augenlide.
Nur schwarzes Licht ist, das uns anstarrt augenlos.

Vater der Taube, mit ihr kamst du an dem Tag
zu der hellen Zusammenkunft der Fahnen,
mit ihr, die im Licht ihre Schwingen breitet,
die ihre Roseneigenschaft gerade empfangen
und frisch gereinigt ward von Blut und Tau.

Friede oder Taube, strahlende Anmut!

Völkerkreis, Versammlung alles Irdischen!

Ähre, makellos, inmitten blutroter Pfeile!
Jäher Aufbruch der Hoffnung!
Mit dir sind wir auf stürmischem Grund
der Erde und heutigen Tags im währenden
Metall der Hoffnung.
                                        »Das ist Picasso«,
sagt die Fischersfrau, das Silber bändigend,
und der neue Herbst streift
                                                die Standarte
des Hirten: das Schaf bekommt ein Blatt
vom Himmel Vallauris'
und hört die Schaffenden vorüberziehn zu ihrem Bienenhaus
                        der Werke
am Meer mit seiner Zedernkrone.

Wirksam und stark ist unser Maß, so
wir – den einfachen Menschen liebend – deine Glut
in die Waagschale werfen, auf unser Fahnenzeichen.
Dein Antlitz war nicht im Plan des Skorpions.
Er wollte so manches Mal stechen und fand dein
unermeßliches Kristall,
dein Licht unter der Erde,
                                                und da?
Da wachsen wir am Ufer der Erde,
dem anderen Ufer der Erde wachsen wir zu.

Wer diesen Schritten nicht lauscht, hört deine Schritte.
Hört aus der Zeiten Unendlichkeit jenen Weg.
Groß ist die Erde. Deine Hand ist nicht allein.
Groß ist das Licht. Entzünde es über uns.

II AUF GUTTUSO, ITALIEN

Guttuso, bis in deine Heimat die blaue Farbe drang,
um zu wissen, wie der Himmel ist, und kennenzulernen das
Wasser.
Guttuso, aus deinem Land kam das Licht,
und für die Erde wurde das Feuer geboren.
In deiner Heimat, Guttuso, duftet der Mond
nach lichtweißen Trauben, Honig, abgefallnen Limonen,
aber es gibt kein Erdreich,
aber es gibt kein Brot!

Du gibst die Erde, das Brot in deiner Malerei.

Trefflicher Bäcker, reich mir deine Hand, die über
unsre Fahnen die Rose des Mehls erhebt.
Agronom, du hast die Erde gemalt, die du verteilst.
Fischer, dein zuckender Fang
eilt von deinen Pinseln hin zu den dürftigen Hütten.
Häuer, du hast das Dunkel durchbohrt mit einer
Blume von Eisen und kehrst zurück, das Antlitz beschmutzt,
uns die Härte zu schenken der ausgehöhlten Nacht.
Krieger, Weizen und Pulverdampf auf dem Tuche,
verteidigst du den Weg.

Bauern des Südens, der Scholle entgegen, auf deinen Gemälden!
Landlos Volk, dem Erdenstern zu!
Menschen ohn' Antlitz, die Namen haben in deiner Malkunst
Augenlide der Schlacht, die ins Feuer vorrücken!
Brot des Kampfes, Fäuste des Zorns!
Herzen der Erde, gekrönt
von der Ähren sprühnder Elektrizität!
Gewichtiger Schritt des Volkes, dem Morgen zu,
der Entscheidung entgegen, dem Menschsein entgegen,
dem Säen, dem Melken entgegen, in deiner
Malerei hat es sein erstes Bildnis geprägt.

Die dort – wie heißen sie? Vom alten Gemäuer
deines Landes her fragen die hohen Herren
mit großem Ordensband und bösartigem Degen
– wer sind sie? Und aus ihrem Rundbau –
Brüste von Zucker – Paolina, die Königliche,
nackt und kühl, sie fragt – wer sind jene?
– Wir sind die Erde, sagen die Spaten.
– Heut gibt es uns wirklich, der Schnitter sagt.
– Wir sind das Volk, singt der Tag.

Ich frage dich – sind wir allein? Und ein Antlitz, das du zwischen
andere
Bauern stelltest, anwortet mir: Gewiß nicht!
Schon entspricht es der Wahrheit nicht mehr, daß du, einsame
Geige,
echoloses Nocturno, für ein Phantom dich achtend,
fliegen willst, ohne daß die Füße Fragmente mit sich
führen, Erde, Wälder und Schlachten!
Ach, mit diesen Schuhn bin ich gewandert zusammen mit dir,
Saaten durchmessend und Märkte!

Ich kannte einen Maler aus Nicaragua. Die Bäume
dort sind sturmgeschüttelt und verstreuen gleich grünen
Vulkanen ihre Blüten. Die Flüsse verschlingen
in ihrem Lauf überhäufte Ströme
von Schmetterlingen, und die Kerker
sind angefüllt mit Schmerzensschreien und Wunden!
Und jener Maler kam nach Paris und malte
alsbald ein Farbpünktchen fahlen Ockers
auf eine weiße, weiße, weiße Leinewand,
und diese umgab er mit einem Rahmen, Rahmen, Rahmen.
Er suchte mich auf sodann, und ich wurde traurig,
denn hinter dem armseligen Männchen und seinem Punkt
weinte Nicaragua, ohne daß jemand es wahrnahm,
begrub Nicaragua seine Schmerzen
und Blutbäder inmitten der Wildnis.

Malerei, Malkunst für unsere Helden, für unsre Toten!
Malerei, blut- und apfelfarben, für unsere Völker!
Malerei mit Gesichtern und Händen, die uns vertraut und die
wir vergessen nicht wollen! Und hervorleuchten soll die Farbe
der Versammlungen, das Gewoge der Fahnen, die Opfer der
Polizei.
Gerühmt sollen sein und gemalt und beschrieben
die Arbeitermeetings, der hohe Mittag des Streiks,
der Schatz der Fischer, die Nacht des Heizers,
die Schritte des Siegs, Chinas Sturmesbrausen,
der Atem der Sowjetunion, der keine Grenzen hat,
und der Mensch: jedweder Mensch mit seinem Beruf und
seinem Licht,
mit der Gewißheit seiner Erde und seines Brots.

Ich umarme dich, Bruder, denn du erfüllst auf deinem Kampf-
platz
die Bestimmung des Kampfes und Lichtes Italiens.
Möge mit seinen goldenen Linien
der morgige Weizen auf das Erdenrund
den Frieden des Volkes malen.
Dann, wenn der Wind
mit einer Woge die Ernte der Welt aufwühlt,
wird singen auf allen Auen das tägliche Brot.

XVII

Der Honig Ungarns

ICH KAM VON FERN

Ich führte auf dem Rücken
einen Sack
voll finstrer Leiden mit,
die Nacht der Gruben
meiner Heimat.
Wenn die Kohle
von Lota
in der Lokomotive
brennt,
wird rotglühend sie
und verascht,
kein Feuer ist's,
es ist Blut,
Blut der Bergleute meines Landes,
dunkles anklagendes Blut.
Und also
gebeugt
unter meinem schwarzen Sack
voll Blut und Kohle betrat ich unerlaubt
die Wege Europas,
der Silbermond, abgenutzt
von den Augen der Menschen,
die alten Brücken, zerbrochen
vom Krieg,
die Städte leer
mit ihren Fensterhöhlen
und Trümmerstätten, auf denen Gras wächst,
Nesseln
und bittere Rauke,
angsterfüllt
und wurzellos.
So schritt ich durch die zerbombten Straßen
und suchte die grünende Hoffnung,
bis eines Tags ich sie fand,

mit Wasser geschmückt
und Gold, an den beiden
Ufern von Budapest.

II ES MEHREN SICH DIE JAHRE

Ungarn,
wie eine Münze doppelseitig ist dein Gesicht.
Ich traf dich im Sommer,
und Wald und Weizen
war dein Profil:
Der hurtige Sommer umhüllte
mit einem Schleier von Gold
deinen süßen und grünen Leib.
Später
sah ich im Schnee dich,
o rosenrot überhauchte Schöne
mit weißen Zähnen und weißer Krone,
Wintergestirn,
Heimat der blendenden Weiße!

Und so liebte ich dein
münzenhaftes Zwiegesicht, deine Augen
mit Küssen streifend, die das Morgenrot
willkommen hieß, denn du erschufst
die aufgehende Sonne,
dein Fahnenzeichen,
den Schritt deines Volks
in den Steppen,
das makellose Werkzeug
der Befreiung, den Stahl,
mit dem man Gestirne erbaut.

Mir zuseiten erwächst
diese Zeit,
diese Epoche
wie ein mitreißender Wald,
ein vulkanisch' Gewächs
voll Leben und Laub,
meine Epoche
voll Blut und Helle, voll kühler Nacht
und morgendlichem Glänzen.
Neue Städte erwachsen,
aufflammen Fahnen,
es festigen sich die Republiken
des Sozialismus im Aufbruch,
Vietnam erbebt das Herz,
denn in Blut und Schmerzen
wird ein neues Leben geboren.

Meine Epoche:
Lorbeer und reifer Mond,
Liebe und Pulverdampf!

Ich habe gesehn
den Beginn und das Wachsen der Jahre,
wie neue gediegene Dinge
die alte Erde gebar.
Ich denke
des verlorenen Menschen
anderer Zeiten,
der nichts erblühen sah,
der gehastet von einer kalten Nacht in die andre
von Straße zu Straße,
der Treppen erstiegen,
mit Rauch sich gesättigt
und niemals gewahrte, wo ein Ende war
von Stufen und Rauch.
Jener Mensch

glich einem Schwamm der Wildnis,
in finsterer Nässe
vertat er sein Erbe,
sah über dem Wald nicht die Höhen,
die sterngravierten,
sah unter den Füßen nicht,
wie alle Keime des Walds
sich verwoben.
Ich fühle, ich schaue, berühre
das Wachsen
dessen, das überwältigend uns überkommt;
ich ziehe von einem zum anderen Land, das Unauslöschliche
erhärtend und zählend,
die Schritte reihend
und die Silben versammelnd
des Gesangs des Windes auf Erden.

III VORWÄRTS!

UdSSR,
China,
Volks-
republiken,
o sozialistische
Welt,
du meine
Welt,
schaffe,
bringe Bäume hervor, Kanäle,
Reis und Stahl,
Getreide, Betriebe,
Bücher, Lokomotiven,
Traktoren und Herden.
Hol aus dem Meer deine Fische

und von der fruchtbaren Erde die Ernten,
die goldensten der Welt.
Mögen von den Sternen her
deine Kornspeicher
sichtbar sein,
funkelnd wie aufgedeckte Minen,
mögen die Tiefen des Planeten erzittern
vom Rhythmus des Angriffs
der Felsenbohrer,
möge aus ihrer Wiege die Kohle
fahren mit rotem Schrei
hin zu den ungewöhnlichen Gießereien,
und überquellen
das tägliche Brot,
Honig und Fleisch
seien vollkommene Ozeane,
mögen die jungen Räder der Maschinen
nach den Achsen sich richten des Ozeans.
Suche unter dem Schnee
und in Himmelshöhen,
auf daß deine Schwingen funkelnden Friedens
mit Motorenmusik
die höchsten Sphären erfüllen
des himmlischen Vaterlands.
Ich wohne
in der Welt des Hasses.
Sie wollen,
daß ein grausiger Wind die Ernten vernichte.
Daß deine Städte sich nicht mehr erheben.
Sie wollen,
daß deine Motore zerspellen
und weder Brot noch Wein zu den zahllosen
Munden deiner Völker gelange.
Sie möchten dir das Wasser verweigern,
das Leben, die Luft.
Darum,

o Mensch der sozialistischen Welt, zeige dich,
trete hervor, lächelnd
von Blumen umgeben und Fabriken,
alle Früchte
überragend dieses Erdenrunds.

XVIII

Blühendes Frankreich, kehre wieder!

France, jadis on te soulait nommer
En tous pays, le trésor de noblesse
Par un chacun pouvoit en toi trouver
Bonté, bonneur, loyauté, gentillesse,
Clergie, sens, courtoisie, proesse.
Tous estrangiers amoient te suir.
Et maintenant voy dont j'ay desplaisance …

Charles d'Orléans (1430)

DIE JAHRESZEIT WIRD EINGEWEIHT

Wenn unter der Erd
die Jahreszeiten
sich vorbereiten,
haben die Säfte, die Wurzeln das Wort,
die Samen,
das Feuer,
das Wasser,
indem sie ihr Rüstzeug suchen,
dem Mahagoni der künftigen
Kastanie Glanz verleihen,
das schneeige Elfenbein härten
der Mandeln,
die Fasern fügen
der Schlinggewächse,
den grünen Zucker
der Trauben in die Höhe treiben,
dann
ist alles bereitet:
der Herbst voll roter Hände
oder der lichte Frühling,
oder der Sommer auf den Flüssen,
oder sternenfarben der Winter,
und Frankreich tut seine Tore auf:
die Jahreszeit ist da.

Denn dort ist schöner
der Tanz der Blätter,
in Wäldern die raschelnde
Seide des Herbstes.
Dort wissen die Wasser
zu singen in Harmonie
mit der Geige des Windes.
Kathedrale und Wiesengrund
stehen in Blüte bereits seit langen Jahren,

da sie den nämlichen
Zwillingskuß des Regens empfangen.
Dort in Frankreichs Landen
erblickte der Wein das Licht der Welt,
alsbald bei des Glases Transparenz
fanden die Worte
Formung und Wohlklang vollkommnen Kristalles,
und die Menschen, sie sangen.

Dort
sangen immer die Menschen.

Kam –
ein erbarmungsloser Wüterich – der Krieg,
doch aus der Trauer
ging Frankreich singend hervor.
Es sangen, die Mutigen an der Mauer
des Standrechts. Es sangen
die Kommunisten der Commune.
Sang, enthauptet,
die Tochter Jean Richards. Es singt
Frankreichs Volk,
indes die atlantischen
Schacherer
vorbereiten das Menschengemetzel.

Aber nicht festlicher Saal nur gewaltigen Herbstes
oder frühlingshaftes Geschmeid
bist, Garten
Frankreichs, Straße
Frankreichs,
Streiterin, du;
du hast mit Stein und Blut
deinen Namen an die Mauer des Schicksals
geschrieben,
und wie in dir die Ströme gewiß sind

ihres harmonischen Reichtums,
so auch, überhäuft mit Kämpfen
und Gaben, wird von Ufer zu Ufer
dein Volk
der Vollkommenheit zu
wiedereinsetzen die Freude
unter Gesang.

II UND DENNOCH …

Ich brauchte
Rabelais für mein Leben
wie die Tomaten.
Lebensnotwendig
war für mich seine fleischgierige Trompete,
seine wesentliche lärmende Freude.
Und dennoch …
Jene einsame Nacht
verbrachte ich an der Küste der armen Reichen
im mondsüchtigen Frankreich des Südens.

Ich kam auf dem Landweg daher
voll Staub des Südens, dem roten Schnee,
der Orangenblüte aller Wege.
Glücklich kam ich daher.

Mit dem goldenen Hals
der Freude
in meinem linken Arm,
unter meinen jungen Küssen
die maulbeerfarbene Brustspitze einer Rose
erwachte ich,
und da,
äußerst korrekt,

bot mir Zigaretten an
die Polizei
und verstieß mich aus Frankreich.

Das geschah nach Frankreichs
erster Nacht. Zwischen seiner Erde
und meinem schlafenden Leib
war vorübergegangen die Zeit,
und in jener Nacht stieg in Träumen
zu mir die Erde auf
mit Strophen und Rebenhängen.
Es zitterte mein Herz, dieweil ich schlief;
die Erde füllte es an
mit funkensprühender Schönheit,
färbte es mit Grün,
Frankreichs Wassern und Wein,
Reben und Wurzeln.

Antike geliebte Tote,
Safran und Jasmine
hüllten mich, den Schlafenden, ein,
und von den lieblichen Düften der Erde
fortgetragen, segelgleich schwebte ich hin,
bis der Tag sein blankes Schwert
voll Tropfen Taus dazwischenstieß,
und da
erschien
niemand anderes als
das heutige Frankreich,
die Polizei,
und obwohl das Schiff vor Anker lag und auf mich wartete
für die Heimkehr nach Chile,
stieß man mich bei Zigaretten dort
aus allem fast, was ich liebe,
und nicht half, daß ich mich
des Gedenkens

bediente an Charles d'Orléans, seine trauernde
Gitarre täglich säubernd,
nichts nützte mir, daß Rimbaud
in meinem Haus
seit vielen Jahren
heimlich lebte.
Ach nichts,
ach nichts.
Nicht einmal, zwei Lichtern blauen Feuers gleich,
die Augen Eluards auf meinen Schultern.
Nichts half.
Die Polizei
sprach von höheren Instruktionen
und daß ich recht verstünde:
nie mehr dürfe ich wiederkehren.
Ich dürfe nicht mehr
eine einzige Fußsohle setzen
auf dieses verbotene Gebiet.
Ich müsse die Sache recht verstehen:
weder im Transit
noch im Flug darüber,
noch unten auf dem Landweg,
noch an der Küste dürfe ich den Wogen der Normandie
zuflüstern, die ich liebe.
Ich dürfe nicht
als Baum mich verkleiden und den Regen empfangen,
nicht bei den Brunnenkressen mehr schlafen.
Ich dürfe an keinem Flusse
singen oder weinen vor Freude.
Nicht
Landkäse essen
zu den Salaten,
die dort wie Lippen sind. Ich dürfe nicht
auf der Seine-Insel Saint Louis
meinen Weißwein trinken,
keinen,

keinen
Abend mehr
meines Lebens.

Sie waren absolut deutlich
und ausgesprochen dunkel.
Mich ausweisen? Das war deutlich.
Warum mich ausweisen? Dunkel.
Und so nahm die Polizei
das Ehrenzeichen
in ihre Hände, das zu anderen Zeiten
der Conte de Dampierre an meinen Revers geheftet,
sie betrachteten es,
als wäre es eine schmutzige Knoblauchzehe
oder ein Zigarrenstummel mit Seifengeschmack.
Ja, sie hatten
Instruktionen
von allerhöchster Stelle,
und so geschah es, meine Damen und Herren,
daß ich Frankreich verließ.
Es ist eindeutig,
ich brauche mich
nicht näher zu erklären.

Wir alle wissen,
daß die Gesandtschaft
des Far West
mit ihren Cowboys
in die Kristall-Leuchter spucken in Versailles.
Daß mit Tabak im Munde
Jim Coca-Cola
die Statuen
von Fontainebleau bepißt, die blinden
Statuen schlummernder Königinnen.
Alle wissen wir's,
jedoch,

davon will ich nicht sprechen,
dies ist mein Thema nicht.

Wäre ich
zwanzig Jahre
und sie hätten mir
Frankreich
von meiner Seite also gerissen,
es würde ein großer
Jammer gewesen sein, ein großes Weinen.
Ich hätte den Tod
beschrieben und das Leichenbegängnis
des allerschmerzlichsten
Frühlings.

Heute aber,
mit so vielen Wundmalen,
denen es noch nicht gelang,
mein Herz umzubringen,
mit der noch nicht erwachten
Freude in meinen Armen,
mit dem ganzen Leben vor mir,
mit der Hoffnung,
mit allem, was da kommt,
wenn wir nicht mehr sind,
mit Frankreich, das morgen
wiederum erwachen wird,
denn nie hat es geschlafen,
mit all den Jasminen und Rebenhängen,
den Straßen, den Wegen,
und den Gesängen, die ich liebe,
und die niemand, am wenigsten
die Polizei,
mir aus dem Herzen reißen kann,
darf ich sagen, meine Damen
und Herren,

daß ich das liebliche Frankreich liebe,
aus dem man mich verstieß.
Und daß ich fürderhin
leben werde,
als lebte ich dort,
mit seiner Erde und seinen Helden,
mit seinem Wein und seinem Volk,
und daß ich offiziell nicht erwacht bin
aus jener einzigen Nacht,
in der aller Duft
seiner Tiefe und Süße
aufstieg in meinem Traum, mir das Geleit zu geben.

III MEHR ALS EIN FRANKREICH

Transparent
ist die Erde:
Wasser- und Eisenblasen,
grünes Becken
von Ozeanen, Wiesenflächen,
Fernen,
Wogen aus Quarz und Kupfer
besänftigten sich auf ihr.
Die Kohle am Grund
blinder Schächte
lagert dort ihre Energie.
Früchte und Getreide
wie eines antiken
Herrschers Krönungsmantel
bedecken sie
mit gelben Sternen:

Überschäumend ist der Kelch
der Erde:

Alles Licht und aller
Schatten entflammen sie
und stürzen sie ins Dunkel,
rauh, mit des Winters
Dornen,
mild, von aller Lieblichkeit
erfüllt:
Planet, du hütest etwas
Lebendigeres
und von größerer Energie
als alle Metalle:

es ist der Mensch,
das winzige
Wesen, das zittert,
stürzt und noch die versehrteste
Stirn erhebt
und Blitze schleudert
mit frisch zerfetztem Arm.

Ich sehe
die glutenden Wälder,
die Wildnis
von Laos,
Insekten, gleich Blättern,
Leoparden
voll schweigsamer Kraft
mit phosphoreszierender Flanke,
die gewaltigen Bäume, der uralten
Erde verflochten,
die regennassen Monumente
mit ihren verstümmelten Nasen
und Augen, durch die
das Gezweig hindurchdringt.
Nichts von dem
interessiert uns:

Gib acht,
warte,
blick hin!
Dort ist, was du liebst:

Ein bescheidener
freier Mensch,
auf der Wacht
mit einem Gewehr.
Das ist er,
der Partisan
von Kambodscha.
Er wartet
auf den Maschinenschritt
des gepanzerten Invasors.
Denkt nicht
an das Fieber, das ihm nachstellt,
nicht an die Schlange
mit elektrischem Gift:
Erwartet einzig
den fremden
Soldaten.

Dort in der Wildnis
sind die Blätter
sein Vaterland,
jeder Vogelruf
oder Wasserlaut,
jeder Lidschlag
oder Schmetterlingsflug
ist sein Vaterland.
Laubwerk ist sein Vaterland,
und in seinem Schatten
verteidigt
der Mensch,
der winzige Mensch,

jedes einzelne
seiner Blätter.
Vietnam auf der anderen Seite.
Trübe Ströme sind da, vibrierend
von Leben und Botschaft,
die fließen von Erdstrich zu Erdstrich.
Die Franzosen
der Städte
vernehmen das Flüstern
des Laubwerks.
Warum verließen sie
Frankreichs
fruchtschimmernden Frühling?
Man sagte ihnen,
sie würden hintragen
die Kultur,
und seit jener Zeit
landeten
die Maschinengewehre
und das Napalm
Eisenhowers,
Verderben und Feuersbrunst
mit ihnen, den Franzosen.

Die Enkel
Victor Hugos,
sie bringen keine
Bücher,
nur
schreckliche Kugeln,
Schmerzen,
Blutvergießen.

Darum
steigt von Saigon her
zum Himmel ein schwarzes

Rauschen auf
von Rauch und Angst,
das den Erdraum durchfliegt
und nieder
auf Frankreich stürzt,
auf gewisse
ärmliche kleine Hütten
stürzt
die Angst Indochinas herab.

Eine Notiz
mit einem Namen in Trauer,
der Tod,
erscheint
gleich einem schwarzen Adler
aus Asiens Himmelshöhn
und fällt
in den morgenschönen Frühling
Frankreichs ein
mit reißender Krallen
Schatten.

IV HENRI MARTIN

Henri Martin vernimmt
das Geraun,
das die Angst und das Blut beschwören.

In seinem Gefängnis in Frankreich
hört er
des Waldes Fahnen.
Die Seinen sterben
vergebens,
verwesen, zinnfarbene Käfer

schleppen sie davon.
Frankreichs Söhne
fallen
dort in der Ferne.
Warum?
Henri Martin trat
dem ruhmlosen
Gemetzel entgegen,
und nun,
in einem gestreiften Sträflingskleid,
eine Nummer auf dem Rücken,
plagt sich eingekerkert
Frankreichs
strahlende Würde.

Um unter feurigen Wolkenbrüchen
inmitten der Fliegen,
Tanks und Pusteln,
Flüche und Mißgeschicke
junge Männer
zu landen,
die Frankreichs
Blüte hervorgebracht,
Söhne
des Jasmins und der Trauben,
um sie zu töten,
sie auszuzeichnen
und hinzumorden,
muß die Puppenregierung
Frankreichs
ans Kreuz die Ehre schlagen,
sie einkerkern
und stecken in ein gestreiftes Kleid,
sie zu einer Nummer entwürdigen,
muß Frankreich einen ländlichen Dunghaufen industrialisieren,
um ihn den Cowboys Washingtons

zu verkaufen,
muß es das Rückgrat brechen
der uralten
nie erloschenen Gesittung.
Darum
sieht
Henri Martin,
der strahlende,
unbezähmbare,
durch die Gitterstäbe,
die seines Volkes
Trikolorenaugen
gefangenhalten,
wie das Blut
in die Sümpfe stürzt,
dort, in der Ferne,
unter den glühenden Schwingen,
und wie die Mistkäfer
mit ihren kleinen
Zinnmäulern
in die feuchten Raubtierhöhlen
Menschen
schleifen,
Leichenfetzen von Jungen,
die Kraft und die Anmut
Frankreichs,
des hingeopferten,
damit die Cowboys
Philadelphias
tanzen mit der unerhört zarten Gattin
des französischen Gesandten.

Henri Martin: der Klee
der morgendlichen Weide,
die einfachsten Dinge,
die Bank

des Tischlers,
die namenlose blaue Blume
im Gestein,
der furchtbare
Schwefelwind
Chuquicamatas zur Nacht,
die in den Gruben
versammelten
Männer,
das Brot,
der Partisan
unsres schmerzensreichen,
mütterlichen, unglückseligen,
heldenhaften
Griechenlands von heute,

alles

Einfache,
das, ohne es zu lernen oder gehört zu haben,
über allen Ländern und auf allen Strömen singt,

alles

grüßt dich,
Henri Martin, Bruder
all dessen, was lebt, Bruder
des Lichts und des Traumes,
Bruder
der Gesittung und des Tags,
Bruder
aller Hoffnung,
Matrose.

Ich wandre vorüber und sehe die Welt.
Dort, wo du warst,

dort war auch ich.
Ich kenne
das Blut und den Tod.
Darum, weil du
des Lebens
Bruder bist,
Henri Martin, Würde
Frankreichs, der höchsten
Eiche Blatt,
Lorbeer der Auen,
Held
des Friedens und der Lauterkeit,
grüße ich dich
mit der Unschuld
des Sandes und des Schnees
meiner fernen Heimat.

XIX

Nun singt die Donau

*... Donau, göttlicher Strom,
der du hinziehst durch wilde Völkerschaften
mit deinen hellen Wogen.*

Garcilaso de la Vega (III. Gesang)

VERBRANNTE FINGER

Rumänien der verblichenen Zeit, goldenes
Bukarest,
wie glichest du
unseren höllischen und himmlischen
Republiken
von Amerika.

Hirtenhaft warst du und düster.
Dornen und Ödnis hüteten
dein entsetzliches Elend,
während Mme. Charmante
in den Salons auf französisch ungereimtes Zeug schwätzte.
Die Peitsche fiel
auf die Narben deines Volkes,
indes die eleganten Literaten
in ihrer Zeitschrift »Süd« (sicherlich)
Lawrence studierten, den Spion,
oder Heidegger oder »unseren kleinen Drieu«.
»Tout allait bien à Bucarest.«
Das Petroleum
ließ Brandmale zurück an den Fingern
und schwärzte die Gesichter
namenloser Rumänen,
doch in New York und in London
verwandelte es sich zu Lobgesängen
auf Sterlingpfunde.
Darum
war Bukarest so elegant,
die Damen so liebreich.
»Ah, quel charme, Monsieur.«
Unterdes strich
der Hunger umher und streckte
die leere Gabel in die Höhe
in den schwarzen Vorstädten

und auf dem unglückseligen Lande.
Ach ja, meine Herren, genau
wie Buenos Aires war es,
wie Santiago oder Lima,
Bogotá und São Paulo.
Schmachtende Seufzer tauschend,
tanzten ein paar wenige im Saal,
der Club und die Literaturzeitschriften
waren äußerst europäisch,
der Hunger war rumänisch,
die Kälte war rumänisch,
der Schmerz der Armen
auf dem gemeinsamen Leichenacker, er war rumänisch,
und so flog das Leben
von Blüte zu Blüte wie auf meinem Kontinent
bei übervollen Kerkern
und dem Walzer in den Gärten.

Oui, Madame, welch eine Welt
ging unter, welch ein nie wieder gutzumachender
Schade für alle
distinguierten Menschen!
Bukarest ist nicht mehr!
Dieser Geschmack, diese Linie,
diese exquisite Mischung
von Fäulnis und »pâtisserie«!
Entsetzlich dünkt es mich.
Man berichtet mir,
daß sogar das Lokalkolorit,
die malerisch zerlumpten Kleider,
die wie kümmerliche Wurzeln gekrümmten Bettler,
die Mädchen, die des Nachts
zitternd warteten
an den Eingangstüren der Ballsäle,
daß alles, welch ein Greuel, verschwunden ist.

Was sollen wir tun, chère Madame?
Wir werden an anderem Ort
eine Zeitschrift »Süd« für Viehzüchter herausgeben,
die zutiefst bemüht sind
um die »Metaphysik«.

II DER SINGENDE MUND

Ich schreite hinab von den Fichtenwäldern
den flachen Mündungsarmen der Donau zu,
blaue Winde schütteln
die Lebenden und den Lebensstoff.
Die Luft säubert den Boden
der Salons, einströmt
durch die Fenster
des Volkes Fahnenwind.
Da du mit deinen Händen,
Rumänien, zu dieser Stunde deines Volkes
Lumpengewandung tilgst, hast du
ein neues Haupt gewiesen, neue Augen,
einen neuen und singenden Mund,
und nicht nur ein Hirtenvolk
hast du aufzuweisen heut auf Erden,
sondern ein strahlendes
Bauwerk, das wächst und wächst.

III EINE DRUCKEREI

Ich sah eine Druckerei in die Höhe ragen,
so machtvoll
wie in meinem Land ein Bankgebäude.
Sah Ziegelstein um Ziegelstein

jene Kathedrale des Wortes
formen,
sah die Wände aufwachsen
und alsbald
die Linotypen erglänzen,
den eingeölten Stahl,
und einziehn die Rotationsmaschine
als den größten Tank
der Typographie.

Schön war es,
zu sehen, wie eintrat
des geschriebenen Lichtes
eiserne Mutter.
Knarrend
rückte sie vor,
und ihr zur Seite
wie blaue Ameisen
die Arbeiter.
Es roch nach Wind
und Eisen und Öl,
es roch nach etwas Neuem
und nach Stille,
roch nach großer kommender Zeit.
Schön war es,
schöner als Laubwerk und Bäume,
schöner als die Blumen
zu sehen, wie der Höhe entgegen
wanderte die Druckerei.
Dort, wo die Damen
ehemals
sich verneigten
vor einem jämmerlichen Wüstling Europas,
Karol, dem gekrönten,
dort erwuchs wie
des Windes Kathedrale

eine Druckerei,
größer
als eine Bank des Westens,
größer als eine
Gewehrfabrik,
schöner
als eine Pflanzschule flammender Lilien,
höher
als unsere amerikanischen Bäume.

IV DIE FLUSSGÖTTER

Ovid und Garcilaso, gestern
vertrieben an deine Gestade,
Rumänien, sie mögen dich krönen,
dich krönen und singen.
Zu Fruchtbarkeit treibend
Leben und Sand,
führt Wasser dein Strom,
deine Häuser und Wälder bewohnt die Liebe,
deine Arme und Schläfen
mit Reben sich schmücken.

Nicht den freien
Menschen allein
deiner neuen Städte und Fluren
feiere ich.
Nicht der schöpferischen Arbeit nur
von Schulen und Fabriken
widme ich meinen Gesang.
Nicht den Kanälen nur,
gebrochen in Fels und Erde,
auf daß Ähren austeilend hinströmen
die Fluten der Donau,

weihe ich meine Leier,
auch dir, Rumänien,
deiner edlen Art von Erde und Wein,
deinem großherzigen Brot,
dem im Volk verteilten,
dem Duft von Mimosen und Pinien,
den der Wind dir darbringt als Geschenk.
Ich singe
die Haut deiner Trauben,
den Glanz der Augen,
die von dort, zwei schwarze Strahlen,
den meinen sich vereinen,
deine uralten Tänze, die heut wie Blumen
und Blüten schimmern im Licht, das du eroberst,
die Freundschaft aller,
die besonnene Hand der Partei,
die Fröhlichkeit
des rumänischen Friedens,
die unzähligen Erinnerungen an dich,
die singen wie ein Strom.

Rumänien,
von den Gestaden meiner Heimat
schreibe ich heute dir diesen Brief.
Nimm ihn an, Rumänien.
Er führt des Pazifiks Gesprüh,
führt Stimmen mit sich und Küsse,
führt höchster Gebirge Schnee,
führt Lieder mit sich und Kämpfe
meines Volkes.

Ehre und Liebe, Rumänien,
erheben sich in dir wie zwei neue Rebenhänge.

Verständnis blickt mit deinen Augen.
An deinem Munde lächeln die Trauben.

XX

Der Engel des Zentralkomitees

DER SCHUTZENGEL

Zu Hause sagten sie zu mir als Kind:
»Hör zu. Es gibt einen Engel,
der dich begleitet und dich behütet,
ein Schutzengel.«

In Winkeln wuchs ich auf voller Trauer.
Und das aufgespeicherte Leid ließ ich,
Tropfen um Tropfen, niederfallen in meine Schrift.

Ein Jüngling, schritt ich hin von Gefahr zu Gefahr,
von einer zur anderen Nacht, mit eigenem Schwert
mein Brot verteidigend und mein Gedicht,
den Weg mir bahnend auf dunkler Straße,
die queren ich mußte, häufte ich in der Leere
meine einsame Kraft.

Wer kam nicht an meine Tür, um irgend etwas zu zerstören?
Wer brachte mir keine zernagende Lava?
Wer trug mir keinen giftigen Stein
in meines Daseins Unrast?
Der Besitzer wies mich voll Zorn auf die Straße.
Der Vornehme verachtete mein Gesicht.
Und aus ihrem mexikanischen Spottgedicht
und ihren aschgrauen Fibeln
schütteten böswillige Großmäuler, Marktdiebe
verwelkter Rosen, Dichter
ohne Poesie, Tinte
gegen mein kämpferisch wallendes Haupt.
Sie öffneten Schächte ihrer schlammerfüllten Seele,
auf daß ich in ihre Fänge stürze,
sie krönten mit Messern meinen Gesang,
ich aber wollte nicht fliehen noch wehren mich,
ich sang und sang, mit Sternen mich füllend,
ich sang, ohne daß ein anderer mich schirmte
als der blaue Stahl meines Gesangs.

II DAMALS VERBARGST DU DICH

Wo warst du da, mein Schutzengel?
Warst du die Wohnstatt voller Dornen,
in der ich schlafen mußte? Warst du der Tisch
der Armut, den man mir bereitet?
Der Haß warst du, unendlicher Draht,
den ich zerschneiden mußte, oder warst du etwa
das Elend unglückseliger Menschenwesen,
das, was ich antraf an Wegen,
in Städten, in unterirdischen Höhlen
der Verlassenen? Oh, unsichtbar warst du,
obschon unter Schicksalsschlägen nur,
da einzig unmenschliche Tore ich aufbrach,
ich in meiner Stimme das Wachsen aller Stimmen vernahm
und ich hervortrat unter den Menschen zum Kampf.

III ICH VERLIESS MEIN VATERLAND

Ich querte die Cordilleren zu Pferd.

Ein winziger Tyrann, ein Ballett-Tänzer, verkaufte
mein Vaterland samt Metallen und Häuern
und füllte den Raum, der beherrscht
war vom Frührot, mit Mauern und Kerkern.
Ich entkam durch die zerschrundenen Schlünde
des Weltalls und galoppierte dahin
unter des Hochwalds dunklem Schweigen.
Plötzlich stürzten eisige Taubenschwärme
des Schneesturms Gewalten herab,
eiskalte Gefieder, Naturkraft unumschränkt:
Sogleich verwandelten Erd und Bäume sich
in widriges rauhes Geschick und Wunden,
in Eisdämme unvermuteten Holzes,

undurchdringliche Dichte, zur
Kathedrale gewirkt inmitten des Laubs
oder titanisches gleitendes Salz,
scharfzackige Felsengürtel.

Und zu allem glitt ich jählings hinab
die steilgetürmte Erde, und die Reiter,
sie bahnten mit Beilen den Weg,
wo die rasende Gottheit eines neuen
Schwerter überflutenden Stroms auf der Lauer lag
und ihr geheimes Getöse hinabstürzte
auf die Feindseligkeit des Dickichts.

IV ERSTE ERSCHEINUNG DES ENGELS

Und dort beim Queren des Stroms,
als die Wasser sich untertan machten
der Pferde Geplage
und ein Strudel jäh
wie ein Pfeil in meine Kehle drang,
als das Reittier schon strauchelte
und die Fluten an meiner Seite
ein reißendes Bohren waren von Nadeln
und zwischen den Steinen der Katarakt
lauerte wie ein Blitz,
da blickte ich hinter mich,
und mit Pistole und Lasso,
unrasiert und runzelbedeckt,
gewahrte ich zum ersten Mal den Engel.
Mich beschirmend zog der Engel einher,
ohne Flügel schritt er neben mir,
der Engel des Zentralkomitees.

V DER SOLIDARISCHE ENGEL

Da schritt er hin, mich beschützend
vor der unbändigen Luft, vor dem Strom,
den orkanhaften Steinen
und der Dornenwildheit.
Er, der Engel, beschützte mich
vor der Meute, die mich haßte,
vor jenen, die in den Straßen des Verbrechens
johlend warteten auf mein Blut.

VI DER ENGEL DER STEPPEN

O unfaßbarer Mond in den Steppen,
o blaue Sonne über dem weiten Weltenraum,
Pampa der Einsamkeit, in Wüstenweiten
hingebreitet waagerechtes Gestirn.

Argentinisches Grasland, unendliche Erde,
Ruch von Getreidehimmeln und Weg
aus allen Wegen der Welt, endloser
Frühling ohne ein Augenlid, Ebene, du.

Ich zog dahin von einem Ende zum andern, taumelnd
durch die Schnelligkeit, kreuzte ich den Tag
und die bloße Nacht des Planeten.

Und dort, verloren im Raum, als
der schweifende Vogel Strauß und die Taube
der Wildnis erschienen,
da Erschöpfung und Verlassenheit die transparente
Schale der Steppe füllten
und ich verloren und als der letzte mich fühlen mußte
und ich nichts war denn Entbehrung, Schlaf und Schweiß und
Staub,

da war er wiederum da,
offenen Auges zugewandt der Freiheit
und mit anderem Gesicht,
die Hände am Steuerrad wie angewachsen,
ohne Schlaf durch die Nacht und lächelnd,
da beschirmte er mein Ermatten,
weiß nicht, wie er heißt, López vielleicht,
vielleicht Ibieta, der Engel
des Zentralkomitees.

VII DER ENGEL DER FLÜSSE

Du wirst wahrscheinlich wissen,
daß ich zwischen den eisernen Strömen Amerikas einherzog.
Zitternd empfing mich das Gebreit des Paraná.
Seine Gelassenheit war wie der Mond,
der über das Grasmeer sich ergießt,
und war bevölkert von heimlichen Lippen,
die sein urwildes Tun mit Küssen bedeckten.

Ströme jener Himmelsstriche, rote Söhne
der feuchten Finsternisse Amerikas,
ich kam an eure Fluten, zum Blut,
das Tag und Nacht, Erdreich bekämpfend,
euren zahllosen Namen davonträgt,
ich war vom Äquator ein Zweig, ein Stück
deiner Erde, des Laubwerks der Flüsse.

Die breiten Gewässer erzählten mir ihre
ganze Kantate vom paraguayischen Blut
und von Asuncións Türmen des Martyriums:
wie das Dickicht zum Tiger sich wandelt,
wie das Erdöl das Banner befleckt
und wie Öle und Schlamm sich ergießen
über die armen Toten des Vaterlands.

Und mir erzählte der Strom, was die Toten
sagen, die von den Wurzeln her reden,
noch aus dem Tode Hilfe erflehend
und die Fahnen haltend, die eingescharrten,
indes die Fremden des Erdöls
mit dem Henker trinken im Palast.

Dort zwischen den Flüssen traf ich dich, noch strömten
die Wasser in meinem eigenen Blut,
Erlebnisse des Waldes, eins nach dem andern erzählend,
und dort, neuer Engel, warst du im Innern
Amerikas,
und ohne dich wiederzuerkennen, sprach ich
zu dir: »Schutzengel, Kamerad, bist du es?«
Und endlose Strecken. Weizenfelder, Wogen,
Bedrängnis und Fichtenwälder durchwanderten wir
gemeinsam,
bis auch ich über den Meeren
die Augen schloß und schlafend dahinflog.

VIII DER ENGEL DER DICHTUNG

Sowjetunion, du erblühst
mit neuen Blumen, die auf Erden
noch keinen Namen haben.

Deine Standhaftigkeit ist die Blüte am Baume des Stahls.

Deine Brüderlichkeit ist die Blüte des duftenden Brotes.
Dein Winter ist eine Blüte, in welcher der Schnee
ohne Bedrohen die Liebe erhellt.
Ich durchstreifte die Erde, wo Puschkin wieder
mit seinem Gesang das Leuchten der Kristalle erhöht,
und sah, wie sein Volk dieses Sternbild

auf Händen in die Höhe hob,
die gewohnt, das Korn aufzurichten.

Puschkin, du warst der Engel
des Zentralkomitees.
Mit dir zusammen besuchte ich heilige Trümmerstätten,
in denen deines Volkes Soldaten
die Silben deiner Seele verteidigten.

Mit dir sah ich wachsen aus Schutthalden
des Lebens gigantischen Flug,
des Traktors Räder dem Herbst zugewandt,
neue Städte voller Wohlklang,
gelbe Flugzeuge, Bienen gleich.

Und da ich trat ins Museum oder ins Haus,
in die Fabrik, an den Fluß, der singend dir folgt,
oder da ich getilgt sah in der Stadt Lenins
die Narben des erhabenen Martyriums,
o leuchtender Gefährte, warst du
meinem Herzen nah und reichtest mir dar
den ganzen stolzen Wuchs deines Landes.

Dort endlich führte ein Engel als Waffe
nichts weiter als einen Zweig kristallinischer Blitze,
und er und seine gesamte Erde schirmten
die unsteten Silben meines Gesangs.

Dort endlich beschirmte der Friede mich.

Und Puschkin sprach zu mir: »Komm mit mir
bis Nowosibirsk, dort auf öd und wüsten
Erden, zuvor
voller Verlassenheit und Schmerzen,
weht heute das Banner meiner Stimme
über den stolzen Bauten.«

Engel, du wolltest, ich suchte all deine
Lande auf, die Ähren berührend,
die Werkstätten zählend und Schulen,
mit Kindern plaudernd und Soldaten.

IX ENGEL WYKA

Hirtenhafter Engel Polens, Wyka,
ich muß dir diese Fragen stellen:
da ich das ganze Leben durchmaß
deines Landes, den glühenden Glanz
des in Kattowitz herrschenden Eisens,
die Weizenfelder, die ihre wogende Heiterkeit
über dein ganzes Erdreich breiten, die Prozessionen
mittelalterlichen Katholizismus, den Rauch
des Kohlengebiets, die Luft
Krakaus, Atmosphäre gestrengen Buches,
abermals das Baltische Meer, das seine weißen
Schwingen und Wellen inmitten neuer Kräne vorwärts treibt,
den Ziegelstein, geformt aus dem Staub
unendlicher Zerstörung, von neuem
in den Himmel Warschaus wachsend,
und den metallischen Duft der Fichten über
den Masurischen Seen, transparente Zeugen
des Menschengemetzels,
von Dorf zu Dorf hat
über der zerstörten Architektur
der Mensch die Schönheit deiner Erde
wieder eingesetzt, das völlige Verstummen
mit ihres Wiedererwachens Samen füllend.
Diese gestern noch unvermutete
Fruchtbarkeit, die Milch, von Mund zu Mund
gereicht als neues Zeichen,
und diese Erde, die singt und sich verschenkt,

ohne wie das Wasser zu verrinnen, sondern
Metalle und Kornböden gewährt,
sage mir, Engel Wyka, der du mit sorglosem
Herzen meine Schritte begleitest,
was mußt du, was müssen wir verbergen,
warum wollen sie diese Regionen leugnen,
diese Ernten, diesen schlichten Honig,
warum wollen sie diese Größe auslöschen
und zurückweisen diesen menschlichen Sieg?
Du warst die Stille an jedem Tag,
Engel, Freund glanzloser Geschlechter,
einzig, damit der Wald
für deinen Gefährten von anderen Meeren
die winzigen Fruchtknospen seiner Erdbeeren schütze
oder die große runde Muschel eingehe
in meine, eines Naturforschers leidenschaftliche Liebe,
und so zwischen Sandgestaden und Fichtenwäldern oder
Seefahrzeugen von Gdansk oder zwischen Motoren
zeigtest du mir dein ganzes offen daliegendes Land,
das wie ein Lächeln strahlte.

X ENGEL, O KAMERAD

Einsamer Krieger, Engel aller
Breiten, du erscheinst
vielleicht in den düsteren Höhlen
der Grube, wenn Unterdrückung und Erschöpfung
deine Arme bezwingen wollen, und schwingst
deine erzenen Flügel als Schild.

In jener Finsternis ist es, wo inmitten der Völker
dein organisierter Flug die schwierigen
Lande der Dornen kreuzt,
die schwarzen Drahtverhaue des Todes.

Kamerad, dich erwartet der Erliegende,
dich erwartet, der seine Kraft
zurückhält, der aus der Gefahr hervorgeht
und der zurückkehrt in die Gefahr. Du bist inmitten
der stürmischen Zeit, des Zorns
mit abgetragenem Hut, du gleichst
allen anderen mit bereiten Schwingen
unter dem alltäglichen Licht einer dürftigen Jacke.
Du bist das Einende dieser Menschengeschicke.

Über das ganze Erdenrund geht dein Flug.

Niemand erkennt dich, nur jene,
die noch in tiefster Nacht
die Strahlenschrift lesen von morgen.
Ohne dich zu gewahren, gehen viele
Menschen nahe an dir vorbei, an der Ecke,
wo du, an die Mauer gelehnt, Straße bist
oder Baum, namenlos inmitten der Menschenwaldung.

Wer aber sich wendet an dich, weiß, daß du da bist.
Und dieser errät hinter deinen alltäglichen Augen
das Schwert der Völker.

O wie gern im vollkommenen Licht der befreiten
Lande des Ostens empfängst du uns alle,
nicht als Vertriebene, sondern als Lächelnde nur,
um uns Friede zu schenken
und Brot, die Schlüssel
der Erde.

XXI

Memorial dieser Jahre

ES KAM DER TOD ZU PAUL

In diesen Tagen erfuhr ich den Tod
Paul Eluards.
Dort, der kleine Umschlag
des Telegramms.
Ich schloß die Augen, es war
sein Tod, einige Lettern
und eine große weiße Leere.

So ist der Tod. So
kam durch die Lüfte
der Pfeil seines Todes,
um meine Finger zu durchbohren
und mich zu verwunden wie einer
furchtbaren Rose Dorn.

Held oder Brot, ich entsinne mich nicht,
ob seine ungewöhnliche Süße
die des gekrönten Siegers war
oder der Honig nur, der sich austeilt.
Ich erinnere
seiner Augen mich,
Tropfen jenes himmlischen Ozeans,
blauen Kirschbaums Blüten,
antiken Frühlings.

Wieviel Dinge
durchwandern Erde und Zeit,
bis sie einen Menschen formen.

Regen,
Strandvögel, deren heiserer
Schrei widerhallt im Schaum des Meeres,
Türme,
Gärten und Schlachten.

Das
war Eluard: ein Mensch,
dem entgegenströmten
Regenstrahlen, steile Fäden
der Wetter
und Spiegel klassischer Gewässer,
in denen der Turm des Friedens und die Schönheit
sich spiegelten und blühten.

II JETZT WISSEN WIR

Wir wissen es den ganzen Tag,
die Nacht,
den ganzen Monat wissen wir's,
das ganze Jahr hindurch.

Zu anderen Zeiten lebte
der Mensch für sich,
das Vergnügen verstopfte seine Ohren,
der Himmel belegte ihn mit Beschlag,
die Hölle
forderte ihn,
und außerdem
war finster
der Erdenraum des Menschen.
Er konnte mit Sicherheit nicht bestätigen,
ob die anderen
Menschen waren,
die Menschen der Inseln,
die fernelebenden,
jene, die unvermutet
an einem Elefantenzahn
soviel Weisheit bekundeten
wie das Tor einer Kathedrale.

Aber
dort in der Ferne
zwischen Wolken und Rauch
die Kolonien,
die Pflanzen selbst
verwechselte man
mit der Saurier Haut.

Heute
ist alles
anders.
Armer Freund,
du weißt es,
weißt, daß der Mensch existiert.
Jeden Tag
verlangt man eine Unterschrift von dir,
um ein lebendes Wesen
einem langwierigen Kerker zu entreißen,
und niedergedrückt
lernst du die unterirdischen Verliese kennen der Geographie.

Du weißt es, wir wissen es,
wir wissen es an jedwedem Tag,
schlafend erfahren wir es:
Unmöglich schon ist es,
die Ohren uns zuzustopfen
mit dem Himmel.
Das Erdenrund sucht uns auf
am Morgen
und reicht uns das Frühmal:
Blut oder Morgenröte,
Finsternis oder Aufbau,
Krieg oder Agrikultur,
und man muß wählen, Freund,
jeglichen Tag,
wissend nun,

sehr wohl wissend jetzt,
wo ihren Platz einnehmen
das neue Leben sowohl
wie der alte Tod.

III HIER NAHT NAZIM HIKMET

Nazim, soeben den
Kerkern entronnen,
schenkt mir sein Hemd, mit Fäden
roten Goldes durchwirkt
wie seine Dichtung.

Fäden türkischen Bluts
sind seine Verse,
wahrhafte Märchen
im antiken Tonfall, gebogen oder gerad
wie Krummsäbel oder Schwerter,
seine heimlichen Verse,
geschaffen, um die Stirn zu bieten
mit dem ganzen Süden des Lichts,
sind heute wie verborgene Waffen,
sie glänzen unter Fußböden,
harren in Brunnenschächten,
in dem undurchdringlichen Dunkel
der dunklen Augen
seines Volkes.
Er verließ seine Gefängnisse,
um mein Bruder zu sein,
und wir durchzogen gemeinsam
die Schneegefilde der Steppen
und die von unsren
eigenen Lampen erhellte Nacht.

Hier ist sein Bildnis,
damit man seine Gestalt nicht vergesse:

Hochgewachsen ist er
wie ein Turm,
im Frieden der Steppen errichtet,
und oben
zwei Fenster:
seine Augen
mit dem Licht der Türkei.

Unstet und flüchtig,
fanden wir
feste Erde unter den Füßen,
die von Helden und Dichtern
eroberte Erde,
die Straßen Moskaus, den Vollmond,
über den Mauern erblühend,
die Mädchen,
die wir lieben,
die Liebe, die wir über alle Maßen verehren,
die Freude:
unsere einzige Botschaft,
die allumfassende Hoffnung, an der wir teilhaben,
und vor allem
ein Kampf
der Völker,
wo ein Tropfen und immer wieder ein Tropfen,
Tropfen des Menschenmeeres,
seine Verse sind und meine.

Aber
hinter der Heiterkeit Nazims
gibt es Tatsachen,
Begebenheiten, Gehölzen gleich
oder wie Grundsteinlegung von Gebäuden.

Jahre
des Schweigens und der Haft.
Jahre,
denen es nicht gelang,
seine heldenhafte Jugend
anzunagen, zu zerstören, zu verschlingen.

Er erzählte mir,
wie sie länger als ein Jahrzehnt
das Licht der elektrischen Birne
brennen ließen
die ganze Nacht, und heut
vergißt er jede Nacht,
läßt er, in Freiheit,
noch immer angezündet das Licht.
Seine Freude
hat dunkle Wurzeln
gesenkt in sein Vaterland,
als Blume der Sümpfe.
Darum,
so er lacht,
wenn Nazim lacht,
Nazim Hikmet,
ist es nicht, als lachtest du:
sein Lachen ist weißer,
in ihm lacht der Mond,
der Stern,
der Wein,
die Erde, die nicht vergeht,
aller Reis grüßt uns in seinem Lachen,
sein ganzes Volk singt durch seinen Mund.

Niemals war ich
in Albanien,
harte geliebte Erde,
steinichte
Heimat der Hirten.
Heute
hoffe ich
zu dir zu kommen wie zu einem Fest,
einem neuen
Fest der Erde: die Sonne
über dem muskulösen Keulengriff
deiner Bergketten,
und dann zwischen Felsblöcken zuzusehen,
wie die neue Lilie,
die zarte, wächst,
die Kultur,
die Lettern, die sich verbreiten,
die Achtung vor dem uralten Bauern,
des Arbeiters Wiege,
das erhabene Monument
der Brüderlichkeit, das Anwachsen
der Güte einer jungen Pflanze gleich,
die auf den alten kargen Erden erblüht.

Albanien, winziges du,
stark und fest und voller Wohllaut,
deine Saite auf der Gitarre
– Faden aus Wasser und Stahl –
verbindet sich dem Klang der Geschichte,
dem Gesang der unbesiegbaren Zeit,
mit einer Stimme von Wäldern
und Bauten,
Düften und weißem Geleucht,
Gesang des ganzen Menschen und des ganzen Waldes,

von Vögeln und Äpfeln,
Winden und Wogen.

Stärke, Entschlossenheit und Blüte sind dein Geschenk
bei der Errichtung des Irdischen.

V INDIEN 1951

In Indien
ein weiteres Mal,
wiederum
das Arom
toter Früchte, das
Krächzen
der Raben.
Ich fühlte, wie man im Innern
eines zersprungenen Gefäßes zusammenpreßte
mein Herz, ich hörte
Schritte,
Schritte, die gestorben
Schritte.
Laubgewirr
von Rassen und Tuniken,
Indien,
du mütterliches, verflochtenes,
erhabenes, grausames, fernes,
du warst das nämliche.
Die großen Ströme, Leichen begrabend,
die Safranfarbe auf den Hügeln,
heut aber
war nicht meine Jugendzeit mehr, meine einsame
unstete Jugend.
Heute
warteten Blumen auf mich,

sie schwebten nieder auf meine Brust,
und ein Name,
ein Brief,
eine einfache Silbe
kam
aus dem Gefängnis, mich anzuerkennen.

Erde Telenghanas,
Märtyrer, Geschöpfe,
zwischen zwei
Feuer genommen,
die Maschinengewehre der Regierung,
die Verliese
des Nazim von Hydarabad.
Bauern, auf Äcker
gefallen, die sie schon
als ihr eigen ansahn,
und nun
unter eigenem Parlament,
ohne Engländer,
doch mit dem alten Elend,
dem Hunger,
der durch die Dörfer heult.

Hoffend,
wartend,
lebte Indien immerdar,
hockend
am Strom der Zeit
und wartend.

Vorüberzogen die Krieger
blutbefleckten Fußes,
die Prinzen
Perlenfresser,
die Engländer

bar jeden Gefühls,
die Priester kalt
wie Saurier
erforschten den Nabel
der Erde und des Himmels,
alle
die Reisenden, Piraten und Händler
verschlangen etwas von dir,
und du, Mutter der Welt,
sitzend am Strome
der Zeit,
spinnst und wartest.

Heute
verließen
die Dichter
Sirdard Jaffris oder jener andre,
der magere oder der bärtige,
den Kerker.
Die Dichtung
in Indien
zog in das unterirdische Verlies,
trat hervor und kehrte wieder zurück,
lernte
die Freiheit unter Gefangenen,
begriff
die Leiden,
die Dialekte, die Schmerzen,
die geheimen Worte
der gedankenversunkenen Bauern,
die schmerzliche Klage,
die offenen Wunden,
die aufbegehrende Sanftmut,
die, ihre Standarte erhebend
mit Sternen und Tauben, anrückt.

Uterus der Welt, abgeschloßnes
Gebiet, in dem die Trauben
der Geschichte gären.
Uralte Schwester
der alten Planeten,
ich wußte nun,
da ich den Liedern in den Dörfern lauschte,
dem verbreiteten Zorn,
den Fäusten im Wind,
wußte,
daß deine Gestalt sich aufrichten wird
und deine Machtfülle sich sammeln,
daß du deinem Volk das Brot
geben wirst, das du ihm verweigert,
und wir nicht mehr sehen werden
hinter dem Golde einherziehn,
hinter dem glitzernden Ritus
der Theogonie
den Hunger mit seinem Besen,
armselige Knochen und Unrat
zusammenkehrend am Rande des Weges.

Indien, richte
deine Jugend auf, ermuntere
deine Uhr, anzuzeigen die künftige Stunde.
Schreite voran und ernte
auf dem Zifferblatt den hohen Mittag.

Uralt sind deine Pfeile.

Erhebe sie an deine Stirn
und nagle ans Zifferblatt dein Geschick.

VI VON DOBRIS DIE MORGENRÖTE

In Dobris, in der Nähe Prags,
sprach ich mit
Jorge Amado,
meinem Gefährten der vergangenen Jahre und Kämpfe:
Woher
kommst du jetzt?

Ich, von den großen Strömen
Guatemalas und Mexicos,
vom grünen Funkeln
des Rio Dulce im Innern des Landes.
Ich trug
Feuer wilder Vögel mit mir,
Tau
der Mündung.

Ihm erzählte ich von meinen Fahrten.
Er kehrte zurück
aus Bulgarien, trug
roter Rosenfelder Licht
auf der Brust
und berichtete mir von den Geschehen,
den Menschen, den Fabriken,
dem Sozialismus im Bau
in jenem
stachelbedeckten, nun aufbauenden Land.

Es war spät am Tage, die Kohlengluten
brannten
im steinernen Haus.
Draußen
bewegte säuselnd der Wind
das Laub der Buchen.

Wir waren beide durch die Welt gewandert,
zwei Verfolgte,
und hier geschah es, daß der Friede
uns vereinte.

Wir hatten
Brot,
Licht,
Feuer,
Boden unter den Füßen,
das Schloß.
Sie gehörten nicht uns allein,
sie gehörten allen.

Wir mochten nicht
reden. Der Wind
sprach an unserer Statt.
Er schwoll an
im Walde,
flog
mit den abgerissenen Blättern davon.
Der Wind
lehrte
und sang im Fluge,
was wir waren,
wir waren und hatten zu eigen.

Das Licht der Erde
umgab uns.

Feierlich war die Stille.

Lang waren die Wege gewesen.

Und wieder pochte ans Fenster
das Frührot,
um mit uns von dannen zu ziehn durch die Welt.

Epilog

Zwischen der Cordillere
und dem Meere Chiles
schreibe ich.

Schneeweiß die Cordillere.
Eisenfarben das Meer.

Ich kehrte heim von meinen Fahrten
mit den neuen Trauben.

Und dem Wind.

Der Wind hat die Erde
geschüttelt, die Wurzeln.

Ich reiste mit dem Wind.

Heut zwischen Meer und Schnee
und meiner Heimaterde
ordne ich die Gaben,
die ich in der Welt empfing.

Als brennenden Dornbusch
pflanzte ich meine Liebe
in den Frühling
meiner Heimaterde ein.

Singend kehrte ich heim.

Wo immer ich war,
mich umhüllte
mit Keimen und Früchten das Leben,
das schöpferische.

Mit Getreiden geschmückt und Trauben
kehrte ich heim.

Ich trug den Samen mit mir
lichtklarer Schulen,
das stählerne Laubwerk
der jungen Fabriken,
den Pulsschlag
der Standhaftigkeit und die Bewegtheit
der Weite, die mit Duft sich erfüllt.

An jedem Ort sah ich
das geschmälerte Brot
und dahinter sich breiten
die Reiche der Ähre.

Sah in den Dörfern den Krieg,
wie ein zerbrochnes
Gebiß,
und sah den vollkommenen Frieden
in anderen Landen
wie einen Wipfel aufwachsen,
wie das Kind in der Mutter.

Ich habe gesehn.

Wo immer ich war, noch
zwischen Dornen,
die verwunden mich wollten,
sah ich, wie eine Taube
in ihrem Flug
mein Herz anderen Herzen
verwob.
An jedem Ort fand ich
Brot, Wein und Feuer, Hände
und Zärtlichkeit.

Ich schlief unter all
den vereinigten
Fahnen
wie unterm Gezweig
eines einzigen grünen Walds,
und die Sterne, sie waren
meine Sterne.

Aus meinen erbitterten
Kämpfen, aus meinen Schmerzen
bewahrte ich nichts,
das euch nicht dienen könnte.

Auch, der Erde gleich,
gehöre ich allen.
Keinen einzigen Tropfen
Haß birgt meine Brust. Geöffnet
sind meine Hände,
die die Trauben verteilen
im Wind.

Ich kehrte heim von meinen Fahrten.
Die Freude errichtend,
befuhr ich das Meer.

Möge die Liebe uns schützen.

Möge ihr neues
Gewand
die Rose entfalten. Möge die Erde
immerdar blühend
gedeihn.

Zwischen den Cordilleren
und den schneeigen Wogen
Chiles,

neugeboren im Herzblut
meines Volkes,
singe ich für euch alle,
für euch.

Möge verteilt sein
auf Erden aller Gesang.

Mögen die Trauben aufranken.
Mög sie verteilen der Wind.

So soll es sein.

Elementare Oden
(1954)

DER UNSICHTBARE MENSCH

*Ich lache,
ich lächle
über die altmodischen Dichter,
ich liebe leidenschaftlich alle
Werke der Dichtung
den ganzen Tau, der
– Mondlicht, Diamant, Tropfen
überschwemmten Silbers –,
der Rose sich zugesellend,
mein ewiger Bruder war,
aber
ich lächle,
immer sagen sie »ich«,
bei jedem Schritt
widerfährt ihnen etwas,
immer ist es »ich«,
durch die Straßen
gehen sie allein
oder die Herrliche, die sie lieben,
sonst niemand,
kein Fischer,
kein Buchhändler geht vorüber,
kein Maurer geht vorbei,
niemand stürzt
von einem Baugerüst,
niemand leidet,
niemand liebt,
nur mein armer Bruder,
der Dichter,
ihm widerfährt
und seiner süßen Geliebten
alles Geschehen,
niemand anderes lebt,
nur er allein,*

niemand weint vor Hunger
oder Zorn,
in ihren Versen leidet niemand,
weil er die Miete
nicht zahlen kann,
niemanden in der Dichtung setzt man
mit Betten und Stühlen
auf die Straße,
und in den Fabriken
ereignet sich ebenfalls nichts,
nichts geschieht,
man stellt Schirme her, Gläser,
Waffen, Lokomotiven,
die Hölle durchwühlend
fördern sie Erze,
sie streiken,
Soldaten kommen
und schießen,
schießen gegen das Volk,
will besagen,
gegen die Dichtung,
doch mein Bruder,
der Dichter,
war verliebt
oder litt,
denn seine Gefühle
gehören dem Meer,
er liebt,
ihrer Namen wegen,
die fernen Häfen
und schreibt über Ozeane,
die er nicht kennt,
er geht am Leben vorbei,
das wie der Mais voll von Körnern,
ohne zu wissen, wie er
es entkörnen soll,

er steigt, ohne die Erd
zu berühren, aufwärts und hinab,
und zuweilen
fühlt er sich unergründlich
und dunkel,
so groß ist er,
daß er in sich selbst nicht hineinpaßt,
er verwirrt sich, entwirrt sich,
tut seine Verdammnis kund,
trägt die Kreuzeslast
der Finsternis mit Beschwerde,
glaubt, er sei verschieden
von aller Welt,
alle Tage ißt er Brot,
doch einen Bäcker hat er noch niemals
gesehen,
noch ist er in eine Gewerkschaft
der Brotbäcker gegangen,
und so spielt er den Dunklen,
mein armer Bruder
windet und krümmt sich
und findet sich
interessant,
interessant,
das ist das Wort,
ich stehe nicht über ihm,
meinem Bruder,
aber ich lächle,
und ich geh durch die Straßen,
und nur ich bin nicht da,
das Leben strömt
all den Flüssen gleich dahin,
ich bin der einzige
Unsichtbare,
es gibt kein dunkles Geheimnis,
es gibt keine Finsternis,

alle Welt spricht mit mir,
sie möchten mir mitteilen, was geschehen,
sie erzählen von ihrer Familie,
von ihren Nöten
und ihren Freuden mir,
alle gehen vorüber, und alle
sagen mir etwas,
und was alles sie tun!
Sie schneiden Holz,
ziehen elektrische Drähte,
kneten bis spät in die Nacht
das tägliche Brot,
mit einer Lanze von Eisen
durchbohren das Innre
der Erde sie
und verwandeln das Eisen
in Schlösser,
fliegen zum Himmel und führen
Briefe, Seufzer und Küsse mit,
hinter jeder Tür
lebt ein Mensch,
erblickt jemand das Licht der Welt,
wartet auf mich sie, die ich liebe,
und ich gehe umher, und die Dinge,
sie bitten mich, daß ich singe,
ich hab keine Zeit,
muß an alles denken,
muß nach Hause gehen,
die Partei aufsuchen,
was soll ich tun,
alles verlangt von mir,
daß ich rede,
alles verlangt von mir,
daß ich singe und in einem fort singe,
alles ist voller
Träume und Klänge,

das Leben, es ist ein Schrein
voll von Gesängen, er öffnet sich,
und auffliegt und senkt sich
ein Vogelschwarm,
sie wollen mir etwas erzählen
und ruhen sich auf meinen Schultern aus,
das Leben ist ein Kampf,
einem Strome gleich, der vorwärts drängt,
und die Menschen
wollen mir sagen,
dir sagen,
warum sie kämpfen,
und so sie sterben,
warum sie sterben,
und ich gehe dahin und habe
für so viele Leben nicht Zeit,
ich wollte,
sie alle lebten
in meinem Leben
und sängen in meinem Gesang,
ich bin nicht wichtig,
habe für meine Dinge
keine Zeit,
des Nachts und am Tag
muß ich niederschreiben,
was geschehen,
und darf keinen vergessen.
Es ist wahr, ich werde leicht
müde
und blick zu den Sternen auf
und leg mich ins Gras, ein geigenfarbenes
Insekt fliegt vorüber,
ich lege die Hand
auf die kleine Brust
oder um die Hüfte
der Lieblichen,

die ich liebe,
und blicke empor zum schweren
Sammet
der Nacht, die bebt
mit ihren eisstarren Gestirnen,
dann
fühl ich die Woge der Geheimnisse
in meine Seele dringen,
die Kindheit,
das Schluchzen im Winkel,
die Jugend wehmutvoll,
und ich werde schläfrig
und schlafe ein
wie ein Apfelbaum,
ganz plötzlich bin ich
eingeschlafen
mit den Sternen oder ohne die Sterne,
mit meiner Liebsten oder ohne sie,
und wenn ich erwache,
ist verschwunden die Nacht,
die Straße ist vor mir aufgewacht,
zu ihrer Arbeit
gehen die armen Mädchen,
die Fischer kehren
vom Weltmeer zurück,
die Bergleute
mit neuen Schuhen fahren
ins Bergwerk ein,
alles lebt,
alle haben es eilig,
hasten vorüber,
ich habe kaum Zeit,
mich anzuziehen,
ich muß mich beeilen:
Keiner darf
vorübergehn, ohne daß ich weiß,

wohin er geht, was ihm
geschah.
Ich kann ohne das Leben
nicht leben,
nicht Mensch sein ohne den Menschen,
und ich eile und sehe und höre
und singe,
die Sterne gehn mich
nichts an,
die Einsamkeit trägt nicht
Blüte noch Frucht.
Gebt für mein Leben mir
die Leben alle,
gebt mir den Schmerz
der ganzen Welt,
ich will ihn in Hoffnung
verwandeln.
Gebt
alle Freuden mir,
auch die geheimsten,
denn so es nicht geschähe,
wie sonst sollte man es erfahren?
Ich habe sie zu erzählen,
gebt mir
den Kampf
eines jeglichen Tags,
denn sie sind mein Gesang,
und so werden wir vorwärts schreiten,
Schulter an Schulter,
alle Menschen zusammen,
es vereint sie mein Lied:
des unsichtbaren Menschen Gesang,
der mit allen Menschen singt.

ODE AN DIE LUFT

Auf einem Wege wandernd,
traf ich die Luft,
ich grüßte sie und sprach zu ihr
voll Ehrerbietung:
»Ich freue mich,
daß du einmal
abgelegt hast deine Transparenz,
so können wir miteinander sprechen.«
Die Unermüdliche
tanzte, bewegte das Blattwerk,
schüttelte mit ihrem Lachen
von meinen Sohlen den Staub,
und indem sie ihr ganzes
blaues Takelwerk aufspannte,
ihr gläsernes Skelett,
die Augenlide von Zephir,
blieb sie stehen, und, steif
wie ein Mast, hörte sie mich an.
Ich küßte ihren himmlischen
Herrschermantel,
hüllte in ihre Fahne
aus himmelblauer Seide mich ein
und sprach zu ihr:
Regentin oder Kamerad,
Faden, Blütenkrone oder Vogel,
ich weiß nicht, wer du bist, aber
um etwas bitt ich dich,
verkaufe dich nicht.
Das Wasser hat sich verkauft,
und in den Rohren
in der Wüste
sah ich die Tropfen
versiegen
und die Welt der Armen,

das Volk hinwandern mit seinem Durst
wankend über den Sand.
Ich sah das rationierte Licht
der Nacht,
das prächtige Licht im Haus
der Reichen.
Alles ist Morgenröte in den
neuen hängenden Gärten,
alles ist Dunkelheit
in dem schrecklichen Schatten
der engen Gasse.
Von dorther naht
die Rabenmutter Nacht
mit einem Dolch in
den Eulenaugen,
und ein Schrei, ein Verbrechen,
erhebt sich und erlischt,
vom Dunkel verschlungen.

Nein, Luft,
verkaufe dich nicht,
auf daß sie dich nicht kanalisieren,
auf daß sie dich nicht in Leitungen zwängen,
auf daß sie dich nicht in Kisten packen
noch zusammenpressen,
auf daß sie dich nicht zu Tabletten verarbeiten
und in eine Flasche tun,
gib acht!
Ruf mich zu Hilfe,
wenn du mich brauchst,
ich bin der Dichter: Sohn
armer Leute, Vater, Onkel,
Vetter, leiblicher Bruder
und Schwager
der Armen, aller,
meines Landes und der andern Länder,

der Armen, die am Ufer des Flusses leben,
und derer, die in den Höhen
der steilabfallenden Cordillere
Steine klopfen,
Bretter nageln,
Kleider nähen,
Holz zerkleinern,
Erde zermahlen,
und darum
will ich, daß sie atmen,
du bist das einzige, was sie haben,
darum bist du
transparent,
damit sie sehen,
was bringen wird der morgige Tag,
darum bist du da,
Luft,
laß dich atmen,
laß dich nicht in Fesseln legen,
traue keinem,
der da in einem Auto naht,
um dich zu untersuchen,
laß dich nicht mit ihnen ein,
lach über sie,
reiß ihnen den Hut vom Kopf,
willige nicht
in ihre Vorschläge ein,
laß uns beide
tanzen rings um die Welt,
des Apfelbaums Blüten
herunterreißen,
in die Fenster steigen,
gemeinsam pfeifen,
Melodien
pfeifen
von gestern und morgen,

es wird kommen der Tag,
an dem wir befreien werden
Licht und Wasser,
die Erde, den Menschen,
und alles wird dasein
für alle, wie du es bist.
Darum, paß auf,
zu dieser Stunde!
Und komm mit mir,
wir haben noch viel
zu tanzen und zu singen,
gehen wir
den Saum des Meeres entlang,
hinauf in die Bergeshöhen,
laß uns dort
hingehn, wo der neue Frühling
in Blüte steht,
und mit einem Windstoß
und Gesang
laß uns die Blumen verteilen,
den Duft, die Früchte,
die Luft
von morgen.

ODE AN DIE ARTISCHOCKE

Die Artischocke
mit zartem Herzen
kleidete sich als Krieger;
steif aufgereckt, schuf sie
ein kleines Kuppelgewölbe
und behauptete sich, hielt stand
unter ihren Schuppen,
undurchdringbar;

an ihrer Seite
kräuselten
närrische Gewächse sich,
wurden
Ranken, Wasserlilien,
erregende Knollengewächse,
unter der Erde
schlief mit rötlichem Knebelbart
die Möhre,
der Weinberg
ließ die Reben dörren,
in die der Wein aufsteigt,
der Kohl
beschäftigte sich,
Röcke anzuprobieren,
der Majoran,
die Welt mit Duft zu erfüllen,
und dort im Garten
die sanfte
Artischocke,
als Krieger
geschmückt,
die Stolze,
sie glänzte
wie eine Granate;
und eines Tages
wanderte eine neben der andern
in großen Körben
aus Weidenruten
zum Markt,
ihren Traum zu verwirklichen:
den Kriegsdienst.
Niemals,
als sie noch in Reihen wuchsen, war es
so kriegerisch zugegangen
wie auf diesem großen Markt,

die Männer
zwischen den Gemüsen
in ihren weißen Hemden
waren
der Artischocken
Feldmarschälle,
dichtgedrängte Rotten,
Kommandorufe
und der Knall
einer Kiste, die herunterfällt,
da
aber
naht
Maria
mit ihrem Korb,
sie wählt
eine Artischocke,
fürchtet sie nicht,
prüft sie, hält sie forschend
gegen das Licht, als wär sie ein Ei,
kauft sie,
legt sie wahllos
in ihrem Einholkorb
unter ein Paar Schuhe,
einen Kohlkopf und eine
Flasche
Essig,
bis
sie, in die Küche tretend,
sie im Kochtopf verschwinden läßt.
So endet
in Frieden
die Laufbahn
dieser wehrhaften Pflanze,
die sich Artischocke nennt,
und dann

lösen wir
Schuppe um Schuppe
der Köstlichen ab
und verzehren
das friedliche Fleisch
ihres zärtlichen Herzens.

ODE AN DIE FREUDE

Freude,
grünes Blatt,
in das Fenster geweht,
winzige,
eben geborene
Helle oder
weithin tönender Elefant,
augenblendende
Münze,
zuweilen auch
zerbrechlicher Strahl,
aber
lieber
immerwährendes Brot,
erfüllte Hoffnung,
vollkommene Pflicht.
Freude, ich achtete dich gering.
Schlecht war ich beraten.
Der Mond
entführte mich auf seine Pfade.
Die alten Poeten
liehen mir Augengläser,
und jedwedem Ding
gab ich
einen düsteren Heiligenschein,

der Blume eine schwarze Krone,
dem geliebten Mund
einen wehmutsvollen Kuß.
Noch ist es nicht zu spät.
Noch kann ich es bereuen.
Ich glaubte, daß,
wenn der Dornenbusch der Qual
mein Herz verbrannte,
wenn der Regen durchnäßte
mein Kleid
in der düstren Landschaft der Trauer,
wenn der Rose
ich die Augen schloß
und die Wunde berührte,
wenn ich all die Schmerzen teilte,
ich dann den Menschen half.
Das war nicht wahr.
Ich lenkte meinen Schritt in die Irre,
und heute ruf ich dich, Freude, herbei.

Gleich der Erde
bist du
unentbehrlich.

Gleich dem Feuer
erhältst du
den heimischen Herd.

Vollkommen bist du
gleich dem Brot.

Gleich dem Wasser eines Flusses
bist du voller Wohllaut.

Gleich einer Biene
teilst du im Fluge Honig aus.

Freude,
ich war ein verschlossener Jüngling
und fand duftlos
deine Strahlenkrone.

Es war nicht wahr, ich erfuhr es,
da in meiner Brust
ihr Kaskadensturz sich befreite.

Heute, o Freude,
so auf der Straße ich dich,
fern jeden Buches, antreffe,
begleite du mich:
Mit dir
will ich gehen von Haus zu Haus,
will ich gehen von Volk zu Volk,
von Banner zu Banner.
Nicht für mich allein bist du da.
Zu den Inseln laß uns fahren,
über die Meere.
In die Gruben laß uns gehn,
in die Wälder.
Nicht einsame Holzfäller nur,
arme Wäscherinnen
oder ehrwürdige rauhe
Steinbrecher
werden mich
mit deinen Trauben empfangen,
sondern die Belegschaften auch,
die Versammelten,
die Holzfäller- und Seeleutegewerkschaften,
die tapferen Burschen
in ihrem Kampf.

Mit dir um den Erdball!
Mit meinem Gesange!

Mit dem offenen Flug
der Gestirne
und mit dem Jubel
des Wogenschaums!

Allen gegenüber werde ich meine Schuldigkeit tun,
denn ich schulde
meine Freude allen.

Möge niemand erstaunen, so ich
der Erde Gaben
den Menschen übergeben will;
denn kämpfend erfuhr ich,
meine Erdenpflicht sei es,
auszubreiten die Freude.
Und meine Bestimmung erfüll ich durch meinen Gesang.

ODE AN AMERIKA

Unberührte Breiten Amerikas,
Lande, die die Ozeane
wahrten
unversehrt und purpurrot,
Jahrhunderte schweigsamer Bienenhäuser,
Pyramiden, Gefäße,
Ströme blutroter Schmetterlinge,
goldgelbe Vulkane
und Rassen voll Schweigen,
Bildner von Krügen,
Gestalter des Steins.

Und heute, Paraguay, stromgeborener
Türkis, verborgene Rose,
wurdest zum Kerker du,

Peru, o Brust der Welt,
Krone
der Adler,
bist du noch am Leben?
Venezuela, Kolumbien,
man hört
eure glücklichen Munde nicht.
Wohin verschwunden ist der Chor
morgendlichen Silbers?
Nur die Vögel
im uralten Kleid,
nur die Katarakte
behielten ihr Diadem.
Der Kerker hat seine Eisengitter
ausgedehnt.
Im feuchten Reich
des Feuers und des Smaragds,
zwischen
den mütterlichen Flüssen
erhebt
täglich ein Machthaber sich und zerfetzt mit seinem Säbel
das verbriefte Recht und macht deinem Reichtum ein Ende.
Sie beginnen die blutige Hatz
auf den Bruder.
In den Höfen hallen verloren die Schüsse.
Aus Pennsylvanien kommen
die Experten,
die neuen
Konquistadoren,
indes
unser Blut
nährt
die verfaulenden
Pflanzungen oder die unterirdischen Minen,
es rollen die Dollars,
und

unsre törichten Mädchen
renken beim Lernen des Tanzes der Orang-Utans
die Hüften sich aus.
Unberührtes Amerika,
erhabene Himmelsstriche,
welch ein Jammer!
Ein Machado stirbt und
ein Batista wird geboren.
Ein Trujillo bleibt.
So viel Erdraum
ursprünglicher Freiheit,
Amerika,
so viel
Unberührtheit, ozeanische
Flut,
Grassteppen der Einsamkeit, taumelerregende
Geographie,
damit sich die winzigen
Händler des Blutes breitmachen.
Was geht da vor?
Wie lange soll
das Schweigen noch währen,
das blutlüsterne Papageien
durchbrechen,
die aufgestiegen ins Laubwerk sind
der panamerikanischen Habsucht.
Amerika, vom allgewaltigen
Schaume versehrt,
von den glücklichsten Meeren,
nach den Würzen duftend
der Archipele,
dunkles
Amerika,
uns entgegen
sich neigend, geht der Stern auf
der Völker,

kommen Helden zur Welt, schmücken sich
neue Wege
mit Sieg,
wiedererstehen
uralte Völker,
im strahlendsten Licht
einzieht der Herbst,
der Wind erzittert
unter neuen Fahnen.
Mögen deine Stimme und deine Taten,
Amerika,
von deinem grünen Gürtel
sich lösen,
mach deiner Liebe Haft
ein Ende,
setze, die dich erblühen ließ,
deine Gesittung wieder ein
und richte auf deine Ähren,
mit anderen Völkern
die Morgenröte zu erhalten, die unwiderstehliche.

ODE AN DIE LIEBE

Liebe, legen wir Rechenschaft ab.
In meinem Alter
ist es unmöglich,
zu betrügen oder sich zu irren.
Wegelagerer war ich,
zuweilen,
ich bereue es nicht.
Ein eindringlicher Augenblick,
eine Magnolie, zerpflückt
von meinen Zähnen,
und des himmlischen Mondes

Licht.
Nun wohl, aber die Bilanz?
Die Einsamkeit warf weiterhin
ihr Netz, durchwirkt
von kühlen Jasminen,
und alsdann,
die ich in meine Arme nahm,
sie ward die rosenrote Herrin
der Inseln.
Liebe,
aus einem Tropfen,
mag er auch fallen
während des ganzen, ganzen
nächtlichen
Frühlings,
erwächst kein Weltenmeer,
und nackt blieb ich zurück,
einsam, harrend.

Aber sie,
die in meinen Armen
einer Woge gleich vorüberglitt,
sie,
die einzig Geschmack nur war
abendlicher Frucht,
sie funkelte
auf einmal als Stern,
erglühte als Taube,
und über meiner Haut sah ich sie
sich entfalten
als Strahlenkrone eines flammenden Feuers.
Liebe, seit jenem Tag
alles ward einfacher.
Ich unterwarf mich den Geboten,
die mein vergeßnes Herz mich hieß,
und umschlang ihre Hüfte

und begehrte ihren Mund
mit der ganzen Macht
meiner Küsse,
gleich einem König, der mit einem
verzweifelten Heer einen kleinen Turm
an sich bringt, wo seiner Kindheit
wilde Lilie wächst.
Darum, o Liebe, glaube ich,
mag auch verworren sein
und hart dein Weg,
kehrst du dennoch zurück
von deiner Jagd
und entfachst du
von neuem das Feuer,
muß wie das Brot auf dem Tisch
voll Schlichtheit sein,
was wir lieben.
Dieses gabst du mir, Liebe.
Als ich sie zum erstenmal
in meine Arme schloß,
wie eines hurtigen Frühlings
Gewässer glitt sie vorüber.
Heute
umfange ich sie von neuem.
Zu schmal sind meine Hände und
die Augenhöhlen zu klein,
als daß sie ihren Reichtum
auffangen könnten,
den Kaskadensturz
unerschöpflichen Lichts, den Faden Gold,
das Brot ihrer Lieblichkeit,
die, o Liebe, einzig mein Leben sind.

ODE AN DAS ATOM

Kleinstes
Gestirn,
du schienst
begraben
für alle Zeit
im Metall, dein
Höllenfeuer
geheim.
Eines Tages aber
klopfte man
an deine winzige
Pforte:
Es war der Mensch.
Mit einem
Schlag
entfesselten sie dich,
und du erblicktest die Welt,
flogst durch den Tag,
Städte
durchliefst du,
dein gewaltiges Strahlen begann
das Leben zu erhellen,
du warst
von elektrischer Schönheit
eine schreckliche Frucht,
dir gelang es,
des Sommers Flammenglut
zu steigern, und dann
nahte,
mit Tigerbrille
bewehrt
und Panzerung,
im quadratübersäten Hemd
und mit Schwefelbart,

Stachelschweinschwanz,
der Krieger,
und er verlockte dich:
Schlaf ein,
sagte er,
hüll dich ein,
Atom,
einer griechischen Gottheit
bist du gleich,
einer frühlingshaften
Modistin von Paris,
ruh dich aus,
in meiner Tatze,
geh in dieses Schächtelchen,
und dann
verwahrte er dich
in seiner Weste, der Krieger,
als wärest du bloß
eine nordamerikanische
Pille,
und er reiste um die Welt
und ließ dich niederfallen
auf Hiroshima.

Wir schraken auf.

Vertilgt war
die Morgenröte.
Alle Vögel,
zu Asche verkohlt, stürzten herab.
Grabgeruch,
Gas
der Grüfte
durchdröhnte die Weltenräume.
Aufrichtete sich, schreckenerregend,
die Gestalt unmenschlicher

Züchtigung,
bluttriefender Pilz, Kuppelgebild,
Wolkenturm,
Schwert
der Hölle.
Brennend auf stieg die Luft,
und in gleichlaufenden Wellen,
die schlummernde Mutter
erreichend
mit ihrem Kind,
den Fischer des Flusses
und die Fische,
die Bäckerei
und die Brote,
den Ingenieur
und seine Bauten,
breitete sich aus der Tod,
alles
ward Staub,
der zerfraß,
und mordende
Luft.

Die Stadt,
ihre letzten Wabenzellen zerbröckelnd,
stürzte, stürzte jählings ein,
niedergefegt
und zermorscht,
die Menschen
waren plötzlich voll Aussatz,
ergriffen
die Hand ihrer Kinder,
und die kleine Hand,
sie blieb in ihren Händen zurück.
Also rissen sie dich
aus deinem Zufluchtsort,

der verschwiegenen
Hülle von Stein,
blindschlächternder Funke du,
rasendes Licht,
um das Leben all zu vernichten,
ferne Lebewesen
unter dem Meer,
in der Luft zu verfolgen,
in den Sandwüsteneien,
im letzten
Winkel der Häfen,
zu vertilgen
die Samen,
die Keime zu morden,
den Blütenwuchs
zu verhindern,
dich bestimmten sie, Atom,
auszulöschen
die Völkerschaften,
die Liebe zu verwandeln in schwarze Pocken,
die versammelten Herzen all zu verbrennen
und zu vernichten des Menschen Blut.

O irrsinniger Funke,
kehre zurück
in dein Leichentuch,
begrab dich
in deine Hüllen von Erz,
sei wieder blindes Gestein,
leih nicht dein Ohr den Banditen,
du,
schaffe am Leben mit, an der Agrikultur,
nimm ein den Platz der Motore,
steigere die elektrische Kraft,
mache fruchtbar die Planeten.
Schon birgst du kein

Geheimnis,
wandle
ohne Maske
des Schreckens
unter den Menschen,
beschleunige den Gang,
dehne,
Gebirge
spaltend,
Ströme lenkend,
befruchtend,
das Leben
der Früchte aus;
Atom,
überschäumender
kosmischer
Kelch,
kehre um
zum Frieden der Traube,
in die Beschwingtheit der Freude,
kehre heim
ins Reich der Natur,
stell dich in unseren Dienst,
und statt der tödlichen Aschen
deiner Kriegsmaskierung,
statt der entfesselten Hölle
deines Zorns,
statt der Bedrohung
deiner schrecklichen Helle, gib in unsere Hände
dein überwältigendes
Aufbegehren
dem Korn zunutze,
deinen entbundenen Magnetismus,
den Frieden zu gründen unter den Menschen,
so wird dein blendendes Licht
nicht Hölle mehr sein,

sondern Beglückung,
morgendliche Hoffnung,
Spende der Erde.

ODE AN DIE VÖGEL CHILES

Vögel Chiles, mit schwarzem Gefieder,
geboren
zwischen der Cordillere und dem schäumenden Meer,
hungrige Vögel,
düstere Vögel,
Rötelgeier, Falken,
Adler der Inseln,
schneegekrönte Kondore,
Geier im Trauergewand,
Vertilger des Aas',
Machthaber des Himmels,
abstoßende Vögel,
blutgierige Räuber,
schlangenernährte,
Hexen des Hochwalds,
bluttroffende
Majestäten,
ich bewundere
euren Flug.
Lange Zeit späh ich
über den ferngebreiteten Himmel,
suchend
der Schwingen Spur:
Dort seid ihr,
nachtschwarze Segler
vernichtender Höhe,
schweigsame
Mördergeschlechter,

blutlüsterne Sterne.
An der Küste
auffährt zur Schwinge der Schaum.
Schneidendes Licht
besprengt
der Meervögel
Flug,
die Wasser streifend, kreuzen
Zugvögel hin,
enden plötzlich
den Flug
und stürzen wie Pfeile
auf die grüne Masse nieder.

Unermüdlich fuhr ich zur See,
die Küsten entlang,
das zernagte Gestade, die Straße
zwischen den Inseln
des Ozeans,
das große Pazifische Meer,
blauer Rosenstrauch tobender Blüten;
und über dem Golf von Penas
der Himmel
und der Albatros,
die Einsamkeit der Luft und ihr Maß,
die schwarze Woge des Himmels.
Und in weiter Ferne,
von Wellen erschüttert
und Flügeln,
Kormorane,
Piqueros und Möwen,
hinfliegt das Weltenmeer,
die steilstürzenden
Felsen, gepeitscht von der See und
von Vögeln wimmelnd, bewegen sich,
das Licht tritt über die Ufer, ein Schwellen,

gen Norden die Meere quert
des Lebens Flug.

Aber nicht Weltmeerfluten nur
oder wetterdurchtobte
andinische Cordilleren,
furchtbarer Vögel
Zeugerinnen,
bist du,
o meine schlanke Heimat:
Durch deine grünen Arme gleitet
der morgenhafte Andenstieglitz,
zur Frühmesse eilen,
in ihre winzigen Tücher gehüllt,
zeremonielle Drosseln
und metallische Papageien,
der kleine
Distelfink von den Stoppelfeldern,
der Queltehue,
der beim Auffliegen
seinen Fächer entbreitet
aus weißem und schwarzem Schnee,
der Canastero und der Matacaballo,
der Goldfink,
der Huilque und der Jacamar,
die Ringeltaube,
der Sperling und der Chirigüe,
die kristallinische Goldschleiche,
die sanfte Drossel,
der Fink, der auf dem Faden
tanzt reinster Musik,
der antarktische Schwan, Schiff
aus Silber
und Trauersamt,
das lieblich duftende Rebhuhn
und der Blütensauger phosphoreszierender Blitz.

Im milden Gürtel meines Heimatlandes,
zwischen den zornerfüllten Herrscherreichen
von Vulkan und Ozean,
ihr Vögel voll Liebreiz
berühret die Sonne, die Luft,
ihr seid das Zittern einer Schwinge im Sommer,
des Wassers am Mittag,
einer Waldung Strahlen aus violettem Licht,
rundliche Glöckchen,
staubberieselte winzige Flieger,
die heimkehren vom Blütenpollen,
Taucher ins Dickicht der Luzerne.

O Flug des Lebens!

O lebendige Schönheit!

O des Trillers tausendfältiger Schwarm!

Vögel Chiles, orkanische
grausame Segler,
und süße kleine
Geschöpfe
der Blumen und Trauben,
eure Nester gründen
der Landschaft duftende Eintracht:
Eure unsteten Leben
sind Himmelsvolk,
das uns singt,
euer Flug
des Vaterlands Sterne eint.

ODE AN DIE SEEAALSUPPE

Im sturmdurchwühlten
Meer
von Chile
lebt der rosenfarbene Seeaal,
der Aalgigant
mit schneeigem Fleisch.
Und in den chilenischen
Kochtöpfen
an der Küste
kam zur Welt die reiche,
kräftige, köstliche
Suppe.
Man bringt den enthäuteten Aal
in die Küche,
seine fleckige Haut läßt sich
abziehen wie ein Handschuh,
und da liegt er nun,
nackt,
dieses Traubengebild des Meeres,
schon schimmert
der zarte
in seiner Blöße,
bereit
für unsre Begier.
Nun
nimm
den Knoblauch,
streichle zuerst einmal
dieses köstliche
Elfenbein,
rieche
seinen aufreizenden Duft,
und dann
gibst du den Knoblauch, feingehackt,

mit der Zwiebel
und der Tomate hinein,
bis die dünstende Zwiebel
goldfarben wird.
Unterdes
kochen
die Meereskrebse,
die königlichen,
im Dampf,
und wenn sie gerade
gar sind
und das Arom
in die Brühe einkocht,
die aus des Weltmeeres
Saft besteht
und dem klaren Wasser,
das das Licht der Zwiebel ausschied,
dann
muß der Seeaal hinein
und rühmlich darin untergehen,
auf daß er im Sudtopf
sich schließe und voll sich sauge
mit Duft und Öl.
Jetzt ist nur noch vonnöten,
wie eine geschlossene Rose
die Sahne gleiten zu lassen
in das Gericht
und auf langsamem
Feuer
zu brodeln den Schatz,
bis in der Brühe
erwärmt sind
Chiles Essenzen
und auf den Tisch
gelangen, jung vermählt,
der Wohlgeschmack

des Meeres und der Erde,
auf daß du kennenlernst
den ganzen Himmel bei diesem Gericht.

ODE AN EINE KASTANIE AUF DER ERDE

Du fielst herab
aus dem zackigen Laubwerk,
vollkommen,
wie poliertes Holz,
glänzendes Mahagoni,
spiegelglatt,
einer Geige gleich, die gerade
vollendet ward in der Höhe
und niederfällt,
um darzubieten ihre verschlossenen Gaben,
ihre verborgene Süße,
heimlich gereift
unter Vögeln und Blättern,
hohes Beispiel der Form,
aus des Holzes Geschlecht und des Mehls,
ovales Gebild,
das in seiner Struktur
unversehrte Köstlichkeit wahrt und Rosenschönheit genießbar.
Im Wipfel ließest du
die stachlichte Schale,
die im Licht des Kastanienbaums
ihre Stacheln spreizte,
bei diesem Abschied
du erblicktest die Welt,
Vögel
liedervoll,
Tau
auf Gestirnen
und unten

Köpfe von Knaben
und Mädchen,
Gräser, die unaufhörlich zittern,
Rauch, der steigt und steigt.
Du faßtest einen Entschluß,
Kastanie,
und sprangst auf die Erde,
glänzend und wohlgestalt,
fest und sanft
wie eine kleine Brust
auf den Inseln Amerikas.
Du fielst
polternd
auf den Boden,
nichts aber
geschah,
das Gras
zitterte weiter, der alte
Kastanienbaum säuselte wie die Stimmen
einer ganzen Allee,
des roten Herbstes ein Blatt fiel nieder,
rastlos wirkten und unerschütterlich
auf Erden die Stunden.
Denn du bist
einzig
Same;
Kastanienbaum, Herbst und Erde,
Wasser, Wipfel und Stille
bereiteten den Keim,
die mehlige Dichte,
die mütterlichen Lide,
die sich entfalten werden, unterirdisch,
von neuem den Höhen entgegen,
entfalten die schlichte Pracht
eines Laubwerks,
das feuchte dunkle Geflecht

von ein paar neuen Wurzeln,
die uralten und neuen Maße
eines anderen Kastanienbaums auf Erden.

ODE AN DIE ZWIEBEL

Zwiebel,
leuchtende Phiole,
Blütenblatt um Blütenblatt
formte deine Schönheit sich,
kristallene Schuppen ließen dich schwellen,
und im Verborgenen der dunklen Erde
füllte dein Leib sich an mit Tau.
Unter der Erde
ward dieses Wunderwerk,
und als dein unbeholfener
grüner Trieb erschien
und deine Blätter degengleich
sprossen im Garten,
drängte die Erde ihren Reichtum zusammen
und wies deine durchscheinende Nacktheit,
und wie in Aphrodite das ferne Meer
die Magnolie nachschuf,
da es ihre Brüste formte,
also bildete
die Erde dich,
Zwiebel,
hell wie ein Planet
und zu leuchten
bestimmt,
unvergängliches Himmelszeichen,
rundliche Rose von Wasser
auf
dem Tisch
der armen Leute.

Verschwenderisch
läßt du
deinen Globus der Frische zergehn
im verzehrenden Sud
des Topfes,
und der kristallene Saum
in des Öls entfachter Hitze
verwandelt sich in eine gekräuselte Feder von Gold.

Auch gedenke ich, wie dein Zutun
die Freundschaft des Salates fruchtbar macht,
und es will scheinen, der Himmel hilft mit,
da er dir des Hagelkorns zierliche Gestalt verlieh,
deine feingehackte Helle zu rühmen
auf den Hemisphären einer Tomate.
Aber erreichbar
den Händen des Volkes
und beträufelt mit Öl,
bestreut
mit ein wenig Salz,
tötest du den Hunger
des Tagelohners auf mühsamem Wege.
Stern der Armen,
gütige Fee,
eingehüllt
in zartes
Papier kommst du aus dem Boden der Erde,
ewig, vollkommen und rein
wie Samenkorn der Gestirne,
und wenn in der Küche
das Messer dich zerschneidet,
quillt die einzige
leidlose Träne.
Du machst uns weinen, ohne uns zu betrüben.
Solange ich lebe,
will ich lobsingen, Zwiebel,

für mich aber bist du schöner
als mit blendenden Schwingen
ein Vogel,
für meine Augen bist du
Himmelskugel, Platinkelch,
beschneiter Anemone
unbeweglicher Tanz,

und der Erde ganzer Duft, er lebt
in deiner kristallinischen Natur.

ODE AN DIE HELLE

Der Sturm hinterließ
auf dem Gras
Borke von Fichten und Nadeln
und am Schweife des Windes die Sonne.
Bewegte Bläue
erfüllt die Welt.

O vollkommener Tag,
o Frucht
des Weltenraumes,
mein Leib ist ein Gefäß,
in das kaskadengleich stürzen
Luft und Licht.
Ich fühle
des Meeres Wasser.
Grünen Feuers
Geschmack,
unermeßlichen herben Kusses
haben die jungen Wellen
an diesem Tag.
Ihr goldnes Gespinst weben

in klingender Höhe
die Grillen.
Der Mund des Lebens
ruht an meinem Munde.
Ich lebe,
ich liebe
und werde geliebt.
Alles Lebendige
strömt in mein Dasein.
Ich sitze
auf einem Stein:
An ihn
rühren
die Wasser und Laute
der Wildnis,
mich zu besuchen
naht die schattige Helle
des Quells.
Ich berühre
den Zedernstamm,
dessen Runzeln mir erzählen
von vergangener Zeit und der Erde.
Ich gehe
und komm mit den Flüssen,
mit den Flüssen
singend
zwanglos, munter, beschwingt
an diesem Tag, dem jungen,
und heiße willkommen ihn,
ich fühle,
wie in meine Brust er dringt,
mit meinen Augen schaut.

Ich bin,
ich bin der Tag,
bin

das Licht.
Daher
habe ich
Pflichten des Morgens,
Arbeit am Mittag.
Einherziehn
muß ich
mit Wind und Wasser,
Fenster auftun,
Tore niederreißen,
Mauern brechen,
Winkel erhellen.

Ich kann nicht
sitzend verharren.
Auf Wiedersehen.
Morgen
sehn wir uns erneut.
Heute hab ich
der Schlachten viel zu gewinnen.
Heute muß ich zahllose Schatten
versehren und tilgen.
Heute kann ich nicht
bei dir sein, muß
meine Pflicht erfüllen als
weisendes Licht:
in Straßen, Häusern
und Menschen erscheinen und wandeln,
die Finsternis
zerstörend. Austeilen
muß ich mich,
bis alles Tag,
bis alles Helle ist
und Freude auf Erden.

ODE AN DAS KUPFER

Dort schlummert
das Kupfer.
Es sind die Berge des trostlosen
Nordens.
Dort oben
die Gipfel
des Kupfers,
abweisende Narben,
grünliche Hüllen,
Kuppen, zernagt
von der verzehrenden
Gewalt der Zeit,
uns
nahe
die Mine:
Die Mine ist einzig der Mensch,
nicht aus der Erde
kommet
das Erz,
es kommt
aus der Menschen Brust,
dort
grenzen
der tote Wald,
die Arterien
des gefesselten
Vulkans aneinander,
dort erforscht man
die Ader,
bohrt man
und
sprengt
das Dynamit,
birst der Fels auseinander

und scheidet sich Erz vom Gestein:
So wird das Kupfer
geboren.
Vorher wußte niemand,
zu unterscheiden es
vom Muttergestein.
Nun
gleicht es dem Menschen,
ist des Menschen Teil,
gewichtige Blüte
seines Ruhmes.
Nun
ist es nicht grün mehr,
rot ist's,
hat in Blut sich verwandelt,
in hartes Blut,
schreckliches Herz.

Ich sehe
die Berge einstürzen,
die Landschaft
in zornerfüllte
trübe Höhlungen
klaffen,
die Wüste, die provisorischen
Hausungen all.
Unter Feuer
und Hieb
und Hand
wird das Erz
zu kriegsbereiten Barren,
Warenbataillonen.
Fort sind die Schiffe.
Wohin auch
das Kupfer gelangt,
Utensil oder Draht,

niemand,
der es berührt,
wird Chiles schroffe
Einöden sehen
oder die kleinen Hütten am Rand
der Wüste,
oder die stolzen Steinbrecher,
mein Volk, die Häuer,
die in die Grube einfahren.
Ich leide.
Ich weiß davon.
Und es geschieht,
daß nach so viel Standhaftigkeit,
den Schürfungen,
Verwundung, Sprengung, Schweiß und Blut,
nachdem mein Volk,
Chile,
die Materie beherrschte,
vom Steine sonderte
das schlummernde Erz,
verschwindet dieses
nach Chicago.
Das Kupfer
verwandelte in Ketten sich,
in des Verbrechens
düstre Maschinerie,
nach so viel Kämpfen,
auf daß mein Land es erzeuge,
nach seiner jungfräulichen,
rühmlichen Geburt
machten sie es zum Gehilfen des Todes,
verhärteten und erwählten
es zum Mörder.

Ich frage
die gipfelgekrönte Cordillere,

das einsame,
vom Wogenschaum
entfesselten chilenischen Meeres
gepeitschte Gestade,
schlief
unser Kupfererz
darum
im grünen Mutterschoß
des Gesteins?
Ward für den Tod es geboren?
Den Menschen
meines Landes,
meinen Bruder
der ragenden Gipfel,
ihn frage ich:
Brachtest du es darum
unter Schmerzen ans Licht der Welt?
Daß zu bedrohendem
Zyklon es werde,
sturmgeladener Feindseligkeit?
Daß es zerstöre
das Leben
der Armen
und weiterer Armer,
deine eigene Familie,
die du womöglich nicht kennst
und die ausgebreitet ist
über die ganze Welt?
Es ist Zeit,
das Erz
den Traktoren zu weihen,
der Fruchtbarkeit,
der künftigen Erde,
der Friedlichkeit des Klanges,
dem Werkzeug,
der blitzenden Maschine

und dem Leben.
Es ist Zeit,
daß das ungesellige Kupfer
die Hand reicht
jedem Menschenwesen.
Darum,
o Kupfer,
wirst du unser sein,
mit dir
werden nicht weiterspielen
das Würfelspiel
die Schurken
des Weltgemetzels!
Von den steilen
Graten,
aus grüner
Höhe
wird kommen das Kupfer Chiles,
die härteste
Ernte
meines Volks,
die Blütenkrone,
die entflammte,
das Leben
erleuchtend
und nicht den Tod,
die Ähren auszustreun
und nicht das Blut,
allen Völkern
den der Vergessenheit entrissenen
Schatz zu geben,
unser grünes Gebirg,
das in Berührung
mit dem Leben und dem Wind
sich wandeln wird
zum blutspendenden Herzen,
in roten Fels.

ODE AN DIE KRITIK

Fünf Verse schrieb ich nieder,
einen grünen,
der zweite war ein rundes Brot,
der dritte ein aufwachsendes Haus,
der vierte war ein Fingerreif,
der fünfte Vers
wie Blitzstrahl kurz,
der hinterließ beim Schreiben mir
sein Brandmal im Herzen.

Nun denn, Männer
und Frauen
kamen und ergriffen
den einfachen Stoff,
Faser, Wind, Glanz, Lehm und Holz,
und mit so wenig
schufen sie
Mauern, Stockwerke, Träume.
In einer Zeile meiner Dichtung
trockneten sie Wäsche im Wind.
Sie verschlangen
meine Worte,
verwahrten sie
auf ihrem Ehrenplatz,
lebten mit meinem Vers,
mit dem Licht, das meiner Rippe entsprungen.
Da
nahte ein stummer Kritiker,
und ein andrer voller Zungen
und andere, andere nahten
blind oder mit zahllosen Augen,
einige elegant
wie Nelken in roten Schuhen,
andere strikt

wie Leichen gekleidet,
einige Anhänger
des Königs und seiner hehren Monarchie,
andere hatten sich
verheddert in der Stirn
von Marx und zappelten in seinem Bart,
andere waren Engländer,
nichts als Engländer,
und sie stürzten
übereinanderher
mit Zähnen und mit Messern,
mit Wörterbüchern und anderen finstren Waffen,
bei ehrenvollen Zusammenkünften
machten sie sich daran,
meine arme Dichtung streitig zu machen,
den einfachen Leuten,
die sie liebten:
Sie fälschten sie,
rollten sie zusammen,
befestigten mit hundert Nadeln sie,
bedeckten sie mit Knochenstaub,
beschmierten mit Tinte sie,
speichelten sie ein mit sanfter
Katzengüte,
wählten sie zum Uhreneinwickeln,
nahmen sie in Schutz und verdammten sie,
legten sie ins Erdöl,
gaben ihr nasse Behandlung,
kochten sie in Milch,
fügten ihr kleine Steinchen bei,
löschten Vokale aus,
töteten
Laute und Seufzer,
knüllten sie zusammen und machten
ein kleines Paket,
das sie voller Sorgfalt

für ihre Bodenkammer, ihre Friedhöfe bestimmten,
alsdann
zogen sie sich, einer um den andern, zurück,
in äußerste Wut versetzt,
denn sie war für sie
nicht volkstümlich genug,
oder von leiser Verachtung erfüllt,
wegen meines üblichen Mangels an Dunkelheiten,
alle
zogen sie sich zurück,
und dann
kehrten wieder,
in der Nähe meiner Dichtung
zu leben,
Frauen und Männer,
sie machten Feuer
von neuem,
erbauten Häuser,
aßen Brot,
verteilten unter sich das Licht
und einten Blitzstrahl und Fingerreif
in der Liebe.
Und nun,
meine Herren, verzeiht mir,
daß ich diese Geschichte unterbreche,
die ich Ihnen erzählte,
und von dannen gehe, um
für immer zu leben
unter den einfachen Leuten.

ODE AN ANGEL CRUCHAGA

Angel, ich denke
an meine australe,
regen- und windgepeitschte
Kindheit zurück,
und sogleich
sind deine Schwingen da,
der Flug
deiner funkelnden Dichtung,
die gestirnte
Tunika,
die die Nacht erfüllte, die Wege
mit phosphorischem Glänzen,
du warst
ein wogender Strom
voller Fische,
warst
der Silberschweif
einer grünen Sirene,
die den Himmel durchfuhr
von West
gen Ost,
des Lichts Gestalt
sammelte sich
auf deinen Schwingen, und der Wind
warf Regen und schwarze Blätter
auf dein Gewand.
So war es einst,
dort in weiter Ferne,
in meiner Jugend,
deine Dichtung aber
war nicht nur
vieler Schwingen Vorüberflug,
nicht nur
irrender Stein,

Meteor
im Amaranten- und Lilienkleid,
und bleibt sie weiterhin,
sie war auch blühendes Gewächs,
des menschlichen Zartgefühls
Monument,
Orangenblüte
mit Wurzeln
im Menschen.
Darum,
Angel,
singe ich dich,
habe ich dich gesungen,
so wie ich alle lauteren Dinge sang,
Metalle,
Wasser
und Wind!
Alles, was für die Lebenden Unterweisung ist,
Wachstum
von Härte oder Sanftheit,
ist, wie deine Dichtung, das unendliche
Brot, von deiner Leidenschaft
Tränen getränkt, die duftenden
Edelhölzer,
die deine göttlichen Hände formen.
Angel,
Eigner du
der ausgedehntesten Jasmingefilde,
laß es zu, daß dein jüngerer
Bruder diesen Zweig mit Regentropfen und Wurzeln
an deiner Brust beläßt.
Ich hatte ihn schon in dein Buch getan,
daß er sich vollsauge
mit Transparenz, Frieden und Schönheit,
lebend in der Blumenkrone
deiner diamantenen Natur.

ODE AN DEN GLÜCKHAFTEN TAG

Diesmal laßt mich
glücklich sein,
keinem ist etwas geschehen,
und ich bin nirgendwo,
einziges Ereignis ist,
daß ich glücklich bin
beim Gehen, beim Schlafen,
beim Schreiben über das ganze
Rund meines Herzens.
Was soll weiter ich tun, ich bin
glücklich,
zahlloser bin ich
als das Gras
auf den Weiden,
ich fühle die eigene Haut wie den runzligen Baum
und unten das Wasser,
hoch oben die Vögel,
um meine Hüfte das Meer
wie einen Reif,
aus Brot und Stein die Erde geschaffen,
die Luft singt wie eine Gitarre.

Du mir zuseiten im Sande
bist Meeressand,
du singst und bist Gesang,
die Welt
ist heut meine Seele,
Lied und Sand,
die Welt
ist heute dein Mund,
laßt mich
an deinem Mund und im Sande
glücklich sein,
ja, glücklich sein, weil ich atme

und weil auch du atmest,
glücklich sein, weil ich
dein Knie berühre
und es ist,
als berührte ich
die blaue Haut und Kühle
des Himmels.

Heute laßt mich
einzig nur
glücklich sein
mit allen oder ohne sie,
glücklich sein
mit dem Gras
und dem Sand,
glücklich sein
mit der Luft und der Erde,
glücklich sein
mit dir, mit deinem Munde
glücklich sein.

ODE AN DAS BAUWERK

Schachtend
an einem Ort,
hämmernd
mit einem Werkzeug,
ausbreitend und glättend,
also wächst die Flamme, die erbaute, in die Höhe,
der hochgeführte Bau,
der für den Menschen wuchs.

O Freude
der Ausgewogenheit und Proportionen.

Schwere, genutzt
vom spröden Material.
O Verwandlung des Schlammes
in Säulen,
schimmernde Fächerpracht
in Treppen.
Von so vielen weitverstreuten
Orten kam alles her,
die sieghafte Eintracht zu errichten
unterm Himmelslicht hier.

Der Fels zertrümmerte seine Macht,
dünn machte sich der Stahl, das Kupfer kam,
seine Kraft dem Holz zu untermengen,
und dieses, frisch aus den Wäldern gekommen,
härtete seinen überschwenglichen Duft.

Zement, dunkler Bruder,
deine Masse bindet sie,
dein ausgeschütteter Sand
preßt und rollt sie ein, steigt,
Stockwerk um Stockwerk bezwingend, aufwärts.
Der winzige Mensch
bohrt
und klettert auf und ab.
Wo ist der einzelne?
Er ist Hammer, Schlag
von Stahl auf Stahl,
ein Punkt des Ganzen,
und seine Vernunft fügt sich
zum Kreis, der wächst und wächst.
Er mußte abtun
seine kleinen Eitelkeiten,
um aufzurichten mit den Männern die Kuppel,
die Ordnung
zu gründen unter allen

und teilzunehmen an der metallischen Schlichtheit
der unerbittlichen Gefüge.
Doch
alles geht vom Menschen aus.
Auf seinen Ruf
eilen Steine herbei, erheben sich Mauern,
tritt Licht in die Säle,
sondert und teilt sich der Raum.

Der Mensch
wird trennen das Licht von der Finsternis,
und so,
wie er seinen eitlen Stolz bezwang
und einsetzte seinen Plan,
um das Bauwerk zu errichten,
wird er weiterbauen
die Rose der Gemeinsamkeit,
wird er zusammenfügen auf Erden
den spröden Stoff des Glücks,
und aus Vernunft und Stahl
wird das Gebäude erwachsen
aller Menschen.

ODE AN DIE ENERGIE DER ERDE

In der Kohle schien zu schlummern
mit schwarzen Blättern
dein Wald,
dann,
ausgegraben,
regte es sich,
schoß ragend empor,
ward
tobende Zunge

aus Feuer
und lebte im Innern
der Lokomotive
oder des Schiffs,
rote verborgene Rose,
Eingeweide des Stahls;
eben aus dunklen
geheimen
Stollen
gekommen, blind,
unterwarfst du dich,
und Motore
und Räder,
Maschinen,
Bewegung,
Licht und Schwingung,
Dröhnen
wurden von dir, Energie,
Mutter Energie, von dir
geboren,
in Stößen
brachtest du sie hervor,
ließest die Kessel erglühen,
versengtest
des blauen Heizers
Hände,
in deinem Käfige
heulend,
bezwangst du die Weiten des Raums,
und wohin du,
dich verzehrend, kamst,
bis wohin
dein Feuer reichte,
bis dort gelangten auch die Trauben,
wuchsen
Fenster empor,

legten, Federn gleich, sich des Buches Seiten zusammen,
erhoben sich die Schwingen der Bücher:
Menschen wurden geboren, Bäume stürzten,
und fruchtbar wurde die Erde.
Kraft, in der Traubenkugel bist du
ein rundlicher Tropfen
aus Zucker im Trauergewand,
transparenter
Planet,
flüssige Flamme, Himmelskugel
rasenden Purpurs,
aber auch verhundertfältigt
Korn der Getreideart,
Keimkraft des Weizens,
Getreidegestirn, lebendiger
Magnetstein oder Stahl, Turm
der elektrischen Drähte,
rastlose Wasser,
konzentrierte
schweigende
Taube
der Erdenkraft,
Urgrund
der Wesen, erstehst du
im Blute des Kindes,
wächst du, einer Pflanze gleich, die in seinen Augen erblüht,
es entfaltend und treffend,
härtest du seine Hände,
bis es zum Manne gereift.

Feuer, das wandert und singt,
Wasser, das erzeugt und gebärt,
Wachstum,
verwandle du unser Leben,
entreiß
den Steinen Brot,

dem Himmel Gold,
Städte den Wüsten,
gib uns,
Erdenkraft,
was du bewahrst,
entbreite deine des Feuers Gaben
über die Steppe
dort,
schmiede die Frucht, entflamme
den Schatz des Getreides,
brech auf die Erde, ebene
Gebirge ein, dehne aus
die neuen
Fruchtbarkeiten
über das Erdenrund,
daß von nun an,
von dorther,
wo sich das Leben
wandelte,
nun
die Erd sich wandle,
die ganze
Erde,
die Inseln,
die Wüste,
und den Menschen verwandle.

Dann, o Energie,
du feuriges Schwert,
wirst du nicht
Feind sein;
Blüte wird und vollkommene Frucht
überragend dein
Strahlenkranz sein,
dein Feuer
wird Friede heißen, Struktur,

Fruchtbarkeit, Traube,
Ausbreitung der Reben,
Auen frischen Brots.

ODE AN DEN NEID

Ich kam
aus dem Süden, vom Grenzland.
Regnerisch dort ist das Leben.
Und als ich ankam in Santiago,
wie schwer war es mir,
abzulegen mein Gewand.
Ich kam in des rauhesten
Winters Gewand.
Wilder Wetter Blüten
hüllten mich ein.
Da ich fortging von Haus,
verblutete mein Herz.
Alles war übervoll,
selbst die Luft
roch nach traurigen Menschen.
In den Pensionen
hing das Papier
von den Wänden.
Ich schrieb, schrieb einzig nur,
um nicht zu sterben.
Und dann,
kaum glühten
meine Verse eines
geächteten
Knaben
in der Straße auf,
beschimpfte man mich »Theodor«
und schmähte mich »Rhabarber«.

Ich versteckte
im Abgrund mich
der ärmsten Hütten,
unter der Bettstatt,
in der Küche,
im Innern des Schrankes,
wo niemand mich beobachten konnte,
und schrieb und schrieb, einzig,
um nicht zu sterben.

Umsonst war alles. Sie reckten sich
in die Höhe, drohend,
mit Haken, mit Messern,
schwarzen Drahtzangen,
gegen meine Poesie.

Da querte ich
die Meere
unter dem Grauen der Himmel,
die Fieber hauchten auf die Flüsse;
von wilden Safranblüten
umringt und von Göttern,
tauchte ich unter im Lärmen
der schwarzen Urwaldtrommeln,
im Verströmen
der Dämmerung,
ich vergrub mich und schrieb
sodann und schrieb, einzig,
um nicht zu sterben.

Ich lebte in Fernen entrückt, schwer
lag auf mir die völlige Verlassenheit,
doch die Kaimane hier
wetzten
ihr grünes Gebiß.

Ich kehrte von meinen Fahrten zurück.
Küßte alle,
Frauen, Männer
und Kinder.
Ich hatte Partei und Vaterland.
Der Glücksstern stand über mir.
An meinen Arm hängte
die Freude sich.
Da, in der Nacht,
zur Winterzeit,
in den Eisenbahnzügen,
im Kampf,
am Meeresgestade oder im Bergwerk,
in der Wüste oder neben
ihr, die ich liebte,
oder verfolgt, denn mich suchte
die Polizei,
schrieb ich einfache Verse nieder
für alle Menschen und –
um nicht zu sterben.

Und nun
sind sie abermals da.
Beharrlich sind sie
wie die Maden,
wie die Ratten
unsichtbar
auf einem Schiff,
sie fahren,
wo auch ich fahre, zur See,
ich gebe nicht acht, und sie zernagen
die Schuhe mir,
sie sind da, weil ich da bin.
Was soll ich tun?
Ich glaube,
ich werde fortfahren zu singen,

bis ich sterbe.
In diesem Punkt kann ich ihnen
keine Konzessionen machen.
Ich kann ihnen, so sie es wünschen,
einen Kramladen
schenken,
einen Regenschirm kaufen,
daß sie sich schützen
vor dem unbarmherzigen Regen,
der mit mir aus den Grenzgebieten kam,
kann ihnen das Reiten beibringen
oder wenigstens
den Schwanz meines Hundes geben,
aber ich will, sie begriffen,
daß ich meinen Mund
nicht verschließen kann mit einem Schloß,
damit sie
ablösen meinen Gesang.
Das ist unmöglich.
Ich kann es nicht.
In Liebe oder Traurigkeit,
in kühler Morgenfrühe,
des Nachmittags um drei
oder in der Nacht,
zornwütig oder verliebt,
im Zuge, im Frühling,
im Dunkeln oder
von einer Hochzeit kommend,
den Wald durchschreitend
oder das Büro,
des Nachmittags um drei
oder in der Nacht,
zu jedweder Stunde
werde ich schreiben, nicht nur,
um nicht zu sterben,
sondern um zu helfen,

daß andere leben,
denn es scheint, manch einer
braucht meinen Gesang.
Ich werde,
werde unerbittlich sein.
Ich heische von ihnen,
die Standarte des Neides
zu tragen ohne Unterlaß.
An ihre Zähne werde ich mich gewöhnen.
Sie sind mir vonnöten.
Aber die Wahrheit
will ich ihnen sagen:
Eines Tages werde ich sterben
(ich werde nicht umhin können, ihnen
diese letzte Genugtuung zu geben),
zweifelsohne,
jedoch,
singend werde ich sterben.
Und fast bin ich gewiß,
obwohl ihnen dieser Bescheid nicht genehm,
mein Gesang,
er wird dauern
hinaus über meinen Tod;
in meines Landes
Mitte
wird meine Stimme sein die Stimme
des Feuers und des Regens
oder auch die Stimme anderer Menschen,
denn hingeschrieben mit Regen und Feuer bleibt,
was die lautere
Dichtung
gelebt,
trotz allem,
Ewigkeit birgt sie, die Furcht nicht kennt,
sie hat gesunde Kraft soviel
wie eine Melkerin,

und bei ihrem Lächeln ein scharfes Gebiß,
die Hoffnungen zunichte zu machen
aller Nager
zusammen.

ODE AN DIE HOFFNUNG

Meerhafte Dämmerung
inmitten
meines Lebens,
traubengleiche Wogen,
Himmels Einsamkeit,
mich erfüllend,
strömst du über,
das ganze Meer,
der ganze Himmel,
Bewegung
und Weltenraum,
die weißen Bataillone
des Schaums,
die orangenfarbene Erde,
der flammende
Gürtel
der sterbenden Sonne,
so viel
der Gaben und Gaben,
Vögel,
die ihren Träumen zufliegen,
und das Meer, das Meer,
verhaltener
Duft,
tönenden Salzes Chor,
indessen
wir,

die Menschen,
nahe dem Wasser
kämpfen
und hoffen,
am Meeresgestade
hoffen.

Zum Festland sagen die Wogen:
»Alles wird erfüllet werden.«

ODE AN DIE FRUCHTBARKEIT DER ERDE

Dich, Fruchtbarkeit, grünes
Eingeweid,
urmütterlicher Stoff, Pflanzenfülle,
Befruchtung, Mehrung,
singe ich,
ich, Dichter,
ich, Wurzel,
Gras, Samenkorn, Blumenkrone,
Silbenlaut der Erde,
ich füg dem Blattwerk meine Worte hinzu,
ich erheb mich ins Gezweig und in den Himmel.
Ruhelos
sind
die Samen,
sie scheinen
zu schlafen nur.
Es küßt sie das Feuer, berührt sie
mit seinem Saum das Wasser,
und sie regen sich,
bewegen sich lange Zeit,
sie befragen einander,
werfen unten Blicke umher,

gekräuselte Voluten,
Ableger zart,
Wachstum und Dasein.
Man muß einen vollen
Kornspeicher gesehen haben,
alles dort liegt in tiefer Ruh,
aber
die Feuer des Lebens,
die Fermente,
sie flammen,
gären,
glühen
mit unsichtbaren Fäden.
Und man spürt in Augen
und Fingern
die Spannung, die Geduld,
das Wirken
von Keimen und Mündern,
von Lippen und Schößen.
Fruchtknoten führt mit sich der Wind,
Rosen begräbt die Erde.
Und das Wasser quillt und sucht.
Es brodelt das Feuer und singt.
Alles
sproßt.
Und du,
Fruchtbarkeit, bist eine Glocke,
unter deinem Rund
Feuchte und Stille entfalten
ihre Zungen aus Pflanzengrün,
aufsteigt der Saft,
sprengt
der Pflanze Form,
des Lebens Grenze,
sie wächst,
und an seinem äußersten Rand

häufen sich Blüten und Trauben.
Erde, in meinem Blut
entfaltet der Frühling sich,
ich fühle,
als würden
Erdreich und Baum
die Zyklen der Erde
vollenden in mir,
Wasser, Winde und Düfte
wirken mein Hemd,
Erdschollen in meiner Brust,
die der Herbst dort vergaß,
beginnen sich zu regen,
ich gehe hinaus und pfeife im Regen,
Feuer in meinen Händen erblüht,
und da
pflanze ich
ein grünes Banner auf,
das mir vom Herzen weht,
Same bin ich, Laubwerk,
Eiche, die in Reife steht,
und so gehe ich den ganzen Tag,
die ganze Nacht,
von den Wurzeln aufsteigt das Rauschen,
es singt im Winde das Laub.
Fruchtbarkeit, dich hatte ich vergessen.
Ich schreibe deinen Namen nieder
mit dieses Gesanges
erstem Laut,
du bist gewaltiger,
größeren Lebenssaftes voll und klingender,
dich zu beschreiben, ist unmöglich mir,
komm mir zu Hilfe,
verleih mir der Fruchtbarkeit Gabe,
täglich der Frucht Geschmack,
gib mir

die Zähigkeit,
die geheime, der Wurzeln,
und laß es zu, daß mein Gesang
ins Erdreich fällt und in die Höhe wachsen
seine Worte in jedem Frühling.

ODE AN DIE BLÜTE

Blumen
der Armen
in den
ärmlichen
Fenstern,
Blüten
armseliger Sonne
in den zerfallenen
Häusern der Armut.

Ich sehe,
wie die Blume, ihre Strahlenkrone,
ihr schimmernder Hals,
ihre Anmut
aufleuchten im Laden.
Ich sehe,
wie dort die Farbenpracht, das seidige Licht,
der lebenstrotzende Turm,
der Zweig von Gold,
der Morgenröte violette Blüte,
die erglühende Brustknospe der Rose,
verhüllt und nackt,
sich vorbereiten,
Einzug zu halten in der Reichen Haus.

Die Geographie schüttete ihre Gaben aus,
der Ozean

ward zum Wege,
die Erde wob ihre Breiten hinein,
und also segelte daher die ferne Blüte
mit ihrem Feuer,
so kam sie an deine Tür,
von wo eilfertig eine Hand
sie fortriß: »Du bist keine
Blüte für arme Leute«, sagte man ihr,
»du, Blüte, bist ausersehen,
zu strahlen inmitten
spiegelblanken Saales,
begib dich nicht in diese dunkle Gasse,
geselle dich
zu unserem, der Freude, Monopol.«

Und so geh ich durch die Straßen
und betrachte die Fenster,
wo das abgefallene Blütenblatt
einer Geranie
singt, dort, inmitten ärmlicher Leben,
wo eine Nelke ihren Pfeil
aus Papier und Duft in die Höhe reckt
hinter zerbrochenen Scheiben,
oder die weiße Lilie
ihre klösterliche Stille ließ
und herkam, mit den Armen zu leben.

O Blüte, dich verdamme ich nicht,
hochgewachsene Blüte von leidenschaftlicher Belehnung,
dir spreche ich das Recht nicht ab,
hinzutragen den Blitz,
den die Erd hervorgebracht mit deiner Schönheit,
in des Reichen Haus.
Ich bin gewiß,
morgen schon
wirst du blühen in allen

Wohnungen des Menschen.
Nicht Furcht wirst du haben vor dunklen Gassen,
noch wird auf Erden
es finstere Keller geben,
in die kein Frühling dringen kann.

Blume, dir geb ich keine Schuld,
und was ich dir sage, des bin ich gewiß;
blühen wirst du, wo du blühen
sollst, in allen Fenstern,
darum, o Blüte,
kämpfe ich
und singe von dieser Stunde an,
so wie ich singe ganz schlicht
für alle,
denn ich streue
die Blüten von morgen aus.

ODE AN DIE BLAUE BLUME

Meerwärts
über das Grasland wandere ich
– November ist's –,
alles ist schon erstanden,
alles ist Bewegung,
hat Statur und Wohlgeruch.
Grashalm um Grashalm
werd ich die Erde begreifen,
Schritt für Schritt
bis an des Ozeans
irre Linie hin.
Plötzlich erregt und durchwogt
eine Luftwelle
die wildwachsende Gerste:

Auffährt
zu meinen Füßen
eines Vogels Flug, der Boden
voll goldener Fäden
und Blüten namenlos
erglänzt auf einmal als grüne Rose,
durchwirkt mit Nesseln sich, die ihre
feindliche List offenbaren,
schlanke Stiele, sternblütiges
Dornengesträuch,
unendliche Verschiedenheit
jeden Gewächses, das
mit einem flüchtigen Dorngefunkel
zuweilen mich grüßt
oder mit seines Duftes Schwellen,
frisch und zart und herb.
Hinschreitend zu den Wogenkämmen
Pazifischen Meeres,
gemächlichen Schritts durch des verborgnen
Frühlings niederes Gras,
scheint es,
daß, bevor das Festland endet,
hundert Meter vor dem größten Weltenmeer
als Taumel ward,
Entfaltung und Gesang.
Die winzigsten Gräser
krönten mit Gold sich,
maulbeerfarbene Strahlen warfen
im Sand die Pflanzen,
und auf jedes kleine längst vergessene Blatt
gelangte von Mond oder Feuer ein Zeichen.
Längs des Meeres wandernd
durch den Monat November,
fand ich inmitten der Büsche, die Licht
empfangen und Feuer und Meeressalz,
eine tiefblaue Blume, geboren

im härtesten Grasland.
Woher, aus welcher Tiefe
lockst du dein blaues Strahlen hervor?
Deine flirrende Seide,
hat sie unterirdisch
Verbindung zur abgründigen See?
Ich hob sie auf in meinen Händen
und schaute sie an, als lebte
in einem einzigen Tropfen das Meer,
als erhöbe im Kampf
von Erd und Wasser
eine Blüte
eine kleine Standarte
aus blauem Feuer, unwiderstehlichem Frieden
und unbändiger Reinheit.

ODE AN DAS FEUER

Lohendes Feuer,
kraftgeladen,
blind und voller Augen,
geschwätzig,
zaudernd und jäh,
Stern du von Gold,
Holzräuber,
schweigsamer Bandolero,
Zwiebelsieder,
der Funken berüchtigter Schurke,
tollwütiger Hund mit Zähnen eine Million,
höre mich an,
Mittelpunkt der menschlichen Hausungen,
Rosenstock unverwüstlich,
Vernichter des Lebens,
himmlischer Vater des Brots und des Herdes,

glorreicher Ahnherr
von Werkzeug und Rad,
Blütenstaub der Metalle,
Gründer des Stahls,
höre mich an,
o Feuer.

Dein Name glüht,
Feuer zu sagen
ist eine Freude,
ist besser
zu sagen als Stein
oder Mehl.
Worte sind Tote
vor deinem gelben Gestrahl,
in deines blutroten Schweifes Nähe,
vor deinen Mähnen amarantenen Lichts
kalt sind die Worte.
Feuer sagt man,
Feuer, Feuer, Feuer,
und etwas im Munde
entbrennt,
deine Frucht ist es, die brennt,
dein Lorbeer ist es, der flammt.

Aber nicht Wort nur
bist du,
obzwar jeglich Wort,
so es nicht Glut
in sich birgt,
sich ablöst vom Baume
der Zeit und fällt.
Blumenflor
bist du,
Flug,
Vollendung, Umarmen,

ungreifbare Substanz,
Verheerung und Gewalt,
Verschwiegenheit, stürmische
Schwinge des Todes und Lebens,
Schöpfung und Asche,
blendender Funke,
Klinge augenübersät,
Fülle der Macht,
Herbst und Sommer jäh,
Pulvers harter Donnerschlag,
Zerbersten der Berge,
Strömen des Rauchs,
Dunkelheit, Schweigen.

Wo bist du, was wurde aus dir?
Einzig der fühllose Staub
erinnert an deine lodernde Glut
und an den Händen
von Brand und Blüte die Spur.
Schließlich find ich dich auch
auf meinem leeren Papier,
und anheischig mache ich mich,
dich zu singen,
Feuer,
nun aber,
mir gegenüber,
bleib ruhig,
indes in den Winkeln
die Leier ich suche
oder das Objektiv,
zu photographieren dich
mit dunklem Blitz.

Endlich bist du
bei mir,
nicht, um mich zu vernichten,

noch, daß ich dich
zum Pfeifenanzünden benutze,
sondern, um dich anzurühren,
deine Haarflut
zu bändigen, dein
ganzes gefährliches Gespinst,
dich ein wenig zu glätten, dich zu erschüttern,
daß du mit mir
es aufnimmst,
scharlachroter Stier.
So wage es denn,
verbrenne mich
nun,
hinein
in meinen Gesang,
steige
in meinen Adern mir auf,
entweiche
durch meinen Mund.

Nun
weißt du es,
du kannst mit mir
nichts beginnen:
Ich verwandle dich in Gesang,
ich erhöhe dich und beuge dich,
halte dich gefangen in meinen Silben,
ich fessele dich, lehre
dich singen,
in Trillern dich zu verströmen,
als wärest du
ein Kanarienvogel, im Käfig gefangen.

Komm mir nicht
mit deiner eines Höllenvogels
allzubekannten Tunika.

Hier
bist du verdammt
auf Tod und Leben.
Verstumme ich,
so lischst du aus.
Singe ich,
so verströmest du
und gibst das Licht mir, des ich bedarf.

Unter
meinen Freunden allen,
meinen Feinden
allen
du bist
der schwierige.
Alle
halten dich in ihren Banden,
Dämon des Geldes,
du in Truhen und Dekreten
verborgner Orkan.
Ich nicht.
Ich nehme dich als Gefährte mit
und sage dir:
Zeit ist's,
daß du mir weisest,
wozu du begabt.
Erschließe dich, laß offen flattern
deinen zerzausten
Schopf,
lodre empor und versenge
des Himmels Höhen.

Weise mir
deinen grünen und organenen
Leib,
hiß

deine Fahnen,
glüh
über der Welt
oder zuseiten mir, licht
wie ein schlichter Topas,
schau mich an und entschlummre.
Klimme die Treppen empor
auf zahllosem Fuß.
Spähe mir nach,
lebe,
um niedergeschrieben zu bleiben,
mit meinen Worten
zu singen,
Flammen sprühend
auf deine Weise.

ODE AN GUATEMALA

Guatemala,
heute
singe ich
dich.

Grundlos,
ohne Ziel
leuchtete,
meinem Munde
verhaftet,
an diesem Morgen
dein Name auf,
Pflanzengrün, Tau
und morgendliche Frische,
ich gedachte
der Lianen,

die binden
mit wildwachsenden Seilen
den heiligen Schatz
deiner Wildnis.

Ich erinnerte der unsichtbaren Quellen
deiner Gewässer mich
in den Höhen,
tönendes,
geheimnisvolles Ungestüm,
Blumenkronen, verhaftet
dem Laubwerk,
ein Vogel
wie ein Saphir unerwartet,
der überströmende Himmel,
ein Gefäß voller
Friede und Lichtheit.
In Himmelsnähe
ein See
mit dem Namen eines Steins,
Amatitlán geheißen.
Wasser, Wasser des Himmels
füllten ihn.
Wasser, Wasser von Gestirnen
vereinten sich
in der schrecklichen Tiefe
seines dunklen Smaragds.
An seinen Borden
überleben bis heut
die Tribus
des Mayab.

Zarte, zärtliche
Vergötterer
des Honigs, Deuter
der Himmelszeichen,

bezwungne
Bezwinger
urältesten rätselvollen Dunkels.

Schön ist es,
zu schaun das Prachtgewand
seiner Dörfer,
die Einwohner wagten es,
zu tragen
schimmernde Tuniken weiterhin,
gelbe Stickereien,
scharlachfarbene Schuhe,
Farben
der Morgenröte.
Einstmals
trugen die Soldaten
des todestraurigen Kastilien
Amerika zu Grabe,
und der amerikanische
Mensch
trägt bis auf den heutigen Tag
den schwarzen Leibrock
des estremadurischen Notars,
Loyolas
Soutane.
Das Spanien
der Inquisition,
des Höllenfeuers,
verdeckte die Klänge
und Farbenpracht,
Amerikas Völkerstämme,
den Blütenstaub und die Freude,
und es beließ uns das Trauergewand
aus Salamanca,
sein Rüstzeug
aus erbarmungslosem Gelump.

Die versunkene Farbe,
sie überlebt einzig nur in dir,
übrig blieben, aufstrahlend,
die Gefieder;
deine Anmut, schön wie ein Krug,
lebt noch,
abgrundtiefes
Guatemala.
Nicht begrub dich die allmählich
anrollende Woge
des Todes,
die fremden
verheerenden Schwingen,
den Leichengewändern
gelang es nicht,
zu vernichten deine Krone
aus schimmernden Blüten.

Ich sah in Quetzaltenango
des Marktes
schöpferische
Menge,
die mit Liebe
und uralten
Schmerzen
geflochtenen Körbe,
die Stoffe
wildflammender Farbe,
die rote Rasse,
Häupter, Gefäßen gleich,
Profile
wie erzene Amaryllis,
ernste Blicke, helles
Lächeln wie Reiherflug
über Flüssen,
Füße von Kupferfarbe,

der Erde
Volk,
Indios
wie Kartenkönige
würdevoll.

Wieviel
Rauch wehte herab
auf ihre Gesichter, wieviel
Schweigen, so
daß sie nur noch
mit dem Mais, dem Tabak sprachen,
dem Wasser,
sie waren
bedroht von Tyrannei
bis hinein in ihre Gebiete voller Stachelgestrüpp
und an der Küste
von nordamerikanischen Invasoren,
die das Land, da sie die Früchte fortschleppten,
öde machten, leer.

Da
hob Arévalo
eine Handvoll Erde auf
für sie alle,
eine Handvoll
keimträchtigen Staubes nur, und einzig dieses,
nur dieses ist Guatemala,
winzig,
ein duftendes
Erdenfragment,
für sein armes Volk
ein paar Samen,
eine Pflugschar
für die Bauern.
Und darum,

als Arbenz
Gerechtigkeit verhieß
und Gewehre verteilte mit der Erde,
als die
feudalen
Kaffeeplantagenbesitzer
und die Abenteurer aus Chicago
keine despotische Marionette
fanden
im Regierungspalast,
sondern einen Mann,
da
war groß die Wut,
es füllten
die Zeitungen sich
mit Nachrichten:
Guatemala in Flammen.

Guatemala aber brannte nicht.
Hoch oben der See
Amatitlán, ruhig
wie der Jahrhunderte Blick,
funkelte der Sonn entgegen und dem Mond,
der Rio Dulce
trug
seine Fluten, die uranfänglichen, hin,
seine Fische und seine Vögel,
sein Waldreich,
aus dem ursprünglichen Duft Amerikas
seinen Pulsschlag,
es säuselten
die Fichten in der Höhe,
und das Volk, so schlicht
wie Sand und Mehl,
zum ersten Male konnte es

von Angesicht zu Angesicht
kennenlernen die Hoffnung.

Guatemala,
heute singe ich dich,
heute singe ich von deinem Ungemach
der vergangenen Zeit und deiner Hoffnung.
Deine Schönheit singe ich.
Doch ich will,
daß meine Liebe dich schirme.
Heute kenne ich
jene, die das Grab dir bereiten,
wie sie es Sandino gruben.
Ich kenne sie. Erwarte du
von den Henkern kein Mitleid.
Heut, da sie Fischer ermorden,
die Fische der Inseln vernichten,
bereiten sie sich vor.

Unerbittlich sind sie. Du aber,
Guatemala, bist
eine Faust und eine Handvoll
amerikanischen Staubes samenreich,
eine kleine Handvoll
Hoffnung.
Verteidige sie, verteidige uns,
wir,
heute mit meinem Gesange nur,
morgen mit meinem Volk und meinem Gesang,
eilen zu dir,
dir zu sagen »Hier sind wir«.
Kleine Schwester,
du heißes Herz,
hier sind wir, bereit, unser Blut
zu verströmen, dich
zu verteidigen,

denn in dunkler Stunde
warst du
der Stolz, die Ehre
und Würde Amerikas.

ODE AN DEN FADEN

Dieses ist der Faden
der Poesie.
Die Taten ziehen
wie Schafe einher unter der Last
schwarzer
Wolle
oder weißer.
Rufe sie, und kommen werden
wundersame Herden,
Heroen und Erze,
die Rose der Liebe,
des Feuers Stimme,
alles wird kommen zu dir.
Und zur Verfügung wird stehen
dir ein Gebirg,
schickst du dich an,
es zu Pferd zu queren,
wird ein Bart dir wachsen,
wirst du schlafen auf nackter Erde,
Hunger wirst du erdulden,
und alles im Bergland
wird Schatten sein.
Du kannst es nicht schaffen,
du mußt ihn ausspinnen,
nimm auf einen Faden,
heb ihn ans Licht:
Unendlich und rein

erscheint er an Stätten unzählig,
im Schnee
und im Menschen,
hart ist er; denn
es wirkten ihn alle Metalle,
empfindlich ist er; denn
es zeichnete ihn der wehende Rauch,
so ist der Faden
der Dichtung beschaffen.
Du mußt ihn nicht
von neuem verwirren,
ihn nicht verwechseln abermals
mit Zeit und Erde.
Im Gegenteil,
eine Saite ist er,
spann ihn auf deine Kithara,
und tönen wird er
mit klingender Berge Mund,
flechte ihn,
und des Seglers
Takelwerk wird er sein,
spule ihn auf,
vertraue ihm Botschaften an,
lade ihn mit Elektrizität,
übergib ihn
dem Winde, dem Wettersturz,
daß von neuem, geordnet,
in unendlicher Linie
die Welt er umschlinge,
besser aber, fädle ihn ein,
fein und zart,
ohne den Schleier
der Feen zu mißachten.

Wärmende Hüllen für den Winter,
den langen, brauchen wir.

Hier kommen
die Bauern,
sie bringen
dem Dichter
ein Huhn, nur
ein armseliges Huhn.
Was aber wirst du ihnen geben,
was wirst du ihnen geben?
Nun,
nun,
den Faden,
den Faden,
der sich in Kleidung verwandeln wird
für den, der nichts hat
denn Lumpen,
in Netze
für die Fischer,
Hemden
rot
wie Scharlach
für die Heizer
und eine Fahne
für alle.
Unter den Menschen,
in ihren Schmerzen
lastend wie Stein,
in ihren Siegen
wie Bienen beschwingt,
in allem,
was vor dir geschieht,
in allem, was kommt,
tief unten
zwischen den Kohlen
und oben
im Elend,
mit den Menschen,

mit dir,
mit deinem Volke
der Faden,
der Faden
der Dichtung.
Hier geht es nicht
um Ansichten:
Geheiße gelten,
und ich gebiete dir,
mit der Leier im Arme
begleite mich.
Viele
Ohren harren erwartungsvoll deiner,
es gibt
ein gräßlich
eingescharrtes Herz,
unsre Gemeinschaft ist's,
unser Volk.
Der Faden!
Der Faden!
Ihn dem düstern Gebirg
zu entreißen!
Blitze zu schleudern!
Hinzuschreiben das Fahnenzeichen!
So ist der Faden
der Dichtung beschaffen,
einfach und heilig, elektrisch geladen,
lieblich und voller Notwendigkeit,
in unsren Händen er hat keine Ende,
es erweckt ihn zum Leben das tägliche Licht.

ODE AN DEN EINFACHEN MENSCHEN

Im geheimen will ich dir erzählen,
wer ich bin,
doch du wirst mir sagen
mit lauter Stimme, wer du bist,
ich will wissen, wer du bist,
wieviel du verdienst,
in welcher Werkstatt du schaffst,
in welcher Grube,
in welcher Apotheke,
ich übe eine schreckliche Pflicht,
die ist, zu wissen,
alles zu wissen,
Tag und Nacht zu wissen,
wie du heißt,
das ist mein Amt,
ein Leben zu kennen
ist nicht genug,
und alle Leben zu kennen
nicht nötig,
zu ergründen gilt,
zu schürfen bis auf den Grund,
und wie bei einem Stoff
die Farbzeichnung
das Schußgarn
des Gewebes verbirgt,
tilge ich die Farben
ich suche, bis ich das Gewebe finde,
das unter der Oberfläche liegt;
also finde ich
der Menschen Einheitlichkeit,
und beim Brote
suche ich
hinter der Form:
Mir mundet das Brot, ich beiße hinein,

und da
erblick ich das Korn,
die jungen Weizenfelder,
des Frühlings grüne Gestalt,
die Wurzeln, das Wasser,
darum
hinter dem Brot
seh ich die Erde,
die Einheitlichkeit der Erde,
das Wasser,
den Menschen,
also prüfe ich alles,
dich suchend
in allem,
ich wandere, schwimme und fahre zur See,
bis ich dich gefunden,
und dann frage ich dich,
wie du heißt,
Straße und Nummer des Hauses,
damit du meine Briefe
erhältst,
damit ich dir sagen kann,
wer ich bin und wieviel ich verdiene
und wo ich lebe
und wie mein Vater war.
Siehst du, wie einfach ich bin,
wie einfach du bist,
es handelt sich nicht
um komplizierte Dinge,
ich arbeite zusammen mit dir,
du lebst, kommst und gehst
von einer Seite auf die andere,
ganz einfach ist's:
Du bist das Leben,
bist wie das Wasser
transparent,

und so bin auch ich,
meine Pflicht ist diese:
transparent zu sein,
tagtäglich
erziehe ich mich,
täglich kämme ich mich,
dabei denkend wie du denkst,
und ich gehe
wie du einhergehst,
ich esse, esse wie du ißt,
ich halte meine Liebe im Arm
wie du dein Mädchen,
und nun,
da dieses geklärt,
da wir gleich sind einander,
schreibe ich,
schreibe ich über dein Leben und über das meine,
über deine Liebe und die meinen,
über all deine Schmerzen,
und da
sind wir schon verschieden,
denn, meine Hand auf deiner Schulter
wie unter alten Freunden,
sage ich dir ins Ohr:
Leide nicht,
es kommt der Tag,
komm,
komm mit mir,
komm
mit allen,
die dir gleich sind,
all den einfachen Menschen,
komm,
dulde nicht,
komm mit mir,
denn, obwohl du es nicht weißt,

ich weiß es, dies,
wohin wir gehen, weiß ich,
und dieses ist das verheißende Wort:
Dulde nicht,
denn wir werden siegen,
wir, die einfachen Menschen all,
werden siegen,
werden den Kampf gewinnen,
obwohl du es nicht glaubst,
wir werden gewinnen.

ODE AN DIE RASTLOSIGKEIT

Rastlosigkeit, Mutter, aus deinen Brüsten trank ich
elektrisierte Milch,
harte Tätigkeit!
Mich lehrte nicht der Mond
die Bewegung.
Bewegung ist's, die in der Schwebe hält
des Segelschiffs
statischen Flug,
das Schüttern des Motors entscheidet
der Tragflächen sanftes Gleiten,
und ohne der Biene herrliche Rastlosigkeit
würde schlummern der Honig im Blütenkelch.
In keine Einsamkeit
will ich mich flüchten,
will nicht,
daß meine Worte Fesseln anlegen den Menschen.
Ich mag kein
Meer ohne Seegang, keine entmenschte
Dichtung, entleerte
Malerei, Musik
ohne den Wind!
Ruhelos ist die Nacht

und ihre Schönheit,
alles wogt unter
ihren Fahnen,
und die Sonne
ist entflammte Bewegung,
Freudestrahl!
In der Pfütze verkommen
die Sterne,
und in der Kaskade
die Klarheit singt!
Rastloses Denken
setzte die Meere in des Menschen Plan
und ließ aus dem Chaos
das feste Gefüge entstehen.
Nicht unveränderlich ist
die Stadt, und dein Leben
gewöhnte sich nicht an des Todes Materie.
Reisegenoss', komm mit mir.
Verleihen wir
Größe den Gütern der Erde:
Laß uns die Ähre verwandeln.
Tragen wir Licht in das fernste
gepeinigte Herz.
Ich glaube,
daß unter dem rastlosen Frühling
das Leuchten
der Frucht
sich vollendet,
das Schwellen der Düfte
sich ausdehnt,
lebendige Bewegung mit der Todesstarre ringt.
Und so gelangt an deinen Mund die Süße
der herrlichen Früchte,
der Sieg
des rastlosen Lichts,
das die Lippen von der Erde erhebt.

ODE AN DEN WINTER

Zwischen uns, Winter,
gibt es etwas eigenes,
Hügelketten im Regen,
tollkühne Ritte
im Wind,
Fenster,
auf denen dein winterlich Kleid sich anhäuft,
dein eisernes Hemd,
dein durchnäßtes Beinkleid,
dein Gürtel aus durchsichtigem Leder.
Winter,
für andere
bist du Meeresnebel
auf Deichen,
klagende Hülle,
weiße Rose,
Blütenkrone des Schnees,
für mich, Winter,
bist du
ein Roß,
Nebel steigt dampfend aus deinen Nüstern,
Regentropfen stürzen
von deinem Schweif,
elektrisch geladene Sturmböen
sind deine Mähnen,
unermüdlich
jagst du dahin,
den Vorüberwandernden
bespritzend mit Schlamm,
wir blicken auf,
und vorüber bist du,
wir sehen nicht dein Gesicht,
noch wissen wir,
ob aus Gebirgs-

oder Meereswasser
deine Augen sind, wie eines Blitzes
flatterndes Haar warst du vorbei,
nicht ein einziger Baum blieb unversehrt,
die Blätter
fanden sich
auf der Erde wieder beisammen,
wie Fetzen blieben
in den Wipfeln
die Nester zurück,
da du vorübersprengtest
im sterbenden Licht des Planeten.

Eiskalt jedoch bist du, o Winter,
und deine Büschel
schwarzen Schnees und Wassers
auf dem Dach
durchdringen
die Häuser
wie Nadeln,
verwunden
wie rostige Messer.
Niemand
hält dich auf.
Die Hustenattacken
beginnen, mit nassen Schuhen
gehn die Kinder ins Freie,
wie eines Schiffes
brennendes Segel
glüht in Betten das Fieber,
die Stadt der Armen
treibt dem Tod entgegen,
die glitschige
Kohlengrube,
der Kampf des Windes.

Seit damals,
Winter, kenn ich dich,
dein durchlöchert Kleid
und deines Muschelhorns
Heulen hoch in den Andentannen,
wenn du klagend rufst
und weinst,
Windstoß im irren Regen,
ausgebrochener Donner
oder Herz aus Schnee.

Der Mensch
auf dem Strande wuchs zum Riesen,
hielt den Wettern stand,
Salz und Sonne
hüllten mit besprenkelter Seide
den Leib der jungen Schwimmerin ein.
Nahet aber
der Winter,
verwandelt der Mensch sich
in ein winziges Knäuel,
das einhergeht
mit einem Trauerschirm,
mit wasserdichten Schwingen
sich umhüllt,
wie eine Krume Brot
sich vollsaugt
und aufweicht,
in die Kirchen eilt
oder todtraurigen Unsinn liest.
Indes
hochoben
in den Steineichenwipfeln,
auf dem Scheitel der Gletscher,
an der Küste
regierest du

mit deinem Schwert,
mit deiner eisigen Geige,
mit Federn, die niederfallen
von deiner unbändigen Brust.

Eines Tages aber
werden wir uns wiedererkennen,
wenn
die Macht
deiner Schönheit
nicht auf den Menschen lastend
hereinbricht,
wenn
du nicht mehr
das Dach durchbohrst
meines Bruders,
wenn
ich in deine Sphären
himmelsnaher Weiße dringen kann,
ohne daß du mich vernichtest,
werde ich vorüberwandern, deine
schrankenlose Herrschaft grüßend.
Werde den Hut abnehmen
unter dem nämlichen Regen,
dem meiner Jugend,
denn sicher vor deinen Wassern
werde ich sein:
Das Erdenrund werden sie säubern,
fort die verbrieften Rechte spülen,
den nichtswürdigen Unrat
zermalmen der Tage,
reinwaschen,
rein werden deine Wasser
das Antlitz der Erde waschen
und hinabdringen bis zum Grund,
wo

der Frühling
schlummert.
Du machst ihn erbeben, versehrst
seine transparenten Gründe,
erweckst ihn, tränkst ihn,
und er beginnt seine Arbeit,
fegt die toten Blätter hinweg
und häuft seine duftenden
Erzeugnisse an,
steigt die Stufen
der Bäume empor,
und auf einmal sehen wir ihn
in der Höhe
in seinem neuen Gewand,
mit seinen grünen
uralten Augen.

ODE AN DEN LABORANTEN

Lebt verborgen
ein Mann,
der sieht
mit einem einzigen eindringlichen Auge
eines Zyklopen,
winzige Dinge sind's,
Blut und
Wassertropfen,
er schaut
und schreibt nieder oder er zählt,
in dem Tropfen dort
das Universum kreist,
die Milchstraße wogt
wie ein kleiner Fluß,
er schaut
der Mann

und notiert,
winzige rote Punkte,
bewegliche
Planeten
oder sagenhafter
weißer Regimenter Invasion,
der Mann
mit seinem Auge
notiert,
beschreibt,
eingeschlossen dort,
des Lebens Vulkan,
das Sperma
mit seiner Wollust, firmamentengroß,
wie der flüchtige Schatz,
der zitternde,
auftaucht,
die winzigen menschlichen Samen,
dann
läßt in seinem blassen Rund
ein Tropfen
Harn
Lande von Amber uns sehen
oder in deinem Fleisch
amethystene Berge,
wogende Weideflächen,
Himmelszeichen grün,
er aber
notiert, schreibt nieder,
entdeckt
eine Gefahr,
einen gespaltenen
Punkt,

einen dunkelen Schleier,
er stellt ihn fest, findet

seine Personalakte im Leitfaden,
schon kann er nicht mehr entwischen,
und alsbald
wird in deinem Leib die Jagd anheben,
der Kampf,
er begann im Auge
des Laboranten:
Sei es des Nachts, neben
der Mutter der Tod,
neben dem Kinde die Schwingen
unsichtbaren Schreckens,
der Kampf in der Wunde tief,
alles
beginnt
mit dem Mann
und seinem Auge,
das der Himmel
des Blutes
suchte
das böse Gestirn.
Dort im weißen Kittel
fährt er fort,
das Zeichen
zu suchen,
die Zahl,
die Farbe
des Todes
oder des Lebens,

den Ursprung
deines Schmerzes
entziffernd, das Merkmal
des Fiebers entdeckend
oder des menschlichen Wachstums
erstes Symptom.

Dann
nimmt der unbekannte
Entdecker,
der Mann,
der durch dein Adernetz reiste
oder
einen maskierten Landstreicher
dingfest machte
im Süden oder im Norden
deines Eingeweids,
der zu fürchtende
Mann mit dem Auge
seinen Hut,
er setzt ihn auf,
zündet eine Zigarette sich an
und tritt auf die Straße,
er bewegt sich,
verliert sich,
taucht wieder auf in den Straßen,
gesellt sich zur Menge,
und schließlich verschwindet er
wie der Drache,
das winzige kreisende Ungeheuer,
das in einem Tropfen vergessen zurückblieb
im Laboratorium.

ODE AN LENINGRAD

Heiter dein makelloses Gestein,
dein weißer Himmel hochgewölbt,
schöne
graue Rose, weitgedehntes
Leningrad,
mit welcher Ruhe

setzte ich meinen Fuß
auf deine uralte Erde,
er kam
von anderen Erden her,
vom jungfräulichen Amerika,
meine Füße hatten den Schlamm
der Quellen berührt
in Himmelshöhn,
unsagbare Wohlgerüche
in meines Landes
gewaltiger Cordillere,
einen anderen Schnee
hatten die Schuhe
berührt,
die Wetter
gestrüppüberwucherter Anden,
und nun,
Leningrad,
deinen Schnee,
deinen herrlichen
weißen Schatten,
den Strom mit den Stufen, untertauchend
in der weißen Strömung,
das Licht, einem Pfirsichzweig gleich,
das dir seine leuchtende Weiße verleiht,
o Segelschiff,
weißer Segler
auf dem Winter fahrend,
was alles
lebte,
bewegte sich
mit mir,
da unter deinem Takelwerk
und deinen steinernen Segeln
ich hinschritt,
da ich die Straßen betrat,

die aus den Büchern ich kannte;
mich erfüllte des Nebels
und der Meere Essenz,
der jugendliche Puschkin
ergriff meine Hand
mit seiner behandschuhten Rechten,
und in die festlichen Bauten
vergangener Zeit,
in die Bienenstöcke
des neuen Lebens
eintrat mein amerikanisches
Herz,
pochend vor Ehrfurcht
und Freude,
es war, als lauschten
dem Echo meiner Schritte
die Leben
und erwachten,
die schneebedeckt im Schlaf gelegen,
und sie nahten auf einmal,
mit mir zu wandern,
laut in der Stille auftretend
wie auf die Planken eines Schiffs.

Wieviel
vergangene Nächte
dort in der Ferne:
mein Buch,
vom Inselhimmel
der Regen,
vom meerbeherrschten Chiloé,
und nun
begleitete mich
der nämliche
weiße Schatten,
Netochka Nezvanova,

breit und schlummernd
der Newski-Prospekt,
ein versunkener Chor
und eine verlorene Geige.
Uralte Zeit, weißer
uralter Schmerz,
erschreckende Wesen einer anderen
Stadt, die hier gelebt,
leergeblutete Qualen,
o bleiche
Rose
aus Meeresnebel und Schnee,
Netochka Nezvanova,
eine törichte
Regung
im Nebel,
im Schnee,
unterbundene
Leiden,
Leben
wie Schächte,
die Seele,
die Seele,
blinder Fische
Lagune,
die Seele,
Lache
schlummernden Alkohols,
plötzlich
irrsinnige Fenster
in die Nacht hinein
phantasierend,
Sonaten
auf einer einzigen Saite,
sich windend
um des Teufels

Schweif
Verbrechen,
unermüdlich besungen
und erzählt.
Ruhm der eisigen Frühe
Verwandlung der Welt!
Es nachtet,
helle
nächtliche Einsamkeit,
morgen
wird der Tag
sich mit Liedern beleben
und entflammten Gesichtern
von Menschenwesen,
die auf dem Schiff
der neuen
Freude
fahren,
mit Händen, die die Werkstätten,
die glühenden, hämmern,
mit Arbeiterblusen, die steigern
das schneeweiße Licht,
mit Dingen, von einträchtigen Schulen
genossen, als wären es
Brote von Gold,
so ist es,
jetzt
kommen, mich zu begleiten,
aus den Büchern
die einsamen Wesen,
doch
nahet nicht die Einsamkeit,
sie hat kein Dasein mehr,
sie aber erglühn
in der Blumenkrone
des Lebens,

sie leben
die geordnete
Würde
der Arbeit,
abstreifte,
wie ein sturmgebeugter
Baum, der die Unwetter abweist,
ihre Blätter
die uralte Kümmernis,
jetzt
sind das Bronzeroß
und der Reiter
nicht mehr bereit, anzutreten die Reise,
sie kehrten um,
die Newa eilt nicht von hinnen,
sie kommt daher
mit goldener Nachrichtenfülle,
mit Lauten von Silber.
Die überlebten,
in Nebel
gehüllten
Personen,
ausgestattet mit hohen
Hüten von Rauch,
verschwanden,
die Frauengestalten,
über dem Strom
ins Taschentuch weinend
und abgezeichnet im Schnee,
sie wanderten aus,
entglitten den Büchern,
und die Studenten,
wahnwitzige,
ein Beil in der Hand,
die an der Tür
einer Greisin

gelauert,
liefen davon,
jene Welt
irrsinniger Popen
und seelenlosen Gelächters beim Becher,
Schlitten,
die die Unschuld entführt,
Blut und dunkle Wölfe im Schnee,
all das
entfiel den Büchern,
floh aus dem Leben
gleich einem bösen Alp,
jetzt
gleitet über die Kuppeln
der Reif
des zunehmenden Mondes,
und wiederum schwebt
eine Nacht,
eine überhelle,
mit der Stadt dahin,
aufwärts gleiten
zum Rundgat des Admiralsschiffs
die beiden schweren Anker,
Leningrad treibt auf dem Meer,
jenen Schattengestalten,
kalt und verstört,
stoben davon,
da auf der Freitreppe
des Winterpalais
die Geschichte
emporstieg auf Volkes Füßen.
Später rührte der Krieg
an die Stadt,
mit seinen Zähnen der Krieg,
die antike Schönheit
zermalmend, gefräßig

eine Torte verschlingend
aus grauem Gestein, Schnee
und Blut,
der Krieg,
zwischen den Mauern heulend,
raffte die Menschen hinweg,
stellte den Söhnen nach,
der Krieg
mit leerem Ranzen
und schrecklicher Trommel,
der Krieg
mit den zersplitterten Scheiben
und dem Tod
im Bett,
unter der Kälte erstarrt.
Und der Heldenmut, der hohe,
höher als eine Tanne,
vollkommener
als die ernsten Kuppeln,
aufragend
wie lichte Säulen,
der Widerstand
stolz
wie des Steins
Symmetrie,
der Zorn,
eine lebendige Flamme
inmitten
des Schnees,
war unbezähmbares
Feuer
in Leningrad,
dem sowjetischen
Herzen.
Und nun ist alles voll Leben
und schlummert,

die Nacht
Leningrads deckt
nicht
die Paläste nur,
die verflochtenen Gitter,
überirdische Kranzgesimse,
den uralten Glanz,
nicht
die Motore nur
und die zahllosen
Häuser, die neuen,
das Leben,
gerecht und reich,
den Aufbau der Welt,
eine Schattenhelle, die Nacht,
vermählte sich der uralten Nacht
wie dem lichten Tage,
dem Dufte des Wassers gleich,
Peter der Gewaltige und Lenin
der Gewaltige
wurden
eins,
die Zeit
ward eine Rose,
ein unbezwingbarer Turm.
Es riecht
nach überlebendem
Feuer,
nach unzerstörbarer Blüte,
in den Straßen kreist
lebendig Blut, zeitenloses,
was gewesen dereinst
und kommen wird,
vereinet sich
in der weitgeöffneten Rose,
und das Segelschiff

schwimmt,
es duftet
der Turm des Nordens, der graue,
himmlisch und weit und standhaft
in seinem Reich aus Schnee,
nicht von Schemen erfüllt,
sondern von seines Blutes
Prangen,
gekrönt
von seiner Geschichte
meerhaftem Rauschen,
strahlend von Stolz, in all
seiner Schönheit,
wie ein erhabener Saal bereitet
für seines Volkes Zusammenkunft.

ODE AN DAS BUCH (I)

Buch, so ich dich schließe,
schlag ich das Leben auf.
Ich höre
aus den Türen
abgerissene Rufe.
Kupferbarren
die Sandwüsten queren
nach Tocopilla hinab.
Nacht ist's.
Zwischen den Inseln
wogt mit seinen Fischen
unser Weltmeer.
Die Füße berührt er, die Schenkel,
die Rippen aus Kalk
meines Heimatlandes.
An seinen Ufern hängt die ganze gewaltige Nacht,

und mit des Tages Licht
schimmert es singend auf,
als erwachte eine Gitarre.

Mich ruft der Schlag
des Ozeans, mich
ruft der Wind,
und Rodríguez ruft mich,
José Antonio,
von der Gewerkschaft »Mina«
erhielt ich ein Telegramm,
und sie, die ich liebe
(ich werde euch ihren Namen nicht sagen),
wartet auf mich in Bucalemu.

Buch, mich einzuwickeln,
hast du nicht vermocht,
du erfülltest mich nicht
mit Typographie,
mit himmlischen Impressionen,
du vermochtest meine Augen
nicht zu verbinden,
fort geh ich von dir, die Waldungen zu beleben
mit der lauten Familie meines Gesangs,
glühende Metalle zu treiben
oder in den Bergen am offenen Feuer
gebratenes Fleisch zu essen.
Ich liebe die Bücher
über Entdeckungen,
Bücher voll Wald und Schnee,
Abgrundtiefe und Himmel,
aber
ich hasse
das Buch der Spinne,
in dem der giftige Gedanke
Drähte spannte,

daß sich die jugendliche
eingekreiste Fliege darin fängt.
Buch, gib mich frei.
Ich mag nicht als Buch
gewandet einhergehn,
ich ging nicht aus einem Gedichtband hervor,
meine Gedichte
haben keine Gedichte verzehrt,
sie verschlingen
leidenschaftliches Geschehen,
nähren von Wetterstürzen sich,
nehmen aus Erde und Mensch
die Nahrung.
Buch, laß mich die Wege wandern
mit Staub auf den Schuhen
und ohne Mythologie:
Kehre du in deine Bibliothek zurück,
ich aber geh durch die Straßen.

Ich habe das Leben kennengelernt
durch das Leben,
die Liebe lernte ich mit einem einzigen Kuß,
ich kann niemand etwas lehren,
was ich nicht erlebt,
so viel ich mit anderen Menschen gemeinsam hatte,
so viel ich kämpfte mit ihnen:
so viel Ausdruck von alldem verlieh ich meinem Gesang.

ODE AN DAS BUCH (II)

Buch,
herrliches
Buch,
du winziger Wald,

Blatt
an Blatt,
nach Urstoff
duftet
dein Papier,
morgendlich bist du
und nächtlich,
kornhaft
und ozeanisch,
Bärenjäger
füllten deine uralten Seiten,
offenes Feuer
am Mississippi,
Kanus
auf den Inseln,
später
Wege
und Wege,
Entdeckungen,
Völker
im Aufruhr,
wie ein blutender
verwundeter Fisch
zuckend im Schlamm: Rimbaud,
und die Schönheit
der Brüderlichkeit,
Stein um Stein
erhebt sich das Menschenschloß,
Schmerzen weben
die Standfestigkeit,
solidarische Taten,
geheimes
Buch
von Tasche
zu Tasche,
heimliche

Leuchte,
blutroter Stern.

Wir,
die wandernden
Dichter,
erforschen
die Welt,
an jeder Tür
empfing uns das Leben,
wir nehmen teil
am irdischen Kampf.
Und was war unser Sieg?
Ein Buch,
ein Buch, menschlicher
Berührungen voll,
wimmelnd von Hemden,
ein Buch
ohne Verlassenheit, mit Menschen
und Werkzeug,
ein Buch
ist der Sieg.
Es gedeiht und fällt
wie alle Früchte ab,
nicht Licht nur birgt es,
nicht Schatten nur,
es verlischt
und entblättert,
geht in den Straßen
verloren,
sinkt auf die Erde nieder.
Dichtwerk
von morgen,
wiederum
auf deinen Seiten
sollst du

Schnee haben und Moos,
auf daß ihre Spuren
einprägen
Schritte
und Augen:
Von neuem
beschreib uns die Welt,
die Quellen
im Dickicht,
den Hochwald,
die polaren Planeten,
und auf den Wegen,
den neuen Wegen
den Menschen,
vorwärtseilend
in der Wildnis,
auf dem Wasser,
im Himmel,
in der nackten Meereseinsamkeit,
den Menschen,
der die letzten Geheimnisse
enthüllt,
den Menschen,
heimkehrend
mit einem Buch,
den Jäger nach der Rückkehr
mit einem Buch,
den pflügenden
Bauern,
mit einem Buch.

ODE AN DEN REGEN

Wiederkehrte der Regen.
Er kam nicht vom Himmel
oder von West.
Aus meiner Kindheit kehrte er wieder.
Die Nacht zerbarst, ein Donner
hat sie erschüttert, das Gedröhn
die Einsamkeiten gelichtet,
und dann
kam der Regen,
kehrte der Regen
meiner Kindheit wieder,
zuerst
in einer zorngeladenen
Bö,
dann
wie der nasse
Schweif
eines Planeten,
der Regen
tick tack tausendmal tick
tack tausend-
mal ein Schlitten,
von dunklen Blüten
ein Klopfen, weithin hallend
in die Nacht,
plötzlich
mit Nadelstichen
wild
das Laubwerk
durchbohrend,
und wieder fällt
ein sturmbewegter
Mantel nieder
auf das Schweigen,

der Regen,
Meeresflut aus der Höhe,
Rose kühl
und nackt,
Stimme des Himmels,
düstere Geige;
Großartigkeit,
ich liebe dich
seit meiner Kindheit,
nicht weil du gut,
deiner Schönheit wegen.
Ich wanderte
mit zerrissenen Schuhen,
während des überströmenden
Himmels Fäden
sich auflösten
über meinem Haupt,
sie brachten
mir und den Wurzeln
Vertrautheit
mit den Himmelshöhn,
dem feuchten Oxygen,
des Waldes Freiheit.
Ich weiß
um deine Übergriffe,
das Loch
im Dach,
durch das deine Traufe
in die Wohnung
der Armen
stürzt:
Dort
legst du die Maske
deiner Schönheit ab,
bist feindlich
wie eine

Waffe
der Götter du,
ein gläserner Dolch,
ganz transparent,
dort
lernte ich dich wahrhaft kennen.
Und dennoch,
in Liebe
dir zugetan
bleib ich
immerdar,
in der Nacht,
die Augen geschlossen,
warte ich, daß du niedergehst
auf die Welt,
warte ich, daß du singst
für mein Ohr allein,
denn mein Herz, es wahrte die Keimkraft,
die ganze, die Erde,
in ihm stürzen Metalle hinab
und erhebt sich das Korn.
Obwohl ich dich liebe,
dennoch blieb im Munde mir
bittres Arom,
bitter wie ein Gewissensbiß.
Heute nacht erst
stürzten hierselbst
in Santiago
die Viertel
von Nueva Legua ein,
die Hausungen
aus Blech,
aufeinandergetürmte
Fragmente der Schande,
unter deines Schrittes Wucht
sanken sie hin,

die Kinder
weinten ihre Tränen in den Schlamm
und blieben dort Tage um Tage
in nassen Betten;
zerbrochene Stühle,
die Frauen,
das Feuer, die Küchen,
während du,
düsterer Regen,
Feind,
niedergingst unentwegt
auf unser Mißgeschick.
Ich glaube,
eines Tages,
den wir verbuchen wollen im Kalender,
werden die Menschen
in ihrem Traum,
all
die Schlafenden, haben
ein sicheres Dach,
haltbares Dach,
und so des Nachts
der Regen
meiner Kindheit
wiederkehrt,
werde ich anderen Kindern singen
ins Ohr,
und fröhlich
wird sein in der Welt
das Lied des Regens,
ebenfalls ein Arbeiter,
ein Prolet,
wird er, überbeansprucht,
fruchtbar machen Berge
und Weideflächen,
Kraft verleihen den Strömen,

das schwächliche Rinnsal
schmücken,
das im Gebirg verloren,
wird wirken
im Eis
orkanumtobter Gletscher,
über die Rücken der Herden
streichen,
Mut
verleihen dem Frühlingskeim
im Korn,
die verborgenen Mandeln
säubern,
mit Kraft
und flüchtger Behutsamkeit
wirken
mit Händen und Fäden
an den Vorbereitungen der Erde.

Regen
von gestern,
o trauriger
Regen
von Loncoche und Temuco,
singe,
singe,
singe herab auf die Dächer
und das Laub,
singe im eisigen Wind,
singe in das Herz mir, in mein Vertrauen,
auf mein Dach, in die Adern mir,
in mein Leben,
nun bin ich ohne Furcht,
ströme
der Erd entgegen,
mit deinem Gesang

und meinem singend,
denn mit den Saaten
haben wir beide Arbeit genug,
und singend teilen wir
unsere Pflicht.

ODE AN DAS HOLZ

Ach, soviel ich auch kenne
und immer wieder kenne,
unter allen Dingen
ist meine beste Freundin
das Holz.
Ich trage durch die Welt
an meinem Leib mit mir, in meiner Kleidung
Geruch
von Sägemühlen,
roter Bretter Duft.
Meine Brust, meine Stimme,
sie sogen sich in der Kindheit
mit Bäumen voll, die niederstürzten,
mit gewaltigen Wäldern
voll künftiger Bauten.
Ich lauschte, wenn sie einhieben
auf die gigantische
Lärche,
den Lorbeerbaum vierzig Meter hoch.
Axt und Gurt
des winzigen Holzfällers
fällten schnell
ihre stolze Säule,
es siegt der Mensch und hinstürzt
voller Wohlgeruch die Säule,
die Erd erzittert, ein dumpfer

Donner, dunkles Seufzen
der Wurzeln, und da
überflutet die Sinne mir
eine Woge
von Waldesdüften.
Das war in der Kindheit, geschah auf
den feuchten Erden, fern
in der Wildnis des Südens,
auf den grünen,
lieblich duftenden
Archipelen,
vor mir
wurden Balken geschaffen,
schlummernde,
wie Eisen schwer,
Bretter,
helltönend und schmal.
Stählern ihre Liebe singend,
knirschte die Säge,
so heulte die scharfe Schneide,
die metallische Klage
der Säge, die,
einer gebärenden Mutter gleich,
das Brot des Waldes schnitt
und ein Kind zur Welt brachte inmitten
des Lichts
und der Wildnis,
aufreißend das Innere
der Natur,
Schlösser
erschaffend von Holz,
Wohnungen für den Menschen,
Schulen und Särge,
Axtstiele und Tische.
Alles
dort im Walde

lag unter dem feuchten Laub
im Schlaf,
als
ein Mann,
sich gürtend
und die Axt erhebend,
begann,
des Baumes reines
Gepränge zu schlagen,
und dieses
fällt,
Donner und Wohlgeruch stürzen,
damit aus ihnen das Bauwerk
erstehe, die Form,
das Gebäude
unter den Händen des Menschen.
Dich kenne ich, dich lieb ich,
dich sah ich wachsen,
Holz.
Darum,
so ich dich anrühre,
antwortest du
wie ein geliebter Leib,
du weisest mir
deine Augen und deine Fasern,
deine Knorren, deine Male,
deine Adern,
die reglosen Flüssen gleichen.
Ich weiß,
was sie
singen
mit Windes Stimme,
ich lausche
der stürmenden Nacht,
des Pferdes
Galopp in der Wildnis,

ich rühre dich an, und du,
wie eine spröde Rose,
die nur für mich zum Leben wiedererblüht,
öffnest dich,
den Duft
mir schenkend und das Feuer,
die gestorben schienen.
Unter dem stumpfen Anstrich
ahne ich deine Poren,
erstickt schon, rufst du mich,
und ich höre dich,
fühle
die Bäume
schwanken,
die meine Kindheit überschattet,
sehe
aus dir,
einem Flug von Ozean
und Tauben gleich,
die Schwingen der Bücher fliegen
das Papier
von morgen,
für den Menschen
das reine Papier für den reinen Menschen,
der morgen leben wird
und der heut geboren,
beim Tönen einer Säge,
beim Zerreißen
von Licht, Klang und Blut.
Das ist das Sägewerk
der Zeit,
umsinkt
die dunkle Wildnis, dunkel
ward geboren
der Mensch,
es fallen die schwarzen Blätter,

und uns erdrückt das Dröhnen der Schlacht,
das Wort haben zur gleichen Zeit
Tod und Leben;
wie einer Geige entstiegen, erhebt sich
das Lied oder die Klage
der Säge im Wald,
und so ersteht
das Holz
und beginnt seinen Lauf durch die Welt,
bis es der stille Erbauer ist,
vom Eisen zersägt und durchbohrt,
leidend und schirmend
die Wohnstatt
errichtet,
wo täglich
einander begegnen werden der Mann, die Frau
und das Leben.

ODE AN DIE ZUR UNZEIT ERSCHIENENE

Gewächs meiner Heimat, o Erdenrose,
aufglimmender Stern,
nachtschwarzer Dornbusch,
Mondes Blüte im Weltenmeer,
das ich mit seinen Fährnissen liebte und Wogen,
mit seinen Sackgassen und Dolchen,
Mohnblüte,
rauhe,
o Nelke aus schwarzem Perlmutt,
warum,
da mein Glas
überschäumte und von der Trauer
zum Feuer wechselte mein Herz,
da nichts ich dir bieten konnte von dem,

was auf dich gewartet das ganze Leben lang,
nahtest du
dann,
da glühende Lettern
brannten auf meiner Stirn,
warum nahte die makellose Linie
deiner bräutlichen Kontur
wie ein Reif,
der um den Erdball sich dreht?
Unter allen und allen
du durftest nicht
meinem Fenster nahen
wie ein später Jasmin.
O dunkle Flamme, du warst es nicht,
die mich berühren durfte
und aufsteigen mit meinem Blut
zu meinem Munde.
Und nun
was soll ich dir als Antwort sagen?
Verzehre dich,
warte nicht,
für deine Lippen aus nächtlichem Stein
gibt es keine Hoffnung.
Verzehre dich,
du in deiner Flamme,
ich in meiner Glut,
und liebe mich
um der Liebe willen, die nicht auf dich warten konnte;
lieb mich in dem,
wo du und ich von Stein und Pflanze sind:
Laß uns von dem, was wir
uns nicht gewährten, weiterleben:
von einer Schulter, an die sich nicht die Rose lehnen dürfen hat,
von einer Blume, die ihr eignes Brandmal mit Licht erfüllt.

ODE AN DAS MEER

Hier auf der Insel
das Meer,
und wieviel Meer
bricht hervor jeden Augenblick
aus sich selber,
o ja, sagt es, o ja,
o nein, o nein, o nein,
o ja, sagt es, im Blauen,
im Schaum, im Wogenritt,
o nein, sagt es, o nein.
Kann nicht ruhig verharren,
Meer heiße ich, wiederholt es
gegen einen Felsen schlagend,
ohne ihn überzeugen zu können,
dann
mit sieben grünen Zungen,
sieben grünen Haien,
sieben grünen Tigern,
sieben grünen Meeren
umwogt es ihn, küßt ihn,
benetzt ihn
und schlägt,
seinen Namen wiederholend,
sich an die Brust.
O Meer, so nennst du dich,
Gefährte Ozean,
vergeude nicht Wasser und Zeit,
schüttle nicht so viel von dir ab,
hilf uns,
wir sind die winzigen
Fischer,
die Menschen der Küste,
wir leiden Hunger und Kälte,
du bist unser Feind,

triff uns nicht so hart,
brülle nicht dergestalt,
tu auf deinen grünen Schrein
und laß in unser
aller Händen
deine silberne Gabe,
den täglichen Fisch.

In jeder Hütte hier
lieben wir ihn,
sei er von Silber auch,
Kristall oder Mond,
für die ärmlichen Küchen
der Erde ward er geboren.
Bewahre ihn,
Geiziger, nicht,
der, ein feuchter Blitz,
unter den Wogen
hinschießt.
Nun, schick dich drein,
tu dich auf
und laß ihn frei
in der Nähe unserer Hände,
hilf uns, Ozean,
grüner abgrundtiefer Vater,
die Erdenarmut
eines Tags zu enden.
Laß uns
ernten die Pflanzung,
die unendliche, deiner Leben,
deiner Saaten und Trauben,
deiner Stiere, deiner Metalle,
den feuchten Glanz
und die versunkene Frucht.

Vater Ozean, wir wissen lange schon,
wie du heißt, alle
Möwen verbreiten
deinen Namen an den Gestaden:
Nun, betrage dich gut,
schüttle deine Mähne nicht,
bedrohe keinen Menschen,
zerschmettere am Himmel nicht
dein herrliches Gebiß,
höre auf mit den ruhmvollen Geschichten
für einen Augenblick,
gib jedem von uns Männern,
jedem
Weib und jedem Kind
einen großen oder kleinen Fisch
an jedem Tag.
Fisch auszuteilen,
geh hinaus auf alle Straßen
der Welt,
und dann
rufe laut,
rufe laut,
daß die Armen dich hören,
alle, die ihre Arbeit verrichten
und sagen,
den Kopf aus der Grube
streckend:
»Dort naht,
Fisch verteilend,
das uralte Meer.«
Und dann kehren sie nach unten zurück,
lächelnd in der Finsternis,
und in Straßen
und Wäldern
lächeln die Menschen

und die Erde
ein meerhaftes Lächeln.

Aber,
so du es nicht willst,
so du es nicht magst,
warte,
warte auf uns,
wir werden nachdenken,
vornehmlich aber wollen wir
die menschlichen Fragen
lösen,
die wichtigsten zuerst,
die übrigen später,
und dann
werden wir uns mit dir befassen,
werden die Wogen wir mähen
mit Messern aus Feuer,
auf elektrischem Roß
werden wir die Schaumhürden nehmen,
singend,
bis wir den Grund deines Innern
berühren,
werden wir untertauchen,
automares Garn
wird deine Hüfte umhüten,
in deinem abgründigen Garten
werden Gewächse
wir pflanzen
von Stahl und Zement,
werden wir
Hände und Füße dir binden,
auf deiner Haut werden die Menschen,
Blitze schleudernd, lustwandeln,
Traubengebilde ernten,
Fischereigeräte errichten,

dich zügeln und auf dir reiten,
deine Seele bezwingend.
Dieses aber wird geschehen, wenn
die Menschen
geregelt haben
unser Problem,
das große,
das große Problem.
Alles werden wir ordnen,
nach und nach:
Dich, Meer, werden verpflichten wir,
dich, Erde, werden verpflichten wir,
Wunder zu vollbringen,
denn in uns selber,
im Kampf
sind beschlossen Fisch und Brot,
ist das Wunder.

ODE AN DAS BELAUSCHEN DER VÖGEL

Und nun auf,
den Vögeln nachzuspüren!
Das hohe eisenharte Gezweig
im Walde,
die dichte
Fruchtbarkeit des Bodens,
feucht ist
die Welt,
Regen
funkelt und Tau, im Laubwerk
ein winzig
Gestirn:
Frisch ist
die Mutter Erde,

die morgendliche,
die Luft
wie ein Fluß,
den die Stille
treibt,
es duftet nach Rosmarin,
nach Weite
und Wurzeln.
Oben
ein freudetrunkenes Singen,
ein Wassersturz,
ein Vogel ist's.
Wie nur können
aus seiner Kehle,
winziger als ein Finger,
die Wasser niederschäumen
seines Gesangs?

Du leuchtendes Vermögen!
Machtfülle
unsichtbar!
Hinreißender Strom
der Musik
im Laube,
geheiligtes Gespräch!

Klar und rein und frisch
ist dieser Tag,
wohltönend
wie eine grüne Leier,
ich versinke
mit den Schuhen
im Schlamm,
überspringe die Quellen,
ein Dorn
sticht mich, und einer

kristallinischen Woge gleich
löst ein Windstoß sich
in meiner Brust.
Wo
sind die Vögel?
War es vielleicht
dieses
Säuseln im Laub
oder diese flüchtige Kugel
braunen Samts
oder dieses Hinwogen
des Dufts? Dies Blatt,
das sich löste vom Zimmetbaum,
war es ein Vogel? Dieser Blütenstaub
einer schwanken Magnolie
oder jene Frucht,
die hallend niederfiel,
war das ein Flug?
O kleine unsichtbare
Alben,
gespenstische Vögel,
geht
zum Teufel
mit eurem Gelärm,
mit eurem unnützen Gefieder!
Ich wollte sie
streicheln nur,
aufschimmern sehn,
ich mag nicht
die einbalsamierten Blitze
hinter Glas,
lebend will ich sie sehen,
möchte ihren Handschuh
aus wahrem Leder anrühren,
den sie nie vergessen im Gezweig,
und plaudern mit ihnen

auf meinen Schultern,
obwohl sie mich ganz weiß hinterlassen,
wie gewisse Standbilder, unverdientermaßen.

Unmöglich.
Sie lassen sich nicht berühren,
man hört sie
wie ein himmlisches
Flüstern oder Sichregen,
sie reden
ganz deutlich miteinander,
wiederholen
ihre Beobachtungen,
brüsten sich,
was alles sie tun,
glossieren
alles, was lebt,
beherrschen
bestimmte Wissenschaften,
wie die Hydrographie,
und wissen unfehlbar,
wo Getreide
geerntet werden.

Nun wohl,
ihr unsichtbaren
Vögel
der Wildnis, des Walds,
im reinen grünen Gezweig,
Vögel der Akazie
und der Eiche,
närrische
Vögel, verliebte,
scheue,
selbstgefällige
Sänger,

Wandermusikanten,
ein letztes Wort,
bevor
ich heimkehre
in mein Haus
mit nassen Schuhen, Dornen
und dürren Blättern:
Schweifende,
euch liebe
in Freiheit ich,
fern von Flinte und Käfig,
flüchtige
Blütenkronen,
so
lieb ich euch,
unerreichbar,
einträchtig, lieblich tönendes
Geschlecht der Himmelshöhn,
Blätter
der Freiheit,
Bezwinger
der Lüfte,
Blüten
des Wolkendunstes,
freie
fröhliche
Flieger und Sänger,
heimisch in Luft und auf Erden,
Segler der Winde,
glückliche
Erbauer
zartester Nester,
des Blütenpollens
emsige Boten,
Heiratsvermittler
der Blumen, Vettern

der Samen,
euch liebe ich,
Undankbare:
Ich kehre heim,
glücklich mit euch gelebt zu haben
eine Minute
im Winde.

ODE AN DIE SCHMÄHSUCHT

Verse der Liebe, der Trauer,
des Zorns und des Mondes
schreibt man mir zu:
von jenen aber über Arbeit,
Äpfel und Freude,
die ich erschaffe,
sagen sie, sie seien nicht von mir,
sie wiesen den Einfluß
Pitineys, Papos,
Sodostes auf.
Ach, was soll ich mit ihnen beginnen!
Das Leben
legte in meine Hände
eine Taube
und eine andre.
Ich lernte den hohen Flug,
und fliegend
lehrte ich.
Vom himmelblauen Himmel her
begriff ich die Pflichten
der Erde,
sah die Taten der Menschen
gewaltiger
denn der Vögel

blutgierigen
Flug.
Ich liebte die Erde, legte
die Transparenz ruhig fließenden Wassers
in mein Herz,
aus Lehm und Wind das Gefäß
meines beständigen Sanges,
und dann
in Dörfern,
Häusern,
Häfen
und Gruben
eroberte ich eine Menschheits-Familie mir,
ertrug mit den Armen
die Armut,
lebte mit meinen Brüdern.

Da
wurde jeder dunkle Wogenprall,
jeder
wuchtige
Faustschlag des Lebens
gegen meine armen Knochen
tönender Glockenklang
und machte mich zum Glöckner.
Glöckner
der Erde
und der Menschen.
Jetzt
bin ich Glöckner,
klammre mich
mit ganzer Seele
an die Glockenstränge,
es bebt
die Erde
gleich meinem Herzen vom Schall,

aufklimm ich, durchirre Gebirge,
niedersteig ich,
teile
Warnruf und Freude
und Hoffnung aus.

Warum,
so
ich müd zuweilen bin,
so ich schlafe,
so ich ausgehe, um mit meinen Freunden den Wein
zu trinken
der Erde, die ich liebe und verteidige,
warum
verfolgst du mich, Mißgünstiger,
mit einem Steinwurf,
mit der
Kinnlade eines Esels
willst du mich einschüchtern,
wo niemand noch
mich zum Schweigen
gebracht
zuvor?
Du glaubst,
wenn du auf die Straße wirfst
eine glitschige Apfelschale
oder deine unwahrscheinlich große
Produktion an Speichel hinspuckst,
du könntest
meinem Glockensang ein Ende bereiten
und meinem Glöcknerdasein?
Zeit wird es,
daß wir einander begreifen:
Leg dich früh zu Bett,
sorge dafür,
daß dein Schneider bezahlt wird

von deiner Mutter oder deinem Schwager,
laß mich
die Stufen hinauf zu meiner Glocke steigen:
Es glüht in der Kälte die Sonne,
noch ist
in den Gasthäusern
warm das Brot,
ist die Erde
lieblichen Duftes voll,
es dämmert,
und ich mit meiner Glocke,
mit meinem Gesang
wecke dich und die andern.
Das ist mein Beruf
– du magst es wollen oder nicht –,
dich aufzuwecken,
dich und die Schlafenden,
den Umnachteten
zu überzeugen,
daß gekommen das Licht,
und
ist so einfach
zu vollbringen,
so angenehm, wie
Brot auszuteilen auf öffentlichem Platz,
was ich sogar tun könnte,
singend, so wie ich singe,
tönend wie das Wasser, das ruhig dahinfließt,
einem Glöckner gleich,
unerbittlich.

ODE AN DIE NACHT

Hinter
dem Tag,
jedem Stein und Baum,
hinter jedem Buch,
Nacht,
eilst du dahin und wirkst
oder ruhest du,
wartend,
daß deine ins Erdreich eingezogenen Wurzeln
dein Blühen entfalten werden und dein Laub.
Gleich
einer Fahne
wogst du am Himmel,
bis du die Berge nicht nur
und die Meere erfüllst,
sondern die kleinsten Höhlungen auch,
des erschöpften Landmanns
eisenharte Augen,
der Menschenmunde
schwarzen Chor,
hingegeben dem Schlaf.
Ungebunden strömst du
über den wilden Lauf
der Flüsse hin,
geheime Pfade, Nacht, deckst du zu,
Abgründe der Liebe,
von nackten Leibern gestirnte,
Verbrechen, die einen Schrei
Schatten versprühn,
indes die Züge
durchs Dunkel rasen,
nächtliche Kohle
die Heizer werfen ins rote Feuer,
der überlastete Statistiker

in einen Wald versteinter
Blätter sich versenkt,
der Bäcker das weiße Leuchten
mengt.
Gleich einem blinden Roß
schlummert die Nacht auch.
Es regnet
vom Norden bis zum Süden
auf die riesenhaften
Bäume meines Landes,
auf die Dächer
aus Wellblech,
es tönt
das Lied der Nacht,
Regen und Dunkel sind die Metalle
des Schwerts, das da singt
von der schwarzen Höhe her,
und Sterne oder Jasmine
geben acht,
die wir verstehen werden
allgemach
mit der Jahrhunderte Gelassenheit.
Nacht,
du meine Nacht,
aller Leben Nacht,
du birgst in deinem
Innern etwas, gerundet
wie ein ungeborenes
kleines Wesen, einem Samen
gleich,
der aufspringt,
das ist das Wunder,
der Tag.
Du aber bist schöner,
nährst mit deinem dunklen Blut
den Mohn, der aufgehn wird,

wirkst mit geschlossenen Augen,
daß Augen sich öffnen,
daß das Wasser singt,
daß neu erstehen
unsere Leben.

ODE AN DIE ZAHLEN

Welch ein Dürsten,
alles zu wissen!
Welch ein Hunger,
zu wissen,
wieviel
Sterne der Himmel trägt!

Wir verbringen,
Steine zählend, Pflanzen,
Finger, Sand und Zähne,
unsere Kindheit,
Blüten zählend
und Frauenhaar, die Jugend.
Wir zählen
die Farben, Jahre,
Menschenleben und Küsse,
auf dem Feld
die Büffel, die Wellen
auf dem Meer. Die Schiffe
wurden Ziffern, die sich vermehrten.
Zahlen gebaren.
Der Städte
waren Tausend, Millionen,
der Weizen Hunderte
von Einheiten, die in ihrem Innern
weitere kleine Ziffern bargen,

kleiner als Korn.
Die Zeit wurde Zahl.
Beziffert war das Licht,
und um wieviel schneller es lief als der Schall,
wurde diese seine Geschwindigkeit eine 37.
Uns umringten die Zahlen.
Wir schlossen zur Nachtzeit,
ermüdet, die Tür,
es nahte eine 800,
von unten her,
bis sie zu Bett ging mit uns,
und im Schlummer
die 4000 und die 77,
an die Stirn uns pochend
mit Hämmern oder Zangen.
Die 5
gesellte sich hinzu,
bis sie ins Meer gedrungen oder in den Fieberwahn,
bis die Sonne grüßt mit ihrer Null
und wir hasten
ins Büro,
in die Werkstatt,
die Fabrik,
von neuem zu beginnen die unendliche
Zahl 1,
die tägliche.

Du Mensch, wir hatten Zeit,
unseren Durst
zu stillen,
den uralten Wunsch,
herzuzählen die Dinge
und zu summieren,
sie zu reduzieren,
bis sie Staub geworden,
Sandgefild von Zahlen.

Wir haben
eingepackt in Zahlen
und Namen die Welt,
die Dinge jedoch
sind da,
sie entflohen
der Zahl,
sie trieben einen zum Wahnsinn in ihrer Menge,
sie verflüchtigten sich,
zurücklassend
ihren Duft oder ihr Erinnern,
und übrig blieben leere Zahlen.

Darum
will ich für dich
die Dinge.
Die Ziffern
mögen in Kerker wandern,
sich in geschlossenen
Marschkolonnen, weiterzeugend,
bewegen,
bis sie die Gesamtsumme
uns gegeben des Unendlichen.
Für dich will ich einzig,
daß jene
Zahlen auf deinem Weg
dich schützen
und du sie beschirmst.
Möge die Wochenziffer deines Lohnes sich
ausbreiten, bis sie deine Brust bedeckt.
Und aus der Zahl zwei, in der sich umschlungen halten
dein Leib und jener der geliebten Frau,
mögen deiner Kinder Augenpaare erblühn,
um erneut zu zählen
die uralten Sterne
und die zahllosen

Ähren,
die bedecken werden die verwandelte Erde.

ODE AN DEN HERBST

O wie lange Zeit,
Erde
ohne Herbst,
wie nur
konnt ich leben!
Ach, welch bedrückende
Najade
der Frühling war
mit seinen skandalösen
Brustspitzen,
sie auf allen Bäumen zeigend
der Welt,
und dann
der Sommer,
Getreide,
Getreide,
atemberaubende
Grillen,
Zikaden,
wildtropfender Schweiß.
Dann
tragen die Lüfte
Planetendunst
durch den Morgen.
Von einem andern Gestirn
niederfallen Silbertropfen.
Man atmet
den Wechsel
der Jahreszeit,

von der Feuchte zum Wind,
vom Wind zu den Wurzeln.
Träume speichernd,
wirkt unter der Erd
Abgründiges, Dumpfes.
Zusammen kauert die Erdkraft sich,
der Gürtel
der Fruchtbarkeit
schließt
seinen Ring.

Den Holzfällern gleich,
anspruchslos ist der Herbst.
Es kostet viel Mühe,
all die Blätter zu pflücken
von allen Bäumen
in allen Ländern.
Der Frühling
hat sie angeheftet im Fluge,
und nun
muß man sie niederschweben
lassen, als wären sie
gelbe Vögel.
Das ist nicht leicht.
Es braucht Zeit.
Und laufen muß man auf allen
Wegen,
fremde Sprachen sprechen,
schwedisch,
portugiesisch,
mit roter Zunge,
mit grüner sprechen.
Man muß zu schweigen
wissen in allen
Sprachen
und an allen Enden der Welt,

immer
fallen lassen,
fallen,
fallen lassen,
fallen
die Blätter.
Schwierig
ist es,
Herbst zu sein,
Frühling dagegen leicht.
All das, was geboren,
zu entflammen,
daß es glühe.
Aber auszulöschen die Welt,
über sie gleitend,
als wär man ein Reif
goldgelber Dinge,
bis man Farben geschmolzen
und Licht und Wurzeln,
Wein hinauf in die Trauben getrieben,
mit Geduld die ungleiche Münze
des Baums in der Höhe geprägt
und sie ausgestreut dann
in unbeteiligte
öde Gassen,
das ist der Beruf
männlicher Hände.

Darum,
Herbst,
Bruder Töpfer,
Planetenkonstrukteur,
Elektriker,
Verwalter des Korns,
dir reiche ich, von Mann zu Mann,
die Hand

und bitte dich, mit mir
auszureiten zu Pferd,
um an die Arbeit zu gehen mit dir.
Immer wollt ich
Lehrling des Herbstes werden,
bescheidener Verwandter
des unverdrossenen
Mechanikers der Höhen,
über die Erd galoppieren,
Gold
verteilend,
nutzloses Gold.
Doch morgen,
Herbst,
werd ich dir helfen, daß Blätter
Goldes die Armen
am Wege bekommen.

Herbst, tüchtiger Reiter,
sprengen wir los,
bevor der schwarze Winter
den Weg uns sperrt.
Hart ist
unsere weithinreichende Arbeit.
Brechen wir auf,
das Erdreich bereiten
und es lehren,
Mutter zu sein,
die Samen zu hüten,
die schlummern werden
in ihrem Leib, bewacht
von zwei roten Reitern,
die sprengen um die Welt:
der Lehrling des Herbstes
und der Herbst.
Also wird tanzend hervorgehn

aus dunklen
verborgenen Wurzeln
des Frühlings grüner Schleier und Duft.

ODE AN DEN VOGEL SOFRÉ

Ich begrub dich im Garten:
Ein Grab,
winzig
wie eine hohle Hand,
fernsüdliche
Erde,
eisige Erde
deckte
dein Federkleid,
das gelbe Gestrahl,
die schwarzen Blitze
deines erloschenen Leibes.
Vom Matto Grosso,
von der fruchtbaren Goiania
schickte man dich,
eingesperrt.
Du ertrugst es nicht.
Du schwandest dahin.
In dem Bauer
mit den kleinen
starren Krallen,
als umklammerten sie
ein unsichtbares Gezweig,
tot,
ein armselig Bündel
verblichener
Federn,
fern
der heimatlichen Gluten,

des mütterlichen
Dickichts,
auf kalter Erde,
fern.
Unschuldiger
Vogel,
ich kannte dich lebendig,
funkensprühend,
lebhaft,
lärmend,
ein duftender
Pfeil
dein Körper,
auf meinen Armen und Schultern
hüpftest du umher,
ungebunden, unbändig,
schwarz wie schwarzes Gestein
und gelber Pollen.
O urwilde
Schönheit,
die stolze Haltung
deines Schrittes,
in deinen Augen
der Funke
der Herausforderung, doch
so wie eine Blüte herausfordernd ist,
mit der Vollkommenheit,
erdhafter Unversehrtheit, prall
wie eine Traube, rastlos
wie ein Forscher,
sicher
seiner zarten Vermessenheit.

Ich tat unrecht: In den Herbst,
der in meiner Heimat
seinen Anfang hat,

zu den Blättern,
die welken nun
und fallen,
in den galvanischen Südsturm,
zu den unerbittlichen Bäumen, ins Laubwerk,
das fremd dir war,
brachte ich dich,
zu einer anderen, aschenfarbenen Sonne
ließ ich reisen deinen Stolz,
fern der deinen,
die, eine scharlachrote Leier,
glüht,
und als
auf dem metallischen Flugfeld
dein Bauer
herunterkam,
hattest du nicht mehr
des Windes Majestät,
warst du schon
des Zenitlichts beraubt, das dich umhüllte,
warst du bereits
eine Feder des Todes,
und dann,
in meinem Hause,
wandte sich dein letzter Blick
meinem Antlitz zu, der Vorwurf
deines unbezähmbaren Blickes.
Da
kehrtest du
mit gefalteten Schwingen
in deinen Himmel zurück,
in das weite Herz,
das grüne Feuer,
zur entflammten Erde,
den Wasserfällen,
zu den Schlinggewächsen,

den Früchten,
in die Lüfte, zu den Sternen,
dem geheimen Rauschen
der unbekannten Quellen,
in die Feuchte
der Fruchtbarkeit in der Wildnis,
kehrtest du
zu deinem Ursprung heim,
zum gelben Schimmer,
an die dunkle Brust,
zur Erde, in den Himmel deiner Heimat.

ODE AN DAS BROT

Brot,
aus Mehl,
Wasser
und Feuer
treibst du in die Höhe.
Fest und leicht,
aufliegend und gewölbt,
wiederholst du
den Leib
der Mutter,
äquinoktiales
erdhaftes
Keimen.
Brot,
wie einfach
du bist und tief:
Auf den weißen Regalen
der Bäckerei
wachsen deine Reihen
wie Gebrauchsgüter an, Teller

oder Papiere,
und auf einmal,
Woge
des Lebens,
Vermählung von Keimkraft
und Feuer,
wächst du, wächst du
auf einmal
als Taille, Mund, Busen,
Hügel der Erde,
Lebewesen,
anschwillt die Hitze, überflutet
die Fülle dich, das Wehen
der Fruchtbarkeit,
und dann
erstarrt deine goldene Farbe,
und als deine kleinen
Leiber geschwängert wurden,
hinterließ die dunkelbraune Narbe
ihr Mal
auf all deinen goldenen
Hemisphären.
Unversehrtes,
nun
bist du
Menschenwerk,
immer wiederholtes Wunder,
Wille des Lebens.

O Brot jeglichen Mundes,
nicht
flehen wir
zu dir,
wir,
die Menschen,
sind keine

Bettler
ungewisser Götter
oder düsterer Engel:
Aus Meer und Erde
werden wir Brot bereiten,
werden das Erdreich bepflanzen
und die Planeten mit Korn,
Brot für jeden Mund,
jedweden Menschen
wird kommen
an jedem Tag, denn wir gingen,
es auszusäen
und es zu bereiten,
nicht für einen Menschen nur,
für alle,
das Brot, das Brot
für alle Völker
werden wir verteilen,
was Brotgestalt und -geschmack hat:
Die Erde,
die Schönheit,
die Liebe,
das alles
hat Brotes Gestalt,
Brotes Geschmack,
Fruchtbarkeit des Mehls,
alles
entstand, um verteilt zu werden,
dargereicht,
um sich zu mehren.

Darum, so du fliehest
das Haus des Menschen,
Brot,
so man dich verbirgt,
dich vorenthält,

wenn der Geizige dich
schändet durch Geld,
der Reiche
dich mit Beschlag belegt,
wenn das Korn
nicht Furche findet und Erdreich,
Brot,
werden wir nicht beten,
Brot,
werden wir nicht betteln,
werden wir kämpfen um dich mit anderen Menschen,
mit den Hungernden all,
auf allen Flüssen und in der Luft
werden wir dich suchen,
das ganze Erdenrund werden wir verteilen,
auf daß du keimest,
und vorwärtsschreitet
die Erde mit uns:
Das Wasser, das Feuer, der Mensch,
sie werden kämpfen mit uns.
Wir werden gehen, ähren-
bekränzt,
Erdreich
und Brot erobernd für alle,
und dann
wird das Leben
Brotgestalt haben,
wird einfach sein und tief,
unzählbar und makellos.
Alle Menschen
werden Recht haben
auf Erde und Leben,
so wird das Brot von morgen sein,
das Brot jeden Mundes,
heilig,
geweiht,

denn es wird sein die Frucht
des längsten und erbittertsten
Kampfes des Menschen.

Nicht Schwingen trägt
der irdische Sieg,
Brot führt er auf seinen Schultern
und flieget kühn dahin,
die Erd befreiend,
wie eine Bäckerin,
gelenkt vom Winde.

ODE AN DAS MENSCHENPAAR

I

Königin, schön ist es anzuschaun,
wie deine kleine Fußspur
zeichnet meinen Weg,
oder deine Augen zu schauen,
allem, was ich schaue,
verwoben,
dein Antlitz erwachen zu sehn
an jedem Tag
und untertauchen
in das gleiche
Schattenfragment
jede Nacht,
die wie das Weltenmeer
anläuft
gegen einen einzigen Bug,
von deinen Brüsten geformt und meiner Brust,
von deinen Füßen und meinen Händen.
Hinziehen über dein Profil

die Wogen der Zeit,
die nämlichen, die mich jagen
und mich entflammen,
Wogen, wütenden
Bissen der Kälte gleich,
und Wogen gleich dem Korn
der Ähre.
Aber
wir sind vereint,
wir widerstehen,
wahrend
vielleicht
schwarzen und roten Schaum
im Gedächtnis,
Wunden,
die wie Lippen zuckten oder Schwingen.
Wir wandeln zusammen
über Straßen und Inseln,
unter der Geige, der von Sturmböen
zerspellten,
angesichts eines feindlichen Gottes,
einfach zusammen,
eine Frau und ein Mann.

II

Jene,
die nicht fallen
fühlten täglich die Welt
auf die Doppelmaske
des Seglers,
nicht das Salz, nur die Zeit,
nicht den Schatten,
nur des Schicksals

nackten Schritt,
wie können sie
die Augen schließen,
die einsamen Augen, und entschlummern?

Ich mag nicht
ohne Dach das Haus,
das Fenster ohne Scheiben.
Mir gefällt der Tag nicht
ohne Arbeit
noch die Nacht ohne Schlaf.
Mir gefällt nicht
der Mann
ohne Frau,
nicht die Frau
ohne Mann.

Vollende dich,
Mann oder Weib, daß nichts
dir Furcht einjage.
Irgendwo
erwartet man dich
zu dieser Stunde.
Steh auf:
Es bebt
in den Glocken das Licht,
die Mohnrose
wird geboren,
leben
sollst du
und Leben schaffen
aus Lehm und Licht.

Fällt auf zwei Häupter
nieder der Schnee,
süß ist das warme

Herz des Hauses.
Andernfalls
fragt dich im Wettersturz
der Wind:
Wo ist,
die du liebtest?
Und er treibt dich, packt dich, sie zu suchen.
Halb ist die Frau
und ein halber Mensch der Mann.
Allein, lebt jeder in halbem Haus,
schläft jeder in halbem Bett.

Ich möchte,
daß die Leben sich vereinen,
die Küsse entzündend,
die bis zu dieser Stunde erloschen.
Ich bin der gute Dichter
Ehestifter. Ich habe
Bräute
für alle Männer.
Tagtäglich sehe ich
einsame Frauen,
die mich fragen nach dir.
Ich werde dich vermählen, so du magst,
mit der Schwester
der Sirenenkönigin der Inseln.
Leider, mit der Königin
kannst du dich nicht vermählen;
denn sie wartet auf mich.
Wird Hochzeit halten mit mir.

ODE AN DIE VERGANGENHEIT

Heut im Gespräch
trat die Vergangenheit
über die Ufer,
meine Vergangenheit.
Voll Nachsicht
die kleinen
schmutzigen Dinge,
nichtige
Episoden,
schwarzes Mehl,
Staub.
Du liegst,
leicht
über dich selbst
geneigt,
auf der Lauer,
lächelst,
feierst dich,
doch
handelt es sich
um einen andern, um deinen Freund,
um deinen Feind,
dann
wendest du dich mitleidlos ab,
runzelst die Brauen:
»Was alles tat doch dieser Mensch!
Diese Frau, was für Dinge
verübte sie!«
Du hältst dir
die Nase zu,
offensichtlich
mißfallen dir
die fremden Vergangenheiten sehr.
Was uns betrifft, so blicken wir

sehnsuchtsvoll zurück
auf unsre schlimmsten Tage,
öffnen
vorsorglich die Truhe
und pflanzen,
daß man uns bewundre,
die Großtat auf.
Das übrige vergessen wir.
Es ist schlechtes Gedächtnis allein.
Höre zu und lerne:
Es teilt
in zwei Ströme sich
die Zeit:
Einer
fließt rückwärts, verschlingt,
was du gelebt,
der andre
eilt mit dir voran,
dein Leben
aufdeckend.
Nur in einer Minute
flossen sie zusammen.
Das ist's.
Das ist die Stunde,
der Tropfen eines Augenblicks,
der die Vergangenheit fortreißen wird.
Die Gegenwart ist es.
Sie liegt in deinen Händen.
Reißend, entgleitend,
stürzt sie kaskadenhaft dahin.
Du aber bist ihr Gebieter.
Bau sie dir auf
mit Liebe, Entschiedenheit,
mit Stein und Schwinge,
mit klingender
Gradheit,

Getreiden reinsten Korns,
mit dem hellen Metall
deiner Brust,
wandelnd
im Mittag,
ohne die Wahrheit
zu fürchten, das Gute, die Gerechtigkeit,
Gefährten deines Gesangs,
die Zeit, die dahinströmt,
wir haben
einer Gitarre
Gestalt und Klang,
und so du dich neigst
über die Vergangenheit,
künden wird der Quell der transparenten
Zeit
deine Redlichkeit im Lied.
Die Zeit ist Freude.

ODE AN DIE FAULHEIT

Gestern fühlte ich, die Ode
will nicht aus dem Boden sprießen.
Es war an der Zeit, sie hätte
zumindest
ein grünes Blatt zeigen müssen.
Ich wühlte die Erde auf: »Steige empor,
Schwester Ode«,
sprach ich zu ihr,
»ich habe dich versprochen,
hab keine Furcht,
ich werde dich nicht quälen,
vierblättrige Ode,
vierhändige Ode,

Tee wirst du trinken mit mir.
Steig auf,
ich werde dich krönen unter den Oden allen,
wir werden zusammen ans Ufer
des Meeres auf dem Zweirad fahren.«
Fruchtlos war's.

Da
zeigte hoch oben in den Pinien sich
die Faulheit nackt,
schläfrig mit geblendeten Augen
entführte sie mich,
zeigte mir am Gestade
kleine zerbrochene Stückchen
ozeanischer Stoffe,
Hölzer, Algen, Gestein,
Federn von Meeresvögeln.
Ich suchte und fand doch keine
gelben Achate.
Das Meer erfüllte
den Weltraum,
riß Türme nieder,
trieb,
die Küsten meiner Heimat
verheerend,
unaufhörlich Schaumkatastrophen
daher.
Einsam am Ufer,
öffnete ein Lichtstrahl
eine Blumenkrone.
Ich sah die silbernen Sturmschwalben kreuzen,
die Kormorane
an die Felsen geschmiedet,
schwarzen Kreuzen gleich.
Befreite eine Biene,
die im Spinnennetz mit dem Tode rang,

steckte ein Steinchen
in die Tasche,
sanft anzufühlen war es, ganz sanft
wie eine Vogelbrust,
indes an der Küste
Sonne und Nebel miteinander kämpften
den ganzen Nachmittag lang.
Zuweilen
sog der Nebel sich voll
mit Licht
wie ein Topas,
dann wieder fiel
ein feuchter Sonnenstrahl,
gelbe Tropfen sprühend nieder.

Am Abend,
an die Verpflichtung, an meine Ode denkend,
die flüchtige,
zog ich am Feuer
meine Schuhe aus,
wischte den Sand von ihnen,
und sogleich sank ich
in Schlaf.

ODE AN DIE ARMUT

Als ich geboren war,
Armut,
folgtest du mir,
blicktest mich an
durch
die vom tiefen Winter
vermoderten Bretter.
Plötzlich

waren deine Augen da,
die mich ansahn aus den Löchern.
Die Regenrinnen
wiederholten
des Nachts
deinen Vor- und Zunamen,
zuweilen auch
das zersprungene Salzfaß,
der zerschlissene Anzug,
die aufgeplatzten Schuhe,
sie warnten mich.
Dort warst du
und stelltest mir nach
mit deinen reißenden Zähnen,
deinen Sumpfaugen,
deiner grauen Zunge,
die das Holz, die Kleidung,
die Knochen, das Blut
zerschneidet,
dort warst du
und suchtest mich,
du stelltest mir nach
in den Straßen
seit meiner Geburt.

Mietete ich in der Vorstadt
ein kleines Zimmer,
so hast du, auf einem
Stuhle hockend, auf mich gewartet,
schlug ich in einem finstern Hotel
das Bettuch zurück,
fand ich, der Jüngling,
nicht der nackten Rose
Duft,
sondern das kalte Pfeifen
deines Mundes.

Armut,
du verfolgtest mich
in Kasernen und Hospitälern,
im Frieden und im Krieg.
Wenn ich erkrankte, klopfte es
an der Tür:
Nicht der
Arzt war es, eintrat
abermals die Armut.
Dich sah ich meine Möbel gewaltsam
auf die Straße schleppen:
Die Männer
ließen sie wie Felsblöcke fallen.
Du bautest
mit grausiger Liebe
aus dem Haufen Verlassenheit
inmitten der Straße und des Regens
einen lückenhaften Thron,
und, auf die Armen blickend,
ergriffst du
meinen letzten Teller und erhobst ihn zum Diadem.
Jetzt,
Armut,
stelle ich dir nach.
So wie du unerbittlich warst,
bin ich unerbittlich.
Anseiten
jedes Armen
wirst du singend mich finden,
unter
jedem Laken
des letzten Hospitals
findest du meinen Gesang.
Dich verfolge ich,
Armut,
dich bewache ich,

dich kreis ich ein,
gegen dich geh ich an,
dich sperr ich ab vom Leben,
dir beschneid ich die Krallen,
dir breche ich
die Zähne, die dir noch blieben, aus.
Ich bin
allüberall:
mit den Fischern auf dem Weltmeer,
in der Grube
finden
die Männer,
wenn sie die Stirn sich wischen,
den schwarzen Schweiß abtrocknen,
meine Gedichte.
Ich gehe täglich
mit der Textilarbeiterin aus.
Ich habe weiße Hände,
vom Brotreichen in den Bäckereien.
Wohin du auch gehst,
Armut,
singt
mein Lied,
lebt
mein Leben,
kämpft
mein Blut.
Ich werde deine bleiche Fahne,
wo man sie auch erhebt,
in die Flucht schlagen.

Andre Dichter
nannten vor Zeiten dich
heilig,
vergötterten dein Gewand,
nährten sich von Rauch

und verschwanden.
Ich
mißtraue dir.
Mit hartem Vers treff ich dein Antlitz,
ich treib dich aufs Schiff und schicke dich
in die Verbannung.
Ich mit anderen,
mit andern, vielen andern,
wir werden dich vertreiben
von der Erde zum Monde,
auf daß du dorten bleibst
seelenlos und gefangen,
mit einem Aug
das Brot erspähend und die Trauben,
die erfüllen werden die Erde
von morgen.

ODE AN DIE DICHTUNG

Fast fünfzig Jahre nun
wandre ich
mit dir, Dichtkunst, einher.
Zu Beginn
umstricktest du die Füße mir,
und ich schlug mit dem Antlitz
auf die dunkle Erde
oder versenkte,
die Sterne zu schaun,
meine Augen in die Pfütze.
Später umschlangst du
mit den Armen der Geliebten mich
und ranktest auf
in meinem Blut
wie eine Ackerwinde.

Dann
hattest du dich verwandelt zum Pokal.

Herrlich
war es,
dich zu verschütten ohne gänzlich dich zu verzehren,
dein Wasser zu reichen, das unerschöpfliche,
zu sehen, wie ein Tropfen fiel
auf ein verbranntes Herz
und es aus seiner Asche wieder zum Leben erwachte.
Aber
auch das war mir nicht Genüge.
So viel war ich gewandert mit dir,
daß ich den Respekt vor dir verlor.
Ich hörte auf, dich als
duftige Najade zu zeigen,
ließ dich arbeiten als Wäscherin,
Brot verkaufen in den Bäckereien,
weben mit den Weberinnen, den schlichten,
Eisen schmieden in der Metallurgie.
Und weiter zogst du
um die Welt mit mir,
aber du warst nicht
die blütenreiche
Statue mehr meiner Kindheit.
Du sprachst
mit eherner Stimme
jetzt.
Deine Hände
waren fest wie Stein.
Dein Herz
ein überströmender
Quell von Glocken,
du knetetest Brot mit vollen Händen,
halfst mir,
nicht zu fallen aufs Gesicht,

suchtest Gesellschaft mir,
nicht eine Frau,
nicht einen Mann,
Tausende aber, Millionen.
Dichtung,
wir zogen zusammen
in den Kampf, in den Streik,
zum Aufmarsch, in die Häfen,
die Grube,
und ich lachte, wenn du herauskamst
mit kohlenbefleckter Stirn
oder gekrönt mit duftendem Sägemehl
aus den Sägemühlen.
Schon schliefen wir nicht mehr am Wege.
Uns erwarteten Arbeitertrupps
mit frisch gewaschenen
Hemden und roten Fahnen.
Und du, Poesie,
einst so unselig scheu,
an der Spitze
gingst du,
und alle
gewöhnten sich an dein täglich
Sterngewand,
denn, mochte ein Blitz auch
deinen Ursprung erhellen, du erfülltest dein Tagwerk,
zwischen den Schritten der Menschen dein Schritt.
Ich wollte, du rühmtest
den Nutzen und seiest nützlich
wie Metall oder Mehl
und geneigt, Pflugschar zu sein,
Werkzeug,
Brot und Wein,
geneigt, o Dichtung,
zu kämpfen Leib an Leib
und, dein Blut verströmend, zu fallen.

Und nun,
Dichtung,
hab Dank, du Angetraute,
Schwester, Mutter
oder Braut,
Dank dir, Meereswoge,
Orangenblüte und Fahne,
tönende Macht des Gesangs,
gediegenes Blütenblatt von Gold,
untermeerische Glocke,
Kornspeicher
unerschöpflich,
Dank dir,
Erde jedes meiner Tage,
Himmelshauch und Blut
meiner Jahre,
weil du mich begleitet
herab von luftleerer Höhe
zum einfachen Tisch
der Armen,
weil du in meine Seele
die Lust zur Eisenhärte
und kaltes Feuer gelegt,
weil du mich emporhobst
zur vortrefflichen Höhe
des einfachen Menschen,
Dichtung,
weil du nicht nachließest,
indes ich mich verzehrte
an dir,
deine dauernde Morgenfrische zu entfalten,
deine kristallinische Macht,
als würde die Zeit,
die langsam zu Erde mich werden läßt,
die Wasser strömen lassen
meines Gesanges ewiglich.

ODE AN DIE VOLKSDICHTER

Dichter der Erde, naturhafte,
verborgen in Ackerfurchen,
singend an Straßenecken,
Blinde des Gäßchens, o Troubadoure
der Weideflächen und Läden,
verstünden
das Wasser wir,
vielleicht wäre meine Sprache wie eure,
könnten die Steine
ihr Wehklagen äußern,
ihr Schweigen,
mit eurer Stimme, ihr Brüder,
würden sie reden.
Zahllos
wie die Wurzeln seid ihr.
Im uralten Herzen
des Volkes
wart ihr geboren,
von dorther stammt
eure einfache Stimme.
Ihr habt den Rang
des schweigsamen Tonkrugs, der,
in den Winkeln vergessen,
plötzlich aufsingt,
da er überfließt,
und schlicht ist
sein Lied,
einzig Erde und Wasser.

So möchte ich, daß meine Gedichte
sängen,
daß Erde sie in sich bergen
und Wasser,
Fruchtbarkeit und Melodie

für jedermann.
Darum,
Dichter
meines Volkes,
grüße ich
das uralte Licht, das ausgeht
von der Erde.
Der ewige
Faden, in dem sich Volk
vereinen
und
Gedicht,
niemals
riß er ab,
dieser abgrundtiefe
steinerne Faden,
er kommt
von so weit,
wie
des Menschen
Gedächtnis reicht.
Er sah
mit des Sehers
blinden Augen
den tosenden Frühling
erblühn,
des Menschengeschlecht,
den ersten Kuß,
und im Kriege
sang er das vergossene Blut,
dort war mit seiner Leier
Rotbart, mein Bruder,
blutigen Haupts
und blinden Auges,
dort war er
und sang

unter den Toten,
Homer
nannte er sich,
Pastor Pérez
oder Reinaldo Donoso.
Seine Totengesänge,
sie waren zu jener Zeit,
doch nun
gilt ein weißer Flug,
eine Taube,
der Friede, des Ölbaums
Zweig
und die Dauer der Schönheit.
Später
verschlang die Gasse sie,
das weite flache Land,
ich fand sie
zwischen den Herden singend,
bei des Wettstreits Fest,
wie sie
die Leiden erzählten
der Armen,
die Nachricht verbreiteten
von den Überschwemmungen all,
die Trümmerstätten beschrieben
der Feuersbrunst
oder der Meuchelmorde
scheußliche Nacht.

Sie,
die Dichter
meines Volkes,
unstet,
Arme unter den Armen,
bewahrten
das Lächeln

in ihren Gesängen,
übten gelassen Kritik
an den Ausbeutern,
nannten das Elend
des Bergmanns
und das unbarmherzige Schicksal
des Soldaten.
Sie,
die Dichter
des Volkes,
mit zersprungener Gitarre
und Augen, die das Leben
kennen,
hegten
in ihrem Gesang
eine Rose
und zeigten sie in den Gäßchen,
auf daß man wisse,
daß das Leben
nicht immer trostlos sein wird.
Fahrende Sänger, bescheidene
stolze Dichter,
durch
die Geschichte
und ihr Leid,
durch
Krieg und Frieden,
Nacht und Morgenröte
seid ihr
die Wahrenden,
die Bildner
der Dichtkunst,
und jetzt
in meinem Lande hier
lebt der Schatz,
Castiliens Kristall,

die Einsamkeit Chiles,
die schalkhafte Unschuld
und die Gitarre gegen das Unglück,
die solidarische Hand
am Wege,
im Gesang das wieder genannte
und überlieferte
Wort,
die Stimme von Stein und Wasser
zwischen den Wurzeln,
des Sturmwindes Rhapsodie,
die Stimme, die keine Buchläden braucht,
alles, was wir lernen müssen
von den Stolzen:
mit des Volkes Wahrhaftigkeit
die Ewigkeit des Gesangs.

ODE AN DEN FRÜHLING

Frühling,
schüchterner du,
irre
Rose,
du wirst kommen,
unmerklich
nahst du,
ein Flügelzittern
kaum, ein Kuß
von Nebel und Jasmin,
es weiß es
der Hut,
die Pferde,
der Wind
trägt einen grünen Brief,
den die Bäume lesen,

und mit einem Aug
beginnen
die Blätter zu schaun,
die Welt von neuem zu erblicken,
sie vergewissern sich,
alles ist wohlbereitet,
die alte erhabene Sonne,
das geschwätzige Wasser,
alles,
und dann
entfalten alle Röckchen
des Laubwerks sich,
der smaragdene,
der unbändige
Frühling,
entfesseltes Licht,
grüngrüne Stute,
alles
vermehrt sich,
alles
sucht
tastend
einen Erdenstoff, der sein Gebild
wiederholen möge,
der Keim bewegt
kleine heilige Füße,
der Mann
krönt
die Liebe seiner Geliebten,
und voller Liebreiz
wird die Erde,
voll Blütenblätter, die niederschweben
wie Mehl,
die Erde
strahlt in neuem Farbenschmuck,
ihren lieblichen Duft

in ihren Wunden weisend,
die Küsse der Nelkenlippen,
der Rose Scharlachflut.
Nun, all das ist gut und schön!
Jetzt aber,
Frühling,
sage mir, wozu du taugst
und wem du dienst.
Sag mir, ob in seiner Höhle
der Vergessene
deinen Besuch empfing,
ob in seinem Büro
der arme Schreiber
deine Blütenknospen
über dem schmutzigen Läufer aufblühen sah,
der Häuer
in den Gruben meiner Heimat
nur den schwarzen Frühling
der Kohle
kennt
und des Schwefels
giftigen Wind!

Frühling,
Dienstmagd,
ich warte auf dich!
Nimm diesen Besen und fege
rein die Welt!
Säubre
mit diesem Fetzen
die Grenzen,
blas
über die Dächer der Menschen,
das angehäufte
Gold
scharr aus

und verteile
die verborgenen
Güter,
hilf mir,
da
nun der Mensch befreit ist
von Elend,
Staub,
Lumpen,
Schulden,
Plagen,
Schmerzen,
da
mit deinen allesverwandelnden Märchenhänden
und den Händen des Volkes,
da auf der Erde
Feuer und Liebe
anrühren deine Tanzfüße
von Perlmutt,
da,
Frühling,
du einziehst
in alle
Häuser der Menschen,
will ich dich,
wirre Dahlie,
verzückte Akazie,
Geliebte,
lieben ohne Fehl
mit deinem Duft,
mit deiner Fülle, ohne Gewissensqual,
mit deinem nackten erglühenden
Schnee,
mit deinen überströmenden Qellen,
ohne das Glück zu verdrängen
der übrigen Menschen,

mit dem geheimnisvollen,
taghafter Bienen Honig,
ohne daß abgesondert
von den Weißen
die Neger leben müssen,
o Frühling
der Nacht ohne Bedürftige,
ohne Armut,
lieblich duftender
Frühling,
du wirst kommen,
du nahst,
ich sehe dich auf dem Wege:
Das ist mein Haus,
tritt ein,
du verspätest dich,
es ist Zeit,
wie gut ist's zu blühen,
welch schöne
Arbeit:
Was für eine emsige
Arbeiterin du bist,
Frühling,
Weberin,
Bäuerin,
Melkerin,
zahllose Biene,
transparente
Maschine,
Mühle der Zikaden,
tritt ein
in alle Hausungen,
vorwärts,
wir wollen zusammen wirken
an der künftigen und reinen
blütentragenden Fruchtbarkeit.

ODE AN EINE UHR IN DER NACHT

An deiner Hand in der Nacht
wie ein Glühwurm schimmerte
meine Uhr.
Ich hörte
ihr Werk:
Wie ein sprödes Geraun
von deiner unsichtbaren Hand
kam es her.
Da wandte sich,
meinen Schlaf und seinen Herzschlag aufzufangen,
deine Hand an meine dunkle Brust.

Die Uhr
mit ihrer kleinen Säge
zerschnitt ohne Unterlaß die Zeit.
Wie in einem Wald
fielen
Holzspäne nieder,
winzige Tropfen, Stückchen
Gezweig oder Nester,
ohne daß die Stille sich wandelte,
ohne daß die kühle Dunkelheit ein Ende fand,
also
schnitt von deiner unsichtbaren Hand her
unaufhörlich die Uhr
Zeit und Zeit und Zeit,
und wie Blätter fielen
Minuten herab,
Fasern zerspellter Zeit,
winzige schwarze Federn.

Spürten im Walde
wir Wurzeln auf,
irgendwo ließ das Wasser

einen Riesentropfen fallen
wie eine taufeuchte Traubenkugel.
Eine winzige Mühle
zermahlte Nacht,
summendes Dunkel
fiel nieder von deiner Hand
und erfüllte die Erde.
Staub
und Erde und Ferne
mahlte und mahlte
an deiner Hand
meine Uhr in der Nacht.

Ich legte
meinen Arm
um deinen unsichtbaren Hals,
unter sein warmes Gewicht,
und in meine Hand
niederrieselte
die Zeit,
Nacht,
winzig kleine Geräusche
von Holz und Wald,
von zerkleinerter Nacht,
von Schattenfragmenten,
von Wasser, das fällt und fällt:
Da
fiel der Schlaf
aus der Uhr und von
deinen schlummernden Händen,
fiel wie dunkles Gewässer
der Wälder,
von der Uhr
herab auf deinen Leib,
und von dir in die Lande,
dunkles Wasser,

Zeit, die fällt
und hinfließt
in unserm Innern.

Und somit war jene Nacht,
Dunkel und Raum, Erde
und Zeit,
etwas, das fließt und niedersinkt
und vorübereilt.
Also ziehen über die Erde
alle Nächte dahin
und hinterlassen nur ein flüchtges
schwarzes Arom,
es fällt ein Blatt,
ein Tropfen
auf Erden,
es schlummern Wald und Wasser,
die Wiesen,
die Glocken,
die Augen.

Ich höre dich, ja, du atmest,
du, meine Liebe,
Schlaf hüllt uns ein.

ODE AN RIO DE JANEIRO

Rio de Janeiro, das Wasser
ist dein Fahnenzeichen,
es wogt seine Farben,
weht im Winde und tönt,
Stadt, du
schwarze Najade,
aus Helle ohn Ende,

brodelndem Schatten und
schaumbedecktem Gestein
ist dein Gespinst,
das schimmernde Schweben
deiner Meeresschaukel,
das blaue Gleiten
deiner sandigen Füße,
deiner Augen
flammender Zweig.
Rio, Rio de Janeiro,
Giganten
streuten Pfefferpünktchen
über dein Standbild,
hinterließen
in deinem Mund
Hügelketten des Meeres, Schwanzflossen
unerträglich warm,
Vorgebirge
der Fruchtbarkeit, Brustknospen des Wassers,
Steilhänge aus Granit,
Lippen von Gold
und, die zersprühenden Schaumkronen
erhellend,
zwischen dem geborstenen Fels
die Meeressonne.

O Schönheit,
Zwingburg
mit phosphorisierender Haut,
Granatapfel
blauen Fruchtfleischs, o Göttin,
gezeichnet von ununterbrochenen
Wogen schwarzen Achats,
deinem nackten Steinbild entströmt
schweißgetränkter Duft von
Jasmin, durchdringender

Abendtau
aus Kaffeefeldern und Fruchtlagern,
und unter deinem Diadem
zwischen der Doppelpracht
deiner Brüste,
zwischen Kuppel und Kuppel
deiner Landschaft
zeigt sich allmählich die Scharte des Unglücks,
des Menschenelends
krebsbefallener Schweif,
auf den leprösen Hügeln
der Lebenden
unerbittliche Traube,
schrecklicher Leuchtwurm du,
Smaragd,
geschürft
aus dem Blut,
es breitet dein Volk sich aus,
bis an den Rand des Urwalds,
unterdrücktes Gestöhn,
Schritte und dumpfe Stimmen,
Wanderzüge Hungriger,
blutbedeckte dunkle Füße,
dein Volk,
jenseits der Ströme,
im undurchdringlichen Dickicht
des Amazonas,
vergessen,
im Norden
der Dornen,
vergessen,
dürstend auf den Hochebenen,
vergessen,
in den Häfen
vom Fieber zermürbt,
vergessen,

vor der Tür
des Hauses, aus dem man ihn stieß,
einen einzigen Blick
erflehend von dir,
und vergessen.

In anderen Breiten,
Königreichen, Nationen,
Inseln
war die Hauptstadt
die Krone,
der Bienenkorb
menschlicher Arbeit,
Zeichen des Unglücks
und des Gelingens,
Herz einer armseligen Monarchie,
Küche einer bleichen Republik.
Du aber bist der augenblendende
Heiligenschrein
einer düsteren Nacht,
die Brust
von Meeresfluten
bedeckt,
und Gold
eines vergessenen
Leibes,
du bist
die rasende Tür
eines leeren Hauses,
bist
die uralte Sünde,
der grausige
Salamander,
unversehrt
im Kohlenbecken
der ewigen Schmerzen deines Volks.

Sodom
bist du,
ja,
Sodom,
schillernd
auf einem düstren Grund
von grünem Samt,
umringt
von krausen Schatten, grenzenlosen
Wassern, schläfst du
in den Armen
des unbekannten
Frühlings
eines wilden Planeten.
Rio, Rio de Janeiro,
was alles
müßte ich dir sagen, Namen,
die ich nie vergesse,
Liebschaften,
die ihr Arom ausgereift,
Zusammenkünfte mit dir, wenn
deines Volkes
eine Woge
zu deinem Diadem
die Zärtlichkeit fügt,
wenn
zu deinen Fahnenzeichen aus Wasser
aufsteigen werden die Sterne
des Menschen,
nicht des Meeres,
nicht des Himmels,
wenn
im Glanz
deiner Glorie
den Neger ich sehen werde,
den Weißen, den Sohn

deiner Erde und deines Blutes,
erhöht
zur Würde deiner Schönheit,
einander gleich im strahlenden Licht,
bescheidene stolze
Eigner
des Weltenraums und der Freude,
dann,
Rio de Janeiro,
wenn einmal
allen deinen Söhnen,
nicht einigen nur,
du dein Lächeln schenkst, Wogenschaum
dunkelhäutiger Najade,
dann
werde ich dein Dichter sein,
werde ich mit meiner Leier nahen,
um in deinem Duft zu singen,
und werde entschlummern an deiner Hüfte
von Platin,
auf deinem unvergleichlichen
Strand,
in der blauen Kühle des Fächers,
den du öffnest über meinem Schlaf
wie die Schwingen eines
riesenhaften
Meeresschmetterlings.

ODE AN DIE EINFACHHEIT

Einfachheit, ich frage dich,
warst du mein bester Begleiter?
Oder finde ich dich, auf meinem
Sessel sitzend, wieder?

Heutigen Tags
wollen sie mich zusammen
mit dir
nicht anerkennen,
sie blicken mich verstohlen an,
fragen sich, wer ist
die Rothaut.
Die Welt,
indes wir uns fanden
und kennenlernten,
füllte sich mit finstren
Narren,
Früchte der Stunde, überreich
an Worten
wie Wörterbücher,
so prall von Wind
wie ein Darm, der einen üblen
Streich uns spielt,
und nun, da wir wiederkehren
nach so vielen Fahrten,
intonieren wir
die Dichtung falsch.
Einfachheit, etwas Furchtbares ist uns geschehn:
Man will uns nicht empfangen
in den Salons,
die Kaffees sind überfüllt
von erlauchten
Päderasten,
und wir, du und ich, sehen uns an,
man mag uns nicht.
Darum
laß uns
ans Gestade gehn,
in die Wälder,
nachts
herrscht neuerstandene Dunkelheit,

frisch gewaschen glühen
die Sterne, der Himmel
ist ein schwellendes,
von seinem dunklen Blut
durchwogtes Kleefeld.
Des Morgens
gehen wir
in die Bäckerei,
warm ist das Brot wie eine Brust,
es duftet
die Welt nach dieser Köstlichkeit
frisch gebackenen Brotes.
Romero, Ruiz, Nemesio,
Rojas, Manuel, Antonio,
die Bäcker.
Wie gleichen doch
Brot und Bäcker sich,
wie einfach ist die Erde
am Morgen,
später ist sie einfacher noch
und in der Nacht
transparent.

Darum,
suche ich
Namen
im Gras,
wie heißt du?
frage ich
eine Blütenkrone,
die, zwischen armseligen Steinen am Boden haftend,
plötzlich
aufstrahlt wie ein Blitz.

Und darum,
Einfachheit, laß uns

kennenlernen
die verborgenen Wesen, der neuen Metalle
geheimen Wert,
die Schönheit des Laubes schaun,
sprechen mit Männern und Frauen,
die, weil sie nur dieses sind,
vortrefflich sind,
und immer mehr
unter allem,
Einfachheit, wirst du mich entzücken.
Ich gehe mit dir,
gebe mich hin deinem Strom
klaren Wassers.
Und da erheben sie Einspruch:
Wer ist jene,
die dort mit dem Dichter geht?
Wahrlich,
wir wollen nichts wissen
von dieser Provinzlerin.
Aber so wahr es die Luft gibt, ist sie
der Himmel, den ich atme.
Ich kannte sie nicht, noch erinnerte ich mich ihrer.
Hatte man mich
zuvor
mit geheimnisvollen Odalisken
gesehen,
waren es lediglich unverständliche
Fehltritte.
Jetzt,
du meine Liebe,
Wasserflut,
Zärtlichkeit,
leuchtend Licht oder glasklarer
Schatten,
Einfachheit,
bist du mir zuseiten und hilfst mir

bei meiner Geburt, mich unterweisend,
Wahrhaftigkeit zu singen
von neuem, Tugend, Kaskadensturz,
kristallinischen Sieg.

ODE AN DIE EINSAMKEIT

O Einsamkeit, wundersames
Wort, wildwachsende
Kräuter
blühen zwischen deinen Silben.
Du aber bist nur blasses
Wortgebild, falsches
Gold,
trügerische Münze!
Ich beschrieb die Einsamkeit mit literarischen
Lettern,
band ihr die den Büchern
entlehnte Krawatte um,
zog ihr das Hemd an
des Traumes,
aber
ich kannte sie nur, da ich allein war.
Kein Tier jenem gleich
sah ich:
Der haarigen Spinne
und der Fliege
der Dunggruben
gleicht sie,
aber an ihren Kamelfüßen hat sie
Saugnäpfe unterseeischer Schlangen,
Pestgestank hat sie von Kellerräumen,
wo jahrhundertelang fahle Felle
von Robben und Ratten faulten.

Einsamkeit, ich will nicht,
daß du weiterhin
lügst durch den Mund der Bücher.
Es kommt der junge dunkle Dichter,
und um die träumerische Señorita
zu verführen also,
sucht er düstren Marmor sich und errichtet dir
ein kleines Standbild,
das er vergessen wird
am Morgen seiner Hochzeit.
Aber
im Zwielicht des frühen Kindesalters
begegnen wir ihr
und halten sie für eine von den Inseln
entführte schwarze Göttin,
wir spielen mit ihrem Torso und erweisen ihr
unschuldsvolle kindliche Ehrfurcht.
Nicht wahr
ist die schöpferische Einsamkeit.
Nicht allein ist
der Same in der Erde.
Der Keime Unendlichkeit trägt
das tiefe Konzert der Leben,
und das Wasser ist einzig transparente Mütterlichkeit
eines unsichtbaren versunkenen vielstimmigen Gesangs.

Der Erde Einsamkeit
ist die Wüste. Und unfruchtbar
ist wie sie
die Einsamkeit
des Menschen. Die nämlichen
Stunden, Nächte und Tage
hüllen das ganze Erdenrund
mit ihrem Mantel ein,
doch sie überlassen der Wüste nichts.
Die Einsamkeit empfängt keine Samen.

Nicht Schönheit allein ist
das Schiff auf dem Weltenmeer:
Sein Taubenflug auf den Wassern
ist das Ergebnis
einer Gemeinschaft herrlich
von Feuer und Heizern,
von Stern und Seefahrern,
von Arbeitshänden und brüderlichen Fahnen,
von gemeinsamer Liebe und gleichem Geschick.

Die Musik,
um ihrem Leben Ausdruck zu verleihen,
suchte des Oratoriums chorische Dauer
und ward nicht nur
geschrieben von einem Menschen,
sondern von einer Reihe
tönender Gestirne.
Und dieses Wort,
das hier auf dem hängenden Zweig ich belasse,
dieses Lied, das keine
Einsamkeit sucht, sondern,
auf daß du es wiederholst, deinen Mund,
schreiben die Lüfte zusammen mit mir, die Menschen,
die vor mir lebten,
und du, der du meine Ode liest
gegen deine Einsamkeit, du hast die Richtung gewiesen,
und somit schrieben, ohne mich zu kennen,
deine eigenen Hände sie nieder mit den meinen.

ODE AN DEN DRITTEN TAG

Du bist der Montag, Donnerstag,
du kommst oder gingst vorüber.
August in
seinem scharlachroten Netz

erhebt auf einmal sich,
o Juni,
Juni,
so wir am wenigsten daran denken,
sprießt
mitten
in der kalten Woche
eine Blüte auf
voller Flammenzungen,
ein roter Fisch schießt
wie ein Fieberschauer hin,
plötzlich
der Winter,
es beginnen die Blumen
ihr Kleid anzuziehn,
sich mit Mondlicht zu schmücken,
durch die Straßen zu wandeln,
sich einzuschiffen
auf dem Winde,
irgendein Tag ist,
mauerfarben,
doch
etwas steigt auf den Gipfel
einer Minute, Oriflamme
oder wildes Salz,
Bienengold schwingt sich auf zu den Fahnen,
scharlachfarbenen Honig entfaltet der Wind,
ein Tag ohne Namen ist's,
aber
auf goldenen Füßen
wandert er durch die Woche,
Blütenpollen haftet
im Bart ihm,
himmlischer Mörtel
drängt sich in seine Augen,
und wir tanzen

überglücklich,
stellen singend
den Kirschblüten nach,
erheben verliebt den Becher,
begrüßen die Stunde,
die naht, die Minute,
die vorüberrann,
die geboren wird
oder keimt.
Göttin des Tages,
Mohnblüte, du
bedenkenlose,
zerzauste Rose,
überraschender Frühling,
Donnerstag,
Lichtstrahl zwischen
allen Sachen verborgen,
dich liebe ich,
bin
dein Bräutigam.
Ich begreife, Vorübereilende,
Vorübergehender,
daß du vorübergehst: Ja, wir müssen
Abschied nehmen,
doch ein Tropfen
Glanz,
eine Traube
geträumter Sonne
drang ins verblendete Blut
jedes Tages,
und dies rote
Funkeln
von Feuer und Ambrosia,
wir werden es hüten,
wir werden wahren
diesen aufbegehrenden Tag,

der unvergeßlich
zwischen Staub und Zeit
mit seiner Flamme
glüht.

ODE AN DIE ZEIT

In deinem Innern
anwächst dein Alter,
in meinem Innern
schreitet mein Alter voran.
Entschlossen ist die Zeit,
klanglos ist ihre Glocke,
anwächst die Zeit, sie wandert
in unserm Innern,
erscheint
wie ein tiefes Wasser
im Blick,
und in den glühenden
Kastanien deiner Augen
ein Hauch, die Spur
eines winzigen Rinnsals,
ein dürres Sternlein,
das aufsteigt zu deinem Mund.
Empor in dein Haar
trägt die Zeit
ihre Fäden,
aber in meinem Herzen
gleich einem Geißblatt
ist lebendig wie das Feuer
dein Duft.
Schön ist es,
wie wir leben,
das Leben feiernd, zu altern.

Jeder Tag
wurde transparenter Stein,
jede Nacht
eine schwarze Rose für uns,
und jene Runzel in deinem Antlitz oder meinem
sind Blüte und Stein,
eines Blitzes Erinnern.
Meine Augen
haben sich aufgebraucht an deiner Schönheit,
doch meine Augen bist du.
Ich ermüde unter meinen Küssen vielleicht
deine Brüste,
alle haben in meiner Freude aber
deinen heimlichen Glanz geschaut.
Liebe, was hat es auf sich,
daß die Zeit,
die nämliche, die zwei Flammen gleich
oder parallelen Ähren
meinen Leib emporhob und deine Süße,
morgens uns behält
und entkernt
und mit denselben unsichtbaren Fingern
auslöscht die Identität, die uns trennende,
uns den Sieg verleihend
eines einzigen endlichen Wesens unter der Erde.

ODE AN DIE ERDE

Nicht die schenkende Erde
sing ich,
die überströmende
Mutter der Wurzeln,
die Verschwenderin,
von Trauben und Vögeln übervoll,

Sümpfen und Quellen,
Heimat der Kaimane,
Sultanin mit üppigen Brüsten
und stachelgekröntem Diadem,
nicht des Tigers
Ursprung im Laubwerk
noch die schwere Ackerkrume
mit dem Samen wie
ein kleines Nest,
das morgen singen wird,
nein, ich rühme
das Erdreich der Erze, das andinische Felsgestein,
die harsche Wunde
der mondenen Wüste, die sandigen
Himmelsstriche des Salpeters,
ich singe
das Eisen,
des Kupfers krauses Haupt
und seine Traubenbündel,
wenn es, gehüllt in Pulverdampf und Rauch,
hervorkommt ans Tageslicht,
frisch aus dem Erdinnern
gegraben.
O Erde, harte Mutter du,
dort unten verbargst du
die tiefschlummernden Metalle
von dort scharrten wir sie ans Licht,
und mit Feuer
verwandelte sie der Mensch
von neuem,
Pedro,
Rodríguez oder Ramírez,
in ursprüngliches Licht, in flüssige Lava,
und dann,
aus dir, Erde, du hartes,
zorngeladenes Metall, wurdest du

durch die Kraft
der kleinen Hände meines Gevatters
Draht oder Werkzeug,
Schiff oder Lokomotive,
Baugeripp einer Schule,
des Geschosses Geschwindigkeit.
Harsche Erde, Hand
im Handinnern, ohne Zeichnung,
dich singe ich,
hier schlägst du keinen Triller,
noch nährt die Rose dich
des Wasserlaufs, der karg
und mühsam und verborgen singt,
feindselige Faust, du schwarzer
Stern,
dich singe ich,
weil der Mensch
dich treiben wird zur Geburt,
mit Früchten dich anfülln,
deinen Eierstock suchen,
ich werde in dein geheimes Gefäß
die erlesenen Strahlen gießen,
Wüstenland,
reinste Linie du,
dir gelten die Schriftzüge meines Gesangs,
denn du scheinst totenstarr,
doch weckt
der Donner dich des Dynamits,
und ein Helm blutigen Rauchs
kündet die Geburt,
zum Himmel fliegen die Metalle.
Erde, du aus Ton und Sand,
du gefällst mir,
ich forme dich, erhebe dich,
so wie du mich formtest,
wie du mich formtest,

und aus meinen Fingern rinnst du,
wie ich zurückkehre,
losgelöst, zum großen Mutterschoß.
Erde, auf einmal
ist mir, als berührte ich
deine Konturen all
einer löchrigen Münze,
eines winzig kleinen Kruges,
und da meine Hände
gleiten über deine Gestalt,
berühre ich die Hüfte von ihr, die ich liebe,
die kleinen Brüste,
den Atemhauch, ein Korn
sanften milden Hafers,
und dich, Erde, umarme ich,
an dich geschmiegt, lieg ich im Schlaf,
an deinem Leib hafte ich mit Armen und Lippen;
schlummernd mit dir säe ich meine tiefsten Küsse aus.

ODE AN DIE TOMATE

Die Straße
füllte sich an mit Tomaten,
Mittagsstunde,
Sommerzeit,
in zwei
Tomatenhälften
teilt sich
das Licht,
rinnt
der Saft
durch die Straßen.
Im Dezember
löst sich

die Tomate ab,
fällt in die Küchen ein,
sie erscheint zum Frühstück,
läßt sich gelassen
nieder
zwischen Gläsern,
Butterschalen,
blauen Salzgefäßen
auf die Anrichten.
Sie strahlt
eigenes Licht,
sanfte Hoheit aus.
Welch ein Unglück, wir müssen
sie töten:
Es senkt sich
das Messer
in ihr lebendiges Fruchtfleisch,
ein blutrotes
Eingeweid,
eine frische,
tiefe,
unerschöpfliche
Sonne,
sie macht die Salate
Chiles vollkommen,
vermählt sich fröhlich
der hellen Zwiebel,
und um dieses zu feiern,
läßt man
Öl,
der Olive
innerste Essenz,
niederträufeln,
auf ihre halbgeöffneten Hemisphären
fügt sein prickelndes Arom
der Pfeffer hinzu,

das Salz seinen Magnetismus:
Es ist die Hochzeit
des Tages,
die Petersilie
pflanzt
ihre Feldzeichen auf,
und die Kartoffeln
brodeln mit aller Kraft,
der Braten
pocht
mit seinem Duft
an die Tür,
es ist soweit!
Fangen wir an!
Und auf
dem Tisch, am Leib
des Sommers,
die Tomate,
Gestirn der Erde,
häufiger
und fruchtbarer
Stern,
weist ihre Wölbungen uns,
ihre Kanäle,
die köstliche Vollkommenheit
und die Fülle
knochenlos,
panzerlos,
ohne Schuppen und Stacheln,
bringt sie uns
die Gabe dar
ihrer Feuerfarbe
und all ihre Frische.

ODE AN DEN SEESTURM

Gestern nacht
kam
er
und raste,
nachtfarben, blau,
weinfarben, rot,
der Sturmwind
trug
seine Mähne aus Wasser,
Augen aus kaltem Feuer,
gestern nacht wollte er
auf der Erde schlafen.
Er brauste jäh,
eben entfesselt,
heran von seinem wilden Gestirn,
seiner Himmelshöhle,
schlafen wollt er
und bereitete sich sein Bett,
strich über Urwälder, Wege,
fegte über Gebirge,
wusch des Ozeans Felsen,
und dann,
als wären es Federn,
schüttelte er,
um sein Bett zu machen, die Fichtenwälder.
Aus seinem Feuersack
riß er die Blitze,
ließ niederstürzen die Donner
gleich riesigen Fässern.
Auf einmal
ward Stille:
Ein Blatt
schwebte einsam durch die Lüfte
wie eine fliegende Geige,

da,
bevor
es den Boden berührte,
ergriffst du es, Aufruhr des Himmels,
mit deinen Händen;
sein Muschelhorn zu blasen,
zu reiten auf seinen Rossen
die ganze Nacht,
setztest du ein den ganzen Sturm,
auf allem Eis zu schrillen,
die wilden
Bäume
das Unglück künden zu lassen
den Gefesselten
und aufstöhnen die Erd
einer gebärenden
Mutter gleich,
mit einem einzigen Windstoß
decktest du
das Flüstern des Grases zu
und der Sterne,
zerfetztest
wie Leinwand
das lässige Schweigen,
es füllte die Welt sich
mit sinfonischem Klang, Wildheit und Feuer,
und als die Blitze fielen
wie Haare
nieder von deiner phosphorischen Stirn
wie Schwerter
von deiner Kriegerhüfte,
und wir glaubten schon,
das Ende der Welt sei gekommen,
da war
nur Regen,
Regen,

Regen,
die ganze Erd, der ganze
Himmel
ruhten aus,
und die Nacht,
niedersinkend auf den Schlaf der Menschen,
verblutete,
nur Regen,
Wasser der Zeit und des Himmels:
Nichts war gestürzt,
ein abgebrochener Zweig nur,
ein verlassenes Nest.

Mit deinen Fingern
aus Musik,
mit deinem Höllengeprassel,
deinem Feuer
nächtlicher Vulkane
spieltest du,
als du aufhobst ein Blatt,
gabst du den Strömen Kraft,
lehrtest du
Mann sein
die Männer,
die Schwachen fürchten,
die Sanften weinen,
die Fenster
zittern,
aber,
so du
anhubst,
uns zu vernichten,
da,
ein Messer,
niederfuhr vom Himmel dein Zorn,
da alles Licht und aller Schatten

bebten
und die Fichten
sich anfielen,
in der Finsternis heulend
am Meer,
du, Liebliche,
Windsbraut, du mir Angetraute,
Tosende,
uns tatest du an kein Leid:
Du kehrtest zurück
zu deinem Stern,
und Regen,
grüner Regen
aus Träumen und jungen Trieben,
Regen,
der die Ernten
vorbereitet,
Regen, der reinigt die Welt,
sie abspült
und erneuert,
Regen für uns
und für die Samen,
Regen
für das Vergessensein
der Toten
und für
unser künftig Brot,
dies allein
hinterließest du,
Wasser und Musik,
darum,
Ungewitter,
lieb ich dich,
zähle auf mich,
kehre wieder,
rüttle mich auf,

erleuchte mich,
weise mir deinen Weg,
auf daß dir sich geselle und singe mit deinem Gesang
die entschlossene Stimme,
die stürmische, eines Menschen.

ODE AN DEN ANZUG

Jeden Morgen, Anzug,
wartest du auf einem Sessel,
daß dich meine Eitelkeit,
meine Liebe, meine Hoffnung,
mein Leib ausfülle.
Kaum
hab ich vom Schlafe mich gelöst,
vom Wasser Abschied genommen,
fahre ich in deine Ärmel,
suchen meine Beine
die Leere deiner Beine,
und so umfangen
von deiner unentwegten Treue,
gehe ich hinaus auf den Rasen,
trete in die Dichtung ein,
blick in die Fenster,
und Dinge,
Menschen, Frauen,
Taten und Kämpfe
formen mich,
wecken, da sie meine Hände prägen,
da sie mir die Augen öffnen,
da sie meinen Mund gebrauchen,
meinen Widerstand,
und also,
Anzug,

forme ich auch dich,
deine Ellenbogen wetzend,
dein Geweb zerschleißend,
und so wächst dein Leben
zu meines Lebens Ebenbild.
Im Winde
flatterst du und tönst,
als wärest du meine Seele,
in den schlimmen Minuten
klammerst du dich
an mein hohles
Gebein, des Nachts
bevölkern Dunkelheit
und Traum mit ihren Spukgestalten
deine Schwingen und meine.
Ich frage mich,
wird eines Tags
eine Kugel
des Feindes
einen Fleck meines Blutes dir hinterlassen,
und du wirst
sterben sodann mit mir,
wahrscheinlich jedoch
wird alles nicht
so hochdramatisch zugehn,
sondern ganz natürlich,
und du wirst krank werden,
Anzug,
mit mir,
wirst altern
mit mir, mit meinem Körper,
und gemeinsam
werden wir eingehn
in die Erde.
Darum
grüße ich

täglich dich
mit Ehrerbietung, und dann
umfängst du mich, und ich vergesse dich,
denn wir sind ein und derselbe
und werden es bleiben
angesichts des Windes, in der Nacht,
in den Straßen oder im Kampf
ein einziger Leib
dieses und jenes Mal, und dann einmal starr.

ODE AN DIE RUHE

Endloser
Friede,
stilles
klares
Wasser, heiterer Schatten,
kommend
aus allem Tun, wie Seen
hervorgehn aus Wasserfällen,
verdienter Lohn,
Blüte der Rechtlichkeit,
jetzt,
auf dem Rücken liegend,
seh ich
den Himmel wandern,
es gleitet dahin
sein blauer abgrundhoher Leib,
wohin
mit seinen Fischen, seinen Inseln,
seinen Watten
treibt er?
Oben
der Himmel,

unten
das Rascheln
einer vertrockneten Rose,
es knistern
winzige Dinge,
wie Zahlen
fliegen Insekten vorüber:
Es ist die Erde,
unterirdisch
arbeiten
Wurzeln,
Metalle,
Gewässer,
unseren Körper
durchdringen sie
und keimen auf in uns.

Einen Tag der Ruhe
unter einem Baum,
wir hatten es nicht erfahren:
Alle Blätter reden,
sie erzählen sich
Neuigkeiten anderer Bäume,
Geschichten von der Heimat
der Bäume,
einige erinnern noch
des Leoparden
geheimnisvolle Gestalt,
der ihr Gezweig durchsprang,
des Schneesturms
wie
schwerer Nebel
andere,
des Zepters
sturmgewaltiger Zeit.
Wir müssen

erreichen, daß nicht
der Mund der Bäume nur,
sondern alle Munde
sprechen;
wir aber schweigen, schweigen inmitten
des unzähligen Singens.
Nichts auf Erden ist stumm,
wir schließen
die Augen
und hören
heruntergleiten die Dinge,
die Geschöpfe wachsen,
Seufzer
unsichtbaren Holzes,
und dann
die Welt,
Erde, Himmelsfluten,
Lüfte,
alles
hallt
wie Donner zuweilen,
dann wiederum
wie ein ferner Strom.
Friede, Ruhe
einer Minute, eines Tages,
deiner Tiefe entnehmen wir
Metalle,
aus deinem stummen Gebild
aufstrahlen wird helltönend das Licht.
So wird die geadelte Tat sein.
So werden die Menschen, ohne zu ahnen,
das Urteil sprechen der Erde.

ODE AN DIE TRAURIGKEIT

Traurigkeit, Käfer
mit sieben gebrochenen Beinen,
Spinnenei,
lästige Ratte,
Skelett einer Hündin:
Hier trittst du nicht ein.
Hier kommst du nicht durch.
Heb dich hinweg.
Kehre
gen Süden mit deinem Regenschirm,
kehre
gen Norden mit deinen Schlangenzähnen.
Hier lebt ein Dichter.
Durch diese Türen vermag
die Traurigkeit nicht einzudringen.
Durch meine Fenster
weht die Luft der Welt,
die neuen roten Rosen,
die bestickten Fahnen
des Volkes und seiner Siege.
Du vermagst es nicht.
Hier trittst du nicht ein.
Schüttle
deine Fledermausschwingen,
ich will auf die Federn treten,
die deinem Kleid entfallen,
ich werde deines Kadavers
Reste fegen
in alle vier Himmelswinde,
ich werde den Hals dir umdrehn,
die Augen dir zunähn,
dein Leichentuch will ich zerfetzen
und deine Nagetierknochen einscharren, Traurigkeit,
unter eines Apfelbaumes blühendem Frühling.

ODE AN VALPARAÍSO

Valparaíso,
wie töricht
du bist,
wie toll,
du ausgelassener Hafen,
was für ein hügliges
zerzaustes
Haupt,
nie hörst du auf,
dich zu kämmen,
niemals
hattest du
Zeit, dir ein Gewand anzulegen,
immer
überraschte
das Leben dich,
weckte dich der Tod,
im Hemd,
in weiten Unterhosen
mit farbigen Fransen,
nackt,
mit einem Namen,
auf den Leib tätowiert,
und dem Strohhut
packte das Erdbeben dich, du
ranntest
irrsinnig geworden dahin,
brachst dir die Fingernägel,
die Fluten
gerieten in Aufruhr und die Steine,
die Felspfade,
das Meer,
die Nacht,
du schliefst

auf blanker Erde,
erschöpft
von deinen Fahrten zur See,
und die zornbebende Erde
erhob ihr Gewog
stürmischer
denn der seeher stürzende West,
Staub
deckte
deine Augen,
die Flammen
verbrannten deine Schuh,
wie verwundete Wale
erschauerten
die Häuser der Bankiers,
die festgefügten,
während oben
die Häuser der Armen
ins Bodenlose
sprangen,
gleich gefangenen Vögeln,
die, ihre Schwingen probend,
taumelnd hinunterschlugen.

Bald,
Valparaíso,
Seemann,
wirst du die Tränen
vergessen,
werden
deine Hausungen wieder
über dem Abgrund hängen,
wirst du die Türen
grün,
gelb
die Fenster

streichen,
alles
verwandelst du zum Schiff,
du bist
eines kleinen
mutigen
Seglers
geflickter Bug.
Der Seesturm krönt
dein Takelwerk,
das singende,
mit Schaum,
und des Ozeans Licht
macht Hemden wogen
und Fahnen
in deinem unzerstörbaren Schwanken.

Dunkler
Stern
bist du
von ferne,
du erglänzest
auf den Gipfeln der Küste,
und plötzlich
bringst du
dein
verborgenes Feuer dar,
den Schwung
deiner dumpfen Gäßchen,
die Heiterkeit
deiner Bewegtheit,
das Strahlen
deiner Seemannskunst.
Hier ende ich, es ist diese
Ode,
Valparaíso,

so klein
wie ein kurzes Seemannshemd,
das an deinen zerbrochenen Fenstern
einsam hängt,
im Wind
des Ozeans
sich schaukelnd,
das mit allen Schmerzen
deines Erdreichs
sich tränkt,
den Tau
der Meere empfängt,
den Kuß
der unendlichen zornigen See,
die mit ihrer ganzen Kraft
deine Felsen schlagend
dich nicht niederreißen
konnte,
denn auf deiner australen Brust
sind eingeätzt
der Kampf,
die Hoffnung,
die Solidarität
und die Freude,
Anker,
die standhalten
dem Wogen der Erde.

ODE AN CÉSAR VALLEJO

An den Stein deines Gesichts,
Vallejo,
an die Runzeln
dieses ausgedörrten Berglands
erinnere ich in meinem Gesang,

an deine
Gigantenstirn
über einem zerbrechlichen Leib,
die schwarze Dämmerung
in deinen Augen,
den eben aus der Erd gegrabenen,
an jene ungestümen
und ungleichen Tage,
jede Stunde barg
andere Schärfen
oder ferne
Zärtlichkeiten,
des Lebens
Schlüssel
in der Straße
voll staubigem Licht
erzitterten,
du kehrtest heim
von einer schweren
Reise unter der Erd,
und hoch oben in
den vernarbten Cordilleren
klopfte ich an die Türen,
daß sich auftun möchten
die Wände,
die Wege
sich erschließen
– eben angekommen von Valparaíso,
ich hatte mich eingeschifft in Marseille –,
und auf tat sich
die Erde
wie eine lieblich duftende Limone
in zwei frische gelbe Hemisphären,
du aber
warst dort
geblieben, niemandem

untertan,
mit deinem Leben
und deinem Tod,
fallend
auf deinen Sand,
deine Kräfte messend
und dich verströmend
in die Luft,
in den Rauch,
in die geborstenen Straßen
des Winters.

Es war in Paris, du lebtest
in den lieblosen
Hotels der Armen.
Spanien
verblutete.
Wir eilten, zu helfen, herbei.
Und da
standest du
abermals
in dem Rauch,
und so war es auf einmal
nicht die Erde
schmerzlicher Narben voll,
das andinische
Gestein,
das deine Gebeine behielt,
sondern der Rauch,
der Rauhreif
von Paris im Winter.

Zweimal vertrieben,
mein Bruder du,
von der Erde und der Luft,
aus dem Leben und dem Sterben,

verstoßen
aus Peru, von deinen Strömen,
deiner lehmigen Erde
fern.
Du fehltest, da du lebtest, mir nicht,
erst in deinem Tode.
Dich
suche ich
Tropfen um Tropfen,
Staubkorn um Staubkorn
auf deiner Erde,
gelb
ist dein Antlitz,
glatt
ist dein Antlitz,
voll alten
Edelgesteins,
zersprungner
Gefäße voll bist du,
ich steige auf
die uralten Felsenstufen,
vielleicht
bist du
zugrunde gerichtet,
umsponnen
von Fäden Golds,
von Türkisen
bedeckt,
und schweigst,
oder vielleicht
in deinem Volk,
in deiner Rasse
das Korn
ausgestreuten Mais',
des Banners
Same.

Vielleicht, vielleicht in dieser Stunde
wechselst du abermals die Erde
und kehrst zurück,
kommst
endlich an
das Ziel der Reise,
so,
daß eines Tags
du dich im Herzen
deiner Heimat findest,
zum Aufstand rufend
und voll Leben,
Kristall deines Kristalls,
Flamme deines Feuers,
Blitzstrahl purpurroten Steins.

ODE AN DEN SOMMER

Sommer, rote Geige,
lichte Wolke du,
von Säge
oder Grille
ein Gesumm
geht dir voraus,
der Himmel
hochgewölbt
und glatt, wie ein Auge
glänzend,
und unter seinem Blick
der Sommer,
Fisch des unendlichen
Himmels,
schmeichelnder Käferflügel,
träge
Schläfrigkeit,

Bienen-
bäuchlein,
Sonne
vom Teufel besessen,
Sonne schrecklich und mütterlich,
schweißtriefend
wie ein ziehender Büffel,
harte Sonne
auf dem Schädel
wie ein jäher
Knüppelschlag,
Sonne des Durstes,
über das Sandmeer
wandernd,
Sommer,
Wüstenmeer,
der Bergmann
des Schwefels
saugt sich voll
gelben Schweißes,
der Flieder
durchschwebt,
Strahl um Strahl,
die Himmelssonne,
schwarzer
Schweiß
rinnt
von der Stirn
in die Augen
in der Mine
von Lota,
der Häuer
wischt sich und wischt sich
die schwarze
Stirn,
es verbrennen

die Saaten,
klirrt
das Korn,
blaue
Insekten
suchen
Schatten,
fühlen
die Kühle,
tauchen
in einen Diamanten
den Kopf.

O Sommer,
üppiger du,
Karren
voll
reifer
Äpfel,
Erdbeermund
im Grünen, wilder Kirsche
Lippen,
Wege
sanften Staubes
über
dem Staub,
Mittag,
Trommel
aus rotem Kupfer,
und am Abend
ruhet
das Feuer,
die Luft
läßt tanzen
den Klee, tritt
in die verlaßne Fabrik,

aufsteigt
am düstern
Himmel
ein kühler
Stern,
es knistert
ohne zu verbrennen
des Sommers
Nacht.

ODE AN DAS LEBEN

Die ganze lange Nacht
hämmerte der Schmerz auf mich ein
mit einem Beil,
doch der Schlaf
wusch wie ein dunkles Wasser
im Vorübergleiten blutbefleckte Steine.
Heute lebe ich wieder.
Von neuem,
Leben,
trage ich dich
auf meinen Schultern.

O Leben,
lichte Schale,
plötzlich
füllst du dich
mit schmutzigem Wasser,
erloschnem Wein,
mit Agonie und Untergängen,
mit schreckenden Spinnennetzen,
und viele glauben,
dieser Farbe der Hölle
würdest du wahren allezeit.

Das ist nicht gewiß.

Eine lange Nacht geht vorüber,
eine einzige Minute vergeht,
und alles ist anders.
Es füllt sich
die Schale des Lebens
mit Transparenz.
Die Schöpfung des Weltraums
erwartet uns.
Auf einmal sind die Tauben geboren.
Und auf der Erde verwurzelt das Licht.

Leben, die armen
Dichter
glaubten dich bitter,
sie lösten sich nicht
von der Bettstatt mit dir,
mit dem Sturmwind der Welt.

Sie empfingen, ohne dich zu suchen,
die Schläge des Schicksals,
sie bohrten
ein schwarzes Loch
und tauchten unter
in die Trauer
eines verlassenen Brunnens.

Es ist nicht wahr, Leben,
du bist
schön
wie sie, die ich liebe,
und zwischen den Brüsten birgst du
der Minze Duft.

Leben,
du bist
ein vollkommenes Triebwerk,
Glückseligkeit, Sturmesbrausen,
Zartheit
köstlichen Öls.

Leben,
du bist wie ein Weinberg:
Alles Licht speicherst du und verteilst es,
umgewandelt in Trauben.

Wer dich verleugnet,
der möge warten
eine Minute, eine Nacht,
ein kurzes oder langes Jahr,
der möge aus seiner verlogenen Einsamkeit
treten,
möge forschen und kämpfen, seine Hände
anderen Händen vereinen,
der möge das Unglück nicht
auf sich nehmen und hätscheln,
der möge zurück es weisen, ihm,
wie die Steinbrecher den Steinen,
Mauergestalt verleihen,
der möge zerschlagen das Ungemach
und aus ihm sich
Beinkleider machen.
Das Leben erwartet uns
alle,
die wir lieben
den wilden
Duft von Meer und Minze,
die es zwischen den Brüsten birgt.

ODE AN DEN WEIN

Tagheller Wein,
nachtdunkler Wein,
Wein mit Purpurfingern
oder Blut von Topas,
Wein, du
der Erde
gestirnter Sohn,
Wein
wie ein Goldschwert glatt,
mild
wie aufgerauhter Sammet,
schneckenhaft gewunden
und aufgelöst,
liebeatmender,
meerischer Wein,
nie hattest du Raum in einem Glase genug,
in einem Lied, in einem Menschen,
Koralle, vermählend wirkst du,
zumindest das Paar.
Manchmal
nährst du dich von sterblichen
Erinnerungen,
in deinem Gewog
gehen wir von Grab zu Grab,
Steinmetz eisiger Grüfte,
und wir weinen
vergängliche Tränen,
doch
dein wunderschönes
Frühlingsgewand
ist von anderer Art,
aufschwingt sich das Herz ins Gezweig,
der Wind bewegt den Tag,
und nichts bleibt

im Innern deiner unbeweglichen Seele.
Der Wein
bringt den Frühling in Wallung,
gleich einer Pflanze aufwächst die Freude,
Mauern stürzen,
mächtige Felsen,
die Abgründe schließen sich,
und es erblüht das Lied.
Oh, Weinkrug, du mit der Herrlichen,
die ich liebe, in weltverlorener Einsamkeit,
sagt der betagte Dichter.
Möge zum Gewicht der Liebe
Seinen Kuß der Weinkrug fügen.

Geliebte du, auf einmal
ist deine Hüfte
des Glases
vollendete Rundung,
deine Brust die Traubendolde,
des Alkohols Schimmer deine Haarflut,
deine Brustspitzen Traubenkugeln,
dein Nabel makelloses Siegel,
geprägt auf das Gefäß deines Leibes,
und deine Liebe die Kaskade
unerschöpflichen Weines,
die Helle, die in meine Seele dringt,
des Lebens irdischer Glanz.

Aber nicht Liebe nur,
glühender Kuß
oder verbranntes Herz
bist du, Wein des Lebens,
sondern
Freundschaft auch der Menschenwesen, Transparenz,
Chorgesang der Gesittung,
von Blüten ein Überschwang.

Ich liebe beim Gespräch
auf dem Tisch
das Licht einer Flasche
verständigen Weines.
Man trinke ihn
und gedenke bei jedem
Tropfen Gold
oder topasenen Kelch
oder purpurnen Maß,
daß der Herbst es gewirkt,
bis angefüllt die Gefäße mit Wein,
und es lerne der dumpfe Mensch
bei der Verrichtung jeglichen Tuns
sich der Erd zu erinnern und seiner Verpflichtung:
zu verkünden der Früchte Lobgesang.

Neue Elementare Oden
(1956)

DAS HAUS DER ODEN

Wenn in diesem
Jahre Tausend
neunhundert
fünfundfünfzig
ich diese
Oden
schreibe,
meine brausende Leier, die verpflichtende,
spanne und spiele,
weiß ich wohl, wer ich bin
und wohin mein Gesang geht.

Ich verstehe,
daß der Käufer von Mythen
und Mysterien
in mein Odenhaus
eintritt,
das gebaut
aus Lehmziegel und Holz,
und er haßt
das Hausgerät,
an den Wänden
die Bilder
von Vater und Mutter und Heimat,
die Einfachheit
des Brots
und des Salznapfs.
Aber so ist nun einmal das Haus meiner Oden.

Ich entthronte die schwarze Alleinherrschaft,
der Träume unnütze Haarflut,
trat dem geistigen Reptil
auf den Schwanz
und brachte die Dinge

– Wasser, Feuer –
in Einklang mit Mensch und Erde.
Ich will, daß alles
ergreifbar
sei,
daß alles
Werkzeug sei oder Gefäß.
Ich will, daß durch meiner Oden Tür
eintrete das Volk ins Eisenlager.

Frische Bretter
schneidend,
Honig sammelnd
in die Tonnen,
über Hufeisen verfügend,
Pferdegeschirr,
Gabeln,
arbeite ich,
möge eintreten hier jedermann,
frag er,
mög verlangen er, was er will.

Aus dem fernen Süden bin ich, Chilene,
Seefahrer,
der heimkehrte
von den Meeren.

Ich blieb nicht, gekrönt,
auf den Inseln.

Ich blieb nicht haften
auf irgendeinem Traum.

Ich kehrte zurück, einfach um zu arbeiten
mit den übrigen all
und für alle.

Daß alle leben
darin,
erbaue ich mein Haus
aus glashellen
Oden.

ODE AN DAS ÖL

Nah dem rauschenden
Korn, den Wogen
des Windes im Haferfeld

der Ölbaum

aus silbernem Volumen,
streng in seiner Art,
in seinem sich windenden
erdhaften Herzen:
die grazilen
Oliven,
von Fingern
geglättet,
die die Taube
geformt
und die Schnecke
des Meeres,
grüne,
zahllose
Brustspitzen,
makelloseste
der Natur,
und dort,
in
den dürren

Olivenhainen,
wo
eintönig
blauer Himmel voll Zikaden nur
und hartes Erdreich
sind,
dort
erfüllt
das Zaubergebild,
die vollkommene
Fruchthülle
der Olive
mit ihren Gestirnen das Laubwerk:
später
die Krüge,
das Wunder:
Öl.

Ich liebe
die Heimaterden des Öls,
die Olivenhaine
von Chacabuco in Chile,
in der Morgenfrühe
das Platingefieder
waldhaft
gegen die zerfurchten
Cordilleren,
in Anacapri, hoch
über dem Thyrrenischen Licht
der Olivenbäume Trostlosigkeit,
und auf der Karte Europas
Spanien,
ein schwarzer Weidenkorb voll Oliven,
wie von Meeresböen besprüht
mit Orangenblüten.

Olivenöl,
geheime, höchste
Bedingung der Küche,
Postament des Rebhuhns,
Himmelsschlüssel der Mayonnaise,
mild und duftend
auf den Salaten,
die Natur überbietend in der Hölle
der erzbischöflichen Makrelen.
Öl, in unserer Stimme, in
unserem Chor
singst du
mit
tiefvertrauter
machtvoller Milde:
du bist kastilische
Sprache:
Silben gibt es von Öl,
Worte,
nützlich und lieblich duftend
wie dein Erdenstoff voll Wohlgeruch.
Nicht nur der Wein erhebt seine Stimme zum Gesang,
auch singet das Öl,
es lebt in uns mit seinem reifen Licht
und unter den Gütern der Erde
rühme ich
Öl,
deinen unerschöpflichen Frieden vor allem, deine grüne Essenz,
deinen aufgespeicherten Schatz, der niederströmt
von des Ölbaums Quellen.

ODE AN DEN STACHELDRAHT

In meinem Lande
Draht, Draht …

Du durchmißt
Chiles unendlich langen
Verlauf,
Vögel,
Einsamkeiten,
in die Länge,
die Breite,
unbebaute Weiten,
Draht,
Draht …

An andern Stätten
des Planeten
überquellen
die
Getreide,
zitternde Wellen
wirft ins Korn
der Wind.
In anderen
Breiten
brüllen
nahrhaft und machtvoll
auf den Weiden
die Herden:
hier
öde Gebirge,
Himmelsstriche,
da ist kein Mensch,
da ist kein Pferd,
Gehege nur,

Eisenstacheln,
und die Erde
leer.

An anderen Teilen des Planeten
Kohlfelder
gedeihen,
Käse,
und es mehrt sich
das Brot,
steckt
der Rauch
seine Federbüsche
wie Wachtelhauben
auf die Dächer,
verbergen
Dörfer
wie Hennen
die Eier,
ein Nest voll von Traktoren:
die Hoffnung.
Hier
Erden
und Erden,
verstummte Erden,
blinde,
herzlose Erden,
Erden ungepflügt.

An anderen Gegenden Brot,
Äpfel und Reis ...

In Chile Stacheldraht, Draht ...

ODE AN DIE ARAUKANISCHE ANDENTANNE

Hoch über die Erde,
so bist du gesetzt,
harte schöne Araukarie
der australen
Berge,
Chiles Turm, Spitze
des grünen Gebreits,
Winters Gezelt,
des Wohlgeruchs
Segelschiff.

Und dennoch, heute
singe ich dich,
nicht weil du schön bist,
sondern der Blütentraube deiner Gattung zulieb,
wegen deiner festgeschloßnen Frucht,
wegen deines aufgebrochnen Zapfens.

Lang,
lang ist es her,
da
öffnete
über den Indios
gleich einer Rose von Holz sich
das Riesengebild
deiner Faust
und hinterließ
auf
den regennassen Erden
des Tannenzapfens Kerne:
Mehl, des unbezwingbaren
Araukaniens
wildwachsendes Brot.

Seht doch den Krieg:
waffenstarrend
Kastiliens Krieger
und ihre Rosse
mit galvanischen
Mähnen,
und ihnen
gegenüber
der Schrei
der
nackten
Helden,
Stimme des Feuers, Klinge
aus hartgrauem Stein,
wahnsinnige Lanzen
im Wald,
Trommel,
heilige
Trommel,
und im Innern
der Wildnis
das Schweigen,
sich zurückziehend der
Tod,
der Krieg.

Da, in der letzten
grünen Bastion,
vereinten
die durch die Flucht
versprengten,
die Lanzen
der Wildnis sich
unter den stachlichten
Andentannen.

Kreuz,
Schwert,
Hunger
hatten das urwilde
Geschlecht dezimiert.
Schrecken,
Schrecken beim Aufschlag
eiserner Hufe,
bei eines Blattes Gezuck,
bei Sturmwind,
Schmerz
und Regen.
Plötzlich,
dort in der Höhe, hin und her schwankte
die araukanische
Tanne,
es bebten
ihre göttlichen
Wurzeln,
eingriffen
ins schwarze
Gewoge
der Schlacht
des mächtgen
Gezelts
struppige
Stacheln:
wie eine Woge von Löwen
brüllte
das ganze Laubwerk
der rauhen
Wildnis,
und dann
stürzte
eine Sturmflut
Zapfen herab:

dic großcn
Gehäuse
zerbarsten
am Boden, am
verteidigten Fels,
und entkernten, weithinstreuend,
die Frucht, der Heimat
letztes Brot.

So fügte
ihre Lanzen aus Wasser und Gold
die Andentanne wieder zusammen,
sturmgeschüttelt beugten die Wälder sich
unter dem Sausen
des wiedererstandenen
Mutes,
vordrangen
wild wie Sturmesböen
die Leiber,
die
flammenden
Federn des Kaziken:
glühender Stein
und fliegender Pfeil
geboten Einhalt
auf seinem Weg
dem eisernen Invasor.

Araukarie,
Laubwerk
aus Bronze, stachelstarrend,
Dank
sagte dir
das blutende Völkergeschlecht,
Dank
sagte dir

die beschirmte Erde,
Dank,
Brot der Tapferen,
geheime
Nahrung
im taufeuchten Frührot
des Vaterlandes:
grüne Krone,
reine
Mutter der Erdenträume,
Leuchte
des eisigen
Himmelstrichs,
schenke
heut
dein
schattiges Licht mir,
die bewunderungswürdige
Sicherheit,
errichtet
auf
deinen Wurzeln,
und überlassen sei meinem Gesang
das Erbe
und das Brausen
des Winds, der dich berührt,
des uralten
sturmgewaltigen Windes
meines Vaterlands.

Laß
in meine Seele
deine Granatkerne fallen,
auf daß Legionen
sich nähren
in meinem Gesang von deiner Art.

Nährender Baum, überlasse
den erdhaften Ring mir, der dich kettet
ans regengesättigte Innre
der Erde,
überlaß
deine Unbeugsamkeit mir, das Antlitz,
die Wurzeln,
standhaft
gegen Neid,
Überfall, Habsucht,
Unehrerbietigkeit.
Laß und laß wachen deine Waffen
mir über dem Herzen,
über den Meinen,
auf den Schultern
der Tapfern,
denn zum nämlichen Licht hin von Blättern und Morgenröte,
Sandgefilden und Laubwerk,
zieh mit den Fahnen ich
beim tiefen
Sturmgeläut meines Volkes!
Araukanische Andentanne,
hier bin ich!

ODE AN DEN SAND

Makelloser Sand, wie
häufte unmerklich sich
dein gespaltenes Korn,
Gürtel des Meeres, Gefäß der Welt,
Blüte des Planeten,
wie fügtest du, angesichts des Geheuls
von Wogen und wilden Vögeln,
zusammen deinen ewigen Ring, deine dunkle Einheit?

Sand, Mutter
des Ozeans
bist du,
er, in deinem unzähligen Stein,
bewahrte die Traube auf des Geschlechts,
deine Natur
versehrend
mit seinem samenträchtigen Gebrüll
eines grünen Stiers.
Nackt auf
deiner zerriebenen Haut
fühl ich
deinen Kuß, mich dein Säuseln durchfluten
und enger umschmiegt als von Wasser,
Luft und Zeit,
und wie du nachgibst
meines Leibes Konturen
und wieder mich formst;
und schweife ich
weiter umher
am Meeresgestade,
bleibt in deinem Gedächtnis
einen Augenblick lang, Sand,
meines Erdendaseins Spur,
bis Luft,
Welle
oder Nacht
tilgen in deinem Reich mein graues Gewicht.

Zerfallener Kiesel,
zersprengter Marmor, zerbröckelter
Reif,
Blütenpollen
der Tiefe,
Meeresstaub,
silbrig

wie Taubenbrüste
erhebst du dich
in den Dünen,
du breitest
in der Wüste dich
grenzenlos aus,
gerundet, glänzend
wie ein Reif,
Sand
des Mondes,
toter,
einzig Schweigen,
bis der Wind ansaust
und zerstörerisch stürmt,
schüttelnd
das zertrümmerte Gestein,
das Laken
aus Salz und Ödnis,
und dann
tönt wie ein von Geigenböen,
wie von tosender
Blitzesschnelle schlagender Schwerter
durchbraustes
Kastell
der wütende Sand.

Du zerfällst,
bis auf seine Schaufel
der Mensch
dich hebt
und du heiter hineilst
zum Gemeng
des Bauwerks,
heimfindend so
zu Stein
und Gestalt,

eine
Wohnstatt
erbauend,
und wieder vereint
zu dienen
dem Willen des Menschen.

ODE AN IHREN WOHLGERUCH

Zarte du, wonach duftest du,
nach einer Frucht,
nach welchem Stern, nach welchem Blatt?

Dicht an
dein kleines Ohr,
an deine Stirne
neige ich mich,
stecke
die Nase tief in dein Haar
und dein Lächeln,
suchend, erkennend,
von welcher Art dein Duft ist:
mild duftet es, aber nicht
Blüte ist's, nicht durchdringender
Nelke Stich
oder leidenschaftlicher
Jasmine
hinreißender Duft:
etwas ist es aber, Erde ist's,
Luft,
Holz oder Apfel
ist's,
Ruch
des Lichts auf der Haut,

Arom
des Blattes
vom Baum
des Lebens
mit der Wege
Staub
und der Frische
morgendlichen Schattens
in den Wurzeln,
Ruch
von Stein und Fluß,
doch
näher
dem Pfirsich,
dem geheimen
warmen Pochen
des Bluts,
Ruch
reinlichen Hauses
und wie Kaskade,
Wohlgeruch
von Taube
und Haar,
Duft
meiner Hand,
die über den Mond
deines Leibes strich,
die Gestirne
deiner Sternhaut,
das Gold,
das Korn,
das Brot deiner Berührung,
und dort,
auf deines tollen Leuchtens
hingestreckter Länge,
auf deiner Kontur eines Gefäßes,

im Kelch,
auf den Knospenaugen deiner Brüste,
zwischen deinen großen Liden
und deinem Mund aus Meeresschaum,
auf allem
hinterließ,
ließ meine Hand
Ruch von Tinte und Wildnis zurück,
von Blut und verschwendeten Früchten,
Wohlgeruch
vergeßner Planeten,
von reinen
pflanzenhaften Papieren,
und dort,
in die Frische deines Leibes
versunken, Geliebte,
wie in einen Quell
oder in das Läuten
eines Glockenturms
hochoben
zwischen des Himmels Duft
und dem Flug
letzter Vögel
mein eigener Leib,
du meine Liebe,
Duft,
Wort
deiner Haut, der Sprache
der Nacht in deiner Nacht,
des Tages in deinem Anschaun.

Auf von deinem Herzen
steigt
dein Duft,
wie vom Erdreich
zu des Kirschbaums Wipfel das Licht,

auf deiner Haut halte ich
deinen Herzschlag auf
und rieche,
die da aufsteigt, die Woge Lichts,
die versunkene Frucht
mit ihrem lieblichen Duft,
die Nacht, die du atmest,
das Blut, das deine Schönheit
durchkreist,
bis es den Kuß erreicht,
der mich erwartet
an deinem Munde.

ODE AN DIE NACKTE SCHÖNE

Keuschen Herzens, reinen
Auges
rühme ich dich, Schönheit,
zurückdämmend mein Blut,
auf daß hervortrete und bleibe
die Linie, deine Kontur,
daß
du dich bettest in meine Ode
wie auf der Wälder Boden oder in Wogenschaum:
in irdischen Duft
oder in Meeresmusik.

Nackte Schöne du,
von gleicher Art
wie deine Ohren,
diese winzigen Muscheln
des glanzerfüllten amerikanischen Meeres,
sind deine vom uralten Schlag
des Windes oder hellen Klanges gewölbten

Füße.
Gleich sind
in ihrer parallelen Vollkommenheit und erfüllt
vom Licht des Lebens
deine Brüste,
gleich
in ihrem Schwunge sind
deine Wimpern aus Korn,
die in deinen Augen zwei unergründliche Lande
enthüllen
oder versperrn.

Die Linie, die deinen Rücken
in blasse Regionen
teilt,
verliert sich und tritt wieder
in zwei blanken Apfelhälften
hervor
und teilt
deine Schönheit abermals
in zwei Säulen
von gebranntem Gold, von Alabaster zart,
um in deinen Füßen sich zu verlieren wie in zwei Trauben,
von denen aufglüht und von neuem sich erhebt
der Doppelbaum deiner Symmetrie,
ein frohes Feuer, der gespreitete Kandelaber,
die schwellend aufgereckte Frucht
über des Meeres und der Erde Bündnis.

Dein Leib, aus welchem Erdenstoff,
Achat, Quarz, Weizen,
ward er geformt, wuchs er auf,
wie das Brot aufgeht
von der Wärme,
und zeigte silberne
Hügel,

Täler einer einzigen Blüte, Zartheiten
tiefen Samtes,
bis geschaffen ward
die feine und feste weibliche Gestalt?

Nicht nur Licht ist, das
niederstrahlt auf die Welt
und über deinen Leib
seinen gedämpften Schnee hinbreitet,
auch von dir aus geht die Helle,
als wärest du entflammt
in deinem Innern.

Unter deiner Haut lebt der Mond.

ODE AN DEN KÜSTENKAKTUS

Kleines
makelloses Ding,
stachelgestirnter
Kaktus der Sandöden,
Feind,
deine Robustheit, stachelstarrend,
grüßt
der Dichter:
im Winter
erblickte ich dich:
Seedunst zernagte
das Felsgeklüft,
die Donner
des Seegangs
warfen sich
auf Chile,
das Salz stürzte Statuen um,

der Weltenraum
beherrscht
von den alles Überrollenden,
den Schwingen des Sturms,
und du,
winziger
stachlichter
Held,
zwischen zwei Steinen
ruhevoll,
unbewegt,
ohne Knospenauge und Blatt,
ohne Geborgenheit und Nerv,
zäh, mit deinen erzenen
Wurzeln
wie Pflöcke
ins Eisen des Planeten getrieben
und darüber
ein Haupt,
ein winziges
Stachelhaupt,
unbewegt,
fest und rein,
allein in der bebenden Ozeanwelt,
im orkangeschüttelten Himmelsstrich.

Später naht der August,
der Frühling schlummert,
verloren in der Kälte
der düsteren Hemisphäre,
alles an der Küste
schmeckt schwarz,
wie Klaviere
wiederholen
die Wogen sich,
der Himmel ist ein düstrer

zerschellter Segler,
die Welt ein Schiffsuntergang,
da wählte,
um wieder
auf Erden das Licht
zu schauen,
der Frühling dich,
und so erscheinen
bei seiner Geburt
zwei Blutstropfen
an zwei deiner einsamen Stacheln,
und wieder ersteht,
hier
zwischen Steinen,
zwischen deinen Nadeln er,
wieder beginnt
von neuem
der meerische
Frühling,
der Frühling
Himmels und der Erde.

Dort, unter allem,
was lieblich duftend,
zephirhaft oder welk da lebt,
im Laube bebt
des Zitronenbaums, in
den schlummernden Düften dort
der herrlichen Magnolie,
unter allem, was auf sein Kommen
wartet, warest
du, Kaktus der sandenen Öden,
kleiner rauher unerschütterter
einsamer,
der Erwählte,
und alsbald,

bevor eine andere Blüte dich herausfordern konnte,
wurden die Knospen
Blut
deiner heiligen Finger,
rosenfarbener Flor,
Blüten wunderbar.

Das ist die Geschichte,
und dieses
meines Poems
Moral:
wo immer
du seist, und lebtest du auch
in der letzten
Einsamkeit dieser Welt,
unter der Geißel
des Erdenzorns,
im Winkel
der Erniedrigungen,
Bruder,
Schwester,
harre aus,
wirke
unerschütterlich
mit deinem geringen Dasein, deinen Wurzeln.

Eines Tages,
für dich,
für alle,
wird deinem Herzen
entspringen ein roter Strahl,
wirst auch du einen Morgen erblühen;
dich, Bruder, Schwester,
hat nicht vergessen,
nein,
dich hat nicht der Frühling

vergessen,
ich sage es dir,
ich versichere es,
denn der garstige Kaktus,
des Sandes,
stachlichter Sohn,
er hat, plaudernd
mit mir,
mit dieser Botschaft
mich beauftragt
für dein untröstliches Herz.

Und nun
sage ich dir,
und sage es mir:
Bruder, Schwester,
harre aus,
ich bin des gewiß:
Nicht vergessen wird uns der Frühling.

ODE AN DIE SOCKEN

Maru Mori brachte mir
ein Paar
Socken,
die sie mit ihren
Hirtenhänden gestrickt,
zwei Socken, mollig anzufühlen,
wie Hasen.
In sie
steckte ich die Füße
wie
in zwei
Futterale,
gewebt

aus Fäden der
Morgendämmerung
und der Schafe Fell.

Ungebärdige Socken,
zwei Fische
aus Wolle
wurden meine Füße,
zwei gewaltige Haie
von ultramarinem Blau,
von einer goldenen Flechte
durchwirkt,
zwei gigantische Amseln,
zwei Brunnenrohre:
so wurden
meine Füße
durch
jene
himmlischen
Socken
geehrt.
Sie waren
so wunderbar,
daß meine Füße
zum ersten Mal mir unzulänglich
schienen
wie zwei altersschwache
Feuerwehrmänner,
unwürdig
jenes bestickten
Feuers,
jener leuchtenden
Socken.

Und dennoch,
ich widerstand

der heftigen Versuchung,
sie aufzubewahren,
wie Schüler
Leuchtkäfer
aufheben,
wie Gelehrte
ehrwürdige Dokumente
sammeln,
widerstand
dem mächtigen Impuls,
sie in einen goldenen
Käfig
zu legen
und ihnen tagtäglich
Kanarienfutter zu geben
und Fleisch der Melone, rosenfarbenes.
Entdeckern gleich,
die in der Wildnis
das junge, das allerseltenste
Edelwild
an den Bratspieß liefern
und unter Gewissensbissen
verzehren,
streckte ich
die Füße aus,
fuhr in
die
schönen
Socken
und dann
in die Schuhe.

Und das ist
die Moral meiner Ode:
Zweifach ist die Schönheit
Schönheit,

und was gut, ist zweifach
gut,
so es sich um zwei Socken handelt
aus Wolle
im kalten Winter.

ODE AN DIE KASKADE

Eh du's gesehn,
erhob ich mich eines Tags in der Frühe
und schenkte dir eine Kaskade.
Von allem,
was auf Erden
besteht,
Steine,
Bauten,
Nelken,
von allem,
was durch die Lüfte fliegt,
Wolken,
Vögel,
von allem,
was unter der Erde
ist,
tote
Erze,
nichts ist
so flüchtig,
nichts, das
so singt
wie eine Kaskade.

Hier hast du sie:
brüllend

wie eine weiße Löwin,
schimmernd
wie des Phosphors Blüte,
träumend
in jedem deiner Träume,
singt sie,
vergängliches Silbergeschmeid
mir reichend,
in meinem Gesang.
Aber
sie arbeitet auch
und bewegt
das Rad
einer Mühle,
ist nicht
versehrte Chrysantheme nur,
sondern Erzeugerin
des Mehls,
Mutter des Brotes, das du issest
an jedem Tag.

Nie
wird, was ich dir je gegeben, dir zur Last,
dein Eigen
ward immer,
was ich dir gab, Holz oder Blume,
Wort oder Mauer,
die all
die irrende Liebe erhalten, die brennend
in unsern Händen ruht,
doch was ich immer
dir gab,
dir gebe,
darbringe dir,
diese
geheime

Stimme
des Wassers
wird es sein, die da nennen wird
eines Tages in ihrer Sprache, was alles
wir verschwiegen, du und ich,
sie wird von unseren Küssen
der Erde erzählen,
dem Mehl,
und wird weiterhin
mahlen
Weizen,
Nacht und
Schweigen,
Worte,
Geschichten,
Gesang.

ODE AN DIE ANDENCORDILLERE

Wieder einmal aus der Höhe,
vom Himmel her
tauchtest du mir auf
im Fluge,
Cordillere meiner Heimat,
weiß und dunkel.
Zuvor hatte der Flugzeuggigant
die gewaltigen Meere überquert,
Urwälder und Wüsten.
Alles war Ebenmaß,
alles wohlgeordnet
auf Erden,
alles, aus der Himmelshöhe,
war Weg,
bis mitten zwischen

Himmel und Erde,
die Türme der Erde vereisend,
dazwischenschob sich
dein planetarischer Schnee.
Vulkane, Felsennarben,
Schürfungen,
eisenhaltige Triften des Schnees,
Höhen,
titanisch, zerschunden,
Häupter der Berge,
Füße des Himmels,
Klüfte des Abgrunds,
Felsgrate,
die die Erdrinde
durchschnitten,
und, in siebentausend
Meter Höhe,
die Sonne,
hart wie Diamant
über Felsenadern, dem Geflecht
der Schatten, des Schnees,
über dem rasenden
Beben der Welten,
das wallend erstarrte
und in ungeheurem
Schweigen
hinsetzte
seine Meere von Granit.

Vaterland,
in deine schmalen Hände legte die Erd
ihre grausamste Standarte,
die andinische Cordillere,
beschneites Eisen, nackte Einsamkeit,
Stein und Fieberschauer,
und an deiner Flanke

bringt als unendliche Blüte dir dar
das Meer seinen vergossenen Schaum.
O Meer, o Schnee,
o Himmel
meines kleinen Landes,
dem Menschen, dem Bürger,
dem Kameraden
wirst du geben,
wirst du eines Tages geben
das Brot deiner Größe,
wirst es vereinen dem Geschick
des Schnees,
dem hehren Glanz
des Meeres und seiner Kraft.

Rauhe Wohnstatt,
eines Tages
wirst du dich auftun,
darzubringen
die geheime
Fruchtbarkeit,
den Lichtstrahl deiner Gaben,
und dann
wird mein geringer
Mitmensch,
schlimm zugerichtet in seinem Reich,
elend
in seiner eigenen Feste,
zerlumpt in seinem Umkreis aus Gold
empfangen
den Schatz,
den er erobert,
schirmend den Schnee seines Sterns,
mehrend die See und ihre Trauben,
ausbreitend der Früchte Stille.
Cordillere, Gemeinschaft

des Gesteins,
in dieser Stunde
rühme ich
deine Erhabenheit,
deine Härte,
den eisigen Leuchter
deiner hohen
Schnee-Einsamkeit,
die Nacht,
eine Mündung, reglos
treibend
über
die Steine deines Traumes,
den Tag
gläsern
über deinem Haupt,
und in ihm, in der schneeigen
Haarflut
der Welt,
den Kondor,
der seine Schwingen
erhebt
machtvoll,
seinen Flug,
der wilden Höhen
würdig.

ODE AN DEN SCHÄDEL

Ich fühlte ihn
erst,
da ich stürzte,
da mir das Leben
entglitt

und ich fiel
aus
meinem Sein, wie aus zertretener
Frucht der Kern:
ich wußte nichts
denn Schlaf
und Dunkel,
und dann
Blut und Weg,
jäh
schneidendes
Licht:
Vorüberhastende,
die aufhoben deinen Schatten.
Später das Laken des Betts,
weiß wie Mond,
und endlich Schlaf,
an deine Wunde sich
wie schwarze Watte heftend.

Heute morgen
streckte ich einen heimlichen Finger aus,
glitt über die Rippen,
den geschundenen
Leib,
und einzig,
fest
wie eine Schale,
fand ich
meinen armen
Schädel.
Wie oft
in meinem Leben, auf Reisen, bei meinen Liebschaften
sah ich mir jedes Haupthaar an,
jedes Fältchen meiner Stirn,
ohne des Kopfes

Herrlichkeit zu gewahren,
des Gedankens
Knochenturm,
die Schale hart wie Kokos,
das schützende
Gewölb aus Kalk,
gleich einer Uhrenkapsel
mit mauerhafter Dichte
winzige Schätze
umhüllend,
Blutgefäße, Kreisläufe,
unglaubliche,
Pulse der Vernunft, Venen des Traumes,
Gallerte der Seele,
den ganzen
winzigen Ozean,
der du bist,
den tiefen Stolz
des Gehirns,
die wie eine versunkene Cordillere
gefurchten Windungen
und in ihnen
den Willen, den Fisch der Lebendigkeit,
die elektrische Blütenkrone
des Triebes,
die Algen der Erinnerung.

Ich berührte meinen Schädel
und entdeckte ihn,
wie man in der Geologie
eines Bergwalds,
der blattlos schon
und ohne schwingende Vogelmelodie,
das harte
Erz
entdeckt,

der Erde
Geripp,
und
verwundet noch immer
an ihm,
singe, rühme ich
den Schädel, den deinen,
den meinen,
den Schädel,
die schützende
Dichte,
das Schatzgehäus, Helmhaube
des Lebens,
des Daseins Nuß.

ODE AN DIE KRITIK (II)

Ich nahm mein Buch:
es war
gediegen,
gedrängte Fülle,
wie ein Segler weiß
geschwellt,
leicht geöffnet
wie eine junge Rose,
es war für meine Augen
eine Mühle,
mit jedem Blatt
wuchs des Brotes Blume
auf meinem Buch:
ich war geblendet von den eigenen Strahlen,
war über jedes Maß
zufrieden,
verlor das Land aus Sicht,

begann, von Wolkendunst umhüllt,
einherzuwandeln,
und da,
Kamerad,
brachtest du
mich auf die Erde zurück,
ein einziges Wort
wies plötzlich mir,
was alles ich unterlassen und
wieviel ich hätte voranbringen können
mit meiner Kraft und meiner Liebe,
Schiffahrt mit dem Segelschiff treiben meines Gesangs.

Wahrhaftiger
und bereichert kehrte ich zurück,
ergriff, was alles ich in mir trug,
was alles du in dir hast,
was du durchmessen
auf Erden,
was alles deine Augen sahen,
wieviel
dein Herz durchkämpfte Tag um Tag,
das alles fand sich ein, bereit,
unendlich, an meiner Seite,
und ich erhob das Mehl
meines Gesanges,
und die Blume des Brots vermehrte ihren Duft.

Dir sag ich Dank,
Kritik,
heller Motor der Welt,
reine Wissenschaft,
Zeichen
der Entschiedenheit, Öl
des ewigen, des menschlichen Rades,
Schwert von Gold,

Stein des Baugefüges.
Kritik, du birgst
den dicken
Schmutztropfen
des Neides nicht in dir,
nicht die Sense der Selbstsucht
oder die Doppelzüngigkeit, eingenisteter
Wurm
des rankünen Kaffeehauses,
auch das Wortspiel nicht
des alten Speichelleckers und seines Stammes
bist du, noch das verräterische
Schwanzende
der feudalen Schlange,
noch immer um den erlesenen Ast gerollt.
Kritik, du bist
aufbauend
die Hand,
Libelle der Wasserwaage, Linie von Stahl,
Herzschlag der Klasse.

Mit einem einzigen Leben
kann ich nicht genug begreifen.

Von dem Licht anderer Leben
werden weitere Leben dauern in meinem Gesang.

ODE AN DAS KREUZ DES SÜDENS

Heute, den 14. April,
Sturm
an der Küste,
Nacht
und Sturm,

düstere
Nacht
und Sturm
aufgewühlt vom Dunkel,
aufrichtete sich die Zypresse
der Gestirne,
toten Staub
in den Raum
jagten
die Blätter der Nacht,
und alles blankgefegt
und zitternd.

Ein Baum
eisiger
Klingen
das gestirnte
Dunkel
war,
Wipfel
des Weltalls,
Platin-
ernte,
alles
in den hohen
Meeres-
einsamkeiten
glühte,
und ich, in Isla Negra,
ging
am Arm
meiner Geliebten,
und sie,
sie hob
einen Arm da in die Höhe,
unmerklich

in das Dunkel
getaucht,
und gleich einem Amberstrahl,
von der Erde zum Himmel
gerichtet,
wies sie
mir vier Gestirne:
über unsern Häuptern
das Kreuz des Südens, unbeweglich.

Im Nu verlöschten alle
Augen
der Nacht,
einzig,
an den einsamen Himmel geheftet, sah ich
vier blaue Rosen,
vier Steine, eisesstarr.
Und ich sprach zu ihm,
meine, des Poeten
Leier
ergreifend und
angesichts des ozeanischen
Stürmens, inmitten der Bisse
der Wogen:
Kreuz
des vergessenen Südens,
Schiff
meines Vaterlands,
Spange du
an der Brust
der erhabenen Nacht,
Sternbild des Meeres,
Licht
der ärmlichen Hütten,
irrende Leuchte, Rhombus
aus Regen und Samt,

Schwungfeder der Himmelshöhen,
Falter,
leg deine vier Lippen
auf meine Stirn
und entführe mich
in deinem nächtlichen
Traum
und dem Nachen
zu den Inseln des Himmels hin,
hin zu den Wasser-
fällen der Nacht,
zum magnetischen
Fels,
Mutter der Gestirne,
zum Aufruhr
der Sonne, zum uralten Wagen
der Morgenröte
mit Limonen übervoll.

Doch keine Antwort gab
das Kreuz des Südens mir:
weiter zog es, weiter,
weggeweht
vom Sturmeswehn.
Da ließ ich die Leier
an einer Seite
des Weges
und umfing meine Geliebte,
und als meine Augen
sich den ihren näherten,
sah ich in ihnen,
in ihrem Himmel,
vier Diamantspitzen
entflammt.

Die Nacht und ihr Schiff,
sie wogten
in ihrer Liebe,
und ich küßte einen um den anderen
ihre Sterne.

ODE AN DEN UNBESTÄNDIGEN TAG

Silberner Fisch
mit orangenem
Flossenschwanz,
Tag des Meeres,
du wechseltest
stündlich
dein Gewand,
himmelsgleich
war der Strand,
blau
dein Halstuch,
in einer Wolke
deine Füße
waren Schaum,
und dann
war der grüne Schleier
des Regens
allüberall
in den Pinien:
eine stählerne Bö
sperrte
alle Hoffnung
des West,
weiß-blau schimmerte
die letzte oder die erste
Schwalbe

wie ein Revolver,
gleich einer Nachtuhr
wahrte der Himmel
einzig
einen Minutenzeiger
aus Platin;
anschwellend, schwarz bedeckte
das Meer sein Herz
mit Samt,
doch jäh die schneeige Locke weisend
oder die stürmische
Rose
seines strahlenden Wahns.

Dies alles
erblickte ich,
unruhevoll an meinem Fenster,
und ich wechselte die Schuhe,
um hinauszugehen an den Strand
voll von Gold
oder unterzutauchen in der Feuchte
zwischen des roten Eukalyptus Blättern,
krumm wie korinthische Dolche,
aber ich konnte nicht
wissen,
ob der Regenbogen,
der gen Cartagena
wie eine mexikanische Fahne sich entfaltete,
Bote war
lieblichen Lichts
oder des Turmes der Finsternis.
Von Wolken
ein Rest
wie ein hinfliegender
Hemdfetzen
kreiste

an der äußersten Schwelle
des wilden himmlischen Schreckens.

Von Flanke zu Flanke bebte
der Tag,
eidechsenhaft fuhr
ein Blitz
durch die dichte Wandung
der Wildnis,
und plötzlich stürzte aller Tau herab,
das wilde Diadem
im Erdenstaub verlierend.
Zwischen Wolken und Erde
niederlegte
die Sonne
alsdann ihr hartes Ei,
weiß, glatt, eigensinnig;
und hochgewachsen
wie eine Fichte
und grün sang ein Hahn
und sang,
als entkörnte sich
der ganze Mais der Welt:
ein Strom,
ein goldblonder Strom
drang durch die allerdunkelsten
Scheiben,
und nicht die Nacht,
nicht die stürmisch
schwanke Helle
verwurzelten auf der Erde,
sondern einfach
ein weiterer Tag,
ein Tag.

ODE AN DAS WÖRTERBUCH

Rindslederrücken, stämmiger
Lastenträger, systematisches
umfangreiches Buch:
als Jüngling
ignorierte ich dich, ging
von Eigendünkel umhüllt einher
und glaubte mich vollkommen,
aufgebläht, eine
melancholische Kröte,
verfaßte ich einen Bericht: »Ich empfange
die Worte
direkt
vom donnernden Sinai.
Ich führe
die Formen auf die Alchemie zurück,
Magier bin ich.«

Der große Magier aber verstummte.

Das Wörterbuch,
alt und schwer von Gewicht, mit seiner Decke
aus abgewetzter Haut,
ohne mir Proben zu weisen,
blieb stumm.
Eines Tages jedoch,
nachdem ich es benutzt
und beiseite getan,
nachdem
ich es als unbrauchbar,
ein unzeitgemäßes Kamel erklärt,
und es mir für lange Monate, ohne Einspruch zu erheben,
als Sessel gedient
und Ruhekissen,
rebellierte es und pflanzte sich hin

in meine Tür,
wuchs an, bewegte seine Blätter
und Nester,
bewegte die Höhe seines Laubwerks:
Baum
war es
unverfälscht,
freigebiger
Apfelbaum, Apfelgarten, Apfelhändler,
und die Worte
in seinem unerschöpflichen Wipfel funkelten
durchsichtig und tönend,
fruchtbar im Laubwerk der Sprache,
voller Wahrheit und Wohlklang.

Ich nehme eine
einzige
seiner
Seiten:
Korporal
Kapuze
wie herrlich,
diese Silben
volltönend auszusprechen,
und weiter unten
Kapsel,
Öl und Ambrosia erwartende Wölbung,
und neben ihnen
Kapuzinerkresse Kapernstrauch Kapriolen
Karneval Karambolage
Worte,
die hingleiten wie milde Traubenkugeln
oder aufspringen im Lichte
blinden Trieben gleich, die da warteten
in den Lagerräumen des Vokabulars,

von neuem zum Leben erwachen und Leben erzeugen:
und abermals verbrennt sie das Herz.

Wörterbuch, du bist nicht
Grab, nicht Friedhof, Sarg,
Hügel der Toten, Mausoleum,
sondern Bewahrung,
verborgenes Feuer,
Rubinengarten,
lebendiges Fortbestehen
alles Wesentlichen,
Kornspeicher der Sprache.
Und schön ist's,
aus deinen Reihen
das Stammwort zu wählen,
die bedeutungsvolle
vergessene
Sentenz,
Tochter Spaniens,
erhärtet
zur Pflugschar,
fest in ihrer Begrenzung
altehrwürdigen Werkzeugs,
gewahrt
in ihrer exakten Schönheit
und Medaillenhärte.
Oder jenes andere
Wort,
das wir zwischen den Zeilen dort
verloren sehn
und das plötzlich
wohlschmeckend wird, glatt in unserem Munde,
einer Mandel gleich
oder wie eine Feige zart.

Wörterbuch, eine Hand
deiner tausend Hände, einer
deiner tausend Smaragden,
ein
einziger
Tropfen
deiner jungfräulichen Wasserfälle,
ein Korn
aus
deinen
großmütigen Getreidespeichern,
im rechten
Augenblick
auf meine Lippen führt,
zum Schriftzug meiner Feder,
zu meinem Tintenfaß.
Aus deiner dichten tönenden
Urwaldtiefe
schenk mir,
so ich es brauche,
einen einzigen Triller, den Überfluß
einer Biene,
einen Splitter,
gefallen von deinem uralten duftenden Holz
für eine Ewigkeit von Jasminen,
eine
Silbe,
ein Beben, einen Laut,
ein Samenkorn:
aus Erde bin ich und mit Worten singe ich.

ODE AN DON DIEGO DER NACHT

Don Diego
der Nacht,
guten Tag,
Don Diego,
gute Nacht:
Ich bin
ein verlorener Dichter.
Ein Loch
war
jene Pforte.
Die Nacht
traf meine Nase
mit dem Zweig,
den ich für ein
erlesenes Geschöpf nahm.
Die Finsternis ist
des Todes Mutter,
und in ihr
treibt
der verlorene Dichter dahin,
bis
ein phosphorglühendes Gestirn
aufsteigt oder sinkt – ich wußt es nicht –
in der Finsternis.

War im Himmel ich,
verstorben?
An wen
sollt ich da
mich wenden?
Mein einziger
Himmelsfreund,
er starb vor unendlicher Zeit
und geht in Waffen:

Garcilaso.
In der Hölle,
zwei Sumpfeulen gleich,
ignorieren
Baudelaire und Edgar Poe
womöglich meinen Namen!

Ich blickte den Stern an
und er
blickte auf mich:
ich berührte ihn
und Blume war er,
war Don Diego,
und in der Hand
blieb sein Duft
mir haften,
meine Brust
durchdringend.

Erdengestirn,
Dank
für
deine vier
Blütenblätter
duftiger Helle,
Dank
für
dein Leuchten
in der Finsternis,
Dank für deine vier Strahlen, Stern,
Dank, Blüte dir,
für deine Blütenblätter,
und Dank
für deine vier
Schwerter,
Caballero.

ODE AN DIE EROSION IN DER PROVINZ MALLECO

Ich kehrte zu meiner Heimaterde zurück
und nun war sie nicht mehr,
war
die Erde
nicht mehr da,
sie war verschwunden.
Mit dem Wasser
war sie fortgezogen
hin zum Meer.
Du meine
starke
Mutter,
ihr brausenden unendlichen Wälder,
bergige Provinzen,
Erde, Wohlgeruch und Humus,
ein Vogel, der zwitschert,
ein schwerer
Regentropfen,
der fällt,
der Wind
auf seinem durchscheinenden
Roß, Spindelbäume, Avellano-Riesen,
sturmdurchwogte Raulikronen,
silbrige
Zypressen,
Lorbeerbäume, die gen Himmel
ihren Duft verströmten,
Vögel mit regennassem
Gefieder,
die in des Dickichts
Fruchtbarkeit
ein dunkles Geschrei
erhoben,
vollendet schöne dichtgedrängte

Blätter,
glatt wie Silberbarren,
wie Messer hart,
schmal
wie Lanzen,
Spinnen
der Wildnis,
ihr meine Spinnen,
Käfer,
deren
unstetes
winziges Feuer
einen Tropfen
Morgentau
nachahmt,
regenfeuchte
Heimat, gewaltiger
Himmel, Wurzeln,
Blätter, grünes Schweigen,
Universum
lieblichen Duftes,
Flagge
des Planeten:
nun,
nun
leidet
mein Herz
und berührt
deine Wundmale;
weggeschwemmt
des Landstrichs
Keimschicht,
als hätten Lava oder Tod
deine heilige Substanz
vernichtet
oder eine Sense

in dein mütterliches Antlitz
eingeschrieben
der Hölle Initialen.

Erde,
was wirst du deinen Söhnen geben,
Mutter du,
am morgigen Tag,
derart
vernichtet,
deine Schöpfung
derart zerstört,
derart zerrissen
dein Mutterschoß,
was für ein
Brot
wirst du verteilen
nun unter die Menschen?

Die gefiederten Sänger
in deiner Wildnis
kündeten
nicht nur
den Faden
der Anmut,
den nimmer endenden,
sie waren auch
des Schatzes Hüter,
Kinder des Gehölzes,
federgeschmückte Rhapsoden
der Düfte.
Sie hatten dich
gewarnt.
Sie
prophezeiten
das Sterben

in ihrem
Gesang.
Fühllos aber,
verschlossen,
einer Wand
von Toten
gleich,
ist das grobe Ohr
des
stumpfen
Grundbesitzers.
Er kam und
brannte nieder
den Wald,
zündete an
die Eingeweide der Erde,
kam,
einen
Sack
Bohnen
zu säen,
und ließ uns
eine
Erbschaft eisig zurück:
die Ewigkeit des Hungers.
Er rodete aus mit Feuer
den tiefen
Grund
des Mañío,
das Bollwerk
der Steineichen,
die Stadt der Raulibäume, den summenden
Bienenkorb der Ulmen,
und nun
entgleitet den verkohlten Wurzeln
das Erdreich,

niemand verteidigt es,
jähe
Erdspalten,
Wunden,
die niemand mehr und nichts
aus dem Boden tilgen kann:
gemordet
wurde meine
Erde,
zu Asche gebrannt
der ursprüngliche Wurzelstock.

Laßt uns
bannen den Tod!

Chilenen von heut,
Araukaner,
ihr weit entfernten,
jetzt,
auf der Stelle, sogleich,
laßt uns stellen
den Hunger
von morgen
und wiedererschaffen den Wald,
den verheißungsvollen,
das künftige
Brot
der langgestreckten
Heimaterde!
Jetzt
auf zum Wurzelnstecken,
die Hoffnung zu pflanzen,
das Reis
an das Erdreich zu binden!

Das ist
deine
Kriegertugend,
das
deine tönende Dichter-
pflicht,
deine Fülle unergründlich, die
eines Bauherrn,
Wurzeln zu gründen,
grüne Wipfel,
des Laubwerks Kathedralen
von neuem,
und, mit
dem Gesang
der Vogelwelt,
die zurückkehren wird aus dem Himmel,
wird wiederkehren das Brot an den Mund deiner Söhne,
das jetzt mit der Erde entflieht.

ODE AN DEN MEERESRAUM

Feucht das Herz, pocht
rollend die Woge,
die reine, sichere, bittere.
In deinem Innern
erschaffen sich von neuem das Salz,
die Transparenz,
das Wasser:
des Meeres Gewaltigkeit
spült dein Leben rein,
und nicht der Strand allein,
auch dein Herz wird gekrönt
von dem beharrlichen Schaum.
Zehn Jahre oder fünfzehn zurück,
ich erinnere nicht,

da kam ich in diese Einsamkeiten,
gründete
mein Haus
an diesem verlorenen Strand,
und wie Sand zerrieben
wurden die Stunden meines Lebens,
Sandkorn um Sandkorn:
Licht, Schatten, Blut, Getreide,
Abweisung oder Süße.

Die Mauern,
die Fenster,
die Ziegel, des Hauses Türen,
sie nutzten sich ab,
nicht durch die Feuchte allein
und des Vorübergehenden
Schritt,
auch durch meinen Gesang
und den Wogenschaum,
der den Strand bedrängt.
Durch mein Singen und den Wind
wurden die Mauern
verbraucht,
und aus Meer und Fels
der Küste
nahm ich Widerstandskraft,
Weltraum und Schwingen
für den tönenden Laut,
sammelte ich in mir der Meeresnacht
Substanz.

Erster Mensch
an diesem Strande,
hob ich verzückt
die kühle wellende
Alge aus der Woge

oder die Schneckenmuschel Chiles,
harte Rose,
versunkene
Taubenhüfte,
oder, durchscheinend
wie gelber Wein,
des Meeres
Achat.
Dann
suchte ich
die Pflanzen des Sturmes,
das dünne Firmament
der in der Düne,
in der kalkigen
Unberührtheit der Felsen
verlorenen Blumen:
ich liebte die Flora
des glutheißen Sandes,
dicke Blätter, Gedörn,
des Unwetters Blütenflor,
winzige
Sternchen,
unveränderlich
und der Erde verhaftet.

Ja, die Blumen,
die Algen,
der Sand,
hinter allem aber
das Meer
wie ein im Sturmwind
ausbrechendes
Roß,
ein blaues Roß, Roß
mit weißer Mähne,
immerdar

galoppierend,
das Meer,
immer
ein brodelndes
Becken,
das Meer
unendlich weiter
denn die Inseln,
ein rasender Gürtel
von Erd und Himmel.
An den Gestaden
Steine
Arme voll,
geben das Meer und seine Schlachten
Bauten
aus Fels,
unterhöhlt von einem einzigen Tropfen,
durch die Jahrhunderte schlagend.

Am grauen Granit
zerspellt das Meer:
Schauminvasionen,
Heere des Salzes,
grüne Kriegerscharen
reißen unsichtbare Trauben hinab.
Gewaltige Taucher
gleiten abwärts,
Streiter
der Tiefe:
auf dem Herz der Woge schaukelnd,
wartet das Schiff
sie kehren zurück
mit
einer Handvoll
untermeerischer
Früchte,

gotische Schnecken,
Seeigel stachelgestirnt:
der Taucher
entsteigt
mit seinem Tauchhelm
der Mythologie, er vermag
mit den Medusen zu tanzen,
im abgrundtiefen Hotel
der Sirenen
zu weilen,
aber er kehrte zurück: ein einfacher
Küstenfischer,
steigt er aus seinen Schuhen
und ist luftgleich
wie ein Blatt Papier, ein Vogel.
Blitzschnelles Volk
meiner Gefährten,
heftiger denn das Meer ist der Husten,
der euch erschüttert,
und wie aus zerrissenen Netzen fallend
gleiten eure schwierigen Leben
unvereint
in den Tod.

Winzig klein scheint
der Mensch
der Meeresküste,
einem Seefloh gleich.
Aber nicht wahr ist's.
Er hat
an die Klippen, ins
Ödland des Meeres
spinnenhaft
seine elende Wohnstatt gehängt,
er, der Mensch
des entwurzelten Erdreichs,

erbaute aus Blechdosenresten, aus zersplitterten
Brettern über dem Haupt seiner Kinder das Dach
und ging fort, Tag für Tag,
hin zum Hammer, zum Zement,
auf die Schiffe.
Hierselbst liegen
die Häfen,
Häuser, Zollgebäude:
der schwache Mensch
der Küste hat die Bauten errichtet
und kehrte zurück dann auf die Hügel,
in seine Höhle.

Ozean, ja, erhaben ist
dein inständiges
Prophezeien, die Ewigkeit,
hinrollend, deines Gesangs,
dein brausender Chor
dringt in mein Herz, fegt die Blätter fort
des verblichenen Herbstes.
Ozean,
dein überschäumender Kelch
öffnet
wie in die Klippe
in meine kleine Dichterstirn
seinen Spalt,
und Sand, beständige Blumen,
Sturmvögel, heulende Himmel
umgeben mein Dasein.
Der winzige Mensch
der sandigen Ufer aber
ist größer für mich.
Seht ihn, zu dieser Stunde:
da geht er vorüber mit seinem Weib, mit fünf hungrigen
Hunden, mit seiner Meereslast,
Algen und Fischen.

Ich bin kein Meer, bin Mensch.

Anerkenne den Sturm nicht.

Was künden diese Wogen an?

Ich schließe mein Fenster.

Ozean,
schön ist deine Stimme, aus Salz und Sonne deine Gestalt,
aber
für den Menschen bestimmt ist mein Gesang.

ODE AN DIE STERNE

Ruhestrahlende Edelsteine, klare,
der Nacht, umhüllt
von Einsamkeit, doch leer
für den Menschen,
Löcher,
gebohrt
in den schwarzen Diamant,
Pfeile
wogenden
Samtes,
Korn
aus Platin,
ins Dunkel
gestäubt,
und damit gut!
Nun aber
zu welchem Nutz,
auf welche Art
und wie und wann

werdet ihr dem Leben dienen?
Müd bin ich,
sind wir
soviel
unnützer,
erhabener
Schönheit.
Ihr seid die reizendsten
Jungfraun
der siebzig Himmel,
in Atlasschuhen,
mit diamantenen Augen,
Mädchen,
die nicht
zu kochen verstehen,
noch Traktoren zu lenken,
Statuen
weltfernen
Herzens,
wie lange noch?

Wir wollen,
daß
ihr
voll von Trauben seid,
strahlend,
doch fruchtbar,
verlockend,
ja,
aber wir wollen ein Gestirn
tausendjährigen Weines voll
wie ein Faß,
ein anderes
sei
Werkstatt
von Uhren,

übervoll,
eines
mit dem Ruch von Kamel,
von Büffel, von Kuh,
eines
überschüttet
von Fischen,
ein andres
voller Ziegelsteine, die man
auf Erden braucht,
um den Witwen toter Arbeiter
Häuser zu bauen,
einen Stern
mit Broten,
wenn möglich
mit Butter inmitten.
Vergiß nicht, Poet,
ruft man mir zu,
einen Stern
mit Lämmern,
einen andern
mit Salaten,
mit Matratzen,
einen mit Hausgerät,
einen weiteren mit Büchern!

Sterne,
haltet mich nicht
für närrisch
darum,
wenn ich
wie in den Büros
auf
vagen
Wünschen
bestehe.

Hört mich an:
die Erde
ist unser Stern.
Zuerst
werden wir ihn fruchtbar machen,
bis er überhäuft ist
wie ein grüner Korb
mit Gütern,
die
wir ihm entreißen werden,
und dann –
aufwärts!
Anderen Sternen zu!
In die Lüfte!
Zur Sonne!
In den Wind!

An der schimmernden Küste
neuer Weltenräume
werden wir landen,
auf dem entlegenen Stern
mit einer Schaufel
und einem tiefsinnigen Buch,
mit einfachen Herzen;
abgebucht
die alte Astronomie,
wird kommen die Agrikultur
der Gestirne,
werden wir
die Brüste der Gestirne melken,
und in der Nacht
wird in der Weite
der Himmel
brüllen unser Vieh.
Unnütze
Sterne,

jede Nacht
meines steigenden Lebens
scheint ihr
schöner mir,
höher,
angeschaut
durch die eisige Transparenz
der chilenischen Nacht.
Im Maß
wie meine Jahre anwachsen,
schlummere ich mehr mit euch
oder wache
unter eurer
unzählbaren
Schönheit,
darum,
in dieser Vertrautheit
von
Liebenden,
laßt mich bleiben
polygam
im geräumigen Brautbett
der Nacht,
laßt
in die höchste Höhe
meine Dichterhand
erheben
und dem gestirnten Dunkel,
den weltenfernen, den zitternden
Sternen
eine Nachricht zukommen,
ein Pochen
an ihre eisigen
Tore,
eine wehende Wolke
menschlichen Saatkorns,

einen Brief, eine Ode,
die vorwegnimmt
im Himmel
die irdische
fruchtbare
Invasion.

ODE AN DIE APOTHEKE

Welch ein Duften nach Wald
die Apotheke
birgt!

Aus jeder
Wurzel entströmt Essenz,
den Frieden
des Apothekers
mit Wohlgeruch zu erfüllen,
Salze
zerstieß man,
die wundersame Salben
ergeben,
der Krater der Vulkane,
er mahlte, mahlte, mahlte
in seiner Mühle
den Schwefel,
und hier
neben
dem Harz
des geheimnisvollen Kopalbaums ist er:
alles
ward Kapsel,
Pulver,
staubfeines
Teilchen,

vorbeugendes
Prinzip.
Der Mörser
zerstampfte winzige
Sterngebilde,
Arome,
Blütenblätter des Wismuts,
trockene Schwämme,
Kalk.

Im Hinterzimmer
seiner Apotheke
lebt
der uralte
Alchimist,
die Brille
auf
einer vielfältig begabten
Nase,
sein Zaubernimbus
in den Flaschen
ist umgeben
von geheimnisvollen
Namen:
Brechnuß,
Aschensalz,
Sulfat,
Baumharz
von den Inseln,
Moschus,
Rhabarber,
Belladonna, das teuflische,
und das erzengelhafte Bicarbonat.
Dann fielen
mit ihren Alphabeten
die Vitamine ein

in die klugen Regale.
Aus der Erde,
dem Humus,
den Schwämmen
sprossen
die Stäbchen
des Penicillins,
aus jedwedem
toten
Eingeweid
flogen,
Bienen gleich,
die Hormone auf
und nahmen
ihren Platz ein in der Apotheke.

In dem Maße
wie im Laboratorium man
ankämpfte
gegen den Tod,
rückte
die Fahne
des Lebens vor,
stellte man
eine Veränderung fest
im Duft
der alten Apotheke:
die langsamen
Salben
machen Platz
der blitzhaft wirkenden Schachtel
voll Injektionen,
und eine Kapsel vereint in sich den neuen
Geschwindigkeitsrekord
im Wettlauf
des Menschen mit dem Tod.

Apotheke, welch heiliger
Duft von Wald
und Wissen
entströmt deinen
Regalen,
welch eine unterschiedliche
Intensität der Duftstoffe
und Gebiete:
der Honig
eines Holzes,
der makellose Blütenpollen
einer Rose
oder
eines Giftes
Trauer.
Alles
in deinem hellen Bereich,
in einer Universität
von Flaschen und Schachteln,
wartet auf
die Stunde der Schlacht in unserem Leib.

Apotheke, Kirche
der Verzweifelten,
mit einem kleinen
Gott
in jeder Pille!
Häufig
aber bist du
zu teuer;
der Preis
eines Mittels
versperrt deine schimmernden Türen,
und die Armen
kehren ins dunkle Krankenzimmer zurück
mit aufeinandergepreßten Lippen.

Möge kommen ein unentgeltlicher
Apothekentag,
auf daß du nicht fortfährst,
Hoffnung nur
zu verkaufen;
und Siege
des Lebens,
alles
menschlichen
Lebens
gegen
den allmächtigen
Tod
mögen deine Siege sein.
So erst wird wahrhaftiger
dein Lorbeer,
duftender die Sulfate,
blauer das Blau des Methylens
und süßer der Friede des Chinins.

ODE AN DIE BLUMEN DER KÜSTE

Aufgebrochen sind die wilden
Blumen von Isla Negra,
namenlos sind sie, einige
scheinen Orangenblüten des Sandes,
andre
entzünden
an der Erde einen gelbflammenden Blitz.

Ländlichen Lebens Dichter bin ich.
Ich nähre mich
wie das Jagdvolk,
mache Feuer
am Meer in der Nacht.

Nichts als diese Blüte, als diese
Meereseinsamkeiten
und du, heiter
und natürlich, einer Rose des Sandes gleich.

Das Leben
gebot mir, zu bezwingen
und einzureihen mein Herz, kämpfend
und die Hoffnung hissend:
Bruder
bin ich des Menschen, aller.
Pflicht und Liebe heißen
meine beiden Hände.

Zwischen den Steinen
der Küste
die Blumen anschauend,
die ausharren
durch Vergessen hindurch
und Winterzeit,
um einen winzigen Strahl
Licht und Wohlgeruch emporzutreiben,
da ich
Abschied nehme erneut
vom Feuer,
vom Holz,
vom Walde,
vom Sand,
tut es mir weh,
von hinnen zu tun einen einzigen Schritt,
hier
möcht ich bleiben,
nicht in den Straßen.
Dichter ländlichen Lebens bin ich.

Pflicht und Liebe aber sind meine beiden Hände.

ODE AN DIE MÖWE

Der Möwe
über
den Pinienwäldern
der Küste,
ihr die im Winde
sausende Silbe
meiner Ode!

Segle,
leuchtende Barke du,
Banner aus zwei Schwingen,
durch meinen Vers,
Leib von Silber,
erheb
in den Mantel
des kalten Firmaments
dein unaufhaltsames Zeichen,
o Fliegende,
sanfte
Serenata des Fluges,
Pfeil aus Schnee, Segler
ruhiggleitend im transparenten Wind,
du schwingst dein Gleichgewicht empor,
indes
die Wiesengründe des Himmels
der rauhe Wind fegt.

Nach langer Fahrt,
gefiederte Magnolie,
Dreiecksgebild,
von der Luft
getragen in den Höhen,
kehrst du, deine silberne
Gewandung schließend, gelassen

zu deiner ursprünglichen Gestalt zurück,
du rundest deinen schimmernden Schatz,
wirst weiße Knospe des Fluges
wieder,
rundlicher Keim,
Ei der Schönheit.

Ein anderer Dichter
würde seine sieghafte Ode
hier
enden.
Ich darf mir
den weißen Luxus
unnützen Schaumes
allein
nicht erlauben.
Verzeih es mir,
Möwe,
realistischer
Dichter
bin ich,
des Himmels Fotograf.
Du frißt,
du frißt
und frißt,
nichts gibt es,
was du nicht verschlingst,
über dem Wasser des Hafens
lärmst du
wie eines Armen Hund,
saust
hinter dem letzten
Fetzen Eingeweid
eines Fischs her,
pickst
nach deinen weißen Schwestern,

raubst
die verschmähte Beute,
das wehrlose Häufchen
Unrat des Meeres,
spähst nach
hinabgefallenen
Tomaten,
den weggeworfenen
Überresten der Bucht.
Das alles
aber
verwandelst du
in reinliche
Schwinge,
in weiße Geometrie,
zu deines Fluges statischer Linie.

Daher
schneeiger Anker du,
Fliegerin,
dich rühme ich mit allem:
mit deiner wilden Gier,
mit deinem Schrei im Regen
oder mit deinem ruhevollen Schweben
einer dem Sturm
entrißnen Flocke Schnee,
mit deinem Frieden und Flug zugleich,
Möwe,
dir weihe ich
mein irdisches Wort,
ein plumper Flugversuch,
laß sehen, ob deinen Samen du
in meine Ode streust.

ODE AN DIE LEBER

Bescheidener,
du wohlorganisierter
Freund,
gründlicher
Arbeiter,
laß mich die Schwinge
meines Sanges dir verleihen,
den Luftstrom,
den Schwung
meiner Ode:
sie wird von deiner
unsichtbaren Maschine
erzeugt,
sie steigt himmelhoch
aus deiner unermüdlichen
dichtumwandeten Mühle,
Eingeweid,
empfindlich
und mächtig,
lebendig
und dunkel immer.
Während
das Herz erklingt
und der Mandoline die Partitur reicht,
filterst du,
sonderst du
im Innern dort,
trennst
und teilst,
mehrst du
und fettest ein,
steigst empor
und sammelst
Gramm für Gramm

das Leben ein und seine Fäden,
die letzten
Flüssigkeiten,
die innerste Essenz.

Untermeerisches
Eingeweid,
Wägender
des Bluts,
messend, umfüllend
lebst du
voller Hände
und Augen
in deiner verborgenen
Alchimistenklause,
gelb
ist dein System
roter Hydrographie,
Behälter
der gefährdetsten
Tiefe des Menschen,
dort auf immer
verborgen,
ewiglich
in der Werkstatt
und schweigsam.
Und jedes
Gefühl,
jeder Antrieb
erwuchs in deiner Maschinerie,
empfing
durch deine Verarbeitung,
die unermüdliche,
irgendeinen Tropfen.
Feuer oder Schwermut,
eine noch so kleine

anorganische Zelle
oder eine bei deiner Arbeit
verbrauchte Faser,
und schon irrt am Himmel sich der Flieger,
untergeht der Tenor in einem Pfeifkonzert,
geht dem Astronom ein Planet verloren.

Wie glänzen dort oben
der Rose
verführerische Augen,
die Lippen
der morgendlichen
Nelke!
Wie lacht
das Mädchen
im Fluß!
Und unten hier
der Filter, die Waage,
der Leber
zarte Chemie,
das Lagergewölb
der empfindsamen Veränderungen:
niemand
sieht sie, niemand singt sie,
wenn
aber
ihr Mörser alt wird
oder sich abnutzt,
verlöschen die Augen der Rose,
welkt der Schmelz der Nelke dahin,
und das Mädchen singt nicht mehr im Flusse.
Gestrenger Teil
meines ganzen
Seins,
Ahn
des Herzens,

Mühle
der Energie:
dich singe ich
und fürcht ich,
als wärest du der Richter,
der Maßstab,
der Waage unerbittliches Zünglein,
und so ich nicht vermag,
gebunden mich hinzugeben der Reinheit,
so das übermäßige
Schmausen
oder meiner Heimat angestammter Wein
danach trachten,
meine Gesundheit zu zerstören
oder das Gleichgewicht meiner Poesie,
von dir,
düstere Herrscherin,
Schenkin von Honig und Giften,
Regulatorin der Salze,
von dir erhoffe ich dann Gerechtigkeit:
ich liebe das Leben: Erfülle es mir! Arbeite!
Laß nicht stocken meinen Gesang.

ODE AN DIE SEIFE

Nähere ich
die
Seife
meinem Gesicht,
entzückt mich
ihr unschuldiger Duft:
Weiß nicht,
woher du stammst,
Duft,

aus welcher Provinz
du herrührst.
Von meiner Base?
Der Wäsche im Zuber,
den frostzersprungenen
Händen?
Von jenem
Flieder,
ach, von jenem?
Von den Augen
der ländlichen Maria?
Von den unreifen Kirschen
am Gezweig?
Vom Fußballplatz
und vom Bade
unter den
zitternden
Weiden?
Duftest nach Laubwerk du,
nach süßer Liebe oder nach
Geburtstagstorte? Duftest du
nach durchbohrtem Herzen?

Was trägst du,
Seife,
unvermutet
an die Nase mir
in der Frühe,
bevor ich ins morgendliche
Wasser steige
und auf die Straße gehe
unter die Menschen, beladen
mit ihren Waren?
Welch fernen Volkes
Ruch,
welchen Duft,

von Unterröcken,
Honig naturhafter Mädchen?
Oder ist es
der alte
vergessene
Duft des Warenlagers vielleicht
voller Gewürze
und Strandgut,
das weiße derbe Linnen
unter den Händen der Bauern,
die beglückende
Dicke
des Zuckerbrots
oder auf der Kredenz im Hause
meiner Onkel
eine rote Nelke
gleich einem roten Strahl,
gleich einem roten Pfeil?

Ist dies
dein durchdringender
Duft
nach billigem
Kramladen, nach unvergeßlicher
Siedlung, nach Friseursalon,
nach reiner Provinz,
nach frischem Wasser?
Das alles
bist du,
Seife, reine Köstlichkeit,
vorüberwehendes Arom,
das hingleitet
und schwimmt, ein
blinder Fisch,
in der Tiefe der Badewanne.

ODE AN DIE MAUEREIDECHSE

Tief im Sande
eine
Eidechse
mit sandigem Schwanz.

Unter
einem Blatt
ihr Kopf
aus einem Blatt.

Von welchem Planeten,
aus welch
kalter grüner Glut
fielst du herab?
Vom Monde?
Aus der allerfernsten Kälte?
Oder stiegen
deine Farben
vom Smaragd
in einer Ackerwinde auf?
Du bist
des morschen
Stamms
lebendigster Trieb,
Pfeil
seines Laubwerks.
Auf dem Stein
bist du Stein
mit zwei kleinen
uralten
Augen:
Augen des Steines.
In Wassers
Nähe

bist du
schweigsamer Schlamm,
der gleitet.
In der Nähe
der Fliege
bist du des Drachens
Wurfspeer,
der vernichtet.

Und für mich
die Kindheit,
der Frühling
am träg hinziehenden
Flusse,
bist
du!
Eidechse,
klein und kalt
und grün:
bist eine ferne
Mittagsruhe
im Kühlen
mit geschlossenen Büchern.

Das Wasser, es fließt und singt.

Oben, der Himmel, ist eine
heiße Blumenkrone.

ODE AN EINE NÄCHTLICHE WÄSCHERIN

Vom Garten her sah ich
die Wäscherin oben.
Nacht war.
Sie wusch, sie rieb,

sie schwenkte hin und her,
eine Sekunde glänzten
ihre Hände auf im Schaum,
dann
gingen sie im Dunkel unter.
Zwischen Himmel und Erde
war sie beim Kerzenschein
die einzige Lebende
in der Nacht,
das einzig Lebendige:
dies
stete Schlagen
des Schaumes,
die Arme in der Wäsche,
ihr Takt,
die nicht ermüdbare Kraft:
hin und her
geht die Bewegung,
fallend, steigend,
mit himmlischer Präzision,
es kommen, verschwinden
die eingetauchten Hände,
die Hände, alte Hände,
die da waschen in der Nacht,
bis spät in die Nacht
die fremde Wäsche
waschen,
sie tilgen im Wasser
die Spuren
der Arbeit,
den Fleck
der Körper,
der Füße eingeformte
Erinnerung, die dahingewandert,
die müden
Hemden,

die fadenscheinigen
Unterhosen,
sie wäscht,
sie wäscht
in der Nacht.

Zuweilen
hob sie
den Kopf,
die nächtliche Wäscherin,
und es flammten in ihrem Haar
die Sterne,
denn
die Dunkelheit
täuschte sich
in ihrem Haupt,
und die Nacht und der Himmel
der Nacht, sie waren
die Haarflut
der Wäscherin
und ihre Kerze
ein kleines Gestirn,
das ihre Hände
erhellte,
die hochhoben
die Wäsche
und schüttelten,
die Luft und Wasser
hochschwangen
und
senkten
und hißten
die scharfe Seife,
den magnetischen Schaum.

Ich hörte es nicht,
hörte nicht
das Geräusch
der Wäsche in ihren Händen.
Meine Augen
gewahrten
in der Nacht
wie einen Planeten
sie allein.
Es leuchtete
die nächtliche,
die waschende Wäscherin,
die Wäsche schrubbte,
immer sich mühend
in der Kälte,
in der Hartherzigkeit,
waschend im nächtlichen Winterschweigen,
waschend und waschend,
die arme
Wäscherin.

ODE AN DEN MOND

Uhr des Himmels,
du mißt
die himmlische Ewigkeit,
eine weiße
Stunde,
ein Jahrhundert,
das hingleitet
auf deinem Schnee,
indes
die Erde
verworren,

feucht
und wärmend verharrt:
da pochen
die Hämmer,
die Hochöfen
glühen,
es erzittert in seinem Grunde
das Erdöl,
hungrig sucht der Mensch
die Materie,
er irrt sich,
berichtigt
seine Standarte,
es sammeln die Brüder sich,
wandern dahin,
sie lauschen,
auftauchen
die Städte,
in der Höhe
singen
die Glocken,
da webt man Stoffe,
und in die Kristalle
fährt
die Transparenz.
Indes,
Jasmin
oder schneeiges
Licht,
Mond,
du allerhellste,
hohe
Bewegung aus Platin,
sanfter Tod
du gleitest
durch die Nacht,

ohne daß wir wüßten,
wer
deine Menschen sind,
ob du Falter
birgst,
am Morgen
Brot verkaufst
aus Mond,
Milch weißer Sterne,
ob aus Glas
du bist,
aus orangenem Kork,
ob du atmest,
ob durch deine Auen sich
geschliffne zerbrechliche
Schlangen winden.

Wir möchten
uns dir nahen,
wir blicken,
bis wir erblinden,
auf deine unbarmherzige
Weiße,
richten auf das Mondgebirge das Teleskop,
das Auge,
bis wir einschlafen, darauf gebannt;
du verlierst kein Wort,
du blendest nicht,
entzündest kein
einziges Freudenfeuer,
du blickst
auf die andere Seite,
zählst,
zählst
die vergehende Zeit
der Nacht,

tik
tak
ganz sanft,
sanft
tak
tik
tak
wie ein Tropfen in den Schnee,
rundliche
Wasseruhr,
Blütenkrone
der Zeit,
gesunken
in den Himmel.

So wird es nicht bleiben, nicht immer
so sein,
ich verspreche es
im Namen
aller
Dichter,
die dich vergeblich
liebten:
wir werden deines
eines bleichen Steines Frieden brechen,
wir werden einziehen
in dein unterirdisches Licht,
Feuer
wird sich entzünden
in deinen toten Augen,
wir werden fruchtbar machen
dein eisiges Gebild,
werden Weizen
ernten
und Vögel
auf deiner Stirn,

werden
fahren auf deinem weißen Weltmeer,
und du wirst
dann
die Stunden anzeigen
der Menschen,
in des Himmels Höhen
wirst du
unser sein,
in deinem Schnee wird es
Blütenknospen
von Frauen geben,
Entdeckungen
des Menschen,
und keine nutzlose
nächtliche
Uhr wirst du sein,
Magnolie
am Baum der Nacht,
einzig nur
Gemüsegarten,
köstlicher Käse,
Himmelsbüffel,
strömend Euter,
Quell der Milch,
nützlich
wie die Ähre,
überströmend,
beliebt
und unentbehrlich.

Mond
der Stadt,
müde
scheinst du mir,
dunkel
scheinst du mir
oder gelb,
etwa so
wie ein abgewetzter Fingernagel
oder eines Hängeschlosses Bogen,
du Leichenhafter,
Alter,
Sturmbeherrschter,
taumelnd
wie eine
Betschwester, die
im Verlauf
der metallischen
Revolutionen oxydierte:
Mond,
ewig wandernd,
ehrwürdig,
empfindungslos,
deine
Blässe
hat blutige
Barrikaden
gesehen,
Erhebungen
des Volkes, das an seinen Ketten
rüttelt,
Mohnblüten,
aufgeblüht
über

dem Krieg
und seinen
Erwürgten,
und dort, hochoben, müde,
mit deinen alten Augenliden,
müder
von Mal zu Mal,
trauriger
noch
und immer mehr von Rauch erfüllt,
von Blut und Tabakdunst,
endlosen Fragen,
vom nächtlichen Schweiß
der Bäckereien,
Mond,
verbraucht,
einziger Mahlzahn
des Himmels
der zahnlosen
Nacht.

Auf einmal
bin ich
am Meer
und ein anderer Mond
scheinst du mir,
weiß,
feucht
und munter
wie
eine junge
Stute,
die durch den Morgentau
trabt,
jung
wie eine Perle,

wie Sirenenstirne
diaphan.
Mond
des Meeres,
du wäschst dich
Nacht für Nacht
und steigst auf,
von ewigem Frührot
feucht,
unaufhörlich mit dem Himmel
dich vermählend, mit den Lüften
und dem Seewind,
jede neugeborene Stunde
vollkommener
durch den inneren Impuls
der Flut,
rein wie die Fingernägel
im Salz
des Meeres.

O Mond der Meere,
du mein
Mond,
wenn ich
aus den Straßen
komme,
von meiner Zeitschrift
fort,
wäschst du
den Staub von mir,
den Schweiß
und die Flecken
vom zurückgelegten Weg,
Wäscher du
des Meeres,
du wäschst

mein müdes Herz,
mein Hemd.
Des Nachts
blick ich dich an,
leuchtende
Lampe
des Himmels,
ungetrübte,
soeben zwischen den Wellen
geboren, kühl,
und ich entschlummere
unter deiner klar
schimmernden Sphäre
einer Weltenuhr,
einer weißen Rose.
Ich erlebe neu
den Morgen, frisch angekleidet,
von deinen Händen, Wäscher,
gewaschen,
tauglich
für die Arbeit
und den Kampf.
Vielleicht haben dein Friede, dein Perlmutt-
Glanz,
dein Nachen
zwischen den Wogen,
ewig und wiedererstehend
mit dem Dunkel,
etwas gemein mit mir,
und deiner jungen
silbernen Ewigkeit
schuldet seinen Gärstoff
mein Herz.

ODE AN DEN REGEN ÜBERM MEER

Der Riesenvogel
zwischen Wasser und Wasser schwingt,
der Himmel
läßt seine Blätter fallen,
es regnet
auf Chiles Ozean.
Hart
wie gewellter Fels
bewegt
ihren Leib
die mütterliche Flut,
und wie von einer Fichte,
sturmgeschüttelten,
fallen grüne Nadeln
vom Himmel.
Es regnet
von Meer zu Meer,
von den Archipelen
bis hin zum gelben Geripp
der peruanischen Küste
Regen,
und wie Pfeile
ohne Bogenschützen
ist das niedergehende Wasser,
der Fäden
schräge Transparenz,
das süße Wasser
auf das bittere Wasser.
Im
feuchten Blau
tanzt in der reinen Luft
aschgrau
der Albatros,
der stolze Segler, Schlüssel

zur Gleichung des Meeres.
Und im Regen
das Gefieder
breitend,
kreuzen
die schneeige Raubmöwe,
die antarktische Schwalbe,
der Strandvogel
die Einsamkeiten, indes
die kämpfenden Wogen
und der Meeresschaum
wehren und empfangen
des Himmels
Überschwemmung.

Meerhafter
Wolkenbruch,
von deinen Fäden
ward poliert wie ein Segelschiff
und reingewaschen
die Welt:
an der Küste bereitet man
die Ausfahrt vor,
Stromstürze
transparenter Kraft
reinigten das Gebild,
und es glänzte, glänzte der hölzerne
Bug
im Regen:
zwischen
Himmel
und Ozean
im Licht des Wassers schimmernd
der Mensch,
er machte seiner Bitterkeit ein Ende,
wie ein Kuß von seiner Stirn

löste
der Regen sich,
und eine
Meeresbö,
eine Welle scharf
wie ein Igel aus salzigem Kristall
jagte ihn aus dem Träumen,
taufte seinen Mannesmut mit Salz.

Wasser, in dieser Stunde
irdischer Einsamkeit,
tätige reine Wasser,
der Wahrheit
gleichend und ewig
Dank euch
für die Lehre und Lebendigkeit,
für das stürmische Salz
und den eisigen Rhythmus,
denn die Pinie des Himmels
entblättert sich
kristallinisch an meiner Stirn,
denn von neuem erwach ich zum Leben,
singe und wachse,
gefestigt, rein bis in die Seele
vom Regen des Meers.

ODE AN DEINE HÄNDE

Auf einem Markt
oder in einem Meer von Händen
würde ich die deinen
erkennen
wie zwei weiße Vögel,
verschieden

von den Vögeln allen:
Sie fliegen, Zugvögel,
zwischen den Händen umher,
schweben durch die Lüfte,
transparent,
aber
sie kehren
an deine Seite,
an meine Seite zurück,
sie falten sich schlummernd, an meiner Brust zusammen.

Durchscheinend sind sie, schmal
und bloß,
schimmernd wie
Kristall,
und streifen
wie
Fächer
durch die Luft,
wie Gefieder des Himmels.

Auch dem Brot, dem Wasser gleichen sie,
dem Weizen, den Ländern auf dem Monde,
der Mandeln Profil, dem unbändigen Fisch,
der silbern zuckt
auf dem Weg
hin zu den Quellen.
Deine Hände kommen und gehen,
sie schaffen,
fern, sie tönen
beim Berühren der Gabeln,
sie machen Feuer, und schon plätschern sie
im trüben
Küchenwasser,
hacken auf die Schreibmaschine, das Gestrüpp
meiner Niederschrift lichtend,

sie nageln in die Wände,
waschen Wäsche
und verwandeln sich wieder in ihre schneeige Weiße.

Für eine Sache
richtete dieses Wunder sich
auf der Erde ein:
über meinem Herzen
zu schlummern, zu fliegen.

ODE AN DON JORGE MANRIQUE

Herein, sprach ich,
und eintrat der stolze Ritter
des Todes.

Aus grünem Silber
die Rüstung,
und die Augen
wie Meereswasser.
Seine Hände, sein Antlitz
aus Korn.

Sprich, sagte ich, Ritter
Georg,
deinen Strophen
kann ich nichts entgegensetzen
als Luft.
Aus Eisen und Schatten waren sie,
aus dunklen
Diamanten die deine,
und eingemeißelt
in die Kälte
der Türme

Spaniens
blieben sie,
in Fels und in Wasser,
in die Sprache.

Da sprach er zu mir:
»Es ist die Stunde
des Lebens.
Ach,
könnt ich
in einen Apfel beißen,
die staubige
Sanftheit berühren des Mehls.
Ach, wenn wieder
das Lied ich …
Nicht dem Tode
lieh ich
mein Wort …
Ich glaube,
die finstere Zeit
vermauerte
uns das Herz,
und seine Wurzeln
senkten und senkten sich
in die Gräber,
speisten
mit dem Tode.
Sentenz und Gebet waren die Rosen
jener begrabenen
Frühlingszeiten,
und, ein einsamer Troubadour,
zog ich
schweigsam durch die vergänglichen
Stätten des Menschen:
alle Schritte führten
in eine erhabene

hohle
Einsamkeit.
Jetzt,
will mir scheinen,
nicht einsam ist der Mensch.
Mit seinen Händen
hat er bereitet,
als wäre es ein währendes
Brot, die Hoffnung,
die irdische
Hoffnung.«

Ich sah ihn an und der Ritter
aus Fels
war Luft.

Schon saß er nicht mehr im Lehnstuhl.

Im offenen Fenster
dehnten die Erde,
die Lande, sich,
Kampf, Weizen
und Wind.

Dank, sagte ich, edler Ritter Georg.

Und wandte mich zu meiner Pflicht für Volk und Gesang.

ODE AN DAS KIND MIT DEM HASEN

Ins Geleucht des Herbstes erhoben
hielt weder Blume
noch Lampe
in seinen Händen

das Kind
am Wege,
sondern einen toten Hasen.

Die Motore linierten
die eisige Landstraße,
hinter
den Scheiben
die Gesichter
blickten nicht auf,
das waren Augen
von Eisen,
feindliche
Ohren,
rasch handelnde Zähne,
die blitzten
hinrollend
zum Meer und den Städten,
und das Kind
des Herbstes
wie eine Distel
scheu,
hart
wie ein kleiner Stein,
mit seinem Hasen
dort
hob
eine Hand
zum Dunsthauch
der Reisenden hin.
Niemand
hielt an.

Fahl lagen
die ragenden Cordilleren da,
Hügel

von der Farbe eines verfolgten Pumas,
dunkelviolettes
Schweigen
rings
und wie
zwei glühende Kohlen
schwarzen
Diamants darin
die Augen
des Kindes
mit seinem Hasen,
stachelscharf zwei
Spitzen,
zwei schwarze Messerchen,
das waren die Augen
des Kindes,
das dort,
im ungeheuren Herbst
des Weges verloren,
einen Hasen anbot.

ODE AN DAS AUGE

Machtvoll bist du, aber
ein Sandkorn nur,
ein Fliegenbein,
die Hälfte eines Milligramms
Staub
drang in dein rechtes Auge
und verschwommen, schwarz ward
die Welt,
die Straßen
wurden zu Treppen,
Gebäude hüllten sich in Rauch,
deine Liebste, dein Sohn, dein Teller,

alles nahm fremde Farbe an, verwandelte sich
in Palmen oder Spinnen.

Hüte dein Auge!

Auge,
wundersame Himmelskugel,
unserer abgründigen Tiefe
kleiner Polyp,
der das Licht saugt
aus den Finsternissen,
vollendete
Perle du,
magnetischer
Gagat,
Maschinchen
flink
wie nichts, wie keiner,
Schwindel erregender
Fotograf,
französischer Maler,
Staunens Enthüller,
Auge,
du gabst dem Licht
des Smaragden Namen,
verfolgst
das Wachsen
des Orangenbaums,
stellst
die Gesetze der Morgenröte unter Kontrolle,
du ermißt,
siehst die Gefahr voraus,
begegnest dem Strahl
anderer Augen,
und im Herzen entbrennt die Flamme,
gleich einem

tausendjährigen Mollusk
erschrickst du
beim Angriff der Säure,
du liest,
liest
Zahlen der Bankiers,
Alphabete
ganz junger Schüler aus der Türkei,
aus Paraguay, aus Malta,
Namenverzeichnisse
liest du
und Romane,
du umfaßt Wogen, Ströme,
Geographien,
entdeckst,
erkennst
deine Fahne
unter den Schiffen auf fernem Meer,
bewahrst dem Schiffbrüchigen
das blaueste
Bildnis des Himmels,
und des Nachts
dein kleines
Fenster,
das sich schließt,
öffnet sich andererseits wie ein Tunnel
der vagen Heimat der Träume.

Ich erblickte
in der Salpetersteppe
einen Toten,
es war
ein Salpeterarbeiter;
Bruder des Wüstensands.
Bei einem Streik,
da

er
mit seinen Gefährten aß,
schlug man ihn nieder, dann
tränkten
mit seinem Blut,
das wieder zur Erde kehrte,
die Männer
ihre Fahnen,
und, durch die grausame Steppe
singend
und ihren Henkern trotzend,
zogen sie.
Sein Antlitz zu berühren,
beugte ich mich nieder,
und in den toten
Augäpfeln,
tief innen
eingezeichnet,
sah ich,
daß seine Fahne
lebendig
geblieben,
die gleiche,
die seine Brüder
singend da trugen
zum Kampf,
dort,
wie in einem Brunnen
aller
menschlichen Ewigkeit
sah ich
seine Fahne
als scharlachrotes Feuer,
als
Mohnblüte
unzerstörbar.

Auge,
du hattest
in meinem Gesang gefehlt,
und da ich, die Saiten meiner Leier
und meiner Ode zu schlagen,
ein weiteres Mal ans Weltmeer ging,
zeigtest du mir
voll Zartgefühl,
wie dumm ich bin: ich sah das Leben, die Erde,
alles
sah ich,
nur meine Augen nicht.
Da
ließest du
unter meine Lide
ein Staubatom dringen.
Da verschleierte sich mir der Blick.
Und ich sah die Welt
ins Dunkel gestürzt.
Der Augenarzt
hinter einem Stirnspiegel
richtete seinen Lichtstrahl auf mich
und ließ
wie auf eine Auster auf mich
einen Tropfen der Hölle fallen.
Später,
da ich, nachdenklich,
mein Augenlicht wiedergewann
und die großen braunen
Augen der, die ich liebe,
voll Bewunderung betrachtete,
tilgte ich meine Undankbarkeit mit dieser Ode hier,
die deine
unbekannten Augen
lesen.

ODE AN DEN DUFT DES HOLZES

Spät, zugleich mit den in der Kühle
aufgegangenen Sternen
öffnete ich die Tür.
Das Meer
sprengte im Galopp
durch die Nacht.

Und aus dem dunklen Hause kam
wie eine Hand
der starke
Duft
wohlverwahrten Holzes.

Sichtbar war der Duft,
als
lebte noch
der Baum.
Als zuckte da sein Herz.

Sichtbar
wie ein Gewand.

Sichtbar
wie ein abgebrochener Zweig.

Ich ging umher
im Innern
meines Hauses,
das umwoben war
von jener balsamischen
Dunkelheit.
Draußen
gleich magnetischen Edelsteinen
funkelten

die Himmelspunkte,
und der Duft des Holzes
rührte an
mein Herz
wie Finger,
wie ein Jasmingesträuch,
wie oft Erinnerungen.

Das war nicht der Pinien
scharfer Duft,
nein,
das war nicht
der Riß in
des Eukalyptusbaumes Haut,
es waren
auch
die grünen Wohlgerüche nicht
der Rebe,
sondern
weit Geheimnisvolleres,
denn diesen lieblichen Duft
gab es
ein einzig
einziges Mal nur,
und dort, unter allem, was ich gewahrte in der Welt,
in meinem eigenen
Haus in der Nacht, dicht am winterlichen Meer,
dort erwartete mich
der Duft
der mächtigsten Rose,
das aufgeschnittene Herz der Erde,
etwas,
das,
von der Zeit gelöst,
wogenhaft mich überflutete

und in meinem Innern sich verlor,
da ich die Tür auftat
der Nacht.

ODE AN DIE KARTOFFEL

Papa
heißt du,
Kartoffel,
und nicht Patata,
du kamst nicht mit einem Bart zur Welt,
bist spanisch nicht:
dunkel bist du
wie unsere Haut,
Kartoffel,
Amerikaner sind wir,
Indios sind wir.
Unergründlich bist du,
mild,
Fruchtfleisch makellos, reinste
unter den weißen Rosen,
erdbedeckt,
du gedeihst
im Innern
der Erde dort,
in deiner
regensatten
Ursprungserde,
auf den feuchten Inseln dort
des sturmdurchtobten Chile,
auf dem meerbeherrschten Chiloé,
inmitten des Smaragdes, der
sein grünes Licht entfaltet
über dem australen Meer.

Papa,
zarte Materie,
Mandel du
der Erde,
die Mütterliche
dort,
sie birgt kein
totes Metall,
dort in der dunklen
Milde der Inseln
siedelte sie
nicht Kupfer noch seine versunknen
Vulkane an,
nicht die blaue Grausamkeit
des Mangans,
sondern setzte mit ihrer Hand
deine Phiole
in die mildere Feuchte
wie in ein Nest,
und als
das Donnergrollen
des finstren
Kriegs,
das inquisitorische
Spanien,
des Schindangers düstrer Adler
das wildwachsende Gold suchte
im brennenden
Mutterschoß
Araukaniens, da
wurden seine habsüchtigen
Krallen
vernichtet
und getötet
seine Führer,
als zu Kastiliens Steinen aber

heimkehrten
geschlagen die armseligen Anführer,
hielten sie in ihren blutigen Händen
keinen Kelch von Gold erhoben,
sondern des meerhaften Chiloés
Kartoffel.

Geachtet
wie
die Hand,
die die Erde bebaut,
bist du,
zur Familie
gehörst du
wie
eine Henne,
gehaltvoll wie ein Käse,
den in ihren nährenden
Eutern die Erde
erzeugt,
Feindin des Hungers du,
in allen
Nationen
senkte man ins Erdreich
dein siegreiches Banner,
und dort,
ob in der Kälte, ob an sonnenversengter Küste,
erschien
deine ungenannte
Blüte alsbald,
die feste
milde
Fruchtbarkeit deiner Wurzeln verkündend.

Köstlichkeit, weltumspannend,
du wartetest nicht

auf meinen Gesang,
denn taub bist du,
blind
in der Erde.
Kaum
sprichst du einmal in der Hölle
des Öls
oder singst
in den Bratküchen
der Häfen
zu den Gitarren,
Schweigsame du,
Mehl der unterirdischen
Nacht,
unerschöpflicher Schatz
der Völker.

ODE AN DEN PICAFLOR, DEN BLÜTENSAUGER

Dem Kolibri,
Wasserfunken
im Flug,
weißglühender
Feuertropfen
Amerikas,
entflammter
Inbegriff
der Wildnis,
Regenbogen
von himmlischer
Präzision:
dem
Blütensauger
einen Triumphbogen,
einen

Faden
Gold,
ein grünes
Freudenfeuer!

O
winzigster
lebendiger
Blitz,
wenn
deine
Blütenpollen-
struktur,
Gefieder
oder Glut,
in der Luft sich hält,
so frage ich,
was eigentlich bist du,
wo
stammst du her?
Im blinden Alter
des Diluviums,
im Schlamm
der Fruchtbarkeit vielleicht,
da
die Rose
zu einem Häufchen Anthrazit gerann
und die Metalle sich immatrikulierten,
ein jedes in
seinem geheimen
Stollen,
da hat
von einem verwundeten
Reptil vielleicht
ein Fragment sich gelöst,
ein Atom

von Gold,
die letzte
kosmische Schuppe, ein
Tropfen
des Erdenfeuers,
und aufflog,
deine Schönheit hissend,
regenbogenschillernd
dein reißender Saphir.

Du schlummerst
in einer Nuß,
hast Raum in einer
winzigen Blütenkrone,
Pfeil,
Symbol,
Wappen,
Schleuderer
des Honigs, des Pollens Strahl,
du bist
so tapfer,
daß mit seinen schwarzen Schwingen dir
der Falke
nicht Furcht einjagt:
Du kreist
wie das Licht im Lichte,
Luft in der Luft,
und dringst,
fliegend immer,
ins feuchte Gehäus
der erzitternden Blüte,
ohne Furcht,
daß ihr bräutlicher Honig dich köpfe.

Vom Scharlachrot zum stäubenden Gold,
zum brennenden Gelb,

zum seltenen
aschgrauen Smaragd,
zum orangenen und schwarzen Sammet
deines schillernden Brustschilds,
bis zur Zeichnung,
die,
eine Ähre von Amber,
dich umreißt,
bist du,
kleines vollkommenes Wesen,
ein Wunder
und glühst
vom
heißen Kalifornien
hinab bis zum Sausen
des scharfen patagonischen Winds,
Samenkorn der Sonne
bist du,
gefiedertes
Feuer,
winziger
fliegender
Wimpel,
Blütenblatt der Völker, die verstummten,
Silbe
des eingescharrten Bluts,
des uralten
versunkenen
Herzens
Federkrone.

ODE AN DIE FÜSSE AUS FEUER

Mit diesen
kleinen
Füßen,
die den Bienen
gleichen,
wieviel
Schuhe
verbrauchst du doch!
Ich weiß ja,
du läufst hin und her,
eilst die Treppen hinauf und hinab,
übertriffst den Wind.
Eh
ich dich
rufe,
schon bist du da,
und am angriffslüsternen
Küstenstreif,
Sand, Fels, Gedörn,
gehst du
neben mir einher,
in den Wäldern
über Stämme schreitend, durch
Sumpflachen stumm und grün,
oder die Gassen durchstreifend
unwegsamer Vorstädte,
die Straßen
müden Asphalts,
in Stunden,
da das Licht
der Welt
wie eine Fahne
zerfranst,
durch Straßen und Wälder

wanderst du
zuseiten mir,
unermüdliche unbändige
Gefährtin,
aber,
mein Gott!
wieviel Schuhe
verbrauchst du!

Kaum,
will mir scheinen,
sind sie angekommen
in ihrer Schachtel
und kommen
beim Öffnen
spiegelblank heraus,
zwei
kleine Werkzeuge
des Kampfes,
unversehrt
wie
zwei Münzen
von
Gold,
wie zwei Glöckchen,
und heute schon,
was seh ich?
An deinen Füßen
zwei zerknitterte
Igel,
zwei halbgeöffnete Fäuste,
zwei unförmige
Gurken,
zwei Lurche
aus verblichenem
Leder,

das,
das
sind sie
geworden,
die beiden Morgensterne,
vor einem Monat, einem Monat erst
aus der Schuhmacherwerkstatt
gekommen.

Eine
gelbe Blume an Schönheit,
in einer Schlucht erblüht,
lebensprühend eine Ranke am Gezweig,
eine
Pantoffelblume
oder Copihueblume
oder flammende Amarantenblüte,
also,
meine Kristallinische du, meine Taufrische,
also blühend begleitest du mich,
und ein Vogelzug, ein Wasserfall
australer
Berge
ist
dein Herz,
das mit dem meinen
jubelt,
wieviel
Schuhe
jedoch
verschlingt ihr,
Füße aus Feuer!

ODE AN DIE GEGENWART

Diese
Gegenwart,
glatt,
frisch
wie ein Brett,
diese Stunde,
diesen Tag
rein
wie ein neues Glas
– von der Vergangenheit
nicht ein
Spinnweb blieb –
berühren wir
mit den Fingern
die Gegenwart,
wir schneiden
ihr Maß,
lenken
ihr Knospen,
lebendig ist sie,
voller Leben,
nichts hat sie
vom Gestern, dem unabänderlichen,
von verlorener Vergangenheit,
sie ist unser
Geschöpf,
wächst
in diesem
Augenblick, führt
Sand mit sich, ißt
aus unseren Händen,
packe sie,
daß sie nicht entgleite,
daß sie nicht in Träume sich verliere

noch in Worte,
ergreife sie,
unterwirf sie
und befiehl,
bis sie dir gehorcht,
verwandle sie in Weg,
Glocke,
Maschine,
Kuß, Buch
und Liebkosung,
zerteile ihren köstlichen
Holzduft,
und aus ihm
baue dir einen Stuhl,
flechte seine Rückenlehne,
probiere ihn aus,
doch besser noch:
eine Treppe!

Ja,
Treppe,
steige aufwärts
in der Gegenwart,
Stufe
um Stufe,
die Füße
fest
auf das Holz der Gegenwart,
nach oben,
nach oben,
nicht allzu hoch,
soweit nur,
bis du
die Regentraufe
am Dach
reparieren kannst,

nicht allzu hoch,
steig nicht bis zum Himmel,
die Äpfel
erreiche,
die Wolken nicht,
diese
laß
am Himmel ziehn, dem Vergangenen
entgegeneilen.
Du
bist
deine Gegenwart,
dein Apfel:
pflücke ihn
von deinem Baum,
heb ihn
mit deiner Hand
in die Höhe,
er glänzt
wie ein Stern,
berühre ihn,
beiß mit deinen Zähnen hinein und gehe weiter
pfeifend auf dem Wege.

ODE AN PAUL ROBESON

Einstmals
lebte er noch nicht.

Aber seine Stimme
war
da und wartete.

Das Licht
schied sich vom Schatten,

dcr Tag
von der Nacht,
die Erde
von den ersten Wassern.

Und die Stimme Paul Robesons
löste sich aus dem Schweigen.

Die Finsternis aber wollte
sich behaupten. Und unten
wuchsen die Wurzeln.
Kennenzulernen das Licht,
kämpften untereinander
die blinden Gewächse,
die Sonne erbebte,
das Wasser
war ein stummer Mund,
die Tiere
begannen sich zu verwandeln.
langsam,
allgemach
paßten sie sich dem Wind an,
dem Regen.

Seit damals
warst du Stimme des Menschen
und der Erde Gesang,
die da aufkeimte,
der Strom, die Bewegung
der Natur.

Der Wasserfall
über deinem Herzen entfesselte
seinen unerschöpflichen Donner, als stürze
ein Strom auf einen Fels
und sänge der Stein

mit dem Munde
aller stimmlosen Wesen,
bis alles und alle
in deiner Stimme
ihr Blut erhoben
hin zum Licht,
und Erde und Himmel, Feuer und Schatten und Wasser,
sie stiegen auf bei deinem Gesang.

Später
verdüsterte
aber
die Welt sich von neuem.
Schrecken, Krieg
und Schmerzen
löschten
die junge Flamme,
das Feuer
der Rose aus,
niederging
auf
die Städte
ein schrecklicher
Staub,
Asche
der Gemordeten.
Eine Nummer auf der Stirn
und ohne Haar
gingen sie
auf die Öfen zu,
Männer, Frauen,
Greise, Kinder,
eingefangen
in Polen, in der Ukraine,
in Amsterdam, in Prag.
Wiederum

waren
voll Trauer
die Städte
und das Schweigen
groß,
wie Grabstein
hart
auf einem lebendigen Herzen,
wie eine Totenhand
auf eines Kindes Stimme.

Da
sangest du,
Paul Robeson.

Und wieder
vernahm man auf Erden
des Wassers
machtvolle Stimme
über dem Feuer,
die feierliche, gelassene, heisere, reine
Stimme der Erde,
uns erinnernd,
daß Menschen wir
noch waren,
teilhatten
am Schmerz und an der Hoffnung noch.
Deine Stimme
trennte uns von dem Verbrechen,
und noch einmal
schied
das Licht sich von der Finsternis.

Und dann,
in Hiroshima,
da stürzte

alles Schweigen nieder,
alles.
Nichts
blieb:
kein einziger in
ein gestorbenes Fenster
verirrter Vogel,
nicht eine Mutter
mit einem
Kinde, das weint,
nicht das Echo
einer Fabrik,
nicht
die
Stimme
von
einer
ersterbenden
Geige.
Nichts.
Vom Himmel nieder
des Todes
ganzes Schweigen
fiel.

Und da,
von
neuem,
Vater,
Bruder,
Stimme
des Menschen
in seiner wohltönenden
Auferstehung,
in seiner
Tiefe,

in seiner
Hoffnung,
Paul,
sangest du.

Wieder
war größer,
war
breiter
denn dieses Schweigen
dein Stromesherz.

Erbärmlich
wäre ich,
krönte ich dich
zum König der Stimme
des Negers,
groß
in deiner Rasse nur,
in deinem schönen
Volk
aus Musik und Elfenbein,
so einzig du für dunkle,
von grausamen Herren in Ketten geschlagene
Kinder
singst.

Nein,
Paul Robeson,
du,
mit Lincoln
gemeinsam
du sangest,
den Himmel überziehend
mit deiner heiligen Stimme,
nicht nur

für Neger,
die armen Neger,
sondern für die armen
Weißen auch,
für
die armen Indios,
für die
Völker alle.

Du,
Paul
Robeson,
nein,
du bliebst nicht stumm,
wenn
man Pedro oder Juan
die Möbel auf die Straße
in den Regen stellte,
oder da
die tausendjährigen Opferpriester
das größere Herz
verbrannten
jener, die brannten
so wie
in meinem Heimatlande.
Weizen wächst auf vulkanischen Erden,
niemals
ließest du ab
von deinem Singen: es stürzte
der Mensch und du
richtetest ihn auf,
du warst
ein unterirdischer
Strom zuweilen,
etwas,
das kaum

das Licht erhielt
in der Finsternis,
das letzte
Schwert
der Ehre,
die erstarb,
der letzte versehrte
Strahl,
der Donner unauslöschlich.
Des Menschen Brot,
Ehre,
Kampf und
Hoffnung,
du verteidigst sie,
Paul
Robeson.
Das Licht des Menschen,
Sohn
der Sonne,
der unseren,
Sonne
der amerikanischen
Vorstadt
und der rötlichen
Schneetriften
der Anden:
du
schützest unser Licht.

Singe,
Kamerad,
singe,
Bruder
der Erde,
singe,
guter

Vater
des Feuers,
singe
für uns alle,
sie, die fischend
leben,
und Nägel einschlagen mit
alten Hämmern,
grausame
Seidenfäden
spinnen,
die Papiermasse stampfen
und bedrucken,
für jene
alle,
die
kaum
die Augen schließen können
im Kerker,
um Mitternacht
jäh geweckte,
zwischen zwei Folterungen
kaum
Menschenwesen
noch,
für die, die mit dem Kupfer
im Kampfe liegen
in der
kahlen
andinischen Ödnis,
vier-
tausend
Meter hoch.

Singe,
mein

Freund,
hör nicht auf
zu singen:
du
besiegtest
das Schweigen
der Flüsse,
die keine Stimme hatten,
denn sie führten Blut
mit sich,
ihretwegen spricht deine Stimme,
singe,
deine Stimme
vereint
der Menschen viele,
die sich
nicht kannten.
In dieser Stunde,
fern
in den magnetischen Uralgebirgen
und in Patagoniens
verlorenem
Schnee,
durchschreitest du
Schattendunkel,
Weiten,
Düfte
von Meer und wildem Gestrüpp,
singend,
und das Ohr
des
jungen
Heizers,
des schweifenden Jägers,
des Viehhirten,

der mit seiner Gitarre soeben allein blieb,
sie lauschen dir.

Und im verlorenen Verlies, in Venezuela,
Jesús Faría,
der edle, leuchtende,
er hört den hellen Donner
deines Gesanges.

Weil du singst,
so wissen sie, lebt das Meer
und singt das Meer.

Sie wissen, frei ist, weit und blühend das Meer,
und so auch deine Stimme, Bruder.

Unser ist die Sonne. Die Erde wird unser sein.
Nicht aufhören wirst du, Turm des Meeres, zu singen.

ODE AN DIE ROSE

An die Rose,
an diese Rose,
die einzige,
an diese schwebende, erschlossene,
reife Rose,
an ihre samtene Tiefe,
an das Aufbrechen ihres Schoßes rot.
Sie glaubten,
ja,
sie glaubten,
ich verzichte auf dich,
ich sänge dich nicht,
du wärest, Rose, nicht die meine,

sondern mir fremd,
ich
ginge, ohne dich anzuschauen,
durch die Welt,
einzig besorgt
um den Menschen
und seinen Kampf.
Es ist nicht wahr, Rose,
dich liebe ich.
Ein Jüngling,
zog ich die Ähren vor,
die Granatfrüchte,
des Buschwalds herbe Blumen
zog ich vor, wildwachsende
Lilien.
Als elegant
verachtete ich deine hohe
Vollkommenheit,
die morgenfrische Seidenglätte deines Mieders,
die lässige Überheblichkeit
deines Verscheidens, wenn
du ein Blütenblatt abwirfst
und weiterglühst
mit den anderen,
bis der ganze Schatz verstreut.

Mir gehörst du,
Rose,
wie alles,
das auf Erden ist,
und der Dichter,
er vermag nicht
die Augen zu verschließen
vor deinem Flammenkelch,
das Herz vor deinem Wohlgeruch.
Rose, dauerhaft bist du,

ich sah
den Schnee in meinen Garten fallen:
Eis
ließ alles Leben erstarren,
die großen Bäume
zerbrachen ihre Äste,
nur du,
Rosenstrauch,
überlebtest,
unbeugsamer,
nackt in der Kälte dort,
der Erde gleich,
ein Anverwandter
des Landmanns, des Lehms,
des Rauhreifs,
und später dann,
pünktlich, die Geburt
einer Rose,
das Wachsen einer Flamme.

Werktätige Rose,
du wirkst
deinen Duft,
bereitest
dein scharlachrotes Erschließen oder deine Weiße,
den ganzen Winter
suchst du in der Erde,
schürfst du
Erze,
reißt aus der Tiefe
Feuer,
und dann
öffnest du dich,
Lichtes Schimmer, Lippe des Feuers,
der Schönheit Geleucht.

Mir
gehörst du,
mir und allen,
obwohl
wir kaum
Zeit haben,
dich anzuschaun,
Leben, um
deinem Flammen unsere Sorgfalt
zu leihen,
Rose,
unser bist du,
aus der aufgebrauchten Zeit
kommst du
und schreitest vorwärts,
trittst du aus den Gärten
in die Zukunft.
Du gehst
des Menschen
Weg;
unzerstörbar bist du, siegreich,
eine kleine
Fahnenknospe.
Unter deinem Banner, dem beständigen
und zarten aus Wohlgeruch,
die ernste Erde bezwang den Tod,
und der Sieg, er war dein Lohn.

ODE AN JEAN ARTHUR RIMBAUD

Jetzt,
in diesem Oktober
wirst du
hundert Jahre alt,

herzergreifender Freund.
Erlaubst du mir,
zu dir zu sprechen?
Ich bin allein,
vor meinem Fenster
zerschellt das Pazifische Meer
seinen ewigen düsteren Donner.

Nacht ist.

Das brennende Holz wirft
aufs Oval
deines alten Porträts
einen flüchtigen Schein.
Du bist ein Knabe
mit lockigem Haar,
halbgeschlossenen Augen,
bitterem Mund.
Verzeih mir,
daß ich zu dir rede
wie ich bin, wie ich glaube,
du würdest heute sein,
ich rede von Meereswasser zu dir,
von brennendem Holz,
von schlichten Dingen und einfachen Menschen.

Dich quälten sie,
brannten deine Seele zu Asche,
dich sperrten sie
in die Mauern Europas,
und du schlugst
im Zorne rasend
gegen die Tore.
Und, da
du endlich aufbrechen
konntest,

gingst du verwundet,
verwundet von dannen, stumm,
gestorben.

Nun denn, andere Dichter
hinterließen
einen Raben, einen Schwan,
einen Weidenbaum,
ein Blütenblatt in der Leier,
du hinterließest ein Phantom,
ein herzzerbrechendes,
das flucht
und ausspeit,
du wanderst
noch immer
richtungslos,
ohne sichere Wohnstatt,
ohne Nummer
durch die Straßen Europas;
zurück nach Marseille
mit afrikanischem Sand
an den Sohlen,
wie ein Fieberschauer
unumgänglich,
dürstend und
blutig,
mit zerfetzten Taschen,
mißtrauisch,
verloren,
ein Unglückseliger.

Es ist nicht wahr,
daß du das Feuer geraubt,
daß du einherliefst
mit des Himmels Zorn,
den ultravioletten

Geschmeiden
der Hölle,
so war es nicht,
ich glaube nicht daran,
dir verwehrten sie
die Einfachheit, das Haus,
das Holz,
dich wiesen sie zurück,
sperrten dir die Türen,
und da flogst du fort,
ein zornfunkelnder Erzengel,
zu den Hausungen
der Ferne,
und schweißbedeckt und alles Blut
aus deinem Leib dir pressend,
wolltest du
sammeln, Münze um Münze,
das Gold,
das notwendige,
für die Einfachheit, den Schlüssel,
für die friedliche Gattin,
für das Kind,
für den eigenen Lehnstuhl,
für Brot und Bier.

Zu deiner Zeit
schloß
über dem Spinnengeweb,
groß
wie ein Schirm,
die Dämmerung sich
und blinzelte schläfrig
ins Gaslicht.
Du gingst durch die Commune hindurch,
ein rotes Kind,
und deine Dichtung, sie schuf

Flammen,
die noch immer lodernd die Mauern
strafen
der Füsilierten.
Mit Dolches
Augen
durchbohrtest du
den Schatten,
den wurmstichigen,
den Krieg, Europas
rastloses Kreuz.
Darum, nach hundert Jahren
Zeit,
lade ich dich heut
zur einfachen
Wahrheit ein, die deine orkanhafte
Stirn nicht erreichte,
nach Amerika lad ich dich ein,
an unsere Ströme,
in den Hof des Mondes
über den Cordilleren,
zur Emanzipation
der Werktätigen,
zum weithin erstreckten Vaterland
der Völker,
an die elektrifizierte
Wolga,
zu den Trauben, den Ähren,
zu allem, was der Mensch
erobert ohne Wundertat,
mit der Kraft,
dem Blut,
mit einer und noch einer Hand,
mit Händen
Millionen.

Dich trieben sie zum Wahnsinn,
Rimbaud, dich verdammten
und stürzten sie
in die Hölle.
Du Entdecker des Feuers,
du desertiertest vom Banner
des Keimens,
du scharrtest
die Flamme ein,
und in der Einsamkeit der Wüste
büßtest du
deine Strafe.
Heut ist es einfacher, Länder
sind wir, Völker
sind wir,
die der Dichtung Wachstum
verbürgen,
Verteilung des Brots, das Erbe
des Vergessenen. Nun
wärest du nicht
verlassen.

ODE AN DIE HEIMLICHE LIEBE

Du weißt,
sie ahnen
das Geheimnis:
sie sehen mich,
sie sehen uns,
und nichts war
gesagt worden,
nicht deine Augen,
nicht deine Stimme, nicht dein Haar
und deine Liebe haben gesprochen,

und auf einmal
wissen sie's.
Ohne zu wissen
wissen sie's:
ich verabschiede mich, gehe
in eine andere Richtung,
und sie wissen,
du erwartest mich.

Fröhlich
leb ich
und singe
und träume,
sicher
in mir selbst,
doch irgendwie
merken sie,
daß du meine Freude bist.
Sie sehen
durch meine dunklen Hosen hindurch
die Schlüssel
zu deiner Tür,
die Schlussel
der Schrift, des Mondes
im Jasmingebüsch,
des Liedes in der Kaskade.
Du, ohne den Mund zu öffnen,
du Plauderfrohe
schließt deine Augen,
du Kristallinische,
behütest eine rote Taube
im schwarzen Laub,
den Flug
eines verborgenen Herzens,
und dann
eine Silbe,

ein Tropfen
des Himmels,
mild ein Laut
von Schatten und Blütenstaub
im Ohr,
und alle
wissen es,
meine Liebe,
es zirkuliert
unter den Menschen,
in den Buchläden,
unter
den Frauen,
in der Nähe
des Markts
rollt
der Ring
unserer geheimen
heimlichen
Liebe.

Laß ihn,
mag durch die Straßen
er rollen,
mag er die Bildnisse
schrecken,
die Mauern,
mag er gehen und wiederkehren,
mit den jungen
Gemüsen des Markts
erscheinen,
Erdreich
hat er,
Wurzeln
und oben
eine Blüte Mohn:

dein Mund:
eine Mohnblüte.
Unser
ganzes Geheimnis,
unser Schlüssel,
unser geheimes
Wort,
Schatten,
Geflüster,
das,
was einer
sagte,
da wir nicht anwesend waren,
ist eine Mohnblüte nur,
eine Blüte Mohn.

Liebe,
Liebe,
Liebe,
o heimliche Blume,
Flamme
unsichtbar,
leuchtendes
Brandmal!

ODE AN DEN SEPTEMBER

Monat der Fahnen,
trockener Monat, feuchter
Monat,
mit fünfzehn grünen Tagen,
mit fünfzehn roten Tagen,
dünn
kommt aus deinem Dach

noch Rauch
und schon
öffnest du die Fenster jäh,
Monat,
in dem des Winters Blume
das Licht der Sonne erblickt
und noch einmal
ihre kleine
furchtsame Blütenkrone netzt,
Monat, von tausend Regenpfeilen
durchkreuzt,
von tausend
glühenden Sonnenlanzen,
September,
daß du tanzest,
legt unter die Füße
die Erde dir
ihrer Teppiche
festliches Gras,
und dir zu Häupten
toll einen Regenbogen,
einer Gitarre
himmlisches Band.

Tanze, September, tanz
mit der Heimat Füßen,
singe, September, sing
mit der Stimme
der Armen:
andere
Monate
sind lang
und nackt,
andere
gelb,
andere ziehen hoch zu Roß in den Kampf,

du, September,
bist Sturmwind, Raub,
ein Segler voller Wein.

Tanz
in den Straßen,
tanze
mit meinem Volk,
tanze mit Chile, mit
dem Frühling,
bekränze
mit üppigen Trauben dich
und gebackenem Fisch.
Nimm aus der Lade
deine
zerzausten
Fahnen,
nimm aus deiner Vorstadt
ein Hemd,
aus deinem trauernden
Bergwerk
Rosen,
aus deiner Verlassenheit
ein blühendes Lied,
von deiner kämpfenden Brust
eine Gitarre,
und zu allem
die Sonne,
den reinen Himmel
des Frühlings,
die Heimat schießt es dir vor,
auf daß
in deinen Taschen etwas erklinge:
die Hoffnung.

ODE AN DIE SONNE

Kannte die Sonne nicht.
Ich lebte in einem Winter.
Das war
in den Bergen antarktischen Südens.
Überflutende
Wasser
erhielten
die Erde,
das Firmament war
überquellend ein blasser
Regenschirm,
eine ozeanische
Qualle
mit grünem
Haar.
Und es regnete
auf das Dach,
auf das schwarze Laub
der Nacht,
niederfloß
himmlisches Wasser
von den zackenlosen Gletschern.
Dann querte ich die Zonen.
Und in der Wüste,
rund, hochoben, allein
die Sonne aus Feuer
mit ihren augenblendenden
Mähnen rot,
der Löwe in seinem Schwerter-
kreis,
des Himmels
zentrale Blüte.
O Sonne,
väterlich Kristall,

Stundenweiser
und Macht,
Ahnherr der Planeten,
blonde
Riesenrose
immer
von Feuer wallend,
immer
glühend
dich verzehrend,
zenitene
Küche,
reines
Augenlid
zornig und ruhevoll,
Feuerkessel und Heizer,
Sonne,
ich will
dich anschaun
mit den uralten
Augen Amerikas:
sturmumtobtes
wildes Lama,
Maiskolben,
gelbes Herz,
Muttermal von Gold,
brennender Leib du,
lohende Karotte
schön
ist dein Anblick,
kaum
berührst du
den Zweig,
erblühet
der Frühling,
kaum,

Schweif aus Amber,
berührst du
das Weizengefild,
und schon ergießt sich,
deine Gestalt wieder
und wieder erzeugend, das Korn;
Brot,
Brot des Himmels,
heiliger Herd,
du warst kein
weißer Stern,
Eis,
Diamant, erstarrt
im Blick
der Nacht:
du warst
Energie,
tagtägliche,
kraftvolle Befruchterin, Himmelsfüllen,
samenträchtige Pflanzung,
und unter
deinem pochenden Puls
aufwuchs
der Same,
die Erde
enthüllte ihre grüne Gestalt
und wir,
wir erhoben
die Trauben
und die Erde
in einem glühenden
Glas:
dich beerbten wir:
Söhne
sind wir
der Sonne und der Erde.

Als Menschen
Amerikas
wurden wir erschaffen,
in unserem Blute kreisen
gleich nährenden Magneten
Erde und Sonne,
und wir verehren dich,
schirmende Sphäre, Phosphorrose,
fliegender
Vulkan des Himmels,
Mutter der Cordilleren,
keimträchtige Tigerin,
Patriarchin von Gold,
berstender Ring,
totaler Keim, Brutofen, abgründiger,
des Universums Hahn.

ODE AN DIE SOLIDARITÄT

Und dort, was taten sie?
Weißt du es?
Bist du einverstanden?
Wer sind jene?
Etwas geschieht und deine Schuld ist es.
Du aber wirst es nicht wissen.
Jetzt
mach ich dich aufmerksam.
Du kannst die Dinge
so nicht lassen.
Wo
hast du dein Herz?
Du hast einen Mund.
Du blickst mich an,
befremdet.

Es scheint,
du weißt
auf einmal,
daß dir eine Hand fehlt,
die beiden Augen,
die Zunge
oder die Hoffnung.

Aber
ist es möglich, Pedro
oder Juan oder Diego,
daß du etwas
so Notwendiges
einbüßt,
ohne es zu merken?
Gehst du denn
schlafend einher?
Was hast du gegessen?
Sahst du
die Augen der Leute nicht?
Du stiegst
in einen Zug, tratest in eine Baracke,
in eine Küche
und bemerktest nicht das verhüllte
Licht,
sahst nicht, daß die Hände,
des, der da geht und kommt,
nicht nur seine Hände sind:
es ist einer
und etwas, das dich sucht.

Zu dir – blick nicht
auf die andere Seite,
denn
ich rufe nicht deinen Nachbarn –
zu dir

spreche ich.
Die andern sagten mir:
»Suche ihn auf,
wir sind allein.«
Des Frühlings frisch hervorgesprossenen
Blätter
fragten:
»Was macht Pedro?«
Ich wußte es nicht, konnte
keine Antwort geben,
und dann
das tägliche Brot,
der Himmel voller Sterne,
alles
fragt,
wo lebt
Juan,
fragt, ob
Diego
sich verirrte,
und sie,
sie
sind dort allein
und jeden Tag
allein
zwischen
Wand
und Schweigen,
indes
du
und ich
rauchen.
Rauch,
Kringel, Arabesken,
Ringe
aus Rauch

und Rauch
Ringe aus Rauch und Rauch
sind das die Lebenden denn?
Dem ist nicht so.
Dem entgehst du nicht.
Nun
wirst du mir helfen. Ein Finger
von dir,
ein Wort,
ein Zeichen;
und wie
Finger, Zeichen, Worte
ihren Weg nehmen und wirken,
etwas
in der reglosen Luft wird erscheinen,
ein
solidarischer Laut im Fenster,
ein
Stern in dem schrecklichen nächtlichen Frieden,
dann
wirst du ruhig schlafen,
wirst ruhig du leben:
wirst Teil
des Klanges sein, der zu deinem Fenster eilt,
des Lichtes, das die Einsamkeit zerbrach.

ODE AN JUAN TARREA

Jawohl, du kennst Amerika,
Tarrea.
Du kennst es.
In dem verlassenen
Peru hatte er die Gräber ausgeraubt.
Dem kleinen Bergbauern,

dem andinischen Indio
gab der Protektor Tarrea
die Hand,
doch zog er sie mit dessen Goldringen zurück.
Er schaffte die Türkise weg.
Und nach Bilbao verschwand er mit den Goldgefäßen.

Darauf
hing er sich an Vallejo,
half ihm gründlich sterben –
und dann eröffnete er
ein kleines Geschäft
mit Prologen und Epilogen.

Nun
hat er mit Pineda gesprochen.
Das ist wichtig.
Irgend etwas wird er schon verkaufen.
Er hat die Neue Welt
»entdeckt«.
Enthüllen wir nun
diesen Entdecker!
Zu Pineda, einem Jungen,
in dessen Buch
ich Wahrheiten
las
und Gezelte,
eisenhaltige Ströme,
blasses Volk,
Brote und Bäcker,
Wege auf Pferderücken,
zu unserem amerikanischen
Pineda
oder auch zu einem andern
kam von Spanien mit Baskenmütze
eines Unterpriesters und Krallen,

mit Geldverleihern
Tarrea,
zu unterweisen,
was er ist, was ich bin
und was wir sind.

Nichs weiß er,
aber
er unterweist uns.

»So ist Amerika.
Dies ist Rubén Darío«,
sagt er,
indem er seinen langen Fingernagel aus Euzkadi
auf die Landkarte legt.
Und er schreibt, der Arme,
lang und breit.
Niemand kann es lesen,
was immer und immer er wiederholt,
doch unermüdlich
rückt er
in die Zeitschriften auf,
schlängelt er sich
zwischen die Kapitole,
schleicht er
aus den Akademien heran,
allüberall
kommt er hervor mit seinem Diskurs,
mit seinem Auberginenfeld
voll Unklarheiten,
mit seiner schwanken
Wolke
irrer Theorien,
seinem alten Trödelmarkt
metaphysischen Ausverkaufs,
schwarzen

Pseudomagie
und messianischen
Kurzwarenhandel.

Das ist es, was sie heutigentags
in unsere unschuldigen
Ortschaften tragen,
Sonntagsbeilagen,
Zeitschriften,
diese letzten
oder vorletzten
Freibeuter,
und dem armen Amerikaner
weisen sie
unnützen und dummen
Plunder
voller Regenwurmträume
oder Lügen
einer falschen Apokalypse.
Und sie nehmen
das Gold
Pinedas mit sich,
den grünen
Dunstschleier
unserer Flüsse,
die makellose
Haut,
das Salz
unserer weithin sich dehnenden Öden.
Tarrea,
mach dich schnell aus dem Staube.
Rühre nicht an mich. Rühre nicht
an Darío, verrate
Vallejo nicht, streife nicht
Nerudas
Knie.

Den Spanier ja, die Spanierin lieben wir,
die einfachen Leute
die nachsinnen und schaffen,
den strahlenden Sohn
des schrecklichen
Krieges,
den mutigen Hauptmann
und den aufrechten
Landmann,
sie wünschen wir uns. Wollen sie
Erde brachen oder die Flüsse umleiten,
so mögen sie kommen,
ja, sie mögen kommen,
du
aber,
Tarrea, kehre
zu deinem Schacher zurück
nach Bilbao,
zur Totengruft
des verfaulten Klosters,
klopf
an des Caudillos Tür,
du bist sein Auswurf,
sein düsterer Heiligenschein,
sein leeres Wittum.
Kehre
zu deinen Begrabnen zurück, zum Beinhaus
mit den faulen Nichtstuern,
wir
einfachen
Steinbrecher, armen
Apfelesser,
Erbauer
eines schlichten Hauses,
wir wollen nicht
entdeckt sein,

nein,
wir wünschen
nicht das eitle Geschwätz
des Dummkopfs von Übersee.
Kehre unverzüglich zurück
zu deinem atlantischen
Epitaph, zur merkantilen
Meeresenge,
dort erscheine mit deinem Korb
voller Monologe
und ruf in den Gassen aus,
mal sehen, ob einer sich erbarmt
und deine melancholische Ware
verspeist.

Ich kann es nicht.

Ich lasse keinen Plunder zu.

Ich vermag nicht,
mit dir mich abzugeben, armer Tarrea.

Ich habe Menschenpflichten.

Ich habe Gesang
für Zeiten so viel,
daß ich dir rate,
spare
Kralle und Zunge.

Hart
war meine Mutter,
die andinische Cordillere,
majestätisch
des Ozeans Donner
bei meiner Geburt,

ich lebe auf meinem Erdreich,
gebe mein Blut
im Licht meiner Schlacht,
errichte die Mauern
des eigenen Hauses,
ich stütze
den Stein mit meinem Gesang
und brauche keinen
Händler
von Toten, keinen Kaplan
von Gespenstern,
keinen bleichen spiritistischen
Küster,
Schacherer toter Esel,
ich tausche kein
Goldgefäß
dir gegen Plunder ein:
ich bin, zu deinem Unglück,
durch die Welt gewandert, habe gesehen
und singe.

ODE AN DIE TYPOGRAFIE

Große ernste Lettern,
lotrecht,
zu reiner
Linie
geformt,
aufgerichtet
wie des Seglers
Mast
inmitten
der Seite
voller

Wirrnis und Unruh,
algebraische
Bodonis,
vollendete
Lettern,
wie Windspiele
zart,
eingefügt
dem weißen Rechteck
der Geometrie,
Elzevier-Vokale,
geprägt
aus feinem Stahl
in der Werkstatt nahe dem Wasser
in Flandern, im Norden
der Kanäle,
Schriftzeichen
des Ankers,
Aldus-Typen,
unbeugsam wie
Venedigs
meerische
Gestalt,
in dessen mütterlichen Wassern,
ein geneigtes
Segel,
die Kursivschrift treibt,
leicht das Alphabet hinneigend:
der Wind
der ozeanischen
Entdecker, er
duckte für immer das Profil der Schrift.

Von den Händen
des Mittelalters
gelangte bis vor deine Augen

dieses
N
diese Doppelform
8
dieses
J
dieses
R
von Raum und Röte.
Dort
wurden sie geschaffen,
als wären
sie Zähne, Krallen sie,
metallische Hämmer
der Sprache.
Jede Letter hämmerten sie,
richteten sie auf,
eine kleine schwarze Statue
im Weiß
Blütenblatt
oder besternter Grund
des Gedankens, der zu einem
reichströmenden Flusse wurde,
der zum Meer der Völker floß
mit dem ganzen
Alphabet
die Mündung
erhellend.
Das Herz, die Augen
der Menschen
füllten mit Lettern sich,
mit Botschaften an,
Worten,
und der Wind, vorübereilend
oder dauernd,
bewirkte närrische

wie auch heilige Bücher.
Unten
in den neu beschrifteten Pyramiden
war der Buchstabe
lebendig,
glühend das Alphabet,
die Vokale,
die Konsonanten wie
geneigte Blumen.
Die Augen
der Schrift, sie, die auf den Menschen
sahen,
sein Vergnügen
suchend,
seine Geschichte, seine Liebschaften,
breiteten
den angehäuften
Schatz aus,
die Bedächtigkeit
der Weisheit jählings
auf den Tisch verteilend
wie ein Kartenspiel,
all der
geheime
Humus
der Jahrhunderte,
Gesang, Erinnerung,
Empörung,
Parabel blind,
sie waren
plötzlich
Fruchtbarkeit,
Getreidespeicher,
Lettern,
die wanderten,
entflammten,

Lettern,
die über das Weltmeer fuhren
und siegten,
Lettern,
die erweckten
und aufwärtsklommen,
Lettern,
die befreiten,
Lettern
in Taubengestalt,
die durch die Lüfte flogen,
Lettern
rot auf Schnee,
Interpunktierungen,
Wege,
Bauten
aus Lettern,
und Villon und Berceo,
Dichter
des Gedächtnisses,
knapp etwas
auf Leder Geschriebnes
wie auf die Trommel
der Schlacht,
sie kamen
zum weiträumigen Schiff
der Bücher,
zur seefahrenden
Typografie.

Aber
der Buchstabe war
nicht Schönheit nur
sondern Leben,
war Friede für den Soldaten,
er stieg in die Ödnis, die Verlassenheit

der Mine hinab,
und der Bergmann
las
das stichfeste, heimliche
Flugblatt,
verbarg es in den Falten
seines geheimen
Herzens,
und oben,
auf der Erde,
war er ein anderer,
und anders
ward sein Wort.
Die Letter
wurde die Mutter
der neuen Fahnenzeichen,
die Lettern
zeugten
die irdischen
Sterne
und den Gesang, die glutende Hymne,
die die Völker
vereint,
von
einem
Buchstaben
zum andern
Buchstaben
gefügt
und zu einem weiteren,
von Volk zu Volk ward gegründet
ihre klingende Autorität
und wuchs in der Kehle des Menschen,
bis die Helle des Gesangs errichtet.

Darum
laß mich
feiern dich,
Typografie,
in der Reinheit
deiner
reinen Profile,
in der Phiole
des Buchstaben
O,
in der kühlen
Blumenvase
des
griechischen
Y,
in dem
Q
von Quevedo
(wie könnte meine Dichtung
an diesem Buchstaben
vorübergehen,
ohne das uralte Erschauern
des sterbenden Weisen zu fühlen?),
in der
viel-
vielfachen
Lilie
des
V
von Victoire,
im
E,
dem stufenhaften,
um darauf den Himmel zu erklimmen,
im
Z

mit seinem Antlitz aus Blitzen,
in dem orangenen
P.

Liebste,
ich liebe
die Buchstaben
deines
Haares,
das
U
deines Blicks,
das
S
deines Taillenschwungs.
In dem Blattwerk
des jungen Frühlings
schimmert das diamantene
Alphabet,
die Smaragde
schreiben deinen Namen
mit Initialen frisch von Tau.
Du meine Liebe,
dein Haar,
unergründlich
wie der Wald, das Wörterbuch,
hüllt es mich ein
mit seiner roten
Sprache
ganzen Fülle.
In allem,
in des Wurmes
Spur
kann man lesen,
in der Rose kann man lesen,
voller Lettern sind

die Wurzeln,
die des Waldes Feuchte
krümmte,
und am Himmel
von Isla Negra zur Nacht
lese ich,
ich lese
am
kalten Firmament
der Küste,
das, von Schönheit
intensiv und diafan,
sich weithin dehnt
mit großen
und mit winzigen Sternen
und Rufen
eisigen Diamants,
ich lese, lese
in der Nacht
des australen Chile,
in des Himmels
himmlischen Einsamkeiten verloren,
wie in einem Buche
lese ich
die Abenteuer
all
und im Grase
lese ich,
lese
die grüne, die sandige
Typografie
der ländlichen Gebreite,
ich lese
die Segler, die Angesichte,
die Hände,
ich lese

dein Herz,
in dem
ineinander verflochten
leben
das provinziale
Initial
deines Namens
und
das Felsenriff
des meinen.
Ich lese
deine Stirne,
lese
die Haarflut dein,
und im Jasmin
lassen
die verborgenen
Lettern
den unaufhörlichen
Frühling sprießen,
bis ich die begrabene
Interpunktion
des Feldmohns
entziffert
und den scharlachroten
Buchstaben
des Sommers:
sie sind meines Gesanges vollkommene Blüten.

Wenn
aber
die Schrift
ihr Rosentum
entfaltet,
der Buchstabe
seine wesenhafte

Gartenkunst,
wenn du die alten
und die neuen Worte
liest, die Wahrheiten all,
die Forschungen,
so bitte ich dich
um einen Gedanken
für den, der sie ordnet
und sie aufrichtet,
für ihn, der den Abdruck
vorbereitet,
den Buchdrucker
mit seiner Lampe, der,
einem Piloten gleich,
auf
den Wogen der Sprache
den Winden
befiehlt und dem Schaum,
dem Schatten und den Sternen
im Buch:
Mensch
und Stahl:
wiederum vereint
gegen die Nachtschwinge
des Mysteriums,
unterm Winde fahrend,
durchdringend
und komponierend.

Buchdruckerkunst,
ich bin
nur ein Dichter
und du bist
das blühende
Spiel der Vernunft,
die Bewegung

der Läuferfiguren
der menschlichen Intelligenz.
Ermüde nicht
in der Nacht,
nicht im Winter,
kreise
durch die Venen
unserer
Anatomie,
und wenn du ausruhst
in deinem Fluge
in
irgendeiner Nacht oder während des Streiks
oder einer Erschöpfung oder
eines Satzbruchs,
senkst du dich von neuem nieder
auf das Buch
oder die Zeitung
wie der Vogel-
schwarm aufs Nest.
Du kehrst zurück
zum System,
zur endgültigen
Ordnung
des Verstandes.

Lettern,
fallt weiter nieder,
ein präziser Regen,
auf meinem Weg.
Lettern all dessen,
was lebt
und stirbt,
Lettern aus Licht, aus Mond,
aus Schweigen
und Wasser,

euch liebe ich,
und in euch selbst
erfasse ich
nicht den Gedanken nur
und den Kampf,
auch euer Gewand,
eure Sinne
und Klänge:
A
des sieghaften Adlers
T
des Tores, des Turms
und
das M
wie dein Name
aus Morgenröte.

ODE AN DAS KORN DES INDIOS

Fern
ward ich geboren,
in weiterer Ferne,
als du zur Welt kamst.
Ich ward geboren
fern,
fern
in dem
feuchten
und
roten
Araukanien,
und
im
roten

Sommer
meiner Kindheit
bewegte die Erde sich:
ein Felsblock,
ein Dornenbaum,
eine Schlucht:

es war ein Indio,

ein Indio,
der auf seinem Pferde
daherkam.

Er ritt in die Berge, kreuzte
Mündungen,
Steilhänge, zerklüftete
Himmelsstriche,
die entflammten
Seen
unter
ihrem schneeigen Diadem,
meine Erde
grün und rot,
wohlklingend
und
wie
eine Glocke
rein,
Erde,
Erde,
Zimmetbäume,
ein unsagbarer
Duft
von Wurzeln
so tief,
als

wäre die Erde
eine einzige taufeuchte
Rose.

Und dann
weiter oben
war das Korn,
das Korn der Indios,
das letzte, das karge,
das zerlumpte
Gold
des armen Araukaniens.
Ich sah die Kaziken kommen,
hartes Antlitz,
dünne Schnurrbärte,
schäbige
Ponchos,
und sie lächelten mich nicht an,
denn
für den letzten Häuptling
bin ich ein Fremdling.
Es war
die Ernte jenes Korns.
Dürres
Stroh
flog durch die Luft,
die Dreschmaschine
glühte
und die armseligen Ähren
verstreuten
das letzte,
hungrige,
abgewetzteste
Gold
des Brotes
des armen araukanischen Landes.

Die Indianerinnen
hockten da
tönernen Krügen
gleich,
blickten aus
der Zeit,
aus dem Wasser her,
Entrückte.
Zuweilen
im Bereiche
des Korns
ein Schrei
und ein
brennendes Gelächter,
zwei Steine,
die ins Wasser
fielen.
Die Säcke
füllten sich
mit Getreide, plötzlich
hielt
die Dreschmaschine an
ihr Gekeuch,
und die Indios
saßen
wie Säcke voll Erde da
und die Säcke
voll Korn
wie Gespenster
des uralten Araukaniens,
Zeugen
der Armut, stumm,
wachsam,
und oben
hart
der Himmel,

des Himmels blauer Stein,
unten
die dürftige, regennasse Erde,
armseliges Korn
und die Säcke:
Gespenster
meines Vaterlandes.

Ich erinnere
jener Gebiete mich, der
von Richtern
und Dieben
geplünderten,
der Ernte,
der Indios
im Sommer
mit immer weniger Land und Korn
in jedem weiteren Sommer,
die die schreckliche
Dreschmaschine
anstarrten,
das verstreute Brot
der Saaten,
dort oben
in meiner Heimat,
den Bergen,
und
unten
die Feudalherrn,
ihre Advokaten und ihre Polizei,
die mit Papieren
die Indios vernichteten,
sie von der Erde verdrängten
mit Urteilsspruch, Verordnung,
richterlichem Geheiß,
die Priester,

die ihnen den Himmel empfahlen
mit bessren Gebieten
für ihr Korn.

Dieser grüne
und rote Landstrich,
Schnee, Baumhalden,
diese Erden mit
Avellanogezweig,
das den Strahlenarmen
eines Sternes gleicht,
war
meine Wiege, mein Denken,
mein Ursprung,
und nun
frage ich euch:
wem gebe ich das Korn,
wem überlasse
das Gold ich,
wem gehört
die Erde?

Araukaner,
Väter
der Nation,
Freund-Feinde
des Spaniers Ercilla:
ein anderer
Dichter
beginnt zu
singen:
nun nie mehr
Krieg
sondern Korn,
nun niemals mehr Blutvergießen
sondern das letzte

Brot seiner Brüder,
die letzte
Ernte
für
sein armes
Volk.
Ein anderer
Dichter
kommt,
zu verteidigen
jetzt
die Ähre,
und steigt
die dornigen
Hügel auf,
quert
die unter dem Feuer
der alten Vulkane
ruhenden Seen
und läßt sich nieder
zwischen
schweigsamen
Säcken
und erwartet
das Licht
der Schlacht,
rückfordernd in seinem Gesang
die Gerechtigkeit,
Heimaterde verlangend
für seine Brüder,
wiedererobernd
der Indios
Korn.

ODE AN WALT WHITMAN

Ich erinnere nicht,
in welchem Alter
noch wo,
ob im weiten regenfeuchten Süden
oder an der schrecklichen
Küste, unter dem harschen Schrei
der Möwen,
ich eine Hand berührte,
und es war
die Hand Walt Whitmans:
ich trat
nackten Fußes auf Erde,
schritt über die Weiden,
über den kraftvollen Tau
Walt Whitmans.

Während
meiner ganzen
Jugend
begleitete mich diese Hand,
dieser Tau,
seine patriarchalische Festigkeit, wie Fichtenholz fest,
seine Prärienweite
und seine Friedensmission, die erdumkreisende.

Ohne
der Erde
Gaben
zu verachten,
des Kapitells
vollen Schwung
noch das
Purpurinitial
der Weisheit,

du
lehrtest mich
Amerikaner sein,
erhobst meine Augen
zu den Büchern,
zum Schatz
der Getreide:
breitgelagert
in der Helle
der Ebene
ließest du
den hohen
Berg mich sehn,
den schirmenden. Vom unterirdischen
Echo
sammeltest du
für mich
alles ein,
alles, was geboren,
erntetest du,
durch die Luzernen galoppierend,
schnittest du für mich die Mohnblüten ab,
suchtest du
die Flüsse auf,
eiltest am Abend
in die Küchen.

Doch nicht Erde
allein
brachte deine Schaufel
ans Licht,
du grubest
den Menschen aus,
und der
gedemütigte Sklave,
gemeinsam mit dir,

seines Wuchses schwarze Würde
wiegend, schritt, die Freude
erobernd, er dahin.

Zum Heizer
vor dem Kessel
unten
schicktest du
ein Körbchen
Erdbeeren,
an allen Straßenecken deines Dorfes
kam einer
deiner Verse zu Besuch
und war wie ein Stück
reinen Leibes,
der Vers, der dort hinkam
wie
dein eigener Fischerbart
oder deiner Akazienbeine majestätischer Gang.

Unter den Soldaten ging
deine Silhouette einher,
Silhouette eines Barden, eines Krankenpflegers,
eines nächtlich sorgenden Mannes,
der das Geräusch kennt
des Atems im Todeskampf
und mit dem Frührot
die lautlose
Wiederkehr
des Lebens erwartet.

Guter Bäcker!
Erster großer Bruder
meiner Wurzeln,
Araukarien-
wipfel,

seit
hundert
Jahren
schon
weht
über deine Prärien
und ihr Blühen
der Wind,
ohne deine Augen aufzuzehren.

Neue
grausame Jahre in deinem Lande:
Verfolgung,
Tränen,
Verliese,
vergiftete Waffen
und wütende Kriege
haben die Grashalme deines Buches
nicht niedergetreten,
den Lebensquell
seiner Jugend.
Und, ach,
die
Lincoln
mordeten,
sie legen sich jetzt
in sein Bett,
stürzen
seinen Sessel um
aus duftendem Holz
und errichten einen Thron
aus Unglück und verspritztem
Blut.

Aber
auf den Stationen

der Vorstädte
singt
deine Stimme,
auf
den
Landungsplätzen
am Abend
plätschert
wie
dunkles Wasser
dein Wort,
dein weißes
und schwarzes
Volk
der Armen,
einfaches Volk
wie
alle
Völker,
vergißt
deine Glocke nicht:
da versammelt sich, singend,
unter
der Pracht
deines weitgesteckten Lebens dein Wort:
unter den Völkern, deine Liebe
entfaltend,
wandert die Brüderlichkeit
über die Erde.

Drittes Buch der Oden
(1957)

Oden für den Mann, der vorüber-
sprengt
unter dem nassen Gezweig
des Winters.

Oden
in allen
Farben und Größen,
seraphische, blaue,
auch ungestüme,
taugend beim Essen,
beim Tanz,
um den Spuren zu folgen
im Sande,

um zu sein und nicht zu sein.

Oden verkauf ich,
schlanke
in wirren Bündeln,
feine wie Draht,
andre wie Löffel,
ich handle
zuweilen mit wilden,
die eilen auf Pumafüßen dahin:
man muß sie mit Vorsicht
behandeln, mit Gitterstäben:
sie brechen
aus uralten Wäldern hervor,
hungrig.

Auch für Näherinnen
schreibe ich
Oden,

die zur Klage neigen,
gehüllt
in
des Flieders
Duft.

Andere
sind reich
an wildwachsendem Erzgestein,
an Härte meiner heimatlichen
Berge
oder bloß
an lasurblauer Liebe.

Letzten Endes aber
entscheidet ihr,
was sie bergen:
Tomaten,
Rehe
oder Zement,
dunkle grundlose Freuden,
Züge,
die pfeifen,
einsam
durch Landstriche ziehend,
die voll Kälte und Regen sind.

Ein wenig
von allem
hab ich für alle.

Ich weiß, es gibt andre,
immer wieder andere
Dinge,
die umherkreisen
bei Nacht, unter

den Möbeln oder im Innern
des verlorenen
Herzens.
Gewiß,
aber
ich habe Zeit,
habe noch sehr viel Zeit,
– mir gehört eine Schnecke,
die fängt
die beharrliche Melodie
des Geheimnisses ein
und verwahrt sie
in ihrem Gehäus,
als Hammer oder als Schmetterling –

Zeit,

um
düstere Felsen
anzuschaun

oder sogar
vergessene Wasser
aufzufangen

und um dir
oder dem, der es begehrt,
den großen Frühling zu schenken
meiner Leier.

Fürwahr,
in deine Hände also
leg ich
dieses Gebinde
von Blumen und Hufeisen,

nun lebe wohl,

bis später:

bis bald:

auf daß alles Gesang
sei
und bleibe.

ODE AN DIE BIENE

Großer Bienenschwarm!
Ein und aus fliegt er,
aus dem Karminrot, dem Blau,
dem Gelb,
der zartesten
Zartheit der Welt:
einzieht er in
eine Blumenkrone
voll Hast,
Geschäfte zu treiben,
und kommt hervor
mit goldenem Kleid
und einer Unzahl
gelblicher Stiefel.

Vollkommenheit
von der Hüfte an,
der Unterleib
von dunklen Stäben gestreift,
das winzige Haupt
allzeit
gedankenvoll

und die
Flügel
frisch aus Wasser geschaffen:
einfliegt sie
durch alle die duftigen Fenster,
tut auf
die Tore der Seide,
dringt in das Brautbett
der am schönsten duftenden Liebe,
prallt
wie mit einem Diamanten
mit
einem Tropfen
Tau zusammen,
und aus allen Häusern,
die sie aufsucht,
schleppt sie
geheimnisvollen
reichen schweren
Honig hervor,
Honig, dichtes Arom,
flüssiges Licht, das niederfällt in dicken Tropfen,
bis sie heimkehrt
in ihren
kollektiven
Palast
und in die gotischen Bienenkörbe
den Ertrag
häuft
von Blume und Flug,
die hochzeitliche Sonne, die seraphische,
geheimnisvolle!

Getümmel der Bienen!
Unverletzliche
Hoheit

der Eintracht,
wogende
Gemeinschaft!

Helltönende
Ziffern
summen,
die wirken
den Nektar,
vorübereilen
hurtige
Tropfen
Ambrosia:
das ist die Siesta
des Sommers in den lichtgrünen
Einsamkeiten
von Osorno. Hochoben,
da schlägt ihre Lanzen die Sonne
fest in den Schnee,
hell leuchten die Vulkane,
endlos
wie
Meere
die Erde ist,
blau ist der Weltraum,
aber
etwas ist da,
das zittert, es ist
des Sommers
brennendes
Herz,
das Herz aus tausendfältigem
Honig,
die sausende
Biene,
die knisternde

Wabe
aus Flug und Gold!

Bienen,
nichts als Arbeiterinnen,
spitzbogige
Werkfraun,
zarte, funkelnde
Proletarierinnen,
vollkommene,
tollkühne Milizen,
die angreifen,
selbstmörderischen Stachels, im Kampf,
summet,
summt über
die Güter der Erde hin,
goldenes Geschlecht,
Geschwärm du des Winds,
schüttelt der Blumen Flammenbrand,
den Durst der Blütenfäden,
den durchdringenden
Faden
Duft,
der die Tage zusammenfügt,
und,
die feuchten Kontinente, die fernsten
Inseln überfliegend des westlichen
Himmels,
mehret den Honig.

Ja:
es möge das Wachs
grüne Statuen errichten,
unendliche
Zungen
der Honig

verschwenden,
und das Weltmeer sei
ein einziger
Bienenstock,
die Erde
Turm und Tunika
aus Blüten,
und die Welt
eine einzige Kaskade,
Haarflut,
ein unaufhörliches
Wachsen
von Waben!

ODE AN DEN AUGUST

Wieder kehre ich
in die Helle
der Erde zurück,
wildes Gestein
zu schauen
und anzurühren
Sand, Sprossen und Mond.

Australer
August,
reiner, kühler
August,
deine Säule
ragt
von der Erde auf zum Himmel
und dich krönen
die gestirnten Gesteine,
die Nacht des blauen Saphirs.

O
klarer Winter,
ich sehe
erblühn dein Geviert
in einer
einsamen
Rose,
den Schnee,
und weiß und blau erteilt
deine reine
Geometrie
eine freimütige
Lehre mir:
ganz ohne Blätter ist die Welt,
ohne Herzschlag,
von allem,
was sonst stirbt, entblößt,
nur Stein
und Kälte ist,
ein nacktes Buch aus Kristall, in dem
des Lichtes lange Lettern sich erheben.

August ohne
Straßen, ohne
Nummern,
August ohne Schuhe,
die den Leiden
entgegenwandern,
ich kehre
zurück in deine Einsamkeit,
nicht
um
in ihr
mich zu ertränken,
sondern
um

mich mit deinen Wassern zu waschen,
auf daß
dahingleite in mir
der eisige
Mond
und ich in den Wäldern
auf Steine trete, auf Blätter,
die abfielen
vom August, und alles
reine Dehnung habe,
Geschmack nach Himmel,
erhabene Weite
jugendlichen Herzens unterm Regen.

O
Machtvollkommenheit,
Reinheit,
entblätterte,
der Erde,
ich liebe
deinen
abstrakten
Frieden
auf den Wegen.
Ich möcht
allein
sein
mitten in
dem Licht August
und
ohne Blut also
einmal
das Leben
sehen:
es sehen
wie ein

Schiff
unbemannt
und schön,
keinen andern Duft als die Meeresluft
oder den unsichtbaren herben
Rosmarins.
Schritt für Schritt,
ohne alles:
nichts ist da
nur Mond und Schnee,
und ich wandere dahin,
ganz schon ohne mich dahin,
letztlich
in der hellsten
Helle der Erde!

ODE AN DEN RUHEBEWAHRENDEN MAURER

Der Maurer
legte
die Ziegelsteine.
Er mischte den Kalk, verarbeitete
den Sand.

Ohne Hast, ohne Worte
machte er seine Bewegungen,
Zement
einebnend,
trieb er die Treppe in die Höhe.

Gewölbte Schultern, Brauen
über einem ernsten
Augenpaar.

Bedächtig ging er, kam er
bei seinem Werk,
und aus seiner Hand
wuchs
die Materie auf,
Kalk deckte die Wände,
eine Säule
erhob ihr Geschlecht,
Dächer
hemmten der Sonne Wut,
der erbitterten.

Von einer Seite zur anderen ging
mit
ruhigen Händen,
Baumaterialien
hin und her tragend,
der Maurer.
Und am Ende
der
Woche
weihten die Säulen, der
Bogen,
diese Söhne aus
Kalk, Sand,
Weisheit und Handarbeit,
die schlichte Festigkeit
ein und die Anmut.

Ja, welch eine Lehre
gab mir mit seiner Arbeit,
Ruhe bewahrend, der Maurer!

ODE AN EINEN ALBATROS AUF GROSSER WANDERUNG (1956)

An diesem Tage starb
ein mächtiger grauer
Albatros.
Hier,
auf die nassen
Gestade,
stürzte er nieder.
                    In diesem
glanzlosen
Monat, an
diesem Tag
eines silbrigen regendurchsprühten
Herbstes,
der
einem Netz
mit eisigen Fischen
und Wassern
des Meeres glich.
                    Hier
stürzte
sterbend
der Vogel der Größe.

Er war
im
Tode
wie ein schwarzes Kreuz.
Von Schwingenspitze zu -spitze
drei Meter Gefieder
und das Haupt
wie ein Bootshaken gekrümmt,
die zyklonischen Augen
geschlossen.

Von Neuseeland her
kreuzte er das ganze Weltenmeer,
bis
er starb, in Chile.

Warum? Warum? Und welches Salz,
welche Wege, welchen Wind
suchte er im Meer?
Was hob seine Kraft
aufwärts gegen den ganzen
Weltenraum?
Warum versuchte
sein Vermögen sich an den härtesten
Einsamkeiten?
Oder war eines Sternes
magnetische Rose sein Ziel?
Keiner
wird wissen es, keiner es nennen können.

Der Ozean auf diesem endlos
weiten Wege
hat keine
einzige Insel,
und auf der interplanetarischen
Kurve
sieghaften Flugs
der irrende Albatros
traf auf nichts als Tage,
Nächte, Wasser,
Einsamkeiten,
Raum.

Er, mit seinen Schwingen, war
die Kraft,
die Richtung, Augen,
die Sonne

und Schatten bezwangen:
über den Himmel hin
zu
der unbekannten,
der fernsten
Erde
der Vogel strich.

Gespreiteter Vogel, unbewegter,
du
zwischen den Kontinenten,
über verlorenen Meeren
im Flug, du schienst
ein einsames
Zittern von Schwingen,
ein leichter
Glockenschlag und Feder:
also wechselte eigensinnig
deine Majestät den Weg,
und obsiegend folgtest du
getreu dem mitleidlosen
öden
Fahrtstrich.
Schön warst du, da du wundersam
kreistest
zwischen Woge und Luft,
deine Schwingenspitzen
in den Ozean tauchend
oder dich niederlassend mitten in
der meerischen Endlosigkeit,
geschlossenen Flügels, einem Koffer
voll geheimnisvoller Geschmeide gleich,
gewiegt
von den
einsamen
Schäumen

wie eine stumme
Prophezeiung
im Fluß der Psalmen.

Albatros Vogel, verzeih mir,
sagte ich in meinem Schweigen,
da ich ihn liegen sah hingestreckt,
starr
im Sande, nach
der unermeßlichen
Überquerung.
Heldenhafter, sprach ich zu ihm, niemand
auf Erden wird
auf einem
Marktplatz
dein hinreißendes
Standbild errichten,
niemand.
Dort wird man sehen inmitten
der trostlosen offiziellen
Lorbeerkränze
den Mann mit Schnurrbart,
Gehrock oder Degen,
ihn, der mordete
im Kriege
das Bauernmädchen,
ihn, der mit einem einzigen
blutigen Geschoß
eine Mädchenschule
in Staub gelegt,
ihn, der an sich riß
das Erdreich
der Indios,
oder den Jäger
von Tauben, den Würger
schwarzer Schwäne.

Wahrlich,
erwarte nicht,
sprach ich zu ihm,
dem König des Sturms,
dem Vogel der Meere,
erwarte kein
Grabmal,
deiner Ruhmestat
errichtet,
und während
finstere Mitbürger,
rings um deine Überreste versammelt, dir
eine Feder
ausrissen, in Wahrheit
ein Blütenblatt, eine sturmgesegnete
Botschaft,
entfernte ich mich,
damit
deine Erinnerung
ohne Stein, ohne Standbild
wenigstens
durch diese Verse anfliege
ein letztes Mal gegen
die Endlosigkeit
und dein Flug also nahe bleibe dem Meer.

Du dunkler Kapitän,
vernichtet o in meinem Vaterland,
wollte der Himmel, daß deine Schwingen,
die stolzen,
weiterflögen über
die letzte Woge, die Woge des Todes.

ODE AN DEN TOTEN JOHANNISBROTBAUM (TOTORAL, 19. JANUAR 1956)

Wir wanderten von
Totoral hinaus; staubbedeckt
war unser Planet:
die Steppe umspannt
von einem göttlichen Himmel:
Wärme und helles Licht in der Leere.
Wir durchschritten
Barranca Yaco
den Einsamkeiten von Ongamira entgegen,
als hin
auf das Grasland gestreckt
einen umgestürzten Baum
wir fanden,
einen toten Johannisbrotbaum.

Der Sturmwind
der letzten Nacht
hatte die Wurzeln, die silberblanken,
in die Luft gerissen
und ließ sie verkrallt da stehen,
eine Haarflut fest in den Wind getriebener,
wahnsinniger Mähnen.

Näher trat ich, und seine verstümmelte
Kraft war so groß,
sein Gezweig am Boden so heroisch,
und seiner Krone entstrahlte
solch irdische Majestät,
daß ich, beim
Berühren des Stammes,
seinen Herzschlag spürte,
ein Lichtstrahl
aus dem Herzen des Baumes

ließ die Augen mich schließen
und senken
mein Haupt.

Hart war er, gefurcht
von der Zeit, standhafte Säule,
geprägt
von Regen und Erde,
und einem Kandelaber gleich spreitete er
seine gerundeten
hölzernen Arme,
von denen aus
er grünes Licht und grünen Schatten
hin über das Flachland verschwendete.

An den Johannisbrotbaum,
hart und fest
wie
eine Krone von Eisen,
hatte
das Ungewitter Amerikas,
der blaue
Nordwind
der Steppe gerührt,
und mit einem Schlag des Himmels
war seine Schönheit zu Boden gestürzt.

Lange verharrte ich dort und starrte
auf das, was bis zum gestrigen Tag
wildes Rauschen aufgepflanzt
und Nester,
ich klagte nicht,
denn mein toter Bruder
war im Tode so schön wie im Leben.

Und nahm Abschied.
Dort blieb er zurück,
ruhend
auf der mütterlichen Erde.

Ihn zu behüten, zu beweinen,
überließ ich dem Wind,
und von fernher sah ich,
wie er
noch immer
liebkoste sein Haupt.

ODE AN DIE ALGEN DES OZEANS

Ihr kennt sie wahrscheinlich nicht,
die abgeschliffenen
Steilhänge
des Ozeans.
In meinem Lande
ist er das tägliche
Licht.
Wir leben
auf der Wogen
Schneide
im Duft des Meers,
in seinem gestirnten Wein.

So manches Mal
tragen
auf der Fläche
einer
großen grünen Hand
die hohen
Wogen
ein zitterndes

Geweb herbei:
den unerschöpflichen
Stoff
der Algen.
Das sind
die Trauerhandschuhe
des Weltmeers,
Hände
Ertrunkener,
ein Leichenkleid,
wenn
aber
sie oben auf
der Wogen Wand,
in der Glocke
des Meeres,
durchsichtig werden,
erglänzen sie
wie
Halsgeschmeide
der Inseln,
dann breiten sie aus
ihre Rosenkränze,
und es schwankt
das sanfte meerische
Schwellen ihrer Brüste
unter dem Gewicht
der Luft, die sie berührt!

O Überbleibsel
des gewaltigen,
niemals aufgedeckten
Meerestorso,
Haarflut
untermeerischen Himmels,
Schweif der Planeten,

die glühend
hinabrollten
in den Ozean.
Treibend auf
Nacht und Flut
und wie Flöße
gebreitet,
Tanz aus reiner
Perle und dehnbarem Gummi,
erschüttert
von Sonne und Fisch, vom Herzschlag
einer einsamen Sirene,
plötzlich aber läßt
in einem
Gelächter der Raserei
sie das Meer
zwischen den Felsen
der Küste
als bleiche
Fetzen
einer Fahne zurück,
als Blumen, herabgefallen von einem Schiff.
Und dort
entdecken
deine Hände, deine Pupillen
ein Universum an Kühle, feucht,
die Transparenz der
Traube
versunkener Rebengelände,
eine Spur
des meerischen
Brautbetts,
des geräumigen blauen Bettes,
mit Wappen geschmückt von Gold,
mit winzigen Miesmuscheln,
Urtierchen, grün.

Ins Orangegelb spielend, oxydierte Formen
von Spatel und Ei
und Palmenblatt,
irrende
Fächer,
vom
unendlichen
Schlag
des Meeresherzens
gepeitscht,
Inseln des Sargassomeeres,
kommen sie
mit dem Überrest
von
Regenbögen
bis an meine Tür,
laßt mich
um Hals und Stirn
des Weltenmeeres
nasses Weinlaub tragen,
die Haarflut
der Woge, tot.

ODE AN DIE LEVKOJE

Da ich ganz in Papier gehüllt,
unselig ein Verschlinger
von Büchern und alten Schmökern,
auf die Insel kam, zu Sonne
und Meeres Salz,
riß ich aus dem kleinen
Garten
die Levkojen aus.
Und warf sie in die Schlucht,

verwies sie, streng,
ihnen von meinen entgegengearteten Leidenschaften
erzählend:
Meeresgewächse, Dornen,
von Purpurblitzen
gekrönt: so
richtete ich
meinen Sandgarten ein.

Ich erklärte
den lieblichen Duft
der Levkoje,
den der Wind
dort mit unsichtbaren Fingern verbreitete,
als vorstädtisch.

Heute, nach langen
Monaten,
die Jahrhunderten glichen, Jahren
aus Schatten, Licht und Blut,
bin ich darauf zurückgekommen,
Levkojen
anzupflanzen
auf der Insel:
scheue Blumen,
spärlich
duftendes Licht,
absolute Wesen
der Stille:
nun aber
liebe ich euch,
denn
über die Erde
wandelnd
und strauchelnd,
begriff ich

die Helle,
und
da ich, aufgeschlagenen Hauptes,
stürzte, begrüßte mich
ein maulbeerfarbener
Schimmer,
ein weißes Strahlen,
von Taschentuch ein unendlicher Duft:
die armseligen Levkojen
aus getreuem Arom und verlorenem Schnee
erwarteten mich: sie umgaben
mein Haupt
mit Sternen, mit wohlvertrauten
Händen,
ich erkannte ihn wieder,
den provinziellen
Wohlgeruch,
wieder erlebte ich jene
lieblich duftende Vertrautheit.

Geliebte Levkojen,
vergessene,
verzeihet mir.
Und nun
in meinem sandigen Garten
gedeihen
eure himmlischen Blüten,
mein Herz
mit zärtlichen Düften
durchdringend:
am Abend
versprüht
des Weltmeers kristallinischer Wind
blauen Salzes Tropfen,
Meeresschnee.

Alles ist endlich zur Klarheit gediehen!
Mich dünkt
auf einmal,
die Welt ist
viel einfacher
nun,
so, als
wär sie erfüllt
von Levkojen.
Breit
ist
die Erde.
Anbricht
einfach
ein neuer Levkojentag.

ODE AN DEN ARONSBAUM (1956)

Dunst, auch Nebel und Wolke
hüllten mich ein.
Ich wanderte
nach San Jerónimo,
dem Hafen zu, als
wie im Schlaf mir
aus dem Winter
ein Berg
gelben Lichtes hervortrat,
ein glühender Turm
am Wege, und alles
sich mit Wohlgeruch erfüllte.

Das war ein Aronsbaum.

Der Gipfel
seines blühenden Gezelts
war errichtet
aus Honig, aus Sonne und Duft,
und darinnen
sah
ich
des Blütenstaubs Kathedrale,
die unergründliche
Stadt
der Bienen.

Dort verhielt ich stumm,
und die winterlichen Berge
Chiles, sie waren
untermeerisch,
fern,
im unsichtbaren Wasser
des silbrigen Himmels
begraben:
nur
im Schattendunkel
der überzarte Baum stieß
gelbe
Schreie aus,
als hätte sich
aus dem schweifenden Frühling
eine Glocke gelöst
und verharrte
nun brennend dort
in
dem
helltönenden Baum,
gelb,
gelb
wie nichts auf der Welt sonst sein kann,

nicht der Kanarienvogel, das Gold
noch die Schale der Limone, auch der Ginster nicht.

Aronsbaum,
Erdensonne,
vulkanischer Ausbruch
des Wohlgeruchs,
Kaskade,
Katarakt,
Haarflut
allen
in eine einzige Woge
Laubs
vergossenen Gelbs,
Aronsbaum,
im
australen
Winter
kühn an der Spitze
wie
in der Schlacht
ein
mutiger
Krieger,
gelb,
nackt und
wehrlos,
angesichts
der Regenbataillone,
Aronsbaum,
Turm
lieblich duftenden
Lichts,
verkündendes
Lohen
des

Frühlings,

sei du gegrüßt

gegrüßt

schwer ist dein Mühen
und ein gelbes Entzücken dein Blütendickicht.

Dich,
Wabe
der Welt, verkündige ich:
laßt uns
einen Augenblick
wilde
Hummeln sein,
elegante, alkoholische
Wespen,
Hornissen aus Honig
und Samt,
und die Augen
versenken, untertauchen
Hemd,
Herz
und Haar
in dein duftendes Beben,
in deine goldgelbe
Krone,
bis einzig wir Wohlgeruch sind
auf deinem
Planeten,
Pollen der Zier, Vertrautheit des Goldes,
Flaum deines Dufts.

ODE AN EINEN GROSSEN THUNFISCH AUF DEM MARKT

Auf grünem Markte,
pfeilschnelle Kugel
des abgründigen
Weltmeers,
schwimmendes
Projektil,
ich sah dich,
tot.

Alles um dich her
war Lattich,
Schaum
der Erde,
Möhren,
Trauben,
aber
von der Meereswahrheit,
dem Unbekannten,
dem
unergründlichen
Dunkel,
tiefen
Wasser,
Abgrund,
bist du,
teergeschwelt, gelackt, der einzig Überlebende,
Zeuge
der tiefen Nacht.

Du nur, dunkle Kugel
des Abgrunds,
treffsichere,
nur an einem Punkt
verheert,

erstehst
immer wieder,
der Strömung
die Flügelflossen verhaftet,
kreisend
in der Schnelle,
dem Ablauf
der
meerischen
Finsternis,
trauerdüsterer Pfeil du,
Speer des Meeres,
verwegene Olive.

Ich sah dich daliegen, tot,
meines eigenen Weltmeers
gestorbener Herrscher,
grünes
Ungestüm, unterseeische
Tanne,
der Seebeben
Nuß,
tote Beute,
hier,
auf dem Markte aber
deine Gestalt
war
dennoch
das einzig Wegweisende
inmitten
der wirren Auflösung
der Natur:
inmitten des zarten Pflanzengrüns
warst du
einsam wie ein Schiff,
zwischen Gemüsen

bewehrt
mit schwarzem ölgetränktem Fittich und Bug,
als wärst du immer noch
des Sturmwinds Meerfahrt,
das alleinige
und reine
Triebwerk
der See:
Die Fluten
des Todes befahrend, unversehrt.

ODE AN DIE FISCHERBARKE (1956)

Auf einmal aber in reiner,
gestirnter Nacht
zersprang
des Bootes Herz, seine Arterien,
heimlich
sich windende Lunten erbauten
im Wasser
ein Schloß
aus Schlangen:
das Feuer vernichtete alles, was
es in Händen hielt,
und da es mit seiner Zunge
den Schweif
des Pulvers
berührte,
barst wie ein Donner,
wie eine zermalmende Kapsel
das Fischerboot auseinander.

Fünfzehn an der Zahl
zählten die

toten
Fischer
und weit verstreut
in
eiskalte Nacht.

Niemals
kehrten sie wieder von dieser Fahrt.
Nicht ein einziger Finger der Männer,
nicht ein einziger nackter Fuß.

Fünfzehn Fischer, das bedeutet
geringer Tod
für Chiles
schrecklichen Ozean,
doch
jene
umherirrenden Toten,
ausgestoßen
von Himmel und Erde
über so große wallende Einsamkeit,
waren
unerschöpflich wie
Asche,
wie Wasser der Trauer,
die niedergingen
auf
die Trauben meines Landes,
Regen,
Regen,
salzig flutender,
verschlingender Regen, der das
Herz Chiles und seine Nelken peitscht.

Viel
sind

gewißlich,
die Toten
von Erde und Meer,
die Unglückseligen
der Grube,
verschluckt
von der schwarzen
Stoßflut der Erde,
verzehrt
von
den Schwefelzähnen
andinischen Erzgesteins,
oder auch in der
Straße,
im Werk,
in dem
traurigen Spital
der Schutzlosigkeit.
Ja, beklagenswert
sind sie
immer,
die vom Tode
Auserkorenen,
die in Bündeln Geernteten
von der Pflückerin
eisiger Hand.
Diese Geworfelten
aber
in völligem völligem Dunkel,
mit den Sternen hin
zu allen Wassern
des Weltmeers,
fünfzehn
herumirrende
Tote,
die eins werden

nach
und
nach
mit dem Salz, mit der Woge,
den Schäumen,
sie
waren
zweifellos
fünfzehn
Dolche,
getrieben
ins meerhafte Herz
meines armen
Volkes.

Sie werden einzig
den großen
Sarg schwarzen Wassers ihr Eigen nennen,
das einzige Licht,
das bewachen wird
ihre Leiber,
wird sein
die Ewigkeit
der Sterne,
und ein Jahrtausend lang
wird über den Himmel schweifen
die Nacht des Schiffbrüchigen,
jene
verwaiste Nacht.

Aber
aus dem Meer,
aus der Erde
werden wiederkehren
eines Tages
unsere Toten.

Sie werden wiederkehren,
wenn
wir wahrhaft
des Lebens
sind,
wenn
der Mensch
erwacht
und vorwärtsschreiten
die Völker,
sie,
die eins
mit Feuer und Wasser, verstreut und einsam,
sie,
die verbrannt, zermalmt
in Erde und Meer, sie werden
vereint sein,
endlich,
in unserem Blut.
Gering
wäre der Sieg, so er nur unser.
Er ist
der Gefallenen endliche Blüte.

ODE AN DAS FAHRRAD (1956)

Ich schritt
auf knirschendem
Wege dahin:
die Sonne perlte nieder
wie glühender Mais,
und es war
die Erde,
heiß,

ein unendlicher Kreis
mit blauem
leeren Himmel oben.

Zweiräder flogen
vorüber an mir,
die einzigen
Insekten
jener
dürren
Minute des Sommers,
geheimnisvoll,
hastig,
transparent:
sie schienen mir
nichts als
Schwingung der Luft.

Arbeiter und Mädchen
fuhren
in die Fabriken;
die Augen
hingegeben
dem Sommer,
die Köpfe dem Himmel,
so saßen sie
auf den
Käferflügeln
schwindelerregender
Fahrräder,
die, Brücken, Rosengeheg, Dorngebüsch
und den Mittag
kreuzend,
da sausten.

Ich gedachte der Abende, da
die Jungen
sich waschen,
singen, essen, ein Glas
Wein
erheben,
der Liebe
zum Preis
und des Lebens,
und vor der Tür
wartet
das Fahrrad
regungslos,
denn
aus Bewegung
nur ist seine Seele,
und angelehnt dort
ist es kein
transparentes Insekt,
das den Sommer
durcheilt,
sondern
ein kaltes
Skelett,
das
einen sausenden Leib
nur wiedererlangt,
mit der Dringlichkeit
und dem Licht,
das heißt
mit dem
Wiedererwachen
eines jeden Tags.

ODE AN DEN WALD VON LAS PETRAS (1956)

Küsteentlang, zwischen den
blauen Eukalypten
und den neuen Wohnstätten
von Algarrobo
liegt ein ehrwürdiger
Wald:
uralt eine
Handvoll Bäume,
die der Tod vergaß.

Jahrhunderte
krümmten
die Stämme, Narben
bedeckten jeden Zweig,
Asche und Trauer
fielen auf ihre uralten Wipfel,
des einen und des andern
Laubwerk
verfilzte sich
wie titanisches
Spinnengeweb,
und die Zweige wurden Finger
sterbenden Grüns,
ineinander
verknotet, versteint.

Noch aber lebt der alte
Wald, manchmal zeigt ein junges
Blatt in der Höhe sich,
ein Nest
pochte voll Leben dort
im Frühling,
ein Tropfen

duftenden Harzes
fällt in das Wasser und stirbt.

Friedlich, friedlich ist das Dunkel,
und das dichte Schweigen
ist
zwischen den greisen Armen
der verloschenen Kandelaber
wie
schwarzes Kristall.
Der Boden hebt sich,
nackte Füße brachen aus dem Erdreich hervor
und sind Tote aus Stein,
zerbrochene Statuen, Knochen,
die Wurzeln,
die die Erde durchwühlten.

Das Schweigen dort,
nachts,
ist ein tiefes Gewässer,
aus dem versunkne
Gestalten
tauchen,
Haarfluten
aus Moos
und Lianen,
uralte
Augen
mit dem Glanz
von Türkis,
Eidechsen, aschgrau, vergessen,
gedrungene Frauen, übertrieben tot,
und blendende
Krieger,
araukanische
Riten.

Es bevölkert der alte Wald
von Las Petras sich
wie ein wilder
Saal,
dann aber
strömt,
ihn verlöschend,
Dunkelheit nieder,
Regen,
Zeit,
Vergessen.

Die unsichtbaren Wesen
ziehen sich in sich zurück,
und der uralte Wald
fällt wieder
seiner Reglosigkeit anheim, der prangenden
Kraft von Stein und Traum.

ODE AN DAS SCHIFF IN DER FLASCHE (1956)

Niemals fuhr
jemand so
wie auf deinem Schiff:
der transparente
Tag,
nie hatte er
ein Fahrzeug
wie
diese winzige
Blüte
von Glas,
die gefangenhielt
deine Formen

aus Morgentau;
Flasche,
in deren Wind
der Schnellsegler fährt,
Flasche,
jawohl,
oder lebendige
Überfahrt,
des Seewegs
Essenz,
Gehäus
der Liebe auf den Wogen,
Werk
der Sirenen!

Ich weiß,
in deine zarte
Kehle
drangen
winzige
Zimmerleute,
die auf einer Biene
flogen, und Fliegen, die auf ihrem
Rücken Werkzeuge
herbeitrugen,
Nägel, Planken,
unendlich kleine
Stricke,
und so erwuchs
in einer Flasche
das vollkommene Schiff:
Schiffsrumpf war in seiner Schönheit die Nuß,
Nadeln richtete es als seine Masten auf.

Dann
zu

seinen
winzig
kleinen
Inseln
kehrte
der Schiffsbauer zurück,
und um in der Flasche
auf See zu fahren,
zog
singend ein
das winzige, blaue
Schiffsvolk.
So also, Flasche,
im Innern
deines
Meeres, deines Himmels,
erhebt
ein kleines
Schiff sich, ja,
unglaublich klein
für das ungeheure Meer, das es erwartet:

in Wahrheit
hat niemand
es erbaut,
und es wird zur See fahren
einzig und allein in den
Träumen.

ODE AN DEN TAUCHER

Empor aus den Fluten
stieg der Mensch aus Gummi.
Sitzend
schien er

ein rundlicher
König
des Wassers,
ein geheimnisvoller
und dicker
Polyp,
abgespaltener
Stiel
einer unsichtbaren Alge.

Aus ozeanischem Boot
stiegen
zerlumpte
Fischer,
maulbeerfarben
von der Nacht
auf dem Ozean,
sie stiegen ans Land
und hoben
große phosphorleuchtende Fische
wie
galvanisches Feuer
in die Luft,
niederfallende Seeigel
häuften
auf dem Sand
den zerbrechlichen Groll
ihrer Stacheln.

Der Unterwasser-
mensch
hob seine mächtigen Beine heraus,
schwerfällig
wankte er zwischen grausigen
Fischgeweiden umher,
Sturmmöwen zerschnitten

die freie Luft mit
hastigen Scheren,
und der Taucher,
einem Trunkenen gleich,
wankte
über den Strand,
unbeholfen
und düster,
nicht bloß
von seinem Walfischgewand umhüllt,
sondern immer noch
halb von Meer
und halb von Erde,
ohne zu wissen, wie
die ungeheuren Gummifüße
wenden.

Dort auch vollzog sich seine Geburt.
Er löste
sich vom Meer
wie aus dem Uterus,
unschuldsvoll,
und war düster, schwach
und wild
wie
ein
eben
Geborener.
Immer wieder
galt für ihn,
geboren werden
für die Fluten,
für den Strand.
Täglich,
da er hinunterstieg
vom Bug

in die grausamen
Strömungen,
in die Eiseskälte
des chilenischen
Pazifik,
mußte
der Taucher
geboren werden,
er in ein Ungeheuer
sich verwandeln,
in ein Schattenbild,
mit Vorsicht
vorwärts gehen,
sich bewegen
lernen
mit der Langsamkeit
eines untermeerischen
Mondes,
durfte kaum
Gedanken
für das Wasser
haben,
da er die feindseligen
Früchte einsammelte, Stalaktiten
oder Schätze
der öden Tiefe
jener
feuchten
Friedhöfe,
als sammelte er
Köpfe Blumenkohl ein;
und als er gleich einem Globus
aus schwarzer Luft
emporstieg
ans
Licht, seiner

Mercedes entgegen,
seiner Clara, seiner Rosaura,
war es schwierig
einherzugehen,
von neuem
zu denken, zu essen.
Alles
war Anfang
für
den so großen,
noch unvollendeten Menschen,
der da zwischen der Finsternis
zweier Abgründe
schwankte.

Bei all den Dingen,
die ich in meinem Leben
durch Anschauung und Erkennen
lernte,
ist Taucher sein
da schwer?
Nein!
Doch ungemein.

ODE AN DEN VERPFLANZTEN KAKTUS (1956)

Wir trugen ihn, den Riesenkaktus
aus dem Landesinnern
bis ans grüne Meergestade.

Seine Wurzeln hatte
der Gigant
in das Gestein
gesenkt
und klammerte sich fest

an diese harte
Mütterlichkeit
mit unterirdischen,
unbezwingbaren
Banden.

Staub wirbelnd
und Feuer,
schlug
die Spitzhacke nieder,
der Felsgrund
erbebte, als wollte er
gebären,
kaum aber
rührte sich,
bewehrt
mit allen Stacheln
der Erde,
der grüne Obelisk,
bis wir
an einen Strick ihn
banden, hochoben;
und mit vereinten Kräften
ziehend,
rissen wir
die heilige Säule
der Berge nieder.

Und dann,
behütet,
gefangen,
gehüllt in Sack und Stricke,
schleiften wir fort
die stachelbewehrte
Gestalt,
doch

kaum
näherte man
seine Hand
dem glühenden Gewächs,
so schlug es
seine Stacheln hinein
und zeichnete den Biß mit Blut.

Hinblickend aufs düstere Meer,
so pflanzten wir ihn ein,
hoch
gegen
die Wellen
ein Feind,
von allen
Stacheln
des Stolzes starrend,
majestätisch
in seinem neuen
Gepränge einer Statue.
Und dort
wurden wir,
die Männer
dieses Heldenstücks,
da wir auf den großen,
aus dem Andengebirg
an den Strand verpflanzten
Kaktus blickten,
auf einmal
traurig.

Er lebte wie vordem
sein
hartes
Dasein:
wir aber

blickten uns an
wie gedemütigte
alte
Kerkermeister.

Bitterscharfer Wind
des Meeres
ließ die schmale
Silhouette
des großen dornenbedeckten Einsamen
schwanken.
Er grüßte
den Ozean
mit
un-
merk-
li-
cher
Re-
gung
und
ver-
harr-
te,
hoch,
auf-
ge-
rich-
tet,
dort
in
sei-
nem
Ge-
heim-
nis.

ODE AN DIE SAN-DIEGO-STRASSE

Durch die Straße
San Diego
wandert der Wind
Santiagos dem großen Süden zu.

Er reist nicht im Zuge, der Wind.

Schritt für Schritt, so zieht er dahin,
schaut
auf die Fenster zuerst,
hernach auf die Flüsse,
später auf die Vulkane.

Lange Zeit
an der Ecke
aber
der Alameda-Straße
sieht er sich ein kleines Café an,
das einem überfüllten Autobus
mit Reisenden
gleicht.

Dann kommt
ein Geschäft
voll Stempel und Marken und Schilder.
Hier kann man
in weißen Lettern
auf blauglänzendem Grund
den gefürchteten Titel »Zahnarzt« kaufen.
Mich versetzt dieser Laden in Staunen.
Und die folgenden bewirken
jenes Entzücken
des Transitorischen, das
kurze Zeit nur verbleiben sollte

und das, einmal aufgestellt,
für immer dort verblieb.
Weiter unten
verkauft man
das Imaginäre, das Unausdenkliche,
schreckliche Geräte,
verheimlichte Bruchbänder,
versteinte
Blumen der Orthopädie,
Beine,
die nach Leibern verlangen,
wie Fangarme
untermeerischer Tiere
sich windende Gummibänder.

Auf die Türen schauend, geh ich vorüber.
Durchschreite
Vorhänge,
kaufe kleine
unnütze
Dinge.

Bin der ewig umherschweifende Chronist
der Straße San Diego.

In Nummer 134
die Buchhandlung Araya.
Der greise Buchhändler
ist ein Stein
und gleicht dem Präsidenten
einer zu Grunde gerichteten
Republik,
eines grünen Weinkellers,
einer regenreichen Provinz.
Die Bücher
stapeln sich, schreckliche

Seiten, die
dem Löwenjäger Furcht einjagen.
Geographien sind da
in vierhundert Bänden:
in den ersten
gibt es den Vollmond, Jasmine vom Archipel:
die letzten Bände
bestehen nur aus Einsamkeiten:
tuschelnde Rentiere, Gebiete ganz aus Schnee.

Unter der folgenden
Straßennummer
verkauft man ärmliches Spielzeug,
und von den nächsten Türen her
überflutet der Ruch
gebratenen Fleisches
die Nasen
der abendlichen Stadtbewohner.
In das Hotel, das nun folgt,
treten die Paare ein
wie aus einem Tropfenzähler:
es ist spät
und das Geschäft,
es drängt:
die Liebe
heimliche Federn sucht.
Dort hinten verkauft man Bettgestelle
aus glänzender Bronze,
ungeheure Betten,
gewiß
in Schiffswerften
erbaut.
Sie gleichen
gelben unsterblichen Barken:
müssen auf Reisen gehen,
sich

mit Geburten füllen und Agonien.
Die ganze Straße erwartet
der Liebe Woge und ihre Gezeit.

In dem Fenster,
das folgt, liegt eine Geige,
zerbrochen,
erregend jedoch in ihrer Süße
einer vergessenen Sonne.
Sie lebt in diesem Fenster,
unverstanden
von den Schuhen, die sich da häuften
auf ihr, und den leeren
Flaschen,
die ihre Ruhe zieren.

Besuch erhält
die durchwanderte
Straße
San Diego
in Santiago de Chile
in diesem Jahr:
Geruch nach Gas, nach Schatten,
nach hartem Regen.
Gehen
die Arbeiter vorbei, die aus den erschöpften Autobussen
einer nach dem andern sich verlaufen,
dann ertönen
sämtliche Tangos aus sämtlichen Radios
in der gleichen Minute.

Suche mit mir
einen Riesenpokal
mit einer Flagge,
Ehre und Wahrzeichen
des Weins und des kristallinischen Vaterlandes.

Blitzmeeting.

Vierhundert Arbeiter
rufen
und Studenten:

Höhere Löhne!

Unser Kupfer für Chile!

Friede und Brot!

Welch eine Schande!

Es schließen
die Geschäfte,
man hört
einen Schuß,
überall tauchen
Fahnen auf.

Die Straße
strömt aufwärts
jetzt,
dem Morgen entgegen:
eine Woge,
dem Grund
meines Volkes
entstiegen,
in diesem
Volksstrom
empfing sie
aus des Landes
ganzer Erstreckung
Zufluß um Zufluß.

Nachts bleibt die Straße
San Diego
in der Stadt, Licht erfüllt sie.
Dann
gleitet das Schiff
des Schweigens durch sie.

Noch ein paar Schritte und eine Glocke
erwacht.
Das ist der Tag, der lärmend
naht im klapprigen Bus
und seinen Morgentarif kassiert
für den Anblick blauen Himmels
während einer Minute, knapp einer Minute,
bevor die Geschäfte
und Gelärm
uns verschlingen, uns
im großen Eingeweid
der Straße zermahlen.

ODE AN DIE LANDSTRASSE

Im blauen Winter
auf meinem Roß
im Trab im Trab,
ohne zu ahnen wohin,
reite ich über
die Krümmung des Planeten,
Sandgestade,
von einem magischen Streifen
Schaumes
gesäumt,
Wege,
beschirmt

von Akazien,
von staubigen
Boldubäumen,
Grate, feindselige Hügel,
Gestrüpp,
in den Namen
des Winters
gehüllt.

Weh, Reisender! Du
ziehst nicht von hinnen
noch kehrst du zurück:
du bist
auf den Straßen der Erde,
im Nebel,
da lebst du.

Wanderer,
zu keinem Punkt hingewandt,
zu keinem Stelldichein,
einzig
zum Duft
der Erde,
einzig zum Winter
auf den Wegen.

So
will ich
langsam
das Schweigen queren,
und es scheint,
niemand
begleitet mich

Das ist nicht gewiß.

Die Einsamkeiten schließen
Auge
und Mund
dem Schweifenden nur,
dem Flüchtigen, Schlummernden.
Ich aber reite dahin, wach.
Und
wie
ein Schiff auf dem Meer
die Fluten
teilt
und unsichtbare Wesen
sich nähern und wieder scheiden,
so auch
bewegt
hinter der Luft
und versammelt sich
alles unsichtbar Lebendige
der Erde; die Blätter
seufzen im Nebel,
der Wind
verbirgt
sein glückloses Antlitz
und klagt
über
dem Wipfel der Fichten.
Es regnet,
und jeder Tropfen fällt
in ein winziges
Erdengefäß:
da ist ein kristallener Kelch, der
jeden Tropfen Regen erwartet.

Nur deswegen
aufbrechen
einmal, allein!

Den bebenden
Pulsschlag des Wegs
mit dem versunkenen Atem
des Winterfeldes durchleben:
wandern nur um zu sein, ohne ein anderes
Ziel
als das eigene Leben,
und wie um den Baum
der vielfältige
Wind
Dornbüsche herbeitrug, Samen,
Lianen, Schlinggewächse,
so wird um deinen Schritt
die Erde rings wachsen.

O Wandrer,
nicht Nebel,
nicht Schweigen ist es
noch Tod,
was da mit dir wandert,
sondern
du selbst mit deinen vielen Leben.

Also geschah es, da ich zu Pferd,
Hügel
und Wiesen querend
im Winter,
mich abermals täuschte:
ich wähnte
wegwärts zu ziehen:
aber es war nicht an dem,
denn
durch meine Seele hin
unterwegs ich war,
und ich kehrte zurück,
da keine

Geheimnisse mehr
ich barg für die Erde
und
diese
in ihrer Sprache sie wiederholte.

Auf jedem Laubblatt steht mein Name geschrieben.

Der Stein, er ist meines Geschlechts.

So oder so,
immer sprechen oder schweigen wir
mit der Erde.

ODE AUF EINEN FARBIGEN, TONNENBELADENEN LASTWAGEN

Ein vager
Dunst, Duft oder Wasser,
überschwemmte
des Tages Haar:
irrender Duft,
Herz
oder Glocke aus Rauch,
alles
war eingehüllt
auf diesem unbewohnten Hangar,
alles
vermengte seine Farben.

Erschrick nicht, Freund.

Es war nur
der Herbst
auf den Wegen

vor Melipilla,
und die letzten
Blätter,
wie ein Erschauern
von Geigen,
nahmen
Abschied von den hohen Bäumen.

Nichts geschieht. Warte.

Die Häuser, die Dächer,
die Wände
aus Kalk und Lehm, der Himmel,
sie waren
einzig Bedrohung:
waren ein großes
Buch
mit überaus traurigen
Gestalten.

Warten wir. Warte.

Da brach
wie ein Stier
durch den Herbst
ein buntfarbener Lastwagen,
beladen mit Fässern.
Er schoß aus so dichtem Nebel,
so verschwommenem Himmel hervor,
rot, prall gefüllt
wie eine
Granatapfelfrucht,
fröhlich wie Feuer,
es jagte sein Antlitz aus Feuers-
brunst, sein Haupt
eines flüchtigen Löwen herab.

In einem einzigen Augenblick
flog er vorbei,
ein farbiger Stern, tosend,
bestimmt, ungestüm,
bebend und glühend.
Ich vermochte
diese Melone
aus Stahl, aus Feuer und Gold
kaum
zu erkennen,
diesen musikalischen
Chor
der Fässer:
dieser ganze
farbige Gleichklang
war
ein
einziger
Schrei,
ein
Beben
im Herbst,
alles
aber war nun verändert:
die Bäume, die todesstarre
Einsamkeit, der Himmel
und seine sterbenden Metalle
begannen von neuem zu leben.

Obwohl es wie die Brandgarbe war
eines Gefährts,
das da schnaufend hinflog
mit seiner Last,
war es
für mich doch,
als bräche aus der Kälte des Todes hervor

ein Meteor
und er träfe mich,
mir das Leben
in seinem Zornesglänzen
zu weisen.

Ein mit Fässern
beladener
Lastwagen,
der allein, entfesselt die Wege
mir kreuzte
an einem Morgen
vor Melipilla,
häufte
in meiner Brust
uferlos
Freude
und Energie:
mir kehrte Liebe und Antrieb zurück.
Und schlug
wie ein Flammenstoß
die Verzagtheit der Welt in die Flucht.

ODE AN DIE TEEBÜCHSE (1955)

Teebüchse
aus jenem
Land der Elefanten,
heut ein abgenutzter
Nähkasten,
ein kleines Planetarium voll von Knöpfen;
wie von einem anderen Planeten
brachtest du
ein wundersames Arom

in das Haus,
ein unbestimmbares.
Ebenso aus der Ferne,
wiederkehrend
von den Inseln,
kam mein müdes Jünglingsherz zurück.
Schweißbedeckt
in der Nähe des Meeres
hielt mich das Fieber
in seiner Gewalt, und ein
Palmenzweig
bewegte
sich über mir mit grüner Luft und Gesang,
meine Leiden
kühlend.

Büchse
aus Messing, zierliche,
du erinnerst mich,
ach,
an den Wogengang anderer Meere,
Vorbote
des
Monsuns über Asien,
wenn, Schiffen gleich,
in des Windes Hand
die Länder
schwanken
und Ceylon seine Düfte
verschwendet
wie eine
geschüttelte Haarflut.

Teebüchse,
wie mein
Herz,

so führtest du
Botschaften,
Fieberschauer,
Augen,
die märchenhafte Blüten
anschauten,
und auch, ach,
jenen
verlorenen Duft
nach Tee und Jasmin und Träumen,
nach irrendem Frühling
mit dir.

ODE AN EINEN WAGEN HOLZ

Holzwagen
der Wälder!

Duftende Last
reinen Holzes!

Keine
Hand
verweilte
auf diesem
Herzen,
einzig nur
der Äxte Stahl, der
unvermutete Flug
der Vögel und,
im Tode,
der Kuß,
der dunkle, unsrer Erde!

Karren des Bergwalds,
frisch geschlagenes
Holz,
scheue
Stämme,
gefällt
und blutend,
stumm
und sorgsam geschichtet, schön
wie entseelte Helden,
hingestreckt
auf der letzten
Reise
zur
Feuerslohe.

Jabi- und Johannisbrotbäume,
Steineichen, Fichten, Weißdorn,
Stämme, glatt
vom
Wachsen
des Lebens auf der Erde,
gehärtet wie Erzgestein
und dennoch
zärtlich,
Väter des Laubs,
des Säuselns, des Nestes,
ihr stürztet,
bezwungen
von winzigen
Männern,
die Insektenlarven
da glichen und
ihre Beile
auf einmal
wie Wespenstacheln

aufreckten:
da
stürzte der Baum; die Erde,
als ob man auf ihre Knochen schlüge,
erdröhnte,
und es erhob eine Woge sich
aus Staub und Duft,
stauberfüllten Dufts.

Auch mich
trafst du bei deinem Sturz:
auf
mein im kühlen
Schatten
der Berge
erzogenes Herz
fiel,
Zweige schneidend
und Gedankenflüge emporschwingend und Klänge,
der Äxte
Schneide.

Ach, wer
könnte
aufhalten doch
des Holzes
hinströmenden Lauf,
zurückgehen den Weg,
wiedergeben der Wildnis alles:
um aufzurichten
aufs neue
die uralte
Herrlichkeit
über
der hingemordeten Erde,
zu warten,

daß wiederkehrten
die flammenden Vögel,
der volle und reine Gesang
der Blätter,
die lieblich duftende
Vollkommenheit
des Holzes!

ODE AN DAS VERLASSENE HAUS (1956)

Auf Wiedersehen, mein Haus!
Ich kann dir nicht
sagen,
wann
wir wiederkehren:
Morgen oder auch nicht,
spät oder viel später noch.

Eine weitere Reise, doch
diesmal
möcht ich
dir sagen,
wie sehr
dein steinernes Herz
wir doch lieben:
wie freigebig du bist
mit deiner feurigen
Glut
in der Küche
und deinem Dach,
auf das,
entfesselt,
der Regen
fällt,

als glitte darüber
des Himmels Musik!

Nun
verschließen wir
deine Fenster
und lassen eine drückende
vorzeitige Nacht
in deinen Zimmern hausend zurück.

Verdunkelt
lebst du weiter,
indes
die Zeit dich durchrinnt
und die Feuchtigkeit deine Seele aufzehrt, nach und nach.

Zuweilen nagt
eine Ratte da, erheben die Papiere
ein ersticktes
Getuschel,
es stößt
ein verlorenes
Insekt sich
blind an den Wänden,
und so
es regnet in der Einsamkeit,
tönt
eine Dachrinne
vielleicht
mit Menschenstimme,
als wäre dort
jemand, der weint.

Nur das Dunkel
kennt
die Geheimnisse

nur abgesperrten Häuser,
der der abgewiesene Wind
und auf dem Dach der erblühende Mond.

Nun also,
auf Wiedersehen, Fenster,
Feuer, Tür,
Wasser, das da noch kocht, Gemäuer!
Auf Wiedersehen, Wiedersehen,
Küche,
bis wir
wiederkehren
und die Uhr
über der Tür
abermals weitertickt
mit ihrem alten
Herzen und den beiden
unnützen Pfeilen,
geheftet
an die Zeit.

ODE AN DAS SCHLUMMERNDE HAUS

Brasiliens Innern zu, über hohe Bergketten
und reißende Ströme
zur Nacht, im Vollmondschein …
Die Heuschreckengrillen
erfüllten
Erd und Himmel
mit ihrer rasselnden
Telegrafie.
Die Nacht,
von der runden
Gestalt

des Mondes beherrscht,
und die Erde,
die mit Wäldern sich
füllte,
mit schwarzem Wasser,
sieghaften Insekten,
brüteten
blinde Dinge aus.

O endloser Raum
der Nacht,
dem wir nicht zugehören:
Grasland,
in dem wir nur
ein Bewegen waren auf dem Weg,
etwas, das hineilt
und eilt
durch das Dunkel …

Wir traten
in
das
nächtliche Haus,
geräumig, weiß und halbgeöffnet,
wie eine Insel
von der Tiefe des Laubwerks
umgeben
und den lichten
Wogen
des Mondes.
Unsere Schuhe auf den Treppen
weckten
andere, uralte
Schritte auf,
das Wasser,
das gegen das Waschbecken

schlug,
wollte
etwas sagen.

Kaum
erloschen die Lichter,
vereinten
die Laken leidenschaftlich sich
mit unseren Träumen.
Alles
wirbelte
im Zentrum
des finsteren Hauses umher,
das jählings aufgestört war
von rohen
Reisenden.

Und rings
Heuschreckengrillen,
unendlicher Mond,
Schatten,
Weltenraum, Einsamkeit
voller Geschöpfe
und die tönende
Stille …

Da löschte seine Augen aus
das Haus,
faltete alle
seine Schwingen,
und wir schliefen ein.

ODE AN EIN DORFKINO (1956)

Liebste,
laß uns in das Kino
des kleinen Dörfchens gehen.

Sterne wirkend,
kreist die durchsichtige Nacht
wie eine schweigsame
Mühle.
Du aber und ich, wir treten
in das Kino
des Ortes, das voller Kinder
und voll Apfelduft.
Uralte Filmstreifen,
die längst
abgenutzten Träume.
Lange schon hat der Film
die Farbe von Stein und Regen.
Die schöne Gefangene
des Schurken dort
hat Augen wie Lagunen
und eine Schwanenstimme,
hinrasen
die schwindelerregendsten
Pferde
der Erde.

Cowboys
durchlöchern
mit ihren Schüssen
den gefährlichen Mond
von Arizona.
In Todesangst
durchjagen wir
die

Zyklone
der Gewalttätigkeit,
den schrecklichen
Kampf
der Messerhelden im Turm,
die treffsicher sind wie Vipern,
die gefiederte Lawine
der Indianer,
die ihren Fächer entfalten auf der Prärie.

Viele
Jungen
des Dorfes
sind eingeschlafen,
müd vom Tag in der Apotheke,
vom Spülen in den Küchen erschöpft.

Wir aber
nicht, Liebste.
Wir werden auch
diesen Traum
uns nicht entgehen lassen:
solange
wir am Leben
sind,
werden wir das ganze
wirkliche Leben
uns zu eigen machen,
aber auch
die Träume:
alle
Träume
werden wir träumen.

ODE AN DIE PFLAUME (1956)

Der Cordillere zu
liefen
die alten
Wege, von Pflaumenbäumen
gesäumt,
tief im Prunk
des Blattwerks
ließ das grüne, das dunkelviolette
Volk der Früchte
seine ovalen Achate
aufschimmern,
seine schwellenden
Brustspitzen.
Am Boden
spiegelten Pfützen
des harten
Firmamentes
Intensität:
die Luft
war eine einzige
Blüte,
total, ganz offen.

Ich, ein kleiner
Dichter,
mit des Lebens
erstlichen
Augen,
ich ritt auf
einem Pferd dahin,
unter den Masten
der Pflaumenbäume
schwankend.

So konnte
ich in der Kindheit
einatmen
an einem Trieb,
einem Zweig
den ganzen Duft
der Welt,
ihre kristallinische
Nelke.

Die Erde seither
und die Sonne, der Schnee,
die Regengüsse
auf den Wegen
im Oktober,
alles,
das Licht, das Wasser,
die Sonne nackt,
sie hinterließen
in meinem Gedächtnis
Pflaumenduft
und -transparenz:
Das Leben
rundete in einem Kelch
seine Helle, sein Dunkel,
seine Frische zum Oval.

O Kuß
des Mundes
auf die Pflaumenfrucht,
Zähne
und Lippen
voll
des duftenden Ambers,
des flüssigen
Pflaumenschimmers!

Astwerk
der hohen,
ernsten
und schattigen Bäume,
deren
schwarze
Rinde
wir aufwärts klimmen
zum Nest,
in grüne Pflaumen
beißend,
in saure Sterne!

Vielleicht bin ich ein andrer,
bin ich nicht mehr jenes Kind
zu Pferd
auf
den
Wegen der Cordillere.
Vielleicht
verwandelten
mehr
als eine
Wunde,
als ein Brandmal
des Alters oder des Lebens mir
die Stirn,
die Brust,
die Seele!

Doch, wieder,
wieder
bin ich
aufs neue
jenes in Wäldern aufwachsende Kind,
so ich

in der Hand eine Pflaume halte
und in die Höhe hebe:
mit ihrem Licht,
dünkt mich,
heb ich
das Licht des ersten Tags
der Erde empor,
das Schwellen
der Frucht und der Liebe
in ihrer Köstlichkeit.

Ja,
in dieser Stunde,
sei sie
wie sie sei, vollkommen
wie Brot oder Taube
oder bitter auch
wie
eines Freundes Treulosigkeit,
ich erhebe für dich eine Pflaume
und in ihr, in ihrem winzigen
Kelch
dunkelvioletten Ambers und duftender Tiefe
trinke und feire ich
zu Ehren dir das Leben,
wer du auch seist und wo du auch gehst:

Ich weiß nicht, wer du bist, aber
ich hinterlege
eine Pflaume in dein Herz.

ODE AN DIE FARBE GRÜN (1956)

Als das Erdenrund
kahl war
und stumm,
Schweigen und Narben,
Erstreckungen
harter Lava
und geronnener Stein,
da erschien
das Grün,
die grüne Farbe,
Klee
und Akazie,
Strom
grünen Wassers.

Unerwartet ergoß sich
das Kristall,
und es wuchsen
und vermehrten sich
die unendlichen
Grün,
das Grün der Weide, der Augen,
Grün der meerhaften Liebe,
Grün
von Glockenturm,
die dünnen
Grün für
Netz, für Algen und den Himmel,
für die Wildnis
das erschauernde Grün,
ein saures
für die Trauben.

Gewandung
der Erde,
Pflanzstatt des Laubs,
nicht
Einerlei nur
sondern
Vielfalt
des weiten Grün,
schwärzlich wie
grüne Nacht geworden,
hell und scharf
wie
grüne Geige,
undurchdringbar im Dickicht,
metallisch, schweflicht
in der Kupfermine,
giftig
an den oxydierten
Lanzen,
feucht in der Umarmung
der Sümpfe,
Urgrund der Schönheit.

Fenster des schweifenden Mondes,
fahle, tote Grün,
die sich röten
in des Eukalyptusbaums Dolchen,
im Herbstlicht kalt
wie Fischhaut,
grünes Gebrest,
saturnisches Neonlicht,
das dich da quält
mit bedrückendem Geleucht,
fliegendes Grün
des bräutlichen Glühwurms,
du zartes

sanftes Grün
des Salats, wenn
tropfenweis
von den keuschen Limonen,
ausgepreßt
von blühender Hand,
er Sonne empfängt.

Das Grün,
das ich nicht besaß,
nicht besitze
noch haben werde,
der untermeerische, unterirdische Glanz,
das Licht
des Smaragds,
grüner Adler unter den Steinen, Auge
des Abgrunds, Falter, eisesstarr,
Stern, der keinen
Himmel fand
und seine grüne
Woge begrub
in
der tiefsten
Erdenkammer,
und dort
als Rosenkranz
der Hölle,
Feuer des Meeres oder Tigerherz,
schliefest du, glänzender, grüner Stein,
Kralle der Berge,
eitler Strom,
Statue, feindselige, verhärtetes Grün.

ODE AN DEN LÖFFEL

Löffel,
Höhlung
der
ältesten
Hand des Menschen,
noch immer
in deiner Form
aus Metall oder Holz
sehen den Abguß wir
der ursprünglichen
gemuldeten Hand,
in der
das Wasser
Frische
überreichte
und das
Blut
wilde
Leidenschaft
von Jagd und Feuer.

Winziges
Löffelchen,
in der Hand
des Kindes
hebst du
an seinen Mund
der Erde
ältesten
Kuß,
die schweigsame Hinterlassenschaft
erster Wasser, die
an Lippen sangen und die
Sand bedeckte, nach und nach.

Der abgelösten Höhlung
seiner Hand
fügte der Mensch
einen ersonnenen Arm
aus Holz
hinzu,
und
so kam,
jedwedes
Mal
vollkommener,
der Löffel
zur Welt,
gewohnt,
sich zu bewegen
vom Teller zu Nelkenlippen
oder aufzufliegen
von der dünnen Suppe
zu des Hungrigen vergessenem Mund.

Ja,
Löffel,
du stiegst
mit dem Menschen
die Berge empor,
glittest die Ströme hinab,
fülltest
Schiffe und Städte,
Schlösser und Küchen,
der schwierige Weg
deines Lebens
aber
ist, dich
zu verhaften dem Teller
des Armen
und seinem Mund.

Darum wird die Zeit
des neuen Lebens,
das
wir zum Ziel uns setzen,
kämpfend und singend
sein ein Herrschaftsantritt von Suppenschüsseln,
ein makelloses Arsenal
von Löffeln,
und in einer Welt
ohne Hunger
alle Winkel,
all die auf den Tisch gestellten Teller
und beglückten Blumen
wird erhellen
ein Ozean dampfender Suppen
und nichts als eine Bewegung von Löffeln.

ODE AN DEN ERSTEN TAG DES JAHRES

Ihn zeichnen wir aus,
als
wäre er
unter all den Pferden
ein besonderes
Pferdchen.
Wir schmücken
seine Stirn
mit einem Band,
wir hängen
bunte Schellen um seinen Hals,
und um Mitternacht
gehen wir, ihn zu empfangen,
als wär er
ein Forscher,
der herniedersteigt von einem Stern.

Wie das heutige Brot
dem gestrigen gleicht,
wie ein Ring all den anderen Ringen:
also schlagen auch die Tage
ihre Wimpern auf,
klar und klingend und flüchtig
und legen sich nieder zum Schlaf in dunkler Nacht.

Ich erlebe den letzten
Tag
dieses
Jahres
von einem Zuge aus, der hin zu den Regen eilt
des ferngelegenen maulbeerfarbenen Archipels,
und der Mann
auf der Maschine,
die kompliziert wie eine Himmelsuhr,
er senkt
auf das endlose
Lineal der Schienen seine Augen,
auf die glänzenden Kurbeln,
die wirbelnden Bänder des Feuers.

O Lokomotivführer von Zügen,
die schwarzen Stationen
der Nacht
entgegenrasen,
ist dieses
Ende des Jahres,
ohne Weib, ohne Kinder,
nicht dem des gestrigen Tages gleich und dem von morgen?
Von den Geleisen her
und den Werkstätten
hat der erste Tag, das erste Frührot
eines Jahres, das nun beginnt,
die immergleiche Rostfarbe

eines eisernen Zuges:
und es grüßen
die Geschöpfe am Weg,
Kühe und Dörfer
im Dunste des Morgengrauens,
ohne zu ahnen,
daß es
um die Eingangspforte des Jahres sich handelt,
um einen von Glocken
erschütterten
Tag, der
mit Federn geschmückt und Nelken.

Die Erde
weiß das nicht:
sie wird
diesen goldenen, grauen,
himmlischen Tag
empfangen,
ihn über die Hügel breiten,
besprengen ihn mit
Pfeilen
durchsichtig schimmernden
Regens,
und dann
in ihre Glocke ihn
hüllend,
im Dunkel bewahren.

So ist es,
du aber, kleine
Pforte der Hoffnung,
neuer Tag des Jahres,
obwohl du gleich bist
wie alle Brote
jedem anderen Brot,

wir werden dich ganz anders erleben,
wir werden dich verzehren, mit Blumen schmücken
und sehnlich erwarten.
Dich werden wir
wie eine Festtorte
mitten in unser Leben stellen,
dich werden wir entzünden
als
Kandelaber,
dich werden wir trinken,
als
wärest du aus Topas.

Tag
des neuen
Jahres,
elektrischer, junger Tag.
Alle
Blätter sprießen grün
aus dem
Stamm der Zeit:

kröne uns
mit
Wasser,
mit erblühten
Jasminen,
mit allen verschwenderischen
Düften,
ja,
auch wenn
du nur
ein einziger Tag
bist,
ein armseliger
Menschentag,

deine Aureole,
sie pocht
über so vielen,
so müden
Herzen,
und du,
o junger
Tag,
künftige Wolke du,
bist das nie ersehene Brot,
ein ewigwährender
Turm!

ODE AN DEN POTTFISCHZAHN (1956)

Vom Meere kam er eines Tages an,
spürbar Leben
verbreitend,
Blut und Salz und grünen Schatten,
Woge, blutgerötet von der Jagd,
und Meeresschaum,
zerfetzt von des Gebieters
erotischer Gestalt:
Tanz
der
Pottwale,
dunkel,
straff und
klösterlich,
im australen Süden von Chiles
Ozean.
Offene Tiefsee
und Gezeiten,
Himmelsbreiten

allerfernster
Kälte:
die Luft
ist ein Gefäß
eiserstarrter Eile,
durch
die
    des Albatros
                    Sturmschwingen
sausen,
Himmelsski.

Unten
das Meer,
es ist ein
eingerissener, aufgetürmter
Turm,
ein Kessel, in dem riesenhafte
bleierne Wogen kochen,
Algen, die wie Fieberschauer
über der Fluten Rücken
gleiten.
Jählings tauchen da
die Mäuler auf
des Lebens
und des Todes:
des halb versunknen
Pottwals
Wölbung,
das Schädelrund
der Abgrundtiefe,
die Kuppel,
die
ob
der Woge
den Todesbiß erhebt,

ihr
ganzes
unterseeisches Sägewerk.

Da entzünden sich, funkeln
die Gluten aus Elfenbein,
                                        das Wasser
flutet über
dieses grausige Lächeln,
Meer und Tod schwimmen
auf schwarzem Schiff vereint,
das kathedralengroß
aufsperrt sein Gezahn.
Und nun, da tobend der
Schweif einschlug
aufs Meer wie ein Palmbaum,
traf
das abgrund-
entstiegene Tier
der Blitz
des winzigen Menschen
(die Harpune,
von des Chilenen
nasser Hand
gelenkt).

Als er
heimkehrte
von den
Meeren,
aus seinem blutigen Tag,
schnitzte
der Seemann mit seinem Messer
in einen
der Zähne
des Untiers

zwei Porträts: eine Frau
und einen Mann,
Abschied voneinander nehmend,
einen Matrosen,
von Liebe
versehrt,
und auf dem Bug
der Abwesenheit der Geliebte.

Wie viele
Male rührte mein Herz, meine Hand doch
an diesen
Honigmond
der See,
eingegraben
in den Zahn.
Wie sehr doch liebte ich
der
schmerzlichen
Liebe
Blütenkrone,
eingeschrieben
ins Elfenbein
eines blutgierigen
Wals,
des rasenden Pottfischs.

Zärtliche
Linie
des
flüchtigen
Kusses,
Pinselstrich
meerischer Blüte,
ins Maul
der Woge

tätowiert,
in den furchtbaren Schlund
des Weltenmeers,
in das entfesselte
Krummschwert,
entstammend
der Finsternis:
hier ist
das Lied geprägt
der
unstet irrenden Liebe,
das Lebwohl
der Orangenblüten,
der Nebel
und das Licht
jener Frühe,
von stürmischen Tränen
naß
eines Walfischfrührots.

O Liebe,
mit den Lippen
des Meeres
dort,
einsgeworden
mit
einem
Zahn
der Woge,
mit dem
Raunen
eines
ursprünglichen
Blütenblatts,
(gebrochener Schwinge Sausen
im durchdringenden

Duft
der Jasmine),
Liebe
im dunklen, türoffnen
Hotel, mit Efeuranken
an den Untergang der Sonne gebunden,
(und ein Kuß
hart wie
Felsgestein, das angreift),
und dann
zwischen Mund und Mund
das ewige
Meer,
der Archipel,
das Geschmeid der
Inseln
und die von Eiseskälte
umzingelten Schiffe,
und wartend immer
auf das blaue Tier
der australischen
Weltmeertiefen,
das Tier, geboren
vom Diluvium
mit seinem Eisenwerk
aus Saphiren.

Ruhe nun aus, hier,
im Angesicht
der Märzesfluten, auf meinem Tisch.

Schon kehrt
zum sandigen Schoß der Küste wieder
des Herbstes Dunstkreis, die verlorene
Lampe,
das Herz aus Nebelrauch;

und des Untiers Zahn,
von zarten Fingern
der Liebe tätowiert,
ist das kleine Schiff
aus Elfenbein, das zurückkehrt.
Das Leben aber
des Mannes und seine Liebschaft,
seine blutige Harpune, alles,
was Fleisch war, Salz, Duft und Gold,
wurde dem unbekannten Seefahrer
im Meer des Todes Staub.
Und von seinem Leben allein
die Zeichnung blieb,
gewirkt
von der Liebe
auf dem schrecklichen Zahn,
und das Meer, das wogende
Meer,
das,
wie am gestrigen Tag, seinen
eisernen Fächer aufschlägt
und die versunkene Rose
seines Schaums
entfaltet und schließt,
Herausforderung
seiner ewigen Wandelbarkeit.

ODE AN DAS ALTER

Ich glaube nicht an das Alter.

Alle alten Menschen
tragen
in ihren Augen

ein Kind,
und die Kinder
zuweilen,
sie betrachten uns
wie unergründliche Alte.

Messen wir
das Leben
nach Metern, Kilometern
oder nach Monaten?
So und so lang etwa seit deiner Geburt?
Wie weit
darfst du gehen,
bis wir,
wie alle,
anstatt auf ihr zu wandeln,
unter der Erde ruhen?

Dem Mann, der Frau,
die Taten
vollbrachten, Güte, Kraft,
Zorn, Liebe, Zärtlichkeit,
denen, die wahrhaft
voll Leben
erblühten
und in ihrem Wesen reiften,
muten wir nicht
das Maß zu
der Zeit,
das womöglich
ein anderes ist, ein erzner
Mantel, ein Planeten-
vogel, eine Blume,
etwas anderes vielleicht,
doch gewiß kein Maß.

Metallische Zeit
oder Vogel, Blüte
an einem langen Stiel,
entfalte dich
anseiten
der Menschen,
bringe sie zum Blühen,
wasche sie
mit
offenherzigem
Wasser
oder heimlicher Sonne.
Dich preise ich
als Weg
und nicht als Leichentuch,
lichte
Treppe
mit Stufen
aus Luft,
Kleid, wahrhaft
erneuert
von langewährenden
Frühlingszeiten.

Nun aber
roll ich dich zusammen, Zeit,
und stecke dich ein in meinen
ländlichen Korb,
und jetzt werde ich fischen gehen
mit deiner endlos langen Schnur
die Fische der Morgenröte!

ODE AN DEN ALTEN BAHNHOF MAPOCHO IN SANTIAGO DE CHILE

Uralte Halle
am Ufer des Flusses,
Pforte zum Meer,
alte backsteinfarbige Station,
unter deren
rostigen Gewölben
Träume losbrausten
und Züge,
bebend
den Wogen zu und Städten.
Rauch und Traum und der flüchtige
Mensch,
Bewegung
und Jammer,
Rauch und Freude,
der Winter, alles
zernagte die Mauern,
zerfraß deine Bögen,
und heute bist du eine klägliche
Kathedrale, die im Todeskampf daliegt.

Es flohen die Götter
und einfahren, zyklonenhaft
und die Entfernungen jagend, die Züge.
Einst, in vergangener Zeit, sahst du
freundlich aus und bescheiden
und sein Eisenschiff
begünstigte Krinolinen
und hochgetürmte Hüte,
während
das Leben der Armen,
das wie ein bitteres Meer
dich umgab, erbärmlich war.

Das war die Vergangenheit, das Volk
ohne Fahnenzeichen,
du aber strahltest
in deinem Glanz
wie ein neuer Käfig:
mit seinem Schlammgürtel
rieb gegen deine
Wände
der Mapochofluß,
und die Kinder schliefen
unter den Flügeln des Hungers.

Alte Eisenbahnstation, nicht
die Wasser nur
des Mapocho flossen vorüber,
dem Weltmeer zu,
auch
die Zeit.
Die eleganten
Vögel,
die von hier
abfuhren,
sie wurden alt oder
starben in Paris an Alkoholismus.
Andere Leute
kamen an,
Reisende, schlecht gekleidet,
mit Körben,
Fahnen
über drohenden Menschenmassen,
und die alte reaktionäre
Eisenbahnstation
welkte hin. Das Leben
wuchs und mehrte seine Macht
um all die Reisenden rings,
sie selber aber, unbewegt und ehrwürdig,

alterte schlummernd
am Ufer des Flusses.
O uralte
Station,
kühl wie ein Tunnel:
mit dir
zu allen sieben Weltmeeren
zogen
meine Träume hinaus,
gen Valparaiso,
hin zu den hellen
Inseln,
zu des Schaumes Erschauern,
unter
die steile Geradheit
der Palmen!

Auf den Bahnsteigen
vergaßen die Reisenden
nicht allein
Taschentücher,
Sträuße
welkgewordener Rosen,
Schlüssel,
auch
Geheimnisse, Leben,
Hoffnungen.
Ach, Station,
dein Schweigen,
es weiß nicht mehr,
daß du die Spitzen
eines Sterns bedeutetest,
gestreckt
zur Erhabenheit hin
von Ebbe und Flut,
der endlosen Weite

der Wege
entgegen!

Vertraut wurde
das Gewand
der Nacht dir,
schrecklich aber
wurde
der Tag
deinem alten Antlitz
dort,
trügerisch geschminkt
wie für ein Fest,
indes dein unterirdisches
Herz
von fernen Abschieden
sich nährte
und Wurzeln.

Ich liebe dich,
alte Station,
die du am
dunklen Fluß,
an der trüben Strömung
des Mapocho
mit flüchtigen Schatten dir
deinen eigenen Fluß
erschufst
einer Liebe, unterbrochen und grenzenlos.

ODE AN EINEN STERN

Berauscht von der Nacht
auf der Terrasse
eines himmelhohen beleidigenden Wolkenkratzers,
gelang es mir, das Nachtgewölb zu berühren,
und in einem Akt ungewöhnlicher Liebe
raubte ich mir einen himmlischen Stern.

Schwarz war die Nacht,
und ich schlich
durch die Straße,
den entführten Stern in meiner Tasche.
Aus zitterndem Kristall
schien er,
und plötzlich war's,
als trüge ich
einen Eisblock
am Gürtel oder eines Erzengels Schwert.

Ich verwahrte ihn
ängstlich,
daß niemand ihn entdecke,
unter dem Bett,
doch sein Licht
durchdrang
zuerst
die Wolle der Matratze,
dann
die Ziegel,
das Dach meines Hauses.

Unbehaglich
wurden
für mich
meine persönlichsten Verrichtungen.

Immerwährend mit diesem Licht
astralen Azetylens,
das da pulste, als wollte es
zurück in die Nacht,
konnte ich
keiner meiner
Pflichten mich hingeben,
und so kam es, daß ich vergaß, meine Rechnungen zu bezahlen,
und blieb ohne Brot, ohne Geldreserven.

Indes gerieten in der Straße
die Passanten
in Aufruhr, eitle
Händler,
angelockt zweifellos
von dem ungewöhnlichen Glanz,
den sie aus meinem Fenster dringen sahn.

Da ergriff ich
abermals meinen Stern,
wickelte ihn
behutsam in mein Taschentuch,
und, vermummt, vermochte ich
davonzuschreiten mitten durch die Menge.
Ich wandte mich westwärts,
hin zum Rio Verde,
der dort unter Weiden
heiter dahinfließt.

Ich nahm den Stern der kalten Nacht
und legte ihn,
sanft, auf das Wasser.

Und war nicht überrascht,
als er davonschwamm
wie ein unauflöslicher Fisch,

seinen diamantenen Leib
in der Nacht des Flusses
bewegend.

ODE AN EIN PAAR GELBE BLUMEN

Gegen das Blau seine Bläue richtend
das Meer, und gegen den Himmel
ein paar gelbe Blumen.

Oktober naht.

Und sei
noch so bedeutsam das Meer, das
da seinen Mythus entfaltet,
seine Mission,
sein Ferment,
bricht
auf dem Sand aber das Gold
einer einzigen
gelben Blume auf,
schon heften
deine Augen sich
an die Erde
und fliehen vom erhabenen Meer und seinem pochenden Herzen.

Staub sind wir, werden wir sein.

Nicht Luft, nicht Feuer noch Wasser,
sondern
Erde,
Erde allein
werden wir sein,
vielleicht
ein paar gelbe Blumen.

ODE AN DIE BLUMEN VON DATITLA

Unter den Pinien bereitet die Erde
kleine lautere Dinge vor:
Gräser, schmale,
von deren Fäden
winzige Leuchten niederhangen,
Kapseln, geheimnisvoll,
angefüllt mit verirrter Luft,
und anders ist dort
der Schatten,
gefiltert,
blumenbesät,
grüne lange Nadeln, vom Winde umhergestreut,
der den Pinien ins Haar fährt,
es zerzaust.
Im Sande
finden sich
Blütenreste,
Rinden, verdorrt,
blaue Splitter
abgestorbenen Holzes,
Blätter, die
der Holzfäller-
käfer große Geduld
fortschafft, von einem Ort zum andern, Tausende
winziger Kelche
läßt
auf
seinen
kühlen duftenden
Schatten
der Eukalyptusbaum fallen,
und Gräser
sind dort,
fransig

und silbern,
die die sanfte Geschmeidigkeit
von Handschuhen haben,
Ruten
mit stolzen Dornen,
struppiges Gezelt
der dunklen Akazie
weinfarbenen Flors,
Schwertlilien, Ähren,
Gestrüpp,
borstige Stengel, wie Schöpfe
des Sandes zusammenstehend,
rundliche
Blätter
von düsterem Grün,
ausgeschnitten von Scheren,
und inmitten des hohen Gelbs,
das auf einmal
aufwölbt
einen wildblühenden
Kreis von Gold,
blüht die Tigridia
mit drei
Zungen der Liebe
dunkelviolett.

Sandflächen von Datitla
an
der weitoffenen Mündung
des La Plata, vor den ersten
Wogen des grauen Atlantischen Meers,
geliebte Einsamkeiten,
nicht
dem durchdringenden
Duft nur und der Bewegung
der Meerespinien

gebt ihr mich anheim,
nicht nur
dem Honig der Liebe und ihrem Entzücken,
sondern den reinsten Wesenheiten
der Erd auch:
der sprödesten, scheusten
Flora des Meeres, des Windes
und des Schweigens.

ODE AN DEN HAHN

Ich sah einen Hahn
mit kastilischem
Gefieder:
zugeschnitten
sein Hemd
aus schwarzem und weißem Stoff,
seine Beinkleider, die kurzen,
und die Federbögen
seines Schweifs.
Seine Klauen, in gelben
Schaftstiefeln,
ließen,
herausfordernd, die Sporen
erglänzen
und oben
das feurige
blutgekrönte
Haupt
unterstrich
die ganze Anmut:
ein Standbild
des Stolzes.

Niemals
auf
Erden
sah ich solche Sicherheit,
solche würdevolle Grazie:
es war,
als hißte
das Feuer
die endgültige Präzision
seiner Schönheit:
zwei pechschwarze
Funken
Gagats
waren
gerad noch
die Augen, verachtungsvoll,
des Hahns,
der, als
tanze er, da einherschritt,
fast ohne die Erde zu berühren.

Doch kaum
erblickten seine Augen
ein Maiskorn, ein Krümchen
Brot,
schon hob er im Schnabel sie empor,
wie ein Juwelier
einen Diamanten in die Höhe hebt
mit zärtlichen Fingern,
und dann
rief mit gutturaler Beredsamkeit er
seine Hühner
und ließ von seiner Höhe herab
die Nahrung fallen.

Keinen Präsidenten
mit Tressen geschmückt und Sternen
sah ich
wie diesen
Körner
verteilenden
Hahn,
noch sah ich je
solch unerreichbaren Tenor
wie diesen reinen
Heldensänger von Gold,
der von
der thronenden Mitte
seines Universums aus
die Frauen
seines Stammes schützte,
nichts als Stolz
auf der Zunge,
und nach allen vier Himmelsrichtungen um sich
blickend,
auf der Suche immer
nach Nahrung
der Erde
einzig und allein
für seine gefräßige
Familie,
indem er seine Schritte
zur Sonne wandte, zu den Abhängen hin,
zu einem weiteren
Weizenkorn.

Deines, eines Turmes Hoheit,
eines milden
Kriegers,
deine Hymne
zu den Höhen

auf,
deine jähe
Liebe, hingerissen
von gefiederten Schatten
und berühmt,
schwarzer,
weißer
Hahn,
stolz aufgerichtet,
Summe
der ländlichen, männlichen Integrität,
Vater
des zerbrechlichen Eis, Paladin
der Morgenröte,
Vogel hochgemuten Stolzes,
Vogel ohne Nest,
der sein eigenes Opfer
dem Menschen weihte,
ohne zu unterwerfen
sein Geschlecht
noch seinen Sang zu beugen.

Deine Anmut
braucht keinen Flug,
Marschall der Liebe
und Meteor,
hingegeben
so vielen Vortrefflichkeiten,
sollte
diese
Ode
hinabfallen
in den Hühnerhof,
picke sie auf mit äußerstem Mißvergnügen,
und verteile sie unter dein Hühnervolk.

ODE AN DEN GLOBUS

Rund und glatt
wie
ein Apfel,
Erdball,
veredelter …

In deiner Spiegelglätte
wurden die schroffen
Cordilleren, die Gipfelschärfe
des Planeten
sanfte Anmut; die Höhlungen,
die das Weltenmeer berennt
oder im Gestein
die Kaskade wirkt,
sind deiner grünen Kontur
seidenglatte Haut,
rundes Gehäus
milder Kontinente und Kontakte.

Niemand
in deinen glänzenden Hemisphären,
auf dem polierten Messing
deiner Erde nimmt
der Menschen schreckliches Mühen wahr.
Niemand atmet
Todesstaub, Schwefel
in der Wüste ein,
in den Erdsenken Teer, Schlamm
der pestilenzialischen Natur.
Wir erkennen ihn nicht, der da hinzieht
im Ovarium
der Ströme
mit Beschwernis
Schritt für Schritt umringt

von Blättern, Dämpfen
und Wurzeln.

Wenn inmitten des Schnees dich
die Kälte
mit Messern trifft
oder im Meer
eine Woge
sich entlädt
wie wildes
Dynamit,
bist du,
Erde,
keine rundlich glänzende
Traubenkugel,
sondern
eiserne Mähne,
Geißel des Abgrunds!

Und so die Vulkane
ihren Kessel
voll
geheimen
Feuers
aufreißen
und der Berg
Blut
ist,
Asche,
Narben,
Donnergedröhn,
o Weltenkarte,
bist du keine
Kugel
mit
reiner Haut

sondern
ein brodelnder grausiger
Quellgrund
der Hölle.

Auf deinem Papier,
rosenfarben und grün,
gehen die Länder
zur Ruh,
durchscheinend
wie Algen,
doch
hierselbst
erbeben
gewaltige
Menschenmengen,
Aufbrüche
des Menschen, Mythen,
Blut,
Vernunft,
Finsternisse,
Geschichte,
und sie entfalten
in ewiger Bewegung sich.

Auf jedweder
grünen Weidefläche
der Karte und ihrer Bereiche
entflammen
und verlöschen
die Leben,
vereinen
und erschöpfen sie sich
und kehren zurück
in die
rauhen

Hände
der Erde.

Die Städte
recken
ihr Ziegelgestein gen Himmel,
stolz
ihre Lanzen,
ihre Zeichen,
ihren
dichten
Haß,
ihre Schichten des Elends,
Entsagens,
der Tränen
und Kämpfe,
auf deinem runden
planetarischen
Leib aber
ereignet sich
nichts,
keimt kein
Korn,
stürzt kein
maßloses
Wasser
der Überschwemmungen nieder.

Weltenkarte, du
Gegenstand der Erkenntnis,
bist
wie eine üppig grüne Traube
schön
oder wie eine
überirdische Zwiebel,
aber

du bist
die Erde nicht,
du birgst
nicht
Kälte, nicht Blut,
Feuer nicht noch Fruchtbarkeiten.
Eine Frau, ein Mann
oder auch die kleine Hand
eines armen
Kindes oder eine
über alle Maßen schlichte
Kastanie
geben eher ein Bild
unseres Planeten
als deine Rundheit.
Sie haben weder Breitenkreise,
Namen noch Meridiane:
alles ist Gestirn,
nur deine gefühllose Gestalt nicht:
schöne
Weltenkugel,
alles, was du nicht hast,
birgt die Erde.

Betrüge uns nicht
weiterhin
mit deiner runderhabenen Haut, mit deiner Glätte.
Ich will die Welt
rauh
und wirklich
sehen,
denn wir sind keine
Punkte,
Linien,
Zeichen
aus planetarischem Papier.

Wir, die Menschen, sind
dunkle
Keime
der Helle, die
überfluten wird das Erdenrund
durch unsere Hände.

ODE AN DIE GÄRTNERIN (1956)

Ich wußte wohl, daß deine Hände
die blühende Levkoje waren, die Lilie
von Silber:
irgend etwas hattest du
mit dem Erdreich,
dem Blühen der Erde zu tun,
doch
als
ich dich graben sah und graben,
kleine Steine auslesen
und Wurzeln in deine Hände nehmen,
da wußte ich auf einmal,
geliebte Gärtnerin,
nicht deine Hände
allein,
auch dein Herz
war aus Erde,
und daß du
deiner Arbeit
dort nachgingst,
an nasse
Pforten
rührtest,
durch die
die

Samenkörner
wandern.

Also
das Antlitz
befleckt
von einem Kuß
des Lehms,
gingst du
von einer frisch gesetzten
Pflanze
zur andern
und kehrtest,
blühend, zurück,
du gingst dahin,
und aus deiner Hand
erhob der Stiel
der Inkalilie
seine einsame Zartheit,
der Jasmin
schmückte
das Dunkel deiner Stirn
mit Sternen
aus Duft und Tau.
Dein ganzes
Wesen wuchs,
drang
in die Erde,
wurde
unmittelbares
grünes Licht,
Laubwerk und Fülle.
Du ließest es teilhaben
an deinen Samen,
Geliebte,
du meine rotblühende Gärtnerin:

deine Hand
und die Erde
sie nannten einander du,
und sie, deine Hand, war augenblicks
helles Wachsen.

Liebe, so auch
schenkte
deine Hand
aus Wasser,
dein Herz aus Erde
meinen Gesängen Fruchtbarkeit
und Kraft.

Du rührst
in meinem Schlaf
an meine Brust,
und meinem Traum
entknospen die Bäume.
Aufgewacht, öffne die Augen ich:
du hattest in meinem Innern
schattige Sterne
gepflanzt,
die nun aufsteigen
mit meinem Gesang.

So ist es, Gärtnerin:
irdisch
unsere Liebe
ist
dein Mund des Lichtes Gewächs, seine Blütenkrone,
mein Herz aber wirkt in den Wurzeln.

ODE AN DAS BRIEFMARKENALBUM

Buch voll makelloser Marken!

Schmetterlinge,
Schiffe,
Gebilde des Meeres, Blütendolden,
Türme, die sich neigten,
dunkle Augen, feucht
und rund wie Trauben,
Buch,
so glatt
wie
ein
schlüpfriger
Fisch,
Buch
mit tausend
Schuppen,
eine jede Seite
sprengt
wie
ein Streitroß dahin,
auf der Jagd
nach fernen Dingen, vergessenen
Blumen!

Andere Seiten sind
Freudenfeuer oder Nelken,
rote Triebe aus Stein,
entflammt
vom geheimen Rubin,
oder sie enthüllen uns
den Schnee,
Norwegens

Tauben,
des Taus lichte Architektur

Wie nur konnten sich
auf deinem Papier
soviel Schönheiten
zusammenfinden,
so viele
und unendliche
Expeditionen?

Wie
vermochte
in dir zu erstrahlen
das unfaßbare Licht
des Harfenfalters
mit seiner phosphoreszierenden
Larvenbrut
und
jene
hübsche
Lokomotive zugleich,
die,
ein
kleiner
glühender
harter
Stier,
die Grasgründe quert,
und aus fernen Sonnen
der Pflanzen soviel,
zierliche Wespen,
unterseeische Schlangen,
phantastische
Kamele?

Welt du der Wunder!

Unersättliche
Spirale
oder Wurzelfaser
aller
Wege,
Wörterbuch
des Winds.
Buch
voll sternenhafter Leidenschaften,
verschwenderischer
Früchte und Gebreite,
Schatzmeister, der
einschifft
seinen Schatz,
Granatapfel,
weithinverstreuter,
ewig schweifendes
Buch.

ODE AN DIE ZITRONE

Von jenen Blüten her,
die des Mondes Licht
entfaltete,
von jenem Duft
entrückter
Liebe her
– und ganz im Wohlgeruch versunken –
rührte das Gelb des Zitronenbaums;
aus seinem Planetenraum
zur Erde fielen die Zitronen.

Empfindliche Ware!
Es füllten die Küsten,
die Märkte sich an
mit Licht, mit ursprünglichem
Gold,
und wir brechen
das Wunderwerk auseinander
in zwei Hälften,
geronnene Säure,
die aus eines Sternes
Hemisphären
niederrann,
und der stärkste Trunk
der Natur,
unvergleichlich, lebenspendend,
unverwischbar,
wurde aus der Frische
der Zitrone gewonnen,
aus ihrem Gehäus,
ihrer Säure, geheimen Symmetrie.

In die Zitrone schnitten
die Messer
eine kleine
Kathedrale,
die verborgene Apsis
öffnete dem Licht die herben Kirchenfenster,
und in Tropfen
niederglitten die Topase,
die Altare,
kühle Architektur.

Wenn deine Hand also
die Hemisphäre
der durchschnittenen
Zitrone preßt,

verschwendest du
auf deinen Teller
ein Universum an Gold,
einen
gelben Kelch
voll Wunder,
einen der lieblich duftenden Hügel
der Erdenbrust,
den Strahl des Lichts, das Frucht ward,
das winzige Feuer eines
Planeten.

ODE AN DAS VERZAUBERTE LICHT

Das Licht unter den Bäumen,
das Licht des hohen Himmels.
Das grüne
laubüberwölbte
Licht,
das im Laubblatt
aufstrahlt
und niederrieselt wie kühler
weißer Sand.

Eine Zikade läßt
ihren Sägemühlensang aufsteigen,
hoch über die Transparenz.

Ein Kelch
voll frischen Wassers ist
die Welt.

ODE AN DES MEERES LICHT (1956)

Und wieder aus Krügen
des Himmels fällt
unendliches
Meereslicht,
auffährt es aus dem Schaum,
aus dem Sand,
wogendes Licht über
die Dehnung des Ozeans,
ein
Kampf von Messern
und Blitzen,
Licht heißen Salzes,
Licht des Himmels
aufgereckt
wie ein Turm des Meeres über den Fluten.

Wo
bleiben da die Kümmernisse?

Auf tut sich die Brust,
verwandelt
in Gezweig,
seine Mohnblüten
schüttelt das Licht
tief in unserem Herzen,
im Tag des Meeres
erglänzen
die lauteren
Dinge,
die von der Woge
heimgesuchten
Klippen,
die besiegten
Splitter

von Flaschen,
Spiegelscheiben
des Wassers,
sanfte,
von seinen
Sternenfingern
geschliffene.
Da schimmern
die
salzigen Leiber
der Männer,
die jugendlichen
der Frauen,
der Kinder
wie Algen,
wie
Fische, die
zum Himmel schnellen,
und wenn
ein versperrtes
Fenster, ein dunkles Gewand,
ein düsterer Berg
es wagt,
aufzunehmen den Wettstreit,
so die blendende Weiße befleckend,
dann naht, wildsprudelnd, die Helle,
entrollt
sein Sturmsegel das Licht
und greift das vermessene
Dunkel
mit weißen Armen an,
mit Tüchern,
Puder und goldenen Wellen,
mit phantastischem Schaum,
Wagen aus weißer Lilie.

Allmacht
des Lichts, das im Weltenraum reift,
Woge, die uns durchdringt,
ohne uns zu benetzen, Rückgrat
des Weltalls,
neugebärende,
wiedergeborene Rose,
öffne
deine Blütenblätter an jedem Tag,
deine Augenlide,
daß die Springflut deiner Reinheit
uns die Augen weite
und uns lehre, zu sehen, Woge um Woge,
das Meer
und, Blüte um Blüte, die Erde.

ODE AN DIE MAGNOLIE

Im tiefen Innern
des abgründigen Brasiliens,
hier, eine Magnolie!

Schwarze Riesenschlangen,
so bäumen
die Wurzeln auf,
unerklärliche
Säulen voller Dornen
waren
der Bäume Stämme.
Die Wipfel
der Mangokronen
rings
schienen
große
Städte mit Balkonen,

von Vögeln
bewohnt,
von Sternen.
Schreckliche Blüten
mit gierigen Mäulern
fielen
inmitten des aschgrauen
Blattwerks, uralter
Haarfluten nieder.
Rings schwoll
der stumme
Schrecken
von Tieren an, von Reißzähnen,
die um sich bissen:
verzweifeltes Land du
aus Blutvergießen und grünem Schatten!

Eine makellose
Magnolie,
rund wie ein Kreis
von Schnee,
klomm zu meinem Fenster auf
und versöhnte mich durch ihre Schönheit.
Geschlossen war sie
zwischen ihren blanken Blättern
– ocker und grün –,
vollkommen
wie ein Ei
des Himmels,
geöffnet,
war sie
Mondenstein,
herrlich duftende Aphrodite,
Planet aus Platin.
Ihre großen Blütenblätter erinnerten
an die Laken, schneeweiß,

des ersten verliebten
Mondes mich,
und ihr
aufgerichteter
Blütenstempel
war der Bienen
bräutlicher Turm.

O leuchtende Weiße
inmitten
der Weiße all,
makellose Magnolie,
schimmernde Liebe,
Duft blendenden Schnees
mit Limonen,
heimlich Vertraute
der Morgenröte,
Schwanenwölbung,
du strahlende Erscheinung!

Wie
dich singen, ohne
deine
Haut, die allerreinste,
zu berühren,
wie dich lieben,
zu Füßen
deiner Schönheit
nur,
und dich entführen,
Schlummernde,
im Baume meiner Seele,
schimmernd und entfaltet du,
strahlend
ob der dunklen Wildnis
meiner Träume!

ODE AN DEN MAIS (1956)

Amerika, aus einem Maiskorn
hast du dich erhoben,
bis du mit ausgedehnten Landen
fülltest
den schäumenden
Ozean.
Ein Maiskorn war deine Geographie.
Das Korn,
es streckte eine grüne Lanze aus,
die grüne Lanze hüllte sich in Gold
und schmückte Perus Höhen
mit gelbem Gelock.

Aber belaß die Geschichte,
Dichter, in ihrem Grabtuch,
lobpreise mit deiner Leier
in seinen Speichern das Korn:
singe den schlichten Mais der Küchen.

Zuerst wehte ein seidenweicher
Bart im Garten
über den zarten Zähnen
des jungen Fruchtkolbens.
Dann öffnete das Gehäus sich,
und die Fruchtbarkeit sprengte die Schleier
blassen Papyrus,
damit des Maises Lächeln
über die Erde perle.

Zum Stein zurück
kehrtest du auf deiner Reise.
Nicht zum furchtbaren Stein,
dem blutdürstenden
Dreieck des mexikanischen Todes,

sondern zum Mahlstein,
dem heiligen
Stein unserer Küchen.
Milch und feste Materie,
kräftiges, nahrhaftes
Mark des Gebäcks
wurdest du dort und gewalkt
von wundertätigen Händen
dunkler Frauen.

Mais, wohin auch immer du fällst,
in den glorreichen Schmortopf
der Rebhühner, unter die ländlichen
Bohnen, du verleihst
der Speise festlichen Glanz und fügst ihr
deiner Substanz ursprünglichen Schmack hinzu.

Dich zu zerbeißen,
Maiskolben, am Ufer des Ozeans,
bei ferner Kantate
und schwingendem Tanz!
Dich zu sieden,
daß über die blauen Hügel
dein Arom sich
entfaltet!

Aber, wohin denn
gelangt deine Köstlichkeit
nicht?

In die meerbeherrschten Gebiete,
die kalkigen, kahlen,
auf die Felsen
des chilenischen Küstenreichs,
auf den nackten Tisch
des Bergmanns

gelangt zuweilen
deines Produktes Abglanz nur.

Dein Licht aber,
dein Mehl, deine Hoffnung
beleben Amerikas Verlassenheit,
und der Hunger betrachtet
aufmerksam deine Lanzen:
feindliche Legionen.

Zwischen deinen Blättern wuchsen
wie mildes Salz
unsere ländlichen Kinderherzen,
die stolzen, auf
und begann das Leben
uns zu zerpflücken.

ODE AN DEN APFEL

Dich, Apfel,
will ich
preisen,
so mit deinem Namen,
dich verzehrend,
ich den Mund
mir fülle.

Allezeit
warst du wie keiner jung,
wie sonst nichts auf der Welt,
allezeit frisch aus dem Paradies
gefallen:
voll
und rein

getönte Wange du
der Morgenröte!
Wie schwer
haben es,
mit dir
verglichen,
die Früchte der Erde,
die zellenhaften Trauben,
die dunklen
Mangos,
die grobsteinigen
Pflaumen, die untermeerischen
Feigen:
du bist reines Wachs,
duftendes Brot,
Creme
der Vegetation.

Wenn wir in deine
rundliche Unschuld beißen,
werden auch wir
für einen Augenblick
wieder
frisch geborene Geschöpfe:
noch haben wir etwas vom Apfel an uns.

Ich wünschte mir
die vollkommene
Fülle, die ganze Vielfalt
deines Geschlechts,
ich möchte
eine Stadt,
eine Republik,
einen Mississippistrom
von Äpfeln
und an seinen Ufern

die ganze
Bevölkerung
schauen
der Welt,
einig, vereint,
beim einfachsten Tun der Erde:
einen Apfel kauend.

ODE AN DEN SCHMETTERLING

An den von Muzo, jenen
kolumbianischen
Falter,
blaues Feuer, das der Luft
lebendiges Metall vermählt,
und an den andern,
den der fernen Inseln,
Morpho, Monarca, Luna,
silberfunkelnd wie Fische,
wie Scherenklingen gekreuzt,
flammende Flügel,
gelben Leibs
schweflig in den Minen des Himmels,
Funkensprühende, Schnellvergängliche,
die der Wind auf die Höhe der Stirn trägt
und wie Regen oder Taschentücher fallen
läßt zwischen die Blüten!

Ihr Himmlischen,
mit goldenem Rauch Bestäubte
Auf einmal
richten
sie ein Auge aus schwarzem Diamant
auf des Flügels Leuchten,

auf einen
Totenschädel, der die Vergänglichkeit
kündet, die Finsternis.
Jener,
den ich erinnere,
aus fernsten Bereichen kommt,
gebildet aus Schaum,
geboren
in des Smaragden Helle,
zum schnell vergehenden Himmel
der Morgenröte emporgeweht,
dort, in ihr,
Schmetterling, wurdest du
lebendige
Mitte,
schwebendes Wasser des Meers,
eine Nonne, grün.

Eines Tages jedoch
flog über unseren Weg
ein anderer Weg.
Das waren die Falter der Pampa.
Wir sprengten verhängten Zügels
von Venado Tuerto
zu den Höhen hin
des heißen Córdoba.
Und den Pferden entgegen,
die Lüfte verdunkelnd, zuckend
wie ein Netz, das uns bedrohte,
anbrausten
die Falter,
Millionen weißer und gelber Flügel.
Dicht war
die schwingende
Wand
aus Pollen und Papier,

aus Staubfäden und Mond,
aus Flügeln, Flügeln und Flügeln,
und gegen
diese anfliegende Masse
konnte unsere Reiterei
kaum ankommen.

Den Weg verbrannte
mit rotem spitzem Gestrahl der Tag,
und diesem Strom der Luft entgegen,
gegen die Überschwemmungsfluten
der Falter
querten wir die argentinischen Steppen.

Den Schneckenklee der Kühe,
ihn hatten sie schon verschlungen,
und in der ganzen Erstreckung des endlosen Landes
waren die grünen Pflanzungen
ein einziges Skelett:
Hunger für die Herden
zog mit dem Strom der Falter.

Erstickt sie im Rauch, setzt sie in Flammen!
rief ich dem Bauern Aráoz zu,
kehrt mit riesigem Besen
den Himmel,
fegen wir
sieben Millionen Flügel zu Hauf,
stecken wir
das Flußbett voll boshafter
Falter in Brand,
brennt sie zu Asche, rief ich,
daß der Lüfte Gepräng
goldene Asche sei,
daß sie zurück zum Himmel kehren als Rauch,
als Gewürm zur Erde.

Schmetterling sollst du sein
und bleiben,
ein vibrierendes
Wunder der Blumen,
aber
du reichtest
drüber hinaus:
überfalle den Menschen nicht und sein Erbe,
nicht den Bauern und seine Tiere,
dir steht diese Rolle
des Tigers nicht zu,
und wie ich rühme
deine strahlende
Schönheit,
so werde
gegen die allesverschlingende Mehrung
den Brand ich richten, ohne Trauer zu fühlen,
werd ich den Funken der Züchtigung tragen
hin zum Berg der Falter.

ODE AN DIE WANDERUNG DER VÖGEL

Auf des Meeres
Bahn
dem Großen Norden zu
ein
über dem Himmel
ausgegossener Strom:
das sind die Vögelschwärme
des australen Südens, des ewigen Eises,
die von den Inseln kommen,
aus dem Schnee:
antarktische Falken,
Kormorane,

die Trauer tragen,
Sturmschwalben australer Verbannung.
Und den gelben Felsklüften
Perus entgegen, zu den
flammenden Wassern
Südkaliforniens
schwingt
der unaufhörliche Strom
der Vögel.

Auftaucht
ein einziger da,
es ist
im erschlossenen Raum des Nebels
ein
verlorener
Punkt:
und dahinter die schweigsamen
Kohorten, die Masse
des Gefieders,
das schwirrende Dreieck,
das über das eisige
Weltmeer braust,
der hinwogende,
der unfaßbare Stromlauf,
der Pfeilschnabel
des Schiffs
auf Wanderung.

Leichen von Seevögeln
stürzten herab
auf den Strand,
kleine
schwarze
Bündel,
umschlossen

von glänzenden Schwingen,
wie im Himmel
gezimmerte
Särge.
Und neben
der auf vergeblichem
Sand
zusammengekrampften Phalanx
dicht
das Meer,
Meer, das fortdauert
in dem weißen und grünen Donner der Wogen,
die stürmende Ewigkeit des Himmels.

Der Liebe
gleich,
vorüber ziehen
die Vögel, auf der Suche
nach wärmendem Feuer, sie,
die fortfliegen aus
der Verlassenheit
hin zum Licht, zu den treibenden Keimen,
im Flug
des Lebens vereint,
über
dem Strich und den Schäumen der Küste
die Vögel, die den Planeten wechseln
und das Meer
mit ihrer Flügel großen Stille
erfüllen.

ODE AN EINEN TOTEN MILLIONÄR

Ich kannte einen Millionär.
Er war Besitzer von Zinnminen, Herrscher
über graue Ebenen,
auf denen die Pferde
sich verloren.

Wir besuchten sein Haus,
seine Gärten,
das Schwimmbecken mit einem weißen Turm
und Wassern,
wie um eine Stadt zu baden.
Er zog die Schuhe aus,
er steckte die Füße
mit einem gewissen
düsteren Ernst
ins grüne Schwimmbassin.

Ich weiß nicht, weshalb er
seine vielen Frauen
eine nach der anderen
sich vom Halse schaffte.
Sie
tanzten in Europa
oder durchfuhren voll Hast den Schnee
auf Schlitten, in Alaska.

S. erzählte mir, wie
er als Kind
Zeitungen verkaufte
und Brot stahl.
Heute nun attackierten
seine Zeitungen die zitternden Straßen,
sie schlugen auf die Leute mit Nachrichten ein

und verkündeten emphatisch
einzig und allein seine Meinungen.

Er besaß Banken, Schiffe,
Mängel und Traurigkeiten.

Zuweilen versenkte er sich
mit Papier, Feder und gutem Gedächtnis
in sein Geld,
und er zählte,
summierte, teilte,
multiplizierte Dinge,
bis er einschlief.

Mich dünkt,
dieser Mann vermochte niemals
seinem Reichtum zu entrinnen
– dieser durchtränkte ihn,
gab ihm
zum Atmen die Luft, ein abstraktes Dasein –,
und er selber sah sich
darin
wie eine blinde Molluske,
von einer undurchdringbaren Mauer
umringt.

Manchmal sah ich
in seinen Augen ein kaltes
fernes Feuer,
etwas wie Verzweiflung, das erlosch.

Niemals wußte ich, waren wir Feinde?

Er kam eines Nachts
in der Nähe von Tucumán ums Leben.
Bei der Katastrophe

verbrannte sein mächtiger Rolls Royce
wie nahe am Fluß
der Katafalk
einer
geheimnisvollen Sekte.

Ich weiß,
daß alle
Toten gleich sind,
doch ich weiß nicht, weiß nicht,
ja mir scheint,
daß jener
Mensch, auf seine Weise, mit dem Tode
aufhörte ein armseliger Gefangener zu sein.

ODE AUF DIE GEBURT EINES HIRSCHEN

Niederlegte sich die Hindin
hinter
dem Drahtgeheg.
Zwei dunkle Mandeln
ihre Augen.
Der Riesenhirsch hielt Wache,
und um Mittag
glänzte
die Krone seines Geweihs
wie
ein flammentragender Altar.

Blut und Wasser,
ein strotzender zuckender
Beutel
und darin
ein junger Hirsch,
ungehörnt ungestalt.

Dort lag in seinen verworrenen
Hüllen er
auf beflecktem Gras.
Die Hindin leckte ihn
mit silberner Zunge.
Er konnte nicht sich rühren,
aber
aus jenem wirren
dampfenden Bündel,
schmutzig, naß und schlaff,
kam die Gestalt
zum Vorschein,
die kleine spitze Schnauze
königlichen
Geschlechts,
die ovalsten Augen
der Welt,
die zarten
Beine,
des Waldes naturhafte
Pfeile.
Ihn beleckte die Hirschkuh
ohne Unterlaß, sie reinigte ihn
von Finsternis, und rein
übergab sie ihn dem Leben.

So also richtete er sich auf,
zerbrechlich, doch vollkommen,
und begann sich zu regen,
zu etwas hinzuwenden, da-zu-sein,
die Gewässer am Berge zu entdecken.
Und er erblickte die strahlende Welt.

Über seinem kleinen Kopf
war der Himmel
eine transparente

Traube,
er aber saugte sich fest an den Zitzen der Hindin,
erschauernd, als empfänge er
Lichtstöße des Firmaments.

ODE AN DIE ORANGE (1956)

Nach deinem Bildnis,
deinem Urbild,
Orange,
formte sich die Welt:
rund die Sonne, von
Schalen Feuers umschlossen:
die Nacht übersternte mit Orangenblüten
ihre Bahn, ihr Schiff.
So ward es und so wurden wir,
o Erde
und wir entdeckten dich,
Planet, orangenrot.
Wir sind eines einzigen Rades Speichen,
wie Goldbarren
verteilt,
und mit Zügen und Strömen begreifen wir
die ungewöhnliche, die Einheitlichkeit der Orange.

Du meine
Heimaterde,
gelbe
Haarflut,
Schwert des Herbstes,
wenn ich
in dein Licht
mich wende,
in die öde

Zone
der mondenen Salpetersteppe,
zu den Graten hin
des andinischen Erzes,
mitleidlosen,
wenn
ich eindringe
in deine Sphäre, deine Gewässer,
rühme ich
deine Frauen,
sehe ich, wie die Wälder
heilige Vögel wiegen
und Blätter,
das Korn sich in die Speicher ergießt
und die Schiffe durch dunkle Flußbetten fahren,
begreife ich, daß du,
Planet,
eine Orange bist,
Frucht des Feuers.

Auf deiner Haut fügen sich
die Länder zusammen,
vereint
wie Scheiben einer einzigen Frucht,
und Chile, an deiner Flanke,
elektrisch,
entflammt
über
dem blauen Laub
des Pazifischen Meeres
ist ein großer Orangengürtel.

Orangen sei
das Licht
eines jeden
Tags,

und das Herz des Mannes,
seine Blütendolde,
sei süß und herb:
Quell der Frische, der
sein Eigen nenne und bewahre
die geheimnisvolle
Schlichtheit
der Erde
und seiner Orange
vollkommenes Einssein.

ODE ÜBER DAS HEIMWEH NACH CHILE (1956)

Auf Argentiniens Erden,
Qualen leidend um mein Vaterland,
leb ich und sterbe,
greife am Tag
ich nach dem, was mich an Chile erinnert,
des Nachts nach den Sternen,
die glühen jenseits des Schnees.

Durch die Ebenen schweifend,
verirrt auf der weiten Fläche des Raums,
Kräuter der Pampa
enträtselnd, Eisenherzgewächse,
Gestrüpp und Gedörn,
dünkt mich, der Himmel erdrücke sie alle:
der Himmel, alleinige Blüte des Graslands.

Herrlich ist die lebendige Luft, Hitze und Kälte
total, und wir scheinen darinnen
nackt, im Endlosen,
im duftenden Schweigen allein.
Flach ist die Erde, das gespannte
Fell einer Trommel, Reitergalopp,

Mensch und Geschichte
vergehn in der Ferne.

Mir aber, mir gebt die grünen
Labyrinthe,
die freien
Wasserfälle
der Anden, und unter den Rebenstöcken,
Geliebte, deine
Gitarrenhüfte.

Gebt mir die Wogen,
die meines Landes
kristallinischen Leib
erschüttern,
laßt im Osten mich sehen, wie dort
auftürmt
die Majestät der Welt
in einer stolzen Kette von Vulkanen,
mir zu Füßen das Siegel allein
des Schaumes,
Meeres Schnee, die ewige Silberschmiede!

Amerikanisch
bin ich,
und es gleicht
der weitgedehnten Pampa
mein Herz, das Wege
durchqueren,
und mir gefällt,
daß in ihm Feuer entflammen
und fliegen und eilen
Vögel und Reisende.

Mein Leib aber, Heimaterde,
verlangt nach deiner Substanz:

metallische Berge, von denen herab,
verliebt, ihr Bewohner steigt,
inmitten mineralischer Pflanzenreiche
dem Gesäusel der grünen Täler zu.

Liebstes meiner Lieben,
du Erde, makellos,
kehr ich zurück,
kette an den Bug ich mich
deines Erdenschiffs,
und so, miteinand vermählt,
werden wir hintreiben,
bis du mich bedeckst,
und ich, zusammen mit dir, Wein sein werde
für immer, der wieder ersteht in jedem Herbste,
Stein deiner Gipfel,
deines Meeresaufruhrs Welle!

ODE AN DIE WOLKEN

Wolken des australen Himmels,
beflügelte Wolken,
Wolken
aus Wasserdampf makellos, Gewandung des Firmaments,
Blütenblätter, vollkommene Frische
des Sommers,
auf dem Rücken liegend, im Gras, an Stränden,
seh ich, ihr seid vom ganzen Himmelsrund
die jungen himmlischen Mädchen,
Seide für die Sonne, der Frühling weiß,
die Jugend des Himmels.
Zügellose, hineilende,
kaum
gehalten

von Lüften,
Daunen
des Lichts, Nester
des Wassers!
Jetzt ein einziger
Saum nur
aus Feuer, aus Zorn
setzt die
Himmelswiesen
in Brand,
und die blühenden
Mandelbäume,
die äquinoktiale
Wäscherei
ist verschlungen
von grünen
Leoparden,
von Säbeln zerfetzt,
angefallen von
mordgierigen
Mäulern.
Wolken, verzweifelt,
pünktlich
an jedem Tag
beim Untergang
der Sonne,
des großen
Himmelsrandes
ritueller
Tanz,
kaum
kreuzen langsame Seevögel
den Raum, Flüge
über die Fernsicht hin,
so verwehen die Wolken,
löst sich

das Licht auf des irren Fächers,
Leben und Feuer haben kein Dasein, waren
Zeremonien des Himmels nur.
Dir aber, des Unwetters
Wolkengetürm, behalte ich vor
jenen Raum
von Gebirg oder Meer, des Schattens,
des Schreckens, der Finsternis über der Welt,
sei es über den Kampfesscharen
des Schaums
in des Weltmeers
zornentbrannter Nacht
oder über dem schweigenden
Haar
nächtlicher Wälder;
Wolke, stählerne Farbe
sprühst du ins Land,
Watteflocken der Trauer, in denen
die bleichen Sterne ersticken.

Von deinem Schirme nieder
mit bleierner Dichte
das Dunkel stürzt, und dann
flattern,
angstgeschüttelt,
wie düstere Fahnen,
elektrisierende Wasser und Rauch.

Du wässerst
und vereinst
dein Dunkel dem Schlaf
der schwarzen Wurzeln,
und aus dem Unwetter so
tritt
der irdische Glanz
von neuem ans Licht.

Frühlingsgewölk,
duftende
Segler, reine
Lilien
des Himmels
Schleier unglückseliger Witwe,
düstre Mutter des Donners,
ich möchte ein Wolkenkleid,
aus euren Geweben
ein Hemd,
und führt mich am Faden
des Lichtes einher oder auf des
Schattens Roß,
den Himmel zu durchsprengen,
den ganzen Himmel.

So werde ich Wälder anrühren, Felsenriffe,
werde Wasserstürze ich queren und Städte,
werde ich das Geheimste des Universums schauen,
bis mit dem Regen wieder
ich zur Erde kehre,
in Frieden zu leben mit den Wurzeln.

ODE AN DIE WOGE (1956)

Von neuem an die Woge
wendet sich mein Vers.

Ich kann es nicht
lassen, tausend mal tausend,
tausend Mal, Welle,
dich
zu singen,
o du des Ozeans flüchtige Braut:

gertenhaft
grüne
Venus,
du hebst
deine Glocke empor in die Lüfte,
und in der Höhe
brichst du
weiße Lilien ab.

O
unaufhörliche
Fläche,
geschüttelt
von
der
Einsamkeit
des Winds,
aufgerichtet wie eine
durchscheinende
Bildsäule,
tausend mal tausend Mal
zu Kristallen angeschossen die kristallinische,
und dann
das ganze Salz am Grunde:
in Schaum
verwandelt
der Aufruhr sich
und aus dem Schaum ersteht von neuem
das Meer
und abermals wirft sich auf der Fluten Schwall.

Immer wieder,
o Roß,
reine,
beflügelte Stute, zyklonhafte,
mit einer Mähne,

von Weiße flammensprühend
im Zorn der rasenden
Luft,
du saust dahin, überschlägst dich und fliegst,
fortreißend den Schlitten
des meerischen Schnees.

Woge, Woge, Woge,
tausend mal tausend Mal
besiegt, tausend
mal tausend Mal steil aufgebäumt
und vergossen:
es lebe
die Woge,
tausend Mal ewiglich lebe
die Woge.

ODE AN DEN ZWEIFACHEN HERBST (1956)

Voll Leben das Meer, während die Erde
ohne Bewegung ist:
der harte Herbst
der Küste
deckt
mit seinem Tod
das regungslose Licht
der Erde,
doch das ewig Ruhelose, das Meer
lebt weiter.

Da ist nicht
ein
einziger
Tropfen

Schlaf,
Tod
oder
Nacht
in seinem Kampf:
die Getriebe
des Wassers, alle die blauen
Kessel,
die dröhnenden Werke
des Winds,
sie krönen
mit
ihren ungestümen Blumen
die Wogen,
alles
ist voller Leben
wie
das Eingeweid
des Stiers,
wie
das Feuer
der Musik,
wie
der Akt
der Liebesvereinigung.

Immer war finster
das
Wirken
des Herbstes
auf Erden;
starre
Wurzeln, in den Zeitengrund
versunkene
Samen
und oben

allein
die Blütenkrone der Kälte,
ein verhauchender
Blätterduft,
der sich auflöst
in Gold:
Nichts.
Eine Axt
im Walde
fällt
einen kristallenen Stamm,
dann
sinkt
der Abend,
und auf ihr Antlitz
legt die Erde
eine Maske,
schwarz.

Aber
das Meer,
es ruht und schlummert nicht, ist nicht gestorben.
Nachts schwillt
seine Wölbung auf,
die die feuchten
Sterne
niederdrücken wie Korn im Morgengraun,
das schwillt
und wogt
und weint
wie ein verirrtes
Kind,
das mit dem Trommelschlag
der Morgenröte allein
wie ein Trommler erwacht,
gewaltig groß

und sich regt.
Alle seine Hände bewegt es,
seinen unaufhörlichen Organismus,
sein ausgedehntes Zahnwerk,
seine Geschäfte
mit Salz, Sonne und Silber,
alles
bewegt es, bringt es zum Wallen
mit seinen verheerenden
Quellen,
mit dem Kampf
seines Gewoges,
indes
der traurige
Herbst
der Erde
verstreicht.

ODE AN DAS SCHWARZE PANTHERWEIBCHEN

Vor einunddreißig Jahren war's,
ich vergesse es nicht,
in Singapur, der Regen,
warm wie Blut,
fiel
auf
uralte weiße Mauern,
zerfressen
von der Feuchte, die auf ihnen
lepröse Küsse hinterließ.
Die dunkle Menge
leuchtete
jäh in einem Blitzstrahl auf,
Zähne

oder Augen,
und die eiserne Sonne oben war
gnadenlos
eine Lanze.
Ich schlenderte durch die betel-
überschwemmten Gassen, rote Nüsse
erhoben sich
aus
Betten duftenden Laubs,
und die Dorianfrucht
faulte in der schwülen Mittagsruhe.
Auf einmal stand ich von Angesicht zu Angesicht
mit einem Blick,
der aus einem Käfig kam,
inmitten der Straße
zwei Kreise
Eiseskälte,
zwei Magnete,
zwei feindliche elektrische Ladungen,
zwei Augen,
die in die meinen drangen,
mich an die Erde
nagelnd,
an die lepröse Wand.
Da sah ich
den Leib, welcher wogte
und samtener Schatten
war,
federnde Vollkommenheit,
absolute Nacht.
Auf dem schwarzen Fell
die Tupfen,
ich weiß nicht genau,
waren es Topasrhomben
oder goldene Sechsecke,
die da aufflammten,

unmerklich irisierten,
wenn
die schlanke
Gestalt
sich bewegte.
Das Pantherweibchen,
in Gedanken
und bebend,
war
eine
wilde
Königin
in der Kiste dort
mitten
in der elenden
Gasse.
Aus der verlorenen Wildnis
entführt,
mit Hinterhältigkeit
aus freien Räumen,
aus herbsüßem Duft
zu Menschenwesen,
staubbedeckten Hütten,
drückte sie,
metallischen
Augs,
nur
Verachtung aus, ihren
brennenden Zorn,
und ihre Augen waren
undurchdringlich,
zwei
Siegel,
die, bis in alle Ewigkeit,
der Wildnis Tor
verschlossen.

Sie wanderte hin und her
wie Feuer, wie Rauch,
und als sie die Augen schloß,
ward es unsichtbare, unbegreifliche Nacht.

ODE VON MEINEN KÜMMERNISSEN

Vielleicht möchte der eine oder auch einige
etwas erfahren
über mich.

Ich versagte es mir,
von meinen Sorgen zu sprechen.
Jung noch, beinah alt
und unstet wandernd
kann ich
mein Herz
nicht ohne
Dornen
krönen,
das soviel
Arbeit geleistet hat,
und meine Augen,
die die Traurigkeit erforschten
und ohne Klage heimkehrten
von Meeresfahrten
und den Inseln.

Ich werde ihnen erzählen, wie
die Menschen, meine Freunde,
da ich geboren ward,
die Einsamkeit liebten,
die allerfernste
Luft,
die Woge der Sirenen.

Ich kehrte zurück
von den
Archipelen,
kehrte von den Jasminen zurück,
aus der Wüste,
um da zu sein,
zu sein,
zu sein
mit anderen Wesen,
und da ich nicht Schatten war
noch flüchtig,
ein Mensch, nahm ich die Last
des Menschenherzens auf mich,
die meuchelmörderischen Steine
des Neides,
den knechtischen Undank
eines jeden Tags.

Kehre wieder, hoher Herr, säuselten
in weiterer Ferne die Sirenen immer:
es schlugen die Wogenschäume
und zerteilten mit
Silberschweifen
das durchscheinende
Meer
der Erinnerungen.

Perlmutt und feuchtes Geleucht,
Zwillingsfrüchte
im Schein berauschenden Mondes.

Ach, doch schließ die Augen!

Des Himmels Geflüster verhaucht.

Ich geh an die Tür, Dornen zu empfangen.

ODE AN DEN BELEIDIGTEN TAGEDIEB

Einzig von den Seenebelschwaden,
des Seewinters
Fahnen
mit ihrem Meerdunst,
den
die Allgewalt
der Wellen durchwogt,
sprach ich,
einzig von jenen
Dingen, die Gefährten waren
meines Geschicks.

Der Tagedieb hob
seine grüne Nase empor,
sein Schnabelhieb durchbohrte die Luft,
und alles blieb,
wie es gewesen,
der Meernebel, die See
und mein Gesang.

Ihr, der Liebe und ihrem
Taubenschlag,
der Seele und dem Mund
der Geliebten
weihte ich
jedes Wort, jedes
Flüstern, die ganze Erde,
alles Feuer in meinem Sang,
denn die Liebe,
sie bewahre ich
und sie bewahret mich
und dich liebend werde ich sterben,
Geliebte.

Der Tagedieb aber wartete
an den trüben,
den allwissenden Straßenecken,
um sein infames Gebiß
in
die
offene
und raunende
Honigwabe
zu schlagen.

Alles blieb, wie es gewesen, wie sein
sollen die ewigen Dinge,
die Frau
mit ihrem Zweig
Morgentau,
der Mann mit seinem Lied.
Auf dem Wege
das Volk,
es zog, von allem entblößt, einher
und wies mir
seine von Wassern und Gruben
zerschrundenen
Hände.
Es waren
jene
fürbaßgehenden
Angehörigen meiner Familie:
nicht mein Blut war es,
weder Sonne
noch Blüte
noch Himmel:
Jene Männer waren
meine Brüder,
und für sie
war meines Gesanges

unzerstörbare Materie
bestimmt.

Der Tagedieb kochte mit anderen
Spießgesellen
in einem Sudeltopf
seine Begierden,
richtete sie an mit Haß,
mit Krallenschnipseln,
richtete Büros ein,
peinlicher
Freunde
voll,
und erzeugte
staubaufwirbelnd satanische
Schurkereien.

Inmitten der Wogen,
die mit Helle und Gesang
das Universum erfüllten,
hielt ich plötzlich inne
und widmete eine Linie
meiner Ode,
eine einzige
Sentenz,
knapp
eine
Silbe
dem halsstarrigen, boshaften
Feind
– in so vielen Jahren der einzige Gruß –
den schäumenden Schlag
einer Welle.

Wie toll wurde da
auf einmal

der berüchtigte
Tagedieb,
dieser altgewohnte Beleidiger, er
zeigte sich
beleidigt,
lief an die Straßenecken
mit seiner, auf die
kleinste Kleinigkeit meiner Ode
gehefteten
Lupe,
stimmte ein Zetergeschrei an vor Autoren
und Autoritäten,
damit alle Welt
mir die Achtung versage,
und da
niemand
einstimmte
in sein Zetergeschrei,
wurde er krank vor Traurigkeit,
versenkte sich in die lethargischste
aller Melancholien,
und er verläßt seine Höhle
zuweilen nur,
um die Büros mit Seufzern zu erfüllen.

Moral der Geschichte:
beleidige den zerstreuten Poeten nicht,
Woche um Woche, Jahrhundert um Jahrhundert,
denn auf einmal könnte er
dir eine gefahrvolle Minute bereiten.

ODE AN DAS FELSGESTEIN (1956)

Amerika,
aus andinischem
Fels errichtet,
aus freiem Felsgestein
und
einsamem Wind
gingst du hervor,
dunkler Turm
der Welt,
der Ströme
unbekannte Mutter,
bis der Steinbrecher
seinen dunklen Gürtel löste
und die uralten Hände
Stein spalteten,
als
ob sie Mondlicht spalteten,
Granit, von Wellen
zerstäubt,
Kiesel, bearbeitet vom Wind.

Plutonisches
Skelett
jener
Welt,
eisenhaltige Gipfel,
Höhen aus Diamant,
der
ganze
Ring
der
eisstarren
Raserei,
dort oben

zwischen Fläche und Fläche
des Schnees,
unter Sausen und Heulen
der Orkane im Schlaf.

Hochoben
Himmel
und Fels,
graue Grate,
unser
schreckliches
blutdürstendes Erbe,
Haarflechten,
Mühlen,
Türme,
Tauben und Fahnen
aus grünem Stein,
aus zu Fels erstarrtem Wasser,
aus unerbittlichen
Katastrophen,
verschneiter Fels,
verschneiter Himmel,
Schnee.

Stein war der Bug,
er drängte vor beim Herzschlag der Erde,
voran schob sich der amerikanische
Kontinent, der endlose,
an jeder Flanke
des Granits,
und Flüsse
im Spalt
des Felsen
entsprangen.
Dunkle Adler
und Vögel aus Gold

ließen ihre Strahlen losfliegen,
höhlten
mit Schnabelhieben
ins steinerne Schiff
hart und offen ein Nest.
Staub und junger Sand
sanken
wie befiedert
auf
die Ufer des Planeten nieder,
und die Feuchte
war ein Kuß.
Der Kuß des künftigen
Lebens
füllte den Kelch
der Erde.
Da erwuchs der Mais und verstreute sein Geschlecht.
Die Mayas erforschten ihre Sterne.
Himmelsbauten,
heut
im Staub,
wie uralte
Granatäpfel geborsten,
deren Kerne
niederstürzten,
deren altes Amarantengefunkel
in der Erdentiefe verdarb.
Gebäude, aus
peruanischem Stein geschlagen,
auf die Schneide
der Gipfel gesetzt
wie Fackeln der Nacht,
wie Nester aus Obsidian,
zerfallene Bauten, in denen noch immer
der Fels ein gespaltener
Stern ist,

Glanzlicht, das hinzuckt
über seines Sarkophags Zerfall.
Himmelszeichen:
unser
ganzes großes
Gebiet,
Licht
des Gesteins,
Sternenwirbel,
im Angesicht des Schnees, über den
die andinische Luft jagt.

Amerika,
Mund
aus stummem Stein,
noch immer sprichst du mit verlorener Zunge,
Wirst du sprechen, hoheitsvoll,
immerdar mit neuer
Stimme
aus Stein.

ODE AN DEN ALTEN DICHTER (1956)

Als streckte ein alter Baum
einen angebrochenen Ast aus,
ohne
Blätter, ohne Früchte,
so gab er mir die Hand.
Seine
Hand,
die, Fäden und Fasern
des
Schicksals entwirrend, geschrieben,
sie war

bis ins feinste nun
gezeichnet
von den Tagen, Monden und Jahren.
Hart stand
in seinem Antlitz
die Schrift
der Zeit,
winzig,
unstet,
als wären dort
die Linien und Zeichen
beschlossen
seit seiner Geburt
und der Wind
hätte sie aufgerichtet,
allgemach.

Große tiefe Linien,
von der Zeit in sein Gesicht
gekerbte Kapitel,
fragende Zeichen,
Märchen, geheimnisvoll,
Marksterne,
alles, was die Sirenen vergaßen
in der weitgedehnten
Einsamkeit seiner Seele,
was niederfiel vom
gestirnten Himmel,
dort stand es eingezeichnet
in seinem Antlitz.
Niemals mehr bannte
mit Feder und hartem Papier
der einstige
Sänger
den vergossenen Strom
des Lebens

oder den unbekannten Gott,
der seinen Vers bewirkt,
nun grub
auf seinen Wangen
das ganze
Geheimnis
kalt
die Algebra
seiner Offenbarungen ein,
und die kleinen,
die unveränderlichen,
verachteten
Dinge
hinterließen
auf seiner Stirn
unergründliche
Seiten,
und
sogar
auf seiner
Nase,
schmal
wie der Schnabel
eines schweifenden Kormorans,
zeichneten
Fahrten und Wogen
ihre ultramarinen
Lettern.
Zwei seltsame
Steinchen
nur,
zwei meerische
Achate
waren
seine Augen
in diesem

Kampf,
und einzig durch sie hindurch
sah das erloschene
Feuer,
eine Rose
in des Dichters
Händen.

Nun
war ihm das Kleid
zu weit geworden,
als lebte er bereits
in einem
leeren Haus,
und die Knochen
seines ganzen
Leibes drängten
gegen die Haut
und spannten sie,
aus Knochen
war,
aus Knochen, der da warnte
und unterwies,
ein winziger
Baum, schließlich, aus Knochen,
ausgelöscht
war der Dichter
von des Regens
Kalligraphie,
von den
Quellwassern der Zeit, den unerschöpflichen.

Dort ließ ich ihn umherwandernd zurück,
bedrängt von seinem Tod,
so, als
erwartete er ihn

fast unverhüllt
in einem finsteren Park,
und Hand in Hand
gingen beide fort,
hin
zu einem leeren Schlafgemach,
als würden sie schlafen in ihm,
wie wir schlafen werden
und alle
Menschen:
eine
welke
Rose
in
der
Hand,
die ebenfalls stirbt,
zu Staub verwandelt.

ODE AN EIN VEILCHENBÜSCHEL (1956)

Krauses Büschel, getaucht
in Schattendunkel:
Tropfen violetten Wassers
und wildes Licht
stiegen mit deinem Duft auf:
kühle, unterirdische
Schönheit
wuchs empor mit deinen Blütenknospen,
und vor Entzücken erbebten mir Augen und Leben.

Eine nach der anderen, steckten
die Blumen
metallische Stiele aus,

Strahl um Strahl eines dunklen Lichts
im Schatten bündelnd,
bis sie
das Geheimnis krönten
mit ihrem tiefen Duftvolumen,
und vereint
waren sie ein einziger Stern
aus unwahrscheinlichem Arom und dunkelviolettem Herzen.

Unergründliches Büschel,
tiefvertrauter
Duft der Natur,
du scheinst
Woge, Haarflut,
Blick
einer zügellosen
untermeerischen Najade,
aus der Nähe aber,
in der ganzen
blauen Vermessenheit deines Wohlgeruchs,
Erde, Blüte der Erde,
irdischer Duft,
löst du dich, und dein ultravioletter
Strahl
ist ein fernes Verglühen von Vulkanen.

In deine Schönheit vergrabe ich
mein altes, oft vom Staube
heimgesuchtes Gesicht,
und von der Erd her etwas
übermittelst du mir,
und es ist nicht nur ein Duft,
nicht nur der reine Ruf
deiner Farbvollkommenheit, eher ist's
ein Wort voll Tau,
eine blühende Feuchte voller Wurzeln.

Vergängliches Angesicht gestirnter
Veilchen,
kleiner, geheimnisvoller
Planetenraum
aus meerischem Phosphor,
nachtdunkles Büschel im Blättergrün,
in Wahrheit aber ist
kein blaues Wort, dich darzustellen:

mehr als ein jedes Wort
beschreibt ein Pulsen deines Duftes dich.

ODE AN DAS GIESSEN DER FELDER

Auf die Erde, auf die Mühen
Wasser aus deiner Hand
zum Besprengen,
es scheint, andere Wasser
fallen,
versickern hier,
nicht die der Stadt für Münder
und Töpfe,
Felder netzend,
bringt der Schlauch geheime Wasser
aus dem Verborgenen hervor,
aus dem kühlen
belaubten Herz der Erde.

Von dorther
kommt dieser feine Strahl,
entfaltet er sich zu Wasser,
vertausendfacht zu Tropfen,
zielt er auf den Durst des Lattichs.

Aus dem Staub, von den Pflanzen
steigt
mit dem Wasser
ein neues Duften auf.
Es ist der Ruch, feucht,
eines grünen Gestirns,
ist die Wiedergeburt der Frische,
der vergessene Wohlgeruch
des fern verwaisten
Herzens der Wälder,
und anschwillt das Wasser
unter deinen Händen
wie Musik:
mit kristallinischer Macht
richtest du eine glashelle
Lanze auf,
die angreift, durchtränkt und ihre Verbindung
anbahnt zu den Wurzeln.

Das muntere Wasser, es zieht
und prasselt und singt,
entwirrt
geheime Fasern, steigt empor
und fällt, ein überströmendes
Gefäß,
säubert es die Blätter, bis sie
Glocken im Regen
scheinen,
es stört die Flugbahn
des Insekts,
läßt auf den winzigen Kopf
eines überraschten Vogels
einen Regenschauer von Silber fallen
und schwebt
und senkt sich nieder,
bis dein Garten, dein Saatfeld,

der Schimmer deiner Rosen,
der Magnolie genitale Haut
Dank sagen
für die redliche
Gabe
des Wassers,
und du, mit deinem Gartenschlauch,
von den Dünsten deines Gartens
umgeben,
von der Feuchte des Bodens und gekrönt
wie der König einer Insel
vom Regen,
Beherrscher aller
Elemente,
du weißt,
da du den Schlauch verwahrst,
                                        ihn einrollst
wie eine
unbefleckte Schlange,
weißt, daß auf dich, auf dein
staubbedecktes Eichengezweig
netzendes Wasser fiel
und Duft, deine Seele durchtränkend:
und du dankst dem Gießen, das du dir selber dargebracht.

ODE AN DAS SALZ (1956)

Dieses Salz
aus dem Salzfaß
sah ich in den Salzgebieten.
Ich weiß,
man wird es mir nicht glauben,
aber wahrhaftig,
es singt,

singt das Salz, die Haut
der Salzgebiete,
sie singt,
mit
erderesticktem Mund.
Ich erschauderte in jenen
Einsamkeiten,
da ich
des
Salzes
Stimme
lauschte in der Wüste.
Von Antofagasta
tönt
die ganze große
Salpetersteppe:
es ist eine
gebrochene
Stimme,
ein Klagesang.

Später ruht in seinen Kammern
das Steinsalz, ein Gebirg
aus begrabenem Licht,
ein transparenter Dom,
Kristall des Meeres, vergessen
von den Wogen.

Und dann auf jedem Tisch
der Erde,
Salz,
versprüht
deine leichte
Substanz
auf die Speisen
lebenbedingendes Licht.

Bewahrer
der alten
Laderäume des Seglers,
ein Entdecker,
so zogst du
auf dem Weltmeer hin,
Materie,
vorauseilend, kühn,
auf unbekannten, kaum erschlossenen
Pfaden des Wogenschaums.
Staub des Meeres, deine Zunge
empfing den Kuß
der Meeresnacht:
der Geschmackssinn mischt in jedes
mundende Gericht dein Ozeanien hinein,
und so weist uns
die geringste,
die winzigste
Woge aus dem Salzfaß
nicht ihre gebändigte Weiße nur,
auch den innersten Geschmack des Grenzenlosen.

ODE AN DIE SÄGE

Unter den edlen
Werkzeugen,
dem schlanken, stattlichen
Hammer,
der jüngst vom Mond geschnittenen Sichel,
dem schrägkantigen, derben
Stemmeisen, der freigebigen
Schaufel,
bist du, Säge,
der Fisch, der bösartige

Fisch,
der Hai mit unheilbringendem Gebiß.

Und dennoch, die Reihe
deiner
winzigen Zähne
durchschneidet singend
die Sonne
im Holz,
den Honig der Pinie,
der Steineiche metallische Härte.
Froh gestimmt
und singend
schneidest du drauflos,
das Sägemehl verbreitet deine Heldentaten,
die aufwühlt der Wind und der Regen geißelt.

Du maßest dir keine Anmut an
wie die des ungewöhnlichen Hammers,
der mit zwei Hahnenfedern zierte
sein stählernes Haupt,
sondern
gleich einem Fisch
der abgründigen
untermeerischen Vollkommenheit
machst du dich unbeweglich sogleich
in deinem Schwimmen und verschwindest
im düsteren Bett des Ozeans.

Säge, Freund, Fisch,
der du singst,
du verschlingst
die Nahrung nicht, die dein Gebiß zerschnitt,
du verschwendest sie
in Brosamen aus Holz.

Blaue Säge, schlanker
Arbeiter, singend
schnittst du
für mich
die Bretter des Kleiderschranks
und für alle
Rahmen,
daß in ihnen
erstrahle die Malerei
oder der Strom des Lichts
durch das Fenster dringe in das Haus.
Auf dem ganzen Erdenrund
mit seinen Flüssen
und ihren Seglern,
in den Häfen, des Weltmeers großen Schiffen,
in den Höhen
der im Schnee
erstarrten Dörfer,
weiter
noch, viel entlegener:
in der Verschwiegenheit
der Institute,
im umblühten Hause
der Geliebten
und selbst
in dem verlassenen Patio noch,
wo ein Ignazio, ein Saturnino starb,
wie
in den dunklen großen Schmieden,
allüberall
wacht
eine Säge,
eine schlanke
Säge mit den
kleinen Zähnen

eines Hausfisches und dem Kleid
aus Meer, aus blauer Felsenader, aus vergessenem Florett.

Also, Säge,
möchte ich wie du
die gelben Dinge dieser Welt
durchsägen,
makellose Hölzer
schneiden,
der Erde und des Lebens Rinden,
Eichen, Steineichen, heilige
Sandelholzbäume,
den Herbst
in langen ausgedehnten Meilen.
Ich wünschte
deine stillverborgne
Nützlichkeit, deine Kraft mir
und deine Jugendfrische,
die sichere Bescheidenheit
deines gezahnten Stahls,
deine mond'ne Klinge!

Ich nehme Abschied nun
von dir,
wohltätige
Säge,
sternenhafte,
untermeerische,
indem ich dir hier sage,
daß
ich nie vergessen
werde in den Sägewerken deinen metallnen Sieg,
Geige des Waldes, Vogel
des Sägemehls, hartnäckiger
Hai des Holzes!

ODE AN DIE KÜNFTIGE ZEIT

Zeit, du rufst mich. Früher
warst du
reiner Raum,
weitgespannter Wiesengrund.
Faden oder Tropfen
bist du
heut,
Lichtstrahl, schmal,
der hinläuft, Hasen gleich, zum Dornendickicht
hohlgewölbter Nacht.

Nun
aber
nennst du mir, Zeit,
was du gestern mir nicht gesagt:
Deinen Schritt, beschleunige ihn,
dein Herz ruh aus,
entfalte deinen Sang.

Ich bin der immergleiche. Bin ich es nicht? Wer in
der Wasser Strombett, die da fließen,
erkennt den Fluß?

Ich weiß nur eines, daß selben Orts,
an einer einzigen
Tür
mein Herz pocht,
sei gestern, von fern,
seit damals,
seit meiner Geburt.

Dort,
wo das dunkle Echo
des Meeres

Antwort gibt,
Meer, das singt, das ich singe
und das
ich nur erkenne
durch ein blindes Geraun,
durch einen Schimmer
auf den Wellen,
durch sein großes Schäumen in der Nacht.

So, Zeit, vergebens also
hast du mich ermessen,
vergebens so verstrichst du,
Wege vorlaufend
dem Irrenden.

Vor einer einzigen Tür
verbrachte ich die ganze Nacht,
singend, ein Einsamer.

Und
da abnimmt nun dein Licht,
ein Tier, das hineilt,
ins Dunkel sich verliert,
sagst du mir
in mein Ohr,
was du mich nie gelehrt hast,
was ich immer wußte.

ODE AN DIE SCHERE

Wunderbare,
Schere
(ähnlich
den Vögeln

und den Fischen),
blank bist du wie blanke Waffen
der Reiterei.

Aus zwei Messern, lang
und tückisch,
vermählt, gekreuzt
für allezeit,
aus zwei
kleinen Flüssen, fest
verankert ineinander,
erwuchs ein scharfschneidend Wesen,
ein Fisch, der durch stürmische Leinwand schwimmt,
ein Vogel, der umherflattert
in
den Frisiersalons.

Schere, duftend
nach
der Hand
der nähenden
Muhme,
da du mit ihrem metallisch
weißen Auge
blicktest
auf unsre
in einen Winkel zurückgezogene
Kindheit,
den Nachbarn
erzählend,
wie wir Küsse gestohlen
und Pflaumen.

Dort,
in dem Haus,
tief in seiner Geborgenheit

kreuzten Scheren
unser Leben,
und dann,
wieviel
Stoff
zerschnitten, zerschnitten sie
für Bräute und für Tote,
für eben Geborene und Spitäler
schnitten sie
und schnitten,
und das bäuerliche
Haar,
hart
wie Gewächs im Fels,
und die Fahnen,
die
Feuer dann und Blut
befleckte und durchlöcherte,
und die Ranke
der Rebe im Winter,
den Faden
der Stimme
im Telefon.

Eine längst vergessene Schere
durchschnitt an deinem Nabel
den
Mutterfaden
und lieferte dich für immer
dem abgetrennten Teil des Daseins aus:
eine andere, nicht unbedingt
düstere,
sie wird eines Tages
dein Leichenkleid schneiden.

Scheren
waren
überall:
sie durchforschten
die Welt,
zu gleichen Teilen
Freude
und Trauer
abtrennend:
alles war
für die Scheren Stoff:
Schneiderscheren
titanenhafte,
wie Panzerschiffe schön,
winzige,
die Nägel schnitten,
ihnen die Form abnehmenden Mondes verleihend,
schmale,
untermeerische Scheren
des Chirurgen,
die das Geweb ausschneiden
oder den Knoten, der in dein Eingeweide sich verirrt.

Und hier, mit der Schere
der Vernunft
schneide ich meine Ode ab,
daß sie nicht ins Endlose sich dehne und anschwelle,
auf daß
sie Platz habe
in deiner Tasche,
wie eine Schere
zusammengelegt und bereit.

ODE AN DAS UNGEWITTER ÜBER CÓRDOBA

Der vollkommene Mittag,
strahlend,
ist ein
Schwert von Gold,
da stürzt
auf einmal,
wie ein
Stein
auf eine Trommel aus roter Tierhaut,
ein Donner herab,
es zerreißt die Luft
wie
eine Fahne,
Löcher bekommt der Himmel,
und all sein grünes Wasser
stürzt nieder
auf die Erde Erde
Erde Erde,
dicht betupft
mit den Herden.
Wild lärmt das Wagnis
tosenden Wassers
in den Höhen,
es ist, als sprengten
Rosse über den Himmel,
als stürzten weiße Berggipfel ein,
stürzten Stühle um und Sessel,
und dann
flammen und flüchten und bersten
die Blitze,
das Land erschüttert bei jedem
himmlischen Peitschenschlag,
der Blitzstrahl
setzt

einsame
Bäume in Brand
mit dem Phosphor der Hölle,
indes
das Wasser,
zu Hagelschloßen verwandelt,
Mauern einreißt, Hühnerställe
vernichtet,
erschrocken rennt das Rebhuhn feldein, es versteckt sich
in seinem Schlupfloch der Bäckervogel,
die Viper schlängelt,
ein gelassener Blitz,
durch die Páramos, auf der Suche
nach einem Loch, ein Falke
stürzt jählings herab,
getroffen
vom himmlischen Stein,
und nun
über die Ebene
rast
tollwütig
der gigantische
Wind der Sierra,
entfesselt.
Er ist,
einem Märchen entsprungen,
ein wahnwitziger Riese,
und mit gekreuzten Armen
durchrennt er die Dörfer und brüllt:
der irre Wind
fällt
in die zähen Johannisbrotbäume ein,
zerrauft
die Haarflut
der sanften Weiden,
dröhnt

wie
ein
grüner
Katarakt,
der mit sich Dämme
und Laubwerk reißt,
gläserne Karren, Pfähle aus Blei.
Auf einmal
kehrt
steil
der reine
Tag wieder,
blau ist sein Gelock,
rund die Münze
der rotflammenden Sonne,
es bewegt sich
kein Blatt,
die Grillen
schrillen wie Soprane,
der Briefträger
von Totoral verteilt
auf dem Fahrrad Tauben aus Papier,
jemand schwingt sich
auf ein Pferd,
es brüllt ein Stier,
Sommer ist,
nichts,
meine Herren,
ist hier
geschehen.

ODE AN DEN WALZER ÜBER DEN WELLEN

Lebendig bist du, alter Walzer,
leise
pochend,
nicht wie
ein
begrabenes Herz,
eher wie der Duft
eines dunklen Gewächses,
vielleicht wie des Vergessens
Arom.

Ich kenne
die Zeichen nicht
der Musik,
nicht ihre geheiligten Bücher,
bin ein
armer Dichter
der Straßen
und einzig
leb ich und sterbe,
so
aus den trauerdurchflorten Klängen
über einem Meer von Geißblattstauden hervorbricht
uralt die
Süße,
der Tanz, gekrönt
von himmlischem Palmgezweig.

O durch die Laubhütten,
über den Strand
jener Küste, unter
dem dortigen Monde
zu tanzen mit dir den Walzer
der Schäume,

deine Taille eng zu umfangen,
und im Schatten
des Himmels und seines Schiffs
deine Augen zu küssen auf deinen Liden,
den Tau
erweckend,
der da schlummert im leuchtenden Jasmin!

O Walzer unschuldiger Lippen,
halb aufgetan
dem verliebten
Gewog
der Wellen,
o altes
auf den Nachen
der Musik
erhobenes
Herz,
o Walzer,
aus Rauch,
aus Tauben
gewirkt,
aus nichts,
mögest du
leben trotz allem
als zarte Saite,
unzerstörbar
gesponnen aus
vagem
Erinnern,
aus Einsamkeit, Erde,
aus Gärten!

Zu tanzen mit dir, Geliebte,
im duftenden
Schimmer dort

jenes Monds,
jenes uralten
Mondes,
zu küssen, zu küssen deine Stirne,
während
über die Wogen hingleitet
jene
Musik!

ODE AN DIE GLÜCKLICHE REISE

O glückliche Reise!
Ich ließ den Frühling,
der in meiner Heimat Blüten trieb.
Die Motore
des Aluminiumvogels
erzitterten,
wurden,
durch den Himmel gleitend,
reine Kraft.
So kreuzte ich die Cordilleren
und die Ströme, die argentinischen Weiten,
die Vulkane, die Sumpfseen, die Urwälder:
unseren grünen Planeten.
Da schnellte das Flugzeug über die Wolken
seine silberne vollkommene Geradheit,
unendliche Wasser querend, Nächte,
durchflogen
wie Kelche oder tiefblaue Kapseln,
nie gekannte Tage, deren Flamme
im Winde verglomm,
bis wir hinabglitten
zu unserem schweifenden Stern,
auf den uralten Schnee Finnlands.

Ein paar Tage nur
in
dieser weißen Rose, hingestreckt
in ihr Schiff aus waldigem Holz:
und Moskau
öffnete seine Straßen:
seine nächtliche Helle
erwartete mich,
sein transparenter Wein.
Hart ist das Licht der Luft,
und wenn der Winter auch
Meere und Ströme
versperrt,
zu jeder Stunde doch
die Erde entflammt;
da wartet jemand, wir erkennen uns wieder:
das Leben glüht mitten im Schnee.

Und als
bei der Heimkehr
dein Mund erglänzte unter den Pinienwäldern
von Datitla und oben
seltsame
Vögel
flöteten, schmetterten,
sangen
unter dem Mond von Montevideo,
da war ich heimgekehrt zu deiner Liebe,
in den Jubel
deiner großen Augen;
ich stieg aus dem Flugzeug herab
und voll Liebe zu dir, zu meiner glücklichen
Reise
berührte ich die Erde!

Extravaganzenbrevier

man

tigt

nö

be

Himmel

gen

fahren

zu

auf

Um

zwei Flügel,
eine Geige
und so viele unzählbare
Dinge, ohne sie besonders zu nennen,
Beglaubigungsschreiben über ein aufmerksames und
ruhiges Auge,
Eintragung in des Mandelbaums Knorren,
Berechtigungsurkunde des Grases am Morgen.

BITTE UM RUHE

Nun lasse man mich in Ruhe.
Nun mag man sich an mein Abwesendsein gewöhnen.

Ich will meine Augen schließen.

Fünf Dinge nur will ich,
fünf eingewurzelte Vorlieben.

Eine ist die unendliche Liebe.

Die zweite ist, den Herbst erleben.
Ich kann, ohne daß Blätter
treiben und zur Erde kehren, nicht sein.

Das dritte ist der bittere Winter,
der Regen, den ich geliebt, des Feuers
Zärtlichkeit inmitten grimmer Kälte.

An vierter Stelle der Sommer
prallrund wie eine Wassermelone.

Das fünfte sind deine Augen.
Matilde, inniggeliebte,
ich mag nicht schlafen ohne deine Augen,
mag nicht leben ohne deinen Blick:
Ich tauschte den Frühling ein,
damit du mich fort und fort anblickst.

Freunde, das ist alles, was ich begehre.
Es ist fast nichts und doch fast alles.

Nun könnt ihr gehen, wenn ihr wollt.

Ich werde so lange gelebt haben, daß ihr eines Tags
zwangsläufig mich vergessen müßt
und mich auslöschen auf der Schiefertafel:
mein Herz war unendlich.

Aber wenn ich Ruhe verlange,
glaubt nicht, daß ich sterben will:
ganz das Gegenteil widerfährt mir:
ich werde anfangen zu leben.

Ich bin und bleibe da.

Jenes wird nicht sein, sondern in mir
wird Getreide wachsen,
zuerst das Samenkorn, das die Erde
durchbricht, um das Licht zu schauen,
doch die Mutter Erde ist dunkel:
und dunkel bin ich in meinem Innern:
bin wie ein Brunnen, in dessen Wasser
die Nacht ihre Sterne beläßt
und allein bleibt auf dem Felde.

Soviel wie ich lebte, soviel will ich
zum andern leben, darum gehts.

Nie zuvor fühlte ich mich so im Einklang,
nie zuvor hatte ich Küsse soviel.

Jetzt, wie immer, ist frühe Stunde.
Das Licht fliegt mit seinen Bienen.

Laßt mich allein mit dem Tag.
Gebt mir Urlaub, daß ich geboren werde.

UND WIE LANGE LEBT MAN?

Wie lange lebt der Mensch, letzten Endes?

Lebt er tausend Tage oder einen einzigen?

Eine Woche oder mehrere Jahrhunderte?

Für wie lange Zeit stirbt der Mensch?

Was bedeutet »Für immer«?

Da diese Angelegenheit mich beunruhigte,
machte ich mich daran, Licht in die Dinge zu bringen.

Ich suchte die weisen Priester auf,
ich wartete auf sie nach dem Gottesdienst,
ich lauerte ihnen auf, wenn sie fortgingen,
Gott und den Teufel zu besuchen.

Sie langweilten sich bei meinen Fragen.
Auch sie wußten nicht viel,
sie waren nur Geschäftsführer.

Die Ärzte empfingen mich
zwischen der einen und der anderen Konsultation,
in jeder Hand ein Seziermesser,
übersättigt von Aureomycin,
tagtäglich mehr beschäftigt.
Soweit ich begriff, was sie sagten,
war das Problem wie folgt:
Nie zuvor starben so viele Mikroben,
tonnenweise gingen sie zugrunde,
die wenigen aber, die übrigblieben,
zeigten sich anormal.

Sie jagten mir einen solchen Schrecken ein,
daß ich die Totengräber aufsuchte.
Ich ging an die Ströme, wo sie
bedeutende bemalte Leichen verbrennen,
kleine ausgemergelte Tote,
Kaiser, über und über bedeckt
mit erschrecklichen Schuppen,
Frauen, plötzlich
von einer Cholerawelle niedergestreckt.
Da waren Ufer von Verstorbenen
und Aschespezialisten.

Als sich die Gelegenheit bot,
stellte ich ihnen ein paar Fragen,
sie boten mir an, mich zu verbrennen:
Das war alles, was sie wußten.

In meinem Land antworteten mir
die Totengräber beim Bechern:
– »Such dir ein dralles Mädchen,
und laß die Dummheiten.«

Nie hatte ich so fröhliches Volk gesehen.

Sie sangen und tranken den Wein
auf Gesundheit und Tod,
es waren gewaltige Deckhengste.

Älter kehrte ich in mein Haus zurück,
nachdem ich die Welt durchwandert bin.

Ich frage keinen mehr nach irgendwas.

Doch weiß ich jeden Tag weniger.

SCHON VERSCHWAND DIE STADT

Wie rennt doch die Uhr ohne sich zu eilen,
mit solcher Sicherheit, daß sie Jahre verschlingt:
die Tage sind kleine vergängliche Trauben,
die Monate, abgelöst von der Zeit, verblassen.
Es eilt, eilt die Minute nach rückwärts, abgefeuert
von der unveränderlichsten Artillerie,
und auf einmal bleibt uns nur ein Jahr für unser Scheiden,
ein Monat, ein Tag, und es kommt der Tod in den
Kalender.

Niemand vermochte das fliehende Wasser aufzuhalten,
man hielt es nicht mit Liebe, nicht mit Gedanken auf,
weiter floß es, weiter zwischen Sonne und Menschen,
und uns tötete seine vergängliche Strophe.

Bis wir schließlich stürzen in die Zeit, hingestreckt,
und sie uns fortträgt, und schon gingen wir dahin, Tote,
hinweggerissen ohne Dasein, bis wir nicht einmal mehr
Schatten sind,
nicht Staub, nicht Wort, und hier bleibt alles
und in der Stadt, in der wir nicht mehr leben werden,
blieben leer die Kleider und der Stolz zurück.

SCHWEIGT

Jetzt zählen wir zwölf
und wir rühren uns nicht.

Einmal auf Erden laßt
uns in keiner Sprache sprechen,
für eine Sekunde stillstehn,
nicht soviel die Arme bewegen.

Das wäre eine leuchtende Minute
ohne Hast, ohne Lokomotiven,
alle wären wir beisammen
in einer augenblicklichen Unruhe.

Die Fischer des kühlen Meeres
würden den Walen nichts zuleide tun
und der Salzarbeiter
blickte auf seine zerfressenen Hände.

Sie, die grüne Kriege vorbereiten,
Gaskriege, Flammenkriege,
Siege ohne Überlebende,
würden sich ein reines Kleid anziehen
und mit ihren Brüdern spazierengehn
im Schatten, ohne was zu tun.

Man verwechsle nicht, was ich will
mit der endgültigen Untätigkeit:
das Leben ist einzig, was man tut,
ich habe nichts im Sinn mit dem Tod.

Wenn wir nicht vermögen, einträchtig zu sein
obwohl wir in unser Leben so viel Bewegung tragen.
Vielleicht vermag einmal Nichtstun,
vielleicht ein großes Schweigen
diese Trostlosigkeit zu unterbrechen,
dieses Uns-nie-Verstehen
dieses Uns-mit-dem-Tod-Bedrohen,
vielleicht soll uns die Erde lehren,
wenn alles tot erscheint
und doch alles lebendig war …

Jetzt werde ich bis zwölf zählen
und du schweigst und ich geh fort.

RÜCKKEHR IN EINE STADT

Warum bin ich gekommen? Frag ich sie alle.

Wer bin ich in dieser toten Stadt?

Ich finde die Straße nicht noch das Dach
der Närrin, die mich geliebt hat.

Die Raben, unbestreitbar, auf den Zweigen,
der grüne rasende Monsun,
der scharlachfarbene Speichel
auf den zerfallenen Straßen,
die lastende Luft, doch wo
wo aber war ich, wer nur war ich?
Ich begreife nur die Asche.

Der Betelverkäufer blickt
ohne mich zu erkennen auf meine Schuhe,
auf mein eben auferstandenes Gesicht.
Vielleicht würde sein Großvater
»Salem« sagen, aber es geschah,
daß er beim Fliegen abstürzte,
er fiel in den Brunnen des Todes.

In so einem Gebäude schlief ich
vierzehn Monate und seine Jahre,
beschrieb ich Kummer und Kummer,
biß ich
in die Unschuld der Bitternis,
und jetzt komm ich vorbei und die Tür ist nicht da:
der Regen hat große Arbeit geleistet.

Jetzt gebe ich mir Rechenschaft, daß ich nicht nur
ein Mensch gewesen bin, sondern verschiedene
und wie oft ich gestorben bin,

ohne zu wissen, wie ich wieder lebendig wurde,
als wechselte ich das Kleid
begann ich ein andres Leben zu leben
und hier habt ihr mich, ohne daß ich wüßte,
warum ich niemand erkenne,
warum mich niemand erkennt,
ob alle hier starben,
ob ich in all dem Vergessen
ein überlebender Vogel bin
oder im Gegenteil die Stadt mich anblickt
und weiß, daß ich ein Toter bin.

Ich gehe durch Seidenbasare
und durch armselige Märkte,
es fällt zu glauben mir schwer, daß dies
die gleichen Straßen sind, schwarze Augen
wie Nagelspitzen hart
treffen auf meine Blicke,
und die blasse Goldene Pagode
mit ihrem starren Ritus
hat keine Augen, keine Hände
mehr, hat kein Feuer mehr.
Lebt wohl, schmutzige Straßen der Zeit,
leb wohl, leb wohl, verlorene Liebe,
ich kehre zum Wein meines Hauses zurück,
ich kehre zur Liebe meiner Geliebten zurück,
zu dem, was ich war und was ich bin,
Wasser und Sonne, Land mit Äpfeln,
Monate mit Lippen, mit Namen,
ich kehre heim, um nicht umzukehren,
nie mehr möcht ich mich irren,
gefährlich ist's, rückwärts
zu schreiten, denn unversehens
ist die Vergangenheit ein Gefängnis.

SPIELKARTEN

Im Montag
haben alle Tage zusammen Platz,
sie bilden ein Kartenspiel,
das funkelt und pfeift,
indem es die Zeit verkürzt mit
Herzen, Kreuzen und Karos.

Der böse Dienstag, Kreuzbube
der unglücklichen Liebe,
kommt tanzend daher
mit
einer Degenklinge.
Unparteiisch, als zeitferner
König gekleidet der Mittwoch,
ragt er aus der Woche
mit Frau Donnerstag,
sie verstecken sich, glühen
zwischen Wasser und Sand,
verstohlen, sie begegnen sich
immer den Arm nach oben,
unten immer zusammen,
immer nebeneinanderliegend.

Der Freitag mit seinem Herz
sprengt in der Woche umher
wie in einem engen
blauen ewigen Ring.

Sonnabend, schwarze
nächtliche Dame, mit
roten Herzen gekrönt,
tanzt, schön, auf dem Thron
der Bierkneipen,
macht des Kartenblatts Füße naß

während sie an den Ecken singt:
Bedecke mit einem Regenschirm
deine rötlichen Geschmeide
und singe, bis
in den weißen Sonntag du fällst,
wie ein Geschenk von Gold,
wie ein Ei auf dem Teller.

Sie gehen, sie gehen, sie gingen davon.

Sie mischten sich, bis
sie dünne Pappen nur waren,
Fasern aus Licht, Umrisse.
Und der Montag erscheint.

Sie gehen, gehen davon, sie kehren wieder.

FABEL VON DER SIRENE UND DEN BETRUNKENEN

Alle diese Herren waren drinnen
als sie eintrat völlig nackt
sie hatten getrunken und begannen sie zu bespein
sie gerade aus dem Strom gekommen begriff nichts
sie war eine Sirene die sich verirrt hatte
die Beschimpfungen flossen über ihr glattes Fleisch
der Unrat bedeckte ihre goldenen Brüste
sie kannte das Weinen nicht deshalb weinte sie nicht
sie wußte nicht sich zu kleiden deshalb bekleidete sie
sich nicht
sie tätowierten sie mit Zigaretten und angebrannten
Korken
und lachten bis sie auf den Boden der Taverne fielen
sie sprach nicht denn sie verstand nicht zu sprechen
ihre Augen waren ferne Liebesfarbe

ihre Arme aus Zwillingstopasen erschaffen
ihre Lippen brachen auf im Korallenlicht
und plötzlich verschwand sie durch jene Tür
kaum war sie am Fluß war sie rein
sie leuchtete wie ein weißer Stein im Regen
und ohne rückwärts zu blicken schwamm sie von neuem
schwamm dem Niemalsmehr zu, dem Sterben.

REPERTOIRE

Ich werde dir suchen, den du lieben kannst
solange du noch Kind bist,
danach ist es an dir, deine Lade zu öffnen
und deine Leiden zu verzehren.

Ich habe eingesperrte Königinnen,
als Bienen, in meinem Reich,
und du wirst eine um die andere sehen,
wie sie sich den Honig abkämmen
um sich mit Äpfeln zu kleiden
um auf die Kirschbäume zu klettern
um im Rauch zu zucken.

Ich hüte dir diese wilden Bräute,
die den Frühling weben werden
und die kein Weinen kennen.

In der Uhr des Glockenturms
verbirg dich, während die
von Amarant Entflammten vorüberziehen,
die letzten Kinder des Schnees,
die Verlorenen, die Siegreichen,
die von Gelb Gekrönten,
die unendlich Dunklen,

und einige, geruhsam zart,
tanzen ihren durchscheinenden Reigen,
während andre glühend vorübertreiben,
gleich flüchtigen Meteoren.

Sag mir, was für eine willst du noch zur Stunde,
später wird es zu spät sein.

Heute glaubst du alles, was ich erzähle.

Morgen wirst du das Licht verneinen.

Ich bin es, der Träume erzeugt
und in meinem Haus aus Feder und Stein
mit einem Messer und einer Uhr
durchschneide ich Wolken und Wellen,
und mit diesen Elementen allen
ordne ich meine Kalligraphie
und laß ziellose Wesen erwachsen,
die noch nicht geboren werden konnten.

Was ich will, ist, daß sie dich lieben
und du den Tod nicht kennen sollst.

DAS GROSSE TISCHTUCH

Als man zum Essen rief,
stürzten die Tyrannen
und ihre zeitweiligen Kokotten sich darüber,
schön wars, diese vorüberschwirren zu sehn
gleich vollbusigen Wespen,
gefolgt von jenen bleichen
unseligen Tigern der Öffentlichkeit.

Seine dunkle Brotration
aß der Bauer auf dem Feld,
er war allein und es war spät,
er war vom Korn umgeben,
aber er hatte kein Brot mehr,
er hatte das seine mit harten Zähnen verzehrt,
wobei er es mit harten Augen anschaute.

In der blauen Stunde des Mahles,
des Bratens unendlicher Stunde,
läßt der Poet seine Leier,
nimmt das Messer, die Gabel
und stellt sein Glas auf den Tisch,
und die Fischer eilen zum
schmalen Meer der Suppenschüssel.
Die glühenden Kartoffeln erheben Protest
zwischen den Zungen des Öls.
Von Gold ist das Lamm auf der Kohlenglut
und es entkleidet die Zwiebel sich.
Traurig ist's, im Frack zu speisen,
es ist in einem Sarge speisen,
doch in Klöstern essen,
heißt schon unter der Erde essen.
Allein essen ist sehr bitter
nicht essen aber reicht tief,
ist hohl, ist grün, hat Stacheln
wie eine Kette von Widerhaken,
die sich vom Herzen löst
und dich im Innern durchbohrt.

Hunger haben ist wie Zangen,
ist als ob Meerkrebse zupacken,
es brennt, brennt und hat kein Feuer:
der Hunger ist ein eisiger Brand.
Setzen wir uns schnell um zu essen
mit allen, die nicht gegessen haben,

legen wir die großen Tischtücher auf,
das Salz in die Seen der Welt,
planetarische Bäckereien,
Tische voll Erdbeeren im Schnee,
und ein Teller wie ein Mond,
von dem alle speisen werden.

Für heut verlange ich nichts
als die Gerechtigkeit des Mahls.

ZUSAMMEN MIT IHR

Da schwer zu ertragen die Zeit, warte auf mich:
wir wollen mit Lust sie durchleben.
Reich deine kleine Hand mir:
wir wollen aufsteigen und leiden,
wollen hinüberspringen und fühlen.

Laß uns von neuem das Paar sein,
das an struppigen Orten gelebt,
in Felsennestern, rauhen.
Da so lang diese Zeit währt, warte auf mich
mit dem Korbe, mit deiner Schaufel,
mit deinen Schuhen und deinem Kleid.

Jetzt, wir haben uns nötig,
nicht für die Nelken allein,
nicht nur, um Honig zu suchen:
wir brauchen unsere Hände
zum Waschen, um Feuer zu machen,
und erdreisten soll sich die hartherzige Zeit nur,
herauszufordern die Unendlichkeit
von vier Händen, vier Augen.

NICHT ZU HOCH HINAUS

Von Zeit zu Zeit und auf Distanz
sollte man ein Todesbad nehmen.

Zweifellos, alles ist recht gut,
und alles ist sehr schlecht, zweifellos.

Ankommen die Reisenden und gehn,
es wachsen die Kinder und die Straßen,
und schließlich kaufen wir die Gitarre,
die im Laden einsam weinte.

Alles ist gut, alles ist schlecht.

Die Gläser füllen sich und sind
ganz einfach wieder leer,
und manchmal, in der Frühe,
sterben sie geheimnisvoll.

Die Gläser und die sie leerten.

So groß sind wir geworden, daß wir
nicht mehr den Nachbar grüßen,
und so viele Frauen lieben uns,
daß wir nicht wissen, wie es schaffen.

Welch schöne Kleider wir doch tragen!
Und was für bedeutende Meinungen!

Ich kannte einen gelben Mann,
der sich für orangen hielt,
und einen Neger, ganz in Blond.

Man sieht und sieht soviel Dinge.

Ich sah Diebe festlich empfangen
als makellose Gentlemen
und das vollzog sich auf englisch,
und ich sah die Ehrlichen, Hungernden
auf der Suche nach Brot im Kehricht.

Ich weiß, mir glaubt es niemand.
Aber ich habe es mit eigenen Augen gesehn.

Man sollte ein Todesbad nehmen
und aus der zugeschütteten Erde
nach oben blicken zum Stolz hin.

Dann lernt man das rechte Maß.
Lernte sprechen, lernte leben.
Vielleicht werden wir nicht so töricht sein.
Vielleicht werden wir nicht so weise sein.
Wir werden sterben lernen.
Staub sein, keine Augen haben.
Vergessener Name sein.

Es gibt Dichter, so groß,
daß sie durch keine Tür gehn,
und gewandte Geschäftsleute,
die sich der Armut nicht mehr entsinnen,
Frauen gibts, die nicht durch
ein Zwiebelaug eintreten werden,
und so viele Dinge sind, so viele Sachen,
und so ist es und so wird es nicht bleiben.

Wenn ihr wollt, glaubt mir nichts.

Ich wollte euch nur etwas weisen.

Ich bin Professor des Lebens,
tastender Student des Todes,
und wenn, was ich weiß, zu nichts euch dient,
so habe ich nichts gesagt, wenn nicht alles.

SCHLUSSPUNKT

Es gibt keinen größeren Raum als den Schmerz,
gibt kein anderes Universum als das, das blutet.

DIE ANGST

Alle verlangen von mir, daß ich umherspringe,
daß ich mich stähle, Fußball spiele,
daß ich laufe, schwimme, daß ich fliege.
Sehr gut.

Alle raten mir zur Ruhe,
alle weisen mich an Ärzte,
blicken mich auf sonderbare Weise an.
Was ist geschehn?

Alle raten mir, ich sollte reisen,
ein und aus gehn, ich sollte nicht reisen,
ich würde sterben und ich würde nicht sterben.
Nun wennschon.

Alle sehen die Schwierigkeiten
meiner durch röntgengräßliche Bilder
bestürzten Eingeweide.
Ich bin nicht einverstanden.

Alle stochern in meiner Dichtung
mit unsichtbaren Gabeln herum,
auf der Suche, zweifellos, nach einer Fliege.
Ich habe Angst.

Habe Angst vor aller Welt,
dem kalten Wasser, dem Tode.
Ich bin wie alle Sterblichen
unaufschiebbar.

Darum in diesen kurzen Tagen
werde ich sie nicht beachten,
ich werde mich eröffnen, ich werde mich verschließen
meinem perfidesten Feind
Pablo Neruda.

FÜR DEN TAGMOND

Mond des Tages, zitternd
wie eine Meduse am Himmel,
was machst du da so früh?

Schwimmst du dahin oder tanzt du?

Und dieses Gewand einer traurigen Braut,
vom Wind zerfasert,
diese durchsichtigen Girlanden
von Schiffbrüchen oder Schmuck,
als wärest du noch nicht
ins Haus der Nacht gelangt
und suchtest, nahe der Tür
verloren, im Fluß des Himmels
einen sternfarbenen Schlüssel.

Anwächst der Tag und er zerstreut
deine gemarterte Blumenkrone
und es glüht wie ein Holzfällerhaus der Tag
des sengenden Südens.
Die Sonne mit ihren atomischen Mähnen
kocht und rast zornig dahin,
während deine Schleppe weiß
über den Himmel zieht, wie ein Fisch.

Kehr zurück in die tiefe Nacht,
Mond der Eisenbahnen,
Mond des finsteren Tigers,
Mond der Bierschenken,
kehr zurück zum geschmückten Saal
der hohen Flußnächte,
laß weiterhin deinen Ruhm hingleiten
über des Himmels Geduld.

GEWISSER ÜBERDRUSS

Ich mag nicht allein überdrüssig sein,
ich möchte, daß du mit mir überdrüssig bist.

Wie sich nicht abgestumpft fühlen
von gewisser Asche, die herbstens
auf die Städte fällt,
etwas, das nicht mehr brennen will,
und das auf den Kleidern sich häuft
und nach und nach sinken wird,
die Herzen bleichend.

Überdrüssig bin ich des rauhen Meeres
und der geheimnisvollen Erde.
Überdrüssig bin ich der Hühner:

nie wußten wir, was sie denken,
die uns mit trocknen Augen ansehn
ohne uns wichtig zu nehmen.

Ich lade dich ein, daß auf einmal
wir so vieler Dinge überdrüssig werden,
der schlechten Apéritifs
und der guten Erziehung.

Seien wir überdrüssig, nicht nach Frankreich zu gehn,
seien wir wenigstens überdrüssig
eines oder zweier Tage in der Woche,
die immerfort gleich heißen
wie die Gerichte auf dem Tisch,
und daß wir morgens aufstehen, wozu?
und daß wir ruhmlos zu Bett gehn.

Sagen wir endlich die Wahrheit,
daß wir nie einverstanden waren
mit diesen den Fliegen und Kamelen
vergleichbaren Tagen.

Ich habe so manche Monumente gesehen,
den Titanen errichtet,
den Eseln der Tatkraft.
Dort habt ihr sie, regungslos,
die Degen in der Hand,
auf ihren trostlosen Rossen.
Ich bin der Standbilder überdrüssig.
Ich kann so viel Stein nicht mehr ertragen.

Wenn wir fortfahren, die Welt derart
mit den Regungslosen anzufüllen,
wie sollen da die Lebenden leben?

Ich bin des Gedenkens überdrüssig.

Ich will, daß, wenn er geboren wird, der Mensch
die nackten Blumen atmet,
die frische Erde, das reine Feuer,
nicht, was alle atmen.
Laßt die da geboren werden in Ruh!

Gebt Raum, daß sie leben!
Habt ihnen nicht alles vorgedacht,
laßt sie nicht dasselbe Buch lesen,
laßt sie das Frührot entdecken
und ihren Küssen Namen geben.

Ich will, daß du überdrüssig bist mit mir
all dessen, was da wohlbereitet ist.
All dessen, was uns altern läßt.
Dessen, was sie vorbereitet haben,
die anderen zu ermüden.

Laßt uns überdrüssig sein dessen, was tötet
und dessen, was nicht sterben will.

WAS GESCHIEHT NICHT ALLES AN EINEM TAG

In einem Tag werden wir uns sehen.

Doch an einem Tage wachsen Dinge,
verkauft man Trauben in der Straße,
wechselt der Tomaten Haut,
das Mädchen, das dir gefiel,
kehrte nicht mehr zurück ins Büro.

Sie wechselten über Nacht den Briefträger,
schon sind die Briefe nicht mehr dieselben.
Ein paar Blätter von Gold und er ist ein andrer:
dieser Baum ist ein Reicher nun.

Wer hätte geglaubt, daß die Erde
mit ihrer uralten Haut sich so sehr ändert?
Sie hat mehr Vulkane als gestern,
der Himmel hat neue Wolken,
die Flüsse strömen anders.
Und außerdem wieviel wird gebaut!
Ich habe Hunderte Chausseen,
Gebäude, Brücken, makellose
und schlank wie Schiffe
oder Geigen, eingeweiht.

Darum, wenn ich dich grüße
und deinen blühenden Mund küsse,
sind unsere Küsse andere Küsse
und unsere Münder andere Münder.

Gegrüßt, Liebe, gegrüßt sei alles,
was abstirbt und was erblüht.

Gegrüßt das Gestern und das Heut,
das Vorgestern und das Morgen.

Gegrüßt das Brot und der Stein,
gegrüßt das Feuer, der Regen.

Das, was sich ändert, geboren wird, wächst,
sich verbraucht und wiederkehrt als Kuß.

Gegrüßt sei das, was wir an Luft besitzen
und was wir an Erde haben.

Wenn unser Leben verdorrt,
bleiben uns nur die Wurzeln
und der Wind ist kalt wie Haß.

Dann wechseln wir die Haut,
Nägel, Blut und Blick,
und du küßt mich und ich geh hinaus,
Licht auf den Wegen verkaufen.

Gegrüßt sei die Nacht und der Tag
und die vier Jahreszeiten des Herzens.

DASS WIR HERAUSKOMMEN

Der Mensch sagte ja, ohne daß er feststellen
konnte, worum es ging
und er wurde mit fortgerissen und wurde verpflichtet
und nie mehr fand er aus seiner Verwicklung heraus,
und ist es so, fallen wir
in den Abgrund anderer Wesen
und da kommt eine Schnur und wickelt sich uns
um den Hals
und eine andere sucht unsern Fuß und schon vermag
man nicht mehr,
schon vermag man nur mehr in der Tiefe zu gehen:
niemand errettet uns von den anderen Menschen.

Es scheint, daß wir nicht zu reden verstehen,
es scheint, daß es Worte gibt, die fliehen,
die nicht vorhanden sind, die entschwanden und uns
zurückließen mit Fallen und Schnüren.

Und plötzlich ist's geschehn, schon wissen wir nicht mehr
um was es geht, aber wir stecken drin
und schon werden wir nicht mehr sehen
wie einst, da wir als Kinder spielten,
schon sind nicht mehr jene Augen,
schon wachsen unsre Hände an anderen Armen.

Darum, wenn du schläfst, träumst du allein
und du läufst frei durch die Gänge
eines einzigen Traumes, der dir gehört,
ach, mögen sie nicht kommen, uns Träume rauben,
ach, mögen sie uns nicht im Bett umgarnen.
Hüten wir den Schatten,
laßt sehn, ob wir aus unsrem Dunkel
gelangen und prüfen wir die Wände,
belauern wir das Licht, um es einzufangen,
daß ein für allemal
die tägliche Sonne uns gehöre.

SELBSTGESPRÄCH IM FINSTERN

Ich begreife, jetzt vielleicht
sind wir ernsthaft allein,
ich nehme mir vor, nach gewissen Dingen zu fragen:
wir werden sprechen, Mann zu Mann.

Mit dir, mit dem, der da vorübergeht,
mit denen, die gestern geboren,
mit allen, die starben
und denen, die morgen geboren werden,
möchte ich sprechen, ohne daß jemand zuhört,
ohne daß sie andauernd tuscheln,
ohne daß sich die Dinge verdrehn
in den Ohren der Wege.

Also gut, woher und wohin?
Warum mußtest du geboren werden?
Weißt du, daß die Erde klein ist
kaum wie ein Apfel groß,

hart wie ein Steinchen,
und daß Brüder sich umbringen
wegen einer Handvoll Staub?

Für die Toten ist Erde da!

Und weißt du schon oder wirst du es wissen,
daß die Zeit kaum einen Tag ausmacht
und ein Tag nur ein einziger Tropfen ist?
Wie wirst du dich benehmen, wie benahmst du dich?
Gesellig, herdenmäßig oder verschlossen?
Wirst du denen, die mit dir
geboren wurden, vorangehn?
Oder wirst du, einen Stutzen
in der Hand, ihre Lenden bedrohn?

Was wirst du mit so vielen Tagen
die dir verbleiben, anfangen, und vor allem
mit so vielen Tagen, die dir fehlen?

Weißt du, daß niemand auf den Straßen ist
und in den Häusern auch nicht?

Nur Augen sind an den Fenstern.

Wenn du nicht weißt, wo schlafen,
klopf an eine Tür und sie wird dir aufgetan,
man wird dir bis zu einem gewissen Punkt öffnen,
und du wirst erkennen, daß es innen eiskalt ist,
daß jenes Haus leer ist,
und nichts mit dir gemein haben will,
deine Geschichten haben da keinen Wert,
und wenn du mit Freundlichkeit darauf beharrst,
beißen dich Hund und Katze.

Bis später, bis du mich vergißt!

Ich gehe, denn ich habe keine Zeit,
dem Wind noch mehr Fragen zu stellen.

Ich habe solche Eile, daß ich kaum
geziemend einhergehen kann,
irgendwo erwartet man mich,
um mich wegen irgend etwas zu verklagen, und ich
will mich
wegen irgend etwas verteidigen:
keiner weiß, worum es sich handelt,
doch weiß man, daß es dringend ist,
und wenn ich nicht komme, ist es geschlossen,
und wie soll ich mich da verteidigen,
wenn ich klopfe und man mir die Tür nicht öffnet?

Bis später also, wir werden uns zuvor noch sprechen.
Oder wir sprechen uns danach, ich weiß nicht,
oder wir haben uns womöglich nicht gesehn
noch können wir uns in Verbindung setzen.
Ich habe die Angewohnheiten eines Irren,
ich rede, und niemand ist da und ich höre mir nicht zu,
ich frage mich und gebe mir keine Antwort.

V.

Ich leide um jenen Freund, der starb,
und der wie ich ein guter Zimmermann war.
Wir zogen zusammen durch Hochebenen und Straßen,
durch Kriege, durch Schmerzen und durch Gestein.
Wie war ihm weit der Blick
mit mir, er war ein Glanz, jener Knochige,
und sein Lächeln diente mir als Brot,
wir hörten auf, uns zu sehn und V. wurde begraben,
so daß sie ihn der Erde verpflichteten.

Seit damals dieselben,
sie, die ihn in die Enge trieben, indes ich lebe,
kleiden ihn an, schütteln ihn,
behängen mit Orden ihn, lassen ihn nicht tot sein,
und den so tief schlafenden Armen,
ihn bewaffnen sie mit ihren Dornen
und stoßen ihn gegen mich, mich zu töten,
mal sehen, wer mehr vermag, mein armer Toter
oder ich, sein lebender Bruder.

Und nun suche ich einen, ihm all das zu erzählen,
und das ist niemand, der diese Erbärmlichkeiten
verstünde,
dieses Speisen des Kummers:
ein Großer fehlt,
und jener, der schon nicht mehr lächelt.
Er starb bereits und ich finde niemanden, zu sagen,
daß sie nichts vermögen, daß sie nichts erreichen werden:
er, in der Zone seines Todes,
mit seinen vollendeten Werken
und ich mit meinen Arbeiten,
wir sind nur zwei arme Zimmerleute
mit dem Recht auf Ehre unter uns,
mit dem Recht auf Tod und Leben.

JUNGFERNZEUGUNG

Alle die mir Ratschläge gaben,
werden täglich verrückter.
Zum Glück kümmerte ich mich nicht um sie
und sie zogen in eine andere Stadt,
wo sie alle zusammen leben
und untereinander die Hüte vertauschen.

Sie waren ehrenwerte Leute,
gründlich im Gesetz,
und jeder Fehler, den ich machte,
bereitete ihnen solches Leiden,
daß sie weiße Haare und Runzeln bekamen,
aufhörten, Kastanien zu essen,
und eine herbstliche Melancholie
machte sie schließlich zu Besessenen.

Jetzt weiß ich nicht, was ich bin,
ob vergeßlich oder respektvoll,
ob ich mich weiterhin beraten lassen soll,
oder ihnen ihre Tollheit vorwerfen:
ich bin als Einzelgänger nichts nütze,
ich verliere mich zwischen soviel Laubwerk,
und ich weiß nicht, ob ich hinausgehn soll oder hinein,
ob wandern oder verweilen,
ob Katzen kaufen oder Tomaten.

Ich will mich bemühen, zu verstehen,
was ich nicht tun darf und was tun,
und somit die Wegziele
rechtfertigen können, die mir verlorengehen,
denn wenn ich mich nicht irre,
wer wird an meine Irrtümer glauben?
Wenn ich fortfahre weise zu sein,
wird niemand mit mir rechnen.

Doch ich werde mich bemühen, mich zu ändern:
ich werde tadellos grüßen,
werde so tun, als geschäh's
voller Zuneigung und Begeisterung,
bis alles so ist, wie sie es wollen,
daß einer sei und einer nicht sei,
bis man nichts ist als die andern.

Und dann, wenn sie mich in Frieden lassen,
werde ich die Person wechseln,
werde ich verschieden sein an Haut,
und wenn ich nun einen anderen Mund habe,
andre Schuhe, andre Augen,
wenn ich schon ein anderer bin
und niemand mich erkennen kann,
werde ich weiterhin dasselbe tun
denn anderes weiß ich nicht zu tun.

PFERDE

Ich sah die Pferde vom Fenster aus.

Es war in Berlin, im Winter. Das Licht
war lichtlos, ohne Himmel der Himmel.

Die Luft weiß wie nasses Brot.

Und vor meinem Fenster ein einsamer Zirkus
von den Zähnen des Winters angenagt.

Plötzlich, geführt von einem Mann,
traten zehn Pferde in den Nebel hinaus.
Beim Herauskommen tänzelten sie ganz leicht,
wie das Feuer,
für meine Augen jedoch nahmen sie die
bis zur Stunde leere Welt ein. Vollkommen, feurig,
waren sie zehn Gottheiten mit langen makellosen Beinen,
Mähnen, dem Traum des Salzes gleich.

Ihre Kruppen waren Welten, waren Orangen.

Ihre Farbe Honig, Amber, Feuersglut.

Ihre Hälse waren Türme
in Stein des Stolzes geschnitten,
und in ihren wilden Augen zeigte
wie eine Gefangene sich die Kraft.

Und dort im Schweigen, inmitten
des Tags, des schmutzigen verwahrlosten Winters,
die kraftvollen Pferde waren das Blut,
der Rhythmus, des Lebens antreibendes Gut.

Ich schaute und schaute, und da lebte ich von neuem:
ohne es zu wissen,
dort war die Quelle, Tanz des Goldes, der Himmel,
das Feuer, das in der Schönheit lebte.

Ich hatte den Winter jenes düstren Berlins vergessen.

Ich werde nicht das Licht der Pferde vergessen.

FRAGT MICH NICHT

Mir ist das Herz schwer
von so vielen Dingen, die ich kenne,
es ist, als trüge ich riesenhafte
Steine da in einem Sack
oder der Regen wäre herabgestürzt
unaufhörlich in mein Gedächtnis.

Man soll mich nicht danach fragen.
Ich weiß nicht, wovon man spricht.

Ich wußte nicht, was geschehen war.

Auch die anderen wußten nicht
und so von Nebel zu Nebel schritt ich,
in der Meinung, daß nichts geschah,
auf der Suche nach Früchten in den Straßen,
nach Gedanken auf den Wiesen
und das Ergebnis ist folgendes:
daß alle recht hatten
und ich unterdes schlief.
Daher fügen sie meiner Brust
nicht Steine allein, auch Schatten hinzu,
nicht Schatten allein, auch Blut.

So stehen die Dinge, mein Lieber,
und so auch sind die Dinge wiederum nicht,
denn, trotz allem, ich lebe
und meine Gesundheit ist ausgezeichnet,
mir wachsen Seele und Nägel,
ich gehe in die Friseursalons.
Ich gehe und komme von den Grenzen,
fordere Stellungnahme und beziehe Stellung,
wenn man aber mehr wissen will,
so geraten meine Wegweiser durcheinander,
und hört man neben meinem Haus
die Traurigkeit bellen, so ist es Lüge:
die lichte Zeit ist die Liebe,
die verlorene Zeit das Klagen.

So also nach alldem, was ich erinnre,
und nach alldem, was ich nicht im Gedächtnis hab,
nach alldem, was ich weiß und was ich wußte,
nach alldem, was ich auf dem Wege verlor
unter so vielen verlorenen Dingen,
nach den Toten, die mich nicht hörten
und die vielleicht mich sehen wollten,
frage man mich besser nicht:

sie sollen hier, auf meiner Weste, fühlen,
und sie werden erkennen, wie mir ein Sack
voll dunkler Steine pocht.

JENE TAGE

Der Meeresdunst des Nordens und des Südens
beließen mir ein wenig Westen
und so zogen jene Tage vorüber.
Und alle Dinge fuhren zur See.

Ich begann bedenkenlos, den Titel
fahrender Ritter zu erwerben,
setzte mir alle Hüte auf,
kannte schnell entschloßne Mädchen,
aß Sand, aß Sardinen,
und machte dann und wann Hochzeit.

Doch ohne mir den Kaiser
oder Seemann anmaßen zu wollen,
muß ich gestehen, daß ich mich an die allerliebsten
Seestürme erinnre,
und daß ich vor Begier sterbe,
wenn ich daran denke, was ich nicht habe:
wie reich ich war und nicht war,
der Hunger, der mich aufrecht hielt,
und jene unerlaubt eingedrungenen Schuhe,
die nicht an die Tür klopften.

Das Große an den Freuden
ist ihr doppelter Boden,
und man lebt nicht nur vom Heute:
die Gegenwart ist ein Wandersack

mit einer Uhr als Konterbande,
unser Herz ist zukünftig
und unser Vergnügen uralt.

So also zog ich von einer Richtung in die andere,
mit Wärme, mit Kälte, mit Eile
und an all das, was ich nicht sah,
erinnere ich mich nun,
an alle Schatten, die ich durchschwamm,
an jedes Meer, das mich begrüßte:
den Steinen verschmolzen, wanderte ich dahin,
ich legte mich mit den Dornen nieder,
und genoß die natürliche Ehre
derer, die nicht ehrenwert sind.

Ich weiß nicht, weshalb ich von diesen Dingen erzähle,
diesen Landstrichen, diesen Minuten,
dem Rauch jener offenen Feuer.
Keinem machte es was aus, mit
fernen Erdbeben zu zittern,
und im Grunde gefällt niemandem
das Jungsein der Nachbarn.
Daher bitt ich nicht um Verzeihung.
Ich bin auf meinem üblichen Platz.
Ich besitze einen Baum mit so vielen Blättern,
daß, obgleich ich nicht mit der Ewigkeit protze,
ich über dich lache und über den Herbst.

VIELE SIND WIR

Von so vielen Menschen, die ich bin, die wir sind,
kann ich keinen einzigen finden;
sie verlieren sich unter der Kleidung,
sie gingen in eine andere Stadt.

Wenn alles bereit ist,
den Dummen, den ich heimlich in mir trage,
für gescheit auszugeben
ergreift er das Wort in meinem Mund.

Manches Mal schlafe ich inmitten
der distinguierten Gesellschaft ein,
und wenn ich in mir den Mutigen suche,
beeilt sich ein Feigling, den ich nicht kenne,
mit meinem Knochengerüst
tausend besondere Vorsichtsmaßnahmen zu treffen.

Wenn ein vielgeschätztes Haus in Flammen steht,
stürzt sich an Stelle des Feuerwehrmanns,
den ich rufe, der Brandstifter hinein,
und der bin ich. Ich bin nicht einzuordnen.
Was soll ich tun, um mich auszuzeichnen?
Wie kann ich mich rechtfertigen?

Alle Bücher, die ich lese,
feiern strahlende Helden,
immer von sich überzeugt:
Ich vergehe ihretwegen vor Neid,
und in Filmen voller Stürme und Kugeln
beneide ich unentwegt den Reiter,
bewundre ich unentwegt das Roß.

Doch wenn ich für mich den Kühnen begehre,
erscheint in mir der alte Faulpelz,
und so weiß ich nicht, wer ich bin,
ich weiß nicht, wie viele ich bin oder wir sind.
Ich möchte gern eine Klingel läuten,
um mein wahres Selbst herauszulocken,
denn, wenn ich mich brauche,
darf ich mich nicht davonmachen.

Während ich schreibe, bin ich abwesend
und wenn ich wiederkehre, bin ich schon fern:
Ich muß doch einmal sehen, ob es den anderen Leuten
so geht wie es mir geschieht,
ob sie so viele sind wie ich es bin,
ob sie sich selber gleichen,
und wenn ich es ausgemacht habe,
werde ich die Dinge gründlich verstehen,
so daß ich, um meine Probleme zu erklären,
ihnen von Geographie sprechen werde.

VOM FUSS SEINES KINDES AUS

Der Fuß des Kindes weiß noch nicht, daß er Fuß ist
und möchte Schmetterling oder Apfel sein.

Dann aber, Scheiben und Steine,
die Straßen, die Treppen,
und die Wege der harten Erde
lehren den Fuß, daß er nicht fliegen kann,
daß er keine Frucht sein kann, rund an einem Zweig.
Der Fuß des Kindes wurde
somit besiegt, fiel in der Schlacht,
wurde Gefangener,
verurteilt in einem Schuh zu leben.

Nach und nach lernte er
ohne Licht die Welt auf seine Art kennen,
ohne den andern Fuß zu kennen, der eingesperrt
wie ein Blinder das Leben erforschte.

Jene zarten Nägel
aus Quarz, aus Traube,
werden hart, verwandelten sich

in undurchsichtigen Stoff, in hartes Horn,
und die kleinen Blütenblätter des Kindes
wurden plattgedrückt, verloren die Ausgeglichenheit,
nahmen Formen eines augenlosen Reptils an,
Dreieckskïpfe von Maden.
Und nachher trieben sie Hühneraugen,
überzogen sich
mit winzigen Vulkanen des Todes,
unannehmbare Verhärtungen.

Dieser Blinde jedoch ging
rastlos, ohne anzuhalten
Stunde um Stunde,
der eine Fuß und der andere,
bald dem Mann gehörend
bald der Frau,
aufwärts,
abwärts,
durch Felder, Minen,
Läden und Ministerien,
rückwärts,
hinaus, hinein,
vorwärts,
dieser Fuß arbeitete in seinem Schuh,
kaum fand er Zeit,
nackt zu sein in der Liebe und im Traum,
er wanderte, sie wanderten,
bis der ganze Mensch aufhörte.

Und nun hinab in die Erde,
und er wußte nichts,
denn dort war all und jedes dunkel,
er wußte nicht, daß er aufgehört hatte Fuß zu sein,
ob sie ihn begruben, damit er flöge
oder damit er
Apfel sein könne.

HIER LEBEN WIR

Ich gehör zu denen, die halb
im Meere leben und der Dämmerung nah,
jenseits dieser Steine.

Als ich herkam
und sah, was dort geschah,
entschied ich mich schnell.

Der Tag hatte sich schon verteilt,
alles war bereits aus Licht
und das Meer kämpfte
wie ein Löwe aus Salz,
mit zahllosen Pranken.

Die uneingeschränkte Einsamkeit dort sang,
und ich, verloren und ungetrübt,
ins Schweigen blickend,
öffnete den Mund und sprach:
»Mutter der schäumenden Wogen,
raumgroße Einsamkeit,
hier werde ich meine eigene Freude gründen,
mein mir eigenes Klagen.«

Von nun an
täuschte nie mehr eine Welle mich,
immer fand ich wesentlichen Himmelsgeschmack
im Wasser, auf der Erde,
und Holz und Meer flammten gemeinsam
während der einsamen Winter.

Dank sage ich der Erde,
weil sie mich erwartet
hatte
zur Stunde, da Himmel und Weltmeer

wie zwei Lippen sich vereinen,
denn es ist nicht wenig, nicht wahr? gelebt zu haben
in einer Einsamkeit und zu einer anderen gelangt zu sein,
sich als Vielfalt zu fühlen und wieder allein zu leben.

Ich liebe jedes Ding,
und unter den Feuern allen
verzehrt nur die Liebe nicht,
daher schreite ich von Leben zu Leben,
von Gitarre zu Gitarre,
und fühle keine Furcht
vor dem Licht noch dem Schatten,
und weil ich fast aus reiner Erde bin,
habe ich Löffel für die Unendlichkeit.

So also kann keiner sich irren
und mein Haus ohne Türen, ohne Nummer nicht finden,
hier zwischen den dunklen Steinen
vor dem Funkeln
des ungestümen Salzes,
hier leben wir, mein Weib und ich,
hier werden wir bleiben.
Hilfe, Hilfe! Steht uns bei!
Helft uns täglich mehr Erde sein!
Helft uns mehr
heiliger Wogenschaum zu sein, mehr den Wogen gleich!

FLUCHT

Beinahe dachte ich im Schlaf,
beinahe träumte ich im Staub,
im Regen des Schlummers.
Beim Einschlafen spürte ich

die alten Zähne, vielleicht
würde ich allmählich
in ein Pferd mich verwandeln.

Ich roch den herben Duft
des Grases, der Kordilleren,
und sprengte zum Wasser hin,
zu des Windes vier
sturmerregten Punkten.

Gut ists, ungebunden im
Junilicht Pferd zu sein,
in der Nähe von Selva Negra,
wo die Flüsse fließen
und das Dickicht untergraben:
Dort kämmt die Luft
des Pferdes Schwingen,
und im Blut kreist
die Sprache der Blätter.

Ich sprengte durch jene Nacht
ohne Ende, ohne Vaterland, allein,
Lehm zerstampfend und Korn,
Träume und Quellen.
Hinter mir ließ ich, zusammengeschrumpft
wie Jahrhunderte die Wälder,
die Bäume, die sprachen,
Metropolen, grün,
des Bodens Geschlechter.

Ich kam aus meinen Erdstrichen zurück,
kehrte zurück, nicht um in Straßen
zu träumen, um jener
graue Passant
der Frisiersalons zu sein,
dieses Ich da in Schuhen,

mit Hunger, mit Brille,
das nicht weiß, woher
es wiederkehrte, das sich verloren hatte,
sich am Morgen ohne
Wiese erhebt,
das sich niederlegt augenlos,
ohne Regen zu träumen.

Sobald sie nicht achtgeben,
mach ich mich auf und davon nach Renaico.

DIE UNGLÜCKLICHE

Ich ließ sie an der Tür wartend zurück
und ging davon, um nicht wiederzukehren.

Sie wußte nicht, daß ich nicht wiederkehren würde.

Ein Hund lief vorüber, eine Nonne ging vorbei,
vorüber ging eine Woche, ein Jahr.

Die Regen löschten meine Schritte aus
und Gras wuchs in der Straße,
und eins ums andere wie Steine,
wie langsame Steine, fielen
die Jahre auf ihr Haupt.

Dann kam der Krieg,
kam als blutiger Vulkan.
Es starben die Kinder, die Häuser.

Und jene Frau starb nicht.

Das ganze Grasland geriet in Brand.
Die sanften gelben Götter,
die seit tausend Jahren im Gebete waren,
kamen stückweis aus dem Tempel heraus.
Sie konnten nicht weiterträumen.

Die neuen Häuser und die Veranda,
auf der ich in einer Hängematte geschlafen hatte,
die rosigen Pflanzen, die Blätter,
riesigen Händen gleich,
die Kamine, die Negertrommeln,
alles ward zermahlen, verbrannt.

Und wo die Stadt gewesen,
blieb die Asche der Dinge zurück,
verbogene Eisen, höllische
Mähnen toter Statuen
und ein schwarzer Blutfleck.

Und jene Frau, die wartet.

HIRTENGEDICHT

Ich beginne Berge, Flüsse, Wolken nachzuzeichnen,
nehme meine Feder aus der Tasche, ich zeichne
einen Vogel auf, der auffliegt
oder eine Spinne in ihrem Seidenbau,
es fällt mir weiter nichts ein: Luft bin ich,
freie Luft, in der das Korn hin und her wogt,
und mich bewegt ein Flug, die ungewisse
Richtung eines Blattes, das runde
Auge eines unbeweglichen Fisches im See,
die Statuen, die in den Wolken schweben,
das Anwachsen des Regens.

Es fällt mir weiter nichts ein als der durchsichtige
Sommer, ich singe nichts anderes als der Wind,
und so zieht die Historie, Leichentücher und
        Ehrenzeichen
einsammelnd, mit ihrem Karren vorüber,
zieht vorbei, und ich fühle nichts als Ströme,
bleibe mit dem Frühling allein.

Hirte, Hirt, weißt du nicht,
daß man dich erwartet?

Ich weiß, ich weiß, aber hier am Wasser,
indes schrill die Grillen zirpen und glühn,
obwohl sie mich erwarten, will ich mich selbst erwarten,
auch ich will mich sehn,
will wissen am Ende, wie ich mich fühle,
und wenn ich hinkomme, wo ich mich erwarte,
will ich vor Lachen einschlafen.

ÜBER MEINE SCHLECHTE ERZIEHUNG

Welcher ist der Welche, welches ist das Wie?
Wer weiß, wie man sich benehmen muß?

Wie natürlich doch die Fische sind!
Nie erscheinen sie zu ungelegener Zeit.
Sie sind eingeladen ins Meer
und kleiden sich korrekt,
nicht eine Schuppe fehlt,
geschmückt sind sie vom Wasser.

Ich dagegen lege jeden Tag
nicht nur die Füße auf den Teller,
auch die Ellbogen, die Nieren,
die Leier, die Seele, die Flinte.

Ich weiß nicht, was mit den Händen anfangen
und habe gedacht, zu erscheinen ohne sie,
doch wohin stecke ich dann den Ring?
Welch schauderhafte Ungewißheit!

Und dann kenne ich keinen.
Ich erinnere mich nicht ihrer Namen.

– Ich vermeine Sie zu kennen.
– Sind Sie nicht ein Schmuggler?
– Und Sie, gnädige Frau, sind Sie nicht die Geliebte
des dem Trunk verfallenen Dichters,
der unentwegt umherflaniert
ohne festes Ziel auf den Gesimsen?
– Er flog, weil er Flügel hatte.
– Und Sie bleiben erdverhaftet.
– Mir hätte es zugesagt, Sie als indische Witwe
einem großen Scheiterhaufen übergeben zu haben,
aber könnten wir Sie nicht jetzt verbrennen?
Wie würde das Herz da hämmern.

Ein anderes Mal in einer Gesandtschaft
verliebte ich mich in eine Dunkelhäutige,
sie wollte sich dort nicht ausziehen,
und ich machte sie rücksichtslos herunter:
bist du verrückt, wilde Statue,
wie kannst du nur in Kleidern einhergehen?

Sie wiesen mich herzlos
aus dieser und jener Gesellschaft,
wenn ich mich irrtümlich näherte,
schlossen sie Fenster und Türen.

Ich zog sodann mit Zigeunern
und Gauklern umher,
mit Matrosen ohne Schiff,

mit Fischern ohne Fisch,
aber sie alle hatten Lebensregeln,
ein unbegreifliches Zeremoniell,
und meine jämmerliche Erziehung
trug mir arge Konsequenzen ein.

Darum weiß ich nicht, wozu mich entschließen,
ich kleide mich nicht noch gehe ich nackt,
ich warf die Gabeln auf den Kehricht,
die Löffel, die Messer.
Ich lächle einzig für mich selbst,
stelle keine indiskreten Fragen,
und wenn man kommt, mich abzuholen,
mit allen Ehren zu den Banketten,
schicke ich meine Kleider, meine Schuhe hin,
mein Hemd mit meinem Hut,
aber nicht einmal so sind sie zufrieden:
mein Anzug trug keine Krawatte.

Und so, um mich jedes Zweifels zu entledigen,
entschied ich mich für ein ehrenwertes Leben
aktivster Faulheit,
ich läuterte meine Absichten,
ging, mit mir allein zu speisen, aus,
und so blieb ich stumm.
Manchmal forderte ich mich zum Tanz auf,
allein ohne große Begeisterung,
und ich gehe allein ins Bett, lustlos,
um mich nicht im Zimmer zu irren.

Lebt wohl, ich bin da, wenn ich ankomme.

Guten Tag, ich geh in Eile fort.

Wenn sie mich sehen wollen, wissen sie es ja:

sollen sie mich suchen, wo ich nicht bin
und wenn sie genug Zeit und Mund haben,
können sie mit meinem Lichtbild sprechen.

IM HERBST VERGESSEN

Es war halb acht Uhr
im Herbst
und ich wartete,
ich weiß nicht auf wen.
Die Zeit,
überdrüssig hier mit mir zusammen zu sein,
machte sich langsam davon
und ließ mich einsam zurück.

Ich blieb mit dem Sand
des Tages, dem Wasser,
Sedimenten
einer trostlosen totgeschlagenen Woche.

– Was ist los? – fragten mich
die Blätter aus Paris – auf wen wartest du?

Und so wurde ich verschiedentlich gekränkt,
zuerst durch das Licht, das davonging,
dann durch Hunde, Katzen und Gendarme.

Ich blieb allein
wie ein einsames Roß,
wenn auf der Weide weder Tag noch Nacht ist,
nur Salz des Winters.

Ich blieb
derart allein, so leer,

daß die Blätter weinten,
die letzten, und dann
wie Tränen fielen.

Nie zuvor
nie danach
war ich auf einmal so einsam.
Und ich wartete auf irgendwen,
ich erinnere mich nicht,
es war dumm,
von kurzer Dauer,
doch da
war die plötzliche Einsamkeit,
sie,
die man auf dem Wege verloren hatte
und die augenblicks wie eigener Schatten
ihre unendliche Fahne entrollte.

Da floh ich von jener
verrückten Ecke
mit den schnellsten Schritten, die mir möglich waren,
es war, als entkäme ich
der Nacht
oder einem dunklen rollenden Stein.
Es ist belanglos, was ich da erzähle,
doch es geschah mir, als ich eines Tags
ich weiß nicht auf wen wartete.

DIE ALTEN FRAUEN AM OZEAN

Ans ernste Meer kommen die alten Frauen
in geknüpften Umschlagtüchern,
auf schwachen zerbrechlichen Füßen.

Sie setzen sich allein ans Ufer,
ohne Augen und Hände zu bewegen,
ohne die Wolke oder das Schweigen zu ändern.

Das zuchtlose Meer zerstört und zerreißt,
stürzt Berge von Trompeten herab,
schüttelt seine Büffelmähne.

Die sanften Frauen, wie auf einem
durchsichtigen Schiff sitzend,
blicken auf die Schreckenswellen.

Wohin werden sie gehen, wo kommen sie her?
Sie kommen aus allen Winkeln,
kommen aus unserem eigenen Leben.

Jetzt haben sie den Ozean in sich,
die Kälte, die brennende Leere,
die Einsamkeit erfüllt von Flammen.

Sie kommen aus allen Vergangenheiten,
aus Häusern, die einst voll Wohlgeruch waren,
aus verbrannten Dämmerungen.

Sie blicken oder blicken nicht aufs Meer,
mit dem Stock malen sie Zeichen,
und das Meer verlöscht ihre Kalligraphie.

Die alten Frauen erheben sich
auf ihren zerbrechlichen Vogelfüßen,
während die entfesselten Wellen
nackt im Winde wandern.

TOTE JAHRESZEIT

Ich will weder wissen noch träumen.
Wer kann mich lehren nicht zu sein,
zu leben ohne weiterzuleben?

Wie dauert das Wasser fort?
Was ist der Himmel der Steine?

Unbeweglich, bis die Zugvögelschwärme
ihren äußersten Punkt erreichen
und dann mit ihren Pfeilen
zum eisigen Archipel fliegen.

Unbeweglich, mit heimlichem Leben
wie eine unterirdische Stadt,
daß die Tage wie unfaßliche
Regentropfen vergleiten:
nichts verbraucht sich noch stirbt
bis zu unserm Wiederaufleben,
bis wir wiederkehren mit den Schritten
des begrabenen Frühlings,
mit dem, was verloren ruhte,
unendlich regungslos
und das aus dem Nichtsein nun aufsteigt,
ein blühender Zweig zu sein.

ARME JUGEND

Wie schwer ist es auf unserem Planeten,
uns in aller Ruhe zu lieben:
Alle Welt untersucht die Laken,
alle belästigen deine Liebe.

Und man erzählt sich schreckliche Sachen
von einem Mann und einer Frau,
die nach vielem Hin und Her,
nach vielen Erwägungen
etwas Unersetzbares tun,
in ein einziges Bett sich legen.

Ich frage mich, ob die Frösche
sich belauern und begeifern,
ob sie in den Sümpfen
über die illegalen Frösche tuscheln,
über das Vergnügen der Lurche.
Ich frage mich, ob die Vögel
feindliche Vögel haben
und ob der Stier auf die Rinder hört,
bevor er zur Kuh geht.

Selbst die Wege haben Augen,
die Parke haben Polizei,
verschwiegen sind die Hotels,
die Fenster tragen Namen ein,
Schiffe verladen Truppen und rigorose
Geschütze gegen die Liebe,
unaufhörlich sind
Kehlen und Ohren am Werk,
und ein Junge mit seinem Mädchen
waren gezwungen,
auf einem Fahrrad
davonzuschweben,
um sich zu lieben.

SO SEHEN SIE AUS

Gut war der Mensch, sicher
mit Hacke und Pflug.
Nicht einmal während er schlief,
hatte er Zeit zum Träumen.

Sich plagend blieb er arm.
Er war einen einzigen Gaul wert.

Sein Sohn ist heute sehr stolz
und ist mehrere Automobile wert.

Er redet wie ein Minister,
kommt viel in der Welt herum,
vergaß seinen bäuerlichen Vater
und erfand Ahnherrn für sich,
er denkt wie eine große Tageszeitung,
macht Tag und Nacht Geld:
ist bedeutend, wenn er schläft.

Die Kinder des Sohnes sind zahlreich
und sie sind längst verheiratet,
sie tun nichts als verprassen
und sind Tausende Ratten wert.

Die Kinder vom Sohn des Sohnes,
wie werden die Welt sie finden?
Werden sie gut sein oder schlecht?
Werden sie den Wert von Fliegen haben oder von
Weizen?

Du magst mir nicht antworten.

Aber die Fragen haben kein Ende.

BALLADE

Komm wieder, sagte eine Gitarre zu mir
in der Nähe von Rancagua im Herbst.
Alle Pappeln zeigten
die Farbe und das Zittern von Glocken:
es war kühl, und rund stand
der Himmel über der Traurigkeit.

Ein Betrunkener trat in die Kantine
hin und her schwankend unter den Trauben,
die seinen Hut anfüllten
und ihm aus den Augen sprangen.
Er hatte Lehm an den Schuhen,
er war auf das Standbild des Herbstes getreten
und hatte alle seine
gelben Hände zermalmt.

Ich kehrte nie zu den Weideflächen zurück.
Doch kaum ertönen die schwankenden
schändlichen Stunden,
wenn aufs Herz die Knospen
einstürzen und das Lächeln,
wenn die Zahlen des Vergessens
aufhören himmlisch zu sein,
ruft jene Gitarre mich,
und soviel Zeit ist bereits vergangen,
daß womöglich nichts mehr vorhanden ist,
nicht die Weidefläche, nicht der Herbst,
und ich würde plötzlich
als Gespenst ankommen in der Leere
mit dem Hut voller Trauben
und würde nach der Gitarre fragen,
und da dort niemand wäre,
würde niemand etwas begreifen,
und ich würde jene Tür wieder
schließen, die nicht vorhanden ist.

DER KEHLKOPF

Jetzt wird es ernst, sagte
der Tod, und mir schien es,
daß er mich anblickte, anstarrte.

Das geschah im Krankenhaus
in niederdrückenden Gängen,
und der Arzt untersuchte mich
mit den Augen eines Periskops.
Er steckte seinen Kopf in meinen Mund
und schabte an meinem Kehlkopf:
vielleicht war dort ein Samenkorn
des Todes hingefallen.

Anfangs löste ich mich in Rauch auf,
damit der Aschgraue,
ohne mich zu erkennen, vorüberginge.
Ich spielte den Unwissenden, machte mich klein,
spielte den Einfältigen, machte mich durchsichtig,
ich wollte einzig Radfahrer sein
und umherfahren, wo er nicht war.

Dann überkam mich der Zorn
und ich sagte, Tod, du Hurensohn,
wie lange noch schneidest du uns den Lebensfaden ab?
Hast du mit so vielen Knochen nicht genug?
Ich will dir sagen, was ich denke:
gefährde uns nicht, du bist fühllos
und unerträglich stumpfsinnig.

Warum scheinst du mir nachzuspüren?
Was hast du vor mit meinem Skelett,
warum holst du dir nicht den Trostlosen,
den Starrsüchtigen, den Arglistigen,
den Verbitterten, den Untreuen, den Harten,

den Mörder, die Ehebrecher,
den pflichtvergeßnen Richter,
den lügenhaften Journalisten,
die Tyrannen der Inseln,
die Brandstifter der Wälder,
die Polizeichefs
samt Gefängniswärtern und Dieben?
Warum willst du mich holen?
Was hab ich mit dem Himmel zu schaffen?
Die Hölle behagt mir nicht
und ich fühle mich wohl auf der Erde.

Mit solchen innerlichen
Schimpfereien hielt ich mich aufrecht,
während der rastlose Doktor
in meinen Lungen herumspazierte:
er hüpfte von einer Bronchie zur anderen wie
ein Vögelchen von Ast zu Ast:
Ich fühlte meine Kehle nicht,
mein Mund klaffte auf wie
das Scharnier einer Rüstung
und hinein und heraus radelte der Doktor
zu meinem Kehlkopf,
bis er mürrisch und halsstarrig
mich ansah mit seinem Teleskop
und mich vom Tode schied.

Es war nicht, was man mutmaßte.
Diesmal war die Reihe nicht an mir.

Wenn ich euch sage, daß ich sehr litt,
daß ich schließlich das Mysterium wollte,
daß unser Heiland und die Heilige Jungfrau
mich in ihrem Palmenhain erwarteten,
wenn ich euch meine Enttäuschung nenne,
und daß mich die Angst verschlingt,

den Tod nicht nahe zu haben,
wenn ich rede wie ein Huhn,
daß ich sterbe, weil ich nicht sterbe,
gebe man mir einen Tritt in den Hintern,
mich zu strafen als einen Lügner.

IM GALOPP DURCH DEN AUSTRALEN SÜDEN

Vierzig Meilen zu Pferd:
die Cordilleren von Malleco,
das Land ist frisch gewaschen,
die Luft elektrisch und grün.
Landstriche aus Felsen und Korn,
ein plötzlicher Vogel duckt sich zusammen,
das Wasser glitscht und malt
auf die Erde verlorene Zeichen.

Es regnet, regnet, ein langsamer Regen,
es regnet unendliche Nadeln
und das Pferd, das dahingaloppiert,
löste sich im Regen auf:
Doch dann erschuf es sich wieder
aus den begrabenden Tropfen
und ich galoppier im Wind
auf dem Regenpferd.

Auf dem Pferd des Regens
laß ich die Landschaft hinter mir,
die große nasse Einsamkeit,
die Cordilleren von Malleco.

SONATE MIT EIN PAAR PINIEN

Zur Halbsonne langer Tage
laßt uns die müden Knochen strecken

vergessen wir die Ungetreuen
die Freunde ohne Erbarmen

die Sonne zwischen den Pinien schwankt
vergessen wir die nicht wissen

es gibt Gebiete in der Erde
kleine unbeachtete Heimatländer

laßt uns nicht der Glücklichen gedenken
vergessen wir ihre Gebisse

mögen die Empfindlichen
auf ihren extrareinen Diwans schlafen

man muß gewisse Steine
voll von Strahlen und Geheimnissen kennen

bei grünem Tageslicht erwachen
in trostlosen Eisenbahnen

und dieses Weltende berühren
das stets mit uns reiste

vergessen wir den Beleidigten
der an einer einzigen Ungerechtigkeit nagt

die Bäume lassen oben
einen Halbhimmel frei

vom Drahtgewirr der Pinien und Schatten durchkreuzt
von der Luft die sich entblättert

vergessen wir ganz ohne Hochmut
die uns nicht lieben können

die auf der Suche nach Feuer sind und
ins Vergessen sinken wie wir

nichts Besseres ist als um acht Uhr
früh in schäumenden Wogen

ein Hund nähert sich wittert das Meer
er hat kein Zutrauen zum Wasser

indes die Wogen weiß-
gekleidet zur Schule kommen

ist ein Geschmack nach salziger Sonne
und es steigt von den Algenleichen
Geruch nach Geburt und Faulkammer auf

was ist die Ursache nicht zu sein?
wohin entführten die anderen dich?

gut ist Hemd Haut Haar
und Arbeit zu wechseln

ein wenig die Erde zu kennen
deiner Frau neue Küsse zu geben

der reinen Luft zu gehören
zu verachten die Kastenherrschaft

als ich von Meeresdunst zu Meeresdunst
zur See fuhr mit meinem Hut

fand ich niemanden mit offenen Wegen vor sich
alle waren beschäftigt

alle wollten etwas verkaufen
keiner fragte mich wer ich sei

bis ich mich selbst erkannte
bis ich ein Lächeln aufsetzte

eilen wir zum Halbhimmel und zum Zweiggeflecht
mit unserer Müdigkeit

unterhalten wir uns mit den Wurzeln
und mit den unzufriedenen Wogen

vergessen wir die Hast
die Zähne der Erfolgreichen

vergessen wir den düstren
Trödel der Bösartigen

legen wir ein irdisches Gelübde ab
berühren wir die Erde mit dem Herzen.

LIEBE

Dich so viele Tage, ach so viele Tage
so sicher und so nah zu sehn,
wie vergelte ich's, womit bezahle ich's?

Der blutdürstende Frühling
der Wälder erwachte,
die Füchse kommen aus ihren Höhlen hervor,
die Schlangen trinken Tau,
und ich gehe mit dir durchs Laubwerk,
zwischen Pinien und Schweigen,
und ich frage mich, wie und wann
ich zahlen muß für dieses Glück.

Von allem, was ich sah,
dich will ich weiterhin sehn,
von allem, was ich berührte,
nur deine Haut will ich weiter berühren:
ich liebe dein Orangenlachen,
du gefällst mir im Schlaf.

Was soll ich machen, Liebe, Geliebte,
ich weiß nicht, wie die übrigen lieben,
ich weiß nicht, wie man sich früher liebte,
ich lebe, indem ich dich sehe, dich liebe,
ganz einfach verliebt.
Du gefällst mir mit jedem Abend mehr.

Wo magst du sein? werde ich fragen,
wenn deine Augen verschwinden.
Wie lange säumt sie! denk ich und kränke mich.
Ich fühle mich armselig, traurig und dumm,
und kommst du, bist du ein Windstoß,
der her von den Pfirsichen weht.

Darum liebe ich dich und auch nicht darum,
wegen so vieler Dinge und so weniger,
und so soll die Liebe sein
halb abgeschlossen und allgemein,
eigen und schrecklich,
mit fliegendem Banner und in Trauer,
blühend wie die Sterne
und maßlos wie ein Kuß.

KATZENTRAUM

Wie schön schläft eine Katze,
sie schläft mit Pfoten und Schwere,

schläft mit ihren grausamen Krallen
und ihrem blutgierigen Blut,
schläft mit allen Ringen,
die wie versengte Kreise
die Geologie eines sandfarbenen
Schweifs errichten.

Ich möchte wie eine Katze schlafen
mit allen Fasern der Zeit,
mit des Feuersteins Zunge,
dem trocknen Sexus des Feuers
und dann mit niemandem sprechen,
mich ausstrecken über die Welt,
über Dachziegel und Erde
angespannt darauf aus,
die Ratten des Traums zu jagen.

Ich hab gesehn, wie die Katze
im Schlafe dünte: es rann
durch sie wie dunkles Wasser die Nacht,
und zuweilen war sie im Begriff zu fallen,
war sie vielleicht im Begriff, hinabzustürzen
in nackte Schneeschluchten,
vielleicht wuchs im Schlaf sie so sehr
wie eines Tigers Urahn
und wollte im Finstern
auf Dächer, Wolken und Vulkane springen.

Schlafe, schlaf, nächtliche Katze
mit deinen Bischofszeremonien
und deinen steinernen Schnurrhaaren:
bestimme all unsere Träume,
lenke die Dunkelheit
unserer schlummernden Großtaten
mit deinem blutgierigen Herzen
und dem langen Hals deines Schweifs.

ERINNERUNGEN UND WOCHEN

Da rund die Welt ist,
sinken die Nächte zur Seite
und fallen nach unten.
Und alle häufen sich
und sind einzig nur Finsternis,
unten, unten, unten.

1

Ich folgte irgendeinem Tag,
wollte wissen, was sie tun,
wohin sie gehen, wo sie sterben.

Auf dem Meer, den Inseln,
auf sauren Weideflächen
verlor er sich, und ich folgte ihm,
hinter einem Baum,
einem Stein verborgen.

Blau war er, orangegelb war er,
er rollte wie ein Rad dahin,
sank am Abend wie
die Flagge eines Schiffs herab,
und in weiterer Ferne, an den Grenzen
des Schweigens und des Schnees
schrumpfte er knisternd zusammen,
wie ein Faden Feuer
und verlosch,
zugedeckt von eisiger Weiße.

2

Die Wochen schrumpfen zusammen,
werden Wolken, verlieren sich,

sie verbergen sich am Himmel,
als verblichenes
Licht dort aufbewahrt.

Lang ist die Zeit, Peter,
kurz ist die Zeit, Rosa,
und die Wochen, gerecht,
in ihrer Rolle, verbraucht,
häufen wie Körner sich,
hören auf zu pulsen.

Bis eines Tags der geräuschvolle
Wind, unwissend,
sie öffnet, ausbreitet,
sie schlägt, und jetzt
steigen sie auf wie besiegte
Fahnen, die zurückkehren
zum verlorenen Vaterland.

So sind die Erinnerungen.

ENDLICH GINGEN SIE

Alle hatten sie an die Tür geklopft
und nahmen etwas mit von mir,
es waren unbekannte Menschen,
die ich recht gut kannte,
es waren feindliche Freunde,
die darauf warteten, mich nicht zu kennen.

Was konnte ich tun, ohne sie zu verletzen?

Ich machte Schubladen auf, füllte Teller,
entkorkte Verse und Flaschen:
sie kauten mit aller Kraft
in einem Speiseraum ohne Dach.

Mit aller Sorgfalt, auf der Suche
nach Sachen, durchstöberten sie die Winkel,
ich fand sie lange Monate
zwischen meinen Büchern schlummern,
sie kommandierten meine Köchin,
sie ergingen sich in meinen Angelegenheiten.

Doch als die Gluten
einer geheimnisvollen Liebe mich quälten,
als vor Liebe und Mitleid
ich im Schlaf und im Wachen litt,
löste sich die Karawane auf,
zogen sie mit ihren Kamelen davon.

Sie taten sich zusammen, mich zu verleumden.
Diese pittoresk Unschuldigen
ergötzten sich, verbündet,
indem sie voll Eifer Mittel und Wege suchten,
mich auf irgendeine Weise umzubringen;
den Dolch schlug eine Dame vor,
das Geschütz bevorzugte ein besonders Kühner,
allein, mit nächtlicher Begeisterung
entschieden sie sich für die Zunge.

Angestrengt arbeiteten sie
mit Augen, Mund und Händen.
Wer war ich und wer war sie?
Mit welchem Recht und wie und wann?
Unschuldvollen Auges enthüllten sie
mutmaßliche privateste Angelegenheiten
und beschlossen, mich zu beschützen

vor einem unermüdlichen Vampir.
Alle magerten gefährlich ab.
Aus meinem Bewußtsein vertrieben,
nährten sie sich von Seufzern.

Die Zeit verging, und ich war nicht allein.

Wie immer in diesen Geschichten
tötet die Liebe den Feind.

Jetzt weiß ich nicht, wer sie sind:
eine Minute verstrichen,
und schon schwanden sie aus meinem Gedächtnis:
sie sind wie unbequeme Schuhe,
die mich schließlich in Ruhe ließen.

Ich bleibe mit dem Honig der Liebe
in der abendlichen Milde zusammen.
Jene entführte das Dunkel,
üble feindliche Freunde,
unbekannte Bekannte,
die mein Haus nicht wieder betreten werden.

KURSBUCH

In so vielen Städten war ich,
daß mir das Gedächtnis abhanden kam
und ich nicht weiß, wie noch wann.

Jene Hunde in Calcutta,
die vorüberwogten und den ganzen
Tag wie Glocken schallten,
und in Durango, was trieb ich da?

Weshalb heiratete ich in Batavia?

Ich war Ritter ohne Schloß,
unzulässiger Reisender,
jemand ohne Kleidung und Gold,
reiner irrender Tor.

Was suchte ich in Toledo,
in dieser fauligen Knochengrube,
die einzig Hülsen hat
mit spießbürgerlichen Gespenstern?

Warum lebte ich in Birmas Rangun,
der Kotkapitale
meiner seefahrenden Schmerzen?

Und jene, die wissen, was ich
in Veracruz verlor, sollen mir sagen,
weshalb ich an die fünfzigmal dort
aneinandergeriet und fluchte
an jenem schutzgewährenden Glutofen
voller Säufer und Jasmine.

Auch war ich auf Capri, liebend
wie die gestürzten Sultane,
mein Herz errichtete wieder
seine Bettstatt, seine Landstraßen,
aber, wahrhaftig, warum gerade dort?
Was habe ich mit den Inseln zu schaffen?

Jene Nacht wartete man auf mich
mit Feuer und brennenden Kerzen,
die Pinien säuselten etwas
in ihrer melancholischen Sprache
und dort verband ich meine Vernunft
mit meinem überfließenden Herzen.

Ich entsinne Tage in Colombo
geschwängert voll Duft,
berauschend rot.
Jene Tage verblaßten
und auf dem Grund meines Erinnerns
regnet der Regen von Carahue.

Warum, weshalb so viele Wege,
soviel feindselige Zitadellen?
Was von all den Märkten bezog ich schon?
Welches war die Blume, die ich suchte?
Warum rührte ich mich aus meinem Sessel
und zog mir das Gewand des Sturmes an?

Keiner, der es weiß, keiner, der es nicht weiß:
das geschieht jedermann:
auf der Erde bewegt der Schatten sich
und des Menschen Seele ist aus Schatten,
darum bewegt sie sich.

Oft, wenn ich erwache,
weiß ich nicht, wo ich liege,
und ich schärfe das Gehör, bis die jungen
Geräusche des Tages mich erreichen:
ich erkenne die Wogen
oder den Schlag des Steinklopfers,
die Schreie der Zahnlosen,
das Sausen der Strömung,
und wenn ich mich im Traum irre
wie ein verirrtes Schiff,
suche ich die erwachende Erde,
um meinen Weg zu festigen.

Plötzlich, während ich gehe,
plötzlich kommt irgendwoher

ein Duft nach Stein, nach Regen,
etwas unendlich Reines,
das aufsteigt, ich weiß nicht woher,
und ohne Worte mit mir spricht
und ich erkenne den Mund,
der nicht da ist, der weiterredet.
Ich suche, woher dieser Duft stammt,
aus welcher Stadt, von welchem Tag,
ich weiß, jemand sucht mich,
jemand verloren im Dunkel.
Und ich weiß nicht, ob jemand mich geküßt hat,
was diese Küsse bedeuten.

Vielleicht muß ich alle meine Dinge ordnen,
indem ich mit meinem Kopf beginne:
ich werde mein Hirn und Kleinhirn
mit winzigen Quadraten beziffern,
und wenn mir eine Erinnerung kommt,
werde ich sagen »Nummer hundert und soundso viel«.
Dann werde ich die Mauer
erkennen, die Schlingpflanzen
und vielleicht werde ich mir die Zeit vertreiben
und dem Vergangenen Namen geben.

Auf jeden Fall
habe ich hier vor, all dem ein Ende zu machen,
und bevor ich nach Brasilien zurückgehe,
Antofagasta berührend,
erwarte ich euch in Isla Negra
zwischen gestern und Valparaíso.

LEB WOHL PARIS

Wie schön der Seinefluß, Fluß der Fülle,
mit seinen aschgrauen Bäumen,
mit seinen Türmen und ihren Spitzen.

Und ich, was will ich hier?

Alles ist schöner als eine Rose,
eine zerzauste Rose,
eine hinfällige Rose.
Dämmerig ist diese Erde,
die Abenddämmerung und das Frühröt
sind die beiden Schiffe des Stroms.
Und sie gleiten vorüber und kreuzen sich,
ohne sich zu grüßen, gleichgültig,
denn seit tausend mal tausend Jahren
kennen und lieben sie sich.

Es währt schon zu lange Zeit.

Rissig wurde der Stein und aufwuchsen
die gelben Kathedralen,
die außergewöhnlichen Fabriken,
und jetzt verschlingt der Herbst den Himmel,
er nährt von Wolken sich und Rauch,
er läßt sich nieder wie ein schwarzer König
an einem dunstigen Gestade.

Kein sanfterer Abend in der Welt!
Alles nimmt sich zur rechten Zeit zurück,
die grelle Farbe, der dumpfe Lärm,
einzig der Nebel blieb
und das Licht, in Bäume gehüllt,
zog sein grünes Gewand an.

Ich habe soviel in Chile zu tun,
mich erwarten Salinas und Laura,
und allen schulde ich etwas in meiner Heimat
und zu dieser Stunde ist der Tisch gedeckt
und wartet auf mich in jedem Haus,
andere warten auf mich, mich zu verwunden,
und außerdem sind da jene Bäume
mit eisenharten Blättern,
die meinen Kummer kennen,
meine Glückseligkeit, meine Schmerzen,
jene Flügel dort sind die meinen,
jenes ist das Wasser, das ich liebe,
das Meer schwer wie Stein,
höher als diese Bauten hier,
hart und blau wie ein Stern.

Und ich, was soll ich hier?

Wie kam ich in dieses Land?

Ich muß sein, wo man mich ruft,
um die Fundamente zu taufen,
um Sand zu mischen und Mensch,
die Schaufeln zu nehmen und die Erde,
denn wir haben alles zu verrichten,
dort auf der Erde, auf der wir geboren sind,
wir müssen das Vaterland gründen,
den Gesang, das Brot und die Freude,
wir müssen die Ehre reinhalten
wie die Fingernägel einer Königin,
und so werden im Winde wehn
die geläuterten Banner
auf den kristallhellen Türmen.

Leb wohl, Herbst von Paris,
blaues Schiff, geliebtes Meer,

Flüsse, Brücken, lebt wohl, leb wohl
knuspriges duftendes Brot,
tiefer und milder Wein, lebt wohl
und lebt nochmals wohl, Freunde, die mich liebten,
ich werde auf den Meeren singen
und kehre zurück, um Wurzeln zu atmen.
Meine Adresse ist unbestimmt, ich lebe
auf offner See und offner Erde:
meine Stadt ist die Geographie:
die Straße heißt: »Ich gehe«,
die Nummer »Um nicht zurückzukehren«.

ACH, WELCH ABGRÜNDIGE SONNABENDE

Ach, welch abgründige Sonnabende!

Interessant ist der Planet
mit soviel Volk in Bewegung:
Wogen von Füßen in den Hotels,
eilige Motorradfahrer,
Eisenbahnen zum Meer
und so viele regungslose Mädchen,
von rasenden Rädern entführt.

Alle Wochen enden
in Männern, Frauen und Sand,
und man muß rennen, nichts verlieren,
unnütze Hügel bezwingen,
unauflösliche Musik kauen,
erschöpft zum Zement zurückkehren.

Ich trinke auf alle Sonnabende,
ohne den Gefangnen zu vergessen
hinter den grausamen Mauern:

schon haben seine Tage keinen Namen mehr,
und dies Geräusch, das da kreuz und quer läuft,
umgibt ihn wie der Ozean,
ohne zu wissen, was die Woge bedeutet,
die Woge des feuchten Sonnabend.

Ach, was für aufregende Sonnabende
mit Mündern und Beinen bestückt,
entfesselt im Wettlauf,
mehr als vernünftig trinkend: wir
wollen keinen Einspruch erheben gegen das Getös,
das nicht mit uns gehen will.

TRAUM DER ZÜGE

Träumten die Züge
auf der Station, wehrlos,
ohne Lokomotiven, im Schlaf.

Ich ging zaudernd beim Frührot hinein
Geheimnisse suchend,
verlorene Dinge in den Waggons,
im toten Geruch der Reise.
Ich setze mich allein in den reglosen Zug,
zwischen Gestalten, die fortgegangen waren.

Dicht war die Luft, ein Block
erstorbener Gespräche,
vergänglichen Kleinmuts.
Verlorene Seelen in den Zügen
wie Schlüssel ohne Schlösser,
unter die Sitze gefallen.

Reisende des antarktischen Südens, mit
Blumensträußen und Hühnern beladen,

vielleicht wurden sie ermordet,
vielleicht kehrten sie zurück und weinten,
vielleicht nutzten sie die Waggons
mit dem Feuer ihrer Nelken ab:
vielleicht reise ich und bin mit ihnen,
vielleicht der Rauch der Fahrten,
der nassen Schienen, vielleicht
lebt alles in dem reglosen Zug
und ich, ein schlummernder Passagier,
bin leider wach.

Da saß ich, und der Zug
fuhr, meine Grenzen vernichtend
durch meinen Körper,
plötzlich war er der Zug der Kindheit,
der Dunst der Morgenfrühe,
der heitere, bittere Sommer.

Waren andere Züge, die davonrollten,
Lastzüge voller Schmerzen
wie mit Asphalt beladen,
und so lief der unbewegliche Zug
über meine Knochen hin
im schmerzlich anwachsenden Morgen.

Einsam war ich im einsamen Zug,
aber nicht nur ich war einsam,
sondern viele Einsamkeiten
hatten dort sich zusammengefunden
und warteten, fortzureisen,
wie arme Leute auf den Bahnsteigen.
Und ich im Zug wie toter Rauch,
mit so vielen unfaßbaren Wesen,
durch so viele Tode niedergedrückt,
fühlte mich verloren auf einer Reise,
auf der nichts sich regte,
nur mein müdes Herz.

WO MAG GUILLERMINA SEIN?

Wo mag Guillermina sein?

Als meine Schwester sie eingeladen hatte
und ich ging, ihr die Tür zu öffnen,
trat die Sonne ein, einzogen Sterne,
eintraten zwei Weizenzöpfe,
und ein Paar unendliche Augen.

Ich war vierzehn
und war hochmütig dunkel,
schmal, wortkarg, die Stirne kraus,
düster und förmlich:
Ich lebte, vom Wald durchnäßt,
mit den Spinnen,
mich kannten die Käfer,
die dreifarbigen Bienen,
ich schlief, in die Minze gesunken,
mit den Rebhühnern.

Da trat Guillermina ein
mit zwei blauen Blitzen,
die mir mitten durchs Haar fuhren
und mich wie Degen
an die Wände des Winters hefteten.
Das geschah in Temuco.
Dort unten im australen Süden, an der Grenze.

Langsam sind die Jahre vorübergezogen,
stampfend wie Dickhäuter,
wie irre Füchse heulend,
unrein sind die Jahre vorübergegangen,
anwachsend, fadenscheinig, todähnlich,
und ich zog von Wolke zu Wolke,

von Land zu Land, von Auge zu Auge,
indes an der Grenze der Regen
niederging im gleichen Gewand.

Mein Herz ist gewandert
in unübertragbaren Schuhn,
und ich hab die Dornen verschmerzt:
wo ich war, gab es keine Ruhe,
wo ich dreinhieb, schlug man mich,
wo man mich tötete, fiel ich,
und ich stand in aller Frische wieder auf,
und dann und dann und dann und dann,
es dauert zu lange, all das zu erzählen.

Ich habe nichts hinzuzufügen.

Ich kam auf diese Welt, um zu leben.

Wo nur mag Guillermina sein?

DER FREUND KEHRT ZURÜCK

Stirbt dein Freund,
kehrt er in dich zurück, um zu sterben.

Er sucht dich, bis er dich gefunden hat,
daß du ihn tötest.

Nehmen wir Notiz beim Gehn,
im Gespräch, beim Essen,
von seinem Verscheiden.

Kaum wichtig ist, was ihm geschah.
Alle Welt kannte seine Schmerzen.
Er ist gerad gestorben, und kaum erwähnt man ihn mehr.
Sein Name zog vorbei und keiner behielt ihn zurück.

Und dennoch kam er, nachdem er gestorben,
damit wir einzig seiner hier gedächten.
Er suchte flehentlich unsere Augen.
Wir wollten ihn nicht sehen und sahen ihn nicht.
Daraufhin ging er weg und kehrt nun nicht mehr
zurück.
Nie kehrt er zurück, schon liebt ihn keiner mehr.

ES GESCHAH IM WINTER

Niemand lebte in jenem Haus.
Ich war eingeladen und trat ein.
Ein Geräusch hatte mich eingeladen,
ein nicht anwesender Fremdling,
und der Salon war leer
und mich blickten voll Verachtung
die Löcher im Teppich an.

Die Regale waren zerbrochen.

Es war der Bücher Herbst,
die umherflogen Blatt um Blatt.
Durch die schmerzliche Küche
flatterten graue Dinge,
unselige müde Papiere,
Fittiche toter Zwiebel.

Irgendein Stuhl folgte mir
wie ein armseliges hinkendes Roß

ohne Schweif, ohne Mähne,
mit nur drei traurigen Beinen,
und ich neigte mich über den Tisch
denn dort war die Freude,
das Brot, der Wein, der Braten,
die Unterhaltung über Kleidung,
über gleichgültige Geschäfte,
über köstliche Hochzeiten:
aber der Tisch war stumm,
als ob er keine Zunge hätte.

Die Schlafzimmer erschraken,
als ich das Schweigen durchbrach.
Dort waren sie geblieben, gestrandet
mit ihrem Unglück, ihren Träumen,
denn vielleicht waren
die Schlafenden hier wach gewesen:
von hier aus gingen sie in den Tod,
die Betten gingen aus den Fugen,
und es kamen die Schlafzimmer um
bei einem Schiffsuntergang.

Ich setzte mich in den Garten,
von dicken winterlichen Regentropfen naß,
und unmöglich schien es mir,
daß unter der Trostlosigkeit
der vermoderten Einsamkeit
noch immer die Wurzeln arbeiteten,
ohne irgendeinen Antrieb.

Und dennoch, zwischen den zerbrochenen Scheiben,
den schmutzigen Gipsfragmenten
begann eine Blume zu blühen:
nicht verzichtete aus Geringschätzung
der Frühling auf seine Leidenschaft.

Als ich hinaustrat, knarrte eine Tür,
und vom Wind geschüttelt,
kreischten ein paar Fenster,
als wollten sie fort
in eine andere Republik, in einen anderen Winter,
wo das Licht und die Vorhänge
Bierfarbe hatten.

Und ich trieb meine Schuhe zur Eile an,
denn wäre ich eingeschlafen
und hätten mich derartige Dinge zugedeckt,
so hätte ich nicht mehr gewußt, was tun.
Und ich entkam wie ein Eindringling,
der sah, was er nicht hatte sehen sollen.

Daher erzählte ich niemals irgendeinem
von diesem Besuch, den ich nicht gemacht:
Es existiert auch dieses Haus nicht
und ich kenne jene Leute nicht
und diese Fabel enthält keine Wahrheit:

es sind Wintermelancholien.

SÜSS IMMER

Warum diese so harten Materien?
Warum, um die Dinge zu beschreiben
und die täglichen Menschen,
kleiden die Verse sich in Gold,
in uralten schrecklichen Stein?

Ich liebe Verse aus Geweb oder Gefieder
die kaum Gewicht haben, wohlige Verse
mit der Intimität von Betten,
wo die Menschen liebten und träumten.

Ich liebe die von Händen, von jedem
Tag gezeichneten Gedichte.

Verse aus Schaumgebäck, die im Mund
Milch und Zucker zergehen lassen,
Luft und Wasser schlürft man,
Liebe beißt und küßt man,
ich liebe eßbare Sonette,
Gedichte aus Honig und Mehl.

Die Eitelkeit verlangt von uns,
daß wir uns zum Himmel erheben
oder daß wir tiefe unnütze
Tunnels unter der Erde graben.
Und so vergessen wir zärtlich
geliebte köstliche Bedürfnisse,
wir denken nicht an die Kuchen,
wir geben der Welt nicht zu essen.

In Madras, vor langer Zeit,
sah ich eine zuckersüße Pyramide,
einen Turm aus Zuckerwerk.
Jede Einzelheit eine über der andern
und innerhalb der Architektur Rubine
und andre Köstlichkeiten, rötlich,
mittelalterlich und gelb.

Jemand beschmutzte sich die Hände,
als er soviel Süßigkeit mengte.

Brüder Poeten von nah
und fern, im Himmel und auf Erden,
aus Medellin, aus Veracruz,
Abessinien und Antofagasta,
woraus schuf man die Honigwaben?

Machen wir Schluß mit soviel Stein!

Möge deine Dichtung die äquatoriale
Zuckerbäckerei grenzenlos machen
die unsere Münder verschlingen möchten,
alle Münder der Kinder
und aller armen Erwachsenen.
Damit sie nicht allein sind
ohne anzuschaun, zu begehren und zu verstehen,
soviel Herzen von Zucker.

Habt keine Furcht vor der Süße.

Ohne uns oder mit uns
weiterleben wird das Süße
und es ist unendlich lebendig,
immer wiedererstanden,
denn im wahren Mund des Menschen,
beim Singen oder Essen,
hat die Süße ihren Platz.

NACHTSCHLÜSSEL ZUM TAG

Es ist neun Uhr in der Frühe
eines vollkommen makellosen Tages,
blau und weiß gestreift,
frisch gewaschen und geglättet,
passend wie ein Hemd.

Alle vergessenen Fasern
von Holz, von winzigen Algen,
Füße von Insekten,
blasse umhertreibende Federn,
Nägel, die aus der Pinie fallen,
alles strahlt, was es nur kann,
die Zeit hat Sternenduft.

Aber schon kommt der Briefträger
und wirft furchtbare Briefe hin,
Schreiben, daß wir bezahlen müssen,
die uns an harte Schulden gemahnen,
Briefe, in denen jemand verstarb
und irgendein Bruder ins Gefängnis kam
und außerdem jemand uns in sein
Spinnenhandwerk verstrickt,
und dann enthalten sie eine Zeitung
weiß und schwarz wie der Tod,
und alle Nachrichten weinen.
Landkarte der Welt und des Schluchzens!
Tageszeitung, jede Nacht befeuchtet,
und an jedem Morgen
von Krieg und Schmerzen versengt,
o schmerzliche Geographie.

Schon bekommt der vergehende Abend Runzeln
und fliegt wie totes Papier umher,
von Straße zu Straße zu Straße fliegt er,
ihn beharnen die streunenden Hunde,
ihn verfolgen die Straßenkehrer,
sie putzen ihn gräßlich zurecht,
mit Därmen von Hähnen, mit Exkrementen,
nicht wiederzuerkennenden Schuhen,
und wie ein riesiger Haufen wirkt der gealterte Tag:
schmutzges Papier und zerbrochne Scheiben,
bis sie ihn hinauswerfen,
ihn in den Vorstädten ablagern.

Da kommt die Nacht mit ihrer Wölbung
voll verschlungener Zeichen,
der Traum läßt die Menschen versinken,
vereinigt in seinen Tiefen sie,
und von neuem reinigt sich die Welt,

von neuem kehrt zurück der Mond,
das Dunkel streift seinen Handschuh ab,
während die Wurzeln arbeiten.

Und abermals beginnt ein neuer Tag.

STEGREIFGEDICHT

Endlich ist Erde um mich,
mich umkreisend
wie das Metall den Glockenton.

Endlich ist da, was ich so liebte,
mein kleines Universum,
das gestirnte System der Wogen,
der Steine jähes Durcheinander.
Fern, eine Stadt in ihren Lumpen,
arme Sirene, die mich ruft,
daß nie, niemals mein Herz
aufhöre seine harten Pflichten zu lieben,
und ich mit Himmel und Leier
im Licht dessen, was ich liebe,
unbeweglich, unentschlossen,
den Becher meines Gesangs erhebe.

O Frührot, losgelöst
vom Dunkel, vom Mond im Ozean,
immer kehre ich zurück zu deinem verzehrenden Salz,
immer ist es deine Einsamkeit, die mich anregt,
und wieder hier, weiß ich nicht, wer ich bin,
ich berühre den harten Sand, blick den Himmel an,
wandere umher, ohne zu wissen wohin,
bis aus der Nacht

unsägliche Blumen aufsteigen und untergehn:
im durchdringenden Duft
des Gestades pochen die Sterne.

Schweifende Liebe, ich kehre zurück,
mit diesem frischen und müden Herzen,
das dem Wasser gehört und dem Sand,
dem dürren Landstreif des Ufers,
des Schaumes weißer Schlacht.

UNBEKANNT AM UFER

Bin zurückgekehrt, und noch immer richtet
das Meer fremde Schäume auf mich,
es gewöhnt sich nicht an meine Augen,
der Sand erkennt mich nicht mehr.

Es hat keinen Sinn, ohne sich anzumelden,
zurückzukehren zum Ozean:
er weiß nicht, daß einer zurückkam,
noch weiß er, daß einer abwesend war,
und derart in Anspruch genommen ist das Wasser
durch so viele blaue Geschäfte,
daß einer angekommen sein kann und das Wasser
es nicht weiß:
die Wogen setzen ihren Gesang fort,
und obwohl das Meer viele Hände hat,
viele Münder, zahllose Küsse,
hat niemand dir die Hand gereicht,
hat dich kein Mund geküßt,
und man muß sich auf einmal Rechenschaft geben,
wie unbedeutend wir sind:
wir glaubten uns schon Freunde,

kehren mit offenen Armen zurück
und hier ist das Meer und es tanzt weiter,
ohne sich um uns zu kümmern.

Ich werde den Nebel abwarten müssen,
das luftige Salz, die zerstäubte Sonne,
damit das Meer atme und mich einatme,
denn nicht Wasser allein ist das Wasser,
sondern dampfende Invasionen,
und in der Luft dauern die Wellen fort
als unsichtbare Rosse.

Deshalb muß ich schwimmen
lernen in meinen Träumen,
das Meer soll nicht mich
suchen kommen, wenn ich schlafe!
Falls das geschieht, wird es gut sein,
und wenn ich morgen erwache,
werden die nassen Steine, der Sand
und die gewaltige tönende Bewegung
wissen, wer ich bin und weshalb ich zurückkehre,
sie werden mich in ihre Schule aufnehmen.

Und ich werde wieder glücklich sein
in der Einsamkeit des Sandes
vom Wind belebt,
geschätzt vom Seevolk.

SCHREIBEN UM ZUSENDUNG VON HÖLZERN

Jetzt, um das Haus zu errichten,
schicke man mir Hölzer des Südens,
schicke man mir Bretter und Bohlen,
Balken, Latten, hölzerne Dachziegel,

ich will den Duft ankommen sehn,
will, daß sie tönen und den Klang
des Südens, der mit ihnen kommt, ausladen.

Wie kann ich leben so fern
von dem, was ich geliebt, was ich liebe?
Von den in Dampf und eisigen Dunst
gehüllten Jahreszeiten?
Obwohl er vor vielen Jahren
starb, muß mein Vater dort noch gehn
im Poncho, mit Regentropfen besät,
mit dem lederfarbenen Bart.

Der gerstenfarbene Bart,
der die Seitenpfade durchstreifte,
des Wolkenbruchs Herz,
und wenn jemand sich mit mir messen sollte,
solch einen umherschweifenden Vater zu haben,
einen so plötzlich auftauchenden Vater zu haben:
sein Zug zog voll Verzweiflung dahin,
zwischen den Felsen von Carahue,
auf den Strängen von Colli-Pulli,
in den Regengüssen von Puerto Varas.
Während ich Rebhühner beschlich
und wilde Käfer,
der Farbe des Blitzes nachspürte,
einem unauslöschlichen Duft nachspürte,
eigenmächtiger Blüte oder wildem Honig,
verlor mein Vater keine Zeit:
er errichtete über dem Winter
seiner Eisenbahnen Sonne.

Mir ging der Regen, der Wind verloren,
und was hab ich gewonnen, frage ich mich?
Weil ich den grünen Schatten verlor,
erstick ich zuweilen und sterbe:

Meine Seele ists, die sich nicht zufriedengibt
und unter meinen Schuhen sucht
nach aufgebrauchten oder verlorenen Dingen.
Vielleicht bewegt sich jene trostlose
Erde wie ein Schiff in mir:
ich aber wechselte den Planeten.

Der Regen kennt mich nicht mehr.

Und nun bringe man mir für die Wände,
die Fenster, den Fußboden,
für das Dach, für die Laken,
für Teller und Tisch
dunkle Hölzer,
geheimnisvoll wie das Bergland,
helle Bretter, rote Bretter,
Lärche, Haselnuß, Mañío,
Lorbeer, Raulí und duftschwere Ulme,
alles was heimlich
aufwuchs im Dickicht,
alles was aufwuchs mit mir:
sie haben mein Alter, die Hölzer,
unsere Wurzeln waren die gleichen.

Wenn die Türe aufgeht und einziehn
der Berglands Fragmente,
werde ich atmen und berühren,
was ich vielleicht weiter noch bin:
Holz der kalten Wälder,
hartes Holz von Temuco,
und dann werde ich sehn,wie der Duft
erbauen wird mein Haus,
aufrichten werden sich die Wände
mit dem Rauschen, das ich verlor,
mit dem, was in der Wildnis geschah,
und ich werde mich freuen, von soviel

Reinheit umgeben zu sein,
von soviel Schweigen, das
Zwiesprache halten wird mit meinem Schweigen.

DER STÄDTER

Ich trat in die Eisenwarenhandlungen
mit meinem unschuldigen Herzen,
einen einfachen Hammer zu kaufen
oder abstrakte Scheren:
nie hätte ich's tun sollen,
seit damals und ohne Unterlaß
widme ich meine Zeit dem Stahl,
den unbestimmtesten Werkzeugen,
Weinhacken bezwingen mich,
Hufeisen unterjochen mich.

Die ganze Woche über suche ich
ruhelos Wolken aus Aluminium,
gemarterte Schrauben,
Stangen aus schweigsamem Nickel,
unnötige Türklopfer,
und die Eisenhandlungen kennen
meine Verblendung schon:
sie sehen mich eintreten in ihr Gewölb
mit dem irren Blick eines Wahnsinnigen
und gewahren, wie ich Sachen liebkose,
die so rätselhaft und verräuchert sind,
daß niemand sonst sie kaufen würde
und die ich allein betrachte und bewundre.

Denn in dem nicht zu rechtfertigenden Traum
knospen nichtrostende Blumen auf,
unzählige Schaufeln aus Eisen,
Tropfenzähler für Öl,

wie Schiffe Löffel aus Zink,
Sägen eines Meergeschlechts.
Wie ein Sterninneres ist
das Licht der Eisenwarenhandlungen:
mit eigenem Glanz liegen
dort die wesenhaften Nägel,
die unbesiegbaren Klinken,
die Blase der Wasserwaagen
und das Gewirr des Drahts.

Walfischherz haben
die Eisenwarenhandlungen am Hafen:
sie schlucken alle Meere in sich hinein,
alle Knochen des Schiffs:
dort versammeln die Wellen sich,
die Vorzeit der Flut,
und sie lagern in ihrem Magen
Fässer ab, die unendlich gerollt waren,
Stricke wie Arterien aus Gold,
Anker von planetarischem Gewicht,
endlos lange Ketten, wie Eingeweide
des Tiers verwickelt
und Harpunen, die es schwimmend verschlang
im Osten des Golfs von Pena.

Einmal eingetreten, ging ich nie wieder hinaus,
und immer wieder kam ich zurück
und nie hörte auf, ein Ruch
von Eisenhandlungen mich zu umhüllen:
er ruft mich wie meine Landschaft,
er rät mir zu unnützen Sachen,
er hüllt mich wie die Sehnsucht ein.

Was soll ich tun! Es gibt Menschen, allein
im Hotel, im einsamen Zimmer,
andere mit Vaterland und Trommel,

es gibt unendlich viele Flieger,
die die Luft aufwärts fliegen und abwärts.

Ich bin für euch verloren.
Bin ein weiser Städter,
Patriot der Eisenwaren.

HÖRT NICHT AUF MICH

Unter den Dingen, die das Meer auswirft,
laßt uns die ausgeglühtesten suchen,
violette Krabbenbeine,
kleine Köpfe von toten Fischen,
sanfte Silben aus Holz,
kleine Länder aus Perlmutt,
suchen wir, was das Meer
beharrlich zerstörte und es nicht vollbrachte,
was es zerbrach und aufgab
und es für uns übrigließ.

Da sind gekräuselte Blütenblätter,
Baumwollflocken des Sturms,
des Wassers unnütze Geschmeide,
und süße Vogelknochen
noch immer im Flug.

Das Meer warf fort, was es aufgab,
die Luft spielte mit den Dingen,
die Sonne umarmte so viel da war,
und die Zeit lebt dicht am Meer
und zählt und berührt, was ist.

Ich kenne alle Algen,
die weißen Augen des Sands,

die dürftigen Waren
der Fluten im Herbst
und ich schreite, ein dicker Pelikan, einher
und nehme nasse Nester auf,
Schwämme, die den Wind verehren,
Lippen untermeerischen Dunkels,
doch nichts ist herzzerreißender
als das Anzeichen Schiffbrüchiger:
das sanfte verlorene Holz,
das die Wellen zernagten
und verschmäht ward vom Tode.

Man muß unansehnliche Dinge suchen
irgendwo auf Erden,
am blauen Ufer des Schweigens
oder wo wie ein Zug der reißende
Sturmwind vorüberzog:
dort bleiben schmale Zeichen zurück,
Münzen der Zeit und des Wassers,
Trümmerreste, himmlische Asche
und die unübertragbare Trunkenheit,
teilzunehmen am Werk
der Einsamkeit und des Sandes.

ZU VIELE NAMEN

Es verwebt der Montag mit dem Dienstag sich,
die Woche mit dem Jahr:
man kann die Zeit nicht mit deiner
geplagten Schere durchschneiden,
und alle Namen des Tages
tilgt das Wasser der Nacht.

Keiner kann Peter sich nennen,
keine ist Rosa noch Marie,
alle sind Staub wir oder Sand,
alle sind wir Regen im Regen.
Man hat mir von mehreren Venezuelas,
Paraguays und Chiles gesprochen,
ich weiß nicht, wovon sie reden:
ich kenne der Erde Haut
und weiß, sie hat keinen Namen.

Als ich mit den Wurzeln lebte,
hatte ich mehr Gefallen an ihnen
        als an den Blumen,
und als ich mit einem Stein sprach,
tönte er wie eine Glocke.

Der Frühling ist so lang,
daß er den ganzen Winter durch dauert:
die Zeit verlor die Schuhe:
ein Jahr hat vier Jahrhunderte.

Wenn in all den Nächten ich schlafe,
heiße ich dann irgendwie oder heiße ich nicht?
Und wenn ich erwache, wer bin ich,
wenn ich es nicht war, da ich schlief?

Das will sagen, daß kaum
ins Leben getreten
und gerade geboren
wir den Mund uns nicht mit so vielen
unsicheren Namen füllen sollten,
mit so vielen öden Umgangsformen,
mit so vielen hochtönenden Lettern,
mit so vielem Dein und so vielem Mein,
mit so viel Unterschrift auf Papieren.

Ich habe vor, die Dinge zu verwirren,
zu vereinen, sie frisch zu gebären,
sie durcheinanderzumengen, sie zu entkleiden,
bis das Licht der Welt
die Einheit des Weltmeers enthält,
eine großzügige Integrität,
einen prasselnden Duft.

DIE GRÜNEN STATUEN AUF DEM DACH VON NOTRE-DAME

Gegen die schwarzen Dächer,
gegen das milchige Licht,
diese hochgewachsenen Frauen,
diese grünen Bildsäulen,
was machen sie da, was taten sie zuvor,
was werden sie nächstes Jahr tun?
Sind sie Früchte des Winters?
Von der am Stein
zerbrochenen Zeit sind sie
Engel, Heilige, Königinnen
oder einfach
verlorene Standbilder,
schon baumlosen Parks
entrissen,
Plätzen, die starben?

Warum, warum in der einsamen
Höhe, Frauen
aus Eisen grün, aus Wasser,
Tote im Regen,
Wehrlose, Schlanke,
regungslos wie Fische,
schwimmend ohne sich zu bewegen
wie im Wasser die Luft?
Ich denke, andrerseits

arbeiten sie in der Höhe,
sind Muster, eiskalte Muster,
unbewegliche Feuer,
Lettern aus Licht, verbraucht
von anderem dunkeln Licht,
von einem kußlosen Beben,
von den Wogen des Himmels.

Geld, ja Geld:
an der halbharten
Unendlichkeit geprägt,
zwischen Dach und Morgendämmern,
Aufgereckte, Einsame
von Luft lebend und Rauch
wie in einem Trotz,
törichte Jungfraun,
die draußen blieben,
die Gott nicht eintreten ließ
in den »geschlossenen« Raum
und so ohne sich zu entkleiden
im Regen leben.

BRINGT IHN MIR SCHNELL

Jener Feind, den ich hatte,
ist er noch immer am Leben?
Er war ein lebenslänglicher Barabas,
immerdar hitzig und gärend.

Man wird rein melancholisch, seine düsteren
Drohungen nicht mehr zu vernehmen,
seine endlosen Jammerlisten.

Ich muß ihn aufmerksam machen,
daß er seine Salven nicht vergißt,

mir würde ein neues Buch
mit erdrückenden Argumenten gefallen,
das endlich Schluß macht mit mir.

Was soll ich ohne Bösewicht nur machen?
Niemand wird mehr auf mich achten.

Dieses nützliche Subjekt
umlauerte meine Geburt,
und kaum machte ich den Versuch zu atmen,
beschloß er mich zu vertilgen,
indem er mir voller Arglist folgte
auf Erd und Meer, in Prosa und Vers.

Er lud auf sich seine Jahre und die meinen
mit lobenswerter Beharrlichkeit
und in seine Gaunerseele
trug er alle meine Sünden ein,
die ich hatte und die ich nicht hatte,
sie, die ich wahrscheinlich haben werde,
sie, die ich nicht vorhabe zu begehen,
und da war der arme Mann mit seiner Liste,
mit seinem gewichtigen Schreibheft,
einzig mit mir beschäftigt
und meinen finstern Taten.

Ach welch unnützer Nächster!

Bei dieser einzigartigen Aufgabe
verkuppelte er seine Nachkommenschaft,
machte er ungeheuerliche Schulden,
und die Gefängnisse lauerten auf ihn,
der Unglückselige jedoch ließ nicht ab:
seine Schuldverpflichtung war enorm
und er wanderte mit seinem Sack
wie ein buckliger Fremder umher,

meine Verirrung prophezeiend
und meinen nah bevorstehenden Zusammenbruch.

Sein Werk waren begeisterte Eidame
mit ähnlicher Laufbahn,
und während diese miteinander stritten,
durchlöcherte er ihre Taschen,
und was geschieht heut, daß ich ihn nicht höre?
Plötzlich zischt der Dreizack nicht mehr
und die Kinnladen des Hasses
wahren modriges Schweigen.

Kaiman und Eidam des Kaimans,
rosteiserne Polizisten,
das darf nicht sein, hier voller Leben bin ich,
tätig im währenden Licht,
– was wurde aus jenen Zähnen?
Wie können sie mich allein lassen?
Dies wäre der beste Augenblick,
die Zeitschriften zu überfallen
mit Küchenjungen, Keulen und Messern!
Bitte rottet euch etwas zusammen!
Die Trommler an die Front!

Jener Feind, den ich hatte,
hat die Füße vom Teller genommen
unter gefährlichem Schweigen!
Ich war an diesen Schatten gewöhnt
an seinen schamlosen Neid,
an seine plumpen Würgerfinger.

Mal sehen, ob man ihn erblickt, ihn antrifft
beim Benzin- und Essigtrinken
und ob seine Wut wiederaufersteht,
ohne die ich leide, blaß werde
und keine Rebhühner essen kann.

DURCH DEN GESCHLOSSENEN MUND KOMMEN DIE FLIEGEN HEREIN

Warum entschlossen sich mit diesen roten
Flammen die Rubine zu brennen?

Warum hat des Topases Herz
gelbe Honigwaben?

Warum vergnügt die Rose sich,
indem sie die Farbe ihrer Träume ändert?

Warum erkaltet der Smaragd
wie eine untermeerische Ertrunkene?

Und warum erblaßt der Himmel
über den Junigestirnen?

Wo kauft der Schweif
der Eidechse frische Farbe?

Wo ist das unterirdische Feuer,
das die Nelken wiedererweckt?

Woher nimmt das Salz
diesen durchscheinenden Blick?

Wo schliefen die Kohlen,
die dunkel sich erhoben?

Und wo, wo kauft der Tiger
Trauerstreifen und Goldstreifen?

Wann begann das Geißblatt
seinen Duft kennenzulernen?

Wann gab die Pinie sich Rechenschaft
über ihren duftreichen Erfolg?

Wann lernten die Zitronen
die gleiche Lehre der Sonne?

Wann lernte der Rauch fliegen?
Wann sprechen die Wurzeln untereinander?

Wie ist auf den Sternen das Wasser?
Warum vergiftet der Skorpion
und warum ist der Elefant gutmütig?

Was meditiert die Schildkröte?
Wohin zieht der Schatten sich zurück?
Welchen Gesang wiederholt der Regen?
Wohin gehn die Vögel sterben?
Und warum sind die Blätter grün?

So wenig ist, was wir wissen,
und so viel, was wir nur vermuten,
so langsam lernen wir,
daß wir fragen, und schon sterben.
Besser, wir wahren den Stolz
für die Stadt der Verstorbenen
am Tag der Toten.
Und dort, wenn der Wind durch die Löcher
deines Schädels fährt,
wird er dir so viele Rätsel enthüllen,
indem er dir die Wahrheit zusummt,
wo einst deine Ohren waren.

WILDER KAMPF ZWISCHEN MATROSEN UND EINEM POLYPEN VON UNGEHEUREM AUSMASS

1 *Ankunft in Valparaíso*

Die Seeleute, die heimkehrten
vom Kampf mit dem Oktopus,
konnten danach sich nicht mehr eingewöhnen:
sie wollten nicht im Zuge fahren,
sie hatten Angst vor den Schienen,
sie lebten, indem sie Saugnäpfe
an den Autoreifen suchten,
zwischen den Beinen und an den Bäumen.
Sie hatten Angst vor dem Mond!

Sie lebten trostlos dahin, zurückgezogen
zwischen Kneipen und Fässern,
die schwarzen Bärte wuchsen
gleichzeitig und unkontrollierbar,
und unter ihren Bärten
waren sie von Tag zu Tag feindseliger,
als ob das ferne Tier
sie angefüllt hätte mit Meerwasser.

Ich traf sie in Valparaíso
wegen ihrer Haare entzweit,
spinnenhaft, reizbar,
und sie schienen beleidigt,
nicht durch das Meerungeheuer,
sondern durch Zigaretten,
durch flüchtige Gespräche,
durch die transparenten Getränke.

Sie lasen unmögliche Zeitungen,
»Der Merkur«, »Die Illustrierte Tageszeitung«,
hurenhafte Blätter

mit Fotografien von Göttinnen,
die faszinierende Nabel hatten,
sie aber lasen in weiter Ferne,
was nicht noch einmal geschehen,
sich nicht wieder ereignen würde:
Die Schlachten mit dem Kopffüßler,
der sich von Walfischfängern nährt,
und da man diesen Gegenstand
in der Zeitung nicht erwähnte,
spuckten sie wütend aus
und erschraken vor solchem Vergessen.

2 *Der Kampf*

Auf dem Meere, der Segler schlief
zwischen den Zähnen der Nacht,
es schnarchten die harten Jungen
geschmückt vom Mond,
und der verblutende Pottwal
hatte den Stolz
an die Breiten des Wassers geheftet.

Der Mann erwachte von acht
stinkenden Schauern,
acht Schläuchen des Abgrunds,
acht Eingeweiden des Schweigens,
und es schwankte das makellose Schiff,
herab stürzte sein Firmament:
eine gewaltige Meeresmuschel umschloß es
wie eine riesige Hand,
und in den Traum des Matrosen
drang die Herrschaft von Saugköpfen.

Der Kampf war rasend
und nahm solche Ausmaße an,
daß die Masten zerspellten:

die Beile hieben Stücke
harten untermeerischen Gummis ab,
des Monstrums Mäuler saugten
mit langen Lippenketten,
während seine lidlosen Pupillen
phosphoreszierend wachten.

Das war reine Schlächterei,
ausglitschten die Füße im Blut,
und fielen die eisigen Finger
der Bestie abgeschlagen zu Boden,
so hob sich eine neue teuflische Klaue,
die sich um die Hüfte
der unglücklichen Chilenen schlang.

Als mit seinem Tuch das eisige
Frühroth der Antarktis nahte,
sah es im Meer den Tod:
jenen Segler, entthront
vom sterbenden Oktopus,
und sieben lebende Walfischfänger
in den Wellen und der Abwesenheit.

Das Frühroth weinte, bis sein Tuch
durchtränkt war von gelben Wassern.

Vorüberzogen dann die Vögel,
die endlosen Schwärme,
des Archipels Bienenkörbe,
und über die grausigen Wunden
der Bestie und über die Toten
strich das gleichgültige Licht,
und die Flügel über den Schaum.

3 *Ausfahrt*

Roberto López schiffte sich auf der »Aurora« ein.
Arturo Soto auf dem »Antarktischen Stern«.
Olegario Ramírez auf dem »Maipo«.
Justino Pérez kam bei einer Schlägerei ums Leben.
Sinfín Carrasco ist Soldat in Iquique.
Juan de Dios Gonzáles ist Bauer und fällt
Lärchenstämme auf den
        Inseln des Südens.

DIE UNSTADT

Die trostlose Stadt Santiago
streckt ihre staubbedeckten Beine aus,
sie zieht sich wie ein grauer Käse in die Länge,
und vom Himmel, rein und hart,
erblickt man sie als eine tote Spinne.

Die trübsinnigen Konquistadoren
schnitten sie aus dem öden Lehmstein
und die Fliegen hernach, der Rauch,
die zermalmenden Fuhrwerke,
die kartoffelpellenden Chilenen,
des Schlachthofs Rüche,
die trostlosen Stadtverwaltungen
begruben meine Stadt,
verließen sie nach und nach,
verscharrten sie in Asche.

Dann ließen die Söhne
Chicagos bleiche Kästen errichten,
und von Mal zu Mal trauriger war

die arme Stadt im Winter:
aus den Fugen geratene Autos
quälten sie voll Raserei
und an den Straßenecken schwangen
die bedrückenden Nachrichten
blutiger Zeitungen hin und her.

Alle Reichen entwichen
mit Mobiliar und Fotografien
in die Ferne, zur Cordillere,
und dort schliefen sie unter Rosen,
am Morgen jedoch kamen sie
ins Zentrum der armen Stadt zurück
mit grausamen Pantherzähnen.

Die Armen konnten nicht weggehn,
auch die hoffnungslosen Tavernen nicht,
in denen die überlebende Jugend
voller Würde tanzte,
hier gewöhnte sich der Mensch
zwischen Lumpen einherzugehn,
so als liefe ein Fieberschauer
über die Wände des Winters.

Das Gefängnis haben sie mitten in
die arme Stadt gestoßen,
es ist ein Kerker mit Knochenfraß,
mit schwarzen eitrigen Backenzähnen
und bedrückt die Stadt, fügt ihr
seine Blutspritzer hinzu,
ihr Haupt der Schmerzen.

Was kann ich tun, mein armes Vaterland?
Es kommen und gehen die Präsidenten
und das Herz füllt sich mit Rauch an:
die Regierungen werden zu Stein

und die Stadt rührt sich nicht,
alle munkeln ohne zu sprechen,
Blitze des Hasses kreuzen sich.

Ich wuchs in diesen trostlosen Straßen auf
und sah die Eisenwarenhandlungen,
die Gemüsemärkte,
und wenn die Stadt altert,
sich prostituiert, verblutet,
am Staube stirbt:
wenn der Sommer ohne Laubwerk,
der armselige Herbst ohne Münzen,
der todesfarbene Winter
die Einwohner zudecken,
erleide ich das gleiche wie eine Straße:
und indem ich meinem Kummer nachkomme,
beginne ich vor Traurigkeit zu tanzen.

Denn ich vermute, daß eines Tages
die elenden Fußgänger Bäume
sehen werden, Wasser sie sehen werden:
und sie werden wissen, daß der Regen nicht nur
auf Hüte fällt
und werden das Licht erkennen können
und die Ausgeglichenheit des Herbstes.

SANTIAGOSANG

Ich kann deinen Schoß nicht verleugnen,
nährende Stadt, ich kann die Straßen,
die meine Schmerzen nährten,
nicht verleugnen, nicht verfluchen,
und die Dämmerung, die niedersank

auf die Dächer von Mapocho
mit düstrer Kaffeefarbe,
und dann brannte die Stadt,
knisterte wie ein Stern,
und ich wußte, daß ihre Strahlen
mein Verständnis vorbereiteten:
die Stadt war ein grünes Schiff
und fuhr bei meinen Seefahrten aus.

Nie hat dein Wohlgeruch ein Ende.
Womöglich, weil die Ackerwinde,
die an jener Ecke einging,
abwärts wuchs, anderer Welt entgegen,
während über ihrem Tod
die Blüten eines Gebäudes sich öffnen.

Santiago, ich verleugne deinen Schnee,
deine Aprilsonne, deine schwarzen Gaben nicht,
das San-Francisco-Viertel ist ein Almanach
voll verschlüsselter Daten,
der Hauptbahnhof ist ein Löwe,
die Moneda eine Taube.

Ich liebe die ovale Jungfrau,
die ohne Begeisterung
die Träume der eingesperrten
verächtlichen Zoologie beleuchtet,
und deine Parks voller Hände,
voller Münder und Küsse.

Von Zeit zu Zeit durchkämmt der Wind
die Windungen einer engen Gasse,
die ohne etwas zu sagen sich absonderte
von deiner mitleidlosen Geometrie,
doch die Berge krönten
die Geradheit deiner Rechtecke

mit einsamen wildem Salz,
nackten Statuen von Schnee,
zerfallenen Ungeheuerlichkeiten.

Was vergaß ich in deinen Straßen, daß ich
von überall wiederkehre zu deinen Straßen?
Als ginge ich, wo ich gehe,
und erinnerte mich an ein Stelldichein,
und ich eile mich, fliege, renne,
bis ich dein Pflaster berühre!
Und dann weiß ich, daß ich weiß, wer ich bin,
dann weiß ich, daß ich wartete auf mich
und endlich mit mir zusammen bin.

Der Schnee, der auf deine Stirne fällt,
beginnt auf die meine zu schnein:
ich altere mit meiner Stadt,
doch die Träume altern nicht:
Ziegel pflanzen sich fort, und Federn pflanzen sich fort,
aufsteigen Häuser und Vögel
und so, Santiago, werden wir uns sehn
in Ewigkeit schlafend
und tief wach.

Santiago, vergiß nicht, daß ich
deines Wachstums Reiter bin:
ich kam im Galopp zu Pferd
aus dem Süden, mit meiner Wildheit
und blieb standhaft in dir,
ein bronzener Ritter:
und seitdem bin ich Stadt
ohne meine Himmelsgegenden zu vergessen,
ohne meine Wege zu verlassen:
ich habe die Brust mir gepflastert,
mein Gedicht ist die Alameda,
ein Telefon mein Herz.

Sicher, Santiago, bin ich eine Straßenecke
deiner Liebe, die allzeit unbeständig
wie einer Fahne Begeisterung ist,
doch im Grunde lieb ich dich dermaßen,
daß ich leide, wenn du mich nicht schlägst,
daß, wenn du mich nicht quälst, ich sterbe
und immer zähle ich auf dich,
der ich ohne dich nichts zähle.

DER TRÄGE

Unentwegt werden zwischen den Sternen
Dinge aus Metall fortfahren, zu reisen,
werden entkräftete Menschen aufsteigen,
dem sanften Monde Gewalt antun
und dort ihre Apotheken gründen.

In dieser Zeit der prallen Traube
beginnt zwischen dem Meer und den Kordilleren
der Wein sein Leben.

In Chile tanzen die Kirschen,
singen die dunklen Mädchen
und auf den Gitarren funkelt die Flut.

Die Sonne pocht an alle Türen
und vollbringt Wunder mit dem Korn.

Der erste Wein ist rosenfarben,
süß ist er wie ein zärtliches Kind,
der nächste Wein ist kräftig
wie eines Matrosen Stimme,
und der dritte Wein ist ein Topas,
eine Mohnblüte und ein Brand.

Mein Haus besitzt Erde und Meer,
mein Weib hat große Augen
von der Farbe wilder Haselnuß,
kommt die Nacht, so kleidet
das Meer sich in Weiß und Grün,
dann träumt im Wogenschaum
der Mond wie eine Meeresbraut.

Ich will den Planeten nicht wechseln.

TIERSAMMLUNG

Vermöchte ich doch mit Vögeln,
Austern und Eidechsen zu reden,
mit den Füchsen von Selva Oscura,
mit den musterhaften Pinguinen,
verstünden die Schafe mich doch,
die schmachtenden wolligen Hunde,
die Droschkengäule,
könnte ich mit den Katzen diskutieren,
hörten mir doch die Hühner zu!

Niemals fiele es mir ein,
mit eleganten Tieren zu reden:
ich bin nicht neugierig
auf die Meinung der Wespen
oder der Rennpferde:
mögen sie im Flug sich einigen,
mögen sie im Rennen Kleider gewinnen!
Ich will mit den Fliegen sprechen,
mit der gerad geborenen Hündin,
mich mit den Schlangen unterhalten.

Als ich Füße zum Wandern hatte
durch drei längst vergangene Nächte,
folgte ich den nächtlichen Hunden,
diesen abgemagerten Pilgern,
die unterwegs sind, im Schweigen,
in großer Hast einhertrotten, nirgendwohin,
ihnen folgte ich lange Stunden
und sie mißtrauten mir,
ach, arme törichte Hunde,
sie versäumten die Gelegenheit,
von ihrer Schwermut zu erzählen,
mit Kummer und Schwanz durch die Straßen
der Hirngespinste zu streifen.

Immer war meine Neugier
auf das erotische Kaninchen groß:
wer erregte es, wer flüsterte
in seine geschlechtlichen Ohren?
Es zeugt in einem fort und fort,
nimmt keinerlei Rücksicht auf den heiligen Franziskus
noch hört es auf irgendeine Dummheit:
das Kaninchen bespringt und bespringt
mit einem unerschöpflichen Organismus.
Ich möchte mit dem Kaninchen sprechen,
ich liebe seine ausgelassenen Gepflogenheiten.

Die Spinnen werden abgetan
auf saudummen Seiten
unerträglicher Dummköpfe,
die sie mit Fliegenaugen betrachten,
die sie als freßgierig beschreiben,
als fleischlich, untreu, sexuell, lasziv.
Für mich porträtiert jener
Leumund nur die Verleumder:
die Spinne ist eine Technikerin,
eine göttliche Uhrmacherin,

wegen einer Fliege mehr oder weniger
verachten die Idioten sie,
ich will mich mit der Spinne unterhalten:
ich möchte, daß sie mir einen Stern webt.

Mich interessieren derart die Flöhe,
daß ich mich stundenlang stechen lasse,
sie sind vollkommen, uralt, sanskrithaft,
sind unvermeidliche Maschinen,
sie stechen nicht um zu essen,
sie stechen allein um zu springen,
sind die Weitspringer des Erdballs,
die Zarten, die Akrobaten
des sanftesten geistreichsten Zirkus:
mögen sie über meine Haut galoppieren,
mögen sie ihre Gefühle popularisieren,
mögen sie sich vergnügen mit meinem Blut,
jemand jedoch soll sie mir vorstellen,
ich will sie ganz aus der Nähe kennenlernen,
will wissen, woran ich mich zu halten habe.

Mit den Wiederkäuern vermochte ich
auf solch tiefe Art noch nicht warm zu werden:
dennoch bin ich ein Wiederkäuer,
ich begreife nicht, daß diese mich nicht verstehen.
Ich muß dieses Thema einmal
beim Äsen mit Kühen und Ochsen erörtern,
mit den Stieren durchdiskutieren.
Irgendwie werde ich so viele
darmtiefe Dinge schon verstehen,
die im Innern verborgen sind
wie geheime Leidenschaften.

Was hält ein Schwein von der Morgenröte?
Sie singen nicht, aber sie stützen sie
mit ihren mächtigen rosigen Leibern,
mit ihren kleinen harten Klauen.

Die Schweine stützen die Morgenröte.

Die Vögel verzehren die Nacht.

Und am Morgen leer ist
die Welt: es schlafen die Spinnen,
die Menschen, die Hunde, der Wind,
die Schweine grunzen, es tagt.

Ich möchte mich mit den Schweinen besprechen.

Süße, lauttönende, heisere Frösche,
immer wollte ich eines Tags Frosch sein,
immer liebte ich den Sumpf, die Blätter
wie Fasern schmal,
die grüne Welt der Kressen
mit den Fröschen, Herren des Himmels.

Die Froschserenade
steigt in meinem Traum auf und regt ihn an,
steigt wie eine Kletterpflanze
zum Balkon meiner Kindheit auf,
zu den Brustspitzen meiner Kusine,
zu den astronomischen Jasminen
in der schwarzen Nacht des Südens,
und nun, da die Zeit vergangen ist,
fragt mich nicht nach dem Himmel:
ich denke, ich habe noch immer nicht die heisere
Sprache der Frösche gelernt.

Wenn es so ist, wie bin ich da Poet?
Was weiß ich von der vermehrten
Geographie der Nacht?

Mit dieser Welt, die da läuft und schweigt,
möchte ich mehr Fühlung haben,
andere Sprachen, andere Zeichen,
ich will diese Welt kennen.

Alle geben sich unzufrieden
mit finsteren Vorstellungen
von raschen Kapitalisten,
systematischen Frauen.
Ich will mit vielen Dingen sprechen
und werde nicht von diesem Planeten gehn
ohne zu wissen, was ich suchen kam,
ohne diese Angelegenheit zu klären,
und mir genügen die Menschen nicht,
ich muß viel weiter fortgehen
und ich muß viel näher herangehen.

Darum, meine Herren, werde ich
mit einem Pferd mich unterhalten,
die Dichterin möge mich entschuldigen
und der Professor mir verzeihn,
ich bin die Woche über beschäftigt,
ich habe den Sprudeln zu lauschen.
Wie hieß jene Katze doch?

HERBSTTESTAMENT

Der Dichter beginnt von seiner Sinnesart und seinen Vorlieben zu erzählen

Zwischen Sterben und Nichtsterben
ich entschied mich für die Gitarre,
und in diesem angespannten Beruf
kennt mein Herz keine Atempause,
denn wo man mich am wenigsten erwartet,
komme ich mit meiner Ausrüstung,
den ersten Wein zu ernten
in den Hüten des Herbstes.

Ich trete ein, wenn man die Tür versperrt
und wenn man mich empfängt, geh ich,
ich gehöre nicht zu jenen Seefahrern,
die im Eis verlorengehn:
ich begnüge mich wie der Wind
mit den gelbsten Blättern,
mit den aus den Augen
von Statuen gefallenen Ansichten,
und ruhe mich irgendwo aus,
dann in des Feuers eigener Nuß,
in dem, was da pulst und knistert
und ohne Bestimmungsort dann fährt.

Die Zeilen entlang
wirst du deinen Namen entdeckt haben,
es tut mir nicht von Herzen leid,
es war von nichts anderem die Rede,
eher von viel mehr,
weil du existierst und weil du nicht existierst,
und das geschieht einem jeden,
keiner gibt sich Rechenschaft von allem,
und wenn man die Zahlen zusammenzählt,
wir wären alle falsche Reiche:
jetzt sind wir neue Arme.

Er spricht von seinen Feinden und beteiligt sie an seiner Hinterlassenschaft

Ich bin in Stücke zerfetzt worden
von rachedürstenden Raubtieren,
die unbezwingbar schienen.
Ich gewöhnte mich auf dem Meer,
Schemengurken zu essen,
seltsame Spielarten aus Amber
und in verlorene Städte zu gehen
mit kurzem Hemd und meiner Armatur,
derart, daß sie dich umbringen
und du vor Lachen stirbst.

Ich hinterlasse daher ihnen, die meine
unsteten Wimpern anbellten,
meine Vorliebe für das Salz,
die Richtung meines Lachens,
auf daß alle es trügen,
mit Diskretion, wenn sie dazu fähig sind:
Da sie schon mich nicht umbringen konnten,
kann ich nachträglich sie nicht hindern,
sich mit meiner Kleidung zu kleiden,
an Sonntagen mit Stückchen
meines Leichnams zu erscheinen,
zuverlässig vermummt.
Da ich keinen in Ruhe ließ,
werden sie mich nicht in Ruhe lassen,
und man wird's gewahren, doch das ist nicht
von Belang:
sie werden meine Socken öffentlich
bekanntmachen.

Er wendet sich anderen Lebensbereichen zu

Ich vermachte meine Erdengüter
meiner Partei und meinem Volk,
jetzt handelt es sich um etwas anderes,
Dinge, die dunkel und so hell,
die dennoch ein einziges sind.
So ist es bei den Trauben
und ihren machtvollen Söhnen,
dem weißen Wein, dem roten Wein,
alles Leben ist rot und weiß,
alle Helle ist dunkel,
und nicht alles ist Erde und Lehm,
da sind in meiner Erbschaft Schattenbild
und Träume.

Er antwortete einigen Wohlgesinnten

Sie fragten mich einmal,
warum ich so dunkel schriebe,
sie mögen darum die Nacht befragen,
das Erz, die Wurzeln.
Ich wußte nicht, was antworten,
bis deswegen und danach
zwei Schurken mich anfielen
und mich der Einfachheit ziehen:
möge das fließende Wasser antworten,
und ich ging fort und sang.

Er widmet seine Kümmernisse

Wem hinterlasse ich eine so große Freude,
die meine Adern durchwogte,
und dieses Fruchtbar- und Unfruchtbarsein,
das die Natur mir verlieh?
Ich war ein langer Strom voll
harter Steine gewesen, die in der Nacht
mit hellen Klängen tönten,
am Tag mit dunklen Liedern,
und wem kann ich so viel hinterlassen,
ebenso viel wie wenig,
eine gegenstandslose Freude,
ein einsames Pferd auf dem Meer,
einen Webstuhl, der Wind webte?

Er verfügt über seine Freuden

All jenen, die mich leiden machten,
gedenk ich meine Traurigkeiten zu,
doch ich vergaß, wer es gewesen,
und ich weiß nicht mehr, wo ich sie ließ,
wenn man sie mitten im Wald gewahrt,
sind sie wie Schlinggewächse
und ranken mit ihren Blättern vom Boden auf
und endigen dort, wo du endest,
an deinem Kopf oder in der Luft,
auf daß sie nicht höher klimmen,
muß man den Frühling wechseln.

Er spricht dem Haß das Verdammungsurteil

Ich näherte mich beim Umherwandern
dem Haß,
ernsthaft sind seine Schauer,
seine Gedanken schwindelerregend.
Der Haß ist ein Schwertfisch,
er bewegt in Gewässern sich unsichtbar,
und auf einmal sieht man ihn kommen,
und er hat Blut an der Klinge:
ihn macht die Durchsichtigkeit wehrlos.

Warum also jene hassen,
die uns so sehr gehaßt?
Dort unter dem Wasser sind sie,
Spähende, Hingelagerte,
Schwert und Ölkrug vorbereitend,
Spinngeweb und Webstuhlketten.
Es geht nicht um Christentum,
weder um Gebet noch Schneiderarbeit,
sondern der Haß ging verloren:
ihm fielen die Panzerschuppen
auf dem Giftmarkt ab,
und derweil kommt die Sonne hervor,
und man beginnt zu arbeiten
und sein Brot zu kaufen und seinen Wein.

Doch ihn bedenkt er in seinem Testament

Dem Haß werde ich
meines Pferdes Hufeisen vermachen,
mein Seefahrerhemd,
meine Wanderstiefel,
mein Tischlerherz,
alles, was ich zu machen verstand,
und was mir half beim Leiden,
was ich an Hartem und Reinem besaß,
an Unauflöslichem, an Unstetem,
damit man lerne in der Welt,

daß jene, die Wald und Wasser besitzen,
sich trennen können und auf und davon
segeln,
fortwandern können und wiederkehren,
leiden können und lieben,
sich fürchten können und schaffen,
dasein können und fortdauern können,
blühen können und sterben,
einfach sein können und dunkel,
keine Ohren haben können,
das Unglück ertragen können,
auf eine Blume warten können,
endlich, können wir leben,
wenn manche Hurensöhne auch
unser Leben nicht akzeptieren.

Zuletzt wendet er sich mit Entzücken an seine Geliebte

Matilde Urrutia, hier hinterlaß ich dir,
was ich hatte und was ich nicht hatte,
was ich bin und was ich nicht bin.
Meine Liebe ist ein Kind, das weint,
es will nicht aus deinen Armen fort,
ich vermach sie dir für immer:
du bist für mich die Schönste.

Du bist für mich die Schönste,
die am stärksten vom Wind Tätowierte,
wie ein kleiner Baum des Südens,
wie ein Haselbaum im August,
du bist für mich nahrhaft
wie eine Bäckerei,
aus Erde dein Herz,
doch himmlisch sind deine Hände.

Du bist rot und bist prickelnd,
bist weiß und bist salzig
wie Zwiebelmarinade,

bist ein Klavier, das lacht
auf allen Noten der Seele,
und über mich stürzt die Musik
deiner Wimpern und deines Haars,
ich bade in deinem Goldschatten mich
und mich ergötzen deine Ohren,
als hätte ich sie in den
Korallenfluten entdeckt:
um deine Fingernägel kämpfte ich in den
Wogen
gegen schreckliche Fische.

Von Süd zu Süd öffnen sich deine Augen,
und von Ost zu Ost dein Lächeln,
und deine Füße kann man nicht erblicken,
und die Sonne hat ihren Spaß, wenn sie in
deinem Haar die Morgenfrühe zerschellen
läßt.
Dein Leib und dein Gesicht kamen
wie ich aus rauhen Himmelsstrichen,
aus regengesättigten Zeremonien,
aus uralten Landstrichen und Martyrien,
weiter singt der Bio-Bio-Fluß
auf unserem blutgetränkten Lehm,
du aber brachtest aus dem Wald
alle geheimen Düfte mit
und diese Art zu leuchten
ein Profil verirrten Pfeils,
eines Kriegers Medaille.
Du wurdest meine Besiegerin
durch die Liebe und durch die Erde,
denn dein Mund brachte mir
vorherige Quellen,
Treffen im Wald aus anderer Zeit,
dunkle nasse Tambore:
auf einmal vernahm ich, wie sie mich riefen:

es war fern und von irgendwo:
ich näherte mich uraltem Laub
und küßte mein Blut in deinem Mund,
du mein Herz, meine Araukanerin.

Was kann ich dir vermachen, wo du,
Matilde Urrutia, bei deiner Berührung
diesen Duft verbrannten Laubes hast,
diesen Wohlgeruch von Erdbeeren,
und zwischen deinen beiden Meeresbrüsten
die Dämmerung von Cauquenes
und Chiles Peumoduft?

Es ist des Meeres großer Herbst
von Nebel voll und Höhlungen,
die Erde dehnet sich und atmet,
und dem Monat fällt das Laub.
Und du über meine Arbeit gebeugt
mit deiner Leidenschaft und deiner Geduld,
die grünen Klauen,
das Spinnengeweb, die Insekten entziffernd
meiner sterblichen Kalligraphie,
Löwin du mit winzigen Füßen,
was würde ich anfangen ohne deine schnellen
Hände?
wohin soll ich wandern
ohne Herz und ohne Ziel?
in welchen fernen Autobussen,
von Feuer krank oder Schnee?

Dir verdanke ich den Meeresherbst
mit seiner Wurzelfeuchte
und dem Nebel wie eine Traube,
und die wildwachsende staatliche Sonne:
dir verdank ich diese stumme Truhe,
in der die Schmerzen verlorengehn

und zur Stirn einzig die Korallen
der Freude aufsteigen.
Alles verdanke ich dir,
unbändige Turteltaube,
mein stolzes Wachtelweibchen,
mein Bergstieglitz,
meine Bäuerin von Coihueco.

Bisweilen, wenn wir schon nicht mehr da sind,
wir schon nicht mehr fortgehn noch
ankommen,
unter sieben Staubschichten
und des Todes dürren Füßen,
werden wir beisammen sein, Liebe,
seltsam miteinander vermengt.
Unsere unterschiedlichen Wirbel,
unsere unerzogenen Augen,
unsere Füße, die sich nicht fanden,
und unsere unauslöschlichen Küsse,
alles wird endlich vereint sein,
doch wozu dient uns
die Einheit auf dem Friedhof?
Möge uns das Leben nicht trennen
und der Tod sich zum Henker scheren!

End-empfehlungen

Hier verabschiede ich mich, meine Herren,
nach so vielem Abschiednehmen
und wenn ich Ihnen nichts hinterlasse,
möchte ich, daß alle etwas berühren:
das Mitleidloseste, was ich besaß.
Das Schädlichste und das Hitzigste
kehrt auf die Erde zurück und um wieder
zu sein:
die Blütenblätter der Güte
fielen wie Glockenklänge
in den grünen Mund des Winds.

Ich aber erntete mit Übermaß
von Freunden und Fremden die Güte.
Mich empfing die Güte,
wo immer ich vorüberkam bei meinem
 Wandern,
ich fand sie an allen Enden
wie ein verteiltes Herz.

Was für heilsame Grenzen
machten nicht mein Verbanntsein zunichte,
da man das Brot mit mir teilte,
die Gefahr, das Dach, den Wein?
Die Welt öffnete ihre Baumalleen
und ich ging durch sie wie Juan in sein Haus,
zwischen zwei Reihen Zärtlichkeit.
Ich habe im Süden ebensoviel Freunde
wie ich im Norden sie hab,
die Sonne kann nicht untergehn
zwischen meinen Freunden im Osten,
und wie viele sind im Westen?
Ich vermag das Korn nicht zu zählen.
Ich vermag sie weder zu nennen noch zu
 zählen,
die brüderlichen Oyarzunes:
in Amerika, von so viel nächtlicher
Bedrohung erschüttert,
gibt es keinen Mond, der mich nicht kennt,
keine Wege, die mich nicht erwarten,
in den armseligen Lehmdörfern
oder in den Städten aus Zement
ist irgendein ferner Arce,
den ich noch nicht kenne,
doch als Brüder sind wir geboren.

Allüberall sammelte ich
den Honig ein, den die Bären verschlingen,

den versunkenen Frühling,
den Schatz des Elefanten,
und das verdanke ich den Meinen,
meinen kristallinischen Verwandten.
Das Volk erkannte mich,
und nie hörte ich auf, Volk zu sein.
Ich hatte in meiner flachen Hand
die Welt mit ihren Archipelen
und so wie man meiner nicht entsagen kann,
entsagte ich nicht meinem Herzen,
den Austern und den Sternen.

Der Dichter beendet sein Buch, indem er von seinen mannigfaltigen Verwandlungen spricht und seinen Glauben an die Poesie bekräftigt

Durch so viele Male, die ich geboren bin,
habe ich eine salzige Erfahrung mitbekommen
wie des Meeres Geschöpfe
durch himmlische Vererbung
und mit irdischer Bestimmung.
Und so bewege ich mich, ohne zu wissen,
zu welcher Welt ich zurückkehren
oder ob ich weiterleben werde.
Dieweil die Dinge sich entscheiden,
lasse ich mein Zeugnis hier,
mein Extravaganzenbrevier,
auf daß bei häufiger Lektüre
keiner davon etwas lerne,
wenn nicht die unaufhörliche Bewegung
eines klaren und verwirrten Mannes,
eines regnerischen und heiteren Mannes,
eines energischen und herbstlichen.

Und nun gehe ich
hinter dieses Blatt und verschwinde nicht:
ich werde einen Sprung tun in die Durchsichtigkeit
wie ein Himmelsschwimmer
und dann werde ich von neuem zu wachsen
beginnen,

bis ich eines Tags so winzig bin,
daß mich der Wind entführt
und ich nicht weiß, wie ich heiße
und ich nicht sein werde, wenn ich erwache:

dann werde ich im Schweigen singen.

Chronologie

der wichtigsten Lebensabschnitte von Pablo Neruda
und der Publikation seiner bedeutendsten Werke

12. Juli 1904 Geburt von (Ricardo Eliecer) Neftalí Reyes (Basoalto) in Parral (Südchile) als Sohn des Lokomotivführers José del Carmen Reyes und der Volksschullehrerin Rosa Neftalí Basoalto.
Seit 1920 benutzt der Dichter das Pseudonym Pablo Neruda, das er am 28.12.1946 als seinen Namen legalisieren läßt.
Seine Mutter stirbt sechs Wochen nach seiner Geburt an Tuberkulose.

1906 Umzug des Vaters nach Temuco (Südchile) und zweite Ehe mit Trinidad Candia Marverde.

1917 Veröffentlichung des ersten Artikels in der Zeitung *La Mañana* (Temuco).

1921 Neruda begibt sich zum Studium nach Santiago de Chile.

1923 Erstausgabe von *Crepusculario*.

1924 Erstveröffentlichung von *Zwanzig Liebesgedichte und ein Lied der Verzweiflung*.

1927–1932 Chilenischer Honorarkonsul in Rangun, Colombo, Batavia und Singapur.

1930 Hochzeit mit der Holländerin Maria Antonieta Hagenaar Vogelzanz.

1932 Rückkehr nach Chile. Zweite und definitive Ausgabe von *Zwanzig Liebesgedichte und ein Lied der Verzweiflung*.

1933 Erstausgabe von *Der begeisterte Schleuderer* (zehn Jahre nach der Abfassung). Chilenischer Konsul in Buenos Aires. Erste Begegnung mit Federico García Lorca. Erstausgabe von *Aufenthalt auf Erden (1925–1931)*.

1934 Chilenischer Konsul in Barcelona. Geburt seiner

Tochter Malva Marina. Lernt die Argentinierin Delia del Carril kennen.

1935 Chilenischer Konsul in Madrid. Die spanischen Dichter feiern ihn mit dem Buch *Homenaje a Pablo Neruda de los poetas españoles (Ehrengabe der spanischen Dichter an Pablo Neruda)*. Publikation der Zeitschrift *Caballo Verde para la Poesia (Grünes Pferd für die Dichtung)*. Publikation von *Aufenthalt auf Erden (1925–1931)*.

1936 Nach dem Ausbruch des Spanischen Bürgerkriegs wird Pablo Neruda als Konsul abgesetzt. Trennung von Maria Antonieta Hagenaar Vogelzanz.

1937 Rede in Paris auf Federico García Lorca. Engagement zugunsten der spanischen Republik. Erstausgabe von *Spanien im Herzen*.

1938 Tod seines Vaters und seiner Stiefmutter. Politisches Engagement in Chile für Pedro Aguirre Cerda, den Präsidentschaftskandidaten der Volksfront.

1939 Chilenischer Konsul für die spanischen Emigranten in Paris. Organisiert die Überfahrt spanischer Flüchtlinge nach Chile auf dem umgebauten Frachtschiff »Winnipeg«.

1940 Chilenischer Generalkonsul in Mexico-Stadt.

1941 Die Universität von Mexico-Stadt publiziert *Gesang für Bolívar*.

1942 Liest im Auditorium maximum *Gesang für Stalingrad*, das dann überall in Mexico-Stadt als Plakat angeschlagen wird.

Tod seiner kranken Tochter Malva Marina.

1943 Reise in die USA. Triumphale Rückkehr nach Chile über Panama, Kolumbien, Peru (wo er Lima, Cuzco, Macchu Picchu und Arequipa besucht).

1944 Erhält den Lyrik-Preis der Stadt Santiago de Chile.

1945 Wahl zum Senator für die nordchilenischen Provinzen Tarapacá und Antofagasta. Eintritt in die Kommunistische Partei Chiles. Reise nach Brasilien.

1946 Wahlkampfleiter des chilenischen Präsidentschaftskandidaten Gabriel González Videla. Erste Begegnung mit Matilde Urrutia in Santiago.

1947 Publikation von *Dritter Aufenthalt.*

1948 Pablo Neruda hält am 6. Januar im Senat die Rede *Ich klage an* gegen den politischen Kurswechsel des Präsidenten González Videla; darauf wird er als Senator abgesetzt und polizeilich gesucht. Verbot der Kommunistischen Partei Chiles. Neruda lebt bis Februar 1949 im Untergrund.

1949 Abenteuerliche Flucht aus Chile. Ernennung zum Mitglied des Weltfriedensrates. Er trifft in Mexico-Stadt Matilde Urrutia wieder.

1949–1952 Exil. Zahllose Reisen nach Amerika, Europa und Asien (Indien, Volksrepublik China).

1959 Erstausgabe von *Der Große Gesang* in Mexico-Stadt. Erhält den Internationalen Friedenspreis.

1952 Aufenthalt auf Capri, zusammen mit Matilde Urrutia. Anonyme Publikation von *Die Verse des Kapitäns* in Neapel. Triumphale Rückkehr nach Chile.

1953 Erhält den Stalinpreis.

1954 Erstausgabe von *Elementare Oden* und *Die Trauben und der Wind.* Zahlreiche Reisen und Ehrungen.

1955 Trennung von Delia del Carril und endgültige Verbindung mit Matilde Urrutia.

1956 Erstausgabe von *Neue Elementare Oden.*

1957 Präsident des Chilenischen Schriftstellerverbandes. Erstausgabe von *Drittes Buch der Oden.*

1958 Beteiligung am Präsidentschaftswahlkampf in Chile. Erstausgabe von *Estravagario (Extravaganzenbrevier).*

1959 Erstausgabe von *Seefahrt und Rückkehr.*

1960 Zahlreiche Reisen, Aufenthalte in Paris und in Kuba. Erstausgabe von *Heldenepos.*

1961 Ernennung zum korrespondierenden Mitglied des Instituts für Romanische Sprachen der Universität Yale (USA).

1962 Ernennung zum akademischen Mitglied der Philosophischen Fakultät der Universität von Chile in Santiago.

1964 Vortragsreihe zum 60. Geburtstag des Dichters in der Chilenischen Nationalbibliothek. Aktive Beteiligung am Präsidentschaftswahlkampf. Erstausgabe von *Memorial von Isla Negra.*

1965 Dr. h. c. der Universität von Oxford.

1966 Reisen in Nord- und Südamerika. Legalisiert in Chile seine im Ausland geschlossene Ehe mit Matilde Urrutia.

1967 Reisen in Europa.

1968 3. Ausgabe der *Vollständigen Werke* (Losada, Buenos Aires). Erstausgabe von *Die Hände des Tages.*

1969 Ernennung zum Präsidentschaftskandidaten der Kommunistischen Partei Chiles; Wahlkampf; Verzicht zugunsten von Salvador Allende. Erstausgabe von *Ende der Welt* und *Immer noch.*

1970 Erstausgabe von *Das entflammte Schwert* und *Die Steine des Himmels.* Wahlkampf; nach dem Sieg der Volksfront Ernennung zum Botschafter Chiles in Paris.

1971 Nobelpreis für Literatur.

1972 Aus Gesundheitsgründen Rücktritt von seinem Botschafterposten. Die Regierung und das chilenische Volk ehren Pablo Neruda im Nationalstadion von Santiago.

11. 9. 1973 Sturz und Tod von Salvador Allende.

23. 9. 1973 Pablo Neruda stirbt in Santiago de Chile.

1974 Publikation der Memoiren *Ich bekenne, ich habe gelebt* und der acht postumen Lyrikbücher *Die abgeschnittene Rose, Garten im Winter, 2000, Das gelbe Herz, Buch der Fragen, Elegie, Das Meer und die Glocken, Ausgewählte Mängel.*

1978 Publikation der Prosaschriften *Um geboren zu werden.*

Namen und Daten

Alameda Alameda Bernardo O'Higgins, Hauptstraße von Santiago de Chile. An ihrer Nordseite befindet sich die Plaza de la Libertad und der Präsidentenpalast (Moneda).

Aldus Aldus Manutius (1449–1510), berühmter Drucker aus Venedig, der 1493 seine Druckerei gründete und (Erst-)Ausgaben lateinischer und griechischer Klassiker (z. B. von Aristoteles) herstellte.

Algarrobo Weitausladender, niedriger, laubwerfender Dornbaum des chilenischen Wüstengürtels.

Amado, Jorge (Geboren 1912), der meist verbreitete und meist gelesene Romanschriftsteller Brasiliens; enger Freund von Neruda.

Amarant Fuchsschwanz; Pflanzengattung aus der Familie der Amarantazeen mit etwa 50 in den Tropen und in den gemäßigten Zonen verbreiteten Arten.

Amatitlán Ort in Guatemala am gleichnamigen See (wörtlich: »unter dem großen Feigenbaum«).

Anacapri Siehe *Capri*.

Antofagasta Hafenstadt im Norden Chiles; Ausfuhrhafen für Kupfer und Salpeter. Von den nordchilenischen Provinzen Antofagasta und Tarapacá wird Neruda im März 1945 zum chilenischen Senator gewählt.

Araukaner Hier: Südchilene. – Die Araukaner sind die indianischen Ureinwohner Chiles (siehe auch *Süden*).

Araukarie »Andentanne«: hoher Nadelbaum, besonders verbreitet in Chile.

Arbenz Guzmán, Jacobo (1913–1971), von 1950 bis 1954 Staatspräsident von Guatemala; wird wegen seiner Bodenreformgesetzgebung, von der auch die nordamerikanische United Fruit Company betroffen ist, mit Hilfe der Vereinigten Staaten gestürzt.

Arce, Homero (Geboren 1900), chilenischer Dichter und lebenslanger Freund von Pablo Neruda. Seinen Gedichtband *Los ínti-*

mos metales (1963) hat Neruda illustriert. Arce ist seit 1952 sein Sekretär.

Arévalo, Juan José (Geboren 1904), Politiker aus Guatemala, von 1945 bis 1950 Staatspräsident, der eine Bodenreform und Sozialgesetzgebung durchzusetzen versuchte. Seine Politik wird von seinem Nachfolger *Arbenz* (siehe dort) fortgeführt.

Aureomycin Antibiotikum.

Avellano Haselnußstaude; hier: Baum mit haselnußartiger Frucht und milchartigem Harz, aus dem Gummi gewonnen wird.

Aymará Indianervolk im Andenhochland von Bolivien und Peru.

Batavia Heute Jakarta (Hauptstadt Indonesiens auf Java gelegen). Neruda ist von 1930 bis 1931 chilenischer Konsul in Batavia.

Batista y Zaldivar, Fulgencio (1901–1973), von 1940 bis 1944 Staatspräsident von Kuba; herrschte, nach sechsjährigem Exil in den Vereinigten Staaten, mit deren Hilfe von 1952 bis 1959 als Diktator; wird 1959 von Fidel Castro gestürzt.

Berceo, Gonzalo (1195–1264), der älteste namentlich bekannte Dichter Spaniens, der hauptsächlich religiöse Gedichte verfaßt hat.

Bio-Bio Längster chilenischer Fluß (360 km), im Süden des Landes; mündet bei Concepción in den Pazifik.

Bodoni, Giambattista (1740–1813), berühmter italienischer Buchdrucker, der hervorragende Ausgaben herstellte und eigene Lettern schnitt.

Camões, Luís Vaz de (1524/25–1580), epischer und lyrischer Dichter aus Portugal, der das portugiesische Nationalepos *Os Lusíades* (»Die Lusiaden«) verfaßte (1572) und als der größte Dichter Portugals gilt.

Capri Neruda verbringt im Winter 1951/52 und im Frühjahr 1952 eine glückliche Zeit auf Capri, zusammen mit Matilde Urrutia, seiner dritten Frau. Aus dieser Liebe entstehen *Die Verse des Kapitäns* (1952).

Carahue Ort westlich von Temuco im südlichen Chile am Imperial-Fluß. In Temuco ist Neruda aufgewachsen (1906–1921).

Carol Karl II. von Rumänien, König von 1930 bis 1940.

Cauquenes Provinzstadt in Südchile, südwestlich von Talca.

Cautín Südchilenische Provinz in der sogenannten Fronterazone.

Celadon (-Porzellan) Chinesisches Porzellan mit blaßgrüner Glasur, das in Europa im 17. Jh. nach der Gestalt des Céladon (blasser, gepuderter, treuer, platonischer Liebhaber) aus dem französischen Roman *L'Astreé* (1607–1627) von Honoré d'Urfé (1567–1625) seine Bezeichnung erhielt.

Chacabuco Distrikt nördlich von Santiago de Chile, ehemals eine riesige Hacienda im Besitz der Jesuiten, z. Z. aus 11 Fundos (Landbesitzen) bestehend.

Charles d'Orléans (1394–1465), spätmittelalterlicher französischer Dichter aus höchstem Adel, der 25 Jahre in englischer Kriegsgefangenschaft zubringen mußte und wunderschöne lyrische, philosophische und patriotische Gedichte schrieb.

Chiloé Insel und Inselarchipel in Südchile.

Chuquicamata Kupferminenbezirk in der chilenischen Provinz Antofagasta. Dort wird Neruda im März 1945 zum Senator gewählt.

Coihueco Ort in Südchile, unweit von Chillán. Aus dieser Gegend stammt Matilde Urrutia, Nerudas dritte Frau.

Colli-Pulli Südchilenischer Ort im ehemaligen Araukanerland; wird 1867 neu gegründet.

Colombo Neruda lebt von 1928 bis 1930 als chilenischer Konsul in Colombo auf Ceylon (Sri Lanka). 1957 besucht er auf einer Asienreise diese Stadt, ohne ein bekanntes Gesicht aus seiner früheren Zeit wiederzutreffen.

Copal Baum amerikanischen Ursprungs, mit gelblichem, von roten Streifen durchzogenem, harten Holz.

Coquimbo Chilenische Provinz nördlich von Santiago de Chile (Viehzucht, Bergbau).

Córdoba Hauptstadt der gleichnamigen Provinz in Argentinien; 1573 gegründet, erhält sie 1613 eine Universität und ist während der spanischen Kolonialzeit ein politisches und geistliches Zentrum; 1918 wird sie Ausgangspunkt der lateinamerikanischen Universitätsreformbewegung.

Cruchaga, Angel (1893–1946), chilenischer Dichter, teilweise der Avantgarde der zwanziger Jahre zugehörig. Angel Cruchaga heiratet Albertina Azócar, Nerudas Jugendliebe, die die *Zwanzig Liebesgedichte und ein Lied der Verzweiflung* inspiriert hat.

Cunhal, Alvaro Barreirinhas (Geboren 1913), seit 1939 Generalsekretär der Kommunistischen Partei Portugals; von 1949 bis 1961 ist Cunhal im Gefängnis, nach seiner Flucht lebt er von 1961 bis 1974 im Exil.

Darío, Rubín (1867–1916), einer der bedeutendsten Dichter Lateinamerikas. Er stammt aus Nicaragua und ist der hauptsächliche Vertreter des hispano-amerikanischen Modernismo.

Dobris Barockschloß, südöstlich von Prag; es gehört dem tschechoslowakischen Schriftstellerverband und dient ihm als Kongreßzentrum und als Erholungsheim. Pablo Neruda hielt sich dort, eingeladen vom Schriftstellerverband der CSSR, Ende 1950 eine Zeitlang auf.

Dolores Dolores Gómez Ibárruri, genannt La Pasionaria (geboren 1895), 1920 Mitbegründerin der Kommunistischen Partei Spaniens, 1942–1960 Generalsekretärin, kehrt 1977 aus dem Exil in der UdSSR nach Spanien zurück. Erwirbt sich legendären Ruhm durch ihren leidenschaftlichen Einsatz für die Republik während des Spanischen Bürgerkriegs.

Don Diego Blume (dreifarbige Winde); Don Diego de (la) noche: Wunderblume.

Drieu la Rochelle, Pierre (1893–1945), konservativer französischer Schriftsteller, der Faschist wurde und im 2. Weltkrieg mit der deutschen Besatzungsmacht kollaborierte. Er gab von 1940 bis 1944 die »Nouvelle Revue Française« heraus. Beging 1945 Selbstmord.

Durango Hauptstadt des gleichnamigen Staates in Nord-Mexico. Neruda ist von 1940 bis 1943 chilenischer Generalkonsul in Mexico-Stadt.

Durga Gemeint ist wohl Urga: bis 1924 Name des heutigen Ulan Bator und Sitz des Oberhauptes der Lamaisten in der Mongolei (berühmtes Kloster).

Ehrenburg, Ilja (1891–1967), bedeutender Schriftsteller und Journalist aus der UdSSR, enger Freund von Pablo Neruda.

Eliot, Thomas Stearns (1888–1965), englischer Lyriker, Dramatiker, Essayist und Kritiker. Wird durch sein Gedicht *Waste Land* (1922) weltberühmt.

Éluard, Paul (1895–1952), einer der größten Dichter der modernen französischen Literatur, Mitbegründer der surrealistischen Bewegung in Frankreich. Éluard schließt sich im 2. Weltkrieg der Résistance an und tritt in die Kommunistische Partei ein. Er ist eng mit Pablo Neruda befreundet.

Elzevier (-Ausgaben) Bücher von besonderem Sammlerwert, hergestellt und herausgegeben von der niederländischen Buchdruckerfamilie Elzevier (17. Jahrhundert).

Ercilla y Zúñiga, Alonso de (1533–1594), spanischer Soldat und Dichter; Autor des berühmten Epos *La Araucana*, das die Eroberung Chiles, die Ercilla miterlebt hat, beschreibt.

Euzkadi Baskischer Name für das Baskenland in Nordspanien.

Feind Gemeint ist der chilenische Schriftsteller und Publizist Pablo de Rokha, der sein Leben lang Pablo Neruda anfeindet (vgl. sein Buch *Pablo Neruda y yo*, Santiago de Chile 1955).

Flucht Pablo Neruda lebt ab Januar 1948 über ein Jahr in Chile im Untergrund. Im Februar 1949 flieht er nach Argentinien, indem er beim Ranco-See (südöstlich von Valdivia) auf Schmugglerpfaden zu Pferd die Anden überquert, bis er das argentinische Dorf San Martín de los Andes erreicht, wo ihn Freunde erwarten (vgl. seine Memoiren *Ich bekenne, ich habe gelebt*, S. 238–250).

Frankreich 1951 verweigerte die französische Regierung Neruda vorübergehend aus politischen Gründen die Einreise nach Frankreich.

Frühling Gemeint ist der Frühling der Südhalbkugel, der zeitlich mit unserem Herbst zusammenfällt.

Fučik, Julius (1903–1943), tschechischer Schriftsteller und Literaturkritiker, der 1943 in Berlin-Plötzensee hingerichtet wurde.

Gagat Tiefschwarze glänzende Braunkohlenart, als Schmuckstein verwendet.

Garcilaso de la Vega (1503–1536), einer der größten spanischen Renaissance-Dichter.

Goldene Pagode Die prächtige Shwe Dagon-Pagode in *Rangun* (siehe dort).

Golfo de Penas Bucht im tiefen Süden von Chile, südlich des Archipels de los Choros.

González Videla, Gabriel Staatspräsident von Chile von 1946 bis 1952. Pablo Neruda hat für ihn den Wahlkampf geleitet. 1948 vollzieht González Videla eine radikale Kehrtwendung in seiner Politik (Neruda nennt dies seinen »Verrat«), verbietet die Kommunistische Partei Chiles und läßt Neruda polizeilich verfolgen. Der Dichter lebt ein Jahr im Untergrund und flieht 1949 nach Argentinien.

Gottwaldau (Gottwaldov) Stadt in der CSSR.

Guernica Baskische Stadt, die im Spanischen Bürgerkrieg am 26. April 1937 von der deutschen Legion Condor zerstört wurde. Pablo Picasso hat sein Bild »Guernica« vom 1. Mai bis 4. Juni 1937 in Paris gemalt. Es wurde 1981 aus dem Museum of Modern Art in New York nach Madrid gebracht.

Guillermina Margarita Aguirre, die Biographin Nerudas (*Las vidas de Pablo Neruda*, Grijalbo, Mexico/Barcelona/Buenos Aires 1973, S. 242–245), erzählt, wie Neruda nach einer Lesung in Lima einen Anruf erhält und ihm jemand mitteilt, er wisse, wo sich Guillermina befinde (siehe das Gedicht *Wo mag Guillermina sein?*). Man habe den Dichter zu einem alten Haus geführt und ihm eine prächtige, bunt bemalte Galionsfigur aus dem 17. Jahrhundert zum Kauf angeboten. Neruda, der solche Figuren sammelte, habe sie ohne Zögern sogleich erworben. – Die wirkliche Guillermina hieß G. Rehren und war eine Jugendfreundin von Nerudas Schwester Laura. Ihre Familie zog, als sie 15 Jahre alt war, von Temuco in den Norden.

Guttuso, Renato (Geboren 1912), italienischer Maler und Graphiker, Begründer des sozialkritischen Realismus in Italien nach dem 2. Weltkrieg.

Hernández, Miguel (1910–1942), spanischer Lyriker bäuerlicher Herkunft; kommt nach Madrid und tritt dort mit Pablo Neruda und den spanischen Dichtern der *Generation von 1927* in enge Verbindung. Im Spanischen Bürgerkrieg kämpft er als Soldat auf republikanischer Seite. Er wird später vom Francoregime zum Tode verurteilt, dann begnadigt und zu 30 Jahren Haft verurteilt; 1942 stirbt er im Gefängnis von Alicante.

Hikmet, Nazim (1902–1963), türkischer Dichter; Mitglied der (illegalen) Kommunistischen Partei der Türkei, von 1937 bis 1950 im Gefängnis, danach im Exil. Freund von Pablo Neruda.

Hirte = Miguel Hernández (siehe dort).

Hudson, William Henry (1841–1922), englischer Naturforscher und Romancier.

Hugo, Victor (1802–1885), einer der einflußreichsten französischen Dichter des 19. Jahrhunderts, besonders viel gelesen in Lateinamerika.

Hyderabad Hauptstadt des indischen Bundesstaates Andhra Pradesh.

Inseln des Südens Der Süden Chiles besteht aus einer fjordähnlichen Landschaft mit zahlreichen Inseln und Inselgruppen, von denen die Isla de Chiloé und der Archipel de los Choros die wichtigsten sind.

Iquique Nordchilenische Küstenstadt.

Isla Negra »Schwarze Insel«, ist aber weder schwarz noch eine Insel, sondern eine Landzunge, etwa 40 km südlich von Valparaíso am Pazifik. Neruda hat sich dort sein erstes Haus gekauft und ausgebaut.

Jenissei Strom in Sibirien.

Junqueiro, Guerra (1850–1923), patriotischer und antiklerikaler portugiesischer Dichter, beeinflußt von der französischen Romantik.

Kantharide Weichkäfer.

Kladno Stadt in der CSSR, unweit von Prag.

Kopal Siehe *Copal.*

Krasnojarsk Hauptstadt der gleichnamigen Region in Sibirien, am Jenissei.

Lafferte, Elías Kommunistischer chilenischer Politiker.

Laura Die Schwester von Pablo Neruda.

Lawrence, Thomas Edward (1888–1935), legendärer englischer Schriftsteller, der die arabische Unabhängigkeitsbewegung gegen die Türken aktiv unterstützte (im Auftrag des englischen Geheimdienstes). Hauptwerk: Die *Sieben Säulen der Weisheit* (1926).

Lincoln, Abraham (1809–1865), 16. Präsident der Vereinigten Staaten von Amerika (1861–1865). In Lateinamerika ist er geachtet wegen seines entschiedenen Kampfes gegen die Sklaverei. Seine Wahl zum Präsidenten führt zum Abfall der Südstaaten und zum Sezessions-Krieg. Er wird am 15. April 1865 von dem Rassisten J. W. Booth ermordet.

Loncoche Ort südlich von Temuco in Südchile.

Lonquimay Ort in den chilenischen Cordilleren, östlich von Temuco.

Lota Chilenische Stadt im zentralchilenischen Industriegebiet der Provinz Concepción, Zentrum des Kohlebergbaus.

Loyola, Ignacio de (1491–1556), spanischer Adliger, der nach einer Verwundung und einer Wallfahrt ins Heilige Land Theologie studiert, 1537 die Priesterweihe erhält und 1541 den militärisch strukturierten gegenreformatorischen Jesuitenorden gründet, dessen erster General er ist.

Machado, Gerardo Herrschte von 1925 bis 1933 als Diktator über Kuba.

Magallãnes, Fernando de Eigentlich *F. de Magalháes* (1480 bis 1521), portugiesischer Seefahrer und Entdecker im Dienst der spanischen Krone. Entdeckt die nach ihm benannte Meerenge im Süden von Chile.

Malá Strana »Kleinseite«: historisches Stadtviertel von Prag, unterhalb des Hradschin bis hin zur Moldau, mit vielen alten Adelspalästen.

Malenkow, Georgi Maximilianowitsch (Geboren 1902), seit 1938 persönlicher Sekretär Stalins, nach dessen Tod erster Parteisekretär und Ministerpräsident; er wird als Parteisekretär 1953 von Chruschtschow und als Ministerpräsident 1955 von Bulganin abgelöst und verliert 1957 alle Ämter.

Malleco Südchilenische Provinz.

Mañío Eibenähnlicher Nadelbaum des mehrstöckigen südchilenischen Feuchtwaldes südlich des Bio-Bio-Flusses.

Manrique, Jorge (1440–1478), bedeutender spanischer Dichter des Spätmittelalters und der Frührenaissance. Sein Hauptwerk sind die *Coplas* auf den Tod seines Vaters.

Mapocho Santiago de Chile liegt am Mapocho-Fluß.

Maracaíbo Stadt in Venezuela (Erdölraffinerien, Industrie, Hafen).

Matilde Siehe *Urrutia, Matilde.*

Mauren = Marokkaner. Das in Marokko stationierte spanische Afrika-Heer ist, unter dem Kommando von General Franco, ganz auf der Seite der Aufständischen gegen die Spanische Republik (Beginn des Aufstandes in Marokko: 18. Juli 1936). Es besteht aus zwei Truppenteilen: den 1911 gegründeten »regulären Truppen« (marokkanische Soldaten unter spanischen Offizieren und Unteroffizieren) und der 1924 von Franco mitaufgebauten »Fremdenlegion« (90% Spanier). Es wird geschätzt, daß nicht weniger als 100 000 Marokkaner im Bürgerkrieg kämpften. Francos Leibwache besteht bis 1956, als Marokko unabhängig wird, aus Marokkanern.

Medellín Hauptstadt der Provinz Antioquia in Kolumbien.

Melipilla Ort bei Santiago de Chile, auf dem Weg an die Küste, nach San Antonio und *Isla Negra* (siehe dort).

El Mercurio (»Der Merkur«), bedeutende, vor allem kulturell wichtige chilenische Zeitung; gegründet und im Besitz der mächtigen Familie Edwards, vertreten in Valparaíso, Santiago de Chile und Antofagasta.

Miguel = *Miguel Hernández* (siehe dort).

Ming Chinesische Kaiserdynastie (1368–1644).

Moneda Sitz des Staatspräsidenten von Chile in Santiago. Ursprünglich die Münze.

Morante, Elsa (Geboren 1918), italienische Schriftstellerin, verheiratet mit Alberto Moravia. Beide waren gute Freunde von Pablo Neruda.

Närrin (die mich geliebt hat) Josie Bliss (siehe *Rangun*).

Najade In der antiken Mythologie: Flußnymphe.

Newa (Neva) Russischer Fluß, in dessen Mündungsdelta Leningrad liegt.

Norte Grande Der »Große Norden« Chiles: Bezeichnung für die nordchilenische Voll- und Halbwüste.

Nowosibirsk Größte Stadt Sibiriens; sie wurde 1893 gegründet beim Bau der Transsibirischen Eisenbahn.

Odaliske Haremsdame, Sklavin im Dienst der Frauen des Sultans.

Oriflamme (»Goldflamme«): im Mittelalter gezackte Kriegsfahne der französischen Könige.

Orihuela Geburtsort des spanischen Dichters *Miguel Hernández* (siehe dort).

Osorno Provinz und Stadt im Süden von Chile.

Ovid Publius Ovidius Naso (43 vor Christus bis ~ 18 nach Christus); der für die Nachwelt bedeutendste römische Liebesdichter wird im Jahre 8 nach Christus ans Schwarze Meer verbannt.

Oyarzún(es) Häufiger Familienname in Südchile. Zwei Dichter dieses Namens, die Brüder Aliro und Olando Oyarzún, gehören zu der Gruppe von Künstlern, mit denen sich Neruda befreundet, als er von Temuco nach Santiago kommt (1921–1927).

Patagonier (Indianische) Einwohner von Patagonien, des südlichsten Teils Südamerikas (südlich des Río Colorado), überwiegend zu Argentinien gehörig.

Peón Landarbeiter.

Petrograd Von 1914 bis 1924 Name von Leningrad.

Picasso, Pablo (1881–1973); Pablo Neruda und Pablo Picasso waren eng miteinander befreundet. Picasso hat Neruda vor allem nach seiner *Flucht* (siehe dort) aus Chile 1949/1950 geholfen.

Praxiteles Bildhauer aus Attika (4. Jh. vor Christus); einer der größten Künstler der spätklassischen griechischen Antike.

Peumo In Südchile vorkommender Strauch der Lorbeergattung.

Puerto Varas Ort in Südchile, an der Südspitze des Llanquihue-Sees, nördlich von Puerto Montt.

Puschkin, Alexander Sergejewitsch (1799–1837), russischer Dichter und Schriftsteller. Hauptwerke: *Eugen Onegin, Boris Godunow.*

Queltehué Südamerikanischer Wasservogel.

Quevedo y Villegas, Francisco de (1580–1645), einer der bedeutendsten Dichter und Schriftsteller des spanischen »Goldenen Zeitalters«. Pablo Neruda hat sich Quevedos satirische Feder vielfach zum Vorbild genommen. 1935 gibt er dessen *Todessonette* mit einer Einleitung heraus.

Quezaltenango 1524 gegründete Stadt in Guatemala, 1902 durch ein Erdbeben und einen Vulkanausbruch stark zerstört.

Rabelais, François (1494–1553), Universalgenie der französischen Renaissance und der bedeutendste Romanschriftsteler des 16. Jahrhunderts in Frankreich. Hauptwerke: *Pantagruel, Gargantua.*

Rancagua Hauptstadt der chilenischen Provinz O'Higgins, im Süden von Santiago. Dort unterliegen 1814 die chilenischen Freiheitskämpfer den spanischen Truppen.

Rangun (Rangoon) Hauptstadt von Burma. Neruda ist von 1927 bis 1928 chilenischer Konsul in Rangun. 1957 besucht er die Stadt auf einer Asienreise, ohne eine Spur seiner Vergangenheit wiederzufinden, auch nicht von Josie Bliss, mit der er ein stürmisches Liebesverhältnis hatte. Dieses junge Mädchen aus Rangun hat ihn in ihrer Eifersucht bis nach Colombo verfolgt (vgl. Nerudas Memoiren *Ich bekenne, ich habe gelebt*, S. 117 f. und S. 129). Für sie schreibt er die Gedichte *Der Tango des Witwers, Josie Bliss (Aufenthalt auf Erden I und II), Rückkehr in eine Stadt, (Extravaganzenbrevier) und Liebschaften: Josie Bliss I und Liebschaften: Josie Bliss II (Memorial von Isla Negra).*

Raulí Buchenähnlicher Baum, der bis zu einer Höhe von 50 Metern wächst.

Renaico Südchilenischer Fluß.

Rimbaud, (Jean Nicolas) Arthur (1854–1891); schon als Schüler war Neruda von Rimbaud fasziniert.

Robeson, Paul (1898–1976), bedeutender nordamerikanischer Sänger (Negro Spirituals) und Schauspieler (Othello).

Sachalin Sowjetische Insel nördlich von Japan (zwischen dem Ochotskischen und dem Japanischen Meer).

San Diego-Straße Straße in Santiago de Chile.

Sandino, Augusto César (1893–1934), Freiheitskämpfer und General aus Nicaragua. Bekämpft die nordamerikanische Intervention von 1927. Er wird auf Betreiben seines politischen Gegenspielers Anastasio Somoza ermordet. Er ist das Vorbild der Sandinistischen Befreiungsfront und der Nationalheld von Nicaragua.

San Francisco Kirche in Santiago de Chile, die teilweise aus der Kolonialzeit stammt.

Selva Negra (»Schwarzer Wald«) oder Selva Oscura (»dunkler Wald«): Gemeint ist der dichte und artenreiche Lorbeer-Südbuche-Mischwald im sogenannten »Kleinen Süden« von Chile (38°–40° südlicher Breite).

Seladon (-Porzellan) Siehe *Celadon (-Porzellan).*

Shelley, Percy Bysshe (1792–1822), einer der größten Dichter der englischen Romantik.

Sinaloa Staat im Nordwesten von Mexico am Pazifik. Die in Sinaloa liegende, über 2000 m hohe Sierra Madre Occidental fällt steil nach Westen ab.

Spanien Neruda kommt 1934 nach Spanien. Nach Francos Sieg im Spanischen Bürgerkrieg konnte und wollte er das Land nicht mehr betreten. In der Franco-Zeit waren Nerudas Werke in Spanien verboten.

Süden Pablo Nerudas Heimat ist der Süden Chiles, das Gebiet, das »Frontera« (»Grenzland«) genannt wird und das die Araukaner, die kampftüchtigen und selbstbewußten Indianer Südchiles, bis in die 2. Hälfte des 19. Jahrhunderts gegen die weißen »Pioniere« verteidigt haben. Erst nach dem Salpeterkrieg (1879–1884) kann die chilenische Armee den Widerstand dieser

Grenzvölker brechen, die schon dem Vormarsch der Inka Einhalt geboten haben und deren Name sich von dem Quechua-Wort »auca« ableitet, das »wilder Krieger« oder »feindlicher Barbar« bedeutet.

Sung Ch'ing-ling (Sung Sin-ling) Eine der ersten chinesischen Studentinnen, die im westlichen Ausland studierten. Sie ist aktiv tätig in der Emanzipationsbewegung der chinesischen Frauen, die sich am Kampf gegen die Mandschu-Dynastie beteiligte. Sie wird die Ehefrau von Dr. Sun Yat-sen, dem Führer des Kuo-min tang, der 1912 gebildeten nationalistischen Einheitspartei Chinas. In der Volksrepublik China wird Frau Sun Yat-sen Vizepräsidentin der Republik. Pablo Neruda und Ilja Ehrenburg überbringen ihr 1951 den Internationalen Friedenspreis des *Weltfriedensrates* (vgl. auch Nerudas Memoiren *Ich bekenne, ich habe gelebt*).

(Frau) Sun Yat-sen Siehe *Sung Ch'ing-ling*.

Tarrea, Juan Neruda meint hier den spanischen Dichter, Kritiker und Literaturwissenschaftler Juan Larrea (geboren 1895), der in Paris mit *César Vallejo* (siehe dort) zusammenarbeitete und nach 1930 in Peru, Mexico, den Vereinigten Staaten und in Argentinien lebte. Larrea hat Neruda heftig kritisiert.

Teleghana Provinz in Südindien.

Temuco Südchilenische Stadt. Hier hat Neruda seine Kindheit und Jugend verbracht (1906–1921).

Tocopilla Hafenstadt in der nordchilenischen Provinz Antofagasta.

Toledo Neruda ist von 1934 bis 1936 chilenischer Konsul in Spanien (zuerst in Barcelona, dann in Madrid). 1939 wird er chilenischer Konsul für die spanische Emigration in Paris und organisiert die Überfahrt spanischer Flüchtlinge nach Chile. – Natürlich kennt er Toledo ganz ausgezeichnet. Hier ist an die Rolle gedacht, die die Stadt zu Beginn des Spanischen Bürgerkriegs spielt, als sie von Juli bis September 1936 heftig umkämpft wird.

Totoral Ort in der argentinischen Provinz Córdoba, wo Pablo Neruda 1955 sich eine Zeitlang erholte.

Trujillo y Molina, Rafael Leonidas (1891–1961), herrschte, zusammen mit seiner Familie, von 1930 bis zu seiner Ermordung 1961 despotisch über die Dominikanische Republik.

Tucumcán Provinz von Argentinien, der »Garten der Republik«; Name der Provinzhauptstadt, wo 1816 der Nationalkongreß den Schwur auf die Unabhängigkeit des Landes leistete.

Tyrann (winziger) = *Gonzáles Videla* (siehe dort).

Ulan Bator Hauptstadt der Mongolischen Volksrepublik. Siehe auch *Durga*.

Urrutia, Matilde Die dritte Frau von Pablo Neruda. Er trifft sie 1946 zum ersten Mal in Chile (sie stammt, wie er, aus dem chilenischen Süden), begegnet ihr dann 1949 in Mexico wieder, wo sie ihn pflegt, als er schwer krank wird. Ein Kind, das sie von Pablo erwartet, verliert sie auf einer Reise nach Guatemala (1950). Beide verbringen im Winter 1951/52 und im Frühjahr 1952 eine glückliche Zeit auf Capri. Aus dieser Liebe entsteht der Gedichtband *Die Verse des Kapitäns* (1952). Seit 1955 leben Pablo Neruda und Matilde Urrutia ständig zusammen. 1966 wird ihre im Ausland geschlossene Ehe in Chile legalisiert.

V. Gemeint ist *César Vallejo* (siehe dort).

Vallauris Ort in den französischen Seealpen (Keramik-Zentrum), wo sich Picasso ab 1947 aufgehalten und mit Keramik experimentiert hat.

Vallejo, César (1892–1938). Der größte Dichter Perus im 20. Jahrhundert. Mit ihm war Neruda sehr eng befreundet. Die Literaturkritik hat immer wieder versucht, die Qualität der beiden gegeneinander auszuspielen. Neruda wehrt sich konstant gegen diese Konfrontation. In seinen Memoiren *Ich bekenne, ich habe gelebt* nennt er Vallejo einen »Dichter einer runzeligen Poesie, beim Berühren beschwerlich wie Urwaldhaut, aber eine großartige Poesie von übermenschlicher Dimension« (S. 90 f.).

Valparaíso Hafenstadt unweit von Santiago de Chile. Neruda hat sich dort sein drittes Haus gebaut (»La Sebastiana«).

Venado Tuerto Stadt in Argentinien, auf halber Strecke zwischen Buenos Aires und Córdoba.

Veracruz Mexikanische Hafenstadt im Golf von Mexico. Neruda ist von 1940 bis 1943 chilenischer Generalkonsul in Mexico-Stadt.

Videla Siehe *González Videla.*

Villarrica Ort südlich von Temuco in Südchile.

Villon, François (um 1431 – nach 1463), der bedeutendste spätmittelalterliche Dichter Frankreichs.

Whitman, Walt (1819–1892), berühmter nordamerikanischer Dichter mit großem Einfluß auf die lateinamerikanischen Schriftsteller.

Wladiwostok Größte Stadt der UdSSR am Pazifik, 1860 gegründet.

Yenan Chinesische Stadt in der Provinz Shensi. Von Januar 1937 bis März 1947 ist Yenan das Hauptquartier von Mao Tse-tung und der Sitz des Zentralkomitees der Kommunistischen Partei Chinas.

Die Quellen und Übersetzer

Die Trauben und der Wind, Elementare Oden, Neue Elementare Oden und *Drittes Buch der Oden:* Die Übertragung dieser Zyklen stammt von Erich Arendt. Der Band »Las uvas y el viento« erschien 1954 bei Nascimento, Santiago de Chile. Der Band »Odas Elementales« erschien 1954 bei Losada, Buenos Aires und die Bände »Nuevas Odas Elementales« 1956 und »Tercer Libro de la Odas« 1957 bei Losada, Buenos Aires.

Extravaganzenbrevier: Die Übertragung stammt von Erich Arendt und Katja Hayek-Arendt. Das Buch »Extravagario« erschien 1958 im Verlag Losada, Buenos Aires.

Alphabetisches Verzeichnis der Gedichte

Inhalt

Die Trauben und der Wind

Elementare Oden

Neue Elementare Oden

Drittes Buch der Oden

Extravaganzenbrevier

Pablo Neruda
Das lyrische Werk
Band 3

Pablo Neruda
Das lyrische Werk
Band 3

Hungrig bin ich, will deinen Mund
Seefahrt und Rückkehr
Memorial von Isla Negra
Die Hände des Tages
Weltende
Noch
Beben des Meeres
Das postume lyrische Werk

Herausgegeben von
Karsten Garscha

Luchterhand

Mixed Sources
Product group from well-managed
forests and other controlled sources
www.fsc.org Cert no. SGS-COC-2452
© 1996 Forest Stewardship Council
FSC

Verlagsgruppe Random House FSC-DEU-0100
Das FSC-zertifizierte Papier *Profil Publish Spezial* von Drewsen
für dieses Buch liefert Papier Union.

Satz: Uhl + Massopust, Aalen
Druck und Einband: Druckerei C.H. Beck, Nördlingen

Printed in Germany
ISBN 978-3-630-87316-9

www.luchterhand-literaturverlag.de

*Hungrig bin ich,
will deinen Mund
(1959)*

Prolog

MEINE PFLICHTEN

Indes ich nachgehe meinem Beruf,
Stein um Stein, Feder um Feder,
vergeht der Winter und hinterläßt
verwaiste Plätze,
ausgestorbene Zimmer:
Ich arbeite mich ab,
soviel Vergessenes
muß ich auffüllen,
die Finsternis füttern mit Brot,
neue Hoffnung nähren.

Mir selber bleibt nur der Staub,
Regen, saisonbedingt unerbittlich,
ich selber behalte nichts
als das ganze All,
darin zu arbeiten und arbeiten
und den Frühling zu bezeugen.

Jedem muß ich etwas geben,
allwöchentlich, alltäglich,
ein Geschenk in Blau,
ein kühles Blütenblatt aus dem Wald,
ich lebe vom frühen Morgen an,
wenn andere sich noch in Faulheit
wälzen oder in Liebe,
poliere ich meine Glocke,
mein Herz, mein Werkzeug.
Ich habe Tau für jeden.

Frühe

Matilde, ich nenn dich Pflanze, Stein oder Rebe,
du bist, was aus der Erde wächst und währt,
Wort in dessen Dehnung erwacht,
in dessen Hitze aufspringt das Licht der Limonen.

In deinem Namen fahren Schiffe aus Holz,
umschwärmt von marineblauem Feuer,
in seinen Buchstaben die Wasser eines Flusses,
der in meinem verdorrten Herzen mündet,

Oh Name unter einer Ackerwinde gefunden.
Du gleichst der Tür zu einem unbekannten Tunnel,
der mit den Düften der Erde kommuniziert!

Oh dringe in mich mit deinem brennenden Mund,
erkunde mich, wenn du magst, mit deinen nächtlichen Augen,
nur laß mich in deinem Namen zur See fahren und schlafen.

Nicht soll dich Nacht berühren, nicht Luft noch Morgenröte,
die Erde nur mit der Heilkraft ihrer Blütenkelche,
Äpfel, die wenn sie das reine Wasser hören, wachsen,
Ton und Harz deines wohlriechenden Landes.

Von Quinchamalí, von wo du deine Augen hast,
bis Frontera, wo deine Füße mir erschaffen wurden,
bist du die dunkle Kreide, die mir vertraut:
an deiner Hüfte abermals berühr ich allen Weizen.

Vielleicht, Arakaunerin, war dir nicht bewußt,
daß ich, von deinen Küssen unberührt, dich liebte,
lange noch bevor mein Herz deinen Mund erkannte,

und wie in Wunden floh ich durch die Straßen,
bis ich, Liebste, verstand, daß ich ein Land
gefunden, mir ganz zu eigen, aus Küssen und Vulkanen.

Ich schnitt, im Wald verloren, einen dunklen Zweig
und hob sein Flüstern durstig an die Lippen:
wer weiß, ob es nicht des Regens klagende Stimme war,
ob eine zerbrochene Glocke oder ein brechendes Herz.

Mir war, als hörte ich in weiter Ferne, tief verborgen
und von Erde ganz bedeckt, einen Schrei,
der in einem grenzenlosen Herbst, in der Blätter
klaffendem und feuchtem Nebel verhallt.

Doch da, erwachend aus des Waldes Träumen,
sang der Haselnußzweig an meinem Mund
und sein flüchtiger Duft drang tief in meinen Verstand,

als suchten mich heim mit einmal die Wurzeln,
die ich verlassen, die seit meiner Kindheit verlorene Erde,
und vom flüchtigen Duft getroffen blieb ich gebannt.

»Dereinst kommst du mit mir« – sprach ich und keiner wußte,
wie und wo der Schmerz qualvoll mich bewohnte,
und mein waren weder Nelke noch Barkarole,
nichts, eine offene Wunde nur, von der Liebe geschlagen.

Und abermals: »Komm mit mir«, als müßte ich sonst sterben,
und keiner der in meinem Mund den blutenden Mond sah,
keiner der das Blut sah, das ins Schweigen stieg.
Liebste, ach! Laß uns den Stern vergessen mit den Dornen.

Deshalb, als deine Stimme wiederholte:
»Dereinst wirst du mit mir kommen« –, war es,
als löstest du dem Schmerz, der Liebe und dem Wein,

der in seinem Keller begraben nun aufsteigt, die Fesseln,
und von neuem schmeckt mein Mund die Flamme,
das Blut und die Nelken, den Stein und das Brandmal.

Hätten deine Augen nicht von Luna ihre Farbe,
tagsüber sind sie Töpfererde, Mühsal, Feuer,
gefangen hältst du die behende Leichtigkeit der Luft,
und wärst du nicht eine Woche aus Bernstein,

nicht der gelbe Augenblick, in dem der Herbst
sich höherwindet in den Kletterpflanzen,
und bist dazu noch das Brot, geformt mit Sorgfalt
vom duftenden Mond, der sein Mehl übern Himmel
spazierenführt,

würd ich dich, oh Geliebte, niemals lieben!
In deiner Umarmung umarme ich das Bestehende,
den Sand, die Zeit, den Regenbaum,

und alles lebt, damit ich lebe:
ohne Umweg kann ich alles erkennen:
seh ich dein Leben, seh ich alles Leben.

Hungrig bin ich, will deinen Mund, deine Stimme, dein Haar,
und durch die Straßen zieh ich ohne Nahrung, schweigend,
nicht sättigt mich das Brot, die Frühe läßt mich schwanken,
ich suche den fließenden Klang deiner Schritte am Tag.

Mich hungert nach dem Fehltritt deines Lachens,
nach deinen Händen, von bebender Kornkammer gefärbt,
ich habe Hunger nach der blassen Kuppe deiner Fingernägel,
deine Haut möcht ich essen wie die ungebrochne Mandel.

Den Blitz begehr ich, der sich in deine Schönheit gebrannt,
die souveräne Nase im arroganten Gesicht,
möcht essen den flüchtigen Schatten deiner Wimpern

und hungrig geh ich hin und her, witternd in der Dämmerung,
und wie ein Puma in der Einsamkeit von Quitratúe
suche ich dein brennendes Herz.

So ganz Frau, fleischlicher Apfel, Luna hitzig,
dichtes Arom nach Algen, Schlamm und Licht zerstampft:
welch dunkle Helle öffnet sich zwischen deinen Säulen?
Welch uralte Nacht berührt der Mann mit seinen Sinnen?

Ach, Lieben ist eine Reise mit Wasser und mit Sternen,
mit erstickter Luft und jähen Stürmen aus Mehl;
Lieben ist ein Kampf mit Blitz und Wetterleuchten,
und um des einen Honigs wegen zerfließen da zwei Leiber.

Kuß auf Kuß umkreise ich deine kleine Unendlichkeit,
deine Bilder, deine Flüsse, deine winzigen Dörfer,
und das in Entzücken verwandelte Feuer des Geschlechts

eilt durch die engen Bahnen des Blutes,
hinabstürzend wie eine nächtliche Nelke,
endlich ein Blitz im Schatten zu sein und nicht zu sein.

Das Licht, das aufsteigt von deinen Füßen in dein langes Haar,
das Überbordende, das einhüllt deine zarte Gestalt,
ist aus marineblauem Perlmutt nicht und nie aus kaltem Silber:
du bist aus Brot, wie es das Feuer liebt, aus Brot.

Aus dir hat das Mehl seine Kornkammer gemacht,
und es reifte und nahm zu in glücklichen Jahren;
als das Brotgetreide dir zwiefach schuf die Brust,
war meine Liebe die Kohle, die untertage arbeitete.

Oh Brot deine Stirn, Brot deine Beine, Brot dein Mund,
Brot das ich verschlinge, im Licht des neuen Tages geboren,
Vielgeliebte du, Banner bist du der Bäckereien,

mit Blut hat dich das Feuer unterrichtet,
vom Mehl hast du gelernt, Gott geweiht zu sein,
und das Brot gab Duft und Sprache dir.

Zu kurz die Zeit, daß ich preisen könnte dein Haar.
jedes einzelne muß ich zählen und loben:
andere Liebende haben genug an dem, was sie sehen,
ich will einzig nur dein Haarkünstler sein.

In Italien warst Medusa du getauft,
weil hoch hinauf ins Licht sich schlängelt dein Haar.
Ich nenn dich meine verwirrend verrückt Verwilderte:
mein Herz kennt die Türen zu deinem Haar.

Solltest du vom Weg abkommen in deinem eignen Haar,
vergiß mich nicht, denk an meine Liebe,
daß ich nicht verlorengehe ohne deine Mähne

in dieser Schattenwelt auf allen Wegen,
dunkel ist sie nur, und vergänglich sind die Schmerzen,
bis die Sonne erklimmt den Turm deines Haars.

Ich liebe dich nicht, wie ich eine Rose aus Salz lieben würde,
einen Topas, einen Nelkenpfeil, der das Feuer entfacht:
ich liebe dich, wie man die dunklen Dinge liebt,
heimlich, zwischen Seele und Schatten.

Ich lieb dich wie die Pflanze, die nicht blüht und die
in ihrem Innern andrer Blumen Licht versteckt,
und dank deiner Liebe lebt in meinem Leibe dunkel
das dichte Arom, das aufstieg aus der Erde.

Ich lieb dich und weiß nicht wie noch wann und wo,
ich lieb dich geradezu ohne Fragen noch Übermut:
so lieb ich dich, weil anders ich nicht lieben kann,

vielmehr auf diese Weise, in der ich und du nicht sind,
so nah, daß deine Hand auf meiner Brust ganz mir gehört,
so nah, daß ich in meinem Schlaf deine Augen schließe.

Indes du eintauchst in den großen Schaum der Isla Negra,
naß vom blauen Salz, von Sonne auf den Wellen,
betrachte ich die Mühen einer Wespe, die
unablässig ihres Universums Honig fordert.

Sie kommt und geht, ihr blonder Flug ist eine Linie,
als löste sie im Gleitflug von einem unsichtbaren Seil
die Eleganz des Tanzes, das Verlangen ihrer Taille
und ihres mordgierigen Stachels Taten.

Ihr Regenbogen glänzt wie Petroleum und Orange,
einem Aeroplan gleich sucht sie im Grase,
rumort im Flug wie eine Ähre und verschwindet,

indes du nackt dem Meer entsteigst,
die Welt betrittst im Kleid aus Salz und Sonne,
strahlende Statue und des Sandes Schwertfisch.

Wie viele Male, Liebste, liebte ich dich blinden Auges,
und blind war meine Erinnerung,
ohne deinen Blick zu erkennen, ohne dich anzusehn, Kentaurin,
im feindlichen Land, im glühenden Mittag:
nichts als der Duft des Brotkorns warst du, das ich liebe.

Kann sein, ich sah dich, ahnte deinen Gang, das Glas
in der Hand in Angol, im Licht des Junimondes,
oder du warst die Taille der Gitarre,
die ich in der Nacht spielte, und es klang wie das maßlose Meer.

Ich liebte dich, ohne es zu wissen, ich suchte dein Erinnern.
In leere Häuser trat ich mit der Laterne, dein Bild zu rauben.
Aber da wußte ich schon, wie du warst. Mit einmal

gingst du an meiner Seite, ich faßte dich an,
und mein Leben blieb stehn:
vor meinem Angesicht du, Gebieterin,
und noch immer herrschst du.
Gleich der Lohe in den Wäldern ist das Feuer dein Reich.

Bevor ich dich liebte, Geliebte, gehörte mir nichts:
Unentschlossen zog ich durch Straßen und durch den Tag:
Nichts zählte und nichts besaß einen Namen:
die Welt war aus Luft, wie ich vermutet.

Aschgraue Salons lernte ich kennen,
Tunnel, in denen der Mond wohnte,
herzlose Gehege, die einander den Abschied gaben,
Fragen, die mit besonderem Nachdruck im Sande bohrten.

Alles war leer, tot und stumm,
schlaff, verlassen und verfallen,
alles war unverändert fremd,

alles war Besitz der anderen und von niemand,
bis dann deine Schönheit, deine Armut
den Herbst mit Geschenken schmückte.

Nackt bist du so aufrichtig wie deine Hand,
glatt, irdisch, klein, rund, transparent,
vom Mond die Linien, der Äpfel Wanderwege,
nackt bist du schlank wie das bloße Korn.

Nackt bist du wie die Nacht in Cuba blau,
Ackerwinden und Sterne im Haar,
nackt bist du ausschweifend und gelb
wie der Sommer in einer Kirche aus Gold.

Nackt bist du wie deine Fingernägel klein,
gebogene Linie, rosenfarben bis der Tag anbricht
und du dich in die Kammern unter der Welt begibst

wie in einen langen Tunnel aus Trachten und Drängen:
dein Licht verglimmt, flammt auf und ist nicht mehr
und wandelt sich erneut und wird zur nackten Hand.

Du kommst aus der Armut der Häuser im Süden,
aus den rauhen Regionen von Erdbeben und Kälte,
deren Götter, als sie einst zu Tode stürzten,
uns das Leben lehrten in der Erde Spur.

Du, Liebste, bist ein Pferd aus schwarzem Ton,
ein Kuß aus dunklem Lehm, Mohnblume aus Kreide,
des Abends Taube im Flug über Weg und Steg,
irdene Sparbüchse voll der Tränen unsrer armen Kindheit.

Kind, du hast dir das Herz der Armen bewahrt,
armer Leute Füße, die den Weg der Steine kennen,
ein Mund, der kaum den Geschmack von Brot und Lust gekannt.

Du bist der arme Süden, von da kommt auch meine Seele:
deine Mutter in ihrem Himmel wäscht noch immer die Wäsche
mit meiner Mutter. Deshalb, Gefährtin, hab ich dich erkoren.

Das Haus in der Frühe wirbelt die Wahrheit
von Laken und Federn durcheinander, Ursprung des Tages
ohne Ziel, aus dem Ruder laufend wie ein schwaches Boot
zwischen einem Horizont von Ordnung und einem von Schlaf.

Die Dinge bestehen auf ihrer Hinterlassenschaft,
Anhängsel ohne Richtung, Erbschaften ohne Feuer,
in den Papieren verstummen in Falten gelegte Gesänge,
und der Wein in der Flasche möchte immer von gestern sein.

Ordnungshüterin, du schwirrst umher wie eine Biene,
betrittst die sich im Schatten verlierenden Länder,
eroberst das Licht mit der Kraft deines hellen Vermögens.

Und abermals breitet die Klarheit sich aus:
es gehorchen die Dinge dem Wind des Lebens,
und die Ordnung verfügt wieder über Brot und Taube.

Mittag

Liebste, jetzt treten wir ein ins Haus,
die Ackerwinde klettert die Stufen empor:
schneller als du hat der nackte Sommer
mit seinem Geißblattfuß dein Schlafzimmer besetzt.

Unsere flüchtigen Küsse zogen durch die Welt:
Armenien, dicker Honigtropfen aus der Erde befreit,
Ceylon, die grüne Taube und der Jang-Tse, der
mit alter Geduld trennt den Tag von der Nacht.

Und also, Vielgeliebte, übers knisternde Meer
kehren wir zurück, zwei blinde Vögel wir, die
ihre Mauer finden, Nest eines fernen Frühlings;

denn Liebe kann nicht fliegen, ohne Rast zu machen:
hin zur Mauer oder zu des Meeres Steinen geht unser Leben,
heim in unser Land kehrten zurück die Küsse.

Tochter des Meeres bist du und des Oreganums Nichte,
dein Leib, Schwimmerin, ist aus reinem Wasser,
dein Blut, Köchin, ist lebende Erde,
und deine Gewohnheiten erhaben und irdisch.

Zum Wasser gehen deine Augen und heben die Wellen,
tauchst in Erde die Hände und aufspringt der Samen,
zu Lande und zu Wasser gehören dir weite Ländereien,
die sich in dir vereinen wie die Gesetze des Gesteins.

Najade, deinen Leib trennt der Türkis,
doch auferstanden blüht er in der Küche,
wo alles was vorhanden durch dich zu höchstem Rang

erhoben wird, bis meine Arme dich im Schlaf umgeben,
dich schützen vor der Schattenschwärze, damit du
ruhen kannst: Schaum deiner Träume Grünzeug und Gemüse.

Es dröhnt dein Haus wie ein Zug zur Mittagszeit,
es sausen die Wespen, singen die Kasserollen;
der Wasserfall zählt auf die Taten des Taus,
dein Lachen gleicht des Palmbaums Musikalität.

Das blaue Licht der Mauer unterhält sich mit dem Stein,
kommt an wie ein Schäfer, der ein Telegramm uns pfeift,
und zwischen zwei Feigenbäumen mit grüner Stimme
kommt mit verschwiegenen Schuhen nach oben Homero*.

Erst hier verliert die Stadt ihre Klage und Stimme,
vorbei die Sonaten, Randlagen und stumm die Autohupen;
dafür sind im Gespräch der Wasserfall und die Löwen,

und du kommst, singst, läufst, wanderst, gehst,
pflanzt, nähst, kochst, nagelst, schreibst, kehrst
zurück oder bist längst fort: und der Winter ist nah.

* *Sekretär Werndas (A.d.Ü.)*

Grün war das Schweigen, feucht war die Luft,
der Monat Juni zitterte wie ein Schmetterling,
und in des Südens Dominium, Meer und Stein,
schrittest du, Matilde, durch den Mittag.

Du trugst schwer an den Eisenblumen,
Algen, die der Südwind bestürmt und vergißt,
weiß sind sie, und die Gier des Salzes schlägt ihnen Narben,
aufgerichtet haben deine Hände die Ähren aus Sand.

Ich liebe deine einfachen Gaben, deine Haut glatt wie Stein,
deine Nägel der Sonne deiner Finger dargeboten,
dein in der Freude verschwenderischer Mund,

doch für mein Haus, am Abgrund gebaut, gib mir
des Schweigens planvolle Folter,
des Meeres Pavillon im Sand vergessen.

Du weißt, ich liebe dich und lieb dich nicht,
da ja das Leben, wie man weiß, zwei Seiten hat,
das Wort ist des Schweigens Flügel,
Kälte ist das Feuer in seiner Mitte.

Ich liebe dich, um mit der Liebe anzufangen,
um noch einmal mit dem Unendlichen zu beginnen,
und um nie aufzuhören, dich zu lieben:
dies kann der Liebe Grund nicht sein.

Ich liebe dich und lieb dich nicht, als hielt'
ich den Schlüssel zum Glück in Händen
sowie ein Schicksal, ungewiß und unheilvoll.

Meine Liebe hat, dich zu lieben, zwiefach Leben.
Deshalb liebe ich dich, wenn ich dich nicht liebe,
und deshalb liebe ich dich, wenn ich dich liebe.

Entferne dich von mir nicht einen Tag, weil –,
wie soll ich's sagen, ein Tag lang ist,
und ich auf dich warten werde wie auf Bahnhöfen,
wo im Irgendwo schlaftrunkne Züge stehen.

Geh nicht weg, und sei's für eine Stunde, weil
dann versammeln sich die Tropfen der Schlaflosigkeit
und womöglich der Rauch, der eine Wohnstatt sucht,
wird kommen und töten mein verlorenes Herz.

Ach, deine Silhouette soll nicht brechen im Sand,
deine Augenlider nicht in der Abwesenheit fliehn,
ach, Vielgeliebte, geh nicht fort für eine Minute!

Denn in dieser Minute wirst du so weit fort sein,
daß ich über die Erde ziehen müßte und mich fragte,
ob du zurückkehrst oder mich dem Sterben überläßt.

Zwei Liebende im Glück bilden einen Laib,
einen einzigen Tropfen Mond im Grase,
führen zwei Schatten spazieren, die sich vereinen,
lassen eine unbeschäftigte Sonne zurück in einem Bett.

Von allen Wahrheiten gehört ihnen der Tag:
nicht Garn hat sie gebunden, aber ein Duft vereint,
zerpflückt haben sie den Frieden nicht und nicht die Worte.
Das Glück ist ein durchsichtiger Turm.

Luft und Wein sind der Liebenden Begleiter,
die Nacht beschenkt sie mit seligen Blumenkronen,
und Anspruch haben sie auf alle Nelken.

Zwei Liebende im Glück kennen weder Ende noch Tod,
solange sie leben, werden sie vielfach geboren und sterben,
in ihnen wirkt Natur in ihrer Ewigkeit.

Hier ist das Brot, der Wein, der Tisch, die Bleibe:
alles, was Mann und Frau und das Leben brauchen:
an diesen Ort begab sich der schwankende Friede,
für sein Licht brannte unser aller Brandmal.

Ehre sei deinen weißen Händen, die im Fluge
das makellose Resultat des Liedes und der Küche finden,
salve! die Jungfräulichkeit deiner flinken Füße,
viva! die Balletteuse, die mit dem Besen tanzt.

Einst die ungestümen Flüsse voll Wasser und Gefahren,
einst der belagerte Meerschaumpavillon,
jene leicht entzündbaren Honigwaben und Felsenriffe,

heut sind sie deines und meines Blutes Ruhestatt,
Flußbett von nachtblauer Farbe, von Sternen zersetzt,
so ganz und vollkommen eine Zärtlichkeit ohne Ende.

Abend

Wunderbar strahlende Vernunft, klarer Dämon
absoluter Blütentraube, senkrechter Mittagsstunde,
endlich sind wir hier, einsam nicht und doch allein,
weit weg vom Ungestüm der wilden Stadt.

Wenn die reine Linie Kreise zieht um ihre Taube,
wenn das Feuer den Frieden preist mit seiner Nahrung,
bauen du und ich uns diesen Teil des Himmels.
Vernunft und Liebe, und beide nackt, beleben dieses Haus.

Wilde Träume, Flüsse voll bitterer Gewißheit,
Entscheidungen härter als der Traum eines Hammers
fielen in den zwiefachen Kelch der Liebenden.

Erst in der Bilanz sah man als Zwillinge sich erheben
die Vernunft und die Liebe gleich einem Flügelpaar.
So ward die Transparenz erschaffen.

Gewöhn dich dran, den Schatten hinter mir zu sehn,
und durchsichtig sollen deine Hände heraustreten
aus dem Groll, als hätt' des Meeres Frühe sie erschaffen:
das Salz gab dir, mein Lieb, seine kristalline Proportion.

Mit meinem Lied leidet, stirbt und vergeht der Neid.
Einen nach dem andern ereilt der Tod seine traurigen Kapitäne.
Ich singe Liebe, und die Welt bevölkert sich mit Tauben.
Eine jede Silbe von mir bringt den Frühling.

Dann Vielgeliebte du, Herzblume meiner Sinne,
ruhst auf meinen Augen du wie das Laubwerk des Himmels,
und auf der Erde liegend schau ich dich an.

Ich seh die Sonne, Blüten legt sie auf dein Gesicht,
aufwärts blickend, erkenn ich deine Schritte.
Matilde, Vielgeliebte, Diadem, sei mir willkommen!

Arme Poeten, verfolgt im Leben wie im Tode
von gleicher zähfließender Schatten Dichte,
um dann von gefühllosem Pomp bedeckt zu werden,
dem was der Brauch ist überlassen und dem Zahn der Zeit.

Dann – farblos wie graue Kiesel – ausgestreckt
liegen sie hinter den hochtrabenden Pferden,
nun endlich im Griff der Besserwisser,
und ihr Schlaf, begleitet von Dekanen, ist ohne Ruh'.

Zuvor, und weil sie sicher sind, daß der Tote tot ist,
machen sie aus dem Leichenbegängnis ein miserables Fest
mit Pfauen, Schweinen und sonstigen Rednern.

Sie haben seinen Tod vorausgesagt und ergo ihn geschmäht:
nur weil sein Mund nunmehr verschlossen ist
und sein Lied die Antwort nicht mehr geben kann.

Weh mir, weh über uns, du Vielgeliebte,
nichts als Liebe wollten wir und nur uns lieben
und unter all dem Leid ward
uns an Wunden viel und Leid beschieden.

Was wir verlangten, hieß Du und Ich,
Du warst der Kuß und ich das heimliche Brot,
und es hätte so, eine Ewigkeit lang, bleiben können,
bis dann der Haß einstieg durch ein Fenster.

Haß derer, die nicht unsre Liebe liebten,
auch keine andre Liebe nicht, glücklos
wie Stühle in einem nicht benutzten Salon,

bis sie sich fanden in der Asche,
und ihr Gesicht, einst war es fürchterlich,
in der fahlen Abenddämmerung erlosch.

Wo bist du, Matilde? Ich spüre nach unten hin,
so zwischen Krawatte und Herz, mehr nach oben,
eine gewisse zwischen-rippige Melancholie:
mit einmal sah ich dich nicht mehr.

Was ich entbehrte, war die Stärke deines Lichts,
und als ich mir die Hoffnung einverleibte,
schaute ich ins Nichts, das ist dies Haus ganz ohne dich,
das sind die Fenster, tragisch, wenn sie übrigbleiben.

Von Worten leer die Decke, sie lauscht
dem Blätterfall längst vergangner Regentage,
Federn, all das, was die Nacht gefangenhielt:

und wie ein einsames Haus erwart ich dich,
kehre zu mir zurück, bewohne mich.
Tust du es nicht, muß ich den Schmerz der Fenster tragen.

Des Südens großer Regen fällt auf Isla Negra,
ein einzger Tropfen nur, durchsichtig und schwer,
das Meer öffnet sein Blattwerk, ihn zu empfangen,
die Erde lernt, was die Bestimmung eines Kelches ist.

Du meine Seele, gib mir in deinem Kuß das nach Salz
schmeckende Wasser dieser Monde, Honig des Landes,
den von tausend Himmelslippen feuchten Duft,
des Meeres heilige Geduld zur Winterzeit.

Etwas ruft nach uns, von selber gehen alle Türen auf,
den Fenstern raunt das Wasser ein langes Gerücht zu,
es wächst der Himmel erdwärts und berührt die Wurzeln,

und es webt und trennt der Tag sein Himmelsnetz,
nimmt Zeit, Salz, Seufzer, Wachstum, Wege,
ein Weib, einen Mann sowie den Winter auf Erden.

Liebe ist auf Kreuzfahrt unterwegs, von Leid zu Leid,
von Insel zu Insel, schlägt Wurzeln, die Klage benetzt,
und niemand kann, niemand kann den Schritten des Herzens
entgehn, das verschwiegen und grausam dahineilt.

So kommt es, daß du und ich eine Höhle suchen,
einen Planeten, wo vom Salz dein Haar verschont wird,
wo kein Leid erwächst durch meine Schuld,
wo das Brot lebt ohne Todesnot.

Ein Planet weit weg, von Laubwerk ganz umhüllt,
ein Brachfeld, ein Stein grausam und unbewohnt,
mit unsren eignen Händen ein dauerhaftes Nest

wollten wir, wo es den Schmerz nicht gibt,
nicht Wort noch Wunde,
und trafen doch die Liebe hier nicht an, in dieser Stadt
des Wahns, wo Menschen auf ihren Balkonen erbleichen.

Mein Lieb, schon kehrt der Winter zurück in seine Quartiere,
die Erde verschenkt ihrer gelben Mitgift Gaben,
und mit der Hand fahren wir über ein fernes Land,
berühren den Haarschopf der Geographie.

Reisen! Noch heute! Vorwärts, Räder, Schiffe, Glocken,
Flugzeuge, gestählt vom unendlichen Tag,
hin zu des Archipels hochzeitlichem Duft,
über Längengrade aus nützlichem Mehl!

Gehen wir, erhebe dich, leg an dein Diadem, lauf
nach oben, komm herunter, schnell, sing ein Lied
mit mir, mit der Luft, auf zu den Zügen nach Arabien
oder nach Tocopilla, mühelos auswandern zu ferner Blüte,

zu Völkern in Lumpen und Gardenien,
regiert von armen Monarchen ohne Schuh.

Mit Bärengeduld hat Diego Rivera
des Waldes Smaragd in der Malerei gesucht,
des Blutes jähe Blume, den Zinnober, und
hat das Licht der Welt in deinem Bild gebündelt.

Gemalt hat er deiner Nase imperiale Tracht,
den Funken deiner ausschweifenden Pupillen,
deine Fingernägel, die der Mond beneidet,
und deiner Sommerhaut deinen Wassermelonenmund.

Schuf zwei Köpfe dir auf einem feuerspeienden Vulkan,
der vor Liebe glüht und deiner Herkunft wegen,
Araukanerin, und überm Doppelgesicht, die der Kreidestrich

golden tönt, stülpt er den Helm dir einer un-
gebändigten Feuersbrunst: heimlich begann mein Blick
zu wandern, bis ihn der Turmbau deines Haars gefangennahm.

Heut ist heute mit all dem Gewicht vergangner Zeit,
auf ihren Flügeln was das Morgen bringt,
heut ist das Meer des Südens, des Wassers hohes Alter,
und die Dichtung eines neuen Tags.

Dein Mund, dem Lichte oder dem Monde zugewandt,
lockt die Blüten an eines verbrauchten Tages.
Und auf der Schattenstraße trottet das Gestern,
damit wir dein Gesicht erinnern, das gestorben ist.

Heute, Gestern, Morgen verschlingen sich im Gehen,
es verzehrt sich unser Tag wie eine brünstige Kuh,
und es wartet unsere Herde und gezählt sind ihre Tage,

in dein Herz aber streute die Zeit ihr Mehl,
meine Liebe baute einen Ofen mit Lehm aus Temuco:
für meine Seele bist du mein täglich Brot.

Nacht

Zur Nacht, Geliebte, vertäue dein Herz an das meine
und mögen so beide im Schlaf die Finsternis vertreiben
wie zwei Trommeln, die im Walde gegen
die feste Mauer aus nassen Blättern schlagen.

Nächtliche Überfahrt, schwarze Glut des Traums
zerstört den Nabel irdischer Trauben
so zuverlässig wie ein rasender Zug,
der Schatten und kalte Steine ohne Unterlaß heranschleppt.

Deshalb, Geliebte, unterwirf mich der reinen Bewegung,
der Ausdauer, die in deiner Brust mit den Flügeln
eines Schwans unter Wasser schlägt,

damit auf des Himmels gestirnte Fragen
unser Traum mit nur einem Schlüssel antworte,
auf eine Tür, vom Schatten verschlossen, zeige.

Beim Schließen dieser nächtlichen Tür, mein Lieb,
bitte ich dich, laß uns reisen an einen dunklen Ort:
verschließ deine Träume, gib deinen Himmel in meine Augen,
löse dich auf in meinem Blut wie in einem Strom.

Lebe wohl, grausame Klarheit, lebe wohl,
du fandest dein Ende in den Tagen, die vergangen sind,
lebe wohl Blitz, Uhr, lebe wohl Orange
gegrüßt seiest du, Schatten, ausgesetzter Gefährte!

In diesem Schiff oder Wasser, Tod oder neuem Leben,
sind wir einmal mehr vereint, schlafend, auferstanden,
nächtlich des Blutes Eheleut.

Ich weiß nicht, wer lebt und wer stirbt, ruht oder wacht,
aber es ist dein Herz, das in meiner Brust
die Gaben der Morgenröte verteilt.

Es ist gut, Geliebte, dich nah zu fühlen in der Nacht,
unsichtbar bist du in deinem Schlaf, an die Nacht gegeben,
indes ich meine Besorgnisse in Ordnung bringe,
als wären sie in Unordnung gebrachte Netze.

In deinen Träumen reist dein abwesendes Herz,
dein Leib aber in seiner Verlassenheit atmet
und sucht mich, ohne mich zu sehen, ergänzt meinen Traum
wie eine Pflanze, die im Schatten zwiefach wächst.

Aufrecht wirst du morgen als eine andre leben,
doch von den Grenzen, die wir in der Nacht verloren,
in diesem Sein und Nicht-Sein unseres Befindens,

bleibt etwas, wenn wir uns dem Licht des Lebens nähern,
als ob ein Schattenmal sein Siegel drückt
mit Feuer auf seine verschwiegenen Geschöpfe.

O Kreuz des Südens, Kleeblatt aus duftendem Phosphor,
mit vier Küssen ward heut deine Schönheit ergründet,
und mich traf es durch meines Hutes Schatten:
vor Kälte rund ging auf der Mond.

Mit einmal da, o ihr Diamanten aus blauem Reif, Heiterkeit
des Himmels, Liebe und Geliebte, Spiegelbild,
erschienest du und in der Nacht erbebten
deine vier Gewölbe voll von zitterndem Wein.

O pochendes Silber aus glänzend reinem Fisch,
grünes Kreuz, Petersilie des strahlenden Schattens,
Leuchtkäfer, zur himmlischen Einheit verdammt,

ruhe in mir, schließen wir deine und meine Augen.
Teile für eine Minute des Menschen Nacht.
Entzünde in mir deine vier numerischen Himmelszeichen.

Drei Meeresvögel, drei Blitze, drei Scheren
flogen am kalten Himmel nach Antofagasta,
davon bebte noch lange die Luft,
alles zitterte wie verletzte Fahnen.

Einsamkeit, gib mir das Siegel deines unablässigen Ursprungs,
den unmerklichen Weg der grausamen Vögel
und das pochende Herz, das vorausgeht
dem Honig, der Musik, dem Meer, der Geburt.

(Einsamkeit, dich trägt ein standhaftes Gesicht
so wie eine feierliche Blume, die immerzu gehalten
wird, bis sie des Himmels reine Vielfalt erreicht.)

Es flogen des Meeres kalte Flügel, des Archipels,
hin zum chilenischen Nordweststrand.
Und die Nacht schloß ihren Himmelsriegel.

Es kehrt der März zurück mit seinem verborgenen Licht,
und Riesenfische gleiten durch den Himmel,
der Erde vager Dunst steigt lautlos auf,
eins nach dem andern fallen ins Schweigen die Dinge.

Es fügt sich, daß du an diesem Wendepunkt schweifender
Atmosphäre des Meeres und des Feuers Leben verbunden hast,
die graue Unruhe des Winterschiffes,
die Form der Gitarre, die ihr die Liebe gab.

O Liebe du, von Sirenen und Schaum benetzte Rose,
Feuer tanzend und steigend auf der unsichtbaren Leiter,
du weckst im Tunnel der Schlaflosigkeit das Blut,

damit im Himmel sich die Wellen verzehren,
das Meer seinen Besitz und seine Löwen vergißt
und die Welt der dunklen Netze Beute wird.

Sterbe ich, will ich deine Hände auf meinen Augen:
ich will das Licht und den Weizen deiner geliebten Hände,
einmal mehr sollen sie mit ihrer Kühle über mich streichen:
spüren will ich die Sanftheit, die mein Schicksal änderte.

Ich will, daß du lebst, indes ich schlafend auf dich warte,
ich will, daß deine Ohren noch immer den Wind hören,
daß du den Geruch des Meeres riechst, das wir geliebt,
und daß dein Fuß den Sand betritt, den wir betreten.

Das, was ich liebe, soll am Leben bleiben,
und dich hab ich geliebt und besungen über alles,
deshalb, Blütenreiche, blühe weiter,

auf daß dir alles werde, was meine Liebe dir aufgibt,
damit mein Schatten berühre dein Haar,
damit jeder meines Liedes Grund erkennen kann.

Sterb ich, so überlebe mich mit all deiner reinen Kraft,
daß du erweckst den Zorn der fahlen Furie und der Kälte,
von Süd nach Süden hin erhebe deine unauslöschlichen Augen,
von Sonn zu Sonne soll dein Gitarrenmund erklingen.

Will nicht, daß dein Lachen und deine Schritte zögern,
will nicht, daß meines Frohsinns Erbe stirbt,
klopf nicht an meine Brust, ich bin nicht da.
Lebe in meiner Abwesenheit wie in einem Haus.

Die Abwesenheit ist ein so großes Haus,
du kannst durch seine Wände treten
die Bilder aufhängen in der Luft.

Ein so durchsichtiges Haus ist die Abwesenheit,
daß ohne Leben ich dich am Leben sehen werde,
und leidest du, mein Lieb, sterb ich ein zweites Mal.

Fliegen muß man in dieser Zeit – wohin?
Ohne Flügel, ohne Flugzeug, aber fliegen ganz gewiß:
nichts gebracht haben die Schritte, die vorübergingen,
sie haben die Füße des Reisenden nicht emporgehoben.

Fliegen muß man in jedem Augenblick wie
die Adler, die Fliegen und die Tage,
bezwingen muß man Saturns Augen
und einsetzen soll man neue Glocken.

Nun sind weder Schuh noch Weg genug,
nun taugt die Erde nicht mehr den Verirrten,
nun haben die Wurzeln die Nacht durchzogen,

und dein Bild wird auf einem andren Stern erscheinen,
ein für allemal vergänglich
und in eine Mohnblume verwandelt zum guten Ende.

Andere Tage werden kommen, verstehen wird man
das Schweigen der Pflanzen und Planeten,
und so viele lautere Dinge werden sein!
Nach Mond duften werden die Violinen!

Das Brot wird womöglich so sein wie du:
es wird deine Stimme haben, deine weizenhafte Herkunft,
und noch etwas wird mit deiner Stimme reden:
des Herbstes verlorene Pferde.

Auch wenn es nicht so kommt, wie es sollte,
so wird doch Liebe große Fässer füllen
wie ehedem der Hirten Honig,

und im Staube meines Herzens
(mit seinen Riesenkramläden)
wirst du unter Wassermelonen wandeln.

Seefahrt
und
Rückkehr
(1959)

ODE AN DEN ANKER

Da lag er, ein gewichtiges
Wrackteil, davongekommen;
als das Schiff zugrundeging,
ließ man ihn
am Strand liegen;
er geht nicht zugrunde:
Staubfeines Salz auf seinem Gerippe,
gekreuzigte Zeit an seiner Hoffnung,
rostete er vor sich hin
wie ein Hufeisen ohne Pferd,
senkte sich Vergessen auf seine Hoheit.

Ein Freund in seiner Güte
hob ihn auf vom verlorenen Sand,
da wähnte er,
das Zittern eines Schiffes
harre seiner,
rasselnde Ketten
harrten seiner,
und es ginge wieder in die endlose Brandung,
ins Donnern der Meere zurück.

Antofagastas Licht rückte in die Ferne,
er fuhr übers Meer, aber als Versehrter,
hing nicht am Bug,
glitt nicht übers herbe Wasser.
Dahindämmernd, als Versehrter,
als Fahrgast
fuhr er gen Süden, rastlos,
aber tot,
spürte nicht sein Blut,
sein Strömen,
erschauerte nicht unter dem Kuß der Tiefe.
In San Antonio dann

ging es an Land und hügelan
weiter im Lastwagen,
Oktober war es, und stolz
fuhr er, ohne einzutauchen,
über den Fluß,
durch das Reich des Frühlings,
den wassersatten Geruch,
der sich an die Küste schmiegt
wie ein feines Netz aus Duft,
wie das helle Kleid des Lebens.

In meinem Garten erholt er
sich von seinen Fahrten,
vor dem verlorenen Ozean,
den er durchschnitt wie ein Degen,
bald ranken Lianen
kühl und träge
über seine eisernen Arme,
und einmal blühen auch Nelken
auf seinem irdischen Schlummer,
denn zum Schlafen ist er ja hier,
ins Meer geb ich ihn nicht mehr zurück.

Er segelt unter keinem Segel mehr.

Er ankert nur noch in meinen harten Träumen.

AN LOUIS ARAGON

1

Aragon, laß dir von mir chilenische Blumen schenken,
Blätter, auf denen wild der Tau perlt,
Wurzeln, die unverhofft blind sind.
Zwischen der lichten Westkette der Anden

und des Ozeans entfesseltem Material zieht sich,
fernab und furchtbar, ein Land hin,
schön wie das atmende Fell des Puma.
Allmorgendlich grüße ich dort die Einöde.
Tausendmal hundert Jahre lang haben die Felsen einsam gewartet,
und da keine Hand sie je angetastet,
türmten sie allein ihre Bauten,
errichteten ihre bitteren Burgen selber.
Dann aber schlug das Meereslicht seine Augen auf,
und da, in der kahlen
Ödnis –
eine Blume, und noch eine Blume, im Oktober:
Des Ozeans Blau brennt auf den Klippen.

2
Aus diesem abgeschiedenen Frühling bring ich
dir, Dichter, fahlhäuptiger Bruder,
ehrfürchtig und liebevoll einen Kranz mit.
Sieh die Blüte des elektrischen Kaktus und den Stachel
der Agave, dieser Kirche im Sande,
sieh die vier Blätter des Sturmklees,
hingesunken die Sonne der Nelke,
den Kelch der Copihue, ein Tropfen aus Blut und Wasser,
und rieselnd die Akazie dicht am Schaum des Meeres.
All das unterm Glas
des gleich einem Strome trägen, weiten Himmels.
Keine Menschenseele: Hörst du Schritte,
sind's die Schritte des Meers und seiner Rosse.

3
All das gehört deiner edlen, großmütigen Stirn,
die fernen Blumen sind für dich Entrückten,
die Dornen für deinen Kampf,
die Tropfen Ozeans für das Wasser
deines einmalig klaren Blicks,
diese Freundschaft für dein kristallenes Herz,

diese Hände für deine Hände, du einsam Einziger,
bei dem doch alle früheren Hände sind
und alles Brot, das morgen der Mensch knetet.
Diese Worte für dich, den Besitzer,
den Schloßherrn, den Herrscher
über alle Worte, silberfarbene Worte,
Worte wie brennender Asphalt
über die Feinde der Güte gegossen, Worte
aus Weizen, Schwertern, französischem Quarz, aus Wein,
aus Vernunft, Mut, aus Eichen,
Worte, die sangen, wie nur du singst,
Worte aus Schatten und Honig, lautere Worte,
Worte, die plötzlich drohen, irren, sich verirren,
geradlinig wie Pfeile schießen
in die unsichtbare Zeit, in den verborgnen Frühling
und ihre Saat durch den Nebel tragen.

4
Kapitän der Liebe, wo du hinkamst,
traf der wehende Dornbusch, das Feuer
eines Augenpaars
der geliebten,
der heißgeliebten Frau
dein Antlitz
und lieh dir seine Gaben.
Bei dir erblüht dieses Schauen,
inmitten der Menge, im Krieg oder auch im Frieden.
Du kleidest dich
in Meer, in wilde Blüten,
in abgrundtiefe Wellen,
in himmelblaue Frühe,
du bist der Bräutigam
mit dem Brief auf dem Herzen
und den unruhig schlagenden
Initialen auf seinem Schiff
Treue heißt

dein Schiff,
fruchtbringende Treue,
Liebe wie ein Kornspeicher,
Zärtlichkeit, die wund macht,
und Bildung,
denn du bist der alte, uralte, steinalte
Freier mit den unbefleckten Handschuhen,
die Flamme
des fahrenden
Ritters,
der im Krieg,
in der Brandung,
im scharfen Haß,
beim Siegen,
im gnadenlosen Sturm, am herben
Tag
gegen das Unwetter einzig eine Rose
in der ehernen Hand hält.

5
Bruder, zwischen uns liegt soviel Erde und Wasser,
viel Unordnung und Verstand, wir trafen
uns in einer anderen Zeit, im schon fernen Spanien,
in Spaniens mit Lorbeer und Asche gefülltem Kelch,
und vergehen die Jahre auch wie Bienen, mit Wehen
und Waffengängen, die, Jahr um Jahr, mal verlöschen,
mal aufleuchten, wir stehen am Bug
der Zeit,
der Zeit, die du besingst, du prophezeit hast.
Nicht nur die Vernunft, nicht nur die umfassende Liebe,
auch die lebendigen, die gelben, weißen, schwarzen
Völker im Süden, im Osten, im Westen
verlangen uns ein tägliches Soll an Gesängen ab.
Und du, obwohl schmal wie ein Degen,
kennst deine mittägliche Pflicht
und erliegst keiner Drohung:

Der Zweifel zerfrißt nicht deine fromme Klarheit,
denn du bist ein reiner Teil des Frührots.

6
Die Blätter hier aus dem fernen Araukanien,
diese Blumen aus einer Stille, unterbrochen
nur vom überbordenden Ozean,
sie gehören dir, Aragon, dir, Bruder,
für dich gepflückt in meinem Geburts-, meinem Vaterland,
aus dessen Einsamkeit bring ich sie zu dir
und zu allem, wovon du dichtest.

ODE AN DEN GEFLÜGELTEN SEPTEMBER

Ich hab gesehn, wie die Scheren des Himmels
in die grauen Dächer fahren:
Schnipp schnapp schneiden sie Lichtstücke aus:
Es sind Schwalben da für jeden.

Alles war hier
vermummt, die Luft schwer
wie eine Decke, salziger Dunst
troff vom Herbst
und schob uns eng ans Feuerholz.

Ja, an der Küste bei Valparaíso,
südlich des alten Ausweideplatzes für Wale,
wich der Winter mit seinem galligen Himmel
den ganzen Winter nicht von der Stelle.

Bis ich heute rausging,
da flog das Fliegen,
ich beachtete es zunächst gar nicht,
noch klamm, noch weh vor Kälte,

doch da flog er,
da kam der Frühling geflogen,
und verteilte wieder einmal den Himmel.

Augustschwalben, Küstenschwalben,
jähes Dahinschießen
im ersten Blau,
Pfeile aus Duft:
auf einmal roch ich ihre Pirouetten
und begriff: das Licht
kommt zurück auf die Erde,
Pollen prunkt im Flug,
und Schwung kommt wieder in mein Blut.
Ich werde wieder Felsen im Frühling.

Guten Tag, ihr Schwalbendamen,
oder auch Fräulein, oder Flügel, oder Scheren,
guten Tag, fliegender Himmel,
der wieder auf meinem Dach sitzt.
Endlich hab ich's begriffen:
die ersten Blüten
sind Federn des September.

ODE AN DAS HAFENWASSER

Nichts von der See treibt in den Häfen,
nur zersplitterte Kisten,
hilflose Hüte,
verrottete Früchte.
Hoch droben warten
groß, schwarz und reglos
Vögel.
Die See hat sich abgefunden
mit dem Unrat,

unauslöschlich sind ins Wasser
gedrückt die Zehen des Öles,
als wäre
jemand mit öligen Füßen
über die Wellen gegangen,
der Schaum hat vergessen,
woher er gekommen,
ist kein Sud mehr für die Göttin,
keine Seife Aphroditens,
sondern Ufer voller Trauer
einer Küche,
darin schwappend, düster,
geschlagene Kohlköpfe garen.

Die hohen schwarzen Vögel
mit Flügeln
fein wie Dolche
warten
in den Lüften,
gelassen, kaum noch fliegend,
einer Wolke
verhaftet,
ungebunden
und heimlich
gleich
liturgischen Scheren:
Die See, die schon vergaß ihr Seestück,
die desertierte
Wasserfläche,
die zum
Hafen geworden,
wird weiter ernsthaft inspiziert
von einem kalten Richterausschuß
mit schwarzen Schwingen,
der da fliegt, ohne zu fliegen,
am Himmel haftet,

gepanzert, steinern,
indes gefallen, auf trübem Wasser,
schwappt der Schiffe übles Erbteil.

DAS SCHIFF

Unsere Fahrkarten haben wir doch auf dieser Welt schon bezahlt!
Warum, warum dürfen wir uns dann nicht setzen und essen?
Wir möchten nur den Wolken nachschauen,
möchten Sonne trinken, Salz riechen,
wir wollen wirklich niemanden stören,
es ist ganz einfach, Fahrgäste sind wir.

Alle sind wir auf der Durchfahrt und mit uns die Zeit:
Das Meer zieht vorbei, die Rose nimmt Abschied,
die Erde fährt hin durch Schatten und Licht,
und ihr und wir, alles Fahrgäste, wir fahren dahin.

Was ist also in euch gefahren?
Warum seid ihr so zornig?
Wem stellt ihr nach mit dem Revolver?

Wir wußten nicht,
daß ihr alles schon besetzt hattet,
die Becher, die Stühle,
die Betten, die Spiegel,
das Meer, den Wein, den Himmel.

Jetzt stellt sich heraus,
daß wir keinen Tisch haben.
Das kann nicht sein, denken wir.
Das könnt ihr uns nicht weismachen.
Es war doch dunkel, als aufs Schiff wir kamen.
Wir waren nackt.

Wir kamen alle aus der gleichen Gegend.
Stammten alle von einer Frau und einem Mann ab.
Hatten alle Hunger und bald auch Zähne.
Uns allen wuchsen Hände und Augen
zum Arbeiten und Begehren dessen, was da war.

Und jetzt kommt ihr uns damit, daß wir nicht dürfen,
daß auf dem Schiff kein Platz ist,
jetzt wollt ihr uns nicht guten Tag sagen
und wollt nicht mit uns spielen.

Wieso habt ihr eigentlich soviele Vorrechte?
Wer hat euch den Löffel gereicht, noch bevor ihr geboren wart?

Hier sind die Leute nicht zufrieden,
so haben wir nicht gewettet.

Ich stoße auf meinen Reisen
nicht gern in den Ecken auf Trübsal,
auf Augen lieblos oder Münder hungrig.

Wir haben nichts anzuziehen, und der Herbst naht,
erst recht nichts für den kommenden Winter.
Wie sollen wir ohne Schuhe
um die Welt kommen, bei soviel Steinen auf den Wegen?

Wo sollen wir essen ohne Tisch,
wo sitzen ohne Stühle?
Wenn es nur ein trister Scherz ist, beeilt euch, Herrschaften,
kommt bald zum Ende
und redet im Ernst mit uns.

Auf dem Meer wird es nachher nämlich hart.

Und regnet Blut.

ODE AN DIE LETZTE FAHRT DER »BRETONA«

Die Bark zersplitterte an der Klippe,
eine kleine Bark
von rastloser Gestalt,
geschwungen der Kiel, der einst Wolke war,
die Brust einer Seetaube.

Die See türmte ihre Kraft auf
und zertrümmerte die Form,
ein einziges Gischtbündel,
ein niedersausender Magnolienstrahl,
und schon war sie ein Wrack,
flog in Stücke, die Siegerin:
ein paar wunde Planken,
unscheinbar wie Federn,
und um die starren Bohlen
die Ewigkeit der See in Bewegung.

Mein Freund trug das Holz
in sein Haus hoch auf dem Berg,
und loderndes Feuer krönte
den Tod des geliebten kleinen Schiffes.
Planke um Planke,
vollgesaugt mit der Freiheit des Meeres,
wurde vom Stapel genommen
und mußte in der Nacht brennen,
und da in der Nacht,
da auf einmal
geschah das Wunder:
Mit einem seltsamen Blau nahm sie Abschied,
mit einem unbeschreiblichen Orangerot,
grünwäßrige Zungen spuckten
das Salz aus, das sie aufgenommen.

Und wir standen stumm
vor der letzten Feier,
dem Sterbenslicht des kleinen Kahnes,
der scheidend ausbreitete seine Seele.

Dies war seine letzte Seefahrt.
So entschwanden und entbrannten
unter phosphoreszierendem Geflacker
zu ihrer letzten Reise die Masten.

ODE AN DAS PFERD

Der Hengst damals, allein und angekettet
auf karger Koppel
in meinem Land,
die klägliche Mähre
ist Erinnerung,
heute aber,
wo sich auf das Aufblitzen,
auf das jähe Licht meiner Ode hin
alle Pferde einfinden,
ist auch der Vergessene wieder da,
der Geprügelte,
der aus den Wäldern Brennholz
und aus Steinbrüchen, von Steilküsten
peinigende
Quader heranschleppte,
er,
er galoppiert nicht
mit im Wind wehender
Flammenmähne,
eingefallen ist seine Kruppe,
er ist kein Apfel im Schnee,
nein.
Er lahmt; kaum kann er

auf seinen vier Beinen sich halten,
sein unbeweglicher Kopf
ist ein Turm
der Trauer,
so kommt er
zu meiner Ode,
so kommt der Hengst, auf daß ich von ihm dichte.

Über alle harten Wege ist er getrabt,
bekam wenig zwischen seine gelben Zähne,
wenig zu trinken auch – sein Besitzer
tränkte es ihm mehr ein, als daß er ihn tränkte –,
dürr ist mein Freund,
die Knochen
stehen ihm aus dem Rücken,
hager die Seele, wie eine Geige,
und müde das Herz,
das Fell – ein Teppich in einer Vorstadtwohnung.

Ach, schaut man ihn an, rührt man ihn an,
sieht man seine vielen Knochen,
den von den Rippen geschützten Schrein,
die morschen Schenkelknochen, abgesackt
in die verarbeiteten Knie,
und den Schädel, diesen Dom aus Haut und Knochen,
mit zwei Altären,
darin zwei gütige Pferdeaugen wohnen.

Die sahen mich an, und aus ihnen sprach
ein umfassendes, ein ausgedehntes Leiden,
ein Leid, so schwer wie Asien,
das sich halb verdurstet, halb versandet dahinschleppt,
und dies arme, ruhlos umherziehende Pferd
hatte etwas in seiner Güte, wonach
ich suchte, vielleicht
sein illusionsloser Glaube.

Seitdem suche ich nach diesem Blick
in mir, der dem vielen Leid trotzt,
das Mensch und Pferd erlitten,
und mag den sanften Hasen nicht mehr,
nicht den Löwen und nicht den Falken,
auch die dolchbewehrten Haie nicht,
nur noch diese Art zu schauen,
nur noch diese Augen,
aus denen unverwandt
die Ruhe der Trauer blickt.

Vielleicht interessiert sich jemand
mehr für den wohlgeformten,
geflügelten, geschmeidigen
Hengst, das reinrassige
Reitpferd,
den Stolz der Paraden,
den kugelschnellen Renner.
Nun, dessen Wespengrazie
preise ich ja auch,
die Linie in Pfeilform
vom Maul bis zum Schweif
und hinab, über die metallenen Fesseln
bis zu den unruhigen flinken Hufen.

Doch, vielleicht kommt das Segel eines Segelboots,
die Klarheit einer geliebten Hüfte,
der Kamm der Welle, bevor sie bricht,
der Schönheit, der dahinschießenden
Arabeske eines solchen Pferdes,
seinem dem Flug eingeprägten Bilde,
seinem Abdruck im Tau ja noch am nächsten.

Meine Ode aber fliegt
nun einmal nicht mit dem Wind,
rast nicht mit dem Kriege

und nicht mit dem Jubel:
Meine Dichtung hat einen Fuß
vor den andern gesetzt, ist um die Welt getrabt,
hat steinige Wege in sich hineingefressen,
am Tisch gegessen
mit den Elenden,
im eisigen Gasthaus der Armut,
und ich verdanke mich
diesen Steinen
auf dem Weg,
dem Durst, des Streuners Geißel,
und wenn ich dem Morgenrot Glanz abgewann,
wenn ich mit Leid meine Siegesgesänge erkaufte,
dann gebe ich den duldend
erworbenen frischen Lorbeerkranz,
das Licht, das ich den Lebenden errungen,
jetzt hin, auf daß ein Pferd man ehre,
ein Pferd, das Lasten, Regen, Hiebe ertragen
und Hunger, unnahbare Einsamkeit und Kälte,
das nicht weiß, wozu es lebt, nicht einmal das,
und dennoch weiterläuft und seine Bürde schleppt
gleich uns geprügelten Menschen,
die keine Götter haben, nur die Erde,
Erde, die gepflügt sein will, durchwandert, und sich,
einmal genug gepflügt und durchwandert,
auftut für des Pferds Gebeine
und für unsere Gebeine.
Ach, Armeleute-
pferd, Zugpferd,
ziehen wir denn
zu zweit durch diesen unwirtlichen Raum,
auch wenn du nie erfährst, ob mein Verstand
dich, armer Bruder, zu lieben taugt,
und mein Herz, zu dichten diese Ode,
und meine Hände, dir über dein weiches Maul zu streichen!

GESCHRIEBEN IN DER BAHN KURZ VOR CAUTÍN 1958

Wieder einmal, zum tausendsten Mal, kehre
ich heim gen Süden und fahre
die lange harte Linie hinab,
das endlose Land, bewacht
vom unendlichen Denkmal der Schneegefilde,
in den unnahbaren Süden, wo vor Jahren
Hände meiner harrten und Honig.

Heute hingegen –
niemand in den hölzernen Dörfern. Unter
dem Regen, zäh wie Efeu,
keine Augen für mich, kein Mund, auch der
Mund nicht, aus dem einst mein Blut entsprang.
Kein Dach, kein Becher, kein Tisch, keine Wand –
nichts mehr für mich, wo ich einst mich auskannte.
Auswandern nennt man das, nicht nur Verreisen.

Auswandern heißt, heimkehren, wenn nur der Regen,

nur der Regen auf einen wartet.

Und keine Tür mehr. Kein Brot mehr. Niemand mehr.

ODE AN DAS BETT

Von Bett zu Bett
geht die Reise,
die Reise des Lebens.
Wer geboren wird oder verwundet,
wer stirbt,
wer liebt und wer träumt,
kommt aus Betten und geht in Betten,

wir kommen und wir gehen
in diesem Zug, auf diesem Schiff, auf diesem
allem Leben
gemeinsamen,
allem Tod
gemeinsamen
Strom.

Die Erde ist ein Bett,
strotzend vor Liebe, mit Blut besudelt,
die Laken des Himmels
trocknen,
wenn der September seinen Leib und sein Weiß
ausbreitet,
das Meer
knarrt
unter
dem Anprall
der grünen
Kuppel
des Abgrunds
und schwenkt weiße Wäsche und schwarze Wäsche.
O Meer, furchtbares Lager,
ewiger Veitstanz
des Todes und des Lebens,
der erbitterten Luft und der Gischt,
in dir schlummern die Fische,
die Nacht,
die Wale,
in dir ruht die zentrifugale,
die blaßblaue Asche
sterbender Meteore:
Du atmest, Meer, im Rhythmus
aller deiner Schläfer,
du baust und zerschlägst
das unaufhörliche Brautbett der Träume.

Jäh fährt ein Blitz
mit zwei klaren Vergißmeinnichtaugen,
mit Elfenbein- oder Apfelnase nieder
und weist einem den Weg
zu Laken, weich
wie lilienhelle Fahnen,
darauf wir
zur Paarung schlittern.
Danach
steigt der Tod
mit seinen rostigen Händen und seiner Jodzunge
zu uns ins Bett
und hebt seinen Finger,
so lang wie eine Straße,
und zeigt damit auf den Staub,
auf das Tor zu unseren letzten Schmerzen.

ODE AN EINE GESTÜRZTE GLOCKE

Gestürzt ist der Glockenstuhl.
Gestürzt ist die Glocke
eines gar nicht glorreichen Tages,
eines Tages,
der daherkam wie jeder Donnerstag
und wieder ging,
nur daß er sie mitnahm,
die abgestürzte Glocke,
den begrabenen Ton.

Warum stürzte sie gerade an diesem Tag?

Warum nicht vorgestern, gestern oder niemals?
Warum nicht morgen,
warum gerade da?

Warum mußte auf einmal
eine ganze Glocke,
fest angebracht, treu, ausgewachsen stürzen?
Was ist gefahren in das Erz, das Holz,
den Boden, in den Himmel?
Was fuhr durchs Dunkel,
durch den Tag,
durchs Wasser?
Wer kam da nur und holte Luft, ohne daß wir es sahen?
Welch ozeanischer Zorn türmte seine Attribute so hoch,
daß sie das tiefe
Dröhnen,
das die Glocke in ihrem Leibe barg,
niederrissen?
Warum gab nach der Stern?
Wer brach seinen Herrscherstolz?
Da liegt das Verlorene.
Die Glocke
hat nach dem All geschnappt
mit ihrer runden Lippe,
jetzt läutet die Abgründige niemand mehr,
alle Hände sind unrein:
Sie gehörte der Luft,
bei uns hat jede Hand
Fingernägel,
und unter des Menschen Nägeln
ist Staub,
Staub von gestern, Asche,
sie aber schläft,
denn
niemand reicht an ihre verlorene Stimme,
an ihre Seele,
die sie im klaren Licht zeigte,
an ihren Ton,
der in jedem Glockenschlag und in der Luft
begraben ist.

Und so war die Glocke:

Solange sie lebte, sang sie,
jetzt liegt ihr Klang
im Staub.
Siegesfroh sangen in der Luft
der Mensch und die Glocke,
danach verstummten sie in der Erde.

AN CHILE AUF DER HEIMFAHRT

Heimat, wieder einmal kehre ich heim an meinen Bestimmungsort.
Aus den Städten komme ich und den Wäldern,
aus dem Meer komme ich, aus allen Sprachen.
Was ich sah, verwahrte ich unter meinen Augen.
Was ich berührt, bargen meine Hände.
Was ich gehört, trage ich,
in die Falten meiner Stirn geschrieben, bei mir.

Jünger und zugleich älter
bin ich auch diesmal bei der Rückkehr:
Jünger dank der Liebe, Liebe, Liebe,
älter einfach so, oder weil die Uhren,
die Monate und spitzen Zähne
des Kalenders an mir nagen.

Was ich war in der Ferne, was ich erfuhr,
ich habe es bei mir, lege es,
zu deinen Füßen hier, in deine Haare,
rauh sanfte Geliebte, winzige Heimat.
Immer habe ich dich nur beschenkt,
beschenkt mit dem, was mein war und mir nicht gehörte,
abgenutzt mich für dich wie das Werkzeug, dessen
Erz am Ende in die Erde zurücksinkt.

Unterwegs war ich unter Menschen,
auf Märkten,
in der Elektrizität der Kraftwerke,
las Gedanken auf, Steine, Blumen
und manches mehr, und was immer
ich liebte, meine kleine Heimat, was ich erwarb oder geschenkt bekam,
für dich allein nahm ich's, zu deiner Zierde,
um dich zu besingen, schmalhüftiges Land.

Wo ich auch hinkam, harrten meiner
Freundschaft, Liebe, Sanftmut,
wo ich auch hinkam, ward ich geehrt,
auf Plätzen aufgestellt,
mit Schmetterlingen überschüttet,
mit Liedern bestirnt,
ausgezeichnet mit Küssen.

Ich sprach: Ich bin nicht, mich gibt es nicht,
faßt mich an, und ihr werdet merken, ich bin nur Erde,
armes Geröll aus Chile, aus Chiles Flüssen,
rollender Gesang, blankgerolltes Herz.

Dank meinem Gesang
erblickten fremde Augen
das lange Band, das Territorium,
den Sand von Arica,
die Nacht überm Schiff, die auch
Antofagastas grauen Schlaf bestirnt,
und weiter unten
das blaue Volk der Trauben,
Kohle unterm Meer, Kohle unter der Erde
und dann, gefangen in der grünen Landschaft
geläutert von Sonne, den vielköpfigen Weizen.

Von deiner Zeit und deinem Leben,
deinem Morgenrot,

deinen Männern und deinen Frauen
hab ich gedichtet und gedichtet, von allen.
Die sturmumtosten Helden
stellte ich samt Wind und Degen
auf ihre stilechten
Sockel
aus Blut und Tau,
und doch war mir
im Umgang mit ihnen
und im Kampf
mein Volk lieber, das mit seinen Händen
die Erde aufbricht
und Kupfer, Salz, Zwiebeln,
Meeresfische, Sulphate,
Schuhwerk, Wein, Bahnen
hervorholt und bewegt, hochwuchtet
und absetzt
ohne Ende.

Keiner steht hier still.

Mein Volk ist Bewegung.

Mein Land eine Straße.

So kehre ich mit meinem Lied
denn heim in meine Heimat,
dabei weiß ich, was mich erwartet.
Nestbeschmutzer, wird der Minister sagen,
die Dummen werden die Lüge nachbeten,
und Pachacho, der Wurm, der mit galletriefender Feder
sein »M« auf den Seiten des Mercurio *verspritzt,*
wird meinen Namen mit seinem Stil bekleckern.
Das Bürschchen, das groß
herauskommen wollte, das mein Brot und mein Wort aß,
wird dienstbeflissen rufen:

»Schnell die Toten gegen seine lebendige
Dichtung zusammenschließen!«,
und gießt somit neben meinem Schatten
einen Schwall Unrat auf den bitteren Baum des Neids.

Heimat, verzeih mir dies eine Mal, daß ich
aus der Ferne dir Lorbeer mitbringe.
Vergrab ihn in deinem lichten Boden,
verwahr ihn, wo deine Fahnen wurzeln.

Denk einfach, ich war nie fort, bin nie zurückgekommen,
übertöne meine Stimme, stopf mir den Mund,
laß nicht zu, daß ich berührt oder gesehen werde.

Ich kämpfe längst um anderes:

Nur noch für mein Volk soll

unangetastet bleiben meine unverletzliche Liebe.

ODE AN DEN GUTEN BLINDEN

Das Licht des Blinden war sein Gefährte.
Vielleicht haben seine blinden Steinmetzhände
aus verlorengegangenen Quadern
dieses Turmgesicht gehauen
und die Augen, die daraus schauten.

Er kam zu mir, und an ihm
floß herab des Meeres Licht,
hüllte ihn in Honig, lieh seinem Leib
Reinheit, als wäre es ein Gewand,

und sein Blick war ohne Boden,
ohne grausame Fische seine Tiefe.

Vielleicht hat er damals sein Licht verloren,
wie ein Kind die Mutter, und blieb am Leben.
Das blinde Kind des Lichtes hielt fest
an des Menschen Einssein mit dem Schatten,
Verdüsterung machte ihn nicht einsam,
war ihm Daseinswurzel und helle Frucht.

Des Lichtes Helle war bei ihm,
war innig geliebte
Gemahlin, Braut
dem erblindeten Knaben,
und wankte der Zarte, so nahm sie
seine Hände und legte
sie auf sein Gesicht,
und gleich war veilchenblau die Minute,
die ganze Erde ward da zu Duft.

O, schön, zu sehn,
wie das Ungemach wächst, wie es blüht,
den Menschen einig zu sehen, ganz,
erblüht, im Schmerz, und mit einem Mal
zu sehen, wie der blinde Held
der Welt aufhilft,
sie neu erschafft,
sie uns verheißt
und neu geboren wird in seinem Schmerz,
heil und bestirnt
von endlosem Licht aus Himmelsschwarz.

Als er dann ging, war sie um ihn
der reine Schatten, so wie er
um Bäume liegt im Januar,

war Schattenrauschen,
Kühle,
des Honigs und der Bienen Flug,
und beide
gingen an ihr Werk,
zum Leben befähigt,
lehrten sie
Sonnen- und Mondschein, Wasser, Holz,
was immer ohne Augen er erfaßte,
das gab dir, Blinder, Licht, das nicht
zu brechen ist, mit auf den Weg.

ODE AN DEN BÖSEN BLINDEN

O Blinder, ohne Gitarre,
dafür voll Neid,
so schmorst du
in
deinem Gift,
verachtet
wie ein Paar
durchlöcherte, abgewetzte
Schuhe,
die zuweilen
das Maul aufsperren, als wollten sie
bellen, in ihrer schmutzigen Gosse bellen.
Ach, du Bündel
aus nie Gewesenem, nie Zustandegekommenem,
das nie sein wird, nie einen Mund hat,
nie Sitz, nie Stimme,
nie Erinnerungen,
denn so zählt zu und zählt ab
das Leben auf seiner Tafel:
dem Unschuldigen die Gabe,

dem Blindgänger aber den Strick
und seine Strafe.

Ich kam vorüber und wußte nicht,
daß er da wartete
mit seinem Schwelbrand,
da er mich aber
nicht versengen konnte
und nach mir tappte
in seinem Dunkel,
lief ich davon
mit meinen Liedern
an das Licht
des Lebens.

Der Ärmste!
Da verrinnt er,
ist schon verronnen,
da kocht er
seine Essigsuppe,
da rührt er
seinen Skorbutkäse,
da schmort er
in seinem zersetzenden Saft
in dem dunklen Topf,
in den er gefallen,
verdammt, lebenslang
sein eigenes
Gebräu zu saufen.

ODE AN DIE DINGE

Ich liebe die Dinge über alles,
alles.
Ich mag die Zangen,
die Scheren,
ich schwärme
für Tassen,
Serviettenringe,
Suppenschüsseln –
vom Hut
ganz zu schweigen.

Ich liebe
alle Dinge,
nicht nur
die höherstehenden,
sondern
auch
die un-
end-
lich
kleinen,
den Fingerhut,
Sporen,
Teller,
Vasen.

Bei meiner Seele,
ist der Planet
schön,
voller Pfeifen, die
von Händen
durch den Rauch
geführt werden,
voller Schlüssel,

voller Salzfässer,
voll von
allem,
was Menschenhand erschaffen, allen Dingen:
den Rundungen am Schuh,
den Geweben,
der zweiten,
diesmal unblutigen
Geburt des Goldes,
den Brillen,
den Nägeln,
den Besen,
den Uhren, den Kompassen,
dem Kleingeld, der weichen
Weichheit der Stühle.

Ah, soviel
reine
Dinge
hat der Mensch
entworfen,
aus Wolle,
aus Holz,
aus Glas,
aus Stricken –
Tische,
wunderbare Tische,
Schiffe, Leitern.

Ich liebe
alle
Dinge,
nicht weil sie
brennen
oder
duften,

sondern
ich weiß nicht warum,
weil
dieser Ozean dir gehört,
mir gehört:
Die Knöpfe,
die Räder,
die kleinen
vergessenen
Schätze,
die Fächer,
in deren Federn
die Liebe ihre
Orangenblüten
wehte,
Gläser, Messer,
Scheren –
auf allem
findet sich,
am Griff, am Rand,
eine Fingerspur,
die Spur einer entrückten,
ins vergessenste Vergessen
versunkenen Hand.

Ich gehe durch Häuser,
Straßen,
Fahrstühle
und berühre dabei Dinge,
erkenne Gegenstände,
die ich insgeheim begehre:
mal weil sie läuten,
mal weil sie
so weich sind
wie die Weichheit einer Hüfte,
dann wieder, weil sie wie tiefes Wasser

gefärbt oder dick wie Samt sind.
O unumkehrbarer
Strom
der Dinge,
keiner kann sagen,
ich hätte nur
die Fische
geliebt
oder die Gewächse des Urwalds und der Wiesen,
ich hätte
nur geliebt,
was hüpft, klettert, überlebt und seufzt.
Falsch:
Mir sagten viele Dinge
vieles.
Nicht nur sie rührten mich
oder meine Hand rührte sie an,
sondern so dicht
liefen sie
neben meinem Dasein her,
daß sie mit mir da waren
und so sehr *da* für mich waren,
daß sie ein halbes Leben mit mir lebten
und dereinst auch einen halben Tod mit mir sterben.

DER INDIO

Halb lebt er, halb stirbt er, der Indio, auf den Straßen
Perus und Boliviens,
in Amerikas Bergen,
dabei steht er so goldbestickt im Museum,
mit so hübschen Trachten in der Geschichte,
hier aber wandert der Arme her und hin,
schon ganz ohne Stimme, ohne Korn, ohne Schuhe.

Hoch, Bursche, bist doch ausgewachsen! Mach schon!
Geh endlich in dein Loch
auf Erden, du weißt doch,
für dich gibt es keinen Himmel.
Los schon! Lebe!

Sei kein Stein mehr, ich verlange es,
sei kein Fluß mehr,
keine Feder eines ausgestorbenen Vogels,
verweht mit den Jahren.
Los
geht's, leg deine staubige
Maske ab, sie macht dein altes
Herz ja den Wegen gleich,
den lang eingestürzten Mauern.
Zieh deine Hosen an und ab mit dir!
Ich weiß, wo es lang geht, und es gibt kein Schicksal.

Nur das Schicksal gibt es, das wir selbst gestalten,
mit unserem Blut, mit den Händen,
und das Leben liegt nicht unter und nicht hinter uns,
durch die Stummheit führt keine Straße,
du hast nichts, dessen du gedenken mußt,
und damit du nicht fehlgehst,
schau dich nicht an, schau nicht in den Staub:
Die Welt ist ein Stück größer geworden,
seit sie dich mordeten, inzwischen ist Platz,
daß auch du, als Auferstandener, aufs Bild kommst.

Ach, hätte es
dich doch nie gegeben,
wie sauber stünden wir da und könnten zusehen,
wie du verlierst, tagtäglich alles verlierst,
dein Reich verlierst, deine Füße verlierst, in
einem fort verlierst

und nur dein Totenhemd behältst und weitergehst
mit den traurigsten Augen der Welt.

Doch nun wissen wir es,
du wartest vor der Tür
oder in uns selber,
überall, auch du wartest
im Regen und ohne Essen.

Jetzt
klopfen auf einmal alle an, außer dir.
Alle fordern, rechnen nach in ihren Heften,
werden sehr böse, brüllen, dulden es nicht länger,
lassen es sich nicht bieten, wir kennen das,
doch du, Heimatloser, wartest noch immer,
daß sie dir endlich dein Suppenhuhn abkaufen,
um heimzukehren, wo du nicht mehr zu Hause bist,
zu träumen, was nicht einmal mehr ein Traum ist.

Los, alter Narr, glaub nicht,
es seien alle so gerissen,
im Haus der Gerechten gäbe es nur Tiger.
Es läßt sich schwer erzählen,
aber alles ist anders geworden,
heut haben sie Angst,
die Herren mit Bart und Browning,
all die Herren mit Uhrketten,
die Herren mit elektrischen Sesseln,
die gut betuchten Leute,
sie haben Angst.
Sie wachen unversehens auf
laufen zum Fenster,
draußen ist nur Nacht, nichts los,
trotzdem haben sie Angst,
Angst vor allem und, unglaublich,
auch vor dir

Vergessenem
in den Anden, auch deine
Lumpen fürchten sie, mit einem Mal
erinnern sie sich, daß deine Lumpen von ihnen stammen,
und haben Angst und können nicht ruhig essen.

Sie wissen,
alles ist anders,
es ist bekannt,
daß sich der Indianer
heute an manche Orte setzt
wie jedermann
und ein und aus geht und lächelt,
Bildung und Lächeln hat
und Brot und Haltung,
und das, mein Freund, nicht im Himmel,
im Himmel passiert nämlich gar nichts.

Wir wissen ja,
bekanntlich
passiert das auf der Erde.

ODE AN DIE ZERBROCHENEN DINGE

In meiner Wohnung
gehen Dinge kaputt,
als tippte ein unsichtbarer,
vorsätzlicher Zerstörer sie an:
Meine Hände sind es nicht,
auch nicht die deinen,
die jungen Mädchen waren's nicht
mit den harten Fingernägeln
und planetenschweren Schritten,
nichts war es, niemand,

nicht der Wind,
nicht der orangengelbe Mittag,
nicht die irdische Nacht,
weder die Nase noch der Ellbogen
noch die anschwellende Hüfte,
der Knöchel,
auch die Luft nicht:
Der Teller zersprang, die Lampe kippte um,
eine Vase nach der anderen
schlug hin, die eine
mitten im
scharlachroten Oktober,
erschöpft von den vielen Veilchen,
die andere war leer
und rollte, rollte, rollte
durch den Winter,
bis sie nur noch Staub
von einer Vase war,
zerscherbte Erinnerung, leuchtender Puder.
Und die Uhr,
deren Ticken
unseres Lebens Stimme
war,
der geheime
Faden
zwischen den Wochen,
die all die Stunden
einzeln
an den Honig, an die Stille band,
an die vielen Geburten und Mühen,
auch die Uhr
fiel herab, und zwischen den Scherben
vibrierten
ihre feinen blauen Eingeweide,
ihr langes aufgerolltes
Herz.

Das Leben zermahlt
Glas, verschleißt Wäsche,
macht Kleinholz,
stampft
Formen ein,
und was überdauert, wird mit der Zeit
zum Eiland oder Schiff im Meer,
hinfällig,
umgeben von zerbrechlichen Risiken,
gnadenlosen Wassern und Gefahren.
Stecken wir alles, Uhren, Teller,
frostgeschliffene Gläser doch gleich
in einen Sack und schleppen
unsere Schätze ans Meer:
Soll unser Besitz auf einem einzigen
scheppernden Scherbenhaufen zerkrachen,
soll tosen wie ein Fluß,
was zerschellt,
und soll das Meer sie in geduldiger
Gezeitenarbeit wieder zusammensetzen,
die vielen nutzlosen Dinge,
die niemand zerschlägt und die
dennoch zerschlagen werden.

BEGEGNUNG AUF SEE MIT CHILENISCHEN GEWÄSSERN

Auf halbem Meer seh ich dich wieder, mein Meer,
inmitten der Wasser anderes Wasser,
ein anderes Blau im Blau, andere Schaumkronen.

Da ist mir, als rühre man
mit tiefem Licht an mein Herz,
ich spüre die Luft im Mund – deine Küsse,
etwas im Blut – dein nährendes Salz.

Ozean, den mein schweifender
Sinn aus den Augen verlor,
rastlos entdecke ich dich wieder,
rings um mich wogst du,
schließt mein Leben in deinen Kreis,
und ich, der ich heimkehre in das Land, das ich
verlassen,
kannte dich schon nicht mehr unter den Meeren,
du aber rührst mich an, ohne hinzusehen,
und meine Stirn wird zum Vogelstoß,
zur Sturmbö, zum Schlag einer kalten Schwinge.

O nacktes Element,
ohne Spuren von Worten und Booten,
einzig Essenz und Gischt,
Bewegung und Abstand,
keinem Meer, keinem andern Maß,
keinem Planeten bist du vergleichbar.

Hier wuchsest du, ernster
Rosenstock im Unendlichen,
hier vor den erzhaltigen Gegenden
füllten sich deine kristallenen Gläser,
und unfaßbar dehnte sich in der Zeit,
du Abgott, deine blaue Entfaltung.

Die Anden türmten
ihre Bauten, ihre Schneeaugen,
Einsamkeit, Schatten mit Pumas
und das spröde Felsenchaos.
Hier zu Füßen der überstirnten Erde
wuchs die Haut des Meeres wie sonst nirgends,
und zwischen der obersten Luft und dem Abgrund
breitete sich deine Wiese,
dein blauer Friede, deine weiße Begegnung,
endloser Gatte der Erde.

Von langen Reisen komme ich,
mein langes Leben lang liebte ich
jede Straße und jede Stille,
die Küste und die saphirnen
unnahbaren Inseln,
nach Honig und Bienenherz
roch die Ferne,
und knisternde Ereignisse machten mich
zum Bürger, wo immer ich mich aufhielt.
Ich war kein Fremder mit toten Augen,
ich aß dasselbe Brot und trug des Brotes Fahnen.

Doch nun fließt Chiles Meer
hinauf mit anderen Wellen
in den Ozean des Nordens:
In diesen Wassern kommt meine
Verzweiflung und meine Hoffnung geschwommen.
Dieses Wasser, in der Kälte
gebraut, unter des Himmels
kältesten Sternen, dieses Meer,
das sein brausendes Dasein
an den Füßen der Welt begann
und flüchtig, frostig, fahrig
mit dem Wind heraufstürmte,
über die Wellen und unter den Walen durch
wie ein Fohlen sprang im Schnee,
dieses Meer ruft, wenn ich fort bin,
nach mir mit seinem Donnern
und treibt mich um,
noch bevor ich Heimat anlaufe,
mit seinem Schaum und seinem Atem.

Auf halbem Meer, jählings, unterwegs,
inmitten der anderen hingebreiteten Wasser,
breit wie die Hände des Mondes,
warf das Meer, mein Meer, mir einen Kuß zu.

Der traf mich auf Stirn und Mund,
und Salzwasser und Kühle schoß
in alle Bahnen meines Blutes,
ich erwachte aus Nacht und Fernsein,
mein Herz schwoll an gleich einer Woge,
und in der prallen Sonne spürte ich, wie es mich trieb,
meinem Land und den Meinen zu dienen.

Darum bin ich hier und ist hier mein Zuhause.
Darum wandere ich auf allen Straßen.
Ich tue, was mich das chilenische Meer geheißen,
als ich, auf halbem Meer, noch weit weg war.

ODE AN DEN ELEFANTEN

Pralles, reines Tier,
Sankt Elephant,
heilige Kuh
des immerwährenden Waldes,
dauerhaft feste,
feine,
ausgewogene Materie,
Leder
vom
planetarischen Sattler,
kompaktes, seiden schimmerndes
Elfenbein,
wach
wie
Mondfleisch
winzige Augen,
zum Sehen, nicht zum Gesehenwerden,
ein Rüssel,
der gern anfaßt,

Signalhorn
der Tuchfühlung,
Röhre
eines
Tiers,
das
jauchzt
vor
Keckheit,
bewegliche Maschine,
Dschungeltelefon,
so
schwankt es
seelenruhig dahin
in seiner alten Schale,
seinem faltigen
Baumkostüm,
seiner verrutschten
Hose,
mit seinem Schwänzchen.

Täuschen wir uns nicht.
Der große sanfte Urwaldklotz
ist kein Clown,
sondern Vater,
der Vater im grünen Licht,
der uralte
unverfälschte
Erzeuger auf Erden.

Umfassende Besamung,
eine Gier
wie bei Tantalus,
Paarung
und überreichlich Haut,
in regenzeitlichen

Bräuchen
war das Elefantenreich
befangen,
und der Krieg
der Gattungen
wurde mit Salz
und mit Blut ausgefochten,
in der Stille.

Die geschuppten Formen –
Löwenechse,
Gebirgsfisch,
Zyklopenmillodont –
fielen
und zerfielen,
wurden zu grünem Gärstoff im Sumpf,
zur Fundgrube
tropisch heißer Fliegen
und grausamer Käfer.
Der entthronten Angst
entstieg der Elefant.
Fast ein Gewächs, ein dunkler Turm
vor grünem Firmament,
und süße Blätter, Honig
und Felswasser
dienten seinem Geschlecht zur Nahrung.

So wankte er durch den Dschungel,
der Elefant, in seiner tiefen Ruhe.
Geschmückt war er
mit den
hellsten Orden
aus Tau,
empfänglich
für die Nässe
in seinem All,

und mächtig, traurig, zärtlich,
bis er aufgespürt wurde
und zum Zirkustier
gemacht, um das
Menschengeruch dampfte.
Keine Luft für seinen unruhigen Rüssel,
kein Boden unter seinen irdischen Füßen.
Damals sah ich ihn hereinwanken,
in meiner Erinnerung ist er ein Halbtoter,
ein Gejagter, so sah ich ihn in den Kral wanken.
Auf Ceylon war es, im Dschungel.
Mit Tamtam,
mit Feuer
brachte man ihn
von seinem
betauten Pfad ab,
und schon war er umzingelt.
Mal aufbrüllend, mal stumm, stapfte er herein,
ein riesengroßer König. Er begriff nichts.
Ein Gefängnis war sein Reich, dabei
schien die Sonne wie immer, zitterte
frei das Licht, war die Welt grün wie zuvor,
er tastete langsam die Palisade ab,
nicht die Speere, und mich,
ausgerechnet mich,
warum, weiß ich nicht, es kann nicht sein,
vielleicht tat er's gar nicht,
mich jedenfalls blickte er an
aus seinen versteckten Augen,
noch heute tun sie mir weh,
die Augen
jenes Gefangenen,
jenes in seinem eigenen Dschungel
verhafteten, riesenhaften Königs.

Darum gedenke ich heute deines Blicks,
Elefant, der umherirrt
zwischen scharfen Speeren
und Laubwerk,
und dir, reines Tier, zu Ehren
schwenke ich die Perlenketten
meiner Ode,
auf daß du damit durch die Welt
meiner treulosen Dichtung
schlendern kannst,
die dich damals nicht zu schützen vermochte,
die aber jetzt
in der Erinnerung
beides zusammenfügt,
die Umfriedung, in die sie die tierische
Würde deiner Gestalt sperrten,
und die sanften Elefantenaugen, die darin
alles, was sie geliebt hatten, verloren.

DIE AN DIE KATZE

Unvollkommen
waren die Tiere,
lange Schwänze, triste
Häupter.
Allmählich
nahmen sie sich zusammen,
wurden zur Landschaft,
bekamen Tupfen, Grazie, Flügel.
Die Katze,
allein die Katze
trat gleich vollkommen auf
die Nase erhoben,

war von Geburt an völlig fertig:
Sie läuft allein und weiß genau, was sie will.

Der Mensch möchte Fisch sein und Vogel,
die Schlange hätte gerne Schwingen,
der Hund ist ein fehlgeleiteter Löwe,
der Ingenieur wäre lieber Dichter,
die Fliege übt den Flug der Schwalbe,
der Dichter eifert nach der Fliege,
nur die Katze
will nichts als Katze sein,
und jede Katze ist Katze
vom Bart bis zum Schwanz,
von der Vorahnung zur lebendigen Ratte,
von der Nacht bis zu den goldenen Augen.

Nichts Ganzes
gleicht ihr,
weder Mond noch Blüte
sind
so wohlgeordnet:
Sie ist ein Eines
wie Sonne und Topasstein,
und ihr geschmeidig gestrichelter Umriß
ist fest und fein gezogen
wie die Buglinie eines Schiffes.
Ihre gelben Augen
lassen
nur einen Schlitz frei,
damit die Nacht ihr Kleingeld hineinwirft.

O kleiner
Kaiser ohne Weltreich,
Eroberer du ohne Heimat,
winziger Salontiger, Bräutigam,
Pascha im Himmel

liebeshungriger Dächer,
jaulst nach dem Sturmwind
der Liebe
bei jedem Wetter,
wenn du auftrittst
und setzt
vier weiche Pfoten
auf den Boden,
witternd,
allem mißtrauend,
was erdgebunden,
denn unrein
ist alles
dem makellosen Fuß der Katze.

O ungebundenes Raubtier
des Hauses, Nachtspur
hochmütig,
Turnerin, träge
und unnahbar,
abgrundtiefe Katze,
Geheimdienst
in den Zimmern,
Hoheitszeichen
lange schon
verschwundenen Samtes,
wahrscheinlich ist
kein Rätsel
an deinem Benehmen,
vielleicht bist du kein Geheimnis,
jedermann kennt dich, du gehörst
dem geheimnislosesten der Anwohner,
vielleicht dünken sich alle,
wähnen sich Herren,
Besitzer, Onkel
von Katzen, Weggefährten,

Kollegen,
Lehrlinge und Freunde
ihrer Katze.

Ich nicht.
Ich spiele nicht mit.
Ich kenne die Katze nicht.
Alles kenn ich, das Leben und seine vielen Inseln,
das Meer, die unzählbare Großstadt,
die Botanik,
die Blütenbestäubung samt ihren Irrwegen,
das Mal und Minus der Mathematik,
der Welt vulkanische Trichter,
die irreale Schale des Krokodils,
des Feuerwehrmanns verkannte Güte,
des Priesters blauen Atavismus,
nur eine Katze kann ich nicht enträtseln.
Meine Vernunft prallt ab an ihrem Gleichmut,
in ihren Augen stehen goldne Ziffern.

MÖWEN ÜBER ANTOFAGASTA

Du kennst keinen unfruchtbaren Boden,
du kennst keine dürren Kordilleren,
keine zahllos vernarbten Dächer,
totes Ockergelb in der Mitte des Tages,
daneben die Leichenfarbe des Wolframs,
daneben unverrückbar ein Stapel
tote Welt,
kahle Höhen und Katastrophen,
das gnadenloseste Licht in sandiger Ödnis.

So streng empfing mich der ausgebrannte
Norden meines Landes.

Da sah ich, auf der Verbindungslinie
zwischen dem metallblauen Himmel
und dem aufsässigen Meer,
vor mineralisch grausamen Bergen,
hinter meinem Schiff;
wie der Mensch sich und die Liebe
inmitten aufflatternder Möwen erhoben.

In Dreiecksformation und grau
tauchten sie auf über dem
gerade abtauchenden Antofagasta,
schnitten flüchtige Vierecke
im Flug aus der Luft,
schlangen Licht und Geometrie ineinander,
schwebten reglos heran,
erhoben sich auf ihrem eigenen Schaum,
waren unversehens Striche aus Salz,
Augen am Himmel oder Brauen im Schnee.

Über das langgezogenste aller Meere,
von den Kalkkrusten der Bergkämme
um Antofagasta her, kamen
sie angeschossen
auf sauberer Flugbahn,
die zum Pulk geordneten Vögel,
die heiser krächzenden Möwen
und erhoben sich
mit dem Meer
über der ungeheuerlichen Welt,
über dem dürren Sterben der Mondlandschaft,
wie wehende Orangenblüten zum Fluge,
zu einem Paarspiel
aus Balance und Weiß,
und am Ende des trostlosen Tages
verharrte das Ballett,

das reinste Repertoire der Luft,
das Kapitel der Süße, in der Schwebe.

Lebt wohl, lebt wohl, ihr Möwen,
zurück, zurück in
den gnadenlos höllischen Machtbereich
der ausgebrannten Natur,
in die düstere Nacht,
in das, was war, als der Meeresring
sich um das Schiff schloß,
ich halte auf meiner Reise
ohne Ankunft, ohne Grund, ohne ein anderes Ungemach,
als Tag und Nacht zu segeln,
unterdessen inne und frage
nach dem tapferen Licht jener Klippen,
nach den ruhlosen Flügeln, die meinem Wandererherz
weit in die See hinaus nachflogen.

Lebt wohl, lebt wohl,
ihr einzigen Seelen auf dem toten Monde,
ihr hohen Fragen ozeanischen Lichts,
lebt wohl, bis sich
im Raum verliert,
was mich auf der Fahrt begleitete:
das Licht der Möwen,
die hinter mir ihren Flug
und auf ihren Flügeln
den Stolz der See,
das reinste Geflatter emportrugen.

ODE AN DAS DANKE

Dank an das Wort,
das Dank sagt.
Dank an das *Danke*,
weil das Wort
Schnee schmilzt oder auch Eisen.

Bedrohlich sah die Welt aus,
solange nicht das *Danke*
mild
wie eine helle
Feder
oder süß wie ein Blütenblatt aus Zucker
von Lippe zu Lippe
sprang,
mal groß, aus vollem Mund,
mal kaum hörbar
geflüstert,
so war das Wesen wieder Mensch
und kein Fenster,
so fiel ein wenig
Licht in den Wald,
und unter den Blättern ließ es sich singen,
Danke, du bist die Pille
gegen
den scharfen Rostfraß der Verachtung,
Licht bist du gegen den Altar der Verhärtung.

Vielleicht
warst du auch ein Teppich,
ausgerollt
zwischen den entferntesten Menschen.
Die Fahrgäste
verstreuten sich
in der Natur,

aber da,
im Dickicht
der Unbekannten –
Merci,
im Zug, der hektisch
die Länder wechselt,
der Grenzen auslöscht –
Spasiwo,
vor den spitzen
Vulkanen, ganz Frost und Feuer –
Thanks, ja doch, *Gracias,* und sogleich
wird die Erde zum Tisch,
saubergefegt von einem Wort,
Teller und Gläser glänzen,
es klappern die Gabeln,
die Ebenen sehen wie Tischtücher aus.

Danke, *Danke,*
verreise ruhig und komm wieder,
fahre hinauf
und hinunter.
Natürlich kannst du,
ein Wort nur, *danke,*
nicht alles ausfüllen,
aber
wo du hereinwehst,
kleines Blütenblatt,
werden die Dolche des Stolzes weggesteckt,
und zum Vorschein kommt für einen Centavo Lächeln.

ODE AN DIE GROSSE MAUER IM NEBEL

Sicher ist, diese Steine
haben gedauert und gedauert,
Minuten starben wie Insekten hin,
die Sonne wuchs und wurde rot,
grün,
blau,
schwarz,
amaranthen,
Schnee schloß der Menschen Augen,
und diese nutzlose Schlange
fraß nichts als Zeit.

Heute deckt Nebel
sie zu,
an diesem Morgen: Die Welt,
die Berge, die Esel,
die immergleiche harte Steine schleppen,
alles
ist Dunst,
Erzittern,
Schwaden,
nur eines verborgenen
Hirten
unglaublicher Flötenton
steigt wie ein Degen aufwärts
in den Schluchten:
Der Mensch wohnt da, nährt sich und singt
neben der toten Schlange.
Sie aber hat
erfüllt ihr Schicksal.
Erstarrt, vergaß sie
im Alter die Menschen, die sie bauten:
Künstlich entstanden,
wurde Natur sie wie der Mond,

blieb unbegraben liegen
wie ein übergroßer Leichnam.

Ich ersteige das Gebein, dieses Gerippe
des alten Reichs, des geheimen Lichtes,
den Schweif des Löwen mit den toten Klauen.

Schweigen, Zeit, Nebelschleier,
Berge, grün und befeuchtet,
und hin zum spröden Hang
die Mauer,
kahl die Mauer.

Was, o Gemäuer, bist du?
Was bist du gewesen?
Große Trennwand,
zwischen Ländern,
warst du denn immer
unbeirrtes
Omen,
das Planeten sichten?
Wolltest du Weg sein?
Hat vergossenes Blut,
hat Stille, Regen dich
zum Steinreptil gewandelt?

Es flattern dunkle Falter,
jagen einander im feuchten Morgen,
groß ist die Einsamkeit und liegt
über dir endlosem Gürtel,
Große Mauer.
Mir scheint, daß wo du anschwollst
wie ein übermenschlicher Fluß,
da flohen Nomaden,
dafür zog Stille ein

und blieb ein langes Frösteln
über den Bergen hängen,
dauernd, von Dauer.

ODE AN DIE GITARRE

Schlanke, reine
                    tönende
Herzlinie,
im Flug gepflücktes Licht,
singend überdauerst du,
alles vergeht einst, nur nicht dein Umriß.

Ich weiß nicht, ob der heisere Wehlaut,
der aus dir fällt, ob
dein Trommelwirbel, dein
                                        Flügelschwirren
das Meinige an dir ist
oder ob du,
wenn du stumm bist,
noch entschiedener betörst,
du System aus Tauben
oder Hüften,
du Gußform, die aus ihrem Schaumweiß
neu entsteht
und als pralle, geneigte, wiedererstandene
Rose auftritt.

Unterm Feigenbaum
nah am rauhen, reißenden Bio-Bio
schlüpftest du, Gitarre,
aus deinem Nest gleich einem Vogel
und reichtest
einem braunen

Händepaar
die verschütteten Bänder,
das dunkle Schluchzen,
der Trennungen endlose Kette.
Aus dir kamen: das Singen,
die Ehe,
die der Mensch
mit der Gitarre vollzogen,
vergessene Küsse,
das unvergeßlich treulose Mädchen,
und so wandelte sich
die ganze Nacht
zum Gestirn, zum Körper
der Gitarre,
so bebte der Sternenhimmel
mit seinem klirrenden Kelch,
stimmte
der Fluß
seine zahllosen Saiten
und riß
eine klare Flut
von Düften und Klagen
mit ins Meer.

O liebliches Alleinsein
mit kommender Nacht,
allein sein wie das Brot auf Erden,
allein sein mit einem Strom Gitarren!
Die Welt schrumpft
zu einem einzigen Tropfen
Honig, zu einem Stern –
nur noch Blau zwischen den Blättern,
die ganze flirrende Höhe
singt.

Und die Frau spielt
Erde und Gitarre,
und in ihrer Stimme schwingt
die Trauer
und die Freude
der tiefen Stunde.
Zeit und Entfernung
sinken auf die Gitarre,
wir sind ein Traum,
ein abbrechender Gesang:
Das schlichte Herz
reitet auf den Wegen:
Es träumt und träumt die Nacht und ihr Schweigen,
es singt und singt die Erde und ihre Gitarre.

ODE IM ANGESICHT DER INSEL CEYLON

Wieder einmal auf den Meeren,
um mich
Regen,
Gold,
verschwommene Frühe,
aschgrauer
Dunst heißer Einsamkeiten.

Da
tauchst du auf
wie
eine junge grüne Welle,
ach, Ceylon,
ach, heilige
Insel,

Schrein,
in dem mein junges,
mein verirrtes, mein verbanntes
Herz
schlug!

Ich Einsamer
war ein Waldmensch,
ich erlebte
als Zeuge,
was alles nicht passierte,
ich dirigierte
Schatten,
die einzig
in mir
existierten.

O Zeiten,
o Kümmernisse,
o tolle Wassernacht
und roter,
nach
Blut und Jasmin
riechender
Mond,
im Innern,
ein Stück weiter,
schlug unterdessen
das Dunkel seine Trommeln,
die Erde dröhnte,
im Laub
tanzten die Krieger.

Und heute,
da deine kleinen Hände
bei mir sind

und unermüdlich
den Schweiß und den Kummer
auf meiner Stirn
trocknen,
da meine Stimme anders,
sicher, klingt
und ich andere,
aus dem Hellen des Lebens gemachte
Lieder singe,
heute,
lande ich
hier,
noch einmal
in dem Meer, das damals
nur brausende Einsamkeit war,
in dem Wind,
in der Nacht
über den bestirnten
Kokospalmen,
und niemand weiß mehr,
wer ich war, was ich wußte,
wie ich litt, wie ich
ohne eine Menschenseele
verblutete.

Ich trete auf die Straße,
die mein war:
Flecken von Fehlendem
oder Feuchtem,
die Gewächse
verwandelt
in düsteres Dickicht,
ein einziges
Haus
stirbt vor sich hin,
leer.

Mein Haus war das, vor
dreißig Jahren,
dreißig
Jahren. Ich tippe
an die Tür
meiner Träume
an die wurmstichigen
Wände,
die Zeit
hat auf mich gewartet,
die Zeit von einst,
sich drehend
mit ihrem Rad.
Alles hat
hier
auf der ärmlichen Straße,
der Insel,
auf mich gewartet:
Die Palmen, die Riffe
wußten immer schon,
ich komme wieder,
nur ich wußte nichts davon,
und auf einmal
ist alles wieder da, die Wellen
im Sand,
die Nässe, das Flüstern
der Blätter beim Tanz,
erst da, erst
da wußte ich,
hier habe ich gelebt, mein Hiersein
war keine Erfindung,
hier war mein Zuhause,
hier das Meer, hier was mir fehlte,
und du, Liebste, an meiner Seite.

Verzeih mir das Leben,
verzeih mir meine Leben.

Auf dieser Straße
lief die Trauer ins Meer.
Du aber und ich, wir nehmen
auf unsern Lippen
wie einen langen Kuß
das Bild,
den Klang,
die pulsierende Farbe
der Insel mit,
und jetzt, doch, jetzt
vergeht sie endlich,
die Vergangenheit,
wir klappen den leeren
Schrein zu,
in dem
nur noch
ein alter
Geruch
nach Meer und Jasmin
leben soll.

ODE AN LENIN

Vierzig Jahre alt ist die Revolution.
So alt wie eine reife junge Frau.
So alt wie schöne Mütter.

Als sie geboren wurde,
nahm man auf der Welt
die Nachricht
unterschiedlich zur Kenntnis.

»Was soll das?« fragten sich die Bischöfe,
»die Erde hat sich verschoben,
wir können den Himmel nicht mehr verkaufen.«

Stumm lasen
Regierungen, zwielichtige
Diktatoren in Europa,
im mißhandelten Amerika,
die alarmierenden Meldungen.
Auf sanft, auf steil ansteigenden
Treppen
stieg ein Telegramm
wie das Fieber
auf dem Thermometer:
Kein Zweifel mehr,
das einfache Volk hatte gewonnen,
es wandelte sich die Welt.

I
Um dich zu besingen, Lenin,
muß ich von den Worten mich trennen,
muß ich mit Bäumen, mit Rädern schreiben,
mit Pflügen, mit Kornsaaten.
Du bist faßlich wie
Fakten, wie Erde.
Nie gab es
einen irdischeren Menschen
als W. Uljanow.
Andere Männer sind auch groß,
halten aber wie die Kirchen
Zwiesprache mit den Wolken –
einsame große Männer.

Lenin stand im Bund mit der Erde.

Weiter als jeder andere sah er.
Menschen,
Flüsse, Hügel,
Steppen
waren ein offenes Buch,
er las,
weiter als alle las er,
deutlicher als jeder.
Er sah in die Tiefe,
in den kleinen Mann, in den Menschen,
in den Menschen sah er wie in einen Brunnen,
untersuchte ihn,
als wäre er unbekanntes Gestein,
von ihm entdeckt.
Aus dem Brunnen mußte das Wasser geholt,
das hochgespannte Licht,
der geheime Schatz
der Völker mußte gehoben werden,
auf daß alles keime und entstehe,
auf daß wir der Zeit und der Erde würdig wären.

II
Vorsicht, nicht verwechseln mit einem kühlen Ingenieur,
Vorsicht, nicht verwechseln mit einem flammenden Mystiker.
Sein Verstand loderte und verbrannte doch nie zu Asche,
auch im Tode erkaltete nicht sein glühendes Herz.

III
Ich sehe Lenin gern vor mir, wie er fischt im klaren
Rasliw-See, das Wasser
ein kleiner, von Gras umwucherter Spiegel
im weiten, silbergrauen, kalten Norden.
Einsamkeiten waren das, harsche Einsamkeiten,
die Pflanzen gepeinigt von Nacht und von Schnee,
das arktische Pfeifen des Winds in seiner Hütte.
Dort sehe ich ihn gern vor mir, wie er allein

dem Regen lauscht, dem zagen Flug
der Turteltauben,
dem heftigen Pulsschlag des reinen Waldes.
Lenin, wie er horcht auf den Wald und das Leben,
lauschend dem Gang der Geschichte und des Winds
in der Feierlichkeit der Natur.

IV
Manche Männer waren ganz Forschergeist,
tiefgründiges Buch, leidenschaftliches Wissen,
anderer Männer Seelentugend
war die Bewegung.
Lenin flog mit zwei Schwingen:
Bewegung und Weisheit.
Er glaubte an das Denken,
er enträtselte die Rätsel,
er zerschlug eine nach der anderen
die Masken vor der Wahrheit und den Menschen
und war überall,
Lenin war gleichzeitig überall.

V
So, Lenin, arbeiteten deine Hände,
und dein Verstand ruhte nicht eher,
als bis die neue Gestalt
rings um den Erdkreis zu erkennen war.
Es war eine bluttriefende Statue,
ein Sieg in Lumpen,
ein Mädchen, schön wie das Licht,
voller Narben, rußverschmiert.
Die Völker starrten es an in fernen Ländern:
Sie war es, keine Frage,
es war die Revolution.
Das alte Herz der Welt schlug anders.

VI
Lenin, Mann der Erde,
deine Tochter ist inzwischen im Himmel.
Deine Hand
verschiebt jetzt
lichte Sternenbilder.
Die Hand, die
Dekrete unterschrieb,
wonach Brot und Boden
dem Volk gehören sollten,
die gleiche Hand
ist zum Planeten geworden;
Der Mensch, den du geschaffen, erbaute sich einen Stern.

VII
Alles ist anders, aber
die Zeit war hart
und die Tage rauh.
Vierzig Jahre lang heulten
die Wölfe an den Grenzen.
Die lebende Statue wollten sie stürzen,
die grünen Augen ihr ausbrennen,
an Hunger, an Feuer
sollte sie sterben,
am Gas und am Tod,
Lenin, deine Tochter,
dein Sieg,
die große, feste, sanfte, starke und hohe
Sowjetunion.

Das mißlang.
An Brot fehlte es, an Kohle,
es fehlte an Leben,
vom Himmel fiel Regen, Schnee, Blut
auf die armen in Brand gesteckten Häuser,
doch im Qualm

und im Feuerschein
erkannten die entferntesten Völker, daß die lebende Statue
sich verteidigte und wuchs und wuchs und wuchs,
bis ihr tapferes Herz
zu unverwundbarem Metall gehärtet war.

VIII
Lenin, nimm den Dank von uns weit Entfernten.

Seit damals, seit deinen Entschlüssen,
seit deinen schnellen Schritten, deinen schnellen Augen,
sind die Völker nicht mehr allein
im Kampf um die Freude.
Das gewaltige harte Land,
das der Belagerung standhielt,
dem Krieg, der Todesdrohung,
ist ein Turm, der nicht wankt.
Nicht mehr abzuwürgen.
Darum leben die Menschen
ein anderes Leben,
essen auch ihr Brot anders,
mit Hoffnung,
weil es in der Mitte der Erde
Lenins lichte, entscheidende Tochter gibt.

IX
Dank dir, Lenin,
für deine Energie und deine Lehre,
Dank dir für deine Festigkeit,
danke für Leningrad und die Steppen,
danke für das Gefecht und für den Frieden,
danke für den unerschöpflichen Weizen,
danke für die Schulen,
danke für deine kleinen
riesenhaften Soldaten,
danke für die Luft, die ich auf deinem Boden atme,

die keiner anderen Luft gleicht:
Duftende Weite ist sie,
Strom energiegeladener Berge.

Dank dir, Lenin,
für Brot und Luft und Hoffnung.

ODE AN EINEN VORMITTAG IN BRASILIEN

Dies ist ein Vormittag
in Brasilien. Ich wohne
in einem unbändigen Diamanten,
alles Durchsichtige
der Erde
ist Stoff geworden
vor
meiner Stirn,
kaum bewegt es sich,
das filigrane Grün,
das rauschende Band
des Urwalds:
Weit ist das Licht, wie ein Schiff
am Himmel, ein Sieger.

Alles wächst,
die Bäume,
das Wasser,
die Insekten,
der Tag.
Alles endet als Blatt.
Alle
Grillen,
die seit Anbeginn der Welt
geboren wurden, gelebt haben

und gestorben sind,
sind hier vereint
und singen
auf demselben Parteitag
mit Stimmen wie Honig,
wie Salz,
wie Sägemühlen,
wie trunkene Violinen.

Schmetterlinge
tanzen
schnell mal
einen
roten
schwarzen
orangenen
grünen
blauen
weißen
granatroten
gelben
violetten
Tanz
in der Luft,
auf den Blüten,
im Nichts,
flatternd,
einander jagend
und unerreichbar.

Menschenleere
Gegend,
grüner
Kristall
der Welt,
irgendwo

in der Landschaft
stürzt ein breiter Fluß
mitten in
die Ödnis,
Saurier waten
durch stinkende Wasser,
träge,
vom blinden Brüten erdrückte
Lebewesen
wechseln zu Tausenden
das Gewächs, das Gewässer,
den Sumpf, die Höhle,
und durch die Luft schießen
sengende Vögel.

Ein Krakeelen, ein Trillern,
ein Flug, eine Kaskade
springt vom Wipfel
der Palme
zu des Bambus
unzählbaren Masten.

Gelassen
naht
der Mittag,
das Licht
weitet sich, als entspränge
ein neuer Fluß
und spränge und sänge
und fülle damit das ganze All aus.
Dann
regt
sich nichts
mehr,
Erde, Himmel, Wasser

werden Transparenz,
die Zeit steht still,
und alles kriecht in seine diamantene Schachtel.

ODE AN EINEN VORMITTAG IN STOCKHOLM

Da gleiten wir, Liebste,
durch die Tage im Norden.
Hinter uns Leningrad,
verschneit, blau, stählern
unter seinen Wolken –
die Säulen, die Kuppeln,
das Altgold, das Rosa,
das weite Licht überm Fluß,
all das verschwand auf der Fahrt,
blieb weinend zurück.

Frißt denn die Erde das Meer?

Die Erde den Sternenhimmel?

Stockholms weißen Himmel
erkenn ich, den Dreizack
auf einer Kirche in den Wolken,
herbgrüne Pokale
sind Kuppeln, sind der rostigen
Stadt Brüste, alles andere
bleibt verschwommen, bleibt
Nacht ohne Dunkel, Tag
ohne Licht, trübes Glas.

Liebste mein, zu diesen im Dunst
zerfließenden Inseln,
zu den Steilküsten

aus Schnee und schwarzen Schwingen,
hat mein Herz dich geführt,
und jetzt gleiten wir vorüber
wie stumme Kähne, nicht wissend,
wo wir gewesen, noch wohin
wir fahren, allein
in einer Welt aus Perlen
und erbarmungslosen Backsteinen.

Lösche dich aus, sei
nur noch Schnee oder Nebel,
laß uns die Augen schließen,
zusperren die Sinne,
bis wir wieder in der Sonne sind
und in Orangen beißen dürfen.

ODE AN DEN TISCH

Auf des Tisches vier Beinen
entrolle ich meine Oden,
entfalte das Brot, den Wein
und den Braten
(den schwarzen Kahn
meiner Träume)
oder lege Scheren, Tassen, Nägel,
Nelken darauf und Hämmer.

Treulich trägt
der Tisch
Traum und Leben –
ein titanischer Vierbeiner.

Der
verschnörkelte,

schimmernde
Tisch der Reichen ist ein Märchenschiff,
vollgeladen mit Trauben.
Schön ist der Tisch der Schlemmer,
überquellend vor feinen Langusten,
einsam aber
steht ein Tisch sommers im Eßzimmer
unserer Tante. Zugezogen
sind die Gardinen, und ein einziger scharfer
Sommerstrahl
dringt ein wie eine Klinge,
um auf dem verdunkelten Tisch dem transparenten
Pflaumenfrieden guten Tag zu sagen.
Weit ab davon steht ein Tisch, ein Armeleutetisch,
daran flechten sie
einen Kranz
für den
toten Bergmann,
und über dem Tisch riecht es kalt
nach dem letzten vereitelten Schmerz.
Und dicht daneben steht ein Tisch
im schattigen Schlafgemach,
in dessen Glut die Liebe lodert.
Ein Frauenhandschuh liegt zitternd
darauf, wie die leere Hülse des Feuers.

Die Welt
ist ein Tisch,
umflossen von Honig und Rauch,
gedeckt mit Äpfeln und mit Blut.
Die fertige Tafel
harrt des Gastmahls oder des Todes,
und wir wissen schon,
wann wir gerufen werden
und ob zum Krieg oder zum Essen,
für eine Glocke gilt es sich zu entscheiden,

schon jetzt müssen wir wissen,
was wir anziehen wollen,
wenn wir uns
an den langen Tisch setzen,
ob Hosen aus Haß
oder ein frisch gewaschenes Liebeshemd,
egal, schnell muß es sein,
sie rufen schon:
Hurtig, Kinder,
kommt zu Tisch!

DREI BOLIVIANISCHE MÄDCHEN

Tauben Boliviens, Töchter des Tons,
goldbraune Mädchen in der Höhe,
Krüge aus Luft, setzen
wir uns doch an die Straße,
zählen wir vierzig Centavos ab,
dazu Poncho, Kerze und Topf,
setzen wir uns in die Armut.
Über uns schneidend kalte Luft,
am Himmel wie ein Regenschirm
düster und blutrünstig der Kondor.

An den Buckel der Anden rührte ich
mit den Händen, und meine Seele
ist davon sprachlos und hart wie Eisen.
Nun sitze ich da mit meinen
schweigsamen, irdenen Bräuten,
an jedem Horizont etwas Fernes,
nichts als blaßblauer Himmel und Schnee,
Gipfel, abgestumpft, Regen, ehern,
wie die Schwerter Gottes,

wie des Satans Lanzen,
wie der Menschen Ruten.

Ich allein darf mich,
in solch hohem Maße geläutert,
auf den Thron des Todes setzen,
den Thron des zinngrauen Todes.

Ich allein, der König der Einöden,
ich zerlumpter König der Gipfel,
durfte kommen, ein Glas trinken,
die heiligen Blätter kauen
und mich ohne ein Wort
mit meiner irdischen Familie setzen.

Juana Pachucutanga,
María Sandoval Chacuya,
Rosita Flor Puna-Puna.
Da saßen wir und sprachen
kein einziges weißes Wort,
kein einziges unreines,
denn wir waren Erde, waren Wasser,
waren die Luft da oben.

Diesmal möchte ich gewisse
Bitternisse, schwer wie der Fels
Apac Chaimún, nicht erzählen.
Nicht sprechen von dem Blut,
einst sinnlos vergossen über Schalen
in unmenschlichen Quadern.
Ich möchte, daß die Stille singt,
als wäre sie durchsichtig
und klänge wie Wasser
daß sie erzählt, was sie hartnäckig verschweigt,
daß sie die Kordilleren entziffert.

Meine stillen Schwestern, jetzt
heißt's Abschied nehmen von dem
blutroten, schwefelgelben Abend.
Ich wende mich dorthin, nach Chile,
ihr besteigt den Planeten.
Wir sehn uns noch, ich komme wieder,
eines Tages können wir schlendern
und bedeutendere Habseligkeiten zählen.
Dann verschenken wir die Wahrheit,
dann bewohnen wir einen Stern.

VERGESSLICHKEIT

Wie heißt du, fragte einst mich der Baum,
und welches sind deine Blätter?
Der Turm wollte wissen,
wie hoch bist du?

Ich legte mich auf die Erde,
und die fragte nichts, sagte nichts:
Sie weiß alles, weil sie wartet
und von den Wartenden alles gelernt hat:
So viel weiß sie schon, daß es dem Vergessen gleichkommt,
will sagen, es hat keine Grenzen,
kein Ende, kein
Ende, keinen Punkt im Vergessen.

ODE AN DIE POMMES FRITES

Im siedenden
Öl
spritzt
die Lust
der Welt,
die Kartoffel-
schnitze
wandern
in die Pfanne
wie schneeweiße
Federn
morgendlicher
Schwäne,
und heraus kommen sie
halb golden vom prasselnden
flüssigen Bernstein der Oliven.

Der Knoblauch
fügt hinzu
seinen irdischen Duft,
der Pfeffer
seinen über Riffe gewehten Pollen,
und frisch
eingekleidet,
im Elfenbeinkostüm, füllen sie den Teller
mit ihrer immer wiederkehrenden Fülle
und der köstlichen Schlichtheit von Erde.

AN DIE GEWÄSSER NORDEUROPAS

Gewässer im Norden,
darin wäscht sich der Himmel.
Alles zergangen
zu stumpfem Weiß,
zu schmutzigen Horizonten,
aschfarbener Weite.

Das Schiff kreuzt und zerschneidet
die Haare des Wassers
und gleitet gleitet gleitet
von dannen im Nebel,
schwerelos wie ein zur Stummheit
ausersehener Vogel …

ODE AN DEN HUND

Der Hund stellt Fragen,
und ich gebe keine Antwort.
Er trabt, springt übers Feld,
fragt wortlos,
seine Augen sind
ein feuchtes Fragenpaar, zwei flüssige
forschende Flammen,
ich aber gebe keine Antwort,
keine Antwort, warum,
weiß ich auch nicht, ich weiß rein gar nichts.

Über die Flur wandern wir,
ein Mensch und ein Hund.

Die Blätter glänzen, als
hätte jemand

jedes einzeln
abgeküßt.
Alle Orangen
steigen aus dem Boden
und bilden
kleine Planetenzelte
in den Bäumen, rund
wie die Nacht und grün,
und Hund und Mensch wittern
im Gehen die Welt, schütteln den Klee
und wandern über Chiles Flur
unter des Septembers lichten Fingern.

Still steht der Hund,
läuft Bienen nach,
setzt übers quirlige Wasser,
horcht auf fernes
Gebell,
pißt an einen Stein
und bringt mir sein spitzes Maul,
mir, als Geschenk dar.
Von dessen warmer Kühle
geht seine Wärme auf mich über,
und sogleich fragt er
mit seinem Augenpaar,
warum es Tag ist, warum es Nacht wird,
warum der Frühling
in seiner Kiepe
nichts mitbringt
für streunende Hunde
außer unnützen Blüten.
So fragt
der Hund,
ich aber gebe kein Antwort.

So wandern wir,
Mensch und Hund vereint,
durch den grünen Morgen,
die anregend leere Ödnis,
in der nur wir
existieren,
nur unser Bund aus betautem Hund
und einem Dichter des Waldes,
den Vogel im Versteck gibt es nicht
und nicht die verborgene Blume,
einzig ein Trillern und Duften
für zwei Weggefährten,
für zwei Jagdgefährten,
eine Welt, die feucht
von dem ist, was aus der Nacht tropft,
einen grünen Tunnel, dann
eine Wiese,
wo einen orangenrote Luft anweht,
das Raunen der Wurzeln,
Leben, das umherzieht,
atmet, heranwächst,
und die uralte Freundschaft,
das Glück,
ein Hund und ein Mensch zu sein,
zu einem einzigen Tier verwachsen,
das nun mit
sechs Beinen läuft
und mit einem
betauten Schwanz wedelt.

AN MEIN VOLK IM JANUAR

Als das Jahr
heraufzog,
ungestüm, duftend nach Andenbrot
und Seeapfel,
als meine arme Heimat
ihren Poncho voll Trauben glattstrich,
da riß die Tyrannei
ihr altes zahnloses
Sauriermaul auf
und schlug die Zähne ins Herz des Landes.

Der Sturm ging vorüber, das simple
herbe Leben
oder das Glück
fand wieder in seine Bahn.
Viele vergaßen,
manche starben,
und andere, die heute den Mund aufmachen, litten nicht –
sie waren noch nicht geboren.

Ich habe weder vergessen noch bin ich gestorben.

Ich bin der Januarbaum
im abgebrannten Urwald:
Die Flamme, die erbarmungslos im Laub getanzt,
vielleicht ist sie fort, fort das Brennen,
verweht die Asche,
im Sterben noch
krümmt sich das Holz.
Kein Blatt an den Stümpfen.
In meinem Herzen die Narben allein
blühen und wissen.

Ich bin der letzte Ast des Fluchs.

ODE AN DAS KLAVIER

Schwermütig, vergessen in seinem Sargträgerfrack
stand der Flügel
im Konzert.
Alsdann klappte er sein Maul auf,
seinen Walfischrachen,
rabengleich kam der Pianist
zum Piano geflattert,
etwas rührte sich, als fiele
ein silberner
Stein
oder eine Hand
in einen versunkenen
Weiher:
Süße rann
wie Regen herab
an einer Glocke,
Licht sickerte in die Tiefe
eines verschlossenen Hauses,
ein Smaragd huschte durch den Abgrund,
es tönte die See,
die Wiese,
der Tautropfen,
der ohrenbetäubende Donner,
es sang der Bau der Rose,
Stille wälzte sich zum Frührot aufs Bett.

So wurde Musik geboren
aus dem sterbenden Flügel,
im Totenhemd
entstieg die Najade
dem Katafalk
und dessen Zähnen,
bis Flügel, Spieler und Spiel
vergessen waren

und alles nur noch Klang,
strömendes Element war,
reines System, klare Glocken.

Da sprang der Mensch
vom Musikbaum,
flatterte herab wie
ein verirrter Rabe
oder ein verstörter Herr,
schloß sein Walfischmaul der Flügel,
der Spieler trat nach hinten ab,
zur Stille.

ODE AN DEN TELLER

Teller,
zentrale Scheibe
der Welt,
Planet und Planetarium,
wenn die Sonne,
der Glutteller,
mittags
den
hohen
Tag
krönt,
gehen
auf
den Tischen der Welt, Teller,
deine Sterne auf,
deine saftigen
Sternbilder,
und vor Suppe
läuft die Erde über, vor Duft

das All,
bis die Arbeit
aufs neue nach
den Arbeitenden ruft
und das Eßzimmer
wieder zum leeren Waggon wird,
aus dem die Teller in
die Tiefe der Küchen zurückwandern.

Als sanft gerundetes, reines Gefäß
ersann der Quell dich im Stein,
sodann höhlte Menschenhand
das reine Loch
noch einmal aus,
und der Töpfer formte sie nach, seine Kühle,
auf daß
die Zeit mit ihrem Faden
den Teller ein für allemal
zwischen den Menschen und das Leben
flechte:
Teller, Teller, Teller,
getöpferte Hoffnung,
geweihte Schale,
exaktes Mondlicht in seinem Hof,
runde Schönheit du, Krone.

ODE AN RAMÓN GÓMEZ DE LA SERNA

Ramón
hält sich verborgen,
haust in seiner Grotte,
ein Bär aus Zuckerwerk.
Wagt nur nachts sich hervor
und turnt auf den Ästen

in der Stadt und erntet
trikolorne Kastanien,
zackenstarrende Pinienzapfen,
Küchennelken, Gewitterkämme,
safrangelbe tote Fächer,
verlorene Augen an Straßenecken,
und kehrt heim mit seinem Schnappsack
in sein Hinterandenschlupfloch,
das mit langen Haaren gepolstert
und mit Himmelsohren bestückt ist.

Voller Furcht kehrt er nach Hause
vor dem Klopfen an seiner Türe,
vor dem Ungestüm, mit dem die
Flieger
in den Weltraum streben,
vor der Kälte,
die von Spanien
in Lianen kriecht, in Menschen,
in die Fahnen, Ingenieure.
Furcht vor allem.
Drinnen hat er in seiner Höhle
Verpflegung gelagert
fürs Wandern
und ernährt sich
von düster Hellem
und von Orangen.

Doch auf einmal
leuchtet, blitzt es
aus seiner Lampe,
und der ultraviolette
Lichtstrahl
in der Mitte seiner Stirne
überglänzt unseren Längsschnitt, unser Fest,

zeigt uns einen neuen Kalender
mit Freitagen, die sind tiefer,
Donnerstagen wie das brüllende Meer,
all das prall, das alles
ausgereift samt seinen Sphären,
denn der da enthüllt das Universum,
heißt Ramón, und stößt er
in die Perlmuttblüte, in seine Trompete,
sprudeln Bäche,
zeigt das Schweigen seine Kategorien.

O König Ramón,
Gebieter
im Geiste,
überschwenglicher
Dirigent
fragenstellender Dichtung,
Hirt du geheimer
Parabeln, Urheber
des Morgendämmers und seiner
hilflosen
Erdumwälzung,
hastiger
und bedächtiger
Dichter
mit so vielen Wenn und Aber,
mit soviel blinden Augen,
denn obgleich Ramón
alles sieht,
erzürnt er doch
und verschwindet,
verliert sich in der Wolke
des Mondentintenfisches,
und der alles auszusprechen
imstande ist
und willkommen zu heißen, was da kommt und was geht,

beugt sich jäh
über Vorgestriges und rennt sich
an der Sonne der Geschichte den Kopf ein,
und bei dem Aufprall stieben schwarze Funken
ohne den Stromstoß seiner Empörung.

Ich schreibe in Isla Negra,
konstruiere
Brief zugleich und Dichtung.
Zerbrochen war der Tag
wie die antike Statue
einer Meeresgöttin, die man soeben,
naß von Tränen und von Schlick,
aus ihrem kühlen Bette geborgen,
und vor der Ruhelosigkeit des Meeres,
die bloßlegt,
und seines Sandes
fiel mir der Dichter ein
und sein Bemühen,
die strahlende Beharrlichkeit seines Gischtes,
der kommende Wind seiner Wellen.

Drum habe ich Ramón
gewidmet
meine morgendlichen Hymnen,
meine sich schlängelnde
Schönschrift,
auf daß ihm, wenn er
hervortritt
aus seinem schmucken Gürteltierturmbau,
entgegenweht heiter
der große, der chilenische Luftzug
und sein Zaubererhut glitzert
und ausstreut all seine Sterne.

RÜCKKEHR

Feindselige Andenketten,
gestrenger Himmel,
das, ihr Fremden,
ist mein Heimatland,
hier bin geboren ich, hier siedeln meine Träume.

Das Schiff gleitet
durch Bläue, alle Blautöne,
die Küste ist die längste Linie
der Einsamkeit im Universum,
weißer Sand zieht und zieht vorüber,
kahle Berge steigen und fallen,
einsam läuft neben dem Meer das Land her,
im Schlaf oder tot, in erzenem Frieden.

Als die Vegetation dahinsank,
das liebliche Grün schwand aus den Landen,
versengte die Sonne sie in der Höhe,
glühte das Salz im Stein sie aus.

Seitdem sind die alten Sterne
im Gestein ausgegraben worden,
da liegen sie, der Erde Knochen,
kompakt wie Quader die Stille.

Verzeiht, ihr Fremden,
verzeiht das öde Ausmaß
unsrer Einöden und was
wir in der Ferne leisten.

Dennoch, hier
wurzeln meine Träume, wir
lieben gerade dies harte Licht,

und irgendwie lebt, unnahbar stolz,
wie in der Nacht Erzgestein,
die Würde an diesem langen Strand.

ODE AN DIE WASSERMELONE

Des Sommers Baum besteht,
kraftvoll,
unverwundbar,
ganz aus blauem Himmel,
gelber Sonne,
aus Mattigkeit in schweren Tropfen,
aus einem Schwert
über den Wegen,
einem versengten Schuh
in den Städten:
Das Licht, die Welt,
sie erdrücken uns,
brennen uns
mit ihrem Staub,
ihren jähen Goldböen
in den Augen,
peinigen
unsere Füße
mit kleinen Dornen,
mit heißen Steinen,
und der Mund
leidet mehr
als sämtliche Zehen:
Durst hat
der Hals,
das Gebiß,
die Lippen, die Zunge:
Wir tränken

gern die Wasserfälle,
die blaue Nacht,
den Pol leer,
und da zieht
der erfrischendste
aller Planeten
über den Himmel,
die runde, erhabene, himmlische
Wassermelone.

Frucht ist sie, am Durstbaum,
grüner Walfisch des Sommers.

Vom ausgedörrten
Universum, an dem
auf einmal
diese kühlen Sterne funkeln,
fällt
saftstrotzend
die Frucht.
Beide Halbkugeln klaffen,
es weht ihr
grünweißscharlachroter Wimpel
und zergeht zur
Kaskade, zu Zucker,
zu Wonne!

Schrein des Wassers, erquickende
Königin
unter den Früchten,
Vorratskammer
in der Tiefe, irdischer
Mond!

O Reine,
in deiner Fülle

zerfließen Rubine,
hineinbeißen
möchte man in dich,
sein Gesicht
in dir
vergraben,
seine Haare,
seine Seele!
Im Durst
wittern wir in dir
eine Mine, einen Berg
prachtvoller Nahrung,
du aber
wandelst dich
unter den Zähnen, beim Begehren
zu nichts als
kühlem Licht,
zerrieselst
zur Quelle dann,
die singend
uns berührt.
Darum bist du
keine Last
in der Siesta,
der glühendheißen,
keine Last,
nur
flüchtiger Gast,
und dein großes Herz aus kalter Glut
wird zum Wasser
eines Tropfens.

ODE AN DEN STUHL

Einen Stuhl in der Wildnis!
Unter harten Lianen
knarrt ein heiliger Baumstamm,
rankt ein Schlinggewächs aufwärts,
jaulen blutige Bestien
im Schattendunkel,
fallen große Blätter vom grünen Himmel,
rasseln trocken
der Schlangen Klappern,
fliegt, wie ein Pfeil schießt
in die Fahne, ins Blattwerk ein Vogel,
spielen die Äste Violine,
beten, sitzend
auf ihren Blüten,
reglos die Insekten,
sinken die Füße
in den
schwarzen Sargassotang
des Waldmeers,
in aus dem Wald gefallene Wolken,
und ich fordere einzig
für den Fremden,
den abgehetzten Forscher,
einen Stuhl
am Baum der Stühle,
einen Thron
aus verfilztem Plüsch,
einen samtweichen tiefen Sessel,
morschgewürgt von Schlinggewächsen.
Doch,
einen Stuhl,
den Stuhl,
wie ihn liebt das Universum,
für den Menschen, der da hintappt,

die sichere
Basis,
die höchste
Würde
zum Ausruhn!

Hinweg, ihr durstigen Tiger,
Myriaden blutgieriger Fliegen,
hinweg nachtschwarzes Dickicht
aus gespenstischen Blättern,
hinweg ihr eingedickten Wasser,
Blätter, die wie Eisen klirren,
ewig nimmersatte Nattern,
inmitten
der Donner
einen Stuhl,
einen Stuhl
für mich, für alle,
einen Stuhl nicht
zur Erholung nur
des müdgelaufenen Körpers,
sondern
für alles
und für alle,
für die verbrauchten Kräfte
und den Gedanken.
Der Krieg reicht weit wie düstrer Urwald.
Der Frieden
beginnt
auf
einem einzigen
Stuhl.

ODE AN EIN EINZIGES MEER

Senkrecht steht der Tag
wie ein blauer Speer. Ich wate ins Wasser.

Asiens Wasser ist es,
das Meer Chinas.

Erkennen kann ich weder Länder noch Horizonte,
und doch kommt diese See und diese Welle
von amerikanischen Landen, ist diese Brandung,
dieser Abgrund, dieses Salz
ein Band aus Unendlichkeit ganz,
das sich schlingt um zwei Gestirne:
die fernen Vulkane
meiner Heimat und
Chinas hellen Feldbau.

Wie wäre es heiter,
dürfte ich auf dir segeln,
dürfte steuern meinen Leib oder mein Schiff
durch die Wellen
und den Mond,
o Meer, doppelt mein,
und landete zuletzt, wo am Quell des Meers
mein Haus auf mich wartet.

Wie blau, wie schweifend,
wie golden wäre ich,
liefe ich barfuß übers Meer,
würde das Meer, mein Meer, mich tragen.

Ich sähe hungrigen
Ozeanvögeln zu beim Fliegen,
zählte Schildkröten,
huschte über Fische,

und in des Morgenrots
großer Lehranstalt
triebe mein nasses Herz
dahin wie ein Schalentier.

Zuletzt würdest du, Sirene,
durchsichtig an meiner Seite
schwimmend,
Meeressalz in deine
liebenden Küsse mischen,
und gemeinsam stiegen wir aus dem Ozean,
Brot zu kaufen, Feuerholz zu wecken.

Ein Traum? Ja, doch
was ist das Meer, wenn nicht ein Traum?

Komm, träumen wir beim Schwimmen
in Chinas und Chiles Meer,
komm, schwimm im Traum mit mir,
komm, träum das Wasser, das uns einigt.

Ob Liebe, Meer oder Trauer,
zu zweit kamen wir hinüber,
von Land zu Land ein einziges Meer erträumend,
von Meer zu Meer ein einziger grüner Traum.

EINSAMKEIT IN CHINESISCHER LANDSCHAFT

Chinesische Landschaft, dir sag ich
nur Worte aus Land,
Worte grün wie der Reis,
Worte angesengten Rots.
Was die Menschen einst und heut vollbringen,
Kriege, Standbilder, Heldentaten

(aus Leiden, Freude, aus Blut,
aus Frieden, Lorbeerblättern, Büchern),
wird einst aufgeschrieben und ausradiert,
und weder der Tod noch das Leben
hängen von meinem Lieben ab und Dichten.
Ich will ja nur mit meinen Händen
streichen über deine großen grünen Brüste,
dein Lehm soll mich ändern,
dein Sturm mich erschaffen!
Ich will dein unbändiger Sohn sein,
ein Produkt aus deinem Lehm und deinem Wind.

Vor Kunming tragen die Berge
Kronen aus Silber und Tauben,
es zuckt die Luft um die Gipfel
wie ein kalter elektrischer Fisch,
der See blickt nur in die Höhe,
nur zu den Blüten des Himmels.

Da oben schufen aus Stein sich
eine Stadt die ältesten Götter,
ich aber zog umher und spürte,
wie Granit über mir polterte,
Salzzungen leckten, Goldzinnen ragten,
Explosionen, deren Knall inmitten
des Himmels erstarrte.

Tausendmal tausend Jahre schon
fließen die Wasser des Flusses,
streiten sich und gurgeln,
schütteln sich wie Mähnen,
Löcher wie von Speerspitzen
kreisen im Wasser.
So ist der Jangtse, der Vater des Wassers,
breit wie eine ganze Stadt,
eine pulsierende Wasserstraße.

Wo der Strom sich verengt,
küßt er sich durchs Gestein.
Wie die Zeit fließt der Fluß.
Der Fels spaltet blauen Himmel,
und große Flußadler bauen
ihre ungefügen Horste
in steil aufragende Gipfel.

Ich komme aus einem andern Land, Schnee
hinterließ einen Stern auf meiner Fahne,
das Meer brüllt dort wie ein Löwe
mit wütendem Salzrachen.
In Chile wohnen die Meinen,
und in einem fort fällt Regen
auf die Gräber meiner Eltern.
Hell und schmal ist mein Land
wie nur einer unter deinen Flüssen.
Dennoch fühle ich mich sicher
in deinen breiten Händen und quere
wandernd Reisfelder und Wüsten,
Schnee in bitteren Gebirgen,
Berge aus uralten Felsen und Fichten.

Mit den Quellbächen riesele ich,
pflücke nie gesehene Blumen,
wandere ohne Ehrfurcht, aber dichtend
über deine planetarische Landkarte.

Von oben bist du, chinesische Landschaft,
grünes Terrassengewimmel,
kunstvolle Gartenanlage mit Smaragden,
süßer Ackerbau der Bienen.
Eine volle grüne Wabe bist du.
Und der Mensch trägt das Saatkorn
durch Felsen empor zu den Wolken,
zu den Inseln durch die Wellen.

(In China bearbeitet der Mensch den Boden
und der Boden den Menschen;
seine geduldigen Hände schärft er,
Furchen zieht er in seinem Antlitz.
Dann harrt die Erde des Menschen,
er sinkt in den Staub –
wie ein blasses Samenkorn.)

O magnetisch anziehende Landschaft, Antlitz
der Welt, Mond uralt neu,
wie die Zeit keimst du,
gleich dem Ozean endlos,
ewiges Volk der Wurzeln,
gesegnetes Saatbeet der Geschöpfe,
Wolken schwimmen um dich, du entspringst
vieltausendmal am Tage.

Die Völker vergehen, doch du bist.

Du bleibst, fruchtbare Mutter.

Du wächst, gigantischer Goldfels.

Wage bloß einer, anzutasten deine
harte, lautere, steinalte Stirn.

Deine Wälder, Flüsse, Felsen,
Wolken, dein Himmel, deine Menschen,
sind eine *Burg.*

Nur ich jedoch schreibe mit Liebe,
simpler Liebe und simplem Humus,
dir dies Lied.

Und nicht den Helden, sondern
der uralten Mutter der Helden.

ODE AN DIE EISENBAHN IN SÜDCHILE

Züge ihr im Süden, verschwindend klein
zwischen
den Vulkanen,
ihr zieht
Waggons
über Schienen,
naß
vom lebenslangen Regen,
rechts und links
struppige
Berge
und gramvoll
abgebrannte Stümpfe.

Ach
Grenzland,
tropfende Wälder,
breite Wasserfarne
und Kronen.
Ach,
taufrische Landschaft,
mit nassem Haar,
mit wundersamen, um die Hüfte
geschlungenen Lianen
soeben dem See entstiegen,
oder dem Fluß,
dem Meer, dem Regen,
eben da,
mitten
im Pflanzenwuchs,
auf dem Scheitel
in der massigen Mähne des Waldes –
eine Rauchfahne, verloren,
wie der Federbusch

einer fliehenden Lokomotive,
und ein Zug, der
vage Dinge
durch die erdrückende Feierlichkeit
der Natur zieht
und sehnsüchtig
einen rauchigen
Schrei
ausstößt,
wie ein Zucken
in der Landschaft.

So
halten die Weizenfelder
Zwiesprache
in ihrem Gewoge
mit dem vorüberratternden Zug,
als wäre er
ein Schatten, Wasserfall oder Vogel
aus den hiesigen Breiten,
und er, der Zug,
versprüht
mit düsterer
Verschlagenheit
wie ein Satan
seine Funken
aus verglühter Kohle
und rattert,
rattert,
rattert weiter,
erklimmt die hohe Talbrücke
über dem Río Malleco,
als klettere er
auf eine Gitarre,
und singt
in der Höhe

beim blauen Balanceakt
auf dem berghoch getürmten Eisen
und pfeift, ein zitternder Zug
am Ende der Welt,
als
scheide
er
und müsse nun gleich abstürzen
dahin, wo
der Erdenraum endet,
sich stürzen zwischen die letzten
Inseln im Ozean.

Ich fahre mit dir,
Zug, stampfender
Zug
im Grenzland.
Ich fahre nach Renaico,
warte auf mich,
ich muß Wolle in Collipulli kaufen,
warte auf mich, ich muß
aussteigen in Quepe,
in Loncoche, in Osorno,
und Pinienkerne holen, Stoffe,
frisch gewebte, die nach
Schafen und Regen riechen ...
Beeil dich,
Zug, Raupe du, Geraune,
langgestrecktes Kriechtier
in kaltem
Blattwerk,
in duftender Landschaft,
fahre dahin
mit
schweigsamen
Männern in schwarzen Ponchos,

mit Zaumzeug,
mit stummen Säcken
voll Kartoffeln von den Inseln,
mit Holz aus
roter Lärche,
Südbuche aromatisch,
unvergänglicher Eiche.

Ach Zug,
du erforschst
Einöden,
kehrst du heim
ins Depot von Santiago,
in des Menschen
Bienenstöcke und seinen wimmelnden Machtbereich,
so schläfst du vielleicht
eine triste Nacht lang
einen geruchlosen Schlaf,
ohne Duft, ohne Schnee, ohne Wurzeln,
ohne Inseln, die im Regen auf dich warten,
lahm
unter namenlosen
Wagen.

Dennoch,
ich würde dich
auch in einem Ozean
von Zügen,
auch im Himmel
der Lokomotiven erkennen,
an
einem gewissen Flair,
von weitem, an deinen unten im Süden
naßgewordenen Rädern,
und an deinem durchgerüttelten
Herzen, das ihn kennt,

den unsäglich wilden,
verregneten,
blauen Duft!

ODE AN EINE BAHN IN CHINA

Es rollt die Erde,
rollt der Zug,
einzig der Himmel steht still.
Flaches Land und Fahnen,
Mais, Mais mit grüner Mähne,
von Zeit zu Zeit eine rote Fahne,
eine flüchtige Blume, blühender Mohn am Weg.

Die Bahn beeilt sich, sie will
möglichst bald in Tsingtao sein,
ans Meer geht's, an mein Meer, das gleiche,
ja, das gleiche, nur zu rätselhaftem Sand und Salz,
von dem meine Seele nichts weiß, geworden.

Reglos die Luft, bezogen
mit geschuppten Wolken, grauem
Regendunst und stummen Streifen,
die sich ums Licht, um den einsamen Himmel
winden und ihn umwinden.

Ah, Fahrt meines Lebens,
wieder einmal im vollen Licht,
in perfekter Proportion und Poesie,
fahre ich im fahrenden Zug,
wie gestern in verregneter Kinderzeit,
fahre im Zug, Landschaft erlernend,
dahin, wo der Ozean nach mir ruft.

ODE AN DIE ERDE (II)

Erde, wer
vermaß dich und brachte
Mauern,
Draht und
Zäune auf dir an?
Warst du von Geburt an geteilt?
Als Meteore über dich zogen
und dein Antlitz beim Wachsen
Meere und Felsgestein sprengte,
wer teilte da deine Gaben
unter ein paar wenigen Wesen auf?

Ich klage dich an,
schütteltest
du dich, war's der Tod,
erbebtest du, war's die Katastrophe,
zu Staub zerstampftest du
Städte, Dörfer,
Chilláns arme, blinde
Häuser, zertrümmert hast du
Valparaísos Vororte,
gewütet
wie eine jähzornige Jungstute
wider die friedfertigen Bewohner
meines Landes,
hingegen
die ungerechte Aufteilung
deines Grund und Bodens
nahmst du hin,
die Lanzen des brennenden
Vulkans prasselten nicht
auf die Landräuber nieder,
auf dir sank nicht nur der gerechte Tote hin,
der seine Tage vollendet hatte,

nein, auch der Kugeldurchsiebte,
Gejagte,
dem sie Äcker und Pferde gestohlen
und der zuletzt, gläubig, verblutete
auf deinem fühllosen Fell.

Mit deinem strengen Winter beschenktest du die Armen,
mit deinen schwarzen Stollen die wunden Sucher,
für die Verlassenen hattest du Höhlen,
für die Wüstenkinder sengende Hitze,
so spendete dein ungerechter Schatten nicht allen Trost
und so war nicht gut verteilt dein Feuer.

Erde, hör zu und denke nach
über diese Worte,
ich überlasse sie dem Wind, auf daß sie fliegen,
in deinen Schoß sollen sie fallen, und keimen,
genug des Schlachtens, basta,
wir wollen nicht Boden mit Blut bezahlen,
wir wollen dich lieben,
fruchtbare Mutter,
Mutter des Brots und der Menschen,
aber eben
Mutter allen Brots und aller Menschen.

GEWITTER UND STILLE

Donner über den Kiefern.
Die dicke Wolke zupft ihre Trauben,
vom ganzen vagen Himmel stürzt Wasser,
der Sturm verweht seine Transparenz,
in den Bäumen glitzern Ringe,
Halsbänder und ruhlose Tränen.

Tropfen um Tropfen
sammelt sich aufs neue
der Regen auf der Erde.

Ein einziger Donnerschlag
schießt über Meer und Kiefern,
ein fahler, finsterer Donner,
ein dumpfes Beben:
Im Himmel werden wieder einmal
die Möbel gerückt.

Von Wolke zu Wolke rumpeln
aus der Höhe die Klaviere,
die Kleiderschränke, die blauen,
die Stühle, die kristallenen Betten.

Alles verrückt der Wind.

Der Regen plätschert und plaudert.

Die Lettern aus Wasser fallen,
auf den Dächern zerplatzen
die Vokale. War alles
nur zerronnene Chronik,
Sonate tropfenweise versickert:
Herz des Wassers und seine Schrift.

Das Gewitter ist zu Ende.
Doch es ist anders still.

ODE AN EINE GEIGE IN KALIFORNIEN

Wie ein Stein ward ich eines Tages
an die kalifornische Küste
gespült, hilflos.
Gelb peitschte der Morgen,
der Abend pfiff vorüber,
die Nacht brach herein
wie ein reiner Becher,
gefüllt mit Sternen und Kühle.

O trächtiges
Firmament, zitternde
blaue Statuenbrust
über den Vorstädten der Mexikaner,
und ich am Strand
mit meiner kurzlebigen Trauer,
einsam wie ein trockener Knüppel,
ausgebrannt und verbraucht,
hingestreckt ins Vor und Zurück
der Brandung, in
Kaliforniens grauenvolles Salz.

Da entstieg der Nacht
der Laut
einer dünnen,
armseligen
Geige.
Wie das Heulen war's
eines streunenden Hundes,
der um mich trauerte und nach mir suchte,
Gesellschaft
war's,
ein heulender Mensch,
eine zweite Einsamkeit am Strand.

Jede schwarze Straße,
jedes verwitterte Haus,
jeden Stern, jeden Stern
suchte ich ab nach der nächtlichen Geige.
Sie verebbte,
verstummte,
war dann auf einmal wieder eine Fontäne,
eine gleißende
Rakete in der salzgetränkten Nacht,
ein Netz aus klingendem Phosphor,
eine auf Klang bemessene Spirale,
und Straße um Straße
lief ich
dem Faden,
der dunklen Geige,
der in die Stille gesenkten Wurzel nach,
bis am Eingang
zu einer Schenke
der Mann stand mit seiner
armseligen Geige.
Der letzte Säufer
torkelte schon
zu den Schlafsälen des Schiffes,
die geschändeten Tische
ließen die Gläser fahren,
auch hier
wartete nichts auf niemand,
der Wein war fort,
das Bier lag im Schlaf,
und an der Tür
flog,
ja, flog
die Geige mit ihrem abgewetzten
Gefährten
über der einsamen Nacht
mit einer einzigen Tonleiter

aus Silber und Klage,
mit einem einzigen Netz, das fischte
aus dem Himmel
flackernde Feuer, Sternschnuppen, fahrende Sänger,
ich aber, halb im Schlaf,
tippte an die Geige, die Saiten,
von denen das einsame Weinen
stammte,
an das Holz, abgegriffen
von vielen Fingern,
erfühlte das Weiche, das Tastbare
an dem rein konstruierten Instrument,
diese Armeleutefiedel
war verwandt mit mir,
verschwistert,
nicht nur, weil sie klang,
nicht nur, weil ihr Geheul
sich aufzuschwingen vermochte
unter feindseligen Sternen,
sondern weil sie von Geburt an wußte,
wie man Verirrten Gesellschaft leistet,
wie man singt für fahrendes Volk.

ODE AN DIE NAMEN IN VENEZUELA

Versengte Llanos
im Februar,
Venezuela fiebert,
die Piste zerteilt
ein Flammenmeer,
das Licht, lebensspendend,
entreißt dem Schatten
die Macht.
Ich folge der Straße,

und rechts und links
wächst der Planet
von Barquisimeto
bis nach Acarigua.
Wie ein Hammer
fährt
die Sonne
auf die Äste nieder,
nagelt
Himmelsnägel
in den Boden,
späht in Erdfalten
und sträubt ihr Gefieder
wie ein Hahn
auf Barinas' grünen Dächern,
auf Suruguapos Augenlidern.
Deine Namen, Venezuela,
verschüttete
Riten,
Wasser, Schlachten,
unheimliche
Paarung zwischen Jaguar und Kordilleren,
Federkleid
unbekannter
Vögel, bekränzt
vom Dschungel,
Worte,
nur einen Spalt breit
offen
wie aus Flaum oder Pollen,
Namen auch,
hart wie Speere oder Steine,
Aparurén, Guasipati, Canaima,
Casiquiare, Mavaca
oder, ferner noch, Maroa,
wo unter der Finsternis die Flüsse

sich kreuzen wie Klingen
und dein Sein, Venezuela,
fortreißen, Holz, Raum, Blut,
zu des Atlantiks ehernen Gischt.

Namen Venezuelas,
duftend, selbstsicher,
fließend wie Wasser
auf ausgedörrter Erde,
überstrahlend
der Erde
Antlitz,
wie der Aranguaney-Baum, wenn er
sein Banner aus gelben Küssen schwenkt.

Ocumare,
Auge bist du, Gischt und Perle,
Tocuyo, mehlgeboren,
Siquisique, glatt
wie naßduftende Seife,
und dürfte ich wählen, die Sonne
ginge im Namen Carora auf,
das Wasser entspränge in Cabudare
und die Nacht bettete sich in Sabaneta zur Nacht.

In Chiriguare, in Guay, in Urucure,
in Coro, in Bucarai, in Moroturo,
in allen über Venezuela
hingestreuten Regionen,
habe ich nur eins aufgehoben,
einen Fund,
deiner Namen brennende Saatkörner.
Die will ich aussäen in meinem Land, dem fernen.

ABSCHIED VON VENEZUELA

Einst schoben mich feindlich gesonnene
dunkle Kordilleren
und kleine Soldaten
in grausamem Rock, mit Kugeln im Mund,
beiseite;
sie sprachen: »Nicht weitergehen«,
»Nichts sehen«, »Nichts miterleben«.

Heute kehre ich zurück
aus der hehren Weite,
aus Venezuelas ausgebreitetem Honig,
und war – wir waren – glücklich:
Ich habe berührt, hab gesehen,
habe miterlebt,
mit der Palme gesprochen,
mit den Menschen geplaudert,
saß allein auf entlegenen Plätzen,
sprach mit der Stille,
fühlte die glutheiße Erde,
den Boden
mit dem Öl in der Tiefe,
nichts war vor mir verschlossen,
eine Tür ging auf, doch sah ich niemand,
denn alle standen da
und schenkten mir nichts
als das Land und den ganzen Menschen.

Ich schritt Venezuela ab, das harte,
den steinigen Kalvarienberg,
Blut auf Straßen, in Kerkern,
höllisches Hemd, von seinen
uralten Leiden genäht,
und erblickte ein Venezuela,
hell wie sein Maisbrot,

fest und lauter, soeben
ungebrochen der Marter entkommen.

Ach, als die Corocoro-Ibisse
flogen zu den flirrenden
Inseln, als flöge
lodernd Feuer vorüber,
begriff ich: Ich werde geboren,
sehe die Welt zum ersten Mal,
und die roten Ibisse streuen
Sonnensaat über die Erde.

Heiße Heimat, du ludst mich
zum Essen ans Meer, in die Berge,
an den Tisch deiner Armen, deiner Reichen,
und warst darin
unermüdlich, großzügig,
als verschenktest du, überquellend,
nicht nur die Geburt der Erdkruste,
sondern auch dein nicht enden wollendes Herz.

Auf deinen rosenroten Straßen
erstieg Charneca ich, die graue Rose,
und sah dort, wie mutige
Männer winzig klein
und Frauen und Kinder
aus Glanz, aus Steinen,
aus Herz und Holz
wiederherstellten das Licht,
dein Licht, dein Leben, unser Leben.

Diesem Licht dank ich's, wenn ich so weit
gekommen bin und so nah an die Haut deiner Ebenen,
an deiner Flüsse endlose Linienführung;
und jetzt fahre ich und nehm von all dem
Abschied, fahre fort mit meiner Gitarre.

Zurück geht's in mein Land,
mit meinem Weib Matilde und meinen Liedern.
Ob wir wiederkommen, weiß ich nicht.
Bis dahin halten wir uns an deine Sterne.

Epilog

MORGENDLICHE VERRICHTUNGEN

Oden ohne Ende, morgen und gestern
(heute ist es noch zu früh), entstehen,
entstanden, werden entstehen und den Durst
des Wanderers und des Weges stillen
und fallen, wie der Regen fällt
oder wie der Herbst fällt,
und dabei die Helle
rieselnden Wassers verströmen
oder einen Abriß davon, unstet und gelb.

All das bei heiterem Nachtlicht,
beim Dunkel des Tages,
aller Wind, der im Schwanken
der Ähren vorgeht,
alles Wasser, dessen Sprache
ihm soviel Helles mitteilt,
auch das Wasser in der Tiefe,
geheimes Wasser, das nicht singt.

Zu jeder Sonne komm ich, zu jedem Mond,
zu jedem Hund, Vogel, Schiff,
jedem Möbelstück, jedem menschlichen Wesen.

Wer da? Ich komme! Bitte warten!
Warte, helle Rose,
warte, grüner Weizen,
Erz unter der Erde, warte,
wir haben Zeit, wir können noch Glocke werden.

Zu jedem Rad sag ich:
Warte, Rad, so warte doch,
ich komme, bin gleich da, nur eine
Minute
und wir drehn uns.

Ja, Rad, wir drehn uns,
ja, Insekt, wir insektieren,
ja, Feuer, wir feuern schon,
ja, Herz,
ich weiß,
ich weiß,
jeder weiß es:
Es geht um Leben, um Tod
bei diesem Schicksal.

Singend wollen wir sterben.

Memorial von Isla Negra
(1964)

I

Wo der Regen geboren wird

GEBURT

Ein Mensch kam zur Welt
zwischen vielen
die geboren wurden,
er lebte unter vielen Menschen
die da lebten,
und das umfaßt keine Geschichte,
nur Erde,
Chiles zentrale Erde, wo
die Weinstöcke ihre grünen Mähnen krausen,
die Traube vom Lichte sich nährt,
der Wein unter des Volkes Füßen entspringt.

Parral heißt der Ort,
an dem ich zur Welt kam,
im Winter.

Schon existieren
nicht Haus noch Straße:
Die Kordillere ließ
ihre Rosse los,
es ballte
die abgründige
Gewalt sich zusammen,
hoch sprangen die Berge
und niederstürzte das Dorf,
umzingelt
vom Beben der Erde.
Und so wurden Lehmmauern,
Bildnisse an den Wänden,
wacklige Möbel
in den dunklen Räumen,
von Fliegen unterbrochnes Schweigen,
alles wurde
wieder Staub:

Wenige nur behielten wir
Gestalt und Blut,
wenige nur, und der Wein.

Weiter lebte der Wein,
bis hinauf zu den vom
Herbst,
dem schweifenden,
abgebeerten Trauben,
bis zu den dumpfen Keltern
und Fässern hinab stieg er,
die sich färbten mit seinem milden Blut,
und dort unterm Entsetzen
der schrecklichen Erde
verbleibt er nackt und lebendig.

Ich habe keine Erinnerung
an die Landschaft, an die Zeit,
an Gesichter nicht noch an Gestalten,
nur an pulvrigen Staub,
den Schweif des Sommers
und den Friedhof, wohin
man mich führte,
zwischen Gräbern den Schlaf
meiner Mutter zu sehn.
Und da ich nie ihr Gesicht
geschaut,
rief ich sie zwischen den Toten, auf daß ich sie sähe,
jedoch, wie die übrigen Begrabenen all
weiß sie nicht, hört sie nicht, gab sie keine Antwort,
und dort blieb sie allein, ohne ihren Sohn,
ausweichend, scheu,
unter den Schatten.

Von dorther stamm ich, aus jenem
Parral der bebenden Erde,

traubenüberladenen Erde,
die da aufsprießen
von meiner toten Mutter her.

ERSTE REISE

Ich weiß nicht, wann wir nach Temuco kamen.
Es war ungewiß, geboren zu werden und zu spät,
wirklich geboren zu werden, allmählich,
und Tasten, Erkennen, Hassen, Lieben,
all das hat Blüte und hat Dornen.
Von der staubigen Brust meines Landes
brachten sie mich kurzerhand
zum Regen Araukaniens.
Die Bretter des Hauses
rochen nach Wald,
nach reiner Wildnis.
Seitdem meine Liebe
war das Holz,
und was ich berühre, verwandelt sich in Wald.
Es bringen sich mir
Augen und Blätter durcheinander,
gewisse Frauen mit dem Frühling
des Avellanoriesen, der Mann mit dem Baum,
ich liebe die Welt des Windes und des Laubes,
ich unterscheide zwischen Lippen nicht und Wurzeln.

Durch Axt und Regen erwuchs
die Holzstadt,
frisch gefällt, als
ein neuer Stern mit Tropfen Harzes,
und Blattsäge und Rundsäge
liebten sich Nacht und Tag
unter Gesang
schaffend,

und jener scharfe Zikadenton
in der unentwegten Einsamkeit, kehrt wieder
in meinem eigenen Lied:
Mein Herz fällt weiterhin den Wald,
singend mit den Sägen im Regen,
Kälte mahlend und Sägemehl und Duft.

DIE MAMADRE

Dort in ihren Holzschuhn
naht die Mamadre. Gestern nacht
blies der Polarwind, es brachen
die Ziegel, einstürzten
die Mauern und die Brücken,
es heulte mit ihren Pumas die große Nacht,
und jetzt, am Morgen,
mit der frostigen Sonne, kommt
meine Mamadre Doña
Trinidad Marverde,
sanft wie die scheue Kühle
der Sonne in diesen Sturmregionen,
eine schwache
kleine Lampe, verlöschend,
aufflammend,
auf daß alle den Weg doch sähen.

O gütige Mamadre
– nie brauchte ich
Stiefmutter sagen –
jetzt
zittert mein Mund, wenn er dich beschreiben will,
denn kaum
tat mein Verstand sich auf,
sah ich, mit einem armseligen dunklen Lumpen gekleidet,
die Güte,

die nützliche Redlichkeit:
die des Wassers und des Mehls,
und das warst du: das Leben machte dich zum Brot,
und da verzehrten wir dich,
langer Winter und trostloser Winter
mit den Regentraufen mitten
im Haus,
und deine allgegenwärtige Demut,
die das rauhe
Getreide der Armut
hinkörnte,
als wärest du dabei,
einen Diamantenstrom
zu verteilen.

Ach Mutter, wie kann ich
leben, ohne an dich zu denken
jede meiner Minuten?
Unmöglich. Ich habe
in meinem Blut dein Marverdegeschlecht,
den Namen
des Brots, das sich austeilt,
jener
sanften Hände,
die aus dem Mehlsack
die Unterhosen meiner Kindheit zurechtschnitten,
von ihr, die kochte, bügelte, wusch,
säte, das Fieber stillte,
und die, da alles getan war
und ich bereits
mit sicheren Füßen mich aufrecht halten konnte,
fortging, ausgedient, dunkel,
hin zu dem kleinen Sarg,
in dem sie ein erstes Mal müßig war,
unter dem harten Regen Temucos.

DER VATER

Der barsche Vater kehrt
von seinen Zügen zurück:
Wir erkennen
in der Nacht
den Pfiff
der Lokomotive,
der den Regen durchbohrt
mit irrem Geheul,
einer nächtlichen Klage,
und dann
die Tür, die erbebte;
der Wind trat ein als eine Bö
mit meinem Vater
und zwischen den beiden Schritten und dem Luftdruck
schüttelte sich
das Haus,
die erschrockenen Türen
schlugen sich mit trocknem
Pistolenschuß,
die Treppenstufen seufzten
und eine laute Stimme
erhob Beschuldigungen, feindselig,
während der stürmische
Schatten, der Regen als Katarakt
auf die Dächer herniederstürzte,
nach und nach
die Welt ertränkte
und man nichts hörte als den Wind,
der mit dem Regen kämpfte.

Dennoch, es war Tag.
Kapitän seines Zuges, der eisigen Frühe,
kaum zeigte sich
undeutlich die Sonne, waren dort sein Bart,

seine Flaggen
grün und rot, die Laternen bereit,
die Kohle der Maschine in ihrer Hölle,
die Station mit den Zügen im Nebel
und seine Pflicht zur Geographie.

Der Eisenbahner ist Seemann an Land
und zu den kleinen meerlosen Häfen
– Dörfer im Wald – läuft der Zug was er kann,
die Natur entfesselnd,
seine Erd-Seefahrt vollendend.
Wenn der lange Zug ausruht,
versammeln sich die Freunde,
sie treten ein, auf gehen die Türen meiner Kindheit,
der Tisch, erschüttert,
beim Schlag einer Eisenbahnerhand
prallen die schweren Gläser des Bruders zusammen
und aufblitzt
der Augenglanz
des Weins.

Mein armer gestrenger Vater
war dort an der Achse des Lebens
die männliche Freundschaft, das volle Glas.
Sein Leben ein hurtiger Wehrdienst
zwischen seinem Frühauf und seinen Wegen,
ein Ankommen um aufzubrechen in Hast,
an einem Tag mit stärkeren Regen als an anderen Tagen,
bestieg der Zugführer José del Carmen Reyes
den Zug des Todes und ist bis zur Stunde
nicht wiedergekehrt.

DAS ERSTE MEER

Ich entdeckte das Meer. Von Carahue
aufbrach der Cautín zu seiner Mündung,
und auf den Schaufelradschiffen begannen
die Träume und das Leben mich gefangenzunehmen,
ihre Frage an meinen Wimpern zu hinterlassen.
Schmächtiges Kind oder Vogel,
einsamer Schuljunge oder düsterer Fisch,
ging ich allein an den Bug,
abgesondert
vom Glück, indes
die Welt
des kleinen Schiffs
mich ignorierte
und den Faden
der Ziehharmonika abspulte,
aßen und sangen
Wasser und Sommer
Reisende
und ich, am Bug, ein kleiner
Nichtmensch,
verloren,
noch ohne Einsicht und Gesang
noch Freude,
gebunden an die Bewegung der Wasser,
die da zwischen den Bergen flossen,
für mich allein jene Einsamkeiten absondernd,
für mich allein jenen reinen Weg,
für mich allein das Universum.

Trunkenheit der Ströme,
Ufer aus Dickicht und Wohlgeruch,
plötzlicher Stein, verbrannte Bäume,
die volle Erde in Einsamkeit.
Sohn dieser Flüsse

über die Erde eilend
behauptete ich mich,
die gleichen Ufer entlang
dem nämlichen Schaume zu
und als das damalige Meer
ins Schwanken geriet wie ein verwundeter Turm,
sich aufbäumte, schäumend in seinem Zorn,
trat ich aus den Wurzeln,
weitete sich die Heimat mir,
zerbrach die Einheit des Holzes:
Das Verlies der Wälder
tat eine grüne Pforte auf
durch die die Woge einbrach mit ihrem Donner
und mit einem Schlag des Meeres
dehnte sich mein Leben aus, in den Raum.

DIE AUSTRALE ERDE

Die große Grenze. Vom
Bio-Biostrom
bis Reloncaví,
an
Renaico vorbei, an Selva Oscura,
Pillanlelbúm, Lautaro,
und weiter fort die Rebhuhneier,
die dichten Moosgewächse der Wildnis,
die Blätter im Humus,
durchsichtig
– nichts als feine Nerven –
die Spinnen
mit graubraunen Haaren,
eine Schlange
wie ein Schauder
quert die dunkle Lagune,

glitzert,
verschwindet,
die Funde
im Wald,
das Verirren
unter
der Wölbung, dem Schiff,
die Finsternis des Urwalds,
ziellos
und winzig klein, mit Beute beladen,
mit Früchten, mit Federn,
lauf ich verloren
im dunkelsten
Eingeweide des Grün:
Es pfeifen glaziale Vögel,
fallen läßt ein Baum,
was da fliegt und mir
auf den Kopf fällt.

Ich bin verlassen
in der heimatlichen Wildnis,
im tiefen
schwarzen Araukanien.
Schwingen sind da,
die das Schweigen mit Scheren durchschneiden,
ein Tropfen fällt dort
schwer und kalt wie
ein Hufeisen herab.
Es ertönt und verstummt der Wald:
Er schweigt, wenn ich lausche,
er tönt, wenn ich schlafe,
die erschöpften Füße
begrab ich
im Moder
von alten Blumen, im Tod
von Vögeln, Blättern und Früchten,

blind und verzweifelt,
bis aufschimmert ein Punkt:
Es ist ein Haus.
Ich lebe von neuem.
Aber, seit damals nur,
seit den verirrten Schritten,
der wirren Einsamkeit, der Angst,
den Schlinggewächsen,
dem grünen Untergang, ausweglosem,
kam ich mit dem Geheimnis zurück:
Nur damals, nur dort konnt ich es wissen,
am steilen Ufer des Fiebers,
dort, in dem düsteren Licht,
entschied sich mein Pakt
mit der Erde.

SCHULE DES WINTERS

Schule und Winter sind zwei Hemisphären
ein und desselben kalten und endlosen Apfels,
unter den Räumlichkeiten aber entdecken wir
von Gespenstern bevölkerte Kellergeschosse,
und in die geheime Welt
gehen wir
voller Scheu.

Dort ist das Dunkel begraben,
gegenstandslose Kämpfe
mit Stockdegen,
dämmerlichtige Rotten
mit Eicheln bewaffnet,
maskierte Söhne
der unterirdischen Schülerschaft.

Dann der Fluß und der Wald, die grünen
Kirschen, und Sandokan und Sandokana,
das Abenteuer mit Leopardenaugen,
der weizenfarbene Sommer,
der volle Mond über den Jasminen,
und
alles wechselt:
Etwas rollte vom Himmel
es löste ein Stern sich
oder es pochte die Erde
unter deinem Hemd,
Unglaubliches vermengte sich mit deinem Lehm
und die Liebe begann dich zu verschlingen.

DAS GESCHLECHT

Sommer,
die Tür in die Dämmerung.
Die letzten zweirädrigen Karren
der Indios,
ein ungewisses Licht
und der Rauch
des niedergebrannten Urwalds,
der mit roten Düften
bis in die Straßen drang,
die Asche
des fernen Brandes.

Ich, todtraurig,
ernst,
abwesend,
mit kurzen Hosen,
mageren Beinen,
Knien,

mit Augen, die nach unerwarteten
Schätzen aus sind,
Rosita und Josefina
auf der anderen
Straßenseite,
nur Zähne und Augen,
voll von Licht, mit einer Stimme wie kleine
verborgne Gitarren,
die mich rufen.
Und ich, ich querte
die Straße, das Fieber,
furchtsam,
und kaum
war ich angelangt,
tuschelten sie mit mir,
ergriffen meine Hände,
hielten mir die Augen zu
und rannten mit mir davon,
mit meiner Unschuld
in die Bäckerei.

Schweigen der Ladentische, ernstes
unbewohntes Haus des Brotes,
dort nun die beiden
und ich, ihr Gefangener,
in Händen von
der ersten Rosita,
der letzten Josefina.
Sie wollten
mich ausziehn,
ich flüchtete, zitternd,
und ich konnte nicht
laufen, meine Beine
vermochten mich nicht
zu tragen. Da zeigten
die

Zauberinnen
vor meinen Augen
ein Wunder vor:
ein winziges
Nestlein
eines Wildvögelchens
mit fünf kleinen Eiern,
fünf weiße Tauben,
ein kleiner
Zweig
vom Leben des Waldes,
und ich streckte
die Hand aus,
indes
sie meine Kleidung beiseiteschafften,
sie berührten mich,
nahmen großen Augs
ihren ersten kleinen Mann in Augenschein.

Schwere Schritte, Husten,
mein Vater, der voll Befremden
da nahte,
und wir rannten
in die Tiefe, ins Dunkel,
die beiden Piratinnen
und ich, ihr Gefangner,
zusammengedrängt
zwischen Spinnennetzen,
unter einen Ladentisch gedrückt, zitternd,
während das Wunder,
das Nest
mit den himmlischen kleinen Eiern
niederfiel und die Füße der Bedrängerinnen dann
Duft und Gebild zerstörten.
Aber, mit den beiden Mädchen
im Dunkel

und der Angst
mitten im Ruch des Mehls
und den Geisterschritten,
dem Abend, der sich in Finsternis verwandelte,
fühlte ich, wie sich
in meinem Blut
etwas
änderte,
und in meinen Mund,
in meine Hände aufstieg
eine elektrische
Blüte,
die hungrige
reine
Blume
der Begierde.

DIE DICHTUNG

Und es war in diesem Alter ... Da nahte auf der Suche nach mir
die Poesie. Ich weiß nicht, weiß nicht, woher
sie kam, vom Winter oder vom Fluß.
Ich weiß nicht wie noch wann,
nein, da waren keine Stimmen, war nicht
Wort noch Schweigen,
doch von der Straße her rief es mich,
aus dem Gezweig der Nacht,
plötzlich unter anderen,
zwischen heftigen Flammen
oder allein bei der Rückkehr,
dort war sie, gesichtslos,
und sie rührte mich an.

Ich wußte nicht, was sagen, mein Mund
wußte nichts

zu benennen,
meine Augen waren blind,
und irgend etwas schlug heftig in meiner Brust,
Fieber oder verirrte Schwingen,
und ich gewöhnte mich, einsam zu sein,
als ich jene Brandwunde
entzifferte,
und ich schrieb die erste verschwommene Zeile nieder,
unklar, gestaltlos, pure
Nichtigkeit,
reine Weisheit
eines, der nichts begreift,
und auf einmal sah ich
enthülst
und offen
den Himmel,
Planeten,
wogende Pflanzungen,
das Dunkel durchlöchert,
durchsiebt
von Pfeilen, Feuer und Blumen,
die überwältigende Nacht, das All.

Und ich, ein winziges Menschenwesen,
trunken von der großen gestirnten
Leere,
ihr ähnlich, ein Ebenbild
des Geheimnisses,
ich fühlte mich
des Abgrunds reiner Teil,
rollte mit den Sternen dahin,
los stürmte mein Herz in den Wind.

SCHÜCHTERNHEIT

Kaum verstand ich, völlig allein, daß ich da war
und fähig war, zu leben, fortzudauern,
hatte ich Angst davor, vor dem Leben,
ich wollte, daß man mich nicht sähe,
daß man meine Existenz nicht kenne.
Ich wurde mager, bleich und abwesend,
wollte nicht reden, damit man meine Stimme
nicht erkennen könne, ich wollte nicht hinsehn,
auf daß man mich nicht sähe,
beim Gehen klebte ich an der Mauer,
ein Schatten, der entlangglitt.

Ich hätte mich gern in rote Dachziegeln gehüllt,
in Rauch,
um weiter dazubleiben, doch unsichtbar,
in allem da zu sein, doch fern,
meine eigene dunkle Identität mir zu bewahren,
dem Rhythmus des Frühlings verhaftet.

Ein Mädchenantlitz, die reine Woge
eines Lachens, die den Tag in zwei Hälften teilte
wie in zwei Halbkugeln einer Orange,
und schon wechselte ich die Straße,
lebensbegierig und lebenslang.
Nah dem Wasser, ohne die Frische zu trinken,
nah dem Feuer, ohne die Flammen zu küssen,
und mich verbarg eine Maske des Stolzes,
und ich wurde schlank, feindselig wie eine Lanze,
ohne daß einer
– denn ich verhinderte es –
mein verschlossenes
Klagen vernahm
wie eines verwundeten Hundes Stimme
aus Brunnentiefe.

DIE PACHECOS

Jenes Jahr ist nicht vorübergegangen
ohne Zahl und Namen,
noch hat sein öder Schweif
Kirschen und Wochen
entkernt:
Alles blieb
hinter meiner Stirn verborgen.
Ich schließe die Augen und etwas ist im Verbrennen,
Wälder, Weideflächen tanzen im Rauch,
und ich trete unentschlossen
durch
jene Türen ein,
die schon nicht mehr da sind, Türme, die starben.

Es war an jenem Sommertag.
Des Stromes Sonne nach, gelangten wir
von Carahue an die Mündung
von Puerto Amor,
der Puerto Saavedra
hieß, einen Weiler
aus kleinen Häusern,
geschlagen von der Faust
des Winters.
Zink und Holz, zerfressene Molen,
Kiefern an den Ufern,
Lagerhäuser
der Fagaldas, Mariettas,
Häuser mit Schlingpflanzen und der Parodis
und eines unter all den andern
in das
wir hineingingen,
Mamadre, Schwester, Kinder und Matratzen.

O Gänge, die
den Duft von Geißblatt
verbargen im Pavillon, Blumenranke
mit Honig und Einsamkeit, leerer Pavillon,
der Nebel zu Nebel mit Tauben erfüllte,
mit der schwer zu bändigenden Melancholie.
Haus der Pachecos!
O blühende
Erinnerung,
und zum ersten Mal
der Patio ganz aus Mohnblüten!
Die weißen entblätterten
die Weiße
oder sie hoben
des Winters
Hände auf,
die roten
prägten
plötzlich Blut ein
und
unglückliche Münder,
und die schwarzen
erhoben
ihre Schlangen aus Seide
und sternten empor
in nächtlicher Haut, in afrikanischen
Brüsten.

Die Pachecos lasen
zur Nacht *Fantomas*
mit lauter Stimme,
und hörten
rings ums Feuer in der Küche zu,
und ich, ich schlief, wobei ich
die Heldentaten vernahm,
die Lettern des Dolchs, das Sterben,

während zum ersten Mal
des Pazifiks Gedonner
seine Fässer
auf meinen Schlaf rollte.
Dann
verloren Meer und Stimme sich
in den Mohnblüten
und mein kleines Herz zog
in des Schlafs totale Schiffahrt ein.

DER SEE DER SCHWÄNE

Budi-See, düster, schwerer dunkler Stein,
Wasser zwischen großen Wäldern unbegraben,
dort tatest du dich auf als unterirdische Tür
nach dem einsamen Meer am Ende der Welt.
Wir galoppierten über den endlosen Sand
nah dem millionenfachen ungezügelten Schäumen,
kein Haus, kein Mensch, kein Pferd,
einzig vorüber ging die Zeit und jenes grüne
und weiße Ufer, jener Ozean.
Dann den Hügeln zu und plötzlich
der See, das harte verborgene Wasser,
dichtes Licht, des Erdenrings Kleinod.
Ein weißer und schwarzer Flug: Die Schwäne jagten
in die Flucht,
lange nächtliche Hälse, Füße aus Leder, rot,
und über die Welt flog ein heiterer Schnee.

O Flug her vom gleichwertigen Wasser,
tausend Leiber, zu regloser Schönheit bestimmt
als des Sees transparente Dauer.
Auf einmal alles war Rennen auf dem Wasser,
Bewegung, Klang, Türme vollen Monds,

und dann wilde Schwingen, die vom Wirbelsturm her
Ordnung wurden, Flug, zuckende Erhabenheit,
und schließlich Abwesenheit, ein weißes Beben in der Leere.

DAS VERLORENE KIND

Langsame Kindheit, von der
wie ein langes Gras
der harte Pistill aufwächst,
das Holz des Menschen.

Wer war ich? Was war ich? Was waren wir?

Es gibt keine Antwort. Wir gehen weiter.
Wir verschwanden nicht. Wir waren. Andere Füße,
andre Hände, andere Augen.
Alles verwandelte allmählich sich Blatt für Blatt
am Baum. Und bei dir? Es wechselte deine Haut,
dein Haar, dein Erinnern. Jener warst du nicht.
Jener war ein Kind, das hinter einem Fluß,
einem Fahrrad herlaufend vorübereilte,
und mit der Bewegung
ging dein Leben mit jener Minute dahin.
Falsche Identität folgte deinen Schritten.
Tag um Tag verknüpften die Stunden sich,
du aber warst es bereits nicht mehr, es kam der andere,
das andre Du, und der andere, bis du verschwandest,
bis du aus dem nämlichen
Reisenden dich rissest,
aus dem Zug, den Waggons des Lebens,
der Stellvertretung, dem Vorübergehenden.
Die Maske des Kindes wechselte allmählich,
seine schmerzliche Eigenheit wurde schwach und schwächer,
sein Vermögen, hin und her zu wechseln, wurde ruhiger:

Das Skelett blieb fest,
der Knochenbau hielt,
das Lächeln,
der Gang, eine fliegende Gebärde, das Echo
jenes nackten Kindes,
das aus einem Blitz hervortrat,
das Wachsen aber war wie ein Gewand!
war der andere Mensch und ihn trug er entliehn.

So geschah es mit mir.

Aus der Wildnis
zur Stadt, zu Gas, zu grausamen Gesichtern kam ich,
die mein Licht abmaßen und meine Statur,
ich kam zu Frauen, die sich suchten in mir
als hätten sie sich in mir verloren,
und so ging
der unreine Mensch hervor,
Sohn des reinen Sohnes,
bis nichts, wie es gewesen, war,
und auf einmal tauchte in meinem Gesicht
das eines Fremden auf
und es war gleichfalls ich selber:
war ich, der da wuchs,
warst du, der da wuchs,
war alles,
und wir verwandelten uns
und nie mehr wußten wir, wer wir waren,
und manchmal erinnern wir uns
an den, der in uns lebte,
und wir erbitten von ihm etwas, vielleicht, daß er unsrer sich
erinnert,
daß er zumindest weiß, daß wir es waren, daß wir
mit seiner Zunge sprechen,
doch seit den aufgebrauchten Stunden
blickt jener uns an und erkennt uns nicht.

Hinter mir, dem Süden zu, hatte das Meer
die Landstriche zerbrochen mit seinem Hammer von Eis,
aus der klirrenden Einsamkeit
wurde das Schweigen plötzlich zum Archipel,
und grüne Inseln umgürteten die Taille
meines Landes
wie Pollen oder Blütenblätter einer Meeresrose,
und außerdem, tief waren die von Leuchtkäfern
glühenden Wälder, der Schlamm phosphoreszierend,
die Bäume ließen lange trockene Seile hängen
wie in einem Zirkus, und das Licht lief Tropfen zu Tropfen
wie des Dickichts grüne Tänzerin.

Belebt von schweigesamen Rassen, wuchs ich auf,
von durchdringenden Beilen hölzernen Glanzes,
von geheimen Wohlgerüchen nach Erde, Euter und Wein:
Meine Seele war ein zwischen den Zügen verlorenes Lager,
wo Schwellen und Fässer vergessen lagen,
Draht, Hafer, Weizen, Heu, Bohlen,
und der Winter mit seinen schwarzen Waren.

So breitete sich mein Körper aus, nachts
waren meine Arme Schnee,
meine Füße sturmgepeitschte Zone,
und ich wuchs an wie beim Wolkenbruch ein Fluß,
und wurde fruchtbar mit allem,
was in mich fiel, Keimungen,
Gesänge zwischen Blatt und Blatt, Käfer,
die sich begatteten, neue
Wurzeln, die aufstiegen
zum Tau,
Unwetter, die noch immer schütteln
die Türme des Lorbeers, die heilige
Geduld der Lärche,

und so wurde meine Jugend
Erdstrich, besaß
Inseln, Schweigen, Berg, Wachstum,
vulkanisches Licht, Schlamm der Wege,
den wilden Rauch verbrannter Äste.

DIE UNGERECHTIGKEIT

Wer entdeckt wer ich bin, wird entdecken wer du bist.
Und das Wie, und das Wohin.
Ich kam bald mit der ganzen Ungerechtigkeit in Berührung.
Der Hunger war nicht Hunger nur,
sondern des Menschen Maß.
Kälte und Wind waren ebenfalls Maßstab.
Er ermaß hundert Hunger und der Aufrechte stürzte.
Nach hundert Kälten wurde Pedro begraben.
Einen einzigen Wind hielt das armselige Haus aus.
Und ich lernte, daß der Zentimeter und das Gramm,
der Löffel und die Meile die Habgier maßen,
und daß der belagerte Mensch auf einmal
in ein Loch stürzte, und schon wußte er nichts mehr.
Weiter nichts, und das war die Belagerung,
das wirkliche Geschenk, die Gabe, das Licht, das Leben,
das war umkommen an Frost und Hunger,
und keine Schuhe haben und zittern
vor dem Richter, vor einem Andern,
einem anderen Wesen mit Schwert oder Tintenfaß,
und so unter Stößen und Püffen, schachtend und schneidend,
nähend, Brot bereitend, Getreide säend,
jeden Nagel einschlagend, der nach Holz verlangte,
sich ins Erdreich schiebend wie ins Eingeweid,
um herauszureißen, blind, die prasselnde Kohle
und mehr noch, Flüsse hinauf und Kordilleren hinauf
Pferde einreitend, Schiffe in Fahrt setzend,

Stoffe nähend, Glas blasend, Wäsche waschend,
so, daß dies alles
das jüngst errichtete Reich schien,
schimmernde Beere der Traube,
als der Mensch sich entschloß glücklich zu sein,
und es nicht war, so nicht war. Er entdeckte
das Gesetz des Elends,
den Thron aus blutigem Gold,
die kupplerische Freiheit Celestinas,
das Vaterland ohne Obdach,
das versehrte und erschöpfte Herz,
und ein Gerücht von Toten ohne Tränen,
trocken wie fallende Steine.
Und da hörte ich auf, Kind zu sein,
ich begriff, daß sie meinem Volk
nicht das Leben zugestanden
und ihm verweigerten das Grab.

DIE VERLASSENEN

Nicht nur das Meer, nicht nur Küste, Schaum,
Vögel mit widerspenstiger Macht,
nicht jene nur und diese weiten Augen,
nicht nur die Trauer tragende Nacht mit ihren Planeten,
nicht nur die Baumallee mit ihrer hohen Dichte,
sondern Schmerz, Schmerz, des Menschen Brot.
Doch, warum? Und dann war ich
wie ein Faden dünn und dunkler
als ein Fisch nächtlicher Gewässer, und ich konnte nicht,
konnte nicht mehr, auf einmal wollte ich die Erde ändern.
Mich schien das bitterste Kraut plötzlich zu beißen,
ein Schweigen teilzuhaben, befleckt vom Verbrechen.
Aber in der Einsamkeit werden Dinge geboren und sterben,
die Vernunft wächst und wächst, bis sie Wahnsinn ist,

das Blütenblatt breitet sich ohne die Rose zu erreichen,
die Einsamkeit ist der nutzlose Staub der Welt,
das Rad, das sich dreht ohne Erdreich, ohne Wasser, ohne
Mensch.
Und so geschah es, daß ich verloren schrie
und was wurde jener zügellose Schrei in der Kindheit?
Wer hörte ihn? Welcher Mund gab Antwort? Welchen Weg
schlug ich ein?
Was antworteten
die Mauern, wenn mein Kopf dagegen schlug?
Aufsteigt und wiederkehrt die Stimme des schwächlichen
Einsamen,
es kreist und kreist das grausame Rad der Mißgeschicke,
aufstieg und wiederkehrte jener Schrei, und keiner wußte von
ihm,
ihn kannten nicht einmal die Verlassenen.

DIE ABERGLAUBEN

Onkel Genaro kehrte
aus den Bergen zurück. Der Mann
hatte nicht einen heilen Knochen:
Alles zerbrach ihm die Erde,
das Pferd, die Kugeln, der Stier,
der Stein, der Schnee, das Geschick.
Er schlief manchmal in meinem Zimmer.
Er kämpfte mit seinen steifen Beinen,
um sich auf sein Bett zu legen
als stiege er auf ein Roß.
Er prustete, fluchte, schleppte
spuckend die nassen Stiefel hinterdrein,
und endlich öffnete er paffend den Mund
der Ereignisse in der Selva.
So wußte er, wie der Böse,

Schwefelatem ausstoßend,
Juan Navarro erschien
und ihn um Feuer bat. Zum Glück
bevor er beinahe in Verdammnis fiel,
gewahrte Juan Navarro seinen teuflischen
elektrisierenden struppigen Schwanz
unter dem Poncho am Boden,
und als er den Ochsenziemer ergriff, peitschte er
bloß ins Leere, denn der Teufel
löste sich auf, verwandelte sich in Reisig,
Luft, windkalte Nacht.
O was für ein verschlagener Satan!

Genaro Candia raucht und raucht,
während der große Juli-Regen
auf Temuco fällt und fällt,
und so zeugte die Regenrasse
ihre Religionen.
Jene Kaskadenstimme, langsame
Stimme aus Zwischenräumen, aus Schluchten,
Stimme des Boldú-Baums, der eisigen Luft,
der Bö, der Dornen,
jene Stimme, die den Schritt nachbildete
des blutgierigen Pumas,
den schwarzen Stil des Kondors,
den verwirrten Frühling,
wenn es keinen Blütenflor, nur Vulkane gibt,
kein Herz, nur Sattelzeug gibt,
die ausrutschenden Tiere, die in
die Abgründe stürzen, aufstieb da der Funke
von einem Fächer von Hufeisen,
und dann nur Tod,
nur die Selva ohne Ende.
Don Genaro brachte wortkarg
Silbe um Silbe
Schweiß, Blut, Gespenster, Wunden hervor,

er raucht und raucht, der Onkel Genaro.
Das Schlafzimmer füllte sich
mit Hunden, mit Blättern, mit Wegen,
und ich vernahm, wie in den Lagunen
eine unschuldige treibende Haut lauert,
die, wenn du sie kaum berührst,
in eine teuflische Bestie sich verwandelt
und dich in die Tiefe zerrt,
all dem Verschwinden zu,
dort, wo die Toten leben
am Grund des Ich-weiß-nicht-wo,
die Geköpften des Waldes,
die von Fledermäusen mit ungeheuren
seidenweichen Flügeln Ausgesaugten.
Alles war glitschig.
Irgendein Pfad, ein Tier,
das allein umherlief, ein Feuer,
das auf den Weideflächen umherzog,
ein Spaziergänger im Vollmond,
ein sanfter Fuchs der hinkte,
ein dunkles Blatt das herabfiel.
Kaum gelingt es, die Untiefe
zu berühren, das Kreuz,
sich zu bekreuzigen, alsdann Phosphor,
verbranntes Gehörn, schwarzer Schwefel.
Aber nicht im Unwetter nur
späht der Böse umher, der finstere.
In der Tiefe der Häuser
ein Ächzen, ein düsteres Klagen,
ein Schleifen von Ketten,
und die tote Frau, die immer
zum nächtlichen Stelldichein eilt,
und Don Francisco Montero,
der wieder einmal sein Pferd sucht
dort unten, bei der Mühle,
wo er umkam mit seinem Weib.

Die Nacht ist lang, der Regen währt lange,
ich sehe das ununterbrochene Feuer
der Zigarette, es raucht, raucht
Genaro Candia, er erzählt und erzählt.
Ich habe Angst. Der Regen fällt
und zwischen dem Wasser und dem Teufel fall ich
in eine Schlucht voll Schwefel,
in die Hölle mit ihren Rossen,
in die entfesselten Gebirge.

Ich schlief oft
im Süden beim Rauschen des Regens ein,
während mein Onkel Genaro
jenen finsteren Sack öffnete,
den er aus den Bergen mitgebracht.

DIE BÜCHER

Heilige und abgegriffene Bücher, verschlungne,
verschlingende Bücher,
geheime,
in den Rocktaschen:
Nietzsche in Quittenfarbe,
und heimlich und unterirdisch
wanderte Gorki mit mir.
O jenes tödliche Moment
in den Felsen Victor Hugos,
wenn der Hirt seine Braut heiratet
nachdem er den Kraken in die Flucht geschlagen,
und der Bucklige von Paris
hoch oben, in den Adern
der gotischen Anatomie umläuft.
O Maria von Jorge Isaacs,
weißer Kuß am roten Tage

der himmlischen Hazienden,
die dort erstarrten
in einem lügnerischen Zuckerwerk
das uns, unschuldig wie wir waren, weinen machte.

Die Bücher webten, höhlten aus,
ließen ihre Serpentinen gleiten,
und allmählich, hinter
den Dingen, den Mühen,
trat wie ein bitterer Ruch
mit Salzes Klarheit
der Baum der Erkenntnis hervor.

DER NACHTZUG

O endloser Nachtzug
so oft
vom Süden zum Norden
zwischen durchnäßten Ponchos,
Getreiden,
Stiefeln, starr von Morast,
in der Dritten,
du entrolltest die Geographie.
Vielleicht nahm ich damals
die irdische Seite in Angriff,
lernte die Kilometer
des Rauchs,
die Erstreckung des Schweigens.

Wir kamen vorbei an Lautaro,
Steineichen, Weizenfelder, Erde
aus helltönendem Licht und siegreichem
Wasser:
Die endlosen Schienen setzten fernhin sich fort,

weiter weg durcheilten die Pferde der Heimat
silberne
Weideflächen,
plötzlich
die hohe Brücke des Malleco,
zart
wie eine Geige
aus hellem Eisen,
danach die Nacht und dann
verfolgt der Nachtzug
zwischen den Weinbergen seinen Weg.
Ganz anders waren die Namen
nach San Rosendo,
wo zum Schlaf
alle Lokomotiven sich versammelten,
die des Ostens und des Westens,
die vom Bio-Bio herkamen,
aus den Vorstädten,
vom verwahrlosten Hafen von Talcahuano her
bis zu denen, die gehüllt in grünen Dunst
die Gitarren herbrachten und den edlen Wein von Rancagua.
Dort schliefen
Züge
am Knotenpunkt
rostig und grau von San Rosendo.

Ach, kleiner Student,
du begannst Zug
und Planet zu wechseln,
tratest in
fahle Dörfer aus Lehmziegeln ein,
gelben Staub und Trauben.
Bei der Ankunft des Zuges, Gesichter
anstelle der Zentauren,
sie banden nicht Pferde an sondern Wagen,
erste Automobile.

Es wurde sanfter die Welt
und als
ich zurückblickte,
regnete es,
verlor sich meine Kindheit.
Einlief der krachende Zug
in Santiago de Chile, der Hauptstadt,
und schon waren die Bäume mir genommen,
die Handkoffer wurden
von bleichen Gesichtern heruntergetragen
und zum ersten Mal sah ich
die Hände des Zynismus:
Ich drang in die Menge, die gewann oder verlor,
ich legte mich schlafen in ein Bett, das nicht lernte auf mich
zu warten,
ich schlief erschöpft wie Holz,
und wenn ich erwachte,
fühlte ich einen Schmerz von Regen:
Etwas trennte mich von meinem Blut
und beim Hinausgehen, erschreckt von
der Straße,
wußte ich, weil ich blutete,
man hatte mir die Wurzeln abgeschnitten.

DIE PENSION DER MARURI-STRASSE

Eine gewisse Straße Maruri.
Die Häuser blicken sich nicht an, sie lieben sich nicht.
Dennoch, sie stehen beieinander.
Mauer an Mauer, aber
ihre Fenster
blicken die Straße nicht an, sie sprechen nicht,
sind Schweigen.

Ein Fetzen Papier fliegt wie ein schmutziges Blatt
vom Baum des Winters.

Der Abend verbrennt ein Abendrot. Ruhelos
verbreitet der Himmel flüchtiges Feuer.

Schwarzer Nebel überflutet die Balkone.

Ich schlage mein Buch auf. Ich schreibe,
glaube, ich sei
in der Höhlung
einer Kohlenmine, eines feuchten
verlassenen Stollens.
Ich weiß, jetzt ist niemand da,
im Haus, in der Straße, in der bitteren Stadt.
Ich bin bei offener Tür
mit der offenen Welt Gefangener,
bin der traurige, in der Dämmerung verlorene Student
und steige hinauf zur Nudelsuppe
und steige hinab ins Bett und bis in den folgenden Tag.

II

Der Mond im Labyrinth

LIEBSCHAFTEN: TERUSA I

Und wie ruht, und wo
jene
alte Liebe?
Ist sie
ein Vogelgrab, ein Tropfen nun
schwarzen Quarzes,
ein Stück
regenzernagtes Holz?

Und von jenem Leib, der wie der Mond
im dunklen Frühling
des Südens glänzte,
was ist geblieben?
Die Hand,
die alle Transparenz
und das Raunen
des stillen Flusses aufrecht hielt,
die Augen im Walde
so groß, versteint
wie die Erze der Nacht,
und die Füße
des Mädchens meiner Träume,
Füße aus Ähre, Weizen, Kirsche,
rasch, behende, im Fluge
zwischen meiner blassen Kindheit und der Welt?
Wo ist die tote Liebe?
Die Liebe, die Liebe,
wo geht sie hin um zu sterben?
Zu den abgelegenen
Kornböden,
am Fuß der Rosenbüsche, die starben
unter den sieben Füßen der Asche
jener ärmlichen Häuser,
die ein Dorfbrand davontrug?

O Liebe
des ersten Lichts der Frühe,
und des hartnäckigen Mittags
und seiner Lanzen,
Liebe mit dem ganzen Himmel
Tropfen um Tropfen,
wenn die Nacht
die Welt quert
auf ihrem totalen Schiff,
o Liebe
jugendlicher
Einsamkeit,
o großes Veilchen
ausgestreut
mit Duft und Tau
und gesternter Frische
über das Gesicht:
Jene Küsse
die
aufklommen
auf der Haut, sich belaubend und beißend,
von den reinen ausgestreckten Körpern
bis zum blauen Stein des nächtlichen Schiffs.

Terusa mit weiten Augen,
hin zum Mond
oder zur Wintersonne, wenn
die Gebiete
den Schmerz empfangen, die Treulosigkeit
des ungeheuren Vergessens
und du glänzt, Terusa,
wie das gebrannte Kristall
des Topas,
wie das Brandmal
der Nelke,

wie das Metall, das im Blitz zersprüht
und übersiedelt auf die Lippen der Nacht.

Terusa
aufgeschlossen zwischen den Mohnblüten,
schwarzer
Funken
des ersten Schmerzes,
Stern unter den Fischen,
im Licht
des reinen genitalen Strömens;
des ersten Abgrunds maulbeerfarbener Vogel
ohne Alkoven, im Reich
des sichtbaren Herzens,
dessen Honig die Mandeln einweihen,
der entflammende Pollen
des ländlichen Ginsters,
Melisse grüner Erprobungen,
Heimat der geheimnisvollen Moose.

Es läuteten die Glocken von Cautín,
alle Blütenblätter baten um etwas,
auf nichts verzichtete die Erde,
unaufhörlich
blinzelte das Wasser,
es wollte den Sommer öffnen
ihm schließlich eine Wunde beibringen,
im Zorn stürzte sich herab
der Fluß, der von den Anden kam,
er verwandelte sich in einen harten Stern,
der die Selva festheftete,
das Ufer,
die Felsenblöcke:
Dort wohnt niemand:
nur das Wasser und die Erde
und die Züge, die heulten,

die Züge des Winters
in ihrer Geschäftigkeit
die einsame Landkarte
querend:
mein Reich,
Reich der Wurzeln
mit Minzenschimmer,
Mähne der Farne,
feuchtem Schambein,
Reich meiner verlorenen Kindheit,
da ich die Erde gebären sah,
ich Teil war
der feuchten
irdischen
Unversehrtheit:
Leuchte zwischen den Keimungen und dem Wasser,
bei der Geburt des Korns,
Heimat der Hölzer,
die heulend starben
beim Geheul
der Sägemühlen:
der Rauch, balsamische Seele
des wilden
Abenddämmerns,
wie ein gefährlicher Häftling
gebunden
an die Regionen der Selva,
an Loncoche,
an Quitratúe,
an die Landeplätze von Maullín,
und ich
durch deine Liebe erstehend,
Terusa,
durch deine Liebe, entblättert,
auf meine dürstende Haut
als ob

die Kaskaden
der Orangenblüte, des Ambers, des Mehls
durchtränkt hätten meine Substanz
und ich von dieser Stunde an dich mit mir führen würde,
Terusa,
unauslöschbar
selbst im Vergessen,
mitten durch
die verrosteten Lebensalter,
bestimmter
Wohlgeruch,
unergründliches Geißblatt oder Lied
oder Traum
oder Mond, den die Jasmine kneteten
oder Aufgehen des Klees am Wasser
oder Weite der Erde mit ihren Strömen
oder Irrwahn von Blumen oder Traurigkeit
oder Zeichen des Magneten oder Wille
des strahlenden Meeres und sein unendlicher Tanz.

LIEBSCHAFTEN: TERUSA II

Es nahen die 4 Zahlen des Jahres.
Sie gleichen 4 getreuen Vögeln,
lassen sich auf einen Faden nieder
gegen die nackte Zeit.
Jedoch, zur Zeit
singen sie nicht.
Sie verschlingen Getreide, bekämpfen
jenen Frühling,
Blumenkrone nach Blumenkrone und
nichts bleibt übrig als dieser endlose Raum.

Nun, da du mich besuchen kommst,
alte Freundin, Liebe, unsichtbares Mädchen,

bitte ich dich, setz dich
noch einmal
ins Gras.

Jetzt will mir scheinen,
daß dein Haupt sich verwandelt hat.
Warum,
um herzukommen,
bedecktest du das Haar
aus kühner Kohle mit Asche,
das in meinen Händen sich entfaltete in der Kühle
der Sterne von Temuco?
Wo sind deine Augen?
Warum setzt du diesen schmalen Blick auf,
mich anzusehn, ob ich derselbe bin?
Wo ließest du deinen goldenen Leib?
Was geschah mit deinen halboffnen Händen
und ihrem Jasmingeleucht?

Tritt in mein Haus, sieh mit mir aufs Meer.
Eine um die andere Welle
verbrauchten
unsere Leben,
und nicht nur die Schäume zerbrechen,
auch die Kirschen,
die Füße,
die Lippen
des kristallenen Alters.

Leb wohl, jetzt bitte ich dich,
kehr zurück
auf deinen Amberstuhl
im Monde,
wende dich ans Geißblatt des Balkons,
kehr
zum glühenden Bild zurück,

gewöhn deine Augen
an jene
Augen,
wende langsam dich
ans strahlende
Bildnis,
dringe da hinein
bis an den Grund,
in sein Lächeln,
und blick mich an
mit seiner Reglosigkeit, bis ich
wieder dich ansehe
aus ihm,
aus dem Damals,
aus dem, der ich war in deinem blühenden Herzen.

1921

Das Lied des Festes … Oktober,
Preis
des Frühlings:
ein Pierrot mit weitreichender Stimme, die
meine Dichtung zum Wahn hin entbindet
und ich, feine Schneide
eines schwarzen Degens zwischen Jasmin und Masken
noch immer streng einsam gehend,
die Menge teilend mit des Südens melancholischem
Wind, unter den Narrenschellen
und der Serpentinen Flug.
Und dann, reihenweis
Zeile auf Zeile im Haus und auf der Straße,
so keimt das neue Buch,
20 Gedichte mit salzenem Geschmack
wie zwanzig Wogen von Frau und Meer.

Und auf der Rückreise zum Distrikt
mit dem großen Fluß von Puerto Saavedra
und dem schrecklichen Schlag des Ozeans
zwischen einer Einsamkeit und einem kaum
der Liebe entrissenen Kuß: Blatt auf Blatt
als erwachte ein langsamer Baum,
ward das kleine stürmische Buch geboren.
Und niemals bei der Niederschrift
in Zügen oder bei der Heimkehr
vom Fest oder den Rasereien der Eifersucht,
oder in der an der Flanke des Sommers
wie eine herrliche Wunde geöffneten Nacht,
vom Licht des Himmels durchdrungen
und das Herz bedeckt von Tau,
niemals ahnte der einsame Junge,
entzügelt von Liebe, daß seine Kette,
das ausgangslose Gefängnis von einem Augenpaar,
von einer verschlingenden Haut, von einem Munde,
weiterhin all das verbrennen würde
und jene Vertraulichkeit und Einsamkeit
in anderen Wesen eine ewige Rose
weiter erblühen, einen langen Kuß,
ein nie endendes Feuer von Blüten Mohns.

LIEBSCHAFTEN: DIE STADT

Studentenliebe im Oktobermonat,
mit Kirschen in ärmlichen Straßen brennend
und trillernder Straßenbahn an den Ecken,
Mädchen wie Wasser, Leiber
aus Chiles Ton, Schlamm und Schnee
und Licht und schwarze Nacht, vereinigt,
Geißblattranken ins Bett gefallen
mit Rosa, Lina oder mit Carmen, nackt bereits jede,

vielleicht ihres Geheimnisses bar
oder geheimnisvoll beim sich Winden
in der Umarmung oder Spirale oder ein Turm,
oder Erschütterung auch von Jasmin und Mündern:
War's gestern, war's morgen, wohin entwich
der flüchtige Frühling? O Rhythmus
der elektrischen Hüfte,
Peitschenhieb, o heller, des Spermas,
aus seinem Tunnel zur Gattung schnellend
und der besiegte Abend mit einer Narde
im Halbschlaf und zwischen den Papieren
meine Zeilen, dort niedergeschrieben,
mit dem reinen Ferment, mit der Woge,
der Taube und mit der Haarflut.
Einmalige Liebschaften, rasch
und gierig, Schlüssel um Schlüssel,
und jener Stolz, teilhaftig zu sein!
Ich denke, daß meine Dichtung nicht
auf Einsamkeit nur basiert, sondern auf einem Leib
und immer wieder einem Leib, bei voller Haut des Mondes
und allen Küssen der Erde.

PAMPADICHTUNG

Dichtung, gestirntes Erbgut:
Notwendig war es
mit Hunger und führerlos
dein irdisches Erbe zu entdecken,
das mondene Licht und die geheime Ähre.

Von der Einsamkeit zur Menschenmenge
verloren ging der Schlüssel
unter den Steinen, in Zügen, in den Straßen, im Wald.

Das erste Siegel ist dunkle Wesensart,
schwerer Rausch bei einem Glas Wasser,
der Leib ohne gegessen zu haben übersättigt,
das Herz Bettler mit seinem Stolz.

Und mehr als die Bücher uns sagen
voll von Glanz ohne Freude:
einen Stein brechen gehen, der uns belastet,
das Erz der Seele auflösen gehen,
bis du der bist, der da liest,
bis das Wasser singt durch deinen Mund.

Und leichter ist es, als morgen Donnerstag ist
und schwerer, als immer weiter geboren zu werden
und es ist ein seltsames Amt, das dich sucht
und das sich verbirgt, wenn man es suchte
und es ist ein Schatten mit zerbrochenem Dach
aber in den Löchern sind Sterne.

VERRÜCKTE FREUNDE

Auch tat auf einmal sich die Nacht auf,
ich entdeckte sie und eine dunkle Rose war sie
zwischen einem gelben Tag und einem andern.
Doch für den, der aus
dem Süden kam, aus dem naturhaften
Gebreit mit Feuer und Gletscher,
die Nacht war in der Stadt ein Schiff,
ein unsteter Schiffsladeraum.
Türen gingen auf und aus dem Dunkel
spie uns an das Licht:
Da tanzten Weib und Mann mit Schuhen
schwarz wie Särge, die glänzten
und sie klebten sich aneinander, er und sie,

wie die Saugnäpfe des Meeres, zwischen Tabak,
saurem Wein, Gesprächen,
grünem Gelächter des Betrunkenen.
Manchmal glitt eine Frau
in ihren bleichen Abgrund ab, ein Gesicht, schmutzig,
das Augen mir und Mund kundtat.
Und dort befestigte ich meine glühende Jugend,
zwischen roten Flaschen, die zuweilen,
ihre Rubine verschüttend, barsten,
unglaubliche Schwerter, verbindend
Gespräche nutzloser Verwegenheit.
Dort meine Gefährten,
Rojas Giménez irregehend
in seiner Zartheit,
Seemann des Papiers, streng
verrückt, den Rauch
in einem Glas hochhebend
und in einem andern
seine umherschweifende Liebe,
bis er so von Sturz zu Sturz verschwand
als hätte ihn der Wein entführt
in eine immer fernere Gegend!
O zarter Bruder, wieviel
Dinge gewann ich mit dir, wieviel
verlor ich an dein unglückseliges Herz
wie an einen zerrissenen Koffer,
ohne zu ahnen, daß du davongehen würdest mit deinem
vornehmen Mund,
ohne zu wissen, daß auch du
sterben mußtest, du, der dem Frühling du
Unterricht zu geben hattest!
Und dann, wie eine Erscheinung,
die auf offenem Fest
verborgen war im Dunkel,
kam aus seinen Gefängnissen Joaquín Cifuentes:
blasses Aussehen,

Herrschergesicht im Regen,
umrahmt von den Linien des Haars
auf der Stirn, den Schmerzen offen:
mein neuer Freund verstand nicht zu lachen:
und in der Asche der grausamen Nacht
sah ich den Husaren des Todes sich verzehren.

»SCHARFE MAUS«

Damals, Wirtshaus und Schaumwein,
Meister neuer Weine und Flüche,
Freund Raúl *Scharfe Maus*
du warst gekommen, mir Männlichkeit beizubringen.
Und den starken Mann spielend wurden wir herausfordernd,
echt,
gegen des Gesindels dichte Menge
und dein funkelndes Herz war
wie eine gute Laterne für mich:
Es gibt keine dunklen Wege
mit einem guten Weggefährten
und es war wie mit einem Degen rechnen
auf eine winzige Hand wie die deine
rechnen, zarter
und entschiedener Bruder,
und schrecklich war deine Antwort, der scharfe
Glanz deiner elektrisierenden Sprache,
Verb des Schlammes,
des unauslöschlichen Funkens,
der dir entsprang
als
wärest du ein cervantischer
Brunnen;
das uralte schallende Gelächter der Gauner,
die erfindungsreiche Sprache der Messer,

und nicht aus Büchern lerntest du den Blitzstrahl,
sondern beim Dichzurwehrsetzen in klarem Licht:
vom Irdischen kanntest du das Himmlische:
weil du ungelehrt, glänzte dein Salz,
du warst die uralte Frucht der Straßen,
Weinbeere meines Volkes.

ARCE

Aus unterbrochenen Tagen
und nächtlichen Seiten
steigt gekrönt mit Baumesnamen
(Vornamen Homero) er auf
und bleibt bis heute so, reines Holz
von Wald und Pult,
in dem jede Ader
als Honigstrahl die Tunika bildet
des glorreichen Herzens
und eine stumme Sängerkrone
ihm seine gutstehende Aura von Lorbeer verleiht,
Bruder, dessen vollkommene Kithara,
ihren geheimen Klang
man vernimmt trotz der verborgenen Saiten:
Die Musik, die du mit dir führst,
sie erglänzt,
du bist die unsichtbare Dichtung.
Hier danke ich dir noch einmal, weil du gelebt hast
mein eigenes Leben, als wär es deins,
und für die Gaben
der Freundschaft und der Klarheit,
und für jenes Geld, das du mir gabst,
als ich Brot nicht hatte, und für deine Hand
als meine Hände nicht vorhanden,

und für alle Mühe
aus der meine Dichtung neu zum Leben erstand
dank deiner emsigen Anmut.

LIEBSCHAFTEN: ROSAURA I

Rosaura, die der Rose, der täglichen
Stunde, aufgereckt
in der vergleitenden Stunde
der kläglichen Dämmerung, in der Stadt,
wenn die Läden erglänzen
und das Herz in der eigenen
unerforschten Zone versinkt
wie der verirrte Reisende,
spät, in der Einsamkeit der Sümpfe.

Wie ein Sumpf ist die Liebe:
zwischen Straßennummer
und -nummer,
dort sanken wir nieder,
uns ergriff tiefe Lust,
haften bleibt Leib da an Leib,
Haar an Haar,
Mund am Kuß,
und im Paroxysmus
sättigt die gierige Woge sich
und einschrumpfen
die Flächen des Schlamms.

O Liebe von Leib zu Leib,
ohne ein Wort,
und das feuchte Mehl, das die Wildheit
der Zuckungen bindet,
das heisere Gestern von Mann und Frau,

ein Schlag in den Rosenbusch,
eine dunkle Blumenkrone geschüttelt,
wirbelt der Dunkelheit Federn umher,
ein Phosphorkreis,
ich umarme dich,
verwerfe dich,
ich morde dich,
und es entfernt das Schiff sich vom Schiff
und gibt die letzten Signale
zum Traum des Meers,
der Gezeit,
die zurückebbt zu ihrem unversöhnlichen Planeten,
zu seiner Voreingenommenheit, der Reinheit:
zurück bleibt das Bett
inmitten
der treulosen Stunde,
Dämmerung, abendliche Lilie:
aufbrachen die Schiffbrüchigen schon:
da blieben die zerfetzten Laken,
das verwundete
Schiff,
wir blicken zum Río Mapocho:
auf ihm treibt mein Leben.

Rosaura, die meines Armes,
es vergeht ihr Leben mit dem Wasser,
die Zeit,
die Uferdämme aus Bruchstein,
die Brücken, wohin alle müden
Füße eilen:
das Licht in der Strömung
das Herz aus Lehm
rinne rinne
rinn Liebe in die Zeit von
1923, eins
neun

zwei drei
sind Zahlen
eine jede im Wasser,
das hinfloß
des Nachts
im Blut des Stromes,
im nächtlichen Lehm,
den Wochen,
die da sanken in den Fluß
der Stadt, wenn deine
blassen Hände ich ergriff:
Rosaura,
du hattest sie vergessen,
da sie solange
im Rauch hinflogen:
dort vergaßen sie dich
an der Ecke
der Sazié-Straße, oder auf dem kleinen
Padura-Platz, bei der strengduftenden Rose
des Absteigequartiers, das uns unter andre verteilte.

Der winzige Hof
bewahrte die Exkremente
der streunenden Katzen auf,
und ein bronzener Friede war,
der da aufstieg
zwischen den beiden Nackten:
die harte Ruhe der Außenviertel:
zwischen unsre Augenlider
glitt das Schweigen
wie ein dunkler Likör;
wir schliefen nicht:
wir bereiteten uns für die Liebe:
wir hatten abgenutzt
das Pflaster,
das Müdesein,

das Begehren,
und hier waren wir endlich
ungebunden, bloß, ohne Kommen und Gehen,
und unsere Aufgabe
war,
uns zu verströmen,
als füllte uns übermäßig an
ein flüssiges Schweigen,
eine schwere
verzehrende
Säure,
eine Substanz,
die den Umriß deiner Hüften ausfüllte,
die makellose Feinheit deines Munds.

Rosaura,
Vorübergehende,
wasserfarbene
Tochter Curicós, wo,
erdrückt
vom Gewicht und Schnee
der großen Kordillere, der Tag stirbt:
du warst
der Kälte Tochter
und bevor du dich verbrauchtest
zwischen den Lehmziegeln
erdrückender Wände,
kamst du zu mir, um zu weinen oder geboren zu werden,
dich zu verbrennen in meiner traurigen Macht,
und vielleicht gab es kein anderes
Feuer in deinem Leben, nur
damals warst du vielleicht wirklich.

Wir entflammten und löschten aus:
und du bliebst zurück im Dunkel:
ich zog weiter die Wege:

die Hände mir brechend, die Augen,
ich ließ die Dämmerung hinter mir,
schnitt abendliche Mohnblüten ab:
ein Tag zog vorüber, der mit seiner Nacht
eine neue Woche
zeugte,
und ein Jahr schlief mit einem anderen Jahre ein:
Tropfen um Tropfen
anwuchs die Zeit.
Blatt für Blatt
der durchscheinende Baum:
die staubige Stadt
wechselte vom Wasser zum Gold,
der Krieg verbrannte Vögel und Kinder
im niedergedrückten Europa,
von Atacama rückte
mit Sand, Feuer und Salz
die Wüste vor,
die Wurzeln tötend,
in ihren blauen Säuren kreisten
die bleichen Planeten,
den Mond berührte ein Mensch,
es wechselte der Maler sein Objekt
und malte keine Gesichter
sondern Zeichen und Narben,
und du, was machtest du
ohne die Öffnung
des Schmerzes, ohne Liebe?
Und ich, was machte ich
im Laubwerk der Erde?

Rosaura, Herbstzeit, ferner
schmaler Honigmond,
schweigsame Glocke:
zwischen uns beiden der gleiche Strom,
der Mapocho, der die Wände

und Häuser zernagend hinflieht,
zum Vergessen einlädt
wie die Zeit.

LIEBSCHAFTEN: ROSAURA II

Uns verlieh die Liebe die alleinige Wichtigkeit.
Die leibliche Kraft, das Herzpochen,
das geboren wird und sich verbreitet,
des Leibes
Zusammenhang
mit dem Glück,
und diesen Bruchteil Tod,
der uns entflammt bis wir verlöschen.
Für mich, für dich,
erschloß jener Genuß sich
zur einzigen
Rose
in den dumpfen Außenvierteln,
bei voller abgerissener Jugend,
als alles sich bereits verschwor,
uns langsam umzubringen,
denn zwischen den von der Prostitution
beharnten Einrichtungen und den Betrügereien
du wußtest nicht, was beginnen:
wir waren die leichtfertige Liebe
und die Schwäche der Reinheit:
alles war verbraucht von Rauch,
von schwarzem Gas,
von der Feindseligkeit
der Paläste und Straßenbahnen.

Ein ganzes Jahrhundert entblätterte
seinen toten Glanz,

sein Laub
enthaupteter Köpfe,
dicke Tropfen Blut
fallen von den Friesen,
das ist kein Regen, Schirme
helfen da nicht,
hinstirbt die Zeit
und keiner und keiner
fand den andern,
da vom Thron der Herrschenden
man schon das tödliche Gesetz des Hungers
dekretiert hatte
und man sterben mußte,
alle Welt sterben sollte,
Verpflichtung war's,
ein Zwang,
so stand's geschrieben:
damals fanden
wir in der leiblichen Rose
das zuckende Feuer
und wir brauchten uns auf
bis an den Schmerz:
indem wir uns Wunden schlugen,
lebten wir:
dort konfrontierte das Leben sich
mit seiner ganzen Essenz:
der Mann, die Frau
und die Erfindung des Feuers.

Wir entkamen dem Fluch,
der da lastete
auf der Leere, auf der Stadt,
Liebe gegen Vernichtung,
und die geraubte
Wahrheit
erblüht von neuem,

indes ans große Kreuz
sie die Liebe schlugen,
sie verboten:
niemand mich, niemand dich,
niemand uns:
wir selber verteidigten uns Glut um Glut,
Kuß um Kuß.

Junge Blätter sprießen,
man malt die Türen blau,
eine Najadenwolke schwebt,
es tönt eine Geige tief im Wasser:
so ist es überall:
es ist die siegreiche Liebe.

ERSTE REISEN

Da ich aufbrach zu den Meeren, wurde ich unendlich.
Ich war jünger als die ganze Welt.
Und an der Küste, mich zu empfangen, ging
des Universums unendlicher Geschmack hervor.

Ich wußte nicht, daß die Welt bestand.

Ich glaubte an den versunkenen Turm.

Ich hatte soviel in nichts entdeckt,
beim Durchlöchern meiner Dunkelheit,
bei den Achs der Liebe, den Wurzeln,
denn ich war der Unbehauste, der da aufbrach:
armseliger Eigner eines Skeletts.

Und ich begriff, daß ich nackt einherging,
daß ich mich bekleiden mußte,

niemals hatte ich die Schuhe betrachtet
noch Sprachen gesprochen,
ich verstand nicht zu lesen, nur in mir selber zu lesen.
Ich verstand nicht zu leben, nur mich zu verbergen,
und ich begriff, daß ich mich nicht mehr
rufen konnte, weil ich nicht kommen würde:
jenes Begegnen hatte ein Ende:
nimmermehr, nimmermehr, sagte der Rabe.

Ich hatte mit so viel Wolke zu rechnen,
mit allen den Hüten dieser Welt,
mit so vielen Flüssen, Vorzimmern, Türen,
und so vielen Namen, daß, um sie zu lernen,
mir das ganze Hundeleben vorbeigehn würde.

Voll war die Welt mit Frauen,
vollgestopft wie ein Heiligenschrein
und mit Haarfluten, die ich auf einmal kennenlernte,
bei soviel makelloser Brust und prächtigen Hüften
verstand ich, daß Venus nicht Schaum trug:
herb war sie, fest, mit zwei ewigen Armen
und mit ihrem harten Perlmutt widerstand sie
dem genitalen Tun meiner Schamlosigkeit.

Für mich war alles neu. Und es stürzte
aus reiner Vergreisung dieser Planet:
alles tat sich auf, daß es lebe,
auf daß diesen Blitzstrahl ich sähe.

Und mit kleinen Pferdeaugen
schaute ich auf den bittersten Vorhang, der in die Höhe ging:
der lächelnd hochging, zu festem Preis:
Es war der Vorhang der welken Europa.

PARIS 1927

Paris, magnetische Rose,
uralter Spinnenbau,
dort lag sie, versilbert,
zwischen des Stromes Zeit, die da hinfloß,
und der Zeit, kniend in Notre-Dame:
ein Bienenhaus des irrenden Honigs,
einer Stadt der Menschen-Familie.

Alle waren hergekommen,
und ich zähle das Wandervolk
meines eigenen entvölkerten Landes nicht:
Hier ging der träge Chilene
mit der törichten Chilenin einher,
weitere schwarze Augen noch der Nacht verleihend,
die da knisterte. Wo aber war das Feuer?

Das Feuer war nach Paris gezogen.

Geblieben war ein helles Lächeln
wie ein Haufen trauriger Perlen,
und die Luft streute einen abgebrochenen Zweig
von Faseleien und Erörterungen umher.
Vielleicht war das alles:
Rauch und Unterhaltung. Fortzog die Nacht
aus den Cafés und eintrat der Tag,
zu arbeiten wie ein wilder Tagelöhner,
Treppen aufzuwischen,
die Liebe hinwegzufegen und die Qualen.

Noch immer verblieben Tangos am Boden,
Schmucknadeln aus kolumbianischen Kirchen,
Brillen und japanische Zähne,
Tomaten aus Uruguay,
irgendeine magre chilenische Leiche,

alles wurde ausgekehrt,
aufgewaschen von immensen Wäscherinnen,
alles hatte für allzeit ein Ende:
erlesene Asche für die Ertrunkenen,
die unverständlicherweise hinwogten
ins natürliche Vergessen der Seine.

IM OSTEN DAS OPIUM

Schon von Singapore an roch es nach Opium.
Der gute Engländer wußte schon, was er tat.
In Genf donnerte er
gegen die Schmuggler,
und in den Kolonien jeder Hafen stieß
eine mit offizieller Nummer und hinreichender
Lizenz versehene Rauchwolke aus.
Der förmliche Gentleman aus London
als tadellose Nachtigall gekleidet
(gestreiftes Beinkleid und gestärkte Wäsche als Rüstung)
trillerte gegen den Verkäufer von Schatten,
hier im Orient jedoch
demaskierte er sich
und verkaufte die Schlafsucht an jeder Straßenecke.

Ich wollte es wissen und trat ein. Jedes Podest
hatte seinen Liegenden,
keiner sprach, keiner lachte, ich meinte,
sie rauchten in Schweigen.
Doch neben mir schnalzte die Pfeife,
als sie die Flamme mit der Spitze durchfuhr,
und bei jenem Einsaugen lauer Luft
mit dem milchigen Rauch drang in den Menschen
ein grenzenloses Glück, eine ferne Tür
tat sich auf zu einer köstlichen Leere:

das Opium war die Blume der Trägheit,
die regungslose Wonne,
reine Tätigkeit ohne Bewegung.
Alles war makellos und schien unschuldig,
alles glitt auf Öl und Scharnieren hin,
bis es einzig und allein Dasein war,
nichts glühte, kein Mensch weinte,
noch war da Raum für Kümmernisse
und keine Kohle gab es für den Zorn.

Ich sah: arme Gestrauchelte,
Peone, Rikscha- oder Plantagenkulis,
umherstreunende Krüppel,
Gassenhunde,
mißhandelte Arme.
Hier, seit sie keine Menschenwesen mehr, nur Füße sind,
seit sie keine Menschen, nur Lastvieh sind,
nachdem sie gerannt und gerannt und geschwitzt und geschwitzt,
Blut geschwitzt und keine Seele mehr haben,
hier waren sie nun,
einsam,
hingestreckt,
Ruhende endlich, der Fuß war ihnen geblieben:
Ein jeder hatte sich mit Hunger
ein dunkles Recht auf Lust erkauft,
und unter der Blumenkrone der Schlafsucht,
Traum oder Lüge, Glück oder Tod, waren sie
in einer Ruhe endlich, die alles Leben sucht,
Geachtete, schließlich, auf einem Stern.

RANGUN 1927

In Rangun war es für mich zu spät.
Alles hatten sie vollendet:
eine Stadt
aus Blut,
aus Traum und Gold.
Der Strom, der herabkam
aus der urwilden Wildnis
in die heiße Stadt,
in die leprösen Straßen,
in denen ein weißes Hotel für Weiße
und eine Pagode aus Gold für goldene Leute
alles war, was
geschah
und nicht geschah.
Rangun, Freitreppen,
von den Betel-
speiern verwundet,
die birmanischen Jungfraun,
Seide um die Blöße
schlingend,
als begleitete
mit amarantenen Zungen
das Feuer den Tanz, den höchsten
der Tänze:
Tanz der Füße zum Markt,
Tanz der Beine durch die Straßen.

Äußerstes Licht, das über meiner Haut
eine zenitene Kugel auftat, drang in meine Augen
und durchrann in den Adern
meines Leibes letzte Winkel,
bis es die Allgewalt
einer maßlosen und geächteten Liebe zuließ.

Das geschah so, ich traf sie in der Nähe
der Eisenschiffe,
an den schmutzigen Fluten
von Martaban: Sie blickte umher,
auf Männersuche,
auch sie hatte des Eisens harte
Farbe,
ihr Haar war aus Eisen,
und die Sonne haftete an ihr wie an einem Huf.

Sie war meine Liebe, die ich nicht kannte.

Ich setzte mich an ihre Seite
ohne sie anzusehn,
denn ich war mutterseelenallein
und suchte weder Fluß noch Dämmerung,
suchte keine Sonnenfächer,
weder Geld noch Mond,
nur Frau, ich begehrte
für meine Hände, für meine Brust das Weib,
Weib für meine Liebe, für mein Bett,
Weib, silberfarbnes, schwarzes, Hure oder keusch,
göttliches, verschlingendes Raubtier, orangen,
gleich was und wie,
ich begehrte sie, um sie zu lieben, und nicht zu lieben,
ich begehrte sie als Gericht und Löffel,
begehrte sie von nah, ganz nah,
daß ich ihre Zähne mit meinen Küssen beißen konnte,
ich wollte, daß sie herrlich dufte, nur nach Weib,
ich begehrte sie mit glühendem Vergessen.

Sie vielleicht wollte
oder wollte nicht, was ich wollte,
dort aber in Martaban, nahe dem Wasser aus Eisen,
als die Nacht kam, die dort aus dem Strome steigt,

ein Netz voll ungeheurer Fische,
gingen wir, ich und sie, zusammen, um unterzutauchen
in der bittren Lust der Verzweifelten.

RELIGION IM OSTEN

Dort in Rangun begriff ich, daß die Götter
ebenso große Feinde waren wie Gott
des elenden menschlichen Wesens.
Götter
aus Alabaster, hingewälzt
wie weiße Wale,
Götter, wie die Ähren golden,
Götter Schlangen, zusammengerollt,
beim Verbrechen auf die Welt zu kommen.
Buddhas nackt und elegant
lächelnd auf dem Cocktail
der leeren Ewigkeit
wie Christus an seinem schrecklichen Kreuz,
alle bereit zu allem,
uns ihren Himmel aufzuerlegen,
alle mit Wunden oder Pistole,
Mitleid abzukaufen oder das Blut in uns zu verbrennen,
grausame Götter des Menschen,
um die Feigheit zu verbergen,
und dort war alles so,
die ganze Erde roch nach Himmel,
nach himmlischer Handelsware.

MONSUNWINDE

Dann ging ich fort, zu leben am Gegenmeer.

Meine Hausung war in magischen Zonen
errichtet, Wellenkapitel,
Zone aus Wind und Salz, Lid und Auge
eines untermeerischen beharrlichen Sterns.
Herrlich die zerzauste Sonne,
grün die Pracht der Palmen,
unter einem Wald von Masten und Früchten
das Meer härter als blauer Stein,
am täglichen Himmel nie
das zerbrechliche Schiff einer Wolke gemalt,
zuweilen nur die ungewohnte Versammlung
– heißer Donner und entthrontes Wasser
Katarakt und Sausen der Raserei –
der trächtige Monsun der aufbarst,
den Sack ausschüttend seiner Kraft.

JENES LICHT

Jenes Licht von Ceylon gab mir das Leben,
gab, als ich lebte, mir den Tod,
denn im Innern eines Diamanten leben
ist ein Vogel sein von jäher Durchsichtigkeit,
ist eine einsame Schule des Begrabenseins,
Spinne, die den Himmel webt und sich davonmacht.

Dieses Licht auf den Inseln versehrte mich,
ließ mich für allezeit umsichtig zurück,
als ob des fernen Honigs Strahl
dem Staub der Erde mich unterwerfen würde.

Fremder als die Pumas kam ich her
und ging davon ohne eine Seele zu kennen,
weil das Paradies Nackenlicht
mir vielleicht das Gehirn verwirrte.
(Licht, das auf den schwarzen Anzug fällt
und die Kleidung und den Anstand durchlöchert,
darum ist mein Kampf seitdem,
mich täglich nackt zu erhalten.)

Vielleicht wird nicht verstehen, der so fern
nicht war wie ich, um sich zu nähern,
noch so verloren, daß er schon eine nächtliche
Zahl aus Kohlen schien.

Und dann nur Brot, Licht nur.

Licht in der Seele, Licht in der Küche,
nächtens Licht und morgens Licht
und Licht zwischen den Laken des Traums.
Bis, auf solche Art genährt
von meines Geschicks grausamer Helle,
ich keine andere Zuflucht mehr habe, als
halb verzweifelt und leuchtendhell zu lieben,
mich womöglich aus jenen Reichen
verstoßen fühlend, die mir nicht gehörten.

Die Netze, die im Lichte zitterten,
sie kommen weiterhin aus dem Meere hell.

Alles Licht der Zeit währt fort und fort
und in seinem totalen Turm der Mittag.

Jetzt scheint alles dunkel mir.

ERDSTRICHE

Wo ich auch war, ich erinnre die Erde,
als befehle sie mir noch immer.
Vorbeiziehen die Gesichter – Patay, Ellen, Artiyha –
ich such sie im Netz und sie fliehen schwimmend davon,
ihrem Ozean zurückgegeben,
Fische der Kälte, ephemere Frauen.
Aber, Küste oder Schneetrift, Stein oder Strom,
es dauert weiter in mir das bergige Sein,
das Gebiß der Geographie,
unzerstörbar weiter ein Schritt im Dickicht.
Es ist das Schweigen der Jäger.

Nichts verlor ich, nicht einen vertikalen Tag,
nicht einen roten Strahl von Tau,
noch jene Leopardenaugen,
die wie wütender Alkohol glühten,
nicht die wilden Deckflügel des Waldes
totaler Nachtgesang des Laubes,
noch die Nacht, meine gestirnte Heimat,
oder den Atem der Wurzeln.

Aufsteigt die Erde als lebte sie
in mir, ich schließe die Augen, dann lebe ich,
schließe die Augen und eine Wolke öffnet sich,
es öffnet sich eine Tür dem Anrücken des Duftes,
eindringt ein Fluß mit seinen Steinen singend,
mich durchtränkt die Feuchte des Erdstrichs,
der Dunst des Herbstes angesammelt
in den Statuen seines Domes von Gold,
und noch nach meinem Tode werdet ihr sehen
wie ich noch immer den Frühling einfange,
das Geraun der Ähren verantworte
und wie das Meer einzieht in meine begrabenen Augen.

JENE LEBEN

Das bin ich, werde ich sagen, um diesen
Vorwand niedergeschrieben zu lassen: das ist mein Leben.
Und man weiß schon, daß man es nicht vermochte:
daß in diesem Netz nicht nur der Faden zählt,
auch die Luft, die den Netzen entwischt,
und alles übrige war nicht greifbar:
die Zeit, die wie ein Hase lief
quer durch den Tau des Februar
und besser für uns nicht von der Liebe zu sprechen
die sich wie eine Hüfte bewegte
nichts hinterlassend, wo soviel Feuer war,
als ein Löffel voll Asche
und so mit so vielen Dingen die davonflogen:
der Mann der, deutlich glaubend, erwartete
die Frau die lebte und die nicht leben wird,
alle dachten, daß sie Zähne haben,
Füße und Hände haben und das Alphabet,
das Leben nur Ehrensache sei.
Und dieser heftete seine Augen an die Geschichte,
ergriff die Siege der Vergangenheit,
eignete für immer sich das Dasein an
und einzig diente das Leben ihm
um zu sterben: die Zeit um sie nicht zu haben.
Und die Erde schließlich um ihn zu begraben.
Doch jener wurde mit so viel Augen geboren
wie Planeten hat das Firmament
und all das Feuer womit es verzehrte
verzehrte sie ohne Unterlaß bis es sie ließ.
Und wenn in meinem Leben ich etwas sah so war es ein Abend
in Indien, an den Ufern eines Stromes:
eine Frau aus Fleisch und Knochen brennen
und ich weiß nicht war es die Seele oder war es der Rauch
was aus dem Sarkophag da aufstieg
bis weder Frau noch Feuer übrigblieb

weder Sarg noch Asche: es war schon spät.
Und Nacht nur und Wasser und Schatten und Strom
dauerten dort im Tode weiter.

OKTOBERFÜLLE

Allmählich und auch rasch
geschah mir das Leben
und wie geringfügig ist diese Sache:
Diese Venen hier trugen
mein Blut das ich selten sah,
ich atmete die Luft von soviel Regionen
ohne auch nur ein Muster von einer mir zu bewahren
und letzten Endes wissen es alle schon:
Keiner trägt von seiner Habe was mit sich
und das Leben war ein Darlehen von Knochen.

Das Schöne war, man lernte sich nicht zu sättigen
an Traurigkeit noch an Freude,
das Vielleicht eines letzten Tropfens zu erhoffen,
mehr an Honig zu verlangen und an Finsternis.

Vielleicht wurde ich bestraft:
vielleicht wurde ich verdammt glücklich zu sein.
Hier sei festgehalten: keiner
ging mir vorüber ohne an mir teilzunehmen.
Und der den Löffel eintauchte, bis zum Ellenbogen
in ein Mißgeschick, das nicht das meine war,
in das Leiden der andern.
Es handelte sich nicht um Palmenzweig oder Partei
sondern um ein geringes: nicht leben
zu können noch zu atmen mit diesem Schatten,
mit diesem Schauern der Anderen als Türme,
als bittere Bäume, die einen begraben,
als Steinschläge gegen die Knie.

Deine eigene Wunde heilt mit Tränen,
deine eigene Wunde heilt mit Gesang,
an deiner selben Tür aber verblutet
die Witwe, der Indio, der Arme, der Fischer,
und der Sohn des Bergmanns erkennt
seinen Vater unter so vielen Brandwunden nicht.

Nun gut, mein Geschäft aber
war
die Fülle der Seele:
ein Oh der Lust, die dir die Luft abschneidet,
ein Seufzer einer abgerissenen Pflanze
oder die Vielfalt des Handelns.

Mir gefiel es mit dem Morgen zu wachsen,
mich vollzusaugen in der Sonne, im vollen Glück
der Sonne, des Salzes, des Meereslichts und der Welle,
und in dieser Entfaltung des Wogenschaums
gründete mein Herz seine Bewegung:
mit dem tiefen Paroxysmus zu wachsen
und sich in den Sand ergießend zu sterben.

ES BLENDET DER TAG

Nichts für die Augen des Winters,
nicht eine Träne mehr,
Stunde für Stunde ausrüstet sich grün

die wesentliche Jahreszeit, Blatt für Blatt,
bis mit deren Namen sie uns riefen
teilzunehmen an der Freude.

Wie gut ist das Immerwährende *für alle*,
die reine Luft, das Versprechen Blume:

der Vollmond hinterläßt
im Laubwerk seinen Brief:
Mann und Frau kehren vom Meer zurück
mit einem nassen Korb
bewegten Silbers voll.

Wie Liebe oder Medaille
empfange ich,
empfange
vom Süden, vom Norden, von der Geige,
vom Hund,
von der Limone, der Kreide,
von der gerade in Freizeit gesetzten Luft,
ich empfange Maschinen mit dunklem Wohlgeruch,
sturmfarbene Waren,
all das Notwendige:
Orangenblüten, Schnüre,
Trauben wie Topase,
Wogenduft:
ich häufe
ohne Unterlaß,
ohne Arbeit,
ich atme,
trockne meinen Anzug im Wind,
mein nacktes Herz,
und es fällt,
fällt der Himmel herab:
aus einem Glas
ich trinke
die Freude.

Soviel sie auch über mich schreiben, ich lese
als ob ich nicht sähe, flüchtig,
als ob sie nicht für mich bestimmt wären
die Worte, die treffenden und die grausamen.
Und das nicht, weil ich
die gute oder die arge Wahrheit nicht akzeptiere,
den Apfel, den sie mir schenken möchten
oder den giftigen Tierkot, den ich empfange.
Es geht um etwas anderes.
Um meine Haut, mein Haar,
meine Zähne,
um das, was mir im Unglück geschah:
Es geht um meinen Leib und meinen Schatten.

Warum, fragte ich mich, fragten sie mich,
ein anderes Wesen ohne Liebe, ohne Schweigen
öffnet den Riß und dringt es
mit einem Nagel
schlagweise in den Schweiß oder ins Holz,
in den Stein oder den Schatten,
die meine Substanz waren?

Warum mich anrühren, mich, der ich ferne lebe,
der ich nicht bin, der nicht ausgeht,
der nicht zurückkehrt,
warum bedrohen die Vögel
des Alphabets meine Fingernägel, meine Augen?
Soll ich zufriedenstellen oder soll ich sein?
Wem gehöre ich?
Wie wurde mein Können verpfändet,
bis ich nicht mehr mir gehörte?
Warum verkaufte ich mein Blut?
Und wer sind die Herren

meiner Ungewißheiten, meiner Hände,
meines Schmerzes, meiner eigensten Macht?

Zuweilen habe ich Angst
am entlegenen Fluß zu wandern,
die Vulkane zu betrachten
die immer ich kannte und die mich kannten:
womöglich oben, unten,
das Wasser, das Feuer, prüfen jetzt mich:
sie denken, daß ich nicht mehr die Wahrheit sage,
daß ich ein Fremder bin.

Darum, beim Traurigwerden
lese ich, was vielleicht nicht Traurigkeit war,
sondern Parteinahme oder Zorn
oder des Unsichtbaren Mitteilsamkeit.
Für mich, dennoch,
so viele Worte begannen mich
von der Einsamkeit zu trennen.
Und ich ging weitab von ihnen vorüber
ohne mich zu kränken, ohne mich zu verleugnen,
als wären es Briefe
geschrieben an andere Menschen
die mir glichen, aber verschieden
von mir; verlorene Briefe.

ES GIBT KEIN REINES LICHT

Es gibt nicht reines Licht
noch Schatten in den Erinnerungen:
Sie wurden schwarzbleiche Asche
oder schmutziges Straßen-
pflaster, von der Leute Füße beschritten,
die unaufhörlich vom Markte kamen und zu ihm gingen.

Und andere sind: Erinnerungen, die immer noch was fressen
wollen,
mit Zähnen eines ungesättigten Raubtiers,
sie suchen, nagen den letzten Knochen ab, verschlingen
jenes lange Schweigen von dem, was übrigblieb.

Und alles blieb zurück, Nacht und Morgenröte,
der Tag, wie eine Brücke aufgehängt zwischen Schatten,
die Städte, die Häfen der Liebe und der Groll,
als wäre in den Laden der Krieg eingetreten
und hätte die Waren eine um die andre fortgeschleppt,
bis zu den leeren Fächern,
durch die zerbrochenen Türen der Wind gekommen
und hätte des Vergessens Augen tanzen lassen.

Daher kommt mit kleinem Feuer des Tages Licht hervor,
die Liebe, der Duft eines fernen Nebels,
und Straße um Straße kehrt ohne Fahnen zurück die Stadt,
um zuinnerst zu pochen vielleicht und im Rauch zu leben.

Gestrige Stunden vom Faden
eines Lebens durchquert wie von einer blutigen Nadel
zwischen den stets verworfenen Entschlüssen,
der unendliche Schlag des Meeres und des Zweifels
und der Herzschlag des Himmels und seiner Jasmine.

Wer bin ich? Er, der nicht zu lachen
verstand und an reiner Trauer starb?
Jener, der die Schelle und die Nelke des Festes
stützte, indem er den Katheder der Kälte stürzte?

Ist spät, spät ist. Und ich bleibe. Daure mit einem Beispiel
nach dem anderen, ohne zu wissen, was die Nutzanwendung,
denn von so vielen Leben, die ich hatte, bin ich weit
und bin, bin zugleich jener Mann, der ich war.

Vielleicht ist dies das Ziel, die geheimnisvolle Wahrheit.

Das Leben, die stete Folge einer Leere,
die mit Taglicht und Dunkel füllen dies Gefäß,
und begraben wurde der Glanz wie ein antiker Fürst
im eigenen Leichentuch aus schwächlichem Erz,
bis wir endlich so verspätet sind, daß nicht wir sind:
Sein und Nichtsein machen das Leben aus.

Von dem, was ich war, habe ich diese grausamen Male nur,
denn jene Schmerzen bestätigen mein Dasein.

III

Das grausame Feuer

Das grausame Feuer

Dieser Krieg!
Ein Jahr und noch ein Jahr und wieder eins
ließ fallen, als ob sie Erde wären,
die Zeit,
zu begraben darin,
was nicht sterben will: Nelken,
Wasser,
Himmel,
Spanien, an dessen Tor
ich geklopft, auf daß mir geöffnet würde,
damals, lange zurück,
und ein kristallinischer Zweig
beschützte mich sommers,
indem er mir Schatten gab und Hell,
Kühle
uralten Lichts, das hinperlend
in den Gesang
strömt:
uralt-junger Gesang,
der um einen
neuen
Mund wirbt, daß er ihn sänge.
Und dort gelang es mir, meinen Gesang zu vollenden.
Und ich sang und erzählte,
was Spanien mit vollen Händen mir gab
und was es mir raubte mit seinem Sterben,
was es von einem Augenblick zum andern
mir vom Leben entriß,
ohne anderes in der Leere
zu lassen als Weinen,
Weinen des Winds in einer bitteren Höhle,
Weinen des Bluts auf die Erinnerung.

Dieser Krieg! Es fehlte nicht Licht
noch Wahrheit,
es mangelte nicht an Glück, nur an Brot,
dort gab es die Liebe, doch keine Kohlen:
gab den Menschen, Stirnen, Augen Mut
für die von Kugeln tausendfach durchbohrte kühne Tat,
und Hände fielen wie gemähte Ähren,
ohne daß die Niederlage man verspürte,
so ist es, da war von Mensch und Geist die Kraft,
doch da waren keine Gewehre,
und nun frage ich euch
nach so vielem Vergessen:
was tun? was tun? was tun?

Antwortet mir, Verstummte,
berauscht von jenem Schweigen, ihr Träumer
jenes falschen Friedens und falschen Traums,
was tun mit Zorn allein unter den Brauen?
Mit Fäusten allein, Dichtung, Vögeln,
Vernunft, Schmerz, was tun mit den Tauben?
Was mit der Redlichkeit beginnen und dem Zorn,
wenn vor dir die Traube der Welt dir
abstirbt
und der Tod schon
den Tisch
einnimmt
das Bett
den Marktplatz
das Theater
das benachbarte Haus
und gepanzert von Albacete her und Soria er naht,
über Küste und Ödland, durch Stadt und Fluß,
in Straße an Straße,
und anlangt
und, ihn zu bekämpfen, es nur die Haut gibt,
einzig Fahnen und Fäuste sind

und die traurige blutgetränkte Ehre
mit zerschundenen Füßen
zwischen Staub und Stein,
auf der harten katalanischen Landstraße
unter den letzten Kugeln
schreitend
ach! mutige Brüder, fort ins Exil!

Die Toten

Und dann jene Tode, die mir soviel
Elend und Schmerz zufügten,
als träfen sie jeden einzelnen meiner Knochen:
die mich persönlich angehenden Tode,
in denen du mitstirbst.
Warum schlugen sie dort Federico und Miguel
an Spaniens Kreuz,
durchbohrten Augen ihnen und Zunge,
ließen sie totbluten, verbrannten sie lebendigen Leibes,
sie verhöhnten sie, erniedrigten sie,
ließen sie in die Schluchten rollen
vernichtet,
so oder so, auf jeden Fall geschah's.
Also wurden sie verwundet,
gequält
bis ins Erinnern
an den spanischen Tod,
an die von Fliegen umschwirrten
Soutanen,
Gelächter und Speichel zwischen den Speeren,
winzige Nachtigallen-
skelette
für die unselige Schädelstätte,
Tropfen blutigen Honigs

verloren
zwischen den Toten.

Ich erinnere

Ich bezeuge!
Ich war
dort,
war dort,
und litt und halte
mein Zeugnis aufrecht,
sollte es auch niemanden geben,
der sich erinnert,
ich
bin's, der erinnert,
auch wenn keine Augen mehr auf Erden sind,
ich werde weiterhin sehen
und niedergeschrieben wird bleiben hier
jenes Blut;
jene Liebe hier wird weiterglühn,
es gibt kein Vergessen, meine Herren und Damen,
und durch meinen versehrten Mund
weitersingen werden jene Münder!

Viel Zeit verfließt

Dann folgten, träge wie Rinder
und schwer wie sechsundzwanzig Säcke Eisen,
Jahrhunderte zu zwölf Monaten,
die Spanien abriegelten
von Luft und Wort,
vom Wissen,
eingeführt wurden wieder Stein und Mörtelmasse,
Eisenstangen und Riegel

für jene Türen, die sich mir aufgetan
an jenem unvergeßlichen Mittag.
Es gewöhnte sich der Schmerz an die Geduld,
zunichte wurde im Exil die Hoffnung
Spanier streuten sich aus
ährengleich
im strahlenden Caracas, in Santiago,
in Veracruz, an den Sandgestaden
des großherzigen Uruguay.

Liebesauftrag

Ich brachte sie auf mein Schiff.
Tag war's und Frankreich
damals trug sein
tägliches Festgewand,
sein Kleid einer Göttin der Wälder
hatte
von Wein und Luft die nämliche Klarheit.
Mein Schiff
mit seinem fremden Namen
»Winnipeg«,
befestigt am Kai des flammenden Gartens, wartete,
bei den uralten herben Trauben Europas.
Doch meine Spanier kamen nicht
von Versailles,
vom Ballsaal aus Silber,
den alten amarantenen Teppichen,
den zusammenklingenden Gläsern
voll Wein,
nein, von dorther kamen sie nicht,
nein, von dorther kamen sie nicht.
Von viel weiter her,
aus Lagern und Gefängnissen,
aus den schwarzen Sandwüsten

der Sahara,
aus schmutzstarrenden Verstecken,
wo sie gelegen hatten
hungrig, halbnackt,
hierher zu meinem hellen
Schiff,
zum Frachter auf dem Meer, zur Hoffnung
eilten sie herbei, gerufen von mir,
einer um den andern, aus ihren Kerkern,
aus den Festungen
des hin und her schwankenden Frankreich,
gerufen von meinem Mund
eilten sie herbei,
Saavedra, sagte ich, und es kam der Maurer,
Zúñiga, sagte ich, und dort war er,
Roces, rief ich, und er kam mit einem ernsten Lächeln,
ich schrie, Alberti! und mit Händen aus Quarz
lief die Dichtung herbei.
Bauern, Tischler,
Fischer,
Dreher, Maschinisten,
Töpfer,
Gerber:
So bevölkerte sich das Schiff,
das auf den Weg sich machte zu meinem Land.
Zwischen den Fingern ich spürte
das Saatkorn
Spaniens,
das ich gerettet
und ausgestreut übers Meer
zum Frieden hin
der Weideflächen.

Ich vereinige wieder

Wie groß war mein Stolz, als
das Schiff
erzitterte
und mehr und mehr Männer
schluckte, als
die Frauen kamen,
getrennt
vom Bruder, vom Sohn, von der Liebe
bis zu dieser Minute,
da ich
sie vereinte,
und die Sonne sank aufs Meer
und auf
jene
schutzbedürftigen Wesen,
die unter irren Tränen,
abgerissenen Worten,
nach Salz schmeckenden Küssen,
unterdrücktem Schluchzen,
Augen, die aus dem Feuer kommend hier erst zusammenfanden:
hier von neuem geboren wurden,
Auferstandene,
Lebendige,
und meine Dichtung war das Banner,
das,
über soviel Kummer hinweg,
vom Schiff aus sie rief,
wogend und Schutz gewährend
den wahren Abgesandten
der weltentdeckenden
unglückseligen
fernen Mutter,
die mir Leben verliehen und Wort.

ACH, MEINE VERLORENE STADT

Wie gern hatte ich Madrid, und nun kann ich es
nicht sehen, nicht mehr, nun niemals mehr, bitter
ist die hoffnungslose Gewißheit, so
als wäre damals auch ich gestorben,
da die Meinen starben, als wäre die Hälfte
meiner Seele ins Grab gefahren
und ruhe dort inmitten von dürren Ebenen,
Gefängnissen und Zuchthäusern,
in jener vergangenen Zeit, da die Blume
noch kein Blut trug, keine Blutfäden der Mond.
Ich liebte Madrid wegen seiner Vorstädte,
Straßen, die Kastilien zu abwärts liefen
wie kleine Flüsse mit schwarzen Augen:
es war gegen Tagesende:
Straßen voll Seiler und Fässer,
Spartgrasflechten wie Zöpfe,
krummer Faßdauben, aus
denen
eines Tags dann
der Wein fortzufliegen begann in ein heiseres Königreich,
Straßen der Kohlen,
der Holzhöfe,
Tavernengassen, ertrunken
in der Flutwelle
schweren Valdepeñaweins,
und Straßen, öde, trocken, aus Schweigen
kompakt wie Lehmziegel,
und einherzugehn, mit Füßen zu springen ohne *ABC*,
ohne Wegweiser, nichts zu suchen noch zu finden, all das
leben, was verschwiegen
mit jenen Erdschollen
lebte, mit den Steinen
glühend,
und schließlich stumm der Schrei eines Fensters, der Sang

eines Brunnens, das Siegel
eines gewaltigen Gelächters,
das die Dämmerung
mit Glasscheiben
zerbrach, und weiter
innen,
in der Kehle
der späten Stadt
Rosse, staubbedeckte,
Karren mit roten Rädern,
und der Duft
der Bäckereien, da die nächtliche
Blütenkrone sich schloß,
indes ich meinen ungewissen Weg ausrichtete
auf Cuatro Caminos zu, Nummer
3
der Wellingtonia-Straße,
wo unter zwei Augen mit blauen Funken
das Lächeln mich erwartete, das ich nie wiedersehen sollte,
im Gesicht
– rosiger Vollmond –
Vicente Aleixandres,
den ich dort zurückließ, daß er weiterlebe mit seinen
Abwesenden.

VIELLEICHT VERWANDELTE ICH MICH SEIT DAMALS

In mein Heimatland kam ich mit anderen Augen,
die der Krieg mir
unter die meinen gelegt.
Andere auf dem Scheiterhaufen
verbrannte Augen
bespritzt
vom eigenen Weinen und dem Blut der Andern,

und ich begann hinzuschauen, tiefer zu blicken,
besser zum gnadenlosen Grund
der Verkettungen. Die Wahrheit,
die zuvor sich nicht von ihrem Himmel löste,
wie ein Stern war,
sie verwandelte sich zur Glocke,
ich hörte daß sie mich rief
und daß andere Menschen sich versammelten
beim Ruf. Auf einmal
Amerikas Fahnen,
gelb, blau, silbern,
mit Sonne, Stern und Amarant und Gold
zeigten meinem Blick
kahle Gebiete,
armes Volk auf Feld und Wegen,
verängstigte Bauern, tote Indios,
schon ohne Augen blickend, zu Pferd,
und dann der höllische Riesenschlund der Minen
mit der Kohle, dem Kupfer und dem verwüsteten Menschen,
doch dieses war nicht alles
in den Republiken,
sondern ein Etwas ohne Mitleid, ohne Kern,
ankommt ein Galoppierender, ein eisiger Dünkel
mit all seinen Medaillen,
befleckt bei den Martern
oder auch die Caballeros im Club
mit redseligem Hin und Her zwischen den Flügeln
des dolce vita,
während der armselige dunkle Engel,
der flickenbedeckte arme Teufel
von Stein ging zu Stein und immer noch geht
barfuß und mit so wenig zu essen,
daß niemand weiß wie er da überlebt.

DIE MEINEN

Ich sagte: Gestern das Blut!
Kommt her das Blut des Krieges zu sehen!
Hier aber war das anders.
Keine Schüsse hallten,
ich vernahm nicht in der Nacht
einen Strom von Soldaten
vorüberziehn,
mündend
in den Tod.
Es war etwas anderes hier in den Kordilleren,
etwas Graues das tötete,
Rauch, Pulver von Minen oder Zement,
ein dunkles Heer
marschierte
an einem Tag ohne Fahnen
und ich sah, wo er lebte,
der Unbehauste,
umhüllt von zerbrochenem Holz,
fauliger Erde, verrosteten Büchsen,
und sagte »das ertrage ich nicht«
ich sagte »bis hierher gelangte ich, in die Einsamkeit«.
Man muß seit damals diese Jahre betrachten.
Vielleicht hatte die Haut der Länder gewechselt,
und man sah, daß Liebe möglich war.
Man sah, daß man geben mußte bedingungslos,
es wurde Licht und von einem Extrem zum andern
der Härte
brannte die lebendige Flamme,
die ich in Händen trug.

IN DEN MINEN HOCH OBEN

In den Minen hoch oben wurde ich gewählt,
ich kam in den Senat, setzte mich, schwor,
mit den distinguierten Herren.
»Ich schwöre« und leer war der Schwur
von vielen, sie schworen nicht
mit Blut, sondern mit der Krawatte,
sie schworen mit der Stimme, der Zunge, mit Lippen
und Zähnen, dort aber blieb
der Schwur stehen.

Ich brachte den Sand her,
die graue Steppe, den Mond
weithin und feindlich aus jenen Einsamkeiten,
die Nacht des Bergmanns,
den Durst des harten Tages
und den Löffel
aus armseligem Blech der armseligen Suppe:
ich überbrachte dorthin das Schweigen,
das Blut von dort oben
des halbvernichteten Tunnelwühlers
der mich noch immer anlächelte
mit freudigen Zähnen,
und ich schwor bei dem Mann und seinem Sand,
bei Hunger und umkämpften Erzen,
bei der Misere und der menschlichen Armut.

Als ich sagte: »Ich schwöre«
schwor ich nicht Fahnenflucht noch Kompromiß,
nicht um Ehren zu erringen oder Schmuck
kam ich, die glühende Hand zu legen
auf das trockne Gesetzbuch,
daß es lodere und verbrenne in
dem trostlosen Hauch des Sandes.
Zuweilen schlief ich ein

beim Anhören
der unversehrbaren
Kaskade der Teilhaberschaft und der Teilhaber,
denn letzten Endes manche waren keine Menschen
sie waren die 0, die 7, die 25,
sie repräsentierten
Ziffern
der Bestechung,
der Zucker erteilte ihnen das Wort
oder die Steuerumlage der Bohnen,
einer war Senator des Zements,
ein anderer erhöhte den Preis der Kohle,
ein andrer kassierte das Kupfer ein, das Leder,
das elektrische Licht, den Salpeter, den Zug,
die Autos, die Waffen,
die Hölzer des Süden bezahlten Stimmen,
und ich sah einen mumifizierten Caballero,
Eigentümer der Schiffe:
niemals wußte er wann
er ja sagen mußte oder nein rufen:
er glich einem alten kalten Taucher
der aus Versehen unter dem Salz
der Gezeiten geblieben war
und jener Mann ohne Mann
und von Salzlake voll
bestimmte durch merkwürdiges Glück
das Gesetz des Jochs, das man öffentlich kundtat
gegen die armen Dörfer,
in jedem Kodizill festlegend
den Hunger und den Schmerz
des täglichen Tages,
Recht gebend einzig dem Tod
und mästend die Tasche
des Menschenhändlers.
Korrekt
waren

bei Gegenlicht
die totenfahlen Händler
der armen Republik,
glatt,
respektabel,
vereint
in ihrem überaus schönen Geheg aus glänzendem Holz,
einer dem andern das Lächeln schenkend,
in der Tasche den Samen
wahrend
der wachsenden Pflanze
des Geldes.

Weit besser war die Hochebene
oder der Stollen aus Fels und Explosionen
derer, die dort mich entsendet:
struppige Kameraden,
Frauchen ohne Zeit sich zu kämmen,
verlassene Menschen
des großen Bergbaus.

Bald waren alle
sich einig wie Nägel
eines großen verfaulten
Hauses:
Es fielen die Dielen ein,
aber sie waren solidarisch
mit dem toten Baugefüge.
Alle beschlossen
Gefängnis zu verhängen, Folter,
Konzentrationslager,
Ausweisung und Tod jenen,
die irgendeine Hoffnung nährten
und ich sah, verwundet waren
die Entfernten,
ermordet

meine
abwesenden Gefährten
der Wüste, nicht nur
die grausame Küste, Pisagua,
verfügten sie für sie,
Verlassenheit, Schmerz, Schutzlosigkeit
als einziges Reich, nicht nur
bei Schweiß und Gefahr
Hunger, Kälte, trostlosem Elend,
war für den armen Mitbürger
das tägliche Brot an jedem seiner Tage:
Jetzt,
hier in diesem abgesonderten Raum
vermochte ich schlitzäugige
seidenweiche Fische
zu sehen, zu hören,
lichtgerötete enorme Tintenfische,
bestückt mit Hemd und Uhr,
wie sie die Verurteilung bestätigten
des armen dunklen Teufels,
des armen Kameraden des Bergwerks.
Alle stimmten sie
überein,
das Haupt des Hungrigen
zu brechen,
die Lanzen anzustacheln,
die Halseisen,
das Vaterland zu hundert
Jahren Sand zu verdammen.
Sie wählten
die infernalischen
Küsten
oder den unbewohnbaren Grat
der Anden,
irgendeinen
Ort

mit dem Tod auf festgelegtem Zeitpunkt,
er war ausgewählt
mit der Lupe auf der Landkarte:
ein Stück
gelbes Papier,
ein Punkt von Gold, so
verlarvte ihn die Geographie,
aber das Zuchthaus von Pisagua, steiler
Kerker aus Stein und Wasser,
hinterließ eine Bißwunde
im Vaterland, in seiner Taubenbrust.

UMSTÜRZE

Würdenträger stürzten
gehüllt in ihre Toga
aus wurmstichigem Morast,
namenlose Völker erhoben Lanzen,
rissen die Mauern nieder,
nagelten den Tyrannen an seine Türen von Gold
oder sie strömten einfach
in Hemdsärmeln
zu einer kleinen Versammlung
in Fabrik, Grube oder Büro.
Dies waren
die
zwischenzeitlichen
Jahre:
Es stürzte Trujillo mit seinen goldenen Backenzähnen
und in Nicaragua
verblutete ein Somoza
von Schüssen
durchbohrt, in seinem schlammigen Wassergraben,
auf daß nach jener toten Ratte

wiederum aufstiege wie ein Fieberschauer
ein andrer Somoza oder Ratte,
die nicht so lange dauern wird.
Ehre und Schande, widersprüchliche Winde
der schrecklichen Tage!
Von einem noch verborgenen Ort brachten sie dem Dichter
einen dunklen Lorbeerzweig
und erkannte ihn an:
Er zog durch die Dörfer
mit seiner Trommel aus hellem Leder,
mit seiner steinernen Trompete.
Bauern mit halbgeschlossenen Augen,
die blindlings im Dunkel lernten
und den Hunger lernten wie einen heiligen Text,
blickten auf den Dichter der da
Vulkane querte, Gewässer, Dörfer und Ebenen,
und sie wußten wer er war:
sie schützten ihn
unter
ihrem Laubwerk.
Der Dichter
war mit seiner Lyra dort
und seinem im Gebirg von einem duftenden Baum
geschnittenen Stecken
und je mehr er litt
je mehr begriff
besang jener Mann:
Er hatte die menschliche Familie
gefunden,
seine verlorenen Mütter,
seine Väter,
die endlose Zahl
der Ahnen, ihre Söhne,
und so gewöhnte er sich
tausend Brüder zu haben.
So fühlte sich ein Mensch nicht einsam.

Und außerdem mit seiner Lyra,
seinem Stock aus dem Wald
am Ufer
des zahllosen Flusses
er netzte die Füße
zwischen den Steinen.
Niemand ging vorüber oder niemand schien
vorüberzugehn:
es sei denn das Wasser, das hinzog
in sich selber gleitend,
von seiner Transparenz her
singend:
der Wald umgab ihn
mit seiner Eisenfarbe:
dort war der reine Punkt,
das blaueste Blau, das reglose Zentrum
des Planeten
und er dort mit seiner Lyra
zwischen den Felsblöcken
und dem rauschenden
Wasser,
und nichts als das weite zeitlose
Schweigen,
der Pulsschlag, die Macht
der Natur
und dennoch
war er ausersehen für eine große Liebe,
eine zornerfüllte Ehre.
Hervortrat aus den Wäldern er
und den Wassern:
und mit ihm zog die Schwerteshelle
die Flamme seines Gesangs.

SELBSTGESPRÄCH AUF DEN WELLEN

Gewiß, doch hier bin ich allein.
Es erhebt sich
eine Woge
vielleicht sagt sie ihren Namen, ich verstehe nicht,
sie murmelt, schleift das Gewicht
aus Schaum und Bewegung
und zieht sich zurück. Wen
werde ich fragen, was sie mir sagte?
Wen zwischen den Wellen
werde ich nennen können?
Und ich warte.

Abermals nahte die Helle,
erhob sich im Schaum
die süße Zahl
und ich wußte sie nicht zu nennen.
So fiel das Säuseln zusammen:
glitt zum Mund des Sandes:
die Zeit zerstörte die Lippen alle
mit der Geduld
des Schattens und
des Sommers
orangenem Kuß
Ich blieb allein
ohne hineilen zu können zu dem was die Welt
mir zweifellos darbot,
hörend
wie der Reichtum sich entkörnte,
die geheimnisvollen Trauben
des Salzes, die unbekannte Liebe
und es blieb im entwürdigten Tag
nur ein Geraun
ferner von Mal zu Mal
bis alles was es auch sein wird
sich verwandelte in Schweigen.

CHILES KORDILLEREN

Ich muß erwähnen, daß die Luft
ein Netz errichtet. Und Wolken, Schnee,
in der andinischen höchsten Höhe,
verhielten wie reine Fische,
unbeweglich, unüberwindlich.
Ich bin umringt
von der Festung
der rauhesten Ödnis:
In ihren tausend Türmen heult
der künftige Wind,
und von den zahnlosen Kordilleren
fällt das metallische Wasser nieder
in einem rasenden Faden
als flüchte es
aus dem verlassenen Himmel.
Jedes Wort stirbt, alles stirbt
und aus Schweigen ist und Kälte die Materie
des Toten und des Sarkophags:
bei vollem Licht fließt funkelnd der Strom,
weit von der Härte
und zu sterben entfernt sich abstürzend
der Schnee, den der Schmerz härtete
und der sterbend hinabfiel
aus der grausamen Höhe,
wo er geschlummert:
gestern, ein Leichentuch,
heute, des Windes Geliebte.

DER UNBEKANNTE

Ich möchte all das ermessen, was ich nicht weiß
und so geschieht's daß ich ankomme
ohne Ziel, ich klopfe und sie öffnen,
ich trete ein und sehe
die Porträts von gestern an den Wänden,
das Eßzimmer der Frau und des Mannes,
die Sessel, die Betten, die Salzfässer,
nur da erst begreife ich
daß man mich dort nicht kennt.
Ich gehe hinaus und weiß nicht welche Straße ich betrete,
noch wieviel Menschen diese Straße verschlang,
wie viele arme aufreizende Frauen,
Arbeiter von unterschiedlicher Rasse
mit nie genug zum Leben.

DER STADTFRÜHLING

Es nutzte das Pflaster sich ab, bis es nichts weiter war,
als ein Netz aus schmutzigen Löchern,
in dem der Regen seine Tränen anhäufte,
dann kam als Eindringling die Sonne
über den verbrauchten Boden daher
der unendlich durchlöcherten Stadt,
aus der alle Pferde flohen.
Schließlich fielen ein paar Limonen ab
und irgendeine rote Pomeranzenspur
verschwägerte mit Bäumen und Gefieder sich mit ihr,
verlieh ihr ein falsches Alleenrauschen,
das nicht lange währte,
aber es bezeugte, daß irgendwo
zwischen den Orangenblüten der schamlose
und silberne Frühling sich entblößte.

Gehörte ich jenem Ort? Zur kalten
Kontextur von Mauer an Mauer?
Gehörte meine Seele dem Bier?
Das fragten beim Heraustreten
aus mir selber und Eintreten, beim Schlafengehen,
das fragten mich die Wände,
die Malerei, die Fliegen, die Teppiche,
die so häufig andere,
mir bis zum Verwechseln ähnliche
Bewohner betreten hatten,
sie trugen meine Nase, meine Schuhe,
die gleiche an Traurigkeit zugrunde gegangene Kleidung,
dieselben bleichen überlangen Fingernägel,
und ein Herz wie ein Möbel offen,
in dem die Trauben, die Liebschaften,
die Reisen und der Sand sich sammelten,
das heißt, all das, was, indem es geschieht,
unerbittlich vergeht und bleibt.

ICH FÜHLE MICH TRAURIG

Vielleicht protestierte ich, ich protestierte
ich sagte, vielleicht, sagten: Ich habe Furcht,
ich gehe, wir gehen, ich gehör nicht hierher,
zum Scherbengericht wurde ich nicht geboren,
ich bitte die Anwesenden um Entschuldigung,
ich werde wieder das Gefieder meines Kleides suchen,
laßt mich zurückkehren zu meiner Freude,
zum wilden Schatten, zu den Pferden,
zum schwarzen Wintergeruch der Wälder,
ich schrie, wir schrien, und trotz allem
öffneten sie nicht die Türen
und ich blieb, wir bleiben
unentschlossen,

ohne zu leben zu sterben zugrunde gerichtet
von der Verderbtheit und der Macht,
unwürdig bereits, ausgestoßen
von der Reinheit und der Ähre.

ICH ERINNRE DEN OSTEN

Die goldene Pagode erduldete ich
mit den anderen Menschen aus Lehm.
Dort war sie und man sah nicht
vor so viel Gold und Steile:
In so viel Licht war sie unsichtbar.

Warum herrscht sie in der Stadt?

Pfeil, Glocke, Trichter aus Gold,
das kleine Menschenwesen stellte sie
in die Mitte seiner Entscheidungen,
ins Zentrum verkommener Straßen,
wo es weinte und ausspie.

Aufsaugende gärende Straßen,
Straßen wie Segel von Seide
eines verrotteten Schiffs
und dann der Auswurf schwimmend
unter dem warmen Regen,
die grünen Schwänze der Fische,
der Gestank der Früchte,
all der Schweiß der Erde,
die Lampen mitten in den Resten.
Deshalb fragte ich mich
was braucht der Mensch: das Brot
oder den Sieg des Mysteriums?

Unterhalb zweier Haare Gottes,
auf einem immensen Zahn Buddhas
mein kleiner und scheuer Bruder
mit schrägen Augen und Dolch,
der Birmane mit irdischer Haut
und orangenem Herzen,
er wie die Meinen fern
(wie der Soldat in Tlaxcala
oder auf den Hochebenen der Aymará)
errichtet einen Zweig von Gold,
ein Rom, ein Parthenon,
eine Symmetrie aus Stein und Honig,
und dort wirft der Bettler sich anbetend nieder,
auf die Stimme Gottes wartend,
der immer in einem anderen Amtszimmer ist.

So ging ich durch diese Straßen
Asiens, ein Jüngling ohne Lächeln,
ohne Umgang zu finden
inmitten der armen Menge
und dem Gold ihrer Monumente.
Im Gewirr der Füße,
des Bluts, der Basare,
auf meinen Kopf fiel
die ganze bösartige Dämmerung nieder,
knisternde Träume, Erschöpfung,
koloniale Melancholie.

Die Pagode wie ein Schwert
glänzte in der Wunde des Himmels.

Kein Blut fiel von oben herab.

Einzig fiel aus der Nacht
Dunkel und Einsamkeit.

Was wurde aus der Rasenden?
Krieg kam,
die goldene Stadt
verbrennend,
und der sie untergehen ließ, ohne daß je
eine schriftliche Drohung wieder
noch ihr funkensprühendes Gezeter
aufbrachen, mich zu suchen, mich zu verfolgen
wie vor so vielen Tagen, dort in der Ferne.
Wie viele Stunden sind vergangen,
die eine nach der anderen die Zeit
ausmachten und das Vergessen,
bis es schließlich womöglich Tod hieß,
Tod, das arge Wort, schwarzes Erdreich,
in dem Josie Bliss
ausruht im Zorn.

Meine abwesenden Jahre
sollte ich hinzuzählen,
die Falte um Falte auf ihr Antlitz
vielleicht sanken um meinen Schmerz:
Denn durch die ganze Welt hindurch wartete sie auf mich.
Ich kam nie mehr hin, in den leeren
Gläsern aber,
im toten Eßzimmer
vielleicht nutzte sich mein Schweigen ab,
meine fernsten Schritte,
und sie womöglich sah mich bis zu ihrem Tode
wie hinter Wasser,
als würde ich aus Glas da schwimmen,
mit ungeschickten Stößen,
und sie vermochte nicht mich zu fassen
und verlor mich
tagtäglich, in der bleichen Lagune,

der ihr Blick verhaftet blieb.
Bis sie endlich die Augen schloß
wann?
bis Zeit und Tod sie verdeckten
wann?
bis Haß und Liebe sie entführten
wann?
bis sie endlich, die mich mit Wildheit liebte,
mit Blut und Rachsucht,
mit Jasminen,
allein nicht mehr weiter sprechen konnte,
auf die Lagune meiner Abwesenheit starrend.

Jetzt vielleicht
ruht sie oder auch nicht aus
auf dem großen Friedhof von Rangun.
Vielleicht auch verbrannte man am Ufer
des Irrawaddy ihren Leib
eine ganze Nacht lang, während
die Fluten murmelten,
was ich weinend ihr gesagt hätte.

LIEBSCHAFTEN: JOSIE BLISS II

Sicher, für jene Tage
nichtig ist die Rose: nichts
erwuchs,
eine rote Kunde nur:
das Feuer, das niedersank
vom unbegrabnen Sommer,
die stete Sonne.

Ich floh von der Verlassenen.

Auf der Flucht wie ein unerreichbarer Matrose

fuhr ich den Golf von Bengalen hinauf
bis zu den schmutzigen Uferhütten
und ging
dem Herzen verloren, dem Schatten.

Nicht aber genügte das unvermeidliche Meer:

Josie Bliss erreichte mich und wurde wieder
meine Liebe und ihr Martyrium.

Gestrige Lanzen, Schwerter der Vergangenheit!

- Ich bin schuld, sagte
dem Leuchtkäfer ich.

Und mich umschloß die Nacht.

Ich wollte sagen, auch ich
duldete:
und damit nicht genug:
der verwundet, ist versehrt bis an den Tod.

Das ist die Geschichte, sie schrieb sich ein in den Sand,
ins Verdunkeln.

Es ist nicht wahr! Nicht wahr!

Es war auch der Götter
Stunde,
aus Mond, aus Marzipan,
aus Eisen, aus Tau,
blutige Götter, deren ausgestreuter
Wahn
wie Rauch die Kuppeln
des Reiches erfüllte,
gewiß

da war die schwere
Luft, der Nackten
Schimmer,
ach,
der Nardenduft, der meine Vernunft
umschloß mit des Aromes Schwere,
als sperrte man mich in ein Brunnenloch,
aus dem ich nicht herauskam, um zu schreien,
sondern zu ersticken.

Weh mir, jene Mauern,
die die Feuchtigkeit
und die Hitze zerfraß, bis sie dalagen
wie eine abgestreifte Eidechsenhaut,
ja,
ja,
all das und mehr: das Menschengewimmel
geteilt
durch das Ungestüm eines Turbans,
durch jene türkisenen Paroxismen
der Frauen, die glühend sich
ausstreuten unter Soutanen von Safran.

Oftmals fiel
Regen auf die scheue Landschaft:
er sank medusengleich langsam nieder
auf Kinder, Märkte und Pagoden:
das war ein anderer Regen,
der Himmel fest
wie ernstes trübes Glas
an ein totes Fenster genagelt,
und wir warteten,
arm und reich,
die Götter,
die Priester und die Wucherer,
die Leguanjäger,

die Tiger, die von Assam
herunterkamen,
hungrig und blut-
strotzend:
alle
warteten wir:
der Himmel des Ostens trieb Schweiß,
es verschloß sich die Erde:
nichts geschah,
vielleicht im Innern
jener Götter
keimte und ging einmal mehr
die Zeit
hervor:
es gebot das Schicksal:
die Planeten gebaren.
Allein, das Schweigen faßte nur
nasse Federn,
langsamen Schweiß des Himmels,
und vor so vielem Warten weinte die Welt,
bis ein Donnerschlag
den Regen weckte,
den wahren Regen,
und dann entblößte sich das Wasser
und auf der Erde
waren
der Tanz des Kristalls, die Füße des Himmels,
des Windes Zeremonien.

Es regnete, als regnete Gott,
als stürze das Weltmeer herab,
einer Schlachtentrommel gleich,
niederregnete der grüne Monsun
mit Augen und mit Händen
mit Abgründen
und neuen Katarakten,

die barsten
über den Kokospalmen und Kuppeln
auf dein Gesicht herab, auf deine Haut, in deine Erinnerungen,
es regnete, als spränge der Regen
zum ersten Mal aus seinem Käfig hervor
und schlüge an die Türen
der Welt: Öffnet mir! Macht auf!
Und auf tat sich nicht nur
die Erde, auch
der Weltraum,
das Geheimnis,
die Wahrheit,
alles löste sich auf
in himmlisches Mehl,
und die Fruchtbarkeit ergoß sich
auf die Einsamkeit des Dickichts.

So das Erdrund, sie aber blieb weiter allein.

Gestern! Gestern!

Deine krieggewohnten Augen,
deine nackten Füße,
die einen Blitzstrahl hinzeichnen,
dein dolchhafter Groll, dein harter Kuß,
wie des Hohlwegs Früchte,
gestern, gestern
im Geprassel des Feuers lebend,
du meine Tolle,
Taube des Feuers,
heut noch immer ohne mein Fernsein, ohne Grab,
vielleicht, aufgegeben vom Tode,
im Stich gelassen von meiner Liebe, dort,
wo der Monsun und seine Tambore
dumpf wirbeln und deine
ausgelöschten Hüften mich nicht mehr suchen können.

DAS MEER

Ich bedarf des Meeres, es ist mein Lehrer:
ich weiß nicht, lern ich Musik oder Wahrheit:
ich weiß nicht, ist es einsame Woge oder tiefes Sein
oder heisere Stimme nur oder leuchtende
Schichten von Fischen und Schiffen.
Tatsache ist, daß, bis ich eingeschlafen,
ich auf magnetische Art mich bewege
in der hohen Schule des Seegangs.

Es sind nicht nur die Muscheln so zermalmt
als hätte ein bebender Planet
allmählichen Tod weitergegeben,
nein, vom Splitter erbaue ich wieder den Tag,
von einer Bö aus Salz den Stalaktiten
und aus einem Löffelvoll den gewaltigen Gott.

Was es zuvor mich gelehrt, ich hüte es! Es ist Luft,
unaufhörlicher Wind, Wasser und Sand.

Es scheint wenig für den jungen Menschen
der hierher kam, mit seinen Bränden zu leben.
Und dennoch, das Pulsen das da aufstieg
und in seinen Abgrund sank,
die Kälte der Bläue, die knisterte,
das Zerbröckeln des Sterns,
das zarte Sichentfalten der Woge
Schnee verschwendend mit dem Schaum,
die ruhige Gewalt, dort, beschlossen
als steinerner Thron in der Tiefe,
vertrat den Raum in dem verbissene
Traurigkeit wuchsen und angehäuftes Vergessen,
und es verwandelte jäh mein Dasein:
ich gab mein Zugehören der reinen Bewegung.

SCHLAFLOSIGKEIT

Mitten in der Nacht frage ich mich
was geschieht mit Chile?
Was wird mit meinem armen armen dunklen Lande sein?

So sehr liebte ich dieses schlanke Schiff,
diese Steine, diese Erdbrocken,
die dauerhafte Rose
des Küstenstrichs, die mit dem Wogenschaum lebt,
daß ich eins wurde mit meiner Erde,
einen jeden ihrer Söhne kennenlernte
und in mir die Jahreszeiten wanderten
eine nach der andern, weinend oder blühend.

Ich fühle jetzt, kaum daß
das tote Jahr der Befürchtungen durchlaufen,
der Irrtum, der uns alle ausblutete,
überwunden, und wir erneut beginnen
das Beste zu entfalten, die Würde des Lebens,
wieder heraufzieht die Drohung
und gehißt ist an der Mauer der Haß.

LEBWOHL DEM SCHNEE

Chiaretta war dort,
C. mit weißem Bart und weißem Anzug
kauerte in ihrer Erinnerung:
sie hatte geweint
schlechte Nachrichten:
ihr Bruder, fern in Laos,
tot, und warum so weit?
Was hatte er in der Wildnis verloren?
Die Insel aber,

Stein und Duft oben,
ein kalkiger Turm,
erhob sie sich
mit der blauen Zuverlässigkeit
des festen und starken
Himmels:
ein bewegungsloser Bau
immer frisch gemalt,
mit den immergleichen Möwen
kühn und hungrig:
die Insel
wimmelnd
von Bienen, Weinreben, Männern
und Frauen,
einsam im Gefels,
rein in ihrer kleinen Einsamkeit:
hier die irren Reichen,
dort die klugen Armen:
Raum für alle ist:
zu viel Licht um es zu negieren:
bedienen Sie sich mit einem Glas Licht,
dem ganzen Honig eines Tages,
der ganzen Nacht mit ihrem blauen Feuer,
bleiben wir friedlich,
streiten wir nicht mit Lukas
noch mit Piero:
ein Brot aus Licht für die Welt
sagt die Insel
und dort ist sie mit dem angehäuften Licht
unerschöpflich wie ein riesenhafter Kirschbaum,
zehn Jahre ist es her und ich stieg Stufen empor:
sie ist die gleiche,
kalkhell, eisenkrautüberwuchert,
zwischen Kreide und Felsgestein
die zarten zarten Zweige,
der vibrierende Duft

der gekräuselten Pflanzenwelt:
Von oben herab das Schweigen
des Meeres wie ein Ring,
ein blauer Ring,
das blaue Meer,
die Insel:
weder die Kriege noch die Reichen zermalmten sie:
die Armen gingen nicht fort:
es emigrierte weder der Rauch
noch der Wohlgeruch:
es summten die Wespen:
in den Flaschen nahm
der wasserfarbene Wein kein Ende,
das durchsichtige Feuer,
und es summten die Käferflügel
der Natur.

Ich kehrte von weither heim
um fortzugehen,
um wieder fortzugehen,
und wußte, so das Sterben ist,
so das Fortgehn und alles bleibt:
so das Sterben und die Insel
in Blüte,
so das Fortgehn und alles unversehrt:
die Hyazinthen,
das Schiff umkreist
als entsagender Schwan
die blasse Wonne
der Strände:
zehn Jahre die hundert Jahre sein können,
hundert Jahre ohne zu berühren noch zu riechen
noch zu sehen,
Abwesenheit, Schatten, Kälte,
und dort alles in Blüte,
rauschend

ein Gebäude aus Wasser
immerdar,
ein Kuß,
immerwährend
eine Orange
immer.

PARTHENON

Die runzligen Steine erklimmend
in Junihitze:
der Horizont, Olive und Aluminium,
die Hügel
wie ausgedörrte Zikaden:
lassen wir den König hinter uns,
die falsche Königin,
wir verlassen
die drohende Woge:
Kreuzer:
die Boas von Illinois,
Saurier von Iowa,
Bluthunde aus Louisiana,
lassen
das schöne Grau,
den Geschmack nach blutigem Eisen,
den bitter-starren
Turm.
Laßt uns aufsteigen zum Glanz,
zum Bauwerk,
zum reinen Rechteck
das noch immer überlebt
zweifellos aufrecht erhalten
von Bienen.
Rektor der Welt,

Kanon
des Lichts,
blauer Ahn
der Geometrie,
nun deine Säulen
von den Nägeln gerieft
der verlorenen Götter,
sie stützen nicht das vergängliche Dach
sondern das ganze Blau,
gleichgültiges Blau:
so Ewigkeit
geheißen:
Blau ist ihr Name,
Blau mit grauen Flügeln,
kleinen Wolken,
unbewohntes Blau.

Und diese hellen Säulen.
Verstand errichtete die Norm,
erbaute das System
hängte in den Raum das Maß,
schuf das Licht, das Dreieck.
Und ließ sie auffliegen wie Tauben.

Aus der ewigen Unordnung,
den feindlichen Gruppen
der Natur:
Dunkelheit, Wurzeln, Gestrüpp,
Höhlen und erschreckende Berge,
grausame Stalaktiten,
er schnitt wie ein Saphir die Proportion.
Und der Mensch vermochte dann
zu zählen und wahrzunehmen und sich auszudehnen:
es begann zu *sein* der Mensch!
aufstieg zur Wabe die Biene
und die Augen senkten sich zum Problem:

das Denken hatte Festland
wo zu gehen und zu ermessen, die Füße hatten,
geführt von der Linie,
Geradheit, nach der sie begierig waren:
das Unendliche, um es kennenzulernen.

Das Meer entbreitete dort sein Geheimnis.
Der Parthenon war das erste Schiff,
Schiff des Lichts mit reinem Bug,
und es fuhr das meerische Rechteck
die Fabel verbreitend und den Honig.
Das Universum anerkannte seine Weiße.

Als sie es verließen, von neuem
erwuchs der Schrecken, das Dunkel:
wieder begann der Mensch zu leben in der Grausamkeit.

Und dort blieb leer
unbewohnt und rein
das empfindsame Schiff zurück,
vergessen und strahlend,
in seiner Struktur verschlossen,
kalt als wäre sie tot.

Aber es war nicht an dem, lebendig war
das Haus, Schiff, und Bug,
die Hauptrichtung der Materie.
Nicht weich waren die Linien
noch der Ernst seiner Schönheit,
es sollte dauern.
Im Regen, im Krieg,
im Zorn oder Vergessen
seine schreckliche Pflicht war: dauern.
Und die Zeit achtet das Lächeln
nicht:
seine Pflicht war dazusein, zu währen:

Lehre war der Stein,
Vernunft das errichtete Licht.

Und wiederkommen würde der Mensch,
der Mensch ohne seinen vergänglichen Gott,
er würde wiederkommen:
Ordnung ist die Ewigkeit der Seele
und die Seele würde wiederkehren
zu leben im Leib, den sie erschuf.
Ich bin
des festen Steins gewiß,
aber ich kenne den Wind.
Ordnung ist nur ein Geschöpf.
Es wächst und wiederkehrt das Bauwerk zu leben.
Ab und zu verlischt das Feuer,
aber es kehrt die Liebe in ihre Wohnstatt zurück.

GEZEITEN

Aufwuchs ich in natürlichen Wassern, vollgesogen
wie die Molluske im meerischen Phosphor:
in mir widerhallte das zerriebene Salz
und mein eigenes Skelett erstand.
Wie erklären, daß fast ohne Bewegung
des blauen und bitteren Atmens,
eine um die andere Welle wiederholten,
was ich ahnte und pulste,
bis Salz und Saft mich geformt:
die Gleichgültigkeit und die Begier einer Woge,
der grüne Rhythmus, der im Verborgensten
erhob ein durchsichtiges Gebäude,
jenes Geheime beharrte und dann
fühlte ich, daß ich wie jenes pulste:
daß mein Gesang mit dem Wasser wuchs.

DAS LICHT VON SOTSCHI

In Sotschi so viel Licht strömte über,
daß es außerhalb der Schale zerbirst und fällt:
Das Meer vermag seine Strahlen nicht zu halten
und ein Uhrenfrieden hängt vom Himmel,
bis wie ein Meerkäferflügel
die Woge ihre Bewegung entfaltet
bei voller Keuschheit von Stein und Wasser,
während unablässige Sonne, unablässiges Salz
wie zwei nackte Götter sich berühren.

NIEDERGESCHRIEBEN IN SOTSCHI

Wind des Meeres um meinen Kopf, auf
meinen Augen wie kühle Hände
ach und in der aufgewühlten Luft erscheint
ein anderer Wind, ein anderes Meer, in dem regungslosen
Himmel ein anderer blauer Himmel,
und fernher empfange ich ein anderes Ich,
aus meiner vergangenen Zeit, vom entlegenen Meer
ein stürmisches Pochen des Herzens:
in einer raunenden Woge von Chile
einen Schlag grünen Wassers und blauen Winds.

Es ist nicht das Wasser noch der Wind,
nicht der salzene berannte Sand,
nicht die pralle Sonne der leuchtenden Luft,
was ich in Wirklichkeit sehe,
es sind die schwarzen Algen, die Bedrohung
von jenen gewaltigen Ozeantürmen,
die Woge, die hinrollt und maßlos steigt,
der mächtige fortreißende Meeresdonner,
und auf dem einsamen Gestade
hin nach Toltén, da wandre ich, wanderte ich.

Ich war der junge Monarch
jener Einsamkeiten,
dunkler Monarch, dessen Reich
Sand war, Wald, Meer und harter Wind:
ich kannte keine Träume, ging
durch den Raum unter reinem
Kuß des Salzes, offen
unter Schlägen flüssiger bitterer Luft,
der Unendlichkeit zu folgen und zu folgen.

Was wollte ich mehr? Was konnte man mir noch geben,
wenn ich all jenes war, was ich nicht war,
wenn alle Wesen Luft waren,
die Welt ein Sandsturm,
eine Spur, getroffen
vom Schwanken des machtvollen Himmels
und den wilden Zähnen des Ozeans?
Was mehr, wenn die Minuten ihr Geweb
aufblähten und waren Tage,
und die Tage Wochen, und die Jahre
verfliegen bis zu dieser Stunde,
so, daß fern und danach
jenes bittere Meer meinen Mund küßt.

Von Meer zu Meer füllte
das Leben
die Einsamkeit aus und verwandelte mein leeres Bewußtsein
in einen Speicher,
bis alles mit mir zusammen da keimte
und der Raum zwischen Meeren,
mein Alter zwischen den beiden fernen Wogen
sich bevölkerte, wie ein Reich,
mit Schellen und Leiden,
mit Fahnen sich füllte,
und ich Ernten besaß, Ruinen,
Wunden und Schlachten.

Jetzt glaube ich den Wind an meinen Wimpern,
als häufte er dort die Vorwürfe auf,
als wollte er mit Macht und Kälte
das Vaterland reinigen, das ich belaste,
als stieße in mich der harte Wind
seine transparenten Lanzen
und ließe in mir nichts als sein Gewicht
einer kristallinischen Raute
und verpflichtete so meine Vernunft
Pulsschlag zu sein.

Von einem Meer zum andern jedoch ist das Leben.

Es weht der reine Wind,
bis von seinen Nadeln er das Salz verliert
und wie ein nackter Held, tot,
in eine Schlucht stürzt, unter die Blätter.

Ihn entführt die Stunde,
hinter ihren Füßen einherläuft der Wind,
von neuem lassen sich Sonne nieder und Mond,
die Adler kehren aus den Höhen zurück
und so unbewegt ist die Natur,
daß einzig in mir die transparente
Zeit verfließt zwischen Welle und Welle.

EXIL

Zwischen Schlössern aus ermüdetem Stein,
Straßen des schönen Prag,
Lächeln und sibirische Birken,
Capri, Feuer im Meer, Duft
bitteren Rosmarins
und das letzte, die Liebe,

die wesentliche Liebe verband sich mit meinem Leben
in großmütigem Frieden,
indes
zwischen einer Hand und einer anderen Freundeshand
grub sich ein dunkles Loch
in den Stein meiner Seele
und mein Land dort brannte
mich rufend, erwartend, mich anstachelnd
zu sein, zu bewahren, zu leiden.

Die Verbannung ist rund:
ein Kreis, ein Ring:
deine Füße reisen umher, du querst die Erde,
es ist nicht deine Erde,
dich weckt das Licht, und es ist nicht dein Licht,
die Nacht kommt: es fehlen deine Sterne,
du findest Brüder: aber es ist nicht dein Blut.
Du bist wie ein Phantom, verschämt,
nicht entschiedener die lieben zu können die dich so sehr lieben,
und außerdem es ist so seltsam, daß die feindlichen
Dornen deiner Heimat dir fehlen,
die rauhe Schutzlosigkeit deines Volkes,
die bitteren Sachen die auf dich warten
und die dich anbellen von der Tür.

Aber mit unheilbarem Herzen
erinnerte ich jedes unnötigen Zeichens mich,
als ob nur herrlicher Honig
nistete im Baum meiner Erde
und bei jedem Vogel ich erwartete
den entlegensten Triller,
der seit Kindheit mich geweckt
unter dem feuchten Licht.
Mich dünkte die ärmliche Erde meines Landes
besser, der Krater, die Flächen Sands,
das erzene Antlitz der Wüsten

als der Becher Licht, den man mir zutrank.
Ich fühlte mich allein im Garten, verloren:
ich war der Statue ein bäurischer Feind,
dessen was viele Jahrhunderte bestimmten
zwischen silbernen Bienen und Symmetrie.

Verbannt! Die Entfernung
wird fest,
wir atmen die Luft durch die Wunde:
zu leben ist eine verpflichtende Vorschrift.
So ohne Wurzeln ist die Seele undankbar:
Sie weist die Schönheit die man ihr darbringt zurück
sie sucht ihren unglücklichen Erdstrich:
und nur dort das Martyrium oder den Frieden.

IV

Der Wurzeljäger

Dem Andenken
meines Freundes Alberto,
Bildhauer aus Toledo, Spanische Republik

DER JÄGER IM WALD

In meinen Wald ich trete ein mit Wurzeln,
mit meiner Fruchtbarkeit: Woher
kommst du? fragt mich
ein grünes Blatt, wie eine Landkarte breit.
Ich gab keine Antwort. Dort
ist das Gelände naß
und meine Stiefel haften fest, sie suchen was,
klopfen, daß man öffne,
doch die Erde schweigt.

Sie wird schweigen bis ich beginne
tote und lebendige Substanz zu sein, Schlinggewächs,
wilder Stamm des stachligen Baumes
oder bebender Wipfel.

Es schweigt die Erde, auf daß man nicht
ihre unterschiedlichen Namen wisse noch ihre ausgebreitete Sprache,
schweigt, weil sie arbeitet,
indem sie empfängt und gebiert:
soviel auch stirbt sie ergreift's
wie eine hungrige Alte:
alles verwest in ihr,
sogar der Schatten,
der Blitzstrahl,
die harten Skelette,
das Wasser, die Asche,
alles vereint sich dem Tau,
dem schwarzen Sprühregen
des Waldes.

Die Sonne selbst verfault
und das unterbrochene Gold
das sie hinwirft
fällt in den Sack der Wildnis und alsbald

zergings im Gemisch, wurde Mehl,
und sein glänzender Beitrag
verrostete wie eine verlassene Waffe.

Ich komme, Wurzeln suchen,
sie, die des Waldes
mineralische Nahrung fanden,
die zähe
Substanz, das düstere Zink,
das giftige Kupfer.

Diese Wurzel soll mein Blut ernähren.

Eine andere krause da unten
ist machtvoller Teil
des Schweigens,
sie drängt sich wie ein Reptilschritt auf:
rückt verschlingend vor,
berührt das Wasser, trinkt es,
und führt durch den Baum
die geheime Ordnung aufwärts:
düster ist die Arbeit
auf daß grün seien die Gestirne.

FERN SEHR FERN

Ich singe gern auf dem Felde.

Weit ist die Erde, die Blätter
wogen, das Leben
wechselt in seiner Vielfalt:
von Biene zu Pollen, zu Zweig,
zu Bienenstock, zu Geraun, zu Frucht,
und alles dort ist so geheim,

daß beim Atmen zwischen den Blättern
es scheint, mit dir wächst
des Schweigens Haushalt.

Es war so fern von meiner Erde
jenes Feld, die gleiche Nacht,
sie wanderte mit anderen Schritten,
mit blutigen Phosphorschritten.

Woher kam der Fluß
Irrawaddy mit seinen Wurzeln?

Von so weit her zwischen Tigern.

Dort im zernagten Schatten
die Federn waren ein Brand
im Erglänzen der Schwingen
und es flog der grüne Niebestattete
zwischen den Stößen des Feuers.

Ach ich sah den runden Blitz
des Leoparden am Weg
und noch immer seh ich die Ringe
vergessenen Rauchs auf dem Fell von Gold,
den jähen Sprung und den Angriff
jenes gestirnten Zorns.

Elefanten, die meinen Weg
in die Einsamkeiten begleiteten,
graue Rüssel der Reinheit,
armselige Hosen der Zeit,
o Tiere der Nebeldichte
gepfercht in den Kerker
der schweigsamen Finsternis
während etwas sich nähert und flieht,
Trommel, Schrecken, Gewehr oder Feuer.

Bis daß zwischen dem Laub hinrollt
der gemordete Elefant
in seiner überraschten Majestät.

Von jenen Erinnerungen erinnere ich
die geräumige Selva in der Nacht,
das große knisternde Herz.

Es war wie im Innern
des Uterus der Erde leben:
ein wilder Pfiff, ein Schlag
von was Düsterem, das stürzte:
die Ungebundenheit des Laubwerks
das seine Entfaltung erwartet
und die Sturzfluten der Insekten,
Larven die knirschen und wachsen,
verschlungene Agonien,
der nächtliche Beischlaf
der Lebenden und der Toten.

Ach! ich bewahre was ich lebte auf
und es ist des Aroms Gewicht so groß,
daß in meinen Sinnen noch immer der Pulsschlag
der Einsamkeit obsiegt,
das Pochen des Dickichts!

SCHWESTER KORDILLERE

Der Mönch sagte nur »Schwester Wasser«,
»Bruder Feuer«,
auch »Bruder Vogel«.
Dort sind keine Kordilleren.
Doch er mußte es sagen denn sie
ist Wasser, Feuer und Vogel.

Gut gepaßt hätte ihm
»Schwester Kordillere«.

Dank, große Schwester
daß du bist.
Für dieses zarte Blatt, das wie ein Schwert
in dein Herz von Stein drang
und seine Schneide währte.
Alle deine Kräuter beißen,
haben Hunger,
dein Wind weint vor Wut,
er hat Hunger,
deine großen stummen Felsbrocken
hüten das tote Feuer
das sich nicht sättigen konnte.
Dort, dort oben,
ist kein grüner Himmel,
nein,
es ist der Vulkan, der wartet,
alles zerstörte er und schuf es von neuem,
er stürzte mit allen seinen roten Zähnen,
donnerte mit allen seinen schwarzen Kehlen,
und dann
es sprang der glühende Same,
die Bäche,
die Erde,
sie bewahrten
den dichten Schatz,
den schweflichten Wein
aus Feuer, Tod und Leben,
und anhielt jede Bewegung:
nur der Rauch stieg
vom Kampf empor.

Dann berühren wir einen jeden Stein,
wir sagen:

– Dieser ist orangen.
– Dieser ist eisenhaltig.
– Dieser ist der Regenbogen.
– Dieser ist aus reinem Magnet.
– Dieser hat Warzen.
– Dieser ist eine Taube.
– Dieser hat grüne Augen.

Denn so sind sie, die Steine,
und fielen von oben herab:
sie hatten Durst und hier ruhen sie aus
in Erwartung des Schnees.
So wurde dieser Stein durchlöchert
geboren,
diese struppigen Berge
geboren so
diese Säle aus vertikalem
Kupfer,
diese roten Wunden
der andinischen Stirnen
und das Wasser, das seinen Kerkern entsprang
und singend zerschellt und weiter währt.
Aber, jetzt
weiß und grün
ist, in den Höhen gewaschen,
das Weideland,
starr wie siegreiche Lanze
die silbrigen Dornen.
Nicht Baum noch Schatten, alles
stellt sich dem Licht dar als Salz:
lebt sein Dasein mit einem einzigen Schlag.
Es ist das nackte Vaterland,
die Tat des Feuers,
des Steins, des Wassers,
des Windes,
der die Schöpfung gereinigt,

und hier fühlen wir endlich uns nackt,
endlich gelangen wir ohne zu sterben
an den Ort, wo die Luft geboren wird,
endlich kennen wir die Erde
und berühren sie an ihrem Ursprung.

Für all diese so rauhen Dinge
und für den Schnee aus milder Materie
danke ich dir, Schwester Kordillere.

DER FLUSS, DER VON DEN KORDILLEREN GEBOREN WIRD

Nicht weiß der Fluß daß er Fluß heißt.
Hier wurde er geboren, die Steine bekämpfen ihn
und so in der Ausübung
erster Bewegung
lernt er Musik und gründet Schaum.
Er ist nichts als ein flüchtiger Faden
geboren vom Schnee
zwischen den Gegebenheiten
von grünem Fels und Ödland:
Er ist ein armselig verlorener
Blitzstrahl,
der zu durchschneiden beginnt
mit seinem Funkeln
den Stein des Planeten,
hier aber
so dünn
und dunkel
ist er
als ob er nicht überleben
könnte, beim Sturz
in der Härte sein Schicksal suchend
und macht Windungen um den Gipfel,

er heftet fest die erzene Flanke des Bergs
als Stachel und auffliegen seine Bienen
zur Freiheit des Graslands hin.

Die Pflanzen des Gesteins
richten gegen ihn ihre Nadeln,
ihn krümmt die feindliche Erde,
verleiht ihm Pfeil- oder Hufeisenform,
verkleinert ihn bis er unsichtbar ist,
aber er widersteht und setzt fort seinen Weg,
winzig,
die eisenhaltige Schwelle durchdringend
der vulkanischen Nacht,
bohrend und nagend,
und hervortretend unversehrt, schwerthart,
zu Stern verwandelt gegen den Quarz,
später gelassen, aufgetan der Frische,
endlich Strom, beständig und in Fülle.

DER VERFLUCHTE KÖNIG

Die uralte Wildnis weint so sehr,
daß die Erde schon davon verfault ist.
Sie ist des Tigers Mutter und der Käfer.
Ist die Mutter auch des Gottes, der da schlummert.
Der Gott, der schläft,
schläft nicht, weil er müde,
sondern weil seine Füße von Stein sind.
Er weinte mit allen seinen Blättern,
mit all seinen schwarzen Augenlidern.
Wenn der Tiger niederstieg zu trinken,
er hatte Blut am Maul,
und die Lenden voller Tränen.
Der Leguan fuhr das Weinen abwärts

wie ein gleitendes Schiff,
und mit den Tropfen, die niederfielen,
vermehrte er seine Amethyste.
Ein scharlachroter violetter gelber Vogel im Flug
stürzte die Last herab, die der Himmel
auf den Zweigen gelassen hatte, hängend.

Ach, was hat die Wildnis doch verschlungen!

Die eigenen Bäume, die Träume
der Lianen und der Wurzeln,
was von der Ringeltaube übrigblieb,
nachdem sie ermordet wurde,
die Gewänder der Schlange,
die irren Türme des Laubs,
das grausame Maul der Riesenschildkröten,
alles frißt die Wildnis auf.
Die Minuten, die allmählich
in Jahrhunderte sich verwandelten,
in Staub nutzlosen Geästs,
die sengenden Tage,
die schwarzen Nächte, ohne anderes Licht
als den Phosphor der Leoparden,
alles
fraß
die Wildnis.

Licht,
Tod,
Wasser,
Sonne,
Donner,
die Dinge, die flüchten,
Insekten,
die brennen und sterben, verzehrt
in ihren kleinen Leben von Gold,

der glühende Sommer und sein Korb
mit unzähligen roten Früchten,
die Zeit
mit ihrer Haarflut,
alles ist Nahrung, die hinabstürzt
ins uralte, ins grüne Maul
der verschlingenden Wildnis.

Dahin kam der König mit seiner Lanze.

WAS MIT MIR GEBOREN WIRD

Ich singe das Gras, das mit mir geboren wird
in diesem freien Augenblick, die Fermente
des Käse, des Essig, das geheime
Keimen des ersten Samen, ich besinge
den Gesang der Milch, die jetzt rinnt
Weiß zu Weiß den Brustwarzen entgegen,
ich singe den Zuwachs im Stall,
den frischen Fladen der großen Kühe
aus dessen Duft Massen
blauer Flügel auffliegen, ich spreche
ohne Übergang von dem, was jetzt dem Imker
geschieht mit seinem Honig, der Flechte
mit ihren stillen Keimungen:
Wie eine ewige Trommel
tönen die Aufeinanderfolgen, der Übergang
von Sein zu Sein, und ich werde geboren, werde geboren,
mit dem, was geboren wird, ich bin verbunden
mit dem Wachsen, dem dumpfen Ringsum,
soviel es mich umgibt, wimmelnd,
sich verbreitend als dichte Feuchtigkeiten,
als Staubfäden, als Tiger, als Plasma.

Ich gehöre der Fruchtbarkeit an
und werde wachsen solange die Leben wachsen:
bin jung mit des Wassers Jugend,
bin langsam mit der Langsamkeit der Zeit,
rein mit der Reinheit der Luft,
dunkel mit dem Wein der Nacht
und werde erst unbeweglich sein, wenn ich
schon mineralisch bin und weder sehe noch höre,
noch teilhabe an dem, was geboren wird und wächst.

Als ich den Wald wählte
damit ich lernte zu sein,
Blatt für Blatt,
dehnte ich mein Pensum aus
und lernte Wurzel sein, tiefer Schlamm,
schweigsame Erde, kristallinische Nacht,
und nach und nach mehr, der ganze Wald.

DER FISCHER

Mit langem Speer der nackte Fischer
er greift den an den Klippen haftenden Fisch an
Meer Luft und Mensch sind unbeweglich
wie eine Rose vielleicht geht
das Mitleid auf am Rand des Wassers und steigt empor langsam
in Schweigen die Hartherzigkeit aufhaltend
es scheint die Minuten eine an der andern
entfalten sich wie ein Fächer
und das Herz des nackten Fischers
beruhigt im Wasser sein Hämmern
als aber der Fels nicht hinsah
und die Woge ihre Herrschaft vergaß
in der Mitte um jenen stummen Planeten
entlud der Blitz des Mannes sich

gegen das unbewegliche Leben des Steins
stieß er den Speer in die makellose Materie
der verwundete Fisch zuckte im Licht
grausame Flagge der gleichgültigen See
Falter aus blutigem Salz.

STELLDICHEIN MIT DEM WINTER

I

Ich habe diesen Winter erwartet wie kein Winter sonst
erwartet wurde von einem Menschen vor mir,
alle hatten Stelldicheine mit dem Glück:
Ich allein erwartete dich, dunkle Stunde.
Ist diese wie jene alle von einst, mit Vater und Mutter,
mit Kohlenfeuer
und einem Pferdegewieher in der Straße?
Ist dieser Winter wie der des kommenden Jahrs,
der des völligen Aufgehens in totale Kälte,
und die Natur weiß nicht, daß wir verschwanden?
Nein. Ich begehrte die von einem
großen reinen Regengürtel umringte Einsamkeit,
und hier an meinem eigenen Ozean bin ich im Wind
wie ein Vogel, fliegend zwischen zwei Zonen Wassers.
Alles war bereit, daß der Himmel weine.
Der fruchtbare Himmel mit einem einzigen sanften Lid
ließ seine Tränen wie eisige Schwerter fallen
und riegelte wie ein Hotelzimmer
die Welt ab: Himmel, Regen, Raum.

II

O Mittelpunkt, o Gefäß ohne Erstreckung und Ende!
O himmlisches Herz des ausgegossenen Wassers!
Zwischen der Luft und dem Sand tanzt und lebt
ein Körper, ausersehen,

seine durchscheinende Nahrung zu suchen,
während ich komme und hineingehe mit Hut
und aschgrauen Stiefeln,
die verbraucht sind vom Durst der Wege.
Niemand ist gekommen
zu der einsamen Zeremonie.
Ich fühle mich kaum allein,
jetzt, da die Reinheit sichtbar ist.
Ich weiß, ich bin bodenlos wie der Brunnen,
der als Kinder uns mit Schrecken erfüllte,
und umringt von Transparenz
und dem Zucken der Zeiger
ich mit dem Winter rede,
mit der Herrschaft und der Macht
seines schweifenden Elements,
mit der Weite und dem Gesprenkel
seiner späten Rose,
bis bald kein Licht mehr ist
und unter dem Dach
des finstren Hauses
ich weiterhin, ohne daß jemand Antwort gibt,
sprechen werde mit der Erde.

III

Wer wünscht sich keine harte Seele?
Wer in der Seele handhabte keine Schneide?
Wenn bei wenig Sicht wir den Haß gewahrten,
und beim Beginn zu gehen wir strauchelten,
und beim Liebesversuch wir aufhörten zu lieben,
und beim bloßen Berühren wir verwundet wurden,
wer tat da nicht etwas, um seine Hände wehrhaft zu machen
und um zu bestehen, hart zu werden
wie das Messer, und um die Wunde zu vergelten?
Der Empfindsame strebte nach Härte,
der Zarteste verlangte den Degengriff,
er, der nichts weiter wollte, als daß man ihn liebe,

ganz selten nur, mit einem halben Kuß,
ging hochmütig vorüber, ohne sie anzuschaun,
die ihn offensichtlich und unglücklich erwartete:
da war nichts zu machen: von Straße zu Straße
man richtete Maskenmärkte ein,
und der Händler probierte jedem
ein Nacht- und Tigergesicht an,
eins der Härte, der Tugend, des Vorfahrs,
bis der Vollmond aus war
und in der lichtlosen Nacht wir einander glichen.

IV

Ich besaß ein Gesicht, das ich im Sand verlor,
ein bleiches Papier des Kummers,
und es war nicht leicht, die Haut der Seele zu wechseln,
bis wirklich ich zum ersten Male war,
um dieses traurige Recht zu erobern:
den Winter zu erwarten, zeugenlos.
Auf eine Woge zu warten unter dem Flug
des rostigen Seekormorans,
in völliger, wieder heiler Einsamkeit.
Zu warten und zusammenzutreffen mit einem Zeichen
von Licht, von Trauer
oder nichts:
das, was meine Vernunft mit Mühe wahrnimmt,
meine Unvernunft, mein Herz, meine Zweifel.

V

Jetzt hat das Wasser schon so viel Zeitenfülle,
daß es jung ist, das alte Wasser entfloh,
um seinen Kristall zu zerbrechen an anderem Leben,
und auch der Sand fing nicht die Zeit
ein, anders ist das Meer und seine Haut,
die Identität verlor den Spiegel,
und indem wir auf dem Wege uns verwandelten, wuchsen wir.

VI

Winter, suche mich nicht. Ich bin fort.
Ich befinde mich hernach in dem, was da kommt
und den feinen Regen entfalten wird,
die Nadeln ohne Ende, die Vermählung
der Seele mit den nassen Bäumen,
die Asche des Meeres, das Platzen
einer goldenen Kugel im Laub
und meine so späten Augen,
einzig besorgt um die Erde.

VII

Nur um Erde, Wind, Wasser und Sand,
die mir völlige Klarheit verliehen.

DER HELD

Mich lud die Herrin des Schlosses ein
zu weinen in jedem Raum.
Ich kannte sie nicht
aber ich liebte sie mit bitterer Liebe
als verdankte ich mein Unglück all,
daß sie ihre Flechten einst fallen ließ
auf mich, über mich das Dunkel schüttend.

Nun war es schon Abend.

Wir treten ein
zwischen die toten Bildnisse,
und die Schritte
waren so
als
pochten wir
abwärts

ans Tor
der traurige Ehre, des blinden Labyrinths,
und einzige Wahrheit
war das Vergessen.

Daher, in jedem Gemach
das Schweigen war eine Flüssigkeit,
und die strenge Herrin des Schlosses
und ich, der schwarze Zeuge,
wir schwankten zusammen
in jener Kälte treibend,
sie berührte mit ihrem Haar das Dach:
Oben das schmutzige Gold
der alten Säle
verschwamm mit ihren nackten Füßen.
Die dichte Verschwiegenheit
der baufälligen Kammern
richtete mich auf, doch ich kämpfte,
indem ich die Natürlichkeit
der reinen Naturgesetze anrief,
aber die versunkene Schloßherrin
lud mich ein fortzufahren
und abschweifend
auf den zerschlissenen Teppichen,
auf den Gängen weinend,
ereigneten sich reine und leere Stunden,
ohne Nahrung ohne Worte,
oder alles war Vergangenheit oder eitel Traum,
oder die Zeit
erkannte uns nicht,
und in ihrem Netz, wie Fische gefangen waren wir
zwei zum regungslosen Schloß Verdammte.

Jene Stunden halte ich in meinen Händen
wie man Steine hütet oder Aschen
ohne den Erinnerungen noch etwas abzuverlangen.

Aber, wenn mein schweifendes Geschick
mich führt an die Mauern des Schlosses,
bedecke ich mit meiner Maske mich,
beschleunige
den Schritt am Festungsgraben,
quere die Ufer des traurigen Sees,
entweiche ohne hinzublicken: Vielleicht würden ihre Flechten
wieder niederhangen von den Balkonen
und sie würde mit durchdringender Klage
mein Herz erreichen um mich zu bannen.

Daher wandere ich, verschlagener Jäger,
vermummt durch den Wald.

WALD

Ich suchte von neuem einzugraben
die Wurzel des gestorbenen Baumes:
mir schien daß in der Luft
jenes harte Haargewächs
der Schmerz war des Vorübergehenden:
und als ich sie in die Erde setzte
erzitterte sie wie eine Hand
und abermals vielleicht, diesmal
begann sie erneut mit den Wurzeln zu leben.

Ich gehör jenem verlorenen Volk an
unter der Glocke der Welt:
ich bedarf der Augen nicht
der Durst bestimmt mein Land
und das blinde Wasser, das mich nährt.

Damals vom abgeschabten Wald
entnahm ich das Gute, das vom Sturm

oder Alter ausgegraben:
ich blickte aufwärts und ins Innen hinein
als ob alles mich belauerte:
ich vermochte mich nicht allein zu fühlen,
der Wald rechnete mit mir
bei seinem tiefen Wirken.

Und als ich grub, blickten mich
die dichtbelaubten Samenlappen an,
die kronenständigen Fruchtknoten,
die Steinfrüchte mit intimer Berührung,
die auswandernden Azorellen,
die unbarmherzigen Nothofagen.
Sie prüften die Ruhe
meiner eisenhaltigen Hände,
die von neuem ein Loch höhlten
für auferstandene Wurzeln.

Die Goldamaryllis und die Feigwolfsbohne
richteten sich über der Tonerde auf
bis zu den Blättern und Augen
des Raubbaums, der mich aufmerksam prüfte,
des echten Maitén mit seinen Blumengewinden
aus grünem Wasser zitternd:
und ich im Wald jenes unverantwortliche
Schweigen bewahrend
wie ein müßiger Gutsverwalter
ohne Werkzeug ohne Sprache.

Keiner kennt meinen Beruf
als Hartnäckigen der Wurzeln,
zwischen den Dingen die knirschen
und denen die plötzlich pfeifen,
wenn die homogamen Scheibenblütler
ihr Zeugungsplasma bauen,
die ganze vaginale Selva

eine duftende Bodega ist
und ich gehe und komme des Pollens
Konstellation bespritzend
in dem machtvollen Schweigen.

UND PLÖTZLICH EINE BALLADE

Es wird stimmen, es hat wieder geklopft
wie Duft oder Frucht, wie ein Fremder,
der weder Straße noch Haus gut kennt.
Es wird stimmen, zu so später Stunde, und dann
legt das Leben noch immer einen Riß bloß,
etwas entsteht am Grund dessen, was
Asche war,
und das Glas erzittert mit dem jungen Wein,
der herabfällt und es entzündet. Ach! jenes wird
ähnlich wie gestern sein, Weg ohne Zeichen,
und die Sterne brennen mit Jasminen-
kühle zwischen dir und der Nacht,
ach! es ist etwas, das die übereilt
zurückgewiesene Freude an sich nimmt
und deutet, ohne daß einer zuhört,
der sich nicht ergibt. Und eine Fahne steigt
einmal mehr zu den verbrannten Türmen auf.
O Liebe o Liebe plötzlich und drohend,
jählings, verdunkelt, erschaudert
das Gedächtnis und herbeieilt
das Schiff von Silber,
der morgendliche Landungsplatz:
Nebel und Schaum bedecken die Ufer,
ein sonderbarer Schrei kreuzt zu den Inseln
und im offnen versehrten Hafen des Ozeans
die Braut mit ihrer Lilienschleppe ist
abfahrtbereit. Sie blickt auf ihre Zöpfe:
Sind zwei Kaskaden rein aus Kohlen,

zwei Schwingen wie Schwalben schwarz,
zwei siegreiche schwere Ketten.
Und sie, wie beim Verlobungsstelldichein
wartet, meergekrönt,
auf dem imaginären Einschiffungskai.

LIEBSCHAFTEN: DELIA I

Delia ist das Licht des Fensters,
offen der Wahrheit, dem Baum des Honigs,
und die Zeit verstrich, ohne daß ich wußte,
daß von den übel zugerichteten Jahren
einzig der Glanz ihrer Klugheit blieb,
ihre Sanftheit, die das harte Zimmer
meiner Schmerzen teilte.

Denn nach dem Ermessen, was ich erinnere,
da doch, auf der Suche nach Blut, die sieben Schwerter
in mich sich bohrten,
und aus dem Herzen mir die Abwesenheit sproß,
damals, Delia, wendete der leuchtende Mond
deiner Vernunft die Schmerzen von mir.

Du, vom ausgedehnten Land
kamst zu mir
mit ausgedehntem Herzen, ausgeschüttet
wie goldenes Getreide, offen
den Wanderflügen des Mehls,
und es gibt keine Zärtlichkeit wie jene, die
wie Regen auf die Wiese niedergeht:
langsam kommen die Tropfen, sie empfängt
der Raum, der Dünger und das Schweigen,
das Erwachen der Herde,
die in der Feuchte brüllt unter
des Himmels Geige.

Von dorther
wie Duft, den die Rose
auf einem Trauerkleid und winters hinterließ,
so plötzlich erkannte ich dich,
als wärst du immer mein gewesen
ohne dazusein, nichts als jene bloße
Spur oder heller
Blütenschatten oder leuchtendes Schwert.

Dann kam der Krieg:
du und ich empfingen ihn an der Tür:
eine vorübergehende Jungfrau schien er,
die da sterbend sang,
und schön schien
der Rauch, das Grollen
blauen Pulverdampfs über dem Schnee,
auf einmal aber
sind unsere Fenster zerborsten,
Geschoßsplitter
zwischen den Büchern,
in Strömen das frische Blut
in den Straßen:
Krieg bedeutet nicht Lächeln,
einschliefen die Hymnen,
es bebte der Boden vom schweren
Schritt des Soldaten,
der Tod entkörnte
Ähre um Ähre:
und unser Freund kehrte nicht wieder,
bitter war ohne Weinen
jene Stunde,
hernach, hernach die Tränen,
als die Ehre weinte,
vielleicht in der Niederlage
wußten wir nicht,
daß die ungeheuerlichste Gruft aufklaffte

und in die Erde
Völker sinken würden und Städte.
Jene Zeit ist unser Wundmal.
Wir bewahren die Trauer im Gedächtnis und die Aschenreste.
Schon dringen sie
durch das Tor
Madrids,
die Mauren,
einzieht mit seinem Karren voll Skeletten Franco,
unsere Freunde tot,
vertrieben.

Delia, zwischen so vielen Blättern
vom Baum des Lebens,
deine Gegenwart
im Feuer,
deine Rechtschaffenheit
aus Tau:
im zornigen Wind
eine Taube.

LIEBSCHAFTEN: DELIA II

Die Menschen wurden still und schliefen ein
wie ein jeder war und werden wird:
vielleicht erwuchs in dir kein Groll,
denn geschrieben steht, wo nichts zu lesen ist,
daß die erloschne Liebe nicht der Tod,
sondern eine bittere Form ist des Geborenwerdens.

Verzeihung für mein Herz, in dem
der Biene großes Rauschen wohnt:
Ich weiß, daß du, gleich allen Wesen,
den erhabnen Honig anrührst
und vorn Stein des Mondes,

von dem Firmament
ablöst deinen eigenen Stern,
und kristallhell unter allen bist du.

Ich verachte nicht, schmälere nicht, ich bin
des Meeres Schatzmeister, lausche kaum
den Worten des Verlusts
und baue wieder
meine Wohnung, meine Wissenschaft und meine Freude auf,
und könnte ich die Traurigkeit
meiner abwesenden Augen dir beigesellen, so nützte mir
Vernunft und auch die Torheit nicht:
Ich liebte abermals, es hob die Liebe
in mein Leben eine Welle, und ich ward ausgefüllt
von Liebe, nur von Liebe,
ohne jemandem den Kummer zuzudenken.

Deshalb sanfteste
Vergangene,
Faden aus Stahl und Honig, der meine Hände
an die klingenden Jahre band,
du lebst nicht als ein Schlinggewächs
am Baum, sondern mit deiner Wahrheit.

Ich werde vorübergehn, wir gehn vorüber,
sagt das Wasser,
und es singt die Wahrheit hin zum Stein,
der Fluß tritt übers Ufer und verliert sich,
es wachsen die tollen Gräser
am Uferrand:
Ich werde vorübergehn, wir gehn vorüber,
sagt die Nacht zum Tage,
der Monat sagts zum Jahr,
die Zeit
flößt Aufrichtigkeit dem Zeugnis ein
aller, die verlieren, und aller, die gewinnen,

unermüdlich aber wächst der Baum
und stirbt der Baum und ins Leben eilt
ein andrer Keim und alles dauert fort.

Und nicht Abneigung ist es, was die Menschen
trennt, sondern
das Wachstum,
niemals starb eine Blume: Sie wird wieder und wieder geboren.

Deshalb verzeih mir dennoch
und ich verzeih
und er und sie sind schuldig
und hin und her gehen
die Zungen, die gebunden sind,
Bestürzung und Schamlosigkeit,
Wahrheit
ist,
daß jeder hat geblüht,
und Narben kennt die Sonne nicht.

DIE NACHT

Ich trete ein in die schwarze Luft.
Die Nacht reist dahin, sie hat
Geduld in ihrem Laubwerk,
bewegt sich
mit ihrem Raum,
rund,
durchlöchert,
mit welchen Federn umhüllt?
Oder geht sie nackt einher?
Sie fiel auf metallische
Berge
sie mit Salz bedeckend
von harten Gestirnen:

Eins ums andere
alles Gebirg,
das da ist,
erlosch und sank unter ihre Hügel:
unter die schwarze Arbeit ihrer Hände.
Zur selben Zeit
wir wurden
schwarzer Schlamm,
gefallene
Puppen,
die schliefen
ohne zu sein, den Tages-Anzug draußen lassend,
die Lanzen von Gold, den Hut aus Ähren,
das Leben mit seinen Straßen und seinen Nummern
blieb dort,
Haufen armseligen Stolzes,
Bienenhaus ohne Laut.
Ach Nacht und offene Nacht
Mund, Barke, Hasche,
nicht Zeit und Schatten nur,
nicht das Ermüden nur,
irgend etwas dringt ein, füllt sich an
wie ein Gefäß,
dunkle Milch,
schwarzes Salz,
und es fällt
ins Innen
ihres Brunnens
das Geschick,
alles was ist verbrennt, der Rauch
reist auf der Suche nach Raum umher, bis er die Nacht
gedehnt,
aber
aus der Asche
morgen
wir werden geboren werden.

O ERDE, WARTE AUF MICH

Wende mich o Sonne zurück!
zu meiner ländlichen Bestimmung,
Regen des alten Waldes,
gib mir den Wohlgeruch zurück und die Schwerter
die vom Himmel fielen,
den einsamen Frieden von Wiese und Stein,
die Nässe der Ufer des Flusses,
den Duft der Lärche,
den Wind, lebendig wie ein Herz
das zwischen der abweisenden Masse
der gewaltigen Araukarie pocht.

Erde, gib mir deine reinen Gaben wieder,
die Türme des Schweigens, die aufstiegen
vom Feierlichen ihrer Wurzeln:
Ich will heimkehren zu sein was ich nicht gewesen,
lernen aus solcher Tiefe wiederzukehren
daß zwischen den natürlichen Dingen all
ich leben könnte oder nicht leben: unwichtig
ein Stein mehr zu sein, der dunkle Stein,
der reine Stein den davonträgt der Fluß.

PATAGONIEN

I
Rauher Himmelsstrich,
äußerster Süden des Meeres:
Ich lief
die Borde entlang,
Füße und Finger kalt
vom Planeten,
von oben herab

hartdüsteres Blicken,
starrsinnige Berge und verlassener Schnee,
Kuppeln der Leere,
sah,
wie ein Band, das sich
unter eisernen Flügeln entrollt,
die Feindseligkeit
der Natur.

Hier, Gipfel aus Dunkel,
Schneegestöber,
und der unendliche Stolz,
der die Einsamkeiten
erstrahlen läßt,
hier, bei einer Zusammenkunft
mit Wurzeln
oder nur bei Sturmes Gewalt
muß ich geboren sein.

Ich muß gewahr werden, habe reine Pflichten
durch diese verworrene Helle,
und auf mir lastet der Raum in der Vergangenheit,
als wäre meine geringe menschliche Geschichte
mit Unterbrechungen geschrieben worden im Schnee,
und ich entdeckte jetzt
meinen eigenen Namen, mein urwildes Erstaunen,
des Lebens vulkanische Gestalt.

II

Das Vaterland enthüllt sich
Blütenblatt um Blütenblatt
unter den Lumpen,
denn aus solcher Einsamkeit entnimmt der Mensch
nicht Blume noch Fingerreif noch Hut:
Er fand auf diesen Hochöden
die Sprache allein

der Schneegestöber,
die Zähne des Schnees,
den ungestümen Zweig
der Flüsse.
Mir aber geben Ruhe
diese Berge,
der unwirsche Friede,
der Leib des wie ein
zersplitterter Spiegel
zerteilten Mondes.

Von oben her liebkos ich
die eigene Haut, meine Augen,
meine Traurigkeit,
und in der eigenen Erstreckung erkenn ich das Dunkel:
mein mir zugehöriges Patagonien:
Ich stamme aus den harten Konflikten,
von irgendeinem unermeßlichen Stern,
der, mich zerstörend, niederging
und ich bin nur eine versehrte Wurzel
des garstigen Landstrichs:
Mich verbrannte der zyklonische Schnee,
die Splitter des Eises,
die Hartnäckigkeit des Winds,
die helle Grausamkeit, die Nacht rein und hart
wie ein Dorn.
Ich fordre
von der Erde, vom Geschick
dieses Schweigen,
das mir zukommt.

SERENADE ÜBER MEXICO

Von Cuernavaca zum Mexikanischen Meer entfalten sich
Pinienwälder, graue Dörfer, gespaltene Ströme
zwischen uraltem Gestein, Ödland, Gräser
mit amarantenen Augen, schwerfällige Leguane,
orangene Ziegeldächer, Dornen,
Stollen verlassener Gruben,
feuerfarbige Schlangen, Menschen, staubbedeckt,
und der schlängelnde Weg, erschüttert
von der Geologie der Hölle.

O tiefes Herz, Stein und Feuer,
eingeschränkter Stern,
feindselige Rose,
Staub im Wind!

Ich erlebte die Heimtücke
der alten Grausamkeit,
berührte die immerwährende
Rose,
das Gesumm
der unaufhörlichen Biene:
Was immer der kleine Mexikaner anrührt
mit Fingern oder mit Schwingen,
Faden, Silber, Holz,
Leder, Türkis, Lehm,
wird zur währenden Blumenkrone,
erlangt Dasein und knistert im Flug.

O Mexico, unter allen
den Gipfeln
oder Wüsten
oder Ackerflächen
unserer leergebluteten Landschaft
würde ich als lebendig

dich hervorheben,
als tausendjährigen Traum, als Blitz,
als Höhle aller Schatten
und als Glanz und nie gebändigte Liebe.

Luft für meine Brust,
für die Adern
Silbenlaut
des Menschen,
des Menschen, der dich singt:
so war der Wandernde auf dem Weg
vom Sisal zum Stein, zu den Hütten,
den Webstühlen, zur Agrikultur,
und hier an meiner Schläfe trage ich die Wunde
dich zu lieben, dich zu kennen,
und schließ ich nachts die Augen,
so hör ich armselige Musik
von deiner Straße
und schlafe allmählich ein, segelnd
im Lufthauch von Sinaloa.

Mit Händen rodeten sie
deine struppige Geographie,
mit dunklen Männerhänden,
mit Krieger-,
Bauern-, Musikerhänden,
sanfter wurde dein Wuchs
und der Lehm und der Stein, stolz
am bräutlichen Ufer errichtet
der Ozeane,
überzog mit Dornen sich,
mit Agaven,
deren Bitterstein durch seine Wunden leicht
die trunkenen Augen
des Schlafs und Zornes aufschlug.

So mitten im Gestrüpp vereinten
Schmetterlinge und Knochen der Verstorbenen sich,
Feldmohnblüten und vergessene Götter.

Allein die Götter vergaßen nicht.

Muttermaterie, Fruchtkeim,
keimtreibende Erde,
stürmischer
Lehm
der Befruchtung, entflammter Regen
über roten Erden,
überall
wiedererstand die Hand:
Aus des Vulkans alter Asche
die dunkle makellose Hand
ward bauend und bauend
wiedergeboren.

Ganz wie einstmals vielleicht,
als von fernher
der schmerzliche Eindringling kam
und die Eklipse der Kälte
mit ihrem Leichentuch
den goldenen Leib bedeckte,
machte der Steinbrecher
seine kleine Höhle
aus Stein, und die Sonnen-
substanz gab ihm den täglichen Honig:
Der Töpfer auf dem Markt
streute das rundliche Bündel
der Krüge aus,
und zwischen den grünen und gelben Fäden
ließ der Weber seine Schmetterlinge schillern,
so, daß Hochebenen erblühten
durch den Ruhm seiner Waren.

Dich kenne ich, klingende
Wildnis, in die Winkel
des düftereichen Chiapas
ich setzte meinen südlichen Fuß,
ich erinnere:
jäh fiel
die große Dämmerung aus blauer Asche herab
und in der Höhe war
nicht Himmel noch Helle:
alles war Blattwerk:
das Herz der Welt nur Laub.

Denn zwischen
dunkler Erde und grüner Nacht
fühlte ich mich nicht erdrückt,
trotz
des Mißgeschicks
und der Ungewißheit der Stunde,
ich fühlte vielleicht zum ersten Mal mich nicht
Vater der Klage,
nicht Gast
des ewigen Todeskampfs.

Und die Erde wohltönend und satt
lehrte auf einmal mich irdisch sein:
ich erkannte Niederlagen und Schmerzen an:
zum ersten Mal unterwies mich der terrenale
Lehm,
daß im Singen
der Einsame die Freude erobert.

Glühend prasselten
und erloschen
die Chöre der Wildnis,
Vögel mit der Stimme ewigen Wassers,
überraschter Tiere heiserer Schrei,

oder es wuchs in der gequälten Welt
ein jähes Schweigen auf,
als die Erde auf einmal
das weite Schüttern der Zikaden erbeben ließ.

Ich war betroffen,
winzig klein, außer mir in der Gewißheit,
daß ein Motor des Himmels
die Nacht aufwühlte und das Getön.

Es zitterte der Himmel mit seinen weißen Lilien,
das Dunkel ergriff seinen Gagat
und stieg empor, aufstieg
die schmale Raserei
einer Woge,
der erzene Wanderzug
eines Stromes
von Glocken.

Dort, die dichte Nacht
bereitete ihre Augen vor:
anfüllte
die Welt sich
mit dunkler Farbe:
es pulsten die Sterne
und ich allein,
von der Geige bestürmt der nächtlichen
Sägemühlen,
die Weltkantate
eines heimlichen
Zikadenvolks.

Ich kehrte zurück in mein Land, und auf die hartnäckigen
Fenster des Winters die Ellbogen gestützt,
späh ich in die Beharrlichkeit der Wellen
des kalten Weltmeers von Isla Negra:

Da sinkt der Ruhm des Mittags
in das großmächtige Salz
und die Watten des Meerschaums wachsen
in die Endlosigkeit der Zeit und ihres Sandes.

Ich sehe, wie die Vögel
wie hungrige Schiffe
gelenkt
aufs Meer hinauslavieren, auf der Suche nach dem blauen Feuer:
den heißen Steinen:
ich denke, der Sieg ihrer Schwingen
wird sie eines Tages vielleicht abwärts tragen
auf die Gestade
des wilden Mexico,
sie reißt der Durst
der Hemisphäre fort,
sie lockt ein geheimnisvoller Weg.

Hier rühm ich sie.
Ich möchte, daß sie niedergleiten
auf die phosphoreszierenden Aniline
des knisternden Indigo,
den Zweig ihres Flugs ausbreitend
aufs kalifornische Mexico.

Für die hungrigen wandernden
Vogelschwärme
entbeere deine freigebige Traube,
die Fische des Lichts, die Hurrikane
deiner blutstrotzenden Gesundheit.

O Mexico, empfange
mit den Schwingen, die vom
äußersten Süden anflogen, wo in Weiße endet
der Leib
des dunklen Amerika,

empfange die Bewegung
unserer Identität, die
ihr Blut anerkennt, ihren Mais, ihre Hilflosigkeit,
ihren maßlosen Stern:
Wir sind gleichen Gewächses
und man berührt
allein unsere Wurzeln.

FÜR DEN NEID

Eins um das andre entriß ich die Neide
meinem eigenen Hemd, meiner Haut,
ich sah sie mit mir selber tagtäglich zusammen,
ich betrachtete sie
im durchscheinenden Reich
eines Wassertropfens:
ich liebte sie sosehr ich vermochte: in ihrem Unglück
oder in der Gelassenheit ihres Wirkens:
und bis zur Stunde weiß ich nicht
wie noch wann
sie Narde oder Limonenbaum vertraten
durch schweigsame Runzel
und einen Spalt eingenistet wo sich öffnen würde
der gewöhnliche Stern des Lächelns.

Jener Spalt eines Menschen im Munde!

Jener Honig der ersetzt ward.

Der ernste Wind des Alters
brachte im Fluge
Staub, Nahrung,
von der Liebe getrennte Samen,
als Schlange eingerollte Blütenblätter,

grausame Asche des toten Hasses
und alles
trug Frucht in der Wunde des Mundes,
es funktionierte die Zeugungspassion,
und das traurige Sediment des Vergessens
keimte, die Blütenkrone erhebend,
die veilchenfarbene Meduse des Neides.

Was machst du, Pedro, wenn du Fische fängst?
Gibst du sie dem Meer zurück, zerreißt du das Netz,
schließt du die Augen vor dem Locken
der zeugungsträchtigen Tiefe?

Ach! Ich gesteh meine reine Sünde!
Was alles entriß ich dem Meer,
Koralle, Schuppe,
des Regenbogens Schweif,
Fisch oder Wort oder silbriges Gewächs
oder einfach untermeerischen Stein,
ich errichtete ihn, gab ihm das Licht meiner Seele.

Ich, Fischer, ergriff das Verlorene
fügte niemand Schaden bei meinen Arbeiten zu.

Ich fügte keinen Schaden zu, oder vielleicht verwundete ich
zu Tode
den, der geboren sein wollte und den Gesang
meiner Mündung empfing
die schweigen machte seine wilde Natur:
den, der nicht zur See fahren
wollte in meiner Brust,
und er entfesselte
seine eigene Kraft,
aber es kam der Wind
und seine Stimme flog davon und nicht geboren wurden,
die sehen wollten das Licht.

Vielleicht wächst der Mensch und achtet nicht,
wie der Baum im Walde, die Freiheit
des, was ihn umgibt,
und auf einmal ist es
nicht nur die Wurzel, sondern die Nacht,
und nicht nur Früchte trägt, sondern Schatten er,
Schatten und Nacht, die die Zeit und das Laub
beim Wachsen verließen
bis in der Nässe ruhend
wo das Keimen wartet
man keine Finger des Lichts gewahrt:
die freie Sonne ward verweigert
dem hungrigen Samenkorn
und in völliger Finsternis entfesselt
die Seele ein gequältes Entfalten.

Vielleicht ich weiß nicht, wußte nicht, wußte immer nicht.

Ich hatte keine Zeit bei meinen Sorgen,
zu sehen, zu hören, auszuspähen und zu betasten
was da vorüberging, und aus Liebe
dachte ich, daß meine Pflicht es war zu singen,
zu singen beim Wachsen und immer vergessend,
im Sterben liegend wie widerstehend:
Das war meine Liebe, mein Beruf,
in der Frühe unter den Tischlern,
mit den Husaren trinkend, des Nachts,
die Schrift meines Gesanges zu entfesseln
und ich glaubte zu erfüllen meinen Auftrag
brennend oder getrennt
vom Feuer,
nahe dem Quell oder in der Asche,
ich glaubte, daß ich soviel gab als ich besaß,
ich versehrte mich um nicht zu schlafen,
jedem Traum, jeder Stunde, allem Leben,
mit meinem Blut und meinem Sinnen

und mit dem, was ich lernte von jedem Ding,
von der Nelke, von ihrer Großherzigkeit
vom Holz und seinem wohlriechenden Frieden,
von der eigenen Liebe, vom Fluß, vom Tode,
mit dem, was Stadt und Erde mir gewährte,
mit dem, was ich einer grünen Woge entriß,
oder einem Haus, das der Krieg leer
hinterlassen, oder einer Lampe,
die ich angezündet vorfand inmitten des Herbstes,
wie aus dem Menschen und seinen Maschinen,
dem kleinen Angestellten und seinem Kummer,
oder dem fahrenden Schiff im Nebel:
Mit allem und, mehr als allem, mit dem, was ich schuldete
einem jeden für sein eigenes Leben
tat ich das Mögliche um zu entgelten, und hatte nicht
andere Münze als mein eigenes Blut.

Jetzt, was mache ich nun mit diesem und mit dem andern?

Was kann ich machen um zurückzuerstatten,
was ich nicht raubte? Warum brachte
der Frühling mir eine gelbe Blumenkrone
und wer ging feindselig und verwirrt einher
sie zu suchen im Wald? Jetzt
ist es vielleicht schon zu spät um zu finden
und auszukippen im Glas des Grolls
die verspätete und kristallinische Wahrheit.

Vielleicht verhärtete die Zeit die Stimme,
den Mund, das Erbarmen des Beleidigten,
und die Uhr wird schon nicht mehr zurückkönnen
zur Weihe der Zärtlichkeit.

Der erbarmungslose Haß hatte Zeit,
eine wütende Flagge zu errichten
und für mich eine grausame Krone zu bestimmen

mit blutigen rostigen Dornen.
Und es war nicht aus Stolz daß das Herz
ich hütete fern dem Schrecken:
nicht von meinem nachdenklichen Schmerz,
noch von den Freuden, die ich halte
verstreut ich
in der Rachgier
die Macht.

Ich tat es aus anderem Grund, weil ich wehrlos war.

Es war weil bei jedem Biß
der Tag
der da kam
mich trennte von einem neuen Schmerz,
die Hände fest mir schnallte und aufwuchs
der Efeu am Stein meiner Brust,
das Schlinggewächs riß mich zu Boden,
kleine grüne Hände bedeckten mich,
und ich ohne Fäuste bereits ging in die Wälder
oder schlief auf der Fläche des Klees ein.

Oh, ich verwahrte in mir selber den Geiz
meiner Degen, gelassen
im Zorn,
ich genieße
in meiner Strenge,
doch wenn auf dem Turm die Turteltaube
gurrt und der Töpfer den Arm hinabbeugt
zu seinem Ton, Gefäße macht,
ich zittere und mir vorüber streicht
die reißende Luft:
Mein Herz fliegt mit der Taube davon.

Es regnet und ich geh hinaus den Regenschauer kosten.

Ich gehe hinaus zu sein was ich liebe, das nackte
Dasein der Sonne im Felsblock,
und was da wächst und nichtwissend wächst,
daß es das Wachstum nicht abschaffen kann:
Korn hergibt der Weizen: zahllos zu sein
ohne Grund: denn so ward ihm geheißen:
ohne Befehl, ohne Mandat,
und, zwischen den Dingen die nicht sich verteilen,
vielleicht dieser geheime Wille,
dieses Beben von Brot und Sand,
es gelang ihnen ihr Wesen aufzuerlegen
und ich bin nicht ich, sondern lebendiger Stoff,
der gärt und seine Insignien erhebt
in der Befruchtung eines jeglichen Tags.

Womöglich der Neid, als er
um zu glänzen das Meer gegen mich zog
und Handwerk für einige wurde,
fügte er meiner Substanz eine Nahrung zu
die ich bei meinen Arbeiten brauchte
eine aggressive Säure, die mir die jähe Anregung
einer Stunde gab,
die ätzende Sprache gegen das Wasser.

Vielleicht der Neid, Stern
aus zerspelltem Glas gemacht
gefallen
in eine bittere Straße,
war ein Orden, der schmückte
das Brot, das ich singend reiche tagtäglich,
und mein gutes Bäckerherz.

V

Kritische Sonate

MAGNETISCHE KUNST

Aus so vielem Lieben und Wandern gehen die Bücher hervor.
Und enthalten sie Küsse nicht oder Himmelsstriche,
und enthalten sie Menschen nicht in Überfluß,
und enthalten sie Frauen nicht in jedem Tropfen,
Hunger, Begehren, Zorn, Wegziel,
so taugen sie nicht als Schild noch als Glocke:
sind ohne Augen und werden diese nicht auftun können,
werden vorschriftsgemäß haben einen toten Mund.

Ich liebte die laubbekränzten Genitalien,
und zwischen Blut und Liebe grub ich meine Verse aus,
setzte in harter Erde eine Rose,
umstritten zwischen Feuer und Tau.

Daher vermocht ich singend zu wandern.

DIE NACHT

Ich will weder wissen noch träumen.
Wer kann mich lehren nicht zu sein,
zu leben ohne weiterzuleben?

Wie dauert das Wasser nur fort?
Welcher ist der Himmel der Steine?

Unbeweglich bis die Wanderzüge
ihr Geschick anhalten
und dann reisen im Wind
der kalten Archipele.

Unbeweglich mit geheimem Leben
wie eine unterirdische Stadt

die ihrer Straßen müde,
die unter der Erde sich verbarg
und niemand mehr weiß daß sie besteht,
weder Hände noch Speicher hat,
von ihrem Schweigen sich nährt.

Manchmal unsichtbar sein,
ohne Worte sprechen, nur
gewisse Regentropfen hören,
nur gewissen Schattens Flug.

DEN ENTZWEITEN

Diese verstrittenen Ehen,
diese mißtönenden Vereinigungen,
warum brechen sie nicht auseinander ein für allemal
und die Geschichten sind zuende,
die Klagen von Hans und Johanna,
die Schreie zwischen Peter und Petra,
die Knüppel zwischen Rot und Rosa?

Niemand behagt es lustzuwandeln
mit vergatteten Schwertfischen,
die bewaffnet mit harten Gründen
oder in Salzlake sich auflösen.

Bitte, setzen Sie sich ins Einvernehmen
sich nicht ins Einvernehmen zu setzen,
treten Sie nicht hervor um Messer zu zeigen
Gabeln noch Gebisse.

Im Watt der Liebe
haben noch immer alle Tränen Platz
und die ganze Erde vermag nicht

das Grab der Liebe auszufüllen,
aber um zu beißen und zu verwunden
legt sich die Sonne nicht in die Betten
sondern der Schatten auf die Wege.

ANS SPIEL KARTEN

Nur sechs Karos,
sieben
Herzen hab ich.

Und ein Fenster aus Wasser.

Und einen lockigen Buben,
und ein Seepferd
mit Pik-As.

Eine trutzige Königin
mit blutgierigem Haar
und goldenen Händen.

Nun, man soll mir sagen,
was ich spielen, was ich vorlegen,
was ich setzen, was ich zurückhalten soll,
ob schwimmende Karten,
ob einsame Herzen,
ob die Königin oder Pik-As.

Daß jemand hinschaue und mir sage,
das Spiel der Zeit anschaue,
die Stunden des Lebens,
die Karten des Schweigens,
den Schatten und seine Zeichen,
und mir sage, was ich spielen soll
damit ich weiterhin verliere.

ES TAGT

Es wird Tag ohne Schuld
und ohne Zweifel
und dann
wechselt der Tag,
rollt das Rad,
verwandelt das Feuer sich.

Nichts wird bleiben
von dem was tagte, die Erde
verdorrte Traube um Traube,
übrig blieb das Herz ohne Blut,
der Frühling blieb ohne Blätter.

Warum geschah das alles an diesem Tag?
Warum irrte er sich in den Glocken?
Oder muß das alles immer so sein?

Wie den Faden drehen, entwirren,
die Sonne bis ins Dunkel vergrämen,
Licht zurückgeben bis die Nacht
sich von neuem schwängert mit einem Tag
und dieser Tag unser Sohn sei,
unendlicher Fund, Haarflut
der wiedererlangten Zeit.
Schuld und Zweifel erobert
auf daß unser Leben
einzig
eine alleinige morgendliche Materie sei,
lichte Strömung.

DIE EINSAMKEIT

Das, was nicht geschah geschah so plötzlich
daß ich dort für immer blieb,
ohne zu wissen, ohne daß man gekannt mich hätte,
wie unter einem Sessel,
wie verloren in der Nacht,
so war das, was nicht war,
und so blieb ich da für immer.

Ich fragte danach die andern,
die Frauen, die Männer,
was sie da mit soviel Gewißheit schufen,
und wie sie das Leben lernten:
im Grunde gaben sie keine Antwort,
sie tanzten und lebten so weiter.

Dies ist's, was einem nicht widerfuhr,
was das Schweigen entscheidet,
und ich will nicht weiter sprechen,
denn ich blieb in Erwartung dort:
Auf diesem Erdstrich und an jenem Tag
ich weiß nicht was mir geschah
aber ich bin schon nicht mehr derselbe.

ENDLICH IST NIEMAND DA

Endlich ist niemand da, nein, weder Stimme noch Mund sind da,
nicht Augen, Hände, Füße sind da: Alle sind weggegangen,
der saubere Tag rollt wie ein Reif dahin,
die kühle Luft ist nacktes Metall.
Ja, Metall, Luft und Wasser, und gelber
Blütenstaub, gedrängt in seiner Traube,
mehr noch, seines Wohlgeruchs Hartnäckigkeit,
das makellose Erbgut der Erde.

Wo ist die Wahrheit? Der Schlüssel aber
verirrte sich in einem Meer von Türen
und dort ist er zwischen den andern
ohne jemals
                    sein Schloß
                                        zu finden.
Endlich.
Es gibt daher kein Irgendwo-Verlieren
des Schlüssels, der Wahrheit noch der Lüge.

Hier
ist keine Straße, niemand hat Türen,
nur mit einem Zittern öffnet sich der Sand.
Und auftut das ganze Meer sich, das ganze Schweigen,
der Raum mit gelben Blumen,
es öffnet sich der Erde blinder Wohlgeruch
und da es keine Wege gibt
wird auch niemand kommen, nur
die Einsamkeit, die tönt
mit Glockensang.

VIELLEICHT HABEN WIR ZEIT

Vielleicht haben wir trotz allem Zeit,
um dazusein und um gerecht zu sein.
Beim Vorübergehen
starb gestern die Wahrheit,
und obgleich alle Welt es weiß,
verhehlt es alle Welt:
keiner hat ihr Blumen geschickt:
schon ist sie tot und keiner weint.

Vielleicht werden wir zwischen Vergessen und Kummer
kurz vor dem Begräbnis

die Gelegenheit
in Tod und Leben haben,
hinauszugehn von Straße zu Straße,
von Meer zu Meer, von Hafen zu Hafen,
von Gebirg zu Gebirg,
und vor allem von Mensch zu Mensch,
um zu fragen, ob wir sie umbrachten,
oder ob andere sie umbrachten,
ob es unsere Feinde waren
oder unsere Liebe das Verbrechen verübte,
denn längst ist die Wahrheit tot,
und wir können nun rechtschaffen sein.

Zuvor mußten wir kämpfen
mit Waffen obskuren Kalibers,
und wenn wir uns verwundeten, vergaßen wir,
wofür wir gekämpft hatten.

Niemals wußte man, von wem das Blut
herrührte, das uns einhüllte,
wir beschuldigten unaufhörlich,
unaufhörlich wurden wir beschuldigt,
sie litten und wir litten,
und als sie schon gewannen
und auch wir gewannen,
war die Wahrheit gestorben
an Überalterung oder an Gewalt.
Jetzt kann man nichts mehr machen:
alle verlieren wir die Schlacht.

Darum meine ich, wir könnten vielleicht
endlich gerecht sein,
oder könnten endlich da sein:
Uns bleibt diese letzte Minute
und dann tausend Jahre Ruhm,
nicht da zu sein und nicht wiederzukehren.

DIE EPISODE

Heutzutage nun wieder gute Tage, Vernunft
als Ahnherr und zweifelsohne wohl
denen gleich, die morgen zur Arbeit kommen werden,
mit einer Hand das Werkzeug ergreifen
und mit allen Händen die Würde.

Ohne sie schwankten die Schiffe hin und her,
verheimlichten die Türme nicht ihr Drohen,
verstrickten sich die Füße dem Wandernden:
ach, dieses Menschengeschlecht, das vom Wege abkommt
und die Leiche ausposaunt, rückwärts sich schleppend,
zur Beschränktheit des Neids hin,
indes die Seelenruhe mit Zorn sich einhüllt,
um die Vernunft des Weges wieder einzusetzen.

Heute wieder, hier hast du mich, Kamerad:
mit einem Traum süßer als eine Traube
an dich gebunden, an dein Geschick, deinen Kummer.

Ich muß abschaffen Stolz, Einsamkeit, Unvernunft,
mich halten an den Kreis der Gemeinschaft und wieder
den alltäglichen Mantel der Pflichten tragen.

Ich weiß, ich könnte den unschuldigen Wahn
des reinen, zwischen Worten verirrten Menschen erwecken,
dem falsche Zugänge zur Hölle bereitstehn,
allein, für dieses Spiel wurden die Schatten geboren:
Meine Dichtung ist noch immer ein Weg durch den Regen,
auf dem barfüßige Kinder zur Schule gehn,
und ich habe keine Abhilfe als zu verstummen:
Reicht man die Gitarre mir, singe ich bittere Dinge.

Das große Schweigen

Alle fragen sich, was geschah?

Ohne Fragen zu stellen, fragten sich alle
und man begann im Gift zu leben,
ohne zu wissen wann und wie, von der Nacht in den Tag.
Man glitt durch das Schweigen als
wäre das Pflaster schwarzer Schnee,
die hungrigen Ohren erhofften
ein Zeichen, doch man vernahm
nur zahlloses dumpfes Raunen:
da waren der Abwesenheiten so viele, die sich vereinten,
eine an andere, zu einem Loch:
und ein weiteres Loch, und noch eins und noch eins und wieder eins
machen ein ganzes Netz aus, und das ist dann das Vaterland:
Ja, auf einmal war das Vaterland ein Netz,
alle waren in Leere eingehüllt
in ein garnloses Netz, das gefangenhielt
Augen, Ohren, Mund
und bald fühlte keiner mehr, warum es nichts da
mitzufühlen gab, der Mund
hatte kein Recht, eine Zunge zu haben,
die Augen durften die Abwesenheit nicht bemerken,
das Herz lebte eingemauert dahin.

Ich ging dorthin, war anwesend, ich berührte die Hände,
erhob das stromfarbene Glas,
aß das vom Blut verteidigte Brot:
Im Schatten der menschlichen Würde
schlief ich und strahlend waren die Blätter,
als häufte ein einziger Baum alles
Wachstum der Erde,
und von Bruder zu Bruder wurde ich empfangen
mit dem neuen und wahren Adel
derer, die, ihre Hände im Mehl,
das neue Brot der Erde mengten.

Trotzdem, dort, zu gleicher Zeit, war
jene widersprüchliche Anwesenheit, die Wunde
aus Blut und Schatten, die uns begleitet:
das, was geschah, das Schweigen und die Frage,
die nicht aufging im Mund, die daheim
erstarb, in Straße und Fabrik.
Irgendeiner fehlte, doch es konnten
Mutter, Vater, Bruder, Schwester
die Lücke der erschreckenden Abwesenheit nicht anschaun:
Des Abwesenden Platz war ein Stigma:
da durfte der Kamerad nicht hinschaun
noch fragen, ohne sich aufzulösen in Luft,
in Leere überzugehn, jäh,
ohne daß jemand es merkte noch wußte.

Die Traurigkeit

O ungeheurer Schmerz eines gestorbenen Sieges
in jedem Herzen! Von den Lianen
der Angst Erwürgte,
die den Uhrenturm umschlangen,
sie stiegen die Zinnen tragenden Mauern herab
und traten mit dem Schatten in jedes Haus.

O Zeit, gleichend dem grausamen Wasser
der Sümpfe, dem offenen Brunnen
der Nacht, der ein Kind hinabschlingt:
und man weiß es nicht und hört nicht den Schrei.
Und immer noch stehn an ihrem Platz die Sterne.

Die Angst

Was geschah? Was ist geschehn? Wie geschah's?
Wie konnte es geschehn? Soviel aber ist

gewiß, daß es geschah, und offensichtlich, daß es geschah,
es verging, verging beim Nichtwiederkommen der Schmerz:
Es stürzte das Irren in seinen schrecklichen Trichter,
aus dem seine stählerne Jugend hervorgegangen,
und die Hoffnung ihre Finger erhob.
O düstere Fahne, die die sieghafte Sichel
verhüllte und des Hammers Gewicht
mit einem einzigen schrecklichen Bildnis!

Ich sah es in Marmor, in verchromtem Eisen,
in rauhem Holz vom Ural,
sein Schnurrbart waren zwei Wurzeln,
und sah es in Silber, sah's in Perlmutt und Pappe,
in Kork, in Stein, in Alabaster, in Zink,
in Zucker, in Stein, in Salz und in Jade,
in Kohle, in Eisenbeton, in Seide, in Lehm,
in Plastik, in Ton, in Knochen, in Gold,
von einem Meter, von zehn Metern, von hundert Metern,
von zwei Millimetern, auf einem Korn Reis,
von tausend Kilometern auf rotem Stoff.
Immerfort jene gipsernen Standbilder rings
eines schnurrbärtigen Gottes mit angezogenen Stiefeln
und jenen makellos sitzenden Hosen,
die der realistische Servilismus gebügelt.
Im Hoteleingang sah ich's auf der Mitte
des Tischs, im Geschäft, auf dem Bahnhof
auf den sternbedeckten Flughäfen,
jenes seelenlose Bildnis eines Entfremdeten:
eines Wesens, das zwischen einer und der andern Bewegung
unbeweglich verharrte, tot im Sieg.
Und jener Tote lenkte die Grausamkeit
von dem eigenen zahllosen Standbild aus:
Jener Erstarrte regierte das Leben.

Es darf nicht sein

Nicht ohne Gefahr darf der Mensch sich
ein Monument errichten aus Stein und Polizei.
Doch so geschah's mit ihm, mit diesem Großen,
der auf Dekret hin zu wachsen anhub,
und als er nach und nach zur Eisscholle wurde,
gefror seine verdünnte Seele
von der unerbittlichen Einsamkeit der Kälte,
so erbaute dieser Ingenieur der Liebe
den Thronhimmel des Unglücks.
Beria und die ruchlosen Wegelagerer,
erschufen sie ihn oder erschuf er sie?

Der Terror

Des Terrors Kreatur verhehlt
die Verfinsterung, den Mond, die grausame Sonne
seiner blutigen Erstgeburt,
und der wahnsinnige Gott brütet die Strafen aus:
ein blasses Heer von Larven
läuft mit blinden Augen und Dolchen umher,
Haß und Todeskampf zu praktizieren,
und dort, wo sie vorübergingen, blieb weder
Buch noch Bildnis noch Erinnerung:
selbst dem stimmlosen Kind wurde ein neuer
Name verfügt und Marterschule.

Indessen fühlte in seinem Turm und seinem Standbild
der Mann des Schreckens Angst:
er fühlte hartes Dunkel und Bedrohung:
fühlte die sausende Einsamkeit.

Seine Ferien

Und dem Süden zu, dem Kaukasus entgegen fuhr er
unerkenntlich tief im Finstern,
auf der Suche nach derselben Sonne, die er uns verweigerte:
das Licht der georgianischen Kapitel:
(vielleicht würde dort seine Kindheit wiederkehren
im gräßlichen Kellerdasein seines Lebens)
(vielleicht dort, zwischen Angst und Wahrheit,
stellte er jene Frage, die uns verwundet:
Was geschah nur? Was geschah?) (Und vielleicht fand
der Urheber der Angst keine Antwort.)

Der Süden, wo er geboren

Von dort aus, von jenem leuchtenden Honig,
dem Pulsieren der Bienen,
vom statischen Mittag, Wasser und Himmel,
herrlichen Glanz, Stein und Laub,
von dort brach seine stählerne Jugend auf.
Was er auch lernte, Wort,
direkte Aktion oder geheimen Kampf,
es wurde zwischen vielen geschmiedet, so wie aus
Organismus und Gewächs die Struktur hervorgeht,
und diese Menschenfamilie hatte Väter,
Brüder, Söhne, Schiffbrüchige, Siege,
Fahnen, Versammlungen, Schrei, Lehre,
bis er so streng war wie der Blitz.

Und hin stürzte der tote Baum der Vergangenheit.

Er verkörperte des Tages Richtung,
da er das Licht um sein Urteil fragte,
und seine Weisheit war geliehen

wie den Menschen allen: hat man es
vergessen wie ein Gewand,
so wird man wieder zum nackten Wesen,
und seine Leidenschaft wird Lohn oder Strafe tragen.

Er war anders

So geschah's mit ihm, da er mit seinen Händen
die gesamten Hände wegnahm,
als er seinen Schritt dem der Menschen aufzwang,
da er nicht im Kartenspiel als Pik-König
kam, grausam und sternbedeckt.

Der Krieg

Im Krieg schwang er sich auf die Schultern,
ein statischer Bug, und der Sieg
hob ihn höher, und so in seiner Höhe blieb er
starr, sieghaft und abgeschieden.

Die Seele gefriert bei Vollmond zu Eis,
nichts wächst da in ihrem trostlosen Spiegel,
nur das eigene Bild, der Umkreis
eines einzigen Pols, einer Dimension,
und die unerbittliche Sphäre des Schnees.

Der Schmerz

Also entsteht die verdünnte Seele:
mit Spiegel, mit keinem sonst, mit Abbild,
ohne Menschen, ohne Partei, ohne Wahrheit,
mit Getuschel, mit Argwohn, mit Distanz,
ohne Gefährten, ohne Vernunft, ohne Gesang,

mit Waffen, mit Schweigen, mit Formularen,
ohne Volk, ohne Ratschlag, ohne Lächeln,
mit Spitzeln, mit Schatten und mit Blut,
ohne Frankreich, ohne Italien, ohne Nelken,
mit Berias, mit Prachtsärgen, mit Toten,
ohne Verbundenheit, ohne Freude,
mit lügnerischen Peitschen und Zungen,
ohne Verbundenheit, ohne Freude,
mit Verfügungen und mit Grausamkeiten,
ohne zu wissen, wann das Holz zu schlagen,
mit dem traurigen Stolz, mit dem Zorn,
ohne zu teilen das Brot und die Freude,
mit mehr und mehr und mehr und mehr und mehr,
und ohne irgendwen, ohne irgendeinen einzigen,
mit verschloßnen Türen und mit Mauern,
ohne das Volk der Bäckereien,
mit Stricken, mit Knoten, mit Abwesenheit,
ohne offene Hand, ohne augenscheinliche Blüte,
mit Maschinengewehr, mit Soldaten,
ohne den Widerspruch, ohne Gewissen,
mit Verbannung, mit Kälte, mit Hölle,
ohne dich, ohne Seele, allein, mit dem Tode.

Wir schwiegen

Wissen ist ein Schmerz. Und wir wußten es:
Jede aus dem Dunkel hervorgesickerte Kunde
bescherte uns das nötige Leid:
Jenes Gerücht wurde tausendfach Wahrheit,
es füllte die dunkle Tür sich mit Licht,
und es läuterten sich die Schmerzen.
Wahrheit war bei diesem Tod das Leben.
Schwer lastete der Sack des Schweigens.

Und immer noch kostete es Blut, ihn aufzuheben:
zu viele Steine der Vergangenheit waren es.

Hernach aber wurde mutig der Tag:
mit goldnem Messer durchbrach er das Dunkel
und eindrang die Erörterung wie ein Rad,
das wiedereingesetzt durch das Licht, hinrollte
bis zum Polarpunkt des Landes.

Nun krönten Ähren
die Herrlichkeit der Sonne und ihre Energie:
von neuem gab Antwort der Kamerad
auf die Frage des Kameraden.
Und jener grausame Weg in die Irre
wurde unter der Wahrheit wieder Weg.

Die Kommunisten

Wir, die unser Herz wir legten in den Stein,
ins Eisen, in harte Disziplin,
wir leben daselbst, aus Liebe nur,
und man weiß nun, daß wir uns verbluten,
da des Sternes Sinn verdreht wurde
durch den düstren Mond der Eklipse.

Nun werdet ihr sehen, was wir sind und wiegen.
Nun werdet ihr sehen, was wir sind und sein werden.

Wir sind das reine Silber der Erde,
des Menschen wahrhaftes Erz,
wir verkörpern das Meer, das währende:
die Feste der Hoffnung:
eine Minute Dunkel macht uns nicht blind:
wir werden in keiner Agonie hinsterben.

Meine Feinde

Was mich betrifft, werde der Weite
des unbesiegten Wettersturzes einen Baum hinzufügen:
werde von mir selber sprechen und von jenen Namen,
die mich für den Tod ausersahen,
von denen, die mich nicht liebten und erhofften,
es stürze der Planet herab und zermalme mich.

Die Wölfe kamen näher

Als nun die Metalle der Morgenröte,
Stein, Schnee, Hyazinthe, Honig, Sand,
sich verfinsterten in der Festung,
denn eine Minute lang erlosch die Geschichte,
rückten sie an gegen mich und die Meinen,
den Kopf mir am Boden zu zerschmettern,
da sie sich für lebendig hielten und mich für tot,
da sie sich vielleicht zurückverlangt glaubten
aus ihren klassifizierten Agonien,
eine Minute Dauer sich zu verschaffen
im armseligen Vorbei des Erinnerns.

Ohne Stolz

Weder Prahlsucht, Schmerz noch Freude
werde ich in dieser Stunde denen, die sie nicht erkannten,
hinterlassen, auf diesen schrägen Blättern,
zu leben und zu schaun genügte, um zu singen.
Und wohin kann den Gesang ich wenden?

Wir waren treu

Der Wind der Liebe lenkte ihn,
er suchte keine zerbrochenen Kapitelle,
keine staubzersetzten Statuen,
keine Wurmlöcher der Verräterei,
auch aus Irrtum nicht suchte er das tote Vaterland:
zurückgewiesen von den Schmucknadeln,
kehrte er in die Brust zurück ohne zu erblühen,
ohne das Licht zu kennen der Geburt.

Wir verkaufen uns nicht

Nicht nützten die vom Herrn
der Herden aufgezäunten Grenzen:
noch der Kaufleute Bestürzung,
die im Dunkel Eier von Gold ausbrüten
und nicht vermochten, nach dem Gesetz der Seele,
Schulden zu machen bei der Zahl noch beim Gold.

Die Dichtung

So wählte der Dichter seinen Weg
mit seinem Bruder, den sie schlugen:
mit ihm, der in die Erde drang
und, nachdem er mit dem Fels gekämpft,
auferstand um zu schlafen nur.

Der Dichter

Auch wählte ich das düstre Vaterland,
Mutter von Bohnen und Soldaten,

von schwarzen Regengassen
und schwerer Nachtarbeit.

Deshalb wartet nicht auf meine Rückkehr.

Ich gehörte nicht zu denen, die rückkehren aus dem Licht.

Nein, meine Herren

Vergeblich lauern, die von mir erwarten,
daß ich an die Straßenecke mich stelle,
meine Waffen zu verkaufen, meine Vernunft und meine
Hoffnungen.
Tagtäglich hörte ich nur Drohung,
Lockung, Wut, Lüge,
und ich wich nicht ab von meinem Stern.

Die Würde

Hier, am Meer, nichtig scheint
alles, was die Rachsucht brachte und rückstrahlte,
jene aber, die mit Augen
einer anderen Zeit morgen diese Grenze meines Lebens
anschaun werden und meinen Tod, sie werden finden,
daß ich in der Würde die Freude fand.

Das Übel

Es sucht in seinem Irrn, in seiner
rührenden Schwäche der bedrängte Mensch
den, dem er die Last abtreten kann,
von dem, was ohne Prüfung er ertrug,

und dann wirft er den Stein, den er
trug, auf den, der ihm den Weg schon bahnt.

Ich erhielt an meiner Stirn den Steinwurf.

Meine Wunde ist die Erinnerung an meinen Bruder:
des Mannes, der mich liebte, der keinen anderen
Weg mit mir zu sprechen fand, als zu verwunden,
des Mannes, der mich haßte ohne zu wissen,
daß ich seine Finsternis dem Licht zuführte,
daß meine Schlacht uni seine Schmerzen ging.

Ich ergebe mich nicht

Alle wollten sie, daß ich runterhole
von der Höhe meine Biene, meine Fahne
und, das Zeichen der Dämmerung befolgend,
mein Irren öffentlich erkläre, die Auszeichnung
des Abtrünnigen empfange.

Und in diesem kritischen Augenblick setzte der
vergreiste Kritiker gegen mich die Guillotine ein,
das aber war noch nicht genug, noch war es wenig,
und, als wär ich eine Republik
einer jähen aufständischen Bö,
bliesen sie, auf meine Brust gerichtet, die Kriegsfanfare,
und herbeieilten winzige Maden
in den Nachttopf, wo sich in seinem eigenen
Pipi Pipipaseyro herumschlug.

Hier bin ich

Rein ist der Tag, der den Strand wusch,
weiß und kalt rollt im Meer der Schaum,

und in dieser unermeßlichen Einsamkeit
behauptet sich meines Willens Licht.

Doch dies ist nicht die Welt, die ich liebe.

Spanien 1964

Der Mauer Worte sind an die Wand
geschrieben, und beim Schlußbankett
reicht man mit Blutflecken die Gerichte.
Hin setzt sich Franco an Spaniens Tisch
kapuzenbedeckt und knabbert ohne Unterlaß,
wobei er Sägemehl seinem Massengrab untermengt,
und die Eingekerkerten, sie, die ans Gewehr
die letzte Rose hefteten und
im Gefängnis sangen, heulen, es ist der
Gefängnischor, die Seele, die geknebelte,
die klagt, die Ketten singen,
ohne seine Gitarre heult das Herz,
die Traurigkeit streift in einem Schacht umher.

Die Traurigkeit

Als ich auftat die Augen in dieser Welt,
das Licht empfing, Bewegung,
Essen, Liebe und das Wort,
wer hätte mir gesagt, daß allen Orts
der Mensch des Lichts Verträge bricht,
Strafen erhebt und sie dauern läßt.
Mein Amerika, an des Kummers Stein
kettete es gräßlich seine Söhne
und quälte unaufhörlich sein Geschlecht.

Amerikas Tyrannen

Und ich brachte mein Leben unter den Meinen zu,
zwischen den Verbannten und den Toten,
ich weckte den Kerkermeister,
nach dem Namen fragend meines versunknen Bruders,
und oft war die Antwort
tiefen Schachtes Schweigen, eines klaffenden Grabs,
das von Vater und Mutter, die für immer stumm.

Ich verbrannte mein Herz mit dem Feuer
dieser unbesiegten Würde und geschlagener Finger,
als müßte Blut ich häufen
schlimm verwundeter Äquatoren
und immer ich nicht sein, sondern die andern:
sie, die auch ich freudlos bin,
denn als unbewohnte Vorstadt
füllte sich mein Lied mit Gefangnen.

Die »Reinen«

Ich gab mir Rechenschaft, daß der flüchtige Mensch
Einsamkeit verlangt für den, der singt,
er hat ihn ausersehn zum Turm der Öde
und billigt seine ernsthafte Gesellschaft nicht.
Ich will ihn einsam, gepeinigt, blind.
Er erwartet die düstre Ernte
der Trauben der Angst und der Betrübnis,
er will die Ewigkeit des Vergänglichen,
er erkennt in ihm die eigenen Hände nicht,
das eigene Elend nicht, das ihn umhüllt,
und in der Tiefe, die er rühmt,
will er die Menschen-Ungewißheit vergessen.

Die Völker

Inzwischen reißen Stämme und Völker
das Erdreich auf und schlafen in der Kohlenmine,
fischen mitten in des Winters Stacheln,
nageln Nägel in die eigenen Särge,
errichten Städte, die sie nicht bewohnen,
säen aus das Brot, das sie morgen nicht besitzen,
sie streiten über Hunger und Gefahr.

ES IST NICHT NÖTIG

Es ist nicht nötig zu pfeifen
um allein zu sein,
um im Dunkeln zu leben.

In voller Menschenmenge, bei offenem Himmel
erinnern wir uns an uns selber,
ans Intime, ans Nackte,
an den Einzigen, der weiß wie seine Fingernägel wachsen,
der weiß wie sein Schweigen entsteht
und seine armseligen Worte.
Da ist Peter für alle,
Lichter, befriedigende Bereniken,
aber, da drinnen,
unter dem Alter und der Kleidung,
haben wir noch keinen Namen
sind wir von anderer Art.
Nicht nur um zu schlafen, schlossen sich die Augen
sondern um nicht den gleichen Himmel zu sehen.
Wir ermüden auf einmal
und als ob man die Glocke läutete
um in die Schule zu gehen,
kehren wir zur verborgenen Blüte zurück,

zum Knochen, zur halbgeheimen Wurzel,
und dort, auf einmal, sind wir,
sind wir jenes Reine und Vergessene,
sind wir das Wahre
zwischen den vier Mauern unsrer einzigen Haut,
zwischen den beiden Schwertern auf Leben und Sterben.

HABT ACHT AUF DEN MARKT

Habt acht auf den Markt,
der mein Leben ist!

Habt acht auf den Markt,
Gefährten!

Vorsicht beim Verwunden
der Fische!
Bei vollem Monde bereits, zwischen den Verrätereien
des unsichtbaren Netzes, der Angel,
durch die Hand des fischenden Fischers
starben sie, die glaubten
an die Unsterblichkeit
und hier hast du sie
mit Schuppen und Eingeweid, das Silber mit dem Blut
auf der Waage.

Vorsicht bei den Vögeln!
Rühr nicht an diese Federn
die den Flug ersehnten,
den Flug
den auch du, dein eigenes
kleines Herz sich vornahmen.
Nun sind sie heilig:
gehören an

dem Staub des Todes und dem Gelde:
In diesem harten eisernen Frieden
sie werden von neuem zusammentreffen zuweilen
mit deinem Leben, niemand aber wird kommen
dich tot zu sehen, trotz deiner Fähigkeiten,
man wird deinem Skelett keine Aufmerksamkeit widmen.

Habt acht auf die Farbe der Orangen,
auf den wesentlichen Duft der Minze,
auf die Kartoffel armselig in ihrer Hülle,
Achtung
für den grünen
hastigen Lattich,
für den scharfen Ajipfeffer mit seiner Rachsucht,
für die hodenförmige Aubergine,
für den scharlachroten dennoch kalten Rettich,
für die Sellerie, die bei Musik sich zusammenrollt.

Vorsicht beim Käse!
Er kam nicht nur, um sich zu verkaufen, hierher:
er kam die Gabe seiner Substanz zu zeigen,
seine kompakte Unschuld,
die mütterliche Dichte
seiner Geologie.

Vorsicht, wenn die Kastanien kommen,
holzverkleidete Monde aus dem Etui,
die der Herbst für die Kastanie erzeugte,
bei der Blüte des Mehls, die er in Truhen
aus unverwundbarem Mahagoni sperrte.

Habt acht auf das Marktmesser,
das nicht dasselbe der Eisenhandlung:
zuvor war es untergetaucht
wie der Fisch, festgehalten in seinem Paket,
im Hundert von ungeheurer Gleichheit:

hier auf dem großen Markt glänzt es und singt und schneidet,
lebt abermals in des Wassers Wohl.

Wenn aber die Bohnen
geglättet wurden von der sanften Mutter
und die Natur sie
schmeidigte wie Nägel ihrer Finger,
dann entkernte sie sie und der Fülle
verlieh sie vervielfachte Identität.

Denn, so die Hühner
wechseln von Hand zu Hand und flattern
ist nicht nur die menschliche Bitte grausam
die im Abkehlen ihr Gesetz bestätigt,
auch in den dornigen Bürsten
gruppieren sich die rachsüchtigen Dornbüsche
und wie Dornen stechen werden die Nägel
den suchend, den sie krönen könnten
mit scheußlichem und frommem Martyrium.

Aber die Tomate, sie lacht mit voller Lippe.
Es häuft sich, erlahmt die Köstlichkeit
ihres fröhlichen Fleisches
und mit Dolchen dringt das steile Licht
in die nackte Tomaten-Nachkommenschaft
während die Blässe der Äpfel
mit dem Strom des Frühröts wetteifert
aus dem der Tag hervorbricht zu seinem Galopp,
zu seinem Kampf, seiner Liebe, seinen Löffeln.

Ich vergesse die Trichter nicht,
sie sind des Kriegers Vergessen,
sind die Helme des Weins,
unentwegt kriegerisch, heiser und rot,
nie von Feinden entwaffnet,
ohne daß je ich vergäße den ersten Schritt

den ich tat beim Hinuntersteigen
den kleinen Berg des Trichters.
Noch erinnert das purpurne Herz
den Wein der vom Faß herabrinnt
wie von einem Vulkan das sanfte Feuer.

Der Markt, in der Straße,
im sich schlängelnden Valparaíso,
entfaltet sich wie ein grüner Körper
der an einem einzigen Tag, erglänzend, vergeht,
und die Nacht schluckt
den pflanzenhaften Blitz
der Waren,
die plumpe saubere Kleidung
der Arbeiter,
die verworrenen Orte
unverständlicher Eisen:
alles im Licht eines Tages:
alles in Hast entfaltet,
entkernt, verkauft, ausgehändigt
und verschwunden wie Rauch.
Ewig schienen die Kohlköpfe
auf dem Saum ihres Schaumes ruhend
und die behaarten Kugeln
der unanständigen Rüben
verteidigten womöglich das Absolute.

Es kam eine Alte, ein winziges Männchen,
ein irres Dienstmädchen mit einem Hund,
ein Mechaniker der Raffinerie,
die Spinnerin Micaela, Juan Ramírez
und zahllose Rafaels,
Marías und Pedros und Matildes,
Franciscos, Armandos und Rosarios,
Ramones, Belarminos,
die Arme des Meeres und die Wellen,

das Knattern, der Anreiz
und der Hunger von Valparaíso
ließen weder Kohlköpfe übrig noch Kabeljau:
Alles verschwand, entführt vom Gewimmel,
alles wurde hinuntergeschlungen Mund für Mund
als ob ein gewaltiges Faß sich ergösse
und in den Schlund des Lebens stürzte
sich zu verwandeln in Traum und Bewegung.

Hier ende ich, Markt. Bis morgen.
Ich nehme diesen Salatkopf mit.

DAS GEDÄCHTNIS

Ich muß mich an alles erinnern,
die Splitter einsammeln, die Fäden
der zerlumpten Begebenheit
und Meter um Meter der Behausungen,
die langen Strecken des Zuges,
die Oberfläche des Schmerzes.

Ginge mir ein Rosenstock verloren
und ich verwechselte Nacht mit Hase
oder mir stürzte sogar
eine ganze Wand des Gedächtnisses ein,
dann müßte ich von neuem die Luft erschaffen,
den Dampf, die Erde, die Blätter,
das Haar und auch die Ziegel,
die Dornen die mich festnageln,
die Geschwindigkeit der Flucht.

Habt Erbarmen mit dem Dichter.

Immer vergaß ich voller Gier
und in diese Hände die ich hatte

paßten einzig ungreifbare Dinge
die man nicht berühren kann,
die man vergleichen konnte
wenn sie schon nicht mehr existierten.

Es war der Rauch wie ein Arom,
es war das Arom wie der Rauch,
die Haut eines Leibes der schlief
und der erwachte bei meinen Küssen,
aber verlangt nicht das Datum von mir
nicht den Namen des was ich träumte,
ich kann den Weg nicht ermessen
der vielleicht kein Land hat
oder jene Wahrheit, die ich tauschte
die am Tage vielleicht erlosch
und dann irrendes Licht war
wie ein Johanniswürmchen in der Nacht.

DONNERSTAG DER LANGE TAG

Kaum erwachte ich erkannte ich
den Tag, es war der gestrige,
war von gestern der Tag mit anderem Namen,
er war ein Freund den ich verloren glaubte
und der wiederkam mich zu überraschen.

Donnerstag, sagte ich ihm, warte auf mich,
ich will mich anziehn und wir werden zusammen ausgehn
bis du in die Nacht versinkst.
Du wirst sterben, ich werde weiterhin
wach bleiben, gewohnt
an die Freuden des Dunkels.

Die Dinge verliefen anders
die ich mit vertraulichen Einzelheiten erzählen werde.

Ich ließ mir Zeit beim tüchtigen Einseifen meines Gesichts
– welch wunderbarer Schaum
auf meinen Wangen –
ich fühlte als schenkte das Meer mir
unentwegt Weiße,
mein Gesicht war einzig eine dunkle Insel
umsäumt von Seifenstränden
und als im Kampf
der kleinen und dünnen Wellen
des zarten Pinsels und der geschärften Klinge
ich plump war und in unmittelbarer Folge
arg verwundet,
verschwendete ich die Handtücher
mit Tropfen meines Blutes,
suchte Alaun, Watte, Jod, ganze Apotheken
die mir zu Hilfe eilten:
einzig lief ich meinem Gesicht im Spiegel zu Hilfe,
meinem schlecht gewaschenen und übel zugerichteten Gesicht.

Mich reizte
das Bad,
in vorgeburtliche Wärme unterzutauchen
und ich duckte meinen Körper in die Faulheit ganz.

Jene Gebärmutterhöhlung
gewährte mir Versteck,
in der Hoffnung, geboren zu werden, regungslos, aufgelöst,
eine zitternde Substanz
die teilhat an der Nichtexistenz,
und ich blieb so, mich stundenlang
bewegend:
mit Behagen die Beine
unter die untermeerische Wärmeeinheit streckend.

So viel Zeit ging mit Frottieren hin und Abtrocknen,
wieviel mit einem Strumpf nach dem anderen Strumpf

und mit der Hälfte der Hose und der anderen Hälfte,
welch langen Zeitraum legte ein Schuh mich in Beschlag,
daß, als ich in schmerzlicher Unschlüssigkeit
die Krawatte wählte und ausging
auf Erkundung, meinen Hut ergreifend,
ich begriff, daß es viel zu spät war:
Die Nacht war schon angebrochen
und ich begann von neuem mich auszuziehen,
Kleidungsstück für Kleidungsstück, um mich zwischen die Laken zu legen,
bis ich schnell in Schlummer fiel.

Als die Nacht vorüber und durch die Tür
erneut der vorherige Donnerstag eintrat
korrekt in Freitag verwandelt
begrüßte ich ihn mit verdächtigem Lachen,
mit Mißtrauen wegen meiner Identität.
Warte auf mich, sagte ich ihm, Türen, Fenster
vollkommen offenhaltend,
und ich begann wieder meine Arbeit
von Seifenschaum bis Hut,
doch mein vergebliches Mühen
stimmte mit der Nacht überein die da anbrach
genau als ich hinausging.
Und ich kehrte um, mich gewissenhaft zu entkleiden.

Währenddes im Büro so dringend
die widerlichen Akten warteten, die
Zahlen, die zum Papier flogen
wie kleinste Zugvögel
in bedrohlicher Entfaltung vereint.
Mir schien daß alles sich versammelte
um mich erstmalig zu erwarten:
die neue Liebe, gerade entdeckt,
die unter einem Baum des Parkes mich anregte
in mir den Frühling fortzusetzen.

Und meine Ernährung wurde Tag um Tag
vernachlässigt indem ich darauf bestand meine Kleidungsstücke
eins nach dem andern mir anzuziehen,
mich täglich zu waschen und anzukleiden.
Es war eine unhaltbare Situation:
das Hemd jedesmal ein Problem,
feindseliger noch die Unterwäsche,
und endloser gar das Jackett.

Bis ich allmählich
an Erschöpfung starb, am Falschmachen, an nichts,
zwischen jenem Tag der wiederkehrte
und der Nacht als Witwe erwartet.

Und als ich starb wechselte alles.

Gut angezogen, Perle in der Krawatte,
und bereits exquisit rasiert,
wollte ich ausgehn, aber da war keine Straße,
da gab es niemanden in der Straße die es nicht gab,
und deswegen eben keiner mich erwartete.

Und der Donnerstag, er wird das ganze Jahr währen.

DIE GERICHTE AUF DEM TISCH

Die Tiere essen mit Schönheit

Früher habe ich das Tier und seine Nahrung gesehen.
Den stolzen Leoparden
mit seinen behenden Füßen, seinem Lauf,
sah ich seine statische Schönheit
losbinden
und in einem Blitz von Gold und Rauch

den sechseckigen Wagen seiner Male zerspellen:
auf die Beute stürzen
verschlingen
wie Feuer verschlingt
mir nichts dir nichts, ohne drauf zu bestehen,
danach
sauber und aufgereckt, makellos,
zurückzukehren zum Umkreis des Wassers und der Blätter,
ins Labyrinth des grünen Dufts.
Ich sah die morgendlichen Tiere
sanft wie die Brise im Klee
unter der Musik
des Flusses fressen,
das gekrönte Haupt ins Licht
erheben
taugeschmückt,
und das Kaninchen das saubere Kraut abschneiden
mit empfindsamem unermüdlichem Maul,
weiß und schwarz, golden oder sanden,
linear wie der schwingende Abdruck
der Reinheit auf der grünen Wiese,
und sah den gewaltigen Elefanten
wittern und mit seinem Rüssel
den geheimen Schößling ergreifen
und ich begriff, als die Flaggen
seiner schönen Ohren
sich vor empfindsamem Vergnügen schüttelten,
daß mit den Pflanzen er das heilige Abendmahl nahm
und daß das reine Tier empfing
was die reine Erde für ihn bereithielt.

Nicht so die Menschen

Doch so benahm der Mensch sich nicht.
Ich sah seine Gründung, seine Küche,
seinen Schiffsspeisesaal,

sein Klub- oder Vorstadtrestaurant,
und ich nahm teil an seiner ausschweifenden
Leidenschaft jeder Stunde seines Lebens.
Er ergriff die Gabel, es ergoß sich der Essig
über das Fett, er besudelte seine Finger
an den frischen Rippen des Hirsches,
mengte die Eier mit schrecklichen Säften,
schlang untermeerische Tiere roh hinunter
die zwischen seinen Zähnen vor Leben zitterten,
er stellte dem Vogel mit rotem Gefieder nach,
verwundete den hinwogenden Fisch in seinem Geschick,
spießte die Leber auf
des scheuen Lamms,
malmte Hirn, Zunge und Hode,
verstrickte sich in Spaghetti-Millionen
zwischen blutige Hasen und Eingeweid.

Sie töten ein Schwein in meiner Kindheit

Meine Kindheit weint noch immer! Die lichten Tage
der Fragezeichen wurden besudelt
durch das maulbeerfarbene Blut der Schweine,
durch das steile Gekreisch das noch immer anschwillt
in der erschreckenden Ferne.

Sie töten die Fische

Und in Ceylon sah ich sie blaue Fische zerschneiden,
Fische aus purem gelbem Amber,
Fische aus violettem Licht und phosphoreszierender Haut,
sah, wie sie, lebend durchschnitten, verkauft wurden
und jedes lebendige Stück schüttelte noch
in den Händen seinen herrlichen Schatz,
zuckend, an der Schneide verblutend

des fahlen und feilen Messers
als ob es im Sterben noch immer
flüssiges Feuer vergießen wollte und Rubine.

DIE VERBORGENE GÜTE

Wie gut ist die ganze Welt!
Wie gut ist Juan, Silverio,
Pedro! Wie gut ist Rosa!
Wie gut ist Nicolás! Wie gut ist Jorge!
Wie gut sind Don Luis und Doña Luisa!
An wieviel Gute erinnere ich!
Sie sind wie ein Kornspeicher
oder mir wurde einzig das gute Korn zuteil.
Aber, das kann nicht sein, umherziehend, soviel
wie ich auch zog, und keinen treffen,
weder Mann noch Greis noch Frau noch jung:
Alle waren sie so, äußerlich hart
oder äußerlich sanft,
im Innern jedoch vermochte ich sie zu sehen,
sie öffneten sich mir wie Wassermelonen
und waren reines Fruchtmark, reine Frucht,
nur daß sie häufig
weder Tür noch Fenster hatten:
Wie sie dann erkennen? Wie
sie kosten und wie sie verzehren?
Die Wahrheit ist, daß das Böse das Geheime ist.

Im Innern des Tunnels gab es keinen Frühling,
und die Ratten fielen in den Brunnen.
Und seitdem war es nicht dasselbe Wasser.

Ich unterhielt mich mit Amadeo womöglich
nach dem Verbrechen, ich erinnere nicht,

als sein Kopf bereits
weniger galt als nichts
und ich fand daß sein Verbrechen für mich die Güte
nicht beeinträchtigte, die er in sich verankerte und nicht hergab:
sein Geiz des Guten machte ihn schlecht.

Und kaum war seine Lage vom Weg abgewichen,
sahen alle nur das Schlechte, das er in sich trug
während er das Einzige, das er zu geben vermochte,
ein einziges Mal gab und blieb
wie er war, ohne Schlechtigkeit, aber verdammt.
Als der Arme seine Finsternis aufgab,
war das Verständnis bereits zu spät,
die Klarheit hatte sich in Unstern verwandelt.

Ich hatte nahezu an der Seite meines Lebens
den Haß, einen erklärten Feind,
den Herrn K. einen stammelnden Dichter,
er war nicht schlecht, er litt nur darunter
daß er ohne Bedingungen nicht singen konnte:
zu brennen, wie es das Feuer zu machen weiß,
zu verstummen, wie die Erze.
All das war unmöglich
für ihn, der sich überhob und prahlte,
mit Salto Mortale für sich reklamierte,
mit Tribu und Tambor gegenüber der Tür,
und wie einer der vorüberging, niemals wußte
wie groß er war, blieb er allein
den ehrenhaften Passanten beschimpfend
der seinen Weg zum Büro fortsetzte.

Es gibt viel zu regeln in dieser Welt
um zu erproben daß wir alle gut sind
ohne daß man sich anstrengen müßte: wir können nicht
die Güte in Faustkampf verwandeln.
So würden die Städte

entvölkert dann sein, wo
jedes Fenster mit Sorgfalt
die Augen verbirgt, die uns suchen und wir nicht sehen.

DAS BETRIFFT DAS WAS WIR BILLIGEN OHNE ES ZU WOLLEN

Ach welche Lust nein zu
nein nein nein zu
wieviel Leben
verbrauchten wir
oder verloren wir
ja ja
ja ja
ja ja
wir gingen jenes Mal schlammabwärts
und als wir runterfielen vom Stern
mehr noch, zwischen Büffel
die knisterten
glühende Hornträger
oder nur dann, als wir nicht vermochten
weder vor noch rückwärts zu gehen, der Augenblick
der Unklarheiten, die
mit langsamem Säureschritt zerfressen,
schließlich, überall,
wir wollten nicht,
und dort blieben wir lebendig doch tot.
Denn stets geht es darum,
daß Pedro nicht leide noch seine Großmutter
und mit diesem Maß
wir wurden gemessen
das ganze Leben lang
von den Augen bis zu den Fersen
und aus diesem Grund
beschlossen sie

und dann schon ohne die geringste Rücksicht
sagten sie uns welche Eingeweide
wir opfern
müßten,
welche Knochen,
welche Zähne und welche Venen sie
edelmütig abschaffen würden
an unseren deprimierten Skeletten.
Und so ging jener Donnerstag vorüber
da zwischen den Felsbrocken
wir keine Füße hatten und dann, als
wir keine Zunge hatten,
wir hatten sie verbraucht ohne es zu wissen,
sagten wir ja ohne zu wissen wie
und zwischen ja-ist und ja-ist
wir ohne Leben blieben unter den Lebenden
und alle uns ansahn und uns tot glaubten.
Wir, wir wußten nicht
daß es geschehen konnte denn die anderen
schienen einverstanden lebendig zu sein
und wir dort
ohne je sagen
zu können aber nein aber nein
doch vielleicht nein aber niemals
nein doch immer
nein nein
nein nein
nein nein.

VERBUNDENHEITEN

Tod den Unterirdischen! verfügte ich.

Wie lange noch sich betrügen mit verschlossenem Gesicht,
mit Augen dem Nichtsehen zu, dem Schlafen zu.
Nichts anderes ist notwendig als dasein,
und dasein ist im Licht, dasein ist gesehen werden
und ansehn, dasein ist berühren und entdecken.

Nieder mit allem, was nicht Blüte trägt!

Zu nichts dienen die Wurzeln allein!

Man soll nicht leben, indem man annagt
den untermeerischen Stein
noch das ertrunkene
Kristall
der Nacht:
wachsen muß man und wehen lassen die Flagge,
Feuer entfachen auf der Insel,
und übereinstimmen muß
der schlummernde Seemann,
erwachen
und Antwort geben
der jähen Flamme,
die dort erwuchs an der bis zur Stunde finsteren Küste:
sie ging aus dem leuchtenden Erbe hervor,
von Verbundenheit zum Fundament,
auf daß es keine Finsternis gibt und wir ganz da sind:
da sind mit anderen Männern und Frauen:
bei vollem Licht wir lieben,
in offner Liebe sieht man uns und daran finden wir Gefallen:
ohne Verschweigen ist das wahre Leben.

Der Tod allein bleibt stumm.

DIE WAHRHEIT

Euch liebe ich, Idealismus und Realismus,
wie Wasser und Stein,
ihr seid
Teile der Welt,
Licht und Wurzel vom Baum des Lebens.

Schließt mir nicht die Augen,
selbst nicht nach dem Tode,
ich brauche sie noch immer um zu lernen,
um zu betrachten, zu begreifen meinen Tod.

Ich brauche meinen Mund
um, wenn ich nicht mehr da bin, auch zu singen.
Und mein Herz und meine Hände, meinen Leib
um dir zu folgen, in Liebe, Geliebte.

Ich weiß, es kann nicht sein, doch will ich es.

Ich liebe was nur Träume hat.

Ich habe einen Garten voller Blumen, die nicht existieren.

Ich bin entschieden triangular.

Ich vermiß noch immer meine Ohren,
jedoch ich wickelte sie ein, um
in einem Flußhafen im Innern
der Republik Malagueta sie zu lassen.

Ich vermag die Vernunft nicht mehr auf meiner Schulter zu
tragen.

Ich möchte das tägliche Meer erfinden.

Da kam einmal, mich zu sehen,
ein großer Maler, der Soldaten malte.
Alle waren sie heroisch, und der Gute
malte sie auf dem Schlachtfeld,
wie sie mit Vergnügen starben.

Auch realistische Kühe malte er
und sie waren so über alle Maßen Kuh,
daß man melancholisch wurde
und geneigt, für allezeit wiederzukäuen.

Greuel und Entsetzen! Ich las Romane,
unendlich rechtschaffene,
und so viele Verse über
den Ersten Mai,
daß ich jetzt nur noch über den 2. dieses Monats schreibe.

Wie es scheint, tritt
der Mensch die Landschaft zu Boden,
und die Landstraße, die zuvor Himmel hatte,
drückt jetzt uns nieder
mit ihrer kommerziellen Hartnäckigkeit.

Also pflegt sie vorbeizuziehn mit der Schönheit,
als wollten wir diese nicht kaufen
und einpacken nach ihrem Geschmack und auf ihre Art.

Man sollte es zulassen, daß die Schönheit
mit den unmöglichsten Galanen tanzt,
bei Tag und bei Nacht:
Nötigen wir sie nicht, die Pille der Wahrheit
einzunehmen als eine Medizin.

Und das Reale? Ebenfalls, da besteht kein Zweifel,
doch es soll uns steigern,
soll uns größer machen, uns kaltblütig machen,

soll uns druckfertig machen
des Brotes Geheiß sowohl wie das der Seele.

Säusle! befehl ich
dem reinen Wald,
auf daß er heimlich sein Geheimnis nenne,
und zur Wahrheit: Halte dich nicht so zurück,
bis du zur Lüge dich verhärtest.

Ich bin nicht Chef von irgendwas, ich dirigiere nicht,
und somit häufe ich an
die Irrtümer meines Gesanges.

DIE ZUKUNFT IST RAUM

Die Zukunft ist Raum,
erdfarbener Raum,
wolkenfarbener,
wasser-, luftfarbener,
schwarzer Raum für viele Träume,
weißer Raum für den ganzen Schnee,
für die ganze Musik.

Zurückblieb die Liebe, hoffnungslos,
die keinen Ort hatte für einen Kuß,
Platz gibt es für alle im Wald,
auf der Straße, im Haus,
es gibt unterirdischen und untermeerischen Ort,
welch ein Vergnügen ist es,
aufsteigend
schließlich einen leeren Planeten zu finden,
große Sterne, klar wie Wodka
ganz durchscheinend und unbewohnt,
und dort anzukommen mit dem ersten Telefon,

damit später so viele Menschen
von ihren Krankheiten sprechen.

Das Wichtige ist kaum auszumachen,
von einer rauhen Kordillere her zu schreien
und im Fernen die Füße
einer gerade angekommenen Frau zu gewahren.

Vorwärts, steigen wir
aus dem erstickenden Fluß
wo wir mit anderen Fischen navigieren
vom Morgengrauen bis zur wandernden Nacht,
und nun in diesem entdeckten Raum
laßt uns fliegen zur reinen Einsamkeit.

Die Hände des Tages
(1968)

I DER SCHULDBELADENE

Ich bekenne mich schuldig, mit diesen Händen,
die man mir gegeben, eins nicht gemacht zu haben,
einen Besen.

Warum habe ich keinen Besen gemacht?

Warum gab man mir Hände?

Wozu waren sie nütze,
wenn ich das Korn nur rascheln sah,
wenn ich für den Wind nur Ohren hatte
und nicht einmal die Fasern geerntet hab
für den Besen,
als sie noch grün auf der Erde wuchsen,
und die zarten Halme nicht getrocknet
und sie nicht zur goldenen Garbe
zu binden vermochte
und keinen Rohrstock
in den gelben Rock steckte,
damit die Straße ihren Besen hat?
Aber so war es:
Ich weiß nicht, wieso ich
verstreichen ließ mein Leben,
ohne zu lernen, ohne zu sehen,
ohne zu ernten die Teile
und sie zu binden.

Heute leugne ich nicht länger,
ich hatte Zeit,
die Zeit schon,
nur nicht die Hände,
wie konnte ich also
mit Fug und Recht streben nach Größe,
wo ich doch nie imstande war,

auch nur einen Besen
zu binden,
einen einzigen,
einen?

II LEERE

Und wie macht man Meer?
Ich habe das Meer nicht gemacht.
Ich fand es vor in seinen wilden
Schächten,
bereit zu allem,
zu prasselnd
stillem Ozean,
bleiern atlantisch,
anilingefärbt
mediterran,
ganz und gar weiß, abgründig
brodelnd und beständig,
Dünung besaß es und Muttermund,
verendete Schiffe:
ein pulsierender
Organismus.

Ich erschaute es zwischen den Klippen
der verwunderten Erde
und dachte, ich habe es nicht gemacht,
ich nicht und niemand:
In diesem Niemand bin ich
ein kaum dienlicher Diener,
eine Art Schneckentier, geknackt
von seinen, von des Meeres, Zähnen.

Ich habe das schwimmende Salz nicht gemacht,
nicht den vom Windstoß
gekrönten Wind, der das Weiße hinwegfegt,
nein, ich habe
das Licht des Wassers nicht gemacht und
nicht die kriegerischen Lippen,
unter deren Kuß das Schiff erbebt,
und nicht des Sandes Zerstörungswerk,
auch nicht das Fließen, das den Wal
und seine Brut hüllt in Stille.

Fern lagen mir
derlei Unendlichkeiten,
von meinesgleichen zitterte kein Finger
im Wasser und trieb das Dasein zur Eile,
und mitansehen mußte ich
die stürmischste Wüste
mit nichts als leeren Augen,
die sich mit Wellen vollsogen
und sich dereinst schließen werden
im Leeren.

III SETZEN!

Alles sitzt
an Tischen,
auf Thronen,
in Versammlungen,
in Zugabteilen,
Kapellen,
im Ozean,
in Flugzeugen, Schulen, im Stadion,
alles sitzt oder setzt sich,

und doch wird nie jemand etwas
von einem Stuhl wissen,
den ich mit meinen Händen gemacht hätte.

Was war los? Wenn mein Schicksal
mich unter anderem ausersehen hat zum Sitzen,
warum durfte ich dann nicht
vier Beine
von einem abgestorbenen Baum
an eine Sitzfläche, eine Lehne fügen,
an einen nahestehenden Menschen,
der darauf vielleicht Geburt oder Tod
eines andern erwartet hätte, den er liebte?
(Der Stuhl, den ich nicht zustandegebracht,
hätte in Stil verwandelt
den Naturzustand des Holzes
und in ein helles Gerät
das Ritual der schattendunklen Bäume.)

Die Kreissäge
fuhr planetengleich
aus der Nacht
herab zur Erde.
Und rollte durch die Wälder
meines Landes,
blind vorbei an meiner Kokontür,
und verlor sich in ihrem Kreischen.
Darum streifte ich ja nur
durch die Würze
des heiligen Urwalds,
ohne den Baum mit der Axt anzufallen,
ohne entschlossen und wissend
Hand anzulegen
und das Geäst abzuhacken
und dem Reglosen
einen Stuhl

abzugewinnen
und noch einen und nochmal einen,
bis auf der Welt jedermann sitzt.

IV DIE SICH VERSAGENDEN HÄNDE

Wann hat mich je einer dabei gesehen,
wie ich Halme schneide, Korn worfle?
Wer bin ich, da ich nichts gemacht?
Jedes Kind von Hinz und Kunz
hat den Boden befühlt
und etwas fallen lassen,
das paßte
wie der Schlüssel ins Schloß,
und die Erde öffnete Tür und Tor.

Ich nicht, ich hatte keine Zeit,
auch nicht die Bildung;
sauber blieben meine
Städterleichenhände,
das Öl der Räder wollte von mir nichts wissen,
der Dreck, nicht zu trennen von klaren Gebräuchen,
siedelte ohne mich in ungezähmten Provinzen,
um meine Bücher scherte sich der Ackerbau nie,
und da ich nichts zu tun hatte und in Weinkellern versackte,
konzentrierte ich mich auf meine kleinlichen Sorgen,
bis ich einzig beim Abschiednehmen noch lebte.

Ade sagte ich zum Öl, ohne die Olive zu kennen,
und zum Faß, einem Wunder der Natur,
auch ade, weil ich nicht begriff,
wie soviele Dinge gemacht werden konnten auf Erden,
ohne daß meine nutzlosen Hände sagten: ja.

Hände, die nur an Kleidern und Leibern
gearbeitet haben,
an Hemden und Hüften
und Büchern, Büchern, Büchern,
bis sie zuletzt nur noch
Schattenhände waren, Netze
ohne Fische an der Luft;
sie bezeugten
nur anderer Hände Heldentaten
und den fruchtbaren Bau,
errichtet von toten Fingern,
an dem lebende Finger weiterbauen.

In meinen Händen gibt es kein *früher*;
vergessen habe ich die Pflüger,
die stromaufwärts
in meinem Blut
ihre Furchen zogen;
in mir walteten nicht die rauhen Geschlechter
von Schmieden,
die, Hand an Hand, Anker
fertigten, Hämmer, Nägel,
Löffel und Zangen,
Schrauben, Schienen, Speere,
Lokomotiven, Puffer,
damit aus Eisenbahnern, aus Heizern,
langsam wie ihre von Öl, von Kohle
verschmierten Hände, unversehens
Götter würden der Bewegung
auf Zügen, die durch meine Kindheit fahren
unter den grünen Händen des Regens.

VI EIN HAUS

Jemand berührt einen Stein, dann zerbirst
der Stein, und die Stücke
wachsen wieder aneinander:
dies Werk tun
die aus dem einsamen Garten
verstoßenen jungen Götter.
Es ist das Werk des
Zertrümmerns, Wiederherstellens,
Zerschlagens, Verbindens, Siegens,
bis der Felsblock
sich Aguileras Händen,
Antonios und Recaredos Augen,
Don Alejandros Kopf fügt.

So baut man Häuser am Meer.

Danach hallen Schritte hinein und hinaus.

VII FROST

Seht die Felsenklüfte auf dem Aconcagua,
Millionen Augen glitzern im Schnee,
Abermillionen Blicke.

Dennoch schläft
das strenge Universum;
es fehlt der jähe Blitz,
die Bewegung.

Da graben Hände
der Höhen
herbe Brust auf,

und zwei Steine küssen
und umschlingen sich,
bis ein kleiner Funke,
blind noch
und ziellos, springt und fliegt
und ein zweiter herabsinkt und eingeht
in die Bewegung
des Rauches, hoch oben auf des Aconcaguas
Gipfeln.

Frost, Vater du des Feuers!

VIII DER GLÖCKNER

Selbst wer vom Berg,
vom Sand, vom Meer,
vom Erz, vom Wasser
mit leeren Händen zurückkommt,
selbst der Zureiter,
der im Sarg heimkehrt
vom Pferd, zerschmettert,
hinüber,
oder auch die Frau, die, obwohl siebenhändig,
am Webstuhl
über Nacht den Faden verliert
und zurück in den Eierstock kriecht,
um nur mehr Lumpen zu sein,
ja, selbst der Glöckner,
der mit dem Seil
den Sternenhimmel
in Gang setzt
und dabei von Kirchen
herab ins Finstre stürzt,
dem Friedhof entgegen,

sie alle
haben bei ihrem Abgang
verbrauchte Hände,
und nicht von Weichem, sondern davon:
von der zersetzenden Zeit,
der feindlichen
Substanz,
von der Kohle, der Woge,
der Baumwolle und dem Wind,
denn nur durch Schmerzen lernt man sein,
denn Hände sind bestimmt zum Handeln,
und in jeder Narbe ist Platz genug fürs Leben.

IX SCHICKSALE

Aus deinem Schicksal reich mir einen Wimpel,
einen Erdklumpen, einen Spachtel aus Eisen,
etwas Fliegendes oder Verfliegendes, die Taille
eines Kruges, die Sonne einer Zwiebel;
darum bitt' ich dich, gerade weil ich nichts erschaffen.
Bevor ich scheide, wäre ich eben gern
gerüstet und stünde mit deinen Werken,
als ob es meine wären, vor dem Tod.
Dort beim Zoll werden sie wissen wollen,
was ich alles behauen habe, geschnitten, geordnet,
geflickt, vervollständigt und funktionstüchtig
in hungrigen sterblichen Händen belassen,
und dann entgegne ich:
Ich habe dies getan, dies haben wir erschaffen.

Denn irgendwie, so fühlt' ich, hatte ich
Anteil am Tun meiner Freunde und meiner Feinde,
sie nahmen sich auch vom vielen Nichts,
das ich aus nichts gewonnen, meinem Nichts,
und also nützte ihnen mein Leben.

X DER WANDERER

Als Jüngling verlief ich mich in der Welt,
streunte geknickt über die Wege.
Zornmütig und schroff war die Nacht,
Nacht mit Dornen aus dem Urwald.

Entdeckte einen Steinfuß ungeheuer,
aus weißem Stein einen Fuß, groß wie ein Berg,
abgebrochen am Knöchel, und das Weiße
des Fußes, der halb versunkenen Zehen,
der zwischen Wurzeln steckenden Sohle,
gab nicht allein mir Rätsel auf.

Ich fühlte mich verschmäht, steckte tiefer
in der Erde, war mehr verstümmelt
als der große weiße Rest des im Urwald
verborgenen verschollenen Gottes.

XI ABWESENDE

Niemand ist da. Die einen
haben den ganzen Tag
auf ein Rad eingehämmert,
bis es ein Rad war,
die andern
haben die Welt besprüht mit Acryl,
bis sie grün war,
orange,
violett und gelb.

Wieder andere kommen vom Meer und sind wieder gegangen.

Hände regten sich hier ohne Pause,
Weißes schwenkten Waschfrauen
in der Luft, doch sie sind gegangen.

Auch wer einmal Drähte spannte
oder fuhr Lokomotiven,
ja, sogar die Priester
der Dämmerung –
alle haben dasselbe Schiff genommen,
alle sind sie fort mit vielen
nächtlichen Wellen
oder mit dem beißenden Wüstenstaub
oder mit verglühenden Sternen
oder mit dem Wasser, das verrinnt und nicht zurückfließt,
oder mit dem Weinen, das den Toten nachläuft.
Alle haben etwas getan, und es ist Nacht.

Verloren drifte ich
in der Öde, die sie mir belassen.

Und da ich nichts getan habe, schau ich
im Dunkeln aus nach all den Fortgegangenen,
die mählich mich zu einem Schatten wandeln.

XII GESTIRN AM TAGE

O Sonne, krallenbewehrt,
Goldtier, Biene,
Hirtenhund der Welt,
verzeih
unsere Abwege,
gleich sind wir da, zurück,
wir warten ja

schon alle
im Pferch des Tages.

Mag sein, wir haben heute nacht nicht gehorcht,
sind dem Traum vorn Mond nachgelaufen
zwecks Klärung von Trauer und Planeten,
scharten uns
auf unserer eigenen
liebes- und nahrungshungrigen
Haut,
doch nun
stehen wir wieder
im Stall
und gehorchen
deinen langen Spateln Lichts,
deinen Fingern, die nach allem greifen,
deiner Samenunzucht.

Schon rührt sich alles
und rennt. Bürger,
der Tag ist kurz, die Sonne stampft wie ein Stier
in der Arena,
holen Sie schnell Ihren Spaten,
Ihre Brechstange,
Ihren Backtrog,
Ihr Thermometer,
Ihre Pfeife, Ihren Pinsel, Ihre Schere,
Ihr Heftpflaster,
Lastenaufzug, Politbüro,
Ihre Kartoffeln vom Markt,
schnell, gnädige Frau, schnell,
der Herr,
hier lang, da lang, Ärmel hoch,
bald haben wir kein Licht mehr.

Die Sonne rammte Pflöcke vor die Freude,
vor die Hoffnung und vor das Leiden,
lief hierhin und dahin mit ihren Strahlen,
steckte Grenzen ab, vergab Grund und Boden,
sollte jeder erst tüchtig schwitzen,
ehe sie Leine zog
mit ihrem Licht
und die Hierbleibenden still
stünden und schlummerten
bis zum morgigen Montag.

XIII DAS KIND DES MONDES

Alles hier lebt,
schafft
und erschafft sich
ohne Zutun meiner Geduld,
als diese Schienen verlegt wurden
vor hundert Jahren,
rührte ich ihre Kälte nicht an,
mein Herz, naßgeregnet
vom Himmel über Cautín,
tat keine einzige Bewegung,
die geholfen hätte
beim Ausbau der Wege
für das Tempo, das gerade begann.

Auch später rührte ich keinen Finger
beim allgemeinen Wettlauf
im All, zu dem meine Freunde das Startsignal
gaben, hin zum prunkenden Aldebarán.

Und seitens selbstsüchtiger Organismen,
die nur hörten, sahen

und weitergingen,
mußte ich Demütigungen erdulden, die ich nicht erzähle,
damit bei meinen Versen keiner mehr weint,
denn sie sind nicht mehr voller Tränen,
sondern voller Energie, verwandt für Buchseiten,
für Staub, für Steine auf den Wegen.

Und da ich so weit gelaufen, ohne Erz
zu brechen oder Holz zu sägen,
ist mir, als gehörte die Welt nicht mir,
sondern denen, die genagelt und gesägt
und diese Bauwerke aufgeführt;
denn wenn den Mörtel, der, einmal geboren,
seinen Zweck dauerhaft erfüllt hat,
andere, lehm- und blutverschmierte
Hände anrührten,
bin ich nicht befugt, von meinem Dasein
zu künden; ich war ein Kind des Mondes.

XIV DIE MASSGEBLICHE HAND

Das Geschehen berühren, die Klarheit erleben
des Glases im Feuer,
in der Bronze kreisen,
bis man mit Glockenmund singt,
wohlriechende Lust
des im Sägewerk
wie eine Geige
seufzenden Brettes,
Mehl für das Brot
auf seiner Reise
von rauschendem
Ährengeplauder
bis zur Maschine

der Bäcker,
berühren auch das Unglück
der Kohle
in ihren toten Katarakten,
ausgesetzt dem Pochen
im Stollen,
bis sie splittert, bis sie flieht,
sich verbündet und im Stahl
wieder auflebt
und annimmt
die Einheit des Reinen, die ovale Taube
neuer Bewegung:
Geschehen,
Geschehen im Blut,
Kreislauf des Feuers,
Schaltkreis der Hände,
Rose der Energie.

XV KREISLAUF

Einmal, mehr nach innen hin, kehrt wieder
der feuchte Frühling;
steckt seine Finger zwischen die Wurzeln,
rührt an den verborgenen Menschen.

Dort unten schlief ich,
ich schlief.

Auf tut er seine grünen Lippen,
erhebt sich,
ist Mensch, Pflanze oder Fluß,
sehnsüchtige Gürtellinie,
Wassermund.

Es ist so weit,
es gibt mich,
aus Licht bin ich und Sand.

Wer kommt mich besuchen? Niemand!

Ich bin niemand.

Warum dann die blaue Luft?

Ich bin blau.

Am Zweig eine Rose?

Ich zünde sie an.

XVI TRENNUNGEN

Nur ein bitteres Blatt Papier habe ich entflammt.

Ich war nicht der Grund, daß Donner und Rose
guten Tag zueinander sagten.

Ich hab die Welt nicht gemacht, nicht die Uhren,
nicht die Rosen, und hoffentlich finde ich
auch in den Ähren nicht mein Ebenbild.

Da ich so vieles versäumt, wo ich nicht gewesen,
wurde ich nach und nach zum Schatten,
gab dabei niemandem den Vorzug,
vergab nur einen Salzberg, und auch der
ist in einem Glas Winterwasser zerflossen.

Es fragt sich der Reisende, ob er standhielt
der Zeit, als er angewandert gegen die Ferne,
und kehrt zurück dahin, wo er zu weinen anfing,
gibt wieder einmal eine Dosis seines Ichs aus,
macht wieder einmal mit all seinen Trennungen kehrt.

XVII DICHT BEI DEN MESSERN

Diese weiche Seele ist es, die harrte,
die heutige Seele, ohne Bewegung,
als wäre sie luftleer, aus Mond gemacht,
reglos in ihrer furchtbaren Güte.

Wenn ein Stein herabfährt
gleich einer Faust
vom nächtlichen Himmel,
fang ich ihn in meinem Kelch auf;
in schäumendem Licht
empfang ich das ziehende Dunkel,
das Ungewisse des Himmels.

Nur diese eine Bewegung
stehle ich vom himmlischen Gras,
aus der fruchtbaren Nacht,
nur eine zischende Lohe,
nur einen Sturz.

Erlöse, dunkle Erde, mich von meinen Schlüsseln,
zwar erschloß ich den strengen Himmel,
hielt an mich und schloß ihn wieder,
doch war ich nichts, ich bezeuge es,
ich war niemand,
ich war nicht.

Ich harrte nur des Sterns,
des Mondpfeils,
des steinernen Blitzes aus dem Himmel,
harrte still in Gesellschaft
des im Frühling wachsenden Grases,
der Milch im Euter,
des träg fließenden Honigs,
harrte der Hoffnung,
und hier steh ich,
überführt
des Paktierens mit dem Sturm,
der Billigung des Zorns,
des Erschließens meiner Seele,
des Hörens, wie der Mörder hereinschlich,
indes ich mit der Nacht plauderte.

Da kommt noch einer, bellte der Hund.

Und ich mit meinen kalten Augen,
mit der silbrigen Trauer,
die das Firmament mir schenkte,
erkannte den Dolch nicht und nicht den Hund,
hörte ihn nicht bellen.

Hier steh ich denn, da die Saat aufgeht
und sich öffnet wie Lippen:
Kühl ist alles und tief.

Ich bin tot,
bin ermordet,
werde mit dem Frühling
geboren.

Hier habe ich ein Blatt,
ein Ohr, ein Säuseln,
einen Gedanken;

ich darf noch einmal leben,
meine Wurzeln schmerzen,
meine Haare,
mir lächelt mein Mund;
ich erhebe mich, denn
die Sonne geht auf.

Denn die Sonne geht auf.

XVIII AUF DEM HEIMWEG

Guten Tag denn,
einsame Gegend,
Einsamkeit einer unbewohnten
Sonne, die mit ihrem Schiff
schwimmt vom Schnee zu den Ähren;
kaum erwachen
trillernd die Vögel,
faßt der helle Tag seinen Entschluß
und ihre Glocke die Natur.

Drum guten Tag,
Beständigkeit, Dichte
des gebieterischen Raumes,
darin du nicht mehr als ein Mensch bist,
indessen mit durchsichtigen Händen
die Ewigkeit dich verkennt und liebkost.

XIX VOGEL

Hier im Baum singt er.

Ein eingefleischt einsamer Vogel,
voll fallenden Wassers,
voll irr steigenden Lichts,
ganz kehliges Kristall,
endlose Koloratur.

Warum?

Die Frage singt mit.

XX DIE SONNE

Bekanntlich hat der Regen
die Namen fortgewaschen.

Niemand hat einen Namen.

Das Wasser setzte,
nun ja,
einen Anfang,
einen erloschenen Stern,
auf dem
die Tage,
die Reiche
und der Fluß
keinen
Namen haben.

Das war nicht bekannt,
bis alle

beim Gehen und Kommen
von ihren Verrichtungen
mit dem Finger wiesen
auf die Plätze
und in Buchläden forschten
nach Geschichte und Geographie
der Region, die der Regen
fortgespült.

Bis die Sonne herabkam
von ihrer Grenze
und gelbe
Namen
schrieb
auf alle Dinge
dieser Welt.

XXI WEINEN

Es spricht der Mensch: Auf der Straße habe ich gelitten
am Gehen ohne Sehen, an Ferne mit Nähe,
am Konsumieren ohne Sein, an der Verirrung,
an Augen, die feindselig vorüberziehen.

Auch meint der Mensch,
er hasse seine *tägliche* Arbeit,
sein *du sollst dein Brot verdienen,* seinen tristen Krieg,
wie der Reiche sein Goldkleid haßt, der Oberst seinen Degen,
der Arme seinen müden Fuß, seinen Koffer der Vertreter,
der Kellner seinen makellosen Schlips,
der Bankmann sein Gitter, seine Uniform der Gendarm,
ihr Kloster die Nonne, der Obstverkäufer seine Orange,
der Fleischer sein Fleisch, den Apothekengestank
der Apotheker, die Dirne ihr Gewerbe,

der Mensch sagt zu mir, er fliehe
auf dem fließenden Damm des Hasses, seine Schritte
hallten auf der Straße,
schnell, nimmersatt, vieldeutig und bitter,
als laste schwer auf jedermanns Schultern
eine unsichtbare, aber drückende Ware.

Es sei der Mutige, erzählt mir der Fußgänger,
nämlich verstört und hasse den Mut,
und die Schöne werde nicht froh ihrer Füße,
und der Feuerwehrmann hasse das Wasser, mit dem er lösche,
bis die Stadt ein Unmut von Algen im Ozean,
ein Vorort aus gewachsenen Armen, die winken,
ein Golf, aufgewühlt, mit hohler Dünung
ist, und der Mensch gar nicht mehr weiß, daß er weint.

XXII WER GESUNGEN HAT, WIRD IMMER SINGEN

Ich, der Frühere, bin von Rosa und José
das Kind. Pablo heiße ich dank des Wortes Zauberkraft
und muß ergründen meinen Unverstand,
bei mir selber unbeglichene Schulden.

Einmal – ich wurde gerade nicht geboren,
war ich vielleicht nicht oder keinem Körper
zugewiesen, schwankend
zwischen Nichtsein und sich öffnenden Augen,
im perlenden Chaos, im Kampf
zwischen Materie und Licht –
war das einzig Lebendige an mir ein Zaudern,
ich lebte, doch ohne Berufung,
noch ungeboren, war ich schon tot
und kroch zwischen wankenden Mauern,
um zu leben, ins Dunkel.

Drum verzeiht mir die Schwermut
meiner munter begangenen Irrtümer,
meiner schattendüsteren Träume,
verzeiht mir Nutzlosem, alle,
ich kam nie dazu, meine Hände zu gebrauchen,
weder in der Schreinerwerkstatt noch im Wald.

In einer strahlenden und schmutzigen Zeit lebte ich,
streunend auf industriellen Wellen,
essend die Asche der Toten,
und ob ich nun Gott sprechen wollte
oder einen General, ein paar Dinge zu klären,
stets waren alle fort mit ihren Türen,
wo sollte ich da anders hin als zu meinem Gesang?

Ich singe, ich sang, und singend
lieferte ich die Zahlen,
damit ihr ewig Zählenden
zusammenzählt,
damit ihr alles verkleinert,
ihr Subtrahierer;
als täglich man mich erschlug,
gewöhnte ich mich ans Geborenwerden, doch das ist
natürlich mein Beruf und nicht von Belang.

XXIII DIE HERRSCHER

Ja, ich bin schuldig
an dem, was ich unterlassen,
zuviel habe ich nicht gesät, nicht gemäht, vermessen,
mich nicht angespornt zum Besiedeln von Neuland,
mich festgesessen in den Wüsten
und mit Sand geplaudert.

In anderer Leute Akten
ist wahrscheinlich mehr Licht,
aus mir sollten nach meinem Willen
so viele Dinge wachsen, wie man Bretter sägt,
mit Gesang, aus dem Holz,
daß ich, auch ohne von meiner Seele
zu sprechen, davon später,
schlechte Noten bekomme,
weil ich keine Uhr gebaut habe, meine Pflicht nicht erfüllt:
Man weiß ja, wie wunderschön eine Uhr ist.

Es kann das Schneckenhaus
nur das Tier selber bauen
tief in seiner Stille,
und nur den Käfern eignet
der siebenfach blitzende, rätselhaft wandelbare
Bau, mit dem sie prunken.

Der Mensch jedoch, der mit seinen Händen
wie mit schlaffen Handschuhen daherkommt
und in der Luft wedelt, bis sie zerfallen,
rührt mich nicht
so zärtlich
wie das winzig kleine Meerestier
und der zierlich geflügelte Koloß,
die aus ihrem eigenen Wesen ihren Bauplan
und ihren Herrschaftsanspruch holten.

XXIV RÄTSEL MIT BLUME

Ein Sieg. Zu spät, du wußtest nichts davon.
Zur Lilie wuchs, weil es mir beliebte,
die weiße Gestalt heran
durch die starre Ewigkeit der Erde,

schob vor sich her eine schwache helle Form
und bohrte zuletzt einen weißen Strahl
oder Schnabel aus Milch durch den Lehm.
Stummes, zähes Dunkel des Bodens,
in dessen Schlucht kriecht
die helle Blüte,
bis ihr Weiß wie ein Wimpel
besiegt den unwerten Nachtgrund
und aus emporstrebendem Licht sich
verwundert Samen ergießen.

XXV 28325674549

Eine Hand hat die Zahl erschaffen.
Sie legte Steinchen
zu Steinchen, Donner
zu Donner,
einen gestürzten Adler
zu einem zweiten Adler,
einen Pfeil zum Pfeile,
und in des Granits Geduld
schlug die Hand
zwei Kerben, zwei Wunden,
zwei Rinnen: Die Zahl
war geboren.

Es wuchs die Zahl Zwei und bald
die Vier;
alle kamen sie
aus einer Hand,
die Fünf, die Sechs,
die Sieben,
die Acht, die Neun, die Null,
wie ewige Eier

aus einem Huhn,
hartleibig
wie Stein,
wieviele Zahlen das legte,
ohne sich aufzubrauchen, und in jeder
Zahl eine weitere Zahl
und eine weitere in der weiteren,
fruchtbar, sich mehrend,
bitter und unvereinbar,
numerieren sie,
wachsen sie
in Bergen, in Därmen,
in Gärten, in Kellern,
rieseln aus Büchern,
segeln über Kansas und Morelia,
verschütten, blenden, erschlagen uns
auf Tischen, in Taschen,
Zahlen, Zahlen,
Zahlen.

XXVI DER MOND

Meinen Händen erzähle ich so vieles,
daß sie sich nur an reine Seide erinnern,
an sanftgerundete Brüste oder Krüge,
die ihnen kampflos zufielen,
die sie ohne Zufassen behielten.
Ohne Samen
auszustreuen,
wickelten sie täglich die Nacht,
das Knäuel der Luft auf,
haspelten in meinem dürren Ungeschick
auf und wieder ab die Spule.
Ach, ihr Hände,

sagte ich
und hob die Arme zum Monde,
was ist das für ein Licht?

Hast du es gemacht?

XXVII CHORGESANG

Es war in der Ausübung
reinsten Herbstes,
wenn modert der Mantel
aus Sauerstoff,
die Welt schwankt zwischen Wasser und Schatten,
zwischen Goldglanz und Flußlauf,
und heimlich läutet eine Glocke
wie ein Bronzefisch in der Höhe.
Wir müssen reden,
Laut geben,
auch wenn der Wind
in die Irre weht;
Jahre sind es der Nässe,
Jahrhunderte stummer Erde,
wir müssen erzählen, was im Herbst geschah.
Niemand ist da.
Reiß auf dein geheimes Erbe,
deine gelbe Glocke,
erhebe deine Tiefe
zum Chor,
hinauf mit deinen Wurzeln
zum Chor;
das Vergessen ist
voller Keime, die
mit dir singen,
ein großer Herbst bricht

in dein Land
als Woge geknickter Rosen,
jemand hat diesen Duft
hervorgewühlt;
so riecht der Leib der Erde.

Los.

XXVIII DER KÖRPER DER HAND

Eine Hand ist ein Körper,
ein Körper ist eine Hand,
was fangen wir an
mit der Körperhand
oder dem Hände-
körper?
An Land und auf See
haben wir geerntet,
wir wissen Bescheid
bis auf den Grund,
wir leben
Körper an Körper,
und Hand um Hand ließen wir das Leben:
zufassen, besitzen,
berühren, verweben
und Abschied nehmen.

XXIX NÄCHTLICHE GEBURT

O Nacht im Zenit,
geradlinig, redlich,
mit deiner gestern noch unerreichbaren
Kuppel
bist du heute Staub
oder blauer Kuß,
splitterndes Gefunkel,
glasklares Schwarz.

Stille mich,
Nacht,
laß den Saft mich
an deinem Nachteuter
saugen und austrinken,
senke mich in deinen Schoß,
breit wie der Horizont, in die Wohnstätten
deiner Mutterschaft, in die Behausungen
deiner kalten Fackeln.
Schlafend reisen um die Sphäre
wie neu geboren, erschauern
bei der Berührung mit dem Unmaß
unter den Lampen an deinem Strand.

XXX MEERESGRUND

Herrscher im Meer, unbekannte
Ursache der Bewegung,
Grund auf dem Grund, Lied,
mähliche Wut, zerrissene Mähne
oder auch Feuermotor,
im Wasser

begraben
wie der Vulkan, der seiner Stille befiehlt.

Doch, meine Hände haben die Weite
befahren, heute bekenne ich
mich zu meinem Glauben:
Die Tiefe,
die Hände
des Meers
haben mich erschaffen,
mit ihren grünen Handschuhen
meine Finger
erzogen;
die gedenken noch immer
der Freiheit im Wasser.

XXXI DER REISENDE

Einen Mann fürs Zwielicht brauche ich,
eine Frau fürs Zwielicht,
auf dieser Erdhälfte bin ich
der Verlierer:
Ich brauche das finsterste Licht;
ich weiß, andere bevölkern
den unentrinnbaren Schatten,
rollen ihn aus
wie einen Teppich,
anderen auch gehört das Licht, das Alphabet.

Ich ruhe nicht aus
in diesen Breiten;
eben angekommen,
will ich weiterreisen.

XXXII ZEREMONIE

Was hast du mit deinen Händen gemacht,
abgestorbener Baum?
Hast du sie
an den Herbst
gehängt?
Oder über die Straße
des gelben Todes
geschleift?

Ach, träges Nest
im dürren Laub, es kam
der Wind mit seiner Fiedel
und danach das Feuer.

Ich sah die Zeremonie:
Sie dauert
ein Leben lang:
Erde bist du, Saatkorn,
Tastsinn,
Baumstamm bist du,
Blätter,
Triller,
bist Gold,
nackt stehst du,
überm Winter
stehst du,
ohne Hände,
wieder
Lehm
geworden,
schwarze Stille,
Dunkel.

XXXIII FRÜH

Ich bin der Morgenmensch: Die Tücke
kommt bei mir zu spät.

Ich hab den Tag schon auf- und abgespult,
als er noch frisch war, silbern von Geburt,
und wenn Sauwin Cerda und Anverwandte
ihre Lettern drucken in den Pfuhl,
was hilft's, da ist es schon zu spät.

Ich bin eben Frühaufsteher und Frühankömmling.

XXXIV VON DER ABNUTZUNG DER TAGE

Glatt ist der Tag, geschmeidig,
ein Achat, eine Zitrone,
eine weggeglittene Traube,
sein Dienst war Aufbruch.

Vom vielen Ausziehen aus der Nacht,
vom vielen Wiederkommen
wurde der Tag zu Bernstein,
wurde zu reiner Materie.
So wie vielbenutzte Messer
dünn werden an Griff und Klinge,
sich anders anfassen,
sah ich, wie dieser Tag bei seiner Rückkehr
von einer langen Fahrt durch die Nacht
in ein blaues Messer verwandelt war,
in ein Werkzeug des Mondes.

XXXV DAS SIEGEL DES PFLUGS

In dem Geschäft hier
möchte ich Hände kaufen
und dafür
die meinen dalassen:
kann sie eben nicht gebrauchen.

Ich wüßte gerne,
ob ich bei meinen Jahren
noch einmal
anfangen kann,
noch einmal arbeiten,
weiterleben.
Ich will die Welt,
die Leiber,
Glocken, Wurzeln
anders spüren beim Berühren,
in anderen Fingern
geboren werden,
an anderen Nägeln wachsen,
vor allem aber
will ich
Holz sägen, Erze bändigen,
Wasserleitungen bauen und Schmieden
und die Erde zerhacken, bis Staub
und Lehm uns nach all dem Pflügen
das zerhackte Siegel unserer
armselig irdischen Ewigkeit aufdrücken.

XXXVI SIND SO FRAGEN

Wurde der Körper auch genutzt?

War es deiner?

War er nicht eine Spur, eine Uniform,
war er nicht das Gerippe der Symmetrie,
verhüllte er nicht ungestraft das Gemüt?

Und wenn dein nackter Leib ein dürstendes Glas war
oder eine blanke Waffe, sag,
sag mir in meiner Finsternis,
hast du im Frühling Blut eingeschenkt?

Oder hast du dir einen anderen Körper gesucht zum Sterben?

XXXVII SPERMA

Weil dies ein Aufschrei ist ohne Worte,
nur eine Silbe von der Farbe des Blutes.

Und er kreist im Wirbel einer Begierde
wie ein zähflüssig heißer Quellbach,
als schwefelroter Kalk, als heimliche Sonne,
die aufstößt und schließt die genitalen Türen.

XXXVIII SCHICKSAL

Doch die Hand trachtet Wort zu halten und fliegt vergebens
um festzuhalten; sie möchte nehmen, berühren,
möchte Körper sein und Körper an Körper auch sterben.

Sie war in diesem Licht und dem anderen,
suchte unter Schläfern und Wachen
nach einer zweiten Hand, zweiten Rose, einer zweiten Hüfte,
und nachdem sie die Liebe überlebt,
als sie sich öffnete und hohl, abgestorben, zurückblieb,
zog sie aus, eines jeden Tages Werkzeug zu suchen,
zog sie aus und fand in jeder Straße das Brot
und kam so mit Maschinen und Lehm in Berührung,
mit Zement und mit Regen, mit Papier und mit Erdöl,
mit dem, was im Wasser treibt, mit dem, was im Wind weht,
mit dem Leben, also mit dem Tod, also mit dem Leben.

XXXIX WIR ERTRINKEN

Ach, dürfte ich doch leiden an den Glücklichen,
ohne ihnen Brennesseln um die Ohren schlagen zu müssen,
ohne ihnen Namen und Wein zu verwehren,
ohne sie an anderen Kummer rühren zu lassen:
Sollen sie unsere Seele doch auf ihren Teller tun,
wir müssen uns eben abschleppen mit den anderen
und beim Durchwaten der Furt in fremdem Blut versinken.

Gut, daß es ein und dasselbe Wasser ist, das uns
alle auf den Grund zieht, das uns alle hochreißt.

Und wer hat den Krieg gemacht?

Seit vorgestern dröhnt er.

Ich habe Angst.

Wie ein Stein dröhnt er
an die Wand,
wie ein blutiger Donnerschlag,
wie ein sterbender Berg.
Es ist die Welt,
die ich nicht gemacht.
Die du nicht gemacht.
Die andere erschaffen.
Wer droht ihr da mit furchtbaren Fingern?
Wer will sie erwürgen?
Es sah doch aus, als würde sie gerade geboren?
Wer also bringt sie um für ihre Geburt?

Angst hat der Radfahrer,
der Architekt.
Es verkriecht sich die Mutter mit ihrem Kind und ihren Brüsten
im Schlamm.
In Höhlen schläft die Mutter, und mit einemmal
ist Krieg,
großer Krieg,
voller Feuer,
und tot sind,
tot,
die Mutter und ihre Milch und ihr Kind.

Gestorben im Schlamm.

Weh! Müssen wir denn

für alle Zeit
bis an die Schläfen
im Dreck steckend
singen und schießen? Gnade Gott!
Hätten Sie es dir doch gesagt,
bevor du warst, bevor du gleichsam da warst,
hätten sie dir
zumindest zugeflüstert,
daß dir Verwandte und Unverwandte,
Kinder des Liebeslachens,
Kinder menschlichen Spermas
und des Dufts
nach jungem Montag und frischgewaschenem Hemd
so plötzlich sterben müssen
und dabei nie erfahren, worum es ging!

Es sind dieselben Leute,
die auch uns umbringen wollen,
doch, es sind dieselben,
die bald auch uns verbrennen,
ja, dieselben,
die Aasgeier und die Kraftmeier,
die Lächler, die hoch gepokert
und hoch gewonnen haben,
die kommen
durch die Luft,
heute, morgen, gestern
und bringen uns die Welt um.

Eine Lache haben sie übriggelassen
von Vater, Mutter und Kind,
suchen wir sie ab,
such du darin nach deinen Knochen und deinem Blut,
such danach im Schlamm von Vietnam,
such danach unter vielen anderen Knochen,
jetzt, wo sie verbrannt sind, gehören sie niemandem mehr,

sondern allen,
unsre Knochen sind's, suche
deinen Tod in diesem Tod,
dieselben Leute lauern ja auch dir auf
und werfen dich im Geist schon in denselben Schlamm.

XLI TROTZ

In Ekuador kommt eine malende Metze
und strichelt meinen Namen in ihren Mist.
Und heute klärt die Welt sich auf,
weil in einer dunklen, dunklen Ecke
jemand einen Stern erblickt.

Alle sind gekommen zur Anbetung des Lichts;
dabei war es nur ein Tropfen Tau.

Doch der Tautropfen hat gewirkt:
Alles war transparent,
die Büromenschen begaben sich eilends
an den Ort des Schimmerns,
die Krüppel krochen umher
nach ihren verlorenen Beinen,
die Rebhühner legten sanftgerundete Eier
voller Rauch in ihre Nester,
bis es schließlich so würzig roch
und Hoffnungen sich in solchem Ausmaß
erfüllten, daß auf der ganzen Erde
Namenstag gefeiert wurde.

Traurig ist nur, daß in Ekuador
eine müde malende Metze
an einem Tag so von Korn voll
an ihrer Warze herumdrückt.

XLII EIN KÄFER

Auch beim Käfer war ich,
fragte ihn nach seinem Leben,
nach seinen herbstlichen Gebräuchen,
nach seiner schnurgeraden Rüstung.

Gesucht habe ich ihn an entlegenen Seen
in meines Landes schwarzem Süden,
gefunden habe ich ihn in der Asche
der grollenden Vulkane
und beim Hinaufklettern von den Wurzeln
zu seinem eigenen Dunkel.

Wie hast du dein hartes Kleid gemacht?
Deine zinkblauen Augen, deine Krawatte?
Deine metallischen Hosen?
Deine auffälligen Scheren?
Deine goldene Säge, deine Zangen?
Dank welchem Harz ist deine
glitzernde Gattung gereift?

(Ich hätte so gerne
ein Käferherz
und bohrte mich damit in Festes
und versteckte meine Signatur
im Tod des Holzes.)
((So ersteht mein Name
vielleicht irgendwann neu
in neuen nachtschwarzen Gängen
und tritt am Ende mit künftigen
Flügeln aus dem Tunnel.))

((Nichts ist schöner als du,
stummer, unergründlicher Käfer,
du Priester in den Wurzeln,

Nashorn im Tau, sprach ich,))
er aber sprach nicht.

Antwortete nicht auf meine Frage.

So sind die Käfer.

XLIII J. S.

Jorge Sanhueza starb, weil er zerstreut war.
So bleich ging er durch die Straße,
daß er sich nach und nach in sich selber verlief.
Wie sollen wir jetzt aber zu unsern
nichtvorhandenen Tränen kommen?

In Wahrheit war er längst fort
und wir merkten erst später,
daß er Stück um Stück seiner Wege ging,
täglich ein Stück, bis wir das Spiel des Todes
gelernt hatten: seines Todes.

Ob er sich zwischen Tür und Angel verkroch
einen halben Mond vor der Nacht, oder ob er
hinter einem verdunkelten Fenster steht,
damit wir glauben, es gebe ihn schon nicht mehr,
ich weiß es nicht, du weißt es nicht, es ist so:
Zum Spaß tun wir weiterhin, als ob wir es nicht wüßten.

XLIV SCHREIBERLING

Der Pistor, der Kaktor erregt sich,
sagt man mir, über meinen Schatten;
in meinem Schatten lebt der Arme und frißt sich daran satt.

O düsterer Schattenwurm,
du liebst meinen schmalen Schatten, den laß ich
ruhig an meinem Hut, da mag er kleben,
denn ich vergaß, wir vergaßen:
Mit unserer Pflicht, einen Schatten zu haben,
geht ja das Licht einher;
nur darum gab ich in den Provinzkinos
(am Eingang) meinen jugendlichen Schatten ab.
Später auf den vielen Schiffen verlor ich ihn,
fand ihn dann aber wieder:
mal in nackten Orangenkörben,
mal am Meeresufer im Winter.

Wenn ich bedenke, daß mein armer Schatten,
sooft ich ihn verlor, vor Verlassenheit heulte
und daß eine geschwänzte Türkentype
in fremden Federn
mit einer Nase, spitz wie eine Schere,
mit meinem Schatten seine Seele zerfraß,
sein eigen Salz und Schmalz aufleckte
und in seiner Weste sich krümmte,
um meinen Schatten schließlich in sein Tintenfaß zu gießen
und seinem makabren Schwiegervater zu schreiben,
um schließlich umsonst ein armer Wurm zu werden
und in seinem Wurmdasein zu faseln.

XLV BAUSTELLE AM MITTAG

O Hämmern am Vormittag
im Bau, der seine Hoffnung hochhält:
wiederkehrendes Stampfen
zwischen Sonne und Pinien
im Februar.

Jemand mauert, es klingt
der Klinker,
ein Kübel kippt, die Sonne
wandert von Hand zu Hand
im Aufblitzen der Hämmer,
und im Sand von Punta del Este
wächst ein neues Haus,
noch unbeholfen, herdlos, sprachlos,
bis der Rauch der Maurer,
die mittags ihr Fleisch sich braten,
seine Fahne aufzieht
der Kapitulation.

Da kehrt das Haus ein
in den Frieden von Sand und Pinien,
als wäre es des Entstehens leid
und nehme Abschied von den Elementen
und wäre mit einemmal
zu einer kleinen Handvoll Staub zerfallen.

XLVI PLATSCH

Tinte, du hältst mich hin
Tropfen um Tropfen
und nimmst meiner Vernunft
und meiner Unvernunft Spur in dich auf,

wie eine lange Narbe, die kaum
zu sehen ist, sobald der Körper schläft
im Fortgang seines Zerstörungswerks.

Vielleicht hätte ich dich Essenz
besser in einen Kelch
gegossen und alles auf eine
einzige Seite gekippt: ein Klecks,
ein einziger grüner Stern,
und dieser Klecks wäre
alles gewesen,
was ich mein Lebtag geschrieben hätte,
nicht buchstabierbar und nicht auslegbar,
ein einziges dunkles, wortloses
Platsch.

XLVII ZWÖLF UHR

Schlägt es auch für mich einmal zwölf
so wie in der Fabrik,
auch für mich
glücklichen Gast
des Strands,
den des großen barmherzigen Ozeans
sieben Schaumkronen bewirten,
läuten für mich eines Tages um zwölf
die gleichen Glocken
wie für den Häftling in seinen vier Mauern,
schlägt mir ebenso die Stunde
wie dem Mörder neben seinem Messer,
wird es für mich ebenso
zwölf
wie für den vom Wundbrand Befallenen,

der zusehen muß, wie die blaue Pest
sich zu seinem brennenden Mund hinauffrißt?

Warum schlägt meine rein besonnte, sandige Stunde
nicht auch anderen, die viel besser sind als ich?

Warum werden die zwölf Stunden eines glücklichen Tages
nicht gastfreundlich an alle gleichermaßen verteilt?

Und wer hat die immer bitterer schmeckende Lust
allein mir zugedacht?

XLVIII AUF DIE GESCHWUNGENE BRÜCKE BEI BARRA MALDONADO IN URUGUAY

Zwischen Wasser und Wind glänzt die geschwungene Brücke,
zwischen Grün und Blau schwingt sich auf
der Zement zu zwei Brüsten, zwei Schlünden,
zur nackten Geschlossenheit
einer Frau oder einer Festung,
stehend auf Buchstaben aus Beton,
die des Flusses Seiten beschreiben.

Zwischen der Menschheit auf beiden Ufern
wellt sich heute die Kraft der Linie,
die Geschmeidigkeit
der Härte,
die tadellose Fügsamkeit
strengen Baustoffs.

Darum feiere ich Dichter
der Brücken,
ich Sänger
der Bauten

stolz
den Vorhof
zum Maldonado, der offensteht
dem vergänglichen Gang,
der schweifenden Geschlossenheit des Lebens.

Ich besinge ihn,
weil sich auf dem Licht des Flusses
keine Pyramide türmt
aus blutigem Obsidian,
keine hohle Kuppel bar der Götter,
auch kein nutzloses Kriegerdenkmal,
sondern diese Brücke, die das Wasser ehrt,
weil ihre wellenförmige Größe
zwei getrennt Einsamen zueinanderhilft
und sonst nichts sein will als ein Weg.

XLIX HAUS MÁNTARAS IN PUNTA DEL ESTE

Was alles aus der Pinie fällt,
grüne Schnurrbärte,
Musik,
Kienäpfel wie Kieselsteine
oder Gürteltiere
oder Bücher zum Zerpflücken.

Auch fiel ein feines
Blütenblatt mir ins Gesicht,
das einen schwarzen Samen festhielt:
ein hauchdünner Käferflügel war es
von der Pinie,
ein Geschwebe
von Leichtem,

bei dem das Fliegende
sich verband mit den Wurzeln.

Vom Baum
fallen Tropfen,
Punkte, Kommas,
Vokale, Konsonanten,
Geigen,
Regen fällt
und Stille,
alles mögliche fällt aus der Pinie,
steil aus der Luft:
Würze fällt,
Schatten, vom Tag
durchlöchert,
Nacht fällt, hell
wie Mondmilch,
und Nacht, schwarz
wie dein Fernsein.

Es tagt.

Und es fällt
ein neuer Tag
hoch aus der Pinie,
fällt mit seiner Uhr,
mit seinen Zeigernadeln,
seinen Nadellöchern,
und wenn es Nacht wird, nähen
die Piniennadeln
eine zweite Nacht ans Licht
und einen zweiten Tag an die Nacht.

L TOTE MENSCHENBILDER

Hab ich mich abgemüht stillzustehen,
und werde noch heute durchgerüttelt!
(Raunte der Tote mir zu und schlief ein.)

Ach, wir Menschen zappeln so lang,
daß, hört das Zappeln einmal auf,
die anderen mit unserm Schatten weiterziehen
und ihn aussäen, ach Herr, in ihren Schlachten.

(Die anderen aber sind wir selber,
wir lassen die Toten nicht in Frieden,
wir spülen und waschen ihr Andenken,
richten immer wieder auf, was übrig ist
von ihnen: ein Vorrat an Bildern,
an Schnauz- und Backenbärten, die wir bürsten,
nur um die Toten bei uns zu haben.)

Wie schwer fiel uns das Zappeln,
höllisch war's, zu töten bis zum Tode,
und jetzt, wo wir schon meinten stillzustehen,
müssen wir uns durch die Straßen knüppeln,
weil all die Bilder auferstehen.

LI GANZ EINFACH

Stärke ist stumm (sagen die Bäume)
und Tiefe (sagen mir die Wurzeln)
und Reinheit (sagt mir das Mehl).

Kein Baum hat je gesagt:
»Ich bin der allergrößte.«

Keine Wurzel sagte zu mir:
»Ich komme aus tieferer Tiefe.«

Und nie sagte das Brot:
»Kein Brot kommt dem Brot gleich.«

LII REGEN

In Punta del Este regnet es auf das Grün,
als müßte es gewaschen, als müßte
den Pinien der Kopf gewaschen werden.

Das Grün ist stolz auf den Regen.

Auf den Stolz regnet es anders.

Es regnet jetzt wie Tränen in den Pinien.

LIII GEISTLICHE SPIELE

Die Vernunft soll mich nicht mehr leiten,
sagt mein Begleiter (und ich begleite ihn,
weil ich Irrwege wie keiner liebe).
Mein Begleiter findet zur Vernunft zurück
(und wieder begleite ich meinen Begleiter,
denn ohne Vernunft kann ich nicht bestehen).

LIV NICHT ALLES AM TAG IST HEUTE

Etwas von gestern klebt noch am Heute,
die Scherbe eines Krugs, ein Zipfel von einer Fahne
oder schlicht das Wissen ums Licht,
eine Alge im Aquarium der Nacht,
ein unverbrannter Docht,
blanker Starrsinn, Luft aus Gold –
etwas vom Vergangenen besteht fort,
verdünnt, und stirbt in den Pfeilen
der schießwütigen Sonne und ihren Kämpfen.

Wenn das Gestern nicht fortlebt
im blendenden Freiheitsdrang
des herrischen Tages,
an dem wir leben,
warum machen die Möwen in ihrer Pracht
dann kehrt, als zauderten sie
und mengten ihr Blau in das Blau,
das bereits verflogen?

Meine Antwort.

Im Innern des Lichts
kreist deine Seele,
abklingend bis zum Erlöschen,
anschwellend wie ein Geläut.

Und zwischen Sterben und Neuerstehen
ist gar nicht soviel
Raum und ist so scharf auch die Grenze
nicht gezogen.
Das Licht ist rund wie ein Ring,
und wir bewegen uns in seiner Bewegung.

LV DER SCHATTEN

Noch komme ich nicht wieder,
bin nicht wieder da,
reise im Innern
des Weltbrands:
Im Innern dieser
Ader
zog das Blut seine Bahn,
und ich dringe nicht vor
zu mir selber.

Ich erkenne die Pflanzen, die lebenden Menschen,
das Geäst der Erinnerung,
den Gruß im Auge der Dinge,
den Schwanz des Hundes.
Ich erkenne die Stille zu Haus, die offen ist
für meine Stimme, und spalte nicht die Wände
mit einem Schrei aus Stein oder aus einer Pistole;
ich gehe über Boden, der meine Füße erkennt,
berühre die Liane, die über
die dunklen Granitbögen gerankt ist,
und rutsche ab an den Dingen,
an der Luft,
denn mein Schatten weilt noch immer woanders,
oder ich bin der Schatten eines, der hartnäckig fortbleibt.

LVI EIN HERR SOUNDSO, SEINE EIGENE BESTIE

Er war der Autor mit der eigenen kleinen Bestie
auf den Schultern, und immer
hielt er sie für seine Flügel.

Träg schlich er durch Redaktionsstuben,
zeigte sein steriles Geschreibsel
vor, seine scharfen
Schmachtverse; sie
interessierten nicht, holte er aber
seine Referenzen vor und sah man das Tier
auf seiner Schulter hocken,
wurde er gelesen, und flugs ging er daran,
sich als Lästermaul zu verewigen.

Und für jeden Messerstich wurde er entlohnt.

So glänzte er endlich,
doch schrieb er nicht Licht in seinen Schatten,
kein Gestirn, kein Blütenblatt, nichts Großes,
ward dafür aber eilends angestellt
zu seligem, genußvollem Beißen
und verleugnete so,
was er einst gewesen,
bis das lange unbemerkte
Tier auf seiner Schulter
sich über sein Gesicht stülpte
und den Menschen, der es trug, auslöschte.

LVII DIE HÄNDE DER TAGE

Nach Lust und Laune der Rose
bricht die Stunde an, zornig
oder gelb.
Vulkanschiefer, Blütenblatt aus Haß,
Metzgergurgel,
so ist ein Tag, und der nächste
ist auf zärtliche, ja,
entschiedene Weise Brautbett.

LVIII VERGANGEN

Sie kommen nicht wieder, die weiten Tage,
die im Vorübergehen in Gang hielten das Glück.

Ein Blubbern wie Gärendes,
wie trüber Wein in Kellern
war unsere Zeit. Leb wohl,
leb wohl, es stürzen
soviele Abschiede wie Tauben
übern Himmel in den Süden, in die Stille.

LIX WEIN

Dies ist mein Kelch, siehst du
das Blut blinken
hinter dem geschliffenen Glas?
Dies ist mein Kelch, ich trinke
auf die Einheit
des Weins,
auf das rieselnde Licht,

auf mein Geschick und auf fremde Geschicke,
auf was ich hatte und was ich nicht hatte,
und auf die blutfarbene Klinge,
die zu dem klaren Kelch singt.

LX DAS WORT

Zerknittern will ich diesen Ausdruck,
verbiegen will ich ihn,
jawohl,
er ist zu glatt,
er ist, als hätte ein großer Hund oder großer Fluß
ihn abgeleckt und abgespült
viele Jahre lang.

Am Wort soll man
das Rauhe sehen,
das Eisensalz,
der Erde
zahnlose Kraft,
das Blut
derer, die gesprochen und die nicht gesprochen haben.

Den Durst will ich sehen
in den Silben,
das Feuer berühren
im Klang.
Das Dunkle will ich spüren
im Aufschrei. Worte
will ich, so rauh
wie unberührte Steine.

LXI DICHTEN

Hand aufs Wort,
Hand in die Mitte
des einst Gott Genannten,
Hand ins Zeitmaß,
an der Seele Gürtel.

Aufrütteln muß man der Sprache Schachteln,
hochjagen, bis die Vokale
wie Möwen fliegen,
geknetet werden muß
der Lehm,
bis er singt,
mit Tränen besudelt,
gespült werden in Blut,
mit Veilchen gefärbt,
bis der Fluß entspringt,
der ganze Fluß,
einem kleinen Krug:
Das ist Dichtung –
Sprache des
Flusses.

LXII ANDERE GÖTTER

Die weißen Götter schlafen
in den Büchern;
ihre Stärke ist geknickt, Frost
fraß ihre Augen,
sie leben fort ohne die einstige Helligkeit,
und von Liebe sitzt ihnen nur Erinnerung
noch zwischen den Schenkeln.

Die geborstene Statue
barg am Gürtel nicht
die Blitze.

Erloschen ist das Weiß.

Dennoch, wisset, ihr müden Helden
mit den Marmorknien:
Der starrsinnige Gott
von den Inseln im Meer
und die zottig federwippende
blutige
afrikanische Gottheit,
die finster dreinschaut in ihrer Tracht
oder auch nackt tanzt auf dem Fest der Gattung,
das Stammesraubtier, das Totemherz,
die Trommel, der Schild, der Speer, der im Busch gelebt
oder an schwarzen Flüssen, die weinten,
sie brennen noch, sie sind am Leben,
uralt und heutig,
prallvoll mit Blut, mit Träumen, Tönen,
sie sitzen noch nicht auf Thronen
wie schaumgeborene
Marmorgespenster,
sondern schlagen weiterhin im Schatten
ihre schattendunkle Schlacht.

LXIII WINTER

Freund aus diesem Winter und dem gestrigen,
Gegner du oder auch Krieger,
Frost,
in heller Sonne berührst du mich

wie die Berührung
eines beschneiten Bogens, eines gereizten Sternes.

Muß ich doch mit diesen Fingern,
plump und unbestimmt,
als führen sie durch Wasser,
diesen heutigen Wintertag entfalten
und mit Abschieden ausfüllen.

Wie soll ich die Rauchfahne fangen in der Luft
mit diesen Fingern, kalt
wie der Tote im Sarg,
oder wie mit meinen lahmen Füßen
hinter dem Fisch herjagen,
der über den Himmel schwimmt,
oder auch mit schweren Schuhen
das frisch abgebrannte Stoppelfeld betreten
und mit meinem offenen Mund?

Ach, Unbilden der Kälte, mit trockenem
Rebhuhnflattern im Gehölz,
armem Rauhreif auch und Sternen,
zertreten zwischen Erdschollen!

LXIV KRANKER MANN SONNT SICH

Was tust du, Halbtoter, wo der neue Montag,
sonnengesponnen, kußduftend,
sich doch an seinen vorgesehenen Himmel hängt
und dich bewußt stört in deiner Krise?

Du genast schon von deiner Krankheit,
von deinem schwärenden Brüten,
an dessen Ende der ausweglose

Tunnel, das Dunkel mit seinem letzten Schiedspruch
deiner harrte; das Verstummen
des Herzens oder eines anderen
bedrohten inneren Organes
stieß dich in die Gewißheit, daß du scheiden mußt,
und mit geschlossenen Augen überließest
dem Schmerz du dich und seinen jagenden Windstößen.

Und heute, da du, nicht mehr ans Bett gefesselt,
mehr Licht siehst, als die Luft kann fassen,
denkst du, wenn nun, wenn du gestorben wärst,
wäre nicht nur nichts geschehen,
sondern hätte auch nichts mehr Jubel fassen können
als der schöne Tag deiner Beerdigung.

LXV ICH WEISS NICHTS

Im Umkreis und in der Exaktheit
unexakter Wissenschaften steh ich, Genossen,
ich kann diese Begriffe nicht erklären,
sie entschweben langsam in den Himmel
und beweisen doch robuste Existenzen.

Es hat nichts genützt, daß wir
den Vogel Strauß in den Kopf steckten
oder uns im Boden Löcher gruben:
»Es gibt nichts zu erkennen, alles ist bekannt«,
»Bleibt uns mit der Geometrie vom Leibe«.

Soviel ist gewiß: Ein abstrakt Ungewisses
wächst aus jedem Chaos und kehrt
noch jedesmal zurück zur Ordnung,
doch sonderbar, alles
beginnt mit Worten,

neuen Worten, die allein sich
zu Tisch setzen, ungeladen,
mit eklen Worten, die wir schlucken, die
in unsre Schränke kriechen,
in unsre Betten, in unser Lieben,
bis sie real sind, bis der Anfang
aufs neue anfängt mit dem Wort.

LXVI VORSTÄDTE
(WEHMÜTIGES LIED)

Streifend durch San Antonio, droben,
erkannte ich: Still ist die Armut;
morsche Scharniere quietschten,
müde Türen wollten
nur noch schluchzen oder schlafen.
Unter gesprungenen Fensterscheiben
schwenkte hier und da eine Blume,
eine bitter dürstende Geranie
zur Straße hin ihr
schmutzigorangerotes Feuer.

In dieser Stille sahen die Kinder
mich an mit ihren schwarzen Augen,
als blickten sie aus einem Brunnen,
aus dessen vergessenem Wasser.

Jäh fuhr der Wind in die Straße,
als suchte er nach seiner Bleibe.

Welkes Papier wirbelte,
Staub wälzte sich träge
von der Stelle, in einem kaputten
Fenster flatterte ein Wäschestück,

und schon war alles wie vorher:
die starre Straße, die Augen,
die mich aus dem Brunnen ansahen,
die Häuser, die auf niemand
zu warten schienen, die kahlen
und zersplitterten Türen,
alles streng und staubig,
tot und lebendig auch,
wollte es sterben und erstehen.

Das Holz der Armen
rüstete sich fürs Feuer.

LXVII GESCHENK

Wieviel harten Händen
entsteigt das Werkzeug,
der Becher,
ja, die erlauchte Kurve
der Hüfte, die alsbald der ganzen
Frau mit ihrer Linienführung folgt.

Es ist die Hand, die den geformten
Becher formt, dem
schwangeren Faß vorangeht und
der Mondkontur der Glocke.

Um große Hände bitte ich,
sie sollen mir helfen,
das Profil der Planeten zu verändern,
der Wanderer braucht
Sterne mit drei Ecken,
Himmelskörper wie kalte Würfel
aus quadratischer Helle,

Hände, die nach verborgenen Flüssen
für Antofagasta graben, bis das Wasser
sich eines Besseren besinnt,
als in der Wüste mit Wasser zu geizen.

Aller Menschen Hände will ich,
zu kneten Berge von
Brot und aus dem Meer
alle Fische zu holen,
sämtliche Oliven
vom Baum,
alle unerwachte Liebe zu sammeln
und in jede einzelne Hand
ein Geschenk zu legen
dem Tag.

LXVIII DIE FAHNE

Schlag deine Gitarre mit Feuer,

halte sie brennend hoch:

Sie ist deine Fahne.

Weltende
(1969)

Prolog

DIE TÜR

Welch bleibendes Jahrhundert!

Wir fragten:
Wann fällt es? Wann stürzt es kopfüber
ins Massive, ins Leere?
In die vergötterte Revolution?
Oder die definitiv
patriarchalische Lüge?
Im Grunde aber
erlebten wir es gar nicht, so sehr
wünschten wir uns, es zu erleben.

Ständig war es in Todesnot,
ständig lag es im Sterben,
leuchtend am Morgen und am Abend blutig,
regnend am Vormittag, weinte es am Abend.

Braut und Bräutigam erkannten
Wunden in der Hochzeitstorte
wie von einer Operation am Blinddarm.

Kosmische Männer erstiegen
eine brennende Leiter,
und als wir der Wahrheit
an die Füße tippten,
war sie fort zu einem anderen Planeten.

Wir aber blickten uns an in Haß,
ratlos waren die härtesten Kapitalisten,
müde des Geldes,
weil das Geld müde war,
und die Flugzeuge flogen leer ab.
Die neuen Fluggäste reisen noch nicht an.

Da standen wir allesamt und warteten
wie auf Bahnhöfen nachts im Winter,
warteten auf den Frieden,
doch was kam, war der Krieg.

Keiner wollte sprechen, jeder
hatte Angst vor Verbindlichem,
tiefer wurde die Kluft zwischen den Menschen,
und die Sprachen entfremdeten sich so weit,
daß am Ende alle schwiegen
oder auch alle auf einmal sprachen.

Unbeirrt bellten nur die Hunde
in der wilden Nacht der armen Völker.
Das Jahrhundert war zur einen Hälfte Stille
und zur andern Hälfte bellende Hunde
in wilder Nacht.

Der bittere Zahn fiel nicht aus.

Er fuhr fort, uns zu kreuzigen.

Tat vor uns eine Tür auf, schlich uns nach
mit seinem Kometenschweif golden,
zog hinter uns eine Tür zu, stieß uns
mit Gewehrkolben in den Unterleib,
ließ einen Gefangenen frei, doch kaum
hoben wir ihn auf unsere Schultern,
schluckte der Kerker eine Million,
mußte eine weitere Million ins Exil,
noch eine Million ward in den Ofen geschoben
und kam als Asche wieder heraus.

Ich stehe startbereit an der Tür
und empfange die Ankömmlinge.

Als die Bombe fiel
(Menschen, Insekten, Fische verglühten),
wollten wir schnüren unser Bündel,
das Gestirn und die Gattung wechseln.
Pferde sein, unschuldige Pferde.
Weg von hier, nur weit weg.

Nicht allein wegen der Mordtat,
nicht nur wegen des Sterbens
(Angst war doch unser täglich Brot),
sondern weil wir auf zwei Beinen nicht mehr
laufen konnten. Zu schlimm
war die Schmach,
Mensch zu sein
gleich dem
Knopfdrücker und dem Verglühten.

Und wieder und wieder.
Wie lange noch immer wieder?

Blank sah das Morgenrot aus,
wir hatten es ja mit viel Vergeßlichkeit blankgeputzt,
während, mal hier mordend, mal da mordend,
die Länder noch immer
hingegeben
Gefahren fabrizierten und sie speicherten
im Vorratslager des Todes.

Doch, es ist alles erledigt, danke;
wir dürfen noch hoffen.

Drum erwarte ich an der Tür
die Gäste zum Ende dieses Festes,
zu diesem Ende der Welt.

Ich trete mit ein, was auch geschehe.

Ich reise mit den Startenden
und kehre zurück.

Ich muß einfach leben, sterben, leben.

I

PASSION

Eingeflochten war ich heute
von Finsternis, geballter,
und noch in meinem Alter muß ich
neue unentwegte Wege künden,
die Verwandlung der Wellen,
die Redlichkeit der Stille.

Nur eine Zahl bin ich, gefallen
von einem Baum, der keinen Sinn hat,
weil er mit seinen Wurzeln
bis an die andere Erdseite reichte.

Meine Menge ist meine Marter.

Ich bin noch ohne Namen.

Einmal, in einer Stadt, schlief ich
ein in Erwartung des Herbstes;
man fand mich unterm Schnee
so hart gefroren vor Weiße,
daß ich noch heute dortstehe
als reg- und wegloses Standbild.

Eigentlich war ich berufen,
einmal Mühle zu werden;
im Wasser singend erforschte ich
den Grund für das Glasklare
und erlernte vom üppigen Weizen
das immer wiederkehrende Eine.

So wurde ich, was ich bin:

das meistverschenkte Herz.

Nicht einem selbst nur gehört bekanntlich
das Herz und seine Wegzehrung;
die Güte, behaupten wir, dürfe man
sich nicht in die Taschen stecken;
deine Schmerzen bereiten Schmerzen.

Dein Dach gehört dem Wind.

Eine Kette gibt es, die bindet
mit unsichtbaren Gliedern
aller Leiber Schatten zusammen;
drum verkauft, wer seinen Schatten
verkauft, das Deine und auch das Seine.

DER NACHZÜGLER

Am Verlauf meines trägen
Lebenstags soll man erkennen,

daß ich überall zu spät kam:

Nur die Stühle harrten noch meiner

(und die schwarzen Wellen des Meers).

Dies Jahrhundert war leer.

Eben zimmerte man die Räder
zu einer samtenen Karosse.
Für ein noch entstehendes Schiff
brauchte man schon Abschied.

Die Lokomotiven träumten
damals noch vom Urwald,

brandeten auf die Schienen
wie Kaskaden von Kaimanen,
und die Erde wurde allmählich
zum verqualmten Becher.

Pferde in aller Frühe
mit dunstigen Mäulern
und nassem Zaumzeug!
Ach, galoppiertet ihr doch wie ich,
so bitte ich die klaren Dichter,
einmal fünf Meilen weit im Morast!
Stündet in der Kälte auf
(betroffene Welt des Dämmers,
Apfelbäume voll Regen),
satteltet in dieser Stille die Pferde
und rittet zum Mond im Galopp!

ERINNERUNG

In einem Weizenfeld, ich weiß noch,
violett blühte der Mohn,
seidiger noch als die Seide
und er roch nach Schlange.
Alles andere war das Spröde
gemähten gelben Weizens.

Ich umschlang so manches Mal
hinter einer Dreschmaschine
einen wilden Wiesenapfel,
dessen Spalte jählings klaffte,
und im Stroh hing danach zitternd
ein Geruch nach Samen und Mond.

DER GLEICHE

Schwer fiel mir das Altwerden,
ich hegte den Frühling
wie eine frisch gekaufte Kommode
aus duftendem glatten Holz,
und in ihren verborgenen Fächern
sammelte ich wilden Honig.

Drum läutete ja die Glocke
und nahm alle Toten mit sich,
ohne daß mein Verstand es hörte;
man gewöhnt sich halt an seine Haut,
an seine Nase, an seine Schönheit,
bis die Sonne vor lauter Sommern
in ihrem Herdfeuer verglüht.

Mit Blick auf das winkende
oder unbeirrt tobende Meer
flog ich übers Ufer
oder ritt auf den Wellen,
und seit dieser Schule schwingt
ein bitter grüner Geruch in
meinen Bewegungen mit.

MEERE

Den Grund für das Elend
erfuhr ich in des Wassers Schule.
Das Meer ist ein wunder Planet
und der Riß seine Größe:
dieser Stern fiel uns in die Hände;
vom Turm aus Salz riß sich

los sein Vermächtnis
aus aktivem Schatten und zornigem Licht.

Es vermählte sich nicht mit der Erde.

Noch immer begreifen wir es nicht.

DER MÜSSIGGÄNGER

Mag der Feind mir vergeben,
daß ich so viel Zeit verredet
mit Sandkörnern und Gestein;
es hatte keinen Nutzen,
doch lernte ich dabei viel Stille.
Ich berühre und nutze nun einmal
gern ab die alltäglichen Steine:
den Granit von der Farbe der Fliege,
der an Chiles Gestaden
zerbröckelt und zerbröselt.
Niemand weiß, wie diese Statuen
den Weg zur Küste fanden.

Zwar entzücken mich die Funken
buntschillernder Leuchtraketen,
Schlösser aus nichtiger Glut,
doch lieb ich im Stein nur das Herz,
das darin erstarrte Feuer,
seinen unbeirrbaren Bestand.

1967

Die Stunde Prags fiel mir
wie ein Stein auf den Kopf,
mein Schicksal wankte gerade,
ein Augenblick des Dunkels,
eine Wegstrecke im Tunnel,
und so viel hab ich eingesehen,
daß ich nichts mehr begreife:
Wo wir singen sollten,
müssen wir Särge nageln,
und das Furchtbare ist: man wird gehört
und die Gruft lockt dich zu sich.

Wenn wir doch soviel Freude
entworfen haben, blutend
auf dem von der Toten Wunden
gesprenkelten Schnee, und wenn
die Sonne die Narben im Schnee
schon wieder vergessen hat,
warum kommt dann die Angst und stößt
die Tür auf für die Wiederkehr des Schweigens?

Vom kommenden Zeitalter verlange ich,
daß es über mein Dulden richtet,
über mein treues Ausharren
trotz der vielen Fehler.
Ich litt, wir litten, ohne es zu zeigen,
ohne anderes zu zeigen als Hoffnung.

Wir litten, als wir die Blüte
nicht verteidigten, die man uns abschnitt,
den roten Baum zu retten,
denn der sollte wachsen.

Leicht hatte es der Feind,
Essig in den Spalt zu gießen,
nicht leicht war's zu bekennen,
schwieriger noch zu schweigen.
Vergebung bitte für mich Blinden,
der sehen konnte und nichts sah!

Es schließen sich des Jahrhunderts Tore
über den gleichen unbegrabenen Toten;
sie werden wieder rufen, vergebens,
und wir werden wieder gehen, ohne zu hören,
weil wir an den Baum denken, den größeren,
und an die weiten Räume des Glücks.

Ein hoffnungsloser Fall, wer leidet
zur Linderung seiner Leiden.

DIE ZEIT IM LEBEN

Erinnerungen nähren mich nicht,
drum springe ich ins handgreifliche Leben
und rüttle am Gipsverband des Jahrhunderts
und am Schuh eines jeden Tages
und dulde ungekreuzigt die Qual
dessen, der am schwersten am Kreuz trägt,
des unter den Rädern Zermalmten
des fälschlich siegreichen Jahrhunderts.

War's die Mühe wert, daß ich sang,
als die Dolche in Spanien
eine Million Verschollene hinterließen,
als die Wahrheit dort starb?
Sie ward ins Beinhaus gestürzt,

und Fahnen webte man
aus dem Schweigen der Toten.

Ich tauche auf zu dem ausgebluteten Thema
wie ein General aus dem Vergessen
zu seiner Niederlage erneuertem Anblick:
Nicht nur die Toten sind umgekommen
in den Armen der Schlacht,
im Kerker, in der Marter,
in den Steppen des Exils,
sondern auch uns, die
noch Lebenden, hat man
bekanntlich erschlagen.

SCHON WIEDER

Eben erst auferstanden,
suchten wir wieder nach dem Labsal,
nach dem schnurgeraden Leben,
der Klarheit rechter Winkel,
nach Geometrie, unverbogen.
Duft verströmten wieder
die Frauen und die Antilopen,
die Levkojen und die Glocken,
die Tropfen im winterkalten Meer,
und in Europa kenterte schon wieder
der Tod in unserm Blut.

Aufflackerten in ihren Höhlen
die alten, abgeklärten Wölfe,
aufdringlich sprang der Feuersturm
von Land zu Land:
die Nacht fuhr einher mit Schrecken,
Ausgeburt der Brauhäuser,

und mit Furien der Grausamkeit
fuhr wie ein Fieberschauer
der Schnäuzer des Amokläufers
über das Rückgrat der Welt.
Niemand vermochte die blutige
Lokomotive anzuhalten.

Bald schon war das Gedächtnis müde
vom Zählen all der Toten:
Tote, denen man das Gebiß zerschmettert
ihrer Goldzähne wegen,
Tote, denen man den Schädel geschoren,
auf daß sie gänzlich nackt seien,
Tote, die das Grab geschaufelt,
in dem man sie begraben,
Tote, die ihren Kopf in
des Henkers Händen suchen,
und Tote, totgeglüht von roter Luft
im Schatten fallender Bomben.

Oh, wie schaltete und waltete der Tod
auf den Prärien unseres Jahrhunderts!
Man weiß, der alte Hurenbock
wollte nur mit uns spielen
und hinterließ einen zertrümmerten Planeten uns,
randvoll mit Skeletten,
mit ausgerotteten Ebenen
und verrenkten Städten,
zahnlos von der Feuersbrunst,
Städte, schwarz und menschenleer,
Straßen, auf denen einzig noch
Stille und Brandwunden leben.

ASCHE

Dies ist das Zeitalter der Asche.
Asche verbrannter Kinder und
kalter Probeläufe der Hölle,
Asche von Augen, die weinten,
unwissend, worum es ging,
bevor man sie verheizte.
Asche gotischer Madonnen
und vergitterter kleiner Fenster,
Asche heiserer Weinkeller,
eingestürzter Läden,
Asche hehrer Hände.
Und um das Aschenkapitel
zu Ende zu erzählen:
der Sieg in Berlin
mit der Asche des Mörders
in seinem eigenen Aschenbecher.

DER KULT (I)

Ach, welche Leidenschaft sang
zwischen Blut und Hoffnung:
Erstehen wollte die Welt,
nachdem so oft sie untergegangen;
die Augen waren tränenleer
vom vielen Weinen.

Nichts floß mehr in den Adern,
alles war ausgeblutet,
und doch fand sich des Menschen
Herz wieder zurecht.
Die Städte wurden aufgebaut,
die Seeleute fuhren zur See,

in die Schulen kamen Kinder,
und im Wald legten die Vögel
ihre duftenden Eier
in die verbrannten Bäume.

Schwer war es nur, der Hoffnung
wieder ein Lächeln zu entlocken;
auf manchen Gesichtern entstand es,
rutschte aber ab auf die Straße;
wahrhaftig, es schien unmöglich,
die Erde aufzufüllen, zu viele
Löcher hatte die Katastrophe
mit ihrem Gebiß gerissen.

Und als die Blumen wieder wuchsen,
das Aschenkraut des Vergessens,
kam ein Mann heim aus Sibirien,
und das Unglück begann von neuem.

Zwar konnten des Krieges Hände,
die furchtbaren Hände des Hasses,
uns verderben, weil wir nicht glaubten,
weil wir nicht einsahen, warum,
weil wir den Wahnwitz nicht erkannten,
doch trugen die Schuld immer andere,
und jetzt begreifen wir gar nichts mehr,
wissen nicht mehr, was wahr ist,
drücken uns an den Wänden entlang
der Fehler und Schmerzen, die
von uns selber ausgingen, und
wieder türmen sich diese Qualen
auf meiner Seele.

II

STURMFLUT 1968. STILLER OZEAN

Die Sturmflut riß
alle Zäune am Ufer fort:
Vielleicht war es der Traum des Meers,
das Dynamit der Tiefe,
wahrhaftig, keine Worte schlagen
so hart zu wie die Brandung
und auf der Welt gibt es nicht soviel Zähne
wie im Toben des Meers.

Wenn das Meer seine Herrscherkrone
rollt und seine Schilde vorpreschen
und seine Türme ragen,
wenn es dahersprengt mit den
Hufen von tausend Millionen Pferden
und mit dem Kopf wütend gegen
des Blitzes Klippe rennt,
dann sagt der winzig kleine Fischer
und schlägt sich dabei auf die nasse Brust,
um ohne Sterbensangst zu sterben:

Geharnischtes Meer, bittere Meeresschildkröte,
Mord in voller Rüstung,
Register im Krieg auf Leben und Tod,
Klavier mit reißenden Zähnen,
heut hast du mit einer Blüte deiner Wut
meine Wälle niedergerissen,
und wie ein flackernder Vogel
sangest du auf den Riffen.

Hier ist das Meer, sagen die Augen,
aber warten muß man ein Leben lang,
um es bis zum Tod zu erleben,
und zum Lohn erhält man einen Sturm
mit einer Gischt aus Granit.

Am Kap Punta del Trueno lief ich,
sammelte Salz im Gesicht
aus dem Ozean, im Mund
mein wie ein Orkan rasendes Herz,
hoch krachte es bis zum Zenit,
zerbiß den Himmel und spie ihn aus.

Mit jedem Windstoß fuhr es
die Waffen eines ganzen Krieges auf,
alle Tränen der Welt
und einen Zug voller Löwen,
aber damit nicht genug, riß es
ein, was es erbaute,
und schmetterte aus der Höhe einen kalten
Stelenregen aufs Gestein.

O verkehrtes Firmament,
o kochende Sterne im Wasser,
o Sturzsee des Grolls,
sprach ich beim Anblick der Schönheit
all des entfesselten Meers
in offener Feldschlacht gegen
mein Vaterland, das
erschüttert war von gnadenlosem
Beben und den Plänen des Schaums.

EPOCHE

Hier ruht nichts Vergangenes,
das ich mit der Glocke gerufen,
auf daß die Dinge erwachen und
die Ringe sich um mich schließen,
die, sich fügend dem Tod,
von den Fingern glitten.

Ich möchte die Hände nicht
und nicht die Schmerzen erneuern.

Am Ende geht dies Jahrhundert
der Todesnot ja vielleicht doch noch
ein für alle Mal zugrunde,
das uns zu morden gelehrt und
am Überleben zu sterben.

GEFAHR

Doch, man hat uns gesagt: Rutscht nicht aus
in den gebohnerten Salons, auch
nicht im Schlamm, im Schnee, im Regen.
Schön, sagten wir, weiter geht es
ohne auszurutschen durch den Winter!
Doch was war das? Wir spürten
unter unseren Füßen etwas, das nachgab
und uns zu Fall brachte:

Das Blut des Jahrhunderts.

Aus den Sekretariaten floß es,
den geplünderten Gletschern,
über den Marmor der Treppen
quer übers Feld und durch die Stadt,
in Redaktionsstuben, in Theater,
in die Aschengeschäfte, hinter
die Gitter der Generale:
Das Blut trat über die Bachufer
und sprang, von Krieg zu Krieg,
über Millionen toter Augen,
die nur das Blut anstarrten.

Das war es. Ich kann's bezeugen.

Ihr rutscht im Leben vielleicht
dereinst nur auf Schnee aus.

Mein schmerzlich Los war es,
auf Blut auszurutschen.

WISSET, IHR SOLLT WISSEN

Ach, daß wir in der Lüge lebten,
war unser täglich heutiges Brot.
Ihr Herren des einundzwanzigsten
Jahrhunderts, Wissen ist nötig,
wissen, was wir nicht wußten,
sehen müßt ihr das Wider
und das Für, weil wir's nicht sahen,
und keiner soll mehr essen
von der Lügenspeise, die
seinerzeit uns nährte.

Es war das mitteilsame Jahrhundert
der zur Mitteilung Unfähigen:
Die Kabel unterm Meer sprachen zuweilen wahr,
aber gerade dann gewann
die Lüge mehr Längen- und
Breitengrade als der Ozean;
in den Fachsprachen gewöhnte man sich an,
die Verstellung zu garnieren,
Drohungen zart anzudeuten,
und die langen Kabelzungen
wanden sich wie Schlangen
um das gewaltige Lügengewühl,
bis wir alle mit in

die Lügenschlacht zogen,
und erst logen wir hastig,
dann zogen wir lügend zum Töten aus
und fanden lügend den Tod.

Wir belogen unsere Freunde
beim Trauern und beim Schweigen,
und unser Gegner belog uns,
den Mund voller Haß.

Es war das kalte Zeitalter des Krieges.

Das ruhige Zeitalter des Hasses.

Von Zeit zu Zeit verbrannte
eine Bombe die Seele Vietnams.

Und Gott hockte in seinem Versteck
und lauerte wie eine Spinne
den arglosen Hinterwäldlern auf,
die mit schläfriger Leidenschaft
sich dem Ehebruch hingaben.

KRIEGE

Komm, heruntergefallener Hut,
verbrannter Schuh, Kinderspielzeug
oder der Nachwelt vermachter Brillenberg
oder auch du, Mann, Frau, Stadt,
steigt empor aus der Asche
auf mein müdes, vom Weinen
entwertetes Blatt Papier.

Komm schwarzer Schnee, einsam
sibirisches Unrecht,
verschlissener Überrest vom Schmerz
der Zeit, da die Bande rissen
und bleiern und grundlos sich
auf die Gerechten legte die Nacht.

Asiens Puppe, verbrannt
von Mördern aus der Luft,
zeig her deine Augenhöhlen
bar der Hüfte des kleinen Mädchens,
das dich verließ, als es in Flammen stand
unter den brennenden Mauern
oder beim Tod auf dem Reisfeld.

Dinge blieben zurück allein
neben den Ermordeten der Zeit,
in der ich lebte, beschämt
ob des Sterbens der anderen,
die gar nicht erst lebten.

Seh ich, wie Wäsche trocknet
in der strahlenden Sonne,
fallen die fehlenden Beine mir ein,
die Arme, die keinen Ärmel spannen,
Genitalien, herabgewürdigt,
niedergewalzte Herzen.

Ein ganzes Jahrhundert von Schustern
versorgte die Welt mit Schuhen,
zugleich aber erfroren Füße
im Schnee, verbrannten,
wurden vergast und abgehackt.

Mitunter stehe ich ganz krumm,
so schwer lastet auf meinem Rücken

der immer wiederkehrende Fluch:
Mit Mühe lernte ich, mitzusterben
bei jedem unbegreiflichen Tod,
mit Mühe, die Gewissensnot zu tragen
dessen, der sinnlos mordet.
Denn selbst nach der Grausamkeit,
ja, selbst als es gerächt war,
waren wir vielleicht auch nicht schuldlos,
da wir weiterlebten, und
die anderen mußten sterben.

Vielleicht haben wir unsere besten
Brüder um ihr Leben betrogen.

DIE VERSCHWUNDENEN

Lumumbas Recht geht um,
ich frage, wo ist Ben Bella?
Ben Barka ist verschollen.
Und so wimmelt dies Jahrhundert
von aalglatten, fatalen
Menschenräubern und Beutejägern,
Kidnappern und Mördern.

Lumumba geht um in seinem Recht,
in seiner blendend klaren Form,
auch im Nebel der Folter, auch
in den Fängen der Bluthunde.

Bitteres Afrika, wo sind
seine schmalen braunen Hände?
Warum gabst du die schwarze Blüte
deines Rechts den Henkern preis?
Ben Barka, mitten in Paris verdammt,

durch Königs- und Freudenhäuser
zu sterben im Dunkeln,
ans Kreuz geschlagen im Schweigen
dieser Zeit der Agonie!

Ben Bella fortgeschwemmt vom Zorn
auf einer düster stummen Woge
ins Ungewisse, und er kam nicht wieder
aus der Ewigkeit des Sands.

Mir ist das scharlachrote Rattern
von Maschinengewehren
in Chicagos Hölle, in den Händen
der Gott- und Gesetzlosen noch immer lieber
als diese Handschuhe, die händeleer
nach der Kehle greifen und würgen,
als diese Köpfe blicklos,
die in gnadenloser Nacht sich
nach den Herzen verlorener Helden umsehen.

O Schweigen! O Angst! Lebt wohl!

Keine Spur. Schon gewaschen die Treppen
des Verbrechens. Sie sind fort.

Die Strafen waren geheim,
unsichtbar die Henker.

Und wir mußten zusehen, wie
in der Nacht anstatt des Mondes
einem Gestirn gleich die bleckenden Zähne
des Todes über den Himmel zogen.

SEHEN WIR NACH

Messen wir nicht nochmals unsre Kräfte
mit der hauchdünnen Atmosphäre,
hängt sie doch nur von einem Tropfen ab,
von einer Wolke, einer Goldlackblüte,
wogegen du nur einmal zu blinzeln brauchst,
und schon wechselt der Himmel das Hemd.

Treten wir ein in uns selber,
in deinen Hausflur, deinen Kalender,
doch vor allem in deinen Keller,
wo du abstellst die morschen Möbel
und die erloschenen Lampen,
mehr noch, die traurigen Trennungen,
die lautlos sich verkrochen,
und die verfaulten Geheimnisse,
die ins Meer geworfenen Schlüssel.

Hinab geht's ins Kellergeschoß,
reißen wir auf die Hölle,
rufen sie dich von dort ja unentwegt
in Sprachen, die niemand versteht
außer dir, und auch du nur manchmal,
denn nie willst du es hören,
wenn sie aus dem Innern dich rufen,
aus Erinnerung, die nicht modert.

STETIGE GEBURT

Die Sonne wird aus ihrem Saatkorn
zu obligatem Strahlen geboren,
wäscht das Universum mit Licht,
kriecht jeden Tag zum Sterben

zu der fruchtbaren Nacht
unter die schwarzen Laken
und legt, um aufs neue geboren
zu werden, ein Ei in den Tau.
Meine Auferstehung soll bitte
auch die Arten erhalten,
soll sonnig sein und schmiegsam;
nur schlafen muß ich
auf den Laken des Mondes
und dabei bescheiden meine
irdischen Substanzen zeugen.

In den Raum möchte ich mich weiten,
unbekümmert um den Wind,
und mich rastlos über die
vierzig Kontinente ausbreiten,
in früheren Gestalten geboren werden,
ein Kamel sein, eine Wachtel,
ein schwingendes Glockenspiel,
Blatt auf dem Wasser, Tropfen vom Baum,
Spinnentier, Walfisch am Himmel
oder stürmischer Romancier.

Ich weiß ja, nur mein Stillstehn
bürgt im Unsichtbaren
für das ganze Gebäude;
wechseln wir unsern Zoo aus,
läßt man uns nicht in den Himmel.

Drum sitz ich auf meinem Stein
und sehe zu, wie die Helikopter
über meinen Träumen kreisen,
heimkehrend von winzigen Sternen,
und weiß, auch ohne sie zu zählen,
es sind immer ein paar zuviel,
ganz besonders im Frühling.

Wandere ich dann auf den Wegen,
halte ich mich an das vergessene
Aroma einer unbewohnten Rose,
einen Duft, den ich verloren,
wie man seinen Schatten verliert:
Ohne meine Liebe steh ich da,
ein nackter Mann auf der Straße.

III

HEUTE IST AUCH

Es blüht dieser Wintertag
mit einer einzigen welken Rose,
die Nacht rüstet ihr Schiff,
Blütenblätter fallen vom Himmel,
und ziellos flüchtet sich das Leben
wieder einmal in den Kelch.

Anders kann ich es nicht sagen
als: schwarze Nacht, roter Tag,
und die Jahreszeiten empfange ich
mit der Höflichkeit des Dichters,
pünktlich erwarte ich die Ankunft
der gesprächigen Schwalben,
und stählern halte ich Wache
vor den Toren des Herbstes.

Darum erschreckt der plötzliche
Winter mich mit seinem Einfall
wie matter Rauch, der aufsteigt
vom Gedenken an eine Schlacht;
nicht das Wort *erdulden* ist es,
nicht *Warnung* auch, nicht *Unglück*,
wie Rauschen ist es im Urwald,

wie ein Trommeln im Regen.
Fest steht, mein Thema wechselt
mit der Färbung des Morgens.

IM FALLEN

Dich rufe ich, Rose aus Milch,
zweifache Taube aus Wasser,
komm aus dem fernen Frühling,
erwecke uns unter den Decken,
entfache hinterm Winter die
erotische Sonne des Tages.

Heut bin ich nach Lage meiner
Dinge ein nackter Pilger
auf Fahrt zur Kirche am Meer;
bin über salzige Steine gesprungen,
dem Lauf der Flüsse gefolgt,
hab gesessen am Lagerfeuer
und wußte nicht, ich war am Ziel.

Ein Überlebender des Salzes
bin ich, der Klippen und Flammen,
durchziehe noch immer Regionen,
stützend auf meine Nöte mich,
verliebt in meinen Schatten.
Darum und nicht weil ich viel laufe,
entferne ich mich weit von mir.

Dieser verlogene Tag ist es
mit seinem falschen Schummerlicht,
der hat mich so ausgezehrt;
ich stürze in die *Brunnenzeit*,
und nachdem ich unterm unscharfen

Frühling geschwommen, tauche ich
irgendwo ans Licht und habe noch
denselben grauen Hut auf dem Kopf
und spiele dieselbe Gitarre.

VIELLEICHT

Klug ist der Mensch, der Rad schlägt,
auf dem Drahtseil augenzwinkernd
Haut und Gehabe wechselt und
nach Sonne und Balance strebt.
(Der Schlaue die Farbe wechselt;
der Konservative konserviert nur
die getragenen Masken, die
schon zu Asche zerfallen.)

KLEINE TEUFEL

Ich habe gesehen, wie der Streber
für seine Gelegenheit sorgte,
für sein Alibi der Karrierist,
für ihre Netze die billige reiche Frau,
für seinen Abdruck im Lesebuch der Dichter.
Ich spielte mit offenem Papier
im Licht eines jeden Tages.

Ich bin ein Arbeiter, ich fische
nach lebendigen nassen Versen,
die in meinen Adern weiterzappeln.
Ich konnte nie etwas anderes,
konnte auch nie wie der geborene Prahler
oder verruchte Ränkeschmied

über Kleinkram klügeln
und werbe mit dem, was ich sage
in meinem Lied, auch nicht für das Gute,
sondern kann's einfach nicht besser
und bitte auch alle um Vergebung:
Laßt mich nur allein mit dem Meer,
ich bin eben für wenig Fische geboren.

JAWOHL

Ich bin eben für wenig Fische geboren,
für die unendliche Frische
in jedem einzelnen Tropfen Arbeit,
für die langsam aufgefädelte Kette
und die immer neue lichte Schuppe.
Man erklärte mich für transparent,
und so kam es, mir selbst unmerklich,
daß ich schließlich sprach wie alle.

UNTERWEGS

Auf einem Lastwagen traf ich einen Mann,
der unterhielt mich mit seinem Gespräch
auf dem Lastwagen, mit dem er die Strecke
zwischen Osorno und Antofagasta befuhr.
In Chile ist die Nacht länger,
in Chile dauert die Nacht ewig,
die Nacht auf der Landstraße, aufgerollt
von den Scheinwerfern wie ein Teppich,
und sie endet nirgends.
Keiner weiß, wo es anfängt,
das nächtliche Band Chile,

mit seinen trockenen Sternen im Norden,
mit seinen nassen Sternen im Süden.
Im schmalen chilenischen Dunkel
brummt der Lastwagen blinkend voran
mit seinem rauchenden Fahrer
inmitten einsilbiger Säcke
und bringt hinter sich die langgezogene
schlangenrunde Nacht.

Jesús González hieß er,
mein Freund, der Lastwagenfahrer.

LANDSCHAFT

Mit der Zeit habe ich vielen Entfernten
Lebewohl gesagt, und jetzt möchte
ich den Faden all dieser Trennungen
gern wieder aufspulen und
verlorene Augen wiedersehen.

Ich weiß nicht, ob meine heutige
Schwermut für alle gut ist.
Ich bin bereit, sie in kleinen
runden Körnern rings ums Lager und
an den Wegbiegungen zu verteilen.
Will doch sehen, ob sie Gram treibt,
Blüten aus Ungewissem, bedrückte
Furcht, sich zu entscheiden,
will wissen, wie die Blätter
der Verlassenheit gefärbt sind.

Wenn eines Tages die Sonne dich
ansieht wie ein Tiger auf seinem Thron
und dazu dich noch zwingen will,

eigensinnig wie sie zu leben,
schlägt mir der Mond entgegen,
muß ich vor Düsterkeit verzweifeln,
und wenn ich's am wenigsten erwarte,
verteile ich dann einfach Trauer.

DAS FEUER

Welch musikalischer Augenblick,
sagt ein vernunftbegabter Fluß
und bewegt neben mir seine Wasser.
Er erfreut sich an den Kieseln,
fährt fort, auf seinem Weg zu singen,
indes ich, zu allem entschlossen,
ihn mit zornigen Augen anstarre.

Würdigen wir das Unglück
eines dunstigen Gedankens,
so wie die Erde am Morgen,
noch verschmiert von himmlischen Tränen,
einen Dunstbaum aufrichtet,
in dem der Morgen zerfließt;
zurück zuckt das Licht, das schon anbrach,
die Einöde meutert,
und schon kann man auf nichts mehr zählen,
weder Himmel noch Erde sind hinter
dem salzigen Nebel zu erkennen.

Wir sehen die Sache übertrieben,
sprach ich, als ich zurücktrat ans Feuer,
das im Dickicht verglomm
und dank zweier Lorbeerzweige
wieder rot aufflackerte,
eine Kastanie in der Mitte;

dann platzte die Kastanie
und belehrte mich über
die in ihr beschlossene Süße,
und ich ward wieder zum Bürger,
der nur seine Zeitung lesen will.

DAS JAHRHUNDERT STIRBT AB

Zweiunddreißig Jahre kehren nun bald ein
und holen das nächste Jahrhundert ins Land,
zweiunddreißig heldische Trompeten,
zweiunddreißig niedergeschlagene Feuer,
die Welt aber wird weiter hüsteln,
umwölkt von ihrem Traum und ihrem Verbrechen.

Nur ganz wenige Blätter fehlen
noch am Baum der Bitternisse,
bis die hundert Herbstjahre voll sind,
die sein Blattwerk zerschlissen.
Sie begossen es mit weißem Blut,
mit schwarzem Blut und mit gelbem,
und jetzt will es einen Orden
an seine Feldwebelhemdbrust,
das Jahrhundert, das schon fast hundert Jahre lang
verwundete Augen aushackt
mit seinem Werkzeug aus Eisen
und seinen ordenbehängten Fängen.

Der Beton sagt es mir auf der Straße,
der Vogel singt davon im Geäst,
der Kerker belehrt mich mit den Namen
der in ihm hingerichteten Gerechten,
meine Verwandten können es bezeugen,
meine ruhelosen Genossen,

die Treuhänder der Armut:
Diese Jahre faulen vor sich hin,
sie ragen in die Mitte der Zeit
wie die Knochen eines Rinds,
an dem die Nagetiere nagen,
und aus dem Pestgestank entstehen
Bücher, verfaßt von Fliegen.

WARUM NUR?

Das Jahrhundert war fünf Jahre alt,
da sangen die Vereinigten Staaten,
als wären sie Maschinen aus Silber,
so sirrend klang es,
wie ein Kornspeicher, der verrieselt;
Lincolns Hände besaßen sie
und Walt Whitmans Fülle,
den Mississippi hinab fuhren
die Lieder der schwarzen Schiffer,
und New York war ein Kessel, darin
ein gigantischer Kohlkopf kochte.

Wo sind diese Menschen heute?
Und was ist aus dem Volk geworden?
Was aus Lincoln und Whitman?
Wo ist der Schnee vom Vorjahr?
Soviele Sterne blitzen
inzwischen an ihrer Weste,
soviele Bauwerke glänzen vor Gold,
soviele Bomben halten sie in der Faust,
und soviel Blut vergießen sie, und gerade da
liebt niemand sie mehr auf der Welt,
sie sind nicht die Vereinigten Staaten,
sondern die Vereinigten Schandtaten.

Wieso eigentlich und wann
mußten sie sich in Vietnam entwürdigen?
Wozu so weit entfernt
Unschuldige töten,
wo ihnen in Chicago doch das Verbrechen
wie Schaum aus den Taschen quillt?
Wozu in die Ferne reisen zum Töten?
Wozu in die Ferne reisen zum Sterben?

Wir sind doch miteinander verwandt
über das Land, die Weite, die Prärien,
warum schrieben unsere Vettern
den Raub auf ihre Fahnen
und brechen heimtückisch mitternachts
in fremde Häuser ein und
zerschlagen dort alles Glas
und verbrennen Kinder mit Napalm
und stehlen sich dann ruhm- und reulos
mit eingezogenem Schwanz
und blutigen Handschuhen davon?

AUF KUBA

Zur selben Stunde schoß das Licht
zu unserer schlafenden Heimat,
und blitzend, ganz irdisch,
flammte ein Stern auf: Kuba.

Ehre, Ehre der Handvoll
zottiger Männer im Morgenrot,
Ehre dem ersten Schimmer
der lateinamerikanischen Sonne,
Ehre und Trommel und Lob

den Pulvervögeln
und dem Profil der Rebellen.

Ich sah und besang, die da kamen,
und feierte die Häuser,
erbaut von der Liebe und im Gefecht,
die neuen, neu geborenen Rinder
und den Sturm der Bewegung,
die unter Sicheln und Singen
den Zucker vom Rohrfeld schafft.

Ihr sollt wissen, ihr Heutigen,
ich kannte das kubanische Gestern,
Havannas vorgestrige Tage;
da gab es nur Poker und Daiquiri,
Handel mit weißen und schwarzen Mädchen,
indes Münder bitter
ihre Hungerserenade
zu den Balkonen hinaufschrien.
So war es, ich bin Zeuge:
verschimmelte Torte, Jauchegrube,
Abenddämmerung im Puff.

Vor allen anderen, vor jedermann
besang ich die kühne kubanische Tat,
kündete von dem Epos in meinem Buch,
warb für die Rose aus Feuer,
und meine Weggefährtin, die Dichtung,
hängte Kuba aus dem Fenster.
Lob begehrte ich nicht, nicht Ehre,
tat nur des Streitbaren Pflicht.

Als die Schlacht gewonnen war,
rückten die Schreiber nach
und sammelten Unterschreiber;
da hockten sie beieinander

und schossen sich ein auf meine Stimme,
auf meinen kristallklaren Gesang
und mein kommunistisches Herz.

In diesem Jahrhundert verkroch sich
die Bitterkeit vor und nach
jedem herrlichen Sieg:
wie eine Katze, die noch dem
atemberaubendsten Segler auflauert
und ihn mit todmattem Flügelschlag
in den Käfig zurücksperrt.
Dennoch hielt sich der neue
Tag und strahlte der Himmel.

TRAUER BEIM TOD EINES HELDEN

Die wir diese Geschichte erlebt,
dieses Sterben und Auferstehen
unserer trauerumflorten Hoffnung,
und der Fahnen mehr werden sahen,
mußten erfahren, daß die Stillen
unsere einzigen Helden waren
und daß nach den Siegen
die Schreihälse daherkommen,
den Mund voll markiger Sprüche
und Ruhmestaten aus Spucke.

Das einfache Volk schüttelte den Kopf,
und der Held versank wieder in Stille.

Aber die Stille legte Trauer an,
und zuletzt erstickten wir im Schwarz:
als in den Bergen das illustre
Feuer erstarb Guevaras.

Der Comandante endete
ermordet in einer Schlucht.

Niemand tat den Mund auf.
Niemand trauerte in den Indiodörfern.
Niemand lief auf Glockentürme.
Niemand nahm das Gewehr auf,
und das Kopfgeld kassierten
die zu retten der ermordete
Comandante gekommen war.

Was ergibt sich, grübelt ein Betrübter,
aus diesen Geschehnissen?

Und sie sagen nicht die Wahrheit,
schichten nur Papier
auf das erzene Unglück.
Die Bahn war gerade erst gebrochen,
darum war der Zusammenbruch
wie eine Axt, die niederfuhr
in den Brunnen des Schweigens.

Bolivien fiel zurück in seinen Groll,
in seinen verrotteten Gorillaklüngel,
in sein erbarmungsloses Elend,
und wie aufgeschreckte Hexer
versteckten die Sergeanten der Schande,
die kleinen Mordgenerale,
den Leichnam des Guerillero,
unauffindbar, als verbrennten
sie sich die Finger noch an dem Toten.

Der herbe Urwald schluckte
die Bewegungen, die Wege,
und wo die Füße der vertilgten
Milizen entlanggetrottet,

raten heute Schlingpflanzen
zu grünen Wurzelstimmen
und äst wieder der wilde Hirsch
im Laub, das nichts mehr erschüttert.

IV

OLIVERIO GIRONDO

Aber unter dem Teppich liegt,
tiefer noch als das Pflaster,
zwischen zwei erstarrten Wogen
abgesondert ein Mensch,
und ich muß hinunter und hinsehen,
bis ich weiß, wer es ist.
Noch darf niemand ihn anrühren,
eine Folie ist er, eine Linie,
eine ins Buch gelegte Blüte,
transparentes Knochengerüst.

Dann ersteht Oliverio neu,
intakt vor meinen Augen,
präzise wie Glas, doch soviel
ich auch preisgebe oder verschweige,
soviel ich aus der Stille klaube,
was immer aufkeimt im Gedächtnis
oder was der Tod mir beschert,
es bleibt eine armselige Fährte,
ein Schattenriß aus Papier.

Denn den ich besinge, dessen ich mich entsinne,
der sprühte vor trotzigem Leben,
und ich hatte Anteil an seinem Blitzen,
seinem Kommen, Gehen, Umdrehen,
seinem Spott und seiner Weisheit,
und Schulter an Schulter frühmorgens

zerschlugen wir im Himmel das Glas,
liefen Freitreppen aufwärts
vor verfallenen Schlössern,
stiegen in Züge, die es nicht gab,
und strotzten vor Gesundheit, wenn
für die Milchmänner der Tag anbrach.

Ich war der ungezähmte Schiffer
(und an meinen Kleidern erkannte
man das Dunkel des Archipels),
wenn Oliverio an den Vielen
vorbeisegelte und ihnen voraus,
beim Zoll stets durchkam, beflissen
auf jeder Überfahrt, oder wenn er
(das Chemisett verrutscht
an der herbstlichen Amtstracht)
bierselig torkelte durch das rauchige,
geisterhafte Valparaíso.

Oliverio Girondo widerfährt mir
in meinen kindlichen Gespinsten.

Ich war ein Möbelstück im Gebirge.

Er sichtlich ein Mann von Welt.
Bartträger, Glücksjäger, heller Bruder,
Bruder, so dunkel, Bruder, so kalt,
aufblitzend im Gestrigen,
sannst du schon auf den kühnen Schimmer,
auf die Erfindung der Levkojen,
die wundersamen Silben
in deinem eleganten Labyrinth;
darum ist dein heiliger Wahnsinn
Schmuck an deinem hohen Anspruch,
als ob mit einer himmlischen
Schere du dein Bildnis

ins Fenster hättest geschnitten,
damit die Möwen es später
deutlich erkennen können.

Ich bin der Berichterstatter, mich
erdrückt, was geschehen kann
und was ich weissagen muß
(ganz zu schweigen, wie es mir erging
und was man an mir begangen),
doch in diesem vergänglichen Lied
besinge ich Oliverio Girondo
und seinen morgenfrischen Übermut.

Er ist der Unvergeßliche.

Der unauslöschlich gute Schütze:
Als er den Dom hinwegfegte
und mit seinem Roßgelächter
den Europatourismus sperrte,
zeigte er, welch panische Angst der Käse
hat vor der gefräßigen Französin,
und gab auf den vielbesungenen Guadalquivir
endlich den wohlverdienten Schuß ab.

O du elementar Unbeschwerter!
Wie tat dein entfesselter
Bildersturm doch so not!

Noch herrschte Sully Prud'homme
in seinem lila Überzieher
und seiner schaurigen Biederkeit.
Ein Argentinier war nötig,
damit unter seinen Tangosporen
alle Spiegel zersplitterten
und auch der berühmte Fächer zerbrach,
den eine Vase einst verdarb.

Ich nämlich, ein künftiger Verwandter
von Italicas lichtem Gestein,
von Quevedo, dem bleibendem,
oder dem nationalen Aragon,
möchte nicht, daß jemand hofft
auf Europas falsche Münze.
Wir armen Amerikaner,
wir im Winde Geweiteten,
wir mit den tieferliegenden Erzen,
wir millionenfachen Gitarrenbesitzer
dürfen nicht den Hut hinhalten –
betteln wir nicht um unser Dasein!

Oliverio mag ich ja darum,
daß er nicht zog in die Fremde,
sondern starb bei seinem Pferd.

Ich mochte den inneren Grund
für seine Tollheit, die not tat,
und den Mundvoll Freundschaft,
der noch immer nicht aufgezehrt.
Mein Freund, wir begegnen uns
vielleicht unterm Teppich wieder
oder über den Texten vom Río
oder am Obelisken, dem Thermometer,
(oder an der leicht verfehlbaren Adresse
des Raunens und des Bangens)
oder an den wieder verschlungenen
Wurzeln unter dem Mond Figaris.

O du vom Honig Besessener,
Patriot du der Vogelscheuche,
wie einst will auch künftig ich
feiern, was du jeden Tag bist
und wieviel mehr du Oliverio wärst,
könntest du mich in dein Herz blicken lassen,

hätte der Tod vergessen,
eines Nachts – warum nur? – auf der Suche
nach einer Hausnummer – warum? und warum
in der Calle Suipacha? – zu dir heraufzukommen.

Von allen Toten, die ich geliebt,
bist du der einzig Lebende.

Ich befasse mich nicht mit Asche,
ich benenne dich weiterhin und glaube
noch immer an deine ausgefallene Sache,
gleich ob ich nah oder fern bin,
zwischen einer Ecke und einer Woge,
dicht an einem kugelrunden Tag,
auf einem ausgebluteten Planeten
oder am Ursprung einer Träne.

UNTERWEGS AUF WEGEN

Nachts über Landstraßen
aus Dürre, Stein und Staub
rumpelt das Gefährt.

Hierher kommt niemand.

Boden ohne Bewohner,
nur Klüfte, entzündet
von Scheinwerfern taumelnd.
Nacht der Dornen,
der wie Kaimane mit Messern
bewehrten Gewächse.
Sichtbar die Drahtzähne
um das Abgezäunte,
Kakteen feindselig ragend
wie stachlige Obelisken,

dürr die Nacht, und im Dunkel
voller staubiger Sterne
der schwarze Horst des Frührots,
das rastlos die gelben
Horizonte verfertigt.

EINSAMKEIT

Kommt die Einsamkeit, ohne
daß du an sie gewöhnt bist,
reißt sie Verschlossenes auf,
Koffer, die du für tot gehalten,
Flaschen, die unwandelbar mit dem
Bild des Totenkopfs warnen,
brechen einige Schlösser,
rutschen Deckel von Seelentöpfen.

Doch wir wollen gar nichts wissen,
wir lieben es nicht, wenn unsere alte
Identität ans Licht kommt, wir stoßen
nicht gern auf das störrische Wesen, das drinnen
mit dem Spiegel wartend, kauert.
Viel lieber gehen wir ins Kino
oder unterhalten uns mit Frauen
oder lesen die Geschichte Ägyptens
oder fördern das allgemeine Wohlbehagen,
die Numismatik oder die Kirche.

Wer sein Leben von Zeit zu Zeit
Gott weiht, ist schon gerettet.
Triefend vor mittelalterlicher Salbe
kehrt er heim in seine Bürostube,
schnuppert einmal kurz Höllenluft
oder benutzt Zahnpasta aus dem Himmel.

Wer hingegen wie wir Gott nicht liebt,
da ja auch Gott niemanden liebhat,
fährt frühmorgens hinaus ins Grüne,
nach Rumay, dicht bei Melipilla,
denkt über sich nach in aller Ruhe,
wehrt sich heftig gegen sich selber,
zerstreitet sich mit sich geduldig,
schließt sich wieder mit sich zusammen
und ist am Ende, wer er war.

DER WIND

Nichts aber geht über den Wind
aus den rauhen Bergen, das Wasser
zur Bewässerung in den kühlen Gräben,
den reglosen Raum, den mit Licht
vollgeschenkten Becher der Welt
und des Erdreichs grünen Geruch.

Drum muß ich noch einmal
zurück an so viele Orte,
um mich wiederzufinden
und rastlos zu prüfen,
zum Zeugen einzig den Mond,
und danach munter zu pfeifen
Steine und Erdbrocken zu kicken,
einzig damit betraut zu leben,
einzig verwandt mit dem Weg.

MUSIK

Hat man mich schon nichts von der Erde
gelehrt, als auf ihr zu wandern,
hab ich schon nie den Pflug in sie gegraben,
habe ich nicht mit den Schollen gelebt
und nicht auf Gerste genächtigt,
kann ich auch nicht Zwiesprache mit Geigen halten,
denn Musik ist erden.

Doch erden ist auch die Hüfte
meiner liebsten Verliebten,
und Erde birgt die Zukunft,
alle Dinge sind aus Erde.

Erden ist das Brot, ist die Stille,
Feuer ist nur Staub, der brennt,
Wasser ist Erde, die dahinfließt,
und alle Träume der Nacht
kommen aus der Tiefe der Erde.

VERWANDLUNG

Ich bekam einen Tritt in den Hintern
von der Zeit, und die traurige Lade
meines Lebens geriet durcheinander.
Die Stunden rannten hin und her
wie zwölf braune Rebhühner
auf einer staubigen Straße,
und was vorher ein Uhr hieß,
hieß plötzlich acht Uhr vierzig,
und der April wankte rückwärts,
bis er als November dastand.

Meine Zettel waren verschwunden,
die Quittungen unauffindbar,
die Mülleimer quollen über
vor Steuerzahlernamen,
vor Anwaltsadressen
und Telefonnummern reizender Mädchen:
eine lautlose Katastrophe.

Das alles begann an einem Sonntag,
der, anstatt sich golden zu fühlen,
sich eines Besseren besann als seiner Freude
und sich so langsam benahm
wie eine Schildkröte am Strand:
Der Montag kam nie mehr.

Beim Erwachen fand ich mich
absonderlicher als jemals,
ohne Vorleben, vergessen
in einer beliebigen Woche,
wie ein Koffer in einem Zug,
der ohne Zugführer, ohne
Fahrgäste, nirgendwohin rollt.

Ein Traum war es nicht, denn
kurz darauf muhte fett eine Kuh,
und Milch ward hereingebracht,
noch warm vom Euter,
und überdies lief rings um mich
am Himmel ein Schauspiel ab:
die Vögel, außer Rand und Band,
im Laubwerk und im Nebel.

Schlimm an der Sache aber war,
daß die Zeit nicht weiterlief.
Es blieb beim Samstag, so lange,
bis der Freitag sich zeigte.

Wo soll ich hingehn? Wohin gehn wir?
Wen konnte ich danach fragen?

Die Denkmäler stapften rückwärts
und schoben den Tag nach hinten
wie Wachmänner unerbittlich.
Und das ganze Zifferblatt
der Uhr sackte ab ins Gestern.

Ich kann den Menschen meinen
gesammelten Schauder nicht zeigen,
doch fühlte ich einsam mich
in einem Haus, von dessen Decke
unwiderruflich Regenwasser tropfte,
und um keine Zeit zu verlieren –
das einzige, was verloren war –,
zerriß ich meine letzten Erinnerungen,
nahm Abschied von meinem Bauchladen,
warf die Scheckbücher ins Feuer,
die Liebesbriefe, die Hüte,
und sprang wie einer, der ins
Meer springt, gegen den Spiegel.

Doch da war nichts mehr zu sehen.
Ich spürte, wie ich mein Herz
verlor, das rasend pochte,
und meine Arme schrumpften,
meine Gestalt fiel atemberaubend
schnell in sich zusammen,
meine Jahre wurden weggefegt,
auf dem Kopf hatte ich wieder Haare,
und die Zähne kamen auch.

Im Hui verflog meine Kindheit,
ich schwamm weiter gegen den Zeitstrom,
bis ich von mir, von meinem

Spiegelbild im Spiegel
nur noch einen Fliegenkopf sah:
ein mikroskopisch kleines Eilein,
das in den Eierstock zurückkroch.

DER STERNENMACHER

Ich bestücke mit Sternen,
was fehlt am Nachthimmel,
und tu's so hartnäckig,
daß meine schlichten Gestirne
zusehends – denn ich flog täglich –
Schönheit entfalteten
und Sterne, die ich gefertigt,
aussahen wie nicht gemacht:
Alles nahm sich besser aus
auf dem Himmelspflaster.

Als kleiner Junge lernte ich,
durch Flaschenscherben zu gucken,
zu verstecken im Dunkel
des Gymnasiumskellers
die Glasstückchen, auf die sich
damals mein Drang hin
zum Weltraum warf.

Krumme Nägel häufte ich,
leerstehende Hufeisen,
reihte alles dort auf,
ordnete geduldig es ein,
stachelte schlau es an,
bildete es energisch aus,
bis ich glücklich das Schillern

des Glases, das Toben
der Metalle darin weckte.

Meines zarten Alters wegen
den berühmtesten Forschern ebenbürtig
und ein Hexenmeister sondergleichen,
gelang es mir, den Schatz
in meinem Kellergeschoß zu heben,
und ausgerüstet mit ererbten,
unergründlichen Arbeitsgeräten,
baute ich zuerst einen Lichtstrahl,
dann einen Schwarm Leuchtkäfer.

Am mühsamsten war der Komet.
Ein Stern mit loderndem Schweif,
eine Braut des Himmels,
gestrandet im All,
ein Element der Natur,
verschleiert und schimmernd,
das wie ein silbriger Fisch aus China
auf der Bühne des Aldebarán
und des Saturn gastiert,
schien schwer herzustellen,
zuletzt aber schoß, aus Schnee und aus Flaschen,
angetrieben von seinem eigenen Funkeln,
doch ein geschweiftes, hochzeitliches, duftiges
Gestirn aus meinen Händen empor.

Nach mehreren glanzvollen Anläufen
feuerte ich noch einen Meteor ab,
zu dem ich die Reste in meinem
heimatlichen Keller verarbeitet.
Und der Meteor torkelte ins All,
hier einen Schlenker, da einen Schlenker,
beschlagen mit allen geheimen Nägeln
aus meinem gutsortierten Eisenwarenlager.

Die Gestirne krachten und splitterten
unter dem Schlag meiner Finger,
unter meinem himmlischen Knall,
und die Nacht erzitterte, als der
Sturzbach auf sie niederging.

Tja, Herrschaften, so vertrieb ich mir die Zeit,
als ich noch zur Schule ging und ein Kind war.

DAS NEUNZEHNTE

Komisch, daß bis in unser Jahrhundert
Mozart, der sanft Befrackte,
in seinem großen Frack steckt,
in seinem musikalischen Rock;
ganze hundert Jahre lang
waren kaum andere Töne zu hören.
Und Fjodor Dostojewski rollt noch immer
seinen Roman in Fortsetzungen ab,
seinen Urteilsspruch aus der Finsternis,
sein langes dornenbewehrtes Band.

Na schön, und Rimbaud? Danke, gut,
meldet der faule Faulpelz,
der noch immer einsam umherstreift,
ohne neuen Schatten in diesem Jahrhundert.

Ich bin ausgezogen aus Parral,
um dies Jahrhundert kennenzulernen.
Warum reicht man mir dieselbe Kälte,
dieselbe Schüssel, dasselbe Feuer
wie unsern Großeltern, die ja nett waren,
wie unseren bitteren Großeltern?

Wie lange soll noch Verlaine
auf uns regnen? Wie lange laufen
wir noch bei strahlendem Sonnenschein
mit Baudelaires Regenschirm herum?
Wir wollen wissen, wo stehen
die inzwischen gewachsenen Andentannen,
die Eichen des zwanzigsten Jahrhunderts,
und wo sind die Hände, die Finger,
die Handschuhe dieser hundert Jahre?
Walt Whitman gehört uns nicht,
es heißt das Neunzehnte, doch es läuft,
weil wir sonst niemanden zur Seite haben,
weiterhin an unserer Seite.
Und in dieser Einöde schoß
der Sputnik seinen Pollen
mitten unter die blauen Sterne.

Das zwanzigste Jahrhundert brennt herunter
und hat das neunzehnte noch am Hals,
und wir bleichen Literaten
sind die Treppe zu den toten
Giganten mit einem Sack
auf den Schultern hinaufgekeucht,
mit dem schweren Gepäck
der allerberühmtesten Gebeine.

Balzac wiegt soviel wie ein Elefant,
Victor Hugo ist ein Sattelschlepper,
Tolstoi eine Andenkordillere,
einer Kuh gleicht Emile Zola,
Emily Brontë einer Nardenblüte,
Mallarmé hat Konditorengewicht,
und alle zusammen haben uns erdrückt,
uns nicht atmen gelassen,
und nicht schreiben,

wollten uns nicht loslassen,
bis Onkel Ubu Dada sie alle
zum Henker geschickt hat.

V

ARTES POETICAE (I)

Als Dichter, der zimmert,
hole ich mir als erstes Holz,
rauhes oder glattes, gut vorbereitet,
befühle mit den Händen seinen Geruch,
wittere seine Farbe, streiche
über das wohlriechend Geschlossene,
über die Stille des Systems,
bis ich entschlummere oder meine Seele wandert
oder ich die Kleider abwerfe
und in die Gesundheit des Holzes,
in seine Ringe eintauche.

Als zweites zerschneide ich
mit funkensprühender Säge
das zuvor ausgesuchte Brett:
Vom Brett spritzen die Verse
wie mündig gewordene Späne,
duftend, kraftvoll, weit weg,
damit mein Gedicht auch
Boden besitzt, Rumpf und Kiel,
und über die Route ragt,
damit das Meer es bewohnt.

Als Dichter, der Brot backt,
schüre ich Feuer, sorge für Mehl,
für Hefe auch, für mein Herz
und mache mich bis an die Ellenbogen

ans Kneten des Lichts im Ofen,
des Wassers aus grüner Sprache,
damit das Brot, das nach mir kommt,
sich im Bäckerladen verkauft.

Eigentlich bin ich, vielleicht
wißt ihr's nicht, zum Schmied berufen;
zumindest habe ich
für alle und für mich
metallurgische Dichtung gefördert.

Doch habe als weitherziger Mäzen
keine feurigen Anhänger gewonnen –
ich blieb mit meinem Eisenzeug allein.

Zerbrochene Hufeisen auflesend
verzog ich mich mit meinem Gerümpel
in eine andere Gegend, ohne Bewohner,
die nur der Wind erhellte.
Dort fand ich neue Metalle
und goß sie um in Worte.

Ich sehe ja ein, meine Erfahrungen –
ein Metaphysiker, der seine Hände gebraucht –
tragen der Dichtung nichts ein,
doch beim wütenden Drauflosarbeiten
habe ich meine Fingernägel gelassen
und immerhin, mit meinen eigenen Händen,
ein paar kümmerliche Rezepte gewonnen.
Sollten sie sich als nutzlos erweisen
zur Ausübung des Dichterhandwerks,
so pflichte ich sofort bei,
lächle schon mal für die Zukunft
und ziehe mich von vornherein zurück.

ARTES POETICAE (II)

Nichts habe ich entdeckt, es gab
nichts mehr zu entdecken,
als ich durch diese Welt ging.
Falls ich noch einmal hier durchkomme,
bitte ich die Entdecker,
sie sollen mir doch etwas lassen,
einen Vulkan ohne Namen,
ein unbekanntes Madrigal,
eines verborgenen Flusses Wurzel.

Immer war ich solch ein Abenteurer,
daß ich gar kein Abenteuer erlebte,
und die Dinge, die ich entdeckt,
fand ich in mir selber,
so daß ich Hinz, Kunz und Maria
nur enttäuschte,
denn so sehr ich mich auch anstrengte,
nie bekam ich einen Fuß vor meine Tür.

Berstend vor Neid sah ich zu, wie
sich's ringsum pausenlos paarte,
wie die Satelliten im Kreis liefen,
Skelett auf Skelett sich türmte
und in der Malerei so viele
faszinierende Manieren vorüberflogen,
daß, kaum ging ich mit der Mode,
es die Mode schon nicht mehr gab.

BIENEN (I)

Was kann ich dafür, als ich
geboren wurde, waren die Götter schon tot;
trotzdem stocherte ich unausstehlich
junger Mann weiter in den Ritzen.
Es war halt mein Beruf, und darum
fühlte ich mich so verlassen.

Eine Biene und noch eine Biene
ergibt noch nicht zwei helle Bienen;
auch nicht zwei dunkle Bienen.
Es ergibt ein Sonnensystem,
eine Wohnstatt aus Topas,
eine gefährliche Liebkosung.

Des Bernsteins oberstes Interesse
gilt zwei gelben Bienen,
und an denselben Bienen haftend
arbeitet täglich die Sonne.
Ich werde wütend, wenn ich euch so viel
von meinen läppischen Geheimnissen erkläre.

Ihr fragt ja doch auch künftig,
wie ich zu den Katzen stehe,
wie ich den Regenbogen entdeckt,
warum sich die ehrwürdigen
Kastanien als Igel kostümieren,
und wollt vor allem wissen,
was die Kröten von mir denken,
die Tiere, die verborgen im Duft
der Wälder leben oder sich verkriechen
in den Pusteln des Zements.

Wahr ist, unter den Neunmalklugen
war ich als einziger unwissend,

und von denen, die am wenigsten wußten,
wußte ich immer noch etwas weniger.
Und so gering war mein Wissen,
daß ich die Weisheit erlernte.

BIENEN (II)

Die Bienen haben einen Friedhof
drunten in meiner Heimat, in Patagonien,
dahin kehren sie heim mit ihrer
Honigfracht, um zu sterben vor Süße.

Ein Landstrich ist es, sturmgepeitscht,
krumm wie eine Armbrust,
darüber ständig der Regenbogen
wie ein Fasanenschwanz,
Stromschnellen gurgeln in Flüssen,
Schaum schnellt hoch wie ein Hase,
es knattert der Wind und bläht sich
über der ringsum lagernden Einöde,
die Steppe bildet einen Kreis
mit Schnee im Mund
und rotem Bauch.

Dorthin kommen sie alle geflogen,
eine nach der andern, die Bienen,
zum Sterben, Million zu Million,
bis die Erde übersät ist
mit großen gelben Hügeln.

Ich kann ihren Duft nicht vergessen.

DIE ROSE DES KRÄUTERGÄRTNERS

Ich überlasse es dem Kahn der Rose,
wie sich der Kräutermann entscheidet:
ob er sie wegen ihrer Tugend ehrt
oder wegen des verwundenden Duftes,
ob sie ungebrochen ist, wie er sie
liebt oder starr wie eine Tote.

Der schmale Kahn verrät nicht,
wie sie am liebsten stirbt:
Ob flatternden Buges
vor ihrem Siegesfeuer,
brennend mit allen Segeln
vor versengender Schönheit,
oder trocknend nach einer peniblen,
Heilung bewirkenden Ordnung.

Der Kräutergärtner bin ich, Herrschaften,
und eure Widerreden verwirren mich,
bin ich mir selber doch nicht schlüssig,
welchem Götzen ich dienen soll:
Im Gewand der Rose verglüht
die Liebe auf ihrer Fahne,
und die Zeit zaust das Gerippe
und fällt den roten Wohlgeruch
und die duftende Blätterfülle;
danach muß sie noch einmal rütteln,
und einen Becher Regen ausschütten,
und von der Blüte ist nichts übrig.

Drum bange ich ja und quäle mich
und behüte meine tobende Liebste
noch in ihrem letzten Rest Asche.

WASSER

Der Nachteil am Tau ist, daß,
wenn sein Licht sich vervielfacht,
der Blume Augen wachsen,
und die Augen betrachten die Welt.

Schon sind sie kein Tau mehr.

Sind die Umstände des Tages,
Spiegelungen der Blütenkrone,
Ewigkeit ewigen Wassers.

HERBST

Zur Heimstatt des Topassteins
bestimmte ich eine endlos lange Ähre
und gab ihr bei das Geäst
der gelbsten aller Sippen.

Das sind meine Pflichten im Herbst.

BUND

Wenn das Blatt nicht mehr plaudert
mit anderen Blättern und der Baum,
um Geflüster uns zuzuflüstern, seine
ungezählten Lippen behält,
wenn die Heimat der Gewächse
zur Seite legt ihre Fahnen
und sich mit des Menschen dürrer
Sprache oder seinem Schweigen begnügt,

wenn auch ich als Wasser oder Baumsaft
von der Wurzel bis zur Krone
anerkenne meine Pflichten –
ach, wärc die Welt dann ein Sieg,
wäre das verlorene Paradies,
das grüne Eine, die Schönheit
der Trauben und der Hände,
das runde Zeichen, das eilends
kündet von meiner Geburt.

ZWECK

Des Zweiges länglicher Zweck hält
scheinbar still, doch horcht er,
wie das Licht des Himmels klingt
auf seiner belaubten Zither,
und beugst du dich vor, um zu erfahren,
wie das Wasser aufsteigt zur Blüte,
hörst du singen das Mondlicht
in der schwarzen Nacht der Wurzeln.

BAUM

Gestern abend – ich machte das Licht aus –
sind meine Wurzeln eingeschlafen,
und meine Augen blieben, verfitzt,
zwischen den Blättern hängen,
bis später – es war schon dunkel –
ein Ast in meinen Traum fiel
und die Nacht an meinem Stamm
heraufkroch, kühl und gläsern,
wie eine durchsichtige Echse.

Da bin ich eingeschlummert.

Schloß die Augen und das Laub.

STILLE

Ich, der ich in einem Baum aufgewachsen,
hätte mancherlei zu erzählen,
doch da ich viel erfuhr von der Stille,
habe ich mancherlei zu verschweigen,
und das lernt man, indem man wächst
ohne einen anderen Genuß als das Wachsen,
ohne eine andere Sehnsucht als nach Substanz,
ohne ein anderes Tun als Unschuld,
und drinnen golden die Zeit,
bis die Höhe sie zu sich ruft,
um sie in Orangen zu verwandeln.

EIN GANZES

Dies Blatt hier ist alle Blätter,
diese Blume alle Blüten
und Überfluß ist Lüge.
Ist doch jegliche Frucht dieselbe,
sind alle Bäume nur einer,
und ist nur eine Blüte die Erde.

DIE ROSE

Zwischen einer Rose und der nächsten Rose
war soviel Rosenstöcke Abstand,
daß von einem Leben ich zum nächsten ging,
ohne je entbrennen zu wollen;
erst als es schon zu spät war, nahm ich,
halb tot vor Liebe, Abschied
von meiner ganzen kläglichen Standhaftigkeit.
Noch einmal suchte ich jenen Duft,
die rote Rose des Schmerzes,
die gelbe des Vergessens,
die weiße der Betrübnis
oder die blaue, die ungewöhnliche.
Indes kehrt man vergebens
heim ins Land des Frühlings:
So spät war es, daß die Sterne
auf den Weg mir stürzten.

Und da blieb ich stehn und erntete
den Schimmer des nächtlichen Weizens.

DER TODWUNDE

Ich ließ die Dornen fallen,
um nur niemanden zu verwunden,
drum bin ich jetzt auf diesem Blatt Papier,
halb nackt, halb schwer verwundet.
Meine Verbitterung ließ ich fallen,
auf daß sich niemand quäle,
und wurde so sehr gequält, daß ich
an meiner Wehrlosigkeit noch sterbe.

FALLENDE BLUME

Des Meeres sieben Blätter
finden sich in dieser Blütenkrone
zum Diadem der Liebe.
Und im Geschaukel geschah es
einer Rose, die ins Wasser fiel,
als der Fluß ins Meer trat:
Ein scharlachroter Strahl schoß
aus dem verliebten Tag hinab
zu der Welle tausend Lippen,
und eine Rose schwebte
der Sonne entgegen, salzwärts.

BESTIARIUM (I)

Die verborgene Antilope
entfaltet sich im Feuer.
Glut frißt sie mit dem Maul, und ihr
Schwanz gleicht dem Rauch.

Die Flammen züngeln
aus dem Geweih, der Krone, und
wie es verlangt sein Zeichen,
löst Rätsel sonderbar das Tier,
weil lodert seine Nahrung,
und zieht, wie Punkte, Kommas,
aus Bernstein eine stumme Spur
hinterm versengten Schwanz her.

BESTIARIUM (II)

Mit der Erfindung des Schnabeltiers
verbrachte ich einst 250
goldene Monde im Reich ohne Hoffnung.
Alle Tage war Donnerstag,
und das Meer verschmolz mit der Luft
zur Gewalt eines einzigen Herrschers.

Dasselbe verbissene Gefieder
legte ich an dem Tier
wie dem herb patriotischen Kondor.
Der Schnabel fiel mir besonders schwer
bei einem so ungeschlachten Geschöpf.
Und die Füße erst, was sollte ich tun?
Und wie mit Schiffbrüchen es versehn,
mit Blitzschlägen und Signalen?

Meinen Raritätenkoffer klappte ich auf,
den über die Meere geschleppten,
und holte daraus ein exklusives Ei,
rechteckig und in drei Farben,
blies es an, besessen vor Eifer,
unter Anspannung aller Erfindungskraft,
bis die Laune der Natur hervorkroch,
die jetzt durch den Urwald watschelt.

TIER

Zielstrebig flog der Käfer,
die Seidenflügel gebreitet,
hin zur infraroten Kirsche.

Er fraß sie; er begriff nicht
die Chemie der Stärke,

und flog dann, fliegende Feuersbrunst,
zurück ins Laubwerk.

Sein Herz trieb ab
wie ein Komet, gesättigt
von wohltuender Strahlung,
und fort ging's, brennend im Kern
der, ach, sengenden Elektronen.

Im Zerfallen gehörte er immerhin
zum Erscheinungsbild des Regenbogens.

HUND

Die Hunde, nicht interessiert
an Straßen ohne Umkehr,
an fliegendem Staub, im Licht
teilnahmsloser Witterung.

O Gott der verirrten Hunde,
kleiner Gott mit traurigen Pfoten,
tritt heran an unsere Hemisphäre
eingekniffener langer Schwänze
und hungriger Augen, die dem knochen-
bleichen Monde nachblicken.

O sorgloser Gott, in mir hast du
einen Landstraßendichter,
doch bin ich umsonst auf der Suche
nach einer Sprache für Hunde,
die durch Regen und durch Staub
mit Gesang sie begleitet.

PFERD

Hab mich oft gefragt
am frühen Morgen, wenn ich
mein Pferdegerippe besteige:
Warum fällt mein Roß nicht in Stücke
auf den Felsen, über die ich reite,
in den Gehölzen, die ich durchquere,
in den Wellen, die ich durchschneide,
oder im Staub, der hinter meinem
unbestechlichen Ritt herwirbelt?

O Pferd, weiß auf die schwarze
Schiefertafel der Steppe gezeichnet
in der patagonischen Nacht:
Galoppiere ich heimwärts
auf meinem Aschenreittier
als Inspektor der Wirbelwinde
oder eisiger Oberst
der sich wälzenden Gletscher –
das Meer mit seinen Rössern!

Dann sammle ich ein meine Strecken,
laß mich in meinen Alltagsschlaf sinken,
bette meine Grundfesten zur Ruhe,
bis ich in der Kälte Morgengrauen
das Stampfen von Hufen vernehme
und erwache und wieder trabe
durch den jungen Winter
auf meinem transparenten Pferd.

NOCH EIN HUND

Einst lief ich durch die Straßen
einem streunenden, nutzlosen Hund nach,
ich wollte wissen, wohin
des nachts die Hunde trotten.

Nur tausendmal machte er halt
zum Pissen an entlegenen Orten
und lief dann weiter, als hätte er
ein Telegramm abzuholen.

Vorbei ging's an Häusern, an Ecken,
über Plätze, durch Dörfer und Länder,
und ich immer hinterdrein, neugierig,
wohin der Wanderer wollte.

Endlos lief er, ließ hinter sich
die mit Müll verstopften Viertel,
die öden, nutzlosen Brücken,
indes die Fahrzeuge schliefen.

An Kasernen, an Schulen, an
Statuen aus toter Bronze,
an der Trübsal der Freudenhäuser
und der erschöpften Nachtbars
tappten wir vorbei, voran der Hund
und dahinter ich, hundemüde.

FISCH

Der schwarze Fisch in Acapulco
sah mich an einst mit runden Augen,
tauchte zurück dann ins Transparente
seines anilinblauen Ozeanes.
Ich sah, wie seine Barthaare zwei, drei
Tropfen Meeres absonderten,
welche himmelblau schimmerten.

Als er dann vom Angelhaken
zurückfiel ins halboffene Geflüster
des Steines und azurnen Wassers,
stand in seinen statischen Augen
nichts als Undank
für die Erde und für den Menschen.

Da schüttelte ich mich vor Lachen
über meinen Reinfall und seine Miene,
er hingegen glitt ungerührt
in sein zweites Leben, ins Wasser.

HUMUS

Der buntschillernde Salamander,
die Muschel mit den Perlmuttflügeln,
die Pangue-Blätter im Sumpf,
maßlos wie Goliaths Pranken,
und diese Insekten, die mir nachsirren
und singen, darin lebe ich fort.

Ach, wieviele perverse Uhren
hat die Natur doch ersonnen,
nur damit ich mich jede Minute

meines Lebens zu ihr bekenne
und pausenlos unterschreibe,
daß ich zu ihren Produkten stehe:
zu ihren Schwänen, ihren Spinnen,
ihren Vögeln und ihren Faltern.

Von all dem Glitzern hab ich geglitzert
wie die Farben im Wasser
und gerochen wie schwarzer Morast,
darin faulen die Wurzeln,
und gequakt wie ein mürrischer Frosch,
hatte Pfoten wie ein junger Puma,
blickte wehmütig wie eine Hummel,
stampfte wie ein elender Elefant,
hatte Hoden wie ein Steinpilz,
einen Bauchnabel, ernst wie das Auge
eines uralt einäugigen Kleppers,
die Beine eines gehetzten Hundes
und vom Käfer das Herz.

HOCHZEITEN

Wozu taugt ein Hirsch ohne Hirschkuh,
wozu ein Hund ohne Hündin,
eine Biene ohne ihren Bien,
eine Tigerin ohne Tiger,
eine Kamelin ohne Kamel,
eine Walin ohne den Wal
oder ein lediges Nashorn?

Wozu taugt ein Kater ohne Katze,
ein Nachtigalan ohne Nachtigall,
eine Taube ohne Täuberich,
ein Gaul ohne Gäulin,

eine Krebsfrau ohne den Krebs
oder ein Pflanzloch ohne Wurzeln?

Drum vermählt euch, Fische im Meer,
Pumas ihr vom Stamme der Pumas,
Füchse mit durchtriebenem Schwanz,
hungrige Flöhe aus der Provinz.

Vermehret euch! ruft die Erde
mit so unsichtbarer Stimme,
daß alle sie sehen und berühren
und hören können, und warten.

VI
GESTERN

Alle begnadeten Dichter
verlachten, was ich schrieb –
der Zeichensetzung wegen;
auch ich schlug mir an die Brust,
beichtete Punkte und Kommas,
Ausrufezeichen und Doppelpunkte,
also wahrhaft Inzest und Totschlag,
was meine Worte denn auch begrub
unter einem speziellen Mittelalter
mit hinterwäldlerischen Domen.

Hatte einer bis dahin nerudelt,
begann er jetzt zu vallejeln,
und noch bevor der Hahn krähte,
zogen sie ab mit Perse und mit Eliot
und ersoffen in ihrem Swimming-Pool.

Ich hingegen kam nicht los
von meinem altbewährten,

täglich veraltenden Kalender,
entdeckte darin nichts als eine Blume,
die längst jeder entdeckt hatte,
und erfand nichts als einen – sicher
schon erloschenen – Stern,
doch während ich mich vollsog mit seinem Glitzern,
trunken vor Schwärze und vor Phosphor,
staunte unwandelbar der Himmel.

Komme ich das nächste Mal zurück
mit meinem Pferd in die Zeit,
leg ich mich, wie sich's gehört,
auf die Lauer und jage nach allem,
was da kreucht oder fleucht,
inspiziere es aber zuvor darauf,
ob es schon erfunden ist oder nicht,
ob es entdeckt oder noch unentdeckt:
Auch nicht einer der künftgen Planeten
soll mir dann durch die Maschen schlüpfen.

DIE WELT IST VOLL

Schön waren die Dinge,
die der späte Mensch anhäufte,
der gefräßige Fabrizierer.
Ich kannte den Planeten noch kahl,
aber langsam füllte er sich an
mit zerstampften Barren,
Aluminiumzitronen und
mit elektrischen Eingeweiden,
welche die Maschinen anstießen,
indes ein Niagarafall aus Synthetics
die Küchen überflutete.

Neunzehnhundertsiebzig
kam man schon nicht mehr
über die Straße und über die Felder:
Verschlissene Lokomotiven,
ächzende Motorräder,
verhinderte Automobile
und Flugzeugbäuche
okkupierten das Ende der Welt,
ließen uns nicht passieren,
ließen uns nicht erblühen,
überschwemmten Strände und Täler,
erstickten die Glockentürme.

Der Mond war nicht zu sehen.

Venedig verschwand
unter dem Benzin,
Moskau ging derart auseinander,
daß vom Kreml bis zum Ural
die Birken hinstarben,
und Chicago wuchs so hoch,
daß es umkippte
wie ein Würfelbecher.

Den letzten Vogel sah ich
bei Mendoza, in den Anden, fliegen.
Bei der Erinnerung muß ich
Penizillintränen weinen.

BOMBE (I)

Doch dies waren die Geburtsjahre
des totalen Todeskraftwerks,
des entfesselten Kerns;
es genügte uns nicht, hunderttausend
schlafende Japaner zu ermorden,
wir verfeinerten noch das Werkzeug,
das alles zu Sägemehl mahlt,
fütterten es zuletzt und striegelten,
stärkten es, machten es fruchtbar
und hängten es auf in der Höhe
über dem Haupt der Welt.

Auf uns warten die Neutronen,
die Wellen für den Angriff, die hageren
Finger der versammelten Raketen,
der Mord am ganzen Erdkreis,
und wie die Erde in ihrer Reinheit
uns den Frühling bereithält,
so wird mit erlesener Sorgfalt
behandschuht in den Sälen
noch ein Fest ausgerichtet:
der Selbstmord des Alls.

Ich kenne den Rauch aus dem Wald,
habe angefaßt die blattgrüne
Asche duftender Berge
und hernach gelebt unterm Rauch
der verstockten Stadt
und ihrer Bäckereien.

Danach allerdings lernte ich
im Spanien meiner Schmerzen
den Rauch der Zerstörung kennen
und hasse noch heute dieses Bild,

denn es schmeckt kein Rauch herber
als der sinnlose Rauch des Krieges.

Und ein Planet ganz aus Rauch
erwartet jetzt alle Menschen:
Als Tote unter Trümmern können
wir nicht mehr guten Tag sagen,
die Worte werden uns ausgehn,
die Sprachen verbrannt sein,
und in die Blumen träufelt
Gift der radioaktive Frühling,
auf daß die tote Frucht in Stücke
fällt und mit ihr das schimmlige Brot.

SO SIND WIR

Wenn ihr wißt, wie man's anstellt,
sagt mir's oder sagt's mir lieber nicht,
habe ich doch, wenn auch spät, begriffen,
daß ich's nicht weiß und nie wissen werde,
und da ich's so gründlich nicht wußte
und mein Unwissen überlebte,
glaubtet ihr, daß ich's wüßte.

Ich dachte, ihr seid Lügner,
doch nachdem ich gelitten,
wurde eure Lüge für mich wahr.

(Was muß man tun, um zu wissen?
Um nicht zu wissen, was tun?
Und die weisen Männer der Lüge,
sprechen sie noch immer wahr?)

TOD EINES JOURNALISTEN

Neponjawski ist umgekommen, heißt es,
in einem Tank, rollend auf Prag,
mit seiner Schreibmaschine in der
unseligen Konjunktur.
Ist es Melancholie, wenn ich
bei der Nachricht versteinere?
Ich kannte seine glänzenden Augen,
seine kompromißlosen Reportagen.
Wir waren Freunde, aber er
liebte es nicht, wenn man ihn liebte.
Er war ein Held unserer Zeit: Er
wurde geschluckt von einem Panzer.

Machen wir uns gefaßt aufs Sterben
in den Kiefern von Maschinen,
halten wir unsre Beine bereit, den Rücken,
unsere Gedanken, unsere Hüften,
Ellenbogen, Knie, Begeisterung,
unsere Augenlider, unser Wissen –
alles wird verschluckt, wird zermahlen
und verdaut von einem Panzer.
Ich muß meiner Pflicht nachkommen,
muß mich ölen und mich würzen,
damit eine Maschine mich verspeist
auf einer Straße oder einem Platz
und das Harte, mein Gerippe,
danach auf den Kehricht spuckt.
Schaffen wir heran das zarte
Fleisch von satt gestillten Kindern;
und wenn die Maschinen rasselnd
losstampfen und ihre Rohre
mit weit aufgerissenen Mäulern
Futter, Fressen von uns fordern,

wissen wir: zu ihrer Sättigung müssen,
unsrer Pflicht bewußt, wir sterben.

Schwergewichtig die Epoche,
Zeitalter stählerner Füße,
das Jahrhundert prall und blutig,
wir müssen die Panzerraupen
der Apokalypse erkennen.

Zugenietet tilgen ihre
Tagesstrecken die Motoren,
dirigiert von Sterbensangst,
brauchen eben auch ihr Fressen.
Zwecklos scheint es also, sich
zu verweigern den Fressern, nein,
sehnsuchtsvoll verlangen wir noch:
Wir wollen gefressen werden.

Schließlich hielten die Türme nicht stand,
allzu leicht gebaut vom Menschen,
morsch ist alles oder splittert,
in Gemälde läßt sich stechen,
eine Sonate schützt uns nicht,
Bücher brennen und vergehen.

Schwarz bereitet das Jahrhundert
vor sich, in dem Herbst der Welt
voller Eleganz zu sterben.
Gönnen wir ihm diesen Spaß nicht!
Spucken wir ihm ins Gesicht!
Stoßen wir es vor einen Panzer!

WIEDERGEBURTEN

Sollte ich einmal noch einmal leben,
dann auf die gleiche Weise,
kann ich doch durchaus ein zweites Mal
irrtümlich zur Welt kommen,
in einer anderen Schale zwar, doch
dasselbe Lied auf den Lippen.

Falls es dazu kommt, falls ich
kraft hindustanischer Bestimmung
genötigt mich sehe zur Geburt,
möchte ich zumindest kein Elefant sein,
auch kein altersschwaches Kamel,
sondern eine schlichte Garnele,
ein roter Tropfen Meers.

Im herben Wasser noch einmal
begehen dieselben Fehler,
mich zausen lassen von Wellen
so wie zuvor von der Zeit
und verschlungen werden am Ende
vom scharfgezähnten Abgrund,
wie es mir von den schwarzen
Literatenzähnen widerfahren.

Mit kupferroten Fühlern huschen
über den antarktischen Sandstrand
der Küste, die ich geliebt und gelebt hab,
und ein Erschauern aussenden
durch schreckensstarre Algen,
überleben unter den Fischen,
verstecken den Panzer um meinen
kompliziert gegliederten Körper –
eben so nämlich überlebte ich
die Kümmernisse auf Erden.

JAHRHUNDERT

Mit ein paar Flügeln und Rädern
wurde das Jahr Nummer Eins
der neunzehnhunderter Jahre geboren,
und nun, da es langsam ins Grab sinkt,
hat es zwar verfaulte Beine,
blutunterlaufene Augen, trauernde Nägel,
doch dafür mehr Räder denn je
und Flügel für den ganzen Himmel.

Los, fliegen wir, ruft es,
das Herz auf dem Buckel, uns zu
und schleppt einen schamlosen Sack
voll Verbrechen durchs All.
Höher steigt es und höher,
bohrt sich durch die Stratosphäre
und läßt hinter sich den Schall.
Nicht nur wir haben gehört, wie
das Messer durchstieß den Himmel
und zerschnitt die Planeten:
Auf unseligen Inseln horchen
ihm nach auch die athenischen Dichter
in Ketten, und in den Zellen
der Zuchthäuser Paraguays feiern
die Gefolterten mit den Augen
die kosmische Frucht.

Vielleicht, meinen wir, schenkt uns
das Glück schon noch seine Planeten
und wir sollten den Blick
abwenden vom Todeskampf.
Machen wir uns keine Illusionen,
rät indes der Kalender,
alles geht weiter, so wie es geht,

der Erde ist nicht zu helfen,
suchen wir in anderen Regionen
des Himmels uns Quartier.

DIE GUERILLAKÄMPFERIN

Vor einem Jahr fiel in Astrolabien
eine blutjunge Guerillera,
schön wie die Aschenblume.
Ermordet von den Bösen.
Schmerzerfüllt und freudig
ermordeten die Guten einen Richter.
Darauf ermordeten die Schlechten
einen aufrechten Studenten.
Und gestern war zu hören, die Guten
hätten, wie es ihre Pflicht ist,
einen Tierarzt ermordet.

Astrolabien ist ein enges Tal
aus Wasser und Lava, ein Hort
des Altbewährten und der reichen Früchte,
worin die Schönheit zuhauf liegt
wie Smaragde in einem Beutel.
Nun aber wird Astrolabien
zwischen den guten Mördern
und den schlechten zerrieben
und verröchelt zuletzt noch im Kreuzfeuer
zweier Maschinengewehre.

WAS IST GESCHEHEN?

Die Luft ist mit Buchstaben geschwängert,
so weit gediehen ist der geheime Schall,
daß aneinandergerückt sind die Kontinente
und wir im Laden der Zukunft
schon nachgebaute Lungen
und Herzen aus zweiter
Hand erstehen können.
Erdzeichen sind in den Sand
auf dem Mond gerammt.

Sind es Siege, sind es Gefahren?

Bringen sie Bitternis oder Süße?

Damit alle zufrieden sind,
feiern wir sie weinend –
oder besser noch, laßt uns
um sie weinen voll Freude.

DER KULT (II)

Grausige Stalinbilder lagen,
eine Million, im Schnee
mit ihren Jaguarschnauzbärten.

Als wir es erfuhren und bluteten
bei der Entdeckung von Gram und Tod
unterm Schnee in der Steppe,
ruhten wir aus von seinem Bildnis
und konnten aufatmen, nun ohne
seine Augen, die soviel Angst genährt.

Farbe nahm das Weiß an:
Neue Gräser sprossen.

Ich war eisern im Schmerz;
als ich gewahrte, wie
mein geschundenes Herz sich quälte,
lud ich zuerst mir den Tod auf,
hernach auch noch den Zweifel,
aber dann ist Vergessen doch besser,
will man sich Hoffnung erhalten.

Ich wußte ja nicht, was wir alles nicht wußten.

Und der so lange währende Wahn
blieb blind und vergraben
in seiner aberwitzigen Größe,
zuweilen gemildert vom Krieg
oder erbittert hinausgeschrien
von unseren alten Feinden.

Nur war unsichtbar das Grauen.

Das alles überwuchernde
fühllose Antlitz hat
das Maßlose ausgebrütet.

Die gestrenge Stirn verehrend
erkannten wir nicht, daß unter
den georgischen Brauen
eine Herrschermiene, die Geologie
des Terrors uns taxierte.

Doch das Licht brach hervor,
und wir kamen wieder zu Verstand:
Wegen eines Mannes und seiner Morde
wollten wir das Gute nicht

in den Keller schütten zum Bösen.
Wir lernten wieder lieben
und fuhren fort, den Menschen,
von Volk zu Volk, die Wahrheit zu zeigen
und die künftige Fahne.

NIE MEHR

Sie konnten nicht wiederkehren,
die Büsten und die Herrscher,
er sollte nicht wieder erblühen,
der staatsgewaltige Frühling:
Wir haben die Todeslektion gelernt
und erheben das Haupt.

So klar ist die Wahrheit,
auch wenn sie aus finsterer Nacht kommt.

DER KULT (III)

Doch still, wieder einmal,
wieder taucht ein Gesicht auf,
das, bar jeden Lächelns für immer,
sich spiegelt in vielfachen Bildern.
Wieder einmal tarnt Gott sich
hinter einem Paar gelber Augen,
und Mao Tse-Tung thront
auf einem Altar, angetan
mit den Gewändern der Kaiser.

Anstelle der Blumen, die
gar nicht erst wuchsen,

setzte man monumentale
Denkmäler ihm in die Gärten.
Seine Gebete, gebunden
in ein scharlachrotes Heftchen,
wurden zum Fläschchen
garantiert alles heilender Pillen.

Jedenfalls befahl niemand
außer diesem maskierten Manne.
Abermals dachte er für alle.

Und seine Worte wurden, geweiht
zu unfehlbaren Zaubersprüchen,
weitergesagt bis an die Küste
von Mündern wie Sand am Meer
und von zehn Milliarden Zungen.

DAS LICHT

Jahrhundert der Elektronik, verhaftet
deiner Stirn, starrte das Auge
eines neuen Gottes, der uns tötete und
das Rezept für unsre schmerzhafte
Errettung uns verschrieb!

Das war, als der Kessel
der Kontinente kochte und
die Armeen unbrauchbar wurden:
War niemand mehr da zum Töten.

Eine Region nach der andern riß
aus sich heraus das Unrecht,
die armen Leute kamen zu Brot,
und Kuba verströmte

das Licht der Fibeln, und
ungeachtet allen Achs und Wehs
wuchs die Sonne in den Schulen.

Rußland erbaute seinen stolzen Turm
auf niedergestreckten Invasoren,
arbeitete fort am Wasser
entlang seiner langgezogenen Ströme
und gewann mehr Raum
auf seinem tätigen Gestirn.

VIETNAM

Westmoreland hieß der
nie dagewesene Würger,
der aus Washington einflog,
um Leid ins innerste
Vietnam zu senken, und doch –
er hatte ein sonderbares Los:
Von seinen eigenen Toten vertrieben,
nun leidet er, zu Recht:
seinetwegen hat sein Land
für immer Blut an den Händen.

Ein dunkles Rinnsal floß,
ein Faden, aus Vietnam, der band
allmählich auch unser Leben an
den Kampf der weit Entfernten,
ein Faden mit einer Nadel, so scharf,
daß sie uns wehtat und zugleich einte
rund um den bitteren Erdkreis.

Ist das vielleicht der letzte
Kampf, den die Pentagonalen
ausfechten gegen die Künftigen?

Lebten doch beide im Feuer
und starben in der Asche:
die ewigbösen Gestrigen
und die morgigen Helden, die
von ihren sinnlosen Untaten
besudelten Kolonialherren
und die Beschützer des Reichs,
das in seiner Blutwiege weint
und doch geboren wird täglich.

VII
DER SUCHER

Ich ging zu finden, was ich verloren
in den feindlichen Städten;
man versperrte mir Straßen und Tore,
fiel mich mit Feuer an, mit Wasser,
schoß gar nach mir mit Kot.
Dabei wollte ich doch nur im Traum
zerbrochenes Spielzeug finden:
ein kleines Pferd aus Glas
und meine Uhr, noch unbegraben.

Doch niemand wollte mir glauben
die melancholische Absicht,
niemand den Mangel an Eigennutz.

Vergebens erklärte ich den Frauen,
ich wollte nichts stehlen, auch
ihre Großmütter nicht ermorden.
Sie gellten vor Angst, stieg
ich aus dem Kleiderschrank
oder kam aus dem Kamin gerutscht.

Denn noch setzte ich, violett
verregnete Tage und Nächte lang,
fort meine Expeditionen,
schlich mich klammheimlich
über Dachziegel und Dächer
in ihre unwirtlichen Villen
und focht noch unterm Teppich,
focht und focht wider das Vergessen.

Nie fand ich, was ich suchte.

Niemand hatte mein Pferd, niemand
meine Lieben, die Rose, die ich,
wie auch so manchen Kuß,
am Gürtel meiner Liebsten verloren.

Verhaftet ward ich, schwer verwundet,
ward mißverstanden und lädiert
wie ein überführter Verbrecher,
drum suche ich nicht mehr nach Schatten.
Ich bin so ernst wie alle andern,
mir fehlt nur, was ich einst liebte:
das sanft raschelnde Laubwerk,
das Blatt um Blatt abfällt,
bis man versteinert, und nun erst
wahrhaft nackend, dasteht.

STERBEN

Wie abrücken von sich selber
(ohne sich zu verleugnen),
wie die leeren Schubladen aufziehn,
wie ablegen die Unrast,
freie Luft, grünen Wind,

und den anderen nichts lassen
als eine Entscheidung im Finstern,
einen kurzen Blick im Fahrstuhl
oder ein Porträt mit toten Augen?

Irgendwie muß man offiziell
ein Nicht-da zusammenfügen,
ohne daß etwas festgefügt ist,
damit die Neugierigen spüren,
wie es ihnen ins Gesicht weht,
wenn sie die Rhetorik bloßlegen
und unter den Füßen die Flamme
des Fehlenden emporschlägt.

IMMER ICH

Ich, der ich sprechen wollte
vom Jahrhundert in seinem Gewirr,
meinem immerfort entstehenden Buch,
stieß, wo ich hinkam, auf mich,
indes die Fakten sich mir entzogen.
Gutgläubig, zugegeben, öffnete ich
die Schubladen dem Wind,
die Kleiderschränke, Friedhöfe, Kalender
und ihre Monate gleich mit,
und durch die Risse, die klafften,
blickte mein eigen Angesicht.

So leid ich meiner auch war,
des unausstehlichen Menschen,
kam ich doch wieder auf mich zurück
und, was ich noch schlimmer finde,
zeichnete mich, wie ich gerade
ein Ereignis zeichnete.

Was für ein Narr ich bin, sprach ich
wohl hundertmal und ziselierte
an den Darstellungen meiner selbst,
so als hätte es nie Besseres
gegeben als meinen Kopf,
nichts Besseres als meine Fehler.

Ich wüßte gern, sprach ich
im Fischerverband, ob
jeder sich so liebt wie ich.
Offen gesagt, lautete die Antwort,
wir fischen Fische,
und du fischst dich selber
und fischst dich ein zweites Mal
und wirfst dich zurück ins Meer.

VERHÄLTNISSE

Nach so vielen Absagen ließ ich
meine Spiegel fahren und hängte
meinen Beruf an den Nagel.
Als Blinder wollte ich an der Ecke
stehn, singen für jedermann
und niemanden sehen, denn
sie sahen mir alle zu ähnlich.

Dabei lechzte ich, mich einmal
von hinten zu sehen, von da, wo
bei mir keine Augen waren, wo es
finster aussah bei mir.
Es half nichts, daß ich wie
ein blinder Mann sang im Pöbel:
Je bitterer die Straße, desto
süßer schmeckte ich mir selber.

Da ich mich zu lieben verdammt war,
ward ich äußerlich zum Heuchler
und verbarg, welche innige Liebe
mir meine Gebrechen einflößten.
So bin ich weiterhin glücklich,
und nie erfährt jemand, woran
ich unauslotbar kranke und was
ich leide, weil ich mich lieben muß,
vielleicht gar ohne Gegenliebe.

ICH GING EINMAL

Allein mit Bäumen und nassem
Weidenduft ist es noch immer
Regenzeit auf dem Wanderweg
bei Wind und Wetter in Linares.

In der Mitte ein Himmel, später
ein Horizont, feucht und offen,
der spannt sich weit und wäscht
beim Reißen rein die Natur.

Hierhin komm ich Unglücklicher,
landlos, himmellos, unnahbar,
zwischen den kolossalen Lippen
der Einsamkeit droben und
der Gleichgültigkeit hienieden.

Uralter Regen, o komm und rette mich
aus diesem unaufkündbaren Jammer!

BLITZSCHLAG

Ob ein nutzloser Stern es war,
ob keine Glutspur zurückblieb
von jenem zitternden Feuer,
ob dunkel die Kohle schlief
im dunklen Himmelsschacht, ich
weiß es, wußte es nicht, werde es nie wissen.

Ich sah ein Goldfischflimmern
droben im Netz, aus dem die
Tropfen ohne Ende tropften;
danach entschwand mir im Finstern
der Namenszug, der im Bergwerk
am Himmel zitterte.

Wo ist er jetzt, dacht' ich, wo zuckt er
mit seinem zündenden Feuer?
Wo ist die grüne Zither?

Wohin der glühende Schlüssel?

Schwarz fühlte ich mich am Gürtel
der Nacht, schwarz, ausgebrannt,
nun ich zerschmettert;
mir schwand das Licht, das schwand,
und durch die störrische Nacht
flog bitter ein Hauch von Rauch,
als brenne irgendwo
am Himmel die Welt ab und
erlöschten meine Augen
in der Unbill der Stille.

UMKEHR UND WIEDERKEHR

Schüttle den Weg ab, pflücke
heroisch gelbe Blumen,
schiebe die Berge auseinander, öffne
schleusenweit den Himmel.
Wieder ziehe ich ins Ferne
zu den zottig nassen
Gipfeln von Nahuelbuta,
auf der Titanenstrecke wächst
in meinem Rock die Entfernung,
und ich wandle mich zum Pfad.

Quer über Andenketten, nicht
merkend, wie meine langgezogene
Stirn sich spitzte,
hob ich die Füße von der Erde, –
sollten nicht Wurzeln schlagen,
sondern meine Bewegung preisen.

Der Tag zur linken Hand vergißt
die schnelle Rose, die verloren,
noch ehe sie eingeweiht,
denn früh muß ich kommen
zum fernen Stand meiner Dinge,
muß wissen, was der Fluß
mit soviel steinernen Worten,
wie ein Pferd Haare hat, an
das beharrliche Ufer schwemmt.

Die Landstraße fließt hinab
nach, vielleicht nach Coyhaique,
wo das Wasser sich entfaltet
wie die Geige in ihrer Klage.
Noch weiter fort habe ich ein Land,
da rennt grün der Straußvogel

an gegen die Böen des Meers
und beginnt das götterlose Reich,
darin die Helle aus Eis ist.

SEX

Vielleicht tat das Frauengemach sich auf
im Jahr unserer Jahre
und das Geschlechtliche stürmte Fenster,
Ministerien und Türen
und Brüste erschienen
auf der himmelblauen Scheu
der Ansichtskarten,
bis die Frauen auf der Bühne
sich gar entblätterten
und eine gewaltige Woge nackter Menschen
zusammenschlug über den Domen.

Alsbald errichtete der Handel
aus Büchern, Bildschirmen, Illustrierten
ein riesiges Unterleibsimperium
und überschwemmte auch noch die Wohnviertel
mit industriell gefertigtem Sperma.

Schwer war's, sich überhaupt noch
in die Liebe zu flüchten oder die Arbeit,
der entfesselte Sexus bellte einem hinterher,
stapelte sich in den Geschäften,
troff vor Signalschleim, sprang
einem aus der Werbung entgegen,
fuhr einem nach über Land,
berieselte sogar die Dörfer
aus seiner genitalen Wasserleitung.

Von Phallus zu Phallus hüpfte
die Literatur durch dies Jahrhundert,
vollführte graziöse Kapriolen
oder brach sterbensmüde zusammen,
und die so besudelten Bücher
klatschten in keinen anderen Tümpel
als den der tödlich getroffenen Seele.

Soll man es wissen: Ohne Gärtner
war schöner der verwilderte Garten,
doch schlang eine schwarze Liane
ihr grausiges Haar
um die Bücher des Unglücks.

Und so wandelte sich das einst
mondgleiche weiße Blatt
zum Vorrat trauriger Unzucht,
bis wir am Ende keine Bücher,
sondern nur noch Licht hatten zum Lesen,
und fünf Silben Sonne
sind ein nacktes Wort
und Anlaß zur Reinheit.

BOMBE (II)

Ich bin mir des Meers am heutigen
anmaßenden Tag nicht sicher:
Vielleicht haben sich die Fische
in nukleare Schuppen gekleidet
und im uferlosen Wasser wachsen
statt der angestammten Kälte
die Feuersbrünste des Todes.

Emsig bevölkern sie mit Grauen
der Welt wilde Brandung,
und kein Turm beschützt uns
vor all den feindlichen Wellen.

Die Erde ist ihnen nicht genug.

Auch der Ozean muß umgebracht werden.

Man verrührt ein paar Tropfen
Hölle mit Salz von den Wellen,
und es prasseln des Zornes
Minerale in den Abgrund.
Zuletzt schlägt man in eine
Schale mit Gift das Gewitter
und serviert dem Menschen
das Gericht aus Glut des Meeres und des Todes.

VIII
HEREIN

Das richtige Licht eines Tages besitzt
so feste, verläßliche Flügel, daß
sie sich an die Rose verströmen –
es scheint, als müßten sie sterben,
es scheint, soviele Ringe werden
zuviel für des Tages Finger,
es scheint, keine zweite Uhr brennt
mit einem solchen Zifferblatt:
zuviel, zuviel des Lichtes
für meinen kleinen Planeten.

Doch nein, die Erde weiß es
in ihrem nassen Innern.
Die Minerale vernahmen

gleißende Neuigkeiten,
und das Atom ließ zum Kristall
erstarren eine blitzende Bewegung.

Diesen schmalen Tag nehme ich an,
als wäre er eine Schleife, um
die Trübsal ringsum gewunden,
und mache mich zum Gürtel, zum Krug,
zum Wandererschiff, zum
Ozean aus Tau.

Kommt und seht auf der Biene
eine Zither aus Platin
und auf der Zither den Honig
und auf dem Honig die Taille
meiner glasklaren Liebsten.

Ich war mein Lebtag glücklich
und unglücklich mein Leben
und andere Leben lang;
drum hab' ich an diesem blauen Tag
die ganze Welt eingeladen.

Nicht nötig, beim Eintreten zu grüßen;
beschimpft mich aber auch nicht.

Ich bin nur ein kleiner Lehrer;
ich unterrichte die Erde in Licht.

PUNTA DEL ESTE 1968

Unwissentlich komme ich an,
komme an eben demselben Tag
an dieselbe Spitze des Tages,
und meine Erinnerung kehrt wieder

mit dem duftenden Gehalt, den
die Zeit einer andern Zeit besaß.
Dieselbe Sonne, versunken
über den Dünen und über den Wellen,
und der Wind, der die Dornen
feindseliger Agaven knickt.
Endlich, nach langem Segeln, komm' ich
dahin, wo ich meiner geharrt.

Olga ist's, die vor zehn Jahren
sich setzte auf ihren Stuhl,
als Alberto sich die Schuhe
zu Ehren der Schwalben auszog.
Natürlich, die Drachenbäume
riefen neue Schwerter aus
und die Glyzinie verströmte
ihr makelloses Idyllenblau.
(Vermutlich ist Zeit vergangen
im Blütenkelch der Copihue
und in Lautréamonts Geburtsland,
und auch Panzer und Streiks
versammelten unsere Schmerzen
und gossen damit Reue
in den Kelch eines jeden Tags.)

Ist jenes alte Vergangene doch
weiß Gott identisch mit dem neuen,
und die Vernunft ruht, wenn sich
Vergangenes wiederholt.

Wir wollen uns nicht unselig machen.

Jede Begegnung barg eine
oder mehrere oder viele Klagen:
Heiterkeit ist statisch,
blau die Glut am Himmel,

blind trotz ihrer vielen
Augen die Sternennacht.

Erleben will ich, was ich gelebt,
und sei es ein Wassertropfen,
die Gürtellinie des Sandes,
in Punta del Este die Pinien
oder ein violettes Turnhemd.
Ich schenke dir zwei Pistolen,
wenn du tapferer bist als ich
oder schwieriger zumindest:
von vorn beginnend fortschreiten,
schlafen immer offeneren Auges.

JANEIRO

Laßt mir diesen blassen Glanz
einer Stadt, einer Ferne, auf daß
er glimme in mir wie die Leuchtspur
eines Glühwurms auf der Hand,
vielleicht gründete Rio, das funkelt, das
wie ein gewaltiger Schmetterling
vor Präzision schillert,
vielleicht auch São Paulo
die rechteckige Lilie
seiner vertikalen Struktur,
oder trieb Brasilia, blitzend
wie ein unbewohnter Diamant,
uns, morgen zu leben,
unterwies uns im Später?

Doch es sind die wirren Zwecke
ausgegossener Pflanzen,
die weiten Wasser, die fließen

durch brasilianische Räume,
der wilde Geruch nach Gummi
aus dem Grund, die in feuchter
Trägheit schlafenden Tiere,
das Negergeschlecht am Ufer,
wo man tanzt, dicht bei der Gischt,
oder droben im lauten Bahia
mit dem Macumbazauber
und der lästerlichen Sonate
zahnloser Slums,
auch der schwarze Kaffeedunst,
die hehre Vogelvielfalt,
die Kaskaden, einstürzend,
ein Turm aus Smaragden,
die Ameisenbärzunge
mit der klebrigen Menge,
die wimmelt und wuchert; dennoch,
öfter noch als des Gilbvogels
grünes Kleid oder irres Getschilpe
sucht die weiträumige Stille,
das ungestörte Erbe, mich
heim in meinen Träumen:
Ach, Brasilien, gräßliche Glut,
die still vor sich hinglüht
in ihrer planetaren Plazenta,
als wäre sie noch im Mutterbauch,
ohne Stimme, noch ohne Augen,
als renne es reglos und komme nicht an,
baue, noch ungeboren, schon auf,
bahne schon alles Licht an und löse
sich doch nicht vom Schatten.

VENEZUELA

Durch Caracas, hart und nackt, und über
seine gestrüppbewachsenen Hänge
bin ich gewandert, lebenssüchtig,
satt vom Licht und überwältigt
von der Gesundheit Venezuelas.

Aufgehißt vom Licht
inmitten grüner Masten,
schwimmt das Standbild liegend
durch eine Erdölblase,
die durch Lebensadern
dem Wählerherz zustrebt.

Ich bin der Spielmann, der besang,
was seine flammenden Vögel
gleich dreimal bejahen,
denn kein Gesang, den die närrischen
Sangesbrüder nicht sängen,
und kein Strahlen, das nicht mit
venezuelischen Fliegern begänne.

FRAUENPORTRÄT

Caramelaira hieß sie,
hatte rosa Sitten, trug
delikate Küsse bei sich,
die fielen ihr aus den Haaren,
den Hüften, dem Munde;
vollkommen blau war
die gelbe Frau.

Gierig verlor ich sie
in dem aschgrauen Herbst,
da ich meiner Schmerzen halber
zur Abreise gerüstet.
Weinend aus allen meinen Augen
schwang ich mich aufs Fahrrad.

War das eine Zeit, so fern, bestäubt
vom Pollen ihrer Berührung,
von ihres Fehlens Erzen.

Ich baute an meinem Gleichnis,
in Gedanken bei ihren prachtvollen Beinen,
bei ihrem Korallenherz,
bei ihren nahrhaften Nägeln.

Ich bin der Mann, der floh,
als der Sturm in Kraft war;
ließ meine Trauer im Stich,
lernte erst von der Einsamkeit,
die Äpfel zu sehen,
dem Oberst die Hand zu reichen,
mich zu verstehen mit den Palmen.

Ich will zu beschreiben versuchen,
was damals geschah, in was
für ein Reich ich kam, ohne
daß ein Hund nach mir bellte:
das mehlbepuderte Schloß,
daran Bienen fraßen,
darin ich wohnte, ohne jemals
aus dem Fenster zu schauen.

GEBURTEN

Jetzt erzähle ich euch, wie bei mir
zu Haus ein Vulkan entsteht;
gleich ob in Paricutín, liebe Leute,
oder in Chillán – Indianerstämme
wissen nichts von Zäunen, und
den Sommer teilt man nicht auf.

Bevor er sich aufwirft, ist da
eine Leere, wie frischgewaschenes
Licht; danach kommt Samt und
legt sich auf die Blumen,
bis ein schmaler,
mondfarbener Dunststreif
aus dem Felsen quillt:
Es klafft das Maul der Erde.

Es klafft das Maul der Erde
und ein Trichter wölbt sich,
eine tönerne Frauenbrust,
etwas wächst und regt sich,
einem Fohlen, einer Lokomotive gleich,
und stößt den sauren Atem
schwefligen Bieres aus,
das in seinem unterirdischen Glas
kochen und überkochen will.

Spukhaft auf einmal Stille –
indes der Feuerberg anwächst,
bis schließlich die Schwerter klirren
und das ganze Eisengeschepper.
Da hängen die heißen Waben
und die Bienen der Hölle,
es prasselt und fällt himmelwärts
die Asche der Berge.

Von unten krachen andere
Donner als vom Himmel:
Lachsalven mit Schwefel sind's,
vergrabene Freudensprünge,
himmelwärts brüllt der Vulkan,
als spränge er hinaus, zu spielen
mit dem Glück und der Lohe.

Nun ist geboren er, ist millimeterhoch,
hat seine Wolke an der Spitze,
wie an der Nase ein Taschentuch.
Nun darf er weiterwachsen;
sehen wir also nach dem Mais,
hier ist nichts weiter gewesen.

LIED MIT FLUSSLANDSCHAFT

Aus Villarrica mit seinen Hügeln,
seinen gelben Rechtecken,
dem horizontalen grünen Fest,
den violettmündigen Fuchsien
und dem verbleibenden Stolz
der überlebenden Eichen,
trete ich ein in mein eigenes Alter –
in die Gewässer, die mich geboren.

Mich brachte das Klatschen des Regens
auf die Erdklumpen zur Welt,
und nie bekam ich die Augen
so weit auf, wie's sich gehört.

Halb eingegraben blieb ich immer
wie ein vergessenes Saatkorn,

spielte mit der Finsternis und
vergaß nicht, guten Tag zu sagen.

Jetzt, wo meine Knochen sich zurück
in diese Einsamkeiten legen,
werde ich kraft der ungestümen Sonne
ein ums andere Mal neu geboren,
senke den Kopf in den Rasen und
berühre den Himmel mit meinen Wurzeln.

Nach Villarrica auf dem Fluß
Toltén Toltén Toltén Toltén.

HÄFEN

Es stinkt höllisch nach Fisch
an den Pforten des Ports,
es stinkt schmutzig und schmierig
wie vergifteter Winter,
vom Brand befallen.

Letzte Reste des Lebens.

Strahlen der Armut.

Ach, mein armes Land kniff
seine alten Schneelider zusammen,
saß nieder, weinte womöglich
auf staubigen Uferstraßen,
auf Dämmen im Süden oder
neben den Fischgeschäften.

Da sitzt es und sieht, was das Wasser
durch die finsteren Kanäle treibt,

den Unrat der Vorstadt,
die erschlagenen Kiemen
und starren toten Katzen.

Orangerot und schneeweiß
war mein Land in den Büchern,
aus seinen Haaren ergossen
Kirschen in Kaskaden sich.
Drum jammert's einen, wie es
da auf klapprigem Stuhl sitzt
inmitten von Kartoffelschalen
und altersschwachen Möbeln.

An den morschen Pforten
des Ports jault beklemmend
ein sterbender Schlepper.
So fällt die Nacht vornüber
wie ein schwarzer Lumpensack
dem Land auf die Knie.

IX

HEIMFAHRT

Nach gut zehn Tagen auf See
und bar jeder Meinung
finde ich zu mir zurück, bin wieder ich,
der ungesellige Gesellschaftsmensch, der
stets zu Wort sich meldet,
nur um dann mit Fug und Recht
schweigen zu dürfen.

So gelange ich denn abermals
an meine eigene stille Mitte,
die ich nie verlassen,

und wie auf einer schlafenden Uhr
erkenne ich die wirkliche Zeit,
die dermaleinst stillsteht:
nicht um zum Tod anzustiften, nein,
sondern dir zu eröffnen das Leben.

So sehr trieb es mich umher,
daß meine Knochen mitten
im Schlaf erwachten und in Vorstädte
liefen und durch sie hindurch
und in Markthallen, die mich hielten,
in Schulen, die mich jagten,
in sturmgezauste Flugzeuge, auf Plätze
voller drängender Menschen,
und auf meiner Seele, die eben
schlief den Schlaf der Erschöpften,
rumpelte weiter mein Körper wie ein
mit Steinen beladener Lastwagen,
der mein Gerippe überrollt.

Los, Seele, erwecken wir den Punkt,
an dem Stunden- und Minutenzeiger
sich guten Tag gesagt haben:
Durch diese Ritze in der Zeit
kann ich dem Unglück entschlüpfen
und eintauchen ins Kühle.

(Drüben liegt uferlos ein Weiher,
gemacht aus gleichlang, gleichklar
dahinrinnenden Fäden,
und ich brauche keinen
meiner fünf Finger zu rühren,
um meine Schmerzen zu ernten
oder die verheißene Apfelsine.)

So oft bin ich gekreist um diesen Punkt,
daß ich begriff, ich brauche
zum Gehen nicht soviele Wege
und nicht soviele äußerliche Silben,
soviele Männer nicht, soviele Frauen,
und auch zum Sehen nicht soviele Augen.

Ich garantiere für nichts, doch muß
die eine Minute wohl genügen,
die stillsteht und vorantreibt,
was unfertig war an einem;
es geht ja nicht um deine Vollendung,
auch nicht um deine Gier,
verstreut auf staubigen Pfaden:
Du brauchst nur abzusteigen und
zu sehn, welche Stille deiner harrte,
schon spürst du – des Herbstes
Versuchungen und die Verlockungen
des Meers kommen zu dir.

PRESSE

Ich besah mir das Zeitalter des Papiers,
in grellgelbe Blätter gekleidet;
die begruben langsam unter sich
die Oberfläche der Erde.

Ein wild wuchernder Blätterwald
legte bösartig Brände,
mordete mit Lügenmärchen,
warb für Deodorantstifte,
übergoß Diktaturen mit Zuckerguß
und verbreitete Dunkel.

Jede Zeitung warb für die Gesetze
ihres jeweiligen Inhabers
und brachte ihre Nachrichten
blut- und giftbespritzt an den Mann.

Der Krieg saß wartend und las
mit leeren Augenhöhlen
die Zeitungen der Welt.
Ich hab seine bitteren Kiefer
scheppern hören vor Lachen
beim Lesen der Leitartikel,
die ihn hätschelten.

Es wandelte der Steinzeitmensch
sich zum Papiermenschen,
innen und außen bekleidet
mit vorgefertigten Passionen
und Tapeten aus Darmhaut.

Vor Sex und Crime strotzten
auf der Welt alle Zeitungsseiten,
nur selten begegnete man
einem nackten jungen Mädchen,
das an blauem Flußwasser
beißt in einen Apfel;
floß in die Flüsse doch
schaurige Druckerschwärze
und wehte der Wind Journale
auf Städte und Vulkane.

DER FEIND

Heute bekam ich Besuch von einem Feind,
einem Mann, der war verschlossen
in seiner Wahrheit, seiner Burg,
wie in einem Panzerschrank aus Eisen,
darin er selbständig atmete
unter sonderbaren Klingen, die er
für sein Strafgericht herangezogen.

Ich sah die Jahre in seinem Antlitz,
in seinen Augen aus müdem Wasser,
in den Linien der Einsamkeit,
die sich allmählich vom Hochmut
zu den Schläfen hinaufzogen.

Wir sprachen miteinander im Licht
eines menschenwimmelnden Mittags –
der Wind blies die Sonne umher,
und die Sonne focht am Himmel.
Der Mann aber wies nur neue
Schlüssel vor, die alle Türen
öffnen sollten. Ich glaube,
in ihm saß die Stille, die man
mit niemandem gemeinsam hört.
Ein Stein lag auf seiner Seele;
davon hatte er die Härte.

Ich gedachte seiner ärmlichen Wahrheit,
in ihm begraben ohne die Hoffnung,
je einen andern zu kränken als ihn,
und sah meine eigene Wahrheit,
die arme, arg mitgenommen in mir.

So saßen wir beide, ein jeder
mit seinem Wissen, das die Zeit

gehärtet und scharf geschliffen,
gleich zwei Blinden, von denen
jeder seine eigene Nacht verteidigt.

FAUST UND STACHEL

Es geht nicht darum zu verzeihen;
wem verziehen wurde, der verzeiht nicht.
Auch geht es nicht darum zu schenken,
denn in des Beschenkten Erinnerung
ist deine Güte eine Wunde.

Wovon, frage ich dich, hat sich
deine Heiterkeit dann genährt?
Wie konnten deine Augen schauen,
ohne daß sie zerschossen wurden?
Welchen Grund hattest du zum Lachen,
welchen Wind, darin zu tanzen,
und welche immerwährende Berührung,
was macht, daß dein Gesang anhält?

In deiner Faust der Stachel
sticht zu, um dich zu schützen,
schwer liegt der Stein in deiner Hand
oder der Revolver, wenn du wachliegst.

So tust du keinem etwas zuleide,
indes doch alle dir ein Leids tun,
als hättest du ein zweites Leben
für das Leben, das sie dir verleiden,
einfach weil die Waffen zu schwer
oder weil die Worte zu blau sind,
weil du nicht hinabsollst, wenn du
schon nicht hinaufsteigen wolltest,

oder weil es die nicht gibt, angeblich,
die dir auf dem Kopf herumtrampeln,
weil die sich vermehrenden Vielen
sich weiter vermehren werden,
weil du deinen Stolz verhehlst
wie ein Drache mit sieben Häuten,
weil du meinst, du kannst etwas dafür,
daß du geboren bist und heranwächst
und Trauben einkaufst im Laden
und losläßt und ans Ziel kommst.

Aus lauter Gründen solcher Art –
oder auch schlicht aus Trauer –
steckst du weg, was sie dir Böses taten,
sammelst auf die Steine, die schmerzten,
und gehst davon, und pfeifend gehst du
durch den Morgen und am Strand.

KOLONIALREVUE

Unser Jahrhundert hat die Länder
zurückgegeben, die frühere
Jahrhunderte sich einverleibten.
Es war ein öffentliches Schauspiel,
wie imperiale Herrschaften
umständlich alles von sich gaben:
verschluckte Unabhängigkeiten,
hastig verschlungene dunkle Fahnen
und Völker, schwarze oder gelbe,
die Menschen einst verspeister Reiche.

Es kam auch vor, daß Kongolesen
schwerbewaffnet um sich schossen
und Vietnamesen sich erhoben

und so das Protokoll umwarfen:
Wer sich aufs Sterben schon versteht,
der lernt auch schnell das Töten.

Java, wohin ich einst gezogen
als junger heiratslustiger Mann,
zersiebte seine Kolonialherren,
und die dreitausend Inseln brannten –
Reisfelder gingen auf in Flammen,
und mit Rubinen füllten sich
die Tempel aus vergoldetem
Gestein beim Tanz der blitzenden,
sich schlängelnden Malaiendolche.

Ceylon, das ich geliebt, erglühte,
schimmerte wie Meereswaben,
und seine Palmen prasselten.

Das halbe Jahrhundert dampfte,
als allenthalben die Kolonien
wie schwarzgewordene Früchte barsten,
verfault in Sklaverei und in Schweiß.

Die Hände, die einst abgehackt
am Anfang unserer Epoche –
sie wuchsen wieder an die Leiber
der stummen Unbegrabenen,
der Zornigen und Sterbenden,
und Afrika, es schüttelte sich,
ein Elefant, der lodernd brennt
in einem höllischen Keller.

Es zogen ab die letzten Belgier,
die Schotten jener letzten Stunde,
und in der tiefen Dunkelheit,
in seinem blutrünstigen Schweigen,

hielt Salazar in Ketten noch
die dunklen Arme von Angola,
bis sich der Tod ihm näherte,
sich zu ihm setzte, an sein Bett,
um endlich ihn zu peinigen,
so wie er andere gepeinigt.

Zur Stunde, da ich dieses schreibe,
liegt Salazar noch im Sterben,
und taktvoll bitte ich den Tod,
ergebenst, höflichst, untertänigst,
das Ende noch hinauszuzögern.
So schreibe ich an dieser Stelle
mein an den Tod gerichtetes Gesuch.

Bring, lieber Tod, ihn langsam um,
laß erst ein Auge ihm verfaulen,
das, ausgelaufen, der Tyrann
dann schlürfen soll aus einem Nachttopf
oder aus einem Tintenfaß,
gewürzt mit spitzen Nadeln.

Mach, lieber Tod, aus seiner kalten
Hyänenleber einen Fußball,
ohne daß der Tyrann es weiß
und ohne sie von ihm zu lösen –
ein Spielzeug für Angolas Neger
auf ihrem kargen Fußballplatz!

Mach, lieber Tod, daß seine Füße
empfindlich bleiben hier und da,
und laß sie schmoren in der Soße,
die in dicken Tropfen aus seinen
Ohren quillt, auf kleiner Flamme,
laß sie zergehen in der Hölle,

dem Höllenfeuer, das er selbst
gelegt für seine Quälereien!

Wirf, lieber Tod, und ohne Zögern
alsdann die Hoden des Tyrannen
Afrikas Ameisen zum Fraß vor,
auf daß die ausgetrockneten Säcke
zerstochen werden und zerbissen
von den gefräßigen Insekten!

ES IST ZUVIEL

Heute dünkt mich, ich stütze
den ganzen Himmel mit meiner Brille
und die Erde bewegt sich nicht
unter meinen schweren Füßen.
Mitunter hat der Mensch und seine Sippe
fälschlich das Gefühl, er wachse,
und schreibt sich fälschlich
falsche eigene Gesetze zu!

So setzt er sich selber
einen mächtigen Schädel auf die Schultern
und fühlt sich groß darinnen,
von links und rechts besehen,
von weitem und im Profil,
von vorne und von hinten.

Ein Schriftsteller, der wächst,
sucht sich einen fliegengrauen Kritiker,
der sein Mode-Ei
alle Sonntage ihm vergoldet.
Nicht anders ergeht es ihm
als dem leidigen Soldaten,

der befiehlt und nur Zahlen befiehlt
und Regimentern aus Papier:
Kavalleristen, Kavallerieställen,
Panzern groß wie Vulkane,
eisenharten Geschossen.

Ähnliches widerfährt auch
dem eingebildeten Politiker,
der ohne zu führen
unsichtbare Massen führt.

Wenn mir dann der Kopf
zum Weihrauch steigt oder eher
der Rauch zum Haar, das Haar zum Rauch,
wenn ich mich größer fühle als gestern,
schlägt aus heiterem Himmel
trübselig die Erfahrung zu, zerrt
roh an meinem Rock, und ich rutsche
auf meiner Wahrheit zusammen,
meiner gar nicht unermeßlichen Wahrheit,
meiner kleinen, vergänglichen
Wahrheit von gestern und immer noch.

GEWISSE VERSCHWÖRER

Unter der Zeitung kriecht
ein Nörgler hervor und trifft
Maßnahmen, mörderisch, weil ich
so ausdauernd singe.
Nicht nur dieser Papiermensch ist's –
hinter seiner schwarzen Attrappe
stecken noch andre Wilde und wollen,
bewaffnet mit Gabel und Schere,
Stoßgebeten und Amuletten,

daß ich, ihnen zu Gefallen,
zu Grabe getragen werde.

Ich will nicht lästern über sie, obwohl
sie viele sind, ich gedenke nur hin und wieder
ihrer animalischen Züge;
höflich wie ich bin, will ich sie
auch nicht so und nicht so titulieren:
Sie sind der Sonne ebenso wert
wie die Nägel an meinen Zehen,
nur die erlesene Zeremonie
kann ich nicht billigen,
die sie mir zugedacht, als sie
mich für tot erklärten.

Wozu, frag ich mich, soll ich sterben,
wenn es dafür keinen triftigen Grund gibt,
als ihrem Diktat zu folgen,
ihren weihevollen Schachzügen –
soll ich sang- und klanglos verschwinden,
damit sie sich ins Fäustchen lachen?

Wie der sich selber zitiert!
Wie selbstzufrieden der strammsteht!
Wie lange singt dieser Teufel
noch ein wenig besser als wir?
So reden sie und kombinieren sorgsam
ihre Stimme mit dem Blick zum Himmel
und ihre Tinte mit Strychnin.

Ich will ihnen Hoffnung machen,
lasse sie mit den Händen nah an
den Sarg kommen, stelle mich tot,
und wenn die Tränen aus ihren
Krokodilsaugen fließen, erstehe
ich auf, das Lied auf den Lippen,

denselben Gesang, den ich immer sang
und auch künftig singen werde –
bis diese Mistkerle einsehen,
daß sie geschlagen sind, und
hinnehmen, was sie verdienen:
einen Friedhof aus Papier.

X
SCHRIFTSTELLER

Cortázar singt seine Novene
von tiefem argentinischem Dunkel
in seiner Kirche der Emigranten,
und zu schwer ist den vielen
der Spiegel einer solchen Sprache,
der sich ergeht in den Tagen,
voll flink hingeworfener Küsse,
die, vorbeihuschend wie Fische,
glitzern endlos, ohnegleichen
bei dem Fischer Cortázar, der
daraus ein Fröstelndes fischt.

Aus dem Land Peru, in dessen Antlitz
César Vallejos Verse eingegraben
sind wie salzige Narben, ging
zu meiner Zeit ein Schriftsteller
hervor, der groß war im Erzählen
von Geschichten über seinen stürmischen
Landstrich, und so vernahm ich
Vargas Llosas' junge Stimme, die weinte
beim Erzählen seiner Liebesgeschichten
und lächelte, wenn die Rede war
von den Nöten seines unbewohnten Landes.

(Ich bin der zornige Reporter,
der bei Serenaden nicht zuhört,
weil er den Wert errechnen muß
des grünen Jahrhunderts und seines Grüns,
des nächtlichen Jahrhunderts und seines Schattens,
ach, des Jahrhunderts in der Farbe des Bluts.)

(Alles muß ich in die Arena
vor meinen Augen holen,
muß schauen, wo das Kaninchen langläuft
und wo heiser die Löwen brüllen.)

MANCHE

Auf Kuba brüllte Fidel
unbestritten mit Grandezza,
doch Schriftsteller des Sexus
rissen die Sache an sich
und druckten Küsse nur von deren,
die aus der Rolle fielen.

Ei, die unartigen Kinder!

Doch nichts hörten sie wachsen
als heimliche Paradiese:
Sie taten den Mund auf, und wie!
Da sie nur mit einem Auge sahen,
vergaßen diese wenigen
den irdischen Zauber Kubas
und die ruhmreiche Revolution.

Sie hatten anderes zu tun.

Indes der Zucker wuchs, duftend
kubanischer Tabakrauch
durch die ganze Welt zog
und wundersam Fabriken
entstanden und Plantagen,
sahen sie Füße nur, Bauchnäbel,
klebrige männliche Glieder,
und als ein Orkan die Antillen
minutenlang in die Knie zwang,
priesen etliche Schriftsteller
geschlossen und entschlossen
die rückständigsten Flöhe
im surrealistischen Schamhaar.

Ach du, Juan Rulfo aus Anahuac,
ach, Carlos Fuentes aus Morelia,
Miguel Otero vom Orinoko,
o brustbehaarter Revueltas,
Siqueiros, der du noch immer singst
mit dem ganzen Meer der Farben
und der wilden Gewalt des Himmels,
wie warn wir eigentlich verblieben?

Sábato, Unterirdischer, Lichter,
Onetti, du Mondumflossener,
Roa Bastos aus Paraguay,
ich dachte doch, ihr sprengtet
die Grenzen des Planeten,
ihr wärt die Entdecker das Meers
und es obliege uns allen,
Sorge zu tragen, daß für die Armen
die Brotläden voller Brot sind.
Und nun sind auf einmal
pornosophische Monologe besser!

GARCÍA MÁRQUEZ

Auch hatte in dieser Zeit
Zeit zur Geburt ein Vulkan,
der Glut ausspie in Strömen.
Mit anderen Worten, der Vulkan
spie Träume, die wälzten sich
die Hänge hinab in Kolumbien,
und tausend und eine Nacht kamen
aus seinem magischen Schlund,
die gewaltigste Eruption meiner Zeit:
In irdenen Fiktionen wurden geboren,
verschmiert mit Lehm und mit Lava,
viele Menschen aus Fleisch und Blut:
die sollten nicht mehr sterben.

SCHRIFTSTELLER

So bauten in diesen Jahren
meine Kollegen an einer
krausen nachtgetränkten Novelle,
weit wie der Planet,
voller Begebenheiten,
Dörfern, Straßen, Geographie,
und einer Sprache aus reiner Erde
mit Einöden und Wurzeln.

Die besinge und benenne ich,
ich kann nicht alle zählen.

Wir Süd-, wir Sub-
und Unteramerikaner
bekamen durch eigene Schuld und Verwünschung
endlich unsere Namen zu sehen,

die Silben unseres Schnees,
den Rauch aus unseren Küchen,
so wie andere sie studieren
in Zügen, die von Hamburg hinunter
und von Tarent hinauf fahren.

AUS DER TIEFE DER ZEIT

Oh, soviel hat man ausgegraben
unter unseren Glocken,
soviel erfahren von uns,
weil mit dunkler Schrift meine Kollegen
in ihren Büchern sprachen,
als wanderten sie
über unsern zerlumpten Planeten.

Und die dem Regen vorausgehn
mit ihrer traurigen Stimme,
gekettet an ihre Qualen
im jämmerlichen Paraguay,
wo der Urutaú-Vogel weint.

Ach, ihr dämmernden, ihr versunkenen,
ach, ihr blauen Stämme vom Mayab,
Indios in Chile ihr, besiegt
vom Schwert der Syphilis.

Ach, tote Könige, die ihr liegt
in Furchen, auf Terrassenfeldern,
angehäuft vom Tod und zuletzt
verstummt in Vergessenheit,
hoffend auf die Feuersaat
der echten Guerillera,
vielleicht seid ihr noch einmal lebendig

in der gedruckten Schrift
meines Kollegen, des Quells.

Darum und weil ich gesungen
und stets zu neuem Leben erwacht,
rühme ich den Chronisten von heute
und sage, man ehre ihn:
Jetzt läuten die Glocken
über so langem Schweigen,
daß es uns unter den Händen faulte.
Es kamen die Schriftsteller
und rächten sich an den Tätern,
das heißt, an der stummen Zeit
und ihren verbitterten Komplizen.

Singend gründet man sein Land,
und singt man einmal nicht weiter,
stirbt einem das Land in den Armen,
und das ist meine Botschaft,
denn Liebe ist meine Rache.

XI

GEGENBLAU

Wie wird man das Blau los,
das Wort blau, und was tun wir,
auf ewig ohne Blau?

Mitunter denk ich, es nimmt
zuviel Platz ein in meinem Haus,
an meinem Himmel, in meiner Dichtung,
ich hab schon blaue Hosentaschen,
und so viele Blaus hab ich gerufen,
das arme All zu besiedeln,

daß ich nach und nach unmerklich
selber blau geworden,
als hätte man mein Herz
und mein Hemd angemalt.

Weg mit euch blauen Tieren,
raus aus mir, himmelblaue Nacht,
ich will erdbraune Luft,
will, daß zorngehörnte Bestien
den Himmel aufschlitzen und
Blut strömt vom Himmel,
will, daß eine gelbe Venus
dem schwarzen Schaum entsteigt
und daß die Seen auslaufen
und ihre Süße verschenken,
bis man den Grund sieht, trocken
wie ein vernarbter Krater.

PHYSIK

Die Liebe und das Harz
eines Baums, prall von Blut,
hängen ihren fremden Samenduft
in die betörende Natur:
Das Meer schwappt ans andere Ende,
in die gefräßige Nacht,
die Seele sinkt in dich,
zwei knöcherne Glocken läuten,
und nichts geschieht als die Schwere
deines abermals hohlen Leibs.

SPRÜCHE

Angefacht vom Schatten
schimmerten dunkle Spuren,
Knochen, gefällt vom Wind
hinter den Eisenbahnen,
oder schlicht schwarze Sterne,
die niemand liebt noch kennt.
Dies war meine erste Station.

Handeln mußte ich und sinnen,
um durchs Leben mich zu schlagen,
Zöpfe flechten aus den Nöten,
Kraft gewinnen schließlich,
wo nichts zu gewinnen war,
ich spezialisierte meine Trauer,
und bei der Arbeit im Freien
härtete ich mein altes Fell ab.
Das war meine zweite Station.

Auf der dritten erzähle ich gerade
ein ums andere Mal von meiner Seele,
sicher meiner vielen Fehler,
zufrieden mit meinen Irrwegen.

Ob mein Herz taugt oder nicht,
den Schluß sollen andere ziehen.

DER REISENDE

Erschrocken fährt der Reisende,
hoch verschuldet beim Leben,
von seinem Mangel gehalten;
hin und her tragen ihn die Räder,

die sein Reichtum sind,
seine Angst und seine Bewegung.

Acht Uhr sommers ist es schon.
Es fliegt ein Satellit
mit der silbrigen Traurigkeit
einer Präzisionsbiene durchs Licht.

Mein Held hat keinerlei
Interesse am Himmel;
er fährt seine Ware
zum Markt nach Talcachifa,
und während er noch sein Elend
abzählt auf dem klapprigen Karren,
kriecht die Nacht in seine Augen,
in seine Hosentaschen, seine Hände,
und auf einmal fühlt er sich schwarz:
nach und nach verschlungen
von der Einsamkeit der Gegend.

So geht es jedem Menschen unterwegs:
Zu Hause bricht er auf, gepanzert
von seiner patriarchalen Bestimmung,
doch zwischen die drängenden Zahlen
schieben Laken sich, Erinnerungen
und vorübergehende Skepsis,
und der eben noch vibrierende Reisende
löscht, ohne es zu merken, langsam
seine Person aus, seine Geschäfte,
ehe er am Ende der Fahrt ist.

Und der ankommt, ist niemand mehr.

PIONIERTATEN

So früh kam ich auf diese Welt, daß ich
mir ein unfertiges Land aussuchte,
Norweger waren damals noch
ebenso unbekannt wie Tomaten,
leer war es auf den Straßen,
als wären die nicht Angekommenen
schon wieder gegangen,
und lesen lernte ich in Büchern,
die noch keiner geschrieben hatte –
die Erde war noch nicht geschaffen,
auf der es mir einfiel, geboren zu werden.

Als mein Vater sein Haus baute,
begriff ich: Er begriff nichts,
gemacht hatte er einen Baum –
seine Vorstellung von Komfort.

Zuerst wohnte ich an der Wurzel,
dann, im Blattwerk, lernte
ich allmählich höher fliegen,
langte nach Vögeln und nach Äpfeln.
Warum habe ich eigentlich
keinen Käfig, kein Federkleid,
wo ich mich doch meine ganze Kindheit
von Ast zu Ast geschwungen habe?

Danach gründeten wir die Stadt
mit einer Unzahl von Gassen
und keinem einzigen Bewohner –
luden die Füchse zu uns,
die Pferde und die Blumen, die
Erinnerungen aus grauer Vorzeit.

Umsonst, alles war umsonst.

Nie fanden wir einen Menschen,
der mit uns an der Ecke spielte.

So glücklich war die Welt meiner Kindheit –
sie ist noch heute nicht im Lot.

GENTLEMAN UND NATURKIND

Ich war so schlecht geraten,
daß ich nie etwas lernte,
wenn ich nicht belle, dann nur,
weil keiner mich bellen gelehrt.
Drum war ich zeit meines Lebens
nur unter Naturschönheiten,
unter Inseln und dem Duft
ungebändigter junger Mädchen.
Trotz allem, was ich getan,
bin ich ein Sklave der Erde.

Drum gehe ich ohne hinzusehen
vorbei an den Maschinen,
verstehe die Motorensprache nicht,
erschrecke vorm Fernsehen,
vor Flugplätzen, gezähnten
Wasserkraftwerken,
mag zur Not noch, im Winter,
die müden alten Bahnen,
die von Süden nach Norden fahren
und Rauch in den Regen blasen.

Hier stoppe ich den edlen Fluß
aus meiner Kulimine,
lege das Papier in den Sand,
jage einem Blitz hinterher,

der als Käfer getarnt
unter einen Stein schießt.
Und wenn ich niemanden störe,
lebe ich fortan hier
neben einer Eidechse.

UNGLÜCKLICHES JAHRHUNDERT

Jahrhundert der Verbannten,
Buch der Verbannten,
braun das Jahrhundert, schwarz das Buch,
dies muß ich festhalten,
offenhalten im Buch,
bergen es aus dem Jahrhundert
und bluten lassen ins Buch.

Hab ich doch das Dickicht erlebt
der Verirrten im Walde,
im Wald der Strafgerichte,
hab die abgehackten Hände gezählt
und die Berge von Asche
und die verwaisten Tränen
und die Brillen ohne Augen
und die Haare ohne Haupt.

Danach suchte ich auf der Welt,
die ihr Land verloren
und mit sich trugen wie ich
ihre kleinen geknickten Fahnen,
ihre Jakobssterne,
ihre schmalen Fotografien.

Auch ich erfuhr die Verbannung.

Doch, da als Wanderer geboren,
kehrte heim ich mit leeren Händen
zu diesem Meer, das mich erkennt;
andere aber sind weiterhin,
sind immer noch zerstückelt,
lassen immer noch zurück
ihr Lieben und ihr Irren,
meinend, sie könnten vielleicht,
wissend, es wird doch nie.
So mußte denn auch ich
weinen die staubigen Tränen
derer, die ihr Land verloren,
und mit meinen Brüdern
(den zu Haus Gebliebenen)
Siegesbauten feiern und
die Ernte neuen Brotes.

EMIGRATIONSGRÜNDE

Die einen, weil sie abgelehnt,
was sie an ihrem Liebsten nicht liebten –
weil sie nicht wollten eine andere Zeit,
mußten sie in ein anderes Land.

Deren Gründe waren ihre Tränen.

Andere wurden anders und gewannen
und schritten mit der Geschichte voran.

Und hatten ebenfalls recht.

Wahr ist, daß nichts wahr ist.

Ich aber ziehe in meinem Lied
singend dahin, und die Straßen
erzählen mir, wieviele sie ziehen sahen
in diesem vaterlandslosen Jahrhundert.
Der Dichter fährt fort zu singen
von den vielen Siegen und Schmerzen,
als wäre das aufgewühlte Brot,
das die Menschen dieser Epoche essen,
zusammen mit Lehm geknetet,
gestampft von blutigen Füßen,
als wäre gar mit Blut geknetet
das traurige Brot des Sieges.

BUCH

Nach Jahr und Tag ist mein Heft
voll mit Wind und mit Blättern,
mit Schönschrift, Kalk, Zwiebeln,
Wurzeln und gestorbenen Frauen.

Warum ist so vieles geschehen?
Warum geschah anderes nicht?

Seltsame Liebesepisode eines
in Bann geschlagenen Herzens,
von keinem Kusse besiegelt,
eine Bahn auch, die hinfuhr
zum unbewohnten Planeten,
drinnen drei Raucher, imstande
zur Hin- und zur Rückfahrt,
ohne daß einer davon einen Vorteil,
ohne daß einer einen Nachteil hätte.

Das ist der Beweis: Wir
lernen es schon noch,
uneigennützig umzukehren
und nichts zu tun, weder hier noch dort,
kommt das Wohnen auf einem Planeten,
egal welchem, am Ausgang
unseres Jahrhunderts doch so teuer,
daß, gar keine Frage, hienieden
kein Platz ist für arme Leute,
und im Himmel schon gar nicht.

So schlug die kosmische Hochzeit
von uns irdischen Insekten
den Sinn entzwei und
zur gleichen Zeit den Unsinn:
Wie eine Eierschale zerbrach
die Hülle der Welt, und wir
waren wieder Provinzler:
Wir wußten zwar, wie man
Straßen baut auf der Erde,
wie man seinen Bruder liebt,
wie man ihn jagt und kreuzigt,
jetzt aber gewinnt die Befragung
des Lichts und des Dunkels
ein ganz neues Ausmaß:
Angst mischt sich in Hoffnung,
und die Weisheit
muß umgetopft werden.

Ich verzeihe mir, daß ich weiß,
wie wenig ich wußte im Leben,
nicht verzeihen aber konnten
mir die Straußenvögel meiner Zeit;
die wußten immer alles besser,
sie steckten die Köpfe eben
in die Sonntagsausgabe ihrer Zeitung.

Ganz entschieden aber irrte ich,
als meinen innigen Litaneien
Wasser ins Gesicht floß –
von den Fenstern aus erkennt man,
daß mein Herz vom Regen naß ist.

Denn Geborenwerden ist eines
und ein anderes der Welt Ende
mit seinen Vulkanen, die glühen
und dich aus sich gebären wollen:
So ging es zu auf meinen Wegen
von den Trauben in Parral (wo ich,
um es kurz zu machen, zur Welt kam)
bis zu den tropfnassen Bergen
mit den Indios, die beladen mit Rauch
und gegürtet sind mit grünem Feuer.

HUNDERT JAHRE LEBEN

In diesen hundert Jahren zog ich
von Krieg zu Krieg, soff Blut aus Büchern,
aus Zeitungen, Fernsehen,
meinem eignen Haus,
der Bahn, dem Frühling,
aus dem Spanien meiner Schmerzen.

Alles verlernte Europa,
seine Malerei, seinen Käse,
Rotterdam und Rimbaud,
drückte seine Trauben aus
statt dessen und bespritzte
uns unschuldige Amerikaner
mit dem Blut der ganzen Welt.

Ach, Europa, schwarz und gefräßig
wie ausgehungerte Schlangen,
deine Rippen stehen ja hervor
aus deinen modernen Landkarten,
und töricht leihst du dein Licht
anderen ewigen Soldaten;
unbedingt wollen sie Lehrer sein
und gingen doch nie zur Schule,
sie können nur der Vereinigten Staaten
Geschichte mit Blut besudeln.

Doch um soviel geht es gar nicht,
es geht um weitaus mehr,
nicht nur um das, was wir erlebt
oder noch erleben werden,
sondern, warum wir zertrümmern,
was wir besaßen, zerschlagen,
was den Becher hielt,
der gefüllt mit Kristallnem,
und das Maul in Blut tauchen
uns bespeien mit Gift.

So viele Fragen stellte ich mir,
daß ich ans Ufer des heldischen,
allgegenwärtigen Meers zog;
ich warf die Antworten ins Wasser,
um mit niemandem zu hadern,
fragte zuletzt gar nicht mehr,
höre nur noch zu, was das Meer
zu sagen hat von hundert Jahren
Tod. Aber es sagt nichts.

DAS MEER

Denn so sehr hat das Meer
an seine Gewalt mich gewöhnt,
daß ihm die Worte ausgingen,
es tat nichts mehr als sein.

(Seine brandende Führung –
die führte meine Energie.)

Die Fülle sah ich es halten
seines entschlossenen Anpralls,
interessiert einzig an den
in Weiß schwelgenden Wellen,
sah den Weiher, aufgewühlt
vom Salz und von den Sternen.

Weiß Gott, ich konnte darin
keine Botschaft hören, doch
sein Aufruhr stürzte hinab,
seine Salztürme zerschellten
donnernd, so bitter gleich sich,
immer an derselben Grenze,
daß ich stehend am Strand
ihm nachwinkte jede Nacht und
seiner harrte jeden Morgen.

Nur der Ozean war.

Nur sein Blut und sein Toben
neben dem Wald meines Lebens.
Aus den Städten war ich verstoßen.

(Ich konstatiere, weil es meine
klarste Pflicht so verlangt,
die Auferstehung des Neides.)

Alle Frauen sind gegangen;
an einem toten Punkt fanden,
hilflos, mich die Neider.

LIED

Den Völkern sang ich mein Lied,
ich schrieb's in der Meereszone
und lebte zwischen Meer und Völkern,
gleichsam ein heimlicher Hüter,
der mit Liebe und mit Lauten
seine Schlachten verfocht:
Denn ich bin ja der Mann, der klingt
und die Hoffnungen bezeugt
in diesem erschlagenen Jahrhundert.
Ein Spießgeselle der Menschheit
wie meine Brüder, die Mörder.

Gewinnen wollten wir alle.

Jahrhundert der Parteigänger,
der Parteien und Partizipien.

Die Welt ging uns zu Ende,
und wir verloren noch immer,
obwohl täglich wir mehr gewannen.

Bei jeder Liebesflut der Erde
schwappten auch wir über die Ufer
und füllten sie mählich mit Menschen,
bis niemand mehr Platz fand
und die von weither hinzukamen
und alles alles an sich rissen.

Eine traurige Geschichte, diese Trauer.

Darum muß ich ja von ihr singen.

Es ist früh.
1970.
Die dreißig Jahre Dämmerung,
die kommen, die den langen Tag
von allein längen, werden platzen
in der Stille wie Kapseln,
Blüten oder Brand, ich weiß nicht.
Doch etwas muß keimen,
wachsen, bei uns pulsieren,
wir müssen der Welt eine neue
Zärtlichkeit hinterlassen.

LIED

Mit allen Toten gestorben
kann von neuem ich leben
und festhalten an meinem Zeugnis,
an meiner unzerstörbaren Hoffnung.

LIED

Auch nur einer unter vielen Sterblichen,
prophezeie ich doch ohne Zaudern:
Diesem Weltende zum Trotz
lebt der Mensch endlos weiter.

LIED

Die jüngsten Sterne zertrümmernd,
auf Metalle einschlagend, tobend
unter künftigen Gestirnen,
hart geworden durch Leiden,
vom Hin- und Herziehen müde,
finden wir einst dennoch zur Lust
auf dem bittersten der Planeten.

ABSCHIED

Erde, ich küsse dich und sage ade.

Noch
(1969)

I

Heute ist wieder ein Tag, der brachte
Helligkeit ausweglos, und die verglomm.
Nicht wissen sollen es die Lauernden,
es bleibe unter uns,
Tag, unter deiner Glocke
und meinem Geheimnis.

Heute ist Winter, weit in vergessener Gegend;
mit einem Kreuz auf der Karte, einem Vulkan in Schneeflur
sucht sie und wühlt mich auf und kühlt mich aufs neue
mit Wasser, das trommelte einst auf das Dach der Kindheit.
Heute, als die Sonne mit ihren Ähren
zu erzählen begann, urhell und uralt,
fuhr wie ein Maurensäbel schräg der Regen nieder,
der Regen, dem mein sprödes Herze dankt.

Du meine Schöne, schlummernd noch im August,
Königin mein, Gattin, meine Weite, meine Landschaft,
Kuß du aus Humus, Zither zugedeckt mit Kohle,
Gewand du meines trotzigen Gesangs –
heute erstehst du neu, verwirrst mit schwarzem
Wasser mich vom Himmel, erpreßt mich:
Aufheben in deinem Reich muß ich meine Knochen,
klären noch meine Pflichten auf Erden.

II

Araukarien, nasse Rose, ich erkenne in mir
oder auch in den Provinzen des Wassers
deine Wurzeln, die Wipfel der Unbegrabenen,
Lärchen, geknickt, und Araukarien, abgestorben;
dein Name prangt in meinen Kapiteln

wie gefischte Fische im gelben Korb!
Auch blinkst du silbern, Land, und stinkst
nach Groll, nach Wetter, nach Erschauern.

Heute, da ein Tag heranwuchs, weit
wie die Erde oder noch weiter,
aufging das Licht und traf den Erdstrich,
da kam dein Regen; in seinen Klingen
spiegelte sich das zersiebte Gestern,
die Liebe zum unerträglichen Boden
mit seinen Straßen, die zum Südpol
mich führen unter verbrannten Bäumen.

III

Winterland, Araukaner-, Lonquimayerland,
Leviathanien, Archipelien, Ozeanien!

Ich denke, die Spanier, die violett gestiefelt
auf ihrem Einmarsch ritten, als wär's der Ekel,
auf ihren Pferden, als wären's Wellen,
die Entdecker, sie verließen ihr Guatemala,
ihre Maiskuchen mit dem Grabesgeruch,
die Geburtshitze, die auf den Antillen lastet,
um hier herabzutaumeln, von Unglück zu Niedergang,
ihr Schwert zu verlieren, ihre Hand, ihr Ein
und Alles, die Füße dann, die Beine
und die Seele.
Jetzt, da ich fünfundsechzig bin
und rückwärts schaue
und hinter mich
und vor mich,
entdecke ich die Entdecker.
Kolumbus zieht vorüber mit dem ersten Kolibri,

dem Armbandvogel, dem Irrlicht,
Pedro de Valdivia zieht, ohne Hut,
auf dem Rückweg gar ohne Haupt,
Pizarro zieht, mit anderen tristen Männern.
Und Don Alfonso auch, der klare Ercilla.

IV

Ercilla, verästelt, der Staubige,
der diamantharte arme Ritter,
ist über diese Wasser gegangen, diese Wege gesegelt,
und fanden gleich die Geier ihn zu geschniegelt
und schickten ihn zurück wie einen Brief, unzustellbar,
ins steinige, verstaubte Spanien,
hat doch er allein uns entdeckt:
Nur er, der üppige Täuberich,
hat sich bis heute in uns verkrallt
und uns in seinem Testament
seine beständige, eine blutige Liebe hinterlassen.

V

Gut denn, so kamen andere,
tüchtig im Messen, Meditieren, Chilenen,
und schufen Feuchtes, darin ich aufwuchs,
und hißten die chilenische Fahne
dort in der Kälte, auf daß sie friere,
dort in dem Wind, auf daß sie lebe,
im strömenden Regen, auf daß sie weine.
Bald war die Welt voller Polizisten,
Haushaltswaren kamen auf,
Regenschirme

wurden die neuen ortstypischen Vögel,
mein Vater breitete über mich einen Mantel
aus seinem unverwüstlichen Lodenponcho,
sogar Bücher gelangten nach Frontera,
ins Grenzland – so hieß das Kapitel,
das nicht ich schrieb, sondern andere
haben es statt meiner geschrieben.

Zu Wurzeln wurden die Araukaner,
Blätter riß man ihnen ab,
bis sie nur noch Gerippe waren
eines Volkes, verfallener Baum,
doch so groß war auch nicht ihr altes Leiden,
denn sie schlugen sich wie im Taumel,
wie Gestein, wie Säcke, wie Engel,
vielmehr spürten sie in ihrer Ehre,
daß an Land es ihnen fehlte,
der Boden schwand unter ihren Füßen.
Das Blut hatte schon regiert in Arauco,
es brach das Reich des Betrugs an,
und die Betrüger waren wir.

VI

Verzeih, ich will mein Leben
erzählen und
erzähle Erde statt dessen.
Dies ist die Erde.
Sie wird groß in deinem Blut,
und du wirst größer.
Wenn sie in deinem Blut erkaltet,
erkaltest du.

VII

Yumbel!
Yumbel, Yumbel!
Woher ist
dein Name an die Sonne gelangt?
Warum klingelt
das Licht in deinem Namen?
Warum kommt
dein Name wie ein Reif
des Morgens aus den Schmieden geklirrt?

VIII

Angol ereignet sich spröde
wie ein Vogel, der im Wald
aufflattert,
wie das Singen
einer blanken Axt,
wenn sie fährt in die Eiche.
Angol, Angol, Angol,
schlagende Axt,
Singen
reinen Steines
in den Bergen,
Schlüssel zum Vermächtnis,
Wort wie der Flug des
trauertragenden Falken,
Fliehkraft du, flüchtig
auf den Zinnen
der Nacht im Schnee!

IX

Temuco, Herz aus Wasser,
Heimstatt
des Fingerhuts; einst
war dein Baumhaus
Wiege und Glocke
meinem Gesang,
Festung auch
meiner Verlassenheit.

X

Lichtes Boroa,
kristallener Apfel,
Baustein
der Fruchtbarkeit, ich sehe
zu, wie deine Silben halb liegend
den Fluß hinabtreiben,
treiben
im Lauf des
finsteren Silbers,
das im Kühlen dahinfließt.

XI

Osorno, Harfe unter Vulkanen!
Es summen dunkel die Saiten,
die man dem Wald entrissen.
Sieh dich im hölzernen Spiegel!
Verströme dich
im mächtigeren

Herbstduft, da vom Geäst
Blatt um Blatt
ein gelber
Planet fällt
und Blut ansteigt, damit die Vulkane
Feuer machen können alle Tage.

XII

Kalter Turm der Welt,
Vulkan du, Schneefinger,
der mir durch mein ganzes Dasein gefolgt ist,
Mastbaum auf meinem Schiff
und, auch das, o benommener Frühling:
Reisender, der schwindet und auftaucht,
im Spinngeweb
von Buenos Aires, fern
dem Land, wo ich ich ward,
dem Land, wo ich mein ward,
in Kathiawar, in Sandokan, in Prag,
in Mollendo, in Toledo, in Guayaquil
schleppte ich meinen Vulkan,
meinen Schnee mit –
südliches Feuer, verglühte Nacht,
meilenweit Vulkan, träge Lava,
verschlingend das Gestirn.
Feuerroter Schuldner, Weggenosse aus Schnee,
wohin ich auch fuhr mit mir,
fuhr ich mit dir,
Turm du in heimlichem Schneeweiß,
Erzeuger patriarchalischer Flammen.

XIII

Es wächst der Mensch mit allem, was wächst,
auch Pedro steigt an mit seinem Fluß,
mit dem Baum, der ohne zu sprechen steigt,
darum wächst mein Wort
und wächst hervor
aus jener Stille mit Wurzeln,
aus den Weizentagen,
aus den Saaten, unverpflanzbar,
aus dem weiten Wasser,
der ohne ihren Segen verhangenen Sonne,
den noch im Regen schwitzenden Pferden.

XIV

Alle nahmen Anstoß,
sagten zu mir: »Dummkopf,
bleib hier. Warm ist
dein Bett im Garten,
es ranken an deinem Balkon
Jasminblüten, der Stolz
Europas, der Wein,
ein sanfter Stier,
wächst bis zum Parthenon, Racine lenkt
die gereimten Bäume, und Petrarca
ist noch immer marmorn und golden.«

Nirgendhin konnte ich ohne Rückkehr,
die Erde lieh mich aus, verlor mich
und pochte bald, ach zu spät, an die Wand
oder forderte, ein Vogel, mich zurück.
Ich fühlt' mich vage trikoloren, und
des roten Pfeffers scharfe Riechspur,

so manche Speisen, frische Tomaten,
Gitarren im Oktober, Städte
unfertig, Seiten im Wald,
noch nicht zu Ende gelesen,
der Sturzbach,
der im wilden Aysen den Fels im Fall
in zwei Brüste sprengt, auf denen
tosend Weißes flockt, das Mondlicht
auf Loncoches morschen Brettern, der Duft
nach Armeleutemarkt, nach Räuchermuscheln,
nach Kirchen, Lärchen, drunten auf den Inseln,
mein Zuhause, meine Partei im Feuer täglich,
und du, innig geliebte Gefährtin aus dem Süden,
Schirm meiner Augen, Hüterin,
alles, was Regen heißt und Heimat, was
dich nicht kennt, dich kränkt und mitunter dich streichelt,
all das, ein Raunen, offener jede Woche,
allnächtlich sternenreicher, präziser immer,
ließ mich umkehren, bleiben, nimmermehr fortgehn.
Soll jeder wissen, in mir zumindest schaltet
die Erde, waltet und schlägt mich in ihren Bann.

XV

Vergänglich sind wir, berühren Metalle,
den Wind, des Ozeans Ufer, die Steine,
wissend, daß sie dauern, starr oder brennend,
und ich hab alle Dinge entdeckt und benannt:
Lieben und Abschied nehmen war mein Los.

XVI

Im geheimsten Beutel bewahrt ein jeder
verlorene Geschmeide, Erinnerungsbilder,
Liebe heftig, Nächte heimlich, bleibende Küsse,
sein Stück öffentliches oder privates Glück.
Manche haben, übermütig, Frauenhüften gesammelt,
andere Männer wühlen vor Tag gern in Bergen,
Pauken, Lokomotiven oder Überschlagsrechnungen.
Mein Glück bestand darin, daß ich sang mit anderen,
daß ich pries, verwünschte und weinte mit tausend Augen.
Verzeiht mir mein schlechtes Benehmen –
mein Tun auf Erden brachte keinen Nutzen.

XVII

Ein zittriger Septemberabend.
In meinen Kleidern hing
der Jammer der Bahn, die mich
quer durch alle Provinzen gefahren.
Ich war dies entrückte,
vom Rauch der Kohle aus der Lokomotive
verstörte Wesen.
Ich war nicht.
Dann bekam ich es mit dem Leben zu tun.
Mein Dichten schnitt mich ab
und gesellte mich allen zu.
An jenem Abend war es an mir,
den Frühling anzusagen.
Ich armer Finsterling
mußte das Gewand
dem nackten Abend lösen.
Zitternd las ich zweitausend ungleichen Ohren vor
meine Lieder.

Die Nacht entbrannte
vor all dem dunklen Feuer,
noch schlug es höher in der Stadt,
im stürmischen Drang nach Frühling.

War das meiner Einsamkeit Tod?
Oder ward damals aus meiner Einsamkeit ich geboren?

XVIII

Tage werden nicht verworfen, nicht addiert, es sind Bienen,
die entbrannt sind in Süße oder wütend zücken
den Stachel; weiter geht das Rennen,
hin und her summt es vom Honig zum Kummer.
Nein, der Jahre Netz fasert nicht – es gibt kein Netz.
Die Jahre tröpfeln nicht aus dem Fluß – es gibt keinen Fluß.
Schlaf trennt nicht in zwei Hälften das Leben,
auch nicht das Tun, die Stille nicht und nicht die Tugend,
einem Stein gleich war das Leben, eine einzige Bewegung,
ein einzig Reisigfeuer, das im Blattwerk flackert,
ein Pfeil, ein einziger, träg oder rege, Metall,
das auf- und abstieg und in deinen Knochen verbrennt.

XIX

Es lebte mein Großvater, Don José Angel Reyes,
hundertzwei Jahre lang zwischen Parral und dem Sterben.
Ein großer vornehmer Herr, ein Bauer,
mit wenig Land und zu vielen Kindern.
Ich seh den Hundertjährigen vor mir: Schlohweiß
war der alte Mann, sein Ahnenbart blau,
und noch immer stieg er in Züge zu sehn, wie ich heranwuchs,

fuhr dritter Klasse, von Cauquenes hinab in den Süden.
Don José Angel kam, der Ewige, der alte Mann,
ein Glas mit mir zu trinken, sein letztes:
Es hob seine hundertjährige Hand
den Wein, und der zitterte darin wie ein Falter.

XX

Andres hab ich gesehen, nichts vielleicht, purpurrote
Länder, Flußmündungen, die vom Muttermund
der Erde mitführten den Samenduft des Ursprungs,
Länder wie Eisen hart, mit Diamantenhöhlen
(die Stadt Bolivar am fernen Orinoko), und in
noch einem Reich war ich, blutrot wie Amarant,
darin waren die Männer und die Frauen alle Könige
blutrot wie Amarante.

XXI

Ich habe im Fächer der ungeborenen Staaten gelebt,
in Kolonien, die wußten noch nicht, wie man wird,
mit brandneuen Fahnen, die sich mit Blut färben sollten.
Ich habe am Herd gelebt tödlich getroffener Völker
und fremdes Brot gegessen zu meinem Herzeleid.

XXII

Einmal, in der Nähe von Antofagasta,
zwischen dem vertanen Leben der Menschen
und dem sandigen Rund
der Pampa,
hielt ich, blind, taub, inne im Nichts:
Die Luft steht senkrecht dort in der Wüste,
keine Tiere sind (nicht einmal Fliegen),
nur Erde, mondgleich, ohne Wege,
nur des Planeten mindere Fülle,
Kilometer, zäh vor Nacht und Materiellem,
und ich allein, suchend nach dem Zweck der
menschenlosen, flügellosen, mächtigen Erde,
verwaist in ihrer Größe, so als hätte
sie ein Leben nach dem andern vernichtet
zur Einführung ihrer Stille.

XXIII

Sand von Isla Negra, Gürtel,
zertrümmerter Stern, Band des Wahren,
die Gefahr des Meers peitscht mit ihrer Rose
das Gestein, hingebreitet entlang der Küste.
Schroffes Geschlecht, Schlacht am Ufer!
Bis zur grünen Schlucht stand, der Kälte
halber, gleich einem Diamant der Tag,
mächtig, einem blauen Flugzeug gleich.

Von unten schichtet die junge Sonne
ihre Schwerter, entflammt den Horizont
und bricht Welle um Welle seine Macht.
Fehde voller Falten! Schlucht du
von Mirasol, dort hinab

wankte des Gletschers eisiger Wagen,
riß diese klaffende Wunde:
Drunten das Meer stirbt und ringt mit dem Tod,
wird geboren und stirbt und stirbt,
wird geboren, stirbt und wird geboren.

XXIV

Walfangplatz in Quintay, verlassen,
mit seinen Hallen, seinen toten Trümmern,
Blut noch auf den Klippen, Knochen
majestätischer Wale,
Eisen zerfressen, Wind und Meer, das Kreischen
des Albatros, der wartet.

Fort sind die Wale – in ein ander Meer?
Geflohen vor der grimmigen Küste?
Stecken sie gar im weichen Schlick
der Tiefe und verlangen Strafe
für die ozeanischen Chilenen?

Und hat niemand die Riesentiere beschützt?

Heute noch, im Monat Juli,
rutsche ich aus auf kaltem Tran,
polwärts glitschen meine Schuhe,
als trieben die unsichtbar Versammelten
mich zum Meer,
und Wehmut, schwer wie der Winter,
lenkt meine Schritte
über den verwaisten Fangplatz.

XXV

Das Heute geht. Es war eine Kapsel
kalten Lichts, das heimkehrt zu seinem Bau,
zu seiner düstren Mutter, zur Neugeburt.
So laß ich's nun, von seiner Sippe umwoben.
Hatte ich, Tag, wahrhaftig Anteil am Licht?
Und, Zeit, gehörte ich deiner Fontäne an?
Ihr Strände mein, Verlassenheiten!

Wenn wirklich fortgehn wir,
sind in dem prallen Meersalz
und in des Blitzes
Schlägen wir verglommen.
Mein Geist hat unter freiem Himmel gelebt,
ich hab dem Meer mein Steinzeitherz überlassen.

XXVI

Gibt es einen verschluckten Stein,
habe ich daran teil:
Ich war in der Sturmbö,
in der Brandung,
in der Feuersbrunst auf Erden.

Achte den versunkenen Stein.

Begegnest du am Weg
einem Kind,
das Äpfel stiehlt,
einem tauben alten Mann
mit Akkordeon,
bedenke, ich bin
das Kind, die Äpfel und der Greis.

Tu mir nicht weh, verjag nicht den Knaben,
schlag nicht den alten Stromer,
wirf nicht in den Fluß die Äpfel.

XXVII

So weit bin ich.
Sind wir.
Die Schnurgeraden, die Verbissenen,
die Hutmacher, die ihr Leben lang
meinen Kopf vermessen und deinen Kopf,
die Taillierer, die an jeder
Taille gehangen,
an jedem Euter der Welt.
So verbleiben wir, Schulter an Schulter,
bei den Eremiten,
dem Jüngling, der, rührend, die Guerilla nicht verdaut,
den Sittenbewahrern, die rot sahen,
denn ihren Fraß wollte niemand fressen.
Doch ist da auch
des frischen Tages Stolz,
der junge Tau,
der Welt Morgenstunde,
was immer wächst
der bitteren Zeit zum Trotz:
lautere Ordnung,
die uns not tut.

XXVIII

Auf bald, Gast.
Und auf Wiedersehen.
Zu meinem Gedicht kam's
deinet-, niemandeswegen,
allerwegen.

Ich bitte dich: Laß mich in Unruhe.
Ich lebe mit dem spröden Ozean,
und hart wird mir die Stille.

In jeder Welle sterb ich jeden Tag.
Sterbe mit jedem Tag in jeder Welle.
Nie aber stirbt
der Tag.
Er stirbt nicht.
Und die Welle!
Sie stirbt nicht.

Danke.

Beben des Meeres
(1970)

BEBEN DES MEERES

Die Zeitmesser des Meeres,
die Artischocken,
die Sparbüchsen mit ihren flackernden Feuern,
die Beutel des Meeres
zum Bersten voll,
die Leuchten des Wassers,
die Schuhe, die Stiefel
des Ozeans,
die Zephalopoden, die Holothurien,
die trotzigen Krebse,
gewisse Fische, die schwimmen
und sehnsüchtig seufzen,
die Seeigel, die hervorkommen
aus den Kastanien der Tiefen,
die blauen Schirme des Ozeans,
die zerrissenen Botschaften,
die Walzer auf den Wogen,
all dies schenkt mir das Beben des Meeres.

Die Wellen kehrten zurück zur Bibel:
Seite um Seite schlossen sich die Wasser:
der ganze Zorn sank zur Mitte des Meeres,
aber zwischen meinen Blicken blieben mir
mannigfaltige und nutzlose Schätze,
die mir seine zerstörte Liebe ließ
und jene dunkle Rose.

Betastet diese Gestalt:
hier meine Hände bearbeiteten
winzige Sarkophage aus Salz
bestimmt für Stoffe und Geschöpfe,
wild in ihrer purpurroten Schönheit,
in kalknarbigen Stigmatas,
vergänglich

auf daß sich ernähren
wir und andere Wesen
von Blumen und Licht Verschlingendem.

Das was ließ auf der Schwelle das Beben,
die zerbrechliche Stärke, das Unterwasserauge,
die blinden Tiere der Woge,
zwingen mich in den Spalt:
komm und komm und geh, o Qual
meiner heimlichen Gezeiten verborgen vom Meer.

Muscheln, ausgeworfen auf den Sand,
glitschige Arme,
Mägen des Wassers,
Rüstungen geöffnet zum Eintritt
von Wiederholung und Bewegung,
Stacheln, Saugnäpfe, Zungen,
kleine kalte Körper,
misshandelt
von der unerbittlichen Ewigkeit des Wassers,
von der Wut des Windes.

Sein und Nicht-Sein – hier sind sie verschmolzen
zu glänzenden und hungrigen Gebilden:
Es brennt das Leben und geiht
spazieren ein Blitz der Tod.
Ich bin nur Zeuge
der Elektrizität und der Schönheit
füllend die verzehrende Stille.

PICOROCO

Der Picoroco – eingesperrt
in einem entsetzlich trostlosen Turm,
zeigt seine Kralle, verzweifelt
zuckt er in seiner Qual.

Wie weich ist er in seinem Turm:
weiß gleich dem Mehl des Meeres,
doch niemand begreift das Geheimnis
der kalten gotischen Burg.

ALGE

Ja, ich bin eine gepeitschte Alge
gepeinigt von gewaltigen Gezeiten:
mich erschreckten und erzogen
die Bewegungen der Schiffbrüchigen,
die Schläge der Stürme:
seht hier meine kalten Blüten:
meine täuschende Demut
vor dem Willen des Windes:
also überlebe ich das Wasser,
das Salz und die Fischer,
mit meinem geschmeidigen Körper
mit meiner Weste aus Jod.

SEEIGEL

Der Seeigel ist die Sonne des Meeres,
zeigend ihr Orange, tanzend aus der Mitte
mit Stacheln wie Flammen,
geboren aus Ei und Jod.

Der Seeigel gleicht der Erde:
rund, vergänglich, verborgen:
feucht, geheim und feindlich:
der Seeigel ist wie die Liebe.

SEESTERNE

Wenn am Himmel die Sterne
das Firmament verachten
und einschlafen am Tag,
grüßen die Sterne der Wasser
den Himmel abgestiegen ins Meer,
verkündend feierlich die Pflichten
des neuen unterseeischen Himmels.

MUSCHELN

Leere Muscheln im Sand
verlassen vom Meer, als es ging,
als es ging, das Meer auf die Reise,
auf die Reise zu anderen Meeren.

Es verließ seine Muscheln,
perfekt von ihm poliert,

bleich von den nie endenden Küssen
des Meeres, das ging auf die Reise.

LANGUSTEN

Stop! Berechnungslose Leoparden
der Gestade! Angreifer
mit geröteten Krummsäbeln
der unterseeischen Brutalität,
beißend grimmig jeden egal,
friedlos kreisend wie Fieber
bis sie sacken ins Netz
und herausklettern blau gekleidet
für das feuerrote Unglück.

TROMPETENSCHNECKE

Die Trompetenschnecke wartet auf Wind
verharrend im Glanz des Meeres:
will sie eine schwarze Stimme
die füllen soll alle Entfernungen
wie die Trommeln der Mächtigen,
wie die Posaunen Gottes
in den Texten der Schulbücher:
sie will, daß man ihr Schweigen bläst
bis endlich das Meer anhält
das bittere bleierne Drängen.

ROBBE

Der Knackpunkt der Zoologie
ist diese zweckmäßige Robbe
lebend in einem Überzug aus Gummi
oder im schwarzen Licht ihres Fells.

In ihrem Inneren kreisen
die untrennbaren Strömungen
der Monarchie des Meeres
und wir sehen dieses Wesen verurteilt
zum Turnen der Folter
die Welt zu entdecken rollend
hinab Treppen aus Eis
bis ihre Augen uns betrachten
mit dem bohrendsten Blick des Planeten.

SEEANEMONE

Die Blume am salzigen Felsen
zeigt und entzieht ihr Strahlen
je nach den Gelüsten des Salzes,
je nach dem Verlangen des Wassers.

O Krone aus kaltem Fleisch
und zitternden Blütenlippen:
Anemone, Witwe. Innen.

KREBS

Der Krebs in der Farbe violetter Veilchen
lauert in einer Mulde des Meeres:

seine Zangen zeigen zwei Rätsel:
seinen Hunger das unersättliche Loch.

Mit dem Tod kämpft bald seine Rüstung
kochend im höllischen Kessel
bis endlich er aufblüht als Rose:
als rote bekömmliche Rose.

BRONZEDELPHIN

Wenn er fiele ins Meer, der Delphin,
stürzte er bis zum Grund, fallend
durch sein gelbes Gewicht.

Unter den wahrhaftigen Fischen
wäre er ein merkwürdiges Gebilde,
ein Fisch ohne Seele und Stimme.

Bis das Meer ihn vertilgte
verzehrend seinen bronzenen Stolz
verwandelnd ihn zu Grund.

TINTENFISCH

O Krake, du blutgieriger Klosterbruder,
das Flackern deines Kettenschmuckes
dringt in das Salz der Felsen
wie ein satanischer Mißgriff.

O beeindruckendes Zeugnis,
Bündel gefrorener Blitze,
Kopf eines Königshauses

mit Verzweigungen und Vorgefühlen:
Gemälde des Grauens,
ungezählte Wolken aus schwarzem Regen.

SONNE DES MEERES

Eines Tages fand ich auf der Schwarzen Insel
eine Sonne liegend im Sand,
leuchtend aus ihrer Mitte in jede Richtung,
bewachsen von Fingern aus Gold
und Saugnäpfen wie Stecknadeln.

Ich befreite die Sonne vom Sand,
hob sie empor gegen das Licht
und verglich sie mit der des Himmels.

Sie blickten sich nicht an sie sahen sich nicht.

SCHWERTFISCHE

Beschützt wird das Tor des Meeres
von zwei Schwertfisch-Matrosen:
sie wachen weit dem Meer als Paar,
weit wachen sie als Paar dem Meer,
sie wachsen dem Meer sperrangelweit.

Geboren sind beide in Ikike
als Kinder des blauen Ozeans,
der Wellen schlägt bis Wladiwostok
und beginnt zu meinen Füßen.

Die Schwertfische, Wachsoldaten

mit gerade gerichteten Schwertern,
sperrten zu das Tor des Meeres
halten sich bereit abzuwehren
das Eindringen der Systeme
in die Unordnung des Ozeans.

FISCHHANDLUNG

Es hängen Fische an Schwänzen,
es glänzen auf Tischen Fische,
es blinken Fische mit Silber
und doch drohen noch die Krebse.
Auf der Theke, beehrt durch Schuppen,
den Orden der Untersee,
fehlt der Körper des Meeres allein
nicht zum Sterben nicht zum Verkaufen.

ABSCHIED VON DEN GESCHÖPFEN DES MEERES

Kehrt zurück! Kehrt zurück zum Meer
von diesen Seiten!

Fische, Meeressäuger, Algen
entkommen der Kälte,
kehrt zurück zum Gürtel
des Ozeans,
zum flüchtigen Kuß
der Welle,
zur verborgenen Vernunft
der Klippe!

O ihr Unsichtbaren,
Nackten, Untergetauchten,

Ungreifbaren,
es ist Zeit
zu teilen und zu trennen:
Das Papier schreit nach mir,
die Tinte, die Bleistifte,
die Druckereien, die Briefe,
die Schachteln,
die Buchstaben und die Ziffern
treffen sich im Lager
von wo aus
sie mir nachstellen: die Frauen
und die Männer
begehren meine Liebe, verlangen meine Gesellschaft,
die Kinder von Petorca,
von Atacama, von Arauco, von Loncoche
wollen spielen mit mir!

Mich erwarten ein Zug, ein Schiff
gefüllt mit Äpfeln,
ein Flugzeug, ein Pflug,
einige Ähren.

Adios, organisierte
Wesen des Wassers, lebt wohl
Langusten gekleidet
wie Kaiser,
ich werde ihr werdet zurückkehren
zur Einheit zur Stunde noch
gebrochen.
Ich gehöre dem Sand:
ich werde zurückkehren zum gekrümmten Meer
und zu seinen Früchten
und zu seiner Wut:
jetzt gehe ich
pfeifend
durch die Straßen.

Das postume lyrische Werk

Die abgeschnittene Rose
(1974)

EINFÜHRUNG IN MEIN THEMA

Zur Osterinsel und den Erscheinungen
fahr ich, satt von Türen und Straßen,
zu suchen, was ich dort nicht verloren.
Der Januar, der dürre Monat,
gleicht einer Ähre:
Sein gelbes Licht hängt an Chile,
bis ihn wegschwemmt das Meer und ich
aufs neue fort und heimwärts fahre.

Statuen hat die Nacht erbaut und
zum geschloßnen Kreis gestreut, auf daß
niemand erblicke sie, allein das Meer.

(Zu bergen fuhr ich, sie aufzurichten
an meiner verschollenen Wohnstatt.)

Und hier, graue Erscheinungen ringsum
und Weltraumweiß, blaue Bewegung,
Meerwasser, Wolken, Stein, beginne ich
von vorn die Leben meines Lebens.

I DIE MENSCHEN

Ich bin auf Pilgerfahrt
zur Osterinsel, ein Herr,
ein Fremder, will pochen an der Stille Türen:
auch einer der Dahergewehten, die
einfach überfliegen das ganze Meer:
Hier steh ich, lästig wie alle Pilger,
die auf Englisch hochpäppeln, hochstemmen die Ruinen:
noble Esser am Touristiktisch, gleich Sindbad
und Kolumbus, nur entdecken sie nichts
außer der Kneipenrechnung.

Ich bekenne: Wir haben
geschlachtet die Segler, fünf Masten und madiges Fleisch,
erstickt die bleichen Logbücher schwindender Seefahrer;
wir fahren in gewaltigen Aluminiumgänsen, sitzen
ordentlich da, nippen an sauren Gläsern und steigen
im Gänsemarsch aus gemütlichen Bäuchen.

II DIE MENSCHEN

Wahrheit des Prologs. Tod dem Romantiker,
dem Fachmann in Isolationen: Ich bin
nicht anders als die Professorin aus Kolumbien,
der Rotarier aus Philadelphia, der Kaufmann
aus Paysandú, der scheffelte
für die Reise hierher. Aus anderen Straßen reisen wir,
aus verschiedenen Sprachen, in die Stille.

Uraltes Rapa Nui, Land ohne Stimme,
vergib uns Vielrednern aus der Welt,
aus allen Ecken kommen wir, spucken auf deine Lava,
mit Zwist beladen, mit Fehden, mit Blut,
Tränen, Verdauung, Kriegen und Pfirsichen,
in kleinen feindseligen Gruppen, verlogen
lächelnd, vom Himmel zusammengewürfelt
auf dem Tisch deiner Stille.

Da sind wir abermals, dich zu beflecken.

Als erstes grüße ich den Krater, Rana Raraku, seine Lider
aus Lehm, seine alten grünen Lippen:
Weit ist er, von hohen Wandungen umkreist, umschlossen,
aber das Wasser drunten, spärlich, trübe, schwärzlich,
lebt, hält Verbindung mit dem Tode
gleich einem Leguan, starr, schläfrig und verkrochen.

Ich sah, ein Lehrling der Vulkane,
als Kind noch des Aconcaguas Zungen,
sah, wie Glut erbrach der Tronador, wie stürzte
in Schreckensnacht das Licht
vom Villarrica, die Kühe erschlug
als Sturzflut, Pflanzen verkochte, Zelte, prasselnd
Felsbrocken noch schleuderte in den Flammenfraß.

Doch hätte es mich hierher verschlagen als Kind,
auf diesen Vulkan, der tot seit tausend Jahren,
auf Rana Raraku, Nabel des Todes, ich hätte
vor Grauen aufgeheult und hätte gehorcht,
hätte stumm verrinnen lassen mein Leben, wäre
abgestürzt in grüne Angst, zahnlosen Kraterrachen,
zu Lehm geworden wär ich, zu Leguanzungen.

Stille lagert im Trog und Schrecknis
im Mondmaul; es ist eine Minute, eine Stunde,
die lastet, als wolle die Zeit, die stillsteht,
zum gigantischen Felsen werden;
ganz kurz nur; gleich zersetzt
die Zeit auch ihre neue, unformbare Statue,
steht der Tag wie eingekerkert so starr
im Krater, im Kerker des Kraters,
tief in den Leguanaugen des Kraters.

IV DIE MENSCHEN

Plumpe Passanten, rempeln wir uns an mit Ellbogen,
mit Füßen, mit Hosen, mit Koffern,
steigen aus Zügen, Jets, Schiffen, steigen
mit zerknitterten Anzügen aus, Hüten kläglich.
Sind schuldig, Sünder, kommen
aus stockenden Hotels oder industriellem Frieden,
im letzten Hemd vielleicht,
der Schlips verloren,
und sind doch, wie wir sind, verdreht und feierlich,
Mistkerle mit Ansehen in den besten Kreisen,
auch schlichte Schweiger, Selbstmademänner,
uns gleich, die gleichen gegenüber der Zeit,
der Einsamkeit, sind arme Menschen,
die sich das Nötige besorgt haben zum Leben und zum Tod
durch ihre Arbeit, redlich, bürotragisch,
die sich gesetzt, gedrängt haben auf U-Bahnhöfen,
auf Schiffen, in Gruben, Schulen, in Kerkern,
an Universitäten, in Brauereien
(unterm Rock die stets gleiche Haut, die dürstet),
(das Haar, das gleiche Haar, nach Farben verteilt).

V DIE INSEL

Alle Inseln im Meer hat erschaffen der Wind.

Hier aber hat der gekrönte, der lebendige Wind, der erste
sein Haus erbaut, seine Flügel gefaltet, gewohnt:
Vom winzigen Rapa Nui aus weitete er sein Revier,
blies, ergoß sich, offenbarte seine Gaben
nach Westen hin, nach Osten, zum vereinigten Raum hin,
bis er auspflanzte reine Keime,
bis es zu wurzeln begann.

VI DIE INSEL

O Melanesien, mächtige Ähre,
Inseln genitalen Winds, gezeugt
und hernach verdoppelt vom Wind.

Aus Lehm, Wäldern, Humus, aus Sperma im Flug
entstand die wilde Perlenkette der Mythen:
Polynesien: grüne Pfefferkörner, verstreut
übers Meeresfeld von den rastlosen Fingern
des Herrn über Rapa Nui, seiner Hoheit des Winds.
Die erste Figur war aus nassem Sand,
er formte und zerbrach sie heiteren Sinnes.
Die zweite Statue baute er aus Salz,
und das feindliche Meer warf singend sie um.
Als dritte Statue aber schuf der Herr, der Wind,
einen Moai aus Granit, und der bestand fort.

Dies Werk, das gemeißelt die Hände der Luft,
die Handschuhe des Himmels, blaue Atmosphärenwirbel,
diese Arbeit taten transparente Finger:
einen Rumpf, steil ragend das nackte Schweigen,

verheimlichend der Blick aus Stein,
die Nase dreikantig wie am Vogel oder Bug,
und auf der Statue wundersam ein Bildnis:
Die Einsamkeit nämlich hat dieses Antlitz,
die Weite nämlich ist dies Gerade ohne Ritzen
und Entfernung diese Klarheit im rechten Winkel.

VII DIE INSEL

Als sich vermehrten die Kolosse
und aufrecht dahingingen,
bis die Insel voll steinerner Nasen,
und sie rege Nachwuchs aussandten: Kinder
von Sturm und Lava, Enkel
von Luft und Asche stampften da
mit großen Füßen über die Insel.
Nie zuvor hat soviel getan
mit seinen Händen der Wind,
mit seinen Morden der Orkan,
die Beharrlichkeit Ozeaniens.

Große klare Köpfe
auf hohen Hälsen, schweren Blickes,
riesig gereckte Kinnladen
in ihrer Einsamkeit Hochmut,
Zeugen,
anmaßende Zeugen,
besorgt.

O Edle, gravitätisch einsam,
wer hat es gewagt, wer wagt es
zu befragen, auszuforschen
die fragenden Statuen?

Die Frage selber sind sie, versprengt,
die hinausreicht über das eng Umrißne,
die schmale Taille der Insel,
und zum offnen Meer strebt, zum Grund
des Menschen und seines Nicht-Hier.

Manche Gestalten konnten nicht aufstehn,
ungeformt blieben ihre Arme, verschlossen
noch im Krater, schlummernd
liegen sie in der Rose aus Kalkstein,
schlagen ihre Augen noch nicht auf zum Meer,
und die Traumgeschöpfe, groß und waagrecht
sind die steinernen Larven des Rätsels:
Bei seiner Flucht von der Erde ließ der Wind sie hier,
als er keine Lavakinder mehr zeugte.

VIII DIE INSEL

Die Gesichter besiegt in der Mitte,
geborsten, gestürzt, ihre großen Nasen
gedrückt in die Kalksteinkruste der Insel,
deuten die Giganten auf wen? auf niemand?
Eine Straße, sonderbare Gigantenstraße:
Da zerbrachen, fielen sie auf dem Vormarsch,
und da blieb ihr erstaunliches gestürztes Gewicht,
küssend die heilige Asche, heimkehrend
ins vorgeburtliche Magma, todwund, überdeckt
mit Ozeanlicht, kurzem Regen, Staub
von Vulkanen und später
der Einsamkeit hier am Nabel der Welt,
der runden Einsamkeit allen Meers auf einmal.

Sonderbar, es hier leben zu sehn, im Innern
des Kreises, zuzusehen, wie die rosenroten

Langusten unwillig in die Körbe fallen
aus den Händen der Fischer
und die Männerkörper erneut ins Wasser tauchen,
heimsuchen die Höhlen, darin wohnt ihre Ware,
wie alte Frauen Hosen stopfen, zerschlissen
von der Armut, und wie durchs Laubwerk

das allerschönste Mädchen sich selbst zulächelt
und der Sonne und dem klirrenden Mittag,
der Kirche von Pfarrer Englert, der darin begraben,
ja, lächelt, erfüllt von einem Glück, so entrückt,
als wäre es ein kleiner Krug, darin es summt.

IX DIE MENSCHEN

Uns hat man eingeimpft, ehret die Kirche,
hustet nicht, spuckt nicht vor den Tisch des Herrn,
wascht eure Wäsche nicht auf dem Altar,
dabei ist es anders: Das Leben sprengt Religionen,
und diese Insel, einst Wohnstatt des Gottes Wind,
ist die einzige lebende und wahre Kirche:
Ein und aus gehen die Lebendigen hier,
sterben und paaren sich:
Auf der Osterinsel, wo alles Altar ist,
alles eine Werkstatt für Unbekanntes,
die Frau ihr neues Geschöpf nährt
auf den Stufen, darauf einst ihre Götter schritten.

Hier leben! Allerdings – auch wir?
Passanten, auf dem falschen Stern gelandet, würden wir
untergehen doch auf der Insel wie auf einer Lagune,
einem See, darein alle Fernen münden, einem
Abenteuer ohne Fortbewegung, dem schwierigsten des
Menschen.

X DIE MENSCHEN

Ja, ihr nächstens Ernüchterten, bevor's zurückgeht
in den Pferch, den Bienenstock der tristen Bienen,
Urlauber ihr, der Heimkehr sicher, Mitbewohner
der schwarzen Straße mit Antiquitätenläden
und Mülltonnen, Stiefgeschwister
in Nummer dreiunddreißigtausendvierhundertsiebenund-
zwanzig,
fünfter Stock, Wohnung A, Be oder Jott,
vis-à-vis »Astorquiza, Williams & Compañía«, Lebensmittel,
ja, armer Bruder, der du ich bist,
jetzt wissen wir's endlich, wir bleiben
nicht hier, nicht mal in Ketten, nun da wir wissen,
daß uns die Pracht zu groß ist,
zu eng die Einsamkeit, wie der Anzug dem Kind,
das zu schnell wächst, oder wie
wenn Dunkel den Tag übermannt.

XI DIE MENSCHEN

Wir sind sichtlich geboren, uns zu hören, zu sehen,
uns zu messen (im Hochsprung, Geldverdienen
und so weiter, im Gewinnen),
uns zu ignorieren (mit einem Lächeln), uns zu belügen,
auch zur Verständigung, zur Ungerührtheit, zum
gemeinsamen Speisen.
Nur zeige uns keiner die Erde, unsre Vergeßlichkeit
ist hart erkämpft, vergessen die Luftträume,
nur auf der Zunge schmeckt es noch nach Staub und Blut,
hinuntergespült die Erinnerung
mit Wein und Bier, nur weg, nur schnell
weg von so veralteten Dingen wie Mutter, Erde, Leben.

XII DIE INSEL

Strenge Profile, gehauen aus Kraterstein, Nasen
dreikant, die Gesichter steifer Honig,
stumme Glocken, ihr Geläut ist
ohne Zurück zum Meer verweht, Kinnladen, Blicke
aus Sonne starr, ein Königreich
der großen Einsamkeit, senkrechte
Spuren:
Ich bin der Neue, der Dunkle,
aufs neue Strahlende:
komme vielleicht zum Leuchten,
wünsch mir den Raum aus Glut
ohne Vergangenheit, den Lichtblitz,
Ozeanien, Klippe und Wind,
anfassen, schauen, wieder aufbauen,
auf Knien bitten um der Sonne Keuschheit,
mit meinen armen blutgen Händen freischaufeln
                mein Schicksal.

XIII DIE MENSCHEN

Weit, weit sind wir gefahren,
steinerne Augenhöhlen zu verstehn,
erloschne Augen, die dennoch blicken,
große Gesichter, zur Ewigkeit bestimmt.

XIV DIE MENSCHEN

Wie weit, weit, weit sind wir schon
fort von den harten Masken, die steif dastehn
inmitten der Stille; wir gehn, noch umfangen
von ihrer Unnahbarkeit, ihrem Stolz.

Wozu kamen wir denn zur Insel?
Doch nicht der blühenden Männer Lächeln,
der schönen Ataroa knisternde Hüften
oder die dreistäugigen Knaben zu Pferde
wolln wir nach Hause mitnehmen:
vielmehr des Ozeans Leere, eine dürre Frage,
Antworten tausendfach auf verächtlichen Lippen.

XV DIE MENSCHEN

Kehrt macht der Reisende, Gast, der Zufriedene,
will wieder auf Rädern rollen, will fliegen,
Schluß mit der feierlichen Stille, einmal muß man
hinter sich lassen die schimmernde Öde
aus lichter Luft, Wasser, hartem und klarem Gras,
fliehen, fliehn, entfliehn dem Salz, der Bedrohung,
dem einsamen Rund im Wasser,
wo mit hohlen Augen das Meer,
mit Rückgrat, mit Lidfalten die schwarzen Statuen
gebissen haben nach dem entsetzten Städtebürger.
Ach, Osterinsel, hol mich nicht ein,
zu hell bist du, zu fern,
und soviel Stein, soviel Wasser:
Too much for me! Wir fahren!

XVI DIE MENSCHEN

Der Müde, das Waisenkind
der Massen, das Ich,
der Geräderte, Einbetonierte,
der Heimatlose in überfüllten Lokalen,
der weiter wollte, immer weiter,
er wußte nicht, was tun auf der Insel, wollte
bleiben, abreisen und auch wieder nicht,
der Zauderer, der Zwiespältige, in sich selber Verstrickte,
hier war kein Platz für ihn: Das steinern Aufrechte,
der Endlosblick des Prismas aus Granit,
die runde Einsamkeit stießen ihn aus:
Er ging woandershin mit seinen Kümmernissen,
heim zu seinen angeborenen Todesnöten,
zum Schwanken zwischen Kälte und Sommer.

XVII DIE INSEL

O Turm aus Licht, traurige Schönheit, die
übers Meer gebreitet hat Statuen und Perlenschnüre,
Kalksteinauge, Hoheitszeichen weiten Wassers, Schrei
des trauerschwarzen Sturmvogels, Zahn des Meeres, Gemahlin
des Winds in Ozeanien, o Rose, abgeschnitten
vom zerhackten Rosenstock,
den die Tiefe gewandelt hat zum Archipel,
o gewachsenes Gestirn, grünes Diadem,
allein in deiner einsamen Dynastie,
immer noch unnahbar, scheu, ausgestorben,
wie ein Tropfen, wie eine Traube, wie das Meer.

XVIII DIE MENSCHEN

Wie ein dem Wasser Entsteigendes, Nacktes,
ein Ungebrochenes,
Augenlid aus Platin, Salzgeriesel,
Tang, zuckender Fisch, ein blanker Degen,
trenne ich, abseits von den andern, mich
von der abgetrennten Insel, gehe fort
umflutet von Licht,
und gehöre ich gleich den Herden an,
denen, die in Scharen herein- und heraustappen,
dem Einheitstourismus, der großen Sippe,
bekenne ich doch, ich hänge zäh am Boden,
danach Ozeaniens Morgenröte es verlangt.

XIX DIE MENSCHEN

Hastig kehren wir heim, um auf Ernennungen zu warten,
aufreizende Meldungen, grämliche Diskussionen,
Gärstoffe, Kriege, Krankheiten, Geklimper,
das uns anspringt, auf uns einschlägt pausenlos,
melden uns zurück bei unseren Regimentern,
obwohl sich alle zusammengetan und uns für tot erklärt:
Da sind wir wieder mit unserm falschen Lächeln,
sagen wir, gereizt, man könnte uns vergessen,
und haben doch auf der Insel dort ohne Palmen,
wo scharf umrissen die steinernen Nasen ragen
wie Dreiecke, mitten in Himmel und Salz gezeichnet,
dort auf dem winzigen Nabel der Meere,
selber vergessen die letzte Klarheit,
den Raum, das Staunen vor jenen Gefährten,
die ihr kahles Gestein hochhalten, ihre Wahrheit,
ohne daß einer sie zu lieben, mit ihnen zu leben wagte,
auch ich bin zu feige, ich gestehe es:

Allein vergänglichen Bauten fühlte ich mich
gewachsen, und in dieser Hauptstadt ohne Mauern,
erschaffen aus Licht, aus Salz, Stein und Gedanken,
gaffte wie alle ich und lief erschrocken fort,
wandte mich ab vom klaren Licht der Mythen,
den Statuen, von Schweigen blau umringt.

XX DIE INSEL

Aus andern Gegenden (Ceylon, Orinoko, Valdivia)
reiste ich ab mit Lianen, Schwämmen, Fäden
der Fruchtbarkeit, mit den Schlingpflanzen
und schwarzen Wurzeln aus der Erdenfeuchte.
Von dir aber, Rose im Meer, unbedingter Fels,
reise geläutert ich ab, gieß aus das Licht des Winds,
lebe von neuem, blau, metallisch, kenntlich.

XXI DIE MENSCHEN

Ich aus den Wäldern, Eisenbahnen im Winter,
ich, der Bewahrer jenes Winters,
des Drecks,
in einer Straße, altersschwach und elend,
obskurer Dichter ich empfing den Kuß aus Stein
auf meiner Stirn,
und meine Betrübnisse waren geläutert.

XXII DIE INSEL

Liebste, mein Lieb, uns trennt
ebensoviel Meer wie Schnee und Ferne,
Winzige du, Rätselhafte, umringt
von Ewigkeit, dir danke ich
nicht allein deinen Mädchenblick,
dein verborgenes Weiß, heimliche Rose,
auch das moralische Strahlen deiner Statuen,
den lässigen Frieden, den in meine Hände du gelegt:
den Tag, der innehält in deinem Schlund.

XXIII DIE MENSCHEN

Denn kämen wir alle dorthin
wie sterbende Elefanten,
restlos gefaßt auf Sauerstoff,
wären gewappnet wir, Satte und Hungrige,
Araber und Bretonen, Bürger aus Tehuantepec
und Hamburg, harte Kerle aus Chicago und Senegalesen,
alle; wenn wir begriffen: Dort liegen die Schlüssel verwahrt
zum Atem, zum Gleichgewicht,
ruhend auf der Wahrheit von Fels und Wind,
wäre es so, eilten die Rassen, entvölkerten sich
die Nationen,
segelten in Haufen wir zur Insel,
wären wir alle weise auf einen Schlag und führen
nach Rapa Nui, wir würden sie umbringen,
umbringen mit unsern Riesenschritten, mit Dialekten,
Spucke, Schlachten, Religionen,
und auch dort ginge die Luft zu Ende,
schlügen die Statuen zu Boden,
würden zu dreckigen Klötzen die Nasen aus Stein,
und alles stürbe bitter ab.

XXIV DIE INSEL

Leb wohl, leb wohl, heimliche Insel, Rose
der Läuterung, Nabel aus Gold:
Einer wie der andere tun wir wieder unsre Pflicht
in unsern trauerschwarzen Berufen und Ämtern.

Leb wohl, halte der große Ozean dich
fern unserer sterilen Sprödheit!
Dies ist die Zeit, da man die Einsamkeit haßt:
Birg, Insel, die alten Schlüssel
unter den Gerippen;
sie werden uns vorwerfen, bis sie zu Staub zerfallen
in ihren Höhlen aus Fels,
unsere sinnlose Invasion.

Wir reisen ab. Und dies Lebwohl, freigebig und vergeblich,
ist eins unter vielen, ein Lebwohl,
an dem nichts feierlich ist, als was dort bleibt:
die starre Ungerührtheit in der Mitte des Meers:
hundert Blicke aus Stein, die nach innen blicken
und hin zur Ewigkeit des Horizonts.

Garten im Winter
(1974)

Niemand fehlt im Garten. Da ist niemand:
nur der schwarzgrüne Winter und der Tag,
schlaflos wie eine Erscheinung,
weißes Gespenst, klammkaltes Totenhemd
auf Schloßtreppen. Es ist auch Zeit,
daß niemand kommt, nur Tropfen
fallen, zu denen der Tau geronnen
auf kahlen Winterästen,
und ich und du in diesem öden Land,
unbesiegbar und allein, wartend,
daß niemand kommt, nein, niemand komme
mit Lächeln oder Medaillen oder Budgets,
uns etwas anzutragen.

Dies ist die Zeit
der welken Blätter, zertreten
auf der Erde, da sie
von Sein und Nichtsein heimkehren in den Grund
und Gold und Grün ablegen,
bis sie wieder Wurzeln sind
und dann wieder, zerreibend sich und neu erstehend,
aufsteigen, um den Frühling zu erfahren.

O Herz, versunken
in mir, in meiner eigenen Amtstracht,
welch großmütiger Übergang erfüllt dich!
Ich bin nicht schuld,
wenn einer floh oder herzukam,
Mißgeschick konnte mich nicht verschleißen!
Sogar das Glück kann bitter schmecken,
küßt man es alle Tage,
und von der Sonne befreit man sich
nicht anders als durch Tod.

Was soll ich tun, da mich der Stern
zum Funkeln auserkoren und der Stachel
so manchem wehzutun mich hat verführt?
Was soll ich tun, da jede Handbewegung
mich angenähert hat der Rose?
Soll ich für diesen Winter um Verzeihung
bitten, den fernsten, unnahbarsten,
wegen des Mannes von einst, der sann auf Kälte,
ohne daß seines Glückes halber jemand litte?

Und wenn, gestellt vor diese Wege:
- das ferne Frankreich, Zahlen aus Nebel –
heimkehre ich in die vier Wände meines Lebens,
den Garten einsam, die arme Gemeinde,
und dieser Tag wie jeder andre plötzlich
in berückende Reinheit gekleidet
herabsteigt auf den Treppen, die nicht da sind,
und es scharf nach Verlassenheit riecht,
nach Nässe, Wasser, Neugeborenwerden,
was soll ich tun, wenn ich ohne Hilfe atme,
warum soll ich mich schwer verwundet fühlen?

GAUTAMA CHRISTUS

Die Namen Gottes und besonders die seines
Repräsentanten,
Jesus oder Christus geheißen, wie Texte und Münder
bezeugen,
man hat sie gebraucht, verbraucht und liegen lassen
am Ufer zahllos verströmenden Lebens
wie die leeren Schalen einer Molluske.
Dennoch, berühren wir diese Namen, geheiligt
und ausgeblutet, versehrte Blütenblätter,
Ausverkaufstücke von Ozeanen der Liebe und der Furcht,

so ist immer noch etwas da: eine Lippe von Achat,
eine Regenbogenspur, die zitternd erschimmert im Licht.

Während die Namen Gottes gebraucht wurden
von den Besten und von den Schlimmsten, von den
Reinen und von den Schmutzigen,
von den Weißen und von den Schwarzen, von den
blutbespritzten Mördern
und den umloderten Opfern, die im Napalm
verbrannten,
während Nixon mit den Kainshänden
die von ihm zum Tode Verurteilten segnete,
während immer weniger, immer winzigere Spuren des
Göttlichen am Strand zu finden waren,
begannen die Menschen die Farben zu studieren,
die Zukunft des Honigs, das Zeichen des Urans,
verzweifelt und hoffnungsvoll suchten sie nach
Möglichkeiten,
sich zu töten und sich nicht zu töten, sich in Reihen
zu organisieren,
weiterzukommen, rastlos die eigene Begrenztheit zu
überwinden.

Wir, die wir diese Zeiten durchquerten, mit dem
Geschmack von Blut auf den Lippen,
von Trümmerrauch, von toter Asche,
und nicht fähig waren, den Blick zu verlieren,
wir hielten oftmals inne vor den Namen Gottes,
hoben sie auf mit Zärtlichkeit, weil sie uns gemahnten
an die Vorfahren, an die Ersten, an die, welche fragten,
an die, welche den Hymnus fanden, der sie verband
im Unglück,
und jetzt, die hohlen Scherben vor Augen, Bruchstücke, ehmals
bewohnt von jenen Namen,
fühlen wir diese linden Substanzen,
verbraucht, vertan, von der Güte und von der Bosheit.

BIRKENRINDE

Wie die Haut der Birke
bist silbrig du und duftest:
Ich muß deine Augen mitzählen
beim Beschreiben des Frühlings.

Weiß ich auch nicht, wie du heißt,
ohne Frau kein erster Band:
Bücher schreibt man mit Küssen
(ich bitte euch, seid still,
damit der Regen sich nähert).

Will sagen, zwischen zwei Meeren
hänge ich in voller Größe
gleich einer schlaffen Fahne.
Und für meine blicklose Liebste
würde ich sogar sterben,
auch wenn man meinen Tod schiebt
auf meinen schwachen Organismus
oder die überflüssige Trauer,
die in Kleiderschränken lagert.
Eines ist wahr: Die Zeit entflieht
und ruft mit Witwenstimme nach mir
aus den vergessenen Wäldern.

Bevor die Welt ich sah, damals,
als meine Augen nicht aufgingen,
besaß ich zwei Paar Augen:
die meiner Liebsten und meine.
Fragt nicht, ob ich mich geändert
(es ist nur die Zeit, die altert):
(sie wechselt ständig die Hemden,
während ich weiterwandre).

Mit allen Lippen hat die Liebe
mir genäht meine Kleider,
seit ich mich nackt gefühlt:
Maria hieß sie (vielleicht Teresa),
und ich gewöhnte
mich daran, daß mich beim Wandern
meine Leidenschaften verzehrten.

Du bist und bleibst nun einmal
die meinem Lieben Angeborne,
die Frau, aus Ton geformt,
das Federweib, das fortgeflogen,
auch die territoriale Frau
mit wehenden Haaren im Laub,
auch die Konzentrische,
die wie ein Geldstück nackt
in den Topasweiher gefallen,
oder die sichtbare Hüterin
meines sträflichen Trotts
oder die nie Geborne, auf die
noch immer ich warte.

Denn das Licht der Birke
ist des Frühlings Haut.

IN ALLER BESCHEIDENHEIT

Gewisse Tugenden sollte man pflegen,
normale, Kleidung für alle Tage,
scheinbar schon unsichtbar vom vielen Sehen,
und sich nicht dem Sonderfall ergeben,
dem Feuerschlucker oder der Schlangenfrau.

Sicher, ich werbe für das erlesen Ungezähmte,
altmodische Ehrfurcht, den Hort der Natur,
das Haushalten mit erhabenen Taten, die, stets haftend,
von Fels zu Fels sich den nächsten Generationen
übertragen
wie bestimmte Mollusken, die besiegen das Meer.
Alle Menschen, also auch wir, sind graue Bindeglieder
zwischen den Einzelleben, die sich bis zum Tod wiederholen,
dabei tragen wir keine zu großen Uniformen,
keine scharfen Risse:
Das Verkehrsnetz kommt uns zustatten, die lautere Liebe,
das reine Brot,
der Fußball, Straßen, darauf man über Müll stolpert
vor der Haustür,
Hunde mit willfährigen Schwänzen, der Saft
einer Zitrone
bei der Ankunft des Herrn, des friedlichen Fischs.

Willigt bitte ein, laßt mich wie alle sein,
wie jeder Mensch, ja, wie ein Dutzendmensch:
Ich bitte Sie, ja, Sie, inständig,
was mich betrifft, und mich betrifft es nun einmal,
laßt den Fanfarenstoß weg bei meinem Besuch
und schickt euch darein, daß ich in aller Ruhe
nicht da bin.

MIT QUEVEDO IM FRÜHLING

Alles ist erblüht
hier auf den Fluren, Apfelbäume,
stammelnd Blautöne, gelbes Gestrüpp,
und im grünen Grase lebt der Mohn.
Himmel unauslöschlich, junge Luft
an jedem Tag, verschwiegener Glanz,

vom weitgespannten Frühling ein Geschenk.
Nur wo ich zuhaus bin, ist nicht Frühling.
Krankheiten, kopflose Küsse wuchern
wie das Efeu an der Kirche
über meines Lebens schwarze Fenster,
Liebe allein genügt nicht mehr und nicht
der wilde, weitgespannte Duft des Frühlings.

Und was sind jetzt in deinen Augen
das Licht, entfesselt, die Entfaltung,
blütenhaft, des Offenbaren, das grüne
Lied der grünen Blätter, das Erscheinen
des Himmels mit dem Kelch voll Kühle?
Frühling du draußen, peinige mich nicht,
laß nicht los in meinen Armen Wein und Schnee,
Blütenkrone, geknickten Kummerstrauß,
schenk nur heute mir den Schlaf der nächtigen
Blätter und die Nacht, darin die Toten
liegen, die Erze und die Wurzeln
und die Vielzahl der erloschnen Lenze,
die in jedem Lenz wieder erwachen.

ALLE SOLLEN WISSEN

Jemand wird später einmal fragen, irgendwann,
wenn er einen Namen sucht, seinen oder sonst einen Namen,
warum ich seine Freundschaft verschmäht oder seine Liebe
oder auch seine Gründe, seinen Wahn, seine Mühen:
Mit gutem Grund: ich mußte dich nennen,
dich, den weiter weg, und den, der uns näher,
den einen wegen seiner heroischen Narbe,
die Frau da um ihres Blütenblattes willen,
den Arroganten, weil er so bedrohlich harmlos,
den Vergessenen, weil er so hoheitsvoll obskur ist.

Doch hatte ich nicht Zeit und Tinte für alle.

Oder ward ich von der Stadt verschlissen, von der Zeit,
vom kalten Herzen der Uhren,
die mit ihrem Ticken meinen Takt zerhieben,
etwas jedenfalls geschah, ich habe
nicht jedermanns Sinn enträtselt:
Es verzeihe mir, wer nicht da ist:
Mein Amt war es, alle zu begreifen, wahnhaft,
schwächlich, zäh, besudelt, heroisch, schäbig,
liebestoll bis zu Tränen, treulos,
ein über seine Kette stolpernder Heiland,
ein Meister, trauerschwarz, der Lust.

Ach, wozu erzählen wir deine Wahrheiten,
habe ich doch mit ihnen gelebt,
bin ich doch jedermann und jedesmal,
nenne ich mich doch immer mit deinem Namen.

BILD

Von einer Frau, die ich kaum gekannt,
bewahre ich den Namen, in einem Schrein verschlossen,
hebe von Zeit zu Zeit die Silben an, rostig
sind sie und knarren wie morsche Klaviere:
Dann treten die Bäume von damals aus dem Regen,
Jasminblüten, siegesstrahlend die Zöpfe
einer Frau, längst körperlos, versunken,
ertrunken in der Zeit wie in einem trägen See:
Ihre Augen sind darin verlöscht wie Kohlen.

Und dennoch, im Verwesen ist
ein toter Duft, Schlagadern, verschüttet,
oder schlicht Leben inmitten andren Lebens.

Würzig ist es, sich umzusehn
nach nichts als Reinheit,
den Puls zu fühlen dem Himmelssturzbach
unserer Jugend, die zu kurz gekommen:
Einen Ring ins Leere wenden
und zum Himmel schreien.

Leid tut mir's, daß ich nicht Zeit habe für meine
Bestände,
auch den kleinsten nicht, das Andenken, vergessen
im Zugabteil oder im Schlafgemach, im Bierkeller
gleich einem Regenschirm, der stehengeblieben
im Regen:
Vielleicht kommt von diesen unscheinbaren Lippen,
was sich anhört wie Meeresrauschen,
unvermittelt, wie versehentlich, beim Wandern.

Darum rufen Irene oder Rosa, Maria, Leonor,
Schreine leer, Blumen im Buch getrocknet,
in Konstellationen, da ich einsam bin,
und ich muß auftun, hören, was stimmlos ist,
muß ansehn solche Dinge, die nicht da sind.

DER OZEAN RUFT

Ich fahre nicht ans Meer in diesem weiten,
hitzeumflossenen Sommer, ich fahre nicht über
die Mauern hinaus, die Türen, die Spalten,
die der andern Leben umringen und mein Leben.

In welchem Abstand, vor welchem Fenster,
auf welchem Bahnhof hab ich
das Meer vergessen, und so sind wir verblieben,
ich kehrte dem, was ich liebe, den Rücken zu,

und draußen tobte fort die Schlacht
zwischen Weiß und Grün und Felsen und Gefunkel.

So war's, es hat den Anschein, so war es,
anders wird der Menschen Leben, und wer stirbt,
weiß nicht, daß dieser Teil des Lebens,
dieser Dur-Ton, diese Fülle
an Zorn und Pracht schon fernliegt,
blindlings von dir abgeschnitten.

Nein, ich versage mich dem Meer, das ich nicht kenne,
dem toten, von tristen Städten umstellten,
einem Meer, dessen Brandung nicht zu morden versteht
und nicht, sich aufzuladen mit Salz und Schall.
Ich mag nur mein Meer, die Kanonaden
des Ozeans, die gegen die Ufer krachen,
das hoheitsvolle Türkisgeprassel,
die Gischt, darin Herrschaft erstirbt.

Ich fahre nicht ans Meer diesen Sommer, ich bin
eingeschlossen, eingesargt, und in dem langen
Tunnel, der mich gefangen hält,
höre ich in der Ferne den grünen Donner,
die Katastrophe zerklirrter Flaschen,
ein Säuseln von Salz und Todeskampf.

Es ist der Befreier. Es ist der Ozean,
fern, draußen, in meinem Land, der meiner harrt.

VOGEL

Ein eleganter Vogel,
schlanke Beine, endloser Schwanz,
kommt dicht
zu mir her, um zu erfahren, was für ein Tier ich bin.

Es ist Frühling,
in Condé-sur-Iton, in der Normandie.
Er hat einen Stern oder Tropfen
aus Quarz, Mehl oder Schnee
auf der winzigen Stirn,
und zwei blaue Streifen
laufen von seinem Hals bis zum Schwanz,
zwei Sternbahnen aus Türkis.

Er macht winzige Hüpfer,
schaut mich an, umgeben
von grüner Weide und Himmel,
und zwei Fragezeichen
sind diese nervösen Augen, spähend, spitz
wie zwei Nadeln,
zwei schwarze Punkte, zarte Strahlen,
die mich durchblitzen, um mich zu fragen,
ob ich fliege und wohin.
Unerschrocken, gekleidet
wie eine Blume im Prunk seiner flammenden Federn,
direkt, entschlossen
gegenüber der Feindlichkeit meiner Gestalt,
entdeckt er plötzlich ein Korn oder einen Wurm,
und mit ein paar Sätzen seiner drahtigen Füße
verläßt er das Rätsel
des Riesen, der allein zurückbleibt,
ohne dies kleine flüchtige Leben.

GARTEN IM WINTER

Es kommt der Winter. Ein leuchtendes Diktat
geben die langsamen Blätter,
in Schweigen und Gelb gekleidet.

Ich bin ein Buch aus Schnee,
eine geräumige Hand, eine Wiese,
ein Kreis, der wartet,
der Erde gehöre ich an und ihrem Winter.

Es schwoll das Rauschen der Welt im Laubwerk,
dann flammte der Weizen auf, gestirnt
mit Blüten, rot wie Feuerwunden,
danach kam der Herbst, um die Schrift
des Weines einzuführen:
Alles ging vorbei, ein vergänglicher Himmel
war der Becher des Sommers,
und die Seefahrt der Segelwolke erlosch.

Ich wartete auf dem Balkon, umdunkelt,
wie gestern vom Efeu meiner Kindheit,
wartend, daß die Erde ihre Flügel spreite
in meiner leergelassenen Liebe.

Ich wußte, die Rose würde fallen
und der Stein des unbeständigen Pfirsichs
wieder sinken in Schlaf zum Keimen:
Und ich berauschte mich am Becher der Luft,
bis das Meer, das ganze, in Nacht sich wandelte
und die Röte zu Asche wurde.

Die Erde lebt leiser nun,
gelinder ist ihr Verhör,
ausgebreitet das Fell ihres Schweigens.
Ich werde wieder

der Schweigsame, der von weitem gekommen,
in kalten Regen gehüllt und Glocken:
Dem reinen Tod der Erde danke ich
den Willen des Keimens in mir.

VIELEN DANK

Weit muß man kommen durch die Welt,
will man bestimmte Dinge erkennen,
bestimmte Gesetze von Sonne blau,
Rumoren von Schmerz in der Mitte,
scharf umrissen den Frühling.

Ich bin ein Spätentwickler:
Komme ich ins Amphitheater,
wird dort schon gewartet
auf die Zentaurensuppe!
Da glänzen die Sieger,
und der Herbst massiert sich.

Warum lebe ich verstoßen
von der Pracht der Orangen?

Ich hab erst allmählich gemerkt,
daß ich in diesen stickigen Tagen
mein Leben mit Sitzen hinbringe,
mein Licht auf Teppiche verschwende.

Ließet ihr mich schon nicht ein
in die Wohnung der Hastigen,
der zur rechten Zeit Gekommenen,
will ich wenigstens wissen, was vorging,
als sich schlossen die Türen.

Als sich schlossen die Türen
und die Welt sich fortschlich
in einem Gemurmel von Hüten,
die wie das Meer wieder und wieder
eine prunkende Bewegung vollzogen.

Dies zur Erklärung, warum ich fortblieb –
ich leiste Abbitte für mein Benehmen.

RÜCKKEHR

Zweimal verband sich Rückkehr mit meinem Leben
und dem täglichen Meer:
Jäh traf ich auf das Licht, auf die Erde,
gewissen Frieden für einige Zeit. Eine Zwiebel
war der Mond, eine nahrhafte
Kugel der Nacht, die Sonne eine Orange,
ins Meer getaucht:
eine Ankunft,
die ich ertrug, die ich bis heute zurückhielt,
die ich entschied, und hier bleib ich:
Jetzt ist sie wahr, meine Rückkehr.
Ein Gefühl war es wie ein Zerbrechen,
wie eine gläserne Nuß,
am Fels aufgeschlagen,
und da brach mit Donnergedröhn das Licht herein,
das Licht der Küste, des Meers, das ich verloren,
des Meeres, das ich jetzt und für immer gewann.

Ich bin der Mann so häufiger Rückkehr,
daß sie eine verratene Dolde bildet,
und wieder, leb wohl, auf zu einer furchtbaren Reise,
ich breche auf, doch lande ich nirgendwo:
Ist meine einzige Fahrt doch eine Rückkehr.

Nur diesmal bangte mir, so sehr es lockte,
den Strand zu berühren, den Schimmer
des todwunden, verschütteten Meeres,
doch da ich bereit war zu meinem Unrecht,
entfiel mir der Entschluß mit dem Geklirr
einer kristallenen Frucht, die zerschellt,
und bei dem lauten Aufprall erkannt' ich das Leben,
die Erde, gehüllt in Dunkel und Gefunkel,
und unter meinen Lippen den Becher des Meers.

DIE VERIRRTEN IM WALDE

Ich bin auch einer von denen, die zum Wald nicht fanden,
die zurückgewichen vor dem Winter auf Erden,
denen Käfer schillernd stechend den Weg abschnitten
oder mächtge Ströme, die sich des Geschicks erwehrten.
Dies der Wald, behaglich Laub, turmhohe Möbel
sind die Bäume, selbstvergeßne Zithern die Blätter,
ausgelöscht die Pfade, Zäune, Hinterlassenschaften,
patriarchalisch ist die Luft und riecht nach Trauer.

Alles ist kultisch im verwilderten Garten
meiner Kindheit: Äpfel liegen nah am Wasser,
das vom schwarzen Schnee kommt, der versteckt in den Anden,
Äpfel, deren rauhe Röte nicht kennt des Menschen
Zähne, sondern nur gefräßiger Vögel Picken,
Äpfel, die der Wildnis Symmetrie ersannen
und nun schleppenden Schritts zur Süße sich bewegen.

Jung ist alles und uralt, was ringsum prunkt,
wer hierher kam, es sind die arg Verschlissenen;
die zurückgeblieben sind in weitem Abstand,
sind Gestrandete, sie überleben oder vielleicht auch nicht:
Erst danach werden des Walds Gesetze sie erkennen.

NACHRUF AUF MANUEL UND BENJAMIN

Zwei zugleich, gleich zwei von meinem Gewerbe,
von meinem Werdegang, dem gleichen Tun geweiht,
sind tot, nur Stunden zwischen beider Sterben,
einer in Santiago gehüllt, der andere in Tacna,
beide einmalig, ähnlich sich nur
jetzt, dies eine Mal, weil sie gestorben.

Gerissen war der erste und majestätisch,
spröde, und knittrig sein Talar;
er neigte mehr zum Schweigen;
vom Manne vieler Arbeit hatte er
die tätige Hand, die es zum Steinblock
und zum Metalle zieht in der Schmiede.
Der andre war begierig nach Erkenntnis,
ein Vogel, flog im Leben er von Ast zu Ast,
auf Feuer gepolt gleich einem schönen Leuchtturm,
von dem es blitzt und blinkt.
                                        Zwei Streiter
für zweierlei unterschiedliche Weisheit,
zwei edle Einsame, die heute
mir eins geworden in der Todesnachricht.

Ich liebte meine entgegengesetzten Gefährten,
vor deren Verstummen ich auch stumm geworden,
nicht wissend, was ich sagen soll, was denken.

Ach, so viel Suchen tief unter der Haut
und so lang wandern unter Seelen und Wurzeln,
so viel Papier zerschnippeln Stund um Stunde!

Jetzt stehn sie still, gewöhnen sich allmählich
an einen neuen Raum im Finstern,
gradlinig der eine wie die Eiche,
der andere mit seinen Spiegeln, Spiegelungen,

und beide mähten zeit unseres Lebens
die Zeit, sie stocherten, sie zogen Furchen,
folgten des paßgerechten Wortes Spuren,
dem Brot der Worte, und so alle Tage.

(Zu kurz die Zeit zum Müdewerden,
doch gehn sie still jetzt, endlich festlich,
zäh ein in dieses große Schweigen,
das ihre Gestalt sodann zerpflückt.)

Tränen sind nicht für sie da, niemals
für die zwei Männer.
Und unsre Worte,
hohl klingen sie wie frische Gräber,
darin nur stören unsere Schritte,
indes die beiden dort allein sind,
ganz zwanglos, so wie sie's gewesen.

ZEIT

Aus vielen Tagen wird ein Tag, es hat die Stunde
Minuten, säumig, die doch kommen, der Tag
besteht aus abwegig Vergessenem, aus Metallen,
Glasscherben, Wäsche, liegengeblieben in Ecken,
Vorhergesagtem, Nachrichten, nie angekommen.
Der Tag ein Weiher ist im Wald der Zukunft,
er wartet, wächst mit Blättern zu, Mahnrufen,
gedämpften Lauten, die ins Wasser glucksen
wie Himmelskiesel.
Am Ufer bleiben
golden des abendlichen Fuchses Spuren,
der wie ein kleiner fixer König Krieg will:
Der Tag häuft Halme in seinem Licht, Gemurmel,
jäh flattert alles auf – ein Totenhemd,

und das ist unser, ist gesammelt Schimmern,
das abgewartet und stirbt auf Geheiß der Nacht,
indem sichs ausgießt in den Schatten.

LICHTTIER

In diesem einsamkeitslos Grenzenlosen bin ich
ein Lichttier, in die Enge getrieben
von seinen Fehlern und seinem Laubwerk:
Weit reicht der Urwald: hier wimmeln
meinesgleichen, weichen zurück oder schachern,
indes ich meiner Wege gehe, mir zur Seite,
zur Eskorte, wen die Zeit mir zuteilt:
Wellen des Meeres, nächtige Sterne.

Wenig ist er, weit ist er, knapp und ist alles.
Weil meine Augen so viele Augen geschaut
und mein Mund so oft ward geküßt,
weil er so oft den Rauch geschluckt
längst verschollener Züge
auf Bahnhöfen, alt und gnadenlos,
so oft den Staub unaufhörlicher Buchläden,
ist der Mensch, bin ich Sterblicher, müde geworden,
müde der Augen, der Küsse, des Rauchs, der Strecken,
der Bücher, undurchdringlicher noch als die Erde.

Und heute hört er, tief im Wald verirrt,
seinen Gegner rascheln, und flieht,
nicht vor den anderen, nein, vor sich selber,
vor den ausufernden Gesprächen,
dein Menschenchor, der mit uns gesungen,
und dem Sinngehalt des Lebens.

Denn ein einzig Mal, denn ein Laut, denn eine
Silbe oder das Hinströmen einer Stille
oder der Welle unbegrabenes Rauschen
stellen der Wahrheit mich gegenüber Aug in Auge,
und sonst ist nichts mehr zu enträtseln,
nichts sonst zu besprechen – das war alles:
Des Urwalds Pforten haben sich geschlossen,
die Sonne entrollt das Laub auf ihrer Kreisbahn,
der Mond geht auf wie eine weiße Frucht,
und es richtet der Mensch sich ein in seinem Schicksal.

DREIECKE

Drei Dreiecke aus Vögeln zogen
übern Ozean, der riesig hingestreckt
im Winter lag wie eine grüne Bestie.
Alles ruht, das Schweigen,
graue Entfaltung, schweres Licht
des Raums, blinkend das Land.
Hoch über alledem flog
ein Flattern
und noch ein Flattern
von Vögeln dunkel, Winterleibern,
Dreiecke zitternd,
deren Schwingen,
kaum sich hebend, sich senkend,
hierhin, dahin tragen
an die Küsten Chiles
grauen Frost, trostlose Tage.

Hier steh ich, indes das Zittern
der Zugvögel Himmel um Himmel
mich versenkt in mich und meine Materie

wie in einen Ewigkeitsbrunnen,
den starres Kreisen hat gegraben.

Schon sind sie fort:
schwarze Meeresschwingen,
Vögel eisenhart
von Steilufern und Klippen;
jetzt, zur Mittagsstunde,
steh ich vor dem Leeren, dem Raum
des Winters, hingestreckt,
und das Meer hat über
sein blaues Antlitz eine
bittere Maske gezogen.

EIN HUND IST GESTORBEN

Mein Hund ist gestorben.

Ich begrub ihn im Garten
neben einer alten, verrosteten Maschine.

Dort, nicht weiter unten,
nicht weiter oben,
wird er sich einmal mit mir vereinen.
Jetzt ist er weg, mit seiner Haarfarbe,
seiner üblen Erziehung, seiner kühlen Nase.
Und ich, Materialist, der nicht daran glaubt,
daß es den verheißenen himmlischen Himmel
für irgendeinen Menschen gibt,
glaube für diesen Hund oder für jeden Hund
an den Himmel, ja, ich glaube an einen Himmel,
in den ich nicht komme, doch wo er mich erwartet,
seinen Fächerschwanz schwenkend,
damit es mir bei der Ankunft nicht an Freundschaft fehle.

Ach, ich will nicht von der Traurigkeit reden,
daß ich ihn hier auf der Erde nicht mehr als
Gefährten habe,
ihn, der mir niemals ein Diener gewesen ist.
Er hegte für mich eine Igelfreundschaft,
die seine Unabhängigkeit wahrte,
die Freundschaft eines selbständigen Sterns,
ohne überflüssige Vertraulichkeit,
ohne Übertreibungen:
Er sprang nicht an meiner Kleidung empor,
bedeckte mich nicht mit Haaren und Schorf,
er rieb sich nicht an meinem Knie,
wie es andre, geschlechtsbesessene Hunde tun.
Nein, mein Hund schaute mich an,
schenkte mir die Aufmerksamkeit, die ich brauche,
soviel Aufmerksamkeit, wie nötig ist,
um einen Eitlen begreifen zu lassen,
daß er, als Hund,
mit diesen Augen, reiner als die meinen,
die Zeit verlor, doch er schaute mich an
mit dem Blick, der sein ganzes
sanftes, zottiges Leben für mich bereithielt,
sein verschwiegenes Leben,
dicht bei mir, ohne mich je zu belästigen
und ohne irgendwas von mir zu verlangen.

Ach, wie oft wünschte ich mir einen Schwanz,
wenn ich neben ihm ging über die Ufer
der See, im Winter von Isla Negra,
in der großen Einsamkeit: droben die Luft
durchschossen von eisigen Vögeln,
und hüpfend mein Hund, struppig, erfüllt
von der wellenwerfenden Kraft elektrischer
Meeresspannung,
mein streunender, schnupperseliger Hund,

hissend den goldenen Schweif
im Anblick des Ozeans und seines Gischts.

Fröhlich, fröhlich, fröhlich,
wie die Hunde glücklich sein können,
einfach so, mit der Unumschränktheit
unverschämter Natur.
Kein Adieu für meinen Hund, der gestorben ist.
Zwischen uns gibt es und gab's keine Lüge.

Er ist weg, und ich begrub ihn, und das war alles.

HERBST

Es schleppen diese Monate am Schrillen
eines nicht erklärten Bürgerkrieges.
Männer, Frauen, Gejohl, Provokationen,
indes in der feindseligen Stadt,
an den nunmehr verlassenen Stränden
des Meers und seiner wirklichen Gischt
der Herbst sich einquartiert im Waffenrock,
mit grauem Schädel und langsamem Gang:
So überzieht Besatzerherbst das Land.

Chile wacht oder schläft. Die Sonne geht
nachdenklich auf inmitten gelber Blätter,
die flattern wie politische Augenlider
herab vom sturmgepeitschten Himmel.

Paßte vordem kein Mensch mehr auf die Straßen,
jetzt ist Platz, jetzt möchte dein und mein,
ja, vielleicht jedermanns einsames Wesen
zum Einkaufen hinaus oder zum Träumen,
sucht sich ein Rechteck, wo's allein sein kann

am grad noch grünen Baum, der zaudert,
eh er entblättert sich und fallen läßt,
was jetzt in Gold ihn kleidet, hernach als Bettler.

Ich geh wieder ans Meer, das der Himmel birgt,
die Stille zwischen Woge und Woge
stellt eine bedrohliche Spannung her:
Das Leben erstirbt, das Blut beruhigt sich,
bevor losschlägt die neue Bewegung
und des Grenzenlosen Stimme dröhnt.

STERN

Gut denn, ich bin nicht umgekehrt, leide nicht mehr
an unterlassener Umkehr, der Sand hat sich entschieden,
und, Teil der Brandung, der Überfahrt auch ich,
Silbe aus Salz und Laus im Wasser,
hab ich, ein Fürst und Knecht zugleich der Küste,
mich ergeben und an meinen Fels geschmiedet.
Kein freier Wille ist für uns, die wir
Bruchstücke des Staunens sind,
kein Ausweg ist aus dieser Umkehr
zu uns selber, zu unserem eigenen Stein,
Es ist kein ander Stern mehr als das Meer.

2000

(1974)

I DIE MASKEN

Habt Erbarmen mit diesen Jahrhunderten und mit
denen, die glücklich
oder geschunden sie überlebten; was wir nicht schafften,
war niemandes Schuld, es fehlte am Stahl,
wir verbrauchten ihn für so viel nutzlose Zerstörung,
für die Bilanz besagt dies alles nichts:
Die Jahre litten an Pusteln und Kriegen,
hinfällige Jahre, wo die Hoffnung
auf dem Grund der feindlichen Flaschen zitterte.
Na schön, reden wir also mal, oder manchmal,
mit einer Schwalbe, so daß niemand lauscht:
ich schäme mich, wir haben die Scheu von Witwern:
es starb die Wahrheit, sie ist verwest in so viel Gräbern:
erinnern wir uns lieber an das, was geschehen wird:
im großen Hochzeitsjahr gibt es keine Geschlagenen:
setzen wir uns doch alle Siegermasken auf.

II ERFINDUNGEN

Siehst du das kleine viersilbige Ding da?
Es ist eine Kurbelwelle, die dem Glück untersteht
und nunmehr ferngelenkt wird von zusammenhängenden,
verständigen
Organismen, ich bin sicher und ihr könnt sicher sein,
sie erbringt eine so brillante Leistung,
daß auf ihren heimlichen Druck hin die Trauben reifen
und der Weizen noch auf dem Acker zu Brot wird
und die Stuten zinnoberrote Hengste werfen,
die dann unangemeldet durch die Luft galoppieren,
große Industriebetriebe laufen wie Tausendfüßler,
legen an unbewohnten Orten Wagenräder und Wecker ab,

meine Damen und Herren, erwerben Sie mein
Dienstleistungsprodukt,
ohne Beimengungen von Baumwolle oder Milchpräparaten,
ich überlasse Ihnen einen Knopf, ein Druck, und Sie verändern
die Welt,
kaufen Sie das Starkstromgerät, bevor es mir leid tut!

III ÄHREN

Das Ohn-Unterlaß geht in Blumen zu Ende,
in langer Zeit, die ihren Weg spannt
zum Band, in der Neuheit der Luft,
und finden wir endlich unterm Staub
die Mechanik der nahen Zukunft,
bekennen wir uns ruhig zu unserm Glück,
wie es vor uns steht! Eine Ähre wie andere auch,
so daß Vergeßlichkeit zur wahren
Klarheit beiträgt, die es ohne Zweifel nicht gibt.

IV ERDE

Gelb ist er, gelb noch immer,
der Hund, der hinterm Herbst kreist,
beschreibt im Laub goldene Bogen,
bellt in die noch unbekannten Tage.
Unwägbar, merkt ihr, sind manche Situationen:
Neben dem Erforscher furchtbarer Grenzen,
die ins Unendliche gähnen, ist da das liebste,
das verirrte Tier des Herbstes.
Was kann sich ändern von Erde zu Zeit, von Geschmack zu
Backbord,
von des Lichts Geschwindigkeit zu irdischem Gang?

Wer ahnt schon das Saatkorn im Dunkel,
wenn immer dieselben Bäume wie wehendes Haar
Tau sinken lassen auf immer dieselben Hufe,
auf die Köpfe, in Liebe zueinandergelegt,
auf die Asche toter Herzen?
Immer derselbe Planet, dieser tausendjährige Teppich,
blühen kann er, doch nimmt er weder Tod noch Ruhe hin:
Die zyklischen Schlösser der Fruchtbarkeit
öffnen sich jedes Frühjahr den Schlüsseln der Sonne,
und die Früchte rauschen, werden Kaskade,
es steigt und fällt der Erde Glanz zum Munde,
und der Mensch dankt für die Güte ihres Reiches.

Gepriesen sei die alte, die kotfarbene Erde,
ihre Leibeshöhlen, ihre geheiligten Ovarien,
der Weisheit Vorratskammern, darin verschlossen
Kupfer, Öl, Magnete, allerlei Eisen und Reinheit,
der Blitz, der scheinbar herabfuhr aus der Hölle,
ward geborgen von der uralten Mutter der Wurzeln,
und täglich trat, uns zu grüßen, das Brot vor die Tür,
des Bluts und des Tods nicht achtend, darein wir Menschen uns
kleiden,
wir unseliges Geschlecht und sind doch das Licht der Welt.

V DIE GELADENEN GÄSTE

Und wir, die Toten, gestaffelt, geschichtet in der Zeit,
verstreut in zweckmäßigen, pompösen Friedhöfen
oder hineingeschmissen in Beingruben für arme
Bolivianer,
wir, die Toten von 1925, 26,
33, 1940, 1918, neunzehnhundertfünf,
tausendneunhunderttausend, schließlich, wir,

die verstorben sind vor dieser dummen Zahl,
die wir nicht mehr erleben – was geschieht mit uns?

Ich, Pedro Páramo, Pedro Ödland, Pedro Saatkorn,
Pedro Niemand,
hatte ich denn kein Anrecht auf die vier Ziffern
und die Auferstehung?
Ich möchte die Auferstandenen sehn, um ihnen
ins Gesicht zu spucken,
denen, die vorausgingen, bereit zu fallen
in Flugzeugen, Eisenbahnen, in den Kriegen des Hasses,
denen, die kaum Zeit hatten, zur Welt zu kommen
und dem neuen
Jahrhundert das Gewehr zu präsentieren, und
zerschmettert liegenbleiben,
verwesend inmitten der Lustbarkeiten und des
strömenden Weins!

Ich möchte heraus aus meinem Grab, ich Toter,
warum nicht?

Warum sollen die Vorzeitigen denn vergessen sein?
Alle sind zum Gastmahl geladen!

Es ist ein weiteres Jahr, ein weiteres Jahrhundert, mit
Toten und Lebendigen,
und es gilt, das Protokoll zu wahren, nicht nur dem
Leben soll ein Platz geboten werden,
sondern auch den verdorrten Blüten, den verfaulten
Kränzen, dem Schweigen,
denn das Schweigen hat ein Recht auf die Schönheit,
und wir, Abgeordnete des Todes,
wollen dabeisein, eine einzige Minute der Blüte,
wenn sich auftun die Türen künftiger Ehre!

Ich komme überallher, Ramón González Barbagelata, der
Eisbart,
komme aus Cucuy, vom Parana-Becken, aus Rio Turbio,
aus Oruro,
aus Maracaibo, aus Parral, Ovalle und aus Loncomilla,
egal woher, ich bleib der arme Tropf der armen
dritten Welt,
der Fahrgast dritter Klasse; ich sitze – Jesses! –
im Prachtweiß der verschneiten Anden
und falle gar nicht auf in den fein national gesinnten
Orchideen.

Ich habs geschafft ins vielgepriesene Jahr 2000, doch
was hab ich davon,
womit soll ich die Schuhe mir zubinden, was habe ich
zu schaffen
mit den drei Nullen, die sich breitmachen ruhmesselig
auf mir, der Null, auf mir, dem Nichtvorhandenen?
Ach, Herz, das lang gewartet hat auf seine Fahne,
ach, Mann, den Liebe zärtlichster Natur umrankt,
nichts ist mehr übrig als mein verwittertes Gerippe,
als meine Augen, die übergehen vor der anbrechenden
Zeit.

Anbrechende Zeit, sind diese verlorenen Baracken,
diese ärmlichen Schulen, die noch immer zerlumpten
Lumpen,
die erdige Gefährdung meiner armen Familien,
ist das der Tag, das anbrechende Jahrhundert, die goldene
Pforte?

Ich jedenfalls, ich will es kurz machen, nun ja,
verschwiegen

war ich schon im Büro, zusammengeflickt, in mich
versunken,
ich verkünde: Überflüssig die Eröffnungsfeier;
hier steh ich und hab noch alles, woran geschleppt
ich bisher,
mein Ungemach und meine allerschlimmsten Berufe,
die Not, die meiner harrte stets mit offener Tür,
den Aufmarsch dicht an dicht gedrängter Menschen
und des Hungers vielgestaltige Geographie.

VII ANDERE MENSCHEN

Hingegen ich frevelnder Fischer,
inzwischen verstaubt, Vorreiter damals,
in jenen fernen, weggestorbenen Jahren,
steh heute am Tor zum neuen Jahrtausend,
ein rabiater Anarchopitalist,
bereit, mit vollen Backen
am Apfel der Welt zu kauen.
In schönerem Flor stand das Zeitalter
auch nicht in Florida, in Florenz,
paradiesischer war auch nicht Valparaíso.
Ich atme beschwingt
im Bankenpark unseres Jahrhunderts,
es ist am Ende ein einziges großes Konto
und steht zum Glück zu meinen Gunsten.
Mittels Investition und Konspiration
machen wir hygienisch einwandfrei die Ära,
kein Kolonialkrieg heißt mehr Kolonialkrieg,
zu verrufen und abgegriffen der Name,
die alles zermahlende Demokratie
wird schon ein neues Wörterbuch herausgeben:
Schön ist die 2000, ebenso schön wie die 1000,
es behüten uns die drei gleichen Nullen
vor jedem überflüssigen Aufstand.

VIII ROHSTOFFE

Gesättigt ward die Welt mit Wenn und Aber,
haltlosen Befürchtungen und Schmerz,
doch muß man gelten lassen, neben salzigem Brot
und diesem oder jenem Unrecht
haben die Gewächse, so man sie nicht abgebrannt,
weitergeblüht und sich verschenkt
und fortgesetzt ihr grünes Werk.

Niemand bestreitet: die Erde hat
kaum Neues herausgerückt aus ihrer Truhe,
die unerschöpflich schien:
das Kupfer stirbt aus, das Mangan ächzt,
das Erdöl ist ein letztes Röcheln,
das Eisen sagt ade zur Kohle,
die Kohle hat ihre Höhlen schon geschlossen.

So muß denn dies Jahrhundert
mit anderen Kriegsmaschinen morden, laßt uns
ein anderes Sterben eröffnen,
das Blut verschiffen auf andern Fähren.

IX FEIER

Ziehen wir also die Schuhe an, das gestreifte Hemd,
den blauen Anzug, wenn auch die Ellbogen schon glänzen,
ziehen wir ein Feuerwerk ab mit bengalischem Licht,
und in Strömen laßt ziehen Wein und Bier von der Kehle
zur Sohle hinunter,
denn gebührend soll sie gefeiert sein
die gewaltige Zahl, die uns so viel Zeit gekostet,
so viel Jahre und Tage, zu Bündeln gepackt,

so viel Stunden, so viel Millionen von Minuten,
feiern wir also den großen Eröffnungstag.

Laßt die Pfropfen knallen, daß wir uns eingießen all
die aufgesparten Freuden,
schnappen wir uns eine hergelaufene, lockere Braut,
die einen festlichen Biß sich gefallen läßt.
Heut ist es soweit. Heut ist es da. Wir betreten
den Teppich des unbekannten Jahrtausends. Das Herz,
der Mandelkern
der steigenden Epoche, die ausgereifte Traube
wird uns zu eigen sein,
und wird die Wahrheit sein, die lang erwartete
Wahrheit.

Indessen wächst ein Blatt im Laub
der beginnenden Zeit hinzu:
Zweig um Zweig verkreuzt sich das Gezweig,
Blatt um Blatt werden die Tage steigen,
und Frucht um Frucht wird der Friede kommen:
der Baum des Glückes bildet sich
aus der blutroten, trotzigen Wurzel, die weiterlebt,
weil sie das Wasser sucht, die Wahrheit, das Leben.

Heute ist heute. Dieses Morgen ist da,
hervorgewachsen aus so viel Dunkelheit:
noch wissen wir nicht, ob sie hell ist,
diese frisch eröffnete Welt:
wir werden sie erhellen, verdunkeln,
bis sie golden und reifgebrannt ist
wie die harten Körner der Maisfrucht:
für jeden, für die Neugeborenen,
für die Überlebenden, die Blinden,
für die Stummen, für die Krüppel und Kranken,
daß sie sehen und reden,
daß sie weiterleben und laufen,

daß sie mit Händen greifen die künftige Frucht
des gegenwärtigen Reiches, das wir offen lassen
für den reisenden Forscher wie für die Königin,
für den neugierigen Kosmonauten
wie für den Bauern, der werkt nach altem Brauch,
für die Bienen, die nunmehr kommen,
um teilzuhaben am Stock der gefüllten Waben,
und vor allem für die jungen Völker,
die Völker, die aufwachsen jetzt
mit frischen Fahnen, geboren
in jedem Tropfen Blut oder Schweiß.

Heute ist heute, und gestern ist dahin, kein Zweifel.

Heute ist auch morgen, und ich bin dahingegangen
mit irgendeinem kalten Jahr, das hinging,
mit mir ist es hingegangen, und mich hat es mitgenommen.

Daran ist nicht zu zweifeln. Mein Gerippe
bestand, zuweilen, aus harten Worten,
hart wie Knochen in Wind und Regen,
und feiern konnte ich das, was geschieht,
indem ich statt Lied oder Zeugnis
ein Skelett hinterließ, ein zähes Skelett aus Worten.

Das gelbe Herz
(1974)

EINER

Weil löchrig und spindeldürr,
verstand ich mich mit den Nadeln,
rasch ward ich eingesponnen,
und das fand bis heute kein Ende.

Die Liebe, die ich dir schenke,
mein Nadelweib, meine Frau,
spult sich dir auf im Ohr,
das feucht ist vom Wind in Chillán,
spult sich dir ab in den Augen,
aus denen die Wehmut quillt.

Kaum schmeichelhaft ist die Erklärung
für mein immer gleiches Geschick,
meine Eitelkeit hat mich verführt
zu erstaunlichen Heldentaten:
Hab Fische geangelt im Sand,
auch bohrt ich manch Loch in die Luft,
fraß in mich hinein alle Glocken.
Und tat doch im Grunde wenig
oder tat im Grunde doch nichts,
schlüpfte nur in eine Gitarre
und sprang singend wieder heraus.

EIN ANDERER

Vom langen Wandern in einer Gegend,
die in den Büchern nicht vorkommt,
gewöhnt' ich mich an die zähe Erde,
darauf niemand mich fragte,
ob ich gerne Kopfsalat esse
oder lieber Pfefferminze trinke,

die den Elefanten so mundet.
Und vom langen Nichtserwidern
ist mein Herz ganz vergilbt.

EIN DRITTER

Ich tauchte vom Meeresgrund auf
und haßte schon alles Nasse,
schüttelte ab wie die Hunde
die Wellen, die mich liebten,
und fühlte mich auf einmal
zufrieden ob meiner Landung
und ganz und gar irdisch.

Die Journalisten zielten
mit ihren ausgefallenen Maschinen
auf meine Augen und meinen Nabel,
ich sollte ihnen was erzählen,
als wäre ich gestorben,
als wäre ich ein gewöhnlicher,
nur spezialisierter Leichnam,
ohne Rücksicht auf mein Wesen,
das erforderte, daß ich laufe,
eh ich wieder meinen grausigen
Gewohnheiten nachgehe:
Es fehlte nicht viel, und ich hätte
mich zurück in die Brandung gestürzt.

Doch meine Geschichte wird zu zweien,
als ich, ein Kind noch, entdeckte,
wie verdorben mein Herz war,
so daß ich ins Meer hinabfiel
und mich ans Taucherleben gewöhnte.

Da unten lernte ich malen,
hatte Haus und hatte Fische,
heiratete unter den Wellen,
wer meine Tiefseebräute waren,
kann ich mich nicht entsinnen,
eins ist sicher, bald war alles
ausgemachte Routine:
Langweilig wurden die Fische,
bar der Brechungen, bar der Kämpfe,
und sie dachten vielleicht von mir,
ich sei ein eintöniger Walfisch.

Seit ich aus purer Phantasterei
an den Strand trat vor Isla Negra
und wieder lebe wie jedermann,
läuten sie so oft an meiner Haustür
und stellen mir idiotische Fragen
nach ganz entlegenen Facetten
meines durchaus ordinären Lebens –
was soll ich tun, wie verjage ich
diese sonderbaren Frager?

Ein weiser Mann soll mir bitte sagen:
Wo kann ich in Ruhe leben?

DER HELD

In einer Straße von Santiago
lebte einmal ein nackter Mann,
lebte dort lange lange Jahre,
unbeschuht und unbekleidet,
aber einen Hut auf dem Kopf.

Nichts auf dem Leib als sein Haar,
zeigte der Sucher nach Erkenntnis
auf dem Balkon sich zuweilen,
und es sahen ihn alle Bürger,
einen vereinzelten Nudisten,
mit den Hemden verfeindet,
mit den Jacken und mit den Hosen.

Darüber vergingen die Moden,
es verwelkten die Pullover,
bestimmte Revers kamen wieder
und die weggeworfenen Stöcke:
Rundum jagten sich Auferstehung
und Begräbnis in Sachen Kleider,
nur der eine Sterbliche blieb fest,
nackt, wie er auf die Welt gekommen,
blickte er hinab auf die andern,
wie Götter, die Gymnastik treiben.

(Die Männer und Frauen, die Zeugen
wurden des seltsamen Mitbewohners,
nennen Einzelheiten zum Gruseln,
demonstrieren sie doch, wie verwandelt
sich der Mann und sein Körper.)

Nach all den nackten Zeiten –
vierzig Jahre völliger Nacktheit
vom Kopf bis zu den Füßen –
war der Mann schwarz beschuppt
und es wuchsen die Haare
ihm so tief in die Augen,
daß er nie mehr lesen konnte,
nicht mal die Zeitungen vom Tage.

So verharrte sein Denken
starr an einem Punkt im Vergangnen

wie der veraltete Leitartikel
einer eingegangenen Zeitung.

(Ein kurioser Fall war der Mann –
er starb, als er übers Geländer
nach seinem Kanarienvogel haschte.)

Diese Geschichte beweist uns,
daß guter Wille nicht standhält,
wenn der Winter ihn anfällt.

EINE UNHALTBARE SITUATION

So oft sprach man von den Toten
in der Familie Ostrogodo,
daß etwas Seltsames passierte,
wohl wert, es in der Nachwelt zu melden.

Sie sprachen von den Verblichnen
am Kaminplatz den lieben Tag lang,
von Vetter Carlos, von Felipe,
von Carlota, der toten Nonne,
vom begrabnen Candelario,
kurz: Sie gedachten unaufhörlich
alles dessen, was nicht mehr lebte.

Da geschah es in jenem Hause
mit dunklen Höfen und Orangen,
im Salon mit dem schwarzen Flügel,
in den stillen Grabesgängen:
Viele Tote sich einquartierten,
die sich da wie zu Hause fühlten.

Langsam trieben sie, gleich Ertrunknen,
durch die grauen, aschigen Gärten,
bald schon wimmelnd wie Fledermäuse.
Wollten sie schlafen oder sinnen,
klappten sie zu wie Regenschirme
und hinterließen in den Sesseln
einen säuerlich-süßen Grabduft,
der das ganze Haus durchströmte,
einen unausstehlichen Fächer
aus Seide von Schiffbruchfarbe.

Und die Familie Ostrogodo
wagte schon kaum mehr zu atmen:
So strikt war die reine Ehrfurcht
vor allen Aspekten des Todes.

Das Los der Minderheit duldend,
ließen keinen Seufzer sie hören.

(Denn, rein ökonomisch betrachtet,
hatte man doch kaum was zu fürchten
von dem Einbruch lautloser Gäste:
Tote wollen nicht essen, nicht rauchen,
das beruhigt, ganz ohne Zweifel:
Doch beschlagnahmten sie in Wahrheit
immer weitre Räume des Hauses.)

Sie hängten sich an die Gardinen,
setzten sich auf die Blumentöpfe,
stritten sich um den Ohrensessel,
der fürs Oberhaupt reserviert war;
sie besetzten geraume Weile
das Bad, und putzten dort vermutlich
die Zähne ihrer Totenschädel.
Gewiß ist, daß jene Familie

erst den Platz um das Feuer räumte,
dann das Schlaf- und das Speisezimmer.

Die Gesetze des Anstands wahrend,
wichen alle aus in den Garten,
ohne Protest gegen die Toten,
eine trübe Munterkeit mimend.

Im Schatten des Orangenbaumes
aßen sie künftig, wie Soldaten,
die aus der schlimmsten Kampfeszone
einer verlornen Schlacht geflohen.
Doch auch hierher kamen die andern,
um sich still an die Zweige zu hängen,
unerbittlich gestrenge Tote,
die sich stets überlegen glaubten
und niemals zu sprechen geruhten
mit den freundlichen Ostrogodos.

Bis die einen durch soviel Sterben
endlich eins wurden mit den andern,
verstummend und langsam verfallend
in dem stillen Stammsitz des Todes,
der eines Tages allein und leer war:
keine Tür mehr, kein Haus, kein Licht,
keine Orangen, nicht mal Tote.

LEBENSWEISHEIT

Erwiesen ist, es gibt ihn,
den Baum, der grünt im Frühling,
und die Kruste um die Erde:
Die Planeten geben uns Nahrung
trotz ihrer Eruptionen,

und das Meer liefert uns Fische
trotz seiner Meeresbeben:
Sklaven sind wir der Erde,
sie gebietet auch der Luft.

Ein Flaneur auf der Orange,
fuhr mehrmals ich im Leben
rund um den alten Erdball:
Weltenreise, Götterspeise,
Fruchtsäfte hyazinthrot,
ein Duften weiß nach Frauen,
den Blüten gleich des Mehls.

Fliegen hilft nicht, vom Globus
gibt es halt kein Entrinnen,
er hält dich von Geburt an.
Hoffen mußt du, bekennen,
daß Liebe und Verständnis
dem Grund entsteigen, der Tiefe,
und in unserem Innern wachsen
wie die Zwiebeln, wie die Eichen,
wie die Schildkröten oder Blumen,
wie die Länder, Völkerstämme,
wie die Straßen und Geschicke.

UND ICH BEWEGE MICH DOCH

Hin und wieder fühl' ich mich glücklich!,
so sprach ich zu einem Gelehrten,
der mich ungerührt untersuchte
und mir nachwies, wie sehr ich irrte.

Vielleicht gab es keinerlei Rettung
für meine verfallenen Zähne,

ein Haar nach dem andern entschwand mir
aus meiner gelichteten Mähne;
und besser war's, gar nicht zu reden
von den schwammigen Atemwegen;
was die Herzkranzrinnsale anging,
war er voller ernster Bedenken,
auch im Blick auf die düstre Leber,
die als Schutz und Schirm nicht mehr taugte,
und auf die Intrigen der Niere.
Mit meiner Trauer-Prostata,
meinen üblen Harnröhrenlaunen
führte man mich dann ohne Eile
zum großen Durchleuchtungsfinale.

Aug' in Auge mit dem Gelehrten,
nicht bereit, mich schon aufzugeben,
wies ich nach, daß ich sehen konnte
und tasten und hören und leiden,
falls dazu Gelegenheit käme.
Er solle die Lust mir doch lassen,
zu lieben und geliebt zu werden:
Einen Schatz würde ich mir suchen,
für einen Monat, für 'ne Woche
oder für den vorletzten Tag noch.

Der gelehrt-erhabene Mann
sah mich an mit gestrengem Gleichmut,
wie Kamele den Mond betrachten,
und beschloß voller Stolz, sich nicht mehr
um meine Organe zu kümmern.

Seither bin ich mir nicht im klaren,
ob ich gehorchen soll und sterben,
gemäß dem Dekret des Experten,
oder so wohl mich fühlen soll,
wie's mein eigener Leib mir anrät.

Und so im Zweifel, weiß ich nicht,
soll ich der Beschauung mich widmen
oder mich von Nelken ernähren.

PIEDRAFINA

Caballero, mäßige dich!
Maßhalten, maßhalten, Genosse!
So riet mir bald dieser, bald jener,
so riet man mir leis und gelinde,
so riet man mir lauthals und lästig,
bis ich schließlich vermessen wurde
und auf jegliches Maß und Ziel pfiff,
jeden Tag mit Anmaßung anfing
und am Ende, ganz zweifellos,
unerträglich und maßlos wurde,
ja maßlos, trotz aller Ermahnung,
unausstehlich und gänzlich maßlos,
maßlos glücklich in maßlos toller
rebellischer Maßlosigkeit.

Als ich auf dem schiffbaren Fluß
einherschiffte, stolz wie die Schwäne,
gefährdete ich die Barkasse
und warf so gewaltige Wellen
mit meinen wüsten Windsbrautstrophen,
daß wir alle ins Wasser fielen.
Dort blickten die Fische mich an
mit mißbilligend kalten Augen,
während höhnisch lauernde Krebse
unsre Hinterbacken bedrohten.

Ein andermal, bei einer langen,
nimmer endenden Trauerfeier,

schlief ich ein bei den Leichenreden
auf dem Grunde der Grabestiefe,
und achtlos schaufelte man Erde,
man beerdigte mich lebendig:
Während all der finsteren Tage
nährte ich mich von den Kränzen
aus verwesenden Chrysanthemen,
und als ich dann auferstund,
hatte keiner Notiz genommen.

Mit einem schönen Weib erlebte
ich ein maßloses Abenteuer.
Piedrafina, so hieß das Mädchen,
glich einer reifen, prallen Kirsche,
einem rein gezeichneten Herzen,
einem Schmuckdöschen aus Kristall.
Als sie mich sah, na klar, verliebte
sie sich spornstreichs in meine Nase,
und ich verwöhnte sie mit Zartheit
und mit kleinen himmlischen Küssen.

Aber dann entfesselte ich
meine indiskutablen Triebe
und die unersättliche Prahlsucht,
die so oft mich schon fehlgeleitet:
Ich entrollte mit aller Kraft
meine Nase, bis sie wahrhaftig
elefantisch zum Rüssel wurde.
Und mit tollkühnen Zirkustricks
trieb ich meine Kunst auf die Spitze:
Ich hob Piedrafina empor
ins Gezweig eines Kirschenbaumes.

Aber die schöne Frau verbat sich
meine maßlosen Huldigungen
und kam nie mehr vom Baum herab:

Sie verließ mich. Später erfuhr ich,
daß sie langsam, im Lauf der Zeit,
sich zur Kirsche verwandelt habe.

Nichts hilft gegen solcherlei Übel,
die so traurig mich glücklich machen,
auf bittere Weise zufrieden:
Der Stolz führt gewißlich zu nichts,
doch was wahr ist, sollte gesagt sein:
Man kann auch nicht ohne ihn leben.

LIED VON DER LIEBE

Ich lieb, ich lieb dich, tönt die Zunge,
schon kommt ein falscher Klang hinein.

Ich lieb, ich lieb dich, meine Lunge,
ich lieb, ich lieb dich, Laubenhain,
und wär die Liebe auch wie Wein,
du bleibst die Liebste, Gott sei Dank,
von diesem Arm zu jenem Bein:
Du bist das Glas, von Zukunft blank,
die Flasche mit dem Schicksalstrank.

Ich lieb dich rechts und links im Kreise,
ich kenne weder Takt noch Weise,
sing ich mein Lied vor dir, das Liedel,
dein nicht vergönnt ist Rast noch Ruh.

Daß meine mißgestimmte Geige
auf meiner Geige klar dir's zeige:
Ich lieb, ich lieb dich, meine Fiedel,
mein dunkles, helles Weibchen du,
mein Herz und mein Gebiß im Mund,

mein Licht dazu, mein Löffelstiel,
mein Salz für dunkle Wochen und
mein Mond, der hell ins Fenster fiel.

EINE STATUE IN DER STILLE

So vieles geht hin im Gelärm,
so viel Glocken waren zu hören,
wenn Leute liebten, was entdeckten
und Leute sich Orden verliehen,
daß all das Geläut' mir zuviel war
und ich herkam, zu Fuß, um hier
im Revier der Stille zu leben.

Wenn die Pflaume vom Baume fällt,
eine Welle in Ohnmacht sinkt,
wenn Mädchengestalten golden
im weichen Sande sich wenden
oder ein Zug mächtiger Vögel
meinen Forscherschritten voranzieht,
meinem stillen Erkundungsgang,
so ist da kein Laut, kein Geheul,
kein Donnern, kein Flüstern, kein Murmeln:
Drum bin ich hier geblieben, hier,
der Musik der Stille zu leben.

Stumm ruhen die Lüfte ringsum,
und die Automobile gleiten
über heimliche Wattewege,
und die Massen der Politik
mit den handschuhgedämpften Gesten
vergehn in einer Hemisphäre,
in der keine Mücke mehr schwirrt.

Die allergeschwätzigsten Weiber
sind nun in den Teichen ertrunken
oder schwimmen umher wie Schwäne,
wie die Wolken am Himmel droben,
und die Züge des Sommers fahren,
beladen mit Früchten und Mündern,
ohne Pfiff, ohne Radgekreisch,
als würde die Wut der Zyklone
an der Leine der Stille laufen.

Die Monate sind wie Gardinen,
wie ein lautloser Teppichboden:
Darauf tanzen die Jahreszeiten,
bis im Salon dann stehend einschläft
das reglose Standbild des Winters.

EINVERLEIBUNG

Am Ende werd ich dich lieben,
als ob immerzu früher wäre,
als ob du überm langen Warten –
du kommst nicht, ach, dich nicht sehen –
hier wärest für die Ewigkeit
und atmetest neben mir.

Neben mir deine Gewohnheiten, Sitten,
deine Farbe und deine Gitarre,
dicht an dicht so wie die Länder
auf den Seiten der Erdkundebücher:
Zwei Landschaften fließen ineinander,
und Fluß strömt an Fluß hin,
und zwei Vulkane werden gemeinsam groß.

Neben dir heißt auch neben mir,
und bist du fort, mangelt es an allem,
und braun wie Lehm ist der Mond
beim Erderzittern in der Nacht,
wenn im Erschrecken der Erde
zusammenwachsen alle Wurzeln
und man hören kann, wie die Stille
spielt ihr Entsetzenskonzert.
Auch Angst ist eine Straße.
Auf deren grausigem Pflaster
tappt dann vielleicht vierbeinig
und vierlippig die Zärtlichkeit.

Denn wir treten nicht aus dem Jetzt,
diesem engen schmalen Ring,
und fühlen doch gestrigen Sand
und lernen von der Liebe im Meer,
wie's einen noch und noch übermannt.

KATZEN BEI NACHT

Wieviel Sterne hat eine Katze,
wurde in Paris ich gefragt,
und Tiger um Tiger begann ich
den Sternbildern aufzulauern;
es sind zwei lauernde Augen
Pulsschläge nämlich Gottes
in der kaltäugigen Katze
und zweifach Glitzern im Tiger.

Ein Stern aber ist der Schwanz
der buckelnden Katze am Himmel
und ein Tiger aus blauem Stein
die blaue Nacht Antofagastas.

Die graue Nacht Antofagastas
steht über den Straßenecken
wie eine Niederlage, sehr hoch
über der irdischen Mühsal,
und die Wüste ist ja weiß Gott
das zweite Antlitz der Nacht,
die so uferlos, unerforscht
wie das Nichtsein ist der Sterne.

Und in den zwei Seelenkelchen
glitzern die Minerale.

Nie sah ich Katzen in der Wüste;
im Grunde hatte ich zum Schlafen
nie einen anderen Gefährten
als den wehenden Sand der Nacht,
die Verhältnisse in der Wüste
oder die Gestirne im All.

Denn so steht es nicht und so steht es
um meine dürftigen Recherchen.

SAG NEIN ZU BLITZEN

Du Gleißendes, von dir hab ich
die Gemächlichkeit beim Schaffen:
Tagundnachtgleich gewarnt
von deiner Phosphordrohgebärde,
packte ich, was mir das Liebste,
ließ fahren, was nicht mein war,
und fand vor meinen Füßen, meinen Augen
ausgeschüttet des Herbstes Füllhorn.

Vom Blitz lernte ich ruhig sein,
am Himmel verschwenden kein Licht,
in meinem eigenen Innern
zu suchen nach den Stollen der Erde,
zu schürfen im harten Boden,
bis ich finde in der Härte
die Stelle, die ersterbend
der Meteor auch suchte.

Schnelligkeit eignete ich mir an,
um sie dann im Weltraum zu lassen,
gründete mit meiner trägen Bewegung
unnötigerweise eine Schule
gleich einem Debattierclub der Fische,
die Tag für Tag unter großen
Bedrohungen lustwandeln.
Das ist üblich so in der Tiefe,
der Stil der Unterwassermanifeste.

Und ich gedenke ihn nicht zu verachten,
nur weil der Blitz es gebietet:
Ein jeder trage sein Zeichen,
das, was hienieden sein Teil war;
ich halte mich an meine Wahrheit,
weil es mir an einer Lüge gebricht.

KATASTROPHEN

Als ich nach Curacautín kam,
regnete es gerade Asche
nach dem Willen der Vulkane.

Ich mußte weiter nach Talca,
da waren Maules behäbige Flüsse

so unmäßig hoch gestiegen,
daß ich auf einem Kahn schlief
und fuhr nach Valparaíso.

In Valparaíso stürzten
um mich die Häuser zusammen;
ich frühstückte in den Trümmern
meiner Bibliothek, die war verloren,
links ein Baudelaire, der es überlebte,
rechts ein zerfledderter Cervantes.

In Santiago jedoch vertrieben
mich aus der Stadt die Wahlen:
Alles spuckte sich ins Gesicht,
und glaubt man den Journalisten,
waren im Himmel die Gerechten
und auf der Straße die Mörder.

So bettete ich mich an einen Fluß,
der führte mehr Steine als Wasser,
über mir gelassene Eichen,
weit entfernt von allen Städten,
neben mir Steine, die sangen,
und konnte endlich ruhig schlafen,
in Sorge nur ob eines Sternes,
der mir zusah und voll Schadenfreude
herabzwinkerte beharrlich.

Doch der Morgen in seinem Liebreiz
malte die schwarze Nacht blau an,
und meine Feinde, die Sterne,
wurden vom Tageslicht gefressen,
indes ich beruhigt wieder sang,
ohne Katastrophe und ohne Gitarre.

ERINNERUNGEN AN EINE FREUNDSCHAFT

Was für einen dicken Schädel
hatte mein Freund Rupertino,
stets setzte er sein selbstlos Wesen
bei Unternehmen ein, die nichts nützten:
erforschte längst erforschte Reiche,
produzierte millionenfach Knopflöcher,
eröffnete den Verein der Heldenwitwen
und verkaufte Rauch in Flaschen.

Ich spielte von Kind auf Sancho
bei meinem Gesellen Don Quijote,
argumentierte energisch dagegen,
weise wie eine fürsorgliche Tante,
als er Orangen auf den Dächern
von Notre-Dame pflanzen wollte.
Dann litt ich ihn nicht länger und ließ ihn
gewähren in seinem neusten Gewerbe,
dem »Sargboot«, den »Sarkophagkähnen«
für potentielle Selbstmörder.
Mir riß auch mal die Geduld,
ich brach den Kontakt zu ihm ab.

Als mein Freund zum Präsidenten
gewählt wurde von Kostaragua,
ernannte er mich zum höchsten General,
zum Wächter seines Staates:
sein Befehl hieß: Einrücken
in die Kaffeepflanzermonarchien,
die, regiert von wüsten Fürsten,
seine Existenz bedrohten.

Weil ich von Charakter schwach bin
und ein alter Freund und Kindskopf,
steckte ich mir an die Epauletten

und zog mit vierzig wackern Männern,
alle unfreiwillig, an die Grenzen.

Keiner weiß, wie es sich
ins Gras der Niederlage beißt:
Zwischen Elfenbein- und Kostaragua-Küste
zerflossen in der Hitze
meine kampferprobten Krieger,
und allein stand ich, umstellt
von fünfzig wütenden Fürsten.

Zerknirscht, kein General mehr,
kam ich heim aus den Kriegen,
fragte nach meinem Freund Don Quijote:
Doch niemand wußte, wo er war.

Hernach fand ich ihn in Kanada,
er verkaufte Federn vom Pinguin
(dem Vogel federlos par excellence)
(was allerdings ohne Belang war
für meinen dickschädligen Kumpel).

Vielleicht steht er einmal
plötzlich auch vor eurer Tür.
Glaubt ihm dann alles, was er sagt:
Im Grunde hatte er und nicht ich
in allem seit jeher recht.

RÄTSEL FÜR RUHELOSE

An irgendeinem Tag des kommenden Jahres
finde ich gewiß eine andere Uhrzeit,
Zeit, der's die Haare fortschwemmt,
Zeit, die nie mehr verrinnt:

als springe an dem Punkt sie entzwei
und öffne ein Fenster, einen Spalt,
dadurch wir gelangen zum Grund.

Gut, der Tag, die bewußte Stunde
wird kommen und macht alles anders:
unklar fortan, ob gestern vorüber
oder ob, was wiederkehrt, nie geschehen.

Fällt eine Stunde dann von der Uhr
zu Boden und hebt niemand sie auf,
haben wir endlich vertäut die Zeit,
wissen wir endlich, wo beginnen
und, ach, wo enden die Geschicke,
denn im toten, im erloschnen Brocken
erkennen wir den Baustoff der Stunden,
wie man ein Insektenbein erkennt.

Dann haben wir die satanische Macht,
die Stunden zurückzudrehn oder vor:
zu fahren zur Geburt oder zum Tode,
ein dem Unendlichen entwendeter Motor.

DAS HIEROGLYPHENHUHN

So gebrechlich war mein Bekannter,
daß er Abenddämmer nicht aushielt.
Er fühlte sich vom nahenden Dunkel,
der milden Kritik am Tage,
in seiner Person beleidigt.

Mein armer Freund, er hatte
wohl irdische Güter geerbt und konnte
Jahreszeiten überspringen, mal Schneeland,

mal Sumatras Palmen aufsuchen:
Doch wie sollte er ausweichen
dem unausweichlichen Abenddämmer?

Schlaftabletten schluckte er, grüne,
und ausgefallene Spirituosen,
schwamm im Bierschaum,
suchte Ärzte auf und wälzte
Arzneimittelbücher, Almanache,
verlegte gar die Liebe auf diese Stunde,
alles vergebens:
Fast hörte sein Herz auf zu schlagen
oder schlug zu heftig, weil es
sich wehrte gegen die fatale,
Tag für Tag neu und unabwendbar
heraufziehende Dämmerstunde.
Qualvoll schleppte sich, apathisch
mein armer Freund durchs Leben.

C. B. und ich gingen mit ihm
in ein Restaurant in Paris,
und zwar um diese Zeit, auf daß er
ins Auge der nahenden Nacht sehe.
Doch vermutete unser Freund
eine beunruhigende Hieroglyphe
in der Kost, die man ihm tischte.
Sogleich schleuderte er rasend
das Hieroglyphenhuhn, das gleichnishafte,
dem wohlmeinenden Herrn Ober
in dein Lokal an den Schädel.
Indes sich der Abenddämmer
schloß wie ein Himmelsfächer
über den Turmbauten von Paris,
troff dem tief verwirrten Kellner
Soße über die Augen.

Die Nacht kam und ein neuer Tag –
was tun mit unserem Schmerzensmanne?
Dunkel senkte sich auf ihn Vergessen
wie bleierne Abenddämmerung.

C. B. rührt an diese Geschichte
in einem Brief, den ich besitze.

MORGEN MIT FRISCHER LUFT

Ein Gefangener der freien Luft,
kommt am hellen Morgen ein Mensch
wie eine Glaskugel daher.
Was kann er wissen, was erkennen,
wenn er, eingesperrt wie ein Fisch,
in der Weite und Stille lebt,
wenn ihm frisches, argloses Laubwerk
die Fliegen des Bösen verbirgt?

Ich empfinde die Pflicht als Priester,
als reumütiger Geograph,
als Naturforscher, der hereinfiel,
dem Fremden die Augen zu öffnen.

Ich stelle mich ihm in den Weg
und stoppe sein blitzendes Fahrrad:

Vergißt du denn, sage ich, Landmann,
Ignorant, randvoll mit Ozon,
vergißt du die Kate des Unglücks
und alle die Winkel voll Elend?

Weißt du nicht, daß da mit dem Dolch,
dort mit Würgeisen und durch Steinwurf,

woanders mit schwarzem Revolver,
in Chicago mit blanker Gabel
die Tiere ermordet werden,
die Tauben in Stücke gerissen,
die Rüben einfach abgehauen?

Laß fahren den puren Ozon,
so sprach ich zum bestürzten Radler,
nein, du hast nicht das Recht, dein Leben
bloß der reinen Klarheit zu widmen.
Hinein muß man ins dunkle Haus,
in die lange Gasse des Todes,
muß das Blut, das Grauen berühren,
das entsetzliche Übel teilen.

Und der Fremdling starrte mich an
mit seinen zwei staunenden Augen,
dann entschwand er im Licht der Sonne,
ohne Antwort, ohne Verständnis.

Und er ließ mich stehen, betrübt,
einsam redend auf leerer Straße.

ZEIT, NICHT VERSCHWENDET

Illusionen zählen nicht mit
und nicht bitter Erkanntes,
mit keinem Maß läßt sich zählen,
was uns nicht geschehen könnte,
was um uns summte wie Hummeln,
ohne daß wir überhaupt merkten,
was uns alles ging verloren.

Verlieren bis zum Verlust des Lebens
heißt Leben erleben und den Tod,
und nicht flüchtige Dinge sind es,
sondern sichtlich Konstanten,
durchgehende Leere,
Stille, der alles verfällt
und zuletzt wir verfallen.

Ach, was so nah an uns war,
und wir durften's nicht wissen!
Ach, was durft' alles nicht sein
und hätte doch sein können!

Soviele Flügel sind geflogen
um Gebirge an Wehmut,
und soviele Räder gerumpelt
auf des Schicksals Landstraße –
was haben wir noch zu verlieren?

Die Klagelieder gehen mir aus.

MAL WAS ANDERES

So selten passieren mir Dinge –
ich muß sie noch und noch erzählen.
Niemand schenkt mir Asphodillen,
um niemanden muß ich seufzen.
Angelangt am Kreuzweg
eines wirren Geschickes,
verlöschen sämtliche Uhren,
stürzt der Himmel ein überm Himmel,
bis der Tag, dem Tode nahe,
mit dem Monde ausfährt.

Wie lange spult sich die Schönheit
tagundnachtgleich noch ab,
die erst grün und dann rund ist,
Brandung erst, dann Katarakt,
von stolzer Sonne zu bleichem Mond wird,
von Ödnis zu Kapitol,
ohne daß die Gleichung der Welt gestört wird,
auf der nie etwas passiert?

Nichts passiert als ein Tag,
der wie ein Musterschüler sitzt
mit seinen Urkunden, Abzeichen
hinter einem zweiten belobigten Tag,
bis der Wochenreigen
sich zum Ring geschlossen,
den auch die Nacht nicht verklärt,
weil sie wie üblich im Geschmeide
und so geputzt daherkommt.

Heda, ihr, fangt irre Fische,
die gleich Schnabeltieren
die Wände erklettern in meinem Haus
und die neue Balance zerstören,
die mir nachglotzt und mich peinigt.

VORORTE

Gelobt seien die Tugenden und die Laster
der Kleinbürger am Stadtrand,
die sich mehr leisten können als den Kühlschrank
und bunte Sonnenschirme in den Garten stellen,
der sich schon auf den Swimming-Pool freut,
diesem Ideal herrschaftlichen Luxus
meines kleinbürgerlichen Bruders –

denn der bist du, der bin ich – also
dem wahrhaftig Wahren auf dieser Welt.

Die Wahrheit des kurzfristigen Traums –
endlich mal kein Büro am Samstag,
keine unerbittlichen Chefs, wie der Mensch sie
sich schafft in den ausweglosen Silos,
in denen schon immer die Henker geboren wurden,
die da heranwachsen und sich weiter vermehren.

Wir unerschrockenen Mannen und armen Tröpfe,
schwächlichen, unfertigen Prahler,
imstande zu jedem möglichen Unding,
solang es nicht zu sehen ist, nicht zu hören,
wir flüchtigen Donjuans und Donjuanas
in der Vergänglichkeit eines Flures
oder eines bänglichen Hotels für Flüchtige.
Wir mit unseren kleinen Eitelkeiten,
unseren Aufsteiggelüsten, denen wir trotzen,
unsrer Lust zu schaffen, was alle geschafft,
denn so kommt die Welt uns vor:
wie eine endlose Rennbahn,
und wir in einer Ecke, vergessen,
und schuld daran sind wahrscheinlich die andern,
die sind uns nämlich so ähnlich,
sogar ihren Lorbeer haben sie gestohlen,
ihre Orden, ihre Titel, ihre Namen.

Buch der Fragen
(1974)

I

Warum fliegen die Riesenflugzeuge
nicht mit ihren Kindern spazieren?

Welcher gelbgefiederte Vogel
legt sein Nest voll Zitronen?

Warum bringt man Hubschraubern nicht bei,
aus der Sonne Honig zu saugen?

Wo hat der Vollmond, wo,
seinen nächtlichen Mehlsack vergessen?

II

Bin ich gestorben, mir unbemerkt,
wen soll ich dann nach der Uhrzeit fragen?

Woher nimmt der Frühling in Frankreich
seine vielen Blätter?

Wo soll ein Blinder nur leben,
wenn ihm die Bienen nachschwirren?

Wenn das Gelb uns ausgeht,
woraus backen wir dann Brot?

III

Sag, ist die Rose nackt
oder hat sie nur solch ein Kleid?

Warum verbergen die Bäume
die Pracht ihrer Wurzeln?

Wer hört die Gewissensqualen
eines kriminellen Autos?

Ist auf der Welt etwas trauriger
als ein regloser Zug im Regen?

IV

Wieviele Kirchen stehen am Himmel?

Warum überfällt der Haifisch
nicht die ungerührten Sirenen?

Unterhält der Rauch sich mit den Wolken?

Müssen Hoffnungen wirklich
mit Tau begossen werden?

V

Was hast du da unterm Höcker?
fragte das Kamel die Schildkröte.

Und die Schildkröte wollte wissen:
Wovon plauderst du mit den Orangen?

Hat ein Birnbaum noch mehr Blätter
als die »Suche nach der verlorenen Zeit«?

Warum begehen die Blätter Selbstmord,
sobald sie sich gelb werden fühlen?

VI

Warum segelt der Schlapphut der Nacht
mit soviel Löchern dahin?

Was sagt die ausgeglühte Asche,
wenn ums Feuer sie trippelt?

Warum vergießen Wolken so viele Tränen
und werden dabei immer froher?

Wem leuchten die Blütenstempel der Sonne,
wenn Sonnenfinsternis sie verdunkelt?

Wieviele Bienen hat eigentlich der Tag?

VII

Ist der Frieden der Taube Frieden?
Führt der Leopard etwa Krieg?

Warum unterrichtet der Lehrer
die Geographie des Todes?

Was passiert mit den Schwalben,
die zu spät zur Schule kommen?

Tragen sie wirklich durchsichtige Post aus
quer über den ganzen Himmel?

VIII

Was erbittert nur die Vulkane,
daß sie Feuer, Frost, Furien speien?

Warum vermochte Christoph Kolumbus
Spanien nicht zu entdecken?

Wieviele Fragen hat eine Katze?

Schwimmen die ungeweinten Tränen
in kleinen Seen und warten?

Oder bilden sie unsichtbare Flüsse,
die zur Trauer hin fließen?

IX

Ist die Sonne die gleiche wie gestern
oder glüht ihre Glut heute anders?

Wie sollen wir danken den Wolken
für ihre flüchtige Fülle?

Woher kommt die dicke große Wolke
mit ihren schwarzen Säcken voll Tränen?

Wo sind die alten Namen,
süß wie einst die Kuchen?

Wo sind sie hin, die Amalien,
die Cäcilien und die Hedwigs?

X

Was halten in hundert Jahren
von meinem Hut die Polen?

Was sagen von meiner Dichtung,
die an mein Blut nie rührten?

Wie wird der Schaum denn gemessen,
der am Bierglas herabläuft?

Was tut eine Fliege, gefangen
in einem Sonett von Petrarca?

XI

Wie lange reden noch die andern –
haben wir doch schon geredet?

Was würde wohl José Martí
von Marinello als Pädagogen halten?

Wieviel Jahre alt ist der November?

Was zahlt der Herbst ab
mit dein vielen gelben Geld?

Wie heißt der Cocktail, bei dem Wodka
mit Blitzen gemixt wird?

XII

Und wem lächelt der Reis zu mit seinen
unzähligen weißen Zähnen?

Warum wird in finsteren Epochen
mit unsichtbarer Tinte geschrieben?

Weiß die Schöne in Caracas,
wieviel Röcke die Rose anhat?

Warum beißen mich die Flöhe
und die Literaturfeldwebel?

XIII

Gibt es wirklich nur in Australien
lüsterne Krokodile?

Wie teilen die Orangen im Orangenbaum
die Sonne unter sich auf?

Entstammt das Gebiß des Salzes
einem bitteren Munde?

Fliegt des Nachts auch wirklich
ein schwarzer Kondor über mein Land?

XIV

Und was meinten die Rubine
angesichts des Safts der Granatäpfel?

Warum läßt sich der Donnerstag nicht überreden,
nach dem Freitag zu kommen?

Wer hat alles laut gejubelt,
als die blaue Farbe zur Welt kam?

Warum wird es auf der Erde düster,
sobald die Veilchen auftauchen?

XV

Ja, rüstet man denn wirklich
zum Aufstand der Pullover?

Warum spendet der Frühling schon wieder
seine grünen Gewänder?

Warum lachen bestellte Äcker
über des Himmels fahle Tränen?

Wie ist das stehengelassene Fahrrad
zu seiner Freiheit gekommen?

XVI

Arbeiten Salz und Zucker
an einem weißen Turmbau?

Stimmt es, daß im Ameisenhaufen
das Träumen Pflicht ist?

Weißt du, über welchen Gedanken
im Herbst die Erde brütet?

(Warum nicht dem ersten goldenen
Blatt eine Medaille verleihen?)

XVII

Ist dir aufgefallen, daß der Herbst
wie eine gelbfarbene Kuh ist?

Und wieso wird aus dem Herbsttier
dann ein düsteres Gerippe?

Und wieso sammelt der Winter
soviel geradlinige Blaus an?

Und wer hat den Frühling
um sein klares Regiment gebeten?

XVIII

Wie hat der Wein von der Werbung
der Traube erfahren?

Weißt du auch, was schwerer ist,
wenn Korn reift oder wenn es rieselt?

Ist ein Leben schlimm ohne Hölle?
Können wir sie nicht wieder errichten?

Und den tristen Nixon mit dem Hintern
auf die Herdplatte setzen?

Ihn auf kleiner Flamme
in US-amerikanischem Napalm schmoren?

XIX

Hat je jemand das Gold gezählt
auf dem Hoheitsgebiet des Maises?

Weißt du, daß der Nebel grün ist
mittags in Patagonien?

Wer singt da auf des Wassers Grund
in der verwaisten Lagune?

Worüber lacht die Melone,
während man sie ermordet?

XX

Stimmt es, daß der Bernstein
Tränen enthält von Sirenen?

Wie heißt eine von Vogel
zu Vogel flatternde Blume?

Ist *nie* nicht doch besser als *spät*?

Warum wollte der Käse in Frankreich
auch unbedingt Großes vollbringen?

XXI

Als es Licht ward erstmals,
war das in Venezuela?

Wo liegt der Mittelpunkt des Meeres?
Warum laufen dahin nicht die Wellen?

Stimmt es, daß damals der Meteor
eine Taube aus Amethyst war?

Kann ich mein Buch fragen,
ob ich es wirklich geschrieben?

XXII

Liebe, ach, Liebe zu dem da und jener,
sie sind ja nicht mehr, wo sind sie hin?

Gestern, ach, gestern fragt' ich meine Augen,
wann, ach, wann sehen wir uns wieder?

Und wenn sich die Landschaft ändert,
sind es deine Handschuhe oder deine Hände?

Wenn im Wasser das Blau singt,
wie riecht dann im Himmel der Schall?

XXIII

Zieht der Schmetterling fort,
wird er dann zum fliegenden Fisch?

Es stimmt also nicht –
Gott lebte nicht auf dem Mond?

Nach welcher Farbe riecht es,
wenn Veilchen blau weinen?

Wieviele Wochen hat ein Tag
und wieviel Jahre ein Monat?

XXIV

Ist die Vier für alle eine Vier?
Sind die Sieben alle gleich groß?

Denkt ein Häftling an Licht,
ist es dasselbe Licht, das dir leuchtet?

Hast du dir überlegt, wie
der April der Kranken gefärbt ist?

Welche westliche Monarchie
schmückt sich mit Mohn statt mit Fahnen?

XXV

Warum haben sich zum Warten
auf den Schnee die Bäume entkleidet?

Woher weiß man, wer Gott ist
unter den Göttern von Kalkutta?

Warum leben die Seidenraupen
alle in solchen Lumpen?

Warum ist es so hart, das süße
Herzstück der Kirsche?

Ist es darum, weil es sterben
oder weil es weiterleben muß?

XXVI

Der würdevolle Senator,
der mir ein Schloß angedichtet,

hat er mit seinem Neffen den Kuchen
für den Mord schon gefressen?

Wen führt die Magnolie irre
mit ihrem Duft nach Zitronen?

Wo legt der Adler den Dolch ab,
wenn er auf Wolken sich bettet?

XXVII

Haben sich die abhandengekommenen Züge
vielleicht zu Tode geschämt?

Wer sah je die Laus über die Leber laufen?

Worein senkten sich die Augen
Paul Eluards, des Genossen?

Hast du noch Platz für Dornen?
fragte jemand den Rosenstock.

XXVIII

Warum entsinnen sich alte Leute
weder ihrer Schulden noch ihrer Narben?

War er echt, jener Duft
des verblüfften jungen Mädchens?

Warum verstehen arme Leute nichts mehr,
kaum daß sie nicht mehr arm sind?

Wo finde ich eine Glocke,
die in deinen Träumen läutet?

XXIX

Wie weit, aufgerundet, in Metern,
ist es von der Sonne zu den Orangen?

Wer weckt die Sonne, wenn sie
schläft auf ihrem glühenden Bett?

Zirpt die Erde wie eine Grille
im Konzert des Himmels?

Stimmt es, daß Trauer breithüftig
und schmal ist die Schwermut?

XXX

War Rubén Darío beim Schreiben
seines blauen Buchs nicht noch grün?

War Rimbaud nicht scharlachrot gefärbt
und Luis de Góngora violett?

War Hugo dreifarbig wie die Trikolore?
Und ich selber gelbgestreift?

Finden sich Erinnerungen armer Leute
allesamt auf Dörfern zusammen?

Und verwahren die Reichen
ihre Träume in Edelsteintruhen?

XXXI

Wen kann ich fragen,
was auf dieser Welt ich suche?

Warum muß ich mich rühren wider Willen,
warum kann ich nicht stillstehn?

Warum rolle ich dahin ohne Räder,
warum flieg ich ohne Flügel und Gefieder,

und was treibt mich zu wandern,
sind meine Knochen doch zuhaus in Chile?

XXXII

Gibt es Dümmeres im Leben,
als Pablo Neruda zu heißen?

Wohnt im Himmel über Kolumbien
jemand, der Wolken sammelt?

Warum werden Regenschirmkongresse
immer in London abgehalten?

Hatte die Königin von Saba
amaranthrotes Blut in den Adern?

Weinte Baudelaire, wenn er weinte,
vielleicht schwarze Tränen?

XXXIII

Warum ist die Sonne dem Wanderer in der Wüste
eine so schlechte Freundin?

Und warum ist die Sonne so nett
im Krankenhausgarten?

Sind es Vögel oder sind es Fische,
was der Mond da im Netz schleppt?

Habe ich, wo die andern mich verloren,
endlich zu mir gefunden?

XXXIV

Kann ich mir aus den Tugenden, die ich vergessen,
einen neuen Anzug schneidern lassen?

Warum sind die besten Flüsse nach Frankreich,
um gerade da zu fließen?

Warum wird es seit Guevaras Nacht
in Bolivien nicht mehr Tag?

Und sucht dort nach seinen Mördern
des Gemordeten Herz?

Schmecken des Exils schwarze Trauben
am Anfang nach Tränen?

XXXV

Ist unser Leben nicht vielleicht ein Tunnel
zwischen zwei verschwommenen Lichtern?

Oder ist es nicht eher ein Licht
zwischen zwei Dreiecken düster?

Oder ist unser Leben gar ein Fisch,
der zum Vogel bestimmt war?

Besteht der Tod dann aus Nichtsein
oder aus gefährlichen Substanzen?

XXXVI

Ist der Tod nicht vielleicht am Ende
des Teufels nicht enden wollende Küche?

Was tun deine Knochen, wenn sie zerfallen,
nehmen sie noch einmal deine Gestalt an?

Werden deine Trümmer in eine andre Stimme,
in ein anderes Licht umgegossen?

Sind deine Würmer dann Teil
von Schmetterlingen oder Hunden?

XXXVII

Erstehen einst aus deiner Asche
Tschechoslowaken oder Schildkröten?

Wird dein Mund Nelken küssen
mit anderen, künftigen Lippen?

Weißt du auch, woher der Tod kommt,
von oben oder von unten,

von Mikroben oder von Mauern,
von Kriegen oder vom Winter?

XXXVIII

Meinst du nicht, der Tod lebt
in der Sonne einer Kirsche?

Kann einen nicht auch der Kuß
des Frühlings umbringen?

Glaubst du, Trauern verschafft dir
die Fahne deiner Bestimmung?

Erkennst du auch im Totenschädel
deine zu Gebein verdammte Sippe?

XXXIX

Spürst nicht auch du die Gefahr
im wiehernden Lachen des Meeres?

Siehst du in der blutigen Seide
des Mohns nicht eine Bedrohung?

Siehst du nicht, wie der Apfelbaum blüht,
nur um im Apfel zu sterben?

Weinst du nicht, umschwirrt von Gelächter,
beim Anblick der Flaschen voll Vergeßnem?

XL

Wem steht der zottige Kondor Rede
und Antwort für sein Tun und Lassen?

Wie nennt man die traurige Stimmung
bei einem einsamen Schafe?

Was geht im Taubenschlag vor,
wenn die Tauben singen lernen?

Wenn die Fliegen Honig sammeln,
beleidigen sie damit die Bienen?

XLI

Wie lange lebt noch ein Nashorn,
läßt es sich erst einmal erweichen?

Was erzählen die Blätter eigentlich Neues
vom eben angebrochenen Frühling?

Leben die Blätter im Winter
heimlich bei den Wurzeln?

Was hat der Baum von der Erde gelernt,
daß er jetzt mit dem Himmel plaudert?

XLII

Wer leidet mehr, der immer wartet
oder der nie eines Menschen geharrt?

Wo ist der Regenbogen zu Ende,
in deiner Seele oder am Horizont?

Wird ein unsichtbares Gestirn einst
vielleicht zum Himmel der Selbstmörder?

Wo stehen die erzenen Weinberge,
von denen die Sternschnuppe abstürzt?

XLIII

Wer war die Frau, die dich damals
im Traum liebte, als du schliefest?

Wohin wandert all das Geträumte?
In die Träume anderer Menschen?

Und dein in Träumen lebender Vater,
muß er sterben, wenn du erwachst?

Treiben Blüten die Traumgewächse,
und reifen ihre todernsten Früchte?

XLIV

Wo ist das Kind, das ich gewesen,
wohnt es in mir oder ist es fort?

Weiß es, daß ich es nie geliebt hab
und es mich auch niemals gemocht?

Warum sind wir denn dann so lange
gewachsen – nur um uns zu trennen?

Warum sind wir nicht beide gestorben,
als meine Kinderzeit wegstarb?

Und wenn der Mut von mir gesunken,
warum bleibt mein Skelett bei mir?

XLV

Ist das Gelbe in den Wäldern
auch das Gelb vom gestrigen Jahr?

Und kehrt das schwarze Geflatter
des zähen Seevogels wieder?

Und nennt man den Endpunkt im Weltraum
den Tod oder das Grenzenlose?

Was hängt schwerer am Gürtel,
Erlittenes oder Unvergessenes?

XLVI

Und wie heißt wohl der Monat
zwischen Dezember und Januar?

Mit welchem Recht wurden die zwölf
Trauben der Traube numeriert?

Warum bekamen wir keine dehnbaren
Monate, die ein Jahr lang dauern?

Hat dich der Frühling nicht genarrt
mit Küssen, die nicht erblüht sind?

XLVII

Hörst du mitten im Herbst
das gelbe Krachen und Bersten?

Aus welchem Grund oder Ungrund
weint der Regen um seine Freude?

Welche Vögel diktieren dem Schwarm,
wenn er fliegt, die Flugordnung?

Woran orientiert sich der Kolibri
in seinem symmetrischen Geflirr?

XLVIII

Sind die Brüste der Sirenen
runde Schneckenhäuser?

Oder versteinerte Wellen
oder erstarrtes Spiel der Gischt?

Steht die Wiese nicht in Flammen
vor entfesselten Leuchtkäfern?

Haben des Herbstes Friseure
den Chrysanthemen das Haar zerzaust?

IL

Wenn ich wieder einmal das Meer seh,
sieht das Meer dann auch mich oder nicht?

Wozu fragen mich die Wellen,
wonach auch ich sie frage?

Und wieso branden mit soviel vergeblichem
Schwung sie gegen die Felsen?

Werden sie nicht müde, immer wieder
dem Strand ihre Liebe zu erklären?

L

Wer vermag das Meer zu überreden,
daß es vernünftig sein soll?

Wozu zertrümmert es blauen
Bernstein und grünen Granit?

Und wozu die vielen Runzeln
und die vielen Löcher im Riff?

Ich laufe immer hinterm Meer her –
doch wohin, wenn es mich einholt?

Warum versperre ich mir den Weg
und geh dem Meer in die Falle?

LI

Wieso kann ich Städte nicht ausstehn
mit ihrem Geruch nach Urin und nach Frauen?

Ist die Stadt nicht ein Ozean
mit pulsierenden Matratzen?

Gibt es in der Ozeanwelt der Lüfte
keine Inseln und keine Palmen?

Warum mußte ich wieder zurück
zum ungerührten, maßlosen Weltmeer?

LII

Wie groß war die schwarze Krake,
die des Tages Frieden verdunkelte?

Waren ihre Fangarme aus Eisen,
aus erloschenem Feuer ihre Augen?

Und der dreifarbige Walfisch,
warum schwamm er mir in die Quere?

LIII

Wer verschlang da vor meinen Augen
einen Haifisch voller Pusteln?

War der Schuldige der Raubfisch
oder die blutigen kleinen Fische?

Ist das Ordnung oder ein Schlachten,
diese Abfolge von Zerrüttung?

LIV

Wollen die Schwalben sich wirklich
auf dem Mond niederlassen?

Nehmen sie auch den Frühling mit,
picken sie ihn von den Simsen?

Ziehen die Schwalben im Herbst
dann wieder fort vom Mond?

Suchen schnappenden Schnabels
sie Wismutproben am Himmel?

Und setzen sie sich dann wieder,
aschebestäubt, auf die Balkone?

LV

Warum schickt man nicht Maulwürfe
und Schildkröten auf den Mond?

Könnten die Erbauer von Höhlen
und Schlitzen unter den Tieren

nicht diese ausgedehnten
Inspektionsreisen übernehmen?

LVI

Meinst du nicht, Dromedare
horten Mond in den Höckern?

Säen sie ihn nicht heimlich
aber ausdauernd in die Wüste?

Und ist das Meer vielleicht
kurz an die Erde verliehen?

Werden wir es nicht samt Ebbe und Flut
an den Mond zurückgeben müssen?

LVII

Sollte man interplanetarisches Küssen
nicht lieber verbieten?

Warum nicht erst die Dinge ergründen,
bevor wir Planeten herrichten?

Warum eigentlich nicht das Schnabeltier
in seiner Raumfahrerrüstung?

Wurden Hufeisen nicht erst
für Mondpferde geschmiedet?

LVIII

Was pochte denn da in der Nacht?
Waren es Planeten oder Hufeisen?

Muß ich mich heut morgen entscheiden
zwischen nacktem Meer und Himmel?

Und warum ist der Himmel
so früh in seinen Nebel gekleidet?

Was harrte meiner in Isla Negra?
Grüne Wahrheit oder Würde?

LIV

Warum bin ich nicht als Rätsel geboren?
Warum mußte ich ohne Gefährten aufwachsen?

Wer hieß mich die Türen eintreten
zu meinem eigenen Hochmut?

Und wer ging hinaus und lebte,
wenn ich schlief oder krank war, statt meiner?

Welche Fahne ward da aufgezogen,
wo man mich nicht vergessen?

LX

Und was gibt man auf mich
vor dem Vergessensgericht?

Wer vertritt das Ergebnis,
das künftige, das erst kommt?

Das Saatkorn vielleicht
in seiner hellgelben Vielzahl?

Oder das kernharte Herz,
der Abgesandte des Pfirsichs?

LXI

Springt der Quecksilbertropfen blank
nach unten oder nach immer?

Sieht meine unglückselige Dichtung
wohl auch mit meinen Augen?

Werde ich nach mir riechen und wie ich leiden,
wenn, ein gebrochener Mann, ich einst schlafe?

LXII

Was, wenn einer noch weiter will
in der Sackgasse des Todes?

Wie kann in der Salzwüste
etwas Blüten treiben?

Im Meer des Nichts-los-hier,
ist da ein Hemd zum Sterben?

Sind die Gebeine zerfallen,
wer haust im allerletzten Staub?

LXIII

Wie einigt man sich mit den Vögeln
auf eine Übersetzung ihrer Sprachen?

Wie bring ich der Schildkröte bei,
daß ich noch langsamer bin als sie?

Wie stelle ich dem Floh die Frage
nach seinen Hochsprungwerten?

Und was sage ich den Nelken
zum Dank dafür, daß sie duften?

LVIX

Warum flattert meine verwaschene
Wäsche wie eine Fahne?

Bin ich zuweilen ein Bösewicht
oder immer ein Guter?

Erlernt man eigentlich Güte
oder nur die Maske der Güte?

Sind die Rosen des Bösen nicht weiß
und schwarz die Blumen des Guten?

Wer gibt der vielköpfigen Unschuld
ihre Namen und ihre Nummern?

LXV

Glitzert der Tropfen Metall
wie eine Silbe in meinem Lied?

Und kriecht nicht ein Wort
mitunter wie eine Schlange?

Hat nicht ein Name in deinem Herzen
geknistert wie eine Orange?

Aus welchem Fluß stammen Fische?
Gar vom Wort *Tafelsilber*?

Und gehen Segelschiffe nicht unter
wegen ihres Übergewichts an Vokalen?

LXVI

Wer stößt Rauch, Feuer, Dampf aus –
die drei O in der Lokomotive?

In welcher Sprache regnet es
auf kummergewohnte Städte?

Welche zarten Silben flötet
der Wind im Frühlicht am Meer?

Steht ein Stern weiter offen
als *Amapola*, der Mohn?

Gibt es zwei schärfere Zähne
als die Silben in *Schakal*?

LXVII

Kannst du mich lieben, Fibel,
und substantivisch küssen?

Ist ein Wörterbuch ein Grabplatz
oder eine verschloßne Wabe mit Honig?

An welchem Fenster verweilt' ich
und besah mir begrabene Zeit?

Oder ist, was ich sehe von fernher,
mein noch Ungelebtes?

LXVIII

Wann liest der Schmetterling, was geschrieben
steht und mitfliegt auf seinen Flügeln?

Welche Buchstaben kennt die Biene –
woher weiß sie ihren Flugplan?

Mit welchen Zahlen rechnet die Ameise
ab ihre toten Soldaten?

Und wie heißen die Orkane,
wenn sie sich nicht bewegen?

LXIX

Stürzen Gedanken der Liebe
ab in erloschene Vulkane?

Ist ein Krater ein Racheakt
oder straft uns durch ihn die Erde?

Mit welchen Sternen reden und reden
die Flüsse, die nirgends münden?

LXX

Bei welcher Arbeit schwitzt Hitler
Blut und Wasser in der Hölle?

Streicht er Wände oder Leichen?
Riecht er am Gas seiner Toten?

Bekommt er die Asche zu fressen
der vielen zu Asche verbrannten Kinder?

Bekommt er seit seinem Tode
Blut im Trichter zu trinken?

Oder hämmert man ihm Goldzähne,
andern herausgebrochen, in den Mund?

LXXI

Oder wird er zum Schlafen
auf seinen Stacheldraht gebettet?

Oder wird ihm die Haut tätowiert
für die Lampenschirme der Hölle?

Oder beißen ihn ohne Gnade
die schwarzen Feuerhunde?

Oder muß er Tag und Nacht reisen,
pausenlos, mit seinen Gefangenen?

Oder sterben, ohne sterben zu dürfen,
für alle Ewigkeit unterm Gas?

LXXII

Wenn alle Flüsse doch süß sind,
woher hat das Meer dann sein Salz?

Woher wissen die Jahreszeiten,
daß sie das Hemd wechseln müssen?

Warum so schleppend im Winter
und so fieberhaft eilig danach?

Und woher wissen die Wurzeln,
daß sie zum Licht hinauf müssen?

Und der Luft guten Tag sagen
mit all den Blumen und Farben?

Spielt denn immer derselbe Frühling
nur ein weiteres Mal seine Rolle?

LXXIII

Wer bewirkt mehr auf der Erde,
der Mensch oder die kornwarme Sonne?

Fichte oder Klatschmohn –
wen liebt die Erde mehr?

Orchideen oder Weizenähren –
wer ist ihr lieber?

Warum soviel Pracht für eine Blume
und nur trübes Gold für den Weizen?

Hält der Herbst zu Recht Einzug
oder ist er als Jahreszeit illegal?

LXXIV

Warum verweilt er im Geäst,
bis die Blätter abfallen?

Und wo werden seine gelben
Hosen danach aufgehängt?

Nicht wahr, es scheint so, als warte
der Herbst, daß sich etwas ereigne?

Daß ein Blatt vielleicht erzittert
oder das Universum vorbeifliegt?

Ist denn ein Magnet unter der Erde,
ein Magnet und Bruder des Herbstes?

Wann wird unterm Erdboden
die Berufung der Rose verordnet?

Elegie
(1974)

I

Was hat das Haus geholt?
Gnädige Ironie, Geradheit
der Geburt, des Wissens,
auch den Gefährten einst in Madrid,
das heimlich Heldische
des müdegewordenen Herzens!
Ach, mein Gefährte tot!
Wandernd aufs neue,
kurz vor dem Winter und der Rauheit
von Äckern, Stacheln, Dornen, Anden,
in meinem Dornenland,
denk an Alberto ich, sein Kondorantlitz,
den Bildhauer, der aus Metall Hände geformt,
der aus Stoffen, die andere wegwerfen,
Riedgras, Schrott, totem Holz,
ein mächtiges Reich erschuf.

Im fernen Moskau, unterm Schnee
ruht sein toledanisch hartes Skelett,
liegt mein guter Genosse. Genosse!

II

Was ging verloren mir, verloren uns,
als Nazim umfiel wie ein Turm,
wie wenn ein blauer Turm in Trümmer sinkt?

Zuweilen ist mir schon, als sei
die Sonne mit ihm fort – er war der Tag,
ein großer Tag war Nazim, golden schimmernd,
tat seine Pflicht, ging morgens auf

trotz aller Ketten, Kerker, Schläge,
leb wohl nun, strahlender Genosse!

Sawitsch, der Sammetweiche, zwischen Sankt
Basilius und der Siedlung Aeroport
oder im Arbatviertel, rätselhaft noch immer,
wie er umfüllt den Wein aus meinem Chile
in die lederne Trommel seiner Sprache.
Sawitsch, mit dir entschwand
die goldene Biene,
die Honig sammelte für meine Waben!
Mein sanfter Freund, mein klarer Genosse!

III

Nun, da ich abermals
den Fuß setze auf meinen Sand,
kommt Ilja Gregorjewitsch ganz verrunzelt,
ganz zottig Ehrenburg zu mir,
um kurz zu spotten, wie ich lebe,
macht's hell um mich auf seine Weise,
nimmt Illusionen mir, ist streng,
fest überzeugt, mutlos, ermunternd,
mehr noch – und wieviel mehr –, er lädt mich gastlich
in seine Datscha, in sein Herz, so unerbittlich
wie ein alter Degen,
in dessen Knauf er Frankreichs
Rose graviert, als wär es eine
heimliche, frevlerische Liebe.
Ach, unbequemer Freund,
ach, ältrer Bruder, nun muß ich
dahinziehn ohne deine rauhe Zartheit,
ohne Belehrung fortan deiner Weisheit!

IV

Nun eine Träne
um noch einen, den nächsten, Glöckner
war er, mit Schellen und Glockenspiel,
närrisch vor Lachen,
im Fabulieren Meister,
Magier im Zirkus und Poet,
Kirsanow, Sjoma, Bruder,
soeben hab ich, vor zehn Stunden, erfahren
von seinem Tod, kann's noch nicht glauben,
nicht hinnehmen, so fern, jetzt, hier,
die kalte Nachricht,
den Tod, der hat mit eisigen Krallen
zugedrückt, bis es verstummt, sein helles Lied.

Er war mir Heiterkeit,
mein heitres Brot, das Glück
geteilten Weins
und des Entdeckens,
das er abmaß mit seinem großen Zeiger,
Witz märchenhaft
besaß mein lieber Schellengeselle.

Ach weh, er gibt nun keinen Ton mehr,
begraben, listet er sich fortan selber
der Stille ab mit Funkensprühen
und seinen glitzernden Gedichten,
etwas, das mein war an dem Fest,
mein Becher, den ich nicht erhebe
heut, da mein Freund im Dunkeln liegt,
da Schweigen ist um meinen Freund,
da Tränen weint der Mond, gebrochen,
Schneetränen
auf meines Freundes Grab.

V

Moskau, Stadt mit den großen Schwingen,
Albatros der Steppe,
nistend im glitzernden Kreml,
auf Sankt Basilius, in dessen Spielzeugladen,
Stadt auch mit Rechteckseele,
endlos grauen Quartieren,
Kuben, fabrikneu geliefert, und
Schleifen beschreibend legt der Fluß
wie eine Geliebte
den Arm der Festung um die Taille.

Schweigsamste vielleicht und mächtigste
der Städte, noch im gotischen Sternenalter,
unter der Herrschaft insgeheim vielleicht
wie Schnecken in sich verkrochener Kathedralen
mit Bogenfenstern, die sich geduckt, bis sich
mitbeugen mußten die strengen Gestalten
Zar Iwans und Stalins des Schrecklichen,
Stadt in der Zeiten Mitte, zuweilen versunken,
dann wieder so sehr vorhanden und im Zenit,
daß sie erkennbar ist auf dem ganzen Erdball:
Uralte Quader, Heilige senkrecht stehend,
Tempel wie Zuchthäuser so düster,
Kuppeln mit Brustspitzen, vergoldet,
Ballsäle weiß, darinnen huschen
hochdekorierte Namen, welche fielen
gleich roten Nelken, als es Krieg war,
und eine Energie, die schwelt und schweigt
wie offenes Feuer unterm Meer.

VI

Alberto kam, der Toledaner,
halb Baum, halb Bildhauer, ein Knochengesicht,
aus dem Exil zu mir, im langen Zug
aus Spanien und aus Spaniens Kriegen, und nun
leb ich aufs neue mit seinen Schimären:
dem Denkmal für die rote Fahne,
der Heldennadel, dem Obelisk der Zukunft;
er sah schon, wie auf Moskaus Platz
aufragte bis zur Höhe des Ruhms
gigantisch der errungene Sieg.
Doch falscher Realismus hat
verdammt zur Stummheit seine Statuen,
indes man Standbilder, schandbar, mit Schnäuzer,
versilbert oder gar vergoldet,
in Bauten aufstellte und Gärten.

Noch einmal sprach ich, wie gestern, in Spanien
mit ihm, mit seinen Toledaner Geistern.

Mein großer Alberto, er hat gehungert
nach seinem rauhen Schoß Kastilien,
der Fabulierer, Mythenbildner, der Magnet,
der Formenerfinder, der Brotbäcker –
warum mußtest du sterben, warum
auch du, wo dein Gesicht ein Hämmern
und dein Herz groß ist wie wildes Brot?

VII

Und auch du Stadt der rechten Winkel,
inakzeptabel, streng logisch und geboren
aus Hast und Krieg, aus neugeborenem
Zement, Beton emporgeschossen,
aus soviel blutgetränkter Asche,
begnadete Stadt du reinster Glorie
und Bauten, die zum Lachen reizen,
wie Baumkuchen getürmt zum Himmel,
du existierst desungeachtet,
o wimmelndes, o pochendes Leben,
o Stadt, du Wunderwerk; sie fügt
Leben zu all dem Menschenleben
und wächst, behende wie der Dschungel,
wie eine kollektive Erscheinung,
sind doch Dach, Wand und Schlüsselloch
weiß Gott am Ende immer noch schöner
als Regenbogen in sieben Farben,
darauf kein Mensch je wohnen kann.

VIII

Wie oft hab ich gewohnt
bei Freunden,
in Hotels, die ungeheizt,
doch desinfiziert waren;
schließlich zog ich – und viele Male –
ins »National«, alt, zum Versinken
weich wie Polstersessel:
Das neunzehnte Jahrhundert hatte
mit Kerzen angestrahlt die Spiegel,
die Marmorsäulen, die goldnen Engel,
die Decken mit verschämten Nymphen,

bis eines Tags ein kleiner kinnbärtiger Mann,
ganz zugeklebt mit neuen Gesetzen,
in eben demselben Gästezimmer
Dekrete erließ, nach denen Mond und Sonne,
Stahl, Weizen, Schulen ein ganz neues
Gesicht bekommen sollten auf der Welt.

Rein wusch Lenin das Leben
des Planeten,
prüfte, und was bestand, war nicht in Ordnung,
zählte ein jedes Ding, damit nichts umkam,
nur Abgestorbnes ward zu Grabe getragen,
und nur das Schlechte barg sich im Vergangnen.

Kraft seiner Leiden führte Moskau
die Lauterkeit ein in die Geschichte,
als wärs ein buntgemischtes Spiel, so teilte
der Kreml aus die alten Karten,
Geheimnisse, die überholt waren,
und revolutionär trat ein der Frühling
und setzte sich in seine Zimmer.

IX

Die Tauben besuchten Puschkin
und pickten seine Schwermut:
Die Statue aus grauer Bronze spricht zu den Tauben
mit bronzener Geduld:
Die modernen Vögel
verstehen sie nicht,
anders ist heute die Sprache
der Vögel,
und mit Fasern von Puschkin
fliegen sie zu Majakowski hinüber.

Wie aus Blei wirkt seine Statue,
als wäre sie
aus Kanonenkugeln gemacht:
Man schuf nicht seine Zartheit nach,
sondern seinen schönen Hochmut:
Ist er ein Zerstörer
zarter Dinge,
wie konnte er leben
unter Veilchen,
im Licht des Mondes,
in der Liebe?

Etwas fehlt diesen Statuen immer,
erstarrt in der Zeit, in ihre Richtung gebannt;
zielsicher durchstechen sie die Luft
mit kriegerischer Klinge,
oder man läßt sie dahocken (wie Gogol)
als fremde Gäste im Park,
und wieder andere, die es satt haben, ewig im Sattel zu sitzen,
dürfen nicht absteigen, um etwas zu essen.
Verbittert sind in Wahrheit die Statuen,
denn die Zeit lagert sich ab
auf ihnen, als Rost,
und obwohl die Blumen ihnen mählich
die kalten Füße bedecken, sind die Blumen keine Küsse,
auch sie kommen her, um hier zu sterben.

Weiße Tauben, Tagestauben,
und Nachtpoeten
umkreisen die Schuhe
des eisernen Majakowski,
seinen schrecklichen Bronzerock
und seinen eisenharten, niemals lächelnden Mund.

Einmal, es war schon spät, schläfrig war ich schon,
da hörte ich, inmitten der Stadt, vom Fluß zu den Hügeln
herauf
Verse dringen, den Singsang
Wort gewordenen Klangs.
Hörte es Wladimir?
Hören die Statuen?
Wütend schien er,
seine Gebärde duldete keinen Vers:
Vielleicht ist die Statue eine Muschelschale, ein Schnecken-
gehäus
aus Marmor, Bronze, irgendwelchem Stein,
Rückstand von einem verwundeten Tier, das verschwand
und dieses frostige Relikt hinterließ,
hohle Haltung, reglose Bewegung,
Überbleibsel der Seele.

X

's ist eine Stunde, neigt sich der Tag,
das Aschengrau warnt zum ersten Male,
das Licht schlenkert mit seinem Fischschwanz,
das dürre Wasser der Dämmerung
rinnt herab von den Türmen,
dann denk ich, heute,
ja, heute muß ich
allein durch diese Straßen streifen,
abbiegen von der Gorkistraße, lungern
wie ein durchsichtiges Gespenst
durchs alte Moskau, dessen Gassen
noch immer aufrecht stehen, vorbei an Katen
mit Fenstern, holzgerahmt,
von Himmelsscheren ausgeschnitten,
von Bauernhänden,

an Häusern rosenrot und gelb,
naivgrün oder engelsaugenblau,
Häusern für Engel,
gewachsen, wie das Gemüse schießt
aus ehrlicher Erde:
Altes Moskau mit winzigkleinen Kirchen,
goldhüftigen Kuppelgewölben,
uralt weht der Rauch
von Schornsteinen
und Fernsehantennen her.

XI

Jewtuschenko ist ein Irrer,
ein Clown,
so sagen sie mit verkniffenem Mund.
Komm, Jewtuschenko,
laß uns nicht miteinander reden,
wir haben schon alles besprochen,
bevor wir zur Welt kamen,
und in deiner Dichtung gibt es
Strahlen eines Neumonds,
elektronische Blütenblätter,
Lokomotiven,
Tränen,
und ab und zu, holla,
rauf, runter,
deine Pirouetten, deine hochfliegenden Akrobatenstückchen.
Und warum kein Hanswurst?

Uns fehlt auf der Welt
Napoleon, ein Clown der Schlachten
(später verlorengegangen im Schnee),
Picasso, Clown des Kosmos,

tanzend auf dem Altar
der Wunder,
und Kolumbus, jener traurige Bajazzo,
gedemütigt auf allen Strecken,
der uns vor Jahrhunderten entdeckte.

Nur dem Dichter wollen sie's nicht lassen,
wollen ihm seine Pirouette rauben,
ihm seinen Salto mortale entwenden.

Ich verteidige ihn
gegen die neuen Philister.
Auf, Jewtuschenko,
laß uns im Zirkus zeigen
unsere Tricks und unsere Traurigkeit,
unsere Lust, mit dem Licht zu spielen,
damit die Wahrheit aufblitzt
zwischen Dunkel und Düsternis.
Hurra!
Wir treten auf,
damit der Saal erlischt und im Scheinwerferstrahl
aufleuchten unsere Gesichter,
so daß sie sehen können
zwei muntere Vögel,
bereit zu weinen mit der ganzen Welt.

XII

Die Lebenden, die noch leben,
des bronzenen Dichters Liebste,
eine Frau, zerbrechlicher als ein Rebhuhnei,
dünn wie der Pfiff des wilden Kanarienvogels,
Lili Brik heißt sie, ist meine Freundin,
uralte Freundin. Ich hab nicht gekannt ihr Lodern,

und nur ihr Foto auf den Büchern
Majakowskis hat mich daran gemahnt,
daß ihre erloschnen Augen es waren,
die sowjetisches Purpurrot entzündet
in neuentdeckten Dimensionen.

Hier Lili, die noch immer schillert
in ihrem kärglich kleinen Häuflein Asche,
eine Hand in allem, was zur Welt kommt,
mit einer Rose zum Willkommenheißen,
was immer auftritt schweren Flügelschlags,
verletzt von einem späten Stein,
den jemand noch heute nach Majakowski wirft,
weiche und trotzige Lili, guten Abend,
reich mir noch einmal deinen klaren Becher,
laß trinken uns, in einem Zug, auf dich,
auf das Vergangene, das singt und knistert
gleich einem Feuervogel.

XIII

Laß uns verweilen, ich muß
Achmadulina küssen. Hier im Café, es liegt im Dunkeln –
nicht an die Stühle stoßen –,
da in der Ecke glänzt ihr Haar,
es brennt ihr schöner Mund
wie in Granada die Nelken,
und was da blau glimmt, ist nicht Licht von Lampen,
die Augen sind's der Irrationalen,
des Pantherweibs, das aus dem Wald springt
und eine Nachtigall reißt,
sie ist es, Rose zugleich
des Schicksals, Mondzikade,
singt vom Unfaßlichen und vom Glasklaren,

flicht einen Kranz sich aus magischen Dornen
und fühlt sich nirgends heimisch,
wie eine Sirene, die eben dem Meer entstiegen
und schwimmen müßte in der Wüste.

XIV

Schnee auf dem Dach unter meinem Fenster
und auf dem schwarz belaubten Baum
teilt ihn in zwei. Drunten auf den Straßen
ein Schimmer. Der Schnee ist weggeräumt.

Weiter draußen, auf Saatfeldern und Wegen,
in Steppen, Flußbetten, auf Gottesäckern,
auf den vielen, die im Schlaf oder Fieber liegen
oder ermattet sind, auf Garnisonen,
auf Krankenhäusern, Schulen, liegt es weiß,
liegt die entblätterte, kalte Rose
in so grenzenlosem Schweigen;
leise tändelnd, ernsthaft und lauter
oder im Tanz sacht flatternd
oder flink, vergänglich dahinstiebend
wie scharf gezackte Mördersterne
fällt es zur Erde, versinkt und stirbt,
häuft, Feder um Feder, Stille auf Stille,
bis auf schneeigem Laken ruht
die Nacht, die in die Steppe gestürzt ist,
der aus großer Höhe gerieselte Turm.

XV

Ich weiß ja, ich weiß, mit Toten wurden keine Mauern
gebaut, auch keine Maschinen und keine Bäckerläden:
Vielleicht ist es ja so, bestimmt,
meine Seele aber lebt nicht von Bauten,
Gesundheit fließt mir nicht aus Betrieben zu
und Trauer auch nicht.
Bin ich verschlissen, so kommt's von denen,
die mich umhergetrieben, mich besonnten,
mir Existenzen verliehen,
was aber soll ich anfangen mit dem Heldensinn
der Soldaten und der Ingenieure?
Wo ist das Lächeln hin,
wohin die sprechende Malerei,
das Wort, das bildet,
oder das Lachen, Lachen,
das helle Gelächter
derer, die ich verloren hab auf diesen Straßen,
in diesen Zeitläuften, in diesen Regionen,
da mein Fuß stockte, sie hingegen
weitergingen bis ans Ende ihrer Reise?

XVI

In manchen Gewässern, in einem Lebensraum,
in Häfen, Städten, Fluren
hat manches Zärtliche
unser geharrt oder ward neu gebaut.
Und jedem Menschen stellt sich
die Frage, ob das Erz ausgeht,
das erst bedingt die Seele,
oder ob's weiterlebt als Wurzel,
als vergrabener Klotz,

oder gegangen ist mit denen, die gegangen.
Ob, was noch kauert in den Winkeln
der Überlebenden,
sich schon zum Fortgang rüstet
ganz ohne Abschied,
und wie sollen wir dann ankommen und prallen
auf die neuen Masken,
die flinken Reden,
die, husch, durch neue Straßen schwirren,
durch neue Labyrinthe?
Die Zeit hatte uns schon gewöhnt
an das Gesicht, die gelben Augen,
an die Raison, ans Dulden, wenn
das nicht mehr ist, wie sollen wir dann
das Alphabet des Lebens neu erlernen?

XVII

Vielleicht klopft keiner uns wach
und wir
schlafen nur noch zur Schlafensstunde
und weisen
von uns, was weitergeht,
das Kraut, das unumkehrbar
festwächst und fortwuchert –
gut so, na und, was ist dabei?

Warum ja sagen, 's ist doch kein Ersatz
für klares Wasser, Wein vom Weinberg,
tiefes Brot, für Brot, das unser war,
für Zeugen, hochgeehrt oder besudelt –
die waren wir auch und sie sind nicht mehr da,
und nicht etwa, weil sie gestorben,
nein, weil sie fort sind, und unheilbar fort.

XVIII

Denn anders ist's, wenn man in Bücher, Grabplatten
Namen graviert, die leuchten oder erlöschen.
Nein, das war es nicht, nicht darum ging es,
nichts Unsterbliches, abgeblättert,
sondern um durchaus menschliche Menschen
und was sie geliebt haben, was sie gegessen,
ein jeder anders, ein jeder versunken
in seinem Schweigen oder in seiner Dichte.

So wünsche ich denn nichts herbei oder je fort,
nichts Bedeutendes, wohl aber Nebensachen,
sollen andre doch abwiegen Soll und Haben,
verbissene Streiter, Unentwegte,
ich möchte von ihnen nur Warnichtsweiter,
ein Eintreten ins Haus, darin du atmest,
und nicht nur der Mann ist's und seine Frau,
sondern ein Schwebendes im Raum, ein Sichnichtssagen,
um sich zu einigen auf was undenkbar ist.

XIX

Die Nacht ist ausgesperrt vom Aragwi
wie ein Muschik, den man nicht eingelassen,
und kreist nun gebannt um Gelächter und Schaschlik.

Von mir soll es einst heißen, ich war ein Dichter
der Generation Restaurant Aragwi,
Teil des Dufts, der vom Lammbraten aufsteigt,
zuweilen dichte ich wie Rotkraut
oder wie Wein in georgischen Schalen.

XX

Ich armer Sünder unter jedweder Ordnung,
zu Gast bei Essern aus entlegenen Gegenden,
Turkmenen, Kirgisen, herdenhütenden Kaukasiern,
bekenne mich zum Versebauen und Fleischverzehren,
erfreue mich an Leibern ebenso wie an Gesang,
an der tiefsitzenden Seligkeit des Bauches
und an nachtwandlerischer Violinen trunkenem Klang.

XXI

Hier das Glas ist gehärtetes Wasser
aus sowjetischen Wäldern, diese Scheite,
dieser bräutliche Stahl, daraus sind die Messer,
diese Löffelparabel,
dies Brot, das blüht wie Rosen,
die violettschimmernden Früchte, der Reis,
der sich vermehrt wie das Licht,
all das erschafft und verschenkt ein Volk,
ein Monat Oktober, mühsam und nackt,
der eine Wahrheit antrat, bis dahin unbekannt,
die wuchs so düfteschwer und vielköpfig heran,
daß sie alle, die Hunger litten, ergriff
und die Welt anfüllte mit Bäckerläden.

Oftmals fiel Schnee
auf den Roten Platz, oder er lag
blank, offen, in der Sonne, vor der Orangenfarbe
der Ziegelsteine, der steinalten Mauern.

Die Grabkammer
aus düster rotem Gestein
birgt gleich einem Mandelkern den zerbrechlichen Leib

eines Menschen, und gut tut der harte Stein,
wenn er hütet die Marmorstirn,
die schmalen Beine, die Füße,
die verändert haben der Geschichte Tritt,
und von weither kommen sie, da, ihn zu schauen,
so als trage irgendein nächtiger Stern,
der soeben hier abgestürzt,
den zerbrechlichen Erbauer von Großem.

XXII

Ach, das viele Blut hier, die vielen Kriege,
und welche Ernsthaftigkeit, welcher Jubel!
Was schwamm denn in den Flüssen? Schnee und Blut.
Was war aus den Städten geworden?
Einzig Asche und Rauch.
Und selbst da noch, im Zerstörten,
peitschten auf die Geschosse,
erstanden blitzende Helden.

XXIII

Dann zogen ein in Stalins
Seele Gott und Teufel,
setzten sich fest in seinem Herzen.
Der scharfe Denker, stille Georgier,
Kenner des Weins und mancher Dinge,
der Kapitän, der klare, seines Volkes
fand ab sich mit den neuen Mietern:
Gott kam mit einem verschatteten Spiegel,
darin er täglich an sich kratzte,
so daß zuletzt das Glas hauchdünn war

und Angst erfüllte seine Augen.
Da kam der Teufel, gab ihm Stricke,
gab Peitschen ihm und gab ihm Taue.
Das Land war voll von seinen Plagen,
in jedem Park hing ein Gehenkter.

XXIV

Warum wucherte über deine Lehre,
die so gradlinig war, dies Schlangengeringel,
bis Angst und Untat ineinander verknäuelt
und ausgelöscht war jegliches Licht?
Die Schmerzenssaat liegt noch immer im Boden!
Unselige Zeit, steig endlich mit in die Gruft!

Nie mehr soll die Erde den Stoff, daraus
Götter gemacht werden und Teufel,
ins Herz der Regierenden sinkenlassen:
Man verweise uns auf keinen privaten Himmel
oder eines Vereinsamten kapriziöse Hölle:
Schlag drein mit dem Stein der Partei,
laß zustechen die kollektive Biene,
zertrümmre den Spiegel, zerreiß den Strick,
auf daß im Paradies triumphiere die Rose.

XXV

Lüfte Europas und Lüfte Asiens
treffen sich, prallen ab voneinander,
halten Hochzeit, verschwimmen
in der Stadt an der Grenze:
Kohlenstaub aus Schlesien weht da,

Kelterduft aus Frankreich, italienisch
riecht es nach gebratenen Zwiebeln,
nach Spaniens Rauch, Blut und Nelken,
alles kommt angeweht, aus Tundra und Taiga
tanzen die Schneestürme in der Steppe,
Lufthauch Sibiriens, Kraft ungebrochen,
wilder Gestirne Wind,
Wind aus dem Vollen, zum Ural hin drückt er
mit Händen, wie Malachit grün,
platt Gehöfte und Grasland,
in seinem Zentrum ein Herz aus Regen,
stürzt er herab als schneeige Erzengel.

XXVI

O Trennungslinie zwischen zwei Welten, die zucken,
daß es einem das Herz bricht, im Gepränge
des Schönsten und Vergiftetsten,
Trennungslinie
des Sterbens, der Geburt, und Aphroditens, wie sie
duftet nach Jasminsträuchern kurz vorm Sichöffnen
und weiterspannt ihr Götterwesen, und gerecht verteilt
den Weizen auf dieser, auf ihrer Seite,
unserer aller Ernte und die Gewißheit,
erfüllt zu haben den Traum der Menschen:
O Stadt, schnurgerade, du hackst mit der Axt
in zwei traurige Hälften unsere Seele,
die, beide unzufrieden, warten,
daß die Wunden heilen, daß es
Frieden wird, Zeit für umfassende Liebe.

XXVII

Denn ich Klassiker meines Araukaniens,
Kastilier den Silben nach, doch Zeitgenosse
El Grecos und der geschundenen Seinen,
Kind Apollinaires oder des Petrarca,
ich, der auch Vogel ist auf Sankt Basilius,
auf den possierlichen Kuppeln zu Hause,
den gedrechselten Radieschen, den Zwiebeln
aus Byzanz' Gemüsegarten, der Geistererscheinung
der Ikonen in geometrischer Klarheit,
ich, der ich du bin, bekenne mich zum Ererbten
und dem, was hinzuerworben der Himmel:
Ich und du, alle die an der Grenze wohnen
zwischen der alten Welt und den neuen Welten,
nehmen wehmütig teil am Verfließen
der Winde aus entgegengesetzten Richtungen,
am Einswerden der Zeit, die dahinzieht.

Leben ist freier Raum in Bewegung,

XXVIII

Hat auch so manche Not, Qual und Trauer,
haben auch Angst, Nacht, Schweigen
aufgesogen in dieser bitteren Straße
der unseligen Epoche Substanz,
so entsinnt sich doch die Straße nicht
und sind vom Blut, das vergossen
in dem Krieg, der hier getobt hat,
keine Lachen mehr übrig.
Nein, Moskaus Straße ist ewig jung,
soeben eröffnet,
und genießt die Kühle
im ganzen Arsenal des Frührots.

XXIX

Tau, Schnee, Mond, Regen leben
auf Straßen, Dächern, Tagewerken,
auf dem Traum des Menschen:
Es lebe, was geboren ward, und sein Wachsen!

Salve, Stadt der Menschenfluten,
die erbebt und ihre Fahnen
entrollt, die ihr Halt sind,
ihre Metallblumen, ihren lebendigen Raum!

Gegrüßt seist du, Moskau, unter allen Städten,
Woge im Universum,
Kanal auf diesem Planeten!

XXX

Mit dem ersten Schnee
der Revolution, dem roten Schnee,
entschwand die Malerei mit ihren Orangen.
Ihre wunderbaren Würfel aus der Wirrnis hebend,
lebte sie in Berlin, in Paris, im schwarzen London,
reifte überall in ihrem Exil,
erleuchtete mit ihrem elektrischen Kontakt
die Mauern fremder Länder,
alles wurde orangefarben
durch die bilderwirkende Phantasie
ausgewanderter Juden und Russen,
die andere Sterne erstrahlen ließen.

Indessen hütete Moskau in seiner Schatzkammer,
in der Manege des Marstalls
eine tote Malerei, das Gerümpel

des Kleinbürgertums, die Porträts
von Helden und Pferden,
so überaus fein gemalt,
so heroisch, so richtig und recht, so sakrosankt
wie Stiche in frommen Büchern,
die in Wartezimmern von Krankenhäusern liegen,
abgenutzt durch die Routine toter Maler,
die noch immer am Leben waren.

Ach, aber die Malerei,
die in der Fremde wandert, die unwirkliche, imaginäre,
die zentrale Orange, die Poesie,
sie wird heimkehren in die mütterliche Wohnung,
heim in ihr Schneehaus.

Das Meer und die Glocken
(1974)

AUFTAKT

Stunde um Stunde macht keinen Tag,
sondern Kummer um Kummer;
Zeit bekommt keine Runzeln,
nutzt sich nicht ab;
Meer, spricht das Meer
ohne Unterlaß,
Erde, spricht die Erde;
der Mensch harrt aus.
Und nur
seine Glocke
hängt da zwischen Glocken,
bewahrt in ihrem Hohlraum
erbarmungslose Stille,
und die wird ausgeteilt, wenn die Zunge
aus Erz tönt, Welle um Welle.

Von dem vielen, das einst mein war,
als ich durch die Welt kroch auf Knien,
besitze ich Nackter
heute nur noch den strengen Mittag
des Meeres und eine Glocke.

Von ihnen hab ich die Stimme – zum Leiden,
und sie warnen mich – halte inne.

So ergeht es jedem:

Der weite Raum dauert.

Es lebt das Meer.

Und da sind die Glocken.

SUCHEN

Vom Loblied zur Wurzel des Meeres
zieht sich eine neue Art Leere:
Ich mag nicht mehr, sagt die Welle,
sie sollen das Reden sein lassen,
nicht mehr wachsen
soll der Zementbart
in den Städten:
Wir sind allein,
möchten endlich schreien,
wollen pissen ans Meer,
sieben Vögel sehen gleicher Farbe,
grüne Möwen, dreitausend,
Liebe suchen am Strand,
unsere Schuhe beschmutzen,
unsre Bücher, unsern Hut, unser Denken,
bis wir dich finden, umsonst,
bis wir dich küssen, umsonst,
bis wir von dir singen, umsonst,
ganz und gar umsonst, und nichts tun,
nichts, nie beenden
das Wahre.

HEIMWÄRTS

So viele Tode habe ich vor Augen,
daß ich eben darum nicht sterbe,
ich bringe es einfach nicht fertig,
sie suchen und finden mich nicht,
und ich gehe davon mit dem meinen,
mit meinem armen Geschick,
Schicksal eines verlorenen Pferdes
auf den einsamen Fohlenweiden

im Süden von Südamerika:
Es weht ein eiserner Wind,
die Bäume krümmen sich
von Geburt an:
Sie müssen die Erde küssen,
die Ebene:
Dann kommt der Schnee,
aus tausend Klingen gemacht,
die niemals enden.
Ich bin zurückgekehrt
von dort, wo ich sein werde,
von morgen, Freitag,
ich kehre zurück
mit all meinen Glocken
und blieb angewurzelt stehen,
die Wiese suchend,
die bittere Erde küssend,
wie der gekrümmte Strauch.
Denn es gilt,
dem Winter zu gehorchen,
wachsen zu lassen den Wind,
auch in dir selbst,
bis dann der Schnee fällt,
bis eins werden Heute und Tag,
der Wind und das Vergangene,
Frost sich herabsenkt,
am Ende sind wir allein,
endlich werden wir still sein.
Danke.

DANK EUCH GEIGEN ...

Dank euch Geigen für diesen Tag
mit vier Saiten. Rein
klingt der Himmel.
Blauer Laut der Luft.

ES SCHEINT, EIN FREMDARTIGES SCHIFF ...

Es scheint, ein fremdartiges Schiff
soll kommen übers Meer, zu einer bestimmten Stunde.
Nicht aus Eisen ist es, nicht orangerot
sind seine Wimpel:
Niemand weiß, woher
oder wann:
Alles ist bereit,
keinen bessern Empfangssaal gibt es, alles hergerichtet
für das vorübergehende Ereignis.
Der Gischt ist ausgelegt
wie ein feiner Teppich
mit eingewobenen Sternen,
weiter weg das Blau,
das Grün, die ultramarine Bewegung,
alles wartet.
Offen steht das Gewirr der Felsen,
frisch gewaschen, blank, für ewig,
angetreten im Sand
wie ein Ehrenkordon von Burgen,
wie ein Ehrenkordon von Türmen.
Alles
ist bereit,
zu Gast ist die Stille,
und selbst die Menschen, immer zerstreut,
warten, um diese Erscheinung nicht zu versäumen:

Sonntagskleider haben sie angezogen,
die Schuhe poliert,
das Haar gekämmt.
Sie werden alt,
und noch ist das Schiff nicht in Sicht.

ALS ICH MICH ENTSCHLOSS ...

Als ich mich entschloß, klar zu bleiben
und dem Unglück direkt entgegen zu gehn,
um das Spiel mit den Würfeln zu wagen,
fand ich die Frau, die mit mir geht
durch dick und dünn und dunkel,
durch Wolke und Stille.

Matilde ist es,
so heißt sie
seit Chillán,
und ob es regnet
oder donnert oder der Tag
mit blauem Haar hervorkommt
oder die schlanke Nacht,
sie ist,
was immer geschehe,
da für meine Haut,
für meinen Raum,
öffnet alle Meeresfenster,
daß fliegen kann das geschriebene Wort,
daß die Möbel sich bedecken
mit lautlosen Zeichen,
mit grünem Feuer.

VIER HUNDE MELDE ICH ...

Vier Hunde melde ich an:
Einer liegt schon begraben im Garten.
Zwei andere springen mich an,
Winzlinge, verwildert,
Vandalen,
breite Pfoten, Zähne scharf
wie Felsensplitter.
Dann eine zottige Hündin,
distanziert,
blond in ihren Manieren.
Unhörbar ihr goldweicher Gang,
unspürbar ihre distanzierte Nähe.
Sie bellt nur spät in der Nacht,
bestimmter Gespenster wegen,
auf daß nur wenige Auserwählte, die gegangen,
sie auf den Straßen hören
oder an anderen finsteren Orten.

ES KAMEN EIN PAAR ARGENTINIER ...

Es kamen ein paar Argentinier,
sie waren aus Jujuy und Mendoza,
ein Ingenieur und ein Arzt,
drei Töchter wie drei Trauben.
Ich hatte nichts zu sagen.
Auch meine Unbekannten nicht.
Da sagten wir uns nichts,
atmeten nur zusammen
die rauhe Luft des südlichen Pazifiks,
die grüne Luft
der flüssigen Pampa.
Mag sein, sie brachten sie heim in ihre Städte,

wie jemand einen Hund mitbringt aus einem anderen Land,
oder seltsame Flügel,
einen zuckenden Vogel.

ICH HIESS REYES ...

Ich hieß Reyes, Catrileo,
Arellano, Müller, entfallen
sind mir meine eigentlichen Namen.
Bei meiner Geburt ward ich benannt
nach alten Eichen, jungen Bäumen,
nach Holz, das pfeift.
Gebettet ward ich
in welkes Laub:
Der Säugling versank
in Untergang und Entstehung
von Urwäldern, die hinsanken,
Armeleutehütten, die gerade weinten.
Nicht geboren wurde ich, sondern gegründet,
bekam alle Vornamen auf einmal,
alle Familiennamen:
Ich hieß Dickicht, dann Pflaumenbaum,
Lärche auch und dann Weizen.
Darum bin ich so viel und so wenig,
Menge so sehr und so schutzlos,
denn ich komme von unten,
aus dem Erdreich.

SALUD, SAGEN WIR ALLE TAGE …

Salud, sagen wir alle Tage
zu allem und jedem,
die Visitenkarte ist es
der falschen Güte
wie auch der echten.
Das Klingelzeichen, an dem wir uns erkennen:
Hoppla, da sind wir, Salud!
Hört sich gut an, es gibt uns.
Salud, Salud, Salud
wünschen wir dem Nächstbesten, egal wem,
dem Messer, dem Gifttrank,
dem Missetäter.
Salud, erkennt mich,
wir sind uns gleich und können uns nicht leiden,
lieben uns und sind ganz ungleich,
jeder ißt mit seinem Löffel,
jeder hat seine spezielle Klage,
freut sich, daß er ist oder nicht ist:
Man braucht eben so viele Hände,
zum Lächeln so viele Lippen,
Salud!
Uns bleibt keine Zeit mehr.
Salud,
wir haben keine Ahnung.
Salud,
wir befassen uns mit uns selber,
falls von uns überhaupt noch etwas da ist,
ja, von uns.
Salud!

SO VIELE STUNDEN RIESELN …

So viele Stunden rieseln heute
in den Brunnen, ins Netz, in die Zeiten,
träge, und gönnen sich doch keine Pause,
rieseln noch immer, sich verdichtend,
zuerst wie Fische, dann
wie wenn jemand Steine wirft oder Flaschen.
Drunten vertragen sich
die Stunden mit den Tagen,
mit den Monaten,
blassen Erinnerungsbildern,
unbewohnten Nächten,
Kleidern, Frauen, Zügen und Provinzen,
staut sich die Zeit
und zerfällt
jede Stunde zu Stille,
zerbröckelt und rieselt
in das Bittere aller Relikte,
ins schwarze Wasser
der umgestülpten Nacht.

DEN MEXIKANER TIHUATÍN …

Den Mexikaner Tihuatín kannte ich
vor etlichen Jahrhunderten schon, in Jalapa,
und als ich ihn jedesmal wiedertraf,
in Kolumbien, in Iquique, in Arequipa,
kam mir seine Existenz langsam verdächtig vor.
Komischer Hut,
fand ich, als der Mann,
von Beruf Töpfer,
sich von mexikanischer Tonerde nährte
und hernach Baumeister war, Hauswart

in einem Klempnerladen in Venezuela,
Bergmann und Feldhüter in Guatemala.
Wie kommt es, dachte ich, daß bei gleichem Alter,
knapp dreihundert Jahre,
ich immer denselben Beruf habe, mich vertiefe
in mein Glockenspiel,
immer Steine oder Metalle anschlage,
auf daß jemand mein Läuten höre
und meine Stimme kenne, meine einzige Stimme,
indes dieser Mann, der doch tot ist seit Jahren,
von nichtvorhandenen Strömen getrieben,
immerfort das Handwerk wechselt?

Da begriff ich, daß er ich war,
wir waren auch nur einer, der's überlebt hat,
einer unter vielen, aus der oder jener Gegend,
mit ebenso verschütteter Ahnenreihe,
daß an unseren Händen Sand klebte,
daß wir ständig überall zur Welt kommen,
bereit zu nicht enden wollender Mühsal.

HE, IHR DA, RIEF ICH MEINEN STAMM ...

He, ihr da, rief ich meinen Stamm und sprach, laßt sehen,
wer sind wir eigentlich, was tun wir, wie denken wir?
Der Bleichste unter ihnen, unter uns,
reagierte mit anderen Augen,
einer anderen Unvernunft, mit seiner Fahne.
Es war das Banner meines Feindes.
Der Mann hatte vielleicht ein Recht,
meine Wahrheit totzuschlagen, so erging es
mir und meinem Vater, so geht es nun einmal.
Doch tat es weh, als schlüge man in mich die Zähne.

TAG FÜR TAG MATILDE

Heute zu dir: Lang gewachsen bist du
wie der Leib von Chile, und zart
wie eine Blüte des Anisbaums,
und an jedem Zweig wahrst du ein Zeugnis
unserer unauslöschlichen Frühlinge:
Welcher Tag ist heute? Dein Tag.
Und morgen ist gestern, kein Tag aus deinen Händen
hat einen andern abgelöst, keiner ist vergangen:
Du bewahrst die Sonne, die Erde, die Veilchen
in deinem kleinen Schatten, wenn du schläfst.
Und so schenkst du mir
jeden Morgen das Leben.

LASST EUCH ERZÄHLEN …

Laßt euch erzählen, ich hab in der Stadt
in einer Straße gewohnt, die hieß nach einem Hauptmann;
da waren in der Straße eine Menge Menschen,
auch Schuhgeschäfte, Spirituosenläden,
Schaufenster, die von Rubinen strotzten.
Man konnte weder gehen noch stehen,
so viele Menschen waren da,
die aßen oder spuckten oder atmeten,
Anzüge kauften und verkauften.
Das alles glitzerte vor meinen Augen,
das alles leuchtete
und alles dröhnte,
daß blind und taub man werden konnte.
Seit einiger Zeit, was diese Straße angeht,
seit einiger Zeit dringt nichts mehr an mein Ohr,
ich änderte mein Leben, heute wohn ich zwischen

den Klippen und der Ruhelosigkeit des Wassers.
Und jene Straße ist derweil schon manchen Tod,
eines natürlichen vielleicht, gestorben.

VON EINER REISE KEHRE ICH ZURÜCK …

Von einer Reise kehre ich zurück zum selben Punkt,
warum?
Warum kehre ich nicht dorthin zurück, wo ich früher lebte,
zu Straßen, Ländern, Kontinenten, Inseln,
wo meine Heimstatt und Habe war?
Warum soll dieser Ort die Grenze sein,
die mich erwählte? Was hat diese Gegend zu bieten
als den Peitschenhieb senkrecht sausender Luft,
mir ins Gesicht, und ein paar schwarze Blumen,
die der lange Winter zernagt und zerfetzt?
Ach, daß sie auf mich deuten: Das ist
der träge Kerl, der eingerostete Herr,
er rührte sich nicht vom Fleck,
von diesem rauhen Ruhesitz:
Er ist allmählich erstarrt,
so daß selbst die Augen sich ihm verhärteten
und Efeu ihm den Blick überwuchs.

MAN KEHRT ZURÜCK ZUM ICH …

Man kehrt zurück zum Ich wie zu einem alten,
notdürftig wieder zusammengenagelten Haus; so ist es:
Müde seiner selbst, wie man genug hat
von einem total durchlöcherten Anzug,
will man nackt herumlaufen, weil es regnet;
in reinem Wasser möchte der Mensch sich naß werden lassen,

in ursprünglichem Wind, und gelangt doch
wieder nur ins Brunnenloch seiner selbst,
in die eng beschränkte Besorgnis,
ob er gelebt hat, etwas ausdrücken konnte
oder bezahlen oder schulden oder entdecken,
als ob ich so wichtig wäre,
daß die Erde mich willkommen oder nicht willkommen
heißen müßte mit ihrem pflanzlichen Namen,
in ihrem Theater mit schwarzen Wänden.

FRÜHER EINMAL …

Früher einmal, auf einer Reise,
entdeckte ich einen Fluß:
Kaum ein Kind war's, kaum ein Hund, ein Vogel
war dieser entspringende Fluß.
Er murmelte und stöhnte
zwischen den Steinen
der eisenhaltigen Kordillere:
Er flehte ums Dasein
in der Einsamkeit zwischen Himmel und Schnee,
dort in der Ferne, droben.
Ich fühlte mich müde
wie ein altes Pferd
neben dem Neugeborenen der Natur,
das zu laufen begann,
zu springen und wachsen,
zu singen mit klarer Stimme,
die Erde zu erkennen,
die Steine, den Lauf der Zeit,
zu wandern bei Nacht und bei Tag,
sich wandelnd zum Donner,
bis es endlich zum Taumel,
bis es zur Ruhe wird,

zur weiten, wasserspendenden,
zur patriarchalischen, schiffetragenden Ruhe,
dieser kleine Fluß,
klein und schußlig wie ein Fisch aus Metall,
der im Vorbeiziehn Schuppen läßt,
Tropfen von Silber verspritzt,
ein Fluß,
der weinte, als er zur Welt kam,
der quellend wuchs
vor meinen Augen.
Dort in den Kordilleren meines Vaterlands,
irgendwann mal, früher,
sah, berührte und hörte ich,
was zur Welt kam:
Ein Pulsen, ein Plätschern zwischen den Steinen
war's, was zur Welt kam.

PEDRO IST DAS WANN ...

Pedro ist das Wann und das Wie,
Clara ist vielleicht das Sicher,
Roberto das Dennoch:
Alle gehn sie umher mit Präpositionen,
mit Adverbien, mit Substantiven,
die sich seit je in den Läden,
den Vereinen, auf den Straßen finden,
und schwer wird mir jeder Mensch mit seiner Schwere,
seinem Wort, das Verbindungen herstellt
wie ein altersschlapper Hut:
Wohin gehn sie, frag ich mich.
Wohin gehen wir
mit unserer vorsorglich
angeschafften Ware?

Wozu umschlingen wir uns mit netten kleinen Wörtern,
wozu kleiden wir uns in Netze?

Durch uns fällt wie Regen
die Wahrheit, die erhoffte Lösung:
Auf und ab laufen die Straßen,
übervoll von Details:
Schon können wir sie aufhängen wie Teppiche,
in den Salon, auf den Balkon, an die Wände,
die unterwegs fallengelassenen
Reden,
ohne daß jemandem etwas bleibt,
Gold oder Zucker, wirkliche Wesen,
Glück,
von alldem spricht man nicht,
man faßt es nicht an,
es gibt, so scheint es, nichts Klares,
nicht Stein, hartes Holz,
der Materie Grund oder Erhebung,
der glücklichen Materie,
nichts, nur zwecklose Wesen,
ziellose Worte,
die nicht übers Du und Ich,
die übers Büro nicht hinausgehn:
Wir sind eben zu beschäftigt:
Wir bekommen Anrufe,
dringende,
man teilt uns mit, es ist verboten,
glücklich zu sein.

EIN KLEINES TIER ...

Ein kleines Tier,
Schwein, Vogel oder Hund,
hilflos,
zottig im Federkleid oder Fell,
hörte ich die ganze Nacht,
fiebernd, stöhnend.

Es war eine ausgedehnte Nacht,
auf Isla Negra, und das Meer
schmetterte all sein Donnergetöse, seine Eisenhandlung,
seine Tonnen von Salz, seine geborstenen Gläser
gegen den reglosen Fels.

Das Schwein klaffte drohend
nach jedem Schlag oder Katarakt.

Mein Schlaf heftete sich wieder zusammen,
als würde die unterbrochene Nacht geflickt,
und dann das kleine haarige Wesen,
ein kleiner Bär oder ein krankes Kind,
es litt an Atemnot oder an Fieber,
ein kleiner Herd von Schmerz, ein Stöhnen
gegen die endlose Nacht des Ozeans,
gegen den schwarzen Turm der Stille,
ein wundes Tier,
winzig,
ein Murmeln kaum
unter der Leere der Nacht,
allein.

VIEL ZU ERZÄHLEN GIBT ES NICHT …

Viel zu erzählen gibt es nicht
bis morgen;
geh ich hinunter
zum Guten-Morgen-Sagen,
brauche ich
dieses Brot:
Geschichten
und Gedichte.
Ehe der Morgen graut, sobald der Vorhang
aufgezogen ist vor der frostigen Sonne:
die Leistung eines turbulenten Tages.

Hier steh ich, müßte ich sagen,
dies ist mir passiert, jenes geschieht noch,
indes im Ozean sich die Algen
wiegen, eingestimmt
auf die Welle,
und jedes Ding begründet ist,
auf jedem Grund Bewegung,
wie wenn ein Seevogel auffliegt
vom Fels, vom Wasser oder Treibtang.

Mit meinen Händen müßte ich
winken: Kommt alle her.

Hier liegen meine Güter, meine Schulden,
hört, wie ich's abzähle, erzähle, wie es klingt.

Also bring ich an jedem Morgen meines Lebens
einen neuen Traum mit aus dem Traum.

ES REGNET …

Es regnet,
auf den Sand, aufs Dach
die Melodie
des Regens.
Im trägen *Regen* fallen
zwei lange *E* auf die Seiten
meiner immerwährenden Liebe,
Salz eines jeden Tages.
Kriech zurück, Regen, in dein Loch,
geh mit deinen Nadeln zurück ins Vergangne:
Heut verlangt es mich nach unbeschriebenem Raum,
nach Papierzeit für einen Zweig
vom grünen Rosenstock mit den goldenen Rosen,
ein Stück vom grenzenlosen Frühling,
den ich erwartet heute bei weit offenem Himmel.
Auch das Papier hat gewartet,
als der Regen aufs neue
trübselig klopfte
ans Fenster,
alsdann tanzte mit entfesselter Wut
auf meinem Herzen und auf dem Dach,
seinen Platz
einfordernd,
um ein Glas mich bittend,
um es noch einmal vollzugießen mit Nadeln,
mit glasklarer Zeit,
mit Tränen.

MITTEN IM JUNI ...

Mitten im Juni
widerfuhr mir eine Frau,
nein, eine Orange.
Wetterlage – eher verworren.
Da klingelte es an der Tür.
Ein Luftzug pfiff herein,
ein Peitschenhieb aus Licht,
eine ultraviolette Schildkröte,
ich sah sie
wie in Zeitlupe,
als wäre sie weit fort oder bewohne
dies Sternengewand
und wäre nur durch einen Astronomenfehler
in meinem Haus gelandet.

DIESE GEBORSTENE GLOCKE ...

Diese geborstene Glocke
will dennoch singen:
Das Metall ist nun grün,
Waldfarbe hat die Glocke,
Farbe des Wassers von Weihern im Wald,
Farbe des Tages auf den Blättern.

Die geborstene grüne Bronze,
die Glocke, die auf den Mund
und in Schlummer gefallen,
wurde von Winden umwunden,
und ihre hartgoldene Bronzefarbe
ist zur Froschfarbe geworden:
Die Hände des Wassers waren es,
die Feuchtigkeit der Küste,

sie haben dem Metall das Grün,
der Glocke die Zartheit verliehen.

Diese geborstene Glocke,
hergeschleift ins rauhe Gestrüpp
meiner Gartenwildnis,
eine grüne, verwundete Glocke,
birgt ihre Narben im Gras:
Niemanden ruft sie mehr, niemand versammelt sich
um ihren grünen Pokal,
nur ein Falter findet sich ein, flügelschlagend
auf dem gestürzten Metall, und fliegt davon,
fliehend mit gelben Flügeln.

WISSEN WILL ICH …

Wissen will ich, ob Sie mit mir so weit kommen,
daß wir nicht miteinander gehn, nicht miteinander reden;
wissen will ich, ob wir's erreichen,
nicht mehr mitteilsam zu sein: daß wir nur noch
hinausgehn mit irgendwem, um die reine Luft zu schauen,
das gestreifte Licht des täglichen Meeres
oder ein Ding auf dem Land,
ohne etwas austauschen zu müssen,
ohne Waren ins Spiel zu bringen,
wie es die ersten Siedler taten,
die Plunder boten für Stille.
Ich zahle dir hier dein Schweigen.
Einverstanden: Ich geb dir das meine,
unter einer Bedingung: daß wir uns nicht verstehen.

H. V.

So erging es mir mit Herrn Soundso.
Er war mir anempfohlen, kaum bekannt,
fuhr auf dem Schiff, demselben Schiff,
auf dem ich reiste, der Gesichter müde.
Nicht sehen wollt ich ihn – ich mußte, verging
aus Pflichtgefühl mich wieder mal an meinem Leben,
zwang mich zu Freundlichkeit statt Kälte
um seiner hurtigen Gattin willen, die
groß war und schön und Früchte besaß und Augen.
Heute erkenn ich, daß ich mich geirrt,
an seinem Reisebericht – traurig, traurig.

Großmütig war ich, ein Provinzler.

Er blieb ein Kümmerling, trotz
meiner Freundeshand auf jenem Schiff,
sein Selbstmißtrauen wuchs noch.
Als könne jemand Menschen
überreden, die nie an sich geglaubt,
sich doch nicht aufzureiben
im Schattenboxen. Sie sind so von Geburt an.

KEIN PATHOLOGISCHER FALL ...

Kein pathologischer Fall, kein Mangel
an Seelengröße, nein,
nichts kann das Beste in uns, die Güte
abtöten, an der wir leiden, ja doch:
Schön ist des Menschen Erblühen, sein Gebaren,
und jede Tür ist schöne Wahrheit
und nicht Tücke, die flüstert.

Immer fand ich, daß besser ich bin,
besser als ich, besser als ich gewesen,
sei eine verschwiegene Ehre:
Einfangen durft ich die verwehte
Blüte der Schwermut, die ich geerbt,
aufs neue zustreben dem Licht, das in mir
sang, dem Licht, das unanfechtbar.

JA, GENOSSE ...

Ja, Genosse, Zeit ist es für den Garten
und Zeit für die Schlacht, jeder Tag
ist eine Abfolge von Blüte und Blut:
Gefesselt hat das Zeitalter uns ausgeliefert,
damit wir die Jasmine besprengen
oder uns in einer dunklen Straße verbluten:
Die Tugend oder der Schmerz wurden ausgeteilt
in kühlen Zonen, in beißenden Gluten,
und es bestand keine andere Wahl:
Die Wege des Himmels,
früher so viel begangen von den Heiligen,
sind nun bevölkert von Spezialisten.

Schon sind die Pferde verschwunden.

Die Helden bewegen sich in Froschanzügen,
die Spiegel leben entleert,
denn das Fest ist immer anderswo,
dort, wo wir nicht mehr eingeladen sind,
und an den Türen gibt's Schlägerei.

Darum ist dies der vorletzte Aufruf,
der zehnte ernsthafte
Stundenschlag meiner Glocke:

zum Garten, Genosse, zur Lilie,
zum Apfelbaum, zur kompromißlosen Nelke,
zum Duft der Orangenblüten,
und dann zu den Pflichten des Krieges.

Schlank ist unser Vaterland,
und auf seiner blanken Messerklinge
flammt unsere liebliche Fahne.

SEIT ES HELL IST …

Seit es hell ist, von wieviel Heutigem
hat dieser Tag sich schon genährt?
Tödliche Lichter, Gangarten golden,
Leuchtkäfer fliehend die Mitte,
Mondtropfen, Eiterpusteln, Axiome,
alle Materialien übereinandergelagert
des Strömenden, Schmerzen, Existenzen,
Verpflichtungen, Rechte:
Unverändert bleibt nichts, wenn der Tag
sein Licht aufbraucht, wächst
und hernach schwächt seine Macht.

Stunde um Stunde, aus Löffeln,
tropft die Säure vom Himmel.
So ist halt am Tag das Heutige,
ist der heutige Tag.

ES HAT DER HAFEN, HAFEN …

Es hat der Hafen, Hafen in Valparaíso,
an Land knapp bekleidet,
mir erzählt, er sei seeuntüchtig,
halte nur stand dem Ansturm,
Wind, Erdbeben,
Wellengang,
alle Gewalten schlügen
ein auf seine eingeschlagene Nase.

Valparaíso, ein hungriger Hund,
kläfft es an den Hängen,
mit Füßen getreten
vom Land, vom Meer
geprügelt mit Fäusten.
Hafen, Hafen, der nicht hinauskann
zur weithin offenliegenden Bestimmung;
einsam
wie eine Bahn im Winter
heult er
die Einsamkeit,
das gnadenlose Meer an.

ALLE HABEN GEFRAGT …

Alle haben gefragt: Wann reist du,
wann fährst du ab? Es scheint so,
als hätte ich im stillen
einen furchtbaren Vertrag geschlossen:
irgendwohin zu gehn, egal wie,
obgleich ich nirgendhin will.

Nein, meine Herren, ich fahre nicht,
ich bin aus Iquique,
aus Parrals schwarzen Weinbergen,
aus Temucos Wassern,
bin aus dem schmalen Land,
ich bin's und bleib es.

GEMACH

Der fixe Rodríguez
paßt mir nicht,
die Dame Fuchsia Helle
ist nicht meine Liebste:
Will ich meinen gelben Gang gehn,
muß ich wohnen in
den zähen Dingen –
Lehm, Holz, Quarz,
Metallen,
Backsteinbauten –,
muß die Augen schließen können,
wo Licht ist,
sie aufschlagen im Dunkeln
und abwarten.

EREIGNIS

Man schlug an meine Tür am 6. August:
Niemand war da,
und niemand kam herein, setzte sich auf einen Stuhl
und verweilte bei mir, niemand.

Nie werde ich diese Abwesenheit vergessen,
die hereinkam, als wäre sie hier zu Hause,
und mich mit Nichtsein beglückte:
mit einer Leere, offen für alles.

Niemand befragte mich, ohne ein Wort,
und ich gab Antwort, ohne zu sehen, ohne zu reden.

Was für ein wundersames, weiträumiges Interview!

ZWEIG

Einen Zweig der Duftakazie, der Mimose,
wohlriechende Sonne des starren Winters,
kaufte ich mir auf dem Jahrmarkt in Valparaíso
und reiste weiter mit Akazie, Duft und Grazie
bis nach Isla Negra.

Wir durchquerten den Nebel,
kahle Felder, hartes Dornendickicht,
kaltes Hochland von Chile:
(unterm maulbeerfarbenen Himmel
die erstorbene Straße).

Bitter wäre die Welt
auf der winterlichen Reise, in der Endlosigkeit,
in der unbewohnten Dämmerung,
begleitete mich nicht jedesmal,
jederzeit,
die gewichtige Schlichtheit
eines gelben Zweigs.

DER BOTSCHAFTER

Ich lebte in einer Gasse, wo alle
Katzen, alle Hunde von Santiago de Chile
ihr Wasser ließen.
Das war 1925.
Ich schloß mich ein mit der Poesie,
versetzt in den Garten von Albert Saurain,
in die Nähe des prunkliebenden Henri de Regnier,
des blauen Fächers von Mallarmé.

Nichts ist besser gegen den Urin
Tausender von Vorstadthunden
als ein Kristall
voll Klarheit, Wesenswahrheit, Himmel und Licht:
das Fenster nach Frankreich, Blick in kühle Parks,
wo die makellosen Statuen
– es war 1925 –
marmorne Hemden untereinander tauschten,
mit der fingerschmeichelnden Patina
vieler Jahrhunderte voller Eleganz.

In jener Gasse war ich glücklich.

Später, Jahre danach,
kam ich als Botschafter in diese Gärten.

Die Dichter waren verschwunden.

Und die Statuen kannten mich nicht.

HIER

Ich kam nach hier, die Glocken zu zählen,
die leben im Meer,
die läuten im Meer,
drinnen im Meer.

Drum lebe ich hier.

SINKT JEDER TAG ...

Sinkt jeder Tag
hinab in jeder Nacht,
so gibt's einen Brunnen,
der drunten die Helligkeit hält.

Man muß an den Rand
des Brunnendunkels hocken,
entsunkenes Licht zu angeln
mit Geduld.

JEDER

Vielleicht bin ich ja gar nicht ich, vielleicht
vermochte ich's, war nicht, hab nichts gesehen, bin nicht.
Was ist das nur? In welchem Juni, welchem Holz bin ich bisher
herangewachsen und fortgeboren?

Bin ich denn nicht gewachsen, gewachsen, nur gestorben?

Ich hab an Haustüren
gerauscht wie Meer,

wie Glocken gedröhnt:
Ich hab nach mir gefragt voller Entzücken,
(später mit Qualen dann),
mit Schellen, mit Wasser,
Sanftmut:
kam stets zu spät.
In weiter Ferne lag schon mein Früher,
schon korrespondierte ich nicht mehr mit mir,
war schon zu oft gegangen.

Also ging ich ins nächste Haus,
zur nächsten Frau,
in jede Ecke,
fragte nach mir, nach dir, nach jedem,
und wo ich nicht mehr war, war keiner,
alles entleert,
einfach weil es nicht heute war,
es war schon morgen.

Warum soll ich umsonst
abklappern jede Tür, dahinter wir ja doch nie stehen,
weil wir noch nicht am Ziel sind?

So wußte ich denn Bescheid,
ich bin genau wie du
und so wie jedermann.

FAULHEIT

Am Sonntag arbeitete ich nicht,
obwohl ich nie Gott gewesen bin.
Auch nicht vom Montag bis zum Samstag,
denn ich bin ein faules Geschöpf;
ich begnügte mich damit, auf die Straße zu gucken,

wo Steinklopfer und Justizpersonen
weinend an der Arbeit waren, Männer
mit eisernen Werkzeugen oder mit Ministerien.

Ich schloß all meine Augen zugleich,
um meine Pflichten nicht zu erfüllen:
Das ist's, darauf kommt's an,
flüsterte ich mir selber zu,
mit all meinen Kehlen,
und mit all meinen Händen
streichelte ich träumend
die weiblichen Beine, die im Flug vorübergingen.

Dann trank ich chilenischen Rotwein
zwanzig Tage und zehn Nächte hindurch.
Ich trank diesen amarantfarbenen Wein,
der uns befeuert und dir die Kehle
hinabschlüpft wie ein flinker Flußfisch.

Hinzufügen muß ich diesem Geständnis,
daß ich danach schlief und schlief und schlief,
ohne meinen üblen Lebenswandel zu verleugnen,
und ohne jeden Gewissensbiß:
Ich schlief so gut, als regnete es
unaufhörlich
auf alle Inseln
dieser Welt,
bis Himmelswasser durch tausend Löcher
in den Tresor der Träume tropfte.

NAMEN

Ach, Eduvigis, Hedwig, wie schön du
heißt, Frau du mit blauem Herzen,
dein Königinnenname
sank mit der Zeit in die Küchen ab
und stieg nie wieder auf in die Schlösser.

Eduvigis,
Silben, zusammengeflochten
wie Knoblauchbündel,
die an Balken baumeln.

Sieht man deinen Namen des Nachts,
Vorsicht! er funkelt
wie eine Tiara in der Asche,
wie ein grün glühendes Scheit,
hinter der Zeit verborgen.

ABWARTEN

Tage gibt es von anderer Art, sind noch nicht da,
werden erst noch erschaffen,
wie Brot, wie Stühle, wie die Erzeugnisse
von Werkstätten und Apotheken:
Aufzuchtbetriebe kommender Tage gibt's,
kunstvolle Seelenschmiede,
die päppeln und wiegen und trimmen
Tage, bitter oder köstlich, die
stehen dann unverhofft vor unserer Tür,
uns zu belohnen mit einer Orange
oder uns totzuschlagen an Ort und Stelle.

DIE STERNE

Dort, dorther! Der Glöckner wies mit dem Finger,
und in der Richtung sah die Menge
das Altgewohnte, das Nachtblau Chiles,
ein Pulsieren bleicher Sterne.

Mehr Menschen kamen, die hatten noch nie
erblickt bislang, was den Himmel hält
tagtäglich und nachtnächtlich,
und noch mehr, noch mehr kamen, staunten noch mehr
und fragten alle, wo denn, wo?

Ernst und geduldig wies der Glöckner
hinauf zur Sternennacht mit dem Finger,
der gleichen Nacht wie jede Nacht.

GROSSSTADT

Vorstädte, schwarze Schneidezähne,
Wände ausgehungert, das Maul
gestopft mit Fetzen Papiers,
Müll breitgetreten,
ein toter Mann
umschwirrt von Winterfliegen
im Unrat:
Santiago,
Haupt meines Landes,
gelehnt an die großen Kordilleren,
die Schiffe aus Schnee,
trauriges Erbstück
von hundert Jahren geschnürter Damen,
vornehmer Herren mit weißem Kinnbart,

federnden Gehstöcken, Silberhüten
und Handschuhen über Adlerklauen.

Santiago, uns hinterlassen
schmutzig, blutig, bespuckt,
traurig und hingemordet,
haben wir's geerbt
von Herrschaften und deren Herrschaft.

Wie sollen wir reinwaschen, Stadt,
dein Antlitz, du unser Herz,
mißratene Tochter,
wie machen, daß
deine Haut nachwächst, dein Frühling,
dein Duft,
wie dich beleben, bei dir leben,
deine Glut entfachen,
die Augen schließen, vertreiben die Totenstarre,
bis du aufstehst und grünst,
bis neue Hände du hast und neue Augen,
menschliche Häuser, Blumen im Licht!

ES KLOPFT AN EINEM STEINTOR ...

Es klopft an einem Steintor,
am Meeresrand, am Strand,
mit vielen Wasserhänden.
Der Fels gibt keine Antwort.

Keiner macht auf. Klopfen verschwendet
nur Wasser, Zeit.
Und dennoch klopft es,
trommelt, hämmert,
den Tag hindurch, das Jahr,
hundert, vielhundert Jahre lang.

Endlich ein Vorfall.
Der Stein ist anders.

Sanft rundet sich's wie eine Büste,
durch eine Rinne flutet Wasser ein,
der Fels ist anders und doch derselbe.
Wo schroff das Riff war, schwappt
die Welle sanft aufwärts durch das
Erdentor.

VERZEIHT, WENN DURCH MEINE AUGEN ...

Verzeiht, wenn durch meine Augen
nicht mehr Helligkeit drang als der Meeresgischt,
verzeiht, denn mein Raum
dehnt sich ungeschützt aus
und nimmt kein Ende:
Eintönig ist mein Lied,
mein Wort ist ein düsterer Vogel,
Fauna von Fels und Meer, die Trostlosigkeit
eines winterlichen, unverderblichen Planeten.
Verzeiht die endlose Folge von Wasser,
Klippe und Gischt, das launische Hin und Her
von Ebbe und Flut: So ist meine Einsamkeit:
Jähen Schwalls schmettert Salz gegen die Mauern
meines geheimen Seins, so daß ich
selbst ein Teil
des Winters bin,
der Weite, die sich wiederholt
von Glocken- zu Glockenklang im Wogengang,
Teil eines Schweigens, mähnenschwer,
ein Algenschweigen, versunkenes Lied.

BLUTIG WAR …

Blutig war alles Menschenland.
Zeit, Bauwerke und Routen, Regen
ebnen die Konstellationen ein des Mords,
schon tausendmal hat immerhin
ein Planet, so klein, im Blut gewatet;
ob Krieg, ob Rache, Hinterhalt, Feldschlacht,
es fielen Menschen, wurden verschlungen,
danach wischte Vergeßlichkeit allmählich
jeden Quadratmeter wieder sauber: Erst kamen
Denkmäler, unbestimmt, verlogen,
Sinnsprüche auch, in Bronze gegossen,
dann Unterhaltungen, Geburten,
Gemeinderäte, und zuletzt Vergessen.
Wie kunstvoll rotten wir doch aus
und wie gekonnt amputieren wir Erinnerungen!
Schon stehn, wo Blut war, wieder Blumen.
Macht euch fit, Jungs, trainiert
zum neuen Töten, neuen Sterben,
bald streut man wieder Blumen aufs Blut.

ES SCHLUG DIE DROSSEL …

Es schlug die Drossel, der klare Vogel,
über den Äckern Chiles:
Er rief, er rühmte,
schrieb in den Wind.
Früh war's
und Winter an der hiesigen Küste.
Rot hing ein Wolkenfetzen
wie ein dünnes Fahnentuch am Himmel,
schwebend überm Meer.
Dann flutete in den Himmel das Blau,

bis alles voller blauer Farbe war,
denn das ist jedes Tages Amt,
ist jedes Tages blaues Brot.

DAS MEER IST DA? …

Das Meer ist da? Schön, laßt es herein.
Gebt mir
die große Glocke, die von grüner Art,
nicht die dort, nein, die mit dem Riß
im bronzenen Mund,
und nun Schluß, ich will allein sein
mit dem erstgeborenen Meer und der Glocke.
Nichts will ich reden für lange Zeit,
Ruhe, ich will noch lernen,
will wissen, ob ich bin.

ENDE

Matilde, Jahre oder Tage
im Schlaf im Fieber,
hier oder dort,
durchbohrend,
zerbrechend die Wirbelsäule,
blutend wirkliches Blut,
erwachend vielleicht
oder verloren, eingeschlafen:
Klinikbetten, fremdländische Fenster,
weiße Kleider der Schweigsamen,
die Unbeholfenheit in den Füßen.

Dann diese Reisen
und aufs neue mein Meer:
dein Kopf auf dem Kopfkissen,

deine fliegenden Hände
im Licht, in meinem Licht,
über meinem Land.

Es war so schön zu leben,
da du lebtest!

Die Welt ist blauer und irdischer
bei Nacht, wenn ich schlafe,
riesig, in deinen kleinen Händen.

Ausgewählte Mängel
(1974)

REPERTOIRE

Menschen
sind hier, die haben Vornamen und Füße,
haben Adressen und Familiennamen:
Ich ziehe mit im Gänsemarsch
am Strang.
Manche, die sind schon abgerutscht
in den
Brunnen, den sie
gegraben, um darein zu stürzen:
Da sind die Guten und dabei Bösen,
die Schlächter und der Stein, auf dem sie
vom Rumpf getrennt den Schädel jedem,
der herantrat an den Abgrund.

Von allem liegt etwas im Korb, auch wenn's nur
Klingklang ist, Essensgeräusche,
Schüsse, Klappern von Löffeln, Schnäuzer,
ich weiß nicht einmal, was geschah, was los war
mit mir und mit den andern,
nur eins steht fest, gesehen
hab ich sie, berührt, und da das Leben hinrollt
und nie stillstehn seine Räder,
hab ich auch sie gelebt, so wie sie mich,
die Freunde, Feinde, Wände,
die ungehörig frommen Dulder,
die edlen Herren mit den tristen Hüten,
die vom Wind vertilgten Dörfler
und alles übrige: Korn im Kornspeicher,
die eignen Sünden, nackt wie üblich,
die gehen jeden Tag ins Bad und treten
noch besudelter danach ans Licht.

Ach, rette sich, wer immer kann!

Ich dokumentiere ja nur meine Mängel,
die eines einzigen Tags, sammle,
und nicht aus Grausamkeit, sondern aus langer Geduld:
Niemand trauert mehr, die schönen Tränen
sind überholt wie keusche Lilien,
ja, selbst die Reue ist entschlafen.

Drum zeig ich meine Krone, schnöder
Richter ich, der niemandem gerecht wird,
den Dieben nicht, nicht seiner würdigen Gattin,
ihr wißt Bescheid:
Ich, der nur plappert, red zu wenig,
hab viel gesehen und muß noch mehr sehen
und werd davon allmählich blind.

ANTOINE COURAGE

Kaum auf der Welt, begann der Mann
auch schon zu graben unter seinem Dasein
und baute aus dem, was er gefördert,
seinen Unglücksturm.
Für mich war sonderbar an diesem Mann,
der sonst so klar, so überschaubar war,
daß er sich stellte ans Fenster,
auf daß ihn Frauen und Männer sähen,
ihn sähen hinter Glas, wie er mal reich,
mal arm war, in die Hände klatschten,
wenn er nackt dastand mit gleich zwei Frauen,
mal Streiter für die Sache, mal von Sinnen,
mal trübe, mal kristallklar,
im Elend oder im Jaguar, mit Drogen
vollgestopft oder die Wahrheit lehrend
oder jäh abgestürzt in seinen wehen Frohsinn.

Ist diese Flamme erloschen, stechen
im Glanze unsres Lebens wir leicht
auf den Gestorbenen ein, stochern in Knochen,
lassen in Trümmer sinken seines Stolzes Turm,
hauen in seiner Widersprüche Kerbe,
essen vom selben bittren Brot wie er,
messen den, der vom hohen Roß gestürzt ist,
am eigenen strenggeheimen Hochmut:
Ach, nein, nicht das! Was ich erfahren möchte,
ist, wer war damals der Echte?
Der sich verzehrte und entflammte
oder der da posaunte: Seht mich, seht mich?
War's, der Verachtung abgesondert und gehofft,
daß die Verachteten ihn lieben,
wie so viele tobende Bettler?

Hier bricht ab die Geschichte, zu Ende
hab nicht ich sie geschrieben, sondern der Tod,
doch sind wir sichtlich alle Richter
und wünschen uns verbissen nichts so sehr,
wie mitzusprechen fremdes Unrecht.

DER ANDERE

Gestern hat mein Kamerad,
nervös, gefeiert, ungebrochen,
erneut herausgefordert meinen alten Neid, die Schwere
meiner unübertragbaren Substanz mir aufgebürdet.

Ich überfiel dich in mir, und in dir
überfällt mich diese messerscharfe Kälte,
da ich eintauschen würde dich gegen die andern,
da ausblutet dein Ungenügen
in dir wie eine offene Ader

und du dich abermals willst bauen
aus dem, was möchtest du, aber nicht bist.

Mein Kamerad, von Angesicht
steinalt wie Spuren von Vulkanen,
mit Asche, unverheilten Narben
neben gealtert brennenden Augen
(Lampen aus seinem eignen Keller),
mit Händen runzlig – wie leicht stechen
im Glanze unsres Lebens wir
auf den Gestorbenen ein, stochern in Knochen,
lassen in Trümmer sinken seinen stolzen Turm,
hauen in seiner Widersprüche Kerbe,
essen vom selben bittren Brot wie er,
messen den, der vom hohen Roß gestürzt ist,
an unserm eigenen strenggeheimen Hochmut:
Ach nein, nicht das! Ich will nur wissen,
welcher von beiden war der Echte?
Der sich verzehrte und entflammte
oder der da posaunte: Seht mich, seht mich?
War's, der Verachtung abgesondert und gehofft,
daß die Verachteten ihn dennoch lieben,
wie viele, die beim Betteln toben?

Hier bricht ab die Geschichte, zu Ende
hab nicht ich sie geschrieben, sondern der Tod,
doch sind wir sichtlich alle Richter
und wünschen uns verbissen nichts so sehr,
wie mitzusprechen fremdes Unrecht.

AUSLANDSSCHULDEN

Unter *Graissage, Lavage* und dem Tag *Dimanche*
fliegt grün der Rock der Fahrt vorüber.
durch Bierbuden führt der Weg zum Meer,
durch Worteniederreißen geht's zur Stille,
zur dritten, zur erwählten Einsamkeit.

(Der Ritter ohne Spiegel, Herr Montenegro,
läuft fort aus den Gesprächen, erschrocken,
und findet's allen Ernstes an der Zeit, daß er
einbreche in die Natur mit seiner Erscheinung.)

Wir fühlen ja mit dieser neuen Sträflingsgattung:
Er harrte aus auf einer Endlostagung,
starrte – und wußte gar nicht, wieso, warum –
unbeweglich wie ein Eiszapfen am Südpol,
wehrlos in der Runde der Kapitalverwalter,
in jedes der kalten Gesichter: Da saßen
beisammen sie als Richter über Chile, das ihnen
pro Kopf eine Milliarde Dollar schuldete.

Wie war er überhaupt in diesen Zwinger geraten?
                Montenegro
wußte es nicht, dabei hatte er im Leben so manches
Abenteuer bestanden mit sacht blutrünstigen Panthern
oder Pythonschlangen von respektheischenden Kräften,
hatte im Frührot durchstreift den Dschungel Ceylons
und getarnt als Krokodil erschreckt die Elefanten,
doch niemals sich so verloren gefühlt wie unter
den dünnlippigen Abgesandten mit abstrakten Blicken,
die einander in kalter Wut mit Zahlen bewarfen.

Kein Banker blickte Montenegro ins Gesicht. Sie sahen
nicht einmal untereinander sich an (im Grunde
kannten sie sich), (trüb und dabei doch gläsern),

einig in einem: Die Stümper nehmen wir nicht auf,
die Fliegen, die vor Kälte von der Decke fallen.

Heute aber schwamm er fast in Himmelswasser,
schwebte in den Atemzügen der Wälder, ward geboren,
fuhr auf kein Ziel zu, der Geladene, kein Vergnügen,
flüchtete nur vor Pariser Schlünden,
der Unexakte, der gern ging in Herden,
hatte, zerriebt von Blicken wie Revolverschüsse,
kurz vorm Verbluten sich herausstaffiert
für einen Tag, gemütlich, auf dem Lande.

Lassen wir Montenegro doch wieder in seine Kneipen,
zu den lauten Freunden aus seiner Schulzeit,
vergessen wir den Wagen, der hier in Frankreich
auf Autobahnen in Richtung Rouen fährt,
drinnen ein Irgendwer namens Montenegro,
der, halbtot vor Angst vor Auslandsschulden,
davonlief in Frankreichs Äcker und Fluren.

Respekt bitte vor seiner Flucht!

EIN HERR MONTERO

Ich lernt ihn kennen (und der Mann
hieß Montero) im Getümmel
eines Krieges, in dem ich war.

Verwachsen mit der Politik
wie mit dem Urgestein die Schnecke,
war Abdruck er, Korallenform,
einer von vielen, der Organisation,
lebendig, lebenslänglich, rühmte er sich
seiner Reinheit, als wäre es die des Volkes.

Dann aber fiel er um, der Mann,
und was echt schien, war Blendung.
Er war, entdeckten wir, ein anderer,
war keine Traube an dunkler Dolde,
lief nicht freiwillig in der Herde,
war kein Kapitän, erkannt von allen.
Was er am Leibe trug, fiel ab
wie ein zerschlißner Rock. Da stand er nackt:
ein zeternd Mensch nur noch,
Gewächs aus wildem Sumpf.

Erheblich ist nur, und mir unerträglich,
wie die Betrüger, der und der,
zu Masken kommen, Handschuhen, Kleidern,
so prunkvoll und derart gediegen,
daß wir, die Unverstellten,
fest überzeugt und offnen Mundes
bei ihrem Karneval mitspielen
und nicht mehr wissen, wo gelebt wird.

Ach, nenn mir keiner sie Verräter,
die vielen, die einst Wahrheit lehrten,
vielleicht danach gelebt von Herzen,
um dann mit ihr sich zu verfeinden
und seitdem zu hassen,
was sie gewesen und was wir noch sind.

Der arme Renegat, er lebt
von einer Chamudezerie zur andern,
fristet in Nobelhotels sein Leben,
wirft Schmutz um sich, wird immer bittrer,
und löst zuletzt sich auf im Leeren,
hat niemanden mehr als seinen Nabel.

Warum verfluchen, wer sich aufgebraucht,
als er den inneren Frost verströmte?

VÖGEL IM KOPF

Es kam Caballero Marcenac,
als der Tag sich neigte, zu mir;
er hatte noch mehr Weiß auf dem Kopf
und noch allerhand Vögel darin.

Gelbe Tauben beherbergt
sein aristokratischer Schädel;
die Tauben schwirren im Schlaf
in seinem Taubenschlaghinterkopf
wie im Amphitheater herum,
und hinter seiner Stirne stolziert
scharlachfarben der Ibis rot
mit seiner Armbrust voll Blut.

Hei, welch fürstliches Privileg!

Wandern mit Rebhühnern, Wachteln,
prachtvolle Fasanen hüten,
goldschimmernd Gefieder, das flieht
vor dem irdischen Feuerwerk,
dazu außerdem Spatzen, azurnes
Gevögel, und Lerchen, Kanaris,
Nachtigallen, Rotkehlchen, Spechte,
Djukafinken und Bülbüls.

In seinem eigenen hellen Kopf,
den mit Licht überglänzt hat die Zeit,
geht der Caballero Marcenac
mit seiner himmlischen Vogelschau
durch die Straßen. Und mit einem Mal
meinen die Leute, sie hätten es jäh
unbändig singen und zwitschern gehört
oder trillern im Morgenrot;
doch da er selber nichts davon weiß,

geht er weiter im Fußgängertritt,
und wo er hinkommt, da schauen ihm
Augen nach, bleich und bang.

Der edle Caballero Marcenac,
heute schläft er in Saint Denis,
und ganz still ist es in seinem Haus,
denn sein Schädel ruht nun aus.

CHARMING

Entzückend die Familie
mit exklusiv exzentrischen Töchtern,
wie sie sich versammelt im Grab:
Manche hängend am Kokaschnee,
andre von ihren Schulden geschwächt,
schreiten sie groß-, blaß- und vieläugig
in einer Reihe zur Familiengruft.

Mancher kam später als vorgesehn
(versumpft in Safari, Sauna oder Bett),
fand sich zu spät ein zur Dämmerung,
zur letzten Teatime des letzten Clans.

Die Generalsgattin führte streng
den Dirigentenstab,
und jeder erzählte seine Geschicht
von Ehepaaren, arg zerstritten,
bei denen gleichzeitig, in Bombay,
in Acapulco, Nizza, Rio
die Prügel, Schüsseln, Kannen flogen.

Die jüngste, mit Augen sanft und gelb,
zog nackt sich aus, wo sie ging und stand,

so stürmisch war sie, so übereilt,
ein anderer kam grad aus der Haft,
wo er wegen eleganter Gaunereien saß.

Langsam veränderte sich die Welt,
die Zeit, sonst unerschütterlich, ging
Hand in Hand mit der Bodenreform,
und Barschaft fand man nun nicht mehr
so einfach an der Wand, und auf der Uhr
lächelten die Stunden sie nicht mehr an,
verändert war des starren Abends Gesicht.

Wann sie hinab sind, weiß ich nicht,
Abgänge notieren steht nicht in meiner Rolle,
fort jedenfalls ist der reizende Clan,
kein Mensch weiß noch, daß es sie je gab,
das dunkle Haus ist eine helle Schule
und was verstreut war, in der Gruft vereint.

Wie heißen, wie hießen sie doch noch?

Keiner fragt mehr, keine Erinnerung bleibt,
kein Mitleid, Antwort gebe ich allein
nur mir, und irgendwie zärtlich fast:
Schließlich erfüllen Mensch und Baum
nur ihre Farbenfolge, entblättern sich:
Leben und Erde bestehen so fort.

HOMEROS ANKUNFT

H. Arce und aus Chile. Guter Gott,
wie weit entfernt und wie wortkarg der Caballero!
Es schien, als könne, als käme er gar nicht
fort aus meiner widerborstigen Heimat Chile,

meinem felsigen und schwanken Land.
Und doch ist er gekommen, hierher, protokollarisch gekleidet,
mit Krawatte, die Hose in Bügelfalten,
atlantisch gestimmt, am Ende also doch,
und verlor kein Wort über den verwegenen Flug
in vollbesetzter Maschine,
der frischgebackene Flieger.
Man halte sich seine Persönlichkeit
vor Augen, die eines Beharrers und Dichters,
wie er still vorbeitickern läßt seine Tage
und darum auch nicht zum Brand schürt
seiner Dichtung nobles Feuer.

So sind sie beschaffen, sollten wir wissen, die Männer,
die so groß sind, daß sie sich verkleinern
und nur gering schätzen erste Ränge,
die so ungebrochen sind wie das Holz
alten Gebälks, das glatt geworden ist unter der Berührung
der Würde und der Zeit.

Nun steht er wieder vor mir, mein
Weggenosse,
und da ich ihn kenne, sag ich nichts,
sage nur guten Tag zu ihm.

FELS IN DER BRANDUNG

Ein Fels ragt aus der Brandung
hier draußen an der Küste,
erbittert fällt der Sturmwind,
das Salz im Meer, der Jähzorn
seit Ewigkeiten, heute
und gestern, vielhundert Jahre
über die Klippe her.

Zerklüftet ist sie, runzlig,
hat Löcher,
Gebilde, Sprünge, Stufen,
hat Wangen aus Granit,
und Meer schießt auf am Felsen,
ihn liebend,
bitterböse birst ein Kuß,
hoch schäumt die Gischt zu Blitzen,
grimmigem Mondengleißen.
Da liegt der Felsen, grau,
in Altersfarbe, nüchtern,
ohne Ende, müde, übermächtig.

HIER MUSS ICH DURCH

Was für ein heiler, heilverheißender Genosse!
Runde um Runde dreht er in der Arena
meiner Republik, und mir scheint,
das Lächeln müsse ihm längst vergangen sein,
vom Bretterpodest gefallen, vom Fahrrad,
auf den Stierkampfplatz, in den Weltkampfring,
größer noch unterm politischen Licht,
aber nein, keineswegs: immer der Unbeirrbare,
der Tadellose mit strahlendem Gebiß.

Und da der Andere mit seiner Wahrheit und der meinen,
der wahren Wahrheit,
befestigt an einem Knüppel, einer Drohung,
auf der Suche nach einem, dem er den Schädel einschlägt
mit der zerbrechlichen Nase der Gerechtigkeit.

Und dies Jahrhunderte hindurch: Wie kerngesund
ist dieser mein Freund in der Wahrheit, und der Andere
in einer andern Runde, und in der Lüge.

So lobe ich am Guten, andeutungsweise,
die gewisse Scham eines Armen, der in den Zirkus geht
und bei Nacht zurückwandern muß zum Dorf
auf den schlechten Wegen meines Landes.

Und den Anderen, gesund und kampfbegierig,
den ruchlos Rasenden mit seinem Gefolge,
ja, ja, von behämmert glotzenden Nagetieren,
ihn verurteile ich Sektierer und setze ihn ab.

Mit wem, Bruder von morgen,
mit wem wirst du mir bleiben, bleibe ich dir?
Welche der zwei besessenen Hälften
wird ihr Grabmal am Weg erhalten?

Sorgen wir doch dafür, daß unter Feuer und Tränen
sie sich verbünden, eins werden, ein für allemal,
und nicht auf die Nerven gehn mit soviel Güte
oder soviel Bosheit: Wir haben es ja erkannt,
daß es uns niemals gelingt, so gut zu sein,
und daß wir es auch nicht schaffen, so verderbt zu werden:
Seien wir also hübsch behutsam beim Lebenverändern,
damit wir nicht einseitig weiterleben!

JAMMERLIED, BEI DEM JEDER SICH LANGWEILT

Zeitlebens hab ich die Nacht lang
kalkuliert und berechnet,
aber nicht Kühe, nicht Rinder,
aber keine Pfund Sterling,
aber auch keine Francs,
aber doch keine Dollars,
nein, nichts dergleichen.

Zeitnächtens hab ich mein Lebtag
kalkuliert und berechnet,
aber doch keine Wagen,
aber doch keine Katzen,
aber keine Geliebten,
nein, nichts von alldem.

Zeitlebens hab ich das Licht lang
kalkuliert und berechnet,
aber keinesfalls Bücher,
aber doch keine Hunde,
aber doch keine Ziffern,
nichts da.

Zeitmondens hab ich die Nacht durch
kalkuliert und berechnet,
aber nicht all die Küsse,
aber nicht meine Bräute,
nicht die Betten, darin ich gelegen,
nein, durchaus nicht.

Zeitnächtens hab ich durch die Wellen
kalkuliert und berechnet,
aber nicht die geleerten Flaschen,
aber auch keine Zähne,
aber auch keine Becher,
nein.

Solange Krieg war, hab ich den Frieden
durch gezählt und berechnet,
aber nicht Todesopfer,
aber auch keine Blumen,
von wegen.

Solange es regnete, habe ich erdweit
kalkuliert und berechnet,

aber keine Landstraßen,
aber nicht all die Lieder,
das nicht.

Solange die Erde besteht, hab ich im Dunkel
kalkuliert und berechnet,
aber keine Haare einzeln
und auch keine Runzeln,
nichts Verlorengegangenes,
nichts da.

Das ganze Sterben lang hab ich mein Lebtag
kalkuliert und berechnet,
doch worum es denn ging,
weiß ich nicht mehr,
nein.

Zeitlebens hab ich den Tod lang
kalkuliert und berechnet,
und ob ich dabei zu kurz kam
oder ob ich gewonnen,
ich weiß es nicht, die Erde
weiß es auch nicht.

Und so immer weiter.

AUSSER KONKURRENZ

Ich bin zum Konkurrieren so unbegabt,
daß Pedro und Juan alles einsackten,
die Gummibälle,
die Mädchen,
die Aspirintabletten und die Zigaretten.

Schwierig das Kindsein für einen Trottel,
ich war aber immer
noch vertrottelter als die andern Trottel,
so schnappten sie mir Radiergummis weg, Füller
und meine ersten Küsse in Temuco.

Ach, waren das Mädchen!
Nie sah ich solche Prinzessinnen wieder,
blau strahlten sie alle oder trauerschwarz,
blank wie Zwiebeln, hell wie Perlmutt,
die Hände präzise, klar die Nasen,
mit Augen wie Stuten, ganz unerträglich,
die Füße wie Fische oder Madonnenlilien.

Sicher, zugegeben, damals war ich
ein Klappergestell und überspielte mit Hochmut,
daß ich im Lieben tumb war wie ein Schaf,
nicht mal nach Beinen zu schielen wagte,
nicht nach den Haaren, die im Nacken
herabstürzten wie Kaskaden,
dunkles Wasser über meine Wünsche.

Auch danach, liebe Leute, erging es mir so,
auf allen Straßen, die ich begangen,
warf man mich mit einem Stoß in die Rippen
oder einem kalten Augenpaar aus dem Rennen,
ließ mich nicht mit in den Speisesaal,
zogen alle ab mit ihren blonden Frauen.

Und ich kann mich nicht wehren.

Mich großzutun mit Verdiensten,
heimlich aufbewahrten Medaillen,
edlen Taten, geheimen Titeln,
paßt nicht zu meiner begriffsstutzigen Art,
ich verkrieche mich in mein Loch,

und je mehr man mich pufft und mich knufft,
desto tiefer sinke ich im Tierreich hinab,
grabe mit Maulwürfen mich in die Erde,
such mir einen komfortablen Keller,
dahin kommen nicht einmal die Fliegen mehr.

So traurig ist meine Geschichte,
wenn sie an Traurigkeit auch vielleicht
an die Ihre, Señor, nicht heranreicht,
so kann es doch sein, so denke ich mir,
ich mein, kann sein, daß Sie ein noch größerer Trottel sind.

OREGANO

Als ich allmählich das Sprechen
erlernte,
da lernte ich, glaube ich, schon den Mangel an Zusammenhalt:
Niemand verstand mich, nicht einmal ich selbst,
und ich haßte jene Wörter,
die mich wieder und wieder
ins selbe Brunnenloch stießen,
ins Brunnenloch meines eignen, noch dunklen Wesens,
noch leidend an meiner Geburt,
bis ich auf einem Bahnsteig
oder einem frisch gerodeten Feld
für mich ein Wort entdeckte: *Oregano*,
ein Wort, das mich entwirrte,
als zöge es mich aus einem Labyrinth.

Kein weiteres Wort wollte ich da noch lernen.

Ich verbrannte die Wörterbücher,
schloß mich ein in diesen singenden Silben,
voller Bilder von einst, voller Zauber und wilden Wachstums,

und lauthals schreiend am Ufer
der Flüsse,
zwischen scharfen Schwertlilienblättern
oder auf dem Zement der Zitadelle,
in Bergwerkstollen, Büros und Sterbezimmern
käute ich wieder und wieder mein Wort *Oregano*,
und es war, als wäre es eine Taube,
die ich aufflattern ließ unter den Unwissenden.

Wie roch das nach furchterregendem Herzen,
wie roch das nach der wahren Vielfalt und Fülle von Violett,
und welch lidhafte Form,
um die Augen zu schließen und einzuschlafen:
Die Nacht hat *Oregano*,
und manchmal wurde es zum Revolver und geleitete mich,
so daß ich lässig zwischen Raubtieren hindurchgehn konnte:
Dieses Wort verteidigte meine Verse.

Ein Drachen, Reißzähne (gewiß
würden sie mich zerfleischen),
die Wildsäue und die Krokodile:
Da zog ich
einfach aus meiner Tasche
mein verehrungswürdiges Wort:
Oregano, schrie vor Freude
und schwenkte es in meiner zitternden Hand.

O Wunder, die bestürzten Ungeheuer
baten mich um Vergebung und baten mich
demütig um *Oregano*.

O Schmetterling unter den Wörtern,
o Helikopterwort,
unbefleckt und trächtig zugleich
wie eine priesterliche Erscheinung,
duftgeladen,

raumbeherrschend wie ein schwarzer Leopard,
phosphoreszierendes Oregano,
das mir dazu diente, mit niemandem zu reden
und mein Geschick zu erhellen,
im Verzicht auf den Prunk vernünftig folgender Rede,
dank einer geheimen Sprache, der des Oregano.

DIE AUF MICH WARTEN IN MAILAND

Die auf mich warten in Mailand,
sind weit entfernt vom Nebel,
stehen nicht da und stehen dennoch,
neben andern, die mich erwarten.
Sie sind gewiß nicht gekommen,
weil ihre Beine aus Stein sind,
und stehen wartend im Kreis
an den Kircheneingängen,
die Flügel zerschlissen, nichts zum Fliegen,
die Nasen lang schon abgebrochen.

Es wissen nicht, die da warten,
daß ich zu ihnen aus den Wolken
und aus Zweifeln herabsteige.

Die Heiligen, in sich versunken,
die Venusse mit verstümmelten Nasen,
die sauertöpfischen Reptile,
sie winden sich und würgen,
die Schlangen aus dem Paradiese
und die gelangweilten Propheten
sind früh genug an ihren Portalen,
um mir mit Ehrfurcht aufzuwarten.

PARODIE AUF EINEN KÄMPFER

Ja, was treibt ihr denn da unten?
Anscheinend habt ihr alle viel zu tun,
brodelt nur so in euren Geschäften.

Da unten, da unten,
in der Tiefe da drunten,
macht ihr vielleicht ein großes Getöse,
hier oben sieht man nicht viel davon,
ich kann eure Münder nicht erkennen,
erkenne
keine Details, kein Lächeln,
keine abgelaufenen Schuhe.
Warum kommt ihr nur nicht?
Wo wollt ihr euch denn verkriechen?

Ich bin hier, hier bin ich!
In Gedanken Weltklasse in Ski und Boxen
im Schwergewichtslanglauf,
ich habe schwarze Schwingen,
bin der Henker,
bin der Priester,
der größte General aller Schlachten,
laßt mich nicht allein, ihr,
bloß das nicht,
nicht fortgchn,
ich hab doch eine Uhr,
habe eine Kugel,
hab den Plan zu einem Kleinkrieg der Banken,
komme mit allem zu Rande,
könnte ja der Vater sein von euch allen,
ihr gottverfluchten Kinder:
Was ist denn,
habt ihr mich etwa vergessen?

Ich seh euch doch von hier oben,
lauft ja ganz täppisch ohne meine Füße,
ohne meinen Ratschlag,
schlurft ja nur träge übers Pflaster,
wißt nichts von der Sonne,
habt das Pulver nicht erfunden,
müßt erst noch lernen, wie man Kind ist,
wie man ißt, okkupiert,
wie man Berge erklettert,
Hefte ordentlich führt,
wie man Flöhe umbringt,
sein eignes Land dechiffriert,
müßt noch entdecken die Inseln.

Aus, alles zu Ende.

Fort sind sie, auf ihren Straßen, zu ihren Kriegen,
fort zu ihren Unbekümmertheiten, ihren Betten.
Ich hänge fest
in der Einsamkeit Zähnen,
ein zerkauter Batzen Fleisches,
Vorderbeinknochen
eines ausgestorbenen Tieres.

Mit welchem Recht! Ich verlange
mein Bezirksamt, meine Diensträume,
den Rang, den ich mir erworben bei der Truppe,
auf dem Fußballplatz,
ich finde mich nicht damit ab, im Schatten zu stehn!

Ich habe Durst, Hunger nach Licht,
und bekomme nur Schatten zu fressen.

EIN ANDERES SCHLOSS

Nein, ich bin nicht der Feurige,
ich bestehe aus Kleidern, Rheumatismus,
zerrissenen Papieren, vergessenen Zitaten,
armseligem Höhlengekritzel auf etwas,
was einmal stolze Steine waren.

Wo ist das Schloß des Regens geblieben,
wo die Zeit des Wachsens mit ihren traurigen Träumen
und jener halbentfaltete Plan
von ausgebreiteten Schwingen, vom Adler am Himmel,
von heraldischem Feuer?

Nein, ich bin nicht der Blitz
aus blauem Feuer, niederzuckend wie eine Lanze,
die jedes Herz ohne Bitterkeit durchbohrt.

Das Leben ist nicht die Spitze eines Messers,
kein niederschmetternder Stern,
sondern ein leiser Verschleiß im Leihkostüm,
ein tausendfach wiederholter Schuh,
eine Medaille, die langsam oxydiert
im Innern einer dunklen, dunklen Truhe.

Ich verlange keine frische Rose, keine Schmerzen,
nicht Gleichgültigkeit ist's, was mich verzehrt,
sondern daß jedes Zeichen geschrieben ist,
Salz und Wind verwischen die Schrift,
und die Seele ist nun eine schweigende Trommel
am Ufer eines Flusses, jenes Flusses,
der dort war und dort sein wird weiterhin.

DER GROSSE PINKLER

Der große Pinkler war gelb,
und der Strahl, der herunterkam,
war ein bronzefarbener Regen,
prasselnd auf die Kuppeln der Kirchen,
auf die Dächer der Automobile,
auf die Fabriken und die Friedhöfe,
auf die Menge und ihre Grünanlagen.

Wer war er? Wo steckte er?

Etwas Dichtes war's, eine zähe Flüssigkeit,
was da runterkam
wie von einem Roß,
und erschrockene Passanten
ohne Regenschirm
blickten suchend zum Himmel auf,
während die Paradestraßen überflutet wurden
und unter den Türen
der unablässige Harnstrom hereinquoll,
der die Kanalschächte füllte,
Marmorböden versaute und Teppiche,
Treppen.

Nichts war zu erkennen. Wo
lauerte die Gefahr?

Was war los mit der Welt?

Der große Pinkler in der Höhe
schwieg und pinkelte.

Was soll das bedeuten?

Ich bin ein schlichter Dichter
und habe nicht den Ehrgeiz, Rätsel zu lösen
oder Spezialschirme zu empfehlen.

Tschüs! Bis bald! Ich winke und verziehe mich
in ein Land, wo man mir keine Fragen stellt.

TOD UND VERFOLGUNG DER SPATZEN

Ich war in China
gerade in den Tagen,
als Mao Tse-Tung ohne großen Eifer
verfügte, daß die Spatzen alle
auf der Stelle ihr Leben zu lassen hätten.

Ebenso bewundernswert
diszipliniert,
wie es einst die Mauer erbaut hatte,
massierte China seine Massen
und schwärmte jeder Chinese aus nach dem Feinde.

Knaben, Soldaten, Astronomen,
Mädchen, Soldatinnen, Astronomenfrauen,
Flieger und Friedhofsangestellte,
chinesische Köche, Dichter,
Erfinder des Pulvers und Bauern,
die den heiligen Reis anbauten,
Erfinder von Spielsachen, Politiker
mit dem chinesischen Lächeln,
alle gingen los
auf den Sperling;
der starb eines millionenfachen Todes,
bis Mao Tse-Tung auch den letzten, allergrößten
Sperling füsilierte.

Darauf zog jeder Chinese bewundernswürdig
diszipliniert aus mit einem Spatzen,
mit seinem traurig kleinen Spatzenleichnam
in der Jackentasche;
ein jeder der
siebenhundertdreißig Millionen
Bürger Chinas
hatte einen Spatzen
in einer der
siebenhundertdreißig Millionen
Jackentaschen,
und alle zogen, jahrtausendealte
Ruhmes- und Kriegeshymnen schmetternd,
ins ferne Gebirge des Grünen Mondes,
dort oben jeden toten Sperling einzeln
zur letzten Ruhe zu betten.

Das zog sich hin über siebzehn Jahre:
Jeder bekam sein eigenes kleines Grabmal,
seine Privatgruft, seine begrünte Grube,
oder kam ins Massenloch, schnell gegraben,
bis, immer der Reihe nach,
restlos alle
Spatzen Chinas unter der Erde waren.

Doch dann geschah Sonderbares.
Als die Beerdiger gegangen, huben
die kleinen Beerdigten an zu singen:
Das war ein Sperlingsgeschmetter,
das da durchs Chinesenland schmetterte:
Der ganze Planet stieß ins Horn.

Von dem Schall erwachten die Sterblichen,
die vor undenklichen Zeiten Gestorbenen,
die Jahrhunderte toter Chinesen.

Sie kehrten zurück in ihr Leben,
zu ihren Pflugscharen, ihrer Wirtschaft.

Ich mache niemandem einen Vorwurf. Laßt mich in Frieden.

Zumindest ist jetzt geklärt,
warum mit jedem Tag mehr Chinesen und immer weniger
Spatzen auf der Welt leben.

SCHLENDERN MIT LAFORGUE

Ich sagte also, ich, wir alle,
leichtsinnige Brüder, dürftig mit Tiefsinn drapiert –
warum bloß wollten wir niemals Arm in Arm gehn
mit diesem zärtlichen Julius, der einsam starb?
Mit einem Bruder von reinstem Leichtsinn,
der uns vielleicht hätte lehren können das Leben auf
seine Weise,
den Mond auf seine Weise,
ohne die feindselige Bitterkeit des Geschlagenen?

Warum bloß haben wir nicht seine Violine begleitet,
die den papierenen Herbst seiner Zeit entblätterte
für den exklusiven Gebrauch von jedermann,
von aller Welt, wie es recht und billig?

Jünglinge waren wir, törichte Liebhaber
des rauhkehligen Tenors von Sils-Maria,
ja, der gefiel uns,
die ausweglose, widerborstige Einsamkeit,
Gipfel der Adlervögel,
die nur für die Münzen taugen,
Herrscher-Vögel, bestimmt
fürs Balgmuseum und fürs Wappenschild.

Jünglinge, die in schäbigen Pensionen hausten,
von endlosen Spaghetti sich nährend,
von Brotkrümeln in den zerschlissenen Taschen,
Nietzschekrümeln in den armen Gehirnen:
Draußen kam man ohne uns aus,
die Straßen und die Häuser und die Liebe:
Wir taten, als liebten wir die Einsamkeit
wie Zuchthäusler ihre Haft.

Heute, da es schon allzu spät ist, hab ich dich wiedergesehn,
Jules Laforgue,
feiner Gefährte, trauriger Caballero,
wie du dich lustig machst über alles, was du warst,
einsam im Park der Kaiserin
mit deinem Taschenspiegelmond
– dem Ehrenzeichen, das du dir beigelegt –,
so korrekt zur Abenddämmerung,
so freundschaftlich zur Melancholie,
so großmütig zur weiten Welt,
die du doch kaum verdauen konntest.

Denn mit deinem Sterbenslächeln
bist du in später Stunde gekommen, sanfter, wohlgekleideter
Junge,
uns zu versöhnen mit unserem armen Leben,
als du dich schon mit dem Tod vermähltest.

Ach, wieviel ist uns verlorengegangen durch den Trotz
in unserer verachtungsvollen Jugend,
die nur das Sturmgewitter liebte,
während das *froufrou*, das du uns erlauschtest,
oder das Mondensolo, das du uns lehrtest,
eine Wahrheit waren, die wir nicht begriffen:
die Schönheit der Welt, die du verlorst,
damit wir sie erben sollten,
die noble Geheimschrift, die wir nicht entzifferten:

deine tödliche Jugend, die uns etwas lehren wollte,
ans Fenster klopfend mit einem gelben Blatt:
deine Lektion, bewundernswerter Lehrer,
lauterer Gefährte,
so verhalten verendend.

Chronologie

der wichtigsten Lebensabschnitte von Pablo Neruda und der Publikation seiner bedeutendsten Werke

12. Juli 1904	Geburt von (Ricardo Eliecer) Neftalí Reyes (Basoalto) in Parral (Südchile) als Sohn des Lokomotivführers José del Carmen Reyes und der Volksschullehrerin Rosa Neftalí Basoalto. Seit 1920 benutzt der Dichter das Pseudonym Pablo Neruda, das er am 28. 12. 1946 als seinen Namen legalisieren läßt. Seine Mutter stirbt sechs Wochen nach seiner Geburt an Tuberkulose.
1906	Umzug des Vaters nach Temuco (Südchile) und zweite Ehe mit Trinidad Candia Marverde.
1917	Veröffentlichung des ersten Artikels in der Zeitung *La Mañana* (Temuco).
1921	Neruda begibt sich zum Studium nach Santiago de Chile.
1923	Erstausgabe von *Crepusculario.*
1924	Erstveröffentlichung von *Zwanzig Liebesgedichte und ein Lied der Verzweiflung.*
1927–1932	Chilenischer Honorarkonsul in Rangun, Colombo, Batavia und Singapur.
1930	Hochzeit mit der Holländerin Maria Antonieta Hagenaar Vogelzanz.
1932	Rückkehr nach Chile. Zweite und definitive Ausgabe von *Zwanzig Liebesgedichte und ein Lied der Verzweiflung.*
1933	Erstausgabe von *Der begeisterte Schleuderer* (zehn Jahre nach der Abfassung). Chilenischer Konsul in Buenos Aires. Erste Begegnung mit Federico García Lorca. Erstausgabe von *Aufenthalt auf Erden (1925–1931).*
1934	Chilenischer Konsul in Barcelona. Geburt seiner

Tochter Malva Marina. Lernt die Argentinierin Delia del Carril kennen.

1935 Chilenischer Konsul in Madrid. Die spanischen Dichter feiern ihn mit dem Buch *Homenaje a Pablo Neruda de los poetas españoles (Ehrengabe der spanischen Dichter an Pablo Neruda)*. Publikation der Zeitschrift *Caballo Verde para la Poesía (Grünes Pferd für die Dichtung)*. Publikation von *Aufenthalt auf Erden (1925–1935)*.

1936 Nach dem Ausbruch des Spanischen Bürgerkriegs wird Pablo Neruda als Konsul abgesetzt. Trennung von Maria Antonieta Hagenaar Vogelzanz.

1937 Rede in Paris auf Federico García Lorca. Erstausgabe von *Spanien im Herzen*.

1938 Tod seines Vaters und seiner Stiefmutter. Politisches Engagement in Chile für Pedro Aguirre Cerda, den Präsidentschaftskandidaten der Volksfront.

1939 Chilenischer Konsul für die spanischen Emigranten in Paris. Organisiert die Überfahrt der Flüchtlinge nach Chile auf dem Frachtschiff »Winnipeg«.

1940 Chilenischer Generalkonsul in Mexico-Stadt.

1941 Die Universität von Mexico-Stadt publiziert *Gesang* für *Bolívar*.

1942 Liest im Auditorium maximum *Gesang* für *Stalingrad*, der dann überall in Mexico-Stadt als Plakat angeschlagen wird.
Tod seiner kranken Tochter Malva Marina.

1943 Reise in die USA. Triumphale Rückkehr nach Chile über Panama, Kolumbien, Peru (wo er Lima, Cuzco, Macchu Picchu und Arequipa besucht).

1944 Erhält den Lyrik-Preis der Stadt Santiago de Chile.

1945 Wahl zum Senator für die nordchilenischen Provinzen Tarapacá und Antofagasta. Eintritt in die Kommunistische Partei. Reise nach Brasilien.

1946 Wahlkampfleiter des chilenischen Präsidentschaftskandidaten Gabriel González Videla. Erste Begegnung mit Matilde Urrutia in Santiago.

1947 Publikation von *Dritter Aufenthalt.*

1948 Pablo Neruda hält am 6. Januar im Senat die Rede *Ich klage an* gegen den politischen Kurswechsel des Präsidenten González Videla; darauf wird er als Senator abgesetzt und polizeilich gesucht. Verbot der Kommunistischen Partei Chiles. Neruda lebt bis Februar 1949 im Untergrund.

1949 Abenteuerliche Flucht aus Chile. Ernennung zum Mitglied des Weltfriedensrates. Er trifft in Mexico-Stadt Matilde Urrutia wieder.

1949–1952 Exil. Zahllose Reisen nach Amerika, Europa und Asien (Indien, Volksrepublik China).

1950 Erstausgabe von *Der Große Gesang* in Mexico-Stadt. Erhält den Internationalen Friedenspreis.

1952 Aufenthalt auf Capri, mit Matilde Urrutia. Anonyme Publikation von *Die Verse des Kapitäns* in Neapel. Triumphale Rückkehr nach Chile.

1953 Erhält den Stalinpreis.

1954 Erstausgabe von *Elementare Oden* und *Die Trauben und der Wind.* Zahlreiche Reisen und Ehrungen.

1955 Trennung von Delia del Carril und endgültige Verbindung mit Matilde Urrutia.

1956 Erstausgabe von *Neue Elementare Oden.*

1957 Präsidenten des Chilenischen Schriftstellerverbandes. Erstausgabe von *Drittes Buch der Oden.*

1958 Beteiligung am Präsidentschaftswahlkampf in Chile. Erstausgabe von *Estravagario (Extravaganzenbrevier).*

1959 Erstausgabe von *Seefahrt und Rückkehr.*

1960 Zahlreiche Reisen, Aufenthalte in Paris und in Kuba. Erstausgabe von *Heldenepos.*

1961 Ernennung zum korrespondierenden Mitglied des Instituts für Romanische Sprachen der Universität Yale (USA).

1962 Ernennung zum akademischen Mitglied der Philosophischen Fakultät der Universität von Chile in Santiago.

1964 Vortragsreihe zum 60. Geburtstag des Dichters in der chilenischen Nationalbibliothek. Aktive Beteiligung am Präsidentschaftswahlkampf.
Erstausgabe von *Memorial von Isla Negra.*

1965 Dr. h. c. der Universität von Oxford.

1966 Reisen in Nord- und Südamerika. Legalisiert in Chile seine im Ausland geschlossene Ehe mit Matilde Urrutia.

1967 Reisen in Europa.

1968 3. Ausgabe der *Vollständigen Werke* (Losada, Buenos Aires).
Erstausgabe von *Die Hände des Tages.*

1969 Ernennung zum Präsidentschaftskandidaten der Kommunistischen Partei Chiles; Wahlkampf; Verzicht zugunsten von Salvador Allende.
Erstausgabe von *Weltende* und *Noch.*

1970 Erstausgabe von *Das flammende Schwert* und *Die Steine des Himmels.* Wahlkampf; nach dem Sieg der Volksfront Ernennung zum Botschafter Chiles in Paris.

1971 Nobelpreis für Literatur.

1972 Die Regierung und das chilenische Volk ehren Pablo Neruda im Nationalstadion von Santiago.

5. 2. 1973 Aus Gesundheitsgründen Rücktritt von seinem Botschafterposten.

11. 9. 1973 Sturz und Tod von Salvador Allende.

23. 9. 1973 Pablo Neruda stirbt in Santiago de Chile.

1974 Publikation der Memoiren *Ich bekenne ich habe gelebt* und der acht postumen Lyrikbücher *Die abgeschnittene Rose, Garten im Winter, 2000, Das gelbe Herz, Buch der Fragen, Elegie, Das Meer und die Glocken, Ausgewählte Mängel.*

1978 Publikation der Prosaschriften *Um geboren zu werden.*

5. 1. 1985 Matilde Urrutia de Neruda stirbt in Santiago de Chile.

Namen und Daten

Aconcagua Höchster Berg Amerikas (6958 m), in den argentinischen Anden, nordöstlich von Santiago de Chile gelegen.

Alberti, Rafael Geboren 1902 in Puerto de Santa Maria/Cádiz; neben Federico García Lorca der bedeutendste spanische Dichter der *Generation von 1927* und enger Freund von Pablo Neruda. Träger des Cervantes-Preises von 1983.

Alberto Neruda widmet den 4. Teil des *Memorial – Der Wurzeljäger* – dem spanischen Bildhauer Alberto Sánchez, der am 1. Februar 1964 in Moskau starb und dessen kastilisch-karge Skulpturen Neruda diesen Titel eingaben.

Aldebarán Roter Stern 1. Größe im Sternbild des Stieres; an ihm, an Arktur und Sirius erkannte Halley die Eigenbewegung der Fixsterne.

Aleixandre, Vicente (1898–1984), aus Sevilla; wie García Lorca und Alberti einer der wichtigsten spanischen Dichter der *Generation von 1927* und sehr guter Freund von Pablo Neruda. Er erhielt 1977 den Nobelpreis für Literatur.

Amarant Fuchsschwanz; Pflanzengattung aus der Familie der Amarantazeen mit etwa 50 in den Tropen und in den gemäßigten Zonen vertretenen Arten.

Angol Ort an der südchilenischen Eisenbahnlinie, am Malleco-Fluß.

Antofagasta Hafenstadt im Norden Chiles; Ausfuhrhafen für Kupfer und Salpeter. Von den nordchilenischen Provinzen Antofagasta und Tarapacá wird Neruda im März 1945 zum chilenischen Senator gewählt.

Aragon, Louis (1897–1982), einer der bedeutendsten französischen Dichter und Romanciers des 20. Jahrhunderts. Enger Freund von Pablo Neruda, mit dem er auch die politischen Überzeugungen teilte.

Araukaner = Südchilene. – Die Araukaner sind die indianischen Ureinwohner Chiles (siehe auch *Süden*).

Araukanien = Südchile, wo Pablo Neruda geboren wurde und aufwuchs. Eigentlich: Land der Araukaner, d.h. des Indianervolkes, das Südchile vor der europäischen Eroberung bewohnte und besaß.

Araukarie »Andentanne«: Hoher Nadelbaum, besonders verbreitet in Chile.

Arce, Homero (1901–1977), chilenischer Dichter und lebenslanger Freund von Pablo Neruda. Seinen Gedichtband *Los intimos metales* (1963) hat Neruda illustriert. Seit 1952 ist Arce der Sekretär des Dichters.

Arequipa Stadt in Süd-Peru mit wunderschönen Bauten aus der spanischen Kolonialzeit.

Arica Hafenstadt Chiles, nahe der peruanischen Grenze.

Atacama Wüstengebiet in Nordchile.

Austral Abgeleitet von lateinisch auster = Südwind: den Süden betreffend, südlich.

Avellano Haselnußstaude; hier: Baum mit haselnußartiger Frucht und milchartigem Harz, aus dem Gummi gewonnen wird.

Aymará Indianervolk im Andenhochland von Bolivien und Peru (z.T. auch in Nordchile vertreten).

Aysén (Aisén) Hauptstadt der gleichnamigen Provinz im sogenannten »Großen Süden« Chiles.

Azorelle Für die Hochanden und die antarktischen Inseln typischer Strauch (aus der Gattung der Doldenblütler).

Baudelaire, Charles (1821–1867). Mit dem Dichter der *Fleurs du Mal* hat sich Neruda von frühester Jugend an beschäftigt:

Ben Barka, Mehdi (1920–1965), marokkanischer Politiker; Anführer des sozialistischen Flügels der Istiklal-Partei; 1961 geht er nach Frankreich ins Exil, 1963 wird er in Marokko in Abwesenheit zum Tode verurteilt, 1965 in Paris ermordet.

Ben Bella, Mohammed Ahmed (Geboren 1916), algerischer Politiker; führendes Mitglied des FLN, dessen Generalsekretär er später wird; August 1962: Ministerpräsident Algeriens, September 1962: Staatspräsident. Wird 1965 durch den Militärputsch unter Boumedienne gestürzt.

Benjamín Gemeint ist – in *Garten im Winter* – der chilenische Dichter Benjamín Subercaseaux (1902–1973), der am gleichen Tag starb wie Manuel Rojas, und zwar in Tacna (Peru).

Berenike Name von Königinnen aus der Zeit des Hellenismus. *Haupthaar der Berenike* ist ein Sternbild, benannt nach der im Jahre 221 vor Christus ermordeten ptolemäischen Königin, die mit Ptolemäus III. verheiratet war und für dessen glückliche Rückkehr aus einem Krieg eine Haarlocke gelobte.

Beria (Berija), Lawrenti Pawlowitsch (1899–1953), unter Stalin Chef des Polizei- und Sicherheitsapparates der UdSSR und einer der Hauptverantwortlichen für die *großen Säuberungen*. Marschall der Sowjetunion, stellvertretender Ministerpräsident und Mitglied des Politbüros, wird Berija nach Stalins Tod 1953 erschossen.

Bio-Bio-Strom Der längste chilenische Fluß (360 km), im Süden des Landes; mündet bei Concepción in den Pazifik.

Bliss, Josie *siehe Rangun.*

Boldú-Baum In Chile beheimateter Baum mit immergrünen Blättern, weißen Blüten, eßbarer Frucht. Seine Blätter werden zur Herstellung eines aromatischen und heilenden Tees verwendet.

Boroa Ort in Südchile.

der Bucklige von Paris Gemeint ist Quasimodo, *der Glöckner von Notre-Dame,* aus dem historischen Roman *Notre-Dame de Paris* (1831) des französischen Romantikers Victor Hugo (1802–1885).

Budi-See Chilenischer Küstensee in der Provinz Cautín, südlich der Mündung des Imperial-Flusses bei Puerto Saavedra, unweit von Temuco, des Heimatortes von Neruda.

C. = Erwin Cerio. Er stellt Pablo Neruda und Matilde Urrutia im Winter 1951/52 seine Villa auf Capri zur Verfügung.

Candia, Genaro Bruder von Nerudas Stiefmutter Trinidad Candia Marverde.

Carahue Ort westlich von Temuco im südlichen Chile am Imperial-Fluß. In Temuco ist Neruda aufgewachsen (1906–1921).

Carmen Reyes, José del Nerudas Vater, Sohn eines Weinbauern, der zuerst Hafenarbeiter und später Lokomotivführer in Temuco wird. Sein Geburtsdatum ist unbekannt; er starb am 7. Mai 1938.

Cauquenes Provinzstadt in Südchile, südwestlich von Talca.

Cautín Südchilenischer Fluß. Temuco, wo Neruda aufwuchs, liegt am Cautín.

Celestina Eine der berühmtesten Kupplerinnen der Weltliteratur; aus der *Tragi-Comedia de Calixto y Melibea* (auch *La Celestina* genannt), deren älteste Ausgabe aus dem Jahre 1499 stammt und die dem spanischen Schriftsteller Fernando de Rojas (– 1465–1541) zugeschrieben wird.

Ceylon (Sri Lanka) Neruda ist von 1928 bis 1930 chilenischer Konsul in Colombo auf Ceylon. 1957 besucht er auf einer Asienreise Colombo, ohne auf ein bekanntes Gesicht aus seiner frühen Zeit zu treffen.

Chiapas Staat im südlichen Mexico, wo zahlreiche Ruinenstätten der Maya liegen.

Cifuentes Sepúlveda, Joaquín (1900–1929), Jugendfreund von Pablo Neruda aus seiner Zeit in Santiago de Chile (1921–1927).

Chillán Ort an der südchilenischen Eisenbahnlinie, südlich von Parral; aus Chillán stammt Matilde Urrutia, Nerudas dritte Frau.

Colli-Pulli Südchilenischer Ort im ehemaligen Araukanerland; wird 1867 neu gegründet.

Condé-sur-Iton Kleiner Ort in der Normandie, wo Neruda ein Haus besaß, als er chilenischer Botschafter in Frankreich war (1971–1973).

Copihue In Chile weitverbreitete Kletterpflanze mit roten oder weißen Blüten; wird als Zierpflanze gezüchtet.

Cortázar, Julio (1914–1984), argentinischer Schriftsteller; einer der größten Erzähler und Romanciers der lateinamerikanischen Gegenwartsliteratur; Hauptwerk: *Rayuela – Himmel und Hölle* (1963).

Coyhaique Ort und Distrikt der chilenischen Provinz Aysén. *Curacautín* Südchilenischer Ort, nordöstlich von Temuco.

Curió Stadt südlich von Santiago de Chile im Weinbaugebiet des Valle Central, an der Bahnlinie in den Süden.

Darío, Rubén (1867–1916), einer der bedeutendsten Dichter Lateinamerikas. Er stammt aus Nicaragua und ist der hauptsächliche Vertreter des hispanoamerikanischen Modernismo. Sein wichtigstes Gedichtbuch heißt *Azul* (1888).

Delia = Delia del Carril, die zweite Frau von Pablo Neruda. Er lernt sie 1934 in Madrid kennen und trennt sich 1955 von ihr. Sie lebt heute – über hundert Jahre alt – in Santiago de Chile (siehe: Volodia Teitelboim, *Neruda,* Ediciones Michay, Madrid 1984, S. 406f.).

Ehrenburg, Ilja (1891–1967), bedeutender Schriftsteller und Journalist aus der Sowjetunion; enger Freund von Pablo Neruda.

Eisenbahn (in Südchile) Nerudas Vater war Lokomotivführer bei der südchilenischen Eisenbahn während der »Pionierzeit« (siehe *Süden).*

Eliot, Thomas Stearns (1888–1965), englischer Lyriker, Dramatiker, Essayist und Kritiker. Wird durch sein Gedicht *Waste Land* (1922) weltberühmt.

Eluard, Paul (1895–1952), einer der größten Dichter der modernen französischen Literatur, Mitbegründer der surrealistischen Bewegung in Frankreich. Eluard schließt sich im 2. Weltkrieg der Résistance an und tritt in die Kommunistische Partei ein. Er ist eng mit Pablo Neruda befreundet.

Ercilla y Zúñiga, Alonso de (1533–1594), spanischer Soldat und Dichter; Autor des berühmten Epos *La Araucana,* das die Eroberung Chiles, die Ercilla miterlebt hat, beschreibt.

Federico = Federico García Lorca (1898–1936), der berühmteste spanische Dichter der *Generation von 1927* und einer der besten Freunde von Pablo Neruda, der ihn 1933 in Buenos Aires im Haus von Pablo Rojas Paz zum ersten Mal trifft. Vielfältig begabt, ist García Lorca vor allem als lyrischer Dichter und als Theaterautor wichtig. Bei Ausbruch des Spanischen Bürgerkriegs wird er im August 1936, 38 Jahre alt, bei Granada von Falangisten erschossen.

Figari, Carlos Alberto (Geboren 1917), bekannter argentinischer Tangokomponist, Orchesterleiter und Pianist.

Frontera (= Grenzland) Siehe *Süden*.

Frühling Gemeint ist der Frühling der Südhalbkugel, der zeitlich mit unserem Herbst zusammenfällt.

Fuentes, Carlos (Geboren 1928), mexikanischer Romancier und Essayist; einer der herausragenden Repräsentanten der lateinamerikanischen Gegenwartsliteratur. Hauptwerke: *Nichts als das Leben* (1962), *Hautwechsel* (1966), *Terra Nostra* (1975).

Gagat Tiefschwarze glänzende Braunkohleart, als Schmuckstein verwendet.

García Márquez, Gabriel (Geboren 1928), stammt aus Kolumbien, ist der berühmteste Romancier der lateinamerikanischen Gegenwartsliteratur. 1982 erhielt er den Literaturnobelpreis. Hauptwerke: *Hundert Jahre Einsamkeit* (1967), *Der Herbst des Patriarchen* (1975), *Die Liebe in den Zeiten der Colera* (1985).

(Don) Genaro Siehe *Candia, Genaro*.

Girondo, Oliverio (1891–1967), argentinischer Dichter, mit dem Pablo Neruda ein besonders freundschaftliches Verhältnis hatte und den er kennenlernte, als er chilenischer Konsul in Buenos Aires war.

Gogol, Nikolai Wassiljewitsch (1809–1852), einer der bedeutendsten russischen Schriftsteller des 19. Jahrhunderts; mit Puschkin befreundet.

Gómez de la Serna, Ramón (1888–1963), hervorragender und vielseitig begabter spanischer Schriftsteller (er publizierte über 90 Bücher), Erfinder der *Greguerías* (= witzige Metaphernspiele). Gómez de la Serna lebte nach dem Spanischen Bürgerkrieg im Exil in Buenos Aires.

Góngora y Argote, Luis de (1561–1627), spanischer Barockdichter, Schöpfer des nach ihm benannten gongorinischen (gelehrten, »kulteranistischen«) Stils in der spanischen Dichtung. Die jungen spanischen Poeten der *Generation von 1927* haben ihn wiederentdeckt.

Grenzland siehe *Süden*.

Guevara Serna, Ernesto (genannt *Che Guevara*) (1928–1967), argentinischer Arzt, kämpfte seit 1955 an der Seite von Fidel

Castro gegen den kubanischen Diktator Batista; nach der kubanischen Revolution war er Präsident der kubanischen Nationalbank (1959–1961) und Industrieminister. Als er versuchte, auch in Bolivien die Revolution durch eine Volksguerilla herbeizuführen, wurde er dort am 9. 10. 1967 erschossen.

Hugo, Victor (1802–1885), einer der einflußreichsten französischen Dichter des 19. Jahrhunderts, besonders viel gelesen in Lateinamerika.

H.V. Gemeint ist der chilenische Dichter und Romancier Hernán Valdés (geboren 1934).

Ingenieur der Liebe Gemeint ist Stalin (in: *Die Episode).*

Insel = Capri. Neruda verbringt im Winter 1951/52 und im Frühjahr 1952 eine glückliche Zeit auf Capri, zusammen mit Matilde Urrutia, seiner dritten Frau. Aus dieser Liebe entstehen *Die Verse des Kapitäns* (1952).

Iquique Nordchilenische Küstenstadt.

Irrawaddy Wichtigster Fluß von Burma.

Isla Negra = »Schwarze Insel«, ist aber weder schwarz noch eine Insel, sondern eine Landzunge, etwa 40 km südlich von Valparaíso am Pazifik in Chile; beliebter Aufenthaltsort von Neruda, der dort ein Haus kauft und ausbaut.

Isaacs, Jorge (1837–1895), kolumbianischer Schriftsteller, dessen vom Exotismus der französischen Romantik und besonders von Chateaubriand beeinflußter Roman *María* (1867) eines der meistgelesenen Bücher der lateinamerikanischen Literatur ist.

Jewtuschenko, Jewgeni Alexandrowitsch (Geboren 1933), einer der bedeutendsten zeitgenössischen Dichter der Sowjetunion. Sein Gedicht *Stalins Erben* (1962) über die Entstalinisierung machte ihn international berühmt.

José Gemeint ist Nerudas Vater; siehe *Carmen Reyes, José del* und *Parral.*

J. S. = *Sanhueza, Jorge* (siehe dort).

Jujuy Hauptstadt der gleichnamigen Provinz im Nordosten von Argentinien.

(Herr) K. Gemeint ist wohl der chilenische Dichter und Publizist Pablo de Rokha (1894–1968), der Pablo Neruda sein Leben lang anfeindete und dessen Haß auf Neruda in dem Buch *Neruda y Yo* (Santiago de Chile 1956) gipfelte (vgl. Volodia Teitelboim, *Neruda,* Ediciones Michay, Madrid 1984, S. 58-60).

Kathiawar Halbinsel an der nördlichen Westküste Indiens (»Land der Kathi«).

Kirsanow, Semën Isaakovič (Geboren 1906), russischer Dichter, Freund von Majakowski.

Kostaragua Phantasieland, kontaminiert aus Costa Rica und Nicaragua.

(dieser) Krieg! Gemeint ist der Spanische Bürgerkrieg. Nerudas leidenschaftlicher Beitrag zur Bürgerkriegsliteratur ist *Spanien im Herzen* (1937); er fügt diese Bürgerkriegsgedichte 1947 in den dritten Teil von *Aufenthalt auf Erden* ein *(Dritter Aufenthalt).*

Kuba Neruda hat Fidel Castro und die Kubanische Revolution mit dem Buch *Heldenepos* gefeiert. Als er 1966 als Ehrengast zur Sitzung des PEN Club nach New York reiste, wurde er von Kubas Schriftstellern in einem »offenen Brief« als Verräter angegriffen. Dagegen wehrt er sich in *Weltende.*

Kunming (früher Yünnan) Seit 1276 Hauptstadt der westchinesischen Provinz Yünnan, im Hochland (etwa 1900 m) am Ufer des Tien-Chih-Sees gelegen. Die Anfänge der Stadt reichen bis in die Han-Zeit zurück.

Laforgue, Jules (1860–1887), französischer Symbolist und Dichter des Fin-de-Siècle (in Montevideo geboren); in Nerudas Jugend in Lateinamerika viel gelesen.

Lautaro Araukanischer Indianerhäuptling. Besiegt Pedro de Valdivia; er wird 1557 ermordet. Nach ihm ist ein Ort nördlich von Temuco benannt. Er liegt an der südchilenischen Eisenbahnlinie.

Lautréamont, Comte de (1846–1870), Pseudonym des in Montevideo

(Uruguay) geborenen französischen Dichters Isidore Ducasse. Er lebt unter miserablen Bedingungen in Paris, wo er an Tuberkulose stirbt. Sein Hauptwerk sind *Die Gesänge des Maldoror* (1869).

Linares Kleine Stadt an der südchilenischen Eisenbahnlinie, zwischen Talca und Parral.

Lincoln, Abraham (1809–1865), 16. Präsident der Vereinigten Staaten von Amerika (1861–1865). In Lateinamerika ist er geachtet wegen seines entschiedenen Kampfes gegen die Sklaverei. Seine Wahl zum Präsidenten führt zum Abfall der Südstaaten und zum Sezessions-Krieg. Er wird am 15. April 1865 von dem Rassisten J. W. Booth ermordet.

Loncoche Ort südlich von Temuco in Südchile.

Loncomilla Chilenische Stadt (und gleichnamiger Fluß) in der südchilenischen Provinz Linares.

Lonquimay Ort in den chilenischen Cordilleren, östlich von Temuco.

Lumumba, Patrice (1925–1961), afrikanischer Politiker, kämpft für die Unabhängigkeit des Kongo von Belgien; 1. Ministerpräsident der Demokratischen Republik Kongo (dem heutigen Zaire), von Kasawubu abgesetzt; wird unter ungeklärten Umständen ermordet.

Maitén In Chile beheimateter Baum mit glockenförmigen, purpurroten Blüten und hartem, orangefarbenem Holz.

Majakowski, Vladimir Vladimirovič (1893–1930), hervorragender russischer Dichter, gehört zum russischen Futurismus und zur Zeitschrift *LEF.* Begeht 1930 Selbstmord.

Malaguetai Guineapfeffer. *Costa de Malagueta* (Pfefferküste) nannte man in der Entdeckungszeit einen Teil der westafrikanischen Küste (entspricht heute Liberia und Sierra Leone). *Republik Malagueta:* Phantasieland, dort, wo der Pfeffer wächst.

Maldonadoi Hauptstadt des gleichnamigen uruguayischen Departements, etwa 140 km östlich von Montevideo.

Mallarmé, Stéphane (1842–1898), wie mit Baudelaire und mit Rimbaud, so hat sich Neruda auch mit Mallarmé von Jugend an beschäftigt.

Malleco Südchilenische Provinz und südchilenischer Fluß.

Mamadre Nerudas Stiefmutter Trinidad Candia Marverde. Sie heiratet *José del Carmen Reyes* (siehe dort) im Jahre 1906 und stirbt 1938, kurz nach seinem Tode.

Manuel Gemeint ist – in *Garten im Winter* – der chilenische Dichter Manuel Rojas (1896–1973), der am gleichen Tag starb wie Benjamín Subercaseaux.

Mapocho Santiago de Chile liegt am Mapocho-Fluß.

Maracaíbo Großstadt in Venezuela (Erdölraffinerien, Industrie, Hafen).

Marcenac, Jean (1913–1984), französischer Dichter; publiziert 1954 bei Seghers in Paris eine Auswahl von Nerudas Gedichten in französischer Übersetzung, als Band 40 der Reihe *Poètes d'aujourd'hui*.

María Siehe Terusa und auch Rosaura und Zwanzig Gedichte.

Marinello, Juan (1898–1977), kubanischer Dichter, Schriftsteller, Universitätslehrer und Politiker. Marinello hat sich wiederholt kritisch über Neruda geäußert.

(Golf von) Martaban Rangun, die Hauptstadt von Burma, liegt am Golf von Martaban, am Mündungsdelta des Irrawaddy.

Martí, José (1853–1895), kubanischer Dichter und Nationalheld; Führer des Befreiungskampfes gegen die spanische Kolonialmacht, in dem er 1895 fällt.

(Doña Trinidad) Marverde Siehe *Mamadre.*

Matilde Siehe *Urrutia, Matilde.*

Maule Südchilenischer Fluß, mündet bei Constituci6n in den Pazifik.

Maullín Fluß und Hafen im äußersten Süden Chiles, am Pazifik.

Mauren = Marokkaner. Das in Marokko stationierte spanische Afrika-Heer ist, unter dem Kommando von General Franco ganz auf der Seite der Aufständischen gegen die Spanische Republik (Beginn des Aufstandes in Marokko ist der 18. Juli 1936) Es besteht aus zwei Truppenteilen: den 1911 gegründeten »regulären Truppen« (marokkanische Soldaten unter spanischen Offizieren und Unteroffizieren) und der 1924 von Franco mitaufgestellten »Fremdenlegion« (90% Spanier). Es wird geschätzt daß nicht weniger als 100000 Marokkaner im Bürgerkrieg kämpften. Francos Leibwache bestand bis 1956, als Marokko unabhängig wurde, aus Marokkanern.

Melipilla Ort bei Santiago de Chile, auf dem Weg an die Küste, nach San Antonio und *Isla Negra* (siehe dort).

Mendoza Stadt in den argentinischen Anden, nordöstlich von Santiago de Chile.

(El) Mercurio (»Der Merkur«), bedeutende, vor allem kulturell wichtige chilenische Zeitung; gegründet und im Besitz der mächtigen Familie Edwards, vertreten in Valparaíso, Santiago de Chile und Antofagasta.

Miguel = Miguel Hernández (1910–1942), spanischer Lyriker ländlicher Herkunft; er kommt nach Madrid und tritt dort mit Pablo Neruda und den spanischen Dichtern der *Generation von 1927* in enge Verbindung. Im Spanischen Bürgerkrieg kämpft er als Soldat auf republikanischer Seite. Er wird später vom Franco-Regime zum Tode verurteilt, dann begnadigt und mit 30 Jahren Haft belegt. Miguel Hernández stirbt 1942 im Gefängnis von Alicante.

Moais Steinkolosse auf der Osterinsel. Es gibt davon etwa 1000; sie sind 5–20 m lang und bis zu 80 t schwer. Sie wurden aus Tuffstein geschlagen; die Herstellungsstätte befindet sich am Kraterrand des Rana Raraku.

Mollendo Südperuanische Hafenstadt, Beginn der Eisenbahnlinie vom Pazifik nach Bolivien.

Morelia Hauptstadt des mexikanischen Bundesstaates Michoacán.

Nahualbuta Chilenische Cordillerenkette an der Grenze zwischen den südchilenischen Provinzen Arauco und Malleco.

Najade In der antiken Mythologie: Quell- oder Flußnymphe.

Nazim Gemeint ist der türkische Dichter Nazim Hikmet (1902–1963); Mitglied der (illegalen) Kommunistischen Partei der Türkei, von 1937 bis 1950 im Gefängnis, danach im Exil. Freund von Pablo Neruda.

Nothofage Südbuche oder Scheinbuche: buchenähnliches Gewächs in den südlichen Anden. Der von Neruda häufig erwähnte *Raulí* ist ein Nothofagus.

Onetti, Juan Carlos (Geboren 1909), der bedeutendste Romancier Uruguays und einer der Repräsentanten der neueren, lateinamerikanischen Literatur. Onetti wurde bekannt durch die Romane *Das kurze Leben* (1950) und *Die Werft* (1961).

Oruro Hauptstadt der gleichnamigen Provinz in Bolivien; liegt 3600 m hoch; zuerst Silber-, dann Zinn-Minen-Stadt.

Osorno Provinz und Stadt im Süden von Chile.

Osten Neruda verbringt als chilenischer Konsul fünf Jahre in Asien, zuerst in Rangun (1927–1928), dann in Colombo auf Ceylon (1928-1930), in Batavia, dem heutigen Jakarta, auf dem indonesischen Java (1930–1932). Es ist für ihn eine Zeit schlimmster Einsamkeit.

Otero Silva, Miguel (Geboren 1908), bedeutender Romancier aus Venezuela. Wird berühmt mit seinem politischen Roman *Fiebre* (1939). Enger Freund von Pablo Neruda.

Ovalle Stadt in der nordchilenischen Provinz Coquimbo.

Pablo Pablo Neruda, der eigentlich Ricardo Eliecer Neftalí Reyes Basoalto heißt, sucht sich 1920 für seine literarischen Arbeiten ein Pseudonym. Er nennt sich hinfort nach dem tschechischen Dichter Jan Neruda (1834–1891) Pablo Neruda (vgl. Nerudas Memoiren *Ich bekenne ich habe gelebt,* S. 213).

(die) Pachecos Im Haus von Don Horacio Pacheco, einem Landwirt aus Puerto Saavedra, an der Mündung des Imperial- Flusses in den Pazifik, verbrachte Neruda in seiner Kindheit die Ferien. Besonders fasziniert war er von dem verwilderten Garten, voll blühenden Klatschmohns (»amapola«). Die rote Blüte des Klatschmohns wird – als Zeichen für Liebe und Glück – in seiner Dichtung allgegenwärtig sein (vgl. Nerudas Memoiren *Ich bekenne ich habe gelebt,* S. 20–25).

Pagode Siehe *Shwe-Dagon-Pagode.*

Paricutín Vulkan in Mexico. Der gleichnamige Ort wurde 1943 bei einem Ausbruch des Vulkans zerstört.

Parral Im südlich von Santiago de Chile gelegenen Ort Parral kommt Pablo Neruda am 12. Juli 1904 als Sohn von José del Carmen Reyes Morales und seiner Frau Rosa Neftalí Basoalto Opazo zur Welt. Seine Mutter stirbt einen Monat nach seiner Geburt. Sein Vater heiratet 1906 wieder, und zwar Trinidad Candia Marverde. 1906 zieht die Familie nach Temuco.

Patagonien Der südlichste Teil Südamerikas (südlich des Rio Colorado), überwiegend zu Argentinien gehörig.

Paysandú Hauptstadt des gleichnamigen uruguayischen Departements.

Pedro Páramo Hauptfigur des berühmten Romans *Pedro Páramo* (1955) des mexikanischen Erzählers *Juan Rulfo* (siehe dort).

Peón Landarbeiter.

Pillanlelbúm Ort an der südchilenischen Eisenbahnlinie.

Pipipaseyro (Etwa: »Pisser-Paseyro«); gemeint ist Ricardo Paseyro, ein unversöhnlicher Feind Nerudas.

Pisagua Stadt in der chilenischen Provinz Taracapá. Dort richtet González Videla (Staatspräsident von Chile von 1946–1952) ein Konzentrationslager für politische Häftlinge ein.

Puerto Saavedra Hafenstadt in Südchile, westlich von Temuco an der Mündung des Imperial-Flusses.

Punta del Este Das größte und eleganteste Seebad Uruguays, etwa 140 km östlich von Montevideo.

Puschkin, Alexander Sergejewitsch (1799–1837), wegweisender russischer Dichter und Schriftsteller. Hauptwerke: *Eugen Onegin, Boris Godunow.*

Quepe Ort in Südchile.

Quevedo y Villegas, Francisco de (1580–1645), einer der bedeutendsten Dichter und Schriftsteller des spanischen »Goldenen Zeitalters«. Pablo Neruda hat sich Quevedos satirische Feder vielfach zum Vorbild genommen. 1935 gibt er dessen *Todessonette* mit einer Einleitung heraus.

Quintay Chilenischer Fischerort, südlich von Valparaíso.

Quitrantúe Ort südlich von Temuco an der südchilenischen Eisenbahnlinie.

Rana Raraku Vulkan auf der Osterinsel, die zu Chile gehört. *Rancagua* Hauptstadt der chilenischen Provinz O'Higgins. Dort unterliegen 1814 die chilenischen Patrioten den spanischen Truppen.

Rangun (Rangoon) Hauptstadt von Burma. Neruda ist von 1927 bis 1928 chilenischer Konsul in Rangun. 1957 besucht er die Stadt auf einer Asienreise, ohne eine Spur seiner Vergangenheit wiederzufinden, auch nicht von Josie Bliss, mit der er ein stürmisches Liebesverhältnis hatte. Das junge Mädchen aus Rangun hat ihn in ihrer Eifersucht bis nach Colombo verfolgt (vgl. Nerudas Memoiren *Ich bekenne ich habe gelebt,* S. 117f. und S. 129). Für sie schreibt er die Gedichte *Der Tango des Witwers, Josie Bliss* (aus: *Aufenthalt auf Erden I* und *II), Rückkehr in eine Stadt* (aus: *Extravaganzenbrevier)* und *Liebschaften: Josie Bliss I, Liebschaften: Josie Bliss II* (aus: *Memorial von Isla Negra).*

Rapa Nui Polynesischer Name der Osterinsel.

Raulí Buchenähnlicher Baum, der bis zu einer Höhe von 50 Metern wächst.

Régnier, Henri de (1864–1936), französischer Lyriker und Romancier, Hauptvertreter des Neosymbolismus und des Neoklassizismus.

Reloncaví In Puerto Montt am Meerbusen von Reloncaví endet die südchilenische Eisenbahnlinie.

Renaico Südchilenischer Fluß.

Revueltas, José (Geboren 1914), vielseitiger und einflußreicher mexikanischer Schriftsteller; wurde bekannt mit dem Roman *El luto humano* (1943).

Rimbaud, (Jean Nicolas) Arthur (1854–1891); schon als Schüler war Neruda von Rimbaud fasziniert.

Río Malleco Fluß in der gleichnamigen südchilenischen Provinz.

Roa Bastos, Augusto (Geboren 1917), der bekannteste Schriftsteller Paraguays (lebt heute in Frankreich und Spanien); hat neben Erzählungen zwei Romane publiziert: *Menschensohn* (1960) und *Ich der Allmächtige* (1974).

Rojas Giménez (oder *Jiménez),* Alberto (1900–1934), Dichter aus dem Kreis der Bohème, mit der Neruda in Santiago de Chile von 1921 bis 1927 verkehrt. Er stirbt am 25. Mai 1934 (vgl. Nerudas Memoiren *Ich bekenne ich habe gelebt,* S. 51–55).

Rosa Gemeint ist Nerudas Mutter; siehe *Parral.*

Rosaura Albertina Rosa Azícar (geboren 1903), die Schwester von Nerudas Jugendfreund Rubén Azócar. Sie ist eine seiner großen Jugendlieben und hat viele seiner frühen Liebesgedichte inspiriert. Sie entspricht der städtisch-studentischen *Marisombra* (»Marie-Schatten«), von der Neruda in seinen Memoiren *Ich bekenne ich habe gelebt* (S. 68) berichtet.

Sie heiratet 1935 Angel Cruchaga (1893–1964), einen Dichter und weiteren Jugendfreund Nerudas. Der Banco Exterior de España hat 1983 in Madrid 115 Liebesbriefe Nerudas an Albertina ausgestellt und in einer Faksimile- Ausgabe publiziert. 111 dieser Briefe wurden bereits 1974 von Sergio Fernández Larraín herausgegeben (Ediciones Rodas, Buenos Aires). Curt Meyer-Clason hat sie ins Deutsche übersetzt: P. Neruda, *Liebesbriefe an Albertina Rosa,* Insel, Frankfurt am Main 21976). Siehe auch *Terusa* und *Zwanzig Gedichte.*

Rulfo, Juan (1918–1986), hervorragender mexikanischer Erzähler, berühmt durch den Erzählband *Der Llano in Flammen* (1953) und den Roman *Pedro Páramo* (1955).

Sábato, Ernesto (Geboren 1911), stammt aus Argentinien, einer der prominenten Vertreter der lateinamerikanischen Gegenwartsliteratur; wird international bekannt durch die Romane *Der Tunnel* (1948) und *Über Helden und Gräber* (1961).

Saint-John Perse (Eigentlich Marie-René-Alexis Saint-Léger, 1887–1975), französischer Lyriker und Diplomat; erhält 1960 den Nobelpreis für Literatur.

Samain, Albert (1858–1900), französischer Lyriker, Vertreter des Neosymbolismus und des Neoklassizismus, Mitbegründer des *Mercure de France.*

San Antonio Chilenische Stadt, westlich von Santiago und südlich von Valparaíso am Pazifik gelegen.

Sandokan Hauptheld vieler exotischer Abenteuerromane des italienischen Schriftstellers Emilio Salgari (1863–1911), die Neruda, wie seine Altersgenossen in Lateinamerika, in seiner Jugend verschlungen hat. In Deutschland entspricht Salgari Karl May (1842–1912).

Sanhueza, Jorge (1924–1967), Verehrer Nerudas und Bibliograph aller von und über Neruda publizierten Texte; er verfaßt die Bibliographie der 2. Ausgabe von Nerudas *Obras completas* (1962). Nach seinem Tode führt Hernán Loyola diese Arbeit fort.

San Rosendo Eisenbahnknotenpunkt an der südchilenischen Eisenbahnlinie, östlich von Concepción.

»Scharfe Maus«, Raúl (»Ratón Agudo«): Ein Bohémien aus dem Freundeskreis, zu dem Pablo Neruda während seiner Studentenzeit in Santiago de Chile gehört (1921–1927).

Selva Oscura (»Dunkler Wald«, auch Selva Negra = »schwarzer Wald«): Der dichte und artenreiche Lorbeer-Südbuche-Mischwald im sogenannten »Kleinen Süden« von Chile (38°–40° südlicher Breite). *Selva Oscura* heißt auch ein Ort an der südchilenischen Eisenbahnlinie.

Shwe-Dagon-Pagode Einer der größten und prächtigsten buddhistischen Tempel der Welt. Die *Goldene Pagode* ist das Wahrzeichen von *Rangun* (siehe dort), der Hauptstadt von Burma. Ihre jetzige Form erhielt sie von der Königin Shinsawbu zwischen 1455 und 1462; im Jahre 1774 wurde sie auf die heutige Höhe von 116 Metern gebracht.

Sinaloa Staat im Nordwesten von Mexico am Pazifik.

Siqueiros, David Alfaro (1896–1974), bedeutender Vertreter der revolutionären mexikanischen Wandmalerei.

Somoza García, Anastasio (1896–1956); Diktator von Nicaragua 1937–1947 und 1950–1956 (als er ermordet wurde). Seinen schärfsten Gegner, den General Augusto César Sandino, ließ er 1934 umbringen. Dieser ist heute der Nationalheld von Nicaragua.

Sotschi Seeheilbad am Schwarzen Meer in der Sowjetunion.

Spanien Neruda kommt 1934 nach Spanien. Nach Francos Sieg konnte und wollte er das Land nicht mehr betreten. In der Franco-Zeit waren Nerudas Werke in Spanien verboten.

(Auf der) Suche nach der verlorenen Zeit Angespielt wird auf den Romanzyklus von Marcel Proust.

Süden Pablo Nerudas Heimat ist der Süden Chiles, das Gebiet, das »Frontera« (»Grenzland«) genannt wird und das die Araukaner, die kampftüchtigen und selbstbewußten Indianer Südchiles, bis in die 2. Hälfte des 19. Jahrhunderts gegen die weißen »Pioniere« verteidigt haben. Erst nach dem Salpeterkrieg (1879–1884) kann die chilenische Armee den Widerstand dieser Grenzvölker brechen, die schon dem Vormarsch der Inka Einhalt geboten haben und deren Name sich von dem Quechua-Wort »auca« ableitet, das »wilder Krieger« oder »feindlicher Barbar« bedeutet.

Sully Prudhomme (1839–1907), französischer Lyriker, dem Parnasse nahestehend.

Tacna Hauptstadt der gleichnamigen Provinz in Südperu, an der Grenze zu Chile und Bolivien. Schauplatz blutiger Kämpfe zwischen Peru und Chile im Salpeterkrieg (1879–1884), 1883 von Chile besetzt, 1929 an Peru zurückgegeben.

Talca Städtchen an der südchilenischen Eisenbahnlinie, nördlich von Parral.

Talcahuano Südchilenischer Hafen bei Concepción für Industriegüter und Fischprodukte.

Temuco Südchilenische Stadt. Hier hat Neruda seine Kindheit und Jugend verbracht (1906–1921).

Teresa Siehe *Terusa* und auch *Rosaura* und *Zwanzig Gedichte.*

Terusa Teresa León Bettiens (gestorben 1972 in Santiago de Chile): eine der leidenschaftlichsten Jugendlieben von Pablo Neruda. Sie hat viele seiner frühen Liebesgedichte inspiriert und entspricht der ländlich-idyllischen *Marisol* (»Marie-Sonne«), von der Neruda in seinen Memoiren *Ich bekenne ich habe gelebt* (S. 68) berichtet. Siehe auch *Rosaura* und *Zwanzig Gedichte.*

Tlaxcala Stadt in Mexico, östlich von Mexico-Stadt. Während der Conquista unterstützten die im Gebiet der späteren Provinz Tlaxcala lebenden Indianer die Spanier in ihrem Kampf gegen die Azteken.

Toltén Fluß in Südchile, der südlich von Temuco und Puerto Saavedra in den Pazifik mündet.

Trujillo, Rafael Leónidas Brutaler Diktator der Dominikanischen Republik von 1930 bis 1960.

Tsing tao (Quingdao) Hafenstadt in der chinesischen Provinz Schantung (Shandong). Einer der besten Naturhäfen für große Schiffe in China, friert auch im Winter nicht zu. Endpunkt der Eisenbahnlinie von Tsinan (Jinan). 1897 wurde die Stadt »deutsch« (bis 1914).

Ubu Dada Anspielung auf das avantgardistische Theaterstück *Ubu Roi* (1897) des französischen Dramatikers Alfred Jarry (1873–1907).

Urrutia, Matilde Die dritte Frau von Pablo Neruda. Er trifft sie 1946 zum ersten Mal in Chile (sie stammt, wie er, aus dem chilenischen Süden), begegnet ihr dann 1949 in Mexico wieder, wo sie ihn pflegt, als er schwer krank wird. Ein Kind, das sie von Neruda erwartet, verliert sie auf einer Reise nach Guatemala (1950). Beide verbringen im Winter 1951/52 und im Frühjahr 1952 eine glückliche Zeit auf Capri. Aus dieser Liebe entsteht der Gedichtband *Die Verse des Kapitäns* (1952) und später *Hundert Liebessonette* (1960). Seit 1955 leben Pablo Neruda und Matilde Urrutia ständig zusammen. 1966 wird ihre im Ausland geschlossene Ehe in Chile legalisiert. Im September 1983, zum 10. Jahrestag von Nerudas Tod, trat Matilde zum letzten Mal in der Öffentlichkeit auf, um vor einer großen Menschenmenge Gedichte von Neruda in Santiago de Chile vorzutragen. Am 5. Januar 1985 ist sie, im Alter von 70 Jahren, in Santiago gestorben.

Valdivia, Pedro de (1500?–1554), spanischer Conquistador. Besiegt die Araukaner in Chile und gründet Santiago und Concepción.

Vallejeln In der Manier von *César Vallejo* schreiben (siehe dort).

Vallejo, César (1892–1938). Der größte Dichter Perus im 20. Jahrhundert. Mit ihm war Neruda sehr gut befreundet. Die Literaturkritik hat immer wieder versucht, die Qualität der beiden gegeneinander auszuspielen. Neruda wehrt sich konstant gegen diese Konfrontation. In seinen Memoiren *Ich bekenne ich habe gelebt* nennt er Vallejo einen »Dichter einer runzeligen Poesie, beim Berühren beschwerlich wie Urwaldhaut, aber eine großartige Poesie von übermenschlicher Dimension« (S. 90f.).

Valparaíso Hafenstadt unweit von Santiago de Chile am Pazifik. Neruda hat sich dort sein drittes Haus gebaut (»La Sebastiana«).

Vargas Llosa, Mario (Geboren 1936), peruanischer Erzähler, Romancier, Dramatiker und Essayist; gehört zu den herausragenden Vertretern der lateinamerikanischen Gegenwartsliteratur. Wurde bekannt durch die Romane *Die Stadt und die Hunde* (1963) sowie *Das grüne Haus* (1966).

Veilchen Violett ist in Chile die Farbe der Trauer und des Todes; daher ist dort das Veilchen eine Totenblume.

Veracruz Mexikanische Hafenstadt im Golf von Mexico. Neruda ist von 1940 bis 1943 chilenischer Generalkonsul in Mexico-Stadt.

Villarrica Ort südlich von Temuco in Südchile.

Winnipeg Ein umgebautes Frachtschiff, auf dem Neruda 1939, als »Konsul für die spanische Emigration«, mehr als 2000 republikanischen Spaniern, nach Francos Sieg im Spanischen Bürgerkrieg, die Überfahrt nach Chile ermöglicht. Er nennt diese Aktion »die nobelste Tat meines Lebens« *(Ich bekenne ich habe gelebt,* S. 187).

Whitman, Walt (1819–1892), berühmter nordamerikanischer Dichter beeinflußte stark die lateinamerikanischen Schriftsteller.

Yumbel Ort an der südchilenischen Eisenbahnlinie, südlich von Chillán.

Zwanzig Gedichte Gemeint ist Nerudas Gedichtband *Zwanzig Liebesgedichte und ein Lied der Verzweiflung* (1924), das populärste lyrische Buch der lateinamerikanischen Literatur mit über 1000 Auflagen. Siehe auch *Rosaura* und *Terusa.*

Die Quellen und Übersetzer

Hungrig bin ich, will deinen Mund: Die Gedichte wurden ausgewählt und übersetzt von Fritz Rudolf Fries. Der Übersetzer hat die Gedichte mit der Ziffer I, V, VI, VII, VIII, XI, XII, XIII, XIV, XVII, XIX, XXII, XXV, XXVII, XXIX, XXXII, XXXIII, XXXIV, XXXVIII, XL, XLIV, XLV, XLVIII, LIII, LIV, LVI, LIX, LXII, LXV, LXVII, LXXI, LXXII, LXXVI, LXXVII, LXXIX, LXXXII, LXXXIII, LXXXVI, LXXXVII, LXXXVIII, LXXXIX, XCVIV, XCVII, XCIX ausgewählt. Sie entstammen dem Band »Cien Sonetas de Amor« und erschienen 1959 im Eigenverlag.

Seefahrt und Rückkehr: Der Band »Navegaciones y regresos« erschien 1959 bei Losada, Buenos Aires. Die Übersetzung hat Monika López besorgt.

Memorial von Isla Negra: Das Ehepaar Bianca und Alberto Tallone hat diesen Band unter dem Titel »Sumario. Lobro donde nace la liuvia« in Alpignano nahe bei Turin publiziert. 1963 starb Alberto Tallone, danach erschien das Buch 1964 bei Losada, Buenos Aires. In den Gesammelten Werken ist dieser Band um drei Gedichte gekürzt worden: »Adios« und »La noche en Isla Negra« stehen in »Plenos poderes«, erschienen 1962 bei Losada, Buenos Aires, und die Schlußgedichte »Amores: Matilde (21 fragmentos) bilden der ersten Verse in »La barcarola», erschienen 1962 bei Losada, Buenos Aires. Die Übertragung von »Memorial de Isla Negra« stammt von Erich Arendt.

Die Hände des Tages: »Las manos del día« erschien 1968 bei Losada, Buenos Aires. Die Gedichte wurden von Monika López übersetzt.

Weltende: »Fin de mundo« erschien 1969 bei Losada, Buenos Aires. Die Gedichte wurden übersetzt von Monika López.

Noch: »Aún« erschien 1969 bei Nascimento, Santiago de Chile. Die Gedichte wurden von Monika López übersetzt.

Beben des Meeres: Erschien mit dem Titel »Maremoto« bei Sociedad de Arte Contemporáneo, Santiago de Chile und wurde ins Deutsche übersetzt von Tias. Die Übersetzung erschien 1991 im DA Verlag Das Andere, Nürnberg.

Das postume Werk: Die Übertragungen folgen der Ausgabe »La rosa separada«, »Jardín de invierno«, »2000«, »EI corazón amarillo«, »Libro de preguntas«, »Elegía«, »El mar y las campanas«, »Defectos escogidos« als postumen Werk 1974 bei Losada, Buenos Aires. Übersetzt wurden die Gedichte von Monika López. Die Übersetzungen der im Inhaltsverzeichnis mit * markierten Gedichten stammt von Fritz Vogelgsang. Im Band Elegie wurden die Gedichte mit der Nummer IX, XI, XXX ebenfalls von Fritz Vogelgsang übersetzt.

Alphabetisches Verzeichnis der Gedichte

Inhalt

Hungrig bin ich, will deinen Mund (1959)

Seefahrt und Rückkehr (1959)

Memorial von Isla Negra (1964)

Die Hände des Tages (1968)

Die abgeschnittene Rose (1974)

Garten im Winter (1974)

2000 (1974)

Das gelbe Herz (1974)

Pablo Neruda
Die Gedichte
Band 1

Pablo Neruda
Die Gedichte
Band 1

Balladen von den blauen Fenstern
Zwanzig Liebesgedichte
Der rasende Schleuderer
Aufenthalt auf Erden
Spanien im Herzen
Der Große Gesang
Die Verse des Kapitäns

Herausgegeben von
Karsten Garscha

Luchterhand

Mixed Sources
Product group from well-managed
forests and other controlled sources
www.fsc.org Cert no. SGS-COC-2452
© 1996 Forest Stewardship Council
FSC

Verlagsgruppe Random House FSC-DEU-0100
Das FSC-zertifizierte Papier *Profil Publish Spezial* von Drewsen
für dieses Buch liefert Papier Union.

Luchterhand Literaturverlag, München
in der Verlagsgruppe Random House GmbH.
Satz: Uhl + Massopust, Aalen
Druck und Einband: Druckerei C.H. Beck, Nördlingen

Printed in Germany
ISBN 978-3-630-87316-9

www.luchterhand-literaturverlag.de

Balladen von den blauen Fenstern (1919–1920)

[Die gelegentlichen Sternchen und Kommentare am Ende der Seite beziehen sich auf Anmerkungen des Herausgebers der spanischsprachigen Ausgabe dieser Zyklen.]

(Victor Farias)

ICH LIEBE DIE SANFTMUT...

Ich liebe die Sanftmut, und trete
ich über die Schwelle einer Einsamkeit,
öffne ich die Augen und lasse sie überlaufen
von der Süße ihres Friedens.

Ich liebe die Sanftmut über
allen Dingen dieser Welt.

Ich finde in der Beruhigung der Dinge
ein großes und ein stummes Lied.
Die Augen zum Himmel wendend,
gewahre ich im Erschauern der Wolken,
im Vogel, der vorüberzieht, und im Wind
die große Süße der Sanftmut.

AUS MEINEM STUDENTENLEBEN (1)

Glocken, Glocken. Es läuten Glocken,
und alle Klänge bewohnen die Luft.
Glocken, Glocken. In der Ferne die Noten
im wimmernden Vibrato des Schmerzes…

Die Tage – dahin! Es kommt ein Morgen.
Es vergeht ein Morgen ohne Licht noch Laut!
Ach des Menschen leuchtende Schimären!
Ach die Genüsse, die man uns immer nur verspricht!

Morgen, morgen! Die müden Augen, sie sind
seit langer Zeit geschlossen
und naß und traurig von soviel Warten!

Laßt ab, die fernen Glocken zu läuten!
(Die Tage gehen dahin wie die Glocken
in ihrem Geläut. Dann hören sie auf zu läuten.)

DER WUNSCH FORTZUGEHEN

Die Sonne steigt ein durch mein Fenster,
hat alles fröhlich erleuchtet.
Ein Hund bellt, und ein Vogel entlockt
seiner Stimme ein mächtiges Trillern.

Auf dem Rücken liege ich in meinem Bett
und weiß nicht, warum ich die weite Welt
anbeten möchte, mich im Dunst der Seen
verlieren, mich mit dem Licht der Freude blenden.

Mit einem Lied zu wandern über wilde Wege,
die milden Nachmittage im Gefühl,
und das Herz entbrennt in der himmlischen Flamme
der Liebe, die am Wegrand glüht …

REBELLION

Ausgepeitscht vom Regen und vom Wind
richten die Pappeln sich auf und klagen wild,
stehen am schwarzen Firmament und sind
mit zottiger Mähne aus grünem Astwerk ein Schild.

Doch bald sind sie müde, das Unerreichbare zu wollen,
nur einmal noch zeigt Rebellion ihre Statur,
wenn sie an dem verzweifeln, was sie sollen,
und in ihrem Wunsch nach Größe zeigt sich die Natur.

Der Kampf ist wild und gilt allen Gewalten,
und in Schönheit können sie ihre Größe halten,
die allen gehört, die eine Rebellion erhebt.

Doch immer wird man sich zu den Besiegten zählen,
und mit bösem Zischen wird der Wind sie quälen,
der Sieger, unter dessen Hand der fügsame Ast erbebt.

DER EINSAME

Schulhof du, der Sonne ausgesetzter Ort,
von Hütten umstellt mit bemoosten Wänden;
im gelben Laub die Pappel dort,
ohne Ende der Gang, den Rosenstock in Händen.

Die Zeit ist ein launischer Wechsler, verkleidet
mit irren Kostümen, mit denen sie uns streichelt.
Sie gibt uns Trauer, wenn sie die Dinge meidet,
aber es ist eine Tristesse, die uns schmeichelt.

Die Pappel erhebt sich hochmütig und stolz,
in goldenen Wellen zeigt sich ihr schönes Holz,
trauernd kann sie so sanft mit den Dingen kosen.

Mit Geringschätzung sieht sie, was am Boden ist.
Verachtet blicklos den Rosenstock, der sich an ihr mißt,
den geheiligten Duft der letzten Rosen …

AUS MEINEM STUDENTENLEBEN (2)

Ich habe zu einem Buch gegriffen, es weggelegt.
Gegen meine Wünsche kann ich nicht studieren.
In der stillen Nacht ist in mir der Wunsch erwacht,
der hat mich angestiftet auszugehen.

Ich will singend durch eine Gasse streifen,
es ist der Kehrreim eines alten Liedes.
Ich will die alten Schmerzen wecken,
und so werden meine Füße weiter wandern.

Durch alle fernen Straßen will ich gehen,
durch die Scheiben eines Fensters sehen,
vor Augen den grauen aschfarbenen Himmel.

Der lachende Mond gäbe mir sein Licht,
die alten Schmerzen kehrten wieder, doch
ich spürte nur die Freude des immer weiter Wanderns.

DAS SCHMERZHAFTE WARTEN

Nicht gekommen ist die Geliebte, nie wird sie
kommen, nie ihre Hände reichen.
Am Tage ihrer Ankunft wird alles blühen wie noch nie,
die Sanftmut wird der Trauer weichen …

Ausgelöscht sind dann die Schmerzen dieser Nacht.
Damit der Mond sich dem vollkommnen Berg vermähle.
Die verzückten Augen kommen nicht los von dieser Pracht
in einer Kommunion von Geist und Seele.

Nicht gekommen ist die Geliebte, nie wird sie
kommen, doch ist sie auf dem Weg, und nie
war meine Freude anders als ein Gramm an Hoffnung mehr.

Sind wir über alle Zweifel und Befürchtungen erhaben,
und können wir die Wunde alter Schmerzen nicht ertragen,
so wird das Herz vom Warten auf die Liebe niemals leer.

SEIT DU GEGANGEN BIST

Seit du gegangen bist, spür ich die Bitterkeit,
die unendliche, dir so viel nicht gesagt zu haben,
verschwiegen hab ich Märtyrer die sanfte Zärtlichkeit,
die ich versteckte, wie Rosen sich ins Dunkel graben,

und nicht gesagt hab ich der Worte duftenden Hauch,
die ich im Munde trug, sie hegte unverdrossen;
auf die ich wartete und trug sie doch mit Feuer auch,
und die stets zu Eis wurden, wenn sich die Lippen schlossen.

Jetzt da du gegangen bist, leide ich tief in der Brust,
daß ich dir verschwieg des Füllhorns süße Lust,
die nur für dich, mein Lieb, erblühte …

Doch weiß ich, kämst du eines Tages wieder
und ich suchte nach den Worten meiner Liebeslieder,
bewirkte Bitternis, daß ich mich umsonst nur mühte.

21. Juli 1919

DER DICHTER, DER WEDER BÜRGER NOCH DEMÜTIG IST

Ein Jüngling von kaum fünfzehn Jahr,
schreibt Verse, darin die Bitternis pulsiert,
er hat vom Salz der Enttäuschung gegessen immerdar,
indes ein anderer in Liebe groß stolziert.

Er hat im Bestiarium des Lebens Unvernunft gesehen,
wo die Natur ihre Instinkte abgerichtet hat,
und er bat, die Ideale sollten sie ihm lassen stehen,
die so vollkommen sind und schön wie der Tag;

und durchs Leben zieht er und trägt Trauer.
(Die Menschheit wurd aus ihm nicht schlauer
und sah nicht, daß er ein Dichter ist seit er ein Kind).

Und er wartet allein auf bessere Tage,
den Schmerz zu ertragen in besserer Lage,
und er stellt sich vor, sie kommen und eilen geschwind.

In der Chemiestunde am 30. Juli

EINES NACHMITTAGS HAB ICH DICH GETRÄUMT …

Frau, du Werk meiner vereinigten Fantasien,
du vibrierst in meinen Nerven in königlicher Despotie,
in Tränen wandle ich auf dem Pfad verlorener Illusionen,
und immer spüre ich, wie deine unbekannte Schönheit mich
streift.

Als meine Träume welkten und meine schönen Schimären,
gab ich dich in meine Schmiede und formte dich
aus Himmel und aus Erde, ganz Auferstehung, ganz Frühling,
im Dschungel von so viel dummen Idealen.

Von deinem parfümierten Körper, so göttlich, träumte mir,
indes mein Dasein unter schlimmer Folter litt,
und auch wenn deine Konturen zerfließen, weiß ich, Geliebte,
wie du aussiehst, die die Fantasie zur Frau so körperlich erhob.

Ich erschaue dich im Auge aller Frauen,
ich sehe dich und konnte dich doch niemals finden,
und im Erwachen aus dem Traum setzt der Zauber ein,
daß es dich gibt und du schöner bist als gewöhnliche Frauen.

In meinen Träumen wirst du ewig mir gehören,
heraustreten aus dem Dunstkreis meiner Trauer,
seltene Freuden wirst du zum Keimen bringen,
anfachen wirst du die Flamme deiner unbekannten Schönheit.

31. Juli

DIESE MEINE FÜNFZEHN JAHRE …

In Feindschaft die Geschöpfe, in Feindschaft die Dinge,
Nadelstiche ins schmerzempfindende Fleisch,
das die Zärtlichkeit verleugnete, die es gestern wiegte,
Schmerz unendlich, Schmerz oh Schmerz der Verzweiflung,
Schmerz, Herz und vollkommene Leiden,
und alles ein unbestimmter Traum, den eine Frau mir entriß.

Stunden so träge, so schwer und verdammt,
die den dunklen Flügel des unendlichen Leids zum Flug
sich erheben lassen, das in meinem Herzen erbebt.
(… Und zu denken an die göttlichen Spiegelungen im Traum
in tausend Gifte versenken wollte, meine Augen,
um meine fieberkranken Nerven zu beruhigen.)

Ich weiß nicht, ob die seltenen Freuden ein Ende haben,
weiß nicht, ob sie gnädig mir gewährten
des Feuers heitere und harte, andauernde Unruhe,
welche meine unsteten Pupillen mit Funken entzündete.
Ich weiß nicht, ob die ruhigen Stunden vergingen.
Ich weiß nicht, ob der blaue Vogel in die Ferne floh!

Doch bleibt der Schrecken wie ein Alptraum,
ich kenne diesen Schmerz, der den Samen tötet,
den ein leichter Hauch zum Keimen brächte,
ich kenne das Ergebnis all dieser schlimmen Folter,
und schwarze Flügel schlagen über meinen Träumen,
und ihre scharfe Kanten schneiden weg die Wonne, die ich ahne.

Meine fünfzehn Jahre in den Stunden, die verrinnen,
ducken sich wie unter der Glut des wiederkehrenden Sommers
und hören nicht auf, mich zu töten mit ihrer ewigen Unruhe,
wenn sie mir sagen, wie unangebracht meine Schmerzen sind …
(Fünfzehn schmerzhafte Jahre, die einst Blumen sein werden
für die vier Bretter meines schwarzen Sarges.)

Ich weiß nicht, ob meine guten Stunden nun vergangen sind,
noch kenne ich die kränkelnde Tiefe meiner entlegenen
Schmerzen.
Ich weiß nicht, ob der blaue Vogel in die Ferne floh!

AUGENBLICK

Augenblick der unbeschwerten Freude,
die sich in ihrer Freundlichkeit mit Güte paart,
das Blut zu stillen aller Wunden.

Glockenklang der frühen Stunde
lautlos und noch schlafend,
du hast, als du dich erbarmtest,
diese Wonne angerührt und das Fensterglas,
das von Gedanken trübe war, zerbrochen.

Was den Augenblick mit Not beschwerte,
singt heiter und unbeschwert sein Lied …
(Ewig die Schmerzen,
die bleiben,
sie kommen aus weiter Ferne
und verwandeln sich in Liebe.)

1. September

DIE VOLLKOMMENE MÜDIGKEIT

Friede der Entkräftung, du kommst mit Schmerzen,
gehörst zur Erschöpfung einer vollkommenen Müdigkeit,
Friede der inneren Verdunkelung, Erinnerungen,
die flüchtig wurden und uns verließen.

Sind weder standhaft noch machen sie Geschrei
die Menschen, denen wir zuschauen, wenn sie ihr Lied singen:
Niemand sind wir, nichts. Müdigkeiten, die uns nahmen,
was wir besaßen im Tausch für elende Verzweiflung.

10. September

ÜBERDRUSS

Ich, der auf meinen Wegen verlorener Liebe Lasten trägt
und die Träume, die vergangen sind,
und des Vergessens verhängnisvolle Zeichen.

Ich, der ich mich aufmache im Zweifel trüber Stunden
und in Gedanken an die Bitternis der Dinge,
die uns den Schmerzensweg nur länger machen.

Und nie vergessen können, nie und nimmer den Balsam
der Stunden, die frei von Qual und Gier verwehen
und die weit hinter uns liegen, wenn wir müßiggehen.

11. September

BALLADE VON DER TRAURIGEN KINDHEIT

Du meine Kindheit, traurig wie ein Kehrreim,
bist verlorengegangen im Nebel, im Licht oder im Meer.

Du meine traurige Kindheit
so klar wie das helle Gelübde der Keuschheit.

Ihr meine fernen Stunden, ihr meine verlorenen Stunden,
die aus der Entfernung den Ruch von Heiligkeit annehmen.

Ohne einen Bruder. Ohne die Liebe anderer. Kaum ein
Bodennebel von Dingen, die im Kommen waren …

Wer trübte meine Kindheit, wer warf die Asche der Toten
nach mir? Was haben sie mir gegeben, was – oh Herr?

Wer sammelte meiner Liebe Zärtlichkeiten, all
diese rosa Liköre meines guten Herzens?

Hat der Haß der Vorfahren meinen Wein verdorben?
Trugen die Männer aus anderen Jahrhunderten die Wunden,
die ich noch nicht kenne?

MEIN SYMBOLISCHES TRIPTYCHON

I

NICHTS

Mein ganzes nutzloses Leben biete ich dir unterwürfig an,
dieses schmerztragende Etwas, das nie jemand haben wollte,
das ich dir anbiete – und mit Stolz!
Ein fruchtloser Stolz, wie alles was mich betrifft,
weil ich kenne die Bitternis, wenn du – eines Tages –
das einzige, was ich dir geben konnte, wegwirfst,
ich wäre dann eine vergessene Geschichte mehr
für dich und für die Welt.

Erst nach der Bitternis werde ich
meinen Weg kennen, der mehr und mehr unauffindbar ist,
überfallen wird mich die schamlose dunkle Besessenheit,
daß ich nunmehr, der Welt verloren,
ein Nichts sein werde,
ein Nichts sein werde.

II

NICHTS

Die zersplitterte Illusion wird auf meinen Wegen hallen,
nur Müdigkeit, nur Schmerz wird das Ergebnis sein,
alle meine Gottesbäume werden in Müdigkeit verfallen,
kläglich werden meine Liebesfontänen rauschen, allein.

Die duftende Erde wird nichts als Dornen treiben,
ein jämmerlicher Saft wird blutleer aus dem Grünen fließen,
krank wird mein Auge sich am Schicksal reiben,
da die Blumen meines Wegs blutrot in meine Wunden stießen.

Arme blaue Fenster meiner blühenden Fantasie,
in meinem Leben ist sie nichts als Hohn
unter der blinden Regung der Verzweiflung.

... Dann bringt ein neues Lied den Wind der Hoffnung
und weckt noch einmal mit Rosen den müden Leib
und ist auf den leeren Wegen ein müder Zeitvertreib.

III

NICHTS

An meinem Fenster gehen die Männer vorbei und die Frauen,
die Kinder und die Hunde. Alle gleichermaßen
gehen sie vorbei wie jedermann an meinem Fenster,
der durch diese lange Straße gehen muß.

Die Frauen, die vorübergehen, bleiben einen Lidschlag
lang in meinen Augen. Ich sehe sie an. Nie wieder
werde ich sie sehen, auch die Männer und die Hunde nicht,
sie alle werden wie wir alle durchs Leben gehen.

(Eine Staubwolke dringt durch mein Fenster.)
Schmerz der Frauen wegen, die vorüberziehn
und der anderen Dinge wegen. Um alles was
in einem flüchtigen brüchigen Augenblick vorüberzieht.

Sind alles Nichtigkeiten. Wie wir. Flügel,
die zum Fluge ansetzen und niemals wiederkehren.
Die ganze anonyme Masse. Wir – nichts, nichts,
Hunde, Menschen und gewöhnliche Dinge. Nichts weiter.

EMPFINDSAME SELBSTDARSTELLUNG

Sechzehn Jahre ist es her, da ich in einem Dorf,
weiß und staubig, weit von hier und mir noch immer
unbekannt, geboren wurde, und weil dies abgenutzt und
heimelig klingt, wenden wir uns meiner Jugend zu.

Ich glaube an wenige Dinge im Leben. Das Leben
hat mir nicht alles ausgehändigt, was ich ihm gab;
und aufgewühlt und auf dem Kothurn lache ich über die Wunde,
und der Schmerz in meiner Seele ist mir einerlei.

Nichts weiter. Ach! Als ich zehn Jahre war, habe ich
meinen Weg entworfen gegen Wind und Wetter,
daß sie mich auf dem langen Pfad nicht unterkriegen.

Eine Frau lieben und ein Buch schreiben:
Es ist mir nicht gelungen, weil das Buch
Manuskript geblieben ist, und geliebt hab ich mehr als eine …

IM ZUG

Bahnhöfe und Dörfer und Landschaften fliehen,
hinter den Scheiben sind sie flüchtige Schemen,
Boten des Schlafes, und wir nach Erinnerung süchtig,
doch das Herz wird müde, wenn wir uns sehnen.

Alles kehrt wieder, Schrift an der Gewitterwand,
Erinnerung eilt herbei, wenn der Wagen rollt
und seine traurige Spur eingräbt an den Rand
der Straße und der aschfarbene Himmel über uns tollt,

der unsere Schmerzen herbeiruft und verteilt,
und der Gedanke am blonden Herd besserer Tage verweilt,
bis er versinkt im bodenlosen Schlund,

der seine schwarzen Ränder auf die müde Route legt
und die Bitternis (die Augen klagen) an die Stirne schlägt,
bis uns das Fieber schüttelt und wortlos schweigt der Mund.

20. September

DIE SCHWEIGENDEN DÖRFER

Anzukommen an einem Nachmittag oder an einem beliebigen
anderen Tag in einem der bescheidenen Dörfer, wo niemand
auf uns wartet, wo der Blumenduft wie ein Kuß
des Frühlings uns begrüßt und unser Herz anregt

im schlichten Gefühl für die kleinen Dinge, die uns
ihre Süße zu geben wissen, die uns anlächeln
im wunderbaren Zauber des träumenden Nachmittags
oder am Tag, wenn sich der Refrain seines Lichtes rundet.

Unsere nutzlose Müdigkeit in der Gischt des Vergessens,
wenn der Balsam der Blume am Herd einen
Zauber von Liebe und Güte webt.

Und wir spüren in Demut unsere Enge und Verdammnis,
da wir wie von Sinnen auf der Straße der langen Schreie gehen
und das Verhängnis ausbrechen sehen.

21. September

FRAU MEINER FRÜHEN TRÄUME

Oh Frau, die auf meinem Weg mit meinen Schmerzen brennt,
in dieser seltsamen Liebe, die entstand,
als mir das alte Leid die Flügel einst versengt
und mir die wunden Rosen legte in den Gesang.

Getragen hab ich dich mein Leben lang in Tränen,
im Blut die Spur vertaner Liebe Müdigkeit,
was unbestimmt war, wurde banges Sehnen,
geprägt und eingraviert von deiner Frauenstimmigkeit.

Immer im Leben, immer warst du mir wie eine Schwester,
zu der ich nie gesprochen, doch weiß ich, sie lebt,
sie gab mit der Liebe die Schmerzen mir zu allen Stunden.

Der tristen Rosen wegen, die in meinem Gesang
mit Schmerzen wiederkehren und im Duft, so lang
er währt, wird Liebe nur mit Schmerz verbunden.

12. Oktober

HASS

Diese bleierne Stadt, die mich zudeckt mit ihrem ständigen
Auswurf und die meine Einsamkeit in Schmerz verwandelt;
die mir den bitteren Geschmack verleiht,
daß ich am Leben bleibe ohne Liebe und Verstehen.

Weil an jedem Nachmittag kommt das Leben an den Wende-
punkt,
verwandelt sich die eingeschlafne Trauer in tiefe Müdigkeit,
und nur das Seil des Schmerzes vibriert;

bleierne Stadt, so trist, die du mit deiner Kralle
meine bescheidene Begeisterung gepackt hältst, in der meine
Augen angeekelt die Agonie unerbittlicher Helligkeit erfuhren,

graue und monotone Stadt, Stadt meiner Enttäuschungen
unterm lauen Regen meiner frühen Klagen,
in der Vereinsamung der frühen Wege.

Stadt, die unterm Sang des blauen Frühlings
uns feindlich und müde begegnet wie ein gewöhnlicher Tag,
mit ihren Menschen, die platte Seelen haben und zusehen,
wie die Landschaft meiner Hoffnung verdorrt.

11. Oktober

SCHON HAB ICH DICH VERLOREN

Schon hab ich dich verloren, Frau. Meinen Weg
hast du mit einer duftenden Lampe erhellt,
davon kam das Arom und die Göttlichkeit
in die kleinen anhaltenden Verdrießlichkeiten.

Ich weiß nicht einmal, ob du eine Legende warst,
oder warst du ein Fluß, in den sich der Schmerz ergab,
aber wenn du die Legende meines Frühlings warst,
dann hast du meinem Lied den Duft und die Blüten gebracht.

Du hast eine Baumschule an Illusionen gepflanzt,
die Leben brachte in meine Traurigkeit.
Allmählich. Es war der Saft des Grolls,
ausgegossen über den Mantel naiver Illusion.

Im Turm meines Hasses gehörte dir ein Fenster
(das Glas, transparent und edel, war Täuschung).
Schon ist es zerbrochen. Wozu dich meine Geliebte nennen,
denn in einem schwarzen Schacht hab ich dich verloren.

November

WIE DOCH DER KLAVIERE NOTEN SCHMERZEN!

Geliebte,
du hast mein Herz mit Leid erschlagen,
wo ich doch früher mich mit Melancholie begnügte,
mit den Rosen der Betrübnis und mit Klagen.

Doch jetzt, Geliebte! hast du mir dies Gift gegeben,
das sich unterschwellig an meinem Schmerz weidet,
das mir Steine in den blinden Weg legt,
und wenn ich Rosen will, mir ihr Blühn verleidet.

Ach wie der Schmerz ins entstellte Leben schneidet!
Dies bange Gefühl, sich aus allem zu entfernen,
obschon die Berge der Bitternis immer höher werden
und wie geheimnisvolles Felsgestein die Fatalitäten sind.

Oh, wenn du als ein Wunder aus den Rosen kämst,
du wärst das Wasser, geschöpft aus Gottes Klarheit,
und trätest hin und sagtest allen Klavieren,
sie sollen mich in meiner Einsamkeit vor Schmerz bewahren!

Und müßtest dich begeben ins offene Leben
und mir die fruchtlosen Ängste nehmen und
ein Hauch an Sanftheit sein, von Güte ganz Gestalt,
anders könnte ich nicht sagen, ich bin dein.

Und dies Übel, das du mir auf die traurige Brust gelegt,
dies Entbluten jenseits meiner Illusion,
ich will hoffen, es wird daraus ein süßer steter Regen,
der in deinem Herzen anschlägt einen neuen Ton …

26. November 1919

STETER REGEN

Sie wird nicht kommen, weil du auf sie wartest.
Sie wird nicht kommen! Sie wird nicht kommen!

Du wirst dir Hoffnungen machen,
Einbildungen bis zum Schluß …

Regen und das Leben eine Klage,
er fällt auf unsere Sinne,
man möchte die Rosen austrinken,
und sie ist nicht gekommen. Nicht gekommen!

(Wie doch die Felder meiner göttlichen
Belange unter Wasser stehen).
Ein heiliges Feuer sollst du sein,
eine Brutstätte der Freuden!

Regen, lästiges Einerlei,
gibst du mir mein Herz zurück?
Werden meine Sinne wieder bluten
nach dem Bruch der Illusion?

Voller Illusion, und in der Ferne
zittern des Abends Flügel, hin zum Ende.

Sie wird nicht kommen, weil du auf sie wartest.
Sie wird nicht kommen. Nicht kommen!

30. November 1919

UNGEZWUNGENE ABENDUNTERHALTUNG

Die Seele Chopins schwebt verschwommen über dem
gewöhnlichen Leben,
dringt in die Spinnennetze von so viel Verzauberung ein,
die uns Gold, das Seide war, und an Güte die Fülle bringt,

und mit geschlossenen Augen auf göttlichen Pfaden
wandeln und wandeln.

> (Die Vorahnung einer Agonie
> kommt mich an, schmachtend
> und spirituell, Gräber der
> kränkelnden Melodie … der Pfad … wandeln
> und wandeln …)

Oh! Nicht gleichen wir dem, der die Lieder schrieb,
wir simplen Seelen, bei uns reimen die Klänge
der traurigen Musik sich mit dem Weg nach innen.
Oh! Nicht gleichen wir dem Magier mit der weiten Pupille,
wir simplen Seelen, die heute wie gestern
sich grausame Illusionen machen immerdar, mein Herr.
(Die Seele Chopins schwebt verschwommen über dem
gewöhnlichen Leben.
Oh! Der Pfad ohne Müdigkeit … Und wandeln …
und wandeln …)

DIE DREI MUSKETIERE

Aus der kühnen Legende jener drei Degen
trugen wir ein Poem herbei, das von Adel,
und in Gold und Blut getaucht klang's verwegen,
es war das Blut der frühen Träume ohne Tadel.

Auch wenn damals schon in mir der Gifte viele
mich bedrängten, so hoffte ich auf die alte Mär.
Sie, meine Herren, dachte ich, sind am Ziele
und reichten mir, als ich so darbte, den Honig her.

Und wirklich, die Freude kehrte wieder,
mit Demut grüßte ich die leisen Lieder
meiner Tage, und Güte stärkte mir das Herz.

So kam's, daß ich in wehmutsvoller Stunde
mich tief verbeugte vor der Runde,
nun möge sie verschont sein vor jedem Schmerz.

20. Dezember 1919

DAS GEBET IN DER NACHT

Ohne Mond und ohne Liebe haben sich meine Augen
wie zwei Waisenkinder geschlossen. Unter mir
der Fliesenboden bebt, eine Erschütterung
die einem Schüttelfrost gleicht.

In der einsamen und unwegsamen Nacht
habe ich mich an die tiefe Klarheit des Mondes
erinnert, wenn er seine weiße Milch ergoß
über alle Dinge, so lind, so ohne Bitternis ...

Und in einem Fieber kniefalltiefer Bitten
bin ich der guten Erde aufs Gesicht gefallen,
und im Blau des Himmels wollte ich
der müden Menschen wegen gut sein wie ein voller Mond.

Diese Menschen, die alleine gehen durch ihre Einsamkeit,
sie sollten unten bleiben, daß sie mein Licht bekämen.

Und trinken sollen sie, trinken aus ungetrübter Quelle,
ohne Haß, ohne Müdigkeit, ohne Schmerz und ohne Leid.

AM FENSTER

Gestern, gestern erst war mein Herz
als würde es sich entladen rhythmisch im Takt.

Und keine Geliebte kam vorbei,
kein traulich Lied erklang, erblüht im Traum.

Kein Tag brach an,
Kein Vogel tirilierte sich ins Licht,
Keine Nachricht wurde Ereignis.

(Die Menschen schwiegen. Ich schaute ins Blau,
eine blonde Wolke zog vorbei, doch kehrte sie nie mehr zurück).

(Wohin in welche Welt, wohin?
bist Wolke du gegangen, so blond, arglos und so zögerlich?)

Und immer weiterleben, Herr! wie ein Wunder,
das der müde Nachmittag schlafen legte.

2. Februar

KÄMEST DU EINES TAGES WIEDER

Geliebte, blonde Geliebte meiner frühen Tage,
du bist aus meinem Leben gegangen, ohne es zu wissen,
so wie du gekommen bist in meinen guten Tagen,
wirst du meinen Frühling erzittern lassen.

Geliebte, blonde Geliebte, du hast gewartet,
bis ich müde war, und warten kann ich längst nicht mehr,
seit meine reinsten Wünsche sich in Trübsal kehrten,
und seit ich nicht mehr meinen Ort verlassen kann.

Kämst du eines Tages zurück, blonde Geliebte, die ich
verloren habe, wird meine Müdigkeit aus Seide sein und
ein Lächeln wird dich, tiefste Wunde meines Lebens,
begleiten, falls du noch einmal in meinen tiefsten Kummer
steigst.

8. Februar

DANK II

Dank, unbekannte Frau, die du an diesem grauen Tag
die duftende Note einer Illusion gesetzt hast,
die zitternden Trauben eines jugendlichen Honigs
auf die welken Büschel meines kümmerlichen Herzens.

Dank, Frau.
Dank für diese irre Minute der Unruhe,
die mir ein Fenster in den Tag hinein geöffnet
zwischen den Wolken meiner jugendlichen Jahre.

Dank, weil ich morgen nicht auf dich warten muß
in dem verschlossenen Garten, der nicht blühen wird,
Dank, Frau so fern,
weil du nie gekommen bist, weil du nie zurückkehren wirst.

Februar

ICH SPÜRE KEINE VERÄNDERUNG

Ich spüre keine Veränderung. Gestern war ich was ich immer war.
Die Zeit geht langsam über meine Stürme hinweg,
daß ich ein Skeptiker war, wird immer unglaubwürdiger,
nie war ich das Opfer auch nur des kleinsten

mentalen Orgasmus, der das Lied meiner Tage zu Bruch gehen
ließe,
meine Zweifel bräche, meinen Namen auslöschte.
Ich habe mich nicht verändert. Ein wenig mehr Melancholie,
ein wenig Ekel, der mir von den Menschen kam.

Ich habe mich nicht verändert. Ich ändere mich nicht.
Mein Vater ist schon sehr alt.

Die Rosenstöcke blühen, die Frauen gehen,
jeden Tag gibt es mehr Mädchen für jeden guten Rat,
für jede Müdigkeit, für jede gute Tat.

Aber ich bin, was ich war. In den alten Gräbern
zernagen die Würmer den Schmerz,
alle Menschen bitten um mehr, als sie brauchen für morgen,
ich bitte um nichts, nicht mal um ein wenig Welt.

Aber eines bitteren Tages, eines fernen Tages
wird mich der Zorn bewegen, die Hände nicht auszustrecken
und nicht zu erheben die Flügel der Erneuerung.

Mag sein, die Melancholie wird zunehmen,
aber in der Gewißheit einer späten Erschütterung
will ich meinem Herzen einen Frühling schenken.

1920

DIE BESCHEIDENE STROPHE

Durch die Straße gehen mit einer einschmeichelnden Strophe
auf den Lippen, die immer mehr uns gehören.

Die Menschen vorüberziehen lassen,
die Kinder mit niedergeschlagenen Augen.

Die auf den Lippen aufgelöste Strophe aber
kommt daher mit stetem Streicheln wie von Honig.

Die Straße ist endlos.
Alle Frauen
haben in den Augen den Widerschein sinnlicher
Bestien.
Die Kinder gehen verloren. Die Hunde auch.
Und die Männer gehen vorbei mit Augen wie Tiere,
Augen, die einklagen, was einmal gewesen ist.

Aber die Strophe weist uns den Weg.
Sie läßt fließen ihren unberührten Honigseim
wie ein Bonbon voll von Genuß, von Leben und von Zuversicht.

SCHON SPÜRE ICH MEINE JUGEND VERGEHEN

Schon spüre ich meine Jugend vergehen,
es ist ein Zittern, das der Ruhe meines Blutes schmeichelt;
im Schatten sind die frühen Entwürfe meiner Unschuld,
und ein Fluß aus trübem Gold überschwemmt meinen Leib.

Es ist der unberührte Leib eines gewesenen Frühlings,
der seiner jungfräulichen Lymphe Liebe nach mir warf,
es ist der ungewisse Schritt des ersten Schattens,
der neu belebt meinem Herzen starb.

(Klavier in Trauer, Klavier romantischer Nachmittage,
du kannst nicht mehr singen,
schon träum ich nachmittags nicht mehr von ekstatischen
Schatten,
die ihre Küsse regnen ließen auf meine Einsamkeit.)

(Bäume, traurige Hunde, zur Stummheit verdammt,
ein Krug Wein hat meinen Schmerz erlöst,
und nie mehr werde ich in der Nacht küssen
die nackten brüderlichen Rümpfe der Trostlosigkeit.)

In meinen ach so schwachen Venen
spüre ich den Galopp von Pferden, trunken von Unruhe und
Blut,
und in meinen arglosen Arterien die abwegigen
Rondos der Jugend.

In meinen Teichen hat sich mit Wolken überzogen die gute,
die heilige Transparenz, ein schwarzer Wind hat meiner
Emotionen
Leuchtkraft zu Fall gebracht. Es ist meine Jugend, die schwindet,
wobei des Schmerzes schwarze Früchte sich erbrechen.

DIE GEHEIMNISVOLLE WUNDE

Und Rosen hab ich in des Tages Morgenröte hingetragen
zu dir, da ich mit Begier und Kraft den Pfad erstiegen,
wie Gonzalo de Berceo will ich meine Liebe wagen,
als er der Gottesmutter einst Verse hat geschrieben.

Dich lieben will ich und lieben zu allen Stunden,
dich lieben mit den tristen Dolden meiner Erde,
wegwerfen die Rosen meiner blühenden Wunden,
damit dein Leib geschwängert werde.

Sodann würde ich betrachten mit abwesendem Blick
deine verlorene Schönheit, deine Zöpfe, deiner Hände Geschick
und den Rosenkranz aus Verdruß, der im Licht verglühte.

Des Begehrens Rosen wollt ich dir wie einst Berceo geben,
als er in seiner Zelle in Schwären lag auf Tod und Leben
und die heilige Jungfrau sah, wie sie in Blau erblühte.

DAS GROSSHERZIGE SINGEN

Seelen im Traum und Seelen im Lied,
schon läuten die Totenglocken
und so viele Küsse sind noch zu geben, so viele Blumen,
die an keinem Hang zu Früchten wurden,

aber wir sind die Welt. Jeden Tag
wird eine Welt geboren in der Geburt der Liebe,
und neu geboren wird das Vergessen und stirbt im Stern
der Pupillen, den wir im Herzen tragen …

Und wo wir eine Rose finden, küssen wir sie und geben
einem runden Leib Wasser, viel Wasser, viel Brot, viel Liebe
und wortlos fast reichen wir ihm unsere Lippen
wie einen Segen …

DIE TÜREN

Ich habe zwei helle Türen,
die wie Luft sind und Sonne,
ich habe zwei helle Türen,
die hellen Türen meines Herzens.

Den Winden sind sie geöffnet
dem Licht und der Liebe,
sie sind so mannigfaltig,
daß sie dem Schmerz Einlaß geben.

Wie der aufgebrachte Vogel,
der Gott anschaut, lausche ich
und betrachte die Rosen, die erblühen
wie mein Herz, das lange warten mußte.

Es fällt das Blatt,
es fällt die weiche Knospe,
die Frucht erzittert wie eine sanfte Brust
in einer Ahnung herbstlicher Wege.

Die Erde erzittert, und jede neue Frucht
öffnet sich im Geflecht des Schmerzes,
indes ich gleich zwei Rosen aus Schweigen
die hellen Türen meines Herzens öffne ...

DIE HÄNDE DER BLINDEN

Gib mir deine Hände, Blinder. Die Hände der Blinden
sind wie die Wurzeln dieser schwachen Menschen,
sie dunkeln im Feuer der Januarsonne,
im Herbst spüren sie den Tod nahen …

Gezeichnet und unterwürfig im Schweigen leben sie,
mit den Fingern zerbröseln sie die Faser des Schmerzes
und fügen sie neu und in sich gekehrt wie Mönche,
die in Demut Gottes Worte aneinandernähen.

Der Blinden ganze Seele liegt in ihren Händen,
die rauh sind, weil sie andere Menschen streiften,
von Schmerz durchbohrt, in Liebe zitternd.

Es zittern wie Takelwerk die langen mageren Finger
——————————————————*
gezeichnet und blutend aus Nacht und Schmerz!

12. Juli

* *gestrichen: und bedecken sich (mit Gold?) wie alte Wunden*

Dieser Saal, dieser Saal des Lyzeums, dieser Saal,
der mir die Flügel gestutzt hat für meine Schmerzen,
und läßt sie wachsen, damit ich träumen kann!
Dieser ichbesessene Saal, der mich zum Wicht
gemacht hat wie alle hier, und nichtig wie so viele.
Jeder Tag gleich, gestern ist wie heute
im Warten, daß die Stunden ja rasch vergehen,
und täglich reden mit derselben Meute
und täglich ein Opfer sein derselben Täuschung …
Ich kam, als ich sechs war, ins Lyzeum.
Ich hatte an den Quellen meines Lebens den einen Wunsch,
zu erfahren, was das ist, die Freude.
Und nun weiß ich, ich kann sie immer noch nicht spüren!
Es war die ewiggleiche Geschichte von der Enttäuschung,
die durch mein Leben zog wie der Gang der Jahre,
wie Wolken ziehen, Winde jagen,
die den traurigen Regen bringen und die heftigen Schmerzen.
Und so immer weiter mit Schmerzen gehen. Morgen
werde ich fester meine Tür verschließen und mein Fenster öffnen,
um nicht das zu tun, was diese kleinlichen Menschen tun
———————————————————*

* *unlesbar (Victor Farías)*

Aber ja! Es ist sinnlos, weil eines schönen Tages
werde ich mir einen Koffer kaufen und ohne Freude
werde ich mich dorthin begeben, wo die hingehen, »die studiert haben«.
Was kümmerts mich? Ob Ingenieur, Arzt oder Rechtsanwalt,
immer werde ich das sein, was ich bis jetzt gewesen,
ein Kerl, der ziemlich traurig,
sehr heißblütig und ach so unglücklich ist!

Und von Liebe nichts in all den Lyzeumsjahren,
ein wenig nur in den Augen einer Blondine in ziemlicher
Entfernung, in der ich eine Schwester zu sehen glaubte,
sie das Ende meines Exodus, ein Traum an einer Quelle,
in die ich meine fieberheißen Hände hätte tauchen können.

Jetzt weiß ich, sie war nicht meine anverlobte Schwester,
wie sie gekommen, hat das Leben sie mir genommen!

Die Liebe, immer die Liebe zu unseren armen Brüdern,
die die Wünsche des Menschen in sich tragen,
die unterm Joch gebeugt alles wagen,
die im Bergwerk ihren Lebenssaft geben,
vergehen in Schweiß, Auswurf und Klagen,
sie säugen den Tiger und müssen jedes Getier ertragen …

Und die Gerechtigkeit und das Recht der Zukunft,
sie stöhnen unter der Last von Schmerz und Sorgen!
Blut, heißes Blut der Menschen, wohin
mit deiner Ansammlung an Energie? Gib Antwort!
Das ist mein heiliger Schrei, gegen die trägen Hände,
welche die aus Lehm und Kot gemachten Tyrannen ertragen.

Das Lyzeum, das Lyzeum! Mein ganzes armes Leben
ist ein trauriger Käfig … Meine verlorene Jugend!
Was soll's, gehen wir weiter! Denn morgen oder übermorgen
werde ich ein Bourgeois sein wie jeder beliebige Anwalt,
wie jedes beliebige Doktorchen, das seine Brille trägt, und
die Wege sind versperrt bis zum neuen Mond …
Zum Teufel auch, daß sich im Leben wie in den Illustrierten
ein Dichter zum Dentisten examinieren lassen muß!

Wenn man sich vorstellt, daß ich auf das Erscheinen
einer betörenden Frau warte, die mein Dasein verbessern
und versüßen könnte! Vielleicht treffe ich sie schon morgen,
und ein Riesenschmerz kommt hinzu zu meinen Sorgen,
es ist der doppelt konkave Schmerz, Mensch und Dichter zu sein,
der mich samt meiner Träume und zwei drei Koffern vertreibt …

ELEGIE ÜBER DEN ZEITWEILIGEN SCHMERZ

I

Heute morgen sangen und zogen vorbei
drei Soldaten auf dem Weg in die Kaserne,
sie kamen über goldblühende Alleen
unterm hellen Licht des frühen Tags,

unterm blutenden Gold der Morgenröte,
himmlischem Sieg der Sonne und des Schönen,
wie sehr glänzten die Blätter und wie
sehr bluteten die Lichter des frühen Tags!

Die drei sangen glühende Lieder von
sanfter Liebe, stummen Schmerzen,
entlegenen Dingen, die nicht zurückkehren.

Sie kamen singend um die staubige Straßenecke,
sie sangen und singend zogen sie weiter und dann
lag alles wieder unterm hellen Licht des frühen Tags.

II

Sanfter Jüngling mit den grauen Augen,
sei nicht traurig, sie kehren zurück,
und sie werden deine bescheidenen Wunden lindern.

Wein doch nicht, Mädchen in deinem Kummer,
alle Dinge vergehen auf immer,
so wie an diesem Morgen die glühenden Stimmen
vergangen sind auf ihrem Weg durch die Stadt.

Das Leben bringt zuweilen Erschöpfung, Mädchen,
es schmerzt uns, schmerzt wie eine Glocke,
die im Gold des frühen Tags vibriert,

und wenn wir uns umschauen auf den Alleen,
hören wir Lieder und klagende Stimmen,
von Männern gesungen, die nicht zurückkehren werden …

Juli 1920

DÖRFLICHE ROMANZE

Mädchen mit den braunen Augen und dem sanften Blick,
du verschmähtest und also bekamst du sie nicht, meine Liebe,
hier unter diesen Ackerbürgern eines brachliegenden Dorfes,
wo ein Dichter fast soviel gilt wie ein Dieb.

Ich, der ich meine Gedichte herumtrug wie einen Zahnschmerz,
den all diese Leute zu heilen suchten,
ich blickte in deine sanften Augen, sah dein gutes kleines Gesicht,
und eine Ahnung befiel mich, was geschehen würde.

Und eines Nachmittags dann, als ein Zug stöhnte
(ich glaube, daß er stöhnt und nicht pfeift),
wie gern hätte ich dir da ein paar herzliche Worte gesagt,
und ein wenig Traum und ein wenig Honig dazugegeben.

Und dann mein erträumtes Idyll. Drei Küsse
für deinen Mund, für deine Stimme, für deine Gestalt,
ein Idyll in diesem so bedrückenden und stillen Dorf.
(Und man vergesse Trigo und Lorraine.)

Aber das Leben, Mädchen, wollte es, daß an diesem Nachmittag
meine Worte herabstürzten, wie nur Steine herabstürzen
können, und fallen wie Schmerzen in ein sanftes Gehege …
Und waren doch meine Worte Licht des neuen Tages!

Mädchen (ich weiß noch, du trugst flache Absätze),
du warst unkompliziert und gut wie die Einfachheit in Person!
Und dennoch konnte ich dir nie meine Arme öffnen,
dir meine Honigwaben zeigen und vom Honig geben …

Du nanntest dich Graciela, Graciela mit den sanften Augen,
jetzt, da ich gelitten habe, danke ich dir für deine Grazie. Wer
mir Emotionen schenkt, wie andere Parfüm verschenken,
dem geb ich ein wenig von meinem Herzen in meinen
Erinnerungen …

Juni 1920

LA CHAIR EST TRISTE, HÉLAS!

Wie arm, arm und vergiftet doch mein elend Leben ist,
(mit dreizehn Jahren las ich Jean Lorraine),
und später habe ich die Erregung meiner Flügel erdrückt,
indem ich meine Schmerzen vermählte mit Versen von Verlaine.

Auf meinen wirklich tristen Wegen waren Bücher meine
Freunde,
sie waren es, die mir Wasser gaben und auch Brot.
(Wie Felipe Trigo habe auch ich die blonden Jungfraun geliebt
und ich liebte auch Valle-Incláns feudale Dekadenz.)

Dann kam Schopenhauer und nahm mir meine Heiterkeit.
Das Fleisch, so möchte ich sagen, wird trister mit jedem Tag,
und trauriger vermehren sich in meinem Leben die Fragezeichen.

Und langsam kommt mir der Gedanke ohne Bitternis,
daß mit Büchern und mit Frauen dahinging meine Wonne,
ganz so wie in jenem schmerzlichen Vers von Mallarmé.

ANWANDLUNG IN DER CHEMIEKLASSE

Aus uns Schülern machen sie einen Parallelepipedos,
wir malen die Illustrationen ab aus dem Chemiebuch,
an mir nagt der beißende Jammer des Bipedos,
der die von der Metaphysik geschlagene Wunde spürt.

Verhaßtes Näseln der Pädagogenstimme,
...Talgsäure ... synthetische Chemie ...
so viele verteufelte psychologische Kurven
in der Gelatine meiner energetischen Kräfte!

Der Regen malt auf den Scheiben seine Rosetten,
und ich denke, denke wie ein Dichter,
den ich zuweilen verabscheue ... zuweilen beneide ...

Zum Teufel mit der Wunde! Alt wie sie ist, setzt sie Schorf an,
und die Pein drückt mich hinab auf den Stuhl ...
Pein? Ekel ist's, Ekel, Ekel!

Chemieklasse – Juli

DIE SUCHE

Der verrückte, gute Mensch Nietzsche hat gesagt,
im vollen Haus laß das Singen sein,
aber singe und singe im leeren Haus
– deine Stimme sei ein über dem Meer aufgelöster Schrei –

Singe in der Stille dein erstes Lied,
schick hinaus in die Stille dein letztes Lied,
dem Wunder des Frühlings entbiete die Stirn,
wenn er das innere Dorf erblühen läßt.

Das ist es, was der verrückte Nietzsche gesagt hat,
und nun suche ich das leere Haus,
in Gedanken und schwungvoll wie ein Herz.

Schon bin ich müde, umsonst die Suche,
es finden meine Augen, meine Füße und Hände nicht
das Haus, darin ich mein Herz singen lassen soll.

PFLAUMENBÄUME IN BLÜTE

In dem kleinen Garten, der so sanft in seiner
Innerlichkeit, daß man von den geringsten Dingen geblendet
wird.
Die devoten Salate haben einen gewissen Duft,
und die Erde ist eine Freundin, so gut gelungen und würzig.
Die Pflaumenbäume erheben ihre blühenden
Kronen, und eine ruhige Liebe läßt sie erzittern.
Es staut sich, gleich einer Welle,
ein Ruch nach Erde und ein Prickeln von Sonne.

DAMALS DIE KLEINE SCHULLEHRERIN …

Die kleine Lehrerin, blond ist sie wie das reife Korn,
so blond, man hielt sie anfangs für eine Engländerin,
sie ist noch immer traurig, ach so traurig wie zuvor!

Man könnte meinen,
sie sei seit ihrer Ankunft krank nur aus Traurigkeit!

Die einen nennen sie Celia, die anderen Marta,
und immer liegt in ihrer Antwort diese Gleichgültigkeit.

Es ist schon so lange her, daß sie Post bekam,
fast sieht es so aus, als ob niemand ihre Abwesenheit beklagte.

Die Kinder in der Klasse lieben sie, auch wenn sie
von Mal zu Mal trauriger wird,
traurig, wenn sie ihnen von fernen Sternen erzählt,
traurig, wenn sie wissen will, wieviel acht mal drei ist.

Und gestern, als sie ihnen ein Wort fürs Diktat buchstabierte,
stieg ihr der Nebel der Vergangenheit in die Augen
und hinterm Pult stand sie da und war ganz stumm …
Da fingen unter der Last eines unendlichen Schmerzes
die Kinder in der Klasse, diese armen Herzchen,
die nicht wissen, was sie tun, zu weinen an.

FRÜHLING

Der Regen fällt. Clowns
auf den nassen Straßen,
Augen, die nichts gesehen,
Mund, der nie gesprochen.
Oh Frühling der süßen
Knospen, Körper wie Rosen,
Himmel von dunklem Blau
und die Gewässer wasserfarben.
Jetzt
Karmin auf toten Mündern,
Scherz,
Fiesta:
Für wen bist du gekommen, für
wen, Frühling?

AM MITTWOCH

Ärmlich das kleine Haus,
die Hühner, die auf den verlassenen Hof laufen,
die Mutter, die näht.

Die Mutter, die näht
und flickt und stopft die müd gewordene Wäsche
am Tag und in der Nacht.
Es gibt in den Winkeln
des Hauses
viele Blumen.

Und überall
die weiße Traurigkeit
der armen Häuser.

DAS EINERLEI

Ich laufe die traurigen Straßen entlang, wenn es Abend wird,
führe meine Müdigkeit, die eines frühreifen Jungen, spazieren,
ein Gefühl auf den Lippen, in den Augen,
und im Gedächtnis das Abbild einer unfruchtbaren Vision.

... Die Straßen. Zwei junge Leute, die im Gelächter
sich das fragliche Vergnügen leisten, in allem,
was sie sehen, die lächerlichen Seiten
zu entdecken, in den Gesichtern, in den Menschen.

Und in dieser vom Haß überzogenen Stadt herumzulaufen,
im Herzen immer mehr Haßgesänge wiegend,
die Wunde vertiefen, die immer gleich blutet
wie eine seltsame Blume, die im Schmerz Wurzeln schlägt.

... Durch die ungeheuren Straßen, die verlassen sind und
die ihren Zauber an das Böse abgegeben haben,
und der kränkelnde Fleck dieses ewigen Gefühls
auf den Lippen und in den Augen ... Laufen.

31. Oktober

Zwanzig Liebesgedichte und ein Lied der Verzweiflung (1924)

I

Leib eines Weibes, weißblanke Hügel, blanke Schenkel,
du gleichst der Welt, so weit, so willig, wie du dich hingibst.
Mein Körper, eines rohen Bauern Körper, durchgräbt dich
und läßt das Kind entspringen aus der Tiefe der Erde.

Einsam war ich, ein Tunnel. Vor mir flohen die Vögel,
und Nacht brach in mich ein mit ihren furchtbaren Heeren.
Mich selbst zu überleben, machte ich dich zur Waffe,
zum Pfeil für meinen Bogen, zum Stein für meine Schleuder.

Doch die Stunde der Rache ist gekommen. Ich liebe.
Dich, Leib aus Haut, aus Moos, aus Milch, voll Kraft und
Begierde.
Ah, die Becher der Brüste! Ah, die entrückten Augen!
Ah, die Rosen des Schambergs! Ah, deine schwere Stimme!

Leib meines Weibes, deine Anmut läßt mich bestehen.
Mein Durst, endlose Sehnsucht, mein Weg ins Ungewisse!
Dunkle Flußrinnen, denen unaufhörlich der Durst folgt
und die Ermattung folgt und das Leiden ohne Ende.

II

In seine Sterbeflamme hüllt dich das Licht.
Versunken, blaß und leidend stehst du da,
gegen die alten Propeller der Dämmerung,
welche rings dich umwirbelt.

Stumm, meine Freundin,
einsam in der Einsamkeit dieser Totenstunde
und erfüllt vom Leben des Feuers,
reine Erbin des zerstörten Tages.

Von der Sonne fällt eine Traube auf dein dunkles Kleid.
Die großen Wurzeln der Nacht
wachsen jählings aus deiner Seele,
und nach außen kehren zurück die Dinge, die in dir verborgen
waren,
so daß ein bläßliches, blaues Volk,
eben aus dir geboren, sich nährt.

O herrliche, fruchtbare, unwiderstehliche Sklavin
der Kreisbahn, die schwarz und golden verläuft:
aufrecht versucht und erwirkt sie eine Schöpfung, so lebendig,
daß ihre Blüten verfallen und sie voller Trauer ist.

III

Ach, das Föhrengewoge, Rauschen brechender Wellen,
langsames Spiel von Lichtern, einsames Glockenläuten,
Dämmerung, niedersinkend in deine Augen, Puppe,
Muschelhorn auf dem Felde, in dir ertönt die Erde.

In dir singen die Flüsse, und es flüchtet mit ihnen
mein Herz, wie du es möchtest und wohin sie dein Wunsch
weist.
Bezeichne mir den Weg doch auf deinem Hoffnungsbogen,
und verzückt laß ich schwirren den Schwarm all meiner Pfeile.

Ich sehe mich umgeben von deinem Nebelgürtel,
und dein Schweigen bedrängt jetzt meine gehetzten Stunden,

du bist es mit den Armen aus Stein, vom Licht durchschimmert,
wo meine Küsse ankern, mein feuchtes Sehnen nistet.

Ach, deine Rätselstimme, getönt, gebeugt von Liebe
in dem hallenden Dämmer des verendenden Abends!
So in Stunden der Tiefe sah ich auf Weizenfeldern
Ähren sich niederbeugen unter dem Mund des Windes.

IV

Sturmgeladen ist der Morgen
im Herzen des Sommers.

Wie weiße Abschiedstüchlein ziehen die Wolken,
es schwenkt sie der Wind mit reisefiebrigen Händen.

Zahlloses Herz des Windes,
das pocht über unserem verliebten Schweigen.

Es braust zwischen den Bäumen, göttlich, wie ein Orchester,
wie eine Sprache voller Kriege und Gesänge.

Wind, der in raschem Raub das raschelnde Laub entführt
und die zuckenden Vogelpfeile aus ihrer Bahn wirft.

Wind, der dich niederreißt in einer Welle ohne Gischt,
mit der Wucht des Schwerelosen, in geducktem Geloder.

Es birst und versinkt die Menge von Küssen,
zerschmettert an der Pforte des Sommerwindes.

V

Damit du mich anhörst,
machen meine Worte
manchmal sich zart
wie die Möwenspuren auf dem Strand.

Eine Kette, ein trunknes Klimperglöckchen
für deine Hände, sanft wie die Weinbeeren.

Und ich sehe sie fern von mir, meine Worte.
Deine sind sie mehr als meine.
Sie klettern empor an meinem alten Schmerz wie der Efeu.

An den feuchten Wänden klettern sie empor.
Du bist schuld an diesem blutigen Spiel.

Sie fliehen aus meinem dunklen Bau.
Alles erfüllst du, alles, alles.

Ehe du da warst, bevölkerten sie die Einsamkeit, die du besetzt
hast,
und sie sind mehr als du vertraut mit meiner Traurigkeit.
Jetzt möchte ich, daß sie sagen, was ich dir sagen möchte,
damit du sie anhörst, wie ich möchte, daß du mich hörst.

Der Wind der Angst reißt sie noch immer von hier nach dort.
Traumorkane werfen sie manchmal zu Boden.
Andere Stimmen vernimmst du in meiner gepeinigten Stimme.
Schluchzen von alten Mündern, bluten von alten Bitten.
Liebe mich, Gefährtin. Verlasse mich nicht. Sei mit mir.
Sei mit mir, Gefährtin, in dieser Woge von Angst.

Doch langsam nehmen meine Worte die Farbe deiner Liebe an.
Alles besetzt du, alles, alles.

Ich werde aus allen eine endlose Kette machen
für deine weißen Hände, sanft wie die Weinbeeren.

VI

Ich weiß noch, wie du warst, damals im Herbst, dem
vergangnen.
Die graue Baskenmütze; das Herz, als ob es schliefe.
In deinen Augen fochten Flammen des Abenddämmerns.
Und es fielen die Blätter ins Wasser deiner Tiefe.

Meine Arme umklammernd, warst du wie eine Winde,
die Blätter dämpften deine Stimme, als ob sie schliefe.
Scheiterhaufen des Schreckens, auf dem mein Durst verbrannte.
Gekrümmte Hyazinthe, blau über meiner Tiefe.

Ich fühle deine Augen reisen, der Herbst ist ferne:
graue Mütze, Vogelstimme, Herz wie ein Zuhause,
wohin meine geheimen Gedanken emigrierten
und meine frohen Küsse wie rote Kohlen fielen.

Himmel, von einem Schiff aus. Fruchtland, von öder Höhe.
Dein Bild in mir ist Licht, Rauch, ein Teich, als ob er schliefe.
Jenseits von deinen Augen flammten die Dämmerungen.
Dürre Blätter des Herbstes kreisten in deiner Tiefe.

VII

Vorgebeugt werfe ich abends meine trüben Netze aus
nach deinen ozeanischen Augen.

Dort reckt sich und brennt, himmelhoch lodernd,
meine Einsamkeit, die mit den Armen um sich schlägt
wie ein Ertrinkender.

Rote Zeichen mache ich über deinen abwesenden Augen,
die Wellen werfen wie das Meer am Saum eines Leuchtturms.

Du verharrst bloß in Finsternis, Weib, mir fern und mein,
aus deinem Blick taucht zuweilen die Küste des Grauens auf.

Vorgebeugt werfe ich abends meine trüben Netze aus
aufs Meer, das deine ozeanischen Augen hin und her treibt.

Die Nachtvögel picken die ersten Sterne auf,
die funkeln wie meine Seele, wenn ich dich liebe.

Es galoppiert die Nacht auf ihrer düsteren Stute,
blaue Ähren über die Flur verstreuend.

VIII

Weiße Biene, du summst, trunken von Honig, in
meiner Seele,
drehst dich, windest dich in trägen Rauchspiralen.

Ich bin der Verzweifelte, das Wort ohne Echo,
der, welcher alles verlor, und der, welcher alles besaß.

Letztes Ankertau, in dir knirscht mein letztes Bangen.
Auf meiner wüsten Erde bist du die letzte Rose.

Ach, Schweigsame du!

Schließ deine tiefen Augen. Dort rüttelt die Nacht
mit den Flügeln.
Ach, entblöße deinen Statuenleib voller Furcht.

Abgründige Augen hast du, in denen Dunkel flattert.
Frische Blütenarme und einen Rosenschoß.

Deine Brüste gleichen den weißen Meeresmuscheln.
Zum Schlummer hat ein Schattenfalter sich niedergelassen
auf deiner Lende.

Ach, Schweigsame, du!

Sieh die Einsamkeit, der du fern bist!
Es regnet. Der Meerwind jagt die schweifenden Möwen.

Das Wasser wandelt barfuß durch die nassen Gassen.
An dem Baum dort die Blätter ächzen wie Kranke.

Weiße Biene, fern von hier, du summst noch immer in
meiner Seele.
Aufleben wirst du in der Zeit, schlank und schweigsam.

Ach, Schweigsame du!

IX

Trunken von Terpentin und langen Küssen,
lenk ich im Sommerlicht ein Segelschiff voller Rosen,
halte Kurs auf den Tod des dünn gewordenen Tages,
getragen von des Meeres zuverlässigem Toben.

Blaß und gekettet an mein gierig schlingendes Wasser,
kreuz ich im herben Ruch unter blankgefegtem Himmel,
grau gekleidet noch immer, umhüllt von bittren Klängen,
auf dem Haupt als Helmzier ein paar Fetzen von
Meerschaum.

Gehärtet von Leidenschaft, reitend auf meiner Woge,
schiffe ich mondhaft, sonnenhaft, glühend, voller Kühle,
dösend, dicht an der Kehle der glückseligen Inseln,
die so weiß sind und lieblich wie morgenfrische Hüften.

In feuchter Nacht erzittert meine Gewandung von Küssen,
wahnwitzig aufgeladen mit elektrischen Kräften,
heroisch sich verzweigend in verwegene Träume
und berauschende Rosen, die in mir sich entfalten.

Auf den Wassern, umflossen von hohen Flankenwellen,
ergibt sich meinen Armen dein paralleler Körper,
wie ein Fisch, der für immer an meiner Seele haftet,
flink und gelassen, voller tiefseehimmlischer Tatkraft.

X

Auch diese Dämmerung haben wir verloren.
Niemand sah uns an diesem Abend, Hand in Hand,
während die blaue Nacht herabsank auf die Welt.

Von meinem Fenster aus sah ich
das Fest des Sonnenuntergangs auf den fernen Höhen.

Manchmal, wie eine Münze,
flammte ein Stück Sonne zwischen meinen Händen auf.

Ich dachte an dich, das Herz bedrückt
von jener Traurigkeit, die du an mir kennst.

Wo warst du da?
Unter welchen Leuten?
Was sprachst du?
Warum überkommt mich schlagartig die ganze Liebe,
wenn ich traurig bin und dich ferne fühle?

Das Buch entsank, nach dem man immer in der
                Dämmerung greift,
und wie ein verletzter Hund rollte mein Umhang sich
                vor meinen Füßen zusammen.

Immer, immer entfernst du dich abends,
wo Dämmerung hastend die Statuen verwischt.

XI

Fast außerhalb des Himmels, zwischen zwei hohen Bergen,
geht der Halbmond vor Anker.
Nacht, ruhlos kreisend, streunend, Totengräberin der Augen.
Sieh nur, wieviel zerstückte Sterne dort in der Pfütze.

Sie macht ein Trauerkreuz mir zwischen die Brauen, flüchtet.
Schmiede blauer Metalle, Nächte verschwiegener Kämpfe,
mein Herz beginnt zu kreiseln wie ein verrücktes Lenkrad.

Ein Mädchen, hergekommen, hergebracht von sehr ferne,
zuweilen blitzt sein Blick auf, gleißend unter dem Himmel.
Gestöhn, Verwünschungsflut, Wirbelsturm irrer Wut,
rase über mein Herz hin, kreuz und quer, ohne Ende.
Wind aus den Totengrüften schwemmt her, zerfetzt,
zerstreut deine träumende Wurzel.
Er entwurzelt die großen Bäume, jenseits ihrer Gestalt.
Aber du, lichtes Mädchen, Frage aus Dunsthauch, Ähre.
Tenne, die aus schimmernden Blättern der Wind zu
bilden begann.
Hinter den nächtlichen Bergen, weiße Lilie lodernden Brandes,
ach, nichts kann ich sagen! Aus allen Dingen war sie gemacht.

Qual du, die mir die Brust mit Messerhieben gespalten,
Zeit ist es, einem andren Weg zu folgen, wo sie nicht lächelt.

Sturmwind, der die Glocken begrub, wüster Wirbel
von Gewittern,
wozu sie jetzt berühren, wozu sie nur betrüben.

Ach, dann dem Weg zu folgen, der sich entfernt von allem,
wo nicht die Angst den Schritt hemmt, nicht der Tod,
nicht der Winter,
mit ihren offnen Augen durch den tauenden Morgen.

XII

Für mein Herz genügt deine Brust,
für deine Freiheit genügen meine Flügel.
Von meinem Mund gelangt bis zum Himmel,
was schlummerte auf deiner Seele.

In dir ist die Illusion eines jeden Tages.
Du kommst wie der Tau zu den Blumenkronen.

Du untergräbst den Horizont durch dein Fernsein.
Ewig auf der Flucht wie die Welle.

Du singst, so sagte ich, im Wind
wie die Föhren und wie die Masten.
Wie sie bist du hoch und schweigsam.
Und plötzlich wirst du traurig, wie eine Reise.

Gastfreundlich wie ein alter Weg.
Dich bevölkern Echos und Stimmen der Sehnsucht.
Ich erwachte, und manchmal ziehn flüchtend fort
Vögel, die schliefen in deiner Seele.

XIII

Mit Feuerkreuzen markiert hab ich
den weißen Atlas deines Körpers.
Mein Mund war eine Spinne, die drüberlief, verschlüpfte.
Auf dir, hinter dir, furchtsam, durstig.

Geschichten, die ich dir erzählen könnte am Ufer
der Dämmerung,
traurige, süße Puppe, damit du nicht mehr traurig bist.
Ein Schwan, ein Baum, etwas Fernes und Fröhliches.
Die Zeit der Trauben, Zeit voller Reife und Frucht.

Ich, der in einem Hafen lebte, liebe dich von daher.
Die Einsamkeit, durchzogen von Traum und Schweigen.
Eingepfercht zwischen dem Meer und der Traurigkeit.
Wortlos, im Fieberwahn, zwischen zwei reglosen Gondolieri.

Zwischen Lippe und Stimme stirbt etwas dahin.
Etwas mit Vogelflügeln, etwas aus Angst und Vergessen.

So, wie die Netze das Wasser nicht halten können.
Meine Puppe, kaum ein paar Tropfen bleiben zitternd hängen.

Dennoch, etwas singt zwischen diesen flüchtigen Worten.
Etwas singt, etwas steigt auf bis zu meinem gierigen Mund.
Oh, dich feiern zu können mit allen Wörtern der Freude.
Singen, entflammen, fliehen, wie ein Glockenturm in
der Hand eines Irren.
Meine traurige Zärtlichkeit, wie wird dir auf einmal?
Kaum hab ich den Gipfel der Kühnheit und Kühle erreicht,
da schließt sich mein Herz wie eine nächtliche Blüte.

XIV

Alle Tage spielst du mit dem Licht des Weltalls.
Eine zarte Besucherin, kommst du herbei in der Blume,
im Wasser.
Du bist mehr als das fahle Köpfchen, das ich täglich
wie eine Traube zwischen den Händen presse.

Anders bist du als alle, seitdem ich dich liebe.
Laß dich von mir auf ein Lager aus gelben Girlanden legen.
Wer schreibt deinen Namen mit Buchstaben aus Rauch zwischen
die Sterne des Südens?
Ach, laß dich daran erinnern, wie du damals warst, als du noch
nicht existiertest.

Plötzlich heult der Wind und schlägt gegen mein geschlossenes
Fenster.
Der Himmel ist ein Netz, wimmelnd von düsteren Fischen.
Hier rasseln alle Winde zusammen, alle.
Der Regen entblößt sich.

Flüchtend streichen die Vögel vorbei.
Der Wind. Der Wind.
Ich kann nur gegen die Kraft der Menschen kämpfen.
Der Sturm wirbelt dunkle Blätter zusammen
und reißt alle Barken los, die gestern abend am Himmel
vertäut wurden.
Du bist hier. Ah, du fliehst nicht.
Du wirst mir antworten, bis zum letzten Schrei.
Kaure dich zusammen dicht bei mir, als ob du Angst hättest.
Manchmal freilich huschte ein seltsamer Schatten durch deine
Augen.

Jetzt, auch jetzt, meine Kleine, bringst du mir
Blüten des Geißblatts,
und noch deine Brüste sind mit Duft benetzt.
Während der trübsinnige Wind im Galopp
Schmetterlinge zerstampft,
liebe ich dich, und meine Freude beißt in deinen Pflaumenmund.

Wie mag es dir wehgetan haben, dich an mich zu gewöhnen,
an meine einsame, wilde Seele, an meinen Namen,
den alle meiden.
So oft haben wir, uns die Augen küssend, gesehn,
wie der Morgenstern erglühte
und über unseren Köpfen die Dämmerungen als
kreisende Fächer sich entfalteten.
Meine Worte rannen herab auf dich, ein streichelnder Regen.
Seit langem liebte ich deinen sommerwarmen Leib aus Perlmutt.

Ja, ich halte dich für die Herrin des Weltalls.
Aus den Bergen werde ich dir fröhliche Blumen bringen,
Copihue-Winden,
dunkle Haselnüsse und Binsenkörbe voller Küsse.

Ich will mit dir machen,
was der Frühling mit den Kirschbäumen macht.

XV

Du gefällst mir im Schweigen, denn so bist du wie ferne,
und du hörst mich von weitem, nicht vom Stimmklang
umflossen.
Deine Augen, so scheint es, sind heimlich fortgeflogen,
und ein Kuß hat, so scheint es, dir deinen Mund verschlossen.

Weil alle Dinge voll sind von meiner eignen Seele,
tauchst du auf aus den Dingen, erfüllt von meinem Wesen.
Ein Falter wie aus Träumen, ähnelst du meiner Seele,
und das Bild deines Daseins läßt das Wort Schwermut lesen.

Du gefällst mir im Schweigen und bist wie fortgezogen.
Es klingt, als ob du klagtest, Falterlied an der Wiege.
Und du hörst mich von weitem, kein Laut kann dich berühren:
Laß drum, daß jetzt mein Schweigen in deinem
Schweigen liege.

Laß, daß ich zu dir rede mit deinem eignen Schweigen,
klar wie die stille Lampe, schlicht wie ein Fingerring.
Wie Nachtluft bist du, lautlos, von Lichtern überfunkelt.
Du schweigst mit Sternenstille, ein fernes, kleines Ding.

Du gefällst mir im Schweigen, denn da bist du wie ferne.
Entrückt, von Schmerz gezeichnet, als lägst du schon im Grabe.
Es genügt mir ein Wort dann, ein Lächeln nur, ein kleines.
Und ich bin fröhlich, fröhlich, daß ich dich bei mir habe.

XVI

Dieses Gedicht ist eine Paraphrase des 30. Gedichtes
in dem Band »Der Gärtner« von Rabindranath Tagore.

An meinem Dämmerhimmel bist du wie eine Wolke,
und deine Form und Farbe sind so, wie ich sie wünsche.
Du bist mein, bist die Meine, Frau mit lieblichen Lippen,
in deinem Leben leben meine maßlosen Träume.

Die Lampe meines Herzens rötet sanft deine Füße,
mein saurer Wein wird süßer, kommt er zu deinem Munde,
o Schnitterin des Liedes, das ich singe im Abend,
meine einsamen Träume wähnen, du wärst die Meine.

Du bist mein, bist die Meine, schreie ich in die Brise
des Dämmers, und die Strömung reißt die Stimme ins Dunkel.
Jägerin, Beute machend auf dem Grund meiner Augen,
hier ist gestaut wie Wasser der Nachtglanz deines Blickes.

Im Netz meines Gesanges bist du gefangen, Liebe,
und meines Sanges Netze sind so weit wie der Himmel.
Mein Herz keimt auf am Ufer deiner todschwarzen Augen.
In deinen Traueraugen beginnt das Land des Traumes.

XVII

In Gedanken verharrend, mich narrend mit
Schattengeflecht, in tiefer Einsamkeit.
Auch du bist ferne, ach, ferner als irgendwer.
In Gedanken verharrend, starrend nach Vögeln,
die ich fliegen lasse,
Lampen verscharrend.
Glockenturm aus Meerdunst, wie fern, dort droben!

Klagen zusammenkarrend, ertränkend,
finstere Hoffnungen mahlend,
schweigsamer Müller,
überkommt dich die Nacht, fern von der Stadt.

Deine Gegenwart ist fremd mir, sonderbar wie ein Ding.
Ich bedenke, wandere lang zurück, mein Leben vor
deiner Ankunft.
Mein Leben vor der Ankunft von irgendwem, mein
rauhes Leben.
Der Schrei im Angesicht des Meeres, zwischen den Klippen,
wie er hinausfährt, frei davonrennt, rasend im Meeresbrodem.
Die traurige Wut, der Schrei, die Einsamkeit des Meeres.
Maßlos, heftig, himmelwärts gebäumt.

Du, Weib, was warst du da, welcher Streifen, welches Stäbchen
des ungeheuren Fächers? Du warst fern wie jetzt.
Feuersbrunst im Wald! Brand im blau sich spreizenden Geäst.
Brennend, brennend, lodernd, funkensprühend in
Bäumen aus Licht.
Niederkrachend, prasselnd, Feuersbrunst, Feuersbrunst.
Und meine Seele tanzt, versengt von Feuerspänen.

Wer ruft? Was für ein Schweigen, bevölkert von Echos?
Stunde des Heimwehs, Stunde der Freude, Stunde der
Einsamkeit,
meine Stunde, unter allen die meine!
Muschelhorn, durch das der Wind saust und singt.
Soviel schluchzende Leidenschaft, verflochten mit
meinem Körper.

Ein Rütteln an allen Wurzeln,
Ansturm von allen Wellen!
Fröhlich, traurig, unaufhörlich rollte fort meine Seele.

In Gedanken verharrend, Lampen verscharrend in tiefer
Einsamkeit.
Wer bist du, wer?

XVIII

Hier liebe ich dich.
In den dunklen Kiefern kämmt sich der Wind.
Fahl schimmert der Mond über den streunenden Wassern.
Tage, einer wie der andre, hetzen einander.

Der Nebel löst sich auf in tanzende Figuren.
Silbern schießt eine Möwe hervor aus der sinkenden Sonne.
Hin und wieder ein Segel. Hohe, hohe Sterne.

Oder das schwarze Kreuz einer Barke.
Allein.
Manchmal erwache ich und finde mich feucht bis auf die Seele.
Von weither Schall und Widerhall der See.
Dies ist ein Hafen.
Hier liebe ich dich.

Hier liebe ich dich, mag auch der Horizont dich verdecken.
Liebe dich immerzu, unter all den kalten Dingen.
Manchmal ziehn meine Küsse fort auf den schweren Schiffen,
die übers Meer enteilen, nach dort, wo keiner ankommt.

Ich sehe mich vergessen, wie jene alten Anker.
Trauriger sind die Molen, wenn dann der Abend anlegt.
Und mein Leben verzehrt sich, sinnlos gequält vom Hunger.
Liebend, was ich nicht habe. Denn du bist fern, so ferne.

Mein Überdruß ringt wütend mit zähen Dämmerungen.
Aber die Nacht rückt nahe und beginnt mir zu singen.
Anlaufen läßt der Mond nun sein Räderwerk des Traumes.

Mit deinen Augen schauen mich an die größten Sterne.
Und weil ich dich mag, wollen unterm Winde die Kiefern
singen nun deinen Namen mit ihrem Laub aus Stacheln.

XIX

Braunes, behendes Mädchen, die Sonne, die das Obst macht,
das Korn im Weizen härtet, den Tang zu Schleifen windet,
schuf deinen muntren Körper, deine strahlenden Augen
und den Mund mit dem Lächeln lichtüberspielten Wassers.

Eine nachtschwarze Sonne kuschelt sich in die Locken
deiner nachtschwarzen Mähne, wenn du die Arme breitest.
Und du spielst mit der Sonne, als wäre sie ein Bächlein,
und in den Augen läßt sie dir dann zwei dunkle Gumpen.

Braunes, behendes Mädchen, nichts bringt mich,
nichts dir näher.
Alles drängt mich hinweg nur, von dir, vom hohen Mittag.
Du bist das frühlingstolle Schwärmen der jungen Biene,
die Trunkenheit der Welle, die Kraft der prallen Ähre.

Mein düstres Herz sucht dennoch dich, und ich liebe deinen
munteren Körper, deine linde, gelöste Stimme.
Brauner, flatternder Falter, lieblich und ewig gültig
wie Weizenfeld und Sonne, wie roter Mohn und Wasser.

XX

Heut Nacht kann ich die trübsten, traurigsten Verse schreiben.

Schreiben etwa: »Mit Sternen übersät ist das Dunkel,
und blaugefroren zittern weit entfernte Gestirne.«

Der Wind der Nacht zieht seine Kreise am Himmel, singend.

Heut Nacht kann ich die trübsten, traurigsten Verse schreiben.
Ich liebte sie, und manchmal hatte auch sie mich gerne.

In Nächten, so wie diese, hielt ich sie in den Armen.
Küßte sie viele Male unterm endlosen Himmel.

Sie liebte mich, und manchmal hatte auch ich sie gerne.
Wie denn nicht lieben ihre großen, sicheren Augen.

Heut Nacht kann ich die trübsten, traurigsten Verse schreiben.
Denken, daß sie mir fern ist. Fühlen, daß sie verloren.

Hören die öde Nachtluft, öder noch, seit sie fort ist.
Der Vers fällt auf die Seele wie der Tau auf das Grasland.

Was macht's, daß meine Liebe sie nicht bewahren konnte.
Sternbesät ist das Dunkel, und sie ist nicht mehr bei mir.

Das ist alles. Sehr ferne singt irgendwer, sehr ferne.
Mein Herz kann es nicht fassen, daß ich sie nicht mehr habe.

Wie um sie herzuholen, ist mein Herz auf der Suche.
Mein Herz ist auf der Suche, und sie ist nicht mehr bei mir.

Die gleiche Nacht, und weißlich schimmern die
gleichen Bäume.
Aber wir, die von damals, wir sind nicht mehr die gleichen.

Ja, ich liebe sie nicht mehr, doch wie liebte ich, damals.
Zum Wind lief meine Stimme, um an ihr Ohr zu rühren.

Jetzt hat sie wohl ein andrer. Wie einst, eh ich sie küßte.
Den hellen Leib, die Stimme. Die großen, großen Augen.

Ja, ich liebe sie nicht mehr, oder lieb ich noch immer.
So kurz dauert die Liebe, und so lang das Vergessen.

Denn in Nächten wie diesen hielt ich sie in den Armen.
Mein Herz kann es nicht fassen, daß ich sie nicht mehr habe.

Mag's auch der letzte Schmerz sein, den ich durch sie erleide,
sind's auch die letzten Verse, die ich für sie nun schreibe.

DAS LIED DER VERZWEIFLUNG

Dein Bild entsteigt der Nacht, in der ich erinnernd hause.
Der Fluß verströmt ins Meer seine dauernde Klage.

Verlassen wie die Molen in früher Morgenstunde.
Es ist Zeit für den Abschied, ach, verlassen von allem!

Auf mein Herz fällt ein Regen erfrorner Blütenkronen.
Ach, Scherbengrube, Schreckenshöhle voller Gestrandeter!

In dir häuften sich heillos die Kriege und die Flüge.
Dir entschwebten die Schwingen von Vögeln des Gesanges.

Alles verschlangst du gierig, wie die saugende Ferne.
Wie das Meer, wie der Zeitlauf. Alles in dir war Schiffbruch!

Es gab die frohe Stunde des Überfalls, des Kusses.
Die Stunde starren Staunens, hell glühend wie ein Leuchtturm.

Angst eines Steuermannes, Wut eines blinden Tauchers,
trunkene Liebeswirrnis, alles in dir war Schiffbruch!

Im Kindheitsnebel meine Seele mit wunden Flügeln.
Irrgelaufner Entdecker, alles in dir war Schiffbruch!

Du schmiegtest dich ans Leiden, klammertest dich an
Sehnsucht,
die Schwermut riß dich nieder, alles in dir war Schiffbruch!

Ich machte, daß die Mauer aus Schatten weichen mußte,
und überschritt die Grenzen von Begehren und Handeln.

O Fleisch von meinem Fleische, Weib, geliebt und verloren,
dich ruf ich an in dieser feuchten Stunde und singe.

Wie eine Vase bargst du die unendliche Zartheit,
unendliches Vergessen zerbrach dich, wie die Vase.

Da war die schwarze, schwarze Einsamkeit auf den Inseln,
und dort, Geliebte, dort umschlossen mich deine Arme.

Da waren Durst und Hunger, aber du warst die Frucht mir.
Da war Verfall und Trauer, und du warst mir das Wunder.

Ach, Weib, ich weiß nicht, wie du so fest mich halten konntest
am Erdgrund deiner Seele und am Kreuz deiner Arme.

Mein Verlangen nach dir war schrecklich und ohne Dauer,
ungebärdig und trunken, peinvoll drängend und gierig.

Totenacker und Küsse, noch flammt's aus deinen Gräbern,
noch glühen dort die Trauben, zerpickt von wilden Vögeln.

O zerbissener Mund, oh, die zerküßten Glieder,
oh, die hungrigen Zähne, oh, die verflochtnen Körper.

Oh, die verrückte Paarung von Hoffen und Bemühen,
in der wir uns verknoten und an uns selbst verzweifeln.

Und Zärtlichkeit, so leicht wie das Mehl und leicht
wie Wasser.
Und dann das Wort, nur zaghaft sich von den Lippen lösend.

Dies alles war mein Schicksal, und mit ihm zog die Sehnsucht
und ging mit ihm zugrunde, alles in dir war Schiffbruch!

O Scherbengrube, alles stürzte in deinen Abgrund.
Jedweder Schmerz entquoll dir, Schmerz hat dich
zugeschüttet.

Noch zwischen Sturz und Sturz hast du gelodert, gesungen.
Aufrecht wie ein Matrose vorn am Bug eines Schiffes.

Blühtest noch auf in Liedern, brachst aus, dich wild
verströmend.
O Scherbengrube, bittres Brunnenloch, finster gähnend.

Blaßgrauer, blinder Taucher, glückloser Schleuderschütze,
irrgelaufner Entdecker, alles in dir war Schiffbruch!

Es ist Zeit für den Abschied, die harte kalte Stunde,
welche die Nacht fixiert hat auf jeder Fahrplantafel.

Des Meeres lauter Gürtel legt sich nun um die Küste.
Kalte Sterne erscheinen, schwarze Vögel entfliehen.

Verlassen wie die Molen in früher Morgenstunde.
Nur der zitternde Schatten krümmt sich in meinen Händen.

Ach, schon jenseits von allem. Ach, schon jenseits von allem.

Es ist Zeit für den Abschied. O verlassen, verlassen.

Der rasende Schleuderer
(1933)

Vorbemerkung

Die in dieses Buch aufgenommenen Gedichte gehörten zu einem Zyklus aus einer Phase meines Schaffens, die sich schon vor rund zehn Jahren entwickelte. Der Einfluß des großen uruguayischen Dichters Carlos Sabat Ercasty, der in ihnen zu erkennen ist, und die ihnen gemeinsame Tonart hochfahrender Beredsamkeit bewogen mich damals, das meiste davon nicht zu veröffentlichen. Jetzt, da die Zeit vorüber ist, in der die Publikation *Der rasende Schleuderer* mir inneren Schaden hätte antun können, habe ich sie diesem Verlag übergeben, als ein Dokument, gültig für diejenigen, die an meiner Dichtung interessiert sind. Das ursprüngliche Buch enthielt sehr viel mehr Kompositionen; wenn sie im vorliegenden Heft fehlen, so deshalb, weil sie abhanden gekommen sind, für immer. Auch sind viele der hier gedruckten Texte unfertig, unvollständig; es fehlen Teile, die ausgefallen sind im Lauf der Zeit, Splitter, die verlorengingen. Es wäre mir lieb, wenn ich noch alle Verse aus jener vergangenen Zeit besäße, die für mich den Reiz, den Zauber hat, wie er von alten Briefen ausgeht; denn dieses Buch will ja, wie gesagt, nichts anderes sein als das Dokument einer überschwenglichen, glühenden Jugend.

Ich habe an diesen wiedergeborenen Versen nichts geändert, habe ihnen weder etwas hinzugefügt noch etwas weggenommen; ich wollte ihre Echtheit bewahren, ihre vergessene Wahrheit.

Januar 1933 Neruda

Diese Einleitung wurde der zweiten Auflage der bei Empresa Letras, Santiago 1933, erschienenen Originalausgabe beigegeben.

I

Wirbelnd reg ich die Arme, zwei irre Mühlenflügel,
in der Nacht voller blauer, eisig blanker Metalle.

Nach dort, wohin kein Stein fliegt, wo jeder Wurf zurückkehrt.
Nach dort, wo sich vermischen all die düsteren Feuer.
Zum Fuß der Mauern, die der maßlose Wind umklammert.
Dem Tod entgegenrennend, so wie ein Schrei zum Echo.

Das Entrückte, wo nichts mehr da ist, nur noch das Dunkel
und die Woge der Absicht und das Kreuz des Verlangens.
Stöhnen möchte man, stöhnend sich verströmen ins
Schluchzen.
Hingestürzt vor der Wand hier, welche der Zornwind geißelt.

Doch ich will weiter, will nicht stehen in diesen Stapfen,
will sie alle zertrümmern, diese Sterne aus Feuer,
das, was mein Leben ausmacht, das, was drüber hinausgeht,
das aus finsteren Schatten, aus Nichts, ungreifbar ferne,
will aufstehn in den Ketten, die als letzte mich binden,
aufrecht über dem Schrecken, über der Taumelwelle,
bebende Steine schleudernd in dieses Land der Schwärze,
allein, auf Bergesgipfeln,
so allein wie der erste Tote,
rasend im Kreis mich drehend, Beute des dunklen Himmels,
der mich anstarrt so maßlos wie das Meer in den Häfen.

Hier, meines Herzens Zone,
voll gefrorenen Jammers, von lauem Blut berieselt.
Von hier, so fühl ich, fliegen die Steine, die mich melden.
Hier tanzen Dunst und Nebel den Tanz erwachter Ahnung.
Erfüllt von weiten Träumen, Tropfen um Tropfen fallend.
Erfüllt von Wut und Wellen, von schon erschlafften Fluten.
Ach, der Schmerz, meine Freunde, hat nicht mehr
Menschenmaße.

Ach, der Schmerz, meine Freunde, er übersteigt mein Leben.
Hier schwinge ich die Schleudern, um Sterne zu zertrümmern!
Und meine Steine fliegen von hier ins Feindesdunkel!
Eine Tür in die Mauer schlagen. Das ist mein Wille.
Ich will es. Und ich klage. Schreie. Weine. Begehre.
Der Geplagteste bin ich, und der Schwächste. Ich will es.
Das Entrückte, wo nichts mehr da ist, nur noch das Dunkel.

Doch meine Schleudern wirbeln. Ich bin. Schreie. Begehre.
Gestirn um Gestirn, alle werden splitternd zerstieben.
Meine Kraft ist mein Schmerz, mitten im Dunkel. Ich will es.
Öffnen muß ich die Tür da. Sie durchqueren. Besiegen.
Treffen müssen die Steine. Ich schrei. Weine. Begehre.

Ich leide, leide, giere. Giere, leide und singe.
Ein Strom uralten Lebens, rast und zerrinnt die Stimme.

Sie flicht und entflicht Halsketten, die am Boden schleifen.
Sie schwillt an wie ein Segel unter dem Wind vom Himmel.
Rosenkranz der Beklemmung, ich bin's nicht, der ihn betet.
Strick der Verzweiflung, ich bin's nicht, der ihn dreht, ihn windet.
Das Aufzucken des Degens, trotz den lastenden Armen.
Die Anzeige in Sternschrift dieser Nacht, die heraufkommt.
Ich bin, doch meine Stimme ist mein verhehltes Dasein.
Gewittersturm aus Jaulen, Wehklagen, wilden Fiebern.
Dieser schmerzende Durst, der das Wasser herbeizwingt.
Brandung, unwiderstehlich, die mich fort in den Tod reißt.

Wirbelnd regt sich mein Arm dann, und meine Seele funkelt.
Zitternde Schauer klammern sich ans Kreuz meiner Brauen.
Seht, meine treuen Arme! Seht, die Gier meiner Hände!
Seht, die Nacht, selbstversunken! Mein Herz,
schreiend, begehrend!
Seht, die bläßlichen Sterne, alle so voller Rätsel!
Seht, mein Durst heulend über meiner schon toten Stimme!

Die irren Mühlbachstrudel, die meine Schleudern drehen!
Die Stimmen, unaufhörlich, die meine Kraft bereiten!
Und gekrümmt in der Schlinge unaufhörlicher Sehnsucht,
in endloser Nacht, lasse ich meine Steine fliegen.

Jenseits von diesen Mauern, von diesen Grenzen, ferne
muß ich die Linie zwischen Licht und Schatten passieren.
Warum soll ich nicht ich sein? Ich schreie. Weine. Giere.
Ich leide, leide, giere. Lasse die Schleudern schwirren!
Fremdling, der seine Reise fortsetzt ins Heimweglose.
Schleuderer, der die Stirne der Finsternis zerschmettert.
Rasende Steine, welche die Nacht gebären machen.
Der Pfeil, blitzender Funke, Messerklinge und Schiffsbug,
Ich schreie. Leide. Giere. Und es reckt sich mein Arm dann
gegen die Nacht voll Scherben tödlich getroffner Sterne.

Hier, die erloschne Stimme. Meine gestürzte Seele.
Die vergeblichen Mühen. Der Durst, versehrt, geborsten.
Hier meine flinken Steine, die im Rückflug mich treffen.
Die hohen weißen Lichter, die tanzen und erlöschen.
Die feuchten fernen Sterne, ungreifbar, selbstversunken.
Seht hier, dieselben Steine, einstens des Herzens Waffen.
Seht hier, dasselbe Dunkel, aus dem sie rückwärts sausen.

Der Geplagteste bin ich, der Schwächste. Ich begehre.
Begehre, leide, falle. Endlos geißelt der Zornwind.
Ach, der Schmerz, meine Freunde, hat nicht mehr
Menschenmaße!
Ach, der Schmerz, meine Freunde, er übersteigt das Dunkel!
In der Nacht voller kalter, ruhlos schweifender Sterne
reg ich wirbelnd die Arme, zwei irre Mühlenflügel.

II

Es ist wie eine Dünung, wenn er mich trifft, der Blick
ihrer todschwarzen Augen,
wenn ich fühle, daß ihr Körper aus weißer, beweglicher Kreide
pochend sich ausstreckt neben dem meinen,
es ist wie eine Dünung, wenn sie da ist, so nahe.

Hingelagert am Strand der Meere im Süden, hab ich gesehen,
wie die Wasser sich zusammenrollen, sich dehnen,
unaufhaltsam,
schicksalhaft,
morgens und abends.

Wasser der nahenden Brandung, alte Fährten bedeckend,
überflutend die alten Spuren, die alten Dinge,
Wasser der Flut, das von den Sternen her
sich öffnet wie eine riesige Rose,
Wasser, das über die Strände vorrückt
wie eine freche Hand unterm Rock,
Wasser, das eindringt in die Uferwände,
Wasser, das zerschellt an den Felsen,
Wasser, unerbittlich wie Rächer
und wie Mörder so schweigsam,
Wasser der finsteren Nächte
unter den Molen wie eine geplatzte Ader,
wie das Herz des Meeres
in machtvoll zitternder, ungeheurer Strahlung.

Es ist etwas, das mich aus mir hinausträgt und mir entwächst,
unendlich nahe, wenn sie mir nahe ist,
es ist wie eine Flut, sich brechend in ihren Augen
und küssend ihren Mund, ihre Brüste und ihre Hände.
Zärtlichkeit aus Schmerz, und Schmerz aus Unmöglichkeit,
Schwinge der schrecklichen Wünsche,

die sich regt in der Nacht meines Fleisches und des ihren
mit dem spitzen Schwung von Pfeilen am Himmel.

Etwas von endloser Flucht,
die nicht vorankommt, im Inneren scharrt,
etwas, das in den Worten unheimliche Brunnen höhlt,
etwas, das gegen alles anrennt, gegen alles,
wie Gefangene gegen die Kerkermauern!

Sie, geschnitten aus dem Herzen der Nacht
von der Unruhe meiner geblendeten Augen,
sie, geritzt in die Stämme des Waldes
von den Messern meiner Hände,
sie, ihre Lust neben der meinen,
sie, ihre todschwarzen Augen,
sie, ihr Herz, ein blutroter Schmetterling,
der mich berührt hat mit den zwei Fühlern seines Instinktes.

Es hat nicht Raum auf der engen Ebene meines Lebens!
Es ist wie ein entfesselter Sturmwind!

Wenn meine Worte kaum wie Nadeln stechen,
aufreißen sollten sie, wie Schwerter oder wie Pflüge!

Es ist wie eine Dünung, die mich mitreißt und niederbeugt,
es ist wie eine Dünung, wenn sie da ist, so nahe.

III

Du bist aus lauter Gischt, aus leichtem, fiedrigem
Meerschaum,
und dich kreuzen die Küsse, dich benetzen die Tage.
Meine Miene, mein Bangen hängen an deinem Blicke.
Gefäß von Widerklängen und gefangenen Sternen.

Ermüdet bin ich: alle Blätter fallen und sterben.
Die Vögel fallen, sterben. Die Leben fallen, sterben.
Müde bin ich, so müde. Komm, begehre mich, rüttle mich.
Ach, mein elender Wunschtraum, Girlande, hell in Flammen!
Die Qual, sie fällt, sie stirbt. Es fällt, es stirbt die Sehnsucht.
Die Flammen fallen, sterben im unendlichen Dunkel.

Sprühende Lichtergarbe, Taube der Kreidefelsen,
befrei mich aus der Nacht hier, die mich bedrängt und
auslöscht.

Versenk mich in dein Nest aus Taumelangst und Liebkosung.
Begehre mich, umklammre mich.
Die Trunkenheit im blühenden Schatten deiner Augen,
die Stürze, die Triumphe, die tollen Fiebersprünge.
Liebe mich, liebe mich, liebe mich.
Stehend ruf ich dich! Liebe mich.
Ich brülle auf und mache Stundenpläne aus Feuer
in der Nacht, wo es wimmelt von Sternen, schnellen Hunden.
Ich brülle auf, ich schreie. Weib, liebe mich, begehr mich.
Meine Stimme brennt in den Winden, fällt und verendet.

Müde bin ich, so müde. Fliehe. Geh weg. Erlisch.
Sperr nicht ein meinen fruchtlosen Kopf in deinen Händen.
Peitschen des Frostes sollen mir die Stirne zerstriemen.
Meine Unruhe soll sich geißeln mit Meeresböen.
Fliehe. Geh weg. Erlisch. Mein Herz muß allein sein.
Kreuzigen muß es sich, zerschmettern, zugrunde richten,
auskippen, einsam sich besudeln,
ausgesetzt all der Flut des Jammers,
brennend im Wirbelsturm der Raserei,
aufrecht zwischen den Gipfeln und den Vögeln,
sich vernichten, auslöschen, allein,
völlig verlassen, einzig, wie ein Leuchtturm des Grauens.

IV

Ich fühle deine Sanftheit meinem Lande sich nähern,
belauschen den Blick meiner Augen, fliehen,
ich sehe sie innehalten, um mir zu folgen bis zur Stunde
meines versunkenen Schweigens und meines Verlangens
nach dir.
Da ist sie, deine Sanftheit lieblicher Augen, die warten.
Da ist er, dein Mund, ein nie gesprochenes Wort.
Aufsprießen fühl ich in mir die Moose deines Kummers,
tastend wachsen sie mir in der unendlichen Seele.

Dies war das Verlassen, und du wußtest es,
dies war der dunkle Krieg zwischen dem Herzen und allen,
war die zerrissne Klage umgetriebener Ängste,
und die Trunkenheit, und die Sehnsucht, und das
Sichtreibenlassen,
und dies war mein Leben,
dies war, was das Wasser deiner Augen mitnahm,
dies war, was hineinging in deine hohlen Hände.

Ach, mein Falter du, mein Taubengurren,
ach, mein Trinkglas, mein Bach du, ach, meine Gefährtin!
Kam mein Lockruf, sag mir, kam er zu dir
in den klaren Nächten mit frostigen Sternen,
jetzt, im Herbst, im gelben Tanz
der hungrigen Winde und fallenden Blätter?

Sag mir, kam er zu dir
heulend, oder wie, oder schluchzend,
in der Stunde des vergorenen Blutes,
wenn die Erde wächst und pulsierend sich biegt
unter der Sonne, die sie streifig überzieht mit ihren
Bernsteinschweifen?

Sag mir, fühltest du mich,
wie ich emporklomm bis zu deiner Gestalt durch alles
Schweigen
und alle Worte?
Ich fühlte mich wachsen. Niemals wußte ich, wohin.
Es ist jenseits von dir. Verstehst du, Schwester?
Es ist so, daß die Frucht sich entzieht, wenn meine
Hände kommen,
und es rollen die Sterne fort vor meinem Blick.

Ich fühle, ich bin die Spitze eines unendlichen Pfeiles,
und er fliegt nach fernem Ziel, wird nie sein Ziel erreichen,
ein Zug voll feuchter Schmerzen auf der Flucht ins Ewige hin,
und tropfend hinterläßt er in jedem Lande Schluchzer
und Fragen.

Doch hier ist sie, deine vertraute Gestalt, die mein ist,
das Deine, was mein ist, was dein ist und mich überflutet,
da ist sie, die mir erfüllt die Glieder mit Verlassenheit,
da ist sie, deine Sanftheit,
die sich festhält noch an den Wurzeln,
die reift noch in der Früchtekarawane
und hervortreibt aus deiner gesprungenen Seele unter
meinen Fingern
wie die Essenz des Weines aus der Mitte der Traube.

V

Freundin, du darfst nicht sterben.
Hör sie doch an, die Worte, die mir glühend entquellen,
die keiner sagen würde, wenn ich sie dir nicht sagte.

Freundin, du darfst nicht sterben!

Ich bin's, der auf dich wartet in der Nacht voller Sterne.
Der unter blutig sinkender Sonne auf dich wartet.

Ich seh die Früchte fallen auf die düstere Erde.
Seh die Tautropfen tanzen auf den wippenden Gräsern.

In der Nacht dann der schwere, der süße Atem der Rosen,
während sich dreht der Reigen ungeheurer Schatten.

Unter dem Himmel des Südens, der, welcher auf dich wartet,
während die Abendluft andringt wie küssende Lippen.

Freundin, du darfst nicht sterben!

Der bin ich, der die ungebändigten Ranken abschnitt
für das laubige Lager, duftend nach Wald und Sonne.

Der in den Armen brachte die gelben Hyazinthen.
Und wild verzauste Rosen. Blutrote Blüten vom Mohne.

Der die Arme gekreuzt hat, dich zu erwarten, nunmehr.
Der zerbrach seine Bogen. Der die Pfeile zerknickte.

Ich bin es, dessen Lippen noch nach Weinbeeren schmecken.
Blankgeriebene Trauben. Bißspuren, rötlich glitzernd.

Der, welcher nach dir ruft aus den grünenden Ebnen.
Ich bin's, der in der Stunde der Liebe dich herbeisehnt.

In der Brise des Abends schaukeln die Zweige droben.
Trunken taumelt mein Herz unter den Augen Gottes.

Der ausgebrochne Fluß beginnt auf einmal zu weinen,
und sanft wird seine Stimme zuweilen, rein und bebend.

Es hallt, dämmerumfangen, des Wassers blaue Klage.
Freundin, du darfst nicht sterben!

Ich bin's, der auf dich wartet in der Nacht voller Sterne,
über den goldnen Stränden, über den blonden Ähren.

Der Hyazinthen pflückte für dein Lager, und Rosen.
Ausgestreckt zwischen Gräsern, bin ich's, der auf dich wartet.

VI

Laß ledig meine Hände
und das Herz, laß mich frei sein!
Laß meine Finger laufen
über die Wege deines Leibes.
Die Leidenschaft – Blut, Feuer, Küsse –
entflammt mich zu zuckendem Lodern.
Ach, du weißt nicht, was dies ist!

Es ist der Gewittersturm meiner Sinne,
wühlend im wach empfindenden Wald meiner Nerven.
Es ist das Fleisch, das schreit mit seinen glühenden Zungen!
Es ist die Feuersbrunst!
Und da stehst du, Weib, wie ein unversehrter Stamm,
jetzt, da mein ganzes Leben auffliegt als stiebende Asche
hin zu deinem Leib, überglänzt wie die Nacht von Sternen!

Laß ledig meine Hände
und das Herz, laß mich frei sein!
Ich begehre dich nur, ich begehre dich nur!
Nicht Liebe ist es, Begierde ist's, die sich erschöpft und erlischt,
Niederschlag rasender Mächte,
Einbruch des Unmöglichen,
doch da bist du,

bist da, mir alles zu geben,
und mir zu geben, was du hast, bist du auf die Welt gekommen,
wie ich, um dich zu umfangen,
und dich zu begehren,
und dich zu fassen!

VII

Mein Herz, du! Mein Herz! Wurzel meines schweifenden
Durstes,
Tropfen aus Licht, der abwehrt, was von der Welt her angreift.
Blüte, du, meines Herzens. Gelände meiner Küsse.
Glockengetön von Tränen. Wirbel zärtlichen Gurrens.
Klares, klagendes Wasser, in den Händen zerrinnend.
Blauschimmernd und geflügelt wie der Rauch und die Vögel.
Dich gebar meine Sehnsucht, aus Durst, Begier und Schrecken.
Du entsprangst meinen Armen wie die Frucht aus der Blüte.

Zone lagernden Schattens, Linie, zart, bedächtig.
Windenranke, gekreuzigt an einer nackten Mauer.
Gesang und Traum und Schicksal. Blüte, du, meines Herzens.
Flügelschlagen des Traumes, Schmetterling, Abenddämmern.

Mitten in der Nacht windet sich mein Herz und zerquält sich.
Gegeißelt von den Peitschen des Traums, die es zerstriemen.
Für dieses Ungeheure gibt es nichts mehr auf Erden.
Gibt es nichts mehr.
Es entschwinden die Schatten, und alles bricht zusammen.
In meine Ruinen stürzen die Balken meines Herzens.

Erloschen sind die weißen, stählernen Morgensterne.
Alles zerbirst, geht unter. Alles verweht und schwindet.
Es ist der Schmerz, der aufheult wie ein Irrer im Walde.
Einsamkeit schwarzen Dunkels. Einsamkeit meines Herzens.

Der Schrei. Das Schreckensgellen. Nichts mehr gibt es
auf Erden!
Die Wut, vor der erstarren die Lieder und die Tränen.
Nichts als das öde Dunkel, zerfetzt von meinen Schreien.
Und die Mauer des Himmels, gegen mein Herz errichtet.

Du bist. Es gibt dich also, und ich suche dich also.
Du bist Lippen dem Kusse, bist Frucht von Träumen, alles.
Du bist da, und ich lieb dich! Ich ruf dich, du gibst Antwort.
Ewiges Licht des Mondes über verlaßnen Landen.
Blüte, du, meines Herzens, was braucht es sonst im Leben!
Deine Stimme, die Blässe, die Zartheit, deine Augen.
Das leichte, linde Streicheln, das dich gänzlich in Brand setzt.
Die zwei Arme, wie Binsen sprießend, jählings erschauernd.
Dein kühn entbrannter Körper mit dem Weiß deines Bauches.
Die trägen Beine. Deine Knie. Die Schultern.
Die Mähne, schwarze Flügel, flatternd in wildem Aufflug.
Des Schambergs dunkle Spinnen, schwarz im Schlummer
verharrend.

VIII

Füll dich mit mir.
Begehre mich, entleere mich, vergieße mich, opfere mich.
Fordere mich. Ergreife mich, umschließe mich, verbirg mich.
Gehören will ich irgendwem, will dir gehören, deine
Stunde ist es.
Ich bin der, welcher im Sprung über die Dinge hinwegging,
der Flüchtende, der Leidende.

Doch ich fühl deine Stunde,
die Stunde, daß mein Leben dir die Seele benetze,
die Stunde all der Zartheit, die ich noch niemals hingab,
die Stunde voller Pausen, die keine Worte kennen,

deine Stunde, Blutfrühe, die mit Ängsten mich stärkte,
deine Stunde, die Mitternacht, so still mir, so einsam.

Befreie mich von mir. Raus will ich aus meiner Seele.
Ich bin das, was stöhnt, was brennt, was leidet.
Ich bin das, was angreift, was heult, was singt.
Nein, ich will das nicht sein.
Hilf mir, auszubrechen durch diese riesigen Tore.
Mit deinen Seidenschultern reiß aus die Ankerhaken.
So haben sie gekreuzigt meinen Schmerz eines Abends.
Befreie mich von mir. Raus will ich aus meiner Seele.

Unbegrenzt will ich sein und mich sternwärts erheben.
Mein Herz soll nicht mehr schweigen, weder heute
noch morgen.
Teilhaben soll's an allem, was immer es berühre,
soll Erzen angehören, Wurzelfasern und Flügeln.
Ich kann nicht dieser Stein sein, der fortfliegt ohne Rückkehr,
nicht der sausende Schatten, der sich auflöst, verschwindet.

Nein, es kann nicht sein, es kann nicht sein, es kann nicht sein.
Aufschreien müßte ich sonst, müßte weinen, stöhnen.
Es kann nicht sein, es kann nicht sein.
Wer hat das Beben meiner Flügel ersterben lassen?
Wer wollte mich auslöschen? Welches Wort, welche Absicht?
Es kann nicht sein, es kann nicht sein, es kann nicht sein.
Befreie mich von mir. Raus will ich aus meiner Seele.

Denn du bist mein Weg. Dich schuf ich mir in hartem Ringen.
Aus dem düsteren Kampf mit mir selbst bist du erstanden.
Von mir hast du das Siegel ungestillter Begierde.
Trauriger sind, seit ich sie anschaue, deine Augen.
Gehn wir zusammen. Brechen wir uns die Bahn gemeinsam.
Es wird dein Weg sein. Komm schon, vorwärts. Laß
mich davongehn.

Begehre mich, entleere mich, vergieße mich, opfere mich.
Bring ins Wanken die Zäune meiner äußersten Grenzen.
Damit ich endlich fortstürzen kann in irrer Flucht,
überschwemmend die Länder wie ein schrecklicher Fluß,
zerreißend diese Fesseln, ach mein Gott, diese Fesseln,
zertrümmernd,
verbrennend,
niederreißend
als irrlodernde Lava, was meinem Lauf begegnet,
fortstürzen, heraus aus mir selber, ziellos,
frei von mir selber, rasend frei.
Fort nur,
mein Gott,
fort nur!

IX

Lied von Mann und Weib!
Die Frucht der Jahrhunderte
träuft ihren Saft
uns in die Adern.

Meine Seele, sich verströmend in dein hingebettetes Fleisch,
um geläutert aus dir hervorzugehen,
das Herz, sich ergießend,
sich bäumend wie ein Panther,
und mein Leben, zersplittert, haftet
an dir wie das Licht an den Sternen!

Du nimmst mich auf
wie den Seewind das Segel.

Ich nehme dich auf
wie die Saatfurche den Samen.

Schlaf ein auf meinen Schmerzen,
wenn meine Schmerzen dich nicht brennen,
klammere dich an meine Flügel,
vielleicht können meine Flügel dich tragen.
Lenke meine Begierden,
vielleicht verletzt dich ihr Streit.

Du bist das einzige, was ich habe,
seit ich meine Traurigkeit verloren.
Schlitze mich auf wie ein Degen,
oder berühre mich wie ein Fühler!

Küsse mich,
beiße mich,
entflamme mich,
denn nur darum komm ich zur Welt,
daß scheiternd untergehn meine Mannesaugen
im unendlichen Wasser deiner Weibesaugen.

X

Du, meine Sklavin, fürchte, liebe mich, meine Sklavin!
Mit dir bin ich das reichste Abendrot meines Himmels,
und mein Herz erglänzt in ihm wie ein Stern voller Kälte.
Gehn sie fort von dir, suchen meine Schritte mich heim.
Die eignen Peitschenhiebe treffen wieder mein Leben.
Du bist, was in mir da ist, und unerreichbar ferne.
Fliehend wie windgehetzte Schwärme von Nebelschwaden.
Mir nahe, aber wo nur? Ferne, das mir so Ferne.
Und was, wo es so fern ist, unter den Füßen mitläuft.
Der Widerhall der Stimme jenseits von weitem Schweigen.
Und was mir wächst im Herzen: Moos auf verfallnen Mauern.

XI

Durst nach dir, der mich stachelt in den hungrigen Nächten.
Zitternde rote Hand, sich streckend nach deinem Leben.
Trunkner Durst, Wahnsinnsdurst, Durst des
verdorrenden Dschungels.
Durst des glühenden Erzes, Durst von lechzenden Wurzeln.
Wohin nur, wenn am Abend deine Augen nicht wandern
hierher zu meinen Augen, die schon lang dich erwarten?

Du bist erfüllt von all den Schatten, die mich umlauern.
Du folgst mir, wie die Sterne der Nacht, der dunklen, folgen.
Meine Mutter gebar mich voller stechender Fragen.
Du gibst allen die Antwort. Denn du bist voller Stimmen.
Weißer Anker, geworfen ins Meer, das wir durchschiffen.
Furche für das beschmutzte Saatkorn mit meinem Namen.
Wie kann in mir noch Land sein, das deine Spur nicht trüge?
Ohne das Wandern deiner Augen, bei Nacht, wohin nur?

Darum bist du der Durst und der Stoff, ihn zu stillen.
Wie denn auch dich nicht lieben, wo ich dich darum liebe?
Ist dies die Ankertrosse, wie kann ich sie durchhauen?
Wie, wenn selbst meine Knochen nach deinen Knochen dürsten?
Durst nach dir, Durst nach dir, grausame, süße Fessel.
Durst nach dir, der im Dunkel mich anfällt wie ein Köter.
Die Augen haben Durst. Wozu sind deine Augen?
Der Mund, er leidet Durst. Wozu sind deine Küsse?
Das Herz, es steht in Flammen durch diese Glut, dich liebend.
Der Leib ein Feuertoben, das deinen Leib umlodert.
Vor Durst. Durst, unermeßlich. Durst, der nach
deinem Durst sucht.
Um in ihm zu vergehen wie das Wasser im Feuer.

XII

So ist es, meine Liebste, meine Schwester, so ist es.
Wie jene dumpfen Tiere dort in den Pferchen weiden
und in Pferchen sich lieben, wie jene dumpfen Tiere!

Wie jene trunknen Horden einst die Erde besiedelt,
sich tötend und sich liebend, wie jene trunknen Horden!

Wie der pochende Puls offener Blütenkronen,
die das künftige Kleinod für die Aussaat verteilen,
wie der pochende Puls offener Blütenkronen!

In Wut vorangetrieben von dem Wollen der Erde
wie im Meer eine Welle, drängt zu dir hin mein Körper.
Und du, in deinem Fleische,
birgst die dürstenden Augen, mit denen ich dann schaue,
wenn die eignen Pupillen sich mir mit Erde füllen.

Aufenthalt auf Erden

Aufenthalt auf Erden I
(1925–1931)

I TOTER GALOPP

Wie Aschen, wie sich bevölkernde Meere
in der versunkenen Langsamkeit, im Ungestalten,
oder als hörte man von der Höhe der Wege
die Glockenschläge kreuzweis sich kreuzen,
die diesen schon vom Metall gelösten Klang haben,
verworren, drückend, Staub werdend
in der nämlichen Mühle der allzu fernen,
der erinnerten oder nicht gesehenen Formen,
und der Duft der Pflaumen, die, auf die Erde rollend,
mit der Zeit verfaulen, unendlich grün.

Und das alles so reißend schnell, so lebendig
und dennoch unbeweglich wie die Leerscheibe in sich,
diese Räder von Motoren, letztlich.
Es ist da wie die harten Stiche in den Nähten des Baums,
schweigend ringsum, dergestalt,
alle Konturen seiner Enden mengend.
Aber woher, wohin, an welchem Ufer?
Das stete ungewisse Kreisen, so stumm
wie der Flieder um das Kloster rings,
oder das Gelangen des Todes an des Ochsen Zunge,
der jählings niederbricht, kraftabwärts, und dessen
Stoßhörner klingen wollen.

Darum, im Unbewegten verharrend fühlen,
alsdann, wie ungeheures Flügelschlagen oben,
wie tote Bienen oder Zahlen
was, ach, mein bleiches Herz zu fassen nicht vermag,
in der Menge, in unmerklich hervorbrechenden Tränen
und menschlichen Mühen, Mißgeschicken,
finsteren Taten, die plötzlich sich enthüllen
als Eiseskälte, unermeßliche Verwirrung,
ozeanische, für mich, der singend eintritt
wie mit einem Schwert unter Schutzlose.

Gut denn, und woraus besteht dieses Hervorschwirren
von Tauben,
das da ist zwischen der Nacht und der Zeit wie eine
feuchte Klamm?
Dieser schon so lange währende Ton,
der, die Wege mit Steinen reihend, fällt,
vielmehr, so eine Stunde nur
unvermutet anwächst, unaufhörlich sich dehnt.

Tief im Ring des Sommers
einmal lauschen die großen Tropenkürbisse
und strecken, dunkel von schweren Tropfen,
ihre erregenden Ranken aus,
der Fülle zu, dem, was sie so sehr ersehnen.

VEREINIGUNG (SONATE)

Aus staubigen, zu Boden gesunkenen Blicken,
oder aus lautlosen sich eingrabenden Blättern.
Aus Metallen ohne Glanz, mit der Leere,
der Abwesenheit des jäh erloschenen Tags.
In der Höhe der Hände das Schimmern von Faltern,
der Ausbruch von Faltern, deren Leuchten keine Grenzen
kennt:

Du wahrtest von Licht, von gebrochenen Wesen die Spur,
die, beim Dämmern, die verlassene Sonne auf die Kirschen wirft.
Von Blicken verfärbt, mit dem Ziel von Bienen,
geht deine Materie, vor unvermuteter Flamme fliehend,
voran und folgt dem Tag und seinem goldnen Geschlecht.

Verschwiegen ziehen die lauernden Tage vorbei,
aber sie sinken ins Innre deiner Stimme ans Licht.

O Herrin der Liebe, auf deine Ruhe
gründete ich meinen Traum, mein Verschlossensein.

In deinem Leib aus scheuer Zahl, auf einmal sich
dehnend zu Mengen, die den Erdkreis bestimmen,
jenseits des Streits der Tage, weiß von Raum
und kalt von langsamen Toden und welkem Antrieb,
spüre ich deinen Schoß erglühn und deine Küsse vorübereilen,
die zu jungen Schwalben werden in meinem Traum.

Zuweilen steigt das Verhängnis deiner Tränen auf,
wie die Zeit bis an meine Stirn, dort
schlagen, tödlich sich vernichtend, die Wellen:
naß ist ihre Bewegung, kraftlos, final.

PFERD DER TRÄUME

Sinnlos, wenn ich mich in den Spiegeln betrachte,
einen Geschmack nach Wochen, Biographen, Papieren
          in mir,
reiß ich den Höllenfürsten aus meinem Herzen,
führe ich unbegrenzt trostlose Klauseln ein.

Von einem Punkt zum andern schweifend, einsauge ich
          Illusionen,
spreche ich mit den Schneidern in ihren Löchern;
diese singen oft mit unseliger und kalter Stimme
und verjagen den bösen Zauber.

Am Himmel ist ein weitgedehntes Land
mit des Regenbogens abergläubischen Teppichen
und mit abendlichen Pflanzenwelten:
dorthin lenk ich meinen Schritt, nicht ohne wirkliche
          Beschwer,

umgebrochenes Erdreich fast frischer Gräber zertretend,
träume ich in jenem gezogenen Rankengewirr.

Ich gehe zwischen benutzten Dokumenten, zwischen
Geburten,
gekleidet wie ein besonderes und erniedrigtes Wesen:
ich liebe den abgenutzten Honig der Ehrerbietung,
den milden Katechismus, zwischen dessen Blättern
welke gealterte Veilchen schlafen,
und die in ihrer Hilfsbereitschaft rührenden Besen,
zweifellos ist Verdruß und Zuverlässigkeit in ihrer
Erscheinung.
Ich zerstöre die zischelnde Rose und dies entführende
ängstliche Begehren,
ich reiße geliebte Extreme auseinander, mehr noch,
ich erwarte die maßlose eintönige Zeit:
ein Geschmack in meinem Innern drückt mich nieder.

Welch ein Tag ist unvermutet gekommen! Welch dichtes,
milchiges Licht,
gedrängt, fingerig, begünstigt mich!
Ich habe sein rotes Roß wiehern hören,
nackt, ohne Eisen und strahlend.
Auf ihm sprenge ich hin über die Kirchen
durchjage soldatenleere Kasernen,
und ein unkeusches Heer verfolgt mich.
Seine Eukalyptusaugen raffen Schatten hinweg,
sein Glockenleib stampft und galoppiert.

Ich brauche einen Blitz beständigen Glanzes,
einen heiteren Verwandten, der mein Erbe übernimmt.

DES MORGENS SCHWÄCHE

Der Unglücklichen Tag, der bleiche Tag geht auf
mit herzzerreißend kaltem Duft, mit seinen grauen
Kräften,
ohne Schellenklang die Frühe träufend überallhin:
er ist ein Untergang in der Leere, mit einem Umgebensein
von Weinen.

Da von so vielen Stätten der feuchte stumme Schatten wich,
aus so vielen vergeblichen Grübeleien, so vielen irdischen
Gegenden,
wo er sogar der Wurzeln Bestimmung einnehmen mußte,
von so viel spitzer Form, die sich wehrte.

Inmitten all des Heimgesuchten, in der Wirrnis,
in der wachsenden Lust weine ich, lauschend
in den reinen Kreislauf, ins Anwachsen,
ziellos dem weichend, was da kommt,
dem, was mit Ketten und Nelken bedeckt da auftaucht,
meine moralischen Bleibsel ertragend, träume ich.

Nichts Überstürztes ist, nichts Frohes, nicht eine stolze Form,
offenkundige Armut weisend, alles tritt zutage,
das Licht der Erde bricht nicht wie Glockenruf
aus ihren Lidern, wie Tränen eher:
des Tages Geweb, sein dünnes Linnen
taugt als Krankenbinde, taugt höchstens, Zeichen zu geben
bei einem Abschied, beim Fernsein hintennach:
es ist die Farbe, die einzig stellvertreten will,
verdecken, verschlingen, besiegen, Ferne schaffen.

Allein zwischen ausgedienten Materien bin ich,
Regen fällt auf mich, und er gleicht mir,
gleicht mir mit seiner Unbeständigkeit, einsam in der toten Welt,
abgewiesen im Fallen und ohne entschiedene Form.

EINHEIT

Etwas Dichtes ist, Vereintes, am Grunde Ruhendes,
das seine Zahl wiederholt, sein identisches Zeichen.
Wie doch gewahrt man, daß die Steine die Zeit
berührten,
in ihrer feinen Materie, aus Salz und Traum,
ist der Ruch nach Zeit und das Wasser, herbeigetragen vom
Meer.

Mich umgibt ein und dieselbe Sache, eine einzige Bewegung:
des Erzgesteins Schwere, das Licht der Haut,
sie heften sich an den Klang des Wortes Nacht:
des Weizens Farbe, des Elfenbeins, der Tränen,
die Dinge aus Leder, aus Holz, aus Wolle,
gealtert, verblichen, einförmig,
vereinen sich rings um mich zu Wänden.

Über mir selber kreisend wie über dem Tod der Rabe,
der Trauervogel, arbeite ich fühllos.
Ich sinne, abgesondert an den Rändern des Zeitenlaufs,
in der Mitte, umringt von schweigender Geographie:
eine mäßige Wärme sinkt vom Himmel,
ein äußerster Machtbereich verworrener Einheiten
mich umzingelnd, sammelt sich.

NACHGESCHMACK

Von falschen Astrologien, von etwas traurigen
Gewohnheiten,
ins Nichtvollendbare verschüttet und stets beiseite
getan,
habe ich eine Neigung bewahrt, einen einsamen Geschmack.

Von Gesprächen, wie gebrauchte Hölzer abgenutzt,
mit der Bescheidenheit von Stühlen, mit Worten,
beim Gebrauch,
wie Sklaven in Besitz genommen von einem zweitrangigen
Willen,
habe ich jene Beschaffenheit der Milch in mir, der toten
Wochen,
der über den Städten verketteten Luft.

Wer sonst könnte einer festeren Geduld sich rühmen?
Mich hüllt die Klugheit ein mit fester Haut,
von einheitlicher Farbe wie eine Schlange:
meine Geschöpfe entstehen aus einem langen Zurückweisen:
oh, mit einem einzigen Schnaps kann ich diesen Tag
verabschieden,
den ich aus den andren gleichen Erdtagen wählte.

Ich lebe, erfüllt von einer Substanz von gewöhnlicher Farbe,
schweigsam
wie eine alte Mutter, eine beständige Geduld,
wie Kirchendunkel oder letzte Ruhe von Gebein.
Ich bin erfüllt von diesen zutiefst entschloßnen Wassern,
vorbereiteten, die in trauriger Aufmerksamkeit schlummern.

In meinem Gitarreninnern ist, wohltönend und rauh,
reglos, verharrend, eine alte Weise,
wie eine getreue Nahrung, wie Rauch:
ein Element in Ruhe, ein lebendiges Öl:
ein strenger Vogel umsorgt mein Haupt:
in meinem Schwert lebt ein beständiger Engel.

JOAQUINS WEGGANG

Von nun an, wie einen fern vollzogenen Abschied,
auf Begräbnisstationen aus Rauch, auf menschenleeren
Quais,
von nun an sehe ich ihn hinabstürzen in seinen Tod,
und hinter ihm, fühl ich, wie die Tage der Zeit sich schließen.

Von nun an, plötzlich, fühl ich, wie er sich entfernt,
in die Wasser hinabstürzt, in gewisse Wasser, in ein
gewisses Weltmeer,
und dann, bei seinem Aufprall, fliegen Tropfen auf,
und ein Rauschen,
ein bestimmtes dumpfes Rauschen spür ich hervorbrechen,
einen Wellenschlag, hochgepeitscht durch sein Gewicht,
und von irgendwoher, von irgendwoher, spür ich, springen und
sprühn diese Wasser,
mich übersprühn diese Wasser und bestehen fort wie Säuren.

Sein Hang zu Träumen und maßlosen Nächten,
seine widerspenstige Seele, seine angelebte Blässe,
sie schlummern endlich mit ihm, und er schlummert,
da seine Leidenschaft absackt ins Meer der Toten,
ungestüm untergeht, eisig sich vermählend.

MADRIGAL, IM WINTER GESCHRIEBEN

Auf dem Grund des tiefen Meeres,
durch die Nacht aus endlosen Streifen
fliegt wie ein Renner vorbei
dein stummer stummer Name.

Birg an deiner Schulter mich, o gib mir Zuflucht,
laß mich in deinem Spiegel erscheinen, sogleich,

auf dem einsamen nächtlichen Blatt
aus dem Dunkel knospen, hinter dir.

Flor des süßen vollkommenen Lichts,
komm zu mir mit deinem Mund aus Küssen,
dem von Trennungen wilden,
dem kühnen und zarten Mund.

Gut denn, für immer und ewig,
von Vergessen zu Vergessen leben mit mir
die Schienenwege, des Regens Schrei:
was die finstere Nacht bewahrt.

Nimm mich auf in den Abend aus Garn,
wenn die Dämmerung ihr Gewand
wirkt und am Himmel ein Stern zuckt,
erfüllt von Wind.

Deine Augen verhüllend, bringe mir langsam
dein Fernsein nah, bis an den Grund,
durchdringe mich mit deinem Dasein, ahnend,
daß mein Herz zugrunde gerichtet ist.

PHANTOM

Ach, wie steigst du aus dem Einst hervor und nahst,
betörte, bleiche Studentin,
von deren Stimme Trost verlangen selbst
die ausgedehnten und beständgen Monate.

Ihre Augen kämpften wie Ruderer an
in der toten Unendlichkeit
mit Traumeshoffen und Substanz
von meergebornen Wesen.

Aus der Ferne, wo
der Erde Duft ein anderer ist
und das Abendliche unter Tränen naht
in dunkelglühenden Mohns Gestalt.

Auf der unbewegten Tage Gipfel
der tageshelle fühllose Jüngling
schlief in deinem Lichtstrahl ein,
gelehnt wie an ein Schwert.

Indessen wächst im Schatten
des langen Zeitenlaufes, der vergessen wird,
die Blume der Einsamkeit, feucht und weit
wie die Erde in einem langen Winter.

LANGSAME KLAGE

In der Nacht des Herzens
der Tropfen deines langsamen Namens
kreist in Schweigen und fällt
und zerbirst und entfaltet sein Wasser.

Etwas will sein leichter Schaden
und seine Schätzung unendlich und klein
wie eines verlorenen Wesens
plötzlich gehörter Schritt.

Auf einmal, auf einmal vernommen
und im Herzen verteilt
mit traurigem Beharren und Vermehren
wie ein kalter Herbsttraum.

Das dichte Rad der Erde,
seine Felge von Vergessenheit feucht,

dreht sich und spaltet die Zeit
in unerreichbare Hälften.

Ihre harten Schalen bedecken deine
auf die kalte Erde verschüttete Seele
mit ihren armseligen blauen Funken,
die in der Stimme des Regens schwirren.

NÄCHTLICHE SAMMLUNG

Ich habe den Engel des Schlafs bezwungen, den
unheilvollen, sinnbildhaften:
sein Walten war beharrlich, eingehüllt in Schnecken
und Grillen, naht sein gedrängter Schritt,
meerhaft, duftdurchtränkt von scharfen Früchten.

Es ist der Wind, der die Monate bewegt, der Pfiff
eines Zuges,
der Strich der Temperatur übers Bett,
ein düsterer Schattenlaut,
der wie ein Lappen fällt ins Grenzenlose,
eine Wiederholung von Fernen, ein Wein von
vermischter Farbe,
ein staubverhüllter Zug brüllender Rinder.

Zuweilen stürzt sein schwarzer Korb auf meine Brust,
die Säcke seiner Herrschaft versehren meine Schulter,
seine Salzmassen, sein halbentfaltetes Heer
ziehen dahin und wälzen die Dinge des Himmels um:
er sprengt im Atem dahin und sein Vorüber ist wie Kuß:
mit wesenhafter Kraft und in erhabener Absicht
senkt er seinen unfehlbaren Salpeter unter die Lider:
ins also Vorbereitete tritt er ein als Herr:

augenblicks baut er seine lautlose Substanz auf,
verbreitet er beharrlich seine prophetische Nahrung.

Oft erkenne ich seine Krieger wieder,
seine von Luft zerfreßnen Geschütze, sein Ausmaß,
und sein Bedarf nach Raum ist so gewaltig,
daß er, ihn zu finden, hinabsteigt bis in mein Herz:
er ist der Grundherr der unzugänglichen Hochplateaus,
er tanzt mit tragischen Gestalten und alltäglichen,
des Nachts zerfetzt seine luftige Säure mir die Haut,
und ich höre in meinem Innern sein Instrument erbeben.

Ich lausche dem Traum alter Gefährten und geliebter Frauen,
Träume, deren Herzschläge mich zerbrechen:
ich betrete ihr Teppichgeweb in Schweigen,
verschlinge ihr Mohnlicht im Delirium.

Schlummernde Leichen, die ihr, auf meines Herzens
Schwere versessen, oftmals tanzt,
welch trübe Städte durcheilen wir!
Mein düsteres Schattenroß wächst ins Gigantische,
und über hartgesottene Falschspieler hinweg, über Kuppler
an abgenutzten Treppen,
über Betten nackter Mädchen, zwischen Fußballspielern
hindurch,
windgegürtet, reiten wir:
und es fallen dann in unsern Mund jene sanften Früchte des
Himmels,
Vögel, klösterliche Glocken, Kometen:
der sich nährte von reiner Geographie und Schauder,
dieser vielleicht sah uns funkelnd vorüberziehn.

Gefährten, deren Köpfe auf Fässern ausruhn, fern,
auf einem entmasteten flüchtigen Schiff,
meine tränenlosen Freunde, Frauen mit grausamem Gesicht:
Mitternacht ist und ein Todesgong

dröhnt rings um mich wie das Meer.
Den Geschmack, das Salz des Schlafenden im Mund.

Treu wie eine Verdammung tritt zu jedem Leib
die Blässe aus lethargischem Bezirk:
ein kaltes, versunkenes Lächeln,
ein paar halbgeschlossene Augen, erschöpften Boxern gleich,
ein Atem, der geräuschlos Gespenster verschlingt.
In dieser Geburtennässe, mit diesem finsteren Größenmaß
und verschlossen wie ein Kellergewölb, verbrecherisch
ist die Luft:
die Wände von einer düsteren Krokodilfarbe,
ihre Struktur die einer bösen Spinne:
wie auf ein totes Monstrum trittst du auf Weiches:
ungeheure Trauben, schwarz und prall,
hängen, Weinschläuchen gleich, aus den Trümmern heraus:
o Kapitän, in unsrer Stunde des Verteilens
öffne die stummen Riegel und warte auf mich:
dort müssen wir essen, trauergekleidet, zur Nacht:
wachen wird vor den Türen der Malariakranke.

Mein Herz ist Abend und uferlos,
der Tag wie eine zum Trocknen aufgehängte schäbige Decke
schwingt hin und her, umgeben von Geschöpfen
und Erstreckung;
von jedem Geschöpf etwas ist im Umkreis:
blickte man lange in die Luft, tauchten Bettler auf,
Advokaten, Straßenräuber, Briefboten, Schneiderinnen,
und von jedem Handwerk etwas, ein erniedrigter Rest
möchte seinen Teil an unserm Innern wirken.
Ich suche seit langem, ich prüfe ohne Hochmut
besiegt, zweifellos, vom Abendlichen.

WIR ZUSAMMEN

Wie rein du bist aus Sonne oder aus gesunkner Nacht,
wie triumphal das Übermaß deiner Kontur aus Weiße,
und deine Brust aus Brot, heiße Zone,
aus schwarzen Bäumen deine Krone, Vielgeliebte,
und deine Nase die eines einsamen Tieres, eines Wildschafs,
das nach Schatten duftet und nach überstürzter
tyrannischer Flucht.

Und nun, was für glänzende Waffen meine Hände,
trefflich ihr Knochenblatt und ihrer Nägel Lilie,
und die Lage meines Gesichts und die Pachtung meiner Seele,
sie sind der Erdenkraft an rechter Stelle eingesetzt.
Wie rein mein Blick aus nächtlichem Einfluß,
aus dunklen Augen und wildem Drang gestürzt,
meine symmetrische Gestalt steigt mit Zwillingsbeinen
an jedem Morgen zu den feuchten Sternen auf,
und mein verwiesener Mund beißt in Fleisch und Traube,
männlich meine Arme, meine Brust tätowiert,
in die der Flaum wie zinnernes Gefieder dringt,
mein blasses Gesicht, geschaffen für die Sonnentiefe,
mein zurechtgekämmtes Haar aus schwarzem Erdgestein,
meine Stirn, wie Hieb durchdringend oder Weg,
meine Haut die eines reifen, für den Pflug bestimmten
Jünglings,
meine Augen aus gierigem Salz, aus hastigem Vermählen,
meine Zunge sanfte Freundin von Dock und Schiff,
meine Zähne ein weißes Zifferblatt von systematischer Gleich-
heit,
die Haut, die auf meiner Stirn eine Höhe formt von Eis
und auf meiner Schulter sich wendet und auf
meinen Lidern fliegt,
sich auf meinem tiefsten Trieb zurückzieht
und entgegenwächst den Rosen an meinen Fingern,
über mein knochiges Kinn und die Pracht meiner Füße.

Und du wie ein Sternenmonat, wie ein unlösbarer Kuß,
wie Schwingenstruktur oder Herbstbeginn,
Mädchen, du meine Mitverschworene, meine Zärtliche,
das Licht hat seine Schlafstatt unter deinen großen Lidern,
golden wie Büffelkühe, und die rundliche Taube
baut ihre weißen Nester oft in dir.

Geschaffen aus Woge in Silberbarren und weißen Zwingen,
deine rasende Apfelgesundheit dehnt sich ohne Grenzen aus,
und die bebende Tonne, in die dein Magen lauscht,
und deine Hände, Töchter des Mehls und des Himmels.

Wie gleichst du dem längsten Kuß,
sein beharrendes Zittern scheint dich zu nähren,
und sein Druck aus Glut, aus stürmischer Fahne
pocht in deinen Bereichen und steigt bebend auf,
und dann verjüngt sich dein Haupt in Haar,
und seine kriegerische Form, sein herbes Rund
stürzt jählings nieder in geraden Fäden
wie Degenschneiden oder Hinterlassenschaften Rauchs.

TYRANNEI

O hohe Dame ohne Herz, des Himmels Tochter,
hilf in dieser einsamen Stunde mir,
mit deiner eindeutigen Indifferenz einer Waffe
und deiner Gefühlskälte des Vergessens.

Eine Zeit wie das Weltmeer total,
eine Wunde unbestimmt wie ein neugeborenes Wesen
umschließen fest die zähe Wurzel meiner Seele,
indem sie den Kern meiner Sicherheit zernagen.

Welch dichtes Pochen wühlt in meinem Herzen,
wie eine Woge, gemacht aus allen Wogen,
und in einem Mühen aus Sturz und Sterben
hebt sich mein verzweifeltes Haupt.

Etwas Feindliches ist, das in meiner Gewißheit zittert
und das im nämlichen Ursprung der Tränen wächst
wie ein hartes grausames Gewächs
aus ineinander verschlungenen bitteren Blättern.

NACHTLIED

Auf deiner Stirn ruht der Mohnblüten Farbe aus,
findet der Witwen Trauer Widerhall, o Mitfühlende:
wenn du den Zügen nacheilst in den Feldern,
kehrt der hagere Bauer dir den Rücken,
deinen Fußstapfen entspringen zitternd die sanften Frösche.

Dich begrüßt, erinnerungslos der Jüngling, er befragt dich
nach seinem verlorenen Willen,
seine Hände bewegen sich in deiner Sphäre wie Vögel,
und groß ist die Feuchte rings um ihn;
seine unvollkommenen Gedanken schweifen,
sie möchten etwas erreichen, ach, sie suchen dich,
seine blassen Augen zucken in deinem Netz,
verlorene Instrumente, die auf einmal glänzen.

Oder ich erinnere des heißen Durstes ersten Tag,
das Dunkel, gedrängt an die Jasmine,
der unergründliche Körper, in den du dich zurückzogst
wie ein Tropfen, ebenfalls zitternd.

Doch du beruhigst die hohen Bäume, und hinter dem Mond,
überfern,
du belauerst wie ein Dieb das Meer.

O Nacht, meine verstörte Seele befragt dich
hoffnungslos nach dem Metall, das sie braucht.

SCHMERZLICHER TAGGESANG

Aus Resten Leidenschaft und Träumen von Asche
ich führe einen fahlen Baldachin mit mir, ein sichtbares
Gefolge,
einen metallenen Wind, der einsam lebt,
einen todesnahen Knecht im Hungergewand,
und in der Kühle, die aus dem Baume sinkt, in der Substanz
der Sonne,
die ihre Gestirnskraft in die Blumen senkt,
wenn an meine goldgleiche Haut das Vergnügen rührt,
belauerst du, Trugbild Koralle auf Tigerklauen,
du, Anlaß zu Begräbnistrauer, glühende Verschmelzung,
das Land, in dem ich überlebe,
mit deinen Mondlanzen, die ein wenig zittern.

Weil das Fenster, durch das der leere Mittag dringt,
eines Tages doch den stärkeren Wind auf seinen Flügeln
trägt,
bläht die Raserei das Kleid und der Traum den Hut,
glüht immerfort eine übermäßige Biene.
Und nun, welch unvermuteter Schritt macht die
Wege knirschen?
Welch trostloser Bahnhofsrauch, welch kristallenes Antlitz,
und mehr noch, welch ährenbeladenen alten Karrens Klang?
Ach, eines nach dem andern, die Woge, die weint,
und das Salz, das zerfällt,

und der himmlischen Liebe Zeit, die im Fluge verstreicht,
sie haben Gastes Stimme gehabt und Raum im Hoffen.

Von bewältigten Weiten, von treulosem Groll
von hinterlaßnen Hoffnungen, schattenuntermengten,
von herzzerreißend süßem Beistand
und Tagen von transparentem Flöz und blühender Gestalt,
was dauert fort in meinem spärlichen Wort, in meinem
geringen Ertrag?
Wer ist meinem gelben Lager und meiner Sternsubstanz
nicht nah und fern zugleich?

Eine Schnellkraft, ein Pfeil aus Korn,
ist mir eigen, und in meiner Brust wartet offenkundig ein Bogen,
und ein feines Pochen, von Wasser und Zähigkeit,
wie etwas, das unentwegt zerbricht,
durchdringt meine Trennungen bis an den Grund,
verlöscht meine Kraft und vermehrt meinen Schmerz.

MAI-PASSAT

Der Wind der Jahreszeit, der grüne Wind,
voll mit Weltraum und Wasser, erfahren in Unglück
und aus einer wie Almosengeld zerstreuten Substanz,
entrollt seine Fahne aus trauriger Haut:
so, durchsilbert und kalt, hat er sich eines Tages verhüllt,
zerbrechlich wie eines Riesen Kristallschwert,
inmitten so vieler Gewalten, die sein zages Wehen schützen;
seine stürzende Träne, sein von knirschenden, sich kreuzenden
Mächten umringter nutzloser Sand,
sein Tropfen Salz zittert im feindlich überfallenen,
wie ein nackter Mensch in der Schlacht, der seinen weißen
Zweig erhebt,
seine ungewisse Gewißheit.

Welch ein Ausruhen ist Beginnen, welch armseliges Hoffen
Lieben,
bei solch schwacher Flamme und so flüchtigem Feuer?
Wogegen die hungrige Axt erheben?
Welcher Materie entsagen, welchem Blitz entfliehen?
Sein Licht, eben erst aus Himmelslänge erschaffen
und Beben,
schleift als traurige Brautschleppe daher,
geschmückt mit tödlichem Traum und Blässe.
Denn alles, was der Schatten berührte, die Wirrnis sehnlich
erstrebte,
lastet, flüssig, aufgehalten, bar allen Friedens,
schutzlos zwischen Welträumen, auf den Tod besiegt.

Ach, und es ist eines Tages Geschick, der erwartet wurde,
dem Briefe entgegeneilten, Schiffe, Unternehmungen,
zu sterben, ohne eigenen Himmel, unbewegt und naß.
Wo ist sein Gezelt aus Duft, sein unergründliches Laubwerk,
sein schnelles glühendes Schleiergewölk, sein heftiger Atem?
Regungslos, mit verlöschendem Glanz bedeckt und undurch-
sichtiger Schuppe,
wird er sehen, wie der Regen seine Hälften scheidet
und im wassergesättigten Wind sie anfällt.

DICHTKUNST

Zwischen Schatten und Raum, zwischen Garnisonstruppen und
jungen Mädchen,
mit einem besonderen Herzen ausgestattet und unseligen
Träumen,
vorzeitig bleich und welk die Stirn,
habe ich, in wilder Witwertrauer um jeden Tag meines Lebens,
oh, nach jedem unsichtbaren Wasser, das ich trinke
wie im Schlaf,

nach jedem Laut, den ich zitternd erhasche,
den gleichen fernen Durst und das gleiche kalte Fieber,
ein wachsendes inneres Gehör, eine indirekte Angst,
als nahten Räuber oder Gespenster,
und in einer Schale von fester und unergründlicher
Erstreckung ich
wie ein erniedrigter Diener, wie eine etwas heisere Glocke,
wie ein abgeblätterter Spiegel, wie eines verlassenen
Hauses Ruch,
in das zur Nachtzeit sinnlos betrunken die Gäste treten
und wo es nach auf den Boden geworfener Wäsche riecht und
nach einer völligen Abwesenheit von Blumen,
– anders, vielleicht auch weniger schwermütig gesagt –,
in Wahrheit aber verlangen auf einmal der Wind, der meine Brust
peitscht,
die in mein Schlafgemach gesunkenen Nächte aus unendlicher
Substanz,
der Lärm eines Tages, der in Aufopferung glüht,
mir das Prophetische ab, das voller Schwermut in mir ist.
Und da ist ein Pochen von Dingen, die rufen, ohne Antwort zu
finden,
und eine Bewegung ohne Stocken und ein verworrener Name.

DÜSTERES SYSTEM

Von allen diesen Tagen, schwarz wie alte Eisenbrocken
und aufgerissen von der Sonne wie mächtige rote Büffel
und kaum gehalten von der Luft und von den Träumen
und unwiederbringlich und jäh vergangen,
nichts hat meinen zerrütteten Ursprung ersetzt,
und die ungleichen Maße, die in meinem Herzen kreisen,
dort setzen sie bei Tag und Nacht sich einsam fest
und erfassen traurige verworrene Größen.

So denn, wie ein fühllos und blind gewordener Wachtturm,
ohne Glauben und zu schmerzlichem Spähen verdammt,
angesichts der Wand, der sich jeder Zeitentag verbindet,
neigen meine verschiedenen Gesichter sich einander zu und
verflechten sich,
großen bleichen schweren Blumen gleich,
die unentwegt stellvertretend und tot.

ADONISCHE ANGELA

Heute hab ich mich zu einem unschuldigen
Mädchen gelegt
wie ans Ufer eines weißen Ozeans,
wie in die Mitte eines glühenden Sterns
von ruhevoller Bahn.

Aus ihrem Blick, unendlich grünen,
wie trockenes Gewässer fiel das Licht
in transparenten tiefen Kreisen
frischer Kraft.

Ihre Brüste wie ein Feuer zweier Flammen
glühten in zwei Regionen aufgerichtet,
und in einem Doppelstrom gelangte es an ihre Füße
groß und hell.

Ein goldnes Klima ließ frühzeitig
ihres Leibes tageshelle Längen reifen,
ihn mit weit verzweigten Früchten füllend
und geheimer Glut.

Nach so vielem, nach unbestimmten Meilen,
verwirrt von Gewalten, unsicher von Gebieten,
begleitet von nichtigen Hoffnungen
und treulosen Gefährten und argwöhnischen Träumen,
liebe ich das Zähe, das noch weiterlebt in meinen Augen,
ich hör in meinem Herzen meinen Reiterschritt,
beiße in das schlummernde Feuer und das verdorbene Salz,
und nachts, in atmosphärischem Dunkel und flüchtiger Trauer,
jener, der am Rand der Feldlager wacht, bin ich,
der mit nutzlosen Widerständen gewappnete Reisende,
gefangen zwischen wachsenden Schatten und
Schwingen, die zittern,
fühl ich, ich bin da, und mein Arm aus Stein beschützt mich.

In der Wissenschaft der Tränen gibt es einen undeutlichen
Altar,
und bei meiner Beratung mit duftlosen Dämmerungen,
in meinen verödeten Schlafgemächern, in denen der Mond
haust,
und Spinnen meines Besitztums und Verheerungen, die mir
lieb geworden,
bete ich mein eigenes verlorenes Wesen an, meine unvollkom-
mene Substanz,
meinen silbernen Pulsschlag und meinen ewigen Verlust.
Es hat die feuchte Traube geglüht, und ihr düsteres Wasser
schwankt noch immer, ist noch immer da
und das sterile Erbe und die verräterische Wohnstatt.
Wer sonst schuf Kulte der Asche?
Wer liebte das Verlorene, wer schützt das äußerst Letzte?
Des Vaters Gebeine, des toten Schiffes Holz
und sein eigenes Ende, seine selbige Flucht,
seine klägliche Kraft und seinen elenden Gott?

So also lausche ich dem Unbeseelten und Schmerzlichen,
und das befremdliche Zeugnis, das ich ablege
mit grausamem, in Asche geschriebenem Erfolg,
ist die Form des Vergessens, der ich den Vorrang gebe,
der Name, den ich der Erde verleihe, der Sinn meiner Träume,
die unendliche Größe, die ich teile,
winterlichen Augs, an jedem Tag dieser Welt.

II DIE NACHT DES SOLDATEN

Ich lebe die Nacht des Soldaten, die Zeit des Mannes ohne Schwermut, ohne Untergang, des vom Ozean oder einer Woge in die Ferne geworfenen Urbilds, und der nicht weiß, daß das bittere Wasser ihn abgesondert hat und daß er allmählich und furchtlos altert, ausersehen für das normale Leben ohne Erschütterungen, ohne Abwesenheiten, in seiner Haut und seinem Kleid dahinlebend, wahrhaft dunkel. So also werde ich mit dummen und fröhlichen Kameraden gesehen, die rauchen und spucken und entsetzlich saufen und plötzlich todkrank zusammenbrechen. Denn wo sind Tante, Braut, Schwiegermutter und Schwägerin des Soldaten? Wahrscheinlich gehen sie an Ostrazismus oder an Malaria zugrunde, werden kalt und gelb und wandern aus nach einem Gestirn aus Eis, nach einem jungen Planeten, um endlich auszuruhen, unter jungen Mädchen und glazialen Früchten, und ihre Leichen, ihre armen Leichen aus Feuer werden fern der Flamme und der Asche schlummern, von Alabasterengeln bewacht.
An jedem Tag, der mit seiner abendlichen Verpflichtung zu sterben sich neigt, streife ich umher, eine unnötige Wache, gehe an mohammedanischen Händlern vorbei, zwischen Menschen, die die Kuh anbeten und die Kobra, so gehe ich dahin, unliebenswert und gewöhnlichen Gesichts. Die Monate sind nicht unveränderlich, und zuweilen regnet es: aus der Glut des Himmels strömt, still wie der Schweiß, ein Befruchten nieder, und auf den Riesen-

pflanzen, dem Rücken der wilden Tiere, verfilzen und verlängern sich im Verlauf eines gewissen Schweigens jene nassen Gefieder. Wasser der Nacht, Tränen des Monsuns, salziger Speichel wie Pferdegeifer gefallen, langsam im Anschwellen, kraftlos im Spritzen, überrascht vom Flug.

Und nun, wo ist jene professionelle Neugier, jene matte Zärtlichkeit geblieben, die allein durch ihre Gelassenheit Wände durchbrach, jenes strahlende Gewissen, dessen Glanz mit lazurner Bläue mich umhüllte? Bis ins Herz Sohn eines verpflichtenden Systems, einer hartnäckigen physischen Geduld, werde ich weiteratmen, Produkt täglich angehäufter Nahrung und Zeit, beraubt meiner Montur der Rachsucht und meiner Haut von Gold. Zu meinen Füßen gleiten die Stunden einer einzigen Jahreszeit hin, und über mir ist fast immer ein Tag aus Tag- und Nachtgebilden verhaftet.

Dann suche ich ab und an Mädchen mit jungen Augen und Hüften auf, Wesen, in deren Frisur eine gelbe Blüte wie ein Blitz flammt. Sie tragen Ringe an jeder Zehe und Armreifen und an den Knöcheln Fußspangen und obendrein farbige Halsketten, Ketten, die ich abnehme und betrachte, denn ich will vor einem von nichts unterbrochenen festen Körper in Entzücken geraten und meinen Kuß nicht abschwächen. Ich wiege jede neue Gestalt in meinen Armen und saug mit männlicher Gier schweigend ihr lebendiges Elixier ein.

Hingestreckt, geht von unten zu dem flüchtigen Geschöpf empor mein Blick über sein nacktes Dasein bis zu seinem Lächeln klimmend: gigantisch und nach oben zu triangular und in die Luft gehoben von zwei Kugelbrüsten, fest vor meinen Augen wie zwei Leuchten mit dem Lichte weißen Öls und süßer Kraft. Ich überlasse mich ihrem dunkelbraunen Stern, der Wärme ihrer Haut, wie ein verlorener Feind, reglos unter meiner Brust und mit zu schweren und zu matten Gliedern schutzlos im Gewoge: oder auch wie ein bleiches schnelles, tiefes Rad aus Mühlenarmen und Fingern, das um sich selber kreist, oder ein verstörter Stern.

Oh, in jeder Nacht, die da abrollt, ist etwas von preisgegebener Glut, die sich selbst verzehrt und, umgeben von Ruinen, zusammenfällt inmitten trauernder Dinge. Gewöhnlich wohn ich diesem Ende bei, bewehrt mit überflüssigen Waffen, von getilgten Einwänden erfüllt. Was ich zurückbehalte, sind die Wäsche und die von dieser halbnächtigen Materie leicht durchtränkten Knochen: vergänglicher Staub ists, der sich mir verbindet, und zuweilen wacht der Gott, der die Dinge ändert, neben mir, hartnäckig atmend, das Schwert erhoben.

VERLEUGNETER UMGANG

Diese Tage lenkten mein prophetisches Gefühl in die Irre, in mein Haus kamen zu vorgerückter Stunde der Jahreszeit vermummt die Briefmarkensammler und stürzten sich auf meine Briefschaften, entrissen ihnen frische Küsse, Küsse, die einen langen Seeaufenthalt erlitten haben, und Schwüre, die mein Geschick mit weiblicher Wissenschaft und abweisender Kalligraphie beschirmten.

Ich wohnte neben anderen Gebäuden, anderen Menschen und Bäumen, die sich ins Ungeheure breiten, Gezelten leidenschaftlichen Laubwerks, hervorspringenden Luftwurzeln, pflanzlichen Schaufeln, gradlinigen Kokospalmen, und in diesem grünen Geschäum ging ich großen glanzschweren Schrittes einher mit spitzem Strohhut und einem vollkommen romanhaften Herzen; denn in dem Grad, wie meine Fähigkeiten sich zersetzten und im Staub zerstört Gleichmaß suchten wie die Toten auf den Friedhöfen, verwandelten sich die vertrauten Orte, die bis zu dieser Stunde verschmähten Weiten und die Gesichter, die in meiner Verlassenheit wie träge Gewächse hervorsprossen, rings um mich her mit Schrecken und Geheimnis, wie Blättermassen, die ein jäher Herbst durchwühlt.

Papageien, Gestirne und obendrein die öffentliche Sonne und eine plötzliche Tropfenfeuchte erweckten in mir ein grüblerisches Verlangen nach der Erde und was immer sie bedeckte.

Und das Gefallen eines alten Gebäudes an seinen Fledermäusen

und das Zartgefühl eines nackten Weibes für seine Fingernägel verfügten in mir über meine verschämten Neigungen wie schwache und hartnäckige Waffen, und die Schwermut zog ihre Riefen durch mein Geweb, und der Liebesbrief, bleich von Papier und Furcht, unterschlug seine zitternde Spinne, die mit Mühe webt und endlos wieder auflöst und webt. Natürlich stürzte ich aus dem Mondlicht, aus seinem gegenwärtig weitgedehnten Kreis, mehr noch aus seiner eisigen Achse, die nicht einmal die Zugvögel (Schwalben, Wildgänse) in den Delirien ihrer Wanderzüge berühren dürfen, aus seiner blauen glatten dünnen und schmucklosen Haut hinab in den Schmerz, wie einer, von blanker Waffe getroffen, stürzt. Ich bin Gegenstand eines besonderen Blutes, und diese zugleich nächtliche und heerische Substanz machte mich leiden und verwandelte mich, und jene unterhimmlischen Wasser minderten meine Energie und das Gesellige meines Wesens.
Auf diese unumstößliche Weise gewannen meine Knochen bei meinen Entschlüssen gewaltiges Übergewicht: Die Ruhe, der Aufenthalt am Ufer des Meeres zogen mich an, vage, doch schicksalhaft, und einmal am entlegenen Ort, umringt vom stummen und reglosesten Chor, der letzten Stunde und ihren Düften unterworfen, ungerecht gegen die verschwommenen Landschaften und ein verschworener Liebhaber von Zementsesseln, erwarte ich streitbar die Zeit, und zwar mit des Abenteuers Florett, befleckt von vergessenem Blut.

DER UNBEHAUSTE

Unbesiegbare Jahreszeit! An den Rändern des Himmels sammelte unentwegt ein blasser Nord sich an, eine farblose und feindliche Luft, und allem entgegen, was das Auge faßte, war da wie eine geronnene Milch, wie ein erstarrter Vorhang. So, daß der Mensch sich von allem abgeschieden fühlte, dieser seltsamen Substanz unterworfen, von einem nahen Himmel umringt, mit zerspelltem Mast vor weißschimmernder Küste, von allem Körperhaften im

Stich gelassen, in einem Nebelgehäus und einem undurchdringbaren Zeitenablauf gegenüber. Verdammnis und Entsetzen! Verwundet worden zu sein und verlassen, oder die Spinnen erwählt zu haben, die Trauer und die Soutane.

Der Welt vollkommen überdrüssig, sich auf die Lauer gelegt und von Sphinxen, goldenen Schätzen und prophetischen Geschicken gesprochen zu haben. Dem täglichen Kleid die Asche verhaftet zu haben und den irdischen Ursprung geküßt mit seinem Schmack nach Vergessen. Doch nein. Nein.

Des Regens eisige Stoffe, die düster niedergehn, Kümmernisse ohne Auferstehung, Vergessen. In meinem bildnislosen Alkoven, in meinem lichtlosen Kleid, wieviel an Raum dauert da ewiglich, und des Tages langsamer gerader Strahl, wie sehr doch verdichtet er sich, bis er ein einziger dunkler Tropfen.

Beharrliche Bewegungen, lotrechte Pfade, zu deren letzter Blume man manchmal aufsteigt, sanfte oder rücksichtslose Gefährten, abwesende Türen! Täglich esse ich lethargisches Brot, trinke ich aus einem vereinsamten Wasser.

Es lärmt der Schlosser, es trottet das Pferd dahin, der von Regen triefende Klepper, und der Kutscher mit langer Peitsche hustet, der ausgediente! Alles übrige, bis in die letzte Ferne, verharrt regungslos, von Juni überdacht, und seine regennasse Pflanzenwelt, seine stummen Tiere vereinen sich wie Wogen. Fürwahr, welch ein Wintermeer, welch ein versunkenes Reich sucht, offensichtlich tot, da zu überdauern und kreuzt mit großem Sterbesegelwerk diese dichte Fläche?

Oft, in der jäh anbrechenden Dämmerung, ich rücke das Licht ans Fenster und, ausgestreckt in der Feuchte, von elenden Hölzern getragen, sehe ich mich als alten Sarg zwischen plötzlich schwachen Wänden. Ich träume von einer zur anderen Abwesenheit und anderer Ferne zu, akzeptiert und bitter.

DER JUNGE MONARCH

Als Fortsetzung des Gelesenen, und was der folgenden Seite vorangeht, muß ich meinen Stern auf den Weg in den Bereich der Liebe führen.
Land, begrenzt von zwei langen warmen Armen, von langer entsprechender Leidenschaft, und ein Ort aus Gold, verteidigt von einem Herrschaftssystem und mathematischer Kriegswissenschaft.
Ja, ich werde sie ehelichen, die Schönste von Mandalay, ich werde meine irdische Hülle diesem Geräusch eines kochenden Weibes anvertrauen, diesem Schwingen von Rock und nacktem Fuß, die sich bewegen, sich hineinmischen wie Wind und Laub.
Liebe eines Mädchens mit zierlichem Fuß und einer großen Zigarre, Amberblüten in dem reinen zylinderförmig aufgebundenen Haar, mit dem Gang wie Gefahr, einer Lilie gleich von fester Substanz und mit schwerwiegendem Haupt.
Und an meinem Ufer meine Gattin, nahe meinem aus so endloser Ferne stammenden Geflüster meine birmanische Gattin, Tochter des Königs.
Und dann küsse ich ihr schwarzes eingerolltes Haar und ihren süßen unentwegten Fuß: und da nun die Nacht gekommen, ihr Mühlwerk sich zu regen beginnt, lausche ich nach meinem Tiger und weine um meine Abwesende.

GESETZE DER NACHT

Mühsam rufe ich nach der Wirklichkeit wie der Hund und heule auch. Wie gern würde ich den Dialog zwischen dem Adligen und dem Fährmann einführen, die Giraffe malen, die Akkordeons beschreiben, meine Muse preisen, die nackt sich windet um meine Hüfte aus Angriff und Widerstand. So ist meine Hüfte, mein Körper im allgemeinen ein wacher und lange währender Kampf, und meine Nieren hören zu.

Mein Gott, wieviel nachtgewohnte Frösche pfeifen und quarren mit Kehlen vierzigjähriger Menschen und wie eng und sternenhaft ist die Wölbung, die bis in die fernste Ferne mich umspannt! Die italienischen Sänger, die Doktoren der Astronomie würden an meiner Stelle, von dieser schwarzen Frühe umgrenzt, von diesem scharfen Schwert bis ins Herz gezeichnet, in Tränen ausbrechen! Und dann diese Ballung, diese Einheit von Elementen der Nacht, diese angenommene Sinngebung hinter jeder Sache und diese ganz einhellig von Sternen unterhaltene Kälte.
Abscheu vor soviel Tod, der nicht hinblickt, vor soviel durch Alkohol oder Unglück Versehrtem, und Lob dem Nachtwandler, dem Klugen, der ich bin, überlebender Anbeter der Himmelsgewölbe.

LEICHENBEGÄNGNIS IM OSTEN

Ich arbeite nachts, von Stadt umgeben,
von Fischern, von Töpfern, von mit
Safran und Früchten verbrannten Toten,
gehüllt in scharlachroten Musselin:
sie ziehen unter meinem Balkon vorbei, diese schrecklichen
Toten, und lassen Ketten und Kupferflöten erklingen,
durchdringend und zart und düster gellen sie
im Farbengeleucht der schweren giftigen Blüten
und dem Geschrei der aschgrauen Tänzer,
dem monotonen Anschwellen der Tamtams
und dem Rauch der duftenden und lodernden Hölzer.

Weil einmal der Weg zu Ende am trüben Strom,
ihre Herzen werden, die da stocken oder einen größeren
Weg beginnen,
verkohlt hingleiten, mit Bein und Fuß als Feuer,
und aufs Wasser wird fallen die flirrende Asche

und fortschwimmen als verdorrter Blütenzweig
oder erloschenes Feuer, zurückgelassen von so mächtigen
Reisenden,
die auf den schwarzen Fluten etwas verbrannten und einen
verschwundenen Atem hinunterschluckten und einen
letzten Likör.

III EINSAMER HERR

Die jungen Homosexuellen und die verliebten Mädchen
und die langjährigen Witwen, die an wahnsinniger
Schlaflosigkeit leiden,
und die vor dreißig Stunden geschwängerten jungen Damen
und die heiseren Kater, die in der Dunkelheit meinen Garten
durchstreifen,
umkreisen mein einsames Haus
wie ein Geschmeid aus zuckenden sexuellen Austern
wie gegen meine Seele eingesetzte Feinde,
wie Verschwörer im Schlafanzug,
die als Losung lange klebrige Küsse tauschen.

Der strahlende Sommer führt Verliebte
in einförmigen melancholischen Regimentern,
die aus feisten und schmächtigen und frohen und traurigen
Paaren bestehen:
unter den eleganten Kokospalmen beim Ozean und dem
Mond
gibt es ein unaufhörliches Leben und Treiben von Hosen und
Röcken,
ein leises Geräusch von gestreichelten Seidenstrümpfen,
und weibliche Brüste, die wie Augen glänzen.

Der kleine Angestellte hat nach so manchem,
nach der wöchentlichen Langeweile und den nachts im Bett
gelesenen Romanen,
endlich seine Nachbarin verführt,
und er führt sie aus in die armseligen Kinos,
wo die Helden Fohlen sind und leidenschaftliche Prinzen,
und er streichelt ihre mit süßem Flaum bedeckten Beine
mit seinen feuchtheißen Händen, die nach Zigarette riechen.
Die Abenddämmerung des Verführers und die Nächte der
Ehegatten
fügen sich wie zwei mich begrabende Laken zusammen,
und die Stunden nach dem Frühstück, wenn die jungen
Studenten
und die jungen Studentinnen und die Priester onanieren,
und die Tiere sich unumwunden bespringen,
und nach Blut die Bienen riechen und die Fliegen zornig
brummen,
und die Vettern mit ihren Basen seltsame Spielchen treiben,
und die Ärzte den Mann der jungen Patientin wütend
anstarren,
und die Morgenstunden, in denen der Professor, wie aus
Versehen,
seinen Ehepflichten nachkommt und frühstückt,
und dann noch die Ehebrecher, die sich mit wahrer Leidenschaft
lieben,
auf Betten lang und hoch wie Schiffe:
unzweifelhaft und ewig umgibt mich
dieser große verflochtene atmende Wald
mit großen Blumen wie Münder und Gebisse
und schwarzen Wurzeln in Gestalt von Zehennägeln
und Schuhen.

LITURGIE MEINER BEINE

Lange Zeit habe ich ununterbrochen meine lang-
 wüchsigen Beine betrachtet,
mit unendlicher und neugieriger Zärtlichkeit, mit meiner
 gewohnten Leidenschaftlichkeit,
als wären es die Beine einer göttlichen, ganz
in die Kluft meines Brustkastens zutiefst versunkenen Frau:
und wahrhaftig, es geschieht, wenn die Zeit, die Zeit verrinnt
auf der Erde, auf dem Dach, über meinem unzüchtigen Haupt,
und verrinnt, die Zeit verrinnt und ich nachts in meinem Bett
 nicht spüre, daß da atmend eine Frau ist, nackt
 an meiner Seite schlummernd,
dann nehmen seltsame dunkle Dinge den Platz
 der Abwesenden ein,
lasterhafte schwermütige Gedanken
säen schwerwiegende Möglichkeiten in mein Schlafzimmer,
und dann also betrachte ich meine Beine, als gehörten sie
 einem anderen Leib
und wären stark und angenehm meinem Innersten verhaftet.

Wie Blumenstiele oder wundersame weibliche Gebilde
steigen sie von den Knien auf, zylindrisch und fest,
aus zerrüttetem dichtem Stoff des Daseins;
gleich rücksichtslosen starken Armen einer Göttin,
gleich gräßlich mit Menschenwesen umkleideten Bäumen,
gleich ungeheuren, still und verhängnisvoll lechzenden Lippen
sind sie dort meines Leibes bester Teil:
vollkommen stofflich, ohne komplizierten Inhalt
an Gefühlen oder Luftröhren oder Eingeweiden oder
 Ganglien:
nichts davon, nur das Unvermischte, Süße und Feste meines
 eigenen Seins,
und auf vollkommenste Weise dennoch das Leben wahrend.

Die Menschen gehen zur Zeit über unsere Erde
fast ohne daran zu denken, daß sie einen Leib haben und
darin das Leben,
und eine Furcht ist, eine Furcht ist in der Welt vor Worten,
die den Leib bezeichnen,
und man spricht am liebsten von der Kleidung,
es ist tunlich, von Hosen zu sprechen, von Anzügen
und von Frauenunterwäsche
(von Seidenstrümpfen und Strumpfhaltern für
›Damen‹)
als liefen in den Straßen vollends leere Kleider und Anzüge
umher
und eine düstere obszöne Garderobe nähme die Erde ein.

Die Kleider haben Dasein, haben Farbe, Form, Zeichnung
und den höchsten Platz in unseren Mythen, viel zuviel Platz,
zuviel Möbel und zuviel Wohnungen sind in der Welt,
und mein Leib lebt heruntergekommen zwischen und unter
so vielen Sachen,
mit einem unlöslichen Gedanken an Sklaverei und Ketten.
Nun gut, meine Knie als außerordentliche
dienstbare sichtbare Knoten
trennen die Hälften meiner Beine aufs bündigste:
und wirklich, zwei verschiedene Welten, zwei verschiedene
Geschlechter
sind voneinander nicht so verschieden wie die Hälften
meiner Beine.
Vom Knie bis zum Fuß eine einzige harte Form,
erzen, kaltblütig nutzhaft, scheint sie
ein Wesen aus Knochen und Ausdauer,
und die Knöchel sind nichts als bloßer Zweck,
letzten Endes bereite Exaktheit und Notwendigkeit.

Ohne Sensualität, kurz und hart und männlich
sind meine Beine dort und mit Muskelpartien
ausgestattet wie ergänzende Tiere,

doch auch dort ist Leben, ein festes zartes lebhaftes Leben,
das, ohne zu beben, ausharrt, abwartet und handelt.
In meinen empfindlichen Füßen,
dauerhaft wie die Sonne und geöffnet wie Blumen,
unermüdliche prachtvolle Soldaten
im grauen Krieg des Raumes,
endet alles, das Leben hat endgültig in meinen Füßen
    sein Ende,
dort fängt das Fremde und Feindselige an:
die Namen der Welt, das Begrenzende und das Ferne,
das Selbständige und das Eigentümliche, für die in meinem
    Herzen kein Raum,
sie haben mit fester und kalter Beharrlichkeit dort ihren
    Ursprung.

Immer
wird es zwischen meinen Füßen und der Erde
hergestellte Dinge geben, Strümpfe, Schuhe,
oder einfach unendliche Luft,
so meines Wesens Abgesondertheit und Einsamsein aufs
    äußerste verschärfend,
etwas zwischen mein Leben und die Erde gewaltsam
    Unterschobenes,
etwas offenbar Unüberwindliches und Feindliches.

DAS GESPENST DES FRACHTSCHIFFES

Entfernung, die auf Schaumrollen flieht,
Salz in rituellen Wogen und nach bestimmten Regeln,
und ein Geräusch, ein Geruch nach altem Schiff,
nach fauligen Hölzern und meerzerfressenem Eisen
und müden Maschinen, die heulen und weinen,
den Bug vorwärts stoßen, gegen die Flanken stampfen,
den Jammer zerkauen, Entfernungen schlucken und schlucken,

wobei sie einen Lärm bitteren Wassers auf den bitteren
Wassern hervorbringen
und das alte Schiff über die alten Wasser treiben.

Laderäume innen, dämmrige Stollen
die nur der unterbrechende Tag der Häfen in Augenschein nimmt:
Säcke, Säcke, die eine finstere Gottheit gehäuft
wie graue rundliche Tiere ohne Augen,
mit zarten grauen Ohren
und beachtlichen Bäuchen, angefüllt mit Kopra und Korn,
empfindsame Leiber schwangerer Frauen,
die, ärmlich in Grau gekleidet, geduldig
im Dunkel eines elenden Kinos warten.

Auf einmal hört man außen
die Wasser vorübereilen, hinsprengend wie ein undurchsichtiges
Pferd,
mit dem Lärm von Pferdehufen im Wasser,
reißend schnell und wieder verschluckt von den Fluten.
Und dann wieder nichts als die Zeit in den Kojen:
die Zeit in dem öden vernachlässigten Speisesaal,
unbeweglich und sichtbar wie ein großes Mißgeschick.
Geruch von völlig verbrauchtem Leder und Stoffen
und Zwiebeln und Öl und mehr noch,
Geruch von jemand, der in den Winkeln des Schiffes
umherschwebt,
Geruch von jemand Namenlosem,
der wie eine Luftdünung die Treppe herabkommt
und mit abwesendem Leib durch die Gänge streift
und mit Augen späht, die der Tod gewissentlich bewahrt.

Er schaut mit seinen farblosen blicklosen Augen
langsam umher und geht ohne Schatten, ohne Gegenwart
zitternd vorbei:
die Geräusche zerknittern ihn, die Dinge gehen durch ihn
hindurch,

seine Transparenz läßt die schmutzigen Stühle erglänzen.
Wer ist dieses Gespenst ohne Gespensterleib
mit Schritten leicht wie nächtliches Mehl
und einer Stimme, die nur durch die Dinge selber spricht?
Von ihrem stummen Dasein erfüllt, reisen die Möbel
wie winzige Schiffe in dem alten Schiff,
befrachtet mit ihrem vagen und eitlen Dasein:
die Kleiderschränke, die grünen Tischbezüge,
die Farbe der Gardinen und des Bodens,
alles hat die weiche Leere seiner Hände erlitten,
und sein Atem hat die Dinge abgenutzt.

Es schleift und gleitet vorüber, steigt hinunter, durchsichtig,
Luft in der kalten Luft, die über das Schiff streicht,
mit seinen verborgenen Händen stützt es sich auf die Reling
und starrt auf das bittere Meer, das hinter dem Schiff entflieht.
Nur die Wasser weisen seine Macht zurück,
seine Farbe und seinen Geruch nach vergessenem Gespenst,
kühl und tief entfalten sie ihren Tanz
wie Wesen aus Feuer, wie Blut oder Duft,
neu und stark quellen sie hervor, vereinigt und immer
wieder vereint.

Die Wasser ohne sich je zu verbrauchen, ohne Gewohnheit,
ohne Frist,
in Massen grün, wirksam und kalt,
schlagen sie gegen den schwarzen Magen des Schiffes
und waschen
seine Materie, seine rissige Schale, seine eisernen Runzeln:
die heftigen Wasser zernagen die Rinde des Schiffes,
wobei sie ihre langen Fahnen aus Schaum verschleißen
und ihre Zähne aus Salz in Tropfen sprühen.

Mit seinem augenlosen Gesicht blickt das Gespenst aufs Meer:
auf den Kreislauf des Tages, den Husten des Schiffes, einen
Vogel

in der runden und einsamen Gleichung des Raumes,
und von neuem steigt es zum Leben des Schiffs hinab,
fällt auf die tote Zeit und das Holz,
gleitet in die schwarzen Küchen und Kojen,
träge von Luft und Dunst und trostlosem Raum.

DER TANGO DES WITWERS

O Boshafte, nun wirst du den Brief gefunden haben,
nun wirst du schon geheult haben vor Wut
und wirst die Erinnerung an meine Mutter besudelt
 haben,
sie eine verkommene Hündin nennend und Mutter von
 Hunden,
nun wirst du, verlassen, mutterseelenallein, den Tee der
 Dämmerung bereits getrunken haben,
den Blick auf meine alten, nun immer leeren Schuhe,
und wirst dich schon nicht mehr meiner Krankheiten
 erinnern können, meiner nächtlichen Träume,
 meiner Mahlzeiten,
ohne mich mit lauter Stimme zu beschimpfen, als wäre ich
 noch da
und beklagte mich über die Tropen, die Corringhi-Kulis,
die giftigen Fieber, die mich so zugerichtet haben,
und über die schrecklichen Engländer, die ich noch immer hasse.

Boshafte, in Wahrheit aber, wie groß ist die Nacht, wie
 allein die Erde!
Ich bin wieder in öde Schlafzimmer geraten,
kalt zu frühstücken in Restaurants,
 und wieder werfe ich Hemd und Hosen auf den
 Boden,
es gibt keine Kleiderhaken in meinem Zimmer, kein Bildnis
 von irgendwem an den Wänden.

Wieviel von dem Schatten, der in meiner Seele ist, gäbe ich
her, um dich wieder zu haben,
und wie bedrohlich scheinen mir die Namen der Monate,
und das Wort Winter, welch düsteren Trommelklang hat es.

Später wirst du neben der Kokospalme das Messer vergraben
finden,
das ich dort verbarg, aus Angst, du könntest mich umbringen,
und nun möchte ich auf einmal seinen Küchenstahl riechen,
der ans Gewicht deiner Hand gewohnt war und an den
Schimmer deines Fußes:
in der Nässe der Erde, zwischen den fühllosen Wurzeln
kann das arme Ding von allen menschlichen Sprachen einzig
deinen Namen wissen,
und das schwere Erdreich begreift deinen Namen nicht,
erschaffen aus göttlichen Substanzen, unergründlichen.

So wie es mich traurig macht, am hellen Tag an deine
Schenkel zu denken,
die wie gestautes hartes Sonnenwasser angeschmiegt,
und der Schwalbe, die in deinen Augen schwebend und
schlummernd lebt,
und des tollwütigen Hundes, den du in deinem Herzen
birgst,
so auch seh ich all die Tode, die von dieser Stunde an
zwischen uns liegen,
und ich atme in der Luft die Asche und das Zerstörte,
den ungeheuren einsamen Raum, der mich umgibt für immer.

Ich gäbe gern das Wehen dieses gewaltigen Meeres her
für deinen hastigen Atem,
in langen Nächten vernommen, frei von Vergessen,
der sich der Luft verhaftet wie die Peitsche dem Fell
des Pferdes.
Und um dich harnen zu hören in der Dunkelheit hinten
im Haus,

als würde ein dünner zitternder hartschlägiger silberner Honig
verschüttet,
wieviel Mal würde ich diesen Schattenchor hergeben, der mir
angehört,
und das Klirren nutzloser Degen, das man in meiner Seele
vernimmt,
und die Taube aus Blut, die einsam in meiner Stirne lebt,
nach entschwundenen Dingen rufend, entschwundenen Wesen,
Substanzen, seltsam untrennbaren und verlorenen.

IV GESANG

Die efeugleiche Rose verschlingt
und erklimmt den Gipfel des Heiligen:
mit schweren Krallen klammert sie
die Zeit an das ermüdete Geschöpf:
sie schwillt und weht in den harten Adern,
schnürt den Lungenstrang ab, und dann
lauscht sie und atmet lange.

Sterben möcht ich, leben will ich,
ein Werkzeug, ein unendlicher Hund,
Bewegung des massiven Weltmeers
mit uralter und schwarzer Haut.

Wem zulieb und zu wem ertönt im Dunkel
meine sich steigernde Gitarre,
die im Salz meines Daseins entspringt
wie in des Meeres Salz der Fisch?

O welch verschlossenes ununterbrochenes Land,
unbeteiligt in der Zone des Feuers,
unbewegt im furchtbaren Kreislauf,
trocken, inmitten der Feuchte der Dinge.

Dann aber zwischen meinen Knien,
unter der Wurzel meiner Augen,
meine Seele fährt fort zu nähen:
ihre schreckliche Nadel ist am Werk.

Ich lebe weiter mitten im Meer,
allein und so irr verwundet,
so einzig und allein fortbestehend,
grausam verlassen.

EISKALTE VERRICHTUNG

Sage mir, hörst du etwa nicht
das dumpfe Gestöhn der Zeit, das widerhallt
in deiner eigenen und sanften Sphäre?

Spürst du nicht allmählich
in gierigem und zitterndem Mühen
wiederkehren die beharrliche Nacht?

Trockenes Salz und Blut wie Luft,
reißendes Strömen von Flüssen
bestätigt bebend der Zeuge.

Dunkles Anwachsen der Wände,
ungestüme Zunahme der Türen,
rasende Menge der Reize,
gnadenloses Kreisen.

Ringsum brodelt und bevölkert sich
auf endlose Art und Weise,
in unablässiger Vermehrung,
mit entschiedenem wehrhaftem Maul der Raum.

Hörst du nicht beim Wettlauf
der Geschöpfe den beständigen Sieg
der Zeit, gelind wie das Feuer,
sicher und fest und herkulisch,
der sein Volumen häuft,
seine traurige Faser hinzufügt?

Einer ewigen Pflanze gleich wächst
ihr dünner und bleicher Faden,
von Tropfen naß, die fallen
lautlos, in der Einsamkeit.

ES BESAGT SCHATTEN

Welche Hoffnung bleibt zu erwägen, welch reines
Ahnen,
welch endgültiger Kuß im Herzen zu begraben,
im Beginn der Hilflosigkeit und des Einvernehmens zu
bezwingen,
sanft und sicher über den ewig aufgestörten Wassern?

Welch lebensstarke, reißende Flügel eines neuen Engels
der Träume
sind an meine schlummernden Schultern zu heften,
zur immerwährenden Sicherheit,
auf daß der Weg zwischen den Sternen des Todes
ein gewaltiger Flug sei, vor vielen Tagen und Monden und
Jahrhunderten begonnen?

Vielleicht sucht die natürliche Schwäche der argwöhnischen und
begierigen Geschöpfe
auf einmal Dauer in der Zeit und Begrenzung auf der Erde,
vielleicht breiten die unerbittlich angewachsenen Mühsale
und Zeitalter

sich wie die Mondflut aus eines eben erschaffenen Weltmeers
über Küstenstriche und Gebiete von beängstigender Ödnis.

O möge, was ich bin, weiterleben und aussetzen zu leben
und meine Fügsamkeit mit solch eiserner Bedingung
sich anpassen,
daß der Tode und der Geburten Beben nicht erschüttere
den tiefen Ort, den ich mir vorbehalten möchte für ewig.

Darum möge, was ich bin, irgendwo und für alle Zeit
gegründet sein und gesichert und ein glühender Zeuge,
der bedachtsam sich zerstört und unaufhörlich sich bewahrt,
offensichtlich hingegeben seiner ursprünglichen Verpflichtung.

Aufenthalt auf Erden II
(1931–1935)

I EIN TAG TRITT HERVOR

Aus dem Tönenden kommen Zahlen hervor,
sterbende Zahlen und Ziffern mit Dung,
durchnäßte Strahlen und schmutzige Blitze.
Aus dem Tönenden, wachsend, wenn
einsam die Nacht kommt, als neue Witwe,
als Taube, Mohnblüte oder Kuß,
und ihre wundersamen Sterne sich breiten.

Im Tönenden bestätigt sich das Licht:
die Vokale werden überflutet, als Blütenblätter fallen ab
die Tränen,
ein Wind aus Klängen hallt als Woge wider,
erglänzt, und Fische aus Kühle und Schnellkraft leben darin.

Fische im Klange, langsame spitze nasse
bogenförmige Massen von Gold, Tropfen am Schwanz,
Haie aus Schuppe und zitterndem Schaum,
bläuliche Lachse mit gefrorenen Augen.

Eiserne Werkzeuge sinken hinab, Gemüsekarren,
Geräusch von zerquetschten Trauben,
Geigen voll Wasser, frische Detonationen,
abgesoffne Motoren und staubige Schatten,
Fabriken, Küsse,
glucksende Flaschen,
Kehlen,
rings um mich tönt die Nacht,
der Tag, der Monat, die Zeit,
klingend wie Säcke voll nasser Glocken,
wie gräßliche Mäuler von zerbrechlichen Salzen.
Wogen der See, Einstürze,
Krallen, Schritte des Meers,
fortgerollte Fluten zermalmter Tiere,
Pfiffe im heiseren Nebel

bestimmen die Klänge der sanften Morgenröte,
wenn sie erwachen im verlassenen Meer.

Ins Tönende gleitet die Seele,
da sie aus Träumen stürzt,
umkreist noch immer von ihren schwarzen Tauben,
noch immer überzogen mit ihren Fetzen Abwesenheit.

Dem Klingenden eilt die Seele zu
und feiert ihre raschen Hochzeiten und stürzt sich hinein.

Rinden des Schweigens, von trübem Blau,
wie Flaschen in düstren zugesperrten Apotheken,
Schweigen, gehüllt in Haar,
Schweigen, das einhersprengt auf beinlosen Rossen,
und Maschinen im Schlaf und Segel ohne Luftraum,
und Züge aus atemlosem Jasmin und Wachs,
und durch die Last von Schatten und Hüten erdrückte Schiffe.

Aus dem Schweigen steigt die Seele auf
mit augenblickwährenden Rosen,
und sinkt zusammen in des Tages Frühe
und erstickt, erdangepreßt, im tönenden Licht.

Ungestüme, Schuhe, Tiere, Hausgerät,
Wogen hartnäckiger Hähne, die sich verströmen,
Uhren, die wie trockene Mägen arbeiten,
Räder, die auf verwahrlosten Schienen sich entfalten,
und weiße Spülklosetts, die mit hölzernen Augen
erwachen wie einäugige Tauben,
und ihre wassererfüllten Kehlen
rauschen auf einmal wie Katarakte.

Seht, wie die Augenlider des Schimmels sich heben,
und das rote Türschloß sich entkettet
und die Girlande ihre Bestimmungen entfaltet,

Dinge, die wachsen,
die von den großen Trambahnen plattgedrückten Brücken
quietschen wie Betten unter Liebschaften,
die Nacht hat ihre Pianoflügel entbreitet;
wie ein Pferd sprengt der Tag in seine Tribunale.

Aus dem Tönenden kommt der Tag
aus Steigerung und Rang
auch aus abgebrochnen Veilchen und Gardinen,
aus Weiten, aus gerade flüchtenden Schatten
und Tropfen, die aus dem Herzen des Himmels
fallen als des Himmels Blut.

NUR DER TOD

Sind verödete Totenäcker,
Gräber voller lautloser Knochen,
und das Herz geht durch einen Stollen,
dunkel, dunkel, dunkel;
wie ein Schiffsuntergang sterben wir dem Innern zu,
als ertränken wir in unserem Herzen,
als stürzten wir aus der Haut hinab in die Seele.

Sind Leichen,
sind Füße aus kaltem klebrigem Grabstein,
es west der Tod in den Knochen,
wie bloßer Laut,
wie ein Gebell ohne Hund,
so kommt er aus manchen Glocken, aus manchen Gräbern,
so schwillt er in der Feuchte an wie das Weinen,
wie der Regen.

Alleingelassen, seh ich zuweilen
Särge gehißten Segels

die Anker lichten mit bleichen Verstorbenen, Frauen
mit toten Zöpfen,
mit Bäckern, wie Engel weiß,
mit grüblerischen jungen Mädchen, verehelicht mit Notaren,
Särge, die den vertikalen Strom der Toten aufwärts fahren,
den maulbeerfarbenen Strom,
hinauf, die Segel gebläht vom Klang des Todes,
vom stummen Klang des Todes gebläht.

Der Tod erreicht das Klingende
wie ein Schuh ohne Fuß, wie ein Kleid ohne Mann,
er kommt und pocht mit einem Ring ohne Stein, ohne Finger,
er kommt und schreit ohne Mund, ohne Zunge, ohne Kehle.
Dennoch hallen seine Schritte,
und sein Gewand tönt stumm wie ein Baum.

Ich weiß nicht, ich kenne wenig, ich bemerke kaum,
aber ich glaube, sein Sang hat die Farbe von nassen Veilchen,
von Veilchen, die an die Erde gewöhnt sind;
denn das Antlitz des Todes ist grün,
und der Blick des Todes ist grün,
von eines Veilchenblatts ätzender Feuchte,
und düster seine Farbe eines erbitterten Winters.

Aber der Tod geht auch als Besen gekleidet durch die Welt,
nach Toten suchend leckt er die Erde,
der Tod ist in dem Besen,
das ist des Todes Zunge, die nach Toten sucht,
das ist des Todes Nadel auf der Suche nach Garn.
In den Bettstellen haust der Tod:
in den weichen Matratzen, in den schwarzwollenen Decken
lebt er hingestreckt, und auf einmal haucht er:
haucht einen dunklen Laut, der die Laken bläht,
und die Betten schwimmen auf einen Hafen zu,
wo er steht und wartet, im Rock eines Admirals.

BARKAROLE

Rührtest du nur an mein Herz,
legtest du nur deinen Mund auf mein Herz,
deinen zarten Mund, deine Zähne,
dränge deine Zunge wie ein roter Pfeil
dorthin, wo mein staubiges Herz schlägt,
bliesest du weinend am Meer in mein Herz,
es würde tönen mit dunklem Geräusch,
mit Räderhallen eines Zuges voll Traum,
wie schwankende Fluten,
wie der Herbst in Blättern,
wie Blut,
mit einem Knistern von nassen Flammen, die den Himmel
verbrennen,
wie Träume tönen, wie Zweige oder Regen
oder Nebelhörner eines trostlosen Hafens,
bliesest du am Meer in mein Herz,
wie ein weißes Gespenst,
am Rande des Schaums,
mitten im Wind,
wie ein entfesseltes Gespenst, weinend, am Ufer des Meeres.

Wie ausgedehnte Abwesenheit, wie eine plötzliche Glocke
verteilt das Meer des Herzens Laut
mit einem Dämmern und Regnen an einer verlassenen Küste,
es regnet:
zweifellos sinkt die Nacht,
und ihr unheilvolles Blau einer Fahne im Untergang
bevölkert sich mit Planeten aus heiser gewordenem Silber.
Und das Herz tönt wie eine rauhe Muschel,
es schreit, o Meer, o Klage, o zerfließendes Entsetzen,
hingebreitet in Mißgeschicken und zerfetzten Wogen:
Aus dem Tönenden klagt das Meer
seine ruhenden Schatten an, seinen grünen Mohn.

Wärest du augenblicks da an einer traurigen Küste,
umringt vom toten Tag,
angesichts einer neuen Nacht
von Wogen erfüllt
und bliesest in mein Herz aus kalter Furcht,
bliesest in das einsame Blut meines Herzens,
bliesest mit Flammen in sein Taubengeflatter,
tönen würden seine schwarzen Silben aus Blut,
anschwellen würden seine unaufhörlichen roten Fluten,
es würde tönen, nach Schatten tönen,
es würde rauschen wie der Tod,
würde schreien wie ein Eisenrohr voll Wind oder Weinen,
wie eine Flasche, die wilde Schrecken sprudelt.

So ist es, und Blitze würden deine Zöpfe bedecken
und der Regen dränge in deine offnen Augen,
die Tränen zu bereiten, die du heimlich in dir verschließt,
und die schwarzen Flügel des Meeres würden kreisen
um dich mit mächtigen Fängen, Gekrächz und Flügen.

Willst du das Gespenst sein, das einsam
am Meer sein trauriges unergiebiges Instrument bläst?
Riefest nur immer du
seinen langgezogenen Ton, sein unheilvolles Geschrill,
sein System verwundeter Wogen,
jemand würde vielleicht kommen,
jemand würde kommen,
von den Gipfeln der Insel, aus der roten Tiefe des Meers,
jemand würde kommen, würde kommen.

Jemand würde kommen, blase mit irrer Leidenschaft,
daß es töne wie die Sirene eines zerspellten Schiffs,
wie Klageschrei,
wie ein Wiehern inmitten des Meeresschaums und des Bluts,
wie ein reißendes Wasser, das rauschend sich selber
verschlingt.

In der Meereszeit
kreist seine Schatten-Muschel wie ein Schrei,
die Meervögel mißachten ihn und fliehen,
seine Tonstreifen, seine traurigen Gitter
erheben sich an des öden Ozeans Gestaden.

DER SÜDEN DES OZEANS

Aus aufgezehrtem Salz und gefährdetem Schlund
sind die Rosen gemacht des einsamen Ozeans,
und dennoch kreist die Flut,
und furchtbare Vögel,
und nichts als Nacht ist, begleitet
vom Tag, und der Tag, begleitet
von einer Zufluchtsstätte, einem
Spalthuf, vom Schweigen.

Und in dem Schweigen anwächst der Wind
mit seinem einzigen Blatt und seiner gepeitschten Blüte,
und der Sand, der nur Tasten ist und Schweigen,
nichts ist da, ein Schatten ist,
eines flüchtigen Pferdes Spur,
nichts ist da als eine in die Zeit eingegangene Woge,
denn alle die Wasser führen zu den eisigen Augen
der Zeit, die in der Tiefe des Meeres blickt.

Ihre Augen sind bereits gestorben an totem Wasser und
Tauben
und sind zwei Höhlen von bitterer Breite,
durch die die Fische ziehn mit blutigen Zähnen
und die Wale auf der Suche nach Smaragden
und Skelette bleicher Kavaliere, abgezehrt
von den weichen Medusen, und dann noch
einige Gruppen giftiger Myrten,

vereinzelte Hände, Pfeile,
Revolver aus Schuppe,
ununterbrochen treiben sie durch ihre Schläfen
und verschlingen ihre Augen aus entblößtem Salz.
Wenn der Mond seine Schiffbrüche hergibt,
seine Särge, seine mit männlichen
Mohnblüten bedeckten Toten,
wenn in den Sack des Mondes
die im Meer begrabenen Kleider fallen
mit ihren dauernden Leiden, ihren ausgerauften Bärten,
ihren Köpfen, die die Flut verlangte und der Stolz für allezeit,
hört man in der Erstreckung zum Grund des Meeres
Knie hinuntersinken, die herbeigeschleppt der Mond
in seinem Sack aus Stein, abgenutzt von den Tränen
und von den Bissen unheilvoller Fische.

Wahrhaftig, es ist der Mond, der da niedersteigt
mit grausigem Schwammerschüttern, es ist trotz allem
der Mond, hin und her schwankend zwischen den
Schlupfwinkeln der Tiere,
der Mond, zernagt von den Schreien des Wassers,
die Bäuche des Monds, seine Schuppen
aus abgeplatztem Stahl: und von nun an
sinkt er hinab ans Ende des Weltmeers,
blau und blau, durchdrungen von Bläuen,
blinden Bläuen aus blinder Materie,
und er schleift seine verdorbene Last hinter sich her,
Taucher, Hölzer, Finger,
ein Fischerweib des Blutes, das vergossen wurde
durch große Katastrophen auf des Meeres Gipfeln.

Aber ich spreche von einem Ufer, dort, wo das Meer peitscht
in Raserei und die Wogen die Mauern aus Asche
berennen. Was ist das? Ist es ein Schatten?
Das ist kein Schatten, es ist der Sand des traurigen Landes,
es ist ein System von Algen, Schwingen gibt es,
einen Schnabelhieb

in die Brust des Himmels gibts,
o Fläche, verwundet von den Wogen,
o Ursprung des Meeres,
so der Regen deine Geheimnisse hütet, so der nie endende
Wind
die Vögel tötet, so nur noch Himmel ist,
will ich einzig deine Küsten zernagen und sterben,
will ich einzig auf den Mund der Steine blicken,
aus dem die Geheimnisse hervorgehn voll von Schaum.

Ist ein einsamer Erdstrich, ich habe
von diesem so öden Erdstrich schon gesprochen,
wo die Erde erfüllt ist ganz von Ozean,
und niemand ist da als ein paar Pferdespuren,
und niemand ist da als der Wind, niemand ist da
als der Regen, der niedergeht auf die Wasser des Meeres,
niemand als der Regen, der anschwillt über dem Meer.

II WALKING AROUND

Es geschieht, daß ich müde bin, Mensch zu sein!
Ich trete in Schneiderstuben, in Kinos
schlaff, undurchdringlich wie ein Schwan aus Filz,
der auf einem Wasser von Ursprung und Asche treibt.

Der Geruch der Frisiersalons läßt mich laut schluchzen.
Ich möchte nichts weiter als eine Ruhe von Stein oder Wolle
ich will keine Errichtungen mehr noch Gärten sehen,
keine Waren, keine Brillen, keine Fahrstühle.

Es geschieht, daß ich überdrüssig meiner Füße,
meiner Nägel bin,
und meines Haars und meines Schattens!
Es geschieht, daß ich müde bin, Mensch zu sein!

Dennoch wäre es köstlich,
einen Notar mit einer ausgerauften Lilie zu erschrecken
oder eine Nonne mit einer Ohrfeige umzubringen.
Es wäre wunderbar,
mit einem grünen Messer durch die Straßen zu laufen
und zu brüllen, bis man tot umfällt vor Kälte.

Ich mag nicht mehr Wurzel sein in der Finsternis,
schwankend, ausgestreckt, zitternd vor Schläfrigkeit,
abwärts immer, ins nasse Lehmwerk der Erde,
saugend und sinnend, essend Tag für Tag.

Ich mag so viel Unheil nicht für mich.
Mag nicht länger Wurzel sein und Grab,
verlassener Schacht, Kellergewölb mit Toten,
kältestarr, sterbend vor Leid.

Darum flammt der Montag wie Erdöl auf,
wenn er mich kommen sieht mit meinem Kerkergesicht,
und er heult in seinem Verlauf wie ein wundes Rad
und macht Schritte von heißem Blut der Nacht entgegen.

Und er treibt mich in manche Winkel, in manche feuchte
Häuser,
in Spitäler, wo die Knochen durchs Fenster rauskommen,
in manche Schusterstube, die nach Essig riecht,
in Straßen, erschreckend wie Erdrisse.

Es gibt Vögel, schwefelfarbig, und gräßliches Gedärm,
das an den Türpfosten der Häuser hängt, die ich hasse.
Es gibt Gebisse, in einer Kaffeekanne vergessen,
es gibt Spiegel,
die hätten weinen müssen vor Scham und Entsetzen,
Schirme gibt es allerorts und Gift und Nabelschnüre.

Ich schlendre umher mit Gelassenheit, mit Augen,
mit Schuhen,
mit Wut, mit Vergessen,
ich geh vorüber, quere Amtsstuben und orthopädische Läden,
und Höfe, wo an einem Draht Wäsche hängt:
Unterhosen, Handtücher und Hemden, die langsame
schmutzige Tränen weinen.

ENTPROTOKOLLIERUNG

Die Taube ist vollgestopft mit heruntergefallenen
Zetteln,
ihre Brust von Radiergummis und Wochen befleckt,
von Löschblättern, weißer als ein Leichnam,
und Tinten, vor der eigenen Unheilsfarbe erschrocken.

Tritt mit mir ins Dunkel der Kanzleien,
in die kränkliche matte Blässe der Bürovorsteher,
in die Gänge, unergründlich wie Kalender,
ins schmerzliche Geräder der tausend Seiten.

Laß uns die Titel und Klauseln durchgehen,
die Geheimakten, die Sorgen,
die Bittgesuche mit ihren ekelerregenden Herbstzähnen,
die Wut aschgrauer Instanzen und trauriger Entscheide.

Es ist ein Bericht über zerschlagene Knochen,
peinliche Umstände und endlose Anzüge
und plötzlich ernst zu nehmende Strümpfe.
Es ist die tiefe Nacht, der aderlose Kopf,
aus dem der Tag fällt, unversehens,
wie aus einer vom Blitz zerspellten Flasche.

Es sind die Füße und die Uhren und die Finger
und eine Lokomotive aus sterbender Seife
und ein spröder Himmel aus nassem Metall
und ein gelber Fluß aus Gelächel.

Alles gelangt an die Fingerspitzen wie Blumen,
an die Nägel wie Blitze, auf welke Sessel,
alles gelangt in die Tinte des Todes
und in das violette Maul der Stempel.

Laßt uns den Tod der Erde beweinen und das Feuer,
die Degen, die Trauben,
die Geschlechter mit ihrer harten Wurzelherrschaft,
die Schiffe des Rausches inmitten der Schiffe
und den Duft, der nachts auf Knien tanzt
und einen Planeten durchbohrter Rosen mit sich schleift.

Im Kleid des Hundes und einen Fleck auf der Stirn
laßt uns in den Abgrund der Akten versinken,
in den Zorn der gefesselten Worte,
in hartnäckig tote Kundmachungen,
in Systeme, eingehüllt in vergilbte Papiere.

Wälzt euch mit mir in die Kanzleien, in den zweifelhaften
Ruch von Ministerien und Gräbern und Stempelmarken.
Kommt mit mir in den weißen Tag, der da stirbt
unter Schreien wie eine ermordete Braut.

VERFALL DER STRASSE

Über das geschmähte Eisen, über die Augen des Gipses
gleitet eine Zunge unterschiedlicher Jahre
der Zeit. Es ist ein Schweif
aus rauhem Roßhaar, zorngeladene Hände aus Stein,

und die Farbe der Häuser verstummt, und es bersten
die Bestimmungen der Architektur,
ein schrecklicher Fuß verschmutzt die Balkone:
gelassen und mit angehäuftem Schatten,
mit Masken, zernagt von Winter und Schwäche,
ziehen die Tage vorbei mit hoher Stirn,
zwischen Gebäuden ohne Mond.

Das Wasser und die Gewohnheit und der weiße Moder,
den unser Stern ausströmt, und vor allem
die von rasenden Glocken geschlagene Luft
brauchen die Dinge auf, tasten
die Räder an, stauen sich
in den Zigarrenläden,
und auf den Simsen wächst das rote Haar an
wie eine endlose Klage, während ins Tiefe
Schlüssel fallen, Uhren,
Blumen, dem Vergessen einverleibte.

Wo ist das eben erst geborene Veilchen? Wo
die Krawatte und der jungfräulich rote Zephir?
Über die Ortschaften
rückt eine Zunge modrigen Staubes vor,
die Ringe zerfrißt, den Anstrich zernagt,
die schwarzen Stühle zu stimmlosem Winseln erregt,
den Blumenzierrat aus Zement bedeckt; die Gitter
aus brüchigem Metall,
der Garten und die Wolle, die von Regen versehrten
inbrünstigen photographischen Vergrößerungen,
das Lechzen der Alkoven und die großen
Kinoplakate, auf denen der Panther
mit dem Donner kämpft,
die Geranienstöcke, die Vorratslager voll verdorbenem Honig,
der Husten, die Anzüge aus glänzendem Stoff,
alles überzieht sich mit einem tödlichen Geschmack
nach Rückschritt und Nässe und Wunde.

Die geknüpften Gespräche vielleicht, das Streifen der Körper,
die Tugend ermüdeter Ehefrauen, die im Rauche hausen,
die schonungslos umgebrachten Tomaten,
der Schritt der Pferde eines trostlosen Regiments,
das Licht, der Druck so vieler namenloser Finger
verbrauchen die glatte Fiber des Kalks,
umkreisen messergleich die Fassaden
mit neutraler Luft: während
der Hauch der Gefahr an der Beschaffenheit nagt,
laufen Ziegel und Salz wie Wasser aus
und schwanken die Karren mit dicken Achsen hin und her.

Woge aus zerstörten Rosen und Löchern! Zukunft
der duftenden Vene! Erbarmungslose Dinge!
Keiner laufe umher! Keiner breite die Arme aus
in dem blinden Wasser!
O Bewegung, o arg verstümmelter Name,
o Löffel voll wirren Winds
und gepeitschter Farbe! O Wunde, in die bis zum Tod
die blauen Gitarren stürzen!

MELANCHOLIE IN DEN FAMILIEN

Ich bewahre eine blaue Flasche auf
und darin ein Ohr und ein Bildnis:
wenn die Nacht das Gefieder
der Eule treibt,
wenn der heisere Kirschbaum
die Lippen sich zerfetzt und mit Rinden
droht, die der Seewind oft durchlöchert,
weiß ich, daß es große versunkene Erstreckungen gibt,
Barren von Quarz,
Schlamm,
blaue Wasser für eine Schlacht,

viel Schweigen, viele
Flöze von Rückgang und Kampfer,
hinabgefallene Dinge, Medaillen, Zärtlichkeiten,
Fallschirme, Küsse.

Nichts ist als der Schritt eines Tages zum andern,
eine einsame Flasche, die durch die Meere wandert,
und ein Eßzimmer, wohin Rosen gelangen,
ein Eßzimmer, übriggelassen
wie eine Gräte; ich rede
von einem zersprungenen Trinkglas, von einer Gardine,
von der Tiefe
eines verödeten Zimmers, durch das ein Fluß strömt
und die Steine mit sich reißt. Es ist ein Haus,
das auf den Grundfesten des Regens steht,
ein zweistöckiges Haus mit unumgänglichen Fenstern
und Schlinggewächsen von unbedingter Treue.

Ich gehe durch die Abende, ich trete ein,
voll Schmutz und Tod,
das Erdreich mit mir schleifend und seine Wurzeln,
seinen nichtbegrenzten Bauch, in dem Leichen
beim Weizen schlafen,
Metalle, abgestürzte Elefanten.

Aber vor allem ist da ein schreckliches,
ein schrecklich verödetes Eßzimmer
mit zersprungenen Ölkrügen,
und der Essig rinnt unter den Stühlen hin,
einem zurückgehaltenen Mondstrahl,
etwas Dunklem, und ich suche
in mir nach einem Vergleich:
vielleicht ist es ein Laden, ganz von Meer umringt,
und Salzlake trieft aus zerschlissenen Tüchern.
Es ist nur ein verödetes Eßzimmer
und ringsherum sind endlos Weiten,

untergetauchte Fabrikhallen, Hölzer,
die allein ich kenne,
weil ich traurig bin und unterwegs
und die Erde kenne und ich traurig bin.

MUTTERSCHAFT

Warum stürzt du dich in die Mutterschaft und bekundest
deine dunkle Säure durch oft fatales Gewicht?
Die Zukunft der Rosen ist da! Die Zeit
von Netz und Blitz! Die sanften Bitten
der umsonst ernährten Blätter!
Ein übermäßger Strom
durchläuft Stockwerke und Körbe,
wobei er Leidenschaft weckt und Unheil
mit seiner schweren Flüssigkeit und seinem Tropfenwurf.

Ich spreche von einer unerwarteten Jahreszeit,
die gewisse Knochen besiedelt, gewisse Hände,
gewisse Matrosenkleider.

Nun, da ihr Funkeln schon die Rosen verändert,
da es ihnen Brot und Steine gibt und Tau,
o finstre Mutter, komm her,
eine Maske in der linken Hand,
die Arme voller Schluchzen.

Ich möchte, daß durch Flure du, wo niemand
starb, hindurchgehst, durch ein Meer ganz ohne Fische,
ohne Schuppen, ohne Schiffbrüchige,
durch ein Hotel ohne Schritte,
durch einen Tunnel ohne Rauch.

Für dich ist jene Welt bestimmt, in der niemand geboren
wird,
in der es keine tote
Blumenkrone gibt und keine Gebärmutterblüte,
dein ist dieser Planet, von Haut und Steinen voll.

Dort gibt es Schatten für alle Leben.
Gibt es Kreisläufe aus Milch und Bauten aus Blut
und Türme aus grüner Luft.
Gibt es Stille in den Mauern und große bleiche Kühe
mit Eutern voll Wein.

Dort gibt es Schatten, auf daß der Zahn
daure in der Kinnlade und eine Lippe auf der andern,
daß dein Mund reden darf ohne zu sterben
und dein Blut nicht nutzlos sich verströme.

O dunkle Mutter, triff
mit zehn Messern in mein Herz,
hierher, dieser hellen Zeit entgegen,
diesem aschenlosen Frühling zu.

Bis seine schwarzen Hölzer du zerbrichst,
ruf in mein Herz, bis eine Landkarte
aus Blut und überflutendem Haar
die Höhlungen befleckt und das Dunkel,
bis seine Scheiben weinen, schlag daran,
bis seine Nadeln sich verstreun.

Das Blut hat Finger, und es öffnet Schächte
in der Erde.

KRANKHEITEN IN MEINEM HAUSE

Wenn das Verlangen nach Freude mit seinen Rosenzähnen
die Schwefel annagt, die viele Monate lang niederfielen,
und sein natürliches Netz, sein tönendes Haar
in meine erloschenen Zimmer mit dumpfem Schritt gelangen,
pocht dort die Rose aus verfluchtem Draht
mit Spinnen an die Wände,
und das zersprungene Glas befeindet das Blut
und des Himmels Krallen häufen sich so,
daß man nicht hinausgehen kann, daß man sich keiner
sinnvollen Sache zuwenden kann,
so dichter Nebel ist, der von Vögeln schweifende
kotbesudelte Nebel,
so viel in Essig verwandelter Dunst ist
und saure Luft, die die Treppen durchlöchert:
in diesem Augenblick, da der Tag niederstürzt mit
vernichteten Schwingen,
ist nichts als Weinen, nichts weiter als Weinen,
denn nur zu leiden, einzig zu leiden ist,
und nichts weiter als Weinen.

Das Meer bemüht sich, jahrelang einen Vogelfuß zu treffen,
und es peitscht das Salz und der Schaum verschlingt,
die Wurzeln eines Baumes packen eine Mädchenhand,
die Wurzeln eines Baumes, größer als eine Mädchenhand,
größer als eine Hand des Himmels,
und das ganze Jahr hindurch sind sie am Werk, jeden Mond-Tag
steigt Mädchenblut in die vom Mond befleckten Blätter auf,
und ein Planet mit gräßlichen Zähnen ist da,
der das Wasser vergiftet, in das die Kinder fallen,
wenn Nacht ist und es nichts gibt als den Tod,
nur den Tod und weiter nichts als Weinen.

Wofern in der Stille nur ein Weizenkorn, wen
aber um Gnade flehen für ein Weizenkorn?

Seht, wie die Dinge sind: So viele Züge,
so viele Spitäler mit gebrochnen Knien,
so viele Kammern voll sterbender Menschen:
dann also, wie? wann?
wen um ein paar Augen bitten von der Farbe eines kühlen Monats,
und um ein Herz, von der Größe schwankenden Korns?
Nur Räder sind und Erwägungen,
langsam gesteigerte Ernährung,
Sternlinien, Gläser,
in die nichts fällt, nur die Nacht,
nichts weiter als der Tod.

Man muß den gebrochenen Schritt durchhalten.
Unter Dächern und Traurigkeiten einherziehn, während
ein glühendes Ding mit nassen Flammen brennt,
ein Ding unter Stoffetzen, die wie Regen traurig,
etwas, das brennt und schluchzt,
ein Symptom, ein Schweigen.
Zwischen aufgegebenen Gesprächen und geatmeten Gegenständen,
zwischen den eitlen Blumen, die das Schicksal krönt und preisgibt,
ist ein Strom, der in eine Wunde stürzt,
ist das Weltmeer, das eines zerbrochenen Pfeiles Schatten peitscht,
ist der ganze Himmel, der einen Kuß aushöhlt.

Helft ihr mir, Blätter, die mein Herz in aller Stille bewundert hat,
rauhe Pfade, ihr Winter des Südens, Haarflut
von Frauen, naß von meinem irdischen Schweiß,
Südmond des blattlosen Himmels,
kommt zu mir mit einem Tag ohne Schmerzen,
mit einer Minute, in der ich meine Adern wiedererkennen kann.

Ich bin ermüdet von einem Tropfen,
bin verwundet an einem einzigen Blütenblatt,
und durch ein Nadelöhr steigt ohne Trost ein Blutstrom auf,
und ich ertrinke in den Fluten des Taus, der im Schatten verwest,
und um eines Lächelns willen, das nicht gelingt, um einen
        süßen Mund,
um ein paar Finger, die der Rosenstrauch lieben würde,
schreibe ich dieses Gedicht, das nur ein Klagen ist,
nichts als ein Klagen.

III ODE MIT EINER KLAGE

O Mädchen unter den Rosen, du Drängen von Tauben,
du Kerker von Fischen und Rosenstöcken,
deine Seele ist eine Flasche voll durstigem Salz,
und eine Glocke voll Trauben ist deine Haut.

Zu meinem Mißgeschick habe ich dir nichts als Fingernägel
        zu schenken,
als Wimpern oder hinschmelzende Klaviere,
oder Träume, die aus meinem Herzen nur so sprudeln,
staubbedeckte Träume, die wie schwarze Reiter
        einhersprengen,
Träume voller Hast und Unglück.

Nur mit Küssen und Mohnblüten kann ich dich lieben,
mit Girlanden, von Regen naß,
aschgraue Pferde in meinem Blick und gelbe Hunde.
Nur mit Wogen im Rücken kann ich dich lieben,
zwischen dumpfem Gepoch von Schwefel und tiefsinnenden
        Gewässern
schwimme ich gegen die Friedhöfe an, die auf gewissen
        Flüssen treiben

mit nassem Gras, das über die traurigen gipsernen Gräber
wuchert,
schwimme ich quer durch untergegangene Herzen
und bleiche Formulare über unbeerdigte Kinder.

Viel Tod ist, viel Begräbnis
in meinen hilflosen Leidenschaften und trostlosen Küssen,
da ist das Wasser, das auf mein Haupt fällt,
während mein Haar wächst,
ein Wasser wie die Zeit, ein schwarzes hinwütendes Wasser
mit einer nächtlichen Stimme, mit einem Vogelschrei
im Regen, mit dem endlosen
Schatten einer nassen Schwinge, der meine Knochen schützt:
während ich mich ankleide, während
ich unaufhörlich in den Spiegeln und den Scheiben mich
betrachte,
höre ich, wie mir jemand folgt und schluchzend nach mir ruft
mit trauriger Stimme, morsch von der Zeit.

Du stehst aufrecht auf der Erde, voll
von Zähnen und Blitzen.
Du streust deine Küsse aus und bringst die Ameisen um.
Du weinst aus Gesundheit, aus Zwiebelfülle und Biene,
aus Fibelglut.
Du bist wie ein blaues und grünes Schwert,
und wenn man dich anrührt, wogst du wie ein Strom.

Komm zu meiner weißgekleideten Seele mit einem Zweig
blutiger Rosen und Schalen voll Asche,
komm mit einem Apfel und einem Pferd,
denn hier sind ein dunkles Zimmer und ein zersprungener
Leuchter,
ein paar krumme Stühle, die auf den Winter warten,
und eine tote Taube, mit einer Ziffer.

HOCHZEITLICHE MATERIE

Aufrecht wie ein Kirschbaum ohne Rinde, ohne Blüte,
außergewöhnlich, entflammt, mit Adern und Speichel
und Fingern und Hoden,
blicke ich auf ein Mädchen aus Papier und Mond,
flach hingestreckt, zitternd und atmend und weiß,
und auf die Spitzen der Brüste wie zwei voneinander
getrennte Ziffern
und die rosenfarbene Vereinigung ihrer Schenkel, wo
ihre Scham mit nächtlichen Wimpern schlägt.

Bleich und uferlos
spüre ich Worte untergehen in meinem Mund,
Worte wie ertrunkene Kinder,
und Fahrtstrich und Fahrtstrich und Zähne lassen Schiffe
anwachsen
und Wasser und Himmelsstrich wie Vergluten.

Ich werde sie wie ein Schwert hinlegen, wie einen Spiegel,
ich werde bis in den Tod ihre furchtsamen Schenkel spreiten,
und ihre Ohren und ihre Adern beißen,
ich werde sie zurücksinken lassen mit geschlossenen Augen
in einen dichten Fluß grünen Samens.

Ich werde sie mit Mohnblüten überschwemmen und Blitzen,
mit Knien sie umhüllen, mit Lippen, mit Nadeln,
ich werde weinend in sie dringen Stück für Stück der
Epidermis
mit frevelhaftem Druck und durchtränkten Haaren.

Ich werde sie jagen, daß sie durch Nägel und Seufzer flieht,
dem Niemals zu, dem Nichts zu,
daß sie aufklimmt am weichen Mark und Oxygen,
an Erinnerungen und Beweggründe sich klammert

wie eine einzelne Hand, wie ein abgetrennter Finger,
der einen Nagel aus hilflosem Salz regt.

Sie soll im Schlaf über Wege aus Haut laufen
in ein Land aus aschgrauem Gummi und Asche,
mit Messern und Laken und Ameisen kämpfend
und mit Augen, die in sie sinken wie Tote,
und mit Tropfen einer schweren Materie, die hingleiten
wie blinde Fische oder Kugeln aus schwerem Wasser.

SEXUELLES WASSER

Rinnend in einzelnen schweren Tropfen,
in Tropfen wie Zähne,
in dicken Tropfen aus Sirup und Blut,
rinnend in schweren Tropfen
fällt das Wasser
wie ein Schwert in Tropfen,
wie ein zerreißender Fluß aus Glas,
fällt es ätzend,
und trifft die Achse der Symmetrie, heftet sich an die Nähte
der Seele,
wobei es aufgegebene Dinge zerbricht, das Dunkel durch-
tränkt.

Es ist nur ein Hauch, feuchter als Träne,
eine Flüssigkeit, ein Schweiß, ein namenloses Öl,
eine heftige Bewegung,
sich schaffend, sich verdichtend,
fällt das Wasser
in langsamen schweren Tropfen
seinem Meere zu, seinem trockenen Weltmeer zu,
seiner wasserlosen Woge.

Ich sehe den weitgedehnten Sommer, und aus einem
Kornboden kommt ein Keuchen,
sehe Kellereien, Zikaden,
Dörfer, Anreize,
Wohnungen, Mädchen,
die mit den Händen auf dem Herzen schlafen,
von Räubern träumen, von Feuersbrünsten,
ich sehe Schiffe,
sehe Bäume aus Mark
wie wütende Kater gesträubt,
ich sehe Blut, Dolche und Damenstrümpfe
und Männerhaare,
ich sehe Betten, sehe Gänge, wo eine Jungfrau kreischt,
ich sehe wollene Bettdecken und Organe und Hotels.

Ich sehe die verschwiegenen Träume,
ich nehme die letzten Tage hin
und ebenso die Anlässe, und ebenso die Erinnerungen,
wie ein mit Gewalt gräßlich aufgerissenes Augenlid
sehe ich zu.

Und alsdann ist da dieser Laut:
ein rotes Knacken von Knochen,
aneinanderklebendes Fleisch,
und gelbe Schenkel, die sich wie Ähren vermengen.
Ich lausche unter dem Schuß der Küsse,
lausche, zwischen Atemstößen geschüttelt und Seufzern.

Ich schaue zu, ich höre zu,
die Seele halb im Meer, die Seele halb in der Erde,
und mit beiden Hälften der Seele blicke ich auf die Welt.

Und obwohl ich die Augen verschließe und mein Herz
ganz verdecke,
sehe ich ein dumpfes Wasser fallen,
in dumpfen Tropfen.

Es ist wie aus Gallertmasse ein Orkan,
wie ein Katarakt aus Sperma und Medusen.
Ich sehe einen trüben Regenbogen rinnen.
Ich sehe seine Wasser durch die Knochen filtern.

IV DREI MATERIALE GESÄNGE

Zugang zum Holz

Kaum mit meiner Vernunft, mit meinen Fingern,
mit langsam überschwemmten langsamen Wassern,
sink ich ins Reich der Vergißmeinnicht,
in eine beharrliche Sphäre der Trauer,
in einen vergessenen verfallnen Raum,
in ein Büschel Bitterklee.

Ich sinke ins Dunkel, mitten
unter zerstörte Dinge
und erblicke Spinnen, und hüte Wälder
aus geheimen unvollendeten Hölzern
und gehe einher zwischen feuchten Fasern,
dem lebendigen Dasein aus Substanz und Schweigen
entrissen.

Sanfte Materie, o Rose mit trocknen Schwingen,
in meinem Versinken steige ich zu deinen Blütenblättern auf
mit Füßen, schwer von roter Müdigkeit,
in deiner harten Kathedrale knie ich nieder
und stoße mir die Lippen an einem Engel.

Ich bins, der da vor deiner Weltfarbe steht,
vor deinen bleichen toten Schwertern,
vor deinen versammelten Herzen,
vor deiner schweigsamen Vielfalt.

Ich bin es, der da stirbt vor deiner Düfte Woge,
die eingehüllt in Herbst und Widerstreben:
ich bins, der eine Begräbnisfahrt beginnt,
zwischen deinen gelb vernarbten Wunden:

Ich bin es, der mit seinen Klagen ohne Anfang,
ohne Nahrung, schlaflos, allein,
in verdunkelte Gänge tretend,
zu deiner geheimnisvollen Substanz gelangt.

Ich sehe deine trocknen Strömungen sich regen,
ich sehe gehemmte Hände wachsen,
ich hör das Ächzen deiner ozeanischen
Gewächse, von Nacht geschüttelt und von Zorn,
und spüre Blätter ihrem Innern zu sterben,
grüne Stoffe sich einverleibend
deiner schutzlos verlaßnen Reglosigkeit.

Poren, Masern, Kreisläufe der Sanftheit,
schwere, schweigsame Temperatur,
Pfeile, verhaftet deiner gefallenen Seele,
Wesen, schlummernd an deinem massigen Mund,
Staub süßen verzehrten Marks,
Asche voll erloschener Seelen,
kommt zu mir, in meinen maßlosen Traum,
fallt in meinen Alkoven, in den die Nacht fällt
und fällt unaufhörlich wie zersplittertes Wasser,
und bindet mich an euer Leben, an euren Tod,
an eure unterworfenen Stoffe,
an eure toten unbeteiligten Tauben,
und laßt uns Feuer entfachen, und Stille, und Klang,
und laßt uns brennen, und laßt uns schweigen, und Glocken.

Lobpreis des Sellerie

Vom reinen Zentrum, das nie Geräusche
durchdrangen, vom unversehrten Wachs
gehen Blitze aus, hell und linear,
Tauben mit Spiralenschicksal,
abendlichen Straßen mit Schatten-
und Fischgeruch entgegen.

Es sind des Sellerie Adern! Es sind der Schaum, das Lachen,
des Sellerie Hüte!
Es sind des Sellerie Zeichen, sein Leuchtkäfer-
geschmack, seine Erdkarten
von überschwemmter Farbe,
und es fällt sein Haupt eines grünen Engels
und seine feinen Locken sind voll Angst,
und auf die Märkte des versehrten Morgens kommen
des Sellerie Füße unter Schluchzen,
es schließen sich, wenn er vorbeikommt, die Türen,
und die sanften Pferde sinken auf die Knie.

Seine abgeschnittnen Füße gehen weg, seine grünen Augen
verstreuen sich, in ihnen für immer sind
die Geheimnisse versunken und die Tropfen:
des Meeres Schächte, aus denen aufwärtssteigen
die Treppen, die der Sellerie berät,
die unglückseligen ertrunknen Schatten,
die Entschlüsse in des Luftraums Mitte,
die Küsse in der Tiefe der Steine.

Um Mitternacht pocht jemand
mit nassen Händen an meine Tür im Nebel
und ich höre des Sellerie Stimme, tiefe Stimme,
rauhe Stimme gefangenen Windes,
er klagt, von Wassern versehrt und Wurzeln,
und versenkt in mein Bett seine bitteren Strahlen,

und seine regellose Schere bohrt in meine Brust
auf der Suche nach dem Mund meines ertrunkenen Herzens.

Was willst du, Gast mit zerbrechlichem Schnürleib,
in meinen Zimmern voller Trauer?
Welch zerstörte Sphäre ist rings um dich?

Fibern aus Finsternis und weinendem Licht,
blinde Säume, krause Energien,
Strom von Leben und wesenhaften Fasern,
grüne Triebe aus geliebter Sonne,
hier bin ich, in der Nacht, Geheimnissen lauschend,
Schlaflosigkeiten, Einsamkeiten,
und ihr drängt mitten im gesunkenen Nebel herein,
bis ihr aufwachst in mir, bis ihr mich teilhaftig macht
des dunklen Lichts und der Rose dieser Erde.

Statut des Weins

Wenn auf Erdstriche, wenn auf Opfer
dunkelviolette Flecke wie Regen fallen,
öffnet der Wein die Tore voll Erstaunen,
und in die Zuflucht der Monate aufsteigt
sein Leib mit roten eingetauchten Schwingen.

Seine Füße berühren Mauern und Dachziegel
mit der Feuchte ertränkter Zungen,
und auf die Schneide des nackten Tags
fallen seine Bienen in Tropfen.

Ich weiß, daß beim Nahen des Winters
der Wein nicht laut schreiend flieht,
noch sich in finsteren Kirchen verbirgt,
um Feuer zu holen in weggeworfenen Lumpen,

sondern daß er über die Jahreszeit hin,
über den Winter fliegt, der nun da ist,
einen Dolch zwischen den harten Brauen.

Ich gewahre schweifende Träume,
ich erkenne von fern
und ich sehe vor mir hinter den Scheiben
Versammlungen elender Kleider.

Zu ihnen gelangt die Kugel des Weines nicht,
sein wirksamer Mohn, sein roter Strahl
sterben, erstickt in trostlosen Geweben,
und durch einsame Kanäle ergießt sich
durch nasse Gassen, in namenlose Flüsse
der bitterlich versunkene Wein,
der blinde und unterirdische und einsame Wein.

Ich stehe aufrecht auf seinem Schaum und seinen Wurzeln,
ich weine in sein Laub und auf seine Toten,
in Begleitung von Schneidern, die hinstürzten
mitten im ehrlosen Winter,
ich steige Treppen aus Nässe und Blut empor,
die Wände erwägend,
und in der Trübnis der Zeit, die da naht,
knie ich hin auf einen Stein und weine.

Und im Gewand vergänglicher Metalle
ich wandre ätzenden Stollen zu,
einsamen Kellern zu, Träumen zu,
grünpochenden Harzen der Erde zu,
gleichgültigen Eisenschmieden zu,
dem Geschmack nach Schlamm und Kehle zu,
unvergänglichen Faltern entgegen.

Da tauchen sie auf, die Männer des Weins,
mit maulbeerfarbenen Gürteln

und Hüten aus zerfaserten Bienen,
und sie tragen Gläser voll toter Augen herbei
und entsetzliche Schwerter aus Salzlake,
und sie begrüßen sich mit heiseren Hörnern
und singen Lieder von hochzeitlicher Absicht.

Mir gefällt der heisere Gesang der Männer des Weins
und das Geklirr nasser Münzen auf dem Tisch
und der Ruch nach Schuhen und Trauben
und nach grünem Erbrechen:
mir gefällt der blinde Gesang der Männer
und dieser Klang von Salz, der an die Wände
pocht der sterbenden Frühe.

Ich spreche von Dingen, die da sind, Gott bewahre mich,
Dinge zu erdichten, wenn ich singe!
Ich spreche von dem Speichel, der auf den Wänden rinnt,
ich spreche von weichen Strümpfen der Gassenhuren,
ich spreche vom Chor der Männer des Weins,
die auf den Sarg trommeln mit einem Vogelknochen.
Und ich bin mitten drin in diesem Gesang, mitten
im Winter, der durch die Gassen rollt,
ich bin inmitten der Zecher,
offenen Augs vergessenen Orten zugewandt,
oder in herzzerreißender Trauer gedenkend,
oder hinabgesunken in Aschen, schlafend.

Nächten gedenkend, Schiffen, Saaten,
gestorbener Freunde, Umständen,
bitterer Spitäler und halb gespreiteter Mädchen:
gedenkend eines Wogenschlags gegen einen bestimmten Fels
mit einem Schmuck aus Mehl und Schaum,
und des Lebens, das man in gewissen Ländern führt,
an gewissen einsamen Küsten,
eines Sternentons in Palmenwäldern,
eines Herzschlags hinter Fensterscheiben,

eines Zuges, der düster vorbeifährt mit verfluchten Rädern
und vieler trauriger Dinge solcher Art.

An die Nässe des Weins in den Morgenfrühen,
an die von den Wintertagen oft angenagten Wände,
die einstürzen werden, in den zweifellos verlassenen Bodegas,
an jenes Vermögen des Weins rühren Kämpfe
und abgenutzte Metalle und stumpfe Gebisse,
und es gibt ein Getümmel zerstörter Einwände,
es gibt ein wildes Wehklagen von Flaschen
und ein Verbrechen, das herabhängt wie eine Peitsche.

Der Wein bohrt seine schwarzen Dornen fest
und läßt seine grausigen Stacheln umherstreifen
zwischen Dolchen, in Mitternächten,
unter heiseren umhergetriebenen Kehlen,
unter Zigarren und zerrauftem Haar,
und wie Meereswoge schwillt seine Stimme an,
Tränen heulend und Leichenhände.

Und dann rinnt der verfolgte Wein dahin,
und an den Hufeisen zerreißen
seine haltbaren Schläuche, und stumm läuft der Wein hinweg,
und seine Fässer, in beschädigte Schiffe, in denen die Luft
Gesichter zerfrißt, Mannschaften in Schweigen,
und der Wein flieht über die Landstraßen hin,
durch die Kirchen, zwischen Kohlenhalden,
und es fallen seine amarantenen Federn aus,
und sein Mund maskiert sich mit Schwefel,
und er loht in begangenen Straßen, der Wein,
auf der Suche nach Brunnen, Schächten, Ameisen,
Mündern trauriger Toter,
durch sie ins Blau der Erde zu gelangen,
wo der Regen und die Abgeschiedenen sich vermengen.

V ODE AN FEDERICO GARCÍA LORCA

Könnte ich weinen vor Angst in einem einsamen Haus,
könnte ich meine Augen ausreißen und sie verschlingen,
ich täte es, um deiner Stimme eines trauernden
Orangenbaums willen
und um deiner Dichtung willen, die auftritt mit Schreien.

Weil man um deinetwillen die Hospitäler blau malt
und Schulen und maritime Vorstädte wachsen
und verwundete Engel sich mit Federn schmücken
und hochzeitlich Fische sich in Schuppen hüllen
und Seeigel himmelwärts fliegen:
die Schneiderläden mit ihren schwarzen Membranen
füllen sich um deinetwillen mit Löffeln und Blut
und schlucken zerbrochene Bänder und töten sich mit Küssen
und kleiden sich in Weiß.

Wenn du fliegst, gekleidet in Pfirsich,
wenn du lachst ein Lachen wie Reis im Sturm,
wenn zum Singen Arterien und Zähne,
Kehle und Finger du schüttelst,
könnt ich sterben für die Süße, die du bist,
könnt ich sterben bei den roten Seen,
wo du zur Mitte des Herbstes lebst
mit einem gestürzten Roß und einem blutigen Gott,
sterben könnte ich bei den Friedhöfen,
die wie äscherne Flüsse fließen
mit Wasser und Gräbern
nachts zwischen ertrunkenen Glocken:
Flüsse voll wie Schlafsäle
von kranken Soldaten, fließend
todwärts mit marmornen Nummern
und fauligen Kronen und Totenöl:
sterben könnt ich, um dich nachts zu sehen
im Anschaun der Drift überfluteter Kreuze,

stehend und weinend,
denn am Flusse des Todes weinst du
verlassen, verwundet,
weinst du weinend, mit Augen erfüllt von
Tränen, Tränen, Tränen.

Könnte ich nachts, verloren, allein,
mit einem schwarzen Schornstein
Schatten und Rauch und Vergessen
über Züge und Schiffe häufen
Asche beißend,
ich täte es für den Baum, an dem du wächst,
für die Nester goldener Wasser, die du sammelst,
und für den Wein, der sich um dein Gebein rankt,
dir sagt das Geheimnis der Nacht.

Städte mit dem Geruch feuchter Zwiebeln
warten deiner, daß du heiser singend vorbeiziehst,
und grüne Schwalben nisten in deinem Haar,
und lautlose Schiffe voll Sperma folgen dir,
und sonst gehen Schnecken und Wochen,
gerollte Masten und Kirschen
endgültig um, wenn dein fahles Haupt
auftaucht mit fünfzehn Augen
und dem Mund, von Blut überschwemmt.

Könnt ich die Rathäuser mit Ruß füllen
und schluchzend die Uhren herunterreißen,
ich täts, um zu sehn wie zu deinem Haus
kommt Sommer mit zerbrochenen Lippen,
kommen viele Leute in Sterbegewändern,
kommen Gegenden traurigen Glanzes,
kommen tote Pflüge und Mohn,
kommen Totengräber und Reiter,
kommen Planeten und Landkarten mit Blut,
kommen Taucher, bedeckt mit Asche,

kommen Masken, die Mädchen schleppen,
durchbohrt von langen Messern,
kommen Wurzeln, Adern, Hospitäler,
Brunnen, Ameisen,
kommt Nacht mit dem Bett, darauf
ein einsamer Husar zwischen Spinnen stirbt,
kommt eine Rose aus Haß und Nadeln,
kommt ein gelbliches Schiff,
kommt ein windiger Tag mit einem Kind,
komme ich mit Oliverio, Norah,
Vicente Aleixandre, Delia,
Maruca, Malva Marina, Maria Luisa und Larco,
La Rubia, Rafael Ugarte,
Cotapos, Rafael Alberti,
Carlos, Bebé, Manolo Altolaguirre,
Molinari,
Rosales, Concha Mendez
und anderen, die ich vergaß.
Laß mich dich krönen, Jüngling,
voller Gesundheit und Schmetterlinge. Jüngling, rein
wie der schwarze Strich eines Blitzes frei ohne Ende.
Und wenn wir miteinander reden
nun, da niemand mehr zwischen den Felsen zurückblieb,
laß unsere Worte einfach sein, wie du bist und ich bin:
Wofür sind Dichtungen gut, wenn nicht für den Tau?

Wofür sind Dichtungen gut, wenn nicht für die Nacht,
da uns ein bitterer Dolch trifft, für jenen Tag,
das Zwielicht, jene verfallene Ecke,
da das Herz des Menschen bang sich zum Tode bereitet?

Über allem nachts,
nachts gibt es viele Sterne,
alle in einem Strom,
wie ein Band an den Fenstern
der Häuser, voll von armen Leuten.

Jemand ist gestorben, vielleicht
haben sie ihre Stellung verloren in den Büros,
in den Hospitälern, in den Fahrstühlen,
in den Gruben,
Menschenwesen leiden brutal verletzt,
und böse Absicht und Weinen ist überall,
während die Sterne in unendlichem Strom hinfließen,
ist viel Weinen in den Fenstern,
die Schwellen sind abgenützt vom Weinen,
die Zimmer sind feucht vom Weinen,
das wellenhaft kommt die Teppiche zu zernagen.

Federico,
du siehst die Welt, die Straßen,
den Essig,
die Abschiede in den Bahnhöfen,
wenn der Rauch seine Räder der Entscheidung hebt
dahin, wo es nur
Steine gibt, Schienen, Trennungen.

So viele Leute stellen Fragen
überall.
Da ist der blutbespritzte Blinde, und der Zornige und
der Entmutigte,
und der Unglückliche, der benagelte Baum,
der Bandit mit Neid auf dem Rücken.

So ist das Leben, Federico –
das ist alles,
was die Freundschaft eines melancholischen männlichen Mannes
dir bieten kann.
Du hast schon vieles selber erfahren,
und anderes wirst du nach und nach begreifen, mit der Zeit.

ALBERTO ROJAS JIMÉNEZ NAHT IM FLUGE

Zwischen Fittichen, die schrecken, inmitten von Nächten
zwischen Magnolien, inmitten von Telegrammen,
zwischen polarem Süd und meerischem West,
nahst du im Fluge.

Unter den Gräbern hin, unter den Aschen,
unter den eisstarren Schnecken,
unter den letzten Wassern des Erdreichs
nahst du im Fluge.

Tiefer noch, zwischen ertrunkenen Mädchen
und blinden Gewächsen, vernichteten Fischen,
tiefer noch, zwischen Wolken erneut
nahst du im Fluge.

Jenseits des Bluts und der Knochen,
jenseits des Brotes, jenseits des Weins,
jenseits des Feuers
nahst du im Fluge.

Jenseits von Essig und Tod,
inmitten von Fäulnis und Veilchen,
mit deiner göttlichen Stimme und deinen nassen Schuhn
nahst du im Fluge.

Über Abordnungen hin und Apotheken
und Räder und Advokaten und Schiffe
und rote frisch gezogene Zähne
nahst du im Fluge.

Über Städte mit eingefallenem Dachwerk,
wo stattliche Frauen aufflechten ihr Haar
mit breiten Händen und beschädigten Kämmen,
nahst du im Fluge.

An Kellereien vorbei, wo in der Stille
der Wein reift mit lauen und trüben Händen,
mit langsamen Händen aus rotem Holz,
nahst du im Fluge.

Unter verschollenen Fliegern,
längs der Kanäle und Schatten,
anseiten begrabner Lilien
nahst du im Fluge.

Unter Flaschen von bitterer Farbe,
unter Anisringen hin und Unglück,
die Hände zum Himmel erhoben und klagend,
nahst du im Fluge.

Über Dentisten und Versammlungen hin,
über Kinos und Tunnels und Ohren,
mit neuem Gewand und erloschenen Augen
nahst du im Fluge.

Über deinen Friedhof ohne Gemäuer,
auf dem sich die Matrosen verirren,
während der Regen fällt deines Todes,
nahst du im Fluge.

Während der Regen von deinen Fingern fällt,
während der Regen von deinen Knochen fällt,
während dein Knochenmark und dein Lachen fällt,
nahst du im Fluge.

Über die Steine, in denen du hinschmilzt,
zeitabwärts eilend, winterhinab,
während dein Herz hinabfällt in Tropfen,
nahst du im Fluge.

Dort, von Zement umgeben
und schwarzen Schreiberseelen und wütenden
Reiterknochen, dort bist du nicht:
du nahst im Fluge.

O meerischer Mohn, du mir Verwandter,
o Gitarrenspieler, bienenbekleidet,
soviel Schatten in deinem Haar ist nicht wahr:
du nahst im Fluge.

Soviel dich jagender Schatten ist nicht wahr,
so viele tote Schwalben sind nicht wahr,
soviel dunkles Land voll Jammer:
du nahst im Fluge.

Der schwarze Wind von Valparaíso
spreitet die Schwingen aus Kohle und Schaum,
den Himmel zu fegen, wo du vorbeikommst:
du nahst im Fluge.

Dampfschiffe sind und Kälte von toter See
und Pfiffe und Monate und ein Geruch
nach Regenfrühe und schmutzigen Fischen:
du nahst im Fluge.

Rum gibt es, und du und ich und meine Seele, in der
ich weine,
und niemand und nichts, nur eine Treppe
mit zerborstenen Stufen, und einen Schirm:
du nahst im Fluge.

Dort ist das Meer. Nachts steig ich hinab und hör dich
kommen im Fluge unter dem Meer, mutterseelenallein
unter dem Meer, das in mir verfinstert haust:
du nahst im Fluge.

Ich hör deine Schwingen und deinen ruhigen Flug,
und das Wasser der Toten trifft mich
wie nasse, wie blinde Tauben:
              du nahst im Fluge.

Du nahst im Fluge, verlassen, allein,
unter Toten allein, allein für immer
du nahst im Fluge, schatten- und namenlos,
ohne Mund, ohne Zucker, ohne Rosengesträuch,
              du nahst im Fluge.

DER AUSGEGRABENE

Ehrung des Grafen von Villamediana

Wenn die Erde, voll von nassen Lidern,
zu Asche wird und harter gesiebter Luft,
und die dürren Erdschollen und Gewässer,
die Brunnen, die Metalle
ihre verheerten Toten endlich wieder hergeben,
möchte ich ein Ohr, ein Auge,
ein verwundetes schwankendes Herz,
das Loch eines Dolches, vorzeiten in einen Leib
geschlagen, der seit langem vernichtet und allein,
möchte ich ein paar Hände, das Wissen von Nägeln,
einen Mund aus Schreck und sterbendem Mohn,
möchte ich sehen, wie aus nutzlosem Staub
ein heiserer Baum mit geschüttelten Adern sich aufrichtet,
ich möchte von der bittersten Erde,
zwischen Schwefel, Türkis und roten Wogen
und Wirbeln von stummer Kohle
möchte ich ein Fleisch, das Flammen heulend,
seine Knochen erweckt
und einen besonderen Geruchssinn, der etwas aufspürt,

und ein von Erde blindes Augenlicht,
das hinter einem dunklen Augenpaar hereilt,
und ein jähes Gehör wie eine wütende rasende
maßlose Auster,
die auffährt, dem Donner entgegen,
und ein reines Tastgefühl, zwischen Salzen verloren,
das hervorkommt und auf einmal Brüste berührt und Lilien.

O Tag der Toten! O Abstand, dem zugewandt
die tote Ähre liegt mit ihrem Duft nach Blitz,
o Stollen, die ein Nest hergeben
und einen Fisch und eine Wange und einen Degen,
alles zermahlen im chaotischen Durcheinander,
alles hoffnungslos zerfallen,
alles im unfruchtbaren Schlund ernährt
zwischen den Zähnen der harten Erde.

Und die Feder zu ihrem sanften Vogel
und der Mond zu seinem Gürtel und der Duft zu seiner
Gestalt,
und unter die Rosen zurückkehrt der Ausgegrabene
der Mann voll versteinerter Algen,
und zu ihren beiden Höhlen seine Augen.

Nackt liegt er da,
seine Kleider unauffindbar im Staub,
und seine zerborstene Rüstung ist an den Grund der Hölle
gerollt,
und sein Bart ist gewachsen wie herbstens die Luft,
und selbst sein Herz noch möchte in Äpfel beißen.

Von seinen Knien, seinen Schultern hängen
Anhängsel aus Vergessen, Fasern des Erdreichs herab,
Streifen von zersplittertem Glas und Aluminium,
Krusten von bitteren Leichen,
Beutel zu Eisen verwandelten Wassers:

und Gruppen schrecklicher Mäuler,
umhergestreut und blau,
und angstvolles Korallengezweig
bilden die Krone für sein grünes Haupt,
abgestorbene traurige Gewächse
und nächtliche Hölzer umgeben ihn,
und noch immer schlummern in ihm halboffene Tauben
mit Augen aus unterirdischem Zement.

Freundlicher Graf, im Nebel,
o neuerlich erwacht aus den Gruben,
o neuerlich trocken vom stromlosen Wasser,
o neuerlich ohne Spinnen!

Anbrechende Minuten knistern in deinen Füßen,
dein ermordetes Geschlecht richtet sich auf,
und du erhebst deine Hand, in der noch immer
des Meeresschaums Geheimnis lebt.

VI DIE UHR, DIE IM MEER VERSANK

Hier ist so viel so düsteres Licht im Raum,
und so viele plötzlich gelbe Erstreckungen,
weil kein Wind hinabsinkt,
keine Blätter atmen.

Ein im Meer gefangener Sonntag ist das,
ein Tag wie ein gesunkenes Schiff,
ein Tropfen Zeit, angefallen von Schuppen,
die grausam mit durchscheinender Nässe bedeckt sind.

Hier sind Monate ernstlich angehäuft in einem Gewand,
das, mit geschlossenen Augen weinend, wir zu riechen
begehren,

und Jahre sind in einem einzigen blinden Zeichen
des lagernden grünen Wassers:
hier ist die Zeit, die weder Finger einfingen noch das
Licht,
viel kostbarer als ein zerbrochner Fächer,
viel stummer als ein ausgegrabener Fuß,
hier ist die Brautzeit der aufgelösten Tage
in einer traurigen Gruft, von Fischen durchschwommen.

Unermeßlich sinken die Blütenblätter hinab der Zeit
wie flüchtige Schirme, die dem Himmel gleichen,
fast ist es, ringsum anschwellend,
eine nie gesehene Glocke,
eine überflutete Rose, eine Meduse, ein langer
zerbrochener Herzschlag:
aber das ist es nicht, es ist etwas, das unmerklich betastet
und sich verbraucht,
eine vage Spur ohne Klang, ohne Vögel,
ein Verhauchen von Düften und Rassen.

Die Uhr, die auf dem Land sich ins Moos gelegt,
und mit ihrer elektrischen Form an eine Hüfte gepocht,
nun geht sie, ausgeleiert und verletzt,
unter dem furchtbaren Wasser,
das da wogt, von innersten Strömungen zuckend.

DER HERBST KEHRT WIEDER

Ein trauerdüstrer Tag sinkt aus den Glocken
wie der zittrige Schleier einer unsteten Witwe,
es ist eine Farbe, ein Traum
von ins Erdreich versunkenen Kirschen,
ist ein Schwaden Rauch, der unablässig eintrifft,
das Wasser zu verfärben und die Küsse.

Ich weiß nicht, ob man mich versteht: wenn aus der Höhe
die Nacht sich nähert, der einsame Dichter
am Fenster das Streitroß des Herbstes einhersprengen hört
und die Blätter der zerstampften Angst in seinen Adern
knistern,
ist etwas am Himmel wie eines massigen Büffels
Zunge, etwas in der Ungewißheit des Himmels und der Luft.

Es kehren die Dinge wieder an ihren Platz,
der unumgängliche Anwalt, die Hände, das Öl,
die Flaschen,
all die Anzeichen des Lebens: vor allem die Betten,
sie sind voll einer blutigen Flüssigkeit,
die Menschen vertrauen ihr Geheimstes schmutzigen
Ohren an,
die Mörder kommen die Treppen herab,
doch das ist es nicht, sondern der alte Galopp,
das Roß des alten Herbstes, das zittert und durchhält.

Das Roß des alten Herbstes hat rotes Haar
und der Schaum der Furcht bedeckt seine Wangen,
die Luft, die ihm nachsetzt, hat Meeresgestalt
und riecht nach begrabenem flüchtigem Moder.

Täglich sinkt vom Himmel eine aschgraue Farbe nieder,
die die Tauben über die Erde verteilen müssen:
das Seil, das Tränen und Vergessen flechten,
die Zeit, die lange Jahre im Glockeninnern schlief,
alles,
die alten zerschlißnen Kleider, die Frauen, die den Schnee
kommen sehn,
die schwarzen Mohnblüten, die niemand anschauen kann
ohne zu sterben,
alles fällt auf die Hände, die ich emporhebe
mitten im Regen.

ES GIBT KEIN VERGESSEN (SONATE)

Wenn ihr mich fragt, wo ich gewesen bin,
muß ich sagen Es geschieht.
Muß ich vom Erdreich sprechen, das die Steine
verdunkeln,
vom Fluß, der in seinem Dauern sich zerstört:
ich kenne nur das, was die Vögel verlieren,
das zurückgelassene Meer oder meine weinende
Schwester.
Warum so viele Länder, warum reiht
ein Tag sich an den andern? Warum ballt
sich eine schwarze Nacht im Mund? Und weshalb Tote?
Wenn ihr mich fragt, woher ich komme, so muß ich mit
zerbrochnen Dingen mich bereden,
mit allzu peinlichem Werkzeug,
mit oftmals verwesten großen Tieren
und mit meinem bedrückten Herzen.

Nicht Erinnerungen sinds, die sich da kreuzten,
nicht die gelbliche Taube ists, die im Vergessen schläft,
sondern Gesichter voller Tränen,
Finger an der Kehle
und was aus den Blättern da zu Boden sinkt:
die Düsternis eines verstrichenen Tages,
eines mit unserem traurigen Blut ernährten Tages.

Hier gibt es Veilchen wohl und Schwalben,
all das, was uns gefällt und was mit langer Schleppe
auf den hübschen Postkarten erscheint,
auf denen die Zeit und die Lieblichkeit lustwandeln.

Aber laßt uns nicht hinter jene Zähne dringen,
laßt uns die Schalen nicht zerbeißen, die das Schweigen
häuft,
denn ich weiß nicht, was antworten:

es gibt so viele Tote
und soviel Molen, zerspalten von der roten Sonne,
und soviel Köpfe, die sich an Schiffen stoßen,
und soviel Hände, die Küsse eingesperrt,
und soviel Dinge, die ich vergessen will.

JOSIE BLISS

Blaue Farbe erloschener Fotografien,
blaue Farbe mit Blütenblättern und Spaziergängen
am Meer,
endgültiger Name, der in die Wochen fällt
stählernen Schlages, der sie tötet.

Welches Kleid, welcher Frühling streift vorüber,
welche Hand sucht unaufhörlich Brüste, Häupter?
Vergeblich sinkt der offenbare Rauch der Zeit,
die Jahreszeiten all vergeblich,
die Abschiede, wo niedergeht der Rauch,
die überstürzten Begebenheiten, die mit dem Degen warten:
auf einmal ist es
wie ein wirrer Überfall von Rothäuten,
der Horizont des Blutes schwankt, etwas ist da,
etwas erregt die Rosenstöcke, zweifellos.

Blaue Farbe von Augenlidern, die die Nacht gestreift hat,
Sterne aus verrottetem Kristall, Fetzen
Haut und schluchzende Schlinggewächse,
Farbe, die der Fluß, sich stoßend, in den Sand höhlt,
Blau, das bereitet hat die großen Tropfen.
Vielleicht lebe ich in einer Straße weiter, die die Luft
zum Weinen bringt
mit einer bestimmten unheilvollen Klage, so,
daß alle Frauen sich in fahles Blau einkleiden:

ich bin an diesem zugeteilten Tage da,
bin wie ein Stein da, auf den ein Büffel tritt,
wie ein zweifellos vergeßner Zeuge.

Schwingenblau eines Vogels aus Vergessen,
das Meer hat sein Gefieder ganz durchnäßt,
seine verdorbene Säure, seine Woge aus bleicher Schwere
bedrängt die Dinge, aufgeschichtet in Winkeln der Seele,
und an die Türen pocht der Rauch vergeblich.

Dort sind sie, dort sind
die durch den Staub geschleiften Küsse neben einem
trostlosen Schiff,
dort sind die verschwundenen Lächeln, die Kleider, die
das Morgengraun rufend, eine Hand ausschüttelt:
es scheint, daß des Todes Rachen kein Antlitz verschlingen
mag,
keine Finger, Worte, Augen:
dort sind sie wieder so wie große Fische, die den Himmel
mit ihrem blauen Stoff, den unbeständig unbesiegbaren,
vollenden.

Dritter Aufenthalt
(1935–1945)

I DER ERTRUNKENE DES HIMMELS

Gewebter Schmetterling, Gewand,
an die Bäume gehängt,
ertrunken im Himmel, hinabgerissen
zwischen Böen und Regen, allein, allein, gedrungen,
Kleidung und Haar in Fetzen
und von Luft zerfreßne Mitten.
Unbeweglich, so widerstehst du
der heiseren Nadel des Winters,
dem Strom luftigen Wassers, das dich irre verfolgt. Himmels-
schatten, Taubengezweig,
nachts zerbrochen zwischen den toten Blumen:
ich bleibe stehen und leide,
wenn, gleich einem langsamen kälteerfüllten Klang,
du deine vom Wasser gepeitschte Abendröte verbreitest.

BÜNDNIS (SONATE)

Nicht das von Glas zerschnittne Herz
auf einer Brache voll Dornen
noch die gräßlichen Wasser, die man in den Winkeln
gewisser Häuser gewahrt, Wasser wie Lider und Augen,
vermöchten deine Taille zu zügeln in meinen Händen,
wenn mein Herz seine Steineichen aufrichtet
hin zu deinem unzerreißbaren Faden aus Schnee.

Zucker der Nacht, Seele
der Kronen,
erlöstes
des Menschen Blut, deine Küsse
verbannen mich,
und ein Wogenschlag mit Überbleibseln des Meeres
schlägt an all das Schweigen, das auf dich wartet
und die abgenutzten Stühle umgibt, Türen abnutzt,

Nächte mit hellen Achsen,
Abschied, Stoff, nichts als
Stimme, nackt nur
Tag für Tag.

Auf deinen Brüsten aus reglosem Stromlauf,
auf deinen Schenkeln aus Härte und Wasser,
auf dem Verweilen und dem Stolz
deines bloßen Haars
möcht ich bleiben, Geliebte, da die Tränen schon
geschüttet sind in den heiseren Korb, wo sie sich häufen,
möcht ich bleiben, Geliebte, nur mit einer Silbe aus
zerstücktem Silber, nur mit einem Stück
deiner Brust von Schnee.

Nun ist es nicht mehr möglich, zuweilen
nur fallend zu gewinnen,
nun ist es nicht mehr möglich, unter zwei Wesen
zu erzittern, des Flusses Blume anzurühren:
Menschenfasern nahen als Nadeln,
Dienstwege, als Stümpfe,
Geschlechter abstoßender Koralle, Unwetter
und harte Schritte auf Teppichen
des Winters.

Zwischen Lippen und Lippen sind Städte
aus mächtiger Asche und nasser Sturmhaube,
Tropfen des Wann und Wie, undeutliches
Getriebe:
zwischen Lippen und Lippen wie an einer Küste
aus Sand und Glas streift der Wind.
Darum bist du ohne Ende, umfange mich, als wärest du
nichts als Festlichkeit, ganz nächtlich
wie ein Erdstrich, bis daß du dich mischst
mit den Linien der Zeit.

Schreite voran in der Anmut,
komm an meine Seite, bis die fingrigen
Blätter der Geigen
verstummt sind, bis die Moose
im Donner verwurzeln, bis vom Pochen des Herzens
unter vier Augen sich die Wurzeln senken.

WALZER

Ich rühre an den Haß wie an tageigne Brust,
ich ohne anzuhalten, komme von Kleidung zu Kleidung
daher,
im Schlafe fern.

Ich bin nicht, diene nicht, ich kenne niemand,
ich habe nicht Waffen aus Meer, aus Holz,
ich lebe nicht in diesem Haus.

Voll von Nacht ist und Wasser mein Mund.
Der lange dauernde Mond bestimmt,
was ich nicht habe.

Was ich habe, befindet sich mitten in den Wellen.
Ein Strahl Wasser, ein Tag für mich:
eisenharter Grund.

Es gibt keine Gegenflut, kein Schild, kein Kleid,
es gibt keine unerforschliche besondere Lösung,
noch ein lasterhaftes Augenlid.

Ich lebe auf einmal, und dann wieder währe ich weiter.
Ich berühre auf einmal ein Gesicht und es mordet mich.
Ich habe keine Zeit.

Sucht mich also nicht, indem ihr
den gewohnten wilden Faden zurückzieht oder das
blutige Schlinggewächs.

Ruft mich nicht: mein Leben ist dieses.
Fragt mich nicht nach meinem Namen, meinem
Familienstand.
Laßt mich in der Mitte meines eigenen Mondes,
auf meinem verwundeten Erdreich.

BRÜSSEL

Von allem, was ich geschaffen, von allem, was ich verlor,
von allem, was ich mit Bestürzung gewann,
an bitterem Eisen, an Blättern, kann ich etwas fortgeben.
Eine aufgestörte Begierde, einen Strom, den die Federn
der brennenden Adler bedecken, ein schwefliges
Schrumpfen von Blütenblättern.

Mir verzeiht schon nicht mehr das ganze Salz,
nicht das tägliche Brot, nicht die kleine vom Meeresregen
verschlungene Kirche noch die vom heimlichen Schaum
zernagte Kohle.

Ich habe gesucht und gefunden, mit Beschwer,
unter der Erde, zwischen den furchtbaren Leibern,
wie ein Zahn aus bleichem Holz
kommend und gehend unter der harten Säure,
neben den Stoffen
der Agonie, zwischen Mond und Messern,
zur Nachtzeit sterbend.

Jetzt, inmitten
der unterschätzten Geschwindigkeit, neben

den unterbrochenen Mauern,
im Grunde von den Schlüssen gefällt,
bin ich hier mit dem, was Gestirne verliert,
pflanzenhaft, verlassen.

DER VERLASSENE

Fragte nicht nach dir irgendein Tag, hervorgegangen
aus den Zähnen des Morgengrauns, aus dem Todes-
röcheln geboren,
suchte nicht deinen Panzer, deine Haut, deine Haltung,
um deine Füße zu waschen, dein Wohl, deine Gewandtheit,
ein Tag bezeichneter Trauben?

Kam nicht für dich allein Mann oder Frau,
für dich allein zur Welt, für dich die Glocke
mit ihrem großen Kreisen eines blauen Frühlings:
das Weithallende der Schreie der Welt, die Entwicklung
der kalten Keime, die in der Erde zittern, das Schweigen
des Schiffs in der Nacht, alles was voller Augenlider lebte,
zu sterben und zu verrinnen?
Ich frage dich:
keinen, dich, das, was du bist, deine Wand, den Wind,
ob im Wasser des Flusses du siehst, wie dir entgegentreibt
eine edelmütige Rose aus Gesang und Transparenz,
oder ob im zügellosen Frühling, angegriffen
vom ersten Beben der menschlichen Saiten,
wenn das Stadtviertel singt im Licht des Mondes,
das des wilden Kirschbaums Schatten überflutet,
du nicht die Gitarre sahst, die für dich bestimmt war,
und die blinde Hüfte, die dich küssen wollte?

Ich weiß nicht, ich leide nur, weil ich nicht weiß, wer du bist,
und die Silbe bewahrte durch deinen Mund,

die höchsten Tage anhalte und sie begrabe
im Wald unter den Blättern rauh und naß,
zuweilen, in Sicherheit unter dem Zyklon, geschüttelt
von den erschrockensten Bäumen, von der Brust
durchbohrt der tiefen Erden, bin ich erstarrt
von den letzten Nägeln des Sturmes,
während ich jenseits der menschlichen Augen,
jenseits der Krallen des Tigers umgrabe, was in meine Arme
gerät,
daß es verteilt werde jenseits der eisigen Tage.

Dich suche ich, ich suche dein Bildnis zwischen den Medaillen,
die der graue Himmel formt und dann verläßt,
ich weiß nicht, wer du bist, doch schulde ich dir so viel,
daß die Erde voll meines bitteren Schatzes ist.
Welches Salz, welche Geographie, welcher Stein, pflanzt nicht
die heimliche Standarte dessen auf, was er hütete?
Welches Blatt beim Fallen war nicht für mich ein langes Buch
von Wörtern, von irgendwem gesandt und geliebt?
Unter welch düsterem Möbel verbarg ich nicht die süßesten
begrabenen Seufzer, die nach Zeichen suchten
und Silben, die keinem angehörten?

Du bist, bist vielleicht, der Mann oder die Frau
oder die Zärtlichkeit, die nichts enträtselte.
Oder vielleicht bedrängtest du nicht das düstere Firmament
der Menschenwesen, den zuckenden Stern, vielleicht
wußtest du beim Gehen nicht, daß der blinden Erde
der glühende Tag aus Schritten, die dich suchen, entströmt.
Aber wir werden uns finden unbewehrt, bedrängt
zwischen den stummen Gaben der Erdfinale.

IN DEN WÄLDERN GEBOREN

Wenn der Reis die Körner seines Mehls
zurücknimmt aus der Erde,
wenn der Weizen seine winzigen Hüften härtet
und sein Antlitz hebt mit tausend Händen,
zur Laubhütte, wo sich Weib und Mann umschlingen, eil ich
das zahllose Meer zu berühren
dessen, was fortbesteht.

Ich bin Bruder nicht des in die Flut
wie eine Wiege von angegriffenem Perlmutt getragenen
Geräts:
ich zittere nicht im Bereich des mit dem Tode ringenden
Abraums,
ich erwache nicht beim Schlag der Finsternis,
aufgeschreckt vom rauhen Klöppel der jähen Glocke,
ich vermag nicht zu sein, bin nicht der Vorübergehende,
unter dessen Sohlen die letzten Hausungen des Windes zucken
und hartnäckig die Wellen der Zeit zurückkehren, um zu
sterben.

Ich halte in meiner Hand die Taube, die, auf den Samen
geneigt,
schlummert,
in ihrem festen Ferment aus Kalk und Blut
lebt der August,
lebt der aus seinem tiefen Gefäß gezogene Monat:
mit meiner Hand umspanne ich den neuen Schatten des
wachsenden Flügels:
die Wurzel und die Feder, die morgen die Dichte erschaffen
werden.

Nie sinkt, nicht auf dem Balkon, geformt aus eisernen Händen,
nicht im Meerwinter der Verlassenen noch bei meinem
zaudernden Schritt

das unermeßliche Wachsen des Tropfens noch das Augenlid,
das offen sein will:
denn, geboren zu werden bin ich geboren, einzuhegen
den Schritt
all dessen, was naht, all dessen, was pocht in meiner Brust
als ein neues bebendes Herz.

Leben, die als parallele Tauben neben meinem Anzug liegen
oder einbegriffen sind in mein eigenes Dasein und in meinen
verworrenen Laut,
um wieder zu sein, um dem Blatt die nackte Luft zu verbürgen
und der Erde die feuchte Geburt im Blumengewind:
wie lange noch
muß ich wiederkehren und sein, wie lange noch hütet
der Wohlgeruch
der am tiefsten begrabenen Blumen, der auf den hohen Steinen
am meisten versprühten Wogen ihre Heimat in mir,
um Leidenschaft wieder zu sein und Duft?

Wie lange noch nähert sich mir des Waldes Hand
im Regen mit allen ihren Nadeln,
die hohen Küsse zu wirken des Laubwerks?
Noch einmal
hör ich sich nähern wie das Feuer im Rauch
und aus irdischer Asche zur Welt kommen
das Licht, von Blütenblättern voll,
und, die Erde sondernd
in einen Strom von Ähren, in meinen Mund gelangt die
Sonne
wie eine alte begrabene Träne, die zurückkehrt,
Same zu sein.

II LIEBESRASEREIEN UND QUALEN

... In meinem Herzen sind
Furien und Qualen ...
Quevedo

In der Tiefe der Brust sind wir vereint,
im Röhricht der Brust durchmessen wir
einen Sommer von Tigern,
auf der Lauer nach einem Meter kühler Haut,
auf der Lauer nach einem Zweig unerreichbarer Epidermis,
Schweiß und grüne Adern witternd mit dem Munde,
begegnen wir im feuchten Dunkel uns, das Küsse
ausstreun läßt.

Du meine Feindin so vielen Traums, auf gleiche Art
vernichtet
wie stachlichte Gewächse aus Glas, wie bedrohlich
zerstörte Glocken, wie Schüsse
von schwarzem Efeu in des Duftes Mitte,
Feindin mit großen Hüften, die mein Haar berührten
mit heiserem Tau, mit einer Zunge von Wasser;
ungeachtet der stummen Kälte der Zähne und des Hasses
der Augen
und des Kampfs verendender Tiere, die das Vergessen
pflegen,
sind wir an irgendeiner Stelle des Sommers zusammen
mit Lippen belauernd, die der Durst befiel.

Wenn es einen gibt, der eine Wand
mit Phosphorkreisen durchbricht
und die Mitte von süßen Gliedern verwundet
und schreiend in jedes Blatt eines Waldes beißt,
so habe ich aber auch deine blutgierigen Leuchtkäferaugen,
imstand, Knie und Brüste, von gewöhnlicher Seide
umspannt, zu durchtränken und zu durchdringen.

Wenn bei Geselligkeiten auch
der Zufall, die Asche, der Alkohol,
die stockende Luft,
so sind hier doch nach Jagd riechend und grünem Blitz,
der Brüste durchbohrt, deine Augen da,
deine Zähne, die Äpfel aufbeißen, aus denen Blut rinnt,
deine Beine, die sich unter Stöhnen an die Sonne klammern,
und deine Brüste von Perlmutt und deine mohnenen Füße;
gleich Trichtern voll schattensuchender Zähne,
gleich Rosen aus Peitsche gemacht und Duft, ja mehr,
mehr noch, noch mehr,
hinter den Lidern sogar, hinter dem Himmel sogar,
hinter den Kleidern und Reisen sogar, in den Straßen,
wo die Leute pissen,
errätst du die Leiber,
in säuerlichen halbzerfallnen Kirchen, in Schiffskabinen,
die in des Meeres Fängen sind,
lauerst du mit deinen trotz allem blühenden Lippen,
brichst du raufend Holz und Silber,
und es schwellen deine großen erschreckenden Adern:
da ist weder Hülle noch Ferne noch Eisen,
Hände berühren deine Hände,
und du sinkst hin und läßt die schwarzen Blüten knistern.

Du errätst die Leiber!
Wie ein von Verboten versehrtes Insekt
errätst du des Blutes Mitte, und du bespähst
die Muskeln, die das Frührot aufhalten, stürzt dich auf
Erschütterungen,
Blitze, Köpfe,
und betastest lange Zeit die Beine, die den Weg dir weisen.

O Getriebene, von besonderen Pfeilen verwundet!

Riechst du die Feuchte inmitten der Nacht?

Oder ein rauhes Gefäß mit versengten Rosen?

Hörst du die Wäschestücke fallen, die Schlüssel, die Münzen
in den schmierigen Häusern, wo du ankommst, nackt?

Mein Haß ist eine einzige Hand, die den schweigsamen
Weg dir weist, die Laken, auf denen jemand aufschreckend
geschlafen hat: du kommst
und wälzt dich am Boden, gepackt
                und gebissen,
und der alte Geruch menschlichen Samens gleitet
wie ein Schlinggewächs aus aschgrauem Mehl in deinen Mund.

O leichte tolle Gefäße und Wimpern,
Luft, die einen sich öffnenden Fluß überschwemmt
wie eines zornigen Ufers Sonnentaube,
wie eine Eigenschaft aufrührerischen Wassers,
o Substanzen und Schmecken, Lider mit flinker Schwinge
mit einem Erzittern, mit einer blinden furchtbaren Blume,
o schwere ernste Brüste wie Gesichter,
o machtvolle Schenkel grünen Honigs voll,
und Fersen und Schatten von Füßen und vergangene
Atemstöße und Flächen von blassem Stein
und Wellen hart, die voll von himmlischem,
                durchtränktem Mehl
die Haut hinaufgleiten, hin zum Tod.
Fließt zwischen uns dann
dieser Strom, und du zerbeißt
an einem Ufer Münder?

Und bin ich dann wirklich wirklich fern,
und ein Strom brennenden Wassers fließt hin ins Dunkel?
Ach, wie oft bist du es, die der Haß nicht nennt,
und wie tief versunken in alle Finsternis
und unter was für Regen aus zerstampftem Dung
verschlingt dein Stand-Bild den Klee in meinem Herzen.

Der Haß ist ein Hammer, der dein Gewand schlägt
und deine Scharlachstirn,
und wie undeutliche Eulen aus ausgestoßnem Blut
fallen die Tage des Herzens in dein Ohr,
und die Geschmeide, die Tropfen um Tropfen sich aus
Tränen formten,
umwinden deinen Hals, dir die Stimme wie mit Eis
verbrennend.

Auf daß du nie mehr, nie mehr
sprächest, daß nie mehr, nie mehr
eine Schwalbe deiner Zunge Nest verließe,
und daß die Nesseln deine Brust zerstörten
und in dir wohnte eines rauhen Schiffes Wind.

Wo denn ziehst du dich aus?
In einem Eisenbahnzug zusammen mit einem rothaarigen
Peruaner
oder zwischen Erdklumpen mit einem Schnitter im scharfen
Licht des Korns?
Oder läufst du mit gewissen gräßlich blickenden Advokaten
umher völlig nackt am Ufer des Wassers der Nacht?

Du blickst: aber du siehst den Mond und die Hyazinthe
nicht,
noch die Dunkelheit, beträuft von Nässe,
nicht den Zug von Schlamm, noch das geborstene Elfenbein:
du siehst Taillen dünn wie Oxygen,
Brüste, die Schwere in sich sammelnd warten,
und dem Saphir aus mondenem Gieren gleich
zuckst du vom zarten Nabel bis zu den Rosen hin.

Warum wohl? Und warum nicht? Es tragen die unverhüllten
Tage unaufhörlich zerriebenen roten Sand
zu den makellosen Propellern, die den Tag feierlich eröffnen,
und vorüberzieht im Schildkrötenpanzer ein Monat,

vorüberzieht ein hohler Tag,
vorüberzieht ein Rind, ein Verstorbener,
eine Frau namens Rosalía,
und im Mund bleibt nichts zurück als ein Geschmack
von Haar
und von goldener Zunge, die vom Durst sich nährt.
Nichts als dieses mürbe Fleisch der Geschöpfe,
nichts als dieses Gefäß voll Wurzeln.

Ich jage aber wie in einem verschütteten Stollen, wie in
andrem Extrem,
Fleisch und Küsse, die ich zu Unrecht vergessen soll,
und im Wasser mit den Rücken, wenn die Spiegel schon
den Abgrund beleben, wenn die Ermüdung, die schändlichen
Uhren
an die Tür der Vorstadthotels pochen, und es fällt
die bunte Papierblume herab, und der von Ratten besudelte
Plüsch
und das von elenden Paaren hundertmal benutzte Bett, wenn
alles mir sagt, ein Tag ist zu Ende, sind wir,
du und ich, die Leiber zu Boden werfend, zusammen
gewesen,
ein Haus errichtend, das nicht dauert noch stirbt,
haben wir, du und ich, zusammen den gleichen Fluß
geströmt
mit verketteten Mündern voller Salz und Blut,
haben wir, du und ich, noch einmal die grünen Lichter
aufzittern lassen
und haben zum andern den großen Staub begehrt.

Ich entsinne nur einen einzigen Tag,
der mir wahrscheinlich niemals bestimmt war,
es war ein nie endender Tag,
ohne Ursprung, Donnerstag.
Ich war ein Mann, vom Zufall hergeführt,
mit einer so aufs Geratewohl aufgelesenen Frau,

wir zogen uns aus,
wie um zu schlafen oder zu schwimmen oder alt zu werden,
und wir drangen ineinander ein,
sie umschloß mich wie eine Höhlung,
ich zerbrach sie, wie einer,
der eine Glocke schlägt,
zwar war sie der Klang, der mich versehrte,
und die feste Wölbung, zu beben entschlossen.

Sie war ein dumpfes Wissen mit Höhlungen und Haar,
und Spitzen aus Mark und Süße kauend
bin ich zu den großen genitalen Blütenkronen geglitten,
zwischen Steinen und unterworfenem Geschehen.

Das ist eine Geschichte von Häfen, wohin
einer unvermutet gelangt, und steigt er auf die Hügel,
geschieht so mancherlei.

Feindin, Feindin,
ist es an dem, daß die Liebe in Staub gesunken
und es nichts als rasch geliebtes Fleisch und Knochen gibt,
indes die Flamme sich verzehrt
und die Rosse, rotumhüllt, zur Hölle rasen?

Ich will für mich den Hafer und den Blitz
am Grund der Epidermis
und die verschlingende Blüte, aufgebrochen in Liebesraserei,
und des Kirschbaums Lippenherz im Juni
und die Ruhe gelassener Leiber, die ziellos entbrannt sind,
aber mir fehlt ein Boden aus Kalk mit Tränen
und ein Fenster, auf die Wogenschäume zu warten.

So ist das Leben,
lauf du durch das Laub, ein schwarzer
Herbst ist gekommen,

lauf, mit einem Rock aus Blättern bekleidet und einem
Gürtel aus gelbem Metall,
während der Bodennebel der Jahreszeit an den Steinen nagt.
Lauf dahin mit deinen Schuhen, mit
deinen Strümpfen, mit dem verteilten Grau, mit des Fußes
Wölbung und
diesen Händen, die der wilde Tabak vergöttern würde,
stampf über die Treppen, reiß ab
das schwarze Papier, das die Türen schützt,
und tritt in die Sonne und den Zorn eines Tages aus
Dolchen,
dich zu stürzen wie eine Taube aus Trauer und Schnee
auf einen Leib.

Es ist eine einsame Stunde wie eine Ader lang,
und zwischen der Säure und der Geduld der zerfurchten Zeit
vergehen,
die Silben trennend der Angst und der Zärtlichkeit, wir,
unendlich Vernichtete.

III VEREINIGUNG UNTER NEUEN BANNERN

Wer log? Der Lilie Fuß
gebrochen, dunkel, unergründlich,
ganz voll von Wunden und dunklem Glanz!
Alles, das Maß von Woge zu Woge und Woge,
das ungenaue Grab des Bernsteins
und die rauhen Tropfen der Ähre!
In sie lehnte ich meine Brust, ich lauschte all
dem finstern Salz, nachts
ging ich und schlug Wurzeln:
ich ergründete die Bitterkeit der Erde,
alles war für mich Nacht oder Blitz:

Geheimes Wachs füllte mein Haupt
und streute Asche in meine Spuren.

Und für wen suchte ich diesen kalten Puls,
wenn nicht für einen Tod?
Und welches Werkzeug verlor ich dort im vergeßnen
Dunkel, in dem niemand mich hört?
Nein,
                    es war nun Zeit, flieht,
Schatten des Blutes,
Sterneneis, weiche zurück beim Nahen menschlicher Schritte
und nimm den schwarzen Schatten von meinem Fuß!

Ich unter den Menschen hatte die gleiche verwundete Hand,
ich halte das gleiche rote Gefäß
und gleiches wildes Erstaunen:
                    und eines Tages,
bebend von menschlichem
Traum, kam ein wildes
Roß in meine
verschlingende Nacht,
daß ich vereine meine Wolfsschritte
den Schritten des Menschen.
                    Und so, neu vereinigt,
stark in meine Mitte gestellt, such ich nicht Zuflucht
in den Gewölben des Weinens: ich weise
auf das Haus der Biene: leuchtendes Brot
für die Sonne des Menschen: im Geheimnis bereitet
                    das Blau sich
zu erschauen ein Korn, dem das Blut endlich fremd ward.
Wo ist dein Sitz der Rose?
Worin ruht dein Sternenlid?
Vergaßest du jene Finger süßen Wahnsinns,
um an den Sand zu rühren?
                    Friede mit dir, düstre Sonne,
Friede mit dir, blinde Stirn.

Es gibt einen flammenden Platz für dich auf den Straßen,
Steine gibt es ohne Geheimnis, die auf dich schauen,
Kerkerschweigen mit einem wahnsinnigen Stern,
flüchtig, entblößt, überliefert der Hölle.

Gemeinsam gegen das Schluchzen!
In dieser hohen Stunde
von Erde und Duft sieh dies Antlitz,
eben schrecklichem Salz enttaucht,
sieh auf diesen bitteren Mund hin, der lächelt,
sieh dieses neue Herz, das dich grüßt
mit seiner überströmenden Blüte, entschlossen und golden.

Spanien im Herzen
(1936–1945)

IV Spanien im Herzen
Hymne auf den Ruhm des Volkes im Krieg

ANRUFUNG

Um zu beginnen, um über die Rose
rein und gespalten, über den Ursprung
von Himmel und Luft und Erde – hier den Willen
                eines Gesangs
mit Ausbrüchen, das Verlangen
eines unermeßlichen Gesangs, eines Metalls, das aufgreift
Krieg und nacktes Blut.
                Spanien, Kelch-Kristall, nicht Diadem,
aber zermalmter Stein, bekämpfte Zärtlichkeit
von Weizen, Fell und brennendem Tier.

Morgen, jetzt, durch deine Schritte
ein Schweigen, von Hoffnungen ein Staunen
wie eine erste Luft: ein Licht, ein Mond,
abgenützter Mond, Mond von Hand zu Hand,
von Glocke zu Glocke!
                                Heimatliche Mutter, Faust
gehärteten Hafers,
                        Planet,
dürr und blutig, der Helden!

BOMBARDEMENT

Wer?, auf Wegen, wer
wer, wer? in Schatten, in Blut, wer?
im Aufblitzen, wer,
                        wer? Es stürzt
Asche, stürzt
Eisen herab
und Stein und Tod und Klage und Flammen,
wer, wer, o Mutter, wer, wohin?

VERFLUCHUNG

Zerfurchtes Vaterland, ich schwöre, daß aus deiner Asche
du erstehen wirst, eines immerwährenden Wassers
Blüte,
ich schwöre, daß aus deinem Munde, ganz aus Durst,
treiben werden
in die Luft die Blütenblätter des Brots, die feierlich
eingesetzte
und ausgestreute Ähre. Verflucht seien,
verflucht, verflucht, die mit Beil und Schlange
da kamen an deinen irdischen Strand, verflucht, die
diesen Tag erwarteten, zu öffnen
der Wohnstatt Tor dem Marokkaner und dem Banditen:
Was habt ihr vollbracht? Bringet, bringt die Lampe,
seht den Boden blutgetränkt, seht das kleine schwarze
Knöchlein,
von Flammen verzehrt, des erschossenen
Spaniens Gewand.

SPANIEN, ARM
DURCH DIE SCHULDEN DER REICHEN

Verflucht, die eines Tages
nicht hinsahn, verfluchte Blinde, verfluchte,
sie, die der hohen Heimat das Brot
nicht mehrten, sondern die Tränen, verfluchte
befleckte Uniformen und Soutanen
grämlicher stinkender Hunde von Höhle und Grab.
Die Armut war für Spanien
wie Rosse angefüllt mit Rauch,
wie Steine, gestürzt aus
des Unglücks Quell,
Getreideäcker un-

erschlossene; geheime Gewölbe
aus Bläue und Zinn, Ovarien, Pforten, Bögen
geschlossen, Tiefen,
die gebären wollten, alles war bewacht
von Guardia Civil mit Dreispitz und Gewehr,
von Priestern von trauriger Rattenfarbe,
Lakaien des Königs mit dem ungeheuren Arsch,
o strenges Spanien, Land der Apfelgärten und Pinien,
dir geboten deine müßigen Herren:
Nicht zu säen, aus Gruben nichts zur Welt zu bringen,
die Kühe nicht zu decken, das In-sich-selbst-Versenken
wie Gräber, alljährlich Columbus',
des Seefahrers, Monument zu besuchen, Reden zu wiehern
mit den Aasgeiern der Politik, aus Amerika gekommen
mit gleicher »gesellschaftlicher Position« und Verkommenheit.
Ihr habt keine Schulen zu errichten, habt die Erdrinde
nicht knirschen zu lassen unter dem Schälpflug, ihr habt
mit des Weizens Überfülle nicht die Scheuer zu füllen:
betet, Tiere, betet,
denn euch erwartet mit ungeheurem Arsch wie des Königs
Arsch ein Gott: »Dort werdet ihr Brotsuppe essen, ihr meine
Brüder!«

DIE TRADITION

In Spaniens Nächten, durch die alten Gärten
lustwandelte voll von totem Rotz die Tradition,
Eiter verströmend und Pest, mit einem Schweif
im Meerdunst, in Asthma gehüllt und löchrigen
blutbefleckten Gehrock, hochmütig und gespenstisch
und im Gesicht die abgründigen starren Augen
waren Gräber kauende grüne Schnecken,
ihr zahnloser Mund malmte Nacht für Nacht
die ungeborene Ähre, das geheime Erz,

und mit ihrer grünen Distelkrone ging sie vorüber,
unstete Leichenknochen säend und Dolche.

MADRID (1936)

Madrid, einsam und erhaben, Juli überraschte
dich in deiner Fröhlichkeit
einer bescheidenen Bienenwabe; hell war deine
Straße,
hell dein Traum.
Schwarzes Rülpsen
von Generälen, eine Woge
wütender Soutanen
brach ihre Schlammfluten, ihre Flüsse Schleims
an deinen Knien.

Die Augen noch traumversehrt,
mit Flinte und Steinen Madrid, frisch verwundet,
wehrtest du dich. Du liefst
durch die Straßen,
hinter dir Kielwasser furchend deines heiligen Bluts,
vereinend mit Ozeanstimme und rufend
mit einem Antlitz, für immer verwandelt
vom Licht des Bluts, einem rächenden
Berge gleich, einem sausenden
Stern aus Messern.

Da in den finstren Kasernen, da in die Sakristeien
des Verrats dein Schwert flammte,
war nichts als Schweigen der Frühe, nichts
als deiner Fahnen Zug,
und ein rühmlicher Tropfen Blut in deinem Lächeln.

ERKLÄRUNG EINIGER DINGE

Du wirst fragen: Und wo ist der Flieder?
Und die Metaphysik von Mohn zugedeckt?
Und der Regen, der oft die Trommel
seiner Worte schlägt und sie füllt
mit Leere und Vögeln?
Ich will dir jetzt alles sagen, was mir geschieht.

Ich pflegte in einem Viertel
von Madrid zu leben mit Glocken,
mit Uhren, mit Bäumen.

Von da konnte man
das trockene Antlitz Kastiliens sehen
wie einen Ozean aus Leder.
                                        Man nannte mein Haus
das Haus der Blumen, denn überall
brachen Geranien hervor: es war
ein schönes Haus
mit Hunden und kleinen Kindern.
                                                  Raúl, entsinnst du dich?
Erinnerst du dich, Rafael?
                                      Federico, erinnerst du dich
dort unter dem Rasen,
entsinnst du dich meines Hauses der Balkone, wo
das Junilicht Blumen in deinem Mund ertränkte?
                                                            Bruder, Bruder!

Alles
war laute Stimmen, Salz von Warenlagern,
Anhäufung herzschlagenden Brotes,
Märkte meines Argüelles-Viertels mit seiner Statue
wie ein fahles Tintenfaß zwischen Stockfischen:

das Öl erreichte die Löffel,
dunkles Getöse
von Füßen und Händen erfüllte die Straßen,
Maße, Liter, scharfe Essenz
des Lebens,
gestapelter Fisch,
Geweb von Dächern mit kalter Sonne, in der
der Pfeil ermüdet,
wahnsinniges zartes Elfenbein von Kartoffeln,
Tomaten immer wieder bis hinab zur See.

Und eines Morgens brachen Flammen aus allem,
und eines Morgens stiegen lodernde Feuer
aus der Erde,
verschlangen Leben,
und seither Feuer,
Pulver seither,
und seither Blut.

Banditen mit Flugzeugen und Marokkanern,
Banditen mit Ringen und Herzoginnen,
Banditen mit segnenden schwarzen Mönchen
kamen vom Himmel, um Kinder zu töten,
und durch die Straßen das Blut der Kinder
floß einfach, wie das Blut von Kindern.

Schakale, widerwärtig für einen Schakal,
Steine, auf die die trockene Distel gespien hätte,
Vipern, die Vipern verachten würden!

Vor euch habe ich das Blut
Spaniens aufwallen gesehn,
euch zu ersäufen in einer einzigen Woge
von Stolz und Messern!

Generäle
Verräter:
seht mein totes Haus,
seht mein zerbrochenes Spanien:
doch aus jedem toten Haus schießt brennendes Metall
anstelle von Blumen,
aus jedem Loch in Spanien
springt Spanien empor,
aus jedem ermordeten Kind wächst ein Gewehr mit Augen,
aus jedem Verbrechen werden Kugeln geboren,
die eines Tages den Sitz
eines Herzens finden werden.

Ihr fragt, warum seine Dichtung
uns nichts von der Erde erzählt, von den Blättern,
den großen Vulkanen seines Heimatlandes?

Kommt, seht das Blut in den Straßen,
kommt, seht
das Blut in den Straßen,
kommt, seht doch das Blut
in den Straßen!

GESANG FÜR DIE MÜTTER TOTER REPUBLIKANER

Sie sind nicht tot! Sie stehen mitten
im Pulverdampf
aufrecht, wie brennende Lunten!
Ihre reinen Schatten haben sich vereint
auf den kupferfarbenen Wiesen
wie ein Vorhang gepanzerter Luft,
wie eine Sperre von der Farbe der Wut,
wie die ganz unsichtbare Brust des Himmels.

Mütter! Sie stehn in den Weizenfeldern,
hoch wie der mächtige Mittag,
sie beherrschen die riesige Ebene!
Sie sind Getön von dunkelstimmigen Glocken,
die über die Leiber aus gemordetem Stahl
Sieg rufen.
                    Schwestern gleich zerfallenem
Staub, gebrochene
Herzen,
vertraut euren Toten!
Sie sind nicht nur Wurzeln
unter den blutigen Steinen,
nicht nur bestellt ihr armes zerfallenes Gebein
das Land für immer,
sondern selbst ihre Münder beißen trocknes Pulver
und greifen an wie Ozeane aus Eisen, und selbst
ihre geballten Fäuste erhoben widersprechen dem Tod.

Denn aus so vielen Leibern unsichtbares Leben
erhebt sich. Mütter, Fahnen, Söhne!
Ein einziger Leib lebendig wie das Leben:
ein Antlitz mit gebrochnen Augen blickt ins Dunkel
mit einem Schwert erfüllt von irdischer Hoffnung!

Werft
eure Mäntel der Trauer fort, sammelt all
eure Tränen, bis sie Metall werden:
auf daß wir schlagen Tag und Nacht,
auf daß wir stoßen Tag und Nacht,
auf daß wir speien Tag und Nacht,
bis die Tore des Hasses eingerammt sind!

Ich habe euer Unglück nicht vergessen, ich kenne
eure Söhne,
und wenn ich stolz bin auf ihren Tod,
                                        bin ich auch stolz auf ihr Leben.

Ihr Lachen
blitzte in den betäubenden Fabriken,
in Untergrundbahnstationen
tönte täglich ihr Fuß neben dem meinen, und unter
den Orangen des Ostens, bei den Fischernetzen des Südens, in
der Farbe der Druckereien, auf dem Zement der Gebäude
sah ich die Flamme ihrer Herzen aus Feuer und Kraft.

Und wie in euren Herzen, ihr Mütter,
ist in meinem Herzen so viel Trauer und Tod,
daß es wie ein Wald ist,
naß vom Blut, das ihr Lächeln auslöschte,
und in es fällt der tolle Nebel der Schlaflosigkeit
mit dem Alleinsein zerreißend der Tage.

Doch
über den Fluch der dürstenden Hyänen hin und tierisches
Röcheln,
das von Afrika her seine schmutzigen Schreie bellt,
über Zorn hin, Verachtung, über Tränen hin weit,
o ihr Mütter, durchbohrt von Entsetzen und Tod,
schaut ihm, dem wiedergeborenen, dem edlen Tag ins Herz
und wißt, daß eure Toten unter der Erde lächeln,
über die Weizenfelder ihre geballten Fäuste erheben.

WIE SPANIEN IMMER WAR

Spanien war immer starr und trocken, taghafte
Trommel undurchsichtigen Klangs,
Flachland und Adlernest, Schweigen
ausschweifenden Draußens.

Wie, bis zu Tränen, zum Innersten hin
liebe ich deinen harten Boden, dein armes Brot,

dein armes Volk, wie, bis zu tiefster Verborgenheit
meines Wesens, wächst die verlorene Blüte deiner
runzligen
Dörfer, unbeweglich in Zeit,
und deine mineralischen Felder
gebreitet in Mond und Dauer
und verzehrt von einem leeren Gott.

Dein ganzer Bau, deine tierhafte
Vereinzelung mit Klugheit gepaart,
von den abstrakten Steinen des Schweigens umgeben,
dein herber Wein, dein süßer
Wein, deine betörenden
und zarten Reben.

Sonnenstein, rein in den Gebieten
der Welt, Spanien, durchwandert
von Blut und Metallen, blauer und sieghafter
Proletarier aus Blättern und Kugeln, einziger
lebend und schläfrig und tönend.

Huélamo, Carrascosa,
Alpedrete, Buitrago,
Palencia, Arganda, Galve,
Galapagar, Villalba.

Peñarrubia, Cedrillas,
Alcocer, Tamurejo,
Aguadulce, Pedrera,
Fuente Palmera, Colmenar, Sepúlveda.

Carcabuey, Fuencaliente,
Linares, Solana del Pino,
Carcelén, Alatox,
Mahora, Valdeganda.

Yeste, Riopar, Segorbe,
Orihuela, Montalbo,
Alcaraz, Caravaca,
Almendralejo, Castejón de Monegros.

Palma del Río, Peralta,
Granadella, Quintana
de la Serena, Atienza, Barahona,
Navalmoral, Oropesa.

Alborea, Monóvar,
Almansa, San Benito,
Moratalla, Montesa,
Torre Baja, Aldemuz.

Cevico Navero, Cevico de la Torre,
Albalate de las Nogueras,
Jabaloyas, Teruel,
Camporrobles, la Alberca.

Pozo Amargo, Candeleda,
Pedroñeras, Campillo de Altobuey,
Loranca de Tajufia, Puebla de la Mujer Muerta,
Torre la Cárcel, Játiva, Alcoy.

Puebla de Obando, Villar del Rey,
Beloraga, Brihuega,
Cetina, Villacañas, Palomas,
Nalválcan, Henarejos, Albatana.

Torredonjimeno, Trasparga,
Agramón, Crevillente,
Poveda de la Sierra, Pedernoso,
Alcolea de Cinca, Matallanos.

Ventosa del Río, Alba de Tormes,
Horcajo Medianero, Piedrahita,
Minglanilla, Navamorcuende, Navalperal,
Navalcarnero, Navalmorales, Jorquera.

Argora, Torremocha, Argecilla,
Ojos Negros, Salvacañete, Utiel,
Laguna Seca, Cañamares, Salorino,
Aldea Quemada, Pesquera de Duero.

Fuenteovejuna, Alpedrete,
Torrejón, Benaguacil,
Valverde de Júcar, Vallanca.
Hiendelaencina, Robledo de Chavela.

Miñogalindo, Ossa de Montiel,
Méntrida, Valdepeñas, Titaguas,
Almodóvar, Gestaldar, Valdemoro,
Almoradiel, Orgaz.

ANKUNFT DER INTERNATIONALEN BRIGADEN IN MADRID

An einem Morgen eines kalten Monats,
eines sterbenden Monats, befleckt von Schmutz
und Rauch,
eines Monats ohne Knie, eines traurigen Monats
der Belagerung und des Unglücks,
als durch die feuchten Scheiben meines Hauses
die afrikanischen Schakale sich hören ließen,
heulend mit ihren Gewehren und blutbesudeltem Gebiß,
da,
als nur noch ein Traum von Pulver und Hoffnung uns blieb,
als wir dachten,

daß die Welt erfüllt sei von fressenden Ungeheuern
und Furien,
da, durch den Frost von Madrids kaltem Monat brechend,
im Nebel der Dämmerung,
mit diesen Augen hier, mit diesem Herz, das Ausschau hält,
sah ich die hellen Kämpfer kommen, die Kämpfer-
Beherrscher
der schlanken, harten, reifen, glühenden Brigade aus Stein.
Es war die traurige Zeit, da die Frauen.
Abwesenheit trugen wie eine schrecklich glühende Kohle,
und der spanische Tod, bitter und schärfer als andere Tode,
über den Feldern webte bis dahin vom Brote geehrt.

Die Straßen entlang vermischte zerbrochenes Blut
der Menschen sich
mit Wasser schießend aus dem zerschmetterten Herzen
der Häuser;
Gebein zerfetzter Kinder, das herzerschütternde
Schweigen im Trauern der Mütter, die Augen
der Verteidigungslosen für immer geschlossen,
waren wie Trauer, Verlust, waren wie ein bespiener Garten,
waren Glaube und Blume ermordet für immer.

Kameraden,
da
sah ich euch,
und meine Augen sind heut noch von Stolz erfüllt,
weil ich euch sah durch den nebligen Morgen aufsteigen
zur reinen Stirn Kastiliens hin,

schweigend und stark,
Glocken gleich vor der Dämmerung,
voller Feierlichkeit und mit blauen Augen von weit her
kommend,
aus eurer Ferne, aus euern ganz verlorenen Ländern,
aus euern Träumen,

voll von verbrannter Süße und Geschützen,
um die spanische Stadt zu beschirmen, in der die belagerte
Freiheit
fallen könnte und sterben von Bestien zerrissen.

Brüder, von nun an
sei eure Reinheit und Stärke, eure erhabne Geschichte
Kind und Mann bekannt, Frauen und Alten,
möge sie alle Hoffnungslosen erreichen, hinab die Schächte
von schwefligem Hauch verpestet,
aufwärts die unmenschlichen Stufen des Sklaven,
daß die Gestirne, daß alle Ähren Kastiliens und der Welt
euern Namen hinschreiben mögen und euern bitteren Kampf
und euern Sieg machtvoll und erdhaft gleich
einer roten Eiche.

Denn durch euer Opfer wurde wiedergeboren
der verlorene Glaube, die Seele abwesend, die irdische
Zuversicht,
und durch eure Fülle, durch euern Adel, durch eure Toten
wie durch ein Tal von Blutgestein widerstehend,
fließt ein unendlicher Strom mit Tauben aus Stahl und Hoffnung.

DIE SCHLACHT AM JARAMA

Zwischen Erde und ertränktem Platin
von Olivenhainen und toten Spaniern,
Jarama, reiner Dolch, hast du widerstanden
der Woge der Grausamen.

Von Madrid kamen Männer
mit Herzen von Pulver vergoldet
wie ein Brot aus Asche und Widerstand.
So sind sie gekommen.

Jarama, du lagst zwischen Eisen und Rauch
wie ein Zweig aus gefallenem Kristall,
wie eine lange Reihe von Orden
für die Sieger.

Weder Schächte glühender Masse
noch wütender Flug der Geschosse
noch Artillerien aus trübem Dunkel
beherrschten dein Wasser.

Deine Wasser tranken, die dürsteten
nach Blut, Wasser tranken sie, das Gesicht nach oben:
spanisches Wasser und Olivenfelder
erfüllten sie mit Vergessen.

Für eine Sekunde von Wasser und Zeit der Strom
des Blutes von Marokkanern und Verrätern
schimmerte in deinem Licht wie Fische
in einem bitteren Teich.

Das rohe Mehl deines Volkes
sträubte sich mit dem Metall und Gebeinen
ungeheuer und weizentragend wie das edle
Land, für das sie fochten.

Jarama, von deinen Gebieten zu reden
des Glanzes und der Herrschaft genügt
mein Mund nicht, und meine Hand ist schwach:
doch deine Toten bleiben.

Es bleibt dein schmerzlicher Himmel,
dein steinhafter Friede, dein Sternenstrom,
und die ewigen Augen deines Volkes
wachen an deinem Gestade.

ALMERÍA

Ein Gericht für den Bischof, ein zerdrücktes und
bittres Gericht,
ein Gericht aus Schrott, aus Asche, aus Tränen,
ein Gericht, gewürzt mit Seufzern und gestürzten Mauern,
ein Gericht für den Bischof, eine Schüssel Blut aus Almería.

Ein Gericht für den Bankier, ein Gericht aus Wangen
der Kinder aus dem sonnigen Süden, ein Gericht
aus Detonationen, irren Gewässern, Ruinen und Furcht,
ein Gericht aus gebrochenen Achsen und zertrampelten
Köpfen,
ein schwarzes Gericht, eine Schüssel Blut aus Almería.

Jeden Morgen, jeden trüben Morgen eures Lebens
sollt ihr sie dampfend und brodelnd auf eurem Tisch haben:
ihr werdet sie ein wenig beiseite schieben mit euren weichen
Händen,
um sie nicht zu sehen, um sie nicht so oft auslöffeln zu müssen:
ihr werdet sie ein wenig beiseite schieben zwischen Brot
und Trauben
diese Schüssel schweigenden Blutes,
die jeden Morgen da sein wird, jeden
Morgen.

Ein Gericht für den Oberst und für des Obersten Weib,
beim Fest in der Garnison, bei jedem Fest,
über den Fluchenden, Speienden, mit dem Weinlicht
der Morgenröte,
daß man es schauernd sehen möge und kalt über der Welt.
Ja, ein Gericht für euch alle, Reiche hier und dort,
Gesandte, Minister, gräßliche Tischgenossen,
Damen komfortabler Tees und Sessel:
ein wüstes überquellendes Gericht, schmutzig von armem
Blut,

an jedem Morgen, für jede Woche, für allezeit,
eine Schüssel Blut aus Almería, immerdar, vor euch.

BELEIDIGTES LAND

Gelände, begraben
in endlosem Martyrium von unendlichem
Schweigen, Puls
der Biene und vertilgter Fels,
Land, das anstelle von Korn und Klee
Zeichen getrockneten Bluts vorweist und Verbrechen:
reiches Galicien, rein wie Regen,
salzig für ewig von Tränen:
Estremadura, an deren erhabnem Gestade
von Himmel und Aluminium, schwarz wie Kugellöcher,
verraten und wundenbedeckt und verwüstet
Badajoz liegt erinnerungslos unter seinen toten Söhnen,
mit dem Blick, der sich entsinnt, auf den Himmel:
Málaga, vom Tode durchpflügt
und verfolgt zwischen Abgründen hin,
bis die wahnsinnigen Mütter
ihre Neugeborenen an den Felsen zerschmetterten.
Wut, Flug von Trauer
und Tod und Zorn,
bis Tränen und Weh vereint,
bis Worte und Angst und Entsetzen
nur noch ein Haufen Gebeine sind auf einer Straße
und ein Stein im Staube begraben.

So viele Gräber, so viele Leiden, so viel
Hinrasen von Bestien auf dem Gestirn!
Nichts, nicht einmal der Sieg
wird die schreckliche Leere des Blutes füllen:
nichts, nicht das Meer noch die Schritte

des Sandes und der Zeit
noch die Geranie brennend
über dem Grab.

SANJURJO
IN DER HÖLLE DER VERDAMMTEN

Gefesselt, rauchschwelend, unlöslich verstrickt
seinem Verräterflugzeug, seinen Verrätereien,
verbrennt der verratne Verräter.

Seine Nieren wie Phosphor brennen,
und es schmilzt sein böser Mund
eines Verrätersoldaten hin in Flüchen und Schreien;

gelotst von ewigen Flammen,
von Flugmaschinen verbrannt und gelenkt,
von Verrat zu Verrat er verbrennt.

MOLA
IN DER HÖLLE DER VERDAMMTEN

Von Abgrund zu ewigem Abgrund geschleift
der Maulesel Mola, trübe und wirr,
dem Schiffbruch gleich, den Wog auf Woge ergreift,
von Schwefel zerätzt, von Hörnern zerbrochen,
in Galle, in Kalk und Falschheit gesotten
den die Hölle im voraus erwartet hatte,
irrt der Maulesel Mola durch sie, ein Höllenmulatte,
trüb, mürb und verwirrt für allezeit,
lodernde Flammen am Schweif und am Steiß.

DER GENERAL FRANCO IN DER HÖLLE DER VERDAMMTEN

Unglückseliger, nicht Feuer noch heißer Essig
im Schlupfloch vulkanischer Hexen, weder
verschlingendes Eis
noch die verweste Schildkröte, die mit erloschener Weibsstimme
keifend und heulend den Bauch dir kratzt,
einen Ehering suchend und ein geköpftes Kinderspielzeug,
werden dir nichts weiter bedeuten als ein dunkles
zertrümmertes Tor.

Tatsächlich.
Von Hölle zu Hölle, was gibt es? In deiner
Legionen Geheul, in der heiligen Milch
der Mütter Spaniens, in der Milch und den zertretenen
Brüsten
an den Wegen gibt es ein weiteres Dorf, ein weiteres
Schweigen, eine zerbrochene Tür.

Dort bist du. Finsteres Augenlid, Kot
unheilvoller Hühner der Totengruft, dicker Auswurf,
Namenszug
des Verrats, den das Blut nicht tilgt. Wer denn, wer bist du,
o elendes Blatt aus Salz, Hund der Erde,
o übelgeborne Schattenblässe.

Es weicht die Flamme aschenlos zurück,
der Salzdurst der Hölle, die Sphären
des Schmerzes erbleichen.

Verfluchter, möge nur das Menschliche
dich verfolgen, mögest du im absoluten Feuer der Dinge
dich nicht verzehren, mögest du auf den Stufen der Zeit
dich nicht verirren und das glühende Glas dich nicht
durchbohren

noch der reißende Meeresschaum.
Verlassen, allein, für all die
zusammengeronnenen Tränen, für eine Ewigkeit
hingemordeter Hände
und verwester Augen, allein in deinem
Höllenloch, stummen Eiter fressend und Blut
für eine verdammte und einsame Ewigkeit.
Du verdienst zu schlafen nicht,
wenn deine Augen auch mit Nadeln zugesteckt: du mußt
wachen, General, ewiglich wachen,
inmitten der Verwesung der jüngst Gebärenden,
kugelzerfetzt im Herbst. Alle, all die traurigen,
starren zerstückten
Kinder, die aufgehängt in deiner Hölle harren
auf diesen eisigen Festtag: deine Ankunft.
Kinder, schwarz von der Explosion,
rote Fetzen Gehirn, Korridore
voll von zartem Eingeweid, alle harren auf dich, alle in der
nämlichen Haltung,
die Straße zu queren, den Fußball zu stoßen,
eine Frucht zu schlürfen, zu lächeln oder geboren
zu werden.

Ach, lächeln! Lächeln sind da,
bereits zerstört vom Blut,
die mit ausgebrochnen verstreuten Zähnen warten,
und Masken aus verworrener Materie, Gesichter, ausgehöhlt
von unaufhörlichem Pulverdampf, und die namenlosen
Gespenster, die schattenhaft
versteckten, die nie ihr Trümmerbett
verließen. Sie alle erwarten dich, die Nacht zu überstehen.

Sie füllen,
verwesten Algen gleich, die Gänge.
Die Unseren sinds, sie waren unser
Fleisch, unser Heil, unser

Friede von Eisenwerken, unser Ozean
aus Luft und Lungen. Durch sie
das unfruchtbare Erdreich erblühte. Nun, jenseits aller Erde,
vernichtete
Substanz geworden, gemordete Materie, totes Mehl,
erwarten sie dich in deiner Hölle.

Da der durchdringende Schrecken aber und der Schmerz
sich verzehren,
erwarten dich weder Schrecken noch Schmerz.
Allein seist du und verdammt,
einsam und wach unter allen den Toten
und das Blut stürze in dich wie Regen
und ein mit dem Tode ringender Strom herausgerissener
Augen
blicke dich an, über dich gleitend und strömend ohn Ende.

GESANG AUF EINIGE RUINEN

Dieses hier, was geschaffen ward und gemeistert,
dies, was naß ward, benutzt und angeschaut,
liegt – ein armseliger Fetzen – zwischen Erdwellen
und schwarzem Schwefel.
Wie Knospe oder Brust
sich gen Himmel richten, wie die Blume, die aufwächst
aus dem zerstörten Gebein, also erschienen
die Formen der Welt. O Augenlider,
o Säulen, o Treppenfluchten.
O tiefe Materien
zusammengefügt und rein: wieviel, bis ihr Glocken wart!
wieviel, bis ihr Uhren wart! Aluminium
von blauen Proportionen, Zement,
verhaftet des Menschen Traum!
Staub sammelt sich,

Gummi, Schlamm, die Dinge wachsen
und es erheben sich die Wände gleich Rebengeländern
aus dunkler menschlicher Haut.
                                        Da drinnen in Weiß, in Kupfer,
in Feuer, in Vergessenheit wuchsen die Papiere an,
das Klagen ungeheuer, die ärztlichen Verordnungen,
nachts zur Apotheke gebracht, während
jemand im Fieber lag,
die ausgezehrte grübelnde Schläfe, die Tür,
die der Mensch erbaut,
um sie nie mehr zu öffnen.
                                        Alles ist dahin, stürzte zusammen,
rücksichtslos verdorben.
                                        Beschädigtes Hausgerät,
Nachtgewänder, schmutziger Schaum, Harne, gerade
ausgegossen, Wangen, Glas, Wolle,
Kampfer, Rollen, Garn und Leder, alles,
alles durch ein Kreisen zurückgegeben dem Staub,
dem zerrütteten Schlaf der Metalle,
aller Duft, aller Zauber,
alles in Nichts vereint, alles zusammengestürzt,
um nie mehr zu erstehen.
                                        Himmelsdurst, Tauben
mit Brüsten von Mehl: Epochen
Blütenstaubs und der Traube, seht, wie
das Holz, bis es
Trauer geworden, zerfällt: da ist keine Wurzel
für den Menschen: alles ruhet kaum
auf einem Regenzittern aus.
                                        Seht, wie die Gitarre
verdarb am Mund der duftenden Braut:
seht, wie die Worte, die so vieles erschufen,
nun Vernichtung bedeuten: seht auf den Kalk und im
        zertrümmerten Marmor
die Spur – moosüberwachsen schon – des Schluchzens.

SIEG DER WAFFEN DES VOLKES

Aber gleich dem Erinnern der Erd, gleich dem steinhaften
Glanz des Metalls und des Schweigens,
Volk, Heimat und Hafer, ist dein Sieg.

Trag voran deine Fahne, die durchlöchert
wie deine Brust, über die Narben
von Zeit und Erde.

DIE BERUFE AN DER FRONT

Wo sind die Bergleute, wo die Männer,
die die Seile machen, die das Sohlenleder
gerben, die meistern das Netz?
Wo sind sie?

Wo jene, die sangen in der Höhe
des Baues, spuckend und fluchend
auf den luftig schwebenden Zement?

Wo sind die eigenwilligen
nächtlichen Eisenbahner?
Wo die Genossenschaft für die Versorgung?

Mit einem Gewehr, mit einem Gewehr. Mitten im
dunklen Herzschlag der Ebene,
mit dem Blick auf die Trümmer.

Sie richten auf den grausamen Feind
wie auf Dornen die Kugeln,
wie auf Vipern, genau so.

Tag und Nacht, in der trostlosen Asche
des Morgengrauens, in der Standhaftigkeit
des glühenden Mittags.

TRIUMPH

Erhaben ist des Volkes Triumph.
Unter seinem Schritt gewaltigen Sieges
die blinde Kartoffel und die himmlische
Traube erglänzen auf Erden.

LANDSCHAFT NACH EINER SCHLACHT

Verstümmelter Raum, Truppe, zu Boden gefetzt
ins Getreide, Hufeisen
zerbrochen, gefroren zwischen Rauhreif und Steinen,
grimmer Mond.

Mond, verwundeter Stute, ausgeglüht,
eingehüllt in ausgedörrte Dornen, drohend, versunknes
Metall oder Gebein, Abwesenheit, schmerzliches Tuch,
Dunst von Totengräbern.

Hinter dem ätzenden Schein von Nitraten,
von Substanz zu Substanz, von Wasser zu Wasser,
jäh wie entkörntes Getreide
Verkohlte, Verweste.

Weichlich weiche ungewisse Kruste,
Asche schwarz, getrennt und verstreut,
jetzt hallende Kälte nur, grauenvolle
Stofflichkeiten voll Regen.

Bewahret ihn, meine Knie, der mehr
eingesargt als dieses flüchtige Erdreich,
packt ihn, meine Lider, bis er kündet und versehrt,
bewahr ihn, mein Blut, diesen Geschmack von Schatten,
auf daß es kein Vergessen gebe.

ANTI-TANKISTEN

Alles Gezweig klassischen Perlmutts, Aureolen
von Meer und Himmel, Lorbeerwind
euch, ihr Helden
des Eichwaldes, Anti-Tankisten.
Ihr waret im nächtlichen Rachen
des Kriegs
die Engel des Feuers, die furchtbaren,
der Erde lautere Söhne.

So waret ihr, in die Felder
gesät, dunkel wie Saatkorn, hingestreckt,
wartend. Und angesichts des orkanhaften Eisens habt ihr
in des Monstrums
Brust nicht nur ein fahles Stück Sprengstoff geschleudert,
sondern euer unendliches rauchendes Herz,
vernichtende Geißel und wie das Pulver blau.

Ihr habt euch erhoben,
unübertrefflich Treue, gegen die Berge
der Grausamkeit, nackte Söhne
der Erde und des Ruhms.
Ihr hattet zuvor
außer der Olive nichts gesehen, nichts außer den Netzen
voll Schuppen und Silber: ihr hattet um euch
das Werkzeug geschart, das Holz, das Eisen
der Ernten und Bauten:

unter euren Händen erblühte der schöne
Granatapfelbaum und die morgendliche
Zwiebel, und auf einmal
seid ihr hier, blitzgeladen,
den Ruhm anpackend, berstend
von zorngewaltigen Kräften,
von Angesicht zu Angesicht mit der Finsternis hart
und allein.

Euch erwählte die Freiheit in den Schächten
und verlangte für euer Pflugschar Frieden:
die Freiheit erhob sich weinend an den Wegen,
laut rief sie in die Flure
der Häuser hinein; hin über die Felder
flog ihre Stimme zwischen Orange und Wind
und rief die Männer mit reifem Herzen auf, und ihr
eiltet herbei
und hier seid ihr, erwählte
Söhne des Sieges, wie oft gefallen, wie oft
eure Hände getilgt, die verborgensten Knorpel zerspellt,
eure Münder
zum Schweigen gebracht, zermalmt euer Schweigen
bis zur Vernichtung:
doch sogleich inmitten des Wirbelsturms,
treten andre von euch auf den Kampfplan, euer
ganzes unergründliches, euer zündendes
Geschlecht von Herzen und Wurzeln.

MADRID (1937)

In dieser Stunde erinnere ich alles und alle
mit allen Fasern versunken in Bereiche,
die – Klang und Feder –
leise pochend da sind,

fern dieser Erde, aber auf Erden. Heute
beginnt ein neuer Winter.
In dieser Stadt,
in der alles, was ich liebe, ist, gibt es nichts,
es gibt nicht Brot noch Licht: ein Eiskristall fällt
auf verdorrte Geranien. Nachts schwarze Träume,
aufgerissen von Geschossen wie blutende Rinder:
niemand im Morgendämmern des Schanzwerks,
nur ein zerbrochener. Wagen: Moos nun, Schweigen
der Zeit nun
anstelle von Tauben in den verbrannten Häusern,
den ausgebluteten, leeren, die Türen gen Himmel:
schon beginnt der Markt seine armseligen Smaragde
auszubreiten
und Orangen und Fisch,
täglich hergebracht mitten durch das Blut,
bieten sich den Händen der Schwester und der Witwe.
Stadt der Trauer, gehöhlt, verwundet,
zerbrochen, geschlagen, durchsiebt, voll
von Blut und zersplitterten Scheiben, Stadt ohne Nacht, ganz
Nacht und Schweigen und Donnerrollen und Helden,
und nun ein neuer Winter, nackter noch, einsamer noch,
nun ohne Mehl, ohne Schritte, mit deinem
Soldatenmond.
Allem und allen.
Ärmliche Sonne, unser vergossenes
Blut, schreckliches Herz,
geschüttelt und weinend. Tränen wie schwere Kugeln
sind auf deine dunkle Erde gefallen mit einem Rauschen
niedergehender Tauben, Hand, die den Tod
für immer bannt, Blut jedweden Tags
und jeder Nacht und jeder Woche und jeden
Monats. Ohne zu reden von euch, schlummernde wachende
Helden, ohne zu reden von euch, die ihr das Wasser
erbeben macht
und die Erde mit eurem hohen Willen,

hör ich in dieser Stunde in einer Straße die Zeit,
jemand spricht zu mir, der Winter
zieht wieder ein in die Hotels,
wo ich gelebt,
alles ist Stadt, was ich höre, und Ferne,
von Feuer umringt wie von Geifer
der Nattern, überfallen von einem
Höllenregen.
Schon über ein Jahr
berühren die Vermummten dein menschliches Ufer
und verenden beim Kontakt deines elektrischen Bluts:
Bälge von Marokkanern, Verräterbälge
sind zu deinen steinernen Füßen gerollt: Rauch noch Tod
haben deine brennenden Mauern bezwungen.
Nun denn,
was gibts? Ja, die Vernichtung wollen, sind es,
reißende Tiere sinds: dich, weiße Stadt, belauern
der Bischof mit trüber Stirn, die aus Menschenkot, die
feudalen Herrensöhne, der General, in dessen Hand
dreißig Silberlinge erklingen: sie bilden um deine Mauern
einen Gürtel herniederregnender Betschwestern,
eine Eskadron verkommener Gesandter,
ein elendes Rülpsen militärischer Hunde.

Ruhm dir, Ruhm in Wolke, in Strahl,
in Wohlsein, in Schwertern,
blutendes Antlitz, des Rinnsal Blut
widerstrahlt von den tödlich getroffenen Steinen,
du Verschweben herber Süße,
helle Wiege, wehrhaft gemacht unter Blitzen,
Baustoff für Zitadellen, Blutes Art
derer, die als Bienen geboren.
Heute bist du es, Juan, der lebt,
heute bist du es, der blickt, Pedro, ersinnt, schlummert
und ißt:

heut in der Nacht ohne Licht, auf der Wacht ohne Schlaf,
ohne Ruh,
einsam auf dem Zement, auf zerrissener Erde,
von den trauernden Drähten aus, im Süden, im Zentrum,
im Umkreis
ohne Himmel, ohne Geheimnis,
Männer gleich einem Geschmeid aus Stricken schirmen
die flammenumkreiste Stadt: Madrid,
vom Beschuß der Gestirne gehärtet, vom Wallen des Feuers;
Erde und Nachtwache im hohen Schweigen
des Siegs: wie eine zerfetzte
Rose geschüttelt: umkränzt
von unendlichem Lorbeer.

SONNENODE AN DAS HEER DES VOLKES

Waffen des Volkes! Achtung! Bedrohung und
Belagerung
überfluten die Erde noch, mit Tod sie mengend,
die von Stacheln starr!
Salud, Salud,
Salud rufen dir zu die Mütter der Welt,
die Schulen sagen dir Salud, die alten Zimmerleute,
Heer des Volkes, sie sagen dir Salud mit den Ähren,
der Milch, den Kartoffeln, der Zitrone, dem Lorbeer,
mit allem, was der Erd angehört und des Menschen
Mund.
Alles, gleich einer Kette
von Händen, gleich einer
wogenden Hüfte, gleich einer Entschlossenheit von Blitzen,
alles rüstet sich für dich, alles neigt sich dir zu!
Eiserner Tag,
gepanzerte Bläue!
Vorwärts, Brüder,

vorwärts auf gepflügten Erden,
vorwärts in der rauhen und schlaflosen Nacht, der irren
geschundenen,
vorwärts zwischen Reben, der Felsen eisige Farbe betretend,
Salud, Salud, voran. Schneidender denn des Winters Stimme,
empfindlicher denn das Augenlid, unfehlbarer denn des
Donners Spitze,
genauer denn der reißende Diamant, von neuem kriegerisch,
Krieger, dem gestählten Wasser des Erdinnern gemäß,
der Blüte gemäß und dem Wein, dem spiralenen Herzen
der Erde gemäß,
den Wurzeln allen Laubes gemäß, dem ganzen duftenden
Ertrag der Erde.
Salud, Soldaten, Salud, rote Brachen,
Salud, herber Klee, Salud, Dörfer, ankernd
im Leuchten des Blitzes, Salud, Salud, Salud,
vorwärts, vorwärts, vorwärts, vorwärts
über die Schächte hin, über die Totenäcker, die Stirn
bietend dem ungeheuren
Hunger des Todes, angesichts des unheimlichen
Terrors der Verräter,
du Volk, fähiges Volk, Herz und Gewehre,
Herz und Gewehre, vorwärts.
Fotografen, Häuer, Eisenbahner, Brüder
von Kohle und Stein, dem Hammer verschwistert,
dem Wald, Fest froher Schüsse, vorwärts,
Guerilleros, Majore, Sergeanten, Politkommissare,
Flieger des Volkes, nächtliche Kämpfer,
Kämpfer zu Wasser, voran: euch gegenüber
nichts denn eine tödliche Kette, voll verfaulter Fische
ein Erdloch: vorwärts!
dort sind einzig zum Sterben Verdammte,
Sümpfe schrecklichen blutigen Eiters,
das sind keine Feinde: vorwärts, Spanien,
vorwärts, Glocken des Volkes,
vorwärts, ihr Apfelgebreite,

vorwärts, Getreidestandarten,
vorwärts, Lettern des Feuers,
denn in die Schlacht, auf die Woge, ins Grasland,
ins Bergland, in die von bitterem Duft gesättigte Dämmerung
tragt ihr immerwährende Geburt, einen Faden
von schwieriger Härte.
Indes,
Wurzel und Blumengerank entsteigen dem Schweigen,
zu erwarten des Erzgestein Sieg:
jegliches Werkzeug, jegliches rote Rad,
jeder Sägengriff oder Glanz eines Pflugschars,
jeder Spatenstich, jedes Beben des Blutes
will, Heer des Volkes, folgen deinen Schritten:
dein geordnetes Licht erreicht die armen,
die vergessenen Menschen, dein bestimmter Stern
schlägt seine rauhen Strahlen in den Tod
und gründet die neuen Augen der Hoffnung.

V GESANG FÜR STALINGRAD

Nachts schläft der Bauer, erwacht und senkt
seine Hand ins Dunkel und fragt die Dämmerung:
Dämmerung, Morgenrot, Licht des kommenden Tags,
sag mir, ob die reinsten Hände des Menschen
noch die Burg der Ehre verteidigen, sag mir, Dämmerung,
ob die Macht des Stahls an deiner Stirn bricht,
ob der Mensch, ob der Donner an seinem Platz ist,
sag mir, sagt der Bauer, ob die Erde nicht hört,
wie das Blut stürzt geröteter
Helden im Unendlichen irdischer Nacht,
sag mir, ob über dem Baum der Himmel noch dämmert,
sag mir, ob Pulver noch tönt in Stalingrad.

Und der Matrose auf schrecklicher See prüft,
die dunstigen Sternbilder suchend,
einen, den roten Stern der flammenden Stadt,
und findet in seinem Herzen den brennenden Stern,
den Stern des Stolzes, an den seine Hände rühren wollen,
den Stern des Weinens, den seine Augen erbauen.

Stadt, roter Stern, sagen See und Mensch,
Stadt, schließ deinen Glanz zu und deine festen Tore,
schließe, Stadt, deinen gerühmten blutigen Lorbeer ein
und laß die Nacht erbeben vor dem dunklen Leuchten
deiner Augen hinter einem Planeten von Schwertern.

Und der Spanier entsinnt sich Madrids und sagt: Schwester,
widerstehe, Hauptstadt des Ruhms, widerstehe:
aus dem Boden sprudelt all das vergossene Blut
Spaniens, und für Spanien erhebt es sich wieder;
und der Spanier vor den Erschießungskommandos
fragt, ob Stalingrad lebt,
und eine Kette von dunklen Augen im Zuchthaus
bohrt deinen Namen in die Mauern,
und Spanien wird von deinem Blut und deinen Toten
erschüttert,
weil du ihm, Stalingrad, deine Seele liehest,
als es Helden trug gleich den deinen.
Spanien kennt die Einsamkeit, Stalingrad,
so wie du heute die Einsamkeit kennst.
Spanien riß die Erde mit den Nägeln auf,
als Paris reizender war als je zuvor.
Spanien blutete seinen riesigen Blutbaum leer,
als London, wie Pedro Garfias uns sagt,
seine Wiesen fegte und Schwanenteiche.

Heute weißt du es selbst, mächtige Jungfrau.
Heute kennst du, Rußland, selbst Kälte und Einsamkeit.
Während Tausende von Granaten dein Herz zerfetzen,

da Skorpione mit Verbrechen und Gift
sich nahn, um in deinen Geweiden zu fressen, Stalingrad,
tanzt New York, denkt London nach, und ich sage dir:
Schlag zu!
Denn mein Herz kanns nicht ertragen, und unsere
Herzen
können es nicht, können es nicht aushalten
in einer Welt, die ihre Helden allein sterben läßt.

Laßt ihr sie allein? Sie werden auch euch holen!
Laßt ihr sie allein?
Wollt ihr, daß Leben
ins Grab flieht und das Lächeln der Menschen
ausgelöscht sei von Latrinen und Leiden?
Warum antwortet ihr nicht?
Wollt ihr mehr Tote an der Ostfront,
bis sie euren Himmel ganz erfüllen?
Doch dann wird die Hölle nur noch für euch da sein.
Die Welt ist trivialer Heldentaten müde,
wenn die Generäle in Madagaskar
heroisch fünfundfünfzig Affen umbringen.

Die Welt ist der Herbstkonferenzen müde,
immer noch präsidiert von einem Regenschirm.

Stadt, Stalingrad, wir können nicht
deine Mauern erreichen, wir sind weit fort.
Wir sind die Mexikaner, wir sind die Araukaner,
wir sind die Patagonier, wir sind die Guaranís,
wir sind die Uruguayer, wir sind die Chilenen,
wir sind Millionen Menschen.

Glücklicherweise haben wir noch Verwandte in der Familie,
aber wir sind noch nicht dazu gekommen, dich zu
verteidigen, Mutter.
Stadt, Stadt des Feuers, widerstehe, bis eines Tages

wir kommen, schiffbrüchige Indianer, an deine Mauern
zu rühren
mit dem Kuß von Söhnen, die die Heimkehr erhofften.

Stalingrad, noch immer gibt es keine Zweite Front,
aber du wirst nicht fallen, wenn auch Eisen und Feuer
Tag und Nacht an dir nagen.

Selbst wenn du stirbst, wirst du nicht sterben!

Denn nun haben Menschen keinen Tod mehr,
sondern müssen weiterkämpfen, wo immer sie fallen,
bis der Sieg in deinen Händen ist,
seien sie auch müde, geehrt und tot,
denn andere rote Hände, wenn die deinen sinken,
werden die Gebeine deiner Helden hinsäen über die Welt,
daß deine Saat die Erd erfülle.

NEUER LIEBESGESANG AN STALINGRAD

Ich schrieb über die Zeit und über das Wasser,
ich beschrieb die Trauer und ihr maulbeerfarbenes Metall,
ich schrieb über den Himmel und über den Apfel,
jetzt schreibe ich über Stalingrad.

Die Braut bewahrte mit ihrem Taschentuch einst
den Blitzstrahl auf meiner zärtlichen Liebe,
jetzt ist mein Herz auf der Erde,
im Rauch und im Licht von Stalingrad.

Ich berührte mit meinen Händen das Hemd
der blauen und geschlagenen Dämmerung:
nun berühre ich das Morgendämmern des Lebens,
das aufgeht mit der Sonne von Stalingrad.

Ich weiß, daß der jungalte Schnellvergängliche
der Feder, wie ein Schwan eingebunden,
aufbinden wird seinen notorischen Schmerz
über meinen Liebesschrei an Stalingrad.

Ich lege meine Seele hinein, in was ich will.
Ich nähre mich nicht von abgestumpftem Papier,
von Tinte gewürzt und Tintenfaß.
Ich wurde geboren, um Stalingrad zu besingen.

Meine Stimme hielt inne mit deinen großen Toten,
zermalmt an deinen eigenen Mauern,
meine Stimme tönte wie Glocke und Wind,
da ich dich sterben sah, Stalingrad.

Nun bringen amerikanische Kämpfer,
weiß und dunkel wie Granate,
in der Wüste die Schlange um.
Nun bist du nicht mehr allein, Stalingrad.

Frankreich kehrt auf die alten Barrikaden zurück
mit der Flagge gehißter Wut
über den eben getrockneten Tränen.
Nun bist du nicht mehr allein, Stalingrad.

Und Englands mächtige Löwen,
im Flug über das sturmzerwühlte Meer,
schlagen die Krallen in die braune Erde.
Nun bist du nicht mehr allein, Stalingrad.

Heut, unter deinen Bergen aus Züchtigung,
deine Begrabenen sind nicht mehr allein:
es bebt das Fleisch der Toten,
die deine Stirn berührten, Stalingrad.

Vernichtet werden die eingefallenen Hände,
zermalmt die Augen des Soldaten,
voller Blut sind die Stiefel,
die deine Türen eintraten, Stalingrad.

Dein blauer Stahl errichteten Stolzes,
dein Haar mit gekrönten Planeten,
dein Bollwerk geteilter Brote,
deine düstere Grenze, Stalingrad.

Dein Vaterland aus Hämmern und Lorbeer,
das Blut auf deinem schneeweißen Glanz,
Stalins Blick zum Schnee
mit deinem Blut verwoben, Stalingrad.

Die Ehrenzeichen, die deine Toten der Erde
an die durchbohrte Brust der Erde
geheftet haben, und das Erschaudern
des Todes und des Lebens, Stalingrad.

Das tiefe Salz, das von neuem du trägst
zum Herzen des geängstigten Menschen
mit dem Gezweig roter, deinem Blut
entsprossener Hauptleute, Stalingrad.

Die Hoffnung, die aufbricht in den Gärten
wie des erwarteten Baumes Blüte,
die von Gewehren geprägte Buchseite,
die Lettern des Lichtes, Stalingrad.

Der Turm, den in der Höhe du entwirfst,
die Altäre aus blutbeflecktem Stein,
die Verteidiger deines reifen Alters,
die Söhne deiner Haut, Stalingrad.

Die feurigen Adler deiner Steine,
die von deiner Seele gesäugten Metalle,
die Abschiede unzähliger Tränen
und die Wellen Liebe, Stalingrad.

Die Gebeine tödlich verwundeter Mörder,
die geschlossenen Lider der Invasoren
und die Eroberer, geflüchtet
hinter deinem Blitzstrahl, Stalingrad.

Sk, die den Bogen des Arc de Triomphe demütigten
und die Wasser der Seine durchbohrt haben
mit dem Einverständnis des Sklaven,
sie blieben stecken in Stalingrad.

Sie, die Prag, die Schöne über den Tränen,
über dem Verstummten, dem Verratenen,
seine Wunden tretend, durchzogen,
kamen um in Stalingrad.

Die in Griechenlands Grotte bespien
den Stalaktiten aus verstümmeltem Kristall
und sein klassisches gelichtetes Blau,
wo nun sind sie, Stalingrad?

Die Spanien eingeäschert und zerbrochen,
hinter sich gefesselt ließen das Herz
dieser Mutter von Steineichen und Soldaten,
zu deinen Füßen verfaulen sie, Stalingrad.

Die in Holland Tulpen und Wasser
mit blutigem Schlamm bespritzten
und Schwert und Peitsche verbreiteten,
nun schlafen sie in Stalingrad.

Die in Norwegens weißer Nacht
mit dem Geheul eines angehetzten Schakals
diesen eisigen Frühling verbrannten,
sie verstummten in Stalingrad.

Ehre dir, für das, was herbeiträgt die Luft,
was besingen man muß, und fürs Gesungene,
Ehre für deine Mütter und deine Söhne
und deine Enkel, Stalingrad.

Ehre dem Kämpfer im Meeresdunst,
Ehre dem Kommissar, dem Soldaten,
Ehre dem Himmel hinter deinem Mond,
Ehre der Sonne von Stalingrad.

Bewahre einen Fetzen unbändigen Schaumes mir,
bewahr mir ein Gewehr, bewahre mir einen Pflug,
daß man es lege auf mein Grab
mit einer roten Ähre deines Landes,
damit man wisse, wenn es noch einen Zweifel gibt,
daß in Liebe zu dir ich gestorben und du mich geliebt,
und wenn ich nicht kämpfte an deiner Hüfte,
ich belasse zu deiner Ehre diese dunkle Granate,
diesen Liebesgesang an Stalingrad.

TINA MODOTTI IST TOT

Tina Modotti, Schwester, du schläfst nicht, nein,
du schläfst nicht:
vielleicht hört dein Herz die gestrige Rose
wachsen, die letzte gestrige Rose, die neue Rose.
Ruhe sanft, Schwester.

Die neue Rose gehört dir, die neue Erde gehört dir:
du hast dir ein neues Kleid angelegt aus tiefem Samen
und dein sanftes Schweigen füllt sich mit Wurzeln.
Du wirst nicht vergebens schlafen, Schwester.

Rein ist dein süßer Name, rein ist dein zerbrechliches Leben.
Aus Biene, Schatten, Feuer, Schnee, Stille, Meeresschaum,
aus Stahl, Linie, Pollen erbaute sich deine eisenharte,
deine schlanke Struktur.

Der Schakal am Kleinod deines schlummernden Leibes
zeigt die Feder noch immer und die blutgetränkte Seele,
als könntest du, Schwester, dich erheben,
lächelnd über den Schlamm.

Ich führe dich in mein Land, auf daß sie dich nicht antasten,
in mein Land des Schnees, auf daß an deine Reinheit
nicht der Mörder gelange, noch der Schakal, noch der
Gedungene:
dort wirst du Frieden haben.

Vernimmst du einen Schritt, einen Schritt voller Schritte,
etwas
Großes her von der Steppe, vom Don, von der Kälte her?
Vernimmst du einen festen Soldatenschritt im Schnee?
Schwester, deine Schritte sind es.

Sie werden eines Tages an deinem kleinen Grab vorüberziehn,
bevor die gestrigen Rosen sich entblättern,
werden endlich die von morgen vorüberziehn, zu sehen,
wo dein Schweigen brennt.

Eine Welt marschiert zum Ort, Schwester, wo du gingst.
Täglich fliegen voran die Lieder deines Mundes
im Mund des rühmlichen Volkes, das du geliebt.
Dein Herz war tapfer.

In deines Landes alten Küchen, auf den staubigen
Wegen, etwas spricht und geht vorüber,
etwas kehrt zur Flamme deines goldhellen Volkes zurück,
            etwas erwacht und singt.

Die Deinen sinds, Schwester, die heut deinen Namen nennen,
sie, die von überall, vom Wasser und vom Lande,
mit deinem Namen schweigen und nennen wir andere Namen.
            Denn die Flamme stirbt nicht.

7. NOVEMBER

Ode auf einen Tag des Sieges

Dieser zweifache Jahrestag, dieser Tag, diese Nacht,
werden sie eine hohle Welt vorfinden, werden sie ein
stumpfes Loch verzweifelter Herzen antreffen?
                        Nein, mehr als ein Tag mit Stunden,
es ist ein Zug von Spiegeln und Schwertern,
ist eine zweifache Blüte, die da schlägt an die Nacht,
bis sie das Morgengraun von seinem nächtlichen Rebstock
            gerissen!

Tag Spaniens, der aus dem Süden du
nahst, mutiger Tag
mit eisernem Gefieder,
du kommst dorther, vom Letzten, der mit zerspellter
            Stirne fällt,
deine Feuerziffer noch immer im Munde!

Und dorthin gehst du mit unserer
unversunknen Erinnerung:
du warst der Tag, du bist
der Kampf, du trägst

die unsichtbare Säule, die Schwinge,
wo geboren werden wird, mit deiner Zahl, der Flug!

Siebenter, November, wo lebst du?
Wo glühen die Blütenblätter, wo sagt
dein Brausen zum Bruder: steig empor! und zum Gefallenen:
erhebe dich!

Wo wächst aus dem Blut dein Lorbeer auf
und durchdringt das arme Fleisch des Menschen und
wächst auf,
den Helden zu erbauen?

In dir, Union, von neuem,
in dir, von neuem, Schwester der Völker der Welt,
reines sowjetisches Vaterland, wende deinen Samen zu dir
zurück,
groß wie auf die Erde verstreutes Laubwerk!

Für dich ist kein Klagen, Volk, bei deinem Kampf!
Alles muß von Eisen sein, muß vorwärtsschreiten und
verwunden,
alles, sogar das untastbare Schweigen, sogar der Zweifel,
sogar der Zweifel selbst, der mit Winterhänden
unser Herz sucht, es zu erstarren, es zu versenken,
alles, selbst die Freude, alles sei aus Eisen,
um dir beizustehen, Schwester und Mutter, beim Sieg!

Der heute dich verleugnet, er soll ausgespien sein!
Der Elende soll seine Strafe haben heut in der Stunde
der Stunden, beim gesamten Blut,
zurückkehren mag der Feigling
in die Finsternis und zum Mutigen sich der Lorbeer wenden,
zum mutigen Weg, zum mutigen Schiff
aus Schnee und Blut, das die Welt verteidigt!

Ich grüße dich, Sowjetunion, an diesem Tag,
mit Bescheidenheit, ich bin Schriftsteller und Poet.
Mein Vater war Eisenbahner: wir waren immer arme Leute.
Ich war gestern, fern, in meinem kleinen Land
der großen Regen, mit dir. Dort wuchs dein glühender Name,
in der Brust des Volkes brennend,
bis er den hohen Himmel meiner Republik berührte!

Heute denke ich an sie, alle sind bei dir!
Von Werkstatt zu Werkstatt, von Haus zu Haus,
fliegt wie ein roter Vogel dein Name!

Gepriesen seien deine Helden, und jeder Tropfen
deines Bluts, gepriesen
die hochschäumende See von Brüsten,
die deine reine und stolze Wohnstatt verteidigen!
Gepriesen das heldenhafte und bittere
Brot, das dich nährt, während die Tore der Zeit sich auftun,
daß dein Heer des Volkes und des Eisens singend marschiere
zwischen Asche und Ödland, über die Mörder hinweg,
zu pflanzen eine Rose, groß wie der Mond,
in die zarte und heilige Erde des Sieges!

GESANG FÜR BOLÍVAR

Vater unser, der du bist in Erden, im Wasser, in der Luft
all unserer weiten schweigenden Breite,
alles trägt deinen Namen, Vater in unserm Gebiet:
deinen Namen bringt das Zuckerrohr zur Süße,
Bolívarzinn strahlt wie Bolívar,
Bolívarvogel über Bolívarvulkan,
Kartoffel, Salpeter, besondere Schatten,
Strömungen, Adern phosphorischen Gesteins,
alles, was unser, entstammt deinem erloschenen Leben:

Ströme, Ebenen, Glockentürme waren dein Nachlaß,
unser Erbe ist unser täglich Brot, Vater.

Dein kleiner tapferer Hauptmannsleib
hat ins Unendliche hin seine metallische Form gebreitet:
plötzlich kommen deine Finger aus dem Schnee hervor,
und der südliche Fischer bringt jäh ans Licht
dein Lächeln, deine Stimme pochend in den Netzen.

Welche Farbe soll die Rose haben, die wir nahe deiner Seele
pflanzen wollen?
Rot soll die Rose sein, die an deinen Schritt gemahnt.
Wie sollen die Hände sein, die an deine Asche rühren?
Rot sollen die Hände sein, in deiner Asche geboren.
Und wie die Saat deines toten Herzens?
Rot die Saat deines lebendigen Herzens.

Und so umgibt dich heute ein Kreis von Händen.
Neben meiner Hand ist eine andere, und eine andere
daneben,
und immer mehr andere, hinunter in die Tiefen des
dunklen Kontinents.
Und eine andere dir unbekannte Hand
streckt sich aus, Bolívar, der deinen entgegen.
Von Teruel, aus Madrid, vom Jarama, vom Ebro,
aus den Zuchthäusern, aus der Luft, aus dem Tod Spaniens
kommt diese rote Hand, die ein Kind ist der deinen.

Hauptmann, Kämpfer, wo immer eine Stimme
Freiheit ruft, wo immer ein Ohr lauscht,
wo immer ein roter Soldat eine braune Stirn zerschmettert,
wo immer Lorbeer der Freien grünt, wo immer ein neues
Banner sich mit dem Blut unsrer ruhmreichen Dämmerung
schmückt,
Bolívar, Hauptmann – dort kann man dein Antlitz erraten,
in Pulver und Rauch wird dein Schwert wiedergeboren,

wieder ist dein Banner mit Blut bestickt.
Schurken fallen über deine Saat her von neuem:
An ein anderes Kreuz wird der Sohn des Menschen
geschlagen.

Doch hin zur Hoffnung führt dein Schatten uns:
Der Lorbeer und das Licht deines roten Heeres
sieht durch die Nacht Amerikas mit deinem Blick.
Deine Augen, die wachsam sind über den Meeren,
über den unterdrückten und verletzten Nationen,
über den dunklen Städten in Flammen,
deine Stimme, deine Hand sind wiedergeboren:
Dein Heer verteidigt die heiligen Banner:
Und das schreckliche Geräusch des Schmerzes zieht voran
der Dämmerung vom Blut des Menschen gerötet.

Befreier, eine Welt des Friedens ward in deinen Waffen
geboren,
Frieden, Brot, Korn sprossen aus deinem Blut:
Aus unserem jungen Blut, stammend aus deinem Blut,
wird Frieden, Brot, Korn kommen für die Welt, die wir
bauen werden.

Ich traf Bolívar eines langen Morgens
in Madrid im Stab des Fünften Regiments.
»Vater«, sprach ich zu ihm, »bist dus oder bist dus nicht oder wer
bist du überhaupt?«
Und hinüberschauend nach Cuartel de la Montaña sagte er:
»Ich erwache alle hundert Jahre, wenn das Volk erwacht.«

GESANG AUF DEUTSCHLANDS STRÖME

Auf dem Rhein in der Nacht, das Wasser führt einen
Mund mit
und der Mund eine Stimme und die Stimme eine
Träne
und eine Träne rinnt den ganzen goldnen Rhein hinab,
wo die Süße der Loreley nicht mehr lebt,
eine Träne durchtränkt die aschfarbenen Reben,
auf daß auch der Wein Geschmack von Tränen habe.
Auf dem Rhein in der Nacht, das Wasser führt eine Träne,
eine Stimme mit, einen Mund, der mit Salz ihn anfüllt.

Der ganze Frühling hat sich mit Weinen durchtränkt,
denn der Strom überzieht ihn mit salzigen Wurzeln,
und die Tränen klimmen langsam den Baum empor,
bis sie oben glänzen wie Blüten aus Eis:
vorbei geht die Mutter und gewahrt ihre Träne oben,
vorbei geht der Mann, und erblüht ist sein langes Schweigen:
und von seinem Martyrium her der Gefangene bemerkt,
was ihm der Frühling sagt aus den Lüften.

Die Elbe hat deine ganze kalte Erde durchflossen:
etwas möchte ihre vereiste Zunge dir sagen,
sie schweigt unter des Stadtrands Brücken
und spricht, allein, in den Feldern, ohne ihre Botschaft
zu nennen,
umherirrend, wankend wie ein verlorenes Kind.

Die Oder aber hat weder Transparenz noch Gesang,
die Oder führt Blut mit, das weder singt noch glänzt,
heimliches Blut tragen ihre Fluten gen Norden,
und der Ozean erwartet tagtäglich ihr Blut:
der alte Strom zittert wie eine junge Arterie,
ergreift aus dem Martyrium sein Zeugnis und eilt,
daß unser Blut sich nicht in der Erde verliere.

Schon führen die Ströme kein Blütenblatt der Kälte mehr mit,
aber die blutige Rose der Henker
und den herrlichen Samen des Baumes von morgen:
seltsamer Baum, Kreuzung von Peitsche und Lorbeer.
Unter der Erde anwächst das Wasser der Rache,
und es legt die Früchte seiner Geburt der Sieg
auf die alten blauen Adern der Erde,
daß so am blutigen Wasser sich wasche
des Menschen Herz, wenn es wieder hervorkommt.

Freies Deutschland, wer sagt,
daß du nicht kämpfst? Deine Toten sprechen unter der Erde.
Deutschland, wer sagt, daß du nichts bist als Zorn
des Mörders? Und mit wem hat begonnen der Mörder?
Banden sie nicht eines Tags deine reinen Hände von Stein,
sie zu verbrennen? Zündete nicht der Henker
die erste Feuersbrunst an
auf deiner reinen Stirn aus Musik und Kühle?
Zerfetzten sie nicht das innerste Blütenblatt Europas,
voller Blut es reißend aus deinem roten Herzen?
Wer ist der Kämpfer, der sich erdreistet,
anzutasten die Geschlechterfolge deiner Schmerzen?

Brigaden
deutscher Brüder:
ihr durchdrangt das ganze Schweigen der Welt,
um eure breite Brust neben die unsere zu stellen,
eure Kerker waren wie nächtens ein Strom,
der Spanien eure heimlichen Stimmen trug entgegen,
denn dieses war das würdige Vaterland, das wir verteidigten
vor den hungrigen Wölfen, die euch die Seele zerfraßen.
Einsteins Stimme war eine Stimme der Ströme.
Heines Stimme sang wie das Wasser in uns.
Mendelssohns Stimme der alten Berge
senkte sich herab, unsere trockenen Kehlen zu frischen.

Die Stimme Thälmanns wie ein verscharrter Strom,
sie schlug auf dem Kampfplatz des Menschen,
und eure Stimmen aus Kathedrale und Strombett all
hörte man von den hohen Felsen Europas
herniederfallen in einem ungeheuren Stromkatarakt.

Alle Ströme sprechen von dem, was du stürzt.
Taube Venen Bluts queren dein Gebiet
und die gefesselte Seele schüttelt sich in deiner Erde.

Freies Deutschland, Mutter dieses heimlichen Stromes,
der unterm Beil entspringt, der aus dem Kerker kommt
und die Schritte belebt des unsichtbaren Soldaten:
in der Nacht, im Nebel hört man deine erstickte Stimme
wachsen, sich vereinigen, sich formen und strömen
und singen mit deiner bejahrten Stimme den alten Gesang.

Ein neuer Strom fließt tief und mächtig daher
von deinem gemarterten Herzen. Deutschland,
aus dem Unglück erheben sich seine Fluten.
Die heimliche Stimme wächst nahe den roten Grenzen,
und der versunkene Mensch steht auf und wandelt.

GESANG AUF DEN TOD UND DIE AUFERSTEHUNG LUIS COMPANYS'

Wenn am Hügel, wo andre Tote weiter-
leben wie blutige erdversenkte Samen,
dein Schatten wuchs und wuchs, bis die Luft erstarb
und das Gebild der schneeigen Mandel schrumpfte
und dein Schritt sich dehnte gleich einem kalten Hall,
der niedersank von einem eiserstarrten Dom,
pochte dein Herz an die allerewigsten Tore:
ans Haus der toten Führer Spaniens.

Jugendlicher Vater, gefallen mit der Blüte an der Brust,
mit der Blüte des katalanischen Lichts an der Brust,
mit der Nelke, naß vom unauslöschlichen Blut,
mit dem Mohn, lebendig über dem gebrochnen Licht,
deine Stirn hat die Unsterblichkeit des Menschen empfangen
unter den begrabenen Herzen Spaniens.

Deine Seele barg des Dorfes jungfräuliches Öl,
den herben Tau deiner goldenen Erde,
und Wurzeln alle des versehrten Kataloniens
empfingen aus dem Quell deiner Seele das Blut,
die Grotten der Totgewässer, wo das stürmende Meer
seine Bläue vernichtet unter unbändigem Schaum,
und der Mensch und das Vergessen schlummern im Duft,
den dein vergossenes Blut zurückließ auf der Erde.

Laß geschehen, daß in alle Himmelsbreiten des roten
Kataloniens
und von Gipfel zu Gipfel der Felsen Spaniens
die Nelken hin und her wallen deiner lebendigen Wunde
und die Tücher netzen mit deinem heiligen Blut,
Kastiliens Söhne können dich nicht beweinen,
denn du bist in der Ewigkeit kastilischen Gesteins,
die Mädchen Galiciens beweinen, Flüssen gleich,
die Giganten-Söhne der asturischen Mine,
alle, Euzkadis Fischer und des Südens, sie, die einen anderen
gemordeten Hauptmann zu rächen haben in Granada,
deine Guerillero-Heimat läßt das Land erbeben
und findet Spaniens ehrwürdige Quellen.

Guerilleros aller Gebiete, Salud,
berührt das Blut, berührt es in der geliebten Erde;
es ist das gleiche, das auf die Regenweiten des Nordens
gefallen und auf den Süden der ausgedörrten Rinden:
greift sie an, die gleichen, bitteren Feinde,
erhebt ein einziges flammendes Banner:

geeint durch das Blut des Hauptmanns Companys,
das in der Erde sich vermählt dem Blute Spaniens.

HARTE ELEGIE

Señora, groß machtest du, größer unser Amerika.
Du gabst ihm einen reinen Strom, mit ungeheuren
Wassern:
du gabst ihm einen hohen Baum mit unendlich vielen
Wurzeln:
einen, deinen Sohn, seines tiefen Landes würdig.
Alle haben wir nach ihm verlangt bei diesen stolzen
Blumen, die bedecken werden die Erde, in der du ruhst,
alle haben wir gewollt, er käme aus der Tiefe
Amerikas mitten durch Wildnis und Öde,
daß deine ermüdete Stirn so rühre
an seine edle Hand, voller Lorbeer und Abschied.

Doch andre sind gekommen durch Erdraum und Zeit,
Señora, und sie begleiten dich bei diesem bitteren Abschied,
für den sie dir verweigerten deines Sohnes Mund,
und ihm das entflammte Herz, das du bewahrtest.
Deinem Durst verweigerten sie das Wasser, das du erschufst,
und den entlegnen Quell trennten sie von seinem Mund.
Und nicht nützen Tränen auf diesem geborstenen Stein,
an dem eine Mutter aus Feuer und Nelken schlummert.

Schatten Amerikas, Helden gekrönt von Leidenschaft,
von Schnee, Blut, Weltmeer, Sturm und Tauben,
hierher: kommt zu der Leere, die diese Mutter in ihren
Augen
wahrte für den lichten Hauptmann, auf den wir warten:
lebendige und tote Helden unsres großen Banners:
O'Higgins, Juárez, Cárdenas, Recabarren, Bolívar,

Martí, Miranda, Artigas, Sucre, Hidalgo, Morelos,
Belgrano, San Martín, Lincoln, Carrera, alle,
kommt her, füllt aus die Leere eures großen Bruders
und daß Luis Carlos Prestes Luft in seiner Zelle spüre,
die mitreißenden Schwingen der Väter Amerikas.

Das Haus der Tyrannen hat heute eine ernsthafte
Anwesenheit, wie ein unermeßlicher Engel aus Stein,
das Haus des Tyrannen hat heute einen Besuch,
schmerzlich und schlafend wie einen ewigen Mond,
eine Mutter läuft durch das Haus des Tyrannen,
eine Mutter aus Jammern, aus Rache, aus Blumen,
eine Mutter aus Trauer, aus Bronze, aus Sieg,
sie wird immerfort blicken in die Augen des Tyrannen,
bis sie geschlagen in sie unsre tödliche Trauer.

Señora, heut erben wir deinen Kampf und deinen Kummer.
Wir erben dein Blut, das keine Ruhe fand.
Wir schwören bei der Erde, die dich jetzt empfängt,
nicht zu schlafen, nicht zu träumen, bis daß zurückkehrt
dein Sohn.
Und wie in deinem Schoß sein Haupt gefehlt hat,
so fehlt uns die Luft, die seine Brust atmet,
so fehlt uns der Himmel, den seine Hand aufzeigte.
Wir schwören weiterzuführen die aufgehaltenen Adern,
die aufgehaltenen Flammen, die wuchsen in deinem Schmerz.
Wir schwören, daß die Steine, die dich aufgehalten sehn,
vernehmen werden des Helden Schritte, der zurückkehrt.

Es gibt keinen Kerker für Prestes, der seinen Diamanten
verbirgt.
Der kleine Tyrann möchte sein Feuer verstecken
mit seinen winzigen Flügeln einer eiskalten Fledermaus
und hüllt sich ein ins schmutzige Schweigen der Ratte,
die auf Raub geht in den engen Gängen des nächtlichen
Palastes.

Aber wie eine Glut aus Funken und Glanz
durch die Stäbe von ausgeglühtem Eisen
bricht hervor das Licht von Prestes' Herz
wie in Brasiliens großen Minen der Smaragd,
wie in Brasiliens großen Flüssen die Strömung,
und wie in unseren Wäldern großmächtiger Natur
hervorragt eine Statue aus Sternen und Laub,
ein Baum des dürstenden Erdreichs Brasiliens.

Señora, groß machtest du, größer unser Amerika.
Und dein Sohn kämpft mit uns in Ketten
an unserer Seite, von Licht erfüllt und Größe.
Nichts vermag das Schweigen der schonungslosen Spinne
gegen den Sturmwind, den seit dem heutigen Tag wir erben.
Nichts vermögen die langsamen Martyrien dieser Zeit
gegen sein Herz aus unbezwingbarem Holz.
Peitsche und Schwert, die deine Mutterhände
einherführten über die Erde wie eine strenge gerechte Sonne,
erhellen die Hände, die heut mit Erde dich bedecken.
Morgen werden wir alles ändern, was dein Haar versehrte.
Morgen werden wir zerbrechen den schmerzhaften Dorn.
Morgen werden wir lichtüberfluten den düstren
Kerker, den es gibt auf Erden.
Morgen werden wir siegen.
Und unser Hauptmann wird mit uns sein.

GESANG AUF DIE ROTE ARMEE BEI IHRER ANKUNFT AN DEN TOREN PREUSSENS

Dies ist der Gesang zwischen Nacht und Tagesanbruch,
dies ist der Gesang,
der aus dem letzten Röcheln kommt wie aus dem
geschlagenen Fell
einer blutigen Trommel,

der aus den ersten Freuden sproß, ähnlich dem blühenden
Zweig im Schnee und dem Sonnenstrahl auf dem blühenden
Zweig.

Dies sind die Worte, die, das mit dem Tod rang, ergriffen
und die Silbe um Silbe wie schmutzige Wäsche die Tränen
auswrangen,
bis des Schluchzens letzte bittere Nässe trocken war,
und aus dem Weinen all das gehärtete Haargeflecht wurde,
die Saite, der feste Faden, daß er das Frührot halte.

Brüder, wir können heut sagen: die Frühe bricht an,
schon können wir mit der Faust auf den Tisch schlagen,
der gestern noch unsere Stirn voller Tränen stützte.
Schon können wir den kristallhellen Turm erblicken
unserer mächtigen verschneiten Kordillere,
denn in dem hohen Stolz ihrer Schwingen aus Schnee
glänzt der strenge Glanz eines Schnees, der fern,
wo verscharrt des Eindringlings Krallen.

Die Rote Armee an den Toren Preußens. Hört es, hört es!
Verschattete, Gedemütigte, strahlende Helden mit
abgefallener Krone,
hört, ihr vernichteten verwüsteten niedergerissenen Dörfer,
hört, Gefolterte, Gehenkte, hört es, tote Guerilleros,
starr unter dem Rauhreif mit Händen, die noch immer das
Gewehr umklammern,
hört, ihr Mädchen, zerlumpte Kinder, hört, heilige Aschen
von Puschkin und Tolstoi, von Peter und Suworow,
hört in dieser Mittagshöhe den Schall,
der wie ein Donner an die Tore Preußens schlägt.

Die Rote Armee an den Toren Preußens. Wo sind
die tollwütigen Mörder, Totengruftgräber,
wo sind sie, die an die Tanne die Mütter aufhängten,
wo sind die Tiger mit Vernichtungsruch?

Sie sind zitternd hinter den Mauern des eigenen Hauses
und erwarten den Blitzstrahl der Strafe, und wenn all die
Mauern fallen,
sie werden kommen sehn die Tanne und die Jungfrau,
den Guerillero und das Kind,
sie werden die Toten kommen sehn und die Lebenden,
sie zu richten.

Hört, Tschecho-Slowaken, bereitet die härtesten
Zwingen vor und die Galgen und die Aschen Lidices,
auf daß sie geschluckt werden morgen vom Henker,
hört, ungeduldige Arbeiter Frankreichs, bereitet vor eure
unsterblichen Ströme,
auf daß in ihnen die ertränkten Eindringlinge treiben.
Bereitet vor die Vergeltung, Spanier, hinter der Sierra,
und an der Küste des glühenden Südens
reinigt den kleinen rostbefallenen Karabiner, denn
gekommen ist der Tag.

Das ist der Gesang des Tages, der anbricht, und der Nacht,
die endet.
Hört es gut, und aus dem gehärteten Leid gehe die sichere
Stimme hervor,
die nicht verzeiht, und nicht zittern soll der Arm, der straft.
Bevor ihr anhebt die Gesänge des menschlichen Erbarmens,
habt ihr noch Zeit, die vom Martyrium durchtränkten Erden
zu sehen.
Hißt morgen nicht die Fahne der Verzeihung
über den verruchten Söhnen des Wolfs und den Brüdern
der Schlange,
über denen, die bis zur letzten Messerschneide gelangten
und die Rose niederwalzten.

Dies ist des Frühlings Gesang, verborgen
unter Rußlands Erde, unter den Erstreckungen
der Taiga und des Schnees, dies ist das Wort,

das von der begrabenen Wurzel aufsteigt bis in die Kehle.
Von der Wurzel, die so viel Qual bedeckt, vom Stamm,
den der bitterste Winter der Erde zerbrach, der Winter
des Bluts auf Erden.

Die Dinge aber gehn vorüber, und aus der Tiefe
der Erde wandelt der neue Frühling.
Seht die Kanonen, wie sie am Zugang Preußens blühen.
Seht die Mitrailleusen und Tanks, die
in dieser Stunde landen in Marseille.

Hört, wie das rauhe Herz Jugoslawiens
in der leergebluteten Brust Europas wieder schlägt.
Hierher, nach Mexiko und Chile, blicken die spanischen
Augen,
weil sie die Rückkehr erwarten ihrer umherirrenden Brüder.

Etwas geht vor in der Welt, wie ein Hauch, den zuvor wir
in den Wogen des Pulverdampfs nicht verspürten.

Dies ist der Gesang, von dem, was geschieht, und dem,
was sein wird.
Dies ist der Gesang des Regens, der fiel auf das Feld,
wie eine gewaltige Träne aus Blut und Blei.
Heute, da die Rote Armee an die Tore Preußens schlägt,
habe ich singen wollen für euch, für die ganze Erde,
diesen Gesang aus dunklen Worten,
auf daß wir würdig des Lichts, das da kommt.

Der Große Gesang
(1950)

I Die Leuchte auf Erden

AMERIKALIEBE (1400)

Vor Perücke und Seidenfrack
waren die Ströme, Ströme arterienhaft,
waren die Cordilleren, auf deren kahler Welle
der Condor und der Schnee unbeweglich schienen:
war die Feuchte und das Dickicht, der noch
namenlose Donner, die Planetensteppen.

Erde war der Mensch, Gefäß, Lidschlag
des zitternden Lehms, Gebild aus Erdenton,
war karibischer Krug, Chibcha-Stein,
kaiserlicher Pokal oder araukanischer Kiesel.
Zart und grausam war er, aber in den Knauf
seiner Waffe aus benetztem Kristall
eingezeichnet waren
der Erde Initialen.
                              Niemand vermochte
später sich ihrer zu erinnern: der Wind
vergaß sie, die Sprache des Wassers
wurde verscharrt, die Schlüssel gingen verloren
oder wurden von Schweigen überflutet oder Blut.

Nicht verloren ging das Leben, hirtenhafte Brüder.
Aber einer wilden Rose gleich
fiel ein roter Tropfen ins Dickicht,
und eine Erdenlampe erlosch.

Ich bin hier, der Geschichte Lauf zu erzählen.
Vom Steppenfrieden des Büffels
bis zu den gepeitschten Gestaden,
wo die Erde endet, im angehäuften
Schaum des antarktischen Lichts
und in den steilabstürzenden Felshöhlen
des düstren venezolanischen Schweigens
suchte ich dich, mein Vater,

junger Krieger du aus Dunkelheit und Kupfer,
oder dich, bräutliche Pflanze, Haarflut unbändig,
Kaimanenmutter, metallene Taube.

Ich, Inkamächtiger des Schlammes,
rührte an den Stein und sprach:
Wer
erwartet mich? Und preßte die Finger
um eine Handvoll tauben Kristalls.
Aber zwischen Zapotecablüten schritt ich,
und sanft war das Licht wie ein Edelwild
und der Schatten ein grünes Augenlid.

Du mein namenloses Land, ohne Namen Amerika,
der Äquinoktien Blütenfaden, Purpurlanze,
dein Duft klomm auf zu mir durch meine Wurzeln
bis zur Schale, die ich austrank, bis zum zartesten
Wort, noch ungeboren von meinem Munde.

I PFLANZENREICHE

Auf die Lande ohne Namen, ohne Zahl,
nieder brach aus andren Bereichen der Wind,
himmlische Fäden brachte der Regen,
und die Gottheit der opfergesättigten Altäre
schenkte Blumen zurück und Leben.

In der Fruchtbarkeit anwuchs die Zeit.

Der Jacarandá trieb Blütenschaum in die Höhe,
gewirkt aus überseeischem Glanz,
die Andentanne mit aufgesträubten Lanzen
war die Hoheit gegen den Schnee,
der Mahagonibaum, der ursprüngliche,

sinterte Blut durch seinen Wipfel,
und im Süden der Lärchen
der Donnerbaum, der tiefrote Baum,
der Dornenbaum, der Mutterbaum,
der feuerlohende Ceibo, der Gummibaum
waren terrenales Volumen und Wohlklang,
waren der Landschaften lebendiges Sein.

Ein neuer weitverbreiteter Duft
erfüllte, durch die Spalten
der Erde dringend, die Atemzüge,
verwandelt in Rauch und Wohlgeruch:
der wilde Tabak erhob
seinen Rosenstrauch von traumhafter Anmut.
Eine in Feuer endende Lanze,
der Mais erwuchs, und seine Gestalt
entkörnte sich und ward aufs neue geboren,
er verteilte sein Mehl, und unter
den Wurzeln bewahrte er Tote,
und dann, in seiner Wiege, sah er
die Pflanzengötter wachsen.
Faltung und Dehnung breitete
des Windes Same aus
auf dem Gefieder der Cordilleren,
gedrängtes Licht von Keimen und Fruchtstempeln,
das von irdischem Balsam gestillte
blinde Frührot
der unerbittlichen Regenzonen,
der umschlossenen Quellen-Nächte,
der morgendlichen Zisternen.
Und in den Ebenen,
metallnen Planetenflächen gleich,
noch immer
unter einem jungen Sternenvolk hielt
der Ombubaum, König der Gräser,
die Luft, die freiwehende, auf, den rauschenden Flug,

und schwang sich auf die Steppe, sie bändigend
mit seinem Halfter von Zügeln und Wurzeln.

Amerika, baumbestanden,
wildes Dorngesträuch zwischen den Meeren,
von Pol zu Pol wiegtest du, grüne Pracht,
dein Wälderdickicht.

Es keimte die Nacht
in Städten aus heiligen Rinden,
in helltönenden Hölzern,
gewaltige Blätter deckten
das werdende Gestein, die Geburten.
Grüner Mutterschoß, amerikanische
samenträchtige Savanne, dichtes Gewölb,
ein Zweig ward geboren, inselgleich,
ein Blatt nahm Schwertgestalt an,
eine Blume wurde Blitz und Meduse,
eine Traube rundete ihre Substanz,
eine Wurzel senkte sich in die Finsternis hinab.

II EINIGE TIERE

Es war die Morgenhelle der Leguan-Echse.

Vom regenbogenschillernden Zackenkamm
sank wie ein Wurfpfeil
ins Grün ihre Zunge nieder,
der mönchische Ameisenbär betrat
den Urwald melodischen Schritts,
das Guanaco, zart wie Sauerstoff
in den weiten fahlen Höhen,
lief, goldene Stiefel tragend, einher,
indes mit unschuldsvollen Augen das Lama

aufsah in der Lieblichkeit
der tauerfüllten Welt.
An den Ufern der Morgenröte
flochten die Affen einen unendlich
erotischen Faden,
indem sie Wände von Blütenstaub niederrissen
und den veilchenfarbenen Flug aufscheuchten
der Schmetterlinge von Muzo.
Es war die Nacht der Kaimane,
die unberührte Nacht, wimmelnd
von Rachen, die hervorkamen aus dem Schlamm;
und von den schläfrigen Lagunen
kehrte ein dumpfes Geräusch von Panzern
zum irdischen Ursprung zurück.

Mit seinem phosphoreszierenden Fernsein
tastete der Jaguar an die Blätter,
der Puma bricht, wie verzehrendes
Feuer, in das Gezweig,
während in ihm die alkoholischen
Augen der Wildnis brennen.

Die Dachse zerwühlen die Ufergründe
des Stroms, sie wittern das Nest,
dessen flügelschlagende Zärtlichkeit
sie anfallen werden mit roten Zähnen.

Und in der Tiefe des mächtigen Wassers
lebt, dem Umfang der Erde gleich,
die gigantische Anacondaschlange,
bedeckt mit heiligem Schlamm,
die Allesverschlingende, Abgöttische.

Alles war Flug auf unserer Erde.
Die Kardinäle, Tropfen aus Blut
und Federn gleich, saugten
aus dem Morgendämmern von Anáhuac das Blut.
Der Tukan war ein bezauberndes
Kästchen glasierter Früchte,
der Kolibri bewahrte des Blitzes
ursprüngliche Funken,
und seine winzigen Flackerfeuer
brannten in der unbeweglichen Luft.

Wie Barren grünen Goldes,
soeben der zähen Masse
der überschwemmten Sümpfe entstiegen,
füllten die prächtigen Papageien
des Laubwerks Unergründlichkeit;
und aus ihren kreisrunden Augen
blickte metallgelb ein Ring,
alt wie Erzgestein.

Alle Adler des Himmels
nährten ihr blutges Geschlecht
im unbewohnten Blau,
und auf Raubtierschwingen
flog über der Welt
der Condor, König der Mörder,
des Himmels einsiedlerischer Mönch,
schwarzer Talisman des Schnees,
der Falkenbeize Orkan.

Die Baukunst des Bäckervogels
erschuf aus duftendem Lehm
kleine klingende Bühnen,
auf denen er singend auftrat.

Der Atajacaminos stieß
am Rand der Wasserhöhlen
seinen feuchten Schrei aus.
Die araukanische Felsentaube baute
rauhe Nester aus Gestrüpp,
in die sie das königliche Geschenk
ihrer bläulich schimmernden Eier legte.

Die Loica des antarktischen Südens, des Herbstes
zartduftende süße Tischlerin,
wies ihre mit scharlachroten
Himmelszeichen bestirnte Brust,
und der australe Chingolo erhob
seine Flöte, soeben aus der
Wasserewigkeit getaucht.

Der Flamingo aber, feucht wie
eine Seerose, spannte seine
rosenroten Kathedralenflügel auf
und flog wie die Morgenröte
weit fort vom drückendheißen Wald,
dorthin, wo des Quetzalvogels Geschmeide
hängt, der, plötzlich erwacht,
sich regt, davonschlüpft und funkelt
und aufstieben läßt seine unberührte Glut.

Fliegt ein meerhafter Berg
zu den Inseln, ein Mond
von Vögeln, die gen Süden ziehn
auf die vom Dünger gärenden Inseln
Perus.
Ein lebender Schattenstrom ists,
ein Komet aus kleinen
zahllosen Herzen,
die, hinwogend zum Archipel,
wie ein Himmelsgestirn mit dichtem Schweif
die Weltensonne verdunkeln.

Und dort, wo die zornergrimmte See
endet, im Regen des Ozeans,
schwingen des Albatros Flügel auf,
wie zwei Organe aus Salz,
die in der Stille
zwischen den reißenden Böen
mit ihrer weitgespannten Hierarchie
der Einsamkeiten Ordnung errichten.

IV DIE STRÖME EILEN HERBEI

Geliebte der Ströme, umkämpft
vom blauen Wasser und der Tropfen Transparenz,
gleich einem Baum aus Adern ist deine Erscheinung
einer dunklen Göttin, die in Äpfel beißt:
einst, beim Erwachen nackt, wurdest du
von den Flüssen tatauiert,
und in den feuchten Höhen
dein Haupt erfüllte die Welt mit frischem Tau.
Das Wasser bebte an deinem Gürtel.
Von Quellen warst du erschaffen,
und Seen glänzten auf deiner Stirn.
Aus deinem Urmutterdickicht sammeltest du
das Wasser wie lebensspendende Tränen,
und durch die Nacht des Planeten hin
rissest du der Ströme Bett ins Sandgefild;
weitverstreutes Geröll, zerklüftetes, querend,
durchbrachst du auf deinem Weg
das ganze Salz der Geologie,
fälltest die undurchdringlichen Wände der Wälder,
trenntest du des Quarzes Muskeln ab.

ORINOCO

Laß mich verweilen, Orinoco, an deinen Ufern
jener zeitlosen Stunde:
laß mich nackt wie einstmals gehn,
in deine taufenden Dunkelheiten dringen.
Orinoco der Scharlachfluten,
laß mich die Hände versenken, die heimkehren
in dein Mütterliches, deinen Zeitenlauf,
Strom der Völkerrassen, Heimat der Wurzeln,
dein breites Rauschen, dein wilder metallener Streif
kommt von dort, woher ich stamme, aus den kargen
stolzen Einsamkeiten, aus einem Geheimnis
wie ein Blut, von einer schweigsamen
Mutter aus Erdenton.

AMAZONENSTROM

Amazonas,
unter den Silben des Wassers die bedeutendste,
Erzvater, du bist
der Befruchtungen
geheime Ewigkeit.
Auf dich stürzen sich Flüsse wie Vögel nieder, dich bedecken
feuerfarbene Pistille,
dich beleben die großen toten Baumstämme mit
Balsamduft,
dich kann der Mond nicht überwachen, nicht ermessen.
Du bist wie ein bräutlicher Baum
prall voll von grünem Samen,
vom wildwuchernden Frühling bist du
in Silber getaucht,
rotglühend bist du von Hölzern,
blau in der Mondsteine Mitte,

umhüllt von eisengrauem Dunst
gelassen ziehend wie eines Planeten Bahn.

TEQUENDAMA

Tequendama, entsinnst du dich
deines einsamen Laufs in den Höhen,
zeugenlos, du, der Einsamkeiten
Lebensfaden, schlanke Willenskühnheit,
Linie des Himmels, Platinpfeil,
entsinnst du dich, wie du unentwegt
Wände aufbrachst von Gold,
bis du niederstürztest vom Himmel zum
schreckenerregenden
Schauplatz des ausgehöhlten Gesteins?

BÍO BÍO

Jedoch sprich du zu mir, Bío, Bío,
deine Worte sinds in meinem Munde,
die dort gleiten, du verliehst die Sprache
mir, den nachterfüllten Sang,
vermischt dem Regen und dem Laub.
Du, als niemand noch das Kind ansah,
erzähltest vom Erwachen mir
der Erde, vom großmächtgen
Frieden deines Reiches, von dem
Beil, verscharrt mit einem Bündel lebloser Pfeile,
und was die Blätter des Zimmetbaums
in tausend Jahren dir erzählt;
und später sah ich dich ins Meer verströmen,
in Mündungen zerteilt und Buchten,

breit und blühend, eine Geschichte
raunend, die blutfarben war.

V MINERALIEN

Urmutter der Metalle, dich verbrannten sie,
zerbissen dich, marterten dich,
dich zernagten sie, verdarben dich
in spätern Tagen, da die Götterbilder
dich nicht mehr schützen konnten.
Lianen, die ihr zum Scheitel aufrankt
der Urwaldnacht, Mahagonibäume,
das Innerste der Pfeile bildend,
Eisen, angehäuft im blühnden Speicher,
himmelstürmende Kralle der Adler,
anführende, meiner Heimat,
unbekannte Gewässer, urböse Sonne,
Woge grausamen Gischts,
lauernder Hai, Zackengehörn
der antarktischen Cordilleren,
Schlangengöttin, federumhüllte,
dünn geworden von blauem Gift,
Fieberseuchen der Ahnen, übertragen
durch Wanderzüge von Vogelschwingen und Ameisen,
tückische Moräste, Schmetterlinge
mit scharfem Wespenstachel, Hölzer
fast dem Erze gleich,
warum verteidigte der Chor
der Feindseligen nicht den Schatz?

Daß mit Blut sie
deine Wimpern färbten,
Urmutter der dunklen Steine!
Aus seinen Lagerungen, dem larvenhaften Glanz
ward der Türkis

eben erst ans Licht gebracht für das Geschmeid
der priesterlichen Sonne, das Kupfer schlief
in seinen schweflichten Lagern,
und in die Tiefe unseres Gestirns drang,
Schicht um Schicht, das Antimon hinab.
Die Steinkohle glänzte, wie des Schnees
vollkommenes Widerspiel, in schwarzem Schimmer,
schwarzes Eis, eingekapselt im heimlichen
Gewitter, unbewegten, unsrer Erde,
als ein gelbes Vogelblitzen
des Schwefels Ströme begrub
am Fuß der eisgen Cordilleren.
Das Vanadium, um in des Goldes Kammer
einzudringen, hüllte sich in Regen,
Messer schliff der Tungstein,
und das Wismut
heilkräftige Haarfluten flocht.

Noch flogen die verirrten
Leuchtkäfer in der Höhe,
Phosphortropfen in die Furche
der Klüfte sprühend
und auf die eisenhaltigen Gipfel.
Weinberge des Meteors sind sie,
des Saphirs unterirdische Gewölbe.
Der kleine Soldat auf der Hochebene
schläft im Gewand aus Zinn.

Das Kupfer gründet seine Verbrechen
in unbegrabenen Finsternissen, voll
mit grüner Materie;
im angewachsenen Schweigen
die verheerenden Kriegermumien schlafen.

Mit Chibcha-Sanftheit gelangt
das Gold aus den düsteren
Bethäusern langsam zu den Kriegern,
es verwandelt sich in rote Blütenfäden,
in blattdünn gehämmerte Herzen,
in irdisches Phosphorglänzen,
in Gebisse märchenhaft.
Damals schlief ich den Schlaf
eines Samenkorns, einer Larve,
und die Stufen von Querétaro
stieg ich hinab mit dir.
                                        Mich erwartete
das Edelgestein mit diffusem Mondesschimmer,
das Fischerkleinod des Opals,
in einer Kirche der leblose Baum,
erstarrt zu Eis von Amethysten.

Wie konntest du, schriftunkundiges Columbien,
denn wissen, daß deine bloßgelegten Steine
einen Sturm grimmen Goldes
heimlich in sich bargen,
wie, Heimat
des Smaragds, konntest du vorhersehn,
daß dieses Geschmeid aus Tod und Meer,
der Schimmer in seinem Erschauern
die Brust erklimmen würde
der eingedrungenen Gewalthaber?

Du warst höchster Begriff vom Stein,
Rose, herangebildet durch das Salz,
verderbenbringende Träne, erdverhüllt,
Sirene mit schlummernden Adern,
Belladonna, schwarze Schlange.
(Während die Palme ihre Säule in hohen
Schmuckkämmen in die Lüfte spreizte,
löste das Salz

von den Bergen den Glanz,
verwandelte auf den Blättern
die Regentropfen in Quarzgestein
und die Andentannen
in weite Avenuen aus Kohle.)

Ich eilte durch die Zyklone in die Gefahr,
stieg hinab zum Leuchten des Smaragds,
klomm zur Rebenranke der Rubine empor,
doch vor der Bildsäule des Salpeters,
hingestreckt in der Wüste, ich verstummte für immer.
Ich sah, wie auf der Asche
des knöchernen Hochplateaus das Zinn
sein giftiges Korallengezweig
in die Höhe streckte,
bis es wie ein Urwalddickicht
den Nebel der Äquinoktien ausbreitete, bis es
das Gepräge bedeckte unserer Getreidemonarchien.

VI DIE MENSCHEN

Wie ein Gefäß des Erdenstoffs
war das erzene Geschlecht, der Mensch,
aus Stein erschaffen und Atmosphäre,
klangvoll und wie die Krüge makellos.

Der Mond walkte die Cariben,
schied heiligen Sauerstoff aus,
malmte Blumen und Wurzeln.
Ranken wirkend und Blumengewinde
auf schweflichten Geweben,
wandelte der Mensch der Inseln,
und die Tritonmuschel blies er
am Gestade der Wogenschäume.

Der Tarahumara hüllte sich in Stacheln,
und in der Endlosigkeit des Nordwestens
schuf er aus Blut und Kiesel das Feuer,
indes das Universum von neuem
erstand im Lehm des Tarasco:
die Mythen der liebeatmenden Erde,
die durchtränkte Üppigkeit, aus der
erotischer Schlamm und liebesglühende Früchte
sich wandelten zu Taten der Götter
und in zartgetönte Wandung von Gefäßen.

Schimmernden Fasanen gleich
stiegen die Priester
die aztekischen Treppen hinab.
Die Dreiecksstufen
erhöhten das tausendfältige
Blitzen der schleppenden Gewänder.
Und die erhabene Pyramide,
Stein und nochmals Stein, Todeskampf und Würde,
bewahrte in ihrem beherrschenden Gefüge
wie einen Mandelkern
ein geopfertes Herz.
Mit einem Donnerschlag, einem Aufheulen gleich,
das Blut stürzte über
die heiligen Freitreppen.
Die Völkermassen aber
webten die Faser, wachten über
die Zukunft der Ernten,
flochten der Feder Geglänz,
bewältigten den Türkis,
und in verschlungenen Geweben
verliehen sie dem Weltenlicht Leben.

Mayas, ihr hattet den Baum
der Erkenntnis gefällt.
Im Zeichen kornspeichernder Geschlechter
erhoben sich die Bauten

der Prüfung und des Todes,
und in den Wasserhöhlen,
goldene Jungfraun in sie werfend,
ergründetet ihr des Keimens Fortbestand.

Dein leises Geraun, Chichén, erwuchs
im Morgendämmer der Wildnis.
In deiner gelben Zitadelle
die Arbeit formte
der Honigwabe Symmetrie,
und des Denkens Kraft bedrohte
das Opferblut der Postamente,
lichtete in der Dunkelheit den Himmel,
lenkte die Heilkunst,
schrieb auf Stein.

Goldglänzend Erstaunen war der Süden.
Die hohen Einsamkeiten
von Macchu Picchu, am Tor des Himmels,
waren angefüllt mit Ölen und Gesängen,
es hatte der Mensch in den Höhen
die Horste der Riesenvögel zerstört,
und im neuen Reich unter den Gipfeln
berührte der Landmann den Samen
mit seinen schneewunden Fingern.

El Cuzco leuchtete auf wie ein Thron
von Warttürmen und Kornkammern,
und jenes fahle Schattengeschlecht,
in dessen offnen Händen Diademe
kaiserlicher Amethyste zitterten,
war die denkende Blüte der Welt.
Auf den Terrassen keimte
des Hochlands Mais,
und über vulkanische Pfade hin
zogen Götter und Riesengefäße.

Der Ackerbau erfüllte mit Düften
das Reich der Küchen
und entbreitete auf den Dächern
einen Sonnenmantel von Körnern.

(Anmutige Rasse, der Bergketten Tochter,
Geschlecht von Turm und Türkis,
verhüll mir die Augen,
bevor wir hinabgehn zum Meer,
woher die Schmerzen kommen.)

Jene blaue Wildnis war eine Höhle,
und im Geheimnisvollen von Baum und Finsternis
sang der Guaraní wie
ein Rauch, der in den Abend steigt,
wie auf dem Laub das Wasser,
der Regen an einem Tag der Liebe,
die Traurigkeit an den Flüssen.

Im entlegensten Amerika, dem namenlosen,
zwischen taumelnden
Fluten, lag, abgeschieden
durch des Planeten
ganze Kälte, Araukanien.
Seht den mächtigen einsamen Süden.
Man erblickt keinen Rauch in den Höhen.
Nur Schneegipfel sieht man
und den stürmenden Südwest, zurückgeworfen
von den struppigen Andentannen.
Suche unter dem grünen Dickicht nicht
das Lied der Töpferwerkstatt.

Alles ist Schweigen von Wasser und Wind.

Aber im Blättergewirr späht der Krieger.
Zwischen den Lärchen ein Schrei.

Ein Paar Tigeraugen inmitten
der Höhen des ewigen Schnees.

Sieh die Lanzen, die ausruhn,
lausch dem Sausen der Luft,
von Pfeilen durchbohrt.
Die Brüste sieh an und die Lenden,
und im Mondlicht glänzen
der Häupter tiefdunkles Haar.

Sieh den leeren Raum der Krieger.

Niemand ist da. Es schluchzt der Diucavogel
wie strömendes Wasser in klarer Nacht.

Es kreuzt der Condor mit schwarzem Flug.

Niemand ist da. Hörst du? Das ist des Pumas Schritt
im Wind und das Blattwerk.

Niemand ist da. Lausche. Lausche dem Baum,
höre ihm zu, dem araukanischen Baum.

Niemand ist da. Blick auf die Steine.

Sieh die Steine Araukaniens an.

Niemand ist da, allein sind die Bäume.

Allein sind die Steine, Araukanien.

II Die Höhen von Macchu Picchu

I

Von Himmelsstrich wandernd zu
Himmelsstrich,
kam ich, einem leeren Netze gleich, in die Straßen
und die Hülle
der Luft und gab bei des Herbstes Ankunft der
ausgestreuten Münze
der Blätter und, inmitten des Frühlings und der Ähren,
dem das Geleit, was die höchste Liebe
wie im Innern eines abgestreiften Handschuhs uns darbringt
wie einen reifen Mond.

(Tage lebendigen Glanzes in der Unbeständigkeit
der Körper: Waffenschärfe, verwandelt
zum Schweigen der Bitterkeit:
Nächte, ausgefasert bis zum letzten Staub Mehl:
angefallene Blütenfäden des bräutlichen Vaterlands.)

Jemand, der zwischen Violinen mich erwartete,
fand eine Welt wie einen begrabenen Turm,
der seine Spirale tief unter alle Blätter
von greller Schwefelfarbe senkte:
tiefer, hinein in das Gold der Geologie;
gleich einem von Meteoren umhüllten Schwert
tauchte ich die ungestüme und sanfte Hand
in des Irdischen stärkste Zeugungskraft.

Ich senkte in die Wogentiefe das Antlitz,
glitt inmitten schweflichten Friedens tropfengleich nieder,
und, ein Geblendeter, kehrte ich zurück zum Jasmin
des verbrauchten menschlichen Frühlings.

II

Wenn auch die Blume der Blume den hohen
Fruchtkeim reicht
und der Fels seinen weitverstreuten Blumen
Leben gewährt
auf seinem abgeschlagenen Kleid aus Diamant und Sand,
zerdrückt der Mensch jedoch das Blütenblatt des Lichts,
das er pflückt
an den entschlossenen Quellen der Meere,
und mit seinen Händen durchbohrt er das zuckende Metall.
Und alsbald, auf der eingesunkenen Hochfläche,
zwischen Wandung und Rauch bleibt
als eine verwirrte Größe die Seele:
Quarz und Sorge, Tränen im Ozean,
wie Weiher der Kälte: aber noch immer
tötet er sie, quält sie zu Tode mit Akten und Haß,
versenkt sie in des Alltags dumpfen Teppich, zerfetzt sie
in der feindlichen Umkleidung der Drähte.

Nein: in Gängen, Lüften, Meer oder Wegen,
wer bewahrt ohne Dolch (gleich fleischroten
Blüten des Mohns) sein Blut? Zorn hat die traurige
Ware des Menschenhändlers erschöpft;
und währenddessen auf des Pflaumenbaums Wipfel hinterläßt
seit tausend Jahren
seine transparente Botschaft der Tau,
auf dem immergleichen Gezweig, das ihn erwartet,
o Herz, o Stirn,
zermalmt in des Herbstes Leeren:
Wie oft, in den Straßen des Winters einer Stadt oder in
einem Autobus oder Schiff im Dämmerlicht, oder in
der undurchdringlichsten Einsamkeit, die einer Festnacht,
unter dem Hall
von Schatten und Glocken, in der nämlichen Grotte
menschlicher Freuden,

wollte ich haltmachen, die ewige Ader zu suchen,
die unergründliche, die ich einst im Stein berührte und
im Blitz, den der Kuß auslöste.

(Das, einer goldgelben Geschichte kleiner trächtiger
Brüste gleich,
im Getreide einen Wert wiederholt,
der in den Keimschichten unaufhörlich Zartheit ist
und der, gleichbedeutend immer, sich ausstreut in Elfenbein,
oder auch, was im Wasser transparente Heimat ist, Glocke,
vom abgeschiedenen Schnee herab bis zu den
bluthungrigen Wellen.)

Ich konnte nur ein Bündel Gesichter und herabgestürzter
Masken erfassen wie Ringe aus taubem Gold,
wie umhergestreute Gewänder, Töchter eines wütenden
Herbstes,
der zittern machte den elenden Baum der erschrocknen
Geschlechter.

Da war kein Ort, die Hand auszuruhn,
der, strömend wie Wasser eines gefangenen Quells
oder fest wie ein Brocken Anthrazit oder Kristall,
die Wärme zurückgegeben hätte oder die Kälte meiner
hingestreckten Hand.
Was war der Mensch? In welchem Teil seines offenen
Gesprächs
zwischen Läden und Gelärm, in welcher seiner metallenen
Regungen
lebte das Unzerstörbare, das Unvergängliche, das Leben?

III

Wie Mais entkörnte sich der Mensch in die
unerschöpfliche
Kornkammer vergeblicher Taten, erbärmlicher
Geschehen, vom ersten zum siebten, zum achten;
und nicht ein Tod, sondern viele Tode erreichten einen
jeden:
tagtäglich ein kleiner Tod, Staub, Gewürm und Lampe,
die im Vorstadtschlamm erlosch, ein kleiner Tod mit
starken Flügeln
drang wie eine kurze Lanze in den Menschen,
und umzingelt von Brot und Messer war der Mensch,
der Herdenzüchter, der Sohn der Häfen oder der Pflugschar
dunkelhäutige Lenker,
oder der hungrige Nager der dichtgedrängten Straßen:
ihren Tod erwartend, ihren kleinen alltäglichen Tod,
verlöschten alle:
und ihr Zerbrechen, unselig, an jeglichem Tag war
wie ein schwarzer Kelch, den sie zitternd tranken.

IV

Der machtvolle Tod, er lud mich oftmals ein:
er war wie in den Wogen unsichtbar das Salz,
und was sein unmerklicher Geschmack verbreitete,
war wie von Abgrund und Gipfel die Mitte
oder unermeßliches Bauwerk aus Wind und Firn.

Zum Grat, dem eisenharten, kam ich, in die Dünne
der Luft, zum Leichentuch von Ackerbau und Gestein,
zu der letzten Stufen Sternenleere,
zur Schwindel erregenden Spiralenstraße:
du aber, offenes Meer, o Tod! nahst nicht von Woge zu Woge,

sondern als Ansturm nächtlicher Klarheit
oder als die totale Summe der Nacht.

Niemals kamst du, in Taschen zu wühlen, dein Erscheinen
war ohne rote Gewandung nicht möglich,
ohne des Frührots Teppich aus ummauertem Schweigen,
ohne großes und begrabenes Vermächtnis von Tränen.

Ich vermochte nicht in jedem Wesen einen Baum zu lieben
mit seinem
dünnen Herbst auf den Schultern (den Tod von
tausend Blättern),
all die unwahren Tode und Auferstehungen
ohne Welt, ohne Abgrund:
schwimmen wollte ich im weitesten Leben,
in den weltoffensten Mündungen,
und als sich nach und nach der Mensch mir entzog
und Weg und Tür verschloß, daß
meine quellentstiegenen Hände nicht rührten an seine
schmerzliche Unexistenz,
da ging ich von Straße zu Straße und Fluß zu Fluß
und Ort zu Ort und Bettstatt zu Bettstatt,
und meines Angesichts salzige Maske querte die Einöde,
und in den letzten erniedrigten Häusern ohne
Lampe, ohne Feuer,
ohne Brot, ohne Mauerstein, ohne Ruhe, allein,
ich wand sterbend mich in meinem eigenen Tod.

V

Großer Tod, Vogel mit eisernen Schwingen,
du warst es nicht,
den der armselige Erbe der Hausungen
unter der leeren Haut trug bei heruntergeschlungener Nahrung,

etwas war es, eines zerstörten Seiles nichtiger Rest,
ein Atom der Brust, die nicht zum Kampfe kam,
oder der herbe Tau, der nicht auf die Stirne fiel.
Was nie wiedererstehen kann, war es, ein Stück
des erbärmlichen Todes ohne Frieden, ohne Land:
ein Knochen, eine Glocke, die in ihm starben.
Ich nahm die Jodbinden ab, tauchte die Hände
in die dürftigen Schmerzen, die den Tod ertöteten,
und fand in der Wunde nichts denn einen eisigen
Windhauch,
der durch die flüchtigen Risse der Seele drang.

VI

Damals bin ich die Treppe der Erde
emporgestiegen
zwischen grausem Gestrüpp verlorener Wälder
bis zu dir, Macchu Picchu.
Hohe Stadt aus stufigem Gestein,
endlich Wohnstatt dem, der das Irdische
nicht verbarg in schlafbefallenen Gewändern.
In dir wiegte sich wie zwei parallele
Linien des Blitzes und des Menschen
Wiege in einem Dornenwind.

Mutter des Steins, Schaumkrone der Condore.

Der Menschheitsdämmerung hohes Riff.

Schaufel, im ersten Sande verloren.

Dies war die Wohnstatt, dies ist der Ort:
hier stiegen die prallen Maiskörner aufwärts
und fielen, ein roter Hagel, von neuem nieder.

Hier wuchs, die Liebste zu schmücken,
die Totenmale, die Mütter, den König,
die Gebetstatt, die Krieger, des Lamas goldenes Haar.

Hier ruhten zur Nacht des Menschen Füße aus
neben den Fängen des Adlers in den hochgelegenen
grausigen Höhlen, und im Schein des Frührots
zertraten sie mit Donners Füßen den gelichteten Nebel
und rührten an Erdreich und Steine,
bis sie sie erkannten in Nacht und Tod.

Ich sehe die Gewänder und die Hände,
des Wassers Spur in der hallenden Leere,
die Mauer, besänftigt durch eines Angesichts zarte Berührung,
das mit meinen Augen ansah die Erdenlampen,
das mit meinen Händen die Hölzer, die verschwundenen,
ölte: denn Gewandung, Fell, Gefäße,
Worte, Wein und Brote,
alles schwand dahin, fiel zur Erde.

Und mit Orangenblütenfingern drang
die Luft auf alle die Schlafenden ein:
tausend Jahre aus Luft, Monate, Wochen aus Luft,
aus blauem Wind, aus eisenharter Cordillere,
die wie Schritte sanfter Orkane waren,
Glanz verleihend dem einsamen Bereich des Gesteins.

VII

Tote eines einzigen Abgrunds, Schatten
einer Schlucht,
der unergründlichen, es ist, als ob nur Größe
eurer Hoheit
der wahre Tod kam,

der allverzehrende, und von den durchbohrten Felsen,
von den scharlachroten Kapitellen,
den aufklimmenden Aquädukten herab
ihr euch stürztet wie in einem Herbst
in ein einziges Sterben.
Heute klagt die leere Luft nicht mehr,
kennt sie nicht mehr eure tönernen Füße,
schon vergaß sie eure Krüge, die filterten den Himmel,
als des Blitzes Messer ihn ausfluten ließen,
und verschlungen vom Nebel, vom Windschlag
gefällt ward der machtvolle Baum.

Er stützte eine Hand, die jählings niederbrach
aus der Himmelhöhe bis ans Zeitenende.
Ihr seid nicht mehr: Spinnenhände, schwächliche
Fasern, verwirrtes Geweb:
soviel ihr auch waret, es fiel: Gebräuche, kahle
Silbenklänge, Masken blendenden Lichts.

Aber ein Dauern von Stein und Wort:
erhob sich die Stadt, ein Gefäß in den Händen
aller, der Lebenden, Toten, Verstummten, von soviel Tod
getragen eine Mauer, von soviel Leben ein Pulsschlag
steinerner Blüte: die währende Rose, die Wohnstatt:
dieses andinische Riff der Eismetropolen.

Da die lehmfarbene Hand sich
in Lehm verwandelte, da die feinen Augenlider, erfüllt
von schroffem Gemäuer, von Kastellen bevölkert, sich
schlossen
und jeglicher Mensch sich seiner Gruft verwob,
blieb das errichtete Maß der Vollkommenheit zurück:
der erhabene Sitz des menschlichen Frührots,
das höchste Gefäß, das die Stille barg:
ein Leben aus Stein nach so vielen Leben.

VIII

Steig empor mit mir, amerikanische Liebe.

Küsse die verschwiegenen Steine mit mir.

Des Urubambas reißendes Silber
läßt den Pollen hinfliegen zu seinem gelben Wipfel.
Es schwebt die umschlungene Leere der Schlinggewächse,
die steinerne Pflanze, das harte Blumengewind
über dem Schweigen der gipfelumstandenen Schlucht.
Komm, winziges Leben, unter die Fittiche
der Erde, während du – Kristall und Kälte,
gepeitschte Luft, getroffene Smaragde abspaltend,
o wildes Gewässer, niederströmst vom ewigen Schnee.

Liebe, Liebe bis in die steile Nacht;
vom klingenden Kieselgestein der Anden
hin zur Morgengöttin mit rosenroten Knien
schaut versunken des Schnees geblendeter Sohn.

O Wilkamayu der hell tosenden Wasserbahnen,
wann zerschellst du deinen linearen Donner
zu weißem Schaum gleich versehrtem Schnee,
wann singt und züchtigt, den Himmel weckend,
dein steil herniederfahrender Sturm,
welche Sprache, deinem andinischen Schäumen mühsam
entrissen, trägst du an mein Ohr?

Wer fing den Blitz der Eiseskälte
und hielt ihn gefesselt in diesen Höhn,
aufgeteilt in eisige Tränen,
geschüttelt in rasenden Schwertern,
in sein Kriegerbett geleitet und,
die kampfgehärteten Blütengriffel peitschend,
jählings geschleudert an sein Felsenende?

Was besagt dein wild gejagtes Funkeln?
Dein verborgener rebellischer Blitz,
fuhr er vormals, von Worten belebt, dahin?
Wer wird vereiste Silben aufbrechen,
nachtdunkle Sprachen, Standarten von Gold,
unergründliche Munde, Schreie, unterdrückt
in deinen schmalen Wasseradern?

Wer wird der Blumen Lider abschneiden,
die von der Erde heraufblicken wollen?
Wer wirft die toten Dolden hinab,
die niedersinken in deine Kaskadenhände,
um auszustreuen ihre entkernte Nacht
in die Kohle der Geologie?

Wer stürzt den Zweig hinab der menschlichen Bande?
Wer begräbt die Abschiede noch einmal in Vergessen?

Liebe, o Liebe, rühre du nicht an die Grenze,
noch das versunkene Haupt bete an:
laß geschehen, daß im Haus
der zerschellten Quellen die Zeit ihre Größe vollende
und, zwischen den eiligen Wassern und Mauern,
des Engpasses Luft umfange,
des Winds parallele Klingen,
der Cordilleren blendendes Hochtal,
des Morgentaus herben Gruß
und aufsteige durchs Dickicht, Blüte um Blüte,
die herabgestürzte Schlange zertretend.

In der schroffen Zone, Gestein und Wald,
Staub grüner Sterne, lichte Wildnis,
blitzt wie ein lebendiger See auf oder wie ein junger
Grund des Schweigens der Fluß Mantur.

Komm in mein eigenes Leben, in mein Morgengrauen,
bis zu den gekrönten Einsamkeiten.

Noch lebt das tote Reich.

Und auf der Steinuhr kreuzt gleich einer schwarzen Karavelle
des Condors blutdürstender Schatten.

IX

Siderischer Adler, Weinberg aus Nebel.
Verlorene Bastion, blendender Sarras.
Gestirnter Gürtel, festliches Brot.
Aufströmende Treppe, unermeßliches Lid.
Dreieckige Tunika, Pollen aus Stein.
Granitene Leuchte, Brot aus Stein.
Erzene Schlange, Rose aus Stein.
Begrabener Segler, Quell aus Stein.
Mondes Pferd, Helle aus Stein.
Winkelmaß der Äquinoktien, Dunst aus Stein.
Endgeometrie, Buch aus Stein.
Scholle, in Sturmböen gepflügt.
Sternkoralle der versunkenen Zeit.
Steinwall, geschmeidigt von Fingern.
Himmelsdach, vom Gefieder bekämpft.
Spiegel-Gezweig, Grundfesten des Sturms.
Throne, von der Schlingpflanze gestürzt.
Herrschaft der blutdürstenden Kralle.
Stürmender Meerwind, vom Steilhang gehalten.
Erstarrter Türkiskatarakt.
Patriarchalische Glocke der Entschlummerten.
Metallring der bezwungenen Schneegefilde.
Eisen, auf seinen Bildsäulen ruhend.
Unerreichbar umschloßnes Gewitter.

Pumatatzen, blutgieriger Fels.
Turmhut auf dem Haupt der Welt, Schneediskussion.
Nacht, in Fingern erhoben und Wurzeln.
Auslug der Nebel, steingehärtete Taube.
Nachtgeborenes Gewächs, Standbild des Donners.
Wesentlicher Gebirgszug, des Meeres Dach.
Architektur verlorener Adler.
Tönende Himmelssaite, Biene der Gipfel.
Des Blutes Niveau, erbautes Gestirn.
Luftgebild von Erz, Mond aus Quarz.
Andenschlange, amarantene Stirn.
Kuppel des Schweigens, makelloses Vaterland.
Braut des Meeres, Kathedralenbaum.
Salzgezweig, Kirschbaum mit schwarzen Schwingen.
Verschneites Felsgebiß, eiskalter Donner.
Zerschrundener Mond, bedrohlicher Stein.
Mähne der Kälte, Tat der Luft.
Vulkan von Händen, düsterer Katarakt.
Silberwoge, Richtung der Zeit.

X

Stein im Gestein! wo war er, der Mensch?
Luft in der Luft! wo war er, der Mensch?
Zeit in dem Zeitenlauf! wo war er, der Mensch?
Warst auch du das kleine Bruchstück
des unvollendeten Menschen, des ausgehöhlten Adlers,
der durch die heutigen Straßen, der in den alten Spuren,
der durch die Blätter des verblichenen Herbstes
geht, die Seele bis ans Grab zerstörend?
Die arme Hand, der Fuß, das armselige Leben…
Die Tage des Lichts,
zerstäubt in dir wie Regen
auf den Banderillas des Stierkampfs,

legten sie Blütenblatt um Blütenblatt ihrer dunklen Nahrung
in den leeren Mund?
Hunger, Koralle des Menschen,
Hunger, geheimes Gewächs, der Holzfäller Wurzel,
Hunger, stieg die Linie deines Riffs
bis zu diesen hohen Türmen auf, den zerfallenen?

Ich befrage dich, Salz der Wege,
weise die Schaufel mir, laß mich, Architektur,
mit einem Stecken die steinernen Blütengebilde zerschaben,
alle Stufen des Luftraums erklimmen bis ins Leere hinauf
und das Innerste aufwühlen, bis ich den Menschen
berühre.

Macchu Picchu, legtest du
Stein auf Stein und in den Baugrund das zerlumpte
Gewand?
Kohle auf Kohle und in die Tiefe die Träne?
Feuer ins Gold und dahinein zitternd den roten
Riesentropfen Blut?
Gib mir den Sklaven wieder, den du begrubst!
Schüttle aus dem Erdreich des Elenden
hartes Brot, zeige die Kleider mir
des Fronenden und sein Fenster.
Sag mir, wie er, da er noch lebte, schlief.
Sage mir, ob rauh
sein Schlaf war, klaffend wie ein schwarzes Loch,
und vor Erschöpfung getan auf der Mauer.

Die Mauer, die Mauer! Sag, ob auf seinem Schlaf
lastete jedes Stockwerk aus Stein, ob unter der Mühsal
er umsank in seinen Schlaf wie unter einem Mond!
Antikes Amerika, versunkene Braut,
hüteten auch deine Finger,
da du aus der Wildnis aufbrachst zur himmelshohen Leere
der Götter,

dich dem Dröhnen der Tambore mischend und der Lanzen,
unter den bräutlichen Fahnen des Lichts und edler Sitte,
auch deine, auch deine Finger,
sie, die die abstrakte Rose und die Linie der Kälte, sie,
die des jungen Getreides blutrote Brust übertrugen
auf das Geweb strahlender Materie, auf unzerstörbare
Höhlungen,
hütetest auch du, auch du, versunkenes Amerika, im
Allertiefsten,
im bitteren Eingeweid wie ein Adler den Hunger?

XI

Tief durch den wirren Glanz,
tief durch die Nacht aus Stein laß die Hand mich
strecken,
laß zu, daß des Vergessenen altes Herz
in mir wie ein tausend Jahre gefangener Vogel zuckt!
Laß dieses Glück mich heut vergessen, das größer als
das Meer,
denn größer als das Meer und seine Inseln ist der Mensch,
und wie in einen Brunnen muß man in ihn senken, um
aufzusteigen
vom Grund mit einem Strauß heimlicher Tränen und versunke-
ner Wahrheiten.
Laß mich vergessen, ungeheurer Fels, die machtvolle
Proportion,
das überirdische Maß, einer Honigwabe Steine,
und von dem Dreiecksgefüge laß heut meine Hand
hingleiten auf die Hypotenuse aus herbem Blut und
härnem Hemd.
Wenn der ergrimmte Condor gleich einem Huf aus roten
Käferflügeln
meine Schläfen trifft im Verlauf seines Flugs

und der Orkan blutdürstender Federn von den diagonalen
Treppen
den düstren Staub fegt, ich blicke nicht auf das rasende Tier,
nicht auf den blinden Zyklus seiner Krallen;
ich sehe den ehemaligen Menschen, den Dienenden, auf den
Feldern
den Schläfer, seh einen Leib, tausend Leiber, unter schwarzen
Böen,
einen Mann, tausend Frauen, von Regen schwarz
und Nacht,
beladen mit der Statue lastendem Stein:
Juan Steinbrecher, Wiracochas, Sohn,
Juan Ißkalt, grünen Sternes Sohn,
Juan Barfuß, Enkel des Türkis,
steige auf, mit mir zum Leben zu erwachen, Bruder.

XII

Steige auf, mit mir zum Leben zu erwachen,
Bruder.

Reich mir die Hand aus der tiefen
Zone deines vergossenen Schmerzes.
Du wirst nicht wiederkehren vom Grund der Felsen.
Du wirst nicht wiederkehren aus der unterirdischen Zeit.
Nicht wiederkehren wird deine verhärtete Stimme.
Nicht wiederkehren deine durchbohrten Augen.
Blick aus der Erdentiefe mich an,
Bauer, Weber, schweigsamer Hirt:
Bändiger wilder, Schutz gewährender Lamas:
Maurer des trutzenden Baugerüsts:
Wasserträger der andinischen Tränen:
Goldschmied mit zermalmten Fingern:
Landmann, um das Saatkorn zitternd:

Töpfer du, in deine Tonerde verströmt:
bringt eure alten erdbedeckten Schmerzen
zum Kelch dieses neuen Lebens.
Weist mir euer Blut und eure Strieme,
sagt mir: hier wurde ich gezüchtigt,
weil das Geschmeid nicht glänzte oder die Erde
den Stein nicht hergab zur rechten Zeit oder das Korn:
bezeichnet den Stein mir, auf den ihr stürztet,
und das Holz, an das man euch schlug,
entflammt mir die alten Feuersteine,
die alten Lampen, die Peitschen,
Jahrhunderte hindurch den Wunden verhaftet,
und die Beile mit blutigem Glanz.
Ich komme, zu reden durch euren toten Mund.
Durch das Erdreich hindurch vereint alle
die schweigenden und verstreuten Lippen,
und aus der Tiefe sprecht diese ganze lange Nacht zu mir,
als ob ich verankert wäre mit euch,
erzählt mir alles, Fessel für Fessel,
Glied für Glied der Ketten und Schritt um Schritt,
schärft, die ihr verwahrtet, die Messer,
legt sie an meine Brust, in meine Hand
wie eine Flut von gelben Blitzen,
wie einen Strom erdvergrabener Tiger,
und laßt mich weinen, Stunden, Tage, Jahre,
blinde Zeitenläufte, Sternjahrhunderte.

Gebt mir die Stille, das Wasser, die Hoffnung.

Gebt mir den Kampf, das Eisen, die Vulkane.

Neigt mir die Körper wie Magneten zu.

Eilt her an meine Adern, an meinen Mund.

Redet durch meine Worte und mein Blut.

III Die Conquistadoren

Ccollanan Pachacutec! Ricuy
anceacunac yahuarniy richacaucuta!

Tupac Amaru I.

O mein Gott! Sieh, wie die Feinde
meines Volkes mich töten werden ohne Recht!

Tupac Amaru I.

I SIE KOMMEN AUF DIE INSELN (1493)

Die Menschenschinder verheerten die
Inseln.
Guahaní war die erste
in der Geschichte der Todesmartern.
Des dunklen Erdentons Söhne sahen ihr Lächeln
verwüstet, ihre zerbrechliche
Wildgestalt geschlagen,
und selbst im Tode begriffen sie nicht.
Sie wurden mit Stricken gebunden, verwundet,
wurden verbrannt, zu Asche verzehrt,
wurden zerfleischt und in die Erde gescharrt.
Und als dann die Zeit sich im Walzertakt
drehte in Palmenwäldern im Tanz,
war der grüne Ballsaal leer.

Nur Knochen blieben zurück,
starr aufgeschichtet
in Kreuzesform, zum größeren
Ruhme Gottes und der Menschen.

Von den großen lehmigen Inseln
und dem Astgewirr von Sotavento
bis zu den Korallenmoosgruppen
schlug das Messer des Narváez Wunden.
Hier das Kreuz, hier der Rosenkranz,
hier die Heilige Jungfrau vom Würgeholz.
Columbus' Kleinod, das phosphoreszierende Kuba,
empfing die Reiterstandarte, die Knie
auf dem nassen Sand.

Und dann war Blut und Asche.

Danach einsam blieben die Palmenwälder.

Kuba, du meine Liebe, dich banden sie auf die Folterbank,
dir zerschnitten sie das Antlitz,
dir rissen sie vom Leib die Beine aus bleichem Gold,
dir zerbrachen sie das Granatapfel-Geschlecht,
dich durchbohrten sie mit Klingen,
dich zerstückten sie, verbrannten sie.

Durch die Täler der Anmut
stiegen die Vernichter nieder,
und auf den Bergkegeln, den hohen, verlor
der Helmbusch deiner Söhne sich im Nebel;
doch sie wurden dort ergriffen,
einer um den andern, um, unter Foltern
zerfetzt, zu sterben,
ohne ihre milde Blütenerde,
die unter ihren Füßen entwich.

Kuba, du meine Liebe, welch ein Fieberschauer
schüttelte dich von Wogengischt zu Gischt,
bis du Reinheit wurdest,
Einsamkeit und Schweigen, Undurchdringbarkeit
und um die Knöchlein deiner Kinder
sich die Meereskrabben stritten.

Gen Veracruz weht der Mörderwind.
In Veracruz laden sie die Pferde aus.
Die Karavellen, angetrieben von Räuberklauen
und Rotbärten aus Kastilien, segeln.
Die Arias sind es, die Reyes, Rojas, Maldonados,
Söhne der kastilischen Schutzlosigkeit,
Kenner des Hungers im Winter
und der Läuse in den Herbergen.

Was sehen sie, an den Schiffsbord gelehnt?
Wieviel von dem, was geschehen wird und von der
verlorenen
Vergangenheit, vom treibenden
feudalen Wind im gegeißelten Vaterland?

Sie fuhren aus den Häfen des Südens nicht aus,
um Volkeshände zu legen
an Plünderung und Mord:
grünende Erdstriche sie erschauen,
der Freiheiten viel, zerbrochene Ketten, Bauten,
und vom Schiff aus die Wogen, die an den Küsten
aus undurchdringlichem Geheimnis vergehn.

Werden sie hingehn, um zu sterben oder um neu zum Leben
zu erwachen hinter
der Palmenwildnis, in der glühenden Luft,
die, ein Feuerofen seltsam, den ganzen Glutschwall
der sengenden Zonen gegen sie wirft?
Volk waren sie, struppige Schädel aus Montiel,
harte rissige Hände aus Ocaria und Piedrahita,
Arme von Schmieden, Augen von Kindern,
die da zu der entsetzlichen Sonne blickten und den Palmen.

Der uralte Hunger Europas, Hunger wie eines tödlichen
Planeten Schweif,
hielt das Schiff besetzt,
hier war der Hunger unverhüllt ein umherschweifendes
kaltes Beil; Stiefmutter
der Völker, wirft der Hunger die Würfel
in die Schiffahrt, bläht er die Segel:
»Dort hinüber, sonst fresse ich dich, dort hinüber,
sonst kehrst du zurück
zu Mutter und Bruder, zum Richter und Priester,
zu den Inquisitoren, in die Hölle, zur Pest.
Dorthin, dorthinüber, fern von Läusen,
von der feudalen Peitsche, dem Schuldturm,
den Galeeren voll von Kot.«

Und die Augen von Núñez und Bernales
bannten ins grenzenlose
Licht die erlösende Ruhe,
ein Leben, ein neues Leben,
die unzählige, die heimgesuchte
Gemeinschaft der Armen der Welt.

IV CORTÉS

Cortés hat kein Volk, ist eiskalter Blitz,
totes Herz in der Rüstung.

»Fruchtbare Erdreiche, mein Großer Herr und König,
Tempel, in denen das Gold ruht, von Händen
des Indio geformt.«

Und Dolche in Herzen stoßend, Geißel
der Niederungen, der schwebenden Hügelketten
der Düfte, rückt er vor,
Halt gebietend seiner Truppe zwischen Orchideen

und Fichtenkronen,
Jasmine zu Boden reißend,
bis an die Tore Tlaxcalas.

(Bestürzter Bruder, halte
den rosigen Geier nicht für deinen Freund:
ich rede vom Moos her zu dir, von
den Wurzeln unseres Reiches.
Blut wird es morgen regnen,
die Tränen werden imstand sein,
Nebel zu bilden, Wasserdünste, Ströme,
bis deine Augen vergehen.)

Cortés erhält zum Geschenk eine Taube,
einen Fasan erhält er, eine Kithara
von den Musikern des Monarchen,
er aber will die Kammer des Goldes,
will mehr, und alles fällt
in die Truhen der Habgierigen.
Der Inkakönig zeigt sich auf der Altane:

»Er ist mein Bruder«, sagt er. Die Steine
des Volkes fliegen als Antwort,
und über den verratenen Küssen:
Cortés schärft Dolche.

Er kehrt zurück nach Tlaxcala, der Wind hat
dumpf ein Geräusch von Schmerzen herübergetragen.

V CHOLULA

In Cholula die Jugend zieht
ihre feinsten Gewebe an, Gold
und Federbüsche;
beschuht für die Festlichkeit,
befragen sie den Eindringling.

Der Tod gab ihnen die Antwort.

Tausende Tote liegen dort.
Hingemordete Herzen,
die hingestreckt da zucken
und die im feuchten Schacht, den man aushob,
den Ablauf jenes Tages bewahren.
(Sie rückten mordend zu Pferde ein,
schlugen die Hand ab, die darbrachte
das Huldigungsgeschenk von Gold und Blumen,
sie umzingelten den Festplatz, ermüdeten
die Arme, bis sie gelähmt herunterhingen
beim Vernichten der Blüte des Landes,
bis an den Ellenbogen versanken sie im Blut
meiner bestürzten Brüder.)

VI ALVARADO

Mit Krallen und Messern fiel Alvarado
über die Hütten her, machte
des Goldschmieds Erbgut dem Boden gleich,
entführte dem Stamm die bräutliche Rose,
schändete Geschlechter, Urvätergrund, Religionen;
er war die Schatztruhe der Diebe,
des Todes heimlicher Falk.
Zum gewaltigen grünen Strom, dem Papaloapan,
dem Schmetterlingsfluß, zog er später,
Blut auf seiner Standarte führend.

Der ernste Strom sah sterben seine Söhne
oder als Sklaven weiterleben,
sah auf Scheiterhaufen am Wasser edle Rasse
und Vernunft zu Asche brennen,
jugendliche Häupter.

Der Schmerzen aber war kein Ende
wie bei seinem grausamen Zug
neuen Statthalterschaften entgegen.

VII GUATEMALA

Guatemala, du liebliche, jede Fliese
deiner Hausung birgt einen Tropfen
uralten Bluts, verschlungen
vom Maul der Tiger.
Alvarado zermalmte dein Geschlecht,
zerbrach die Stelen der Sterne,
wälzte sich in deinen Qualen.
Und in Yucatán, hinter den blassen Tigern,
eintraf der Bischof.
Er sammelte die Weisheit,
die tiefste, die man unterm Himmel vernommen
vom ersten Tag der Welt,
da, des Stromes Schauern deutend,
der erste Maya niederschrieb
die Wissenschaft vom Blütenstaub, den Zorn
der Götter der Mumien,
die Völkerzüge mitten durch
die weltfrühen Universen,
des Bienenstocks Gesetze,
das Geheimnis des grünen Vogels,
die Sprache der Sterne,
Unerforschtes von Tag und Nacht,
aufgelesen an den Ufern
irdischen Werdens.

VIII EIN BISCHOF

Der Bischof hob den Arm,
er verbrannte auf dem Platz die Bücher
im Namen seines geringen Gottes,
zu Rauch wurden die alten Blätter,
verbraucht von der dunklen Zeit.

Der Rauch aber kehrt vom Himmel nicht wieder.

IX DER KOPF AUF DER LANZE

Balboa, Tod und Kralle
trugst du in die äußersten Winkel des lieblichen
Landstrichs der Mitte, und unter den Hetzhunden
der deine war deine Seele:
Leoncico mit blutigen Lefzen
packte den fliehenden Sklaven,
grub spanische Fangzähne
in die zuckenden Kehlen,
und aus den Fängen der Hunde
kam der Leib in die Folterqualen,
und in den Geldsack fiel das Geschmeide.

Verflucht seien Hund und Mensch,
das verruchte Geheul in der ursprünglichen
Wildnis, des Eisens
und des Verbrechers belauernder Schritt.
Verflucht sei die Stachel-
Krone des wilden Dornbuschs,
die nicht, einem Igel gleich, aufsprang,
zu schützen die überfallene Wiege.

Unter den Heerführern aber,
den blutdürstenden, erhob im Dunkel sich
das Recht der Dolche,
des Neides grausames Reis.

Und bei deiner Rückkehr war inmitten
deines Wegs der Name
Pedrarias wie ein Strang.

Indioschlächter richteten dich
unter Hundegebell.
Nun, da du stirbst, vernimmst du
das lautere Schweigen, von deinen
aufgehetzten Windhunden zerrissen?
Nun, da du stirbst in den Händen
der furchtbaren Statthalter,
spürst du ihn, den goldenen Duft
des milden zerstörten Reiches?

Nachdem sie den Kopf Balboas
abgeschlagen, wurde er auf einen
Schaft gespießt. Seine toten Augen
zersetzten ihren Blitz
und glitten an der Lanze abwärts
in einer Traufe Unrat,
die in der Erde verschwand.

X EHRUNG BALBOAS

Entdecker, das weite Meer, mein
Wogenschäumen,
des Mondes Himmelsbogen, die Herrschaft
der Wasser,
sie sprechen nach Jahrhunderten durch meinen Mund zu dir.

Deine Vollendung geschah vor deinem Tode.
Bis an den Himmel erhobst du die Mühsal,
und aus der Bäume grausamer Nacht
führte die Erschöpfung dich bis ans Gestade
des Meers aller Meere, des großen Ozeans.
In deinem Blicke vermählten sich
das Licht, das unermeßliche, und das kleine
Menschenherz, es füllte sich ein vormals
nie erhobener Pokal; von Blitzen
ein Samenkorn kam mit dir,
und reißender Donner überzog die Erde.
Heerführer Balboa, wie hilflos klein
deine Hand am Visier, geheimnisvoller
Zwerg des zur Entdeckung
treibenden Salzes!
Verlobt der ozeanischen Süße,
Sohn des jungen Uterus der Welt.

In deine Augen drang wie ein Ansturm von Orangenblüten
die dunkle Ahnung
der ausgeraubten Meeresmajestät,
ein vermessenes Frührot stürzte ins Blut dir,
bis es deine Seele, Besessener, beherrschte!

Als du dich zurück zu den menschenfeindlichen
Gebieten wandtest,
Nachtwandler des Meeres, jugendlicher Hauptmann,
warst du ein Toter, auf den die Erde,
seine Knochen aufzunehmen, wartete.

Sterblicher Bräutigam, der Verrat vollzog sich.

Nicht umsonst trat das Verbrechen vernichtend
in die Geschichte ein, der Falke vertilgte
sein Nest, und es versammelten sich die Schlangen,
mit goldenen Zungen übereinander herzufallen.

Du drangst in die tosende Dämmerung,
und, die du ins Weite gelenkt, die verlorenen Schritte,
vollgesogen noch von Unergründlichkeiten,
glanzumwoben und vermählt mit dem
großmächtigsten Meeresschaum, sie trugen dich
an die Gestade anderen Meeres: zum Tod.

XI ES SCHLÄFT EIN SOLDAT

Verirrt in den undurchdringlichen Grenzmarken
nahte der Soldat. Er war nichts als Erschöpfung
und stürzte zwischen Lianen und Laubwerk nieder,
zu Füßen des Großen Gefiederten Gottes:
dieser
war allein mit seiner Welt, die kaum
der Wildnis entsprossen.
Er blickte auf den fremden
Soldaten, geboren vom Ozean.
Sah seine Augen, den blutigen Bart,
sein Schwert, den schwarzen Glanz
der Rüstung, die Ermattung, die wie Nebel
auf dieses blutgierige
Kinderhaupt gefallen.
Wieviel Zonen Dunkelheit
waren nötig, damit der Gefiederte Gott
erstand und seine Größe sich wölbte
über die Wälder in rosenfarbenem Stein!
Wieviel Wirrnis rasender Wasser
und urwilder Nacht, des ungeborenen Lichts
überflutetes Bett, der wilde Gärstoff
der Leben, Vernichtung, der Fruchtbarkeit
Mehl und dann die Ordnung,
Ordnung der Pflanze und des Glaubens,
das Aufrichten der behauenen Felsen,

der rituellen Lampen Rauch,
die Festigkeit des Bodens für den Menschen,
die Satzung der Stämme,
der Erdengötter Gericht.

Es pochte jede Faser des Steins,
er fühlte den Ansturz des Erschreckens
wie einen Einbruch von Insekten,
er faßte seine ganze Macht zusammen,
gebot dem Regen, an die Wurzeln zu dringen,
sprach mit den Strömungen der Erde,
dunkel in seinem Gewand
aus unbeweglichem kosmischem Stein,
und konnte nicht Krallen bewegen noch Zähne,
nicht Ströme noch das Beben der Erde,
noch die Meteore, auf daß sie sausten
in seiner Herrschaft Wölbung,

und verharrte dort, regungsloser Stein, ein Schweigen,

während Beltrán de Córdoba schlief.

XII JIMÉNEZ DE QUESADA (1536)

Sie kommen schon, sie kommen, nun kommen sie,
o mein Herz, sieh die Segelschiffe,
die Schiffe auf dem Magdalena,
die Schiffe des Gonzalo Jiménez,
sie nahen schon, schon nahen die Schiffe,
Fluß, halte sie an, schließ
deine verschlingenden Ränder,
versenke sie in dein Pulsen,
entreiße ihnen die Habsucht,
schleudere deinen Feuerrüssel auf sie,

deine bluthungrigen Wirbeltiere,
deine augenfressenden Aale,
leg ihnen den Kaiman in den Weg,
den undurchdringlichen, mit seinen schlammdunklen
Zähnen
und seinem Urpanzer, spanne ihn
wie eine Brücke über deine sandigen Fluten,
schnelle des Jaguars Flamme
aus deinen Bäumen hervor, die deinen
Samen, Flußmutter, entsprangen,
überschütte mit Blutfliegen sie,
blende sie mit schwarzem Tierkot,
ertränke sie in deiner Hemisphäre,
umklammere sie mit Wurzeln
in deines Strombettes Nacht,
und indes deine Krebse ihre Lungen
und Lippen zerfressen,
setze in Fäulnis ihr ganzes Blut.

Schon drangen sie in den Wald:
nun rauben sie, nun zerreißen, nun morden sie.
O Kolumbien! Kämpf um den Schleier
deiner geheimnisvollen glutroten Wildnis.

Schon haben sie das Messer erhoben
über dem Bethaus von Iraka,
jetzt ergreifen sie den Oberpriester,
jetzt binden sie ihn. »Liefere aus
die Geschmeide des alten Gottes«,
Geschmeide, die blühten
und glänzten im Tau
der Morgenfrühe Kolumbiens.

Nun foltern sie den Prinzen.
Sie haben den Kopf ihm abgeschlagen, und sein Haupt
blickt mich an mit Augen, die niemand

zu schließen vermag; geliebte Augen
meiner grünen hilflosen Heimat.
Jetzt äschern sie das Haus der Feste ein,
jetzt folgen die Rosse,
die Martern, die Schwerter,
kaum Gluten bleiben zurück,
und in der Asche die Augen
des Prinzen, die sich nicht geschlossen haben.

XIII STELLDICHEIN DER RABEN

In Panama versammelten sich die Teufel.
Dort wurde der Pakt blutwitternder Frettchen geschlossen.
Eine Wachskerze leuchtete spärlich,
da die drei ankamen, einer nach dem andern.
Zuerst Almagro, greisenhaft, einäugig,
Pizarro dann, das Hauptschwein,
und Luque, der Mönch, in finstren Teufeleien
erfahrener Kanonikus. Ein jeder
verbarg für des Partners Rücken
den Dolch, ein jeder,
mit schmierigem Blick auf die düsteren
Wände, witterte Blut,
aber des fernen Reiches Gold zog sie an
wie der Mond die verwunschenen Steine.
Als sie den Pakt abschlossen, hob Luque
die Hostie auf zum Abendmahl,
und die drei Räuber zerkauten
die Oblaten mit schaurigem Lächeln;
»Gott ist aufgeteilt worden unter uns,
meine Brüder«, versicherte der Kanonikus,
und die Menschenschlächter mit blauschwarzen Zähnen
sagten »Amen«.
Sie hieben auf den Tisch und spien aus.

Unkundig der Schrift,
füllten sie mit Kreuzen Tisch,
Papier, Bänke und Wände.
Peru, das dunkle, verschollene,
war ausersehen, und die Kreuze,
kleine schwarze schwarze Kreuze
fuhren ab übers Meer gen Süden:
Kreuze für die Todesqualen,
Kreuze, behaart und zottig,
Kreuze mit Fangzähnen von Reptilien,
Kreuze, blatternübersät,
Kreuze wie Spinnenbeine,
finstere menschenjagende Kreuze.

XIV DIE AGONIEN

In Cajamarca begann der Todeskampf.

Der junge Atahualpa, blauer Blütenfaden,
berühmter Baum, er hörte den Wind
ein dumpfes Hallen hertragen von Stahl.
Wirrer Glanz
und ein Beben kam von der Küste,
ein unglaublicher Ansturm
– tänzelnd und machtvoll –
von Eisen und Eisen im Gras.
Die Statthalter nahten.
Von den Stammesedlen umgeben,
der Inka trat aus der Musik hervor.

Des andern Planeten
Gäste, bärtig und schweißgebadet,
nahten, ihre Ehrerbietung darzubringen.

Der Kaplan
Valverde, Verräterherz, verkommener Schakal,
trägt einen seltsamen Gegenstand vor sich her,
ein Stück Korb, eine Frucht
vielleicht von jenem Planeten,
woher die Pferde stammen.
Atahualpa nimmt es. Weiß nicht,
um was es sich handelt: es glänzt nicht, es tönt nicht,
und lächelnd läßt er es fallen.

»Tod
und Rache, mordet, denn ich gebe euch Absolution«,
schreit des Mordkreuzes Schakal.
Donnergedröhn wirft sich den Räubern entgegen.
Vergossen ist unser Blut in seiner Wiege.
Wie ein Chor umringen die Prinzen
den Inka in der Sterbestunde.

Zehntausend Peruaner fallen
unter Kreuzen und Schwertern, Blut
tränkt die Gewänder Atahualpas.
Pizarro, das grausame Vieh aus Estremadura,
befiehlt, des Inkas feingliedrige Arme
zu fesseln. Eine schwarze Glut,
ist die Nacht auf Peru herabgesunken.

XV DIE BLUTROTE LINIE

Später hob der Monarch
die ermattete Hand, und hoch über
den Stirnen der Banditen
berührte er die Mauern.
                Dort zogen sie
die blutrote Linie.

Drei Gemächer
sollten angefüllt werden mit Gold und Silber,
bis zu dieser Linie seines Blutes.
Und es rollte das Goldrad Nacht um Nacht.
Das Rad des Martyriums Tag und Nacht.

Sie durchwühlten die Erde, rissen vom Hals das Geschmeide,
mit Liebe geschaffen und Schaum,
entwanden den Armreif der Braut,
im Raub entmachteten sie die Götter.
Der Landmann händigte seinen Talisman aus,
der Fischer seinen Tropfen Gold,
und die Pflugscharen bebten als Echo;
während Geheiß und Befehl durch die Höhen lief,
rollte das Rad des Goldes.
Darauf versammelten Tiger und Tiger sich
und teilten Blut aus und Tränen.

Atahualpa, in zager
Traurigkeit, wartete im steilen andinischen Tag.
Es öffneten sich die Tore nicht. Bis
zum letzten Kleinod verteilten die Geier
die heiligen, vom Blutvergießen
befleckten Türkise, das Gewand
aus gehämmertem Silber: der Räuber Krallen
maßen und wogen, und das Gelächter
des Mönchs unter den Henkern
vernahm der Inka voll Trauer.

Sein Herz war ein Becher, angefüllt
mit Kummer, bitter wie
der Chinarinde bitteres Arom.
Er dachte an seine Grenzen, an das erhabene Cuzco,
die Prinzessinnen, an seine Jugend,
an den Todesschauer seines Reichs.
Reif war er in seinem Herzen, sein hoffnungsloser Gleichmut

war Trauer. Dachte an Huascar.
Sollten von ihm die Fremdlinge kommen?
Alles war Rätsel, alles war Eisens Schärfe,
alles Verlassenheit, nur die lebendige
blutrote Linie,
die gelben Eingeweide verschlingend
des sterbenden verstummten Reiches, zuckte.

Eintrat alsdann Valverde mit dem Tod.
»Juan wirst du heißen«, sagte er ihm,
während sie den Scheiterhaufen richteten.
Hoheitsvoll entgegnete er: »Juan,
ich heiße Juan, um zu sterben«,
sogar den Tod nicht mehr begreifend.

Sie fesselten ihn am Hals, und ein Stichhaken

drang in die Seele Perus.

XVI ELEGIE

Einsam, in den Einöden
möcht ich weinen wie die Flüsse, möchte ich
verlöschen, schlafen
wie deine uralte, der Erze Nacht.

Warum gelangten die strahlenden Schlüssel
bis in des Verbrechers Hand? Erhebe dich,
Oello, mütterliche Göttin, laß dein Geheimnis ruhen
in dem großen Leid jener Nacht
und verströme deine Weisheit in meine Adern.
Noch heische ich nicht von dir der Yupanquis Sonne.
Im Schlafe rede ich zu dir, von Land
zu Lande rufend, peruanische

Mutter, Cordillerenschoß.
Wie drang in dein sandiges Bereich
die Flut der Dolche ein?

Regungslos in deinen Händen,
fühle ich in den unterirdischen Adern
die Metalle sich dehnen.

Aus deinen Wurzeln bin ich hervorgegangen,
aber ich begreife nicht, die Erde überläßt
mir ihre Weisheit nicht,
nur Nacht und Nacht erblick ich
unter den besternten Erdenräumen.
Welch sinnloser Traum einer Schlange
schleppte sich bis zur blutroten Linie?
Augen des Schmerzes, düstres Gewächs,
wie nur kamst du in diesen Säurewind,
warum, zwischen den Felsen des Zorns,
hob Capac nicht seine Tiara
aus goldenem Lehm empor?

Laßt das Leid mich erdulden unter den Federbannern
und mich vergraben der toten Wurzel gleich,
die keinen Glanz mehr spenden wird.
Unter der harten harten Nacht
will ich in die Tiefe niedersteigen,
bis ich des Goldes
Mund erreiche.

Ich will ausdehnen mich in das nächtliche Gestein.
Dorthin will ich gelangen mit dem unglückseligen Geschick.

Später schlug zur granitenen Uhr
mordbrennerisch eine Flamme auf.
Die Almagros und Pizarros und Valverdes,
Castillos und Urias und Beltranes,
indem sie die erlernten Verrätereien
unter sich anwandten, erdolchten sich gegenseitig,
sie raubten einander Weib und Gold,
machten die Herrschaft sich streitig.
Sie strangulierten einer den andern in den Gehegen,
sie stachen sich auf dem Stadtplatz ab,
hängten einander in den Statthaltersitzen.
Da stürzte der Baum der Plünderung
unter Degenstichen und Wundfraß.

Aus jener Kavalkade der Pizarros
in den linearen Gebieten
ging ein bestürztes Schweigen hervor.

Alles war erfüllt von Sterben,
und über der eingeebneten Todesqual
der unglücklichen Söhne
im Lande (von Ratten
abgenagt bis auf die Knochen)
hielten sie fest ihr Eingeweid,
bevor sie morden gingen und sich umbrachten.

Schlächter des Jähzorns und Galgens,
Zentauren, gestürzt in den Schlamm
der Habgier, Götzen,
vom Funkeln des Goldes verheert,
ihr tilgtet euer eignes
Geschlecht blutdürstender Klauen,
und an den Felsenmauern
des erhabenen, vollendeten Cuzco,

im Angesicht der Sonne der höchsten Ähren,
ihr gabt im goldenen
Erdstaub des Inka das Schauspiel
der kaiserlichen Höllen:
die Raublust des grünen Mauls,
die mit Blut gesalbte Wollust
die Habgier mit Krallen von Gold,
verdrehtes Gebiß, der Verrat,
das Kreuz als räuberisches Reptil,
der Galgen auf dem Schneegrund

und, zart wie die Luft, der Tod,

unbewegt in seiner Rüstung.

XVIII CHILES ENTDECKER

Aus dem Norden brachte Almagro sein
zusammengeschrumpftes Glimmen.
Und über das Land neigte er sich, inmitten von
Gewalttat
und Untergang, Tag und Nacht wie über eine
Erdkarte nieder.
Dornenschatten, Schatten von Distel und Wachs
vereinte der Spanier in seiner dürren Gestalt,
da er des Bodens düstere Strategien prüfte.
Nacht und Schnee und Sand bilden die Gestalt
meines schmalen Landes,
alles Schweigen ist in seiner endlosen Linie,
der Wogen ganzer Gischt träuft aus seinem Meeresbart,
alle Kohle überhäuft es mit geheimnisvollen Küssen.
Wie Kohlenglut brennt in seinen Fingern das Gold,
und das Silber, einem grünen Monde gleich, erhellt
seine gehärtete Gestalt eines schwermütigen Planeten.

Der Spanier, der einstmals bei der Rose saß,
beim Öl der Olive, beim Wein, dem Himmel der
Antike nahe,
ahnte nicht, daß diese Stätte zorngeladenen Gesteins
erstand unter des Seeadlers Kot.

XIX DIE KÄMPFENDE ERDE

Zuerst widerstand die Erde.

Wie ein Feuer aus blendender Weiße,
so verbrannte Araukaniens Schnee
den Raubzug der Invasoren.
Vor Kälte fielen ab die Finger,
die Hände, die Füße Almagros;
und die Klauen, die Kaiserreiche
zerfleischt und begraben,
waren im Schnee ein Punkt
erfrorenen Fleisches, waren Schweigen.
Das geschah im Meer der Cordilleren.
Gestirne prägend, peitschte rings die chilenische Luft
und riß die Habgier-Süchte
nieder und die Reiterhorden.

Dann wanderte hinter Almagro der Hunger drein,
eine unsichtbare Kinnlade, die
zusammenklappte.
Die Pferde wurden verspeist
auf diesem eisigen Fest.

Und der Tod des antarktischen Südens zerbröckelte
den Galopp der Almagros,
daß er sein Roß umwandte,
Peru entgegen, wo, mit dem Beil am Wege

sitzend, der Tod des Nordens
des abgewiesenen Entdeckers harrte.

XX MENSCH UND ERDE VERBÜNDEN SICH

Araukanien, stürmischer Steineichen
Zweig,
o unbarmherziges Vaterland, dunkle Geliebte,
Einsame in deinem regenreichen Land:
du warst nichts als erzene Kehlen,
Hände aus Kälte, Fäuste,
Fels zu brechen gewohnt;
Vaterland, der Friede der Härte warst du,
und deine Menschen, sie waren Aufruhr,
rauhe Erscheinung, unbändiger Wind.

Meine araukanischen Väter besaßen keine
Helmbüsche aus leuchtenden Federn,
sie ruhten nicht auf bräutlichen Blumen aus,
noch sponnen sie Gold für den Priester:
Stein waren sie, Baum und Wurzeln
der sturmgeschüttelten Felsenöden,
Blätter in Lanzengestalt,
Häupter aus kriegerischem Metall.

Urahnen, ihr horchtet kaum
auf beim Galopp, und schon
an der Kuppe der Berge kreuzte
Araukaniens Blitz.
In Schatten verwandelten sich die Ahnen aus Stein,
verschmolzen dem Walde, den Finsternissen
der Natur, wurden Firnenlicht,
Schärfe von Erd und Dorn;
so warteten sie in den Tiefen

der unbezähmbaren Ödnis:
einer war ein glutroter Baum, der Ausschau hielt,
ein anderer ein Splitter Metall, der lauschte,
ein anderer ein Windstoß und durchbohrender Ton,
ein anderer hatte des Saumpfades Farbe.
Vaterland, Segler aus Schnee,
gehärtetes Laubgewirr:
hier wurdest du geboren, als dein Mensch
sein Fahnenzeichen von der Erde erheischte,
als Erde, Luft und Stein und Regen,
Laub, Wurzel, Duft, Geheul
den Sohn wie ein Poncho einhüllten,
ihn innig liebten und beschützten.
Also erstand das einmütige Vaterland:
vor dem Kampf die Einheit.

XXI VALDIVIA (1544)

Aber sie kamen wieder.
(Pedro hieß er.)
Valdivia, der eingedrungene Hauptmann,
zerschnitt mein Land mit dem Schwert
inmitten der Räuber: »Dies ist dein,
dies ist dein, Valdés, Montero,
dies ist dein, Inés, und dieser Ort
Sitz der Verwaltung.«
Sie teilten meine Heimaterde,
als wäre sie ein toter Esel.
»Nimm dir
dieses Stück Mond und Baumland,
verschling diesen Fluß mit seinem Dämmerlicht«,
indes die große Cordillere
Bronze und schneeige Helle zum Himmel hob.

Araukanien trat hervor. Lehmziegel, Türme,
Straßen erbaute lächelnd
des Hauses stiller Gebieter.

Mit den von seinem Wasser, seinem Lehm
geweichten Händen schuf er, er trug
den Ton herbei und goß Andenwasser darüber:
Sklave sein aber konnte er nicht.
Damals griff Valdivia, der Henker, an
mit Feuer und Tod.
So begann das Blutvergießen,
drei Jahrhunderte Blut, der Blutozean,
die Blutsphäre, die mein Land bedeckte
und die endlose Zeit wie nie ein Krieg.
Da trat mit trauerdunkler Rüstung
der rasende Adler hervor
und zerfleischte den indianischen Häuptling, er brach
den im Schweigen von Huelén,
im Andenwind geschriebenen Pakt.
Araukanien begann sein Gericht
aus Blut und Stein zu kochen.
                                        Sieben Prinzen
nahten, zu unterhandeln.
                                        Sie wurden eingekerkert.
Vor den Augen ganz Araukaniens
schlug man ihnen die Kazikenhäupter ab.
Die Henker spornten einander an. Von
Eingeweiden ganz durchnäßt, bezwang
Inés de Suárez, das Soldatenweib,
mit den Knien einer infernalischen Harpyie
aufheulend die kaiserlichen Brüste.
Und schleifte sie, im edlen Blute
badend, sich mit scharlachrotem Schlamm
bedeckend, auf das Pfahlwerk.
So glaubten sie Araukanien niederzuzwingen.
Aber die verschlossene Einheit hier

von Baum und Stein, Lanze und Gesicht
verkündete durch den Wind das Verbrechen.
Es wußte von ihm der Baum an der Grenze,
der Fischer, der König, der Magier,
es wußte der antarktische Landmann,
es wußten die mütterlichen Quellen
des Bío Bío.
So ging der Vaterländische Krieg hervor.
Valdivia stieß seine triefende Lanze
ins steinerne Eingeweid
Araukaniens, versenkte die Hand
in sein Pulsen, preßte die Finger hart
um das araukanische Herz,
ließ der Bauern ländliche Adern
ausbluten,
löschte aus
der Hirten Morgenlicht,
verhängte Martyrium
über das Reich der Wälder, setzte das Haus
des Herrn der Wälder in Brand,
schlug des Kaziken Hände ab,
schickte mit abgeschnittnen Nasen und Ohren
die Gefangenen zurück,
pfählte den Toqui, brachte
meuchlerisch die Partisanenjungfrau um,
und mit blutnassem Handschuh
zeichnete er die Steine des Landes,
ließ es voller Toter zurück,
voll Verlassenheit und Wunden.

Araukaniens Steine und der Flüsse
ungebundene Rosen, Wurzelreiche
treffen nun mit dem Mann zusammen, der aus
Spanien gekommen.
Mit gigantischem Moos überziehen sie seine Rüstung.
Sein Schwert unterwerfen die Schatten der Farne.
Der Ur-Efeu legt blaue Hände
auf des Planeten wiedererstandene Stille.
Ercilla, Mensch voller Wohllaut du, ich höre den Pulsschlag
des Wassers deines ersten Erwachens, eine Vogeltollheit
und ein Dröhnen im Laub.
Laß, o laß deine Spur
eines blonden Adlers zurück,
am wilden Mais zerstöre deine Wange,
alles wird vertilgt sein auf Erden.
Klangreicher, du allein wirst den Blutkelch
nicht trinken, Klangreicher, nur zu diesem reißenden
Glanz, der ausgeht von dir,
wird der Zeit geheimnisvolle Stimme vergeblich nahn,
dir zu sagen: umsonst.
Umsonst, umsonst
das Blut verspritzt auf das kristallene Gezweig,
umsonst des Soldaten mißtrauischer Schritt
durch die Nächte des Pumas,
die Befehle,
des Verwundeten
Schritte.
Alles kehrt ins federgekrönte Schweigen zurück,
wo ein ferner König Schlinggewächse zerbeißt.

XXIII DIE LANZEN WERDEN BEGRABEN

Also blieb der Väter Erbe verteilt.
Das vergossene Blut spaltete
das ganze Vaterland.
(In anderen Zeilen werde ich
den Kampf meines Volkes erzählen.)
Zerstückelt aber lag das Land
von den eingefallenen Messern.
Danach kamen, das Erbe einzunehmen,
Wucherer aus Euzkadi, Enkel
des Loyola. Von der Cordillere
bis an den Ozean
sie teilten mit Bäumen und Leibern
den ruhenden Schatten auf des Planeten.

Komtureien auf der erschütterten,
wunden, in Brand gesetzten Erde,
Aufteilung von Urwald und Gewässern
an die Geldsäcke, die Errazuris,
die da kommen mit ihrem Wappenschild:
eine Peitsche, ein Bastschuh.

XXIV DAS MAGALLANISCHE HERZ (1519)

Woher stamme ich, woher, aus welcher
Hölle komm ich, was für ein Tag
ist heut, was geschieht, frage ich mich zuweilen,
dumpf, mitten im Schlaf, dem Baum der Nacht,
und eine Woge wölbt wie ein Augenlid auf, ein Tag
wird von ihr geboren, ein Blitz mit Tigermaul.

Ich erwache jäh in der Nacht,
an den äußersten Süden denkend

Es naht der Tag und spricht zu mir: »Hörst du
das trägfließende Wasser, das Wasser,
Wasser
über Patagonien?«
Und ich antworte: »Ja, Herr, ich höre.«
Es naht der Tag und spricht zu mir: »Ein wildes Lamm,
fern in der Landschaft, leckt die gefrorene Färbung
von einem Stein. Hörst du das Blöken nicht, erkennst
du nicht
den blauen Südsturm, in dessen Händen
der Mond eine Schale ist, siehst du die Herde nicht,
des Windes rachsüchtigen Finger
mit seinem hohlen Reif die Woge berühren und
das Leben?«

Ich denke an die Einsamkeit zurück
der Meeresenge

Die endlose Nacht, die Fichte, sie folgen mir, wohin auch
ich gehe.
Und es wendet die dumpfe Säure, die Mühsal, sich,
der lastende Deckel der Tonne, alles, was ich habe
im Leben.
Ein Schneetropfen weint und weint an meiner Tür,
sein abgelöstes lichtes Gewand eines kleinen Kometen
mir weisend, der mich sucht und schluchzt.
Niemand achtet des Lichtstrahls, der Weite, des Heulens
der Luft in den Grassteppen.
Ich nähere mich und sage: gehen wir. Ich berühre
den äußersten Süden,
lege auf dem Sande an, sehe die Pflanze schwarz und dürr,
nichts als Wurzel und Fels,

die Inseln von Wasser zerwühlt und Himmel,
den *Hungerstrom*, das *Aschenherz*,
den *Hof des Trauermeeres;* und wo die einsame
Schlange zischt, wo der letzte
Fuchs verwundet gräbt und seinen blutigen Schatz verbirgt,
begegne ich dem Sturm und seiner alles durchbrandenden
Stimme,
Stimme alten Buches, seinem hundertlippigen Mund,
irgendetwas sagt er mir, etwas, das die Luft täglich
verschlingt.

Es erscheinen die Entdecker,
und nichts bleibt von ihnen

Das Wasser sinnt zurück, was alles dem Schiff geschah.
Das harte fremde Erdreich bewahrt seine Totenschädel,
die wie Hörner tönen im australen Schrecken;
und Augen von Mensch und Stier verleihen dem Tag
sein Hohl,
seinen Reif, den Klang unbarmherzigen Meeressogs.
Der alte Himmel sucht das Segel,
niemand mehr
blieb am Leben: das zerstörte Schiff
lebt mit der Asche des schmerzlichen Seemanns;
und von den Plätzen des Golds, den Lederzelten,
dem stinkenden Korn und der
Schifffahrt erkalteten Flamme
(wieviel Zerschmettern in der Nacht [Fels und Schiff]
am Grunde)
einzig bleibt das verdorrte leichenleere Gebiet,
des Unwetters unaufhörliches Toben, kaum durchbrochen
von einem schwarzen Rest
erstorbenen Feuers.

Einzig herrscht
die Trostlosigkeit

Himmelskugel, langsam von der Nacht zerstört,
dem Wasser, dem Eis,
Erstreckung endlos, angefallen von der Zeit und ihrem
Ende;
mit seinem violetten Zeichen,
dem blauen Finale des wilden Regenbogens
meines Landes Gründe versinken in deinen Schatten,
und die zerfetzte Rose heult und ringt mit dem Tode.

Ich gedenke
des alten Entdeckers

Und durch die Meeresenge wieder schwimmt
das erfrorene Korn, der kampfgewohnte Graubart,
der glaziale Herbst, der sterbliche Verwundete,
mit ihm, dem Uralten, mit dem Ausgelöschten,
dem von der rasenden Flut Entthronten,
in seinem Seesturm, mit ihm, mit seiner Stirn.

Noch folgt der Albatros und das zernagte
Lederseil, die blindlings angefressene Ratte ihm,
der, seine Augen
außerhalb des Schauens schon, zwischen den zerbrochenen
Spanten in den zornigen Glanz starrt,
während Ring und Knochen ins Leere
fallen, über die Seekuh gleiten.

Magallanes

Wer ist der Gott, der da vorüberfährt? Seht seinen Bart
voller Würmer
und sein Beinkleid, an dem die undurchdringliche
Atmosphäre
haftet und zubeißt wie ein schiffbrüchiger Hund:
sein Wuchs hat die Schwere eines verfluchten Ankers,
und das Weltmeer saust und der Nordwind rast
bis an seine meergetränkten Füße.
Schneckengehäus
des düstren Schattens der Zeit,
wurmzernagter
Sporn, der Küstentrauer greiser Gott, Adlernest
ohne Brut, getrübter Quell, dich beherrscht
der Meeresenge Vogeldünger,
und deine Brust trägt kein Kreuz, nur einen Schrei
der See, einen weißen Schrei aus Meereslicht,
Schrei abgebrochenen Stachels und Zangenrisses,
von Sturz zu Sturz der Wogen.

Er erreicht das Pazifische Meer

Denn der Wasser düstrer Tag einmal geht zu Ende,
und die Hand der Nacht schneidet einen um den
andern ihrer Finger ab,
bis sie nicht mehr ist, bis der Mensch geboren
und in seinem Innern der Kapitän entdeckt den Stahl
und Amerika wie eine Wasserblase aufsteigt
und die Küste ihr blasses Felsenriff erhebt,
befleckt vom Frührot, trübe von Geburt,
bis ein Ruf ertönt vom Schiff und untergeht
und ein zweiter Ruf und das Tagesdämmern, das der Wogen-
schaum gebiert.

Alle sind sie tot

Brüder von Wasser und Laus, des fleischfressenden Planeten:
sahet ihr, endlich, den Mastbaum gebeugt vom Sturm?
Saht ihr den Stein unter dem irren
ungestümen Schnee der Böen zermalmt?

Endlich, nun habt ihr euer verlorenes Paradies,
endlich habt ihr euren verleumderischen Rastort,
endlich küssen eure luftdurchfloßnen Schemen
der Robben Spur auf dem Strand.

Endlich, eure ringlosen Finger erreichte
des Ödlands schwächliche Sonne, der tote Tag,
bebend, in seinem Siechenhaus aus Stein und Welle.

XXV TROTZ DES WÜTENS

Rostzerfressene Helme, totes Eisen
der Hufe!

Aber über Brand und Hufeisen hinweg
ergoß sich wie aus einem
vom düstren Blut erleuchteten Quell
mit dem in Qual versunkenen Metall
ein Lichtschein über die Erde:
Zahl, Name, Linie und Struktur.

Schriftseiten wie aus Wasser, helles Vermögen
rauschender Sprachen, zarte Tropfen
wie Dolden gewirkt,
Silben von Platin, in der Zärtlichkeit
von ein paar perlengeschmückten lauteren Brüsten,

und von Diamant ein klassischer Mund,
sie gaben dem Lande den schneeigen Schimmer.

Dort in der Ferne legte die Statue
ihren toten Marmor ab,
                                        und im Frühling
der Welt brach die Kunst des Maschinenbaus an.

Die Technik errichtete ihr Reich,
und Entschluß war die Zeit und Sturmesbö
auf der Kaufherren Fahne.

Mondhaftes Licht der Natur,
das bei seiner entfalteten Bewegung,
geometrische Schönheit verbreitend,
die Pflanze entdeckte und den Planeten.
Asien brachte dar seinen Duft, den unberührten.
Nach dem Blutvergießen spann
der Verstand mit eisigem Faden die Tageshelle.
Das Papier verteilte den in der Finsternis
gehüteten Honig der Wahrheit unverhüllt.

Wie von einem Taubenschlag
aufstieg ein Flug mit Wolkenröte
und Lasurblau: die Malerei.

Und des Menschen Stimmen vereinten sich
im ersten Ergrimmen, vor dem Gesang.

So, mit dem blutenden
Titan aus Stein,
erbitterter Falke,
kam nicht das Blutvergießen nur, sondern Korn.

Das Licht kam trotz der Dolche.

IV Die Befreier

DIE BEFREIER

Hier wächst der Baum, der Baum
des Sturmwinds, des Volkes Baum.
Seine Helden gehen aus der Erde hervor
wie aus dem Saft die Blätter,
der Wind aber zerstiebt das Laub
der wogenden Menge,
bis daß des Brotes Saatkorn
wieder fällt auf die Erde.

Hier wächst der Baum, der Baum, gespeist
von nackten Toten.
Tote, gegeißelt und verwundet,
Tote mit Menschenzügen unglaublich,
auf eine Lanze Gepfählte,
auf dem Scheiterhaufen Zerfallene,
vom Beil Geköpfte,
von Pferden Zerrissene,
Gekreuzigte in der Kirche.

Hier wächst der Baum, der Baum,
dessen Wurzeln voller Leben sind,
dem Martyrium rang er Salpeter ab,
seine Wurzeln nährten sich von Blut,
und Tränen entzog er dem Boden:
sie hob er ins Licht mit seinen Zweigen,
verteilte sie über seine Architektur.
Sie wurden Blüten unsichtbar,
zuweilen vergrabene Blüten,
und manchmal strahlten
ihre Blätter auf, wie Planeten.

Und im Gezweig der Mensch, er sammelte
ein die gehärteten Blütenkronen,
reichte sie von Hand zu Hand

wie Magnolien oder Granatapfelblüten,
und jählings sprengten sie das Erdreich
und wuchsen auf bis an die Sterne.

Das ist der Baum der Freien.
Der Erdenbaum, der Wolkenbaum.
Der Baum des Brots, der Pfeilbaum,
der Baum der Faust, der Feuerbaum.
Ihn überschwemmt das grollende Wasser
unsrer nachtdunklen Epoche,
seine Spitze aber wiegt
das hohe Kreisen seiner Macht.

Bisweilen fallen wiederum
die vom Zorn gebrochenen Äste herab,
und drohende Asche
deckt seine uralte Würde:
so geschah es seit alters,
so ging er aus dem Todesringen hervor,
bis eine heimliche Hand,
unzählige Arme,
das Volk, die Fragmente bewahrte,
unbeugsame Stämme verbarg,
und seine Lippen waren die Blätter
des ungeheuren ausgeteilten Baumes,
des überallhin verstreuten,
der auf seinen Wurzeln wandelte.
Das ist der Baum, der Baum
des Volkes, aller Völker,
der Freiheit, des Kampfes.

Erscheine du vor seiner Blätterflut,
berühre seine Strahlen, die verjüngten,
senk deine Hand in die Betriebe,
wo seine pochende Frucht
sein Licht verbreitet Tag für Tag.

Heb diese Ackerkrume auf in deinen Händen,
hab teil an diesem Glanz,
nimm dein Brot und deinen Apfel,
dein Herz und dein Pferd,
und beziehe Wache an der Grenze,
am Rande seines Laubbereichs.

Verteidige seiner Blütenkronen Randung,
Teilnehmer der feindseligen Nächte,
bewache die Epoche du des Frührots,
atme die bestirnten Höhn ein,
den Baum beschirmend, den Baum,
der aufwächst in der Erde Mitten.

I CUAUHTÉMOC (1520)

Junger Bruder, seit unendlichen Zeiten
nie mehr schlafend, niemals getröstet,
du junger, in der metallischen Finsternis
Mexikos Geschüttelter, aus deiner Hand
empfange ich die Gabe deines entblößten Landes.

In ihm erblüht und wächst dein Lächeln
wie eine Linie zwischen Licht und Gold.

Deine Lippen, durch den Tod geschlossen,
sind das lauterste Schweigen, das begraben ward.

Der lebendige Quell, in alle Munde
der Erde tief versunken.

Hörtest du, vernahmst du etwa
vom fernen Anáhuac her
eines Wassers Lauf, eines vernichteten

Frühlings Wehn?
Vielleicht war es der Zeder Stimme.
Eine weiße Woge war es von Acapulco.

Doch in der Nacht floh wie ein edles
Wild dein Herz
den Grenzen zu, verwirrt
inmitten der grausamen Monumente
unter einem verängsteten Mond.

Aller Schatten erzeugte Schatten.
Eine düstere Küche war die Erde,
Gestein und Kessel, schwarzer Dampf,
Mauer namenlos, nagender Kummer,
der dich rief von deines Landes
nachtbefallenen Metallen her.

Auf deiner Fahne aber ist kein Schatten.

Gekommen ist die verheißene Stunde,
und inmitten deines Volkes
du bist Brot und Wurzel, Lanze, Stern.
Es stockte des Invasoren Fuß.
Nicht verloschen ist wie ein toter
Wipfel Montezuma,
er ist der Blitz und sein Panzer,
des Quetzalvogels Feder, Blüte des Volkes,
der entflammte Helmbusch zwischen den Seglern.

Hart wie Jahrhunderte von Stein aber eine Hand
umklammerte deine Kehle. Sie versiegelten
dein Lächeln nicht, verschütteten die Körner nicht
des heimlich bewahrten Maises,
und sie schleiften dich,
gefangener Sieger,
durch deines Reichs Erstreckungen

zwischen Fesseln und Kaskaden
über Strecken Sands und Dornen
wie eine Säule beständig,

ein schmerzlicher Zeuge,
bis ein Seil die Säule
der Reinheit umwand
und schwebte der Leib aufgehängt
über der unglückseligen Erde.

II FRAY BARTOLOMÉ DE LAS CASAS

Einer denkt zur Nacht bei der Ankunft
in seinem Haus, ermüdet
im kalten Nebel des Mai, beim Verlassen
der Gewerkschaft (aufreibender
Kampf von Tag zu Tag, die regenreiche
Jahreszeit, die vom Wetterdach tropft, der dumpfe
Herzschlag ununterbrochenen Leides)
an dies vermummte Wiedererscheinen,
verschlagen, entwürdigend,
des Unterjochers, der Fessel;
und da der Kummer
bis ans Türschloß steigt, um mit dir einzutreten,
quillt ein altes Licht hervor, geschmeidig, hart
wie ein Metall, ein begrabenes Gestirn,
Padre Bartolomé, Dank für dieses
Geschenk der mitleidlosen Mitternacht,

Dank, weil deines Lebens Faden unbesiegbar war:

Er hätte, zu Boden getreten, vergehen können, gefressen
vom Hunde mit den grimmigen Fängen,
er hätte in der Asche bleiben können

des niedergebrannten Hauses,
ihn hätte die eiskalte Klinge
zahlloser Mörder treffen können
oder der Haß, unter Lächeln verabreicht
(des nächsten Kreuzfahrers Verrat),
die durchs Fenster geworfene Lüge.
Es hätte der kristallene Faden,
unauflösbare Klarheit,
in Tat verwandelt, in kämpfenden,
niederstürzenden Kaskadenstahl vergehen können.

Wenige werden vom Menschen geboren wie du, wenige
Schatten wie der deine sind im Baum, in ihm
strömen zusammen alle lebendigen Rotgluten des Kontinents,
alle die zerstörten menschlichen Anlagen, des
Verstümmelten Wunde, die vertilgten
Dörfer, alles erstehet wieder unter deinem schützenden
Schatten; an der Schwelle
des Todes, du setztest die Hoffnung ein.

Padre, beglückend für den Menschen und sein Geschlecht
war es,
daß du auf die Pflanzung kamst,
daß du das schwarze Saatkorn des Verbrechens
zerbissen hast, ausgetrunken
tagtäglich den Becher Zorn.
Wer stieß dich, du schutzlos Sterblicher,
in den Rachen der Raserei?
Wie konnten nur andere Augen hervorgehn,
von so anderem Erz, da du geboren wardst?

Wie durchdringen sich die Fermente
im verborgnen menschlichen Mehl,
auf daß dein Samenkorn sich menge
ins Brot der Welt unveränderlich?

Du warst unter blutigen Phantomen
Wirklichkeit, du warst
über der Sturmgewalt der Heimsuchung
der Sanftmut ewige Dauer.
Von Kampf zu Kampf verwandelte
deine Hoffnung sich in unerläßliches Werkzeug:
der einsame Kampf trieb Zweige,
das nutzlose Klagen schloß sich zusammen zur Partei.

Nicht half das Mitleid. Da du deine Säulen
sehen ließest, dein schützendes Schiff,
die segnende Hand, dein Priestergewand,
der Feind trat die Tränen mit Füßen,
und der Lilie Farbe zerstampfte er.
Nicht half das Mitleid, erhaben und leer
wie ein verlassener Dom.
Dein unbesiegbarer Entschluß, dein aktiver
Widerstand war es, das Herz in Waffen.

Die Vernunft war dein titanenhaftes Rüstzeug.

Gegliederte Vollendung deine Struktur.

Von oben herab wollten dir zuschaun
(von ihrer Höhe) die Conquistadoren,
die sich, steinernen Schatten gleich, auf ihre
Raufdegen stützten, mit Sarkasmen
die Gebiete deines Beginnens bespien
und riefen: »Dort geht er, der Aufwiegler«,
und sie logen: »Ihn bezahlten
die Fremden«,
»Er hat kein Vaterland«, »Er verrät«;
deine Predigt aber war keine
vergängliche Minute, vorüberpilgernde
Richtschnur, eines Vorbeieilenden Uhr.
Dein Holz war umkämpfter Wald,

Eisen in seinem natürlichen Ursprung verborgen
allem Licht auf der blühenden Erde,
ja mehr noch, es reichte tiefer:
in der Einheit der Zeit, im Verlauf
des Lebens war deine vorauseilende Hand
Tierkreisgestirn, Zeichen des Volkes.
Heute, Padre, tritt du mit mir ins Haus.
Ich werde die Briefe dir zeigen, die Qualen
meines Volkes, des verfolgten Menschen.
Ich werde dir die uralten Schmerzen weisen.

Und um nicht zu straucheln, um mich zu behaupten
auf Erden, fortzusetzen den Kampf,
belaß in meinem Herzen den rastlosen Wein
und das unversöhnliche Brot deiner Milde.

III DA SIE VORRÜCKEN AUF CHILENISCHER ERDE

Spanien drang vor bis zum Süden der Welt.
Sich niederbeugend,
durchforschten hochwüchsige Spanier den Schnee.
Bío Bío, der hoheitsvolle Fluß,
sprach zu Spanien: »Halte ein«,
der Maitenenwald, dessen grüne
Fäden niederhängen wie Regenschauer,
sprach zu Spanien: »Geh nicht weiter.« Die Lärche,
Titan der schweigsamen Grenzen,
sprach ihr Wort mit Donnerlaut.
Doch bis ins Innerste meines Landes
gelangten der Eindringling, Faust und Dolch.
Zum Strome Imperial, an dessen Ufer
mein Herz im Klee erwachte,
trat ins Morgenlicht der Orkan.

Übervoll wie ein unendliches Gefäß
zwischen Ufern aus düstrem Kristall
reichte von den Inseln bis ans wütende
offene Meer das breite Flußbett der Reiher.
An seinen Gestaden breitete der Pollen
einen Teppich aus ungestümen Blütenfäden,
und, vom Meere kommend, erregte der Wind
alle Silben des Frühlings.
Der riesenhafte Avellano Araukaniens
hißte Freudenfeuer und Traubengehänge
bis dorthin, wo über die angehäufte Reinheit
der Regen glitt.
Alles war von Wohlgerüchen durchwirkt,
von grünem regensattem Licht durchtränkt,
und jeder bitterduftende Busch
war ein großes Gezweig des Winters
oder ein verirrtes Meergebilde
noch voller ozeanischem Tau.

Türme von Vögeln und Federn
und ein Wirbel helltönender Einsamkeit
erhoben sich aus den Schluchten,
während in der feuchten Geborgenheit
zwischen den krausen Mähnen
der Riesenfarne die erblühte Topa-Topa-Blume
ein Rosenkranz von gelben Küssen war.

IV DIE MENSCHEN TRETEN HERVOR

Dort erstanden die Toquis.
Jenen nachtschwarzen Feuchtigkeiten,
jenem Regen, im Kelch der Vulkane
gegoren, entstammten
die majestätischen Brüste,

die lichten Pflanzenpfeile,
die Zähne urwilden Gesteins,
des unausweichbaren Pfahlwerks Stämme,
die eisige Einheit der Wasser.

Ein kalter Mutterschoß war Araukanien,
aus Wunden erschaffen, von Schmach
zermalmt, inmitten der scharfen
Dornen befruchtet,
zerschrunden im ewigen Schnee,
von Schlangen beschützt.

So brachte die Erde den Menschen hervor.

Aufwuchs er wie eine Feste.
Geboren vom überfallenen Geschlecht.
Ein kleiner roter Puma,
sträubte er seine dichte Mähne auf,
und die Augen aus hartem Stein
funkelten aus dem Irdischen
wie unerbittliches Glänzen, der Hetzjagd
entronnen.

V TOQUI CAUPOLICÁN

Im verborgenen Stamm des Raulibaums
aufwuchs Caupolicán, Torso und Sturm:
und da er gegen die feindlichen Waffen
sein Volk anführte,
bewegte sich der Baum,
bewegte sich der feste Baum des Vaterlandes.
Die Invasoren sahen inmitten grünen
Nebels sich das Laubwerk regen,
die starken Äste und das Kleid

aus unzähligen Blättern und Bedrohungen,
Volk werden den erdhaften Stamm,
die Wurzeln aus der Erde schnellen.

Sie wußten, die Stunde hatte die Uhr
des Lebens und des Todes entschieden.

Neue Bäume kamen mit ihm.

Das ganze Geschlecht tiefroter Zweige,
Das ganze Geflecht des wilden Schmerzes,
des ganzen Hasses großer Knorren im Holz.

Caupolicán,
im Angesicht des verlorenen Eindringlings,
nahm ab seine Lianenmaske:
er ist keine bunte Herrscherfeder,
nicht der Thron aus duftenden Pflanzen,
nicht des Priesters erstrahlender Halsreif,
nicht der Handschuh noch der goldglänzende Prinz:
das Gesicht des Waldes ist er,
ein Dämonengesicht aus herabgerissener Stachelakazie,
eine vom Regen zerfressene Gestalt,
ein Haupt voller Schlinggewächse.

Von Caupolicán an ist der Toqui der versunkene
Blick bergigen Weltalls,
der Erde unerbittliches Auge,
und des Titanen Wangen sind Wände,
von Blitzen erklommen und Wurzeln.

Araukanien erstickte das Singen
der Rose im Krug, durchschnitt
die Fäden
am Webstuhl der Silberbraut.
Niederstieg von ihren Felsenstufen die hochherrliche Machi,
und in den weitverstreuten Flüssen, im Erdenton,
unter den struppigen Wipfeln
der Andentannen, kriegerischen,
begann das Sturmgeläut der begrabenen
Glocken. Die Mutter des Krieges
sprang über die sanften Kiesel des Bachs,
rief die Familie der Fischer zusammen,
und der bräutliche Landmann küßte die Steine,
bevor sie fliegend die Wunde schlugen.

Hinter dem Waldgesicht des Toqui
Araukanien türmte seine Verteidigung auf:
Das waren Augen und Lanzen, dichte
Massen Schweigens und Bedrohung,
unvertilgbare Lenden, stolze
dunkle Hände, zusammengerufene Fäuste.

Hinter dem hoheitsvollen Toqui das Gebirg,
und im Gebirge unzählbar ganz Araukanien.

Arauka war das Rauschen der schweifenden Wasser.

Arauka war düsteres Schweigen.

In seiner abgeschnittenen Hand vereinte
der ausgesandte Bote Araukaniens Blutstropfen.

Arauka war die Woge des Krieges.
Arauka die Feuersbrünste der Nacht.

Alles hinter dem erhabenen Toqui war Aufruhr,
und da er vorrückte, waren es Finsternisse,
Sandgebiete, Wälder, Erdzonen,
einmütige Loderfeuer, Orkane,
der Pumas phosphorische Erscheinung.

VII DER GEPFÄHLTE

Doch die Folter erreichte Caupolicán.

Durchbohrt von der Lanze der Todesmarter,
ging er ins langsame Sterben der Bäume ein.
Arauka zog seinen grünen Angriff geschlossen zurück,
fühlte im Dunkel den Todesschauer,
vergrub das Haupt in der Erde,
duckte sich unter seinen Qualen nieder.

Der Toqui schlief im Tode.
Eisenlärm drang
vom Feldlager her, ein Kranz
fremden Gelächters,
und den trauerbefallenen Wäldern zu
wogte allein die Nacht.

Nicht der Schmerz war es, die Bißwunde
des Vulkans, in den Eingeweiden klaffend,
es war ein Schlummer nur des Waldes,
der Baum, der sein Blut hergab.

Ins Innerste meines Landes,
den geheiligten Boden versehrend,
drang die mordende Lanze.
Das verlodernde Blut stürzte
von Schweigen zu Schweigen, dort

hinab, wo den Frühling erwartend
der Same lag.

Tiefer hinab fiel dieses Blut.

Zu den Wurzeln fiel es.

Hin zu den Toten fiel es.

Zu ihnen, die geboren werden.

VIII LAUTARO (1550)

Das Blut rührt einen Quarzgang an.
Der Stein wächst, wo der Tropfen fällt.
So wird von der Erde Lautaro geboren.

IX ERZIEHUNG DES KAZIKEN

Lautaro war ein schlanker Pfeil.
Elastisch und blauschwarz war unser Ahne.
Schweigen nur war seine Kindheit.
Sein Jünglingsalter Kraft.
Seine Jugend ein zielgerichteter Wind.
Er bereitete sich zu einer weitreichenden Lanze vor.
Gewöhnte die Füße an die Kaskaden.
Zwischen Dornen entwickelte er den Geist.
Lief im Wettstreit mit dem Guanaco.
Lebte in den Winterlagern der Tiere.
Belauschte das Mahl der Adler.
Entriß dem Felsen das Geheimnis.
Er nährte des Feuers Blütenblätter.

Ward vom eisigen Frühling gesäugt.
Verbrannte sich in infernalischen Schlünden.
War unter grausamen Vögeln der Jäger.
Es färbten sich von Siegen seine Hände.
Er las in den Angriffen der Nacht.
Hielt des Schwefels Einstürze auf.

Wurde Geschwindigkeit, jähes Licht.

Er nahm des Herbstes Gelassenheit an.
In unsichtbaren Tierhöhlen wirkte er.
Schlief auf den Linnen des ewigen Schnees.
Richtete die Bahn der Pfeile aus.
Trank Wildblut auf den Wegen.
Entriß den Wogen den Schatz.
Wurde Bedrohung wie ein finsterer Gott.
Aß in jeder Küche seines Volkes.
Lernte des Blitzes Alphabet.
Witterte die weitverstreuten Aschen.
Umhüllte mit schwarzen Fellen das Herz.

Den Spiralenfaden des Rauches enträtselte er.
Baute sich aus schweigsamen Fasern auf.
Er tränkte sich mit Öl wie das Herz der Olive.
Wurde Kristall von harter Transparenz.
Übte sich als orkanhafter Wind.
Kämpfte bis zum Verlöschen des Bluts.

Dann erst war er seines Volkes würdig.

Er trat in Valdivias Haus.
Begleitete ihn wie der Tag.
Schlief, von Dolchen gedeckt.
Sah sein eigen Blut vergossen,
die Augen der Seinen zertreten,
in Pferdekrippen schlafend,
speicherte er seine Macht in sich.
Und da er die Qualen der Foltern
ermaß, sträubte sich nicht sein Haar.
Weiter als der Wind reicht, blickte er
hin zu seinem entblätterten Geschlecht.

Er wachte zu Füßen Valdivias.

Hörte wie eine unerbittliche Säule
wachsen dessen blutgierigen Traum
in der düsteren Nacht.
Er ermaß jene Träume.
Er hätte den goldenen Bart
aufheben können des schlafenden Hauptmanns,
den Traum zu durchschneiden in der Kehle,
aber er lernte – Gespenster bewachend –
das nachtverborgene Gesetz der gegebenen Stunde.

Tags marschierte er, streichelte
der Pferde durchnäßtes Fell,
die in seinem Land verendeten.
Er verstand jene Pferde.
Marschierte mit den panzerumschlossenen Göttern.
Er verstand ihre Waffenrüstung.
Wurde Zeuge der Schlachten,
während er eindrang
Schritt für Schritt ins Feuer Araukaniens.

XI LAUTARO GEGEN DEN ZENTAUR (1554)

Dann griff Lautaro an, Woge um Woge.
Er gewöhnte die araukanischen Schatten
an Zucht:
vordem stieß das kastilische Messer
der roten Menge mitten in die Brust.
Jetzt ward ausgesät der Guerillakrieg
unter alle Schwingen des Waldes
von Stein zu Stein und Furt zu Furt,
es blickte von den Copihuesblüten her,
spähte unter Felsen hervor.

Umkehren wollte Valdivia.
Zu spät.

Lautaro kam in Blitzes Gewand.
Weiter zog, angstbefallen, der Conquistador.
Bahnte sich im feuchten Gestrüpp
der australen Dämmrung den Weg.
Es nahte Lautaro
im schwarzen Galopp

Erschöpfung und Tod
führten Valdivias Truppe ins Blätterdickicht.

Näher kamen die Lanzen Lautaros.

Zwischen Toten und Blättern ging
wie in einem unterirdischen Schacht Pedro de Valdivia.

In diese Finsternisse drang Lautaro.

An Estremadura dachte Valdivia, das steinübersäte,
an das goldhelle Öl, die Küche,
an den Jasmin, zurückgelassen jenseits der Meere.

Er erkannte Lautaros Kriegsgeheul.

An die Lämmer, die festen Bauernhäuser,
die kalkweißen Wände, den estremadurischen Abend.

Überwältigend anbrach die Nacht Lautaros.

Trunken von Blut und Nacht und Regen,
traten seine Führer taumelnd den Rückzug an.

Es schwirrten die Pfeile Lautaros.

Von Todessturz zu Todessturz wich
die Rotte zurück, ausgeblutet.

Schon berührte man die Brust Lautaros.

Valdivia meinte den Tag zu sehn, das Frührot,
das Leben vielleicht, das Meer.
Es war Lautaro.

XII DAS HERZ PEDRO DE VALDIVIAS

Wir führten Valdivia unter den Baum.

Ein einziges Regenblau war der Morgen, mit kühlen
Fäden einer zerfaserten Sonne.
Der ganze Ruhm, das Donnerdröhnen,
sie lagen hingestreckt ungestüm
in einem Haufen wunden Stahls.
Der Zimmetbaum erhob seine Stimme
und ein betautes Leuchtkäferfunkeln
in sein prunkhaft großes Reich.

Wir trugen Stoffe und Krüge herbei,
Gewebe, fest wie eheliche Bande,
Geschmeide wie Mandeln vom Monde
und die Urwaldtrommeln, die Araukanien
mit ihrem Lederglanz erfüllten.
Wir gossen die Trinkgefäße randvoll mit Süße
und tanzten, die Erdschollen stampfend, die
unser eigenes dunkles Geschlecht erschaffen.
Dann schlugen wir des Feindes Antlitz.
Dann trennten wir ab den mutigen Kopf.

Wie schön war des Henkers Blut,
das wir verteilten wie eine Granatfrucht,
während es noch lebendig glühte.
Dann stießen wir in seine Brust die Lanze,
und das Herz, wie ein Vogel geflügelt,
brachten wir dar dem araukanischen Baum.
Ein Rauschen von Blut stieg auf bis zum Wipfel.

Da, aus der von unsren Leibern
erschaffenen Erde blühte das Lied auf
des Krieges, der Sonne, der Ernten, hin
zu der Erhabenheit der Vulkane.
Dann verteilten wir das blutende Herz.
Ich grub, das Gesetz der Erde erfüllend,
die Zähne hart in jene Blütenkrone:
»Gib mir deine Eiseskälte, ruchloser Fremdling.
Gib mir deinen mächtigen Tigermut.
Gib mir mit deinem Blut deinen Zorn.
Gib mir deinen Tod, daß er mir folge
und Schrecken trage unter die Deinen.
Gib mir den Krieg, den du führtest.
Gib mir dein Pferd und deine Augen.
Gib mir deine verwirrende Finsternis.
Gib mir das Maiskorn, das mütterliche.
Gib mir des Pferdes Stimme.

Gib mir das Vaterland dornenleer.
Gib mir den sieghaften Frieden.
Gib mir die Luft, wo der Zimtbaum
atmet, hoher Herr.«

XIII DER WEITENTFALTETE KRIEG

Und dann Länder und Ozeane, Städte,
Schiffe und Bücher, ihr kennt die Geschichte,
die vom abweisenden Himmelsstrich her
wie bebendes Gestein
die Tiefen der Zeit
mit blauen Blüten erfüllte.
Drei Jahrhunderte stand der Steineichen
Kriegerrasse im Kampf,
dreihundert Jahre erfüllten
Araukas Blitze mit Asche
die Gewölbe des Reichs.
Drei Jahrhunderte lang fiel angeschossen
das Festungswerk des spanischen Hauptmanns,
dreihundert Jahre verödeten
Bienenstöcke und Pflüge,
dreihundert Jahre geißelten
jedweden Namen des Invasors,
drei Jahrhunderte zerfetzten die Haut
der einfallenden Adler,
dreihundert Jahre begruben
wie des Ozeans Schlund
Dächer und Knochen, Rüstungen,
Türme und goldene Adelstitel.

Mit zornblitzenden Sporen
kam von den geschmückten Gitarren
ein Pferdegalopp

und ein Aschensturm.
Die Schiffe kehrten zum grausamen
Erdstrich zurück, Ähren sproßten,
und unter des Regens Herrschaft
gediehen spanische Augen,
Araukanien aber warf die Dachziegel ab,
zermalmte die Steine, riß die hohen
Mauern und Reben nieder,
die Willkür und die Gewänder.
Seht, wie sie zu Boden stürzen,
die ungeschlachten Söhne des Hasses,
die Villagras, Mendozas, Alderetes,
dem weißen Abgrund zurollen
des eisbedeckten Amerika.
Und in der Nacht der hehren Zeit
fiel Imperial, fiel Santiago,
sank Villarrica in den Schnee,
glitt die Feste Valdivia in den Fluß,
bis die Stromesmacht
des Bío Bío stille stand
nach den Jahrhunderten des Blutvergießens
und die Freiheit einsetzte
auf den Kampfgefilden, den blutbefreiten.

XIV ZWISCHENSPIEL

Die Kolonisation überzieht unser Land

(1)

Als das Schwert ruhte und die Söhne
des fühllosen Spanien, Gespenstern gleich,
aus Urwäldern und königlichen Provinzen Berge
von Papier mit Klagegeheul zum Thron
an den selbstherrlichen Monarchen sandten:

nachdem im Gäßchen von Toledo
oder an des Guadalquivirs Biegung
die ganze Geschichte von Mund zu Mund ging
und durch die Einfahrt der Häfen das zerfetzte
Tau der geisternden
Eroberer einlief,
die letzten Toten aufgebahrt lagen
im Sarg bei den Prozessionen
in den mit Blut erbauten Domen,
gelangte in die Welt der Ströme das Gesetz,
und mit seinem Geldsack kam der Händler.

Finster wurde die morgendliche Weite,
Leibröcke und Spinnengeweb verbreiteten
Dunkelheit, die Versuchung, des Teufels
Flamme in des Menschen Wohnstatt.
Eine Kerze erleuchtete das unermeßliche Amerika
voller Schneegebirge und Honigwaben,
und für Jahrhunderte sprach der Mensch mit leiser Stimme,
er hüstelte, durch Gäßchen trottend,
sich bekreuzigend jagte er Pfennigen nach.

Es gelangte der Kreole an die Verkehrswege der Welt.
Abgezehrt, die Abflußkanäle reinigend,
unter dem Tisch der Sakristei
den verborgenen Pfad
des Lebens suchend,
seufzte er zwischen den Kreuzen vor Liebe.
Es gärte im Talg der Kerzen
unter schwarzen Kutten die Stadt,
und aus dem abgeschabten Wachs
formte sie infernalische Äpfel.

Amerika, damals war der Mahagoniwipfel
eine Dämmerung voll von Schmerzen,
ein von Schatten ertränktes Pesthaus,

und in der uralten Erstreckung der Anmut
erwuchs die Untertänigkeit des Gewürms.
Das Gold errichtete auf den Schwären
massive Blumen, stummes Efeugerank,
Bauten versunknen Schattens.

Ein Weib sammelte Eiter ein
und trank den Kelch mit dieser Substanz
täglich zu Ehren des Himmels,
während in den Minen des goldreichen
Mexiko der Hunger seinen Tanz aufführte
und das andinische Herz Perus
leis vor Kälte
unter den Lumpen weinte.

Im Dunkel der düsteren Tage
schuf der Kaufherr sein Reich,
spärlich vom Scheiterhaufen erhellt,
auf dem der Ketzer sich krümmend,
nur noch ein Glosen, seinen
Löffelvoll Christus empfing.

Folgenden Tags beim Ordnen
ihrer Krinolinen gedachten die Damen
des wahnsinnig gewordenen Leibes,
den das Feuer gepeitscht und verzehrt,
während der Gerichtsbüttel den winzigen Fleck
des Verbrannten examinierte,
Fett, Asche und Blut,
das die Hunde leckten.

XV

Die Hazienden

(2)

Der Heimatboden wanderte zwischen den
Majoratsherrn hin und her,
von Golddublone zu Golddublone, unbekannt,
Masse für Geistererscheinungen und Klöster,
bis die ganze blaue Geographie
in Hazienden sich schied und Komtureien.
Durch den erstorbenen Raum lief die Wunde
des Mischlings, die Peitsche
des spanischen Kolonisators und des Sklavenhändlers.
Der Kreole war ein blutleeres Gespenst,
das die Brosamen auflas,
auf daß er mit den angesammelten Resten
einen kleinen, in goldenen Lettern
gemalten Titel erwürbe.

Und in dem düstren Karneval
erschien er als Graf gekleidet,
mit einem Silberstöckchen,
stolz zwischen anderen Bettlern.

XVI

Die neuen Besitzer

(3)

So stockte in der Zisterne die Zeit.

Der Mensch, in öden Hinterhalten
bezwungen, Baustein des Kastells,
Tinte des Tribunals, füllte mit hungrigen Mäulern
die abgeschlossene amerikanische Stadt.

Als alles nun Friede und Eintracht war,
Siechenhaus und Vizekönig, als Arellano,
Rojas, Tapia, Castillo, Núñez, Pérez,
Rosales, López, Jorquera, Bermúdez,
Kastiliens letzte Soldaten,
nach den Audienzen gealtert,
tot umsanken unter dem unnützen Kram,
ins Grab mit ihren Läusen fuhren,
wo sie weiterspannen den Traum von den
kaiserlichen Warenlagern, als
die Ratte die einzige Gefahr
der rachedürstenden Gebiete war,
erschien der Baske mit seinem Schnappsack,
der Errázuriz mit seinen Bastschuhn,
der Fernández Larraín, um Kerzen zu verkaufen,
der Aldunate des Flanells,
der Strumpfkönig Eyzaguirre.

Alle hielten ihren Einzug als hungriges Volk,
vor den Schicksalsschlägen fliehend, vor dem Büttel.
Bald aber vertrieben, die Hemden trugen,
den Conquistador
und errichteten die Conquista
des kolonialen Warenlagers.
Darauf erwarben sie Hochmut,
eingehandelt auf dem Sklavenmarkt.
Sie eigneten sich an
Hazienden, Karbatschen, Sklaven,
Katechismen, Verwaltungen,
Fußeisen, Mietsbaracken, Bordelle,
und all das nannten sie
heilige westliche Kultur.

XVII DIE COMUNEROS VON EL SOCCORO (1781)

Manuela Beltrán war es (da sie die Gesetze
des Unterdrückers zerbrach und rief:
»Tod den Despoten«),
die das neue Samenkorn
über unsere Erde ausstreute.
Das geschah in Neu-Granada, in der Ortschaft
El Socorro. Die Comuneros
erschütterten das Vizekönigtum
durch eine sich ankündende Eklipse.

Sie schlossen sich zusammen gegen die Staatsmonopole,
gegen das besudelte Privileg,
und erhoben das Handbuch
der gesetzlichen Forderungen.
Es vereinten sich, waffen- und steinbewehrt,
Milizen und Frauen, das Volk,
Ordnung und Zorn auf dem Weg
nach Bogotá, seiner Sippe entgegen.

Da stieg der Erzbischof herab.
»Alle eure Rechte werdet ihr haben,
ich gelobe es, im Namen Gottes.«

Das Volk strömte auf dem Stadtplatz zusammen.

Und der Erzbischof zelebrierte
eine Messe und sprach ein Gelöbnis.
Er war der gerechte Friede.

»Händigt eure Waffen aus. Ein jeder
gehe heim in Frieden«, entschied er.

Die Comuneros übergaben
die Waffen. In Bogotá

feierte man den Erzbischof,
pries man seinen Verrat,
seinen Meineid in einer treulosen Messe,
und verweigerte Brot und Recht.

Sie erschossen die Anführer,
verteilten die eben abgeschlagenen
Häupter unter die Dörfer
mit Segenssprüchen des Prälaten
und bei Tänzen im Vizekönigreich.

Erste Samen, schwerwiegende,
ausgestreut über die Lande,
ihr verbleibt, blinde Statuen,
in der feindlichen Nacht,
den Aufstand zeugend der Ähren.

XVIII TUPAC AMARU (1781)

Condorcanqui Tupac Amaru,
weiser Gebieter, gerechter Vater,
du sahst aufwärtssteigen gen Tungasuca
den verheerten Frühling
auf den Stufen der Anden
und mit ihm Bittersalz und Mißgeschick,
Ruchlosigkeiten und Qualen.

Inka-Herrscher, Kazikenvater,
deine Augen bewahrten alles
wie eine von Liebe und Trauer
ausgeglühte Lade.
Der Indio zeigte dir den Rücken,
auf dem die neuen Bisse
glänzten auf den Narben

anderer vergangener Züchtigungen,
und da war ein Rücken und immer wieder ein Rücken,
die ganze Bergeshöhe erschüttert
von den Kaskaden des Schluchzens.

Ein Schluchzen war und immer wieder ein Schluchzen,
bis du den Tag der erdfarbenen
Völker bewaffnet,
die Tränen gesammelt in deinen Kelch
und die Pfade gehärtet.
Es nahte der Schutzherr der Berge,
das Feuer schlug Wege frei,
und zu den erniedrigten Völkern
kam der Ahnherr der Schlacht.
Sie warfen den Poncho in den Staub,
es verbündeten sich die alten Klingen,
und die verstreuten Stammesgenossen
rief das Muschelhorn.
Gegen den blutdürstenden Stein,
gegen die unheilvolle Trägheit,
gegen das Metall der Ketten.
Aber sie spalteten dein Volk
und schickten den Bruder aus
gegen den Bruder, bis die Mauern
deiner Feste sanken.
Sie banden deine ermatteten Glieder
an vier rasende Pferde
und vierteilten das Licht
des unerbittlichen Sonnenaufgangs.

Tupac Amaru, besiegte Sonne,
aus deinem zertrümmerten Ruhm
steigt wie vom Meer die Sonne
ein verschwundenes Licht empor.
Die niederen Dörfer lehmiger Erden,
die aufgegebenen Webstühle,

die nassen Häuser aus Sand,
sie sagen im stillen: »Tupac«,
und Tupac ist ein Samenkorn,
sie sagen im stillen: »Tupac«,
und Tupac bewahrt sich in der Ackerfurche,
sie sagen im stillen: »Tupac«,
und Tupac keimt in der Erde.

XIX AUFSTÄNDISCHES AMERIKA (1800)

Unsere Erde, endlose Erde, Einsamkeiten,
bevölkerte sich mit Geraun, Armen und Mündern.
Eine verschwiegene Silbe begann zu lohen,
die geheime Rose zusammenrufend,
bis die Grassteppen bebten,
von Metallen überzogen und Pferdegalopp.

Wie eine Pflugschar hart war die Wahrheit.

Aufbrach sie die Erde, gründete das Verlangen,
versenkte ihre keimträchtigten Lehren
und trat im heimlichen Frühling ans Licht.
Zum Schweigen gebracht ward ihr Blühen, zurückgewiesen
ihr Bund der Helle, bekämpft
der gemeinschaftliche Gärstoff, der Kuß
der verborgenen Banner,
doch, die Wände zerbrechend, brach sie hervor,
den Boden von Kerkern befreiend.

Das dunkelhäutige Volk war ihr Gefäß,
es empfing die zurückgewiesene Lebenssubstanz,
verbreitete sie an den Meeresgrenzen,
stieß sie in unbändigen Mörsern klein.
Und es trat mit den gehämmerten Seiten
und mit dem Frühling hinaus auf den Weg.

Stunde des Gestern, Mittagsstunde,
heutige Stunde wieder, Stunde zwischen der toten
Minute und der, die ersteht, erwartet
in der stachlichten Ära der Lüge.

Vaterland, du wurdest von Holzfällern erschaffen,
von unbenannten Söhnen, von Tischlern,
von ihnen, die, gleich einem seltsamen Vogel,
einen Tropfen beflügelten Bluts dir gaben,
und heute erstehst du von neuem in Härte,
von dorther, wo Verräter und Kerkermeister
versunken dich wähnen für immer.

Heut wie damals gehst du aus dem Volk hervor.

Heut kommst du aus der Kohle und dem Tau der Nacht.
Heute wirst du aufrütteln die Tore
mit mißhandelten Händen, mit Splittern
überlebender Seele, mit Bündeln
von Blicken, die nicht ausrottete der Tod,
mit zornigem Werkzeug
bewehrt unter den Lumpen.

XX BERNARDO O'HIGGINS RIQUELME (1810)

O'Higgins, dich zu feiern
man muß den Raum erleuchten mit Dämmerlicht.
Mit des Südens Dämmerlicht im Herbst
beim unendlichen Flirren der Pappeln.

Chile bist du, halb Patriarch, halb Gaucho,
bist ein ländlicher Poncho, ein Kind,
das seinen Namen noch nicht weiß,
ein hartnäckiges, schüchternes Kind in der Schule,

ein trauriger Jüngling der Provinz.
In Santiago fühlst du dich nicht wohl, sie blicken auf
deinen schwarzen Anzug, der dir zu lang ist,
und als du dir die Schärpe kreuzweis umlegtest,
die Fahne des Vaterlandes, das du uns schufst,
hatte den Duft morgendlichen Yuyokrauts
für deine Brust eines ländlichen Standbildes.

Jüngling, der Winter, dein Lehrer,
gewöhnte an den Regen dich,
und auf der Straßen-Universität von London
verliehen Nebel und Armut dir ihre Doktorwürde,
und ein adliger Bettler, unstete Flamme
unserer Freiheit,
gab die eines weisen Adlers Rat
und führte dich ein in die Geschichte.

»Wie heißen Sie«, lachten
Santiagos »Große Herren«:
Sohn der Liebe, einer Winternacht,
deine, eines Verlassenen Herkunft
formte dich aus bäurischem Mörtel,
mit der Gediegenheit eines Hauses oder Holzes,
im australen Süden bearbeitet, der entscheidenden.
Alles wandelt die Zeit, nur nicht dein Antlitz.

Du bleibst, O'Higgins, unveränderliche Uhr
mit einer einzigen Stunde auf deinem redlichen Zifferblatt:
Chiles Stunde, die einzige Minute,
die Bestand hat vor dem feuerfarbenen Stundenzeiger
der kämpferischen Würde.

So wirst du zwischen den Palisandermöbeln
und den Töchtern Santiagos der gleiche sein
wie in Rancagua, umgeben von Pulverdampf und Tod.

Du bist das nämliche zuverlässige Ebenbild
des, der keinen Vater hat, nur ein Vaterland,
des, der keine Braut sein Eigen nennt, nur jene
Erde voller Orangenblüten,
welche dir die Artillerie eroberte.

Ich sehe dich Briefe schreiben in Peru.
Es gibt keinen gleichermaßen Verbannten, kein
schwereres Exil.
Das ganze Land ist vertrieben.

Als du nicht da warst, schmückte Chile
wie ein Ballsaal sich
mit Lichterglanz. Im Taumel
der Verschwendung
ersetzte der Reichen Rigodóntanz
deine gestrenge Soldatendisziplin,
und das Vaterland, durch dein Blut errungen,
wurde, ohne dich, gelenkt wie ein Tanzfest,
dem das hungernde Volk zuschaut von draußen.

Nun konntest du, bedeckt mit Schweiß, Blut
und Staub von Rancagua, nicht mehr hingehn zum Fest.
Es wäre für die vornehmen Herren der Hauptstadt
von schlechter Lebensart gewesen.
Mit dir wäre eingetreten die Landstraße,
ein Ruch von Schweiß und Pferden,
der Heimaterde Ruch im Frühling.

Du konntest auf diesem Ball nicht sein.
Dein Fest war ein Kastell von Explosionen.
Dein sausender Tanz der Kampf.

Deines Festes Ende war die Erschütterung
der Niederlage, die unheilvolle Zukunft
auf dem Weg nach Mendoza, das Vaterland in den Armen.

Nun blick auf die Landkarte gen Süden,
zum schmalen Gürtel Chiles
und stelle in den Schnee junge Soldaten,
nachdenkende Jungen auf den Strand,
Sappeure, die aufleuchten und verlöschen.

Schließ deine Augen, schlaf, träume ein wenig,
deinen einzigen Traum, den einzigen, der zurückkehrt
an dein Herz: eine Trikolore
im Süden des Landes, Regen
fällt, ländliche Sonne auf dein Land,
des Volkes Schüsse beim Aufstand
und falls sie unbedingt notwendig wären,
zwei oder drei Worte von dir.
Träumtest du, heut sei dein Traum erfüllt.
Träume ihn, wenigstens in der Gruft.
Anderes würdest du nicht erfahren; denn wie einst
nach den siegreichen Schlachten
tanzen die Señoritos im Palast,
und das gleiche hungrige Antlitz
starrt aus dem Dunkel der Straßen.

Wir aber erbten deine Entschlossenheit,
dein schweigsames Herz, das unveränderliche,
deinen unzerstörbaren väterlichen Rang,
und du, inmitten der augenblendenden Lawine
anstürmender Husaren der Vergangenheit, zwischen
den gewandten
blauen und goldschimmernden Uniformen,
du bist heute mit uns, bist unser,
Vater des Volkes, Krieger unwandelbar.

Ich wanderte, San Martín, so lange und von Ort
zu Ort,
daß ich von mir tat dein Gewand, deine Sporen;
ich wußte,
wir, auf den Wegen wandernd, die für die Heimkehr
geschaffen, werden am Ende
der Cordilleren dereinst, in der Reinheit
der Maßlosigkeit, die wir erbten von dir,
uns von einem Tag zum andern begegnen.

Schwer fällt es, zwischen des Ceibobaums
Knorren, inmitten des Wurzelgeflechts,
auf Fußpfaden dein Antlitz zu erkennen,
unter den Vögeln deinen Blick zu sondern,
aufzuspüren in den Lüften deine Anwesenheit.

Du bist die Erde, die du uns gabst, ein Zedernzweig,
der mit seinem Wohlgeruch uns trifft,
von dem wir nicht wissen, wo er ist, woher
sein Heimatduft auf das Grasland kommt.
Du bist in unserm Galopp, San Martín, wir reiten
aus im Morgengrauen, dein Wesen zu durchlaufen,
atmen Hektare deines Schattens ein,
auf deinem Wuchs entfachen wir das Feuer.

Du bist unter all den Helden der umfassendste.

Andere zogen aus, von Hochplateau zu Hochplateau,
von Kreuzweg in Wirbelsturm,
du, aus fernsten Grenzen erschaffen, zogst dahin,
und wir beginnen, deine Geographie zu erkennen,
deine fernletzte Ebene, dein Gebiet.

Je mächtiger indes die Zeit wie ewiges Wasser
Schollen des Hasses
verstreut, die scharfgeschliffenen
Funde des Feuers,
um so mehr Land umfaßt du, um so mehr Saaten
deines Friedens überziehen die Hügel,
um so größeres Entbreiten verleihst du dem Frühling.

Der Mensch, der erschafft, ist dann der Rauch
dessen, was er erschuf; keiner wird neu hervorgehn
aus dem eigenen ausgebrannten Aschenhaufen;
aus einer Minderung schuf er Daseinswert
und stürzte, da er nichts weiter in sich hatte denn Staub.

Du aber umspannst im Tode größeren Raum.

Dein Tod war eines Kornspeichers Stille.
Vorüber ging dein Leben, und andere Leben,
Türen taten sich auf, Mauern erwuchsen,
doch, einmal ausgestreut, sproß die Ähre.

San Martín, andere Führer
strahlen mehr als du, tragen gestickt
ihre Ranken phosphoreszierenden Salzes,
andere reden noch immer Kaskaden gleich,
keinen aber gibt es wie du, so von Erde
und Einsamkeit umkleidet, von Schnee und Klee.
Dir begegnen wir bei der Rückkehr vom Fluß,
dich grüßen wir im ländlichen Brauch
des blühenden Tucumania,
und auf den Wegen, zu Pferd,
wir reiten an dir im Fluge vorbei, dein Gewand
aufwirbelnd, staubbedeckter Vater.

Heute vollenden Sonne und Mond, der große
Wind dein Geschlecht, deine einfache

Art: deine Wahrheit war
Wahrheit der Erde, sandige Mörtelmasse,
beständig wie das Brot, glänzend kühle Fläche
aus Lehm und Getreide, Pampa unverfälscht.

Und so bist du bis auf den heutigen Tag Mondlicht
und Galopp,
Rast der Soldaten, tobende Wetter,
durch die wir wiederum ziehn, kämpfend,
durch Dörfer wandernd und Ebenen,
deine Erdenwahrheit errichtend,
wir streuen deinen weitreichenden Fruchtkeim aus
und wenden die Seiten im Buche des Weizens.

So sei es, und uns begleite
der Friede nicht, bis daß wir nach den Kämpfen
einziehen in deinen Körper,
und ruhe das Maß, das wir hatten
in deiner Unermeßlichkeit keimenden Friedens.

XXII MINA (1817)

Mina, von den bergigen Hängen herab
kamst du wie ein wilder Wasserstrahl.
Das lichte Spanien, das transparente Spanien,
brachte dich unter Schmerzen zur Welt, unbeugsam,
und du hast die funkelnde Härte
des reißenden Wassers der Berge.

Unentwegt durch die Jahrhunderte und die Landstriche
bekämpfen Glanz und Schatten sich in deiner Wiege,
raubgeschickte Klauen enthaupteten
die Helle des Volkes,
und die greisen Falkenjäger

auf ihren kirchlichen Zinnen
bewachten das Brot, verweigerten
dem Strom der Armen den Zugang.

Immer aber im ruchlosen Turm,
Spanien, du höhltest eine Zuflucht
für den rebellischen Diamant und sein Geschlecht
aus vergehendem und wiedererstehendem Licht.

Nicht grundlos trägt Kastiliens Standarte
des Communardenwinds Farbe,
nicht umsonst strömt Garcilasos blaues Licht
durch deine granitenen Klüfte,
nicht umsonst, in Córdoba, hinterläßt Góngora
unter priesterlichen Spinnen
seine Prunkschalen voll Edelgestein,
vom Frost mit Perlen bereift.

Spanien, zwischen deinen Klauen
grausamer Vorzeit, dein schuldloses Volk riß
an den Wurzeln der Qualen,
half den Lasttieren feudaler Welt
durch sein vergossenes unbesiegbares Blut,
und alt in dir ist wie der Schatten das Licht,
von klaffenden Wundmalen verzehrt.
Des Maurers Frieden nah, durch den
der Atem der Eichen weht,
an den sternbesäten Quellen,
in denen Seidenbänder aufleuchten und Silbenklänge,
auf seiner Felsentreppe der Gerfalk
lebt über dem Zeitenlauf wie ein düstres Beben.

Hunger und Schmerz waren das Kieselgestein
deiner Väter Gestade,
und ein dumpfer, den Wurzeln
deines Volkes verflochtener Aufruhr

schenkte der Freiheit der Welt
eine Unendlichkeit an Blitzen,
Liedern und Freiheitskämpfern.

Die Niederungen Navarras
hegten den jungen Blitz.
Mina entriß dem Abgrund
das Koller seiner Guerrilleros:
den überfallenen Dörfern,
den nachtumstandenen Orten
entnahm er die Flamme, er schürte
den verzehrenden Widerstand,
querte verschneite Quellen,
griff in überraschenden Wendungen an,
tauchte aus Hohlwegen auf
und brach aus den Backstuben hervor.

Sie begruben ihn in Kerkern,
doch zum Höhenwind der Sierra
kehrte zurück, aufrührerisch und helltönend,
sein unnachgiebiger Quell.

Nach Amerika führt ihn der Wind
der spanischen Freiheit,
und abermals durchdringt die Wälder
und befruchtet die Grassteppen
sein unausschöpfliches Herz.

In unserem Kampf, auf unserer Erde,
für die Freiheit, die unteilbare
und verbannte, kämpfend,
ausbluteten seine Kristalle.

In Mexiko fesselten sie das Wasser
der spanischen Felsenhänge,

und unbeweglich blieb, verstummt
seine fruchtbare Transparenz.

XXIII MIRANDA STIRBT IM NEBEL (1816)

Wenn ihr in Europa spätabends mit dem
Zylinderhut eintretet in den Garten von mehr
als einem Herbst geschmückt hin zum Marmor
der Fontäne während Blätter aus lumpigem Gold
niederfallen aufs Kaiserreich
wenn das Tor eine Gestalt umreißt
gegen die Nacht von Sankt Petersburg
die Glöckchen des Schlittens zittern
und irgendwer ist in der weißen Einsamkeit irgendwer
der gleiche Schritt die gleiche Frage
wenn du durch die verzierte Tür Europas
hinausgehst ein vornehmer Herr ist da Schatten Gewand
Intelligenz Merkmal goldenes Band
Freiheit Gleichheit blickt sein Gesicht
inmitten der Artillerie die grollt
wenn auf den Inseln der Pflanzenteppich ihn bemerkt
er der Ozeane begrüßt Treten Sie ein Das glaube ich wohl
Wieviel Schiffe Und der Nebel
begleitet Schritt für Schritt sein Tagwerk
wenn in den Freimaurerlogen den Büchereien
es jemanden gibt mit Handschuh Degen einer Landkarte
mit der Schreibmappe wimmelnd voller
Ortschaften Luftschlössern
wenn in Trinidad der Küste zu der Rauch weht
eines Gefechts und eines zweiten und von neuem das Meer
und abermals die Freitreppe von Bay Street die Atmosphäre
die ihn empfängt undurchdringlich
wie ein festes Apfelgehäuse
und wieder diese Patrizierhand dieser bläuliche

Kriegerhandschuh im Vorzimmer
endlose Wege Kriege und Gärten
die Niederlage auf seinen Lippen ein neues Salz
völlig neues Salz brennender Essig
wenn in Cádiz an die Mauer gefesselt
mit schwerer Kette sein Denken das kalte
Entsetzen eines Degens die Zeit der Gefangenschaft
wenn ihr hinabsteigt in Kellerverliese zwischen Ratten
und dem aussätzigen Gips ein weiterer Riegel
im Sarg eines Erhängten das alte Antlitz
in dem ein Wort erstickt gestorben
ein Wort unser Name die Erde
wohin seine Schritte sich wenden wollten
die Freiheit für sein irrendes Feuer
ihn lassen sie mit Stricken hinab in die feuchte
feindliche Erde niemand grüßt kalt ists
Todeskälte herrscht in Europa.

XXIV JOSÉ MIGUEL CARRERA (1810)

Episode

Du sagtest Freiheit eher denn irgend ein andrer,
als das Geraun von Stein zu Stein lief,
in den Höfen verborgen, erniedrigt.

Du sagtest Freiheit eher denn irgend ein andrer,
du befreitest des Sklaven Sohn.

Blut fremder Meere verkaufend,
gingen Händler wie Schatten umher.
Du befreitest des Sklaven Sohn.

Du gründetest die erste Druckerei.
So kam der Buchstabe zum Volk,
die geheime Kunde öffnete die Lippen.
Du gründetest die erste Druckerei.
Du führtest die Schule ein im Kloster.
Und zurückwich das dichte Spinnengeweb
und der Schlupfwinkel der erdrückenden Zehnten.
Du führtest die Schule ein im Kloster.

Chor

Man würdige deine erhabene Denkungsart,
großer Lehrer, flammender, kriegsgewohnter.
Man würdige, was funkelnd auf die Heimaterde
niederfiel von deiner Lebendigkeit.
Du kühner Aufschwung, Purpurherz.

Man würdige deine schartigen Schlüssel,
die aufschlossen die Eisenriegel der Nacht.
Junger Reiter, du sturmgeborener Blitz.
Man würdige deine Liebe der immervollen Hände,
deine Flamme schwindelnden Lichts.
Traube eines Rebstocks der Überfülle.
Man würdige deinen flüchtigen Glanz,
dein ruhloses Herz, deine strahlende Taghelle.

Grimmes Eisen, Blüte des Bürgeradels.
Man würdige deinen drohenden Blitz, der
die Kuppeln der Feigheit zerbricht,
Turm des Aufruhrs, wilder Akazienzweig.
Man würdige deinen wachsamen Degen,
deine Gefüge aus Kraft und Meteor.
Man würdige deine blitzhafte Größe.
Man würdige deine unbezwingbare Anmut.

Episode

Er fährt über Meere, zwischen fremden Sprachen,
Trachten, seltsamen Vögeln,
bringt Segelschiffe der Freiheit heim,
er schreibt mit Feuer, befiehlt den Wolken,
ergründet Sonne und Krieger,
durchstreift den Nebel Baltimores,
sich verzehrend von Tür zu Tür,
ihn überschwemmen Kredite und Menschen,
alle Wogen des Weltmeers begleiten ihn.
Am Meer von Montevideo
in seiner Emigrantenwohnung eröffnet er
eine Druckerei: Kugeln druckt er.
Nach Chile zielt der Pfeil
seines Rebellentums,
glüht die kristallene Leidenschaft,
die ihn leitet, und auf
die zyklonischen Mähnen geschwungen
seines jähen Todeskampfs,
stellt er erneut die wilde Kavalkade auf
der Wiederbefreiung.
Seine erschossenen Brüder
rufen ihn von der Mauer der Füsilierten,
der Rache. Sein eigenes Blut,
eine züngelnde Flamme, färbt
in den Adobemauern Mendozas
seinen tragischen leeren Thron.
Er erschüttert gleich einem kreisenden Wirbel
infernalischer Leuchtkäferschwärme
den Planeten frieden der Pampa.
Mit der Indianerstämme Geheul
geißelt die Stadtfesten er.
Reiht Köpfe der Gefangenen
auf einen Lanzenorkan.
Sein flatternder Poncho

wetterleuchtet im Rauchmeer
und im Verenden der Pferde.

Junger Pueyrredón, berichte nicht
den verheerenden Todesschauer
seines Endes, quäl mich nicht
mit der Nacht des Verlassenen,
da sie ihn führten nach Mendoza,
das Elfenbein seiner Stirn sehen ließen, unverhüllt,
die Einsamkeit seines Sterbens.

Chor

Vaterland, nimm ihn auf unter deinen Königsmantel,
gewähre Zuflucht dieser umhergetriebenen Liebe:
laß ihn nicht in den Abgrund gleiten
seines düsteren Geschicks:
hebe zu deiner Stirn auf diesen Glanz,
dieses unvergeßliche Licht,
falte diese ungestümen Zügel zusammen,
dieses Augenlid ruf an, das sternüberwölbte,
bewahre den Knäul dieses Bluts
für deine stolzen Gewande.
Vaterland, gewähre dieser Lebensbahn Zuflucht,
dem Licht, dem tödlich verwundeten Tropfen,
diesem vulkanischen Ring,
diesem verlöschenden Kristall.
Vaterland, jage dahin und schütze ihn,
jage dahin, eile, eile, eile.

Auszug

Sie führen ihn an die Mauern von Mendoza,
zum grausamen Baum, an den Steilhang,

eingeweiht mit Blut, zur einsamen
Qual, zum eisigen Finale des Gestirns.
Er geht auf unvollendeten Landstraßen,
vorbei an Dornengestrüpp und rissigen Lehmwänden,
Pappeln, die ihm verblichenes Gold hinwerfen,
eingehüllt in seinen nutzlosen Stolz
wie in eine zerfetzte Tunika,
an die der Staub des Todes rührt.

Er denkt an sein ausgeblutetes Herrschergeschlecht,
den ersten Mond über den endlos traurigen
Eichen der Kindheit,
die spanische Schule und das Wappenbild,
rot und mannhaft, der spanischen Miliz,
an seinen hingemordeten Stamm, die Süße
der Ehezeit, unter Orangenblüten
die Verbannung, die Kämpfe durch die Welt,
an O'Higgins, das bannertragende Rätsel,
Javiera, die ahnungslose Schwester in den entlegenen
Gärten Santiagos.
Mendoza schmäht seine finstere Herkunft,
höhnt seine bezwungene Herrscherwürde,
und unter Steinwürfen steigt er
aufwärts zum Sterben.
Nie hatte ein Mensch
ein ihm gemäßeres Ende. Von den scharfen
Attacken zwischen Wind und Getier an
bis zu dieser Gasse, wo seines Blutes
alle verblutet sind.
Jede Stufe
des Schafotts gleicht ihn seinem Schicksal an.
Nun kann niemand mehr diesen edlen Zorn fortsetzen.
Die Rache, die Liebe sperren ihre Tore.
Die Wege halten den Ruhelosen an.
Und als sie auf ihn feuern und Blut
durch sein Tuch eines Fürsten

des Volkes hervorquillt, ist es Blut, das die ehrlose
Erde kennt, Blut, das dorthin gelangte,
wohin es kommen mußte, auf den Boden
dürstender Kelter, die warteten auf
die zertretenen Trauben seines Todes.

Forschend spähte er zum Schnee der Heimat auf,
Nebel war alles in der felsumstarrten Höhe.

Er sah die Gewehre, deren Eisen
seine zerfallene Liebe erblühen ließ;
wurzellos fühlte er sich, des Rauchs
flüchtiger Wandrer in einsamer Schlacht,
und er stürzte, in Staub gehüllt und Blut,
wie in zwei Arme von Fahnen.

Chor

Glückloser Husar, glühendes Kleinod,
Dornbusch, flammend im schneeverhüllten Vaterland.

Weinet um ihn, weint, bis eure Tränen,
ihr Fraun, die Erde durchtränken,
die Erde, die er liebte, seine abgöttische Liebe.
Weint, harte Krieger Chiles,
vertraut mit Gebirg und Woge,
wie eine Schneewüste ist diese Leere,
dieser Tod ist das Meer, das uns peitscht.
Fragt nicht, warum; niemand könnte die
vom Pulverdampf vernichtete Wahrheit sagen.
Fragt nicht, wer es war; niemand raubt
des Frühlings Wachsen,
niemand rottet die Rose des Bruders aus.

Bewahren wir Zorn und Schmerz und Tränen,
füllen wir die trostlose Leere an,
und die Flamme im Dunkel der Nacht möge
an das Licht der erloschenen Sterne erinnern.
Schwester, hege deinen heiligen Groll.
Des Volkes Sieg braucht
die Stimme deiner zermalmten Liebe.
Breitet Tücher über sein Fernsein,
auf daß er kalt und verscharrt
mit seinem Schweigen das Vaterland schützen kann.

Mehr als ein Leben war sein Leben.

Der Flamme gleich suchte er seine Vollendung.
Der Tod war mit ihm, bis er ihn zurückließ,
vollkommen und aufgezehrt für immer.

Gegenstrophe

Möge der schmerzliche Lorbeer seine letzte,
die winterliche Substanz bewahren.
Laßt uns zu seiner Dornenkrone leuchtenden Sand
hintragen,
araukanische Geschlechterreihen, beschützet den
Todesmond,
duftenden Boldus Blätter, Schnee, aus Chiles
unermeßlichen dunklen Gewässern gespeist, Pflanzen,
die er liebte,
in rohen Tontöpfen Melissen, herbduftende Pflanzen,
vom falben Zentauren geliebt, tiefschwarze Trauben,
angefüllt von elektrischem Herbst auf der Erde,
schattendunkle Augen,
die unter seinen irdischen Küssen geglüht, entscheidet
über seines Grabes Frieden.

Laß deine Vögel, Heimaterde, in die Lüfte steigen, ihre
unvernünftigen Schwingen, ihre roten Lider,
und zum todeswunden Husaren fliege über das Wasser
des Queltehuevogels Laut,
verblute deinen Brustfleck aus Scharlachduft, Loica,
daß du ihm
huldigst, dessen Höhenflug der Heimat bräutliche Nacht
entbreitet hat,
möge der Condor, in nie bewegten Höhen schwebend,
krönen mit blutigen Federn
die schlummernde Brust, das reine Feuer, das auf den
Stufen der Cordillere ruht,
Krieger, pflücke die Rose des Zorns, zermalmt an
erdrückender Mauer,
aufs Pferd mit schwarzer Montur und schäumendem Maul
möge der Bauer sich schwingen,
möge zum Ackersklaven wiederkehren sein Wurzelfriede,
sein trauerumwitterter Schild,
Mechaniker, errichte du seinen fahlen Turm, gebildet
aus nächtlichem Zinn:
Volk, geboren in der Wiege aus Weidengezweig,
die des Helden Hände geflochten,
Volk, das aus schwarzem Grubenschlamm steigt
und schwefligen Stollen,
erhöhe du den Opfertod und die Urne und umfange
das unverhüllte Erinnern
mit deiner Eisenbahnerwürde, deinem unsterblichen
Gleichgewicht von Stein und Wunde,
bis die duftende Erde betaute Copihuesranken verfügt,
aufrichtige Bücher
für das unbezwingbare Kind, den glorreichen Strahl des
Lichts,
den zärtlichen, schrecklichen Soldaten.
Und wahre in des Volkes schwerem Bereich und Kampf
seinen Namen, so
wie der Name des Schiffes standhält in der Seeschlacht:

ihn schreibe das Vaterland an seinen Bug, ihn segne
der Blitz,
denn so nur wurde sein freier, harter und glühender
Stoff.

XXV MANUEL RODRÍGUEZ

Cueca-Tanz

Señora, man sagt, daß dort,
Mutter, man sagt, sie sagten,
Wasser und Wind, sie sagen,
daß sie den Guerillero sahn.

LEBEN

Es kann ein Bischof sein,
es kann und kann auch nicht,
es könnte nur der Wind sein
über dem Schnee,
ja, über dem Schnee,
o Mutter, blicke nicht hin,
denn es naht im Galopp
Manuel Rodríguez.

Nun naht der Guerillero
durch die Lagune.

Cueca

Fortreitend von Melipilla,
im Fluge durch Talagante,
quer durch San Fernando
taucht er auf in Pomaire.

PASSION

Rittlings durch Rancagua,
durch San Rosendo,
durch Cauquenes, Chena,
durch Nacimiento:
ja, durch Nacimiento
von Chiñigüe her,
und überall kommt er:
Manuel Rodríguez.

Übergib diese Nelke ihm.
Gehn wir mit ihm davon.

Cueca

Daß die Gitarre verstumme,
denn das Vaterland ist in Trauer.
Dunkel wird unsere Erde.
Sie töteten den Guerillero.

UND TOD

In Til-Til brachten ihn um
die Mörder,
sein Rücken verblutet
am Weg:
ja, auf dem Wege.
Wer hätte das gedacht;
er, der unser Leben war,
unsere Freude.

Die Erde weint und weint.
Laßt uns schweigen.

XXVI GUAYAQUIL (1822)

Da San Martín eintrat, etwas einsam
Nächtliches
eines nicht faßbaren Weges, Schatten, Leder
trat in den Saal.
Bolívar wartete.
Bolívar spürte, was sich ereignen würde.
Er war scharfsinnig, schnell, metallen,
ganz Vorwegnahme, Gedankenflug,
sein zurückhaltendes Wesen zitterte
im Zimmer dort, verhaftet
dem Dunkel der Geschichte.

Er kam aus unsäglichen Höhn,
aus der Sterne Sphäre,
sein Heer rückte vor,
Nacht und Entfernung durchbrechend,
Schlachtenlenker eines unsichtbaren Heeres,
des Schnees, der ihm folgte.

Die Lampe flackerte, die Tür
hinter San Martín trug
die Nacht, ihr Gebell, einer Mündung
lässiges Rauschen.

Die Worte öffneten einen Pfad,
der sich entfernte und zurückkehrte in sie.
Es sprachen jene beiden Leiber miteinander,
stießen einander ab, verbargen sich,
verschlossen sich, flohen einander.

San Martín brachte aus dem antarktischen Süden
einen Soldatenkittel mit grauen Zahlen:
die Eintönigkeit der nimmermüden
Monturen, die erdezerstampfenden
Rosse, die sich seiner
sandigen Feste vereinten.

Eintraten mit ihm die rauhen
Maultiertreiber Chiles, ein schwerfälliges
eisenhartes Heer,
das Gebiet kriegerischer Bereitschaft,
die Banner mit Namen,
alt geworden in der Pampa.

Was sie auch sprachen, es fiel von Leib zu Leib
ins Schweigen hinab, in den abgründigen Raum
zwischen ihnen.
Es waren nicht Worte, die tiefe
Ausstrahlung gegensätzlicher Welten,
menschlichen Gesteines geschah, das fremdes
unzugängliches Metall anrührt.
Die Worte kehrten zu ihrem Ursprung zurück.

Ein jeder sah vor seinen Augen
seine eigenen Fahnenzeichen.

Der eine die Zeit mit aufschimmernden Blumen,
der andre die karge Vergangenheit,
der Truppe zerfetzte Kleider.

An seiten Bolívars erwartete ihn
eine weiße Hand, sie gab ihm das Geleit,
mehrte seinen glühenden Ansporn,
breitete im Brautbett das Linnen.

San Martín blieb seiner Steppe treu.
Sein Traum war ein Galopp,
ein Netz aus Riemenzeug und Gefahren.
Seine Freiheit war eine einhellige Pampa.
Eine gute Getreideordnung sein Sieg.

Bolívar konstruierte einen Traum,
eine unbekannte Dimension, ein Feuer
währender Entschlossenheit,
so unmittelbar, daß er ihn, seinem Urgrund
verhaftet, zu seinem Gefangenen machte.

Worte fielen und das Schweigen.

Wieder öffnete sich die Tür, wieder
wogte die große amerikanische Nacht, der weite Strom
zahlloser Lippen während einer Sekunde.

San Martín kehrte aus jener Nacht
zu den Einsamkeiten zurück, zum Korn.
Bolívar verfolgte seinen Weg, allein.

XXVII SUCRE

Sucre im Hochland überragt
der Berge gelbes Profil,
Hidalgo fällt, Morelos fängt
den Klang auf, das Schwingen einer Glocke
verbreitet es auf der Erde und im Blut.
Eroberte Himmelsstriche verteilend,
sprengt Páez über die Landstraßen hin,
Tau fällt in Cundinamarca
auf die brüderliche Gemeinschaft der Wunden,
das Volk, von des Landes Erstreckung
bis zur geheimen Zelle erregt, erhebt sich;
es steigt eine Welt auf
des Abschiednehmens und des Galopps,
jede Minute gebiert eine Fahne
wie eine verfrühte Blüte:
Fahnen aus blutigen Kopftüchern
und Büchern der Freiheit,
Fahnen, durch den Staub
der Wege geschleift, zerfetzt
von der Reiterei,
von Donnergedröhn entrollt und Blitzen.

Die Fahnen

Unsere Fahnen jener leuchtenden
Zeit, diese kaum umsäumten,
kaum erstandnen, geheim,
gleich einer tiefen Liebe, plötzlich
flammten sie im blauen
Wind des geliebten Pulverdampfs.

Amerika, unermeßliche Wiege,
Sternenraum, reifer Granatapfel,

auf einmal füllte mit Bienen sich
deine Geographie, mit Gesumm,
weitergeleitet von Ziegeln
und Steinen, von Hand zu Hand,
die Straße füllte sich mit Kleidern
wie ein aufgescheuchter Bienenstock.

In der Nacht der Schüsse
in den Augen funkelte der Tanz,
wie eine Orangenfrucht
wuchs ihre Blüte an den Hemden,
Abschiedsküsse, Küsse voll Mehlstaub,
die Liebe knotete Küsse fest,
und auf den Landstraßen sang
der Krieg zu seiner Gitarre.

XXVIII TOUSSAINT L'OUVERTURE

Haiti treibt aus seinem süßen Gewirr
pathetische Blüten ans Licht,
gepflegte Gärten, Gebäude
der Pracht; das Meer wiegt
wie ein dunkler Ahne
seine uralte Würde der Haut und Weite.

Toussaint L'Ouverture verknüpft
die Pflanzenherrschaft,
die entfesselte Majestät,
der Tambore dumpfe Stimme
und greift an, er sperrt den Durchmarsch, steigt empor,
befiehlt, vertreibt den Feind, bietet Trotz
wie ein geborener Herrscher,
bis er ins finstere Netz
fällt und sie ihn über die Meere schaffen,

fortgeschleppt, mit Füßen getreten
wie eine Heimkehr seiner Rasse,
in den heimlichen Tod geworfen
der Schlammgruben und Verliese.
Auf seiner Insel aber glühen die Klippen,
reden die verborgenen Äste,
teilen sich die Hoffnungen mit,
wachsen die Wälle der Bastion.
Die Freiheit, sie ist dein Wald,
mein schwarzer Bruder, und bewahrt
den Nachruhm deiner Leiden:
mögen die Helden der Vergangenheit
deinen magischen Wogenschaum hüten.

XXIX MORAZÁN (1842)

Groß ist die Nacht, und es wacht Morazán.
Ist es heut, gestern, morgen? Du weißt es.

Gürtel der Mitte, Landenge Amerika,
die zweier Meere blaue Schläge
schufen, schwebend Cordilleren
und Smaragdgefieder in die Lüfte hoben:
Erdreich, Einheit, schlanke Göttin,
im Kampf der Schäume geboren.

Dich unterwühlen Landes-Söhne und Gewürm,
es breiten sich auf dir die Marder aus,
und eine Zange entreißt den Schlaf dir,
ein Dolch bespritzt dich mit deinem Blut,
während deine Standarte in Fetzen zerreißt.

Groß ist die Nacht, und es wacht Morazán.

Schon naht der Tiger und pflanzt ein Beil auf.
Sie kommen, deine Eingeweide zu verschlingen.
Sie kommen, aufzuteilen den Stern.
Sie kommen,
kleines düftereiches Amerika,
dich ans Kreuz zu schlagen, die Haut dir abzuziehen,
um niederzureißen das Metall deiner Fahne.

Groß ist die Nacht, und es wacht Morazán.

Invasoren besetzten deine Wohnstatt.
Und sie teilten dich auf wie eine tote Frucht,
und andere prägten in deinen Rücken ein
die Zähne eines blutdürstenden Geschlechts,
und andere, Blut auf deine Schmerzen häufend,
plünderten dich aus in den Häfen.

Ist es heut, gestern, morgen? Du weißt es.

Brüder, es tagt. (Und Morazán wacht.)

XXX REISE DURCH DIE NACHT DES JUÁREZ

Juárez, höben wir
die innerste Erdschicht, die Materie
der Tiefe auf, berührten wir, schürfend,
das unergründliche Erz der Republiken,
wir fänden dann die Einheit: deine Struktur,
deine unparteiische Güte, deine eigenwillige Hand.

Wer deinen Gehrock betrachtet,
deine knappe Höflichkeit, dein Schweigen,
dein Antlitz, geformt aus amerikanischer Erde,
sofern er nicht von hier ist, nicht geboren ward

in diesen Ebenen, auf diesem hügligen Lehm
unserer Einöden, begreift es nicht.

Sie werden von dir reden, von fern einen Steinbruch eräugend.
Sie werden an dir vorüberziehen, wie man einen Fluß quert.
Werden die Hand einem Baum reichen, einer Ranke,
einem schattigen Weg des Landes.

Für uns aber bist du Brot und Fels,
Herd und des dunklen Stammes Geschöpf.
Dein Antlitz ward erschaffen aus unserem Lehm.
Deine Majestät ist mein verschneiter Erdstrich,
deine Augen die begrabene Töpferwerkstatt.

Andere werden haben das Atom und den Tropfen
elektrischen Glanzes, ruheloser Glut:
du, aus unsrem Blut geschaffen, du bist die Mauer;
deine Geradheit, undurchdringlich,
entstammt unsrer harten Geologie.

Du sollst weiter nichts sagen den Lüften,
dem goldenen Wind, der von weit her kommt,
als was die sinnende Erde spricht,
das Kalkgestein, das Mineral, das Ferment.

Ich besuchte die Mauern von Querétaro,
berührte jeden Felsblock am Hügel,
die Ferne, Narbung und Krater,
Kakteen mit stachlichten Armen:
niemand verharrte dort, das Phantom verschwand,
niemand verblieb entschlafen in der Härte:
einzig das Licht sind, die Stacheln
des Gestrüpps und ein reines Dasein:
Juárez, dein Friede einer gerechten Nacht,
endgültig, eisern, gestirnt.

Zuweilen gleitet des antarktischen Südens Wind
Stimmen und Fasern von Städten und Bäumen
mit sich führend über die Grabstätte Lincolns
nichts geschieht an seiner Gruft, die Lettern rühren sich
nicht
der Marmor schleift sich ab mit der Langsamkeit von
Jahrhunderten
der altgewordene Herr lebt nicht mehr
es existiert nicht mehr das Loch seines altmodischen Hemdes
die Fasern der Zeit haben sich dem menschlichen Staub
vermengt
welch ein vollkommenes Leben sagte eine zaghafte
Dame aus Virginia eine Schule singt
immer noch eine Schule singt an ganz was anderes denkend
nur der antarktische Wind der Hauch von Äckern
und Wegen verweilt zuweilen am Grab
seine Transparenz ist eine moderne Zeitung
dumpfer Groll nahten und Klagen wie diese
der starre Schlaf der Überwinder ruhte
unter den schmutzigen Füßen die unter Gesang
vorübereilten und mit sich schleppten Ermüdung soviel
und Blut
nun gut heute Morgen kehrt zum Marmor der Haß zurück
der Haß des weißen Südens zum schlafenden Alten zurück
in den Kirchen sind die Neger mit Gott allein
mit einem Gott wie man an ihn auf den Märkten glaubt
in den Eisenbahnen die Welt hat einmal gewisse Inschriften
die den Himmel einteilen das Wasser die Luft
welch ein vollkommenes Leben sagt das empfindsame
Fräulein und in Georgia prügeln sie wöchentlich
einen Negerjungen zu Tode
obwohl Paul Robeson wie die Erde singt
wie des Meeres und des Lebens Beginn
er singt über die Grausamkeit hinweg und die Anpreisungen

von Coca-Cola singt für die Brüder
von Erdteil zu Erdteil inmitten der Züchtigungen
singt für die jungen Söhne auf
daß der Mensch höre und zurückhalte seine Peitsche
die grausame Hand die Hand die Lincoln niederschlagen
würde
die Hand die einer weißen Viper gleich wiedererscheint
der Wind weht vorüber der Wind trägt über das Grab
Gespräche Überbleibsel von Schwüren etwas
das niederweint auf den Marmor wie feiner Regen
uralter vergessener unbegrabener Schmerzen
der Ku-Klux-Klan tötete einen Wilden bei seiner
Verfolgung
hängte den armen Neger der schrie als sie ihn lebend
und von Schüssen durchlöchert verbrannten
unter ihren Kapuzen wissen die Wohlstandsbürger
des Rotaryclubs
nichts also sind sie gläubig die nur Henker sind
feige Schlächter Fäulnisprodukte des Reichtums
sie gehen mit dem Kainsmal nach Haus
sich die Hände zu waschen zu beten am Sonntag
sie telefonieren mit dem Senat dem sie ihre Heldentaten
berichten
davon weiß nichts der Tote von Illinois
denn der heutige Wind spricht eine Sklaven-
Zorn- und Kettensprache
unter den Steinplatten ist der Mensch nicht mehr
er ist ein zerriebenes Staubkorn des Sieges
nach verblichenem Triumph hinweggefegten Sieges
nicht nur des Menschen Hemd ist verbraucht
nicht nur die Totengruft tötet uns
auch der immer wiederkehrende Frühling der Zeitenlauf
der mit seinem feigen Gesang am Sieger nagt
es stirbt die Bedeutung von gestern erneut entbreiten sich
des Ruchlosen wütende Banner
irgendwer singt am Grabmonument es ist der Chor

einer Mädchenschule gellende Stimmen
die ohne auch nur den äußeren Staub anzurühren
        sich erheben
die vorüberwehn ohne niederzusteigen zum Holzfäller
        der da schlummert
zu dem unter den Ehrungen verloschenen Sieg
während der spöttische Wander-Wind des Südens lächelt

XXXII MARTÍ (1890)

Kuba, schäumende Blüte, aufbrausende
Scharlachlilie, Jasmingesträuch,
es fällt schwer, unter dem Blütengeflecht
deine finstre gemarterte Kohle zu finden,
die alte Runzel, die der Tod hinterließ,
die Narbe, bedeckt von Schaum.

Aber in deinem Innern wie eine helle
Geometrie aufgekeimten Schnees,
dort, wo deine letzten Rinden zerspringen,
ruht, einer makellosen Mandel gleich, Martí.

Er ist in der kreisenden Tiefe der Luft,
ist in des Landes blauer Mitte,
und wie ein Wassertropfen funkelt
seine schlummernde Redlichkeit eines Samens.

Kristallen ist die Nacht, die ihn bedeckt.

Klage und Schmerz, grausame Tropfen
dringen jäh durch die Erde bis in die Nähe
der schlafenden unendlichen Helle.

Zuweilen senkt das Volk tief durch das Dunkel
seine Wurzeln, bis es das stille
Wasser in seinem verschwiegenen Mantel berührt.

Zuweilen kreuzt, besäte Flächen
zertretend, die grimme Rachsucht,
und ein Toter stürzt ins Gefäß des Volkes.

Zuweilen saust die begrabene Peitsche
durch die Luft des Kuppelgewölbes,
und wie ein Blütenblatt fällt ein Blutstropfen
auf die Erde und sinkt ins Schweigen hinab.

Alles gelangt zum Glanz ohne Fehl.
Das kleinste Erzittern pocht
an die kristallene Tür des Verborgenen.

Jede Träne erreicht seinen Strom.

Jedes Feuer erschüttert seine Struktur.
Und so, aus der im Grabe ruhenden Kraft,
aus dem verborgenen machtvollen Keim
gehen die Kämpfer der Insel hervor.

Sie stammen aus einem bestimmten Quell.

Sie werden von einem kristallnen Gefäll geboren.

XXXIII BALMACEDA VON CHILE (1891)

Mr. North ist angekommen aus London.

Er ist ein Salpetermagnat.
Früher arbeitete er in der Steppe,
als Tagelöhner; einige Zeit,
aber er zog die Bilanz und ging davon.

Nun, eingehüllt in englische Pfunde, kehrt er zurück.
Er bringt zwei Araberpferdchen mit
und eine kleine Lokomotive,
alles aus Gold. Geschenke sind es
für den Präsidenten, einen gewissen
José Manuel Balmaceda.

»You are very clever, Mr. North.«

Rubén Darío hat Zutritt zu diesem Haus,
zu diesem Präsidentenpalais, wie es ihm beliebt.
Eine Flasche Cognac erwartet ihn.
Der junge Minotaurus, vom Nebel
der Flüsse umhüllt, von Klängen durchdrungen,
steigt die große Treppe empor, die so schwer
zu ersteigen sein wird für Mr. North.
Der Präsident kehrte vor kurzem
aus dem trostlosen Norden des Salpeters zurück,
dort sagte er: »Dieser Boden, dieser Reichtum
wird Chile gehören, diesen weißen Stoff
werde ich in Schulen verwandeln, in Landstraßen,
in Brot für mein Volk.«
Nun, im Palast, zwischen Papieren,
wendet sich seine feine Gestalt, sein angespannter
Blick den Salpeterwüsten zu.

Sein edles Antlitz kennt kein Lächeln.

Der Kopf von bleicher Anmut
hat eines Toten uralte Eigenschaft,
eines greisen Vorfahren des Vaterlandes.

Sein ganzes Wesen ist ernstes Prüfen.

Etwas wie ein eisiger Windhauch beunruhigt
seinen Frieden, den Gang seiner Gedanken.

Er wies die Pferde zurück, das Maschinchen aus Gold
von Mr. North. Schob sie hinweg, ohne sie
anzuschaun,
ihrem Besitzer zu, dem machtvollen Fremden.
Er bewegte kaum die geringschätzende Hand.
»Jetzt, Mr. North, kann ich Ihnen diese
Konzessionen nicht überlassen,
ich kann mein Land nicht an die geheimen
Absichten der City binden.«

Mr. North läßt sich häuslich im Herrenclub nieder.
Hundert Whiskys für seinen Tisch,
hundert Gedecke für Advokaten,
für das Parlament, Champagner
für die Konservativen.
Agenten eilen nach dem Norden,
die Fäden gehen, kommen und kehren zurück.
Die geschmeidigen Sterlingpfunde
weben goldenen Spinnen gleich
einen englischen Stoff, einen echten,
für mein Volk, einen Anzug, geschneidert
aus Blut, Kugeln und Elend.

»You are very clever, Mr. North.«

Finsternis umlagert Balmaceda.
Als der Tag gekommen, schmähen sie ihn,
verhöhnen ihn die Aristokraten,
schmäht man ihn im Parlament,
weist ihn zurecht und verleumdet ihn.
Sie liefern ihm die Schlacht und haben gewonnen.
Aber nicht genug: verdrehen muß man
den Sinn der Geschichte. Die reichen Weinberge
»opfern« sich, und Alkohol
ertränkt die erbärmliche Nacht.

Elegante Jünglinge
markieren die Türen, und eine Horde
überfällt die Häuser, stürzt
die Pianos von den Balkonen herab.
Aristokratisches Picknick
mit Leichen im Rinnstein
und französischem Champagner im Club.

»You are very clever, Mr. North.«

Die Argentinische Gesandtschaft öffnete
dem Präsidenten ihre Pforten.

An diesem Abend schreibt er mit der immergleichen
Sicherheit seiner feinen Hand.
Ein dunkler Falter, dringt der Schatten
in seine großen Augen
voll erschöpfter Unergründlichkeit.

Und die Hoheit seiner Stirn
tritt aus der einsamen Welt
des kleinen Zimmers
und erhellt die finstere Nacht.
Er schreibt seinen strahlenden Namen nieder,
mit großem Profil die Lettern
seiner dem Verrat verfallenen Grundsätze.
Er hält den Revolver in der Hand.

Durch das Fenster sieht er
ein letztes Stück Vaterland
und denkt an Chiles langgestreckten
Leib, von Finsternis befallen
wie eines Buches nächtliche Seite.
Er ist auf Reisen, seine Augen streifen, ohne zu sehen,
wie durch die Scheiben eines Zuges,
vorübereilende Felder, Häusergruppen,

Türme, unter Wasser stehende Ufer,
Armut, Leiden, Lumpen.
Er träumte einen präzisen Traum,
verändern wollte er die vom Elend gepeinigte
Landschaft; den abgezehrten Leib
des Volkes, ihn wollte er beschützen.

Nun ist es zu spät, er hört vereinzelt
Schüsse, des Siegers Schreie,
den hinterhältigen Überfall, das Jaulen
der »Aristokratie«, er lauscht
dem letzten Geraun, dem großen Schweigen,
und mit ihm tritt er, zurückgelehnt, in den Tod.

XXXIV AUF EMILIANO ZAPATA (MIT MUSIK VON TATA NACHO)

Als auf der Erd die Schmerzen
größer wurden und die öden Dornenfelder
der Bauern Erbe waren
und wie ehemals habsüchtige
feierliche Bärte und die Peitschen,
da bäumte, Blüte und Feuer im Ritt durchsprengt…

Borrachita, von dannen ich zieh
hin zu der Hauptstadt …

die von Messern geschüttelte Erde
sich auf im vergänglichen Dämmer;
wie ein entkörnter Maiskolben fiel
der Peon von seinem Schmerzenslager
auf die taumelnde Einöde nieder.

zu fordern mir vom Patron
der rufen mich ließ

Zapata damals war Erde und Frührot.
Am Rund des Horizontes erschien
der Haufe seiner bewaffneten Saat.
Im Angriff über Wasser und Grenzen
von Coshuila der eiserne Quell,
von Sonora siderische Steine,
alles folgte seinem tollkühnen Zug,
seinem bäuerlichen Hufeisensturm.

und wenn er auch den Rancho verläßt
bald kehrt er doch wieder

Brot verteilt er und Boden:
dir folge ich.
Ich entsag ihren himmlischen Augenlidern.
Ich, Zapata, ich ziehe fort mit dem Tau
der morgendlichen Reiterscharen,
bei einem Büchsenschuß von den Opuntien
zu den Häusern mit rosenroter Wand.

... Seidenbänder für deine Haare
weine nicht um deinen Pancho...

Der Mond schläft auf den Monturen.
Mit den Soldaten Zapatas
gehäuft und ausgeteilt ruht der Tod.
Unter dem Wehr der bedrückenden Nacht
der Schlaf verbirgt ihr Verhängnis,
ihr düsteres Linnen, unheilschwanger.
Das Lagerfeuer gruppiert die wache Luft um sich:
Fett, Schweiß und nächtlicher Pulverdampf.

... Borrachita, von hinnen ich zieh
dich zu vergessen...

Heimat fordern wir für den Erniedrigten.
Deine Klinge der Väter Erbe teilt,
und Schüsse und Streitrosse schrecken
die Strafen zurück, des Henkers Bart.
Die Erde verteilt man mit einem Gewehr.
Erwarte nicht, Bauer, staubbedeckter,
nach deiner Mühsal das vollkommene Licht
und, kniefällig, den Himmel parzelliert.
Steh auf und reit mit Zapata.

... Ich wollte sie mit mir nehmen
sie aber sagte nein...

Mexiko, widerstrebender Ackerbau, geliebte,
unter die Namenlosen verteilte Erde:
aus den Schwertern des Maisfelds traten
in die Sonne schweißbedeckt deine Hundertschaften.
Aus des Südens Schnee komme ich, dich zu singen.
Laß mich hingaloppieren in deines Geschickes Spur,
erfüllen von Pflugscharen mich und Pulverdampf.

... Wenn man doch weinen muß
warum dann wiederkehren...

XXXV SANDINO (1926)

Das war in der Zeit, da man auf
unserer Erde
Grabkreuze
pflanzte; Untaugliche wurden und
tätige Menschen verbraucht.
Der Dollar kam mit aggressiven Zähnen,
Land zu verschlingen

auf Amerikas Hirtenbrust.
Er packte Panama mit grausem Rachen,
bohrte seine Fänge ins junge Erdreich,
suhlte im Schlamm sich, in Whisky und Blut,
und ein Präsident im Gehrock leistete einen Eid:
»Die Bestechung sei mit uns
an jedem Tage.«
Dann nahte der blanke Stahl,
und der Kanal schied die Wohnstatt des Menschen,
hier die Herren, dort die Knechtschaft.

Sie eilten nach Nicaragua.

Stiegen, schneeweiß gekleidet, an Land
und teilten Dollars aus und Schüsse.
Dort aber stand ein Hauptmann auf,
der sprach: »Nein, hier führst du
deine Konzessionen, deine Whiskyflaschen nicht ein.«
Sie versprachen ihm ein Bildnis als Präsident
mit Handschuhen,
dreifarbiger Schärpe und ganz neuen,
ganz feinen Lackschuhn.
Sandino zog seine Reitstiefel aus,
verschwand in den bebenden Sümpfen,
band in der Wildnis
die feuchte Schärpe der Freiheit sich um,
und, Schuß um Schuß, antwortete er
den »Zivilisatoren«.

Die Wut Nordamerikas
war unsäglich: beglaubigte
Botschafter überzeugten
die Welt, ihre Liebe sei
Nicaragua, einmal jedoch müsse
die Ordnung einziehn in sein
verschlafenes Inneres.

Sandino knüpfte die Eindringlinge auf.

Wall Streets Helden
wurden von Lagunen verschlungen,
ein Blitzstrahl tötete sie,
mehr als eine Machete jagte sie,
wie eine Schlange in der Nacht
weckte sie ein Strang,
und an einem Baume hängend, wurden sie
langsam hinweggetragen
von blauen Käfern
und verschlingenden Lianen.

Sandino war in der Stille,
war auf dem Platz des Volkes,
überall war Sandino,
Nordamerikaner tötend,
Invasoren richtend.
Und als die Flugzeuge kamen,
die Offensive gepanzerter
Heere, der Einbruch
vernichtender Gewalten,
war Sandino mit seinen Partisanen
gleich einem Phantom des Urwalds
ein Baum, der sich wand,
eine Schildkröte, die schlief,
oder ein Fluß, der davonglitt.

Baum aber, Schildkröte und Strom
waren der rächende Tod,
waren System der Wildnis,
Vorboten tödlicher Spinnen.

(Im Jahre 1948
ward Marcus Vafiades, Partisan
in Griechenland, Säule Spartas,

der Schrein des Lichts, überfallen
von den Söldnern des Dollar.
Von den Bergen eröffnete er das Feuer
auf Chicagos Polypen,
und wie Sandino, der Held
von Nicaragua, ward er genannt:
»Bandit der Berge«.)

Aber da Feuer, Blut
und Dollar nicht zerstören konnten
den stolzen Turm Sandinos,
schlossen Wall Streets Krieger
Frieden; ihn zu feiern,
luden sie den Guerillero ein,

und ein frisch gedungener Verräter

feuerte seine Waffe auf ihn ab.

Er heißt Somoza. Bis auf diesen Tag
herrscht er in Nicaragua:
die dreißig Dollar gediehen
und häuften sich in seinem Wanst.

Das ist die Geschichte Sandinos,
des Hauptmanns von Nicaragua,
herzzerbrechende Inkarnation
unserer verratenen Erde,
der zerteilten, überfallenen,
gemarterten und ausgeraubten.

XXXVI RECABARREN ENTGEGEN
(1)

Das Erdreich, der Erde Metall, die gedrängte
Schönheit, der eisenstarke Friede,
der Lanze wird sein, Helle und Ring,
reine Materie, Tatkraft
der Zeit, Heil
der kahlen Erde.

Das Erzgestein war wie ein Stern,
der versunken und begraben.
Unter Planetenstößen ward verborgen
Gramm um Gramm das Licht.
Harsche Hülle, Tonerden, Sand
bedeckten deine Hemisphäre.

Ich aber liebte dein Salz, deine Oberfläche.
Deinen schweren Regen, deine Wimper, deine Gestalt.

Im Karat harter Reinheit
aufsang meine Hand: zu des Smaragden
bräutlicher Ekloge ward ich geladen,
und in des Eisens Höhlung ich legte eines Tages
mein Gesicht,
bis aus mir Abgrundtiefe, Widerspruch und Wachstum
strömten.

Aber ich wußte nichts.

Eisen, Kupfer und die Salze wußten es.

Jedes Blättchen Gold ward mit Blut herausgerissen.
Jedes Metall hat einen Krieger.

DAS KUPFER
(2)

Ich kam zum Kupfererz, nach Chuquicamata.

Abend war es in den Cordilleren.
Die Luft wie ein eisiges
Glas, von trockener Transparenz.

Vormals lebte ich auf vielen Schiffen,
in der Nacht der Wüste aber
erglänzte das ungeheure Bergwerk
wie ein augenblendendes Schiff
unter dem schimmernden Tau
jener nächtlichen Höhen.

Ich schloß die Augen: Schlaf und Schatten
spannten über mich wie Riesenvögel
ihr starkes Gefieder aus.
Während das Auto mühevoll schwankte,
von einer Seite zur andern, schleuderte
der tiefstehende Stern, der durchbohrende
Planet lanzengleich
auf mich einen starren Blitz
eisigen Feuers und Bedrohens.

DIE NACHT IN CHUQUICAMATA
(3)

Es war schon hohe Nacht, abgründige Nacht,
hohl wie das Glockeninnere.
Und mir vor Augen sah ich die mitleidlosen Wände,
in einer Pyramide das gebrochene Kupfer.
Grün war dieser Erden Blut.

Hinauf bis zu den lichtgetränkten Planeten
reichte die grüne nachterfüllte Herrlichkeit.

Tropfen um Tropfen ward
eine türkisene Milch,
ein Frührot aus Stein
vom Menschen erschaffen
und glühte in der Unermeßlichkeit
auf der sternumspannten offenen Erde
der großen Nacht des Sandes.

Damals führte das Dunkel mich
an der Hand
zur Gewerkschaft, Schritt für Schritt.
Es war in Chile,
im Monat Juli, in der kalten Jahreszeit.

Neben meinen Schritten viele Tage lang
(oder Jahrhunderte) (oder einfach Monate
aus Kupfer, Stein und Stein und Stein,
das heißt im Lauf der Zeit aus Höllenpein:
aus dem Niemals-Endenden, gestützt
von einer schweflichten Hand)
gingen andre Schritte, andere Füße,
die nur das Kupfer kannte.

Eine schmutzbedeckte Menge war es,
Hunger, Lumpen, Einsamkeiten,
die den Stollen grub.
Jene Nacht sah ich nicht
ihre Wunde ohne Zahl vorüberziehn
an des Bergwerks grausamem Gestade.

Aber ich stand auf seiten dieser Qualen.

Naß waren des Kupfers Knochenwirbel,
bloßgelegt unter Stößen Schweißes
im unendlichen Licht der andinischen Luft.
Um auszugraben das erzene Gebein
der von den Jahrhunderten begrabenen Statue,
erbaute der Mensch die Galerien
eines leeren Theaters.
Aber die harte Wesenheit,
der Stein in seinem Wuchs, des Kupfers
Sieg entwich und ließ einen Krater zurück
eines anbefohlenen Vulkans, so, als wäre jene
Statue, dies grüne Gestirn,
der Brust eines eisernen Gottes entrissen,
ein fahles Loch hinterlassend, gehöhlt in den Höhen.

DIE CHILENEN
(4)

Das alles ward von deiner Hand vollbracht.

Deine Hand war es, die Fingernägel
des erzenen Mitsohns des Landes, des bekämpften
»Gesindels«, des mit Füßen getretenen
Menschenmaterials, des kleinen Mannes in Lumpen.
Deine Hand war wie diese Geographie:
sie höhlte den Krater grüner Finsternis,
sie gründete einen Planeten aus ozeanischem Gestein.

Er schritt durch die Arsenale,
nahm die zerbrochenen Schaufeln in die Hände,
und überall legte er
wie dröhnend zerspringende
Eier Sprengpulver.

Es handelt sich um einen unwahrscheinlichen Krater,
sogar vom Vollmond her
würde man seine Abgrundtiefe erkennen,
die geschürft ward, Hand in Hand, von
einem gewissen Rodríguez, einem gewissen Carrasco,
einem gewissen Díaz Iturrieta,
einem gewissen Abarca, einem gewissen Gumersindo,
einem gewissen Chilenen, *Tausend* genannt.

Diese Unermeßlichkeit ergriff, Zoll um Zoll,
der lumpenbedeckte Chilene
aus der geschürften Masse, einen Tag
und immer wieder einen, noch einen Winter,
bloßer Hand, in großer Hast, in der trägen
Atmosphäre der Gipfelhöhe,
und schichtete sie auf inmitten des Erdstrichs.

DER HELD
(5)

Es war nicht nur die ungestüme Entschlossenheit
vieler Finger, es war nicht die Schaufel nur,
nicht allein der Arm, die Hüfte, des ganzen Menschen
Gewicht und seine Energie:
Schmerz war es, Ungewißheit, Wut,
die jeden Zentimeter höhlten
der kalkigen Höhe auf der Suche nach dem
grünen Geäder des Planeten,
den phosphorglühenden Schweifen
erdversunkener Kometen.

Durch den in ihrem Abgrund verbrauchten Menschen
kamen die blutigen Salze der Erde ans Licht.

Denn Reinaldo, der angriffslustige, ist es,
der Steine-Sucher, der unermüdliche
Sepúlveda, dein Sohn, deiner Tante
Eduviges Rojas Neffe,
der flammende Held, er, der die
erzene Cordillere spaltet.

Da ich gleichsam wie ein Erkennender einherging
und wie in die uterische Ursprünglichkeit
des Tiefinneren drang,
in Erd und Leben, überwand ich mich selbst:
bis ich versunken war in Menschen, stalaktitenhaft
im Wasser der Tränen
des herabgestürzten armseligen Bluts,
des in den Staub gefallenen Schweißes.

BERUFE
(6)

Ein andermal, vom blauen, dem asketischen
Iquique aus, fuhren wir mit Lafette weiter,
durch die Randgebiete der Sandwüste
und hinein nach Tarapacá.

Elias wies mir die Schaufeln
der Salpeterkumpel. Jeder Finger
des Menschen eingegraben ins Holz
der Griffe: sie waren abgenutzt
von der Reibung jeder einzelnen Fingerkuppe.

Dieser Hände Druck in der Schaufel
zerstäubte den Kieselstein,
und so öffneten diese schmerzlich wunden Fingernägel,
diese schwarz gewordenen Ketten von Händen, die Planeten

zerbrechen, Salze zum Himmel schichten,
die Flöze aus Erde, Stein, Metall und Säure,
indem sie wie in jenem Märchen
der biblischen Geschichte sprachen: »Dieses
ist der Erde erster Tag.«

Und so erhob sich, den niemand zuvor gesehen
(vor jenem Tag des Beginns),
das Urbild der Schaufel,
über die Steinrinden der Hölle: er bändigte sie
mit seinen harten glühenden Händen,
schlug die Blätter der Erde auf,
und hervortrat im blauen Hemd
mit schimmernd weißen Zähnen der Anführer,
des Salpeters Conquistador.

DIE WÜSTE
(7)

Der harte Mittag der großen Sandwüsten
ist gekommen:
nackt ist die Welt,
breit gelagert, samenlos, glatt bis hin zu den letzten
Grenzen des Sandes:
lausche dem knisternden Laut
des lebenden Salzes, verloren in den Salpeterwüsten:
die Sonne zerbricht die gläsernen Flächen in der
leeren Unendlichkeit,
und die Erde ringt mit dem Tod unter dem trocknen
erstickenden Krachen des Salzes, das aufstöhnt.

(Nocturno)
(8)

Komm mit mir in das Bereich der Wüste,
in die große lufterfüllte Nacht der Steppe,
in den nächtlichen Kreis, Weltraum und Gestirn,
wo die Zone des Tamarugal das ganze
Schweigen auffängt, das im Zeitenraum sich verlor.

Tausend Jahre Schweigen in einer Kuppel
aus kalkigem Blau, aus Ferne und Mond,
prägen die nackte Geographie der Nacht.

Ich liebe dich, unberührte Erde, wie so viele
Dinge gegensätzlicher Art ich liebte:
Blume, Straße, Überfluß und strengen Brauch.

Ich liebe dich, reine Schwester des Ozeans.
Für mich war diese Schule der Leere schwer zu
bestehen,
in der nicht Mensch, nicht Mauer noch Pflanze war,
um mich an etwas zu halten.

Ich war allein.
Fläche nur und Verlassenheit war das Leben.

Das war die männliche Brust der Welt.

Und ich liebte das System deiner gradlinigen Form,

deiner Leere ausgedehnte Präzision.

DER PÁRAMO
(9)

Auf dem Páramo, Erde beißend, ausgelöscht,
lebte der Mensch.
Ich kam geradwegs in die Höhle,
steckte meine Hände unter die Läuse,
lief die Schienenstränge entlang bis
ins trostlose Dämmern der Frühe,
schlief auf den harten Bohlen,
stieg beim sinkenden Tag von der Arbeit nieder,
mich verbrannten Dämpfe und Jod,
ich drückte dem Mann die Hand,
unterhielt mich mit seiner jungen Frau
inmitten der Hühner in der Tür,
zwischen Lumpen, im Dunst
lebenverzehrender Armut.

Und als ich der Leiden so viele
vereinte, soviel Blut
auffing im Tiegel der Seele,
sah ich aus der reinen Unendlichkeit
der unbegreiflichen Steppen,
geformt aus ihrem eigenen Sand, einen Menschen nahen,
ein Gesicht, allumfassend und unbewegt,
einen Anzug um einen mächtigen Körper,
ein halbgeschlossen Augenpaar
wie unbezwingbare Lichter.

Recabarren war sein Name.

XXXVII RECABARREN (1921)

Sein Name war Recabarren.

Gutmütig, beleibt, bedächtig,
klarer Blick, feste Stirn;
der machtvolle Körperbau bedeckte,
wie der unzählbare Sand,
die Lagerungen seiner Kraft.

Ihr in Amerikas Steppe
(verzweigte Flüsse, lichter Schnee,
eisenhaltige Klüfte) schaut
nach Chile mit seiner vernichteten
Lebenskraft, das einem abgerissenen
Geäst gleicht, einem Arm,
dessen Glieder der Stürme
Gewog verstreute.

Auf den muskulösen Abbauplätzen
der Metalle und des Salpeters,
auf dem athletischen Gepränge
des frisch geschürften Kupfers
lebt der geringe Erdenbewohner
zusammengepfercht im elenden Durcheinander,
mit einem eilig gemachten Kontrakt,
zerlumpten Kindern im Überfluß,
über die Wüsteneien
der Salzflächen verstreut.

Er ist der Chilene, der nur innehält
bei Arbeitslosigkeit oder Tod.

Es ist der zähe Chilene,
Überlebender des Abbaus
oder eingehüllt ins Leichentuch des Salzes.

Dorthin kam mit seinen Flugschriften
jener Führer des Volkes.
Er wählte den Verlassenen, Beleidigten, ihn,
der, seine zerfetzten Decken
um die hungernden Kinder schlagend,
die blutigen Ungerechtigkeiten
hinnahm, und er sprach zu ihm:
»Verbinde deine Stimme einer anderen Stimme.
Verbinde deine Hand einer anderen Hand.«
Er ging in die unheilvollen Winkel
des Salpeters, erfüllte die Steppe
mit seiner väterlichen Berufung,
und in seinem Versteck verborgen
sah ihn das gesamte Bergmannsvolk.

Es nahte jeder geprügelte »Strolch«,
jedes einzelne Klagen kam zu ihm:
gleich Gespenstern traten sie ein
mit matter und zerquälter Stimme
und gingen aus seinen Händen
mit einer neuen Würde hervor.
Man wußte es in der ganzen Wüste.
Und er wanderte durch das ganze Vaterland,
und gebrochene Herzen aufrichtend,
schuf er das Volk.
Seine frisch gedruckten Zeitungen
gelangten in die Kohlenschächte,
stiegen hinauf zum Kupfer,
und das Volk bedeckte mit Küssen die Spalten,
die zum erstenmal Raum
der Stimme der Getretenen gaben.

Er organisierte das öde Land.
Brachte Bücher und Lieder
in die Mauern des Schreckens,
fügte eine Klage zur andern Klage,

und der Sklave ohne Sprache, ohne Mund,
das endlose Leid
wurde zu einem Namen, nannte sich Volk,
Proletariat, Gewerkschaft,
bekam Rang und Ansehn.

Und dieser verwandelte Bewohner,
der im Kampf sich formte,
dieser kühne Organismus,
dieser unerbittliche Versuch,
dieses unveränderliche Erz,
diese Einheit der Schmerzen,
diese Feste des Menschen,
dieser Weg in den Morgen,
diese unendliche Cordillere,
dieser keimstarke Frühling,
diese Wehrhaftmachung der Armen
ging aus jenen Leiden hervor,
aus dem Tiefsten des Vaterlandes,
dem Härtesten und Geschlagensten,
dem Höchsten und Ewigsten
und nannte sich Partei.
Kommunistische
Partei.
Das war ihr Name.
Gewaltig war der Kampf. Wie Geier
stürzten die Herren des Goldes herab.
Die Verleumdung war ihre Waffe.
»Diese Kommunistische Partei
ist bezahlt von Peru,
von Bolivien, von Fremden.«
Sie fielen über die Druckereien her,
erworben Tropfen um Tropfen
mit dem Schweiß der Kämpfenden,
und griffen sie an, zerbrachen sie,
brannten sie nieder, verstreuten des Volkes

Buchdruckerei in alle Winde.
Sie verfolgten Recabarren.
Man verweigerte ihm Rede und Durchreise.
Er aber rief seine Saat zusammen
in den verlassenen Stollen,
und verteidigt wurde das Bollwerk.

Da vergossen die nordamerikanischen
und englischen Unternehmer,
ihre Advokaten, Senatoren,
ihre Deputierten und Präsidenten
Ströme Blut in den Sand,
trieben in die Enge unser Geschlecht,
legten es in Stricke, mordeten so
Chiles tiefe Kraft,
an den verlorenen Pfaden
der gelben unermeßlichen Steppe
Kreuze erschossener Kumpel hinterlassend,
Leichenhaufen
in den Falten der Wüste.

Eines Tages in Iquique, an der Küste,
riefen sie die Menschen zusammen,
die Schulen forderten und Brot.
Dort, eingeschlossen in einem Hof
und eingeschüchtert, man verdammte
sie zum Tode.
Sie schossen
mit pfeifendem Maschinengewehr,
mit kriegsgerecht aufgestellten
Gewehren auf den zusammengedrängten
Haufen schlafender Arbeiter.
Wie ein Fluß tränkte das Blut
den fahlen Sand von Iquique,
und dort liegt es, das vergossene Blut,

und glüht durch die Jahre noch immer,
eine unversöhnliche Blütenkrone.

Jedoch der Widerstand blieb am Leben.
Das Licht, von den Händen Recabarrens
organisiert, die roten Fahnen
zogen von den Gruben in die Dörfer,
zogen in die Städte ein und in die Ackerfurchen,
rollten mit den Rädern der Züge,
bemächtigten sich der Grundlagen des Zements,
eroberten Straßen, Plätze, Bauerngehöfte,
vom Metallstaub erdrückte Fabriken,
Wunden, vom Frühling umwölkt:
alles sang und kämpfte, um zu siegen
in der Einmütigkeit aufdämmernder Zeit.

Wieviel ist geschehen seitdem.
Wieviel Blut auf dem Blut,
wieviel Kämpfe auf Erden.
Stunden herrlicher Eroberung,
Triumphe, erkämpft, Bluttropfen um Tropfen,
schmerzliche Straßen, Niederlagen,
Zonen, düster wie Tunnels,
Verrat, der mit seiner Klinge
das Leben zu durchbohren schien,
Unterdrückungen, haßgeladen,
militärisch zu Ende geführt.

Unterzugehen schien die Erde.

Aber der Kampf geht weiter.

DIE SENDUNG (1949)

Recabarren, in diesen Tagen
der Verfolgung, inmitten der Qualen
meiner verbannten Brüder,
die ein Verräter bekämpft,
erinnre ich mich mit dem Vaterland,
das Haß einhüllt, das Tyrannei
versehrt, des entsetzlichen Kampfes
deiner Gefangenschaft, deiner ersten
Schritte, deiner Einsamkeit,
einer unbezwingbaren Warte,
und daran, wie ein Mann, niedersteigend vom Páramo,
dich aufsuchte und ein zweiter dann,
den Teig zu versammeln
des einfachen Brotes, verteidigt durch
des stolzen Volkes Eintracht.

VATER VON CHILE

Recabarren, Chiles Sohn,
Vater Chiles, du unser Vater,
aus deinem Werk, aus deiner Linie,
geschmiedet in Erdenzonen und Qualen,
erwächst der kommenden,
der sieghaften Tage Kraft.

Du bist das Vaterland, Steppe und Volk,
Sand, Ton, Schule, Haus,
Wiedererstehen, Faust, Offensive,
Ordnung, Aufmarsch, Angriff, Weizen,
Kampf, Größe, Widerstand.

Recabarren, unter deinen Blicken
schwören wir, das Vaterland zu befreien
von Wunden und Verstümmelung.

Wir schwören, daß die Freiheit
ihr Blühen unverhüllt erheben wird
auf der entehrten Erde.

Wir schwören, fortzusetzen deinen Weg
bis zum Sieg des Volkes.

XXXVIII PRESTES VON BRASILIEN (1949)

Erhabenes Brasilien, wieviel an Liebe
bräuchte ich,
mich auszubreiten in deinem Schoß,
mich einzuhüllen in deine Blättergiganten,
in pflanzenhafte Entfaltung, in lebendige
Smaragdensplitter: zu lauschen dir,
Brasilien, von deinen priesterlichen
Strömen her, die dich nähren,
zu tanzen auf Böschungen im Licht
des Flußmonds und mich zu verteilen
über deine unbewohnten Zonen,
schauend, wie aus dem Schlamm die Geburt
gewaltiger Bestien sich löst, von metallischen
Vögeln weiß umringt.

Wieviel Flußwindungen würdest du mir schenken.
O wieder einzufahren in den Hafenzoll,
hinauszugehn zu den Vorstädten, deine
seltsamen Bräuche aufzuspüren, hinabzusteigen
zu deinen verkehrsbewegten Zentren,
an dein edles Herz.

Aber ich kann nicht.

Einst, in Bahia, die Frauen
des schmerzgeprüften Viertels,
des ehemaligen Sklavenmarkts überreichten
(wo heut die neue Sklaverei, der Hunger,
die Lumpen, das lebenszerstörende Dasein
wie ehedem auf der selben Erde gedeihen)
ein paar Blumen mir und einen Brief,
ein paar zärtliche Worte und einige Blumen.

Ich kann meine Stimme nicht sondern von soviel Leid.
Ich weiß, wieviel an unsichtbarer Wahrheit
deine weiten unverfälschten Gestade mir geben würden.
Ich weiß, die geheime Blume, die stürmische
Menge der Schmetterlinge,
all die fruchtbaren Gärstoffe
der Lebewesen und der Wälder
erwarten mich mit ihrer Lehre
der unerschöpflichen Feuchtigkeiten,

aber ich kann nicht, ich kann

aus deinem Schweigen nur
noch einmal des Volkes Stimme reißen,
sie aufwärtsschwingen wie des Urwalds
strahlendstes Gefieder,
an meiner Seite sie belassen und sie lieben,
bis sie mit meinen Lippen singt.

Daher sehe ich Prestes der Freiheit
entgegenziehn, hin zu den Toren,
die in dir, Brasilien, verschlossen scheinen,
dem Schmerz verhaftet, fest, undurchdringbar.
Ich sehe Prestes, seine Kolonne,
des Hungers Besiegerin, die Wildnis queren

Bolivien zu, verfolgt
vom Tyrannen mit den bleichen Augen.
Als er zurückkehrt zu seinem Volk und seinen Glockenturm,
den streitbaren, läutet,
sperren sie ihn ein, und seine Gefährtin
liefern sie dem braunen Henker aus
von Deutschland.
(Dichter, du suchst in deinem Buch
die antiken griechischen Schmerzen,
die von uraltem Fluch
gefesselten Erdensphären,
es schweifen deine von ersonnenen Qualen
gekrümmten Lider umher,
und siehst nicht vor deiner eigenen Tür
die Ozeane, die da des Volkes
dunkle Brust schlagen.)
Im Martyrium gebiert sie ihre Tochter.
Sie aber verschwindet
unter dem Beil, in dem Gas, verschluckt
von den Mörder-Sümpfen
der Gestapo.
O Qual
des Gefangenen! O unsagbare
abgeschiedene Leiden
unseres verwundeten Hauptmanns!
(Dichter, tilg aus deinem Buch
Prometheus und seine Kette.
Die alte Legende hat so viel
ausgeglühte Größe nicht,
so viel vernichtende Tragödie.)

Elf Jahre verwahren sie Prestes
hinter Eisenstäben,
im Schweigen des Todes,
ohne sich zu erdreisten, ihn zu morden.

Keine Nachricht von ihm gibt es für sein Volk.
Die Tyrannei löscht Prestes'
Namen aus in ihrer schwarzen Welt.
Und elf Jahre war seine Name stumm.
Doch lebte wie ein Baum sein Name
in der Mitte seines ganzen Volkes,
verehrt und erwartet.

Bis dann die Freiheit kam,
in seinem Kerker ihn zu suchen;
und hervor trat er erneut ins Licht,
geliebt, ein Sieger und voll Güte,
entsagend allem Haß,
den sie auf sein Haupt geschleudert.

Ich entsinne mich, 1945 war ich
mit ihm in São Paulo.
(Zerbrechlich und kraftvoll von Gestalt,
bleich wie das aus einer Zisterne
ausgegrabene Elfenbein,
zart wie in hohen Einsamkeiten
die Reinheit der Luft,
lauter wie des Menschen Größe,
bewacht vom Schmerz.)

Er sprach zu seinem Volk
zum erstenmal in Pacaembú.
Das große Stadion wimmelte
von hunderttausend roten Herzen,
die ihn zu schaun hofften und ihm nah zu sein.
Er kam in einer unsagbaren
Woge aus Gesang und Zärtlichkeit,
hunderttausend Taschentücher grüßten wie ein Wald
seine glückliche Ankunft.
Er blickte tiefen Auges,
an meiner Seite, während ich sprach.

XXXIX GESPROCHEN IN PACAEMBÚ (Brasilien, 1945)

So viele Dinge möchte ich heute erzählen,
Brasilianer,
wieviel Geschichten und Kämpfe, Enttäuschungen,
Siege,
die ich, um sie euch zu berichten, Jahre im Herzen trug,
Gedanken und Grüße. Grüße andinischer Schneegefilde,
des Pazifischen Ozeans Grüße, Worte, die mir die Arbeiter
im Vorbeigehn gesagt, die Bergleute, Maurer, alle
Bewohner meiner fernen Heimat.
Was sagte der Schnee mir, die Wolke, die Fahne?
Welches Geheimnis vertraute der Seemann mir an?
Was sprach, da es mir ein paar Ähren reichte, das kleine
Mädchen?
Eine Botschaft hatten sie alle: Sie hieß: Grüße mir Prestes.
Suche ihn, sagten sie mir, im Urwald oder am Strom.
Erlöse ihn aus der Gefangenschaft, suche seine Kerkerzelle,
verlange ihn.
Und wenn sie dir nicht erlauben, mit ihm zu sprechen,
so blicke ihn an, bis du müde wirst,
und erzähle uns morgen, was du gesehn.

Heute bin ich von Stolz erfüllt, ihn umringt zu sehn
von einem Meer siegreicher Herzen.
Chile werde ich sagen: Ich begrüßte ihn im freien
Wehen der Fahnen seines Volkes.

Ich erinnere mich, eines Abends sprach ich in Paris,
Jahre zuvor,
zur Menge, ich war gekommen, Hilfe zu erbitten
für das Republikanische Spanien, für das Volk in seinem
Kampf.
Spanien war übersät von Ruinen und Ruhm.
Die Franzosen lauschten schweigend meinem Aufruf.
Ich bat um Hilfe im Namen alles Lebendigen

und sagte ihnen: Die neuen Helden, sie, die in Spanien
kämpfen und sterben,
Modesto, Lister, Pasionaria, Lorca,
sind Söhne der Helden Amerikas, sind die Brüder
Bolívars, O'Higgins', San Martíns und Prestes'.
Und da ich Prestes' Namen nannte, war es wie ein
ungeheures Rauschen
in den Lüften Frankreichs: Paris grüßte ihn.
Alte Arbeiter, Tränen in den Augen,
blickten ins Innere Brasiliens und nach Spanien hin.

Eine andere kleine Geschichte will ich euch noch erzählen.

In der Nähe der großen Kohlenminen, die unter dem
Meere anwachsen
in Chile, im eisigen Hafen von Talcahuana,
legte einmal, es ist lange her, ein sowjetischer Frachter an.

(Chile hatte noch keine Beziehungen aufgenommen
zur Union Sozialistischer Sowjetrepubliken.
Darum verbot die stumpfsinnige Polizei
den russischen Matrosen an Land zu gehen
und den Chilenen an Bord.)

Als nun die Nacht hereinbrach,
kamen zu Tausenden die Häuer aus den großen Bergwerken,
Männer, Frauen, Kinder; und von den Hügeln her
gaben sie die ganze Nacht hindurch,
ihre kleinen Grubenlampen anzündend und auslöschend,
Zeichen zum Schiffe hin, das aus sowjetischen Häfen
gekommen.

Jene dunkle Nacht war reich an Sternen:
die menschlichen Sterne, Lampen des Volks.

Auch heute, aus allen Winkeln
unseres Südamerika, aus dem freien Mexico, dem
aufbegehrenden Peru,
aus Kuba, dem volkreichen Argentinien,
aus Uruguay, du Zuflucht vertriebener Gefährten,
grüßt dich, Prestes, das Volk mit seinen kleinen Lampen,
in denen die großen Hoffnungen des Menschen erglänzen.
Darum sandten sie mich durch den Luftraum Amerikas,
daß ich dich sähe und ihnen erzähle dann,
wie es dir ging und was ihr Hauptmann sagte,
der geschwiegen
durch soviel harte Jahre der Einsamkeit und des Dunkels.

Ich werde ihnen sagen, daß keinen Haß du hegst.
Daß du nur wünschst, dein Vaterland lebe.

Und daß die Freiheit wachse auf dem Grunde
Brasiliens wie ein ewiger Baum.

Ich möchte dir erzählen, Brasilien, viele verschwiegene Dinge,
in diesen Jahren zwischen Haut und Herz getragen,
Blut und Schmerzen, Siege, all das, was die Dichter
und das Volk einander sagen sollen: das wird ein
andermal sein, eines Tages.

Heut bitt ich von Vulkanen und Strömen um ein großes
Schweigen.

Ein großes Schweigen erbitt ich von Ländern und Männern.

Ich bitte Amerika um Schweigen vom ewigen Schnee herab
bis zur Pampa.

Stille: Das Wort hat der Hauptmann des Volkes.

Stille: Möge Brasilien reden durch seinen Mund.

XL UND WIEDER DIE TYRANNEN

Heute breitet sich von neuem
über Brasilien die Menschenjagd aus,
dieses wird von der Sklavenhalter
eiskalten Habsucht verfolgt,
in Wall Street befahlen sie
ihren unflätigen Satelliten,
in des Volkes Wunden
die Fangzähne zu graben,
und es begann die Jagd
in Chile, Brasilien, in allen Teilen
unseres von Schacherern
und Henkern verheerten Amerikas.

Mein Volk verheimlichte meinen Weg,
verbarg meine Verse mit seinen Händen,
bewahrte mich vor dem Tod,
und in Brasilien sperrt des Volkes
unendliches Tor die Wege,
auf denen Prestes erneut
zurückweist den Ruchlosen.

Brasilien, möge dein leiderfahrener
Führer dir erhalten bleiben,
Brasilien, auf daß du morgen nicht
aus der Erinnerung zusammenlesen mußt
Splitter um Splitter sein Bild,
um es aufzurichten in rauhem Stein,
ohne daß du ihn in deines Herzens Mitte
die Freiheit genießen ließest,
die noch immer, noch immer er
erobern kann für dich, Brasilien.

Befreier, in diesem Dämmern Amerikas,
in des Morgens entvölkerter Dunkelheit
euch übergebe ich die unendliche Liste
meiner Völker, die tiefe Freude
jeder Stunde Kampfs.

Lichtblaue Husaren, gefallen
in den Abgrund der Zeit,
Soldaten, auf deren frisch
gesäumten Fahnen es tagt,
Soldaten von heut, Kommunisten,
kämpfende Erben
reißender metallurgischer Ströme,
hört auf meine Stimme, zwischen
Gletschern geboren, erhoben
zur Flamme eines jeglichen Tags
aus schlichter liebender Verpflichtung,
wir sind die gleiche Erde, das gleiche
verfolgte Volk,
der gleiche Kampf umgürtet die Hüfte
unseres Amerika:
                                        Habt ihr, wenn
es dämmert, die düstre Höhle
des Bruders gesehen?
Habt ihr durchmessen
Sein trauerdüstres Leben?
Des Volkes
versprengtes Herz, verlassen, versunken!

Jemand, der den Frieden des Helden empfing,
verwahrte ihn in seinem Gewölb, jemand raubte
                        die Früchte
der blutbefleckten Ernte
und teilte auf die Geographie,

feindliche Grenzen errichtend,
Zonen blinden trostlosen Schattens.

Sammelt aus den Ländern das verschämte
Pochen des Schmerzes ein, die Verlassenheiten,
das Korn der aus den Überbleibseln der Tennen:
irgendetwas keimt unter den Fahnen:
die uralte Stimme ruft uns erneut.
Steigt zu des Erzgesteins Wurzeln hinab
und hinauf zu den Höhn des Metalls der Wüste,
rührt an den Kampf der Menschen auf Erden
mitten durch die Marter, die die Hände
mißhandelt, die bestimmt für das Licht.

Verschmäht nicht den Tag, den die Toten euch
anvertraun, die kämpften. Jede Ähre
entsprießt einem der Erd überlassenen Korn,
und dem Weizen gleich seine Wurzeln verflicht
das unzählbare Volk, häuft es die Ähren,
und in der entfesselten Sturmesgewalt
schwingt es sich auf zu des Weltalls Helle.

V Der verratene Kampfplatz

Vielleicht, vielleicht kann das Vergessen auf der Erde
wie ein Wipfel
das Wachstum entfalten und das Leben speisen
(es könnte sein), dem dunklen Humus im Walde gleich.

Vielleicht, vielleicht eilt wie ein Schmied
zur Kohlenglut, zu den Hammerschlägen von Eisen auf
Eisen der Mensch herbei,
ohne einzudringen in die blinden Städte der Kohle,
ohne den Blick zu verschließen, sich hinab zu werfen
in Einstürze, Gewässer, Urgestein, Katastrophen.
Vielleicht, meine Speise aber ist eine andere, meine Nahrung
ist verschieden:
meine Augen kamen nicht zur Welt, Vergessen zu nagen:
meine Lippen öffnen sich über die ganze Zeit; und die
ganze Zeit,
nicht eine Zeitspanne nur, hat meine Hände verbraucht.

Darum werde ich die Schmerzen dir nennen, die ich gern
beseitigt hätte,
ich werde dich verpflichten, abermals zwischen ihren
Brandmalen
zu leben,
nicht, um zu verweilen wie auf einer Station bei der Abreise,
auch nicht, um mit der Stirn an die Erde zu schlagen,
noch um uns das Herz zu füllen mit Bitterwasser,
sondern, um wissend vorwärts zu gehen, um zu rühren
an die Lauterkeit
mit Entschlüssen, erfüllt unendlich mit Vernunft,
und daß Gewissenhaftigkeit ein Fundament der Freude sei
und wir somit unbesiegbar.

I DIE HENKER

Echsenhaftes, schuppiges Amerika, zusammengerollt
beim Werden der Pflanzen, am Stamm,
der im Ursumpf sich erhob:
du säugtest schreckliche Söhne
mit giftiger Schlangenmilch,
rotglühende Nester brüteten
ein Gezücht aus, das voller Blutgier war,
und bedeckten es mit gelbem Schlamm.
Der Kater und das Skorpionenweibchen hurten
auf urwalddichter Heimaterde.

Es floh das Licht von Ast zu Ast,
der Schläfer aber erwachte nicht.

Nach Zuckerrohrschnaps roch die Decke des Lagers,
hinabgeglitten waren die Macheten
zum abstoßendsten Ort einer Mittagsrast,
und in den abgestandenen Dunst
der Kantinen spie
der barfüßige Tagelöhner
prahlerisch seine Unabhängigkeit aus.

DER DOKTOR FRANCIA

Der Paraná, in den gestrüppüberwucherten, feuchten
Zonen von anderen Strömen durchpulst,
wo das Wassernetz des Yababiri,
Acaray und Iguerey ein aus Quebracho
gewirktes Zwillingsgeschmeide ist,
strömt, von des Copalbaums dichten Wipfeln umstanden,
den atlantischen Ebenen zu,
den maulbeerfarbenen Taumel der Nazarethpflanze

mit sich reißend und des Curupays
Wurzeln aus ihrem sandigen Schlaf.

Vom brodelndheißen Morast her, den heiligen Stätten
des zerfleischenden Kaimans, mitten durch
die urwilde Pestilenz
drang Dr. Rodríguez de Francia
hin zum Präsidentenstuhl von Paraguay.
Und lebte da zwischen Fensterrosen
rötlichen Mauerwerks,
eine schändliche Cäsarengestalt,
von Netzen nachtdunkler Spinnen eingeschleiert.

Einsame Hoheit im Prunksaal
voller Spiegel, schwarzes
Schreckbild auf rotem Plüsch,
und in der Nacht erschrockene Ratten.
Unechte Säule, lasterhafte
Akademie, Agnostizismus
eines aussätzigen Königs;
von ausgedehnten Matepflanzungen umstanden,
sog er platonische Zahlen ein
unter dem Galgen des Hingerichteten,
zählte er Dreiecksgebilde der Sterne,
prüfte er siderische Schlüsse
und belauerte das orangeglühende
Abenddämmern Paraguays
mit einer Uhr in seinem Fenster
beim Sterben des Füsilierten,
eine Hand am Riegel
der gefesselten Morgenfrühe.

Auf dem Tisch die gelehrten Schriften,
die Augen gebannt ans Locken
des Firmaments, an die trügerischen
Kristalle der Geometrie,

indes das Herzblut
des mit Kolbenschlägen Getöteten
die Treppenstufen hinabrann,
aufgesaugt von grünen Fliegenschwärmen,
die wie Funken sprühten.

Er sperrte Paraguay ab als Nest
seiner Herrschaft, heftete
an die Grenzen Folter und Schmutz.
Geht in den Straßen seine Silhouette
vorüber, wenden die Indios
den Blick zu den Mauern:
sein Schatten gleitet dahin und läßt
zwei Wände des Schauderns zurück.

Als der Tod kommt, nach Dr. Francia
zu sehen, ist dieser stumm,
unbeweglich, in sich selbst gefangen,
in seiner Mördergrube einsam, gefesselt
von den Stricken der Paralyse,
und er stirbt allein, ohne daß jemand
in das Zimmer tritt: niemand wagt es,
an die Tür des Gebieters zu rühren.

Und von seinen Schlangen umstrickt,
die Zunge ein Knoten, verbrannt in seinem Mark,
ringt er mit dem Tode und stirbt,
in der Einsamkeit des Palastes verloren,
während die Nacht, aufgewölbt
wie ein Hörsaal, die elenden
Kapitelle verschlingt,
befleckt von den Martern.

ROSAS (1829–1849)

Es ist so schwer, durch die Erde zu schaun
(nicht durch die Zeit, die ihren transparenten Kelch
in die Höhe hebt,
die erhabene Substanz des Taus erhellend),
die feste Erde aber aus vielem Mehlstaub und Groll,
das versteinte Gewölbe mit Toten und Metallen,
sie läßt mich hinab nicht blicken in die Tiefe,
wo die allem verwobene Einsamkeit mich abweist.

Aber ich werde reden mit ihnen, den Meinen, die einstmals
zu meiner Fahne sich flüchteten, da die Lauterkeit
ein kristallener Stern auf ihrem Tuche war.

Sarmiento, Alberdi, Oros, del Carril:
mein makelloses Land, nachmals entehrt,
es bewahrte für euch
das Licht seiner metallenen Schmalheit,
und inmitten dürftiger ländlicher Lehmziegel
verwoben in der Verbannung
die Gedanken sich dem harten Bergbau
und dem Anbau sußer Reben.

Chile verbreitete sie in seiner Feste,
gab ihnen das Salz seines Meeresrollens
und säte das verbannte Saatgut aus.
Unterdessen war der Reitergalopp in der Ebene.
Es spaltete sich der Peitschenring über den Flechten
der himmlischen Mähne,
und die Steppe zerfraß die Hufe
der durchnäßten, der rasenden Tiere.

Dolche, Gelächter der wilden Leibwache
über der Marter. Mond, über der Helle
zwischen den Flüssen gekrönt
von einem Schweif unsäglichen Schattens!

Argentinien, im Nebeldunst des Morgengrauens,
ausgeraubt unter Kolbenschlägen, gefoltert
bis zum Irrsinn und Verbluten, leer,
zuschanden geritten von rohen Verwaltern!

Du wurdest blutroter Weinberge stummer Zug,
wurdest Maske, versiegeltes Beben,
und sie entthronten im Winde dich
durch eine tragische wächserne Hand.

Eine Nacht ging von dir aus, Korridore,
nachgedunkelte Fliesen aus Stein, Treppen,
auf denen der Hall sich verlor, Wegkreuzungen
des Karnevals mit Toten und Narren,
und ein Wimperschweigen, das niedersinkt
auf alle Augen der Nacht.

Wohin entschwanden deine wogenden Getreide?
Deine fruchttragende Anmut, dein weitreichender Mund,
alles, was auf deinen Saiten mitschwingt,
um zu singen, dein dröhnendes Fell
einer großen Trommel, eines maßlosen Sterns,
alles verstummte unter der unbarmherzigen
Einsamkeit der abgeschlossenen Kuppel.

Planet, Himmelsbreite, machtvolle Helle,
an deinem Saum, an deinem Schneegürtel, dem zerteilten,
sammelte sich das nächtliche Schweigen, das heranritt
auf schwindelndem Meer;
und Welle auf Welle erzählte die offene See,
der erbebende graue Wind zerstob seinen Sand,
und die Nacht versehrte uns mit ihrer Steppenklage.

Aber das Volk und das Korn verbanden sich: da
glättete sich das Erdenhaupt, ordneten sich
die begrabenen Fasern des Lichts, die Todesqual

erprobte die freien, von Sturm und Staubwolken
am Wege verheerten Tore,
versunkene Würden, Schulen, Einsichten,
Antlitze stiegen nacheinander aus dem Staub,
bis sie gestirnte Einheiten wurden,
Statuen des Lichtes, Grassteppen unbefleckt.

EKUADOR

Rotes Öl schießt aus dem Vulkan Tunguragua,
über den Schnee vergießt
der Sangay glühenden Honig,
Imbabura, von deinen hoch oben
verschneiten Domen schleuderst du
Fische und Pflanzen hinab, hartes Geäst
der unerreichbaren Unendlichkeit,
und auf die Páramos, kupferner
Mond, knisternder Bau,
läßt du deine Narben,
Adern gleich, niedergleiten auf Antisana
und in die zerklüftete Einsamkeit
von Pumachaca, ins schweflige
Gepränge Pambamarcas:
Vulkan und Mond, Kälte und Quarz,
eisige Flammen, Antrieb von Katastrophen,
Erde, dampfend
und sturmzerwühlt.

Ekuador, Ekuador, violetter Schweif
abwesenden Gestirns, in der irisierenden
Völkermenge, die dich überzieht
mit einer unendlichen Haut von Früchten,
macht der Tod mit seiner Fallgrube die Runde,
in den elenden Dörfern glüht das Fieber,

der Hunger ist eine Pflugschar
mit scharfen Stacheln in der Erde,
und die Barmherzigkeit pocht
an deine Brust mit härenen Kutten und Klöstern
wie ein Gebrechen, durchtränkt
beim Gären der Tränen.

GARCÍA MORENO

Von dorther kam der Tyrann.
García Moreno sein Name.
Behandschuhter Schakal, beharrliche
Fledermaus der Sakristei,
sammelt er Asche und Herzeleid ein
in seinen seidenen Hut,
in das Blut der Flüsse Ekuadors
versenkt er seine Klauen.

Mit winzigen Füßen, die
in feinen Lackschuhen stecken,
tanzt er mitten im Verbrechen,
sich bekreuzigend, mit Wachs sich beträufend
auf dem Teppich vor dem Altar,
den Rockschoß eingetaucht
ins Weihwasser der Prozessionen,
schleift er Leichen
jüngst Erschossener mit sich
und zerfetzt die Brust der Toten,
führt ihre Knochen spazieren im Flug
über die Särge, angetan
mit unheilverkündendem Trauergewand.

In den Indiodörfern wahllos
fließt das Blut, Furcht herrscht

in allen Straßen und Finsternissen
(unter den Glocken lebt die Angst,
die ertönt und in die Nacht entweicht),
und auf Quito lasten die schweren
Mauern der Klöster,
starr, unbeweglich, verschlossen.
Alles liegt im Schlaf mit dem Blumenzierat
aus oxydiertem Gold an den Gesimsen;
an ihren geweihten Balken hängend,
schlafen die Engel,
alles liegt im Schlaf wie ein priesterliches
Geweb, alles leidet
unter der pergamentenen Nacht.

Doch die Grausamkeit schlummert nicht.
Die Grausamkeit mit weißen Knebelbärten
geht mit Handschuhn und Krallen umher
und nagelt dunkle Herzen
an das Gitterwerk der Macht.
Bis eines Tags wie ein Dolch das Licht
in den Palast dringt,
die Weste aufschlitzt und einen Blitz
in die makellose Hemdbrust senkt.

Wenn auch ein weiteres Mal
García Moreno den Palast verließ, die Gräber
im Flug zu inspizieren,
ein beharrlicher Leichengänger,
dieses Mal jedoch rollt er hinab auf den Grund
der Metzeleien, zurückgehalten
in der Nässe der Verwesungsstätte
von seinen namenlosen Opfern.

DIE HEXENMEISTER AMERIKAS

Zentral-Amerika, beschmutzt von
spionierendem Gelichter,
mit sauren Schweißströmen gesalbt,
bevor ich zwischen deine versengten Jasmine trete,
betrachte mich als Faser deines Schiffs,
Schwinge deines vom Zwillingsgischt
umtosten Holzes,
und füll mich an mit berauschendem Duft,
Pollen und Flaum deines Wipfels,
keimträchtigen Borden deiner Gewässer,
deines Nests gekräuselten Linien.
Doch die Hexer vernichten die Metalle
der Auferstehung, sperren die Tore
und verfinstern die Hausung
der augenblendenden Vögel.

ESTRADA

Vielleicht naht Estrada, winzig,
in seinem altmodischen Zwergenjackett,
und zwischen einem Hustenanfall und dem andern
gären die Mauern Guatemalas,
unaufhörlich berieselt
von Harnen und Tränen.

UBICO

Oder es ist Ubico, der auf den Fußpfaden
die Sträflingskolonien durchfährt,
per Motorrad, kalt
wie Stein, gräßliche Fratze
der Hierarchie der Angst.

GÓMEZ

Gómez, Venezuelas zitternder Morast,
langsam ertränkt er Gesichter,
Überzeugungen in seinem Krater.
In ihn stürzt des Nachts der Mensch,
die Arme bewegend, das Gesicht
vor den grausamen Schlägen schützend,
doch Sumpflachen verschlingen ihn,
er versinkt in unterirdische Gewölbe,
erscheint auf den Landstraßen, wo er,
mit Ketten gefesselt, gräbt,
bis er stirbt, zerbrochen,
unauffindbar, verloren.

MACHADO

Machado in Kuba trieb mit Maschinen
seine Insel an, führte Martern ein,
verfertigt in den Vereinigten Staaten,
es pfiffen die Mitrailleusen
und mähten die Blütezeit nieder,
den meerischen Nektar Kubas;
und der Student, frisch verwundet,

ward ins Meer geworfen, wo
die Haie das Werk
vollendeten Seiner Exzellenz.
Bis nach Mexiko reichte des Mörders
Arm und, einem blutenden
Diskuswerfer gleich, stürzte Mella nieder
auf der Straße des Verbrechens,
während die Insel glühte, blau,
in Lotterielose verpackt,
auf Zucker verpfändet.

MELGAREJO

Bolivien kommt um in seinen Mauern
wie eine ermattete Blume:
die geschlagenen Generale
recken sich in ihren Monturen
und durchlöchern mit Pistolenschüssen den Himmel.
Maske eines Melgarejo,
betrunkene Bestie, Auswurf
der verratenen Erze,
ehrloser Komödiantenbart, grausiger Bart
über den grollenden Bergen,
Bart, durch den Wahnsinn geschleift,
Bart, durchkrustet mit geronnenem Blut,
Bart, im Alb der Fieberglut
ersonnen, rastloser Bart,
der über die Fohlenweiden hinrast,
herumhurt in den Salons,
während der Indio unter seiner Last
die letzte Sauerstoffhülle quert,
durch die leergebluteten Gänge
der Armut trottet.

BOLIVIEN (22. MÄRZ 1865)

Belzu hat gesiegt. Nacht ists. La Paz brennt
unter den letzten Schüssen. Trockner Pulverdampf
und trauriger Festtanz steigen
zur Höhe auf, verwoben dem mondbleichen Alkohol
und grausigem, frisch getränktem Purpur.
Gestürzt ist Melgarejo, sein Kopf
schlägt gegen die erzene Schneide
des blutigen Gipfels, da liegen
die goldenen Tressen, die goldgewirkte
Reiteruniform, das zerrissene Hemd,
getränkt vom bösen Schweiß,
neben den verwesten Resten des Pferdes
und dem Gehirn der jüngst Erschossenen.
Und zwischen Handschuhn und Gehröcken nimmt
Belzu im Palast das Lächeln entgegen,
man verteilt das Reich des dunkelhäutigen
Volkes in der alkoholisierten Höhe,
neue Günstlinge durchgleiten
die blankgewachsten Säle,
und ein Schimmer von Tränen und Lichtern
fällt auf den von
Pulverblitzen enthaarten Samt.

Inmitten der Menge
wankt Melgarejo, ungestümes Gespenst,
mühsam nur aufrecht gehalten von seiner Wut.
Er lauscht dem Umkreis, ob er ihm angehören würde,
der verstummten Menge, dem zerfetzten
Schrei, der Flamme der hohen Freudenfeuer
auf den Bergen, hin zum Fenster
des neuen Siegers.
Sein Leben (ein Stück
blindwaltender Kraft und Oper,
auf Kratern entfesselt und Hochplateaus,

Soldatentraum, in dem sich Uniformen
über schutzlose Gebiete ausbreiten
mit Säbeln aus Pappe, doch es gibt Wunden,
die beschmutzen, mit wirklichem Tod
und Geköpften, gibt die ländlichen Plätze,
wo nach vermummtem Tanz
und den Ansprachen des »Allervortrefflichsten«
Pferdekot zurückbleiben, Seide, Blut
und die Toten, die an der Reihe waren, zerstückelt, starr,
durchbohrt vom dröhnenden
Schuß der Schnellfeuerschützen),
sein Leben ist in den tiefsten Staub gestürzt,
in Verachtung und Leere,
in einen von Erniedrigung
überfluteten scheinbaren Tod; doch von der Niederlage,
als ob ein kaiserlicher Stier seinen Rachen hochreißt,
die metallische Arena aufwühlt
und den wankenden bestialischen Schritt vorwärts stößt,
schreitet der bolivianische Minotaurus
den grölenden Goldsälen zu.
Die namenlose Menge zerteilend,
quert er das Menschengewoge, erklimmt er
schwerfällig den abspenstigen Thron
und stürzt sich auf den siegreichen Führer. Belzu
wälzt sich am Boden, die gestärkte Hemdbrust befleckt, zerbrochen das Kristall,
das hinschlägt, sein flüssiges Leuchten vergießt,
die Brust durchlöchert für immer,
indes der angreifende Büffel, einsamkeitswütig,
blutrot vom Brand übergossen,
seine Leibesfülle auf den Balkonrand stützt
schreiend: »Belzu ist tot«, »Wer ist der Lebende«,
»Gebt Antwort«. Und vom Stadtplatz antwortet
dumpf ein Erdschrei, ein Ruf, schwarz
von Panik und Entsetzen: »Es lebe,
ja, hoch lebe Melgarejo, hoch Melgarejo«,

die gleiche Menge ist es, die für den Toten war, sie,
die den Leichnam gefeiert, der auf der Treppe
des Palastes verblutet: »Hoch«,
schreit der unförmige Harlekin, der den ganzen
Balkon mit seinen zerfetzten Kleidern bedeckt,
mit Lehm vom Truppenlager und schmutzigem Blut.

MARTÍNEZ (1932)

Martínez, der Quacksalber
von El Salvador, verteilt Flaschen
mit vielfarbigen Arzneien,
wofür die Minister ihren Dank abstatten
mit Kniefall und Verneigung.
Rezepte schreibend, verbringt der kleine vegetarische
Zauberer sein Leben im Palast,
während der Hunger sturmbeschwörend
durch die Zuckerrohrfelder heult.
Daraufhin erläßt Martínez einen Befehl:
und in ein paar Tagen verfaulen
zwanzigtausend ermordete
Bauern in den Dörfern,
die Martínez nach Hygienevorschriften
einzuäschern befiehlt.
Wieder im Palast, kehrt er
zu seinen Pflanzensäften zurück und empfängt
die beflissenen Glückwünsche
des nordamerikanischen Gesandten.
»Gesichert sind« – sagt er ihm –
»die westliche Kultur,
das Christentum des Abendlands
und außerdem die guten Geschäfte,
die Bananenkonzessionen
und die Zollkontrollen.«

Und sie trinken gemeinsam ein hohes
Kelchglas Champagner, während auf die verwesten
Haufen der Knochenstätte
der heiße Regen strömt.

DIE SATRAPIEN

Trujillo, Somoza, Carías
sind bis zum heutigen Tag, bis zu diesem bitteren
Monat September
des Jahres 1948
mit Moriñigo (oder Natalicio)
in Paraguay freßgierige Hyänen
unserer Geschichte, nagende Ratten
unserer mit soviel Blut
und soviel Feuer errungenen Fahnen,
teuflische Betrüger,
versumpft auf ihren Hazienden,
tausendmal gekaufte Satrapen
und Händler, aufgehetzt
von den Wölfen New Yorks.
Dollarhungrige Maschinen,
besudelt durch die Opferung
ihrer gemarterten Völker,
kupplerische Kaufherrn
amerikanischen Brotes und seiner Luft,
kotige Henker, Herde
verhurter Kaziken
ohne andres Gesetz als die Folter
und den ausgepeitschten Hunger des Volkes.

Doktoren »honoris causa«
der Columbia University,
die Toga über dem Schlund

und dem Messer, grausame
Zutreiber des Waldorf Astoria
und der verfluchten Verliese,
wo die endlosen Lebensjahre
des Eingekerkerten verkommen.

Kleine Geier, von Mr. Truman
empfangen, überschüttet
mit Uhren, mit Orden dekoriert
für »Loyalty«, Blutsauger
der Heimatländer, nur einen Schlimmeren noch
als euch gibt es, einen nur gibt es,
und dieser lieferte ihm eines Tages
mein Vaterland aus, zum Unglück meines Volkes.

II DIE OLIGARCHIEN

Nein, noch waren die Fahnen nicht trocken,
noch schliefen die Soldaten nicht,
als die Freiheit ihr Kleid vertauschte
und in Hazienden sich verwandelte:
den frisch besäten Äckern,
ihnen entsproß eine Kaste, ein Haufen
neuer Reicher mit Wappenschild,
mit Polizei und Kerkern.

Sie zogen eine schwarze Linie:
»Hier unsereiner, die Porfiristen
Mexikos; wir, die ›Caballeros‹
von Chile, feminine Snobs
des Jockey Clubs von Buenos Aires,
geschniegelte Freibeuter
von Uruguay, ekuadorianische
Stutzer, pfäffische
Müßiggänger aus aller Welt.«

»Und dort ihr, Parias, Mischlinge,
Gerupfte von Mexiko, Gauchos,
ihr in stinkende Löcher Gepferchte,
Unbehauste, Zerlumpte,
Verlauste, Vagabunden, Pöbel,
Zugrundegerichtete, Elende,
Dreckige, Faulpelze, Volk.«

Alles errichtete man auf dieser Linie.
Der Erzbischof taufte jene Mauer
und verhängte zündende Bannflüche
über den Rebellen, der der Kaste Scheidewand
nicht anerkannte.
Sie verbrannten durch Henkers-Hand
die Bücher Bilbaos.
Die Polizei
überwachte den Schutzwall, und den Hungernden,
der den heiligen Marmorwerken sich näherte,
knüttelten sie nieder
oder steckten ihn in den ländlichen Sträflingsklotz
oder machten ihn unter Fußtritten zum Soldaten.

Sie fühlten sich ruhig und sicher.
Das Volk hatte in Gassen und auf dem flachen Land
zusammengedrängt zu leben, fensterlos,
ohne Scholle, ohne Hemd,
ohne Unterricht, ohne Brot.

Durch unser Amerika streift ein Gespenst,
von Abfall ernährt, unwissend
umherirrend; auch in unseren Breiten,
es kommt aus schlammigen Kerkern,
ein Bewohner der Vorstadt und Vagabund, gebrandmarkt
von dem furchtbaren Mitbürger, der überreich
an Kleidern, Halsbinden und Orden.

In Mexiko erzeugten sie Pulque
für ihn, in Chile
Chicha von violetter Farbe,
sie vergifteten ihn, zerstörten ihm
Stückchen für Stückchen die Seele,
sie verweigerten ihm Buch und Licht,
bis er hinsank in den Staub,
niedergeworfen in tuberkulöser Kammer,
und dann erhielt er kein christliches
Begräbnis: seine heilige Zeremonie bestand darin,
ihn hinzulegen
nackt zu anderm namenlosem Aas.

VERKÜNDIGUNG DES GESETZES DES STÄRKEREN

Sie gaben sich als Patrioten aus.
Verliehen in den Klubs einander Orden,
sie schrieben die Geschichte.
Die Parlamente gefielen sich
im Prunk, dann teilten sie unter sich
das Land, das Gesetz,
die schönsten Straßen, die Luft,
die Universität, die Schuhe.

Ihre außergewöhnliche Initiative
galt dem in solcher Form errichteten
Staat, dem unerbittlichen Betruge.

Sie verhandelten darüber, wie gewöhnlich,
auf Festlichkeiten und Banketten
zuerst in Landwirtschaftskreisen,
mit Militärs und Advokaten.
Und schließlich brachten sie im Kongreß
das Oberste Gesetz ein, das vortreffliche,

das respektierte, das unantastbare
Gesetz des Stärkeren.
Es wurde angenommen.

Für den Reichen das üppige Mahl.

Den Kehricht für die Armen.

Das Geld für die Reichen.

Für die Armen die Arbeit.

Für den Reichen das geräumige Haus.

Die Elendshütte für den Armen.

Das gesetzliche Privileg für den großen Dieb.

Der Kerker für den, der ein Brot sich stiehlt.

Paris, Paris für die Señoritos.

Der Arme hinein in das Bergwerk, die Wüste.

Señor Rodríguez de la Crota
sprach im Senat mit honigsüßer und
eleganter Stimme.
»Dieses Gesetz, es führt endlich
die Hierarchie obligatorisch ein
und vor allem die Prinzipien
des Christentums.
Es war
so notwendig wie das Wasser.
Einzig die Kommunisten, aus der Hölle
stammend, wie man weiß,
können dies Gesetzbuch der Ungleichheit,

das weise und gestrenge, diskutieren.
Jedoch, diese asiatische Opposition,
vom Untermenschen abstammend, sie ist leicht
zu bändigen: ins Gefängnis mit allen,
in Konzentrationslager,
so bleiben wir unter uns,
wir distinguierten Caballeros
und liebenswerten Liebediener
der Radikalen Partei.«

Beifall brach aus auf den Bänken der Aristokratie:
welch eine Überzeugungskraft, wie geistreich ist er,
welch ein Philosoph, welch geistige Leuchte!
Und ein jeder lief, die Taschen
sich zu füllen bei seinem Geschäft,
einer hamsterte Milch,
ein zweiter betrog beim Eisendraht,
ein andrer mogelte beim Zucker,
und alle nannten sich mit lauter Stimme
Patrioten mit dem Monopol
des Patriotismus, ebenfalls
verbürgt im Gesetz des Doppelten Rechts.

WAHL IN CHIMBARONGO (1947)

In Chimbarongo, in Chile, war ich vorzeiten
bei einer Senatswahl zugegen.
Ich sah, wie sie gewählt wurden,
die Säulen des Vaterlandes.
Um elf Uhr am Vormittag
kamen vom Felde die Karren,
vollgestopft mit den hörigen Pächtern.
Es war Winter; durchnäßt,
schmutzig, hungergepeinigt, barfuß

stiegen von den Karren herab
die Sklaven von Chimbarongo.
Gräßlich anzusehn: ausgedörrt, ganz in Lumpen,
werden sie zusammengetrieben, fortgeführt,
den Wahlzettel in der Hand;
bewacht, eng aneinandergedrängt
kehren sie, den Lohn zu empfangen, zurück,
wieder hat man sie,
wie Pferde aneinandergereiht,
zu den Karren getrieben.
                                        Später
warf man ihnen Fleisch zu und Wein
und überließ sie, zu Tieren erniedrigt
und vergessen, ihrem Geschick.

Ich habe darauf die Rede
des derart gewählten Senators gehört:
»Wir, wir christliche Patrioten,
wir, die Verteidiger der Ordnung,
wir, die Söhne des Geistes.«

Und seine branntweinheisere Büffelstimme,
die wie ein Mammutrüssel
in finsteren Höhlen
winddurchsauster Urzeit
gegen Felsen zu stoßen schien,
erschütterte seinen Wanst.

DIE CREME

Groteske falsche Aristokraten
unseres Amerika, frisch mit Stuck
überglättete Säugetiere, sterile
Jünglinge, hirntragende Dummköpfe,

verkommene Grundherrn, Helden
des Saufgelages im Klub,
Räuber von Bank und Börse,
Nichtstuer, Gecken, Laffen,
opportune Gesandtschaftslöwen,
blasse vornehme Töchter,
fleischfressende Blumen, Aussaat
parfümierter Diebeshöhlen,
Blut, Kot und Schweiß
schlürfende Schlinggewächse,
erdrosselnde Lianen,
Ketten feudaler Riesenschlangen.

Während die Grassteppen erbebten
unter dem Galopp Bolívars
oder O'Higgins' (bärmliche Soldaten,
ausgepeitschtes Volk, barfüßige Helden),
formtet ihr das Gefolge
des Königs, der klerikalen Fallgrube,
des Verrats an unseren Fahnen;
als aber des Volkes unerschrockener
Wind, Lanzen schwenkend,
das Vaterland in unsere Arme legte,
stiegt ihr, Ländereien umzäunend, empor,
maßet ihr Grenzzäune ab, häuftet ihr
Ackerflächen und Seelen, unter euch
die Polizeigewalt und die Monopole teilend.

Das Volk kehrte heim aus den Kriegen,
verschwand in den Minen, in der finstren
Tiefe der Viehgehege,
brach in steinichten Furchen nieder,
setzte die schmutzigen Fabriken in Gang,
in Mietsbaracken sich fortpflanzend,
in Hausungen, vollgestopft
mit anderen enterbten Geschöpfen.

Es strandete am Wein, bis es verkam,
aufgegeben, von einem Heer
von Läusen und Blutsaugern
überfallen, umringt
von Mauern und Polizeirevieren,
ohne Brot, ohne Musik, stürzte es hinab
in die verworrene Einsamkeit,
wo Orpheus ihm gerade noch eine Gitarre
überläßt für seine Seele,
eine Gitarre, die sich mit Bändern
und Rissen bedeckt
und über den Dörfern singt
wie der Vogel der Armut.

DIE HIMMLISCHEN DICHTER

Was tatet denn ihr, Gideaner,
ihr Intellektualisten, Rilkeaner,
Mystifizierer, unwahre existenzialistische
Gaukler, surrealistische,
im Grab entflammte
Blüten Mohns, europäisierte
Modekadaver,
bleiche Maden im Käse
des Kapitalismus, was tatet denn ihr
gegenüber der Herrschaft der Angst,
angesichts jenes dunklen Menschenwesens,
jener mit Füßen gestoßenen Bescheidenheit,
jenes im Kot versunkenen
Hauptes, dieses Seins
harter zertretener Leben?

Ihr bewirktet nichts weiter denn Flucht;
ihr verkauftet angehäuften Abfall,

suchtet himmlische Haarflut,
zage Gewächse, zerbrochene Fingernägel,
»Reine Schönheit«, »Verzauberung«,
Werke armer Verängstigter,
um die Augen zu entziehen,
die empfindsamen Pupillen zu
verschleiern, zu bestehen
mit einem Teller ekler Reste,
die euch die Herrn hinwarfen,
ohne den Fels zu sehen im Todeskampf,
ohne zu beschirmen, ohne zu erobern,
blinder als die Totenkränze
des Friedhofs, wenn Regen
niederfällt auf die reglosen
fauligen Blumen der Gräber.

DIE AUSBEUTER

So ward verschlungen,
verleugnet, unterworfen, zerwühlt, beraubt
dein Leben, junges Amerika.

Von den Steilhängen des Zorns,
wo der Führer Menschen-Aschen mit Füßen trat
und das jüngst niedergeworfene Lächeln,
bis hin zu den patriarchalischen Masken
der schnurrbärtigen Herren,
die der Tafel präsidierten, den Anwesenden
ihren Segen erteilten
und die wahren Gesichter finstren
Überdrusses, dunkler Lüsternheit
und habsüchtiger Hohlheit verbargen:
eine einzige Fauna kalter Fresser
der Stadt, schreckliche Tiger,

Vertilger menschlichen Fleisches,
Experten der Jagd
auf das in Finsternis versunkene Volk,
schutzlos in Winkeln,
in Kellern der Erde.

DIE DÜNKELHAFTEN

In dem Miasma von Herdenzüchtern,
Papier- und Cocktailmagnaten
gedieh das blaue Produkt, die Blüte
der hochmütigen Verwesung.

Da war der »Eitle Vogel« Chiles, Raúl
Aldunatillo (Conquistador
von Zeitschriften mit fremden Händen,
mit Händen, die Indios umbrachten),
der geckenhafte *Leutnant*, der *General*
Geschäft, er, der Lettern kauft
und für weise sich hält, der Säbel
kauft und Soldat sich dünkt,
Lauterkeit jedoch kann er nicht kaufen
und speit darum wie eine Viper.

Armes Amerika, auf den Blutmärkten
verschachert von
erdbedeckten Ablegern,
die wiederauftauchen im Salon
Santiagos und Minas Gerais',
»Eleganz« spielend, hündische
Stutzer des »Boudoirs«,
unnütze Hemdbrüste,
Golfschläger der Beerdigung.
Armes Amerika, unkenntlich gemacht

durch vergängliche Gecken,
Falschmünzer des Gesichts,
während unten der schwarze Wind
das niedergebrochene Herz verwundet
und den Helden der Kohle, weggefegt
von Pestilenz, von Finsternis
umhüllt, hintreibt
zum Totenacker der Armen, fort
von sieben hungrigen Kindern,
die man auf die Landstraßen jagen wird.

DIE BEGÜNSTIGTEN

Im großen schimmlichten Käse
der Tyrannei entwickelt sich
eine andere Made: der Günstling.

Es ist die Memme, gedungen,
die schmutzigen Hände zu preisen.
Redner ist er oder Journalist.
Plötzlich regt er im Palast sich
und käut mit Begeisterung wieder,
was der Herrscher an Unrat von sich gibt;
bis tief in die Nacht lang und breit
über seine Gesten schreibend, trübt er
das Wasser und fischt seine Fische
in der eitrigen Lagune.
Nennen wir ihn: Darío Poblete
oder Jorge Délano »Coke«.
(Es ist dasselbe, wir könnten ihn auch
anders nennen, er war da, als
Machado den Helden Mella verleumdet,
nachdem er ihn ermordet hatte.)

Damals hatte Poblete über die
»Ruchlosen Feinde« geschrieben
des »Perikles von Havanna«.
Später küßte Poblete
den Hufbeschlag Trujillos,
das Sattelzeug Moriñigos,
Gabriel González' After.

Gestern war er, frisch dem aufständischen
Reitertrupp entlaufen, zum Lügen
gedungen, Hinrichtungen
und Plünderungen zu bemänteln,
der gleiche wie heut, da er seine Feder
der Niedertracht ergreift wider die Martern
von Pisagua, wider das Leid
Tausender Männer und Frauen.

Noch immer in unsrer düstren
gefolterten Geographie fand der Tyrann
einen schmierigen Schwätzer,
daß er die Lüge verbreite
und sänge: *Seine Durchlauchtigste Hoheit,*
der Erbauer, der Große Republikaner,
der uns regiert, und aus der
verhurten Tinte
seine schwarzen Diebesklauen strecke.
Wenn der Käse verzehrt ist
und der Tyrann in die Hölle stürzt,
verschwindet Poblete,
Délano »Coke« löst sich auf in nichts,
die Made kehrt zurück zum Kot
und wartet auf das verruchte Rad des Getriebes,
das Tyrannen entfernt und heranbringt,
um lächelnd in Erscheinung zu treten
mit neuer Rede, geschrieben
zum Ruhm des Despoten, der am Horizont sich zeigt.

Darum, o Volk, vor allem bemächtige dich
des Wurms, vernichte seine Seele,
seine in den Staub getretene Flüssigkeit,
seine finstere klebrige Materie
sei der letzte Schriftzug,
einer Tinte Abschied,
die von der Erde wir tilgen werden.

DIE ADVOKATEN DES DOLLARS

Amerikanische Hölle, du unser täglich Brot
in Gift getaucht, eine andere Stimme
in deinen treulos lodernden Flammen züngelt,
das ist der einheimische Advokat
der ausländischen Handelscompanie.

Er ist es, der die Fußfessel der Sklaverei
fester schmiedet in seinem Vaterland,
und verachtungsvoll spaziert er einher
an seiten der Geschäftsführer-Kaste,
mit hoheitsvoller Miene auf unsere
zerfetzten Fahnen blickend.

Wenn aus New York die imperialistischen
Vorhuten landen,
Ingenieure, Kalkulatoren,
Feldmesser, Experten,
und sie schätzen ab das eroberte Land,
Zinn, Petroleum, Bananen,
Salpeter, Kupfer, Mangan,
Zucker, Eisen, Gummi, Erde,
nähert sich mit falschem
Lächeln ein finstrer Zwerg,
und geschmeidig berät er
die neuen Invasoren:

Es ist keineswegs nötig, diesen Eingeborenen
so viel zu zahlen, es wäre
schimpflich, meine Herrn, jene Löhne
zu erhöhen. Es ist nicht ratsam.
Diese Lumpenklasse, diese Mischlinge
würden nichts weiter anzufangen wissen,
als sich zu betrinken. Um Gottes willen, nicht.
Es sind Primitive, nicht viel mehr
als wilde Tiere, ich kenne sie gut.
Sie werden ihnen doch nicht so viel zahlen.

Er ist angenommen. Sie ziehen ihm
Lakaientracht an. Wie ein Yankee gekleidet,
spuckt er wie ein Yankee. Tanzt er
wie ein Yankee und avanciert.

Er besitzt ein Auto, Whisky, die Presse,
man wählt ihn zum Richter, zum Deputierten,
verleiht ihm Orden, er wird Minister,
und in der Regierung hört man auf ihn.
Er weiß, wer bestechlich.
Er weiß, wer bestochen.
Speichel leckt er, verleiht Orden, er schmiert,
er schmeichelt, er lächelt, er droht.
Und so leeren sich durch die Tore der Häfen
die Republiken, totgeblutet.

Wo, fragt ihr, ist dieser Bazillus
zu Hause, dieser Anwalt,
dieses, des Abhubs Ferment,
diese blutgierige zählebige Laus,
gemästet mit unserem Blut?

Er haust in den südlichen
Äquatorregionen, in Brasilien,

doch der Zentralgürtel Amerikas
ist ebenfalls sein Aufenthaltsort

Ihr werdet ihn finden in den steilen
Höhen von Chuquicamata.
Wo er Reichtum wittert, steigt er
die Berge hinan, quert er Abgrund auf Abgrund,
mit den Verordnungen seines Gesetzbuchs
unsere Erde auszurauben.
Ihr werdet ihn finden in Puerto Limón,
Ciudad Trujillo, Iquique,
in Caracas, Maracaibo,
in Antofagasta, Honduras,
wo überall unseren Bruder er einkerkern läßt,
seinen Mitbürger anklagt,
Peone ausplündert, sich Türen
erschließt von Richtern und Großgrundbesitzern,
die Presse kauft, die Polizeigewalten,
den Knüttel und das Gewehr lenkt
gegen die eigene, vergessene Familie.

Er spreizt sich, smoking-
bekleidet, auf den Empfängen,
weiht mit folgender
Phrase Monumente ein: *Señores,*
zuerst das Vaterland, dann das Leben,
es ist unsre Mutter, ist unser Boden,
laßt uns die Ordnung verteidigen, neue
Zuchthäuser bauen, mehr Kerker.

Und ruhmumgeben stirbt er, »der Patriot«,
Senator, Patrizier, der Erlauchte,
ausgezeichnet vom Papst,
berühmt, vom Glück verfolgt, gefürchtet,
während unserer Toten
erschütterndes Geschlecht, sie, die ins Kupfererz
die Hände gruben, das rauhe

unergründliche Erdreich aufbrachen,
vergessen und geschlagen sterben,
eilig in ihre
Totenkisten gelegt:
ein Name, eine Zahl auf dem Kreuz,
das schüttelt der Wind, sogar noch
den Namenszug der Helden verlöschend.

DIPLOMATEN (1948)

Werden Sie dumm geboren in Rumänien,
dann schlagen Sie eines Dummen Laufbahn ein,
sind Sie dumm in Avignon,
wird Ihre Eigenschaft respektiert
von den alten Steinen Frankreichs,
von den Schulen und den respektlosen
Kindern der Bauernhöfe.
Werden Sie aber dumm geboren in Chile,
wird man Sie bald zum Gesandten machen.

Nennen Sie sich dummer Mengano,
Dummkopf Joaquín Fernández, dummer
Irgendwer, und, wenn möglich,
tragen Sie einen äußerst gepflegten Bart.
Das ist alles, was man von Ihnen verlangt,
um »diplomatische Beziehungen anzuknüpfen«.

Sodann informieren Sie, superklug,
über Ihre spektakuläre
Ernennung zum Gesandten,
indem Sie sagen: *Etcetera, die Staatskutsche,*
etcetera, Seine Excellenz, etcetera,
wohlwollende, etcetera, Redensarten.

Reden Sie mit geschwollener Stimme und im
Tonfall einer begönnernden Kuh,
tauschen Sie Ehrenbezeigungen aus
mit dem Gesandten Trujillos,
halten Sie sich diskret
eine Junggesellenwohnung (»Sie verstehen
die Vorteile solcher Dinge
für die Grenzverträge«),
übersenden Sie, ein wenig verändert,
den Leitartikel der anspruchsvollen
Zeitung, den Sie vorgestern
beim Frühstück lasen: es ist ein »Rapport«.

Suchen Sie Verbindung zu den »Vornehmsten«
der »Gesellschaft«, den Hohlköpfen
des Landes, erwerben Sie so viel
Silberzeug, wie Sie nur kaufen können,
halten Sie Reden an den Gedächtnistagen
an seiten der Bronzepferde,
sagen Sie: *Hm – hm, die unzertrennlichen Bande,*
etcetera, hm – hm, etcetera,
hm – hm, die Nachkommen,
etcetera, die Rasse, hm – hm, der Lautere,
der Unantastbare, hm – hm, etcetera.

Und seien Sie unbesorgt, unbesorgt:
Sie sind ein guter Diplomat
Chiles, Sie sind ein ordengeschmückter
außerordentlich befähigter Dummkopf.

DIE BORDELLE

Der Prosperität entkroch das Bordell,
das Banner begleitend
der gebündelten Banknoten,
hochgeschätzter Pfuhl
des Kapitals, Laderaum des Schiffes
meiner Zeit.
Auf dem Haupthaar
von Buenos Aires wurden
die Bordelle mechanisiert, frisches Fleisch,
vom Mißgeschick
der Städte und entlegnen
Landgebiete exportiert, in denen das Geld
die Schritte des Kruges belauert
und die Ackerwinde einfängt.
Ländliche Kuppeleien des Nachts,
im Winter, mit Pferden
am Eingang der Dörfer,
und die unbesonnenen Mädchen
fallen, von Verkauf zu Verkauf,
in die Hände der Mächtigen.

Öde Hurenhäuser der Provinz,
in denen die Grundherrn des Dorfes
– Diktatoren des großen Gewinns –
mit fürchterlichem Geschnarch
die venerische Nacht betäuben.
Ihr in Schlupfwinkeln Verborgene,
Herde der Gassenhuren, wankelmütige
Gespenster, Passagiere
des todgeweihten Zuges, euch haben sie schon,
schon seid ihr im Netz der Schande,
schon könnt ihr nicht mehr zurück zum Meer,
schon stellte man euch nach und fing euch ein,
schon seid ihr Tote in der Leere

des Lebendigsten des Lebens,
schon könnt ihr durch die Wände
den Schatten gleiten lassen:
nirgendwohin als zum Tode
führen diese Mauern auf Erden.

PROZESSION IN LIMA (1947)

Unzählige waren es, sie trugen die Heiligenfigur
auf den Schultern, undurchdringbar war
die große Menschenschlange,
wie eines Stromes Meeresmündung
im dunkelvioletten Phosphorschimmer.

Tanzend hüpften sie in die Höhe, unaufhörlich
ein feierliches Gemurmel brummend,
das sich dem Duft von Schmalzgebackenem untermengte
und dem eintönigen Hall kleiner Trommeln.

Dunkelviolette Westen, dunkelviolette
Schuhe und Hüte
erfüllten mit Purpurflecken
die Alleen wie ein Strom
eiterblattriger Krankheiten,
der in die zwecklosen Flügeltüren
der Kathedrale sich ergoß.
Etwas unsäglich Unheilschwangeres
wie Weihrauch, die unendliche
Häufung der Schwären,
versehrte die Augen, verschmolz
mit den brünstigen Flammen
des sich drängenden Menschenstroms.

Ich sah den fettleibigen Grundherrn
im Chorhemd schwitzen,
dicke Tropfen geweihten Wachses
sich vom Nacken kratzen.

Ich sah den zerlumpten Erdenwurm
der unfruchtbaren Gebirge,
den Indio, das Antlitz
im Trinkgefäß verloren, den Hirten
sanfter Lamas, die grämlichen
Mädchen der Klöster,
die Dorfschullehrer
mit bläulichen Hungergesichtern.
Narkotisierte Tänzer
in schleppenden Purpurhemden,
stampften die Neger
an unsichtbaren Urwaldtrommeln vorüber.
Ganz Peru schlug sich
an die Brust, auf die Statue
blickend einer gezierten Dame,
die himmelblau und rosenfarben
auf ihrem Schiff aus Zuckerwerk
vorüberschwebte, die Mantelenden
gebläht von schweißgetränkter Luft.

DIE STANDARD OIL CO.

Als der Riesenbohrer seinen Weg sich bahnte
in die steinigen Abgrundtiefen
und sein unerbittliches Gedärm senkte
in die unterirdischen Hazienden,
da die abgestorbenen Jahre, die Augen
der Zeit, die Wurzeln
der eingeschlossenen Gewächse

und die Schuppensysteme
zu flüssigen Schichten geworden,
schoß durch die Rohre das zu kalter
Flüssigkeit geronnene Feuer empor,
im Zollhaus der Höhen
beim Austritt aus seiner Welt
der finsteren Tiefe
fand es einen bleichen Ingenieur vor
und ein Eigentumsrecht.

Obwohl gewunden sind die Wege
des Petroleums, obwohl ihren stummen
Ort die Schichten wechseln
und ihre Allgewalt bewegen
in den Eingeweiden der Erde,
war, bevor der hochschießende Strahl
sein Paraffingezweig schüttelte,
die Standard Oil gekommen
mit ihren Anwälten und Öltanks,
ihren Schecks und ihren Gewehren,
mit ihren Statthalterschaften und ihren Gefangenen.

Ihre feisten Cäsaren leben
in New York, sanfte
und lächelnde Mörder sinds,
die Seide kaufen, Nylon, Havannazigarren,
kleine Tyrannen und Diktatoren.

Sie kaufen Länder, Völker, Meere,
Polizeigewalten, Abgeordnete,
entlegene Gebiete, in denen
die Armen ihren Mais so hüten
wie die Geizigen das Gold:
die Standard Oil scheucht sie auf,
steckt sie in Uniformen, weist ihnen,
wer der feindliche Bruder ist,

und der Paraguayer führt ihren Krieg,
und der Bolivianer verschwindet
mit ihrem Maschinengewehr in der Wildnis.

Ein Präsident, ermordet
wegen eines Tropfens Erdöl,
eine Hypothek auf Millionen
von Hektaren, eine übereilte
Erschießung an einem versteinten
Morgen voll tödlichen Lichts,
ein neues Konzentrationslager
für Rebellen in Patagonien,
ein Verrat, ein Waffengeplänkel
unterm Petroleummond,
ein findiger Ministerwechsel
in der Hauptstadt, ein Gerücht
wie eine Erdölflut,
und dann der Tatzenhieb, und du kannst sehen,
wie über den Wolken,
über den Wassern, an deinem Haus
die Buchstaben glänzen der Standard Oil,
ihre Machtgebiete erhellend.

DIE ANACONDA COPPER MINING CO.

Gewundener Name einer Schlange,
unersättlicher Schlund, grünes Ungeheuer
an den gedrängt dastehenden Gipfeln,
auf meines Landes
gelichtetem Hochplateau, unter dem Mond
der Härte brichst du,
grabendes Untier, des Erzes
mondhafte Krater auf, die Schächte
gediegenen Kupfers, eingeschlossen
in seinem granitenen Strand.

Ich sah in der ewigen Nacht von Chuquicamata,
in den Bergeshöhn die Feuer
lohen der Opferungen,
das herniederbrechende Krachen
des Zyklopen, der die Hand
zerfleischte, den Rumpf, die Hüfte
der Chilenen, da er sie
unter seine Kupferwirbel riß,
ihnen das warme Blut auspreßte,
das Knochengerüst zermalmte
und sie in die Berge spie
der trostlosen Wüsteneien.

Die Luft dröhnt in den Höhen
Chuquicamatas, des zerspellten.
Vermittels winziger Menschenhände
brechen die Stollen
den Widerstand des Planeten,
es flattert der schweflige Vogel
der Schlünde, des Metalls
eiserne Kälte mit seinen harschen
Narben empört sich,
und gellen die Sirenen,
so verschlingt die Erde den Aufmarsch
winzig kleiner Menschen, die hinabsteigen
zu den Kinnladen des Kraters.
Kleine Feldherren sind es,
meine Neffen, meine Söhne;
und leeren sie die Barren
hin zum Meer und trocknen sich
die Stirn und kehren im letzten
Erschöpfungsschauer zitternd zurück, dann
verschlingt die große Schlange sie,
zermürbt sie, zermalmt sie,
bedeckt sie mit bösem Geifer,
wirft sie auf die Straßen des Landes,

tötet sie durch Schergen,
läßt sie verfaulen in Pisagua,
kerkert sie ein und schmäht sie,
kauft einen Verräter-Präsidenten,
der sie schimpflich behandelt und verfolgt,
der sie Hungers sterben läßt in den Ebenen
der sandigen Unendlichkeit.

Und an den teuflischen Hängen findet man
das eine und andere schiefe Kreuz
als einziges Holz, verstreut
vom Baum des Bergbaus.

DIE UNITED FRUIT CO.

Als die Posaune erklang,
alles war vorbereitet auf Erden,
und Jehova verteilte die Welt
an die Coca-Cola Inc., die Anaconda,
die Ford-Motors und andere Wesenheiten:
die United Fruit Company
reservierte sich das Gehaltvollste,
meines Kontinents Zentralküste,
Amerikas lieblichen Gürtel.
Sie taufte ihre Ländereien
in »Bananen-Republiken« um,
und über den ruhenden Toten,
den besorgten Helden,
die die Hoheit errungen,
die Freiheit und die Fahnen,
errichtete sie die Opera buffa:
veräußerte die ungeschriebenen Rechte,
verschenkte Cäsarenkronen,
brachte den Neid an den Tag, lockte

die Diktatur der Schmeißfliegen an,
Trujillos-Fliegen, Tachos-Fliegen,
Carías-Fliegen, Martínez-Fliegen,
Ubico-Fliegen, Fliegen, naß
vom bescheidenen Blut und Mus,
trunkene Fliegen, die über
des Volkes Gräben summen,
Zirkusfliegen, weltkluge Fliegen,
erfahren in Tyrannei.

Inmitten der bluthungrigen Fliegen
landet die Frucht-Compagnie und schleppt
den Kaffee fort und die Früchte,
auf ihren Schiffen, die davongleiten
wie Kredenzen mit dem Schatz
unserer in den Abgrund gestoßenen Länder.

Währenddessen stürzen in die
zuckergesättigten Tiefen der Häfen Indios,
begraben im Dunst des Morgens:
ein Körper rollt hinab, ein namenloses
Etwas, eine gefallene Nummer,
ein abgestorbener Fruchtzweig,
in die Kehrichtgrube geworfen.

DIE LÄNDEREIEN UND DIE MENSCHEN

Alteingesessene Großgrundbesitzer,
der Erdrinde verkrustet
wie Knochen gräßlicher Tiere,
abergläubische Erben
der Komtureien, Herrscher, unumschränkt,
einer dunklen, haß- und
stacheldrahtumschlossenen Erde.

In dem Umsperrtsein ward
des Menschen Blütenknospe erstickt,
das Kind lebendig begraben,
man verweigerte Brot ihm und Schrift,
man stempelte es zum Pächter,
verdammte es in die Viehgehege.
Armer Peon, unselig
zwischen Dornengestrüpp, gefesselt
an die Nicht-Existenz, an den Schatten
urwilder Weidegründe.

Ohne Buch warst du wehrloses Fleisch
und so eines Toren Geripp,
gedungen von einer zur anderen Existenz,
verwiesen von weißer Tür,
keine andere Liebe als eine in ihrer
Traurigkeit herzzerreißende Gitarre
und den Tanz, mühevoll wie ein regenfeuchter
Hauch entfacht.

Doch nicht nur über die Felder
lief des Menschen Wunde. In weiter Ferne,
in der Nähe, tiefer schlug man sie:
neben dem Palast in der Stadt
erhob sich voll Aussatz, von Unflat starrend,
die Mietbaracke,
mit ihrem Lebenszerfall das Verbrechen weisend.

Im ätzenden Gassengewirr Talcahuanas,
auf den versumpften
Kehrichthaufen der Hügelketten
sah ich der Armut schmutzige Blüten
wimmeln, die Masse
der erniedrigten Herzen,
die offene Schwäre im Dunkel
eines unterseeischen Abenddämmerns,

das Wundmal der Zerlumpten
und den geschwächten Kern
des rauhen, des geschlagenen Menschen.

Ich trat in die Tiefe der Häuser,
die Rattenlöchern glichen, feucht
von Salpeter und modrigem Salz,
sah hungernde Wesen sich weiterschleppen,
zahnlose Schatten,
die mir zuzulächeln versuchten
durch die fluchbeladene Luft.

Mich durchdrangen die Schmerzen
meines Volkes, wie Stacheldraht
umwanden sie mir die Seele,
preßten das Herz mir zusammen:
da ging ich hinaus, es über die Wege zu schrein,
ging ich hinaus, zu weinen rauchumhüllt,
ich klopfte an Türen, und sie trafen
wie dornspitze Messer mich,
rief an die Gesichter, empfindungslose,
die wie Sterne zuvor ich bewundert,
und sie wiesen mir nur ihre Leere.

Da wandelte ich zum Krieger mich:
in unscheinbare Zahl, Regiment,
Übereinkunft lauterer Kämpfer,
in System des Einverständnisses,
Faser unabsehbarer Zeit,
wehrhaften Baum, in des Menschen
unzerstörbaren Weg auf Erden.

Und ich sah, wie viele wir waren, wie viele
an meiner Seite waren, es war nicht
dieser und jener, alle Menschen waren es,
sie hatten kein Antlitz, waren Volk,
waren Metall, waren Weg.

Und ich ging durch die Welt
mit des Frühlings eigenen Schritten.

DIE BETTLER

Vor die Kathedralen,
der Mauer verhaftet, hatten sie ihre Füße,
ihre Geschwülste, die düsteren Blicke geschleppt,
ihren fahlen Dachtraufenwuchs,
ihre zerbeulten Blechnäpfe zum Essen,
und von dort, der harten
Heiligkeit der Steine aus
wurden sie zum Blumenflor der Straße, umherschweifende
Blüten der legalisierten Pest.

Auch der Park hat seine Bettler
so wie seine Bäume mit gequälten
Ästen und Wurzeln:
am Boden des Gartens lebt der Geknechtete;
als letzte Etappe des Menschen, Kehricht geworden,
zugelassen ist sein beschmutztes Ebenmaß,
fertig für den Besen des Todes.
Die Barmherzigkeit verscharrt ihn
in sein Loch aussätziger Erde:
dem Menschen meiner Tage als Beispiel dienend.
Der soll lernen, mit Füßen treten, die Menschengattung
in den Sumpf der Verachtung stoßen,
die Stiefel setzen auf des Menschen
Stirn, der im gleichen Gewand des Besiegten,
zumindest aber soll er ihn einbeziehn
in die übrigen Produkte der Natur.
Du Bettler Amerikas, Sohn des Jahres
1948, Enkel
der Kathedralen, dir zoll ich keine Verehrung,

für dein beschriebenes Bild werde ich
keinen antiken Marmor,
keinen Bartschmuck von Königen verwenden,
so, wie sie in Büchern dich rechtfertigen,
ich will dich auslöschen, mit der Hoffnung:
nicht eingehen wirst du in meine geordnete Liebe,
nicht eingehen wirst du mit den Deinen in mein Herz,
mit jenen, die dich erschufen, deine
entwürdigte Menschengestalt bespeiend,
ich werde deinen Lehm von der Erde tilgen,
bis daß Metalle dich erschaffen
und du hervortrittst, zu glänzen wie ein Schwert.

DIE INDIOS

Der Indio floh aus seiner lebendigen Haut in die Tiefe
uralter Unermeßlichkeit, aus der er eines Tages
aufstieg gleich den Inseln: zugrunde gerichtet,
er verwandelte sich in unsichtbare Atmosphäre,
sein geheimes Zeichen über den Sand
verstreuend, er entfaltete sich auf der Erde.

Er, der den Mond verschwendete, die geheimnisvolle
Einsamkeit der Welt entwirrte,
er, der nicht vorüberging, ohne sich zu erhöhen
in luftgekrönten mächtigen Steinen,
er, der dauerte wie das Himmelslicht
unter der Herrlichkeit seiner Wälder,
er verbrauchte sich jäh, bis er nur noch ein Faden war,
er verwandelte sich in Runzeln,
zerbröckelte seine gewaltigen Türme
und empfing seinen Lumpenpacken.

Ich sah ihn in den magnetischen Höhen
von Amatitlán die Ufer höhlen
des undurchdringlichen Wassers: eines Tages zog er
durch die überwältigende Majestät
der bolivianischen Berge dahin mit seinen sterblichen Resten
eines Vogels und einer Wurzel.
Ich sah ihn
weinen, meinen Bruder der ausgelassenen Poesie,
Alberti, in den araukanischen Bereichen,
da sie ihn, gleich Ercilla, umringten,
doch an Stelle jener roten Götter
bleigrau, eine Kette von Toten waren.

Und in weiterer Ferne, im wilden Wassernetz
des Feuerlands
sah ich sie steigen, o Wölfe, sturmzerzaust,
in die zerbrochenen Kanus,
Brot zu erbetteln auf dem Ozean.

Dort hat man eine jede Faser
ihrer öden Gebiete getötet,
und der Indiojäger empfing
schmutziges Geld für das Überbringen von Köpfen
der Herrscher der Lüfte, der Könige
der verschneiten antarktischen Einsamkeit.

Sie aber, die diese Verbrechen bezahlten, sitzen
heutigentags im Parlament, tragen
ihre Eheschließungen in den Amtsstuben ein des
Präsidentschaftspalastes,
leben unter Kardinälen und Werkdirektoren,
über den durchschnittenen Kehlen aber
der Gebieter des Südens wachsen die Blumen.

Schon wurden Araukaniens
stolze Federkronen vernichtet vom Wein,

zerstört durch die Chicha-Schenken,
verdüstert von den Advokaten,
die den Räubereien ihres Landes dienten;
und jene, die auf dieser Erde füsilierten
und die auf den Wegen, verteidigt vom
strahlenden Gladiator unserer eigenen Ufer,
eindrangen, schießend und handeltreibend,
sie nannte man »Friedensbringer«,
und ihnen hat man die Tressen vermehrt.

So ging, ohne es zu gewahren, der Indio drauf,
so vollzog sich,
unsichtbar für ihn, die Untergrabung
seines Erbes: er sah keine Standarten,
verschwendete keinen schwirrenden blutgetränkten Pfeil,
alle aber, die seine Kraft aushöhlten nach und nach,
Obrigkeiten, Beutelschneider, Grundbesitzer,
raubten ihm seine hoheitsvolle Sanftmut,
alle verstrickten ihn ihrer Hölle,
bis sie ihn verblutend in Amerikas
letzte Sümpfe stießen.

Und aus den metallisch grünen Ebenen, aus des
Laubes lichtem unendlichem Himmel,
aus der unvergänglichen Wohnstatt,
aus gewaltigen granitenen Blättern erbaut,
trieb man ihn in die zerfallene Hütte,
in den ausgedorrten Pfuhl des Elends.
Hinweg von der strahlenden Nacktheit,
den goldschimmernden Brüsten, mattleuchtenden Lenden,
den erzenen Ornamenten,
die auf seiner Haut allen Himmelstau vereinten,
brachten sie ihn zur Lumpenfaser,
teilten sie ihm ausgediente Beinkleider zu,
und so zog seine Herrlichkeit einher, flickenbesät
durch die Luft der Welt, die sein gewesen.

Also ward jene Marter verübt.

Diese Tat war wie das Eindringen
eines Verräters unsichtbar, unfühlbar ein Krebsgeschwür,
bis er erschöpft war, unser Ahne,
bis sie ihn unterwiesen hatten, Gespenst seiner selbst zu sein,
und er in die einzige Tür, die sie offenließen, eintrat,
die Tür der übrigen Armen, die aller
armen Geschlagenen auf Erden.

DIE RICHTER

Im hohen Peru, in Nikaragua,
auf Patagonien, in den Städten
du hattest kein Recht, nennst nichts dein Eigen:
du Elends-Gefäß, des großen Amerika
verlassener Sohn, es gibt kein
Gesetz, kein Richter ist, daß er schütze deine Scholle,
die kleine Hütte mit den Stauden Mais.

Als die Kaste der Deinen aufeinanderfolgte,
die deiner Herren – längst vergessen
der uralte Traum von Krallen und Messern –
kam, deinen Himmel zu entvölkern, das Gesetz,
dir die heißgeliebte Scholle zu entreißen,
das Wasser der Ströme streitig zu machen,
die Herrschaft der Bäume dir zu rauben.

Sie legten Zeugnis ab, drückten Stempel
auf dein Hemd, sie überzogen dein Herz
mit Schriften und Akten,
sie begruben dich unter kalten Edikten,
und als du erwachtest am Rande des abgründigsten Unglücks,
enteignet, einsam, heimatlos,

verdammten sie dich zu Kerker, banden sie dich,
legten dir Handschellen an, daß du schwimmend
nicht dem Gewässer der Armen entrinnst,
sondern mit den Füßen strampelnd untergehst.

Der leutselige Richter liest dir den Artikel
Nummer viertausend vor, Drittes Erbzinspachtrecht,
das angewandt wird gleicherweise in der ganzen
blauen Geographie, die andere befreiten,
die waren wie du und fielen,
und er unterweist dich räudigen Hund
mittels seines Kodizills und ohne Berufungsrecht.

Sagt dir dein Blut, wie sie den Reichen
und das Gesetz miteinander verwoben? Wie die Armen
und mit welch schwefliggelbem Eisengespinst
anheimfielen dem Gericht?

Wie wurde die Erde so bitter
den armen Söhnen, grausam
von Steinen ernährt und Schmerzen.

Also geschahs, und also laß ich es niedergeschrieben.
Menschenleben schrieben es mir auf die Stirn.

III DIE TOTEN AUF DEM STADTPLATZ
(28. Januar 1946, Santiago de Chile)

Ich komme nicht hierher, zu weinen, wo sie gefallen sind:
ich komme zu euch, wende mich an euch, die leben.
Ich wende mich an dich und an mich, und an deine Brust
poche ich.
Andere fielen zuvor. Erinnerst du? Ja, du erinnerst dich.

Andere, die den gleichen Namen und Vornamen hatten.
In San Gregorio, in Lonquimay, den regenreichen,
in Ranquil sind sie vom Wind verweht,
in Iquique im Sande verscharrt,
längs des Meeres und quer durch die Wüste,
hin durch Rauch und Regen,
von den Steppen bis zu den Inselmeeren
wurden andere Männer ermordet,
andre, die hießen wie du Antonio
und Fischer waren wie du oder Schmiede:
Fleisch vom Leibe Chiles, Gesichter,
vom Wind zernarbt,
von der Steppe gemartert,
gezeichnet vom Leiden.

Hinter des Vaterlandes Mauern,
am Schnee und seinem Kristallgebreit,
jenseits des Stroms voll grünen Geranks,
unter Salpeter und Ähren
ich fand die Blutstropfen meines Volkes,
und jeder Tropfen brannte wie Feuer.

DIE MASSAKER

Damals aber wurde das Blut unter Wurzeln verborgen,
es wurde abgewaschen
und verleugnet
(es war ja so fern), der Regen des Südens tilgte es
von der Erde
(so fern war es ja), der Salpeter fraß es in die Steppe:
und des Volkes Tod war, wie er immer gewesen:
so, als ob niemand stürbe, nichts,
als ob es Steine wären, die auf die Erde
fielen, oder Wasser auf das Wasser.

Vom Norden zum Süden, wo sie die Toten
zermalmten oder verbrannten,
sie wurden begraben in der Finsternis
oder unter Schweigen verbrannt des Nachts,
in einem Schacht angehäuft
oder ihre Knochen ins Meer geschleudert:
niemand weiß, wo sie heute sind,
sie haben kein Grab; es liegen
unter den Wurzeln des Landes verstreut
ihre zermarterten Finger:
ihre zerschossenen Herzen:
das Lächeln der Chilenen:
die Kühnen der Steppen,
Feldherrn des Schweigens.

Niemand weiß, wo die Mörder
die Leiber verscharrten,
aber sie werden der Erde entsteigen,
zurückzufordern das vergossene Blut
bei der Erhebung des Volkes.

Dieses Verbrechen aber geschah in der Mitte des Platzes.

Kein Gestrüpp verbarg das reine Blut
des Volkes, noch trank es der Sand der Steppe.

Niemand verheimlichte dieses Verbrechen.

Dieses Verbrechen ward vollzogen inmitten des Vaterlandes.

DIE MÄNNER DES SALPETERS

Ich war im Salpetergebiet bei den dunklen Helden,
bei ihm, der feinen fruchtbaren Schnee ausgräbt
in der harten Kruste des Planeten,
und ich drückte die erdigen Hände voll Stolz.

Sie sagten zu mir: »Bruder,
sieh, wie wir leben,
hier in der Humberstone-Grube, in der Mapocho hier,
in der Ricaventura, der Paloma,
der Pan de Azúcar, der Piojillo.«

Und sie wiesen mir ihre Rationen
elender Nahrung,
den Boden aus Erde in ihren Hütten,
Sonnenglut, Staub, die Wanzen
und die Verlassenheit unermeßlich.

Ich sah die Arbeit der Salpeterschipper,
sie hinterließen im hölzernen
Griff der Schaufel, tief eingeprägt,
ihrer Hände ganze Spur.

Ich vernahm eine Stimme, die kam
aus der Tiefe des engen Stollens
wie aus einem Höllenschoß,
und dann sah ich oben hervorkommen
ein Geschöpf ohne Antlitz,
eine staubige Maske
aus Schweiß, Blut, Staub.

Und diese sprach zu mir: »Wohin du auch gehst,
berichte von diesen Qualen,
sprich du, mein Bruder, von deinem Bruder,
der dort unten lebt, in der Hölle.«

DER TOD

Mein Volk, hier, an diesem Ort, entschlossest du dich,
deine Hand
dem Arbeiter der Steppe zu reichen, dem bedrängten,
und du riefst
und riefst herbei den Mann, die Frau, das Kind
vor einem Jahr auf diesen Stadtplatz.
Und hier floß dein Blut.
Inmitten des Vaterlands ward es vergossen
vor dem Regierungspalast, auf offener Straße,
auf daß es sähe alle Welt
und niemand es auslöschen könne,
und es verblieben dort seine roten Flecken,
unerbittliche Planeten.

Das geschah, als alle Hände Chiles hin
zur Salpetersteppe hilfreich die Finger streckten
und redlichen Herzens
die Einheit seiner Worte hervorging:
als du begannst zu singen, Volk,
ein altes Lied von Tränen,
Hoffen und Schmerzen:
da erschien des Henkers Hand,
und mit Blut tränkte er den Platz!

WIE DIE FAHNEN GEBOREN WERDEN

So sind bis zum heutigen Tage stets unsre Fahnen gewesen.
Das Volk bestickte sie mit seiner Zärtlichkeit,
nähte mit seinen Leiden die Streifen zusammen.

Heftete fest den Stern mit seiner glühenden Hand.

Und es schnitt, aus Hemd oder Firmament,
für den Stern des Vaterlandes das Blau.

Das Rot aber wird, Tropfen um Tropfen, geboren.

ICH RUFE SIE AUF

Einen nach dem andern werde ich sprechen heut abend.
Einer nach dem andern tretet ihr in mein Erinnern
heute Abend, auf diesem Platz.

Manuel Antonio López,
Kamerad.

Lisboa Calderón,
andre verrieten dich, wir setzen fort deinen Weg.

Alejandro Gutiérrez,
die Fahne, die mit dir niederstürzte,
auf dem ganzen Erdenrund erhebt sie sich.

César Tapia,
dein Herz lebt in diesen Fahnen,
es pocht im Wind des Platzes heut.

Filomeno Chávez,
niemals drückte ich dir die Hand, doch deine Hand ist hier:
es ist eine makellose Hand, die der Tod nicht umbringt.

Ramona Parra, du junger
hell-leuchtender Stern,
Ramona Parra, zerbrechlich zarte Heldin,
Ramona Parra, blutüberströmte Blüte,
du unsre Freundin, kühnes Herz,

vorbildliches Mädchen, goldhelle Partisanin:
wir schwören bei deinem Namen, fortzuführen diesen Kampf,
auf daß dein vergossen Blut also Blüten trage.

DIE FEINDE

Sie kamen hierher und brachten, pulvergefüllt,
die Gewehre, sie befahlen die grausame Vernichtung,
sie fanden ein Volk hier, das sang,
ein Volk, in Pflicht und Liebe vereint,
und das schlanke Mädchen, es fiel mit seiner Fahne,
und der lächelnde Jüngling glitt nieder an ihrer Seite,
verwundet,
und des Volkes Entsetzen sah die Toten niederbrechen
in Zorn und Schmerz.
Da senkten sich
auf die Stelle, wo die Ermordeten
fielen, die Fahnen nieder, mit Blut sich zu tränken,
um sich aufzuschwingen erneut im Angesicht der Mörder.

Im Namen dieser Toten, unserer Toten,
fordre ich Strafe.

Für sie, die mit Blut die Heimaterde befleckten,
fordre ich Strafe.

Für den Henker, der dieses Sterben befahl,
fordre ich Strafe.

Für den Verräter, der aufstieg zur Macht durch dieses
Verbrechen,
fordre ich Strafe.

Für den, der den Todesbefehl gab,
fordre ich Strafe.

Für alle, die diese Untat verteidigt,
fordre ich Strafe.

Ich will nicht, daß sie die Hand mir reichen
naß von unserem Blut.
Ich fordere Strafe.
Ich will sie nicht sehn als Gesandte
noch ruhig in ihrem Heim,
hier will ich sie sehen, gerichtet,
auf diesem Platz, an dieser Stelle.

Strafe will ich.

HIER SIND SIE

Ich muß hier sie anrufen, als wären sie hier.
Brüder: wißt, unser Kampf
wird fortgesetzt werden auf Erden.

Fortdauern wird er in der Fabrik, auf dem Feld,
auf der Straße, in der Salpetergrube.
Im Krater des grünen und roten Kupfers,
in der Kohle und ihrer furchtbaren Grube.
Überall wird sein unser Kampf,
und in unserm Herzen werden die Fahnen,
die Zeugen von eurem Tod,
die sich tränkten mit eurem Blut,
sich wie die Blätter vermehren
eines unendlichen Frühlings.

IMMERDAR

Wenn auch tausend Jahre die Schritte diesen Ort berührten,
sie werden das Blut derer, die hier fielen, nicht tilgen.

Und verlöschen nicht wird die Stunde, in der ihr fielt,
wenn Tausende Stimmen auch dies Schweigen queren.
Regen wird die Steine des Platzes ganz überschwemmen,
aber nicht tilgen wird er eure Namen aus Feuer.

Tausend Nächte werden niedersinken mit düsteren
Schwingen,
ohne den Tag zu zerstören, den diese Toten erwarten.

Den Tag, den wir erwarten in der ganzen Weite der Welt
mit so vielen Menschen, den letzten Tag des Leidens.

Den Tag des Gerichts, errungen im Kampf;
und ihr, gefallene Brüder, in der Stille,
ihr werdet mit uns sein an jenem unermeßlichen Tag
des Endkampfs, an diesem unendlichen Tag.

IV CHRONIK VON 1948 (Amerika)

Böses Jahr, Rattenjahr, besudeltes Jahr!

Erhaben und metallisch ist deine Linie
an den Ufern des Ozeans
und der Luft, wie ein Metalldraht
aus Ungewittern und Spannung.
Allein, Amerika, du bist auch
nachtgehörig, blau und sumpfig,
Morast und Himmel, ein Sterben
von zertretenen Herzen

wie schwarze verdorbene Orangen
in deiner Kellerstille.

PARAGUAY

Entfesseltes Paraguay!
Wozu denn taugte das klare Mondlicht,
das die Blattseiten erhellte
einer goldenen Geometrie?
Wozu diente der Gedanke,
Erbschaft der Säulen
und der bedeutungsvollen Zahlen?

Für diese Senkgrube, vollgepumpt
mit fauligem Blut, für
diese vom Tod
befallene Tropenleber.

Für Moriñigo, den herrschenden,
der über Kerkern
auf seinem Paraffinsumpf thront,
während die Scharlachfedern
elektrischer Kolibris über
den armen Toten der Wildnis
schwirren und sprühen.

Schlimmes Jahr, Jahr verkrüppelter Rosen,
Mordwaffenjahr, blick hin, doch senke
deine Augen, daß dich nicht blende
das Aluminium des Flugzeugs, die Musik
seiner harten klingenden Geschwindigkeit:
sieh hin auf dein Brot, dein Land, dein geschundenes Volk,
dein gebrochnes Geschlecht!

Siehst du dieses Tal
grün und aschen vom hohen Himmel her?
Kümmerlicher Ackerbau, zerlumptes
Bergmannsvolk, Schweigen, Klage,
wie das Korn, niederfallend,
neu erstehend
in einer urbösen Ewigkeit.

BRASILIEN

Brasilien, Dutra, der schreckenverbreitende
Truthahn der heißen Zonen,
gemästet mit den bitteren
Trieben der giftigen Luft:
Kröte der schwarzen Lagunen
unsres amerikanischen Wüstenmonds:
vergoldete Knöpfe, winzige Augen
einer fahlgrauen Ratte:
O mein Gott, aus den Eingeweiden
unsrer armen hungrigen Mutter Erde,
aus soviel Traum und Glanz
der Befreier, aus soviel
Schweiß in den Grubenschächten,
aus so großer, großer
Verlassenheit auf den Plantagen
hebst du, Amerika, auf einmal
in dein planetarisches Licht
eine Dutra, dem Abgrund entrissen
deiner Reptilien, deiner dumpfen
Tiefe und Vorzeit.

Und so geschah es!
Maurer
Brasiliens, hämmert gegen die Grenze,

ihr Fischer, weinet des Nachts
über den Wassern der Küsten,
während Dutra mit seinen kleinen
Wildschweinaugen
Druckereien zertrümmert mit einem Beil,
Bücher verbrennt auf dem Marktplatz,
in Kerker wirft, verfolgt und auspeitscht,
daß Schweigen werde
in unsrer finstren Nacht.

KUBA

In Kuba morden sie!

Nun haben sie Jesús Menéndez sicher
in einem soeben gekauften Sarg.
Er trat hervor, ein König des Volkes,
und schritt, auf den Grund der Dinge sehend, einher.
Er hielt den Vorübergehenden an,
pochte an des Schlafenden Brust,
gründete das Zeitalter, unser,
richtete auf die gebrochenen Seelen
und hob aus dem Zucker
das blutige Röhricht ans Licht,
den Schweiß, der Steine zum Modern bringt,
und fragte in die ärmlichen
Küchen hinein: wer bist du, was hast du zu essen?,
und diesen Arm, diese Wunde berührend,
faßte er dieses Schweigen all zusammen
zu einer einzigen Stimme, der rauhen
durchschnittenen Stimme Kubas.

Ihn mordete ein unbedeutender Hauptmann,
ein Zwerg von General: in einem Eisenbahnzug

sagte der zu ihm: folge, und hinterrücks
gab jenes Generälchen Feuer,
auf daß verstumme die rauhe
Stimme der Zuckerrohrfelder.

ZENTRAL-AMERIKA

Böses Jahr, siehst du jenseits des dichten
Urwaldschattens den schmalen Gürtel
unserer Geographie?
Eine Woge schleudert
einer Wabe gleich ihre blauen Bienen
gegen die Küste, und das Gesprüh
des doppelten Meeres stiebt über das schmale Land …

Erdstrich, schlank wie eine Peitsche,
entbrannt wie ein wilder Schmerz,
dein Fuß in Honduras, dein Herzblut
in Santo Domingo, blicken
nachts deine Augen mich an
von Nikaragua her, sie rufen mich, verlangen nach mir,
und hin über die Erde Amerikas
klopf ich an Türen, um zu reden,
rühre ich an gefesselte Zungen,
hebe ich die Vorhänge auf, tauche
die Hand in das Blut:
O Schmerzen
meiner Erde, o Röcheln
des großen verhängten Schweigens,
o Völker des lange währenden Todeskampfes,
o Landenge der Seufzer.

PUERTO RICO

Mr. Truman landet auf der Insel
Puerto Rico,
                                er kommt ans blaue
Wasser unsrer reinen Meere,
seine blutigen Finger zu waschen.
Soeben hatte er den Tod
von zweihundert jungen Griechen befohlen,
seine Maschinengewehre funktionieren
rigoros,
                täglich
auf seinen Befehl fallen die dorischen
Häupter – Traube und Olive –
Augen des antiken Meers, Blütenblätter
der korinthischen Krone
in den griechischen Staub.
                                                Die Mörder
erheben den süßen Kelch
Zypernwein in Gesellschaft der
nordamerikanischen Experten
unter großem Gelächter und
den Bärten, triefend
von gebackenem Öl und griechischem Blut.

Truman kommt an unsere Gewässer,
sich die Hände zu waschen, die rot
von fremdem Blut. Unterdessen
dekretiert er, verkündet und lächelt er
an der Universität in seiner Sprache,
er verschließt den spanischen Mund,
verdeckt das Licht der Worte,
die dort kreisten wie ein
Strom kristallinischen Geschlechts,
und verfügt: »Tod deiner Zunge,
Puerto Rico.«

(Das griechische Blut
fließt zu dieser Stunde. Es quillt
aus den Hügeln hervor.
Ein schlichtes
Rinnsal ist es zwischen Staub und Steinen:
die Hirten treten auf das Blut
anderer Hirten:
Nur ein schlichter
dünner Faden ist es, der niederrinnt
von den Bergen bis ans Meer,
bis ans Meer, das erkennt und singt.)

... Deiner Erde, deinem Meer entgegen wende die Augen,
sieh das Leuchten auf australen
Wassern und Schneegefilden, es erschafft die Sonne die Trauben,
die Wüste schimmert, Chiles Meer wächst auf
mit seiner bestürmten Küste...

In Lota sind die tiefgelegenen Kohlenminen:
es ist ein eisiger Hafen
des harten australen Winters, der Regen
fällt und fällt auf die Dächer, auf
nebelfarbene Möwenflügel,
und unterhalb der düstren See schürft und schürft
der Mensch den schwarzen Erdbezirk hohl.
Dunkel wie die Kohle ist
des Menschen Leben, zerfetzte Nacht,
elendig Brot, mühseliger Tag.

Lange wanderte ich durch die Welt,
doch niemals auf Wegen
oder in Städten, niemals sah ich
übler mißhandelt die Menschen.

Zwölf schlafen in einem Raum.
Die Hausungen haben
Dächer aus unsagbaren Resten:
Blechstücke, Steine,
Pappen, nasses Papier.
Kinder und Hunde drängen aneinander
im klammen Dunst der kalten
Jahreszeit, sich die Wärme noch zu schenken
ihres armseligen Lebens, das morgen
wiederum Hunger sein wird und Finsternis.

DIE LEIDEN

Ein weiterer Streik, die Löhne
reichen nicht hin, nicht her, die Frauen weinen
in den Küchen, die Kumpel
vereinen, eine zur anderen, ihre Hände,
ihre Schmerzen.
Das ist der Streik
derer, die unter dem Meer, hingestreckt
in der nassen Höhle, schürften
und unter Blut und Mühen den schwarzen Brocken
den Gruben entrissen.
Diesmal kamen Soldaten.
Sie brachen ihre Häuser auf zur Nacht.
Sie trieben sie in die Gruben
wie in einen Kerker und raubten
das armselige Mehl, das sie aufbewahrten,
das Reiskorn der Kinder.

Dann, an die Wohnungen schlagend,
verbannten sie sie, schlugen sie zusammen,
pferchten sie in Gehege, brandmarkten sie
wie Tiere, und auf den Landstraßen

in einem Schmerzenszug
sahen die Helden der Kohle
ihre Söhne ausgetrieben,
ihre Frauen zu Boden getreten
und Häuer zu Hunderten
fortgeschleppt und eingekerkert,
in Patagonien, in der antarktischen Kälte
oder in den Wüsteneien von Pisagua.

DER VERRÄTER

Und über diesem Unglück all
ein Tyrann, der lächelte
und auf die Hoffnung der Bergleute,
der verratenen, spie.
Jedes Volk hat seine Schmerzen,
jeder Kampf hat seine Qualen,
aber kommt hierher und sagt mir,
ob unter den Blutgierigen,
unter all den zügellosen
Tyrannen, haßgekrönten,
mit Zeptern aus grünen Peitschen,
einer wäre wie der von Chile?

Dieser da, seine Versprechen,
sein stetes Lächeln mit Füßen tretend, verriet,
dieser da formte aus Scheußlichkeit sein Zepter,
dieser da tanzte auf den Leiden
seines armen bespienen Volkes.

Und als in den überfüllten Verliesen,
durch seine perfiden Dekrete,
schwarze Augen sich häuften
der Erniedrigten und Beleidigten,

er tanzte in Viña del Mar,
von Geschmeiden umgeben und Pokalen.

Die schwarzen Augen aber blicken
durch die schwarze Nacht.

Und du, was tatest du? Gelangte dein Wort nicht
zum Bruder der niedrigen Gruben,
zum Schmerz der Verratenen;
kam nicht die Flammensilbe zu dir,
dein Volk zu verteidigen und zu beklagen?

ICH KLAGE AN

Da klagte ich jenen an, der
die Hoffnung erwürgte,
ich schrie es in alle Winkel Amerikas
und stellte seinen Namen bloß im Pfuhl
aller Schande.
Da warf sie mir
Verbrechen vor, die Meute
der Gedungenen und Bestochenen:
die »Regierungssekretäre«,
die Schergen, sie schrieben
mit Teer ihre schmutzige
Verleumdung gegen mich,
aber die Wände sahen es,
wie die Verräter meinen Namen
mit großen Lettern schrieben,
und die Nacht löschte
mit ihren unzähligen Händen,
Händen des Volkes und der Nacht,
den Schimpf aus, den sie vergeblich
werfen wollen auf meinen Gesang.

Sie kamen des Nachts, mein Haus dann
in Asche zu legen (das Feuer brandmarkt nun
den Namen dessen, der sie geschickt),
und die Richter alle verbündeten sich,
mich zu verdammen, mich ausfindig zu machen,
um mein Wort ans Kreuz zu schlagen,
diese Wahrheiten zu strafen.

Sie sperrten Chiles Cordilleren,
daß ich nicht hinausgelänge,
zu berichten, was hier geschieht,
und als Mexiko seine Pforten auftat,
um mich aufzunehmen und zu schützen,
Torres Bodet, armseliger Poet,
befahl, mich auszuliefern
den wütenden Kerkermeistern.

Mein Wort aber ist voll Leben,
und mein freiheitliches Herz klagt an.

Was wird geschehen, was wird geschehen? In der Nacht
von Pisagua, dem Kerker, den Ketten,
dem Schweigen, dem erniedrigten Vaterland,
in diesem schlimmen Jahr, Jahr blindwütender Ratten,
diesem bösen Jahr des Zorns und der Rachsucht,
was wird geschehen, fragst du, fragst du mich?

DAS SIEGHAFTE VOLK

Bei diesem Kampf ist mein Herz.
Mein Volk wird siegen. Alle Völker,
eines ums andere, werden siegen.
Diese Leiden
wird man wringen wie Tücher, bis

der Tränen so viel ausgepreßt sind,
in Schächten der Wüste vergossen, in Gräbern,
auf den Stationen menschlichen Martyriums.
Aber die Zeit des Sieges ist nah.

Möge der Haß dir dienen, daß der Züchtigung
Hände nicht zittern,
daß die Stunde
komme zur gegebenen Zeit, im reinen Augenblick,
und die leeren Straßen fülle das Volk
mit seiner jungen und dauerhaften Weite.

Hier ist meine zärtliche Liebe für diese Zeit.
Ihr kennt sie. Ich habe keine andere Fahne.

V GONZÁLES VILEDA, CHILES VERRÄTER
(Epilog 1949)

Den uralten Cordilleren entstammten
die Henker,
gleich Knochen, gleich amerikanischen Dornen auf dem
struppigen Rücken
einer Genealogie von Katastrophen: sie wurden eingesetzt,
eingefügt ins Elend unserer Völkermassen.
Tagtäglich befleckte ihre festlichen Achselschnüre Blut.
Sie wurden als knochige Bestien erzeugt
in den Cordilleren aus unserem schwarzen Ton.

Sie waren die Tiger-Saurier, eiskalte Machthaber,
jüngst hervorgegangen aus unseren Mördergruben und
Niederlagen.
So auch machte man die Kinnlade von Gómez
auf den Landstraßen ausfindig, die unser Blut fünfzig Jahre
befleckte.

Und das Untier verdunkelte mit seinen Rippen die Erde,
wenn es, nach den Hinrichtungen, sich den Schnurrbart
drehte
an seiten des amerikanischen Gesandten, der ihm den
Tee servierte.

Die Ungeheuer erniedrigten, sie aber wurden nicht
entehrt. Heute
lächelt in dem kleinen Land, das für die Reinheit vorbehielt
das Licht,
in der weißverschneiten Heimat Araukanien,
ein Verräter auf einem ruchlosen Thron.

In meinem Vaterland regiert die Niedrigkeit.

González Videla ist die Ratte, die ihr nacktes
Fell voller Kot und Blut ausschüttelt
über mein Land, das er verkaufte. Tagtäglich
entnimmt er seinen Taschen die zusammengeraubten Gelder
und erwägt, soll er morgen Land verkaufen
oder Blut.

Alles hat er *verraten*.
Wie eine Ratte kroch er auf des Volkes Schultern in
die Höhe,
und von dort, das ehrwürdige Banner meines Landes
zernagend, schlängelt er seinen verheerenden Schwanz,
während er zum Grundherrn spricht, zum Fremden,
dem Herrn
des Erdinnern Chiles: »Sauft das ganze Blut
dieses Volkes, ich bin der Verwalter
der Todesqualen.«
Erbärmlicher Clown, elende
Kreuzung von Affe und Ratte, deren Schwanz
man in Wall Street mit Goldpomade glättet,
die Tage werden nicht vergehen, ohne daß du vom Baume stürzt

und, allen offenbar, Kehrichthaufen sein wirst,
auf den der Vorübergehende an den Straßenecken zu
treten vermeidet!

Das geschah so: Der *Verrat* wurde Chiles Regierung.
Ein *Verräter* hat in unserer Geschichte seinen Namen
hinterlassen.
Ein *Judas*, Totenkopfzähne als Banner hissend,
verkaufte meinen Bruder,
verabreichte meinem Vaterland Gift,
gründete Pisagua, riß unseren Stern herab,
bespie die Farben einer makellosen Fahne.

Gabriel González Videla, hier steht sein Name,
auf daß, so die Zeit die Schande
getilgt und mein Vaterland sein Antlitz, hell von Weizen
und Schnee, gereinigt hat,
dereinst, die dort ihr Erbe suchen,
das ich in diesen Zeilen wie eine junge Glut hinterließ,
auch den Namen finden des *Verräters*, der den Kelch
der Todesqualen brachte, den mein Volk zurückwies.

O Volk, mein Volk, richte deine Bestimmung auf!
Sprenge den Kerker, durchbrich, die dich umschließen,
die Mauern.
Zertritt der Ratte widerliche Spur, die vom Palast
aus befiehlt: hebe deine Lanzen ins Frührot,
und in der höchsten Höhe laß erstrahlen deinen Stern,
zornentbrannt, die Wege Amerikas erhellend.

VI Amerika, ich rufe deinen Namen nicht vergeblich an

I VON OBEN HERAB (1942)

Durchmessener Raum, die nicht bestimmbare
Luft, der Krater Mondwelt,
dürres Licht des Mondes
ausgegossen über die Narben,
das kalkige Loch der zerfetzten Tunika,
der Flußadern eisstarres Geäst, die Panik des Quarzsteins,
des Korns, des Frührots,
ausgedehnte Zugänge in geheime Felsen,
die schreckenerregende Linie
des zerklüfteten Südens,
der Schwefel, ruhend in seinem Wuchs
einer langgestreckten Geographie,
und die Anordnung des Türkis
kreisend um das abgeschnittene Licht,
des immerblühenden herben Gezweigs,
des Dickichts geräumige Nacht.

II EIN MÖRDER SCHLÄFT

Den Gürtel befleckt vom Wein,
da der Gott der Taverne
die zerbrochenen Gläser zertritt und das entfesselte
Licht des Morgens zerzaust:
die Rose, vom Schluchzen benetzt
der kleinen Buhlerin, des fiebrigen Tages Wind,
der eindrang durch das Fenster ohne Scheiben,
wo der Gerächte schläft, die Schuhe an den Füßen,
im bitteren Pistolenruch,
in der blauen Farbe verlorener Augen.

III AN DER KÜSTE

In Santos, tief im süßlich scharfen Geruch der
Bananen,
der, wie ein im Rücken klaffender Strom weichen Goldes,
an den Uferrändern den fühllosen Speichel zurückläßt
des aus den Fugen gegangenen Paradieses,
und eisenhart ein Klagen von Schatten, Wasser und
Lokomotiven,
ein Strömen von Schweiß und Federn,
etwas, das niedersinkt und aus der Tiefe der lodernden
Blätter strömt
wie aus einer zuckenden Achselhöhle:
ein Wirren von Flügen, ein sehr ferner
Schaum.

IV WINTER IM SÜDEN ZU PFERDE

Ich habe der Wälder Rinde durchritten,
die tausendfach angefallen vom australen Schlag:
ich habe des Pferdes Hinterkopf einschlafen gefühlt
unter dem eisigen Stein der Nacht des Südens,
frösteln in der Klamm des entblätterten Berges,
aufwärtssteigen an fahler beginnender Felsenwange:
ich kenne das Ende des Galopps im Nebel,
die Lumpen des armen Wandernden:
für mich gibt es nicht Gott, nur den dunklen Staub,
den endlosen Rücken des Steins und die Nacht,
unwirtlich den Tag
mit einer Ankunft
elender Kleidung und vernichteter Seele.

V DIE VERBRECHEN

Vielleicht in dunklen Nächten hast du den
Schrei
mit dem Dolch durchmessen, die Fußspur im Blut:
den einsamen Grat unseres tausendfach
zu Boden getretenen Kreuzes,
die heftigen Schläge an schweigender Tür,
den Abgrund oder den Blitz, der den Mörder verschlang,
wenn die Hunde heulen und die gewalttätige Polizei
unter die Schlafenden tritt,
gewaltsam die Fäden zusammenzudrehen der Träne,
entsetztem Lid entrissen.

VI JUGEND

Ein Duft wie ein saurer
Pflaumenpfeil auf einem Weg,
des Zuckers Küsse zwischen den Zähnen,
die vitalen Tropfen gleiten über die Finger,
das süße erotische Fruchtfleisch,
die Tennen, die Vögel, die erregenden
heimlichen Orte geräumiger Häuser,
Matratzen, mit der Vergangenheit träumend, das herbe
grüne Tal,
aus der Höhe erblickt, aus dem verborgenen Fenster:
die ganze Jugendzeit, naß werdend und brennend:
wie eine im Regen umgestürzte Lampe.

VII DIE ZONEN

Im Herbst fallen aus den Pappeln
die hohen Pfeile nieder, das wiederbelebte Vergessen:
es versinken die Füße in der reinen Decke:
der erregten Blätter Kälte
ist ein starker Quell von Gold,
und in Himmelsnähe ein Dornenglanz setzt
verdorrte Kandelaber hin von stachlichtem Wuchs,
doch der gelbe Jaguar zwischen den Krallen
wittert einen Tropfen Leben.

VIII VARADERO AUF KUBA

Varaderos Leuchten von der elektrisch
sprühenden Küste her,
wenn an der Flanke berstend die Antille
den gewaltigen Schlag von Leuchttier und Flut
empfängt,
das unaufhörliche Schimmern des Phosphors und des
Mondes:
des toten Türkises gespannter Leichnam:
der dunkle Fischer aber zieht aus dem Silber
einen stachlichten Schweif von Meeresveilchen.

IX DIE DIKTATOREN

Es blieb ein Ruch in den Zuckerrohrfeldern,
von Blut und Leiche ein Gemisch, ein betäubendes
Blütenblatt, Ekel erregend.
Unter den Kokospalmen die Gräber sind voll von
zerschlagenen Knochen, voll von verstummtem Röcheln.

Der empfindsame Satrap unterhält sich
mit Pokalen, Kragen und goldenen Schnüren.
Der Kleine Palast glänzt wie eine Uhr,
und das blitzhafte Lachen, behandschuht,
huscht zuweilen durch die schmalen Gänge
und verbindet den toten Stimmen sich
und den blauen frisch eingescharrten Mündern.
Das Weinen ist verborgen wie eine Pflanze,
deren Same unaufhörlich auf den Boden fällt,
die ihre großen blinden Blätter lichtlos treibt.
Schuppe an Schuppe ist der Haß gewachsen,
Schlag um Schlag, im grausigen Wasser des Sumpfs
mit einem Maul voll Schlamm und Schweigen.

X ZENTRAL-AMERIKA

Welch ein Mond, wie ein Gewehrkolben
blutbefleckt,
welch ein Astgewirr von Peitschen,
welch gräßliches Licht, aus Augenlidern gerissen,
sie lassen dich stöhnen ohne Stimme, ohne Bewegung:
zerbrechen dein stimmloses, mundloses Leiden.
O Gürtel der Mitte! O Paradies
unerbittlicher Schmerzen.
Nacht und Tag seh ich die Martyrien,
Tag und Nacht sehe ich den Gefesselten,
den Blonden, den Neger, den Indio
schreiben mit geschlagenen phosphorleuchtenden Händen
auf die unendlichen Wände der Nacht.

XI HUNGER IM SÜDEN

Ich nehme das Seufzen wahr in der Kohle von
Lota;
und des erniedrigten Chilenen runzligen Schatten
seh ich im Innern die bittre Erzader brechen, ihn sterben,
leben, zur Welt kommen in der harten Asche,
geduckt, hingestreckt, als ob so die Welt
mit hineingelänge und so auch hinaus,
inmitten des schwarzen Staubs und der Flammen;
doch hier wird einzig geschehen
der Husten im Winter, der Schritt
eines Pferdes im schwarzen Wasser, in das
wie ein totes Messer ein Eukalyptusblatt fiel.

XII PATAGONIEN

Die Robben jungen
in den Tiefen der vereisten Zonen,
in den dämmrigen Grotten, die des Ozeans
letzte Schlünde sind;
die Kühe Patagoniens
heben sich ab vom Tage
wie ein Getümmel, wie ein schwerer Dunst,
der in der Kälte seine heiße Säule aufwärts
in die Einsamkeiten treibt.

Öde bist du, Amerika, wie eine Glocke:
im Innern mit Gesang erfüllt, der niemals sich erhebt;
der Hirte, der Steppenbewohner, der Fischer,
sie haben um sich weder Hand noch Ohr noch ein Piano
oder eine Wange: der Mond bewacht sie,
die endlose Weite steigert sie, die Nacht stellt ihnen nach,
und ein müder greiser Tag, wie all die andern, wird geboren.

XIII EINE ROSE

Ich sehe eine Rose am Wasser, eine kleine Schale
mit tiefroten Lidern,
von einem luftigen Laut in die Höhe gehalten:
von grünen Blättern ein Licht rührt an die Quellen
und verwandelt den Wald durch einsame Wesen
auf durchsichtigen Füßen:
die Luft ist von lichten Gewändern bevölkert,
und seine schlummernde Herrlichkeit errichtet der Baum.

XIV LEBEN UND TOD EINES SCHMETTERLINGS

Fliegt der Schmetterling von Muzo im Sturm:
alle Gespinste tropischer Breiten,
der Smaragde eisige Konsistenz,
alles fliegt in diesem Blitzstrahl,
abgeschüttelt werden die letzten Folgen des Winds,
und dann stiebt ein Regen grüner Staubfäden auf,
des Smaragden erschrockener Pollen:
seine großen Samte aus betautem Duft
gleiten auf die blauen Ufersäume des Zyklons hernieder,
sie vermählen den herabgestürzten irdischen Fermenten sich,
kehren zurück zur Heimat der Blätter.

XV DER IN DER PAMPA BEGRABENE MENSCH

Wenn es mir gelänge, von einem zum anderen
Indiotanz,
das Gebiet zu erhellen, die gräsernen Steppen,
wenn, ich schlafend schon,
aus meinem Mund wildes Korn aufwüchse

und ich lauschte auf den Ebenen
einem Pferdegedröhn,
einem rasenden Sturm von Hufen,
der über meine begrabenen Finger hineilte,
ich würde den Samen mit Küssen bedecken lippenlos
und an ihn die Spuren heften
meiner Augen,
den Galopp zu schaun, den mein Ungestüm liebte:
töte mich, trauriges Liebeslied,
töte mich und verstreu meine Substanz
wie das heisere Metall der Gitarren.

XVI ARBEITER DER MEERE

In Valparaíso luden mich die Arbeiter
der Meere ein: klein waren sie, hart,
und ihre verbrannten Gesichter waren die Geographie
des Stillen Ozeans: waren eine Strömung
im Innern der unermeßlichen Wasser, ein Wogenmuskel,
ein Schwarm von Meeresflügeln im Sturm.
Schön war es, sie als kleine arme Götter zu sehn,
halbnackt und unterernährt; schön war es,
sie kämpfen und sich ereifern zu sehen
mit anderen Männern von jenseits des Ozeans,
mit anderen Männern aus anderen elenden Häfen,
und ihnen zuzuhören,
sie hatten die gleiche Sprache, Spanier und Chinesen,
Sprache aus Baltimore und Kronstadt,
und da sie die »Internationale« sangen, stimmte ich mit ein:
eine Hymne kam aus meinem Herzen, »Brüder«, wollte ich
zu ihnen sagen,
aber ich hatte nur zärtliche Liebe, die zum Lied mir wurde:
und die mit ihrem Singen von meinem Munde reichte
bis ans Meer.

Sie nahmen mich für ihresgleichen, umarmten mich mit ihren
machtvollen Blicken,
ohne ein Wort mir zu sagen,
sahen sie mich an und sangen.

XVII AMERIKA

Ich bin, bin umringt
von Geißblattgerank und Ödland, von Schakal und Blitz,
von der Fliederbäume verwobenem Duft:
ich bin, bin umringt
von Tagen, Monaten, Gewässern, die ich allein kenne,
von Krallen, Fischen, Monaten, die ich allein gründe,
ich bin, bin umringt
vom zarten kämpferischen Gischt
des von Glocken belebten Gestades.
Das Scharlachhemd des Vulkans und des Indios,
der Pfad, den der nackte Fuß bahnte zwischen Blättern
und Dornen im Wurzelgeflecht,
erstreckt sich, daß ich ihn begehe, zu meinen Füßen
des Nachts.
Das dunkle Blut, wie im Herbst
auf den Boden vergossen,
des Todes furchtbare Standarte im Urwald,
die eindringenden verlöschenden Schritte, der Schrei
der Krieger, der schlafenden Lanzen Dämmerung,
der Soldaten angsterfüllter Schlaf, die gewaltigen
Ströme, in denen des Kaimans Gelassenheit plätschert,
deine jungen Städte mit unvorhergesehenen Bürgermeistern,
der Vögel Chor von unbändiger Art,
im vermoderten Tag der Wildnis des Leuchtkäfers
behütender Schimmer,
wenn ich in deinem tiefsten Innern lebe, in deinem
lichtumzackten

Abend, in deiner Ruhe, im Mutterschoß deiner Geburten,
im Beben der Erde, im Satan, der in den Bauern steckt,
in der Asche,
die aus den Schneegestöbern niederfällt, im Weltenraum,
im reinen Raum, dem unfaßbaren, kreisenden,
in der Kondore blutigen Fängen, im erniedrigten Frieden
Guatemalas, in den Negern,
auf den Molen Trinidads, in La Guayra:
alles ist meine Nacht, alles
ist mein Tag, alles
ist meine Luft, das alles
lebe ich, leide ich, richte ich auf und sterbe.
Amerika, nicht aus Nächtlichem
noch aus Licht sind die Silben gemacht, die ich singe.
Aus Erde ist machtvoll die Materie
des Glanzes und Brotes meines Sieges,
und nicht Traum ist mein Traum, sondern Erde.
Ich schlafe, umgeben von unermeßlichem Lehm,
und durch meine Hände fließt, solange ich lebe,
ein Quell reicher Erden.
Und nicht Wein ist, was ich trinke, sondern Erde,
geheime Erde, Erde meines Mundes.
Erde des Ackerbaus im Tau,
ein Südsturm leuchtender Gartenfrüchte,
Getreides Geschlecht, Warengewölbe von Gold.

XVIII AMERIKA, ICH RUFE DEINEN NAMEN NICHT VERGEBLICH AN

Amerika, nicht vergeblich rufe ich deinen
Namen an.
Da ich das Schwert dem Herzen unterwerfe,
da ich die stete Pein erdulde in der Seele,
da durch die Fenster

dein neuer Tag mich ganz durchdringt,
bin und bleibe ich im Licht, das mich erschafft,
lebe ich im Schatten, der mich bestimmt,
schlafe ich und erwache in deinem wesenhaften Frührot:
wie Trauben süß, doch schrecklich,
Träger des Zuckers und der Strafe,
eingetaucht im Sperma deiner Rasse,
mit deines Erbes Blut gesäugt.

VII Chiles großer Gesang

EWIGKEIT

Ich schreibe für eine jüngst den Wassern
entstiegene Erde, noch
frisch von Blumen, Blütenstaub und Mauerkalk,
ich schreibe für ein paar Krater, deren Kreidekuppen
ihre sphärische Höhlung aneinanderreihen am reinen
ewigen Schnee,
ich gebe sogleich meine Ansicht kund über das, was
der eisenhaltige,
eben dem Abgrund entquollene Rauch mühsam mit sich führt,
ich rede für die Grasebenen, die keinen Namen haben,
nur der Moosflechte kleines Glöckchen kennen, den versengten
Blütenfaden,
oder das struppige Dickicht, wo die Stute in Liebesglut brennt.

Woher denn stamme ich, wenn nicht aus diesen uranfänglichen
und blauen
Materien, die sich ineinanderschlingen, schwellen oder einander
verdrängen,
unter Tosen sich verbreiten oder somnambul verströmen,
oder in die Höhe ranken und des Baumes Schutzwehr bilden,
oder in die Erde sinken und des Kupfers Zelle binden,
oder ins Gezweig der Ströme schnellen oder untergehen,
erdbedeckt, als der Kohle Ursprung oder funkeln
in der Traube grünen Dunkelheiten.

Wie die Ströme schlaf ich in den Nächten, irgendetwas
unentwegt durchmessend, durchbrechend, und ich treibe
die schwimmende Nacht voran, heb die Stunden all
dem Licht entgegen, befühle die geheimnisvollen
Bilder, die der Kalk vertrieb, steig durchs Erz auf
zu den Katarakten, jüngst gebändigten, und auf einem Lauf
der Ströme berühre ich, was nur die Rose,
die noch nie erblühte, spendet, die versunkene Hemisphäre.
Die Erde ist ein Dom aus bleichen Augenlidern,

verbunden ewiglich einander und gehäuft in einem
Seesturm von Segmenten, in einem Salz von Gewölbe,
in eines begnadeten Herbstes Farbenfinale.

Ihr habt nicht, habt nie am Weg berührt,
was der nackte Stalaktit beschwört,
zwischen den eisigen Lichtern das Fest,
die große Kälte der schwarzen Blätter,
ihr seid nicht eingedrungen in die Fasern mit mir,
die das Erdreich verborgen hält,
ihr seid nicht aufgestiegen wieder von den Toten dann,
Sandkorn um Sandkorn, sandiger Erde Stufen,
bis daß die Strahlenkronen des Taus
erneut eine entfaltete Rose bedecken,
ihr könnt nicht leben, ohne dahinzusterben
im abgetragenen Gewand des Glücks.

Ich aber bin metallisch die Aureole, der Reif,
den Weiten verkettet, den Wolken, den Landen,
der an hinabgestürzte und verstummte Wasser rührt
und der Zeit unendlichem Wirrsal abermals trotzt.

I HYMNE UND HEIMKEHR (1939)

Vaterland, mein Land,
hin zu dir wende ich mein Blut.
Doch nach dir verlange ich, wie nach der Mutter
tränenvoll ein Kind.
            Nimm
diese blinde Gitarre auf
und diese verlorene Stirn.
Ich zog aus, Söhne zu finden für dich in der Welt,
ich zog aus, die Niedergebrochenen zu trösten mit deinem
            Namen aus Schnee,

ich zog aus, aus deinem reinen Holz ein Haus zu bauen,
ich zog aus, den verwundeten Helden deinen Stern zu
bringen.

Nun möchte ich ruhen in deiner Substanz.
Gewähr mir deine helle Nacht ergreifender Saiten,
deine Segelschiff-Nacht, deine gestirnte Größe.

Du, mein Land: ich will den Schatten wechseln.
Du, mein Land: die Rose will ich tauschen.
Ich will meinen Arm um deine winzige Hüfte legen
und mich niederlassen auf deine Steine, ausgeglüht vom
Meer,
das Korn aufhalten und sein Inneres ergründen.

Des Salpeters schlanke Flora werde ich erwählen,
den eisigen Faden der Glocke werde ich spinnen
und, auf deine glorreichen, einsamen Schäume blickend,
einen Küstenkranz für deine Schönheit winden.

Vaterland, mein Land,
ganz umgeben von stürmenden Wassern
und bestürmtem Schnee,
in dir verbindet der Adler sich dem Schwefel,
und in deiner antarktischen Hand aus Hermelin und Saphir
glänzt ein Tropfen reinen menschlichen Lichts,
den feindlichen Himmel entflammend.

Wahre dein Licht, o Vaterland, halt aufrecht
deine harte Ähre der Hoffnung inmitten
der blinden schrecklichen Luft.
Auf deine ferne Erde ist all das schwierige Licht gestürzt,
jene Bestimmung der Menschen,
die dich treibt, eine einsame Blume voller Geheimnis
zu schützen in der Unermeßlichkeit des schlummernden
Amerika.

Krank in Veracruz, denk ich zurück an
einen Tag
im australen Süden, an meine Heimaterde,
einen Tag, silbrig
wie ein hurtiger Fisch im Wasser des Himmels,
Lonoche, Lonquimay, Carahue, ausgebreitet von dort oben
herab,
von Schweigen umringt und Wurzeln,
thronend auf ihrem Herrschersitz von Häuten und Hölzern.
Der Süden ist ein von den Wassern verschlungenes Roß,
gekrönt von ruhig wiegenden Bäumen und Tau;
hebt es das grüne Maul, stürzen die Tropfen,
seines Schweifes Schatten netzt den großen Archipel,
und in seinem Eingeweid wächst die angebetete Kohle.
Nie mehr, versprich mir, Schatten, nie mehr, versprich mir,
Hand,
nie mehr, versprich mir, Fuß, Tür, Bein, Kampf,
wirst du den Wald vernichten, die Straße, die Ähre,
den Nebel, die Kälte, das, was blau jeden deiner
unaufhörlich verbrauchten Schritte bestimmte?
Himmel, laß mich eines Tages ziehen von Stern zu Stern,
mit Füßen an Licht und Feuer rühren, bis ich, mein Blut
zerstörend, zur Wiege des Regens gelange!
Ich möchte
hinter den Wäldern auf dem Flusse fahren,
dem düftereichen Toltén, möchte aus Sägemühlen
herauskommen,
in Kantinen mit durchnäßten Füßen treten,
mich leiten lassen vom Licht des elektrisch schimmernden
Avellanobaums,
mich ausstrecken am Dung der Kühe,
streben und, Weizenkörner zerbeißend, neu zum Leben
erwachen.

Ozean, bringe mir
einen Tag des Südens, einen deinen Wogen verhafteten Tag,
eines feuchten Baumes Tag, trag einen blauen
Polarwind zu meiner kalten Fahne!

III MELANCHOLIE IN DER NÄHE ORIZABAS (1949)

Was gibt es im Süden für dich,
außer einem Fluß, einer Nacht,
ein paar Blättern, die die eisige Luft offenbart
und verstreut, bis sie die Ufer des Himmels bedecken?
Ist es, weil die Strahlenkrone der Liebe verströmt
wie dieser Schnee, dieses Wasser des zerstörten Archipels,
wie ein neues unterirdisches Wallen des Feuers
und auf den Scheuern abermals wartet, dort,
wo so häufig die Blätter fallen,
zitternd, verschlungen von jenem klaffenden Schlund,
und der Regenschimmer seine Winde spannt
von der Versammlung der geheimen Getreide
bis zum Laubwerk voller Glocken und Tropfen?

Wo der Frühling eine feuchte Stimme hat,
die summt in des schlummernden Pferdes Ohren
und dann hinabsinkt zum Gold des zermalmten Korns
und in der Traube dann einen transparenten
Fingerbreit zum Vorschein bringt.
Was kann dich dort erwarten, wo ohne Wandelgänge,
ohne Wände dich der Süden ruft?
Du lauschst wie der Steppenbewohner, in deiner Hand
die Wölbung
der Erde, indem du dein Ohr an die Wurzeln legst:
von fernher ein schrecklicher Hemisphärensturm,
im Rauhreif der Galopp der Carabineros:
dort, wo die Nadel mit dünnem Wasserfaden die Zeit
zusammennäht

und ihre gestückelte Näherei zerreißt:
was erwartet dich an der wilden Seite der Nacht,
die aufheult mit einem Mund ganz voller Blau?

Vielleicht gibt es einen zurückgehaltenen Tag, ein Dorn
bohrt in den alten Tag seinen verwitterten Stachel,
und seine bräutliche Fahne, uralt, zerreißt.
Wer hat einen Tag düsteren Waldes in sich bewahrt,
wer gewartet
Stunden aus Stein, wer umkreist
das von der Zeit versehrte Erbe, wer entflieht,
ohne zu entschwinden in das Zentrum der Luft?
Ein Tag, ein Tag voll trostloser Blätter,
ein Tag, ein Leuchten, von der saphirenen Kälte zerbrochen,
ein gestriges Schweigen, bewahrt in der Leere
des Gestern, in der Verhaltenheit des entfernten Gebiets.
Ich liebe dein zerzaustes ledernes Haar,
deine antarktische Schönheit aus Ungestüm und Asche,
deines streitbaren Himmels schmerzliche Schwere:
ich liebe das Wehen der Luft des Tages, da du mich
erwartest,
ich weiß, daß der Kuß der Erde sich nicht ändert,
und er ändert sich nicht,
ich weiß, daß das Blatt vom Baum nicht fällt, und es
fällt nicht:
ich weiß, der immergleiche Blitz bewahrt seine Metalle,
und die verlassene Nacht ist die immergleiche,
aber es ist meine Nacht, aber meine Pflanze ist es, das Wasser
der eisigen Tränen, die kennen mein Haar.

Möge ich der sein, den man gestern erwartete im Menschen:
er, der mit Lorbeer, Asche, Größe, Hoffnung
seinen Lidschlag im Blut entfaltet,
im Blut, das Küche und Wald mit Leben erfüllt,
die Fabriken, die das Eisen mit schwarzem Flaum überzieht,
die Gruben, durchlöchert vom schweflichten Schweiß.

Nicht die schneidende Luft nur des Pflanzenreichs
erwartet mich:
nicht nur der Donner über der schneeigen Pracht:
Tränen und Hunger wie zwei Fieberschauer
steigen auf zum Glockenturm des Vaterlands und läuten:
von dort, mitten im Himmel voller Wohlgeruch,
von dort, wo der Oktober erstrahlt und der antarktische
Frühling über das Funkeln des Weines gleitet,
kommt ein Wehklagen und wieder und wieder ein Wehklagen
und abermals eins,
bis sie Schnee, Kupfer, Wege, Schiffe queren
und durch die Nacht und Erde dringen
bis an meine leergeblutete Kehle, die sie vernimmt.

Was sagst du, mein Volk? Matrose,
Peon, Bürgermeister, Arbeiter der Salpetermine,
hörst du mich?
Ich vernehme dich, toter Bruder, lebender Bruder,
ich höre dich,
alles, was du ersehntest, was du begrubst,
das Blut, das du in Sand verströmtest und Meer,
das getroffene Herz, das widersteht und Furcht erregt.

Was erwartet dich im Süden? Der Regen, wo fällt er nieder?
Und in der verflogenen Zeit, welche Toten hat er gepeitscht?
Die meinen, die des antarktischen Südens, die
verlassenen Helden,
das vom bitteren Zorn verstreute Brot,
die währende Trauer, den Hunger, die Härte und den Tod;
Blätter sind auf sie gefallen, die Blätter;
der Mond über des Soldaten Brust, der Mond,
die Gasse des Elenden, und das Schweigen
des Menschen überall, gleich einem fühllosen Erz,
dessen eisige Ader das Licht meiner Seele erstarren macht,
bevor es die Glocke in der Höhe errichtet.

Heimatland von Keimen voll, rufe mich nicht, ich kann
ohne deinen Blick aus Kristall und Dunkelheit nicht
schlafen.
Dein heiserer Schrei der Gewässer und Geschöpfe
schüttelt mich,
und ich wandle im Traum am Saum deines Wogenschaums,
des erhabenen, hin
bis zur letzten Insel deines blauen Küstengürtels.
Du rufst mich sanft wie eine arme Braut.
Dein großes Licht von Stahl blendet mich und sucht mich
wie ein Schwert voller Wurzeln.

Heimatland, vielgeliebte Erde, du dich verzehrendes
glühendes Licht:
wie die Kohle inmitten des Feuers fällt
dein schreckliches Salz, dein kahler Schatten zusammen.

Ich möchte der sein, den gestern man erwartete und morgen,
der dauern wird in einer Handvoll Mohnblüten
und Staub.

IV OZEAN

Wenn nackt und grün du, ein Phantom,
wenn übermäßig deine Apfelrundheit, wenn
in der Finsternis dein Tanz, wo
dann ist dein Ursprung?
Nacht,
süßer denn die Nacht, Salz
Mutter, grausames Salz, Mutterwölbung des Wassers,
Planet, von Schaumgewoge durchrast und Mark:
titanische Sanftheit von Sternenbreiten:
Nacht mit einer Woge nur in der Hand:
Seesturm wider den Adler des Meeres,

blind unter den Händen des unergründlichen
Schwefelsalzes:
Gewölb mit soviel begrabener Nacht,
eisige Blumenkrone, aus Angriff ganz und Klang,
Kathedrale unter Donnerschlägen begraben auf dem Gestirn.

Da ist das verwundete Pferd, das dahinjagt mit dem Alter
deines Gestades,
ersetzt durch das eisige Feuer,
da ist die rote Tanne, in Schwingen verwandelt
und vernichtet unter deinen Händen aus grausamem
Kristall,
und auf den Inseln die beständige Rose, die umstürmte,
und aus Wasser und Mond das Diadem, das du errichtest.
Heimat, dir, deiner Erde
dieser ganze dunkle Himmel!
Diese ganze weltumspannende Frucht, diese große
rasende Krone!

Für dich diese Schale voller Schäume, in die der Blitz
sich wie ein blinder Albatros verirrt, wo des
antarktischen Südens Sonne
aufgeht und anschaut deine verehrungswürdige Natur.

V SATTLERKUNST

Für mich dieses Sattelzeug, als
mächtige Rose entworfen in Silber und Leder,
biegsam im Kern, glatt und dauerhaft.
Jeder Einschnitt ist eine Hand, jede
Naht ein Leben; in ihm lebt
die Eintracht waldhaften Lebens,
eine Kette von Augen und Pferden.
Die Haferkörner gaben ihm Gestalt,

hart machten Gestrüpp es und Wasser,
die reiche Ernte verlieh ihm Stolz,
Silber und getriebenes Saffian:
und so mit Mißgeschicken und Macht
zieht dieser Thron hinaus auf die Steppen.

TÖPFERKUNST

Plumpe Taube, Sparbüchse aus Ton,
auf deinem trauerdunklen Rücken ein Zeichen, kaum
etwas, das dich enträtselt. Du mein Volk,
wie, beladen mit deinen Schmerzen,
geschlagen und niedergebeugt, vermochtest du
anzuhäufen das zerblätterte Wissen?
Schwarzes Wunderding, magische Materie,
ins Licht gehoben von blinden Fingern,
winzige Statue, in der das Allergeheimste
der Erde in seiner Sprache uns anspricht,
Krug aus Pomaire, bei dessen Kuß
Erde und Menschenhaut sich finden, unendliche
Formen des Lehms, Licht der Gefäße,
Form einer Hand, die meine war,
eines Schattens Vorübergehen, der mich ruft,
ihr seid verborgener Träume Vereinigung,
Keramik, du unzerstörbare Taube!

WEBSTÜHLE

Ihr wißt, daß dort Schnee die Täler
bewacht oder vielmehr
des Südens düstrer Frühling, die schwarzen Vögel,
an deren Brust einzig ein Tropfen Blut

zu zittern kam, der Meeresdunst
eines gewaltigen Winters, der weit die Flügel spannte;
so ist der Erdstrich, und sein Wohlgeruch
steigt von armseligen Blumen auf, die niedergedrückt
vom Gewicht des Kupfers und der Cordilleren sind.
Und dort, Faden um Faden wählend, setzte
der Webstuhl die Blume wieder zusammen, hob er die Feder
in sein Scharlachreich und webte hinein
die Blaus und Safrantöne, die Docke
des Feuers und seine lichtgelbe Macht,
die Wurzel des violetten Blitzes,
der Eidechse sandiges Grün.
Hände meines Volkes ihr an den Webstühlen,
arme Hände, die wirken, eins ums andre,
die Sterngefieder, die fehlten
deiner Haut, dunkelfarbene Heimat,
indem sie, Faden um Faden, den Himmel eintauschen,
auf daß der Mensch seine Liebschaften singe
und hingaloppiere, Getreideflächen entflammend.

VI ÜBERSCHWEMMUNGEN

Die Armen dort unten leben in Erwartung, daß
der Fluß
steige zur Nacht und sie davontrage zum Meer.
Ich habe kleine Wiegen gesehen, die hinabschwammen,
Trümmer
menschlicher Heime, Stühle und einen majestätischen Zorn
fahler Fluten, in denen sich Himmel und Entsetzen mengen.
Für dich allein ist das, du Armer, für dein Weib und
deine Saaten,
für deinen Hund und dein Werkzeug, auf daß du das
Bettlerhandwerk erlernst.
Das Wasser steigt nicht bis zu den Häusern der
vornehmen Herren,

deren schneeweiße Kragen von den Wäschereien
herüberwinken.
Schluck diesen reißenden Schlamm und diese Ruinen,
die mit deinen Toten schwimmen, sanft treibend zum Meer,
zwischen ärmlichen Tischen und verlorenen Bäumen,
die von Untergang zu Untergang ziehn, ihre Wurzeln
weisend.

ERDBEBEN

Ich wachte auf, da der Boden der Träume unter meinem
Bett fehlte.
Eine blinde Aschensäule schwankte in der Mitte
der Nacht,
ich frage dich: bin ich gestorben?
Reich mir die Hand bei diesem Bersten des Planeten,
während des violetten Himmels Narbe zerreißt.
Weh! aber ich entsinne mich, wo sind sie? wo sind sie?
Warum wallt, sich mit Tod anfüllend, das Erdreich?
O erstarrte Masken unter den hinweggefegten Heimen,
Lächeln,
das den Schrecken nicht mehr erreichte, Geschöpfe,
zerschmettert
unter den Balken, bedeckt von Nacht.

Und heut brichst du an, o blauer Tag, geschmückt
für einen Ball mit deiner goldenen Schleppe
über dem ausgeglühten Trümmermeer, feurig,
auf der Suche nach der Unbegrabenen verlorenem Antlitz.

Unerträgliche Stimme, ausgestreutes
Salz, stellvertretende
Asche, schwarzer Zweig,
an dessen äußerstem Tropfen Taus der blinde Mond
erscheint durch trauerverhüllte Gänge von Kupfer.
Welche Materie, welch hohler Schwan
senkt seine sterbende Nacktheit in den Sand
und härtet sein langsames flüssiges Licht?
Welch harter Strahl zerbricht seinen Smaragd
zwischen den unbezähmbaren Steinen, bis
er das verlorene Salz geformt?
Land, Land
über dem Meer, über dem Wind, über der hinsprengenden
Amazone, korallenbehängt:
angefülltes Lagergewölb, wo der Weizen
schläft an der bebenden Wurzel der Glocke:
O Mutter des Ozeans! Schöpferin
des blinden Jaspis und des goldenen Kiesels:
über deiner reinen Haut von Brot, waldfern,
nichts als deines Geheimnisses Linien,
nichts als deine sandene Stirn,
nichts als Nächte und Tage des Menschen,
doch nahe der dürstenden Distel, dort,
bei einem versunkenen vergessenen Papier, ein Stein
meldet die tiefen Wiegen von Schwert und Gefäß,
gibt Zeugnis von den schlummernden Gründen des Kalks.

VIII TOCOPILLA

Von Tocopilla nach Süden, nach Norden: Sand,
eingestürztes Kalkgestein, die Schaluppe, zerbrochene
Bohlen, verbogenes Eisen.
Wer fügte zu des Planeten makelloser Linie,
golden und durchgedörrt, zu Traum, Salz und Feuer
das verbrauchte Gerät, den Unrat?
Wer setzte das eingesunkene Dach, wer ließ
die Wände geborsten zurück mit einem Haufen
zertretenen Papiers?
Düstres Licht des Menschen, in dir entthront,
das immer wieder zur Mulde kehrt deines kalkigen Monds,
kaum angenommen von deinem tödlichen Sand!
Selten gewordene Möwe der Abbauplätze, Heringsfisch,
geringelte Sturmschwalbe,
Meergebilde ihr, der blutigen Fangleine
und des Unwetters Kinder, habt ihr den Chilenen gesehn?
Habt ihr den Sterblichen zwischen den beiden Linien
der Kälte
und der Wasser erblickt, unter dem Zackenkamm
des Erdhorizonts, in der Bucht?

Läuse, brennende, Salz überfallende Läuse,
Läuse, Küstenläuse, Einwohner, Kumpel,
von einer Narbe der Wüste zur andern,
der Mondküste entgegen, hinaus!
das alterlose kalte Gepräge zu brechen!

Jenseits der Gründe des Pelikans, wo nicht
Wasser noch Brot noch Schatten den unwirtlichen
Rastort berühren,
zeigt sich des Salpeters Verrichtung,
oder des Kupfers Gestalt bestimmt sein Gesicht.

Alles ist, als wären Sterne begraben,
ist wie bittre Nadelstiche, wie höllische
Blüten,
weiß, vom zitternden Licht überschneit,
oder grün und schwarzer Trieb lastenden Glanzes.
Dort gilt die Feder nicht, nur die zerfetzte Hand
des dunklen Chilenen, dort nützt kein Bedenken.
Nur das Blut zählt. Nur dieser hartnäckige Schlag,
der im Stollen nach dem Menschen fragt.
Im Stollen, in der Mine, in der durchlöcherten Grube,
ohne Wasser, ohne Lorbeerreis.

O geringe
Brüder meines Landes, verbrannt von jenem Licht, das
bitterer
als des Todes Bad, Helden ihr, verdunkelt
durch des Salpetersalzes Erwachen auf Erden,
wo baut ihr euer Nest, umherirrende Söhne?
Wer hat euch zwischen den zerstörten Fasern
der verödeten Häfen gesehen?
Tief in
dem Salzlaugendunst,
hinter der metallischen Küste
oder vielleicht, vielleicht
unter der Wüste schon, unter
ihrem Versprechen aus Staub
für immer!
Chile, Metall und Himmel du,
und ihr, Chilenen,
Saatkorn, zähe Gefährten,
jeder entschlossen in Eintracht und Schweigen
wie der Steine währendes Dauern.

IX PEUMOSTRAUCH

Ich brach ein fliesenglattes Blatt vom Strauch: süßer
Duft der gebrochenen Ränder
berührte mich wie ein unergründlicher Flügel, der aufflog
von der Erde, von weit, aus dem Nirgends her.
Peumo, damals sah ich dein Laub, dein winziges
krauses Grün mit seinem Drängen
deinen irdischen Stamm bedecken und deine duftende Breite.
Ich dachte, wie du doch meine ganze Heimat bist: meine
Fahne
soll beim Entfalten Peumoduft haben,
ein Duft von Grenzen, die in dich
dringen jäh mit der ganzen Heimat und ihrem Strömen.
Reiner Peumo, balsamischer Duft von Jahren und wehendem
Haar
im Wind, im Regen, unter der Beuge
des Bergs, mit dem Rauschen von Wasser, das hinunterfließt
bis an unsere Wurzeln, o Liebe, o ländliche Zeit,
deren Duft erblühen kann, sich lösen
von einem Blatt und uns erfüllen, daß wir Erde
ausschütten gleich alten vergrabenen Krügen!

QUILLASROHR

Zwischen den gradlinigen Blättern, die nicht zu lächeln
wissen,
verbirgst du deine Pflanzung geheimer Lanzen.
Du hast nicht vergessen. Wenn ich durch dein Laubwerk
gehe,
flüstert die Härte, und Worte erwachen,
die Wunden schlagen, Laute, die Dornen nähren.
Du vergißt nicht. Du warst blutnaß
Mörtel, warst Säule von Haus und Kampf,

warst Banner, meiner araukanischen Mutter Dach,
Schwert des Kriegers der Wälder, Araukanien,
von Blüten starrend, die Wunden schlugen, die töteten.
Abweisend verbirgst du die Lanzen, die du erzeugst
und die der Wind der wilden Landschaft kennt,
der Regen, der Adler der verdorrten Wälder
und der scheue Bewohner, jüngst aus seinem Besitz verjagt.
Vielleicht, vielleicht: doch sage niemandem dein Geheimnis.
Bewahre mir eine wildwachsende Lanze oder das Holz
für einen Pfeil. Auch ich habe nicht vergessen.

DRIMYS WINTEREI

Namenlose Gewächse, Blätter
und bergharte Stränge,
Zweige, gewebt aus grüner Luft, Gespinste, frisch
bebrämt, Zacken dunkler Metalle,
unzähliger Blütenflor Kranzkrone
der Feuchtigkeit, der großen Dünste, des unermeßlichen
Wassers.
Und inmitten des ganzen Gebildes, das dieses Laubwerk suchte,
inmitten dieser Blätter, deren unversehrte Form
ihr Wunder im Regen in der Schwebe hält,
erwachtest du, o Baum, wie ein Donnerschlag,
und in deinem Wipfel, von allem Grün erfüllt,
entschlummerte vogelgleich der Winter.

Verlassenes Weltenende! Irre Linie,
wo Feuerschein und wütende Disteln
Lagen bilden von elektrischem Blau.

Steine, von Kupfernadeln
gepeitscht, Landstraßen
stofflichen Schweigens, Geäst, versunken
in das Salz des Gesteins.

Hier bin ich, hier bin ich,
Menschenmund, ausgeliefert dem fahlen Schritt
einer aufgehaltenen Zeit wie Gefäß oder Hüfte,
Hauptverlies gestauten Wassers,
Baum niedergeschlagener leiblicher Blüte,
nichts als tauber harscher Sand.
Du mein Heimatland, irdisch und blind wie
dem Sand entsprossene Dornenspitzen, für dich
der Urgrund meiner Seele, für dich der ewige
Lidschlag meines Bluts, bei meiner Heimkehr
mein Gericht aus wildem Mohn für dich.

Gib mir inmitten der Erdengewächse des Nachts
die scheue Rose voll Tau, der auf deiner Fahne ruht,
gib mir von Mond oder Erde dein Brot, mit deinem
furchtbaren dunklen Blut besprengt:
unter deinem sandigen Licht
sind keine Toten, nur große Zyklen des Salzes, blaue
Äste geheimnisvollen toten Metalls.

Ich wünschte, ihr würdet mir nicht mißtrauen:
Sommer ist,
Wasser umspült mich und treibt ein Verlangen empor
wie einen Zweig. Mein Lied hält mich aufrecht
gleich einem rissigen Stamm mit bestimmten Narben.
Ihr Winzigen, Geliebten, kommt her an mein Haupt.
Nistet auf meinen Schultern, über die der Schimmer
einer Eidechse huscht, in meinen Gedanken,
auf die der Blätter so viel gefallen sind,
o zarte Zauberkreise der Lieblichkeit, geflügelte
Getreidekörner, winziges gefiedertes Ei,
reinste Gebilde, in denen das Auge,
das sichere, Flug und Leben lenkt,
hier, nistet in meinem Ohr, ihr Scheuen
und Winzigen: helft mir:
täglich möchte ich mehr Vogel sein.

DIE LOICA

Blutigrote, du mir so nah, doch fern.
Mit deiner grausamen Maske, deinen Kriegeraugen
zwischen den Erdschollen hüpfst du von einem Schatz
zum andern in reiner wilder Vollkommenheit.
Erzähle mir, wie unter allen Geschöpfen,
inmitten dieser großen düsteren, in unsrer
von des Regens Klagen gefärbtem Gestrüpp
eingenisteten Landschaft, wie deine Brust
allein das ganze Karmin der Welt in sich sammelt.
Ach, du bist vom roten Sommer überstäubt,
bist in die Grotte des scharlachroten Pollen gedrungen,
und dein Brustfleck rafft alles Feuer zusammen.

Und diesen Blick eher noch als das Firmament
oder die verschneite Nacht in ihrer Andenbastion,
wann immer des Tages Fächer sich öffnet,
ihn hält nichts zurück: nur dein Dornbusch
flammt immerdar, ohne das Land zu verbrennen.

DER CHUCAOVOGEL

Im kühlen vielfältigen Laubgewirr plötzlich
des Chucaos Stimme, als ob nichts sonst lebte,
nur dieser Ruf der großen geschlossenen Einsamkeit,
als diese, aller regenfeuchten Bäume Stimme.
Zitternd und dunkel glitt der Ruf über mein Pferd,
langsamer, tiefer als ein Vogelflug: ich hielt an,
wo war ich? Was für Tage waren dies?
Alles, was ich in jenen dahingegangenen
Zeiten im raschen Vorüber gelebt, die Welt des Regens
am Fenster, der Puma, mit zwei blutgierigen
Feuerpunkten, im Unwetter kreisend,
und die Meeresengen inmitten grüner Tunnels
von durchtränkter Schönheit, die Einsamkeit, der Kuß
von ihr, die ich, da jünger ich war, unter den
Avellanoriesen liebte,
alles trat plötzlich hervor, da in der Wildnis des Chucaos
Ruf vorüberstrich mit seinen feuchten Silben.

XII BOTANIK

Der grausame Litre und der wohltuende Boldu
verbreiten ihre Daseinsform
durch erregende Küsse sinnlichen Smaragdes
oder durch Anthologien dunklen Wassers zwischen den Steinen.

Im Wipfel des Baumes errichtet der Parasit Chupón
sein schneeiges Gebiß,
und der wilde Avellano erbaut sein Schloß
aus Blattseiten und Tropfen.

Mannshoher Beifuß und Hundsgras umstehen
die Augen des Wohlgemutkrauts,
und der strahlende Lorbeer an der Grenze
durchduftet die fernen Intendanturen.

Quila und Quelenquelén, Sträucher der Morgenfrühe.
Der Fuchsien kalte Stimme
weht über die dreifarbigen Steine
und ruft: es lebe Chile und sein Wogenschaum!

Der Goldfingerhut wartet
auf die Finger des Schnees,
doch verrollt die Zeit ohne sein Ehebündnis,
das die Engel des Feuers und des Zuckers vereinen würde.

Der magische Zimtbaum
wäscht sein eigentümliches Geäst im Regen
und wirft seine grünen Barren
tief ins pflanzenreiche Wasser des Südens.

Das liebliche Mühlenkreuz der Rüster,
fanegaweise voll Blüten,
schwingt der roten Copihueblume Tropfen empor,
um das Sonnenlicht der Gitarren zu sehn.

Das ländliche Delgadilla-Gras
und das himmlische Poleo,
frisch gestärkt durch den Fluß Toltén,
tanzen auf den Wiesen mit dem jungen Tau.

Die unenträtselbare Docapflanze
köpft ihren Purpur in den Sand
und lenkt ihre meerhaften Prismen
hin zu den dürren Mondgestaden.

Der glänzende Klatschmohn,
Blitzstrahl und Wunde, Wurfpfeil und Mund,
setzt aufs sonnenversengte Korn
seine Scharlachtupfen.

Die augenfällige Sumpfpappel
schmückt ihre Toten
und wirkt ihr Geschlecht
mit Quellgewässern und des Flusses Silbermünzen.

Das Pfefferkraut, schutzlos in der Zone
des antarktischen Südens,
richtet seine Lampen,
wenn die Nacht kommt
des nimmerruhenden Meeres.

Die Steineiche schläft allein,
sehr steil, sehr arm, sehr zerschrunden,
sehr entschieden im unberührten Grasland
mit ihrem zerschlissenen Lumpengewand,
das Haupt voll majestätischer Sterne.

XIII ANDENTANNE

Der ganze Winter, der ganze Kampf,
alle Nester des feuchten Eisens
in deiner sturmdurchwehten Festigkeit
erheben sich in deiner waldhaften Stadt.

Der Steine verwünschtes Verlies,
des Dorns versunkene Fasern,
sie bilden aus deinem drahtigen Haar
ein Zelt erzener Schatten.

Aufgesträubtes Klagen, Wassers Ewigkeit,
Schuppenberg, Hufeisenblitz,
dein hart gepeinigtes Haus baut sich auf,
aus Blüten einer unberührten Geologie.

Der große Winter küßt dein Panzerkleid
und deckt mit zerstörten Lippen dich zu:
der Frühling mit wildem Duft
zerreißt sein Netz an deinem mitleidlosen Standbild:
und der große Herbst hofft vergebens,
Gold über deinen grünen Wuchs auszuschütten.

XIV TOMÁS LAGO

Andre Menschen ließen sich zwischen
Buchseiten nieder und schliefen
wie Ungeziefer in Elzevir-Ausgaben; unter ihnen
hatte man wie beim Fußball, Goals der Weisheit schießend,
um gewisse jüngst erschienene Bücher gekämpft.
Wir damals aber sangen im Frühling
an Flüssen, die der Anden Gestein mit sich rissen,
wir hielten unsere Frauen umschlungen, schlürften
so manche Honigwabe, begierig sogar auf den Schwefel
der Welt.
Aber damit nicht genug, weit mehr wollten wir: wir teilten
das Leben mit einfachen Freunden, welche wir lieben
und die mit den Jahrgängen des Weins
der Heimaterde ehrliches Alphabet uns lehrten, die Ruhe
von Menschen, denen es gelang, aus der Härte

singend hervorzugehn. O Tage, da wir gemeinsam
die Höhle aufsuchten und Hirtenhütten,
Spinnengeweb zerstörten und an den Gestaden
des Südens hinzogen unter der Nacht
und ihrem aufgewühlten Mörtel:
alles war Blüte und vorübergleitende Heimat,
alles war Regen und Dunstes Stoff.
Welch ausgedehnte Straße zogen wir,
in Schenken einkehrend, den Blick auf eine unerhörte
Dämmerung gerichtet, auf einen Stein,
eine mit Kohle beschriebene Wand, auf einen Trupp
Heizer, der sogleich
uns alle Winterlieder lehrte.
Aber nicht die Raupe nur kroch schillernd
über unsere Fenster, in Zellulose gebadet,
jedesmal erhabener mit ihrem schwülstigen Geschreibsel,
auch der Eiserne, der Grimmige, der Viehtreiber,
der uns Furcht einjagen wollte mit zwei Pistolen auf
der Brust,
indem er uns drohte, unsere Mütter zu verschlingen
und unsere Habseligkeiten zu pfänden
(das alles nannte er *Heroismus* und anders).
Wir ließen sie vorübergehn und blickten auf sie, sie
konnten uns
kein Härchen krümmen, wir krochen nicht zu Kreuz,
und sie wandten sich jeder seinem Grabe zu,
mit europäischen Zeitungen gesegnet oder bolivianischen
Pesos.
Unsere Lampen aber leuchten fernerhin, mit hellerer
Flamme als das Geschreibsel und die Wegelagerer.

RUBÉN AZÓCAR

Auf zu den Inseln! riefen wir. Es waren Tage des
 Vertrauens,
und wir waren von rühmlichen Bäumen beschützt:
nichts schien uns fern, alles konnte sich dem Licht
verstricken, das wir erzeugten in jedem Augenblick.
Wir kamen mit Schuhen aus grobem Leder an: es regnete,
regnete auf den Inseln, so behauptete der Erdstrich sich
wie eine grüne Hand, wie ein Handschuh,
dessen Finger
 zwischen roten Algen schwammen.
Wir erfüllten mit Tabakduft den Archipel, wir rauchten
selbst nachts im Nilson Hotel und feuerten
in alle vier Himmelswinde frische Austern.
Die Stadt besaß ein Kirchengebäude,
aus dessen mächtigen Pforten am unbelebten Abend
gleich einem langen Käfer eine schwarze Prozession
von Soutanen in den trostlosen Regen trat:
Wir waren bei allen Weinen zufrieden und füllten
jedes Papier mit Zeichen eines hieroglyphischen Schmerzes.
Ich aber verschwand sehr bald: für viele Jahre, fern;
in anderen Erdenzonen, die meine Leidenschaften mehrten,
gedachte ich der Barken im Regen mit dir,
der du dort verbliebst, auf daß deine langen Brauen,
regennaß, Wurzel faßten auf den Inseln.

JUVENCIO VALLE

Juvencio, niemand weiß so wie du und ich um das Geheimnis
des Waldes von Boroa: niemand
kennt gewisse Pfade rötlicher Erde so,
über denen des Avellanobaums Leuchten erwacht.

Wenn uns die Menschen nicht hören, sie ahnen nicht,
daß wir dem Regen auf den Zinkdächern
und Bäumen lauschen und noch immer die Telegrafistin
lieben,
jenes, o jenes Mädchen, das wie wir
den erstickten Schrei kennt der winterlichen
Lokomotiven in der Landschaft.
Du allein, Schweigsamer,
drangst in den Duft, den der Regen niederdrückt,
du regtest das goldne Gedeihen der Blumen an,
du nahmst in dir den Jasmin auf, bevor er erblüht.
Der trostlose Schlamm vor den Geschäften,
Schlamm, von schweren Karren zermalmt
wie der schwarze Lehm so mancher Leiden,
er liegt, wer weiß es so wie du, ausgebreitet
nach dem gewaltigen Frühling.
Auch
anderer Schätze Geheimnis wissen wir:
Blätter, die gleich Scharlachzungen
den Boden decken, und Steine, blankgeschliffen
von der Strömung und der Flüsse Geröll.

DIEGO MÚÑOZ

Wir verteidigten uns nicht nur, so scheint es, mit
Entdeckungen
und stürmisch zu Papier gebrachten Zeichen,
sondern wir, Kapitäne, straften auch
mit Fausthieben die boshafte Straße,
und dann, zwischen Harmonikas, hißten wir
das Herz mit Fluten und Takelwerk.
Seemann, nun hast du heimgebracht aus deinen Häfen,
aus Guayaquil Düfte staubiger Früchte

und vom ganzen Erdkreis eine stählerne Sonne,
die dich austeilen ließ siegreiche Klingen.
Heut über die Kohle der Heimat ist
eine Stunde gekommen – Schmerzen und Liebe –, an der
wir teilhaben,
und vom Meer ragt über deine Stimme das Band
einer Brüderlichkeit, breiter als die Erde.

XV REITER IM REGEN

Fundamentale Wasser, Wände von Wasser,
Klee
und umstürmter Hafer,
das Halfterzeug schon verstrickt dem Netz einer nassen,
träufenden, urwild gesponnenen Nacht,
reißender Regentropfen, wiederkehrend in einem
Wehklagen immer,
diagonaler Zorn, der den Himmel durchschneidet.
Vollgesogen von Duft, hinsprengen die Pferde
unter den Güssen, das Wasser stampfend, dazwischenfahrend
mit ihrem roten Gewirr aus Fell, Stein und Wasser:
und der Dampf, eine irrtobende Milch, begleitet
mit flüchtigen Tauben das erbitterte Wasser.
Da war kein Tag, nur Zisternendunkel
der rauhen Zone, der grünen Lebendigkeit,
und im beizenden Pferdegeruch die Hufe verbinden
auffliegende Erde, vorübereilende Zeit mit dem Regen.
Ponchos, Monturen, Felldecken, zu düstren Granat-
früchten
zusammengeballt auf den
heißen Schwefelrücken, die die Wildnis zerteilend
schlagen.

Voran, voran, voran, voran,
voran, voran, voran, voraaaaaaan,
die Reiter mähen den Regen nieder, die Reiter
jagen unter den bitteren Avellanos dahin, der Regen
windet sein ewiges Korn zu schwirrenden Strahlen.
Da: ein Geleucht des Wassers, ein wirrer Blitz
ins Blattwerk verstreut, und vom Hall des Galopps selbst
fliegt flügellos Wasser auf, vom Erdreich verwundet.
Durchnäßter Zügel, Wölbung, umlaubt,
immer im Trab, Pflanzennocturno
der Sterne wie Eis zerspellt oder Mond, zyklonisches Pferd,
wie ein vereistes Gespenst von Pfeilen bedeckt,
vollendet mit frischen im Wüten geborenen Füßen,
peitschende Apfelgestalt, umdrängt von Furcht
und der gewaltigen Herrschaft Schrecken erregender
Standarte.

XVI CHILENISCHE MEERE

In fernen Gebieten
netzte ich deines Schaumes Gründe, dein weites
Gestade
mit verbannten und irren Tränen.

Heute komm ich zu deinem Mund, heut zu deiner Stirn.

Nicht der blutgen Koralle, nicht dem verbrannten Stern
noch den weißglühenden bezwungenen Wassern
lieferte ich das hehre Geheimnis aus oder den Laut.
Ich bewahrte deine ergrimmte Stimme, eine Blüte
schützenden Sandes
zwischen Möbeln und alten Kleidern.

Von Glocken ein Staub, eine feuchte Rose.

Und oft war es das Wasser selbst
von Araukanien, das harte Wasser:
doch ich bewahrte meinen versunkenen Stein
und in ihm deines Schattens pochenden Laut.

O Meer von Chile, o Wasser,
erhaben und wie ein scharfes Loderfeuer schmal,
Druck und Traum und saphirene Krallen,
o Beben aus Salz und Löwen!
Sturzhang, Ursprung, Küste
des Planeten, deine Augenlider
breiten, das Blau der Sterne bedrängend,
des Landes Mittag aus.
Salz und Bewegung lösen sich von dir
und verteilen den Ozean in die Grotten des Menschen,
bis jenseits der Inseln dein Gewicht
zerbirst und einen Schwarm totaler Substanzen verstreut.

Meer des öden Nordens, Meer, das Kupfer schlägt
und Gischt der Hand des einsamen rauhen Bewohners
entgegenwirft
zwischen Pelikanen, Felsen aus kalter Sonne und Dung,
Küste, verbrannt im Vorüber eines unmenschlichen
Frührots!

Meer von Valparaíso, Woge
einsamen nächtlichen Lichts,
des Ozeans Fenster,
an dem meiner Heimat Standbild erscheint
mit noch blinden Augen blickend.

Meer des Südens, ozeanisches Meer,
Meer, geheimnisvoller Mond,
um Imperial Schrecken von Eichen,
im Chiloé dem Blut verbunden,
und von Magallan bis an des Festlands Ende

ein einziges Schrillen des Salzes, alles wahnsinniger Mond
und ausgebrochen das stellarische Roß des Eises.

XVII WINTERODE AN DEN MAPOCHOFLUSS

O ja, unsteter Schnee,
o ja, in voller Schneeblüte zitternd,
Augenlid des Nordens, kleiner gefrorener Blitz,
wer rief dich, wer, ins aschene Tal,
wer schleppte dich, wer, aus dem Schnabel des Adlers
hierher, wo deine klaren Fluten die schrecklichen
Fetzen berühren meines Heimatlandes?
Strom, warum führst du
Wasser, kalt und geheim,
Wasser, die der Steine hartes Morgengrauen
bewahrten in ihrem unzugänglichen Dom,
bis zu den wunden Füßen hinab meines Volkes?
Kehre, kehre zurück zu deiner Mulde Schnee, bitterer
Fluß,
kehre, kehre zurück zu deiner Schale unermeßlichen
Rauhreifs,
senk deine Silberwurzel in deinen geheimen Ursprung,
oder stürz dich hinab, zerstiebe in ein andres, ein Meer
ohne Tränen!
Mapocho-Strom, und kommt dann die Nacht
und schläft wie ein gestürztes schwarzes Standbild
unter deinen Brücken mit einem schwarzen Bündel
Köpfe, von Kälte geschlagen und Hunger
wie von zwei gewaltigen Adlern, o Strom,
o harter, vom Schnee geborener Strom,
warum erhebst du dich nicht als riesenhaftes Gespenst
oder als neues Sternenkreuz für die Vergessenen?
Nein, deine ungestüme Asche fließt jetzt neben dem
ins schwarze Wasser geschütteten Schluchzen dahin,

neben dem zerschlissenen Ärmel, den der gehärtete Wind
erzittern macht unter den eisernen Blättern.
Wohin, Mapocho-Fluß, führst du
für immer verwundete Federn aus Eis,
wird an deinem fahlen Ufer immer
die wilde Blume erstehen, von Läusen zerfressen,
und deine Zunge aus Kälte die Wangen zerschaben
meines entblößten Landes? O möge es nicht sein,
o möge es nicht sein, möge deines schwarzen Schaumes ein
Tropfen
aufspringen aus dem Schlamm zur Blume des Feuers
und des Menschen Saat beschleunigen!

… wurden mit roten Blättern.
… um Mitternacht …
… verwundete …
… Gedanken …
… Zeit …
… ob die Zähne aus Kälte erwachen …
… im Dunkeln … O …
… Schwarz …

VIII Die Erde heißt Juan

I CHRISTÓBAL MIRANDA (SALPETERSCHIPPER, TOCOPILLA)

Ich kannte dich: Christóbal, auf den
breiten Schaluppen
der Bucht, wenn der Salpeter
hinabrinnt zum Meer im verbrannten
Kleid eines Novembertags.
Ich entsinne mich jenes ekstatischen Anblicks,
der metallenen Hügel, des ruhigen Wassers.
Und nur der Mensch der Schaluppen, naß
von Schweiß, setzte den Schnee in Bewegung.
Schnee der Nitrate, über die Schultern
des Schmerzes geworfen, hinab in den
lichtlosen Leib der Schiffe.
Dort sind die Schipper, Helden eines von Säuren
zerfressenen Frührots, die, dem Walten des Todes
unterworfen, Unerschütterte,
den machtvollen Strom des Salpeters auffangen.
Christóbal, dieses Gedenken für dich.
Für die Kameraden der Schaufel,
in deren Brust die Säure dringt
und die mörderischen Dünste,
die wie zu Boden gedrückte Adler
die Herzen aufblähen, bis der Mensch stürzt,
bis er den Landstraßen entgegenwankt
hin zu den zerbrochenen Kreuzen der Salpetersteppe.
Nun ja, sagen wir nichts mehr, Christóbal, heute nur
dieses Schreiben, das dich in Erinnerung bringt mit allen,
den Schaluppenführern der Bai, dem ergrauten
Mann der Barken; meine Augen
sind bei diesem Tagewerk mit euch,
und meine Seele ist eine Schaufel, die sich hebt,
Blut und Schnee auf- und abladend
an eurer Seite, Menschenwesen der Wüste.

II JESÚS GUTIÉRREZ (Bauernführer)

In Monterrey starb mein Vater
Genovevo Gutiérrez, er war fortgezogen
mit Zapata. Nachts die Pferde
in Hauses Nähe, der Pulverrauch
der Föderierten, die Schüsse im Wind,
der Sturm, der aus Maisfeldern bricht,
ich trug das Gewehr von den Landstrichen
Sonoras her, von Ort zu Ort,
wir schliefen nur ab und zu, durchmaßen
Ströme und Wälder, zu Pferd,
zwischen Toten, zu schützen
das Land der Armen, die Bohnen,
Tortillas, Gitarren, wir streiften
bis zur Grenze hinauf und waren Pulverstaub,
die Herren weckten uns früh,
bis aus jedem Stein
unsre Gewehre hervorgingen.
Hier ist mein Haus, mein kleines
Ackerfeld, die Urkunde,
von Cárdenas unterzeichnet,
meinem General, Truthähne,
kleine Enten im Teich,
heute kämpft man nicht mehr,
mein Vater blieb vor Monterrey,
und hier, an der Wand hängend,
neben der Tür der Patronengurt,
das Gewehr bereit, das Reitpferd bereit:
für die Erde, für unser Brot,
morgen mit verhängtem Zügel vielleicht,
wenn mein General es für geraten hält.

III LUIS CORTÉS (aus Tocopilla)

Kamerad, ich heiße Luis Cortés.
Als die Repressalien begannen, in Tocopilla
ergriffen sie mich. Sie schleppten mich nach Pisagua.
Sie wissen, Kamerad, was das heißt.
Viele wurden krank, andere
verfielen dem Wahnsinn. Es ist das schlimmste
Konzentrationslager des González
Videla. Eines Morgens sah ich Angel Veas
sterben, am Herzen. Es war schrecklich,
ihn sterben zu sehn auf diesem mörderischen Sand,
von Stacheldraht umringt nach seinem
so großherzigen Leben. Als auch ich herzkrank
wurde, brachten sie mich
nach Garitaya. Sie kennen es nicht, Kamerad.
Es liegt in der Höhe, an der Grenze Boliviens.
Ein trostloser Ort, in 5000 Meter Höhe.
Salziges Wasser gibt es zu trinken, salziger
als das Meerwasser und voller Wasserflöhe,
die gleich rosigen Maden wimmeln.
Kalt ist es, und der Himmel über
der Einsamkeit schien auf uns niederzubrechen,
auf mein Herz, das nicht mehr weiter konnte.
Selbst die Carabineros hatten Mitleid,
und entgegen den Befehlen, uns sterben zu lassen,
abgesehen davon, daß man nie eine Tragbahre geschickt
hätte,
banden sie mich auf einem Maultier fest, und wir stiegen
die Berge hinab:
26 Stunden kletterte das Maultier, und mein Leib
hielt nicht mehr stand, Kamerad, in den weglosen
Cordilleren,
und mein Herz setzte aus, hier haben Sie mich, sehen Sie,
die Quetschungen, ich weiß nicht, wie lang ich noch lebe,
aber Sie geht es an, ich habe nicht vor, um etwas zu bitten,

verkünden Sie, Kamerad, was der Verfluchte dem Volk
antut,
uns, die wir ihn dort hinaufgehoben haben, wo er sein
Hyänenlachen über unsere Schmerzen lacht,
Sie, Kamerad, erzählen Sie es, berichten Sie es, mein Tod
zählt nicht
noch unsre Leiden, denn der Kampf währt lange,
aber wissen soll man um diese Martern,
man soll sie kennen, Kamerad, vergessen Sie es nicht.

IV OLEGARIO SEPÚLVEDA (SCHUHMACHER, TALCAHUANO)

Olegario Sepúlveda heiße ich.
Bin Schuhmacher und
hinke seit dem großen Beben.
Auf die Mietbaracke ein Hügelbrocken
und eine Welt auf mein Bein.
Da schrie ich zwei Tage,
aber mein Mund füllte sich mit Erde,
schwächer rief ich,
bis ich einschlief, um zu sterben.
Ein ungeheures Schweigen war das Beben,
auf den Hügeln das Entsetzen,
die Wäscherinnen weinten,
ein Staubberg
begrub die Worte.
Hier sehen Sie mich mit diesem Klumpfuß,
im Angesicht des Meeres, dem einzig Sauberen,
die Wogen dürften nicht blau
an meine Tür gelangen.
Talcahuano, schmutzig sind deine Stufen,
deine engen Gassen der Armut,
auf den Hügeln fauliges Wasser,

morsches Holz, schwarze Höhlen,
in denen der Chilene sich quält und stirbt.
(O Schmerzen der offenen Klinge
des Elends, Aussatz der Welt,
Totenvorstadt, Wundbrand,
anklagend und giftig!
Seid ihr gelandet zur Nacht
im Hafen, kommend vom düsteren Pazifik?
Habt ihr inmitten der Schwären die Hand
des Kindes berührt, die Rose,
mit Salz bespritzt und Harn?
Habt ihr die Augen erhoben
über die gewundenen Treppen?
Saht ihr sie zittern, wie
einen Draht, die Bettlerin im Müll,
auf den Knien rutschen
und aufblicken aus der Tiefe, wo
nicht mehr Tränen sind noch Haß?)
Schuhmacher bin ich in Talcahuano.
Sepúlveda, gegenüber dem großen Deich.
Sie können immer kommen, mein Herr, wir Armen
verschließen niemals die Tür.

V ARTURO CARRIÓN (SEEMANN, IQUIQUE)

Juni 1948. Liebe Rosaura, hier
hast du mich, in Iquique, als Gefangenen, schick
mir ein Hemd
und Tabak. Ich weiß nicht,
wie lange dieser Tanz dauern wird.
Als ich mich auf dem »Glenfoster« einschiffte,
dachte ich an dich, ich schrieb dir aus Cádiz,
dort füsilierten sie nach Herzenslust, dann, in Athen,
war es noch trauriger, an jenem Morgen

mordeten sie im Kerker durch Erschießen:
zweihundertdreiundsiebzig Jungen:
das Blut floß aus den Mauern heraus,
wir sahen die griechischen Offiziere herauskommen
mit den nordamerikanischen Chefs, sie kamen lachend daher,
ihnen gefällt des Volkes vergossenes Blut,
aber es war wie ein schwarzer Rauch
in der Stadt, das Weinen verbarg sich, der Schmerz, die
Trauer,
ich kaufte ein Visitenkarten-Täschchen dir, dort
lernte ich einen Landsmann kennen aus Chilote,
er hat ein kleines Restaurant, der sagte mir,
die Dinge stünden schlecht, es herrsche nur Haß:
in Ungarn dann war es besser,
die Bauern haben Land,
man verteilt dort Bücher, in New York
fand ich deine Karte vor, aber alle
tun sich zusammen, Prügel und Prügel den Armen,
da siehst du nun, mich alten Seemann sogar,
nur weil ich in der Gewerkschaft bin,
schleppten sie mit Gewalt
von Deck und fragten mich
dummes Zeug und steckten mich ins Gefängnis,
Polizei an allen Ecken und Enden,
auch in der Salpeter-Wüste Tränen:
wie lange wird das alles
dauern, fragt sich ein jeder, heute gilt jeder
und jeder Schlag den Armen,
es heißt, in Pisagua wären zweitausend,
ich frage mich, was ist los mit der Welt,
wir aber haben kein Recht, danach
zu fragen, meint die Polizei: vergiß den Tabak nicht,
sprich mit Rojas,
wenn er nicht verhaftet ist, weine nicht,
die Welt hat viel zuviel
Tränen, anderes tut not,

und nun sag ich dir: auf baldiges Wiedersehen!
Es umarmt
und küßt dich dein dich liebender Gatte
Arturo Carrión, Gefängnis
von Iquique.

VI ABRAHAM JESÚS BRITO (VOLKSDICHTER)

Jesús Brito ist sein Name, Jesús Wilder
Weinstock oder Volk,
und durch seine Augen verwandelte er sich in Wasser
und durch seine Hände in Wurzeln,
bis sie ihn erneut verpflanzten, dorthin, wo er schon
immer war,
bevor er lebte, bevor er
dem Erdstrich entsproß zwischen armseligen Steinen.

Und war unter Häuern und Trimmern ein zäher
Vogel, ein patriarchalischer Gürtler
der sanften Rinde seiner furchtbaren Heimat:
je kälter sie war, um so blauer erschien sie ihm,
je härter der Boden, um so mehr Mondenschein
entlockte er ihm:
je größer der Hunger, um so mehr sang er.

Und des Eisenbahners ganze Welt schloß er auf
mit seinem Schlüssel und seiner Lyra von Rebenholz,
und durch des Landes Schaum schritt er hin,
mit kleinen besternten Päckchen behängt,
er, des Kupfers Baum, netzte
jedes Kleepflänzchen, das er fand,
das ungeheuerliche Verbrechen, die Feuersbrunst
und der schützenden Ströme Gezweig.

Seine Stimme war die der heiseren Rufe,
verhallend in der Nacht der Entführung,
stürmische Glockenklänge führte er mit sich,
aufgelesen in seinen Hut zur Nacht,
und in seinen zerschlissenen Ranzen sammelte er
des Volkes überquellende Tränen.
Er zog über die sandigen Seitenpfade,
durch der Salpeterwüste sich verlierende Weite,
über die Hügelschroffen der Küste,
die Romanze hämmernd, Nagel um Nagel,
und, Ziegel um Ziegel, den Vers erbauend:
darin hinterließ er das Mal seiner Hände,
die Traufenspur der Orthographie.

Brito, durch die Wände der Hauptstadt,
mitten im Lärm der Kaffeehäuser,
wandertest du, ein pilgernder Baum,
Erdreich suchend mit deinen tiefreichenden Füßen,
bis du zu Wurzeln wurdest,
Gestein, Erdscholle, dunkles Bergmannsvolk.

Brito, dein majestätisches Wesen wurde geschlagen
wie eine Trommel aus majestätischem Leder,
und unter freiem Himmel war deine Herrschaft
von Wald und Volk ein selbstherrliches Reich.

Rastlos irrender Baum, nun singen
deine Wurzeln unter der Erde, und im Schweigen.
Ein wenig tiefer ruhst du nun.
Jetzt hast du Erde, hast du Zeit.

Dem Mond gleich wandert der Magdalenenstrom
langsam über den Planeten aus grünem Laub,
ein roter Vogel klagt, es schwirrt der Laut
uralter schwarzer Schwingen, die Ufer
färben das Verfließen von Fluten und Fluten.
Alles ist Strom, alles Leben Strom,
und Antonino Bernales war Strom.
Fischer, Tischler, Ruderer, Nadel
zum Netz, Nagel für die Planken,
Hammer und Lied, alles war Antonino,
während der Magdalena wie ein langsamer Mond
den Reichtum aus des Stromes Leben mit sich riß.
Hoch oben in Bogotá Flammen, Feuersbrunst,
Blut; es heißt, es ist nicht ganz zu begreifen,
Gaitan sei tot. Durch das Blätterdickicht
jagt das Lachen Laureanos wie ein Schakal
die lodernden Flammen, ein Erzittern
des Volkes geht wie ein Fieberschauer
durch den Magdalena.
Antonino Bernales, das ist der Schuldige.
Er rührte sich von seiner kleinen Schilfhütte nicht fort.
Schlafend verbrachte er jene Tage.
Die Anwälte aber verurteilten ihn.
Enrique Santos will Blut.
Alle in Gehröcken verbünden sich.
Antonino Bernales ist gefallen,
im Rachedurst ermordet,
er stürzte die Arme breitend in den Strom,
kehrte heim zu seinem Fluß wie zum Mutterwasser.
Der Magdalena trägt seinen Leib zum Meer
und vom Meer zu anderen Strömen, zu andern Gewässern
und anderen Meeren und andern kleinen Flüssen, so
um die ganze Erde kreisend.

Und wieder
treibt er in den Magdalena, das sind die Ufer,
die er innig liebte, er öffnet seine Arme aus rotem Wasser,
gleitet unter Schatten vorüber, im dichten Licht,
und wieder folgt er seines Wassers Lauf.
Antonino Bernales, niemand vermag
dich im Flußbett zu erkennen, ich aber ich denke an dich
und höre deinen Namen ins Weite treiben, der nicht sterben
kann und der die Erde umspannt,
kaum Name noch unter den Namen: Volk.

VIII MARGARITA NARANJO
(Salpetergrube ›María Elena‹, Antofagasta)

Ich bin tot. Bin von der »María Elena«.
Mein ganzes Leben verbrachte ich in der
Salpeterwüste.
Wir gaben unser Blut her für die nordamerikanische
Company, meine Eltern zuvor, dann meine Brüder.
Ohne daß Streik war, ohne daß etwas geschehen,
umringten sie uns,
Nacht war es, das ganze Heer rückte an,
sie gingen von Haus zu Haus, weckten die Menschen
und trieben sie zum Konzentrationslager fort.
Ich hoffte, uns würde es nicht treffen.
Mein Mann hat ja so viel für die Company gearbeitet
und den Präsidenten, er war der Tüchtigste,
erhielt hier die meisten Stimmen, so beliebt ist er,
niemand kann etwas gegen ihn sagen, er kämpft
für seine Ideen, sauber ist er, ehrlich
wie wenige. Da kamen sie an unsere Tür,
beordert von dem Oberst Urízar,
und halbnackt noch ergriffen sie ihn und schleppten ihn
unter Stöhnen zum Lastwagen, der in der Nacht aufbrach

nach Pisagua, der Finsternis entgegen. Da
schien es mir, ich könnte nun nie mehr atmen, mir war,
als schwände die Erde unter meinen Füßen,
so groß war der Verrat, so groß die Ungerechtigkeit,
daß es in meiner Kehle wie Schluchzen aufstieg
und mich nicht mehr leben ließ. Die Gefährtinnen
brachten mir Essen, doch ich sagte ihnen: »Ich werde
nicht essen, bis er wiederkommt.«
Am dritten Tag sprachen sie mit Herrn Urízar,
der lachte aus vollem Halse, sie sandten Telegramme
über Telegramme, auf die der Tyrann in Santiago
keine Antwort gab. Ich lag im Schlaf, im Sterben,
ohne zu essen, preßte die Zähne zusammen, um nicht
einmal mehr
Wasser oder Suppe zu mir zu nehmen. Er kam nicht
wieder, er kam nicht wieder,
und langsam verfiel ich dem Tode und sie begruben mich:
hier, auf dem Friedhof der Salpetergruben-Gesellschaft,
wehte an jenem Abend ein Sandsturm,
es weinten die Alten und die Frauen und sie sangen
die Lieder, die ich so oft mit ihnen gesungen.
Hätte ichs vermocht, ich würde aufgeblickt haben, zu
sehen, ob
Antonio da sei, mein Mann, aber er war nicht da, er war nicht da,
sie ließen ihn nicht einmal zu meinem Tode kommen: nun
liege ich hier tot, auf dem Friedhof der Steppe
herrscht nur Einsamkeit um mich, die ich schon nicht
mehr bin,
die nicht mehr ohne ihn sein wird, niemals mehr ohne ihn.

Ja, Herr, José Cruz Achachalla,
aus der Sierra de Granito, im Süden von Oruro.
Dort also muß noch meine Mutter
Rosalía leben:
sie arbeitet für einige Herren,
wäscht ihnen nämlich die Wäsche.
Wir litten Hunger, Herr Hauptmann,
und mit der Reitgerte schlug man
meine Mutter jeden Tag.
Darum wurde ich Bergmann.
Ich machte mich über die hohen Bergketten davon,
ein Blättchen Coca, Herr,
ein paar Zweige auf dem Kopf
und wandern, wandern, wandern. Vom Himmel her
verfolgten die Aasgeier mich,
und ich dachte: die sind besser
als die weißen Herren von Oruro,
und so wanderte ich bis in das
Grubengebiet.
Schon vierzig Jahre
ist das her, damals war ich
ein ausgehungertes Kind. Die Bergleute
nahmen mich auf. Ich wurde Knappe,
und in den finstren Stollen,
Spitzhaue um Haue gegen das Erdreich,
gewann ich das tief verborgene Zinn.
Ich weiß nicht, wohin noch wozu
die silbrigen Barren gefördert werden:
wir leben schlecht, die Häuser zerfallen,
und wieder der Hunger, Herr,
und als
wir uns versammelten, mein Hauptmann,
wegen eines Pesos mehr Lohn,
schlug uns blutroter Wind, der Knüttel,

das Feuer, die Polizei,
und hier also bin ich, Herr Hauptmann,
aus der Arbeit entlassen,
sagen Sie mir, wohin soll ich gehn,
niemand kennt mich in Oruro,
ich bin alt wie die Steine,
kann nicht mehr das Gebirge queren,
was soll ich auf den Landstraßen machen,
hier an Ort und Stelle bleibe ich jetzt,
daß sie mich im Zinn begraben,
das Zinn allein kennt mich.
José Cruz Achachalla, ja doch,
setz keinen Fuß vor den andern mehr,
bis hierher kamst du, bis hier,
Achachalla, bis hierher bist du gelangt.

X EUFROSINO RAMÍREZ (CASA VERDE, CHUQUICAMATA)

Wir mußten die heißen Kupferplatten
mit Händen ergreifen und sie der
mechanischen
Schaufel übergeben. Sie kamen fast glühend heraus,
wogen schwer wie die Welt, wir schafften erschöpft
die Erzplatten fort, zuweilen
fiel eine uns auf den Fuß und zermalmte ihn,
auf eine Hand und ließ einen Armstumpf zurück.
Kamen die Yankees und sagten: »Schafft sie fort
in weniger Zeit und macht, daß ihr dann heimkommt.«
Unter schweren Mühen, um früher herauszukommen,
haben wir die Arbeit bewältigt. Jene aber kehrten zurück:
»Jetzt arbeitet ihr weniger, also verdient ihr auch weniger.«
Da kam es zum Streik in Casa Verde, zehn Wochen
Streik, und als wir zurückkehrten zur Arbeit,
warfen sie mich unter dem Vorwand:

wo ist dein Werkzeug? auf die Straße. Sehen Sie diese Hände,
nur Schwielen sind es, die das Kupfer preßte,
hören Sie mein Herz, scheint es Ihnen nicht,
daß es wie zerspringend klopft? Das Kupfer zermalmt es,
kaum kann ich mich noch von einem Ort zum andern
bewegen,
hungrig auf Arbeitssuche, die ich nicht finde:
es sieht so aus, als ging ich gebückt umher und schleppte
unsichtbare Platten des Kupfers, das mich tötet.

XI JUAN FIGUEROA

(Casa del Yodo »María Elena«, Antofagasta)

Sie sind Neruda? Treten Sie ein, Kamerad.
Ja, von der Casa del Yodo blieb niemand weiter
am Leben. Ich halte durch.
Ich weiß, ich bin kein Lebender mehr, mich erwartet
die Erde der Steppe. Vier Stunden sind es, täglich
im Jodhaus.
Durch Röhren strömt es herein und rinnt als zähe Masse,
wie fahler Gummi, heraus. Wir tragen es
Trog für Trog herein, wickeln es ein
wie ein kleines Kind. Währenddessen
zerfrißt uns die Säure, höhlt uns aus,
dringt uns durch Mund und Augen,
durch die Haut, durch die Nägel.
Aus der Casa del Yodo geht man nicht
singend heraus, Genosse. Und fordern wir
von ihnen ein paar Pesos mehr Lohn
für unsere Kinder, die keine Schuhe haben,
dann sagen sie: »Moskau befiehlt euch«, Kamerad,
und verhängen den Belagerungszustand und kreisen uns ein,
als wären wir wilde Tiere, und schlagen uns,
ja, so sind sie, Kamerad, diese Hurensöhne!

Hier sehen Sie mich, ich bin der Letzte:
wo blieb Sanchez, wo ist Rodríguez?
Verfault unter dem Staub von Povillo.
Endlich gab ihnen der Tod, was wir immer verlangten:
Jodmasken tragen ihre Gesichter.

XII MEISTER HUERTA
(Von der Grube »La Despreciada«, Antofagasta)

Sollten Sie in den Norden kommen, Herr,
dann gehen Sie in die Mine »La Despreciada«,
und fragen Sie nach dem Meister Huerta.
Von weitem werden Sie nichts weiter sehen,
nur graue Sandflächen.
Hernach werden Sie die Bauten erkennen,
das Sicherheitsseil, den Abraum.
Die Erschöpfung, die Leiden
sieht man nicht, sie regen sich, Menschenwesen
zerbrechend, unter der Erde,
oder ruhen auch aus, hingestreckt,
sich in Schweigende verwandelnd.
Er war »Picano«, der Meister Huerta.
1,95 m groß.
Picanos sind jene, die den Grund
aufbrechen bis zur Sohle,
wenn die Erzader sich in die Tiefe senkt.
500 m unter der Erde,
bis zur Hüfte im Wasser,
hackt und hackt der Grubenarbeiter.
Er verläßt die Hölle nur
alle achtundvierzig Stunden,
bis die Steinbohrer
im Fels, in der Finsternis,
im Schlamm die Masse zurücklassen,
durch die die Ader läuft.

Meister Huerta, hochgewachsener Picano,
füllte den Schacht, so schien es,
mit seinem Rücken aus. Singend
fuhr er ein, wie ein General.
Schrundenbedeckt kam er heraus, gelb,
gekrümmt, ausgedörrt, und seine Augen
blickten wie die eines Toten.
Da schleppte er sich durch das Bergwerk.
In die Grube konnte er nicht mehr steigen.
Die Antimonblende zerfraß seine Eingeweide.
Er magerte ab, daß man Angst bekam.
Und konnte nicht mehr gehen.
Die Beine waren wie von
Nadelspitzen zerstochen, und da er
so groß war, glich er
einem verhungerten Gespenst,
das da bat, ohne zu bitten, Sie verstehen.
Er war noch keine dreißig Jahre.
Fragen Sie, wo er begraben liegt?
Keiner wird es Ihnen sagen können,
denn Sand und Wind reißen
die Keuze nieder und wehen sie später zu.
Dort oben, in »La Despreciada«, ist es,
wo der Meister Huerta fronte.

XIII AMADOR CEA (AUS CORONEL, CHILE, 1949)

Da sie meinen Vater verhaftet hatten
und der Präsident, den wir gewählt, vorüberkam
und sagte, wir alle wären frei, bat ich,
daß sie mein Väterchen in Freiheit setzten.
Sie führten mich ab und schlugen mich einen ganzen Tag.
Ich kenne niemand in der Kaserne. Ich weiß nicht,
ich kann

mich nicht einmal an ihre Gesichter erinnern. Es war
die Polizei.
Als ich das Bewußtsein verlor, gossen sie mir
Wasser über den Körper und schlugen mich weiter.
Am Abend, bevor ich herauskam, schleppten sie mich
in einen Baderaum,
stießen meinen Kopf in einen Abort
voller Kot. Ich erstickte.
»Jetzt geh und verlange Freiheit vom Präsidenten,
der dieses Geschenk dir schickt«, sagten sie.
Ich fühl mich zerschlagen, sie zerbrachen mir diese Rippe.
Aber in meinem Innern, Genosse, bin ich wie früher.
Uns zerbrechen sie nur, wenn sie uns töten.

XIV BENILDA VARELA

(Concepción, Universitätsstadt, Chile, 1949)

Ich bereitete das Essen für meine Kleinen
und ging.
Ich wollte nach Lota, um meinen Mann zu sehen.
Wie ihr wißt, herrscht dort die Polizei,
und niemand gelangt ohne ihre Erlaubnis hinein.
Ihnen gefiel mein Gesicht nicht. Sie hatten Befehl
von González Videla, seine Reden herzusagen,
bevor sie jemanden einließen, damit unsere Leute
Angst bekämen. Das sah so aus: sie packten mich,
zogen mich aus und schlugen mich zu Boden.
Ich verlor das Bewußtsein. Nackend auf dem Boden liegend,
kam ich zu mir, mit einem nassen Laken über
meinem blutigen Körper. Ich erkannte einen der Henker:
er heißt Victor Molina, dieser Bandit.
Kaum öffnete ich die Augen, schon schlugen sie weiter
auf mich mit ihren Gummiknütteln. Ich bin völlig
blutunterlaufen und kann mich nicht bewegen.

Sie waren fünf, und alle fünf schlugen auf mich ein
wie auf einen Sack. Und das währte sechs Stunden.
Wenn ich nicht gestorben bin, so nur, um euch zu sagen,
Kameraden:
wir müssen weit mehr noch kämpfen, bis diese Henker
verschwinden vom Angesicht der Erde.

Die Völker sollen seine Reden in der UNO
über die »Freiheit« durchschauen,
indes die Banditen in den Kellern
Frauen erschlagen, ohne daß jemand davon erfährt.
Hier ist nichts geschehen, werden sie sagen, und
Don Enrique
Molina wird vorn Sieg des »Geistes« zu uns sprechen.
Dies alles aber wird nicht immer sein.
Ein Gespenst geht um in der Welt, und sie mögen von
neuem beginnen,
in ihren Kellern zu schlagen: sie werden ihre Verbrechen
bezahlen.

XV CALERO, BANANENARBEITER (COSTA RICA, 1940)

Ich kenne dich nicht. In Fallas Buch las ich
von deinem Leben,
dunkler Riese, du geprügeltes Kind, in Lumpen
umherirrend.

Aus jenen Buchseiten steigen dein Lachen und deine
Lieder auf
unter den Bananenarbeitern, im düstren Schlamm, in Regen
und Schweiß.
Was für ein Leben haben die Unsern, wieviel abgeschnittene
Freuden,
wieviel Kräfte, zerstört von dem gemeinen Fraß,

was für Gesänge, erdrückt von der zerfallnen Hausung,
welch menschliche Kräfte, vom Menschen vernichtet!

Aber wir werden die Erde verändern. Nicht hingehn
mehr wird
dein heiterer Schatten von Pfütze zu Pfütze dem nackten
Tod entgegen.
Deine Hand mit der meinen vereinend, werden wir die Nacht
verändern, die dich mit ihrer grünen Gruft bedeckt.

(Die Hände der Toten, die niedersanken
mit diesen und andern aufbauenden Händen,
sind geprägt wie die Andenhöhen
durch die Unergründlichkeit ihres verborgenen Eisens.)

Wir werden das Leben verändern, auf daß dein Geschlecht
überdaure und aufrichte sein lebenträchtiges Licht.

XVI KATASTROPHE IN SEWELL

Sánchez, Reyes, Ramírez, Núñez, Álvarez.
Diese Namen sind wie die Grundfesten Chiles.
Das Volk ist des Landes Grund.
Laßt ihr es umkommen, geht das Vaterland zugrunde
und verblutet, bis es leer daliegt.
Ocampo hat uns gesagt: jede Minute
gibt es einen Verwundeten, und jede Stunde einen Toten.
Jede Minute, jede Stunde
verströmt unser Blut, stirbt Chile.
Heute ist der Rauch der Feuersbrunst, gestern war es das
Grubengas,
vorgestern der Einsturz, morgen das Meer oder die Kälte,
die Maschine, der Hunger, die Fahrlässigkeit oder die Säure.
Dort aber, wo der Seemann stirbt,

dort aber, wo die Salpeterarbeiter sterben,
dort aber, wo sie in Sewell zugrunde gehn,
alles wird mit Sorgfalt gehütet, Maschinen, Gläser,
Eisen, Papiere,
nur der Arbeiter nicht, die Frau nicht und das Kind.
Es ist nicht das Gas: die Habsucht ist es, die tötet in Sewell.
Jener abgesperrte Wasserhahn in Sewell, auf daß
kein Tropfen
Wasser falle für den erbärmlichen Kaffee der Häuer,
darin liegt das Verbrechen, das Feuer hat keine Schuld.
Überall sperren sie dem Volk die Hähne ab,
damit das Wasser des Lebens nicht verteilt werde.
Den Hunger aber und die Kälte und das Feuer, das unser
Geschlecht,
die Blüte, die Grundfesten Chiles verschlingt,
die Lumpen und die elende Hütte,
das alles rationiert man nicht, davon gibt es immer genug,
damit jede Minute einen Verwundeten zählt
und jede Stunde einen Toten.
Unsereins hat keine Götter, hilfesuchend sich hinzuwenden.
Die trauergekleideten armen Mütter,
sie würden gebetet haben, wären alle Tränen nicht schon
ausgeweint.

Wir aber beten nicht.
(Stalin sagt: »Unser größtes Gut
ist der Mensch«,
die Grundfesten, das Volk.
Stalin richtet auf und säubert, baut, befestigt,
sieht voraus, schaut hin, beschützt, ernährt,
aber er straft auch.)
Das ist alles, was ich euch sagen wollte, Genossen:
Strafe tut hier not.
Es darf dieses Niederbrechen des Menschen nicht währen,
dieser Aderlaß der geliebten Heimat,
dieses Blut, das aus des Volkes Herzen fließt

Minute um Minute und stündlich
dieser Tod.
Ich heiße wie sie, wie jene, die starben.
Auch ich bin Ramírez, Múñoz, Péez, Fernández.
Ich heiße Álvarez, Núñez, Tapia, López, Contreras.
Ich bin allen verwandt, die da sterben, bin Volk,
und um all dieses Blut, das vergossen, ich bin in Trauer.
Brüder meines Lands, tote Gefährten von Sewell, Ermordete
von Chile, Arbeiter, Brüder, Kameraden,
nun, da ihr stumm seid, reden wir.
Und euer Martyrium soll uns helfen
aufzubaun ein Vaterland, ein gerechtes,
das zu blühen weiß und zu strafen.

XVII DIE ERDE HEISST JUAN

Hinter den Befreiern war Juan,
fischend, kämpfend und sich mühend,
bei seiner Tischlerarbeit oder in seinem nassen
Stollen.

Seine Hände haben die Erde gepflügt und die Wege
vermessen.
Seine Knochen liegen überall.
Aber er lebt. Er kehrte zurück aus der Erde. Wurde geboren.
Er wuchs gleich einer ewigen Pflanze von neuem hervor.
Die ganze unreine Nacht bot alles auf, ihn umzubringen,
und heute bestärkt er im Frührot seine unbezwingbaren
Lippen.
Sie banden ihn, und nun ist er ein entschiedener Kämpfer.
Sie schlugen ihm Wunden, und er hat seine gesunde
Apfelfrische bewahrt.
Sie schnitten die Hände ihm ab, und heut schlägt er zurück
mit ihnen.

Sie verscharrten ihn, und singend rückt er nun mit uns an.
Juan, dein ist das Tor und der Weg.
                                        Die Erde
ist dein, o Volk, die Wahrheit erstand
mit dir, aus deinem Blut.
Sie konnten dich nicht vernichten. Deine Wurzeln,
du, der Menschheit Baum,
der Ewigkeit Baum,
heute werden sie verteidigt mit Stahl,
heute werden sie verteidigt durch deine eigene Größe
im sowjetischen Vaterland, gepanzert
gegen die Bisse des Wolfs, der mit dem Tode ringt.

Volk, aus deinem Leiden ward die Ordnung geboren.

Aus der Ordnung ging das Banner deines Sieges hervor.

Erhebe es mit all den Händen, die niedersanken,
schütze es mit allen Händen, die zusammenfanden:
auf daß zum Endkampf stürme die Einmütigkeit
deiner unbesiegbaren Gesichter, dem Stern zugewandt.

IX Holzfäller, wach auf!

… Und du Capernaum, die du bis
an den Himmel erhoben bist, du wirst in die Hölle
hinuntergestoßen werden…

Lukas X, 15

HOLZFÄLLER WACH AUF! (1948)

I

Im Westen des Coloradoflusses
liegt ein Ort, den ich liebe.
Dahin eile ich mit allem, was mich
erregend durchströmt, mit allem,
was ich war, was ich bin und bewahre.
Ein paar gewaltige rote Felssteine gibt es dort.
                Mit tausend Händen
erbaute die wilde Luft ihre Gebilde:
dem Abgrund entstieg das blinde Scharlachrot
und schuf in ihnen Kupfer, Feuer und Kraft.
Amerika, ausgebreitet wie eines Büffels Haut,
dort, in heller luftiger Nacht des Galopps,
trinke ich den gestirnten Höhen zu
deinen Becher grünen Taus.

Ja, durch das herbe Arizona, das nackte Wisconsin
schritt ich dahin bis Milwaukee, das gegen Wind und
                Schnee
erhoben steht, und durch die erhitzten Sümpfe von
                West Palm,
nahe dem Fichtengürtel von Tacoma, im dichten
Stahlgeruch deiner Wälder,
mütterliche Erde berührend,
blaue Blätter, Kaskadengestein,
Stürme, die schwangen wie die ganze unendliche Musik,
Flüsse, die wie Klöster beteten,
Enten und Äpfel, Landstriche und Gewässer
und die unerschöpfliche Ruhe, damit das Getreide wachse.

Dort, in meinem Zentralmassiv, konnte man Augen,
Gehör und Hände in die Lüfte heben, bis man hörte:
Bücher, Lokomotiven, Schnee, Kämpfe,

Fabriken, Gräber, Pflanzen-Schritte
und überm Segelschiff den Mond von Manhattan,
den Gesang der Maschine, die spinnt,
den eisernen Löffel, der Erde frißt,
den Steinbohrer mit seinem Condorhieb
und alles, was schneidet, preßt, läuft und näht:
Wesen und Räder, wieder hervorbringend und gebärend.

Ich liebe das kleine Heim des *Farmers*. Junge Mütter
schlafen
duftend wie des Tamarindenbaumes Saft; frisch gebügelt
sind die Stoffe. Das Feuer brennt
in tausend Hütten, von Zwiebeln umstanden.
Wenn am Fluß die Männer singen, haben sie
rauhe Stimmen wie die Steine am Grund:
aus seinen breiten Blättern ging der Tabak hervor,
und wie ein Geschenk des Feuers kam er an diese
häuslichen Herde.
Kommt ins innere Missouri, schaut Käse und Mehl,
die duftenden Gartenbeete, rot wie Geigen,
den Mann, der auf Flüssen die Gerste fährt,
das blaue frisch gesattelte Füllen wittert
den Duft des Brotes und des Klees:
Glocken, Mohnblumen, Eisenschmieden,
und in den zerfallenden ländlichen Kinos
öffnet die Liebe ihren schimmernden Mund
beim Traum, den die Erde gebar.

Dein Friede ist es, den wir lieben, nicht deine Maske.
Dein Kriegsgesicht ist nicht schön.
Groß bist du und schön, Nordamerika.
Du stammst aus bescheidener Wiege wie eine Wäscherin
an deinen Flüssen, blütenweiß.
Im Unbekannten erbaut,
ist dein Honigwabenfriede dein Süßestes.
Wir lieben deinen Menschen mit den vom Schlamm

des Oregon roten Händen, dein Negerkind,
das die Musik dir brachte, geboren
in seinem Elfenbeingebiet: wir lieben
deine Stadt, deine Substanz,
dein Licht, deine Technik, den Kraftstrom
des Westens, den friedlichen
Honig von Bienenhaus und Dorf,
den riesigen Jungen auf dem Traktor,
den Hafer, den du von Jefferson
erbtest, das geräuschvolle Rad,
das deinen Erdozean durchmißt,
den Rauch einer Fabrik und den Kuß
Nummer tausend einer neuen Siedlung:
dein Bauernblut ist es, das wir lieben:
deines Volkes Hand voller Öl.

Unter der Nacht der Prärien ruhten
vorzeiten auf der Haut des Büffels, in einem ernsten
Schweigen, die Worte und der Gesang
von dem, was früher war, von dem, was wir einst waren,
Melville ist eine Seetanne, aus ihrem Geäst
geht ein Kielbogen hervor, ein Arm
aus Holz, ein Schiff. Whitman, unzählbar
wie die Getreideflut, Poe in seinem mathematischen
Nebel, Dreiser, Wolfe,
frische Wunden unserer eigenen Abwesenheit,
und jüngst Lockridge, und alle der Tiefe verhaftet,
und so viele andere dem Schatten:
über ihnen brennt der Hemisphäre gleiche Morgenröte,
und von ihnen wurde geschaffen, was wir sind.
Machtvolle Kinder, blinde Führer
zwischen Ereignissen und Laubwerk, eingeschüchtert
zuweilen,
von Freude unterbrochen und von Schmerz,
unter den vom Verkehr durchkreuzten Prärien,
wieviel Tote in den einstmals nicht besuchten Ebenen,

unschuldig Gequälte, jüngst gedruckte Propheten
auf der Büffelhaut der großen Weiden.

Aus Frankreich, von Okinawa, von den Atollen
von Leyte (Norman Mailer hat es schwarz auf weiß
hinterlassen),
aus wütenden Winden und Wogen
sind fast alle Jungen heimgekehrt.
Fast alle … Unreif und bitter war die Geschichte
aus Schlamm und Schweiß: sie hörten nicht
genug auf den Gesang der Klippen,
ohne sie zu berühren, oder vielleicht nur,
um zu sterben auf den Inseln, diesen Kronen
aus Glanz und Wohlgeruch:
Blut und Kot
verfolgten sie, Schmutz und Ratten
und ein müdes und enttäuschtes Herz, das kämpfte.
Nun aber sind sie heimgekehrt,
ihr habt sie empfangen
im weiten Raum der ausgedehnten Erde,
und sie (die zurückkamen) haben sich geschlossen wie
eine Blütenkrone aus zahllosen unbekannten Blütenblättern,
um zu vergessen und neu zu erblühn.

II

Außerdem jedoch haben sie einen Gast
vorgefunden im Hause,
oder sie hatten neue Augen (oder sie waren
vorher blind),
oder struppiges Geäst zerstörte ihre Augenlider,
oder neue Dinge herrschen auf Amerikas Erden.
Jene Neger, die mit dir gemeinsam kämpften, die
ausdauernden, die lächelnden, blickt hin:
man hat vor ihre

kleinen Dörfer ein brennendes Kreuz gesetzt;
sie haben deinen Blutsbruder gehängt und verbrannt:
den sie zum Kämpfer machten, ihm verweigern sie heut
Wort und Entscheidung, nächtens
vereinigen sich die Henker,
vermummt, mit Kreuz und Peitsche.
(Etwas anderes
hörte man in ‹bersee bekämpfen.)
Ein unvermuteter Gast,
wie ein alter erbärmlicher Krake,
ungeheuer und umschlingend,
ließ sich nieder in deinem Haus, kleiner Soldat;
die Presse destilliert das alte Gift,
das in Berlin gezüchtet wurde.
Die Zeitungen (Times, Newsweek und so weiter)
haben sich verwandelt
in gelbe Blätter der Angeberei: Hearst,
der das Liebeslied den Nazis sang, lächelt
und wetzt seine Krallen, damit du von neuem ausfährst
zu den Riffen oder den Steppen,
zu kämpfen für diesen Gast, der dein Haus besetzt hält.

Keine Atempause geben sie dir: sie wollen fortfahren, Stahl
und Geschosse zu verkaufen, sie bereiten neues Pulver vor,
und man soll es schnell verkaufen, bevor das frische Pulver
übertroffen wird und in andere Hände fällt.

Überall dehnen die Herren, die in deinem Haus
sich niederließen, ihre Phalanxen aus,
sie lieben das finstre Spanien, und ein Glas Blut
bieten sie dir (ein Erschossener, Hunderte):
den Marshall-Cocktail.
Nehmt junges Blut: Bauern
aus China, Gefangene
Spaniens,
Blut und Schweiß vom Zuckerkessel Kuba,

Frauentränen
aus den Kupfer- und Kohlenminen in Chile:
dann schüttelt es voll Energie
wie ein Knüppelschlag
und vergeßt nicht Eisstückchen und ein paar Tropfen
des Liedes »*Wir verteidigen die christliche Kultur*«.
Ist diese Mischung bitter?
Du wirst dich dran gewöhnen, kleiner Soldat, sie zu trinken.
An irgendeinem Ort der Welt, beim Licht des Mondes
oder am Morgen im Luxushotel,
verlang dieses Getränk, das stärkt und erfrischt,
und bezahl es mit einer guten Banknote,
die das Bildnis Washingtons trägt.

Auch fandest du, daß Charlie Chaplin, der letzte
Vater der Zärtlichkeit in der Welt,
fliehen muß und die Schriftsteller (Howard Fast und andere),
die Gelehrten und die Künstler
in deinem Land
sich stellen müssen, um abgeurteilt zu werden
wegen »*unamerikanischen*« Denkens
vor einem Tribunal von Schacherern, reich geworden
am Krieg.
Bis an die äußersten Grenzen der Welt reicht die Angst.
Erschreckt, liest meine Tante diese Nachrichten,
und alle Augen der Erde blicken
auf diese Tribunale der Schande und Rache.
Sie sind die Gerichtssäle blutiger Babbitts,
der Sklavenhalter, der Mörder Lincolns,
es sind die neuen Inquisitionen, jetzt nicht
vom Kreuz errichtet (damals schon war es schrecklich
und sinnlos),
sondern vom rollenden Gold, das auf den Tisch
schlägt von Hurenhäusern und Banken,
und das kein Recht hat zu richten.

In Bogotá versammelten sich Moriñigo, Trujillo,
González Videla, Somoza, Dutra und klatschten Beifall.
Du, junger Amerikaner, kennst sie nicht, es sind
die finstren Vampire unseres Himmels, bitter
ist ihrer Flügel Schatten:
                                        Kerker,
Martyrium, Tod und Haß: die Erde
des Südens mit ihrem Petroleum, ihrem Nitrat
zeugte Ungeheuer.
                                Nächtlich in Chile, in Lota
gelangt in das bescheidene feuchte Haus der
                Bergleute
der Befehl des Henkers. Weinend
erwachen die Kinder.
                                    Tausende von ihnen,
eingekerkert, denken.
                                    In Paraguay
ein dichter Wälderschatten verbirgt
die Knochen des ermordeten Patrioten, ein Schuß tönt
im Phosphorglänzen des Sommers.
                                                        Die Wahrheit
ist dort gestorben.
                                Warum intervenieren nicht
in Santo Domingo, den Westen zu verteidigen, Mister
                Vandenberg,
Mr. Armour, Mr. Marshall, Mr. Hearst?
Warum mußte in Nikaragua Seine Exzellenz, der Präsident,
verstört in tiefer Nacht geweckt, fliehen,
um in der Verbannung zu sterben?
(Dort sind Bananen zu verteidigen und nicht *Freiheiten*,
und dafür genügt Somoza.)
                                            Die *großen*
sieghaften Ideen dienen in Griechenland
und in China zum Schutz
befleckter Regierungen wie schmutzige Teppiche.
                                            O armer Soldat!

III

Auch ich, fern von deiner Erde, Amerika,
wandre und mache mir mein flüchtiges Haus,
ich fliege, gehe vorüber,
singe und rede mitten durch die Tage.
Und in Asien, in der UdSSR, im Ural halte ich an
und breite die Seele aus, getränkt von Einsamkeiten und
Harzduft.

Ich liebe in des Raumes Erstreckungen alles,
was der Mensch in Liebe und Kampf geschaffen.
Noch umsteht der Fichten uralte Nacht
und das Schweigen wie eine hohe Säule
mein Haus im Ural.
Korn und Stahl werden hier geboren
von des Menschen Hand, von seinem Herzen.
Und ein Gesang von Hämmern erfreut den alten Wald
wie ein neues blaues Wunder.
Von hier schaue ich auf die ausgedehnten Zonen
des Menschen,
auf die Geographie von Kindern und Frauen, auf Liebe,
Fabriken und Lieder, Schulen,
die wie Levkojen in der Wildnis glänzen,
wo bis gestern noch der wilde Fuchs gehaust.
Von diesem Punkt aus umspannt meine Hand auf der
Erdkarte
das Grün der Steppen, Tausender Werkstätten
Rauch, all den Duft
der Gewebe, das Erstaunen
vor der beherrschten elektrischen Kraft.
Am Abend kehre ich auf neuen, kürzlich erst
entworfenen Wegen heim und trete in die Küchen,
wo der Kohl brodelt und von wo ein neuer
Beginn ausgeht für die Welt.

Auch nach hier kehrten die Jungen zurück,
viele Millionen aber blieben,
gefangen, an Galgen gehängt,
verbrannt in besonderen Öfen,
zerstört, bis von ihnen nichts war
als in der Erinnerung der Name.
Auch ihre Dörfer wurden ermordet:
ermordet wurde die Sowjeterde:
Millionen Scherben und Knochen vermengten sich und
Kühe und Fabriken, sogar der Frühling
verschwand, vom Krieg verschlungen.
Trotzdem, es kehrten die Jungen zurück,
und die Liebe für das aufgebaute Vaterland
hatte sich in ihnen mit so viel Blut vermischt,
daß sie mit den Adern *Vaterland* sagen,
Sowjetunion singen sie mit ihrem Blute.
Es erschallte die Stimme der Sieger
von Preußen und Berlin, da sie heimkehrten,
auf daß die Städte wiedererstünden,
das Getier und der Frühling.
Walt Whitman, hebe auf deinen Bart aus Gras
und blick mit mir vom Walde her,
von diesen duftenden Herrlichkeiten.
Und was siehst du dort, Walt Whitman?
Ich sehe, sagt mein unergründlicher Bruder mir,
sehe, wie die Werke schaffen
in der Stadt, an die die Toten denken,
in der reinen Hauptstadt,
im herrlich glänzenden Stalingrad.
Ich sehe von der umkämpften Ebene her,
aus Leid und Brand
in der Nebelfeuchte des Morgens
einen Traktor auftauchen, knarrend dem Flachland zu.
Leih mir deine Stimme, die Kraft deiner begrabenen Brust,
Walt Whitman, die ernsten
wurzeltiefen Züge deines Gesichts,

diesen Wiederaufbau zu besingen!
Laß uns gemeinsam singen, was sich
aus allen den Schmerzen hebt, was aus dem großen
Schweigen quillt und aus dem ersten
Sieg:
Stalingrad, deine Stimme aus Stahl ertönt,
wiedergeboren wird die Hoffnung,
Schicht auf Schicht, wie ein Haus der Kollektive,
und eine Erschütterung ist erneut im Aufbruch,
lehrend,
singend
und bauend.
Aus dem Blut steigt Stalingrad,
ein Orchester aus Wasser, Eisen und Stein,
und das Brot erscheint wieder in den Bäckereien,
der Frühling in den Schulen,
der Wind schwingt auf neue Baugerüste sich, auf neue
Bäume,
während die alte eiserne Wolga wogt.
Diese Bücher
in frischen Fichten- und Zedernkisten
sind auf die Gräber
gehäuft der toten Henker:
diese Theater, in Ruinen erschaffen,
bedecken Leid und Widerstand:
Bücher hell wie Monumente:
auf jeden Helden ein Buch,
auf jeden Todesmillimeter,
auf jedes Blütenblatt dieses unerschütterlichen Ruhmes.

Sowjetunion, wenn wir alles Blut,
in deinem Kampf vergossen, vereinten,
alles, das du der Welt wie eine Mutter gabst,
damit die sterbende Freiheit wieder lebe,
wir würden einen neuen Ozean haben,
groß wie keinen,

tief wie keinen,
lebendig wie alle Ströme zusammen,
tätig wie das Feuer der Andenvulkane.
Tauch deine Hand in dieses Meer,
Mensch aus allen Erdteilen,
und danach erhebe sie, um in ihm zu ertränken
den, der vergaß, den, der schmähte,
den, der log, und den, der besudelte,
den, der sich mit hundert kleinen Hunden
vereinte am Kehrichthaufen des Westens,
dein Blut zu beschimpfen, du Mutter der Freien!

Aus dem köstlichen Duft der Uralfichten
seh ich: die Bibliothek, die im Herzen
Rußlands entsteht,
das Laboratorium, in dem das Schweigen
ersinnt, sehe die Züge, die Holz
und Lieder in die neuen Städte tragen,
und in diesem balsamischen Frieden wächst ein Pochen
wie in einer neugeborenen Brust:
auf die Steppe kehren, die Helle verkündend,
Mädchen und Tauben zurück,
die Orangenwälder bevölkern sich mit Gold,
der Markt heutigentags hat
in jeder Frühe
einen neuen Duft,
ein neues Arom, das aus dem Hochland kommt,
wo das Leiden am größten war:
Ingenieure lassen mit ihren Zahlen
die Landkarte der Ebenen erzittern,
und die Röhrenleitungen winden sich Schlangen gleich
in der Erde des neuen dampfenden Winters.

In drei Räumen des alten Kreml
lebt ein Mensch mit Namen Josef Stalin.
Spät verlöscht das Licht in seinem Zimmer.

Die Welt und sein Vaterland geben ihm keine Ruhe.
Andere Helden brachten wohl ein Vaterland hervor,
er überdies aber half, das seine zu entwerfen,
zu erbauen
und zu verteidigen.
Sein ungeheures Land ist darum Teil von ihm selbst,
und er kann nicht ausruhn, weil es nicht ausruht.
Einst sahen Schnee und Pulverrauch
ihn gegenüber den alten Banditen,
die wieder zum Leben erwecken wollten (wie auch jetzt)
die *Knute* und das Elend, die Furcht des Sklaven,
den schlummernden Schmerz von Millionen Armen.
Er stand gegen alle, die wie Wrangel und Denikin
gesandt wurden aus dem Westen, um »die Kultur
zu verteidigen«.
Dort ließen sie ihr Fell, jene Beschützer
der Henker, und in dem weiten Gebiet
der UdSSR: Stalin arbeitete Tag und Nacht.
Später aber kamen in bleierner Woge
die Deutschen, gekirrt von Chamberlain.
Stalin stellte sich ihnen entgegen an allen weitgedehnten
Grenzen, auf allen Rückzügen, auf allen Vormärschen,
bis nach Berlin kamen seine Söhne, ein
Völkerorkan, und brachten den weiten Frieden Rußlands.

Molotow und Woroschilow
stehen dort, ich seh sie,
mit den andern, den hohen Generälen,
den unbesiegbaren.
Fest wie schneebedeckte Steineichenwälder.
Keiner von ihnen hat Paläste.
Keiner von ihnen hat Regimenter von Leibeigenen.
Keiner von ihnen bereicherte sich, Blut verkaufend,
am Krieg.
Keiner von ihnen stolziert wie ein Pfau
in Rio de Janeiro oder Bogotá,

kleine Satrapen zu lenken, beschmutzt von Folterungen:
keiner von ihnen hat zweihundert Anzüge,
keiner von ihnen hat Aktien auf Waffenfabriken,
doch alle haben sie
Aktien
auf die Freude und den Aufbau
des weiten Landes, wo, aus der Nacht des Todes
erhoben, wieder das Frührot tönt.
Sie sagen »Kamerad« zur Welt.
Sie machten den Tischler zum König.
Durch dieses Nadelöhr wird kein Kamel gehn.
Sie reinigten die Dörfer.
Verteilten die Erde.
Sie richteten den Leibeigenen auf.
Sie tilgten die Bettelei.
Zertraten die Grausamen.
Sie erleuchteten die geräumige Nacht.

Darum sagte ich dir, Mädchen aus Arkansas, oder besser
dir, blonder Junge von West Point,
oder besser dir, Mechaniker aus Detroit, oder besser
dir, Lastenträger des alten Orleans, an alle
wende ich mich und sage: mach fest deinen Schritt,
öffne dein Ohr der weiten menschlichen Welt,
nicht die Vornehmen des State Department sind es,
nicht die blutdürstenden Herren des Stahls,
die zu dir sprechen,
sondern ein Dichter vom äußersten Süden Amerikas,
Sohn eines Eisenbahners aus Patagonien,
amerikanisch wie die Andenluft,
Flüchtling heut eines Vaterlands, wo
Kerker, Folter und Qualen herrschen,
während Petroleum und Kupfer langsam
sich wandeln in Gold für ferne Könige.

Du bist
der Abgott nicht, der in der einen Hand das Gold hält
und in der andern die Bombe.
Du bist,
was ich bin, was ich war, was wir verteidigen
müssen, der brüderliche Untergrund nämlich
vom lautersten Amerika, die einfachen
Menschen der Wege und Straßen.
Mein Bruder Juan verkauft Schuhe
wie dein Bruder John,
meine Schwester Juana schält Kartoffeln
wie deine Base Jane,
und bergmännisch ist und seemännisch mein Blut
wie dein Blut, Peter.

Du und ich, wir wollen die Türen auftun,
damit durch den Tintenvorhang
die Luft des Urals dringe.
Du und ich, gehen wir, dem Rasenden sagen:
»*My dear Führer*, bis hierher und weiter nicht«,
dort gehöret uns die Erde,
auf daß man das Pfeifen nicht höre
des Maschinengewehrs, sondern einen
Gesang und noch einen Gesang und immer wieder
einen Gesang.

IV

Bewaffnest du aber deine Räuberheere,
Nordamerika,
um diese reinen Grenzen zu zerstören
und um die Musik und die Ordnung, die wir lieben,
zum Schlachthof zu tragen
nach Chicago, um sie zu beherrschen,
brechen wir vor aus Stein und Luft,

dich zu zermalmen:
brechen wir vor aus dem letzten Fenster,
Feuer zu wälzen auf dich:
brechen wir vor aus den tiefsten Wogen,
dich anzunageln mit Dornen:
brechen wir vor aus der Ackerfurche, daß der Same
treffe wie ein kolumbianischer Dolch,
brechen wir vor, dir zu verweigern Wasser und Brot,
brechen wir vor, dich zu verbrennen in Höllenglut.

Darum, Soldat, setz keine Fußsohle
auf das liebliche Frankreich, denn wir werden dort sein,
damit die grünen Reben Essig spenden
und die armen Mädchen den Ort dir zeigen,
wo frisch das deutsche Blut noch liegt.
Erklimme nicht die ausgedörrten Sierras Spaniens,
denn jeder Stein wird sich in Feuer verwandeln
und die Mutigen tausend Jahre dort kämpfen:
verliere dich nicht in den Olivenhainen, denn niemals
wirst du heimkehren nach Oklahoma, aber dringe auch nicht
in Griechenland ein, wo selbst das Blut, das du heut vergießt,
sich aufbäumen wird vom Boden, euch aufzuhalten.
Kommt darauf nicht nach Tocopilla fischen,
denn der Schwertfisch kennt eure Plünderungen,
und der dunkle Bergmann wird aus Araukanien
die alten grausamen Pfeile holen, die,
eingegraben, auf neue Eroberer warten.
Traut nicht dem Gaucho, der ein Liebeslied singt,
auch dem Arbeiter der Gefrierwerke nicht,
überall werden sie sein mit Augen und Fäusten,
gleich den Venezolanern, die euch erwarten wie einst
mit einer Benzinflasche und einer Gitarre in Händen.
Dringt nicht, dringt auch nicht in Nikaragua ein,
Sandino schläft im Urwald bis an diesen Tag,
sein Gewehr hat sich mit Regen gefüllt und Lianen,
sein Antlitz hat keine Augenlider,

die Wunden aber, mit denen du ihn gemordet, sind
voll Leben
wie die Hände Puerto Ricos, die auf das Licht
der Messer warten.
Schonungslos wird die Welt mit euch verfahren.
Nicht nur die Inseln werden verödet sein, nein, auch
die Luft,
die schon die Worte kennt, die ihr lieb sind und wert.

Komme nicht, Menschenfleisch zu fordern,
in die Höhen Perus: im zerfaserten Nebel der Grabmale
der sanfte Ahne unsres Blutes schärft
gegen dich seine amethystenen Schwerter,
und durch die Täler ruft das rauhe Schlachtenhorn
die Krieger zusammen, die Schleuderer,
die Söhne Amarus. Noch suche in den mexikanischen
Cordilleren
Männer, um sie mitzuschleppen, die Morgenröte zu
bekämpfen:
die Gewehre Zapatas schlafen nicht,
geölt sind sie und auf die Erde von Texas gerichtet.
Brich nicht in Kuba ein, denn im meerhaften Glanz
der schweißnassen Zuckerrohrfelder
lebt ein einziger dunkler Blick, der dich erwartet,
und ein einziger Schrei, zu töten oder zu sterben.
Betritt nicht
die Partisanenerde im geräuschvollen
Italien: geh nicht über die Reihen hinaus der Soldaten
im »*dress*«,
bleibe in Rom, geh nicht über Sankt Peter hinaus:
die ländlichen Heiligen der Dörfer,
die Seeheiligen der Fischer dort
lieben das große Land der Steppe,
wo die neue Welt erblüht.

Rühre nicht
an die Brücken Bulgariens, sie werden dir keinen
Durchlaß geben,
die Flüsse Rumäniens werden kochendes Blut über euch
schütten,
daß es die Landräuber verbrenne,
grüß nicht den Bauern, der heut das Grab
der Feudalherren kennt und wacht
mit Pflug und Gewehr, schau ihn nicht an,
er würde, ein Stern, dich zu Asche brennen.
Setz deinen Fuß nicht
auf Chinas Küste: schon ist Tschiangkaischek, der feige
Söldner,
nicht mehr umgeben von seinem verkommenen
Mandarinenhofstaat:
euch erwartet eine Wildnis
ländlicher Sicheln und ein Pulvervulkan.

In anderen Kriegen gab es Gräben voll Wasser
und dahinter sich windende Drähte mit Stacheln und Krallen,
dieser Graben aber ist größer, diese Wasser tiefer,
diese Drähte unbesiegbarer als alle Metalle.
Sie sind ein Atom und ein andres, das des Menschenmetalls,
sie sind ein Knoten und Tausende Knoten von Leben
und Leben,
sie sind die alten Schmerzen der Völker,
aller entlegenen Täler und Reiche der Erde,
aller Fahnen und Schiffe,
all der Höhlen, wo man sie häufte,
aller Netze, aus denen sie brachen gegen den Sturm,
aller rauhen Falten der Erde,
aller Höllen in glutheißen Kesseln,
aller Webstühle und Gießereien,
aller verlorenen oder zusammengeführten Lokomotiven.

Dieser Draht umwindet die Erde tausendfach:
zerschnitten, vertrieben scheint er,
doch plötzlich vereinen sich seine Pole,
bis er den Erdball umspannt.
Aber dahinter
immer erwarten euch
Strahlende und Entschlossene,
Stählerne, Lächelnde,
um zu singen oder zu kämpfen,
Männer und Frauen der Tundra und Taiga,
Krieger der Wolga, die besiegten den Tod,
Stalingrads Söhne, Riesen der Ukraine,
eine einzige hohe unermeßliche Mauer aus Blut und Stein,
Eisen, Gesängen, Mut und Hoffnung.
Wenn diese Wand ihr berührt, werdet ihr fallen,
wie Kohle in den Fabriken verascht,
und das Lächeln aus Rochester wird werden zu Finsternis,
die der Steppenwind sodann verstreut
und der Schnee begräbt für immer.
Alle werden kommen, die seit Peter kämpften,
bis zu den neuen Helden, die den Erdball erschüttert,
und aus ihren Ehrenzeichen werden sie kleine kalte Kugeln
machen,
die pfeifen werden ohne Unterlaß von der ganzen
ungeheuren Erden her, die heute Freude ist.
Und aus dem Laboratorium, überzogen mit Ackerwinden,
wird hervorfahren gleichfalls das entfesselte Atom
euren stolzen Städten entgegen.

V

Nichts soll von dem geschehen.
Holzfäller, wach auf!
Abraham soll kommen mit seinem Beil
und seinem Teller von Holz,
um mit den Bauern zu essen.

Sein hartes Rindenhaupt,
seine Augen, auf die Bretter gerichtet,
auf die Runzeln der Steineiche,
sollen wieder hinblicken auf die Welt,
über das Blätterwerk steigend
höher als die Sequoiabäume.
Er soll, um einzukaufen, in die Drugstores treten,
er soll einen Autobus nach Tampa nehmen,
soll einen gelben Apfel zerkaun,
er soll ins Kino gehen, sich mit allen
einfachen Leuten unterhalten.

Der Holzfäller erwache!

Abraham soll kommen, daß
sein alter Gärstoff
die goldene und grüne Erde
von Illinois auftreibe,
und soll das Beil erheben in seines Volkes Mitte
gegen die neuen Sklavenhalter,
gegen die Peitsche des Sklaven,
gegen das Gift der Druckereien,
gegen das blutige Volk der Schacherer,
das verkaufen will.

Singend und lachend, wir sollen marschieren,
der junge Weiße, der junge Neger
gegen die Wände aus Gold,
gegen die Fabrikanten des Hasses,
gegen die Händler ihres Bluts,
singend, lachend und siegend.

Holzfäller, wach auf!

VI

Friede für die Abenddämmerungen, die
kommen,
Friede für die Brücke, Friede für den Wein,
Friede für die Lettern, die mich suchen
und in meinem Blut aufsteigen,
das alte Lied umwindend mit Erde und Liebe,
Friede für die Stadt am Morgen,
wenn das Brot erwacht, Friede für den Fluß
Mississippi, Strom der Wurzeln,
Friede für meines Bruders Hemd,
Friede im Buche – wie ein Siegel aus Luft,
Friede für das große Kolchos von Kiew,
Friede der Asche dieser Toten
und jener anderen Toten, Friede für das schwarze
Eisen Brooklyns, Friede für den Briefträger,
der von Haus zu Haus geht wie des Tages Licht,
Friede für den Choreographen, der
durch einen Trichter hin zu den Ackerwinden ruft,
Friede für meine rechte Hand,
die nur schreiben will Rosario:
Friede für den Bolivianer, der
verschlossen wie Zinnstein ist, Friede
für alle Sägemühlen am Bío Bío,
Friede für das zerfetzte Herz
des Partisanenspaniens,
Friede für das kleine Museum von Wyoming,
wo das Rührendste
ein Kopfkissen ist mit einem gestickten Herzen,
Friede dem Bäcker und seinen Liebschaften
und Friede für das Mehl: Friede
für alles Getreide, das da wachsen soll,
für alle Liebe, die Laubdickicht sucht,
Friede für alle, die leben: Friede
der gesamten Erde und den Wassern.

Hier nehme ich Abschied, kehre
zurück in mein Haus, in meine Träume,
kehre nach Patagonien heim, wo
der Wind an die Ställe klopft
und der Ozean Eis sprüht.
Ich bin nur ein Dichter: ich liebe euch alle,
umherirrend geh ich durch die Welt, die ich liebe:
in meinem Vaterland kerkern sie die Kumpel ein,
und Soldaten befehlen den Richtern.
Aber ich liebe sogar die Wurzeln
meines kleinen kalten Landes.
Müßte ich tausendmal sterben,
immer dort wollte ich sterben:
würde ich tausendmal geboren,
immer dort wollt ich geboren sein,
nah der wilden Andentanne,
dem Toben des Südwinds nah
und den kürzlich gekauften Glocken.
Niemand denke an mich.
An die ganze Erde wollen wir denken,
auf den Tisch voll Liebe hämmernd.
Ich will nicht, daß wieder Blut
das Brot durchtränke, die Bohnen,
die Musik: ich will, daß
der Bergmann, das Kind,
der Anwalt, der Matrose,
der Puppenfabrikant mit mir kommen,
daß wir ins Kino gehn und herauskommen,
Wein zu trinken, den rotesten Wein.

Ich komme nicht, etwas zu lösen.

Ich kam hierher, um zu singen
und auf daß du mit mir singst.

X Der Flüchtling

DER FLÜCHTLING (1948)

I

Durch die große Nacht, durch das ganze
Leben,
von Tränen schreibend, ein Gewand mit dem
 anderen wechselnd,
zog ich in jenen bedrückenden Tagen dahin.
Ein Flüchtling war ich der Polizei:
und in kristallener Stunde, im Dickicht
einsamer Sterne
kreuzte ich Städte, Wälder,
Äcker, Häfen,
von der Tür eines Menschenwesens zum andern,
von eines Menschen Hand zu einem andern Menschen,
 zu einem andern.
Schwer ist zu ertragen die Nacht, doch der Mensch
hat seine Zeichen errichtet, die brüderlichen,
und blindlings durch Dunkel und Wege
erreichte ich die erhellte Tür, den kleinen
Sternenpunkt, der mein war,
das Stückchen Brot, das die Wölfe im Wald
nicht verschlungen.

Einmal kam ich im Flachland
des Nachts in ein Haus, keinen der Bewohner
hatte ich je gesehen vor jener Nacht
noch solche Existenzen vermutet.

Was sie auch taten, ihre Augenblicke
waren neu für mein Bewußtsein.
Ich trat ein, fünf Familienmitglieder waren da:
alle aus ihren Betten aufgestanden
wie in der Nacht einer Feuersbrunst.

Ich drücke eine
Hand nach der anderen, sah ein Gesicht und immer
wieder ein Gesicht,
die nichts mir sagten: da waren Türen,
die ich zuvor auf der Straße nie gesehn,
Augen, die mein Gesicht nicht kannten,
und in tiefer Nacht, kaum
aufgenommen, legte ich mich vor Ermatten nieder,
den Kummer zu verschlafen meines Vaterlands.

Und während nun der Schlaf kam,
unzählbar das Echo der Erde
mit heiserem Bellen und Fäden
der Einsamkeit, währte weiter die Nacht,
und ich dachte: »Wo bin ich? Wer
sind sie? Warum beschützen sie mich heut?
Warum öffnen sie, die bis zu diesem Tag mich nicht sahn,
ihre Türen mir und verteidigen meinen Gesang?«
Und niemand gab Antwort als ein Raunen
entblätterter Nacht,
ein Geweb der Grillen, das zum Himmel wuchs:
die ganze unberührte Nacht schien
kaum zu zittern im Laub.
Nächtliche Erde, du kamst
an mein Fenster mit deinen Lippen,
daß ich süß entschlummere
wie auf tausend Blätter sinkend
von Ort zu Ort, von Nest zu Nest,
von Zweig zu Zweig, um plötzlich
wie ein Toter zu ruhen zwischen deinen Wurzeln.

II

Es war der Herbst der Trauben.
Überladen schwankte der Weinstock.
Die weißen Trauben, leicht verschleiert,
bedeckten ihre süßen Tröpfchen mit Reif,
und die dunklen füllten
ihre kleinen Euter prall
mit einem geheimnisvollen runden Saft.
Der Hausherr, ein Handwerker
mit hagerem Gesicht, las mir
aus dem bleichen Buch der Erde
in den dämmrigen Tagen.
Seine Herzensgüte kannte die Frucht,
den zum Stamm gehörenden Zweig und die Arbeit
des Verschneidens, die dem Baum
die nackte Wipfelform beließ.
Mit den Pferden plauderte er
wie mit riesigen Kindern:
hinterdrein liefen ihm fünf Katzen
und die Hunde jenes Hauses,
einige scheu und langsam,
andre wie irr herumrasend
unter den kühlen Pfirsichbäumen.
Er kannte jeden Zweig,
jede Narbe an den Bäumen,
und seine altväterliche Stimme unterwies mich,
während er die Pferde streichelte.

III

Und wieder wandte ich mich damals an die
Nacht.
Beim Durchirren der Stadt öffnete die andinische
Nacht,

die überströmende Nacht ihre Rose über
meinem Gewand.
Winter im antarktischen Süden.
Der Schnee war
auf sein hohes Postament gestiegen, mit tausend
eisigen Spitzen brannte die Kälte.

Der Mapochofluß war schwarzer Schnee.
Ich ging von Straße zu Straße im Schweigen,
durch die vom Tyrannen besudelte Stadt.
Oh, ich war wie das Schweigen selbst
und erfuhr, wieviel Liebe und Liebe
durch meine Augen mir in die Brust sank.
Denn diese Straße und die nächste und das Gesims
der verschneiten Nacht und die nachtgeborene Einsamkeit
der Geschöpfe und mein dunkles
bedrücktes Volk in seiner Totenvorstadt,
alles, auch das letzte Fenster
mit seinem winzigen Streif ungewissen Lichts,
der schwarz gedrängte Korallenzweig
von Hausung an Hausung, der
nimmermüde Wind meines Landes,
alles war mein, alles
hob zu mir im Schweigen
einen Mund der Liebe voller Küsse.

IV

Ein junges Paar, das ich zuvor ebenfalls
nicht gesehen, öffnete eine Tür.
Sie,
strahlend wie der Junimonat,
und er, ein Ingenieur mit großen Augen.
Von nun ab teilte ich mit ihnen
Brot und Wein,

allmählich
trat ich in ihr mir unbekanntes Eigenleben.
Sie sagten mir: »Wir hatten uns
getrennt,
unser Zerwürfnis war für ewig:
heute trafen wir uns, dich zu empfangen,
heute erwarteten wir dich gemeinsam.«
Dort, in der kleinen
Wohnung versammelt,
wurden wir schweigsame Kraft.
Ich wahrte Schweigen bis in den Schlaf.
Ich befand mich mitten
im Herzen der Stadt, fast konnte ich
hinter den Mauern, die mich absonderten,
des Verräters Schritt vernehmen, ich hörte
die unflätigen Stimmen der Kerkermeister,
ihr Gaunerlachen, ihre Laute
von Säufern, die man unter Schüssen
auf meines Landes schmalem Gürtel eingesetzt.
Fast streiften meine schweigende Haut
die Rülpser Holgers und Pobletes,
ihre schleichenden Schritte berührten
fast mein Herz und seine Gluten:
sie schickten die Meinen in die Todesqual,
ich bewahrte meine, einer Klinge Freiheit.
Und wieder eines Nachts: Leb wohl, Irene,
leb wohl, Andres, leb wohl, mein neuer Freund,
ihr Baugerüste, lebet wohl und du Gestirn,
vielleicht ein Lebewohl auch dem unvollendeten Haus,
das meinem Fenster gegenüber sich zu bevölkern
schien mit linearen Gespenstern.
Ein Lebewohl des Bergwalds niederstem Punkt,
den mein Auge jeden Abend umfing,
leb wohl, grünes Neonlicht, das mit seinem
Aufflammen jede neue Nacht eröffnete.

V

Ein andermal, in andrer Nacht, wanderte ich
weiter fort.
Die ganze Küstencordillere entlang,
den breiten Strand hin zum Pazifischen Ozean,
und dann inmitten der krummen Straßen,
Gäßchen auf Gäßchen, Valparaíso.
Ich trat in eines Seemanns Haus.
Die Mutter erwartete mich.
»Ich wußte bis gestern es nicht« – sagte sie mir –,
»mein Sohn
rief mich her, und der Name Neruda
durchlief mich wie ein Fieberschauer.
Ich sagte ihm aber: ›Welche Bequemlichkeiten,
Junge, können wir ihm bieten?‹ – ›Er gehört
zu uns, den Armen‹ – antwortete er mir –,
›er verspottet nicht, verachtet nicht
unser dürftiges Leben, er richtet es auf
und verteidigt es.‹ Ich sagte ihm: ›Sei es denn‹,
und das ist von heute an Ihr Haus.«
Niemand kannte mich in diesem Hause.
Ich sah das saubere Tischtuch, den wassergefüllten Krug,
rein wie jene Leben, die aus der Tiefe
der Nacht wie kristallene
Schwingen mich erreichten.

Ich ging ans Fenster: Valparaíso schlug seine tausend
Lider auf,
die zitterten; in meinen Mund
drang die Luft des nächtlichen Meeres,
die Lichter der Hügel, das Flirren
des Meermonds auf dem Wasser,
die Dunkelheit wie ein mit grünen
Diamanten ausgeschmücktes Weltreich,

all die nicht gekannte Ruhe, die das Leben
mir darbot.
Ich gewahrte: der Tisch war gedeckt,
Brot, die Serviette, Wein und Wasser,
und ein Duft von Erde und Zuneigung
ließ mein Soldatenauge feucht werden.

An jenem Fenster Valparaísos
verbrachte ich Tage und Nächte.
Die Seeleute meiner neuen Behausung
suchten tagtäglich
ein Schiff ausfindig zu machen, um in See zu stechen.
Ein ums andre Mal sie waren die Betrogenen.
Die »Atomena«
konnte sie nicht mit sich nehmen, die »Sultana«
auch nicht. Sie gaben mir die Erklärung:
wohl zahlten sie das Schmiergeld
diesem und jenem Vorgesetzten. Andere
aber gaben mehr.
Alles war verfault,
wie im Regierungspalast von Santiago.
Dort taten sich des Vorgesetzten,
des Sekretärs Taschen auf,
sie waren nicht so groß wie die Taschen
des Präsidenten, doch zehrten sie
am Skelett der Armen.

Traurige Republik, ausgepeitscht
von Dieben wie eine Hündin,
einsam auf den Wegen heulend
und von Bütteln geschlagen.
Traurige Nation, »gonzalisiert«,
niedergeworfen von Gaunern
hin zum Erbrochenen des Denunzianten,
verhandelt an zweifelhaften Straßenecken,
bei einer Versteigerung ausgeraubt.

Traurige Republik in Händen
dessen, der seine eigne Tochter verkaufte
und sein eigenes Vaterland auslieferte,
wundgeschlagen, stumm, in Fesseln.
Es kamen die beiden Seeleute heim
und gingen dann hin, Säcke zu schleppen
auf ihren Rücken, Bananen und Lebensmittel,
sich sehnend nach dem Salz der Wogen,
dem Brot des Seemanns, dem hohen Himmel.
An meinem einsamen Tag rückte das Meer
in die Ferne: ich blickte dann
auf die Lebensflamme der Hügel,
auf jedes Haus, das da schwebte, auf
den Herzschlag Valparaísos:
die hohen Hügelketten, überquellend
von Leben, die Türen, mit Türkis
bemalt und Scharlach und Rosa,
die abgebröckelten Stufen,
die Haufen armseliger Türen,
die zerfallenen Hausungen,
der Nebel, der Dunst, der sein Salznetz
über alles breitet,
die an den Schluchten verzweifelt
sich klammernden Bäume,
die Wäsche, aufgehängt an den Balken
unmenschlicher Wohnstatt,
das heisere jähe Heulen,
Zeichen der Schiffahrt,
der Laut der Salzlagune,
des Nebels, des Meeres Stimme,
erschaffen aus Branden und Säuseln,
alles das umhüllte meinen Leib
wie ein neues irdisches Gewand,
und ich bewohnte den Nebel der Höhe,
der Armen hochgelegenes Dorf.

VI

Fenster der Hügelkette: Valparaíso! kaltes Zinn,
zerborsten bei einem und immer wieder einem Schrei
der Steine des Volkes!
Schau mit mir, von meinem Versteck aus,
zum grauen mit Barken betupften Hafen,
zum Mondwasser hin, dem kaum bewegten,
den starren Eisenlagern.
In anderer, ferner Zeit,
Valparaíso, dein Meer war bevölkert
von schmalen Schiffen des Hochmuts,
den Fünfmastern mit dem Rieseln des Weizens,
des Salpetersalzes Verbreitern,
sie, die von bräutlichen Meeren zu dir
kamen, deine Lagergewölbe füllend.
Mächtige Segler des meerischen Tags,
Kreuzfahrer des Handels, Standarten,
gebläht von Meeresnacht,
mit euch kamen das Ebenholz und des Elfenbeins
reine Helle, die Aromen auch
des Kaffees und der Nacht von einem anderen Mond
in deinen gefahrvollen Frieden, Valparaíso,
dich in Wohlgeruch hüllend.
Es schwankte mit seinen Salpetersalzen der *Potosí*,
vorwärts segelnd auf dem Meer – Fisch und Pfeil,
azurnes Schwellen, zarter Wal –
hin zu andern finstren Häfen der Erde.
Wieviel Nacht des Südens über den eingerollten
Segeln, über den steilragenden
Mastspitzen des Schiffs,
da auf die Schutzherrin des Seglers,
jenes Antlitz am schlingernden Bug,
die große Nacht Valparaísos
herniedersank, die australe Nacht der Welt.

VII

Es war des Salpeters Erwachen in den
Steppen.
Der Planet wogte vom Dünger,
bis er Chile anfüllte wie ein Schiff
mit schneeweißen Laderäumen.
Heute seh ich, was von allen blieb,
die vorüberzogen, ohne Spuren zu hinterlassen
auf den Sandgestaden des Pazifischen Meers.
Seht, was ich sehe,
den abstoßenden Überrest,
den am Hals meines Vaterlandes
der Regen des Goldes zurückließ wie ein Eitergeschmeid.
Möge dich, Wanderer, begleiten
dieser unentwegte durchbohrende Blick,
dem Himmel Valparaísos verhaftet.

In Kehricht und Seesturm
lebt der Chilene, des harten
Vaterlandes dunkler Sohn.

Zersplitterte Scheiben, zerfallene Dächer,
vernichtete Mauern, aussätziger Kalk,
eingesunkene Tür, Fußboden aus Lehm,
mit Mühe sich auf den Trümmern des Bodens haltend.
Valparaíso, unreine Rose,
pestilenzialischer Meersarkophag!
Verwunde mich nicht mit deinen Dornenstraßen
mit deiner Krone bittrer Gäßchen,
laß mich das Kind nicht schauen,
vom Elend deiner tödlichen Sumpflachen krank!
In dir schmerzt mich mein Volk,
mein großes amerikanisches Vaterland,
alles, was sie von deinen Knochen genagt,
dich, meerschaumumgürtet, zurücklassend,

wie eine elende, zerstückelte Göttin,
an deren süßer zerstörter Brust
hungrige Hunde harnen.

VIII

Ich liebe, Valparaíso, alles, was du umschließt,
alles, was du ausstrahlst, Braut des Ozeans,
weiter noch als dein tauber Nimbus reicht.
Ich liebe dein ungestümes Licht, mit dem du
in der Meernacht dem Seemann zu Hilfe eilst,
und dann bist du – der Orangenblüten Schönste –
die Lichte, Nackte, Feuer und Nebel.
Möge niemand kommen mit dunklem Hammer,
zu zerschlagen, was ich liebe, um dich zu verteidigen:
niemand für deine Geheimnisse, nur mein eigenes Sein,
niemand, nur meine Stimme für deine ausgespannten
Gespinste des Taus, für deine Treppen,
wo des Meeres mütterliches
Salz dich küßt, niemand, nur meine Lippen
für deine Sirenenkrone, die kalte,
in den Luftraum der Gipfel erhoben,
ozeanische Liebe, Valparaíso,
Königin aller Küsten der Welt,
wahrhaft Mittelpunkt der Wogen und Schiffe,
du warst immer in mir wie der Mond oder wie
im Hochwald des Windes Flug.
Ich liebe deine strafbaren Gäßchen,
deinen Dolchmond über den Hügeln,
und auf deinen Plätzen, mit Blau
den Frühling kleidend, das Schiffsvolk.

Mögen wir doch einander verstehen, beschwör ich dich,
                mein Hafen,
denn ich habe das Recht,

das Gute zu schreiben wie das Böse,
und ich bin den bitteren Lampen gleich,
so sie der Flaschen Scherben erhellen.

IX

Ich durchzog die berühmten Meere,
jeder Insel bräutlichen Blütenkelch,
ich bin der größte Seemann unter den Dichtern
und wanderte, wanderte, wanderte
bis hin zur letzten Krone Gischt,
deine Meeresliebe aber, die eindringliche,
war in mir wie keine gerühmt.
Du bist das entscheidende
berghafte Haupt
des großen Ozeans,
und unter deiner himmlischen Zentaurengruppe
deine Vorstädte leuchten in Farben
der Spielzeugläden rot und blau.
Du hättest Raum in einer Seemannsflasche
mit deinen kleinen Häusern und dem Kreuzer »Latorre«,
einem grauen Eisen auf einem Linnen gleich,
wenn nicht das große Stürmen
des unermeßlichsten der Meere,
der grüne Schlag
der eisigen Böen, die Marter
deines erschütterten Erdreichs, das unterirdische
Entsetzen, die Brandung
des ganzen Weltmeeres gegen dein Leuchten
dir düsteren Gesteines Herrlichkeit verliehen,
sturmumtobte Freistätte du des Gischts.
Dir erkläre ich meine Liebe, Valparaíso,
und ich werde wiederkehren, deinen Scheideweg zu erleben,
wenn wir, du und ich, freie Wesen sind
von neuem, du auf deinem Thron

von Meer und Wind, ich auf meinen feuchten
weltweisen Erden. Wir werden zwischen Meer und Schnee
die Freiheit aufstrahlen sehen.
Valparaíso , einsame Königin,
allein in der Ödnis des einsamen
Südens des Ozeans,
ich blickte auf jeden gelben
Felssturz deines Gipfels,
berührte dein reißendes Pulsen, deine
Hafenhände gaben mir den Abschiedsgruß,
den meine Seele von dir erbat in nächtlicher Stunde,
und ich entsinne mich deiner, wie du herrschst im Gepränge
blauen Feuers, das dein Reich übersprüht.
Es gibt keine so wie dich an Meergestaden,
des Südens Albacora, Wassers Königin.

X

So also, durch Nacht und Nacht,
durch jene endlose Stunde, die Finsternis,
niedergesunken auf den ganzen chilenischen
Küstensaum,
wanderte ich, ein Flüchtling, von Tür zu Tür.
Andere bescheidene Häuser immer, andere Hände
in jeder Falte meines Landes
warteten auf meinen Schritt.
Tausendmal
gingst du an dieser Tür, die dir nichts sagte, vorüber,
an jener farblosen Lehmwand, an jenen
Fenstern mit welkenden Blumen.
Doch für mich war diese Verschwiegenheit bestimmt:
sie lebte für mich klopfenden Herzens,
sie war in den von Leid
vollgesogenen Kohlengebieten,
war in den Häfen der Küste,

nah dem antarktischen Archipel,
sie war, hör doch, vielleicht in dieser
hallenden Straße, in der Mittags-
Musik der Straßen,
oder war am Park dieses Fenster,
das niemand von den anderen Fenstern
unterschied und das mich erwartete
mit einem Teller klarer Suppe
und der Liebe am Tisch.
Alle Türen gehörten mir,
alle sprachen: »Er ist mein Bruder,
führ ihn in dieses ärmliche Haus«,
indes meine Heimaterde sich färbte
von soviel Züchtigungen
wie eine Kelter von bittrem Wein.
Es kam der kleine Klempner,
die Mutter jener Mädchen dort,
der ungeschlachte Bauer,
der Mann, der Seifen machte,
die sanfte Romanschreiberin, der Jüngling,
wie ein Insekt festgespießt
an das trostlose Büro,
sie kamen, und an ihrer Tür war
geheim ein Zeichen, ein Zugang,
verteidigt wie ein Turm,
auf daß ich einträte unverhofft
des Nachts, am Abend oder bei Tag
und, ohne jemand zu kennen,
spräche: »Bruder, du weißt schon, wer ich bin,
mir scheint, du erwartetest mich.«

XI

Was vermagst du, Verfluchter, gegen den Wind?
Was vermagst du, Verfluchter, gegen alles,
was blüht und sprießt, schweigt und schaut
und mich erwartet und dich verdammt?
Verfluchter, deine Verrätereien gleichen dem,
was du erkauft, was du auffrischen
mußt mit Geld zu jeder Stunde.
Verfluchter, du kannst
verbannen, einkerkern und foltern lassen
und in Hast bar bezahlen,
bevor der Gekaufte bereut,
jedoch, du wirst kaum schlafen können,
umringt von gedungenen Karabinern,
indes im Schloß meines Landes
ich lebe, Flüchtling der Nacht!

Wie erbärmlich ist dein kleiner, dein vergänglicher
Sieg! Während Aragon, Ehrenburg,
Eluard, die Dichter
von Paris, die kühnen
Schriftsteller
Venezuelas und andere, andere, andere
mit mir sind,
Verfluchter du,
unter Escanilla und Cuevas,
Peluchoneaux und Poblete!
Auf Anlegeplätzen, die mein Volk einnimmt,
in Kellern, die mein Volk verheimlicht,
auf meinem Heimatboden und seinem Taubenflügel
schlafe ich, träume ich und reiße deine Schranken nieder.

XII

Allen, euch,
ihr schweigsamen Wesen der Nacht,
die meine Hand ergriffen in der Finsternis, euch,
ihr Leuchten
unsterblichen Lichts, Sternlinien,
aller Leben Brot, geheime Gefährten,
allen, euch
sage ich: es gibt kein Verzeihn,
nichts wird füllen können die Schalen
der Reinheit,
nichts kann
die große Sonne aufhalten in des Frühlings
unbesiegbaren Fahnen
denn eure stille Würde.
Ich denke
allein,
daß ich vielleicht wert geworden so vieler
Schlichtheit, so reiner Blüte,
daß ich vielleicht ihr bin, ein Wesensgleiches,
diese Erdenkrume, Mehl und Lied,
dieser natürliche Sauerteig, der weiß,
woher er stammt, wohin er gehört.
Ich bin keine so ferne Glocke,
kein so tief vergrabenes Kristall,
daß du sie nicht deuten könntest, ich bin nur
Volk, verborgene Tür, dunkles Brot,
und so du mich aufnimmst, empfängst du dich
selbst, jenen Gast,
so häufig geschlagen
und immer wieder
neu erstanden.
Allem und allen,
den vielen, die ich nicht kenne, den vielen, die nie
meinen Namen gehört, ihnen, die leben

längsseit unsrer mächtigen Ströme,
am Fuß der Vulkane, im schwefligen
Schatten des Kupfers, den Fischern und Bauern,
nachtblauen Indios am Gestade
der Seen, funkelnd wie Glas,
dem Schuster, der zu dieser Stunde,
beim Nageln des Leders mit uralten Händen, fragt,
dir, der, ohne es zu ahnen, mich erwartet hat,
dir gehöre ich, dich erkenne ich an und singe.

XIII

Erde Amerikas, erhabene
Pflanzung, rote Cordillere,
Söhne, Brüder, verstreut durch
die einstigen Stürme,
laßt uns das ganze lebendige Korn zusammenführen,
bevor es zurückkehrt zur Erde,
auf daß der neue Mais, der hervorsprießt,
deinen Worten lausche
und sie wiederhole und sie wieder dasein werden.
Und gesungen Tag und Nacht,
und sie gegessen und verschlungen werden,
und sich verbreiten auf der Erde
und zum Schweigen werden, jäh,
unter die Steine sich senken,
die nächtlichen Türen finden
und von neuem ans
Licht treten,
sich austeilen, sich darbringen
als das Brot, als die Hoffnung,
als der großen Segler Wind.

Der Mais, er bringt dir, den Wurzeln
meines Volks entsprossen,
meinen Gesang, um zu wirken,
und aufzubaun und zu singen,
um abermals Same zu sein
in größerer Zahl in dem Sturm.

Hier sind meine verirrten Hände.
Unsichtbar sind sie, du aber
siehst sie mitten durch die Nacht,
durch den unsichtbaren Wind.
Reich mir deine Hände, ich sehe sie
über den harschen Sandflächen
unsrer amerikanischen Nacht,
und ich ergreife die deine und deine,
diese und jene andre Hand,
sie, die zum Kampf sich erhebt,
und sie, die wieder ausgesät sein wird.

Ich fühle mich nicht allein in der Nacht,
in der Dunkelheit der Erde.
Volk bin ich, unzählbares Volk.
Ich habe in meiner Stimme die reine Kraft,
das Schweigen zu durchdringen
und aufzukeimen in den Finsternissen.
Tod, Marter, Schatten, Eis
bedecken so rasch den Samen.
Und begraben scheint das Volk.
Der Mais aber kehrt auf die Erde zurück.
Seine roten unversöhnlichen Hände
durchbrachen das Schweigen.
Aus dem Tode wir werden neu erstehen.

XI Die Blumen von Punitaqui

I DAS TAL DER STEINE (1946)

Heute, am 25. April, fiel
auf die Felder von Ovalle
Regen, der lang ersehnte, das Wasser des Jahres 1946.

An diesem ersten nassen Donnerstag türmt ein Tag aus
Wasserdunst
über den Hügeln sein graues Eisen auf.
Dies ist der Donnerstag der kleinen Samenkörner,
die die hungrigen Bauern in ihren Beuteln verwahrten:
heute werden sie in Eile den Acker auflockern und in ihn
die Körnchen senken voll grünen Lebens.

Gestern erst ging ich wieder den Hurtadofluß aufwärts:
zwischen schroffen beschwerlichen Hügelketten aufwärts,
die von Stacheln starren, denn, einem grausamen
Kandelaber gleich,
setzt der riesige Andenkaktus hier sich fest.

Und auf dürren Dornen hat, gleich einem scharlachroten
Kleid oder einem Brandmal schrecklicher Morgenröte,
die Quintralmistel blutige Lampen entzündet
wie Blut eines über tausend Stacheln geschleiften Leibes.

Die Felsen sind ungeheure Gebilde, geronnen
im Zeitalter des Feuers, blinde Säcke aus Stein,
die umherrollten, bis sie schmolzen zu diesen
unbarmherzigen Statuen, die das Tal bewachen.

Der Fluß führt ein sanftes, ersterbendes Rauschen
letzter Wasser in das weidendunkle
Dickicht des Laubs, und die Pappeln
lassen ihr dünnes Gelb tropfenweis niederfallen.

Das ist der Herbst von Norte Chico, der spät einkehrende
Herbst.

Hier blinzelt das Licht länger in den Trauben.

Wie ein Schmetterling verweilt die transparente Sonne
längere Zeit, bis die Traube reift
und über dem Tal ihre Muskateller-Segel glänzen.

II BRUDER PABLO

Aber heut kommen die Bauern
mich besuchen:
»Bruder,
es gibt kein Wasser, Bruder Pablo, es gibt kein Wasser,
es hat nicht geregnet.

Und die spärliche Strömung
des Flusses
sieben Tage kreist sie am gleichen Ort,
sieben Tage trocknet sie aus.

Unsre Kühe sind schon verendet oben auf der Cordillere.

Und die Dürre fängt an, Kinder zu töten.
Oben haben viele nichts zu essen.
Bruder Pablo,
du mußt mit dem Minister sprechen.«

(Ja, Bruder Pablo wird mit dem Minister reden,
aber sie wissen nicht,
wie diese Sessel aus schändlichem Leder,
und dann das ministerielle Holz, gescheuert
und poliert mit kriecherischem Speichel,
wie sie mein Kommen ansehn werden.)

Der Minister wird lügen, die Hände ringen,
und die Herden des armen Comunero
samt Esel und Hund werden hinabstürzen über
zerbröckelnde Felsen, von Hunger zu Hunger.

III HUNGER UND GRIMM

Leb wohl, ein Lebwohl deinem Ackergrund,
dem Schatten,
den du erworben, dem lichten
Gezweig, deiner gesegneten Erde,
dem Ochsen, ein Lebwohl dem geizenden Wasser,
den Hängen ein Lebwohl, der Musik,
die nicht im Regen kam zum bleichen Streif
der ausgedörrten steinernen Morgenröte.

Juan Ovalle, dir gab ich die Hand, Hand ohne Wasser,
Hand aus Stein, Hand wie Mauer und Dürre.
Und ich sprach zu dir: dem schwarzbraunen Schaf,
dem härtesten
der Gestirne, dem Mond, der einer bleifarbenen
Distel gleicht,
fluche, dem abgebrochenen Zweig bräutlicher Lippen,
aber den Menschen rühre nicht an, des Menschen Blut,
seine Adern treffend,
verströme noch nicht, noch immer färbe nicht den Sand,
steck das Tal mit dem Baum
der abgefallenen Arterienäste nicht in Brand.

Juan Ovalle, töte nicht. Doch antwortete mir
deine Hand: »Diese Erdstriche
wollen töten, sie suchen des Nachts
sich zu rächen, die alte Amberluft
ist in der Bitternis giftiger Wind,

und die Gitarre gleicht der Keule
eines Verbrechers, und der Wind ist ein Messer.«

IV SIE NEHMEN IHNEN DIE ERDE

Denn hinter dem Tal und der Dürre,
hinter dem Strom und dem schmalen Blatt,
belauert Scholle und Ernte
der Dieb der Felder.

Schau diesen Baum aus klingendem Purpur an,
sinne nach über seine wolkenrote Standarte,
doch hinter seinem Geschlecht, morgenhaften,
der Dieb der Felder.

Du lauschst wie das Salz des Felsenriffs
dem kristallenen Wind in den Walnußbäumen,
doch über dem Blau eines jeglichen Tages
der Dieb der Felder.

Du spürst in den Keimschichten
mit goldenem Pfeil das Getreide pochen,
doch zwischen Brot und Mensch steht eine Maske:
der Dieb der Felder.

V DEN ERZEN ENTGEGEN

Darauf stieg ich
zum erhabenen Gestein von Salz und Gold auf,
zur erdbedeckten Republik
der Metalle:
sanfte Wände waren, in denen ein

Stein sich am andern hält
durch einen Kuß dunklen Lehms.

Zwischen Stein und Stein ein Kuß
an den schützenden Wegen,
ein Kuß aus Erde und Erde
inmitten der Trauben, groß und rot,
und dann, als stände Zahn an Zahn,
das Gebiß der Erde da:
mörtellose Mauern aus reiner Materie,
die den nicht endenden Kuß der Steine
des Flusses zu den tausend
Lippen des Weges bringen.

Laßt uns aufwärtssteigen vom Ackerbau zum Gold.
Hier habt ihr die großen Feuersteine.

Wie ein Vogel ist das Gewicht der Hand.
Der Mensch ein Vogel, ein Wesen der Luft
aus Hartnäckigkeit, Flug und Todeskampf,
ein Wimperzucken vielleicht, aber ein Kampf.

Und von dort, aus des Goldes transversaler Wiege
in Punitaqui, im Angesicht
der schweigenden Lastenträger
des Schachts, der Schaufel, komm her,
Pedro, mit deiner nackten friedlichen Haut,
komm her, Ramírez, mit deinen verdorrten
Händen, die den Schoß
der dunklen Minenwelt durchforschten, und
seid gegrüßt! Auf den Stufen, in den
unterirdischen Kalksteinlagern
des Goldes, dort unten, in seinem Muttergestein,
dort blieben eure Finger zurück,
Werkzeuge, gezeichnet vom Feuer.

Grausam wie ehedem war dort das Vaterland.
Ein verschüttetes Salz war das Gold,
war
rotglühend ein Fisch, und aus dem wütenden Erdklumpen
ging seine knappe zermalmte
Minute hervor, erschaffen von blutenden Nägeln.

Im Dämmergrauen, einem kalten Mandelbaume gleich,
unter dem Gezähn der Cordilleren
bohrt das mutige Herz seine Öffnung,
forscht es, tastet es, klimmt es aufwärts, und oben auf der
wesentlichsten,
der planetenhaftesten Höhe kommt es an
im zerrissenen Hemd.

Kamerad mit dem verbrannten Herzen,
leg dieses Tagewerk mir in die Hand
und laß uns noch einmal hinab zu den
schlummernden Schichten steigen,
in denen deine Hand, zangengleich,
das lebendige Gold anpackte, das verschwinden wollte
tiefer, immer tiefer hinab, immer weiter.

Und an jenen Ort mit ein paar Blumen kamen
die dortigen Fraun, Chileninnen des Hochlands,
der Mine erzene Töchter,
und legten einen Strauß in meine Hände, ein paar Blumen
von Punitaqui, ein paar rote Blumen,
Geranien, armselige Blumen
jenes harten Erdreichs so
in meine Hände, als wären
sie gefunden worden im tiefsten Schacht,
als kehrten jene Blumen, Töchter roten Wassers,
aus des Menschen verschütteter Tiefe wieder.

Ich nahm ihre Hände, nahm ihre Blumen, zerbröckelte
Erde und Erz, den Duft
unergründlicher Blüten und Schmerzen.
Bei ihrem Anblick ich wußte, woher sie kamen,
aus der herzlosen Abgeschiedenheit des Goldes,
sie wiesen, als wären es Tropfen Blut,
die vergeudeten Leben mir.

In ihrer Armut sie waren
die erblühte Feste, Strauß
der Liebe und ihr fernes Metall.

Blumen von Punitaqui, Herzadern, Leben, vor
meinem Bett zur Nacht steigt euer Duft
auf und führt mich durch die Trauer
der erdtiefsten Stollen,
durch die zerklüftete Höhe, den ewigen Schnee und noch
durch die Wurzeln gar, wohin nur Tränen gelangen.
Blumen, Blumen der Höhe,

Blumen aus Grube und Fels, Blumen
von Punitaqui, Töchter
des bittren Unter-der-Erde: in mir, und niemals vergessen,
bleibt ihr lebendig, die unsterbliche
Reinheit errichtend, eine Blütenkrone
von Stein, die nicht vergeht.

VII DAS GOLD

Es hatte das Gold jenen Tag der Lauterkeit.
Bevor es sein Gefüge von neuem versenkte
in den schmutzigen Ausgang, der es erwartet,
ward es, gerad erst erschienen, gerad erst vom
erhabenen Standbild der Erde gelöst,

durch Feuer gereinigt, umhüllt
vom Schweiß und den Händen der Menschen.

Damals nahm das Volk Abschied vom Golde.
Und irdisch war sein Kontakt, rein
wie der graue Ursprung des Smaragds.
Von gleicher Art war die schweißnasse Hand,
die den verwobenen Barren zusammentrug,
zurückverwandelt zur Erdenwurzel
durch die unendliche Erstreckung der Zeit,
zur Erdfarbe der Samen,
zum machtvollen Grund der Geheimnisse,
zum Erdreich, das die Trauben rundet.

Erdgründe des Golds, unfähig zu schaden,
Menschen-
Material, makelloses Metall
des Volkes, unverdorbenes Bergarbeitervolk,
die beide sich, ohne sich zu sehen, berühren an der
unerbittlichen
Kreuzung ihrer beiden Wege:
der Mensch wird weiterhin auf der Strecke bleiben,
wird weiterhin steinige Erde sein,
und aufsteigen aus seinem Blut wird das Gold,
bis es verwundet und den Versehrten beherrscht.

VIII DER WEG DES GOLDES

Treten Sie ein, meine Herrn, kaufen Sie
Heimat und Terrain,
Wohnstätten, göttlichen Segen, Austern,
alles verkauft man hier, wohin Sie kommen.
Da ist kein Turm, der unter Ihrem Feuer nicht
zusammenstürzte,

keine Präsidentenschaft, die irgendetwas von sich wiese,
kein Netz, das nicht seinen Schatz behielte.

Da wir so »frei« sind wie der Wind,
könnt ihr den Wind bestechen, den Wasserfall
und auf der entwickelten Cellulose
schmutzige Meinungen anbefehlen
oder willenlose Zuneigung einfangen,
entthront durch die käufliche Leinewand.

Das Gold wechselt sein Gewand, indem es
Lumpengestalt benutzt, fadenscheiniges Papier,
kalte unsichtbare Schneiden, Ketten miteinander
verflochtener Finger.

Dem jungen Mädchen in seinem neuen Schloß
brachte der Vater mit grinsenden Zähnen
das Banknotengericht,
das die Schöne verschlang, sich mit ihm
unter Gekicher auf dem Boden darum balgend.
Die Investitur der Jahrhunderte des Goldes
erreichte den Bischof, öffnete die Türen
der Richter, hielt Massen aus,
ließ in den Bordellen die Nacht erbeben,
lief entblößten Hauptes im Wind.

(Ich habe das Zeitalter, in dem es herrschte, erlebt.
Ich sah genossene Verwesung,
Dungpyramiden
ehrenüberhäuft, Cäsaren
des goldeiternden Regens, eingesetzt
und genötigt, überzeugte
ihrer eigenen Wichtigkeit, die sie
auf die Waage legten, steife
Puppen des Todes, ausgeglüht
von seiner harten verzehrenden Asche.)

Ich trat auf des Goldes Gegenseite: ich nahm
teil am Streik.
Dort war der zarte Faden von Dauer,
der die Geschöpfe eint, dort war das makellose Band
des Menschen lebendig.
Es packte sie der Tod,
das Gold, und streckte nach ihnen scharfe Zähne aus
und Gift, das Volk aber
legte seine Feuersteine vor die Tür,
wurde solidarische Erdscholle, die strömte,
zwei parallelen Gewässern gleich,
Liebe aus und Kampf,
Fasern
des Ursprungs, Wogen des Menschengeschlechts.

Ich sah den Streik in vereinigten Armen,
die von sich warfen den Schlummer,
und in einer bebenden Pause des Kampfes
sah ich zum erstenmal das einzig Lebendige!
Die Einmütigkeit des Lebens der Menschen.

In der Küche des Widerstands
mit ihren ärmlichen Feuerstellen, in den Augen
der Frauen, in den vortrefflichen Händen,
die unbeholfen sich hinneigen
der Muße eines Tages zu
wie auf ein blaues unbekanntes Meer,
in der Brüderlichkeit des kargen Brots,
im unzerstörbaren Zusammenstehn, in all den
Keimen aus Stein, die aufsproßten,
in jener Granate der Kühnheit,
die sich erhebt im Salz des Verlassenseins,
fand ich endlich des Menschen verlorenes Fundament,
die ferne Stadt der Zärtlichkeit.

Einst schritt ich durchs Leben, tief in
einer schmerzlichen Liebe: früher behielt ich,
die Augen ans Leben heftend,
eine kleine Seite farblosen Quarzes zurück.
Ich kaufte Güte, war auf dem Marktplatz
der Habgier, atmete ein des Neides
dumpfeste Wasser, die Feindseligkeit
unmenschlich von Masken und Menschenwesen.
Ich lebte eine Welt meerhaften Sumpfes,
wo die Blüte schnell, die Lilie
mich verzehrte in ihrem Schaumeszittern,
und wohin ich den Fuß auch setzte, meine Seele glitt
dem Gezähn des Abgrunds zu.
So ging, mühsam von Nesseln befreit,
meine Dichtung hervor, erteilt
wie eine Strafe in der Verlorenheit,
oder sie trieb im Garten der Schamlosigkeit
ihre geheimste Blüte, bis sie sie begrub.
Abgeschieden wie das düstre Wasser,
das in seinen unterirdischen Gängen lebt, so
lief ich von Hand zu Hand in die Abgeschiedenheit
eines jeden Wesens, in den täglichen Haß.
Ich wußte, sie lebten so, indem sie die Hälfte
des Daseins verbargen, als wären sie Fische
fremdesten Meeres, und ich in den schlammigen
Unermeßlichkeiten fand den Tod.
Tod, der Tore auftat und Wege.
Den Tod, der entlang den Mauern glitt.

Der Tod, seinen Tribut einheimsend
an Wohnstätten und Gräbern, ging gebietend einher,
es hoffte im Licht des Mittags
oder des Nachts der Mensch, mit Dolch oder Börse
zu töten, und tötete,
begrub Geschöpfe und Pflanzen,
mordete und zerfleischte die Toten.
Er legte seine Netze aus, zermalmte,
saugte Blut; Blut der Jagd witternd,
zog er aus im Morgengrauen,
und bei der Rückkehr von seinem Triumph er war von
Fragmenten des Todes umhüllt und Verlassenheit,
und sich abmühend, begrub er dann
unter Trauerzeremonien seines Daseins Spur.

Die Häuser der Lebenden waren entseelt.
Schlacke, zerbrochene Dächer, Nachtgeschirr,
wurmstichige Gassen, Höhlen
angehäuften menschlichen Jammers.
– So sollst du leben – gebot das Dekret.
– Verfaule in deinem Mark – sagte der Vorgesetzte.
– Unrein bist du – fällte die Kirche ihr Urteil.
– Geh im Schlamm zur Ruhe – sagten sie dir.
Und einige machten wehrhaft die Asche,
daß sie regiere und bestimme,
indes die Blüte des Menschen gegen Mauern
stieß, die sie ihm errichtet.

Der Friedhof barg Pomp und Stein.
Schweigen für alle und Pflanzengebilde
hoch und spitz.
Endlich bist du hier, endlich hinterläßt du
uns ein Loch inmitten der bitteren Wildnis,
endlich ruhst du zwischen Wänden starr,

die du nicht durchbrechen wirst. Und täglich,
wie ein Strom von Düften, vermählten
die Blumen sich dem Fluß der Toten.
Die Blumen, die das Leben nicht erreichte,
fielen auf die Gruft, die du hinterlassen.

XII DER MENSCH

Hier fand ich die Liebe. Sie ward auf dem
Sand geboren,
wuchs auf ohne Stimme, berührte die Kiesel
der Härte und widerstand dem Tod.
Hier war der Mensch das Leben, das
das Licht, das unversehrte, vereinte und das
überlebende Meer,
und angriff und sang und kämpfte
mit der nämlichen Eintracht der Metalle.
Hier waren die Friedhöfe frisch
aufgeworfene Erde, zerbrochene Kreuze,
über deren zerspelltes Holz hin
die sandigen Winde eilten.

XIII DER STREIK

Seltsam war die stillgelegte Fabrik.
Ein Schweigen im Werk, eine Distanz
zwischen Maschine und Mensch, wie zwischen
Planeten ein durchschnittner Faden, eine Leere
von Menschenhänden, die erbauend
die Zeit verbringen, und das nackte
Verweilen ohne Arbeit, ohne Laut.
Als der Mensch den Bau

der Turbine verließ, vom Feuer
die Arme löste und zusammenstürzten
des Hochofens Eingeweide, da er vom Rade
die Augen riß und das schwindlige Licht
stockte in seinem unsichtbaren Kreisen,
blieb zurück von all den machtvollen Gewalten,
von den lichten Kreisen der Kraft,
von der bestürzenden Energie
ein Haufen unnützen Stahls
und in den menschenlosen Hallen die verödete Luft,
des Maschinenöls einsamer Ruch.

Nichts lebte ohne diesen getretenen
Teil, ohne Ramírez,
ohne den Mann in zerfetzter Kleidung.
Dort lag der Balg der Motore
angehäuft zu toter Macht
gleich schwarzen Walen in pestender
Tiefe wellenloser See
oder Bergen gleich, die jäh versanken
unter der Verlassenheit der Planeten.

XIV DAS VOLK

Es zog das Volk einher mit seinen
roten Fahnen,
und mitten unter ihnen, auf dem Gestein,
das sie berührten,
war ich im dröhnenden Tag
und den erhabenen Kampfgesängen.
Ich sah es, wie sie Schritt um Schritt erkämpften.
Einzig ihr Widerstand war der Weg,
einzeln waren sie zerspellte Splitter
eines Sternes, ohne Mund und ohne Glanz.

Nebeneinander in der in Schweigen geformten Eintracht
waren sie die Flamme, der unzerstörbare Gesang,
des Menschen ruhevoller Schritt auf Erden,
der Tiefe bewirkt und Kampf.
Sie waren die Würde, die erkämpfte, was betreten war,
und die der Menschen Ordnung
erweckte als ein System,
die an die Tore pochten und sich niederließen
in der Haupthalle mit ihren Fahnen.

XV DER BUCHSTABE

So war es. Und so wird es sein. Auf kalkige
Bergketten und an die Ränder
des Rauchs, in den Betrieben
ist an die Wände eine Botschaft geschrieben,
und das Volk, nur das Volk kann sie erkennen.
Ihre transparenten Lettern erwuchsen
unter Schweiß und Schweigen. Sie stehen geschrieben.
Du formtest sie, Volk, auf deinem Weg,
und wie des Frührots glutendes
geheimes Feuer stehn sie über der Nacht.
Tritt an des Tages Saum, o Volk.
Schreite wie ein Heer, geeint,
und poch an die Erde mit deinen Schritten
im völlig gleichen, hellklingenden Sinn.
Von gleicher Art sei euer Weg, wie
von gleicher Art der Schweiß ist in der Schlacht,
von gleicher Art das staubige Blut
des an den Wegen erschossenen Volkes.

Aus dieser Klarheit wird erwachsen
das Bauerngut, die Stadt, der Bergbau,
und aus dieser Einheit, stark und voller

Keimkraft wie die Erde, hat die schöpferische
Dauer Gestalt angenommen und der Beginn
der neuen Stadt für die Menschen.
Licht der mißhandelten Gemeinschaft, Vaterland,
geformt von Händen der Metallurgie,
Ordnung, die ausging von den Fischern
wie ein Meeresarm, Mauern, aufgerichtet
durch die Maurerkunst, die keine Grenzen kennt,
Getreideschulen, Gerüst der vom Menschen
geliebten Fabriken.
O mögest du wiederkehren, vertriebener Friede, gerecht
verteiltes Brot, Morgenröte, Zauber
der Erdenliebe, gegründet
auf den vier Winden des Planeten.

XII Die Ströme des Gesanges

Nicolás Guillén brachte mir deinen Brief, mit
unsichtbaren Worten auf seinen Anzug
geschrieben, in seine Augen.
Wie heiter bist du, Miguel, wie heiter sind wir!
Schon bleiben in einer Welt voll erstarrter Geschwüre
wir nur in grenzenloser Freude.
Ich sehe den Raben vorüberfliegen, er kann mir keinen
Schaden tun.
Du erblickst den Skorpion und entstaubst deine Gitarre.
Wir leben singend unter Bestien, und rühren wir einen
Menschen
an, den Menschenstoff von irgendeinem, an den wir
glaubten,
und dieser zerfällt wie ein schimmlichter Kuchen,
dann raffst du von deinem venezolanischen Erbe zusammen,
was sich retten läßt, während ich die Kohlenglut
des Lebens verteidige.
Welche Freude, Miguel!
Du wirst mich fragen, wo ich weile? Ich will dir erzählen
– indem ich der Regierung nur *dienliche* Einzelheiten
nenne –,
daß an dieser Küste voll wilden Gesteins
sich Meer, Felder, Wogen und Pinien mit den Adlern
und Sturmschwalben vereinen, mit Schaumkronen
und Wiesen.
Hast du einen ganzen Tag und aus großer Nähe zugesehn,
wie die Vögel des Meeres fliegen? Es scheint,
sie tragen die Briefe der Welt an ihren Bestimmungsort.
Es ziehen die Pelikane wie Segelschiffe vorbei,
andere Vögel fliegen wie Pfeile und bringen
verstorbener Könige Botschaft, der Prinzen,
begraben mit Türkisgehängen an den andinischen Küsten,
und die Möwen, ganz aus rundem Weiß geschaffen,
vergessen ihre Botschaft immerfort.

Wie blau ist das Leben, Miguel, da wir es füllten
mit Liebe und Kampf, Worten, die Brot sind und Wein,
Worten, die sie noch nicht entehren können,
weil wir auf die Straße gehn mit Flinten und Liedern.
Sie sind durch uns verloren, Miguel.
Was können sie machen denn uns töten, und selbst damit
erwüchse ihnen ein schlechtes Geschäft, sie können einzig
versuchen, uns gegenüber ein Stockwerk zu mieten und
uns nachzuahmen,
um lachen zu lernen und weinen wie wir.
Als ich Verse der Liebe schrieb, die mir
überall erblühten, und ich sterben wollte vor Traurigkeit,
umherirrend, verlassen, am Alphabet nagend, da
sagten sie mir: »Wie groß bist du, o Theokrit!«
Ich bin kein Theokrit: ich packte das Leben,
stellte mich ihm gegenüber, küßte es, bis es sich ergab,
und dann ging ich hin durch die Bergwerksgassen,
zu sehen, wie andere Menschen leben.
Und als ich herauskam mit schmutz- und
schmerzbefleckten Händen,
hob ich sie empor, an den goldenen Saiten sie zeigend,
und sprach: »Ich nehme nicht teil am Verbrechen.«
Sie hüstelten, ihr Ärger war groß, sie verweigerten
mir den Gruß,
nannten mich nicht mehr Theokrit und kamen dahin,
mich zu verleumden und auszusenden den ganzen Troß
der Polizei,
um mich einzukerkern, weil ich nicht mehr
ausschließlich mich um metaphysische Dinge sorgte.

Aber ich hatte die Freude erobert.
Seit damals stand ich früh auf, die Briefe zu lesen,
die des Weltmeers Vögel aus so weiten Fernen bringen,
Briefe, die feucht ankommen, Botschaften, die ich
nach und nach
übersetzen werde langsam und sicher: ich bin peinlich genau

wie ein Ingenieur bei dieser fremden Verrichtung.
Und auf einmal trete ich ans Fenster. Es ist ein Quadrat
aus Transparenz, klar ist die Distanz
zu Gräsern und Felsen, und so werde ich arbeiten
inmitten der Dinge, die ich liebe: Wogen, Steine, Wespen,
mit trunkener meerhafter Glückseligkeit.
Doch niemandem gefällt es, daß wir glücklich sind, dir
übersandten sie
ein harmloses Papier: »Aber übertreiben Sie nicht,
machen Sie sich doch deswegen keine Sorgen«,
und mich wollten sie verbannen an einen
insektenverheerten Ort,
daß Tränen mich erstickten und sie an meinem Grabe ihre
Reden halten könnten.

Ich denke an einen Tag in der sandigen
Salpetersteppe: fünfhundert Männer standen
im Streik. Es war der sengendheiße Abend
von Tarapacá. Und als die Gesichter all den Sand in sich
und die dürre leergeblutete Wüstensonne aufgesogen hatten,
spürte ich – gleich einem Kelch, den ich haßte – die alte
Melancholie
mein Herz erreichen. In jener Stunde der Krise,
in der Trostlosigkeit der Salzwüsten, in dieser
schwachen Minute des Kampfes,
in der wir hätten besiegt werden können,
sagte ein kleines blasses Mädchen, das von den Gruben kam,
mit mutiger Stimme, in der sich Stahl und Kristall vereinten,
eines deiner Gedichte, eines deiner alten Gedichte, das
zwischen den umrunzelten Augen kreist
aller Arbeiter und Bauern meines Heimatlandes und
Amerikas.
Und dieses Stückchen deines Liedes strahlte plötzlich
in meinem Mund auf wie eine Purpurblüte
und sank in mein Blut hinab, es von neuem mit
überschäumender Freude

erfüllend, die aus deinem Lied erstand.
Und ich dachte nicht nur an dich, sondern an dein
Venezuela, das bittere.
Vor Jahren sah ich einen Studenten, der trug an seinen
Fußgelenken
Wundmale von Ketten, die ein General ihm auferlegt,
und er erzählte mir, wie die Gefesselten auf den Landstraßen
und in Verliesen fronten, wo die Menschen verkamen.
Denn so war unser Amerika:
eine Ebene mit verschlingenden Flüssen und Sternbildern
von Schmetterlingen (an manchem Ort sind die Smaragde
schwer und groß wie Äpfel),
immer aber am Rand der Nacht und der Flüsse
sind Knöchel, die bluten, zuvor in der Nähe des Erdöls,
heut beim Salpeter, in Pisagua, wo ein schmutziger Despot
meines Landes Blüte begraben hält, daß sie sterbe und er
Handel treiben könne mit den Gebeinen.
Darum, darum singst du, damit Amerika, entehrt und
wundgeschlagen,
sein Schmetterlingsgestirn erzittern lasse und wieder
einsammle sein Smaragdgestein,
ohne das entsetzliche Blut der Züchtigung, geronnen
an den Händen der Henker und Händler.

Ich verstand, wie fröhlich du am Orinoco sein mußt,
vertrauensvoll singend und Wein einkaufend für
deinen Tisch,
deinen Platz ausfüllend im Kampf und in der Freude,
mit breiten Schultern, wie ein Dichter unserer Zeit
– mit hellen Kleidern und derben Wanderschuhn.
Seitdem habe ich immer gedacht, dir einmal zu schreiben,
und als Guillén kam, ganz erfüllt von deinen Geschichten,
die überall aus seinen Kleidern fielen,
um unter den Kastanienbäumen meines Hauses sich
auszubreiten,
sagte ich mir: »jetzt«, und auch da schrieb ich nicht.

Heute aber war es zuviel gewesen. Nicht ein Vogel
des Weltmeers nur
flog an meinem Fenster vorüber, sondern Tausende,
und ich griff nach den Briefen, die niemand liest und
die sie an
die Ufer tragen der Welt, bis sie sie verlieren.
Und da las ich in jedem Brief Worte von dir,
und sie waren wie die, die ich schreibe, träume, singe,
und da entschloß ich mich, dir diesen Brief zu schicken,
den ich hier ende,
um durch das Fenster die Welt anzuschaun, die uns gehört.

II AN RAFAEL ALBERTI (PUERTO DE SANTA MARÍA, SPANIEN)

Rafael, bevor ich nach Spanien kam, zeigte sich
deine Dichtung,
Rose des Worts, geschliffene Blütenkrone,
mir auf dem Weg,
und bis auf den heutigen Tag ist sie für mich nicht nur
ein Erinnern gewesen,
sondern duftende Helle, Ausstrahlung einer Welt.

Deiner Erde, ausgedörrt durch Grausamkeit, brachtest du
den Tau, den die Zeit vergessen hatte,
und Spanien erwachte an deiner Seite,
von neuem bekränzt mit morgendlichen Perlen.

Erinnerst du dich, was ich mit mir brachte: Träume, von
unerbittlichen Säuren zerfressen, Verharren
in verwaisten Gewässern, in vielem Schweigen,
aus dem die bitteren Wurzeln auftauchten
wie verbrannte Stämme im Wald.
Wie kann ich, Rafael, jene Zeit vergessen?

Ich kam in dein Land wie einer, der niederfällt
auf seinen Mond aus Stein, überall traf ich des Ödlands
Adler, trockene Dornen an,
doch deine Stimme dort, Seemann, wartete darauf,
mich willkommen zu heißen, mir den lieblichen Duft
der Levkoje zu schenken, den Honig der Früchte des Meers.

Und auf dem Tisch lag deine Dichtung, unverhüllt.

Des Südens Pinienhaine, der Trauben Vielfalt
gaben ihr Harz deinem geschliffnen Diamant,
und beim Berühren so schöner Helle verging
vom Schatten viel, den ich in die Welt getragen.

Architektur, Blütenblättern gleich, erbaut im Licht;
durch deine Verse von berauschendem Duft
sah ich das Wasser von einst, den ererbten Schnee,
dir verdanke ich Spanien mehr als irgendwem.
Mit deinen Fingern rührte ich an Honigwabe und Ödland,
lernte ich die Gestade kennen, verbraucht vom Volk
wie von einem Ozean, und die Felsenstufen,
auf denen die Dichtung
ihr großes Saphirgewand erstrahlen ließ.

Du weißt, daß allein der Bruder lehrt. Und zu jener
Wegstunde lehrtest du mich dieses nicht nur,
nicht die erloschne Pracht allein unseres Geschlechts,
sondern die Lauterkeit deines Geschicks,
und als das Blutvergießen Spanien abermals erreichte,
verteidigte ich des Volkes Erbe, das auch meines war.

Du weißt es ja, die ganze Welt weiß diese Dinge längst.
Ich möcht nur bei dir sein,
und heute, da dir die Hälfte des Lebens fehlt,
deine Heimaterde, auf die du mehr Anspruch hast denn
ein Baum,

heut, da durch des Vaterlandes Unstern nicht nur die Trauer
über das, was wir lieben, auch dein Fernsein
des Olivenbaums Erbe verdeckt, das die Wölfe verschlingen,
möchte ich – ach, daß ich's könnte –, mein großer Bruder,
dir die gestirnte Freude geben, die du mir damals gabst.

Zwischen uns beiden fühlt die Poesie
wie Himmelshaut sich an,
und mir gefiele es, eine Traube mit dir zu pflücken,
diese Rebe, jene Wurzel der Finsternis.

Der Neid, der in den Menschen Tore öffnet,
er konnte deine Tür nicht öffnen noch die meine.
Schön ist es, wenn des Sturmes Wüten
draußen sein Gewand toben läßt
und Brot und Wein und Wärme sind bei uns,
geschehn zu lassen, daß der Händler des Zornes schreit
und daß jener, der an deinen Füßen vorüberging, pfeift,
und den Becher voller Ambra zu erheben
im großen Brauch der Transparenz.

Wollte einer übersehen, daß du der Erste bist?
Laß ihn über die Meere fahren, er wird dein Antlitz
überall antreffen.
Will jemand uns begraben vor der Zeit?
Gut, aber er müßte sich zum Flug aufschwingen.

Sie werden kommen, wer aber kann die Ernte fortjagen,
die von des Herbstes Hand erschaffen ward,
bis sie die Welt durch des Weins Erzittern
in Farben tauchte?

Reich mir diesen Becher, Freund, und höre: ich bin
umgeben
von meinem feuchten, stromverheerten Amerika,
zuweilen

verliert mein Schweigen sich, verliere ich die Blütenkrone
der Nacht,
und mich umsteht der Haß, vielleicht auch nichts, die Leere
einer Leere, das Verdämmern
eines Hundes, eines Froschs,
und dann verspüre ich, wie so viel meiner Erde uns trennt,
und ich möchte eilen in dein Haus, in dem du, ich weiß es,
mich erwartest,
einzig um vergnügt zu sein, wie nur wir allein
es sein können. Wir schulden nichts.

Doch dir, ja dir schulden sie, und zwar ein Vaterland: warte.

Du wirst heimkehren, wir werden rückkehren.
Ich will mit dir
eines Tags an deinen Ufern gehen, beide trunken von Gold,
hin zu deinen Häfen, Häfen des Südens, die ich damals
nicht erreichte.
Du wirst das Meer mir weisen, wo Sardinen
und Oliven den Strand sich streitig machen,
und jene Weideflächen mit den grünäugigen Stieren,
die Villalón (der Freund, der auch nicht mich
besuchen kam, da er begraben lag)
besaß, und die Tonnen mit Jerezwein, Kathedralen,
in deren gongorinischen Herzen
der Topas mit blassem Feuer glüht.

Wir werden hingehen, Rafael, wo jener ruht,
der mit seinen und deinen Händen
den Gürtel Spaniens hielt.
Der Tote, der nicht sterben konnte, er, den du behütest,
da einzig dein Dasein ihn verteidigt.

Dort liegt Federico, doch viele gibts, die, vernichtet,
begraben

inmitten der spanischen Cordilleren, zu Unrecht
Gefallne, Vertane,
in den Bergen verlorene Saat,
uns angehören, und wir stehen auf ihrem Staub.

Du lebst, weil immer du ein Gott warst, ein wundersamer.
Niemandem spürten sie mehr nach als dir, dich wollten
die Wölfe vertilgen, brechen deine Macht.
Ein jeder wollte bei deinem Tode Wurm sein.

Nun denn, sie irrten sich. Es ist wohl deines Liedes.
Struktur, die unversehrte Transparenz,
deiner Sanftheit wehrhafte Entschiedenheit,
Feste und Stärke voller Zartheit,
die deine Liebe für die Erde sicherte.

Ich werde mit dir gehn, das Wasser zu schmecken
des Genil, der Macht, die du mir verliehst,
im fließenden Silber zu schaun
die schlummernden Bilder, die deines Gesanges
blaue Silben erschufen.

Auch in die Schmieden werden wir treten: jetzt
wartet das Metall der Völker dort,
in Messern zu erstehn: an den roten Netzen,
die das Firmament bewegt, ziehen wir singend vorbei.
Messer, Netze, Gesänge werden die Schmerzen tilgen.
Dein Volk mit den pulververbrannten Händen
wird weitertragen, wie Lorbeer der Auen,
was deine Liebe im Unglück ausgesät.

Ja, aus unserer Verbannung erblüht die Blume, die Form
des Vaterlandes, das unter Donnerschlägen zurückerobert
das Volk,
und nicht ein einziger Tag nur ists, der den verlorenen
Honig bereitet, die Wahrheit des Traums,

sondern eine jede Wurzel, die zum Liede wird,
bis sie die Welt erfüllt mit ihrem Laub.

Und dort bist du, nichts gibt es, was nicht den
diamantenen Mond bewegt, den du gelassen:

die Einsamkeit, der Wind an den entlegenen Orten,
alles rührt an dein reines Gebiet,
und die letzten Toten, sie, die im Gefängnis
fallen, Löwen kugeldurchbohrt,
und die der Guerillas, Anführer
des Herzens, sie tränken
deine eigene kristallinische Berufung,
dein eignes Herz mit ihren Wurzeln.

Vergangen ist seit jenen Tagen die Zeit, da wir die
Schmerzen
miteinander teilten, die hinterließen eine leuchtende
Wunde,
das Kriegsroß, das mit seinen Hufen,
die Scheiben splitternd, das Dorf überrannte.
Das alles war unter Feuer geboren,
das alles erwartet dich, die Ähren aufzurichten,
und bei dieser Geburt werden Rauch und Zärtlichkeit
jener harten Tage dich von neuem umhüllen.

Weit dehnt sich Spaniens Haut, und auf ihr
wie ein Schwert mit glorreichem Knauf lebt dein Sporn;
kein Vergessen gibt es, keinen Winter, der dich auslöscht,
strahlender Freund, von des Volkes Lippen.
ALso rede ich zu dir; ein Wort vielleicht vergessend,
gebe ich endlich Antwort auf Briefe, derer du dich
nicht entsinnst
und die, als mich die Zonen im Osten verbargen,
wie Scharlachduft bis in meine
Einsamkeit reichten.

Möge deine leuchtende Stirn
in diesem Brief einem Tag aus vergangener Zeit begegnen
und anderer Zeit eines Tages, der kommen wird.
Ich sag dir Lebewohl,
heute, am sechzehnten Dezember 1948,
an irgendeinem Ort Amerikas, wo ich singe.

III AN GONZÁLEZ CARBALHO (IN RIO DE LA PLATA)

Wenn die Nacht die Laute der Menschen
verschlingt und ihr Dunkel,
Linie um Linie, sich niedersenkt,
hören wir im wachsenden Schweigen, jenseits der Geschöpfe,
das Stromesrauschen des González Carbalho,
sein unergründliches immerwährendes Fluten, sein Strömen,
das unbeweglich scheint wie das Wachsen von Baum
und Zeit.

Dieser große flußhafte Dichter begleitet das
Schweigen der Welt
mit klangvollem Ernst, und wer inmitten des Weltgetriebes
ihn vernehmen will, der lege (wie in Wäldern oder
Steppen es der verirrte Forscher macht) sein Ohr
an die Erd: und noch würde er inmitten der Straßen
unter der
Schritte Getümmel jene Poesie aufsteigen hören:
der Erde und des Wassers tiefe Stimmen.

Alsdann unter der Stadt und ihrem Gedränge, unter den
Lampen
im Scharlachkleid, gleich dem Korn, das, den ganzen
Breitengrad mit Ungestüm durchbrechend, aufgeht:
dieser Strom, der singt.

Über seinem Flußbett: der Dämmerung
erschrockne Vögel, Frührots Kehlen, die den Luftraum
durchschneiden,
purpurne Blätter, die herniederschweben.

Alle Menschen, die sich erkühnen, auf die Einsamkeit
zu blicken:
sie, die die verlaßnen Saiten schlagen, alle die
unendlich Reinen und die vom Schiffe aus vernahmen,
wie Salz, Verlassenheit und Nacht verschmolzen,
werden González Carbalhos Chor hervorquellen hören
machtvoll und kristallen aus seinem nächtlichen Frühling.
Entsinnt ihr eines andern euch? Prinz von Aquitanien:
seinen abgeschafften Turm
ersetzte in anfänglicher Stunde der Winkel der Tränen,
den der tausendjährige Erdenbürger ausschöpfte, Kelch
um Kelch.
Und möge jener es wissen, der nicht auf die Gesichter sah,
der Siegende
oder der Besiegte:
die ihr besorgt seid um den saphirnen Wind oder um den
bitteren Kelch:
berührt jenseits aller Straßen, jenseits des Augenblicks
jene Finsternisse und laßt uns gemeinsam weitergehn.

Dann auf der wirren Erdkarte der einfachen Leben war aber
mit blauer Tinte: der Strom, der Strom der singenden
Fluten,
aus der Hoffnung erschaffen, aus dem versunkenen Leid,
aus dem Wasser ohne Betrübnis, das aufschwillt zum Sieg.

Mein Bruder schuf diesen Strom:
aus seinem erhabenen, seinem unterirdischen Sang
bauten sich
jene ernsten von Stille getränkten Klänge auf.
Mein Bruder ist jener Strom, der die Dinge umgibt.

Wo immer ihr seid, in der Nacht, bei Tag, auf Wegen,
in den immerwachen Zügen der Steppen
oder neben der taufeuchten Rose des kühlen Morgen-
dämmerns
oder eher
inmitten der Kleider, das Gewirre
streifend,
werft euch zur Erde, daß euer Antlitz diesen großen
Herzschlag geheimen Wassers empfange, das da kreist.

Bruder, du bist der Erde größter Strom:
hinter dem Erdball tönt deine ernste Stromesstimme,
und ich netze meine Hände an deiner Brust,
treu einem nie unterbrochenen Reichtum,
treu der Transparenz der erhabenen Träne,
treu des Menschen überfallener Ewigkeit.

IV AUF SILVESTRE REVUELTAS AUS MEXIKO, BEI SEINEM TODE (KLEINES ORATORIUM)

Wenn ein Mann wie Silvestre Revueltas
endgültig zur Erde kehrt,
entsteht ein Geraun, eine Woge
von Stimmen und Klagen, die seinem Scheiden vorläuft
und es verkündet.
Die unscheinbaren Wurzeln sagen den Halmen:
»Silvestre ist tot«,
und das Korn wogt seinen Namen auf den Hügelhängen
und so erfährt es das Brot.
Alle Bäume Amerikas wissen es schon,
auch die gefrorenen Blumen unserer arktischen Breite.

Die Wassertropfen tragen es weiter,
Araukaniens unbezähmbare Ströme
kennen bereits die Kunde.

Von Schneetrift zu See, von See zu Pflanze,
von Pflanze zu Feuer, von Feuer zu Rauch:
alles, was brennt, singt, blüht, tanzt und neu ersteht,
alles Währende, Erhabne und Tiefe unseres Amerika
empfängt ihn:
Pianos und Vögel, Träume und Klänge, das wogende Netz,
das in den Lüften all unsre Himmelsstriche vereint,
bebt und gibt den Grabgesang weiter.
Silvestre ist tot, Silvestre ist eingegangen in seine
totale Musik,
in sein tönendes Schweigen.

Sohn der Erde, Kind der Erde, von heut an gehst du ein
in die Zeit.
Von heut an wird dein Name, voll von Musik,
emporschwingen,
wenn man an deine Heimaterde rührt, wie von einer
Glocke
mit nie gehörtem Ton, mit einem Laut von dem, was du warst,
Bruder.
Dein Kathedralenherz umschließt uns in dieser Stunde
wie ein Firmament,
und dein Gesang, groß und herrlich, deine vulkanische
Zärtlichkeit
füllt das ganze Höhenrund wie eine glühende Statue.
Warum hast du dein Leben verströmt? Warum
gossest du
dein Blut in jegliches Gefäß? Warum
suchtest du
wie ein blinder Engel, der sich an dunklen Türen stößt?
Ach, aus deinem Namen aber strömt Musik,
und aus deiner Musik, wie von einem Marktplatz her,
kommen wohlriechende Lorbeerkränze
und Äpfel ganz aus Duft und Ebenmaß.

An diesem feierlichen Tag des Abschieds bist du der
Scheidende,
du aber hörst nicht mehr,
deine edle Stirn, sie fehlt, und es ist, als fehle
ein großer Baum mitten im Hause des Menschen.

Das Licht, das wir sehen, aber ist seit heut ein anderes
Licht,
die Straße, in die wir biegen, eine neue Straße,
die Hand, die wir berühren, hat von heut an deine Stärke,
alle Dinge ziehen Kraft aus deiner Ruhe,
und von den Steinen wird deine Reinheit in die Höhe
steigen,
uns das Leuchten der Hoffnung zu weisen.

Ruhe aus, Bruder, dein Tag ist zu Ende,
mit deiner sanften und machtvollen Seele du füllst ihn
mit Licht, erhabener als des Tages Licht,
und einem Tönen, blau wie die Stimme des Himmels.
Dein Bruder und deine Freunde baten mich,
deinen Namen noch einmal zu sprechen in die Luft
Amerikas,
daß ihn der Stier der Pampa kenne und der Schnee,
daß ihn mit sich reiße das Meer und um ihn streite
der Wind.

Nun sind die Sterne Amerikas deine Heimat,
und von diesem Tag an dein Haus ohne Tür die Erde.

V AN MIGUEL HERNÁNDEZ, ERMORDET IN DEN VERLIESEN SPANIENS

Du kamst zu mir geradewegs von der
Levante.
Ziegenhirt, du brachtest mir deine runzlige
Herzenseinfalt,
die Scholastik alter Buchseiten, einen Duft
von Fray Luis, von Orangenblüten, von auf den Bergen
verbranntem Dünger und in deiner Vermummung
die beizende Getreidebitterkeit gemähten Hafers
und einen Honig, der die Erde mit deinen Augen maß.

Auch die Nachtigall brachtest du in deinem Munde.
Eine Nachtigall, orangenbetupft, einen Faden
unbestechlichen Gesanges, von blätterloser Kraft.
Ach, mein Sohn, über den lichten Tag herein brach
der Pulverdampf,
und du mit Nachtigall und Gewehr schrittest
unter dem Mond und der Sonne der Schlacht.

Du weißt es wohl, mein Sohn, was hätte ich nicht alles
getan für dich, du weißt ja,
daß du für mich die blaue Flamme aller Dichtung warst.
Heute lege ich mein Gesicht auf die Erde und lausche dir,
ich höre dich, Blut, Musik, todeswunde Wabe.

Ich sah kein strahlenderes Geblüt als deins,
weder Wurzeln so fest noch solche Soldatenhände,
noch sah ich je etwas Lebendigeres als dein Herz
im Purpur meiner eigenen Fahne sich verzehren.

Ewiger Jüngling, du lebst, Communard von ehedem,
von keimendem Korn überflutet und Frühling,
voller Runzeln und dunkel wie edles Metall,

auf die Minute wartend, die deinen Waffen Rang und
Würde verliehe.

Seit du tot bist, bin ich nicht allein. Bin unter denen,
die dich suchen.
Bin unter denen, die eines Tages kommen, dich zu rächen.
Du wirst meine Schritte unter ihnen erkennen,
die, Kain zertretend, sich stürzen werden
an Spaniens Brust, daß es uns zurückgebe
die eingescharrten Gesichter.

Jene, dic dich mordeten, sollen es wissen, sie werden
mit Blut bezahlen.
Jene, die dich quälten, sollen es wissen, eines Tags
sie werden mich sehen.
Die Verfluchten, die heute deinen Namen einbegreifen
in ihre Bücher, die Dámasos, die Gerardos, die Hundesöhne,
des Henkers stumme Komplicen sollen es wissen,
nicht ausgelöscht wird dein Martyrium sein, und
niederbrechen
wird dein Tod auf diesen ganzen Mond Nichtswürdiger.
Und die in ihrem vermoderten Lorbeer dir
den Raum verweigerten auf amerikanischer Erde, den du
bedeckst
mit deiner Flutenkrone aus verblutetem Strahl,
sie laß mich mit verachtendem Vergessen treffen,
denn mich, mich wollten sie durch deine Abwesenheit
verstümmeln.

Miguel, fern vom Gefängnis von Osuna, fern
der Grausamkeit, führt Mao Tse-tung
deine zerfetzte Poesie in den Kampf,
unserem Sieg entgegen.
Und Prag, von Leben brausend,
erbaut den süßen Bienenstock, den du besungen,

Ungarn, das junge, fegt seine Tennen
und tanzt am Fluß, der aus dem Schlaf erwacht.
Und in Warschau richtet sich die Sirene auf, unverhüllt,
die, ihre kristallene Waffe weisend, Bauten errichtet.

Und weiter entfernt wird die Erde riesenhaft,
die Erde,
die dein Lied aufsuchte, und der Stahl,
der dein Vaterland verteidigt hat, sind außer Gefahr
und wachsen an durch Stalins
Entschlossenheit und die seiner Söhne.
Schon nähert sich
deiner letzten Ruhestatt das Licht.
Miguel von Spanien,
Stern verheerter Lande, ich vergesse dich nicht, mein Sohn,
ich vergesse dich nicht, Sohn!
Aber ich begriff das Leben
durch deinen Tod: meine Augen trübten sich kaum,
ich fand in mir nicht Tränen,
sondern Waffen,
unerbittlich!
Warte auf sie! Erwarte mich!

XIII Neujahrschor für das Vaterland in der Finsternis

I GRUSS (1949)

Ein frohes Jahr, Chilenen, dem Vaterland
in Finsternis,
ein frohes Jahr einem jeden, allen außer einem,
wir sind so wenige, ein frohes Jahr, Landsleute, Brüder,
Männer, Frauen, Kinder, heute fliegt meine Stimme
nach Chile, zu euch, pocht, ein blinder Vogel,
an dein Fenster und ruft dich von fern.

Heimaterde, der Sommer überzieht deinen Leib,
süß und fest.
Die Felsengrate, von denen der Schnee verschwand
mit ungestümen Lippen hinrasend zum Ozean,
sieht man hoch oben liegen blau wie des Himmels Kohle.
Heute womöglich, zu dieser Stunde trägst du die grüne
Tunika,
die ich innig liebe, Wälder, Gewässer und an der Hüfte
das Korn.
Und am Meer, geliebtes, der See gehörendes Vaterland,
regst du,
deine schillernde Welt sandiger Ufer und Austernbänke.

Zuweilen, zuweilen ... Wer bin ich, daß ich von fernher
dein Schiff
berühre, deinen Duft? Bin ein Teil von dir: heimlicher
Jahresring, belauscht an deinen Bäumen,
ein Wachsen schweigsam wie dein sanfter Schwefel,
grollende Asche deiner unterirdischen Seele.

Als ich von dir ging, ein Verfolgter, von Bartstoppeln
und Armut starrend, ohne Kleidung, ohne Papier,
um die Lettern niederzuschreiben, die mein Leben sind,
nichts
weiter hatte als einen kleinen Beutel, in dem ich zwei
Bücher trug

und ein Stückchen von Espino, frisch geschnitten vom
Baum.
(Die Bücher: eine Geographie
und das *Buch der Vögel Chiles.*)

Jede Nacht lese ich die Beschreibung von dir, von deinen
Strömen:
sie hüten meinen Schlaf, mein Exil, meine Grenze.
Ich berühre deine Eisenbahnen, lege auf dein Haar
die Hand,
verweile, um an die eisenhaltige Haut deiner Geographie
zu denken, ich senke die Augen
auf deine Mondsphäre voller Schrunden und Krater,
und während ich schlafe, wandert mein Schweigen
zum Süden,
inmitten der fernletzten Donner deines zerstürzenden Salzes.

Wenn ich erwache (sind anders die Luft, das Licht, anders
die Straße, das Feld, die Sterne), berühre ich
das Espinostückchen, das mich begleitet, geschnitten
von deinem Baum in Melpilla, als ein Geschenk für mich.

Und in des Espinobaums steinharter Schale erkenne ich
deinen Namen wieder,
rauhes Chile, Heimatland, Herz aus Rinde,
erblicke ich in seiner Gestalt, wie die Erde hart, das Antlitz
derer, die ich liebe und die mir ihre dornengleichen
Hände gaben,
Menschen der Steppenödnis, des Salpeters und des Kupfers.

Des dornigen Baumes Herz
ist ein Rund, glatt wie poliertes Metall,
ockerfarben wie ein hartgetrockneter Blutfleck,
umgeben von einer schwefelgelben Iris aus Holz,
und rühre ich dieses reine Wunder der Wildnis an,
dann erinnere ich seiner feindlichen gekräuselten Blüten mich,

da durch sein stachlichtes dichtes Blütengerank
der ungestüme Duft seiner Kraft auf dich stürzt.

So folgen mir meines Landes Leben und Rüche,
sie leben mit mir, entzünden in meinem Innern, mich
verzehrend und erschaffend, ihr hartnäckig loderndes Feuer.
In andern Landen schaut man durch mein Gewand,
sie sehn mich an als eine Lampe, die durch ihre Straßen
zieht,
die Meereslicht verbreitet, das durch ihre Türen dringt:
es ist das entflammte Schwert, das du mir gabst und
ich bewahre,
rein wie der Espinobaum, mächtig, unbezwingbar.

II DIE MÄNNER VON PISAGUA

Aber die Hand, die dich liebkost, hält ein
an der Wüste, am Rand der Meeresgestade,
in einer Welt, vom Tode gepeitscht.
Bist du es, Vaterland, bist dieses du, ist das dein Antlitz?
Dieses Martyrium, dieser rote Kranz
von Drähten, rostzerfressen durch das salzige Wasser?
Ist heute Pisagua gleichfalls dein Gesicht?
Wer denn verdarb dich, wie konnten sie deine nackte Süße
mit einem Messer durchbohren?

Vor allen andern ihnen mein Gruß,
den Männern, dem Sockel aller Schmerzen,
den Frauen, dem Gezweig des Mañiobaums,
den Kindern, Schulkinder, durchsichtig bleich,
die auf Pisaguas Strand
das verfolgte Vaterland,
die ganze Zier des Landes waren, das ich liebe.
Es wird die Ehre von morgen sein, die heilige,

auf deinen Strand geworfen worden zu sein,
Pisagua: plötzlich, in der Nacht des Terrors
auf Befehl eines Eidbrüchigen, des verkommenen,
ergriffen worden zu sein
und in deine kalkige Hölle gekommen,
um des Menschen Würde zu verteidigen.

Nie werde ich deine tote Küste vergessen, wo
des feindlichen Meeres schmutziger Biß
anfällt die Mauern der Qual
und wo steil sich das Bollwerk erhebt
der kahlen und teuflischen Hügel,
nie werde ich vergessen, wie ihr hinblickt über das Wasser
zur Welt, die eure Gesichter vergißt,
nie vergessen werde ich es, als ihr, die Augen voll
fragenden Lichts, das Gesicht wandtet
zu den bleichen Gefilden Chiles,
von Wölfen beherrscht und Dieben.

Ich weiß, wie sie euch das Essen hinwarfen
wie räudigen Hunden, auf den Boden,
bis ihr euch aus kleinen leeren Blechbüchsen
Teller machtet:
ich weiß, wie sie euch zum Schlafen trieben
und wie in Reihen ihr,
düster und tapfer,
die dreckigen Bohnen empfingt,
die ihr so oft in den Sand geschüttet.

Ich weiß, wie und wann ihr Kleidung,
Nahrung bekamt, die man in der endlosen
Weite des Landes gesammelt,
ihr fühltet voll Stolz,
daß ihr vielleicht nicht allein wart.
Ihr Tapferen, stahlgewordene Bürger meines Landes,
die ihr einen neuen Sinn gebt der Erde:

euch wählten sie aus bei der Menschenjagd,
daß durch euch das ganze Volk
litte in den Sandöden der Verbannung.
Die Hölle planend, studierten sie die Karte
des Landes, bis sie dieses salzige
Zuchthaus fanden, die Mauern
der Einsamkeit überwältigender
Angst, auf daß euer Haupt zertreten werde
unter den Füßen des niedrigsten Tyrannen.

Aber sie fanden nicht ihren eigenen Stoff vor:
ihr seid nicht aus Kot gemacht wie der verkommene,
wurmzerfressene Verräter: es logen
ihre Berichte, sie fanden vor sich
die metallene Standhaftigkeit des Volkes,
des Kupfers Herz und sein Schweigen.

Es ist das Metall, das des Vaterlandes Grundfeste sein wird,
wenn der Sturm des im Sande verlorenen Volkes
den Führer des Unrats verjagt.

Unbeugsame, unbeugsame Brüder,
standhaft, da ihr, des Nachts
in den Hütten überfallen, vorwärtsgestoßen,
die Arme mit Draht gefesselt,
noch im Schlaf und völlig überrascht
und mißhandelt, auf Lastwagen nach Pisagua
weggeschafft wurdet von bewaffneten Kerkermeistern.
Darauf kamen sie zurück
und stopften, auf die Kinder schlagend,
die Lastwagen voll mit den schutzlosen Angehörigen.

Und noch immer in der Nacht der Wüste ertönt
ein sanftes Kinderweinen, ein Weinen
von abertausend Kindermündern,

als suchte ein Chor den harten Wind,
auf daß wir es vernähmen, daß wir nicht vergäßen.

III DIE HELDEN

Félix Morales, Ángel Veas,
ermordet in Pisagua,
ein glückliches neues Jahr, Brüder
unter der harten Erde, die ihr liebtet,
die ihr verteidigt habt. Heute ruht ihr
unter den Salzwüsten, die, eure
lauteren Namen nennend, knistern,
unter den ausgebreiteten Rosen
des Salpeters, unter dem grausamen
Sand der endlosen Wüste.

Ein glückliches neues Jahr, meine Brüder,
wieviel an Liebe
habt ihr mich gelehrt, wieviel
der Zärtlichkeit Erstreckung
umfangt ihr im Tode!

Ihr gleicht den Inseln, die plötzlich
hervorgehn inmitten des Ozeans,
erhalten vom Himmelsraum
und des Meeresgrunds Feste.

Ich begriff eure Welt:
die Lauterkeit, das unendliche Brot.
Ihr wieset das Leben, den Boden
des Salzes mir, das Kreuz der Armen.
Wie ein Schiff auf dunklem Meere
kreuzte ich die Leben der Wüste,
und ihr zeigtet mir an meiner Seite

die Mühen des Menschen, die Erde,
das zusammengeflickte Haus, das Zischen
des Elends auf den Hochflächen.

Félix Morales, ich entsinne mich deiner,
wie du ein Bildnis maltest groß und zart,
schlank gleich einem neuen Tamarugobaum
und jung, in der dürstenden
Unendlichkeit der Sandsteppe.

Deine unbändige Mähne flatterte
gegen deine blasse Stirn, du maltest
eines Demagogen Bildnis
für die bevorstehenden Wahlen.

Ich erinnere mich, wie du deiner Malerei
Leben verliehst, dich auf der Leiter
emporschwangst, Ausdruck
deiner ganzen süßen Jugend.

Du schufst, Weiß hinzufügend,
abwägend, Helle dem Mund verleihend,
auf der Leinewand das Lächeln
deines Henkers, der später
deine Todesqual befahl.

Ángel, Ángel, Ángel Veas,
Arbeiter der Steppe, ohne Falsch
wie das geschürfte Metall,
sie mordeten dich endlich, nun bist du
dort, wo sie wünschten, die Herrn
von Chiles Boden, daß du wärest:
unter den zermalmenden Steinen,
die du mit deinen Händen so viele Mal
in die Höhe trugst, der Herrlichkeit entgegen.

Nichts Reineres als dein Leben.

Es seien denn die Augenlider der Luft.

Es sei denn der Ursprung des Wassers.

Es sei denn das unerreichbare Erz.

Ich werde durchs ganze Leben mit mir
die Ehre tragen, deine edle Kämpfer-
Hand gedrückt zu haben.

Du warst gelassen, warst Holz,
geformt im Leid,
bis du reinstes Werkzeug warst.
Ich erinnere mich deiner, als die Verwaltung
von Iquique mit dir sich selber ehrte,
Arbeiter, Asket, Bruder.

Es fehlten Brot und Mehl. Da
erhobst du dich vor Morgengraun,
und mit deinen Händen teiltest du
das Brot aus für alle. Niemals
sah ich dich größer, du warst das Brot,
warst das Brot des Volkes, offenherzig
mit deinem Herzen auf der Erde.

Und wenn du spät vom Tagwerk
kehrtest, beladen mit der Bürde
des schrecklichen täglichen Kampfes,
du lächeltest wie das Mehl,
tratest in den Frieden deines Brotes ein
und teiltest dich aus von neuem,
bis der Schlaf zusammenfügte
dein entleertes Herz.

Wer war er? Wer ist er? fragt man mich,
wo ich auch bin,
in fremden Ländern, durch die ich unstet irre.
In Chile fragen sie nicht – die Fäuste in die Luft;
in den Gruben richten sich die Augen auf einen Punkt,
auf den lasterhaften Verräter, der mit ihnen weinte,
als er, um auf den Thron zu erklimmen, um ihre
Stimmen buhlte.
Ihn sahen diese Männer von Pisagua, das tapfere
Titanengeschlecht der Kohle: Tränen vergoß er,
riß vor Versprechungen sich die Zähne aus,
umarmte und küßte die Kinder, die jetzt
die Spuren ihrer Pusteln mit Sand sich säubern.
In meinem Volk, in meinem Land kennen wir ihn.
Es schläft
der Bauer und sinnt, wann werden meine harten Hände
diese verlogene Hundekehle umklammern können,
und der Häuer im Finster der friedlosen Wohnhöhle
streckt seinen Fuß aus und träumt, daß er mit der Sohle
diese schädliche, unersättliche, verkommene Laus breittrat.

Man weiß, wer er ist, der hinter einem Vorhang
von Bajonetten spricht oder hinter unwissendem
Vieh der Märkte
oder hinter den neuen Handelsherrn,
nie aber hinter dem Volk, das ihn sucht,
um eine Stunde mit ihm zu reden, seine letzte Stunde.

Meinem Volk entwand er die Hoffnung, lächelnd
verkaufte er sie dem Meistbietenden in der Finsternis,
und an Stelle neuer Häuser und Freiheit brachte man ihm
Wunden bei,
schlug es im Schacht der Grube,
diktierte man ihm, hinter einer Lafette verschanzt, den Lohn,

während eine Soiree regierte tanzend
mit geschliffnen Zähnen nachtentstiegener Kaimane.

V ICH LITT NICHT

Du aber littest nicht? Ich selber litt keine Pein.
Ich leide nur
meines Volkes Leiden. Ich lebe
im Innern, im Herzen meines Landes, eine kleine Zelle
seines unendlich brennend heißen Blutes.
Ich habe für meine Schmerzen keine Zeit.
Nichts schmerzt mich außer diesen Leben,
die mir ihr reines Vertrauen schenkten
und die ein Verräter hinabstieß an den Grund
des toten Erdlochs, aus dem
man wiederkehren muß, die Rose aufzurichten.

Als der Henker die Richter zwang,
mein Herz
zu verdammen, meinen entschloßnen Bienenschwarm, da
tat das Volk mir auf sein Labyrinth, das unermeßliche,
das unterirdische Gelaß, wo seine Liebe schlummert,
und dort behüteten sie mich, wachsam
bis zu des Lichtes Ankunft und der Winde.
Sie sagten mir: »Du bist uns verbunden,
du bists, der das eisige Schandmal setzen wird
auf des Ruchlosen schmutzigen Namen.«
Und einzig litt ich darunter, daß ich nicht gelitten hatte.
Daß ich die düstren Kerker nicht durchlief
meines Bruders und meines Bruders
mit meinem ganzen Leid gleich einer Wunde,
und jeder niedergebrochne Schritt schleppte sich zu mir,
jeder Schlag auf deinen Rücken traf mich,
und jeder Tropfen Bluts der Marter
glitt zu meinem Lied, das blutete.

VI IN DIESER ZEIT

Ein glückliches Jahr ... Du, der du heut
meine Erde
rings um dich hast, wie glücklich bist du, Freund.
Ich bin ihr umgetriebener Sohn, der meine Liebe gilt.
Antworte mir, denke, ich wär bei dir
und bestürmte dich mit Fragen, denke, ich wär der
Januarwind,
Puelche-Wind, der Berge uraltes Wehen,
das, wenn du die Tür auftust, zu dir kommt,
ohne einzutreten, seine eiligen Fragen vor sich hertreibt.
Sag mir, bist du durch ein Weizen- oder Haferfeld
gegangen,
sind sie golden? Sprich zu mir von einem Tag der Pflaumen.
Fern von Chile denke ich an einen vollkommenen Tag,
violett und lichtdurchflutet, mit Süße in den Trauben
und mit prallen blauen Fruchtkernen, die ihr Gefäß
voller Köstlichkeit in meinen Mund tropfen.
Sage mir, bissest du heute in eines Pfirsichs
makellose Kruppe, dich mit unsterblichem Ambrosia füllend,
bis auch du der Erde Quelle wurdest,
Frucht und Frucht, hingegeben an die Herrlichkeit der Welt?

VII VORMALS SPRACHEN SIE MIT MIR

Durch diese selbst fremden Länder zog ich
in früherer Zeit: meines Vaterlandes Name
glänzte
wie die gestirnten Geheimnisse seines Himmels.
Der auf allen Erdenbreiten Verfolgte, rücksichtslos blind
zu Boden gedrückt von Bedrohung und Schmach,
er rührte an meine Hände, nannte »Chilene« mich
mit einer von Hoffnung getönten Stimme. Damals

deine Stimme barg das Echo einer Hymne; klein waren
deine sandigen Hände, Vaterland, aber sie bedeckten
mehr denn eine Wunde, erlösten
mehr als einen verwüsteten Frühling.
Du wahrtest weiter diese große, von deinem Frieden
gedämpfte Hoffnung unter der Erde,
reiche Saat für alle Menschen,
des Sterns gewisses Auferstehn.

VIII DIE STIMMEN CHILES

Früher war die Stimme Chiles metallene
Stimme der Freiheit, aus Wind und Silber,
früher erschallte sie in der Höhe
des frisch vernarbten Planeten,
unseres von Gestrüpp und
Zentauren überfallenen Amerika.
Bis zum unversehrten Schnee
behütet, stieg dein Chor ehrwürdiger Blätter auf,
deiner Ströme freier Wasser Gesang,
die blaue Herrschaft deiner Würde.
Isidoro Errázuriz war es, der seinen
kämpferischen kristallenen Stern verstrahlte
über dunkle gefesselte Völker,
Bilbao war es, mit der Stirn
eines kleinen stürmischen Planeten,
es war Vicuña Mackenna, der sein zahllos
sprossendes Laubwerk, trächtig von Sinnbildern
und Samen, zu anderen Völkern
brachte, wo dem Licht
das Fenster verschlossen war. Sie traten ein
und entzündeten in der Nacht die Flamme,
und im bitteren Tag fremder Völker
sie waren des Schnees erhabenstes Licht.

IX DIE LÜGNER

Heute heißen sie Gajardo, Manuel Trucco,
Hernán Santa Cruz, Enrique Berstein,
Germán Vergara, sie, die – gegen vorherige
Bezahlung –
vorgeben, in deinem heiligen Namen zu sprechen,
o Vaterland, und behaupten, dich zu verteidigen, wobei sie
dein Löwenerbe in den Schmutz versenken.
Zwerge, wie Pillen zurechtgedreht
in der Apotheke des Verräters, Ratten
des Staatshaushalts, lügenhafte
Gymnasiasten, Geizende
unserer Kraft, armselige
Söldner mit hingestreckten Händen
und Zungen verleumderischer Kaninchen.
Sie sind nicht mein Vaterland, ich erkläre es
jedem, der es hören will in diesen Landen,
nicht sie sind des Salpeters großartiger Mensch,
nicht das Salz des transparenten Volkes,
nicht die bedächtigen Hände, die das Monument
des Ackerbaus errichten,
sie gelten nicht, bestehen nicht, sie lügen und urteilen,
um weiterhin, ohne Existenz, einzuheimsen.

X SIE WERDEN GENANNT

Während ich schreibe, weist meine
linke Hand mich zurecht.
Sie sagt mir: warum nennst du sie,
was sind sie schon, was bedeuten sie?
Warum ließest du sie nicht in ihrem namenlosen Schlamm
des Winters, jenem Schlamm, in den die Pferde harnen?

Und meine Rechte antwortet ihr: »Ich wurde geboren,
um an die Tore zu pochen, die Schläge aufzufangen,
die letzten, in Winkeln verborgenen Schatten zu
entflammen,
in denen die giftige Spinne sich nährt.«
Sie sollen genannt sein. Vaterland, du übertrugst mir nicht
das süße Vorrecht, dich rühmlich zu erwähnen
mit deinen Nelken nur und deinem Wogenschaum,
Vaterland, du gabst mir nicht das Wort, dich anzurufen
mit Namen von Gold, von Blütenstaub und Wohlgeruch,
und beim Säen Tautropfen zu versprühen,
die aus deiner schwarzen Haarflut fallen, der hoheitsvollen:
du gabst mit Milch und Fleisch die Silben mir,
die auch die fahlen Würmer nennen werden,
die deinen Leib durchwandern,
sie, die dein Blut grausam quälen, dir das Leben rauben.

XI DIE WÜRMER DES WALDES

Etwas vom uralten Walde stürzte herab,
vielleicht war es der Sturm,
das Wachsen und die Erdschichten säubernd,
und in den gestürzten Stämmen gärten die Schwämme,
Wegschnecken kreuzten darüber ihre ekelerregenden Fäden,
und das abgestorbene Holz, das aus der Höhe fiel,
füllte sich mit Löchern und grauenhaften Larven.
So auch ist dein Stamm, Vaterland, eine unselige
Würmerherrschaft, die in deinen Wunden lebt,
dicke Händler, die Kupfer kauen,
sie, die vom Palaste aus mit dem Golde wuchern,
Geschmeiß, das Autobusse und Fischereibetriebe
zusammenrafft,
das dich allmählich zerstört, wenig verhüllt nur vom Mantel
des Verräters, der seinen flammenden Samba tanzt,

der Journalist, der seine Kameraden ins Zuchthaus bringt,
der schmutzige Denunziant, der das Regime führt,
der Stutzer, der sich eine eitle Zeitschrift zulegt
mit dem von den Yaganen geraubten Gold,
der Admiral, dumm wie eine Tomate, der Gringo,
der seinen Vasallen eine Börse voll Dollars ausspuckt.

XII VATERLAND, DICH WOLLEN SIE VERTEILEN

»Ihn nannten sie einen Chilenen«, sagen diese Larven
von mir.
Sie wollen mir die Heimat unter den Füßen fortnehmen,
wie ein schmutziges Kartenspiel möchten sie dich abheben
und unter sich wie fettes Fleisch verteilen.
Ich liebe sie nicht. Sie glauben, sie hätten dich schon tot in
Händen,
gevierteilt, und in der Orgie ihrer schmutzigen Pläne
verbrauchen sie dich wie Eigentümer. Ich liebe sie nicht.
Laß mich dich aber lieben in Erdreich und Volk, laß mich
meinen Traum
verfolgen an deines Meeres Grenzen und des Schnees,
laß mich deinen ganzen herben Duft auffangen,
den ich in einem Kelch mit mir trage auf den Wegen,
doch mit ihnen kann ich nicht sein, verlange nicht von mir,
wenn du die Schultern regst und sie zu Boden stürzen
mit ihrer Fruchtbarkeit verkommener Tiere,
verlange nicht von mir, daß ich glaube, sie seien deine Söhne.
Das sakrale Holz meines Volkes ist anders.
Morgen
wirst du auf deines umgrenzten Schiffes Enge,
zwischen den beiden Gezeiten von Ozean und Schnee,
die höchste Liebe sein, das Brot, die Erde, der Sohn.
Tags der edle Brauch der befreiten Zeit,
nächtens die gestirnte Wesenheit des Himmels.

Hinter ihnen allen aber muß man suchen, etwas ist
hinter den Verrätern und den Ratten,
die unterhöhlen;
da ist eine Macht, die deckt den Tisch,
die teilt das Essen aus und die Kugeln aus Blei.
Sie wollen aus dir machen, was sie in Griechenland
zuwege brachten.
Griechenlands Herrensöhne beim Bankett, und Kugeln
gegen das Volk in den Bergen: ausrotten muß man den Flug
des neuen Sieges von Samothrake, erhängen muß man,
umbringen, zugrunde richten, das mordende Messer,
in New York
gezückt, ins Herz stoßen, man muß des Menschen Stolz
mit Feuer brechen, der überall
auftauchte, als würde er geboren
von der blutgetränkten Erde.
Bewaffnen muß man Tschang und den niedrigen Videla,
man muß ihnen Geld für Kerker geben, Schwingen,
daß sie Mitbürger bombardieren, ein Stück Bettelbrot
muß man ihnen schenken, ein paar Dollar, alles übrige
vollbringen sie schon,
sie lügen, korrumpieren, tanzen auf den Toten,
und ihre Frauen prunken in den teuersten »Nerzen«.
Gleichgültig ist ihnen des Volkes Sterben, dieses Martyrium
brauchen die Herren des Kupfers: da sind folgende
Tatsachen:
die Generäle verlassen das Heer und dienen
als Angestellte der Grubenleitung in Chuquicamata,
und in der Salpetermine befiehlt der »chilenische«
General mit seinem Schleppsäbel, wieviel die Söhne
der Steppe fordern dürfen an Lohnerhöhung.

So wird von oben her befohlen, von der Dollarbörse,
so empfängt der Verräterzwerg den Befehl,
so werden Generäle zu Schergen,
so verfault der Stamm des Baumes meines Vaterlands.

XIV ICH DENKE ZURÜCK AN DAS MEER

Chilene, bist du ans Meer gegangen in heutigen
Tagen?
Geh hin in meinem Namen, netz deine Hände und
hebe sie empor,
und ich, von fremden Landen her, werde innig diese Tropfen
lieben,
die niederfallen aus dem unendlichen Wasser auf dein
Gesicht.
Ich kenne sie, habe meine ganze Küste durchlebt,
das stürmische Meer des Nordens, von den
Wüstenzonen bis hin
zur Sturmwucht des Gischts an den fernen Inseln.
Ich erinnre des Meers mich, der eisenhaltigen
zerschrundenen Küsten
Coquimbos, der stolzen Fluten von Talca,
der einsamen Wogen des Südens, die mich geformt.
Ich denke an Puerto Montt zurück und an die Inseln
zur Nacht,
an die Heimkehr vom Strand und das wartende Schiff,
und unsere Füße hinterließen Feuer in ihren Spuren,
geheimnisvolle Flammen eines phosphoreszierenden Gottes.
Jeder Schritt war ein Phosphorstreif.
Wir beschrieben mit Sternen die Erde.
Und übers Meer gleitend das Boot schüttelte
ein Gezweig meerischen Feuers, Leuchtgetiers,
eine Woge unzählbarer Augen, die ein einziges Mal
erwachten und wieder in ihrem Abgrund versanken in Schlaf.

Ich möchte Erde, Feuer, Brot, Mehl, Zucker,
Meer, Bücher, Heimat für alle, darum
war ich unstet und flüchtig: mich verfolgen die Richter
des Verräters,
und seine Lobhudler versuchen gleich abgerichteten
Affen die Erinnerung an mich in einen Sumpf
zu verwandeln.
Ich ging mit *ihm*, mit *diesem*, der da regiert, zum Eingang
der Mine, in die Wüste der vergessenen Morgenröte,
ich ging mit ihm und sprach zu meinen armen Brüdern:
»Ihr werdet nicht mehr die Fasern zerlumpter Kleidung
tragen,
ihr werdet nicht mehr diese brotlosen Tage haben,
ihr werdet behandelt werden,
als wäret ihr des Vaterlandes Kinder.« – »Von nun an
wollen wir die Schönheit teilen, und die Augen
eurer Frauen werden nicht mehr um ihre Söhne weinen.«
Doch als man an Stelle ausgestreuter Liebe im Dunkeln
jenem selben nur Hunger und Marter entlockte,
jenem, dem das Volk gelauscht, jenem, der seine
Kraft und Zärtlichkeit eines machtvollen Baumes
darbringen wollte,
da stand ich nicht an seiten des kleinen Satrapen,
sondern an seiten des Menschen ohne Namen, bei meinem
Volk.
Ich will mein Land für die Meinen, ich will
gleiches Licht über dem Scheitel
meines flammenden Landes,
ich will die Liebe des Tages und der Pflugschar haben,
will tilgen die Trennungslinie, die voller Haß
sie schaffen, um das Brot vom Volk zu trennen,
und den, der des Heimatlandes Grenze entfernt,
um es auszuliefern, gefesselt, als sein Kerkermeister
denen, die dafür zahlen, wenn sie es versehren;

ihn werde ich nicht besingen noch mit Stillschweigen
übergehen,
sein Zeichen, seinen Namen will ich
angeschlagen lassen an der Wand der Schande.

XVI DU WIRST KÄMPFEN

Dieses neue Jahr, Landsmann, gehört dir.
Es wurde weit mehr von dir als von der Zeit geboren,
wähle aus
das Beste deines Lebens und bring es dar dem Kampf.
Dieses Jahr, das wie ein Toter in sein Grab versank,
kann nicht in Liebe ausruhn und in Angst.
Dieses abgestorbene Jahr ist ein Jahr der Schmerzen,
die anklagen.
Und wenn seine bitteren Wurzeln zu festlicher
Stunde, in der Nacht, sich lösen und abfallen
und aufsteigt ein neues unbekanntes Kristall ins Leere
eines Jahrs, das anfüllen wird nach und nach dein Leben,
gib du ihm die Würde, die mein Vaterland,
das deine, begehrt, diese Landenge aus Vulkanen und Reben.
Ich bin nun nicht mehr Bürger meines Landes: man
schreibt mir,
der unrühmliche Clown, der regiert, hätte mit tausend
anderen Namen den meinen ausgelöscht
von den Listen, die Gesetz waren der Republik.
Mein Name ist getilgt, auf daß ich nicht existiere,
damit der schreckliche Geier der unterirdischen Verliese
gebiete
und vertierte Aufseher befehlen, die prügeln
und foltern in den Kellergewölben
der Regierung, auf daß, wohlverbürgt, die Gutsverwalter
bestimmen, die Vorgesetzten, die Geschäftspartner
des Händlers, der die Heimaterde ausgeliefert hat.

Ich irre unstet umher, durchlebe die Qual, fern zu sein
dem Gefangenen und der Blume, dem Menschen und
dem Land,
du aber wirst kämpfen, um das Leben zu verändern.
Du wirst kämpfen, um den Schandfleck
auf der Erdkarte zu tilgen, wirst kämpfen ohne Bedenken,
auf daß die Schande dieser Zeit ein Ende habe
und des Volkes Kerker sich öffnen und in die Lüfte
sich die Flügel schwingen des verratenen Sieges.

XVII EIN GLÜCKLICHES JAHR MEINEM VATERLAND IN DER FINSTERNIS

Ein glückliches Jahr sei dieses für dich, für alle
Menschen und das Land, geliebtes Araukanien.
Zwischen deinem und meinem Dasein liegt dieses neue Dunkel,
das uns trennt, und Wälder, Ströme, Wege.
Dir aber entgegen, mein kleines Land,
stürmt mein Herz wie ein dunkles Roß:
ich dringe in seine Wüstenräume einer reinen Geographie,
durcheile die grünen Täler, wo der Weinstock seinen
jungen Alkohol speichert, das Meer seiner Trauben.
Ich trete in deine Dörfer mit umfriedeten Gärten,
leuchtendweiß wie Kamelien, in den säuerlichen
Duft deiner Bodegas und durchschneide
wie ein Flößer die Fluten deiner Ströme, die mit
überschäumendem Mund
erschüttert beben und singen.

Ich entsinne der Wege; zu dieser Zeit vielleicht
oder eher im Herbst läßt man auf den Häusern
die goldenen Maiskolben trocknen,
und wie oft war ich als Kind entzückt,
da ich Gold auf den Dächern der Armen sah.

Ich umarme dich, ich muß nun
zurückkehren an meinen verborgenen Ort. Ich umarme dich,
ohne dich zu kennen: sag mir, wer du bist, erkennst
du im Chor der Geburten meine Stimme?
Unter allen den Dingen, die dich umgeben, hörst du
meine Stimme, fühlst du nicht, wie mein strömender
Gesang dich umgibt, gleich natürlichem Wasser der Erde?

Ich bins, der die ganze liebliche Oberfläche,
den blühenden Gürtel meines Landes in Armen hält
und dich anruft,
daß wir reden, wenn die Freude erlischt,
und um dir diese Stunde darzubringen wie eine geschlossene
Blüte.
Ein glückliches neues Jahr meinem Vaterland in der
Finsternis.
Laßt uns zusammen dahingehen, die Welt ist
weizenbekränzt,
der tiefe Himmel fliegt und läßt seine hohen hellen Steine
niedergleiten, die an der Nacht zerbrechen: gerade
hat der neue Kelch sich mit einer Minute gefüllt,
die dem Strom der Zeit sich verbinden muß, der uns trägt.
Diese Zeit, dieser Kelch, diese Erde sind dein:
erkämpfe sie, lausche, wie das Frührot anbricht.

XIV Der große Ozean

I DER GROSSE OZEAN

Wenn von deinen Gaben, deinen Verderben, Ozean,
für meine Hände ich ein Maß
bestimmen könnte,
eine Frucht, ein Ferment,
ich wählte deine ferne Ruhe, die Linien deines Stahls,
deine von Luftraum und Nacht bewachte Erstreckung
und deiner weißen Sprache wogende Energie,
die ihre Säulen zerbirst und stürzt
in der eignen vernichteten Reinheit.

Nicht die letzte Woge ists mit ihrem salzenen Gewicht,
sie, die Küsten zermalmt und des Sandes Frieden
erschafft, der die Welt umspannt:
es ist das zentrale Volumen der Kraft,
der Wasser ausgedehnte Macht,
die lebenerfüllte reglose Einsamkeit.
Zeitenraum vielleicht oder Gefäß, mit nichts
angehäuft denn Bewegung; vollkommene Einheit,
die der Tod nicht gezeichnet, grünes Eingeweid
der verzehrenden Totalität.

Vom untergetauchten Arm, der einen Tropfen emporhebt,
nichts verbleibt als der Kuß des Salzes. Von den Leibern
des Menschen an deinen Gestaden ein feuchter
Hauch benetzter Blüte bleibt zurück. Deine tiefe Energie
scheint hinzugleiten, ohne je sich aufzubrauchen,
scheint zurückzukehren zu ihrer Ruhe.

Die Woge, die von dir schnellt,
Bogen gleichen Wesens, sternische Feder,
sie war, da sie niederstürzte, nur Schaum
und rollte zurück, um neu zu erstehn, ohne sich zu
verzehren.

All deine Kraft kehrt zurück, um Ursprung zu sein.
Einzig gibst du zermalmtes Geschlinge preis,
Schalen, die deine Schiffsfracht von sich warf,
alles, was seine tätige Fülle ausstieß,
was aufhörte, Blütendolde zu sein.

Dein Standbild liegt jenseits der Wogen gebreitet.

Lebendig und wohlgefügt wie die Brust und die Hülle
eines einzigen Wesens und seines Atmens,
aufgeschwungen in des Lichts Materie,
bilden Flächen, von den Wellen emporgehoben,
die nackte Haut des Planeten.
Dein eigenes Sein füllst du an mit deiner Substanz.

Du häufst die Wölbung des Schweigens.

Mit deinem Salz und deinem Honig das Weltenbecken bebt,
der allumfassende Hohlraum der Wasser,
und nichts fehlt in dir wie im zerschundenen
Krater, im ungeschliffenen Glas:
leere Gipfel, Narben, Zeichen
bewachen die verstümmelte Luft.

Deine Blüten pochen an das Weltall,
deine unterseeischen Getreide zittern,
die sanften Algen lassen ihr Bedrohen niederhangen,
es schwimmen die Brustschwärme und mehren sich,
und einzig zum Garn der Netze auf
steigt der tote Blitz der Schuppe,
ein Millimeter, wund in der Ferne
deiner kristallenen Totalitäten.

Als in Erde und Metall die Sterne
sich verwandelten, als die wogende Kraft
verging und umgestürzt das Gefäß war
der Morgenröten und Kohlen, versunken
das Feuer an seine ständigen Orte,
stürzte, ein brennender Tropfen, das Meer
von Raum zu Raum, von Stunde zu Stunde:
sein blaues Feuer ward Erdensphäre,
die Luft seines Schöpfrads tönende Glocke,
sein innerstes Wesen bebte im Schaum,
und in des Salzes Helle ward die Blüte
emporgetrieben seiner unendlichen Selbstherrlichkeit.

Während die abgespaltenen Gestirne
gleich lethargischen Lampen ruhten,
ihre unbewegte Reinheit mindernd,
füllte das Meer mit Salz und Bißwunden
seine Größe, es belebte die Erstreckung des Tages
mit Flammenzungen und Bewegung,
erschuf die Erde und entfesselte den Gischt,
hinterließ, wo es verebbte, Spuren von Gummi,
überzog mit Statuen den Abgrund,
und hervorging an seinen Ufern das Blut.

Gestirn der Fluten, Geburten-Wasser,
Mutter-Materie, unbesiegbares Mark des Lebens,
bebender im Schlamm errichteter Tempel:
das Leben in dir tastete an nächtliches Gestein,
zog sich, so es die Wunde berührte, zurück,
behauptete sich mit Schilden und Diademen,
spannte transparente Gebisse aus:
häufte Krieg an in seiner Wölbung.
Was die von der seelenlosen Substanz des Blitzes

zerrissene Dunkelheit formte,
Ozean, in deinem Leben lebt es.

Die Erde schuf im Menschen sich die Heimsuchung.

Er entthronte Tiere, trug Gebirge ab,
erforschte die Keimzellen des Todes.

Indessen, in deiner Zeitendauer blieben
die Flügel des überfluteten Zeitenverlaufs lebendig,
und die erschaffene Herrlichkeit erhält
die gleichen Schuppensmaragde,
hungrige Tannengebilde, die
mit bläulichen Ringmäulern schlingen,
das wallende Haar, das ertrunkene Augen aufsaugt,
die Sternkoralle aus streitbaren Gestirnen,
und an der ölglänzenden Kraft des Wals
abgleitet das zermalmende Dunkel.
Da erstand die Kathedrale ohne Hände,
durch unzählbare Schläge der Flut,
spitz wie eine Nadel wurde das Salz,
wurde Klinge brütenden Wassers,
und reine Lebewesen, eben ausgestreut,
wimmelten und flochten Wände,
bis, gleich Nestgruppierungen
mit dem grauen Schmuck des Schwamms,
die scharlachrote Tunika hinabglitt,
die gelbe Apotheosis des Strandes auflebte,
die kalkige Amarantenblüte erwuchs.

Alles war Sein, wild bebende Substanz,
blutgierige Blüten, die bissen,
angehäufte nackte Masse,
Zucken samentragender Pflanzen,
das Bluten der feuchten Sphären,
unaufhörliches blaues Wehen, das einriß

die schroffen Grenzen der Lebewesen.
Und so ward das unbewegliche Licht ein Maul
und zerbiß sein dunkelviolettes Edelgestein.
Es war der Ozean die minder harte Form,
des Lebens lichtschimmernde Grotte,
die lebenträchtige gleitende Masse
von Traubengebilden, des Ovariums Geweb,
Keimzähne weithin verstreut,
die Schwerter jugendlicher Lymphe,
angehäufte Organe der Zeugung:
alles in dir pochte voll Leben, das Wasser
mit Höhlungen füllend und Erschütterung.
So bekam das Gefäß des Lebens
sein wildes Arom, seine Wurzeln;
ein Sterneneinbruch wurden die Wogen:
Schmalheit und Vollkommenheit überlebten,
Schaumgelock und Meeresbreite richteten steil
des Gischts goldglänzenden Schmuck auf.
Und für immerdar an den Gestaden bebte
des Meeres Stimme, das Brautbett der Wasser,
die sturmgepeitschte zerschmetternde Fläche,
tosende Milch des Gestirns.

III DIE FISCHE UND DER ERTRUNKENE

Auf einmal sah ich die Meerregionen belebt
von Intensität, von stahlharten Formen;
Mäuler, einer zerschneidenden Linie gleich,
Blitze versunkenen Silbers,
Trauerfische, spitzbogige Fische,
Fische wie ein mit Goldnägeln verziertes Firmament,
Fische, deren mondhafte Tupfen glänzen,
Fische, die hinhuschen wie Fieberschauer,
weiße Geschwindigkeit, schlankes Wissen

des Kreislaufs, ovale Mäuler
die Blutgier und Vermehrung.

Schön war die Hand und die Hüfte,
die, umgeben von flüchtigem Mond,
die Menge der Fische erbeben sah,
den feuchten elastischen Strom Leben,
in den Schuppen Wachstum von Sternen,
samentragenden Opal, gestreut
auf des Ozeans düsteres Linnen.

Sah Steine von Silber erglühen, die bissen,
Standarten vibrierender Kostbarkeit,
und hielt sein Blut ein, niedersinkend
zur klaffenden Tiefe,
aufgehalten von Mäulern, die seinen Torso
durchdrangen mit scharfen blutgierigen Ringen,
bis er, aufgelöst und zerteilt,
eine blutige Ähre, ein Wappen
der Meerflut, ein Gewand, das die Amethysten
zerreiben, ein wundes Vermächtnis
unter dem Meer ist, in seinem unendlichen Baum.

IV DIE MENSCHEN UND DIE INSELN

Die ozeanischen Menschen erwachten, es sangen
an den Inseln die Wasser von einem zum andern
grünen Stein:
die Spinnmädchen kreuzten den gesonderten Raum,
in dem Feuer und Regen, ineinanderverwoben,
Diademe schufen und Tambore.
Der melanesische Mond
war eine Sternkoralle, hart, die schwefligen Blumen
entstammten dem Ozean, die Töchter der Erde

bebten wie Wellen
im bräutlichen Wind der Palmenhaine,
und in das Fleisch drangen, das Leben verfolgend
im Wogengischt, die Harpunen.

Schwankende Kanus im leeren Tag,
wie Blütenstaub verstreut von den Inseln bis
zum metallnen Massiv des nächtlichen Amerika:
winzige namenlose Sterne, duftend
wie verborgene Quellen, strotzend
von Federn und Korallen; als
die ozeanischen Augen die düstre Höhe
der Kupferküste entdeckten, den schroffen
Turm aus Schnee, und die Menschen aus Erdenton
tanzen sahen die feuchten Standarten
und die gewandten luftähnlichen Söhne
der fernen Meereseinsamkeit,
da nahte die verlorengegangene
Orangenblüte, da kam heran der Windhauch
der ozeanischen Magnolie, die Sanftheit
des blauen Sporns in der Flanke,
der Kuß von den Inseln ohne Metalle,
die wie zerfließender Honig rein,
wohltönend wie des Himmels Linnen.

V RAPA NUI

Tepito-Te-Henúa, Nabel des unermeßlichen Meeres,
Bildhauer-Werkstatt der See, erloschenes Diadem.
Aus deiner Lavaschlacke aufstieg des Menschen
Stirn und ragte über den Ozean,
die in Stein geritzten Augen
durchmaßen das zyklopische Weltall,

und Mitte des Lebens war die Hand, die
deiner Statuen vollendete Größe errichtet.

Deiner Gottheit Fels ward behauen
hin nach allen Seiten des Ozeans,
und des Menschen Gesichter,
aus dem Innersten der Inseln kommend,
von leeren Kratern geboren, erschienen,
mit den Füßen dem Schweigen verstrickt.

Sie waren die Wächter und sperrten
den Zyklus der Wasser, die da
aus allen feuchten Bereichen kamen,
und im Angesicht der Masken das Meer hielt
seine blau anstürmenden Bäume zurück.
Niemand, nur diese Gesichter bewohnten
den ganzen Umkreis des Meerreichs. Stumm war,
wie ein Planetenspalt, der dünne Faden
Zeit, der den Zugang der Insel umspann.

So, im Glanz der Meereswölbung,
die Fabel aus Stein krönt
mit toten Erinnerungszeichen die Unermeßlichkeit,
und die kleinen Menschenhäupter, die diese
ganze einsame Götterherrschaft
für die Ewigkeit der Wogenkronen erbauten,
kehrten ins Meer zurück unsichtbar zur Nacht,
kehrten zurück in ihre Sarkophage aus Salz.

Nur der Fischmond, der auf dem Sande starb.

Nur die Zeit, die die Moais-Götter zernagt.

Nur die Ewigkeit auf dem Strande
kennen die Sprache:

das versiegelte Licht, das tote Labyrinth,
den Zugang zum versunkenen Gefäß.

VI DIE ERBAUER DER MONUMENTE (Rapa Nui)

Ich bin der Bildner der Statuen. Ich bin ohne Namen,
namenlos.
Habe kein Gesicht. Das meine löste sich von mir, bis
daß es hinflog über Dornengestrüpp und aufstieg,
die Steine befruchtend.
Sie nun tragen mein zu Stein gewordenes Gesicht, die harte
Einsamkeit meines Landes, Ozeaniens Haut.

Nichts weiter wollen sie sagen, nichts weiter wollten sie
als geboren werden mit ihrem ganzen Erdvolumen und
fortdauern, hingegeben an die schweigende Zeit.

Du wirst mich fragen, ob die Bildsäule, die so viele
Finger und Hände, dunkle Arme verbrauchte,
dir ein Wort des Kraters aufbewahrt, ein uraltes
in einem Lavazeichen enthaltenes Arom?

So ist es nicht, die Statuen sind, was wir waren, wir
sind, unser Antlitz, das auf die Wogen blickte,
unsre Materie, zuweilen unterbrochen, zuweilen
fortdauernd in dem uns ähnlichen Stein.

Andere waren die kleinen, die bösartigen Götter,
Fische, Vögel, die den Tag hinhielten
und die Beile verbargen, die Größe zu zerstören
der erhabensten Gesichter, die der Stein ersann.

Mögen, so sie wollen, die Götter den Streit überwinden
um die zurückgehaltene Ernte und die blaue Süße
der Blumen nähren im Wogentanz.

Mögen sie hinauf oder hinab den Zugang schaffen
zum Mehl:
alle Brautlinnen tränken
mit dem benetzten Pollen, der unsichtbar
tief innen im roten Frühling des Menschen tanzt,
bis an diese Wände aber, an diesen Krater gelangst
nur du, winziger Sterblicher, Steinmetz der Monumente.

Sie werden sich anschicken, dieses Fleisch und anderes
zu vergeuden,
die schutzlose Blüte wird vielleicht vergehen,
da bei fruchtlosem Frührot, trockenem Staub eines Tages
kommen wird der Tod an den schmalen Saum der
stolzen Insel,
und du, Bildsäule, Tochter des Menschen, bleibst übrig,
mit leeren Augen blickend, die aus dieser oder jener
Hand Unsterblicher aufwuchsen, die fern für immer.

Du wirst die Erd aufwühlen, bis daß Dauerhaftigkeit
erstehe, Schatten falle auf das Gebild
wie auf eine ungeheure Biene, die den eigenen
an die unendliche Zeit verlorenen Honig verschlingt.

Deine Hände werden, bis sie ihn vollenden, den Stein
berühren,
ihm die einsame Kraft verleihend, daß er dauern
möge, ohne die Namen aufzubrauchen, die nicht vorhanden sind,
und so, vom Leben bis zum Tod der Zeit,
verhaftet wie eine einzige wogende Hand,
erheben wir den ausgeglühten Turm, der schläft.

Die Bildsäule, die auf unserer Größe erwuchs.

Blickt hin auf sie, berührt diese Materie heut; diese Lippen
haben die gleiche stumme Sprache, die in unserem Tode
schlummert, und die Narbe aus Sand,
die Meer und Zeit wolfsgleich beleckten,
sie waren Teil eines Gesichts, das nicht vernichtet ward,
Stück eines Wesens, Blütentraube, die des Menschen
Asche besiegte.

So entstanden sie, wurden sie Leben, die
in Stein ihre eigne harte Zelle bauten, ihre Wabe.
Und dieser Blick birgt mehr an Sand als die Zeit.
Mehr Schweigen als all der Tod in seinem Bienenstock.

Sie waren der Honig eines ernsten Plans, der das blendende
Licht in sich aufnahm, das heute hingleitet im Stein.

VII DER REGEN (Rapa Nui)

Nein, es soll die Königin nicht dein Antlitz
erkennen, es ist süßer
so, Liebste, den Bildnissen fern, die Schwere
deiner Haarflut in meinen Händen; entsinnst du dich
des Baums von Mangareva, dessen Blüten niederschwebten
auf dein Haar? Diese Finger gleichen nicht
den weißen Blumenblättern: schau sie an, wie Wurzeln
sind sie,
wie steinerne Pflanzenstiele, über die die Eidechse
huscht. Fürchte nicht, warten wir, nackt, daß der
Regen fällt,
der Regen, derselbe, der niedergeht über Manu Tara.

Indes, da das Wasser seine Spuren härtet im Stein,
strömt es auf uns und entführt uns sanft
in die Dunkelheit, tiefer hinab in die Krateröffnung
des Ranu Raraku. Darum
erspäht dich der Fischer nicht noch der Krug. Berge
deiner Brüste Zwillingsglühen in meinem Munde,
und laß dein Haupthaar eine kurze Nacht es sein,
ein Dunkel mir, dessen feuchter Duft mich bedeckt.

Nachts träume ich, du und ich wären zwei Pflanzen,
die zusammen aufwüchsen mit ineinander verflochtenen
Wurzeln,
und du kennst die Erde und den Regen so wie
meinen Mund,
denn aus Erde und Regen sind wir. Zuweilen
denke ich, wir werden unten schlafen im Tode,
in der Tiefe zu der Bildsäule Füßen und auf
den Ozean schauen, der uns hergeführt, zu erbauen
und zu lieben.

Meine Hände waren nicht eisenhart, da sie dich kennenlernten,
anderer
Meere Wasser gingen durch sie wie durch ein Netz,
nun aber
schützen Wasser und Steine Samen und Geheimnisse.

Liebe mich, Schlummernde, Nackte, die am Gestade du
dieser Insel gleichst: deine bestürzte Liebe, deine staunende
Liebe, in der Träume Höhlung verborgen,
ist wie des Meeres Bewegung, das uns umgibt.

Und wenn auch ich einst entschlafe
in deiner Liebe, nackt,
laß meine Hand zwischen deinen Brüsten ruhen, daß sie
im gleichen Takt wie deine Brustspitzen bebe,
die vom Regen feucht.

Ohne andre Idole als der verwesten Robben
Fell,
des Meeres Würde, waren die Yámanas
von der Antarktis Geißel gepeitscht, die Alacalufes
gesalbt mit Fetten und Resten:
zwischen Mauern aus Kristall und Abgrundtiefe
das kleine Kanu trug durch die von Eisschollen
und Regenböen starrende Feindschaft
die rastlose Liebe von Wölfen
und die Kohlengluten verteidigten Feuers
hinaus auf die letzten tödlichen Wasser.

Du Mensch, wenn die Vernichtung auch
nicht auf den Flüssen vom ewigen Schnee herabkam
noch vom erstarrten Mond
über den Eishauch der Gletscher,
sondern vom Menschen her, der bis in die Substanz
des bezwungenen Schnees und der letzten
Wasser des Ozeans
Handel trieb mit vertriebenen Knochen,
bis er dich stieß jenseits aller Dinge,
fährt heute jenseits aller Dinge, des Schnees
und des vom Eis entfesselten Sturmes
deine Piroge durch das wilde Salz
und die tobende Einsamkeit, auf der Suche nach dem
Schlupfwinkel des Brots; Ozean bist du,
Tropfen der See und ihres rasenden Blaus,
und dein zerwetztes Herz ruft mich
wie ein unfaßliches Feuer, das nicht erstirbt.

Ich liebe die eisstarre Pflanze, umkämpft
vom Geheul des gischtenden Sturms,
und am Grunde der Schluchten
der winzigen Leuchttiere Schwarm,

der über den Lampen der Schalentiere
der von Kälte aufgewühlten Wasser glüht,
und das antarktische Frührot in seinem Schloß
von bleichem traumhaftem Glanz.

Ich liebe selbst die ungestümen Wurzeln
der Pflanzen, von der Morgenröte mit durchsichtigen
Händen verbrannt,
jedoch zu dir hin, Schatten des Meers, Sohn
eisiger Gefieder, zerlumpter
Ozeanide, rollt diese
in der Widersee geborene Woge, gelenkt
wie die verwundete Liebe unter dem Wind.

IX ANTARKTIS

Antarktis, australe Krone, Bündel
gefrorener Leuchten, Cineraria
aus Eis, losgerissen
von der Erde Haut, Tempel,
durch Reinheit zerbrochen, Segelschiff, gelandet
auf der Kathedrale schneeiger Weiße,
Opferstätte zersplitterten Kristalls,
Orkan, an den Wänden zerschellt
des nachtgeborenen Schnees,
reich mir deine falsche Brust, aufgewühlt
von der feindseligen Einsamkeit, dem Lauf
des zerschmetternden, von lauter Blütenkronen
des Hermelins verhüllten Windes,
von allen Nebelhörnern des Schiffbrüchigen
und dem weißen Versinken der Welten,
oder deine Brust des Friedens gib, die die Kälte läutert
wie ein reines Stück Quarzgestein
und das nicht Geatmete, den unendlichen,

den transparenten Stoff, die freie Luft,
die Einsamkeit ohne Erdreich, ohne Dürftigkeit.
Herrschaft des härtesten Mittags,
säuselnde Harfe des Eisens, unbewegt,
nahe den feindlichen Sternen.

Sämtliche Meere sind dein vollkommenes Meer.

Alle des Ozeans widerstehenden Kräfte
ballten in dir ihre Transparenz,
und das Salz belebte mit seinen Schlössern dich,
das Eis erbaute Städte, errichtet
auf einer kristallenen Nadel, der Wind
durchstieß deinen salzigen Paroxysmus
wie ein Tiger, verbrannt vom Schnee.

Deine Kuppeln gebaren die Gefahr
vom Schiff der Gletscher her,
und auf deinem öden Rücken wächst das Leben
wie unter dem Meer ein Weinberg, brennend,
ohne sich zu verzehren, das Feuer bewahrend
für den Frühling des Schnees.

X DIE SÖHNE DER KÜSTE

Parias des Meeres, gepeitschte
antarktische Hunde,
tote Yaganen, auf deren Gebein
die Herren tanzen, die nach Tarif
die mit Messerhieb
abgeschlagenen stolzen Hälse bezahlten.

Changos von Antofagasta und der dürren Küste,
Parias, vor Kälte erstarrte Läuse des Ozeans,
Engel aus Rapa, Bettelvolk aus Anga-Roa,

gebrochne Lemuren, Aussätzige von Hotu-Iti,
Sklaven von den Galápagos, arbeitsame
Lumpenträger der Archipele,
fadenscheinige Kleider, durch deren
schmutzige Flicken
der Körper des Kampfes blickt,
die vom Winde salzige Haut, der mutige
Stumpf amberfarbenen Menschenwesens:
in die Heimat des Meeres gelangte die Ladung der Schiffe,
der Strang kam, das Siegel, die Niederlassung,
die Banknote mit dem verschwommenen Profil,
Flaschenreste am Strande,
kam der Gouverneur, der Deputierte,
und das Herz des Meeres ward festgeheftet,
wurde Geldbörse, Jod und Agonie.

Und als sie zu verkaufen begannen, süß war
der Tagesanbruch, die Hemden
waren wie Schnee auf den Segelschiffen,
und des Himmels Söhne waren entzückt:
Blüte und Freudenfeuer, Mond und Bewegung.

Läuse der See, nun nährt euch von Tierkot,
späht aus nach Beute, nach den zerfetzten
Schuhen des Seefahrers, des Bevollmächtigten,
ihr riecht nach Abwässern nun und Fisch.
Schon tratet ihr in den Kreislauf,
aus dem ihr nur hinausgelangt, um zu sterben.
Keinen Tod im Meer mit Wasser und Mond,
sondern den der verkommenen Grablöcher
des Nekrologs, denn, wenn ihr es auch übersehen wolltet,
jetzt seid ihr verloren.
Vor dem Tode gab es Erdstriche,
Auswanderung, Rastorte, Jahreszeiten,
und ihr konntet tanzend aufsteigen,
vom Tagestau der Rose umhüllt

und von der Meerfahrt des Silberfischs:
jetzt seid ihr tot für immer: versunken
in das finstere Dekret des Mönchs,
und einzig noch seid ihr Würmer der Erde,
die höchstens sich krümmen dürfen
unter den Notariaten der Hölle.

Kommt, wimmelt über die Ufer
des Meeres: euch lassen wir
noch zu, ihr könnt zum Fischfang ausfahren, sofern
unsere Fischerei-Gesellschaft
dabei sichergestellt wird: ihr könnt hingehn,
die Rippen euch an den Molen scheuern,
Säcke mit Garbanzos schleppen
und schlafen auf den Schlackenhaufen der Küste.
In Wahrheit seid ihr eine Bedrohung, räudige
Enterbte des Meerschaums, es wäre
weit besser, der Priester gäbe euch die Erlaubnis,
das Schiff zu besteigen, das eurer harrt
und das mit Läusen und allem ins Nichts
euch führe, ohne Sarg, gefressen
von den letzten Wogen und Mißgeschicken,
wofern man das Begräbnis nicht bezahlen müßte.

XI DER TOD

Quallen, den Algen ähnelnd,
dem Meeresamt der Tiefe,
und ihr, die plötzlich ihr auftaucht
wie schmale Monde mit purpurroter Schneide:
ölig schimmernde Flossen in der Finsternis,
Trauer und Raschheit, Segler der Angst,
auf die wie eine Blütenkrone
das Verbrechen klimmt mit seinem taumelnden Licht,

ohne einen Laut, in einem grünen Feuer,
in der Messerschmiede eines Blitzes.

Reine dunkle Gebilde, die hingleiten
unter des Meeres Haut, wie die Liebe,
die Liebe, die die Brust überfällt,
wie die Nacht, die in den Trauben erglänzt,
wie des Weines Funkeln in den Dolchen:
breite, unermeßlichen Felles Schatten,
Standarten der Bedrohung: Bündel
von Armen, Mündern, Zungen, die mit wellender
Blüte umschließen, was sie verschlingen.

Im kleinsten Tropfen des Lebens
wartet ein unentschlossener Frühling,
der umspannen wird mit seinem unbewegten Organismus,
was beim Sinken ins Leere bebte:
das ultraviolette Band, das gleiten ließ
einen dünnen lasterhaften Phosphorstreif
in die düstre Agonie des Verlorenen,
und der Teppich des Ertrunkenen, überzogen
von einem Wald von Lanzen und Muränen,
zitternd und tätig wie der Webstuhl, der
in der verschlingenden Tiefe webt.

XII DIE WOGE

Die Woge schwingt aus der Tiefe empor mit
Wurzeln,
Töchter des versunkenen Firmaments.
Ihr schnellender Einbruch ward in die Höhe
geworfen von des Ozeans reiner innewohnender Kraft:
ihre Ewigkeit trat in Erscheinung, da sie
die Gewölbe der unergründlichen Macht überschwemmte

und jedes Wesen ihr seine Widerstandskraft lieh,
sie verbreitete an ihrem Gürtel eisiges Feuer,
bis sie von den Zweigen der Gewalt
löste ihre schneeige Macht.

Eine Blume, so treibt sie aus der Erde,
wenn sie festen Dufts hinrollt
zu der Magnolie Pracht,
aber diese Blüte der Tiefe, die aufgebrochen ist,
trägt alles Licht, das vernichtet ward, in sich,
trägt alle Zweige, die nicht verbrannten,
und der blendenden Weiße ganzen Quell.

Und wenn ihre Augenlider, die runden,
ihr Volumen, ihre Wipfel, ihre Korallen
die Haut des Meeres schwellen, so das große Dasein
untermeerischer Leben zum Vorschein bringt:
ist es der Wasser Einheit, die sich errichtet,
die Säule der See, die sich auftürmt,
all ihre Geburten und Zerstörungen.

Die Schule des Salzes öffnete ihre Pforten,
aufflog, gegen den Himmel brandend, das ganze Licht,
aus der Nacht der Morgenröte entgegenschwoll
der Gärstoff des benetzten Metalls,
die große Helle wurde Blütenkrone,
aufwuchs, bis sie das Gestein verbrauchte, die Blume,
zum Tod aufstieg des Schaumes Strom,
Meersturmgewächse griffen an,
es ergoß die Rose sich in den Stahl:
die Dämme des Wassers bogen sich,
und ohne zu verströmen, riß das Meer
seinen Turm ein aus Kristall und eisigem Schauer.

Acapulco, wie ein blauer Stein gehauen,
wenn du erwachst, von neuem schimmert vor
deiner Tür
regenbogenfarben, wie eine Muschel gerändert das Meer,
zwischen deinen Steinen huschen Fische wie Blitze hin,
die, mit Meeresglanz geladen, zucken.

Du bist lidlos das vollkommene Licht, wie eine
Strandblume schwebend, der nackte Tag
zwischen der entrollten Unendlichkeit der Wasser
und der von irdenen Lampen erleuchteten Höhe.

In deiner Nähe schenkten die Lagunen die Liebe mir
des heißen Tags mit Tieren und Mangrovewäldern,
die Nester, Knorren gleich, an den Ästen, von denen
der Flug der Reiher Schaum in die Höhen trug,
und im Scharlachwasser wie ein Verbrechen wimmelte
gefangen ein Volk von Mäulern und Wurzeln.

Topolobampo, kaum angedeutet an den Ufern
des milden und kahlen meerhaften Kalifornien,
Mazatlán, sternübersätes, Hafen der Nacht, ich lausche
den Wogen, die an deine Dürftigkeit schlagen
und an deine Gestirne, dem Herzschlag
deiner leidenschaftlichen Sängerchöre,
deinem somnambulen Herzen, das da
unter den roten Netzen des Mondes singt.

Guayaquil, Lanzensilbe, äquatorialen
Sternbildes Klinge, geöffneter Riegel
der feuchten Finsternis, die wie die durchnäßte
Haarflechte einer Frau hinwogt:
eiserne Pforte, verdorben
durch den bitteren Schweiß,

der die Trauben netzt,
der Elfenbein ins Laubwerk träuft
und zum Mund des Menschen rinnt
ätzend wie Meeressäure.

Ich erklomm die Felsen von Mollendo, die weißen,
nichts als ausgedörrter Glanz und Narben,
Krater, dessen zerschrundene Welt
seinen Schatz zwischen den Steinen festhält,
enger Raum des Menschen,
ins kahle Geröll des Steilhangs gezwängt,
Schatten der metallischen Schluchten,
des Todes gelbes Kap.

Pisagua, Schriftzug des Schmerzes, vom Leiden
befleckt, in deinen leeren Ruinen,
an deinen grausigen Felsenböschungen,
in deinem Kerker aus Stein und Verlorenheit
man trachtet auszurotten das Menschengewächs,
man wollte da einen Teppich wirken
aus toten Herzen, das Unglück erniedrigen
als Zeichen der Tollheit bis zur Vernichtung
der Menschenwürde: dort, in den salzbefallenen
öden Gassen bewegen Gespenster
des Jammers ihre Ponchos,
und in den nackten schimpflichen Erdschrunden
steht, berannt vom einsamen Wogenschaum,
als Monument die Geschichte.
Pisagua, in deine Gipfelleere aber,
in die tosende Einsamkeit ragt die Macht
der Wahrheit des Menschen
wie ein lichtes und edles Monument.

Nicht nur ein Mensch, nicht nur ein Blut ist es,
das an deinen Hängen das Leben befleckte,
alle Henker sinds, fest dem Sumpf

der Wunden verhaftet, den Todesstrafen,
dem Dorngestrüpp Amerikas, trauerbefallen,
und als dein wüstes und schroffes Gefels
mit Ketten sich anfüllte,
wurde nicht nur eine Fahne zerfetzt,
da war rachgierig nicht nur ein Bandit,
sondern die ganze Fauna der schändlichen Gewässer,
die wieder ihre Zähne zeigt in der Geschichte,
das Herz des unglücklichen Volkes
mit tödlicher Klinge durchbohrend,
die Erde in Fesseln legend, die sie hervorgebracht,
den Kampfplatz der Morgenröte schändend.

O sandige Häfen, überschwemmt
vom Salpeter, vom verborgenen Salz,
das die Leiden beläßt im Vaterland
und fortträgt das Gold zum unbekannten Gott,
dessen Klauen die Erdkruste aufbrechen
unsrer leidgewohnten Gebiete.

Antofagasta, deine ferne Stimme
mündet ins kristallharte Licht
und sammelt sich an in Säcken und Lagergewölben
und wird in der Dürre des Morgens verteilt
in Richtung der Handelsschiffe.

Ausgedorrte hölzerne Rose, Iquique,
zwischen deinen weißen Balustraden, an
deinen Pinienwällen, die das Mondlicht
der Wüste und des Meeres durchtränkte,
wurde meines Volkes Blut vergossen,
wurde die Wahrheit gemordet, die Hoffnung
zermalmt zu blutigem Fleisch:
zugeweht vom Triebsand ward das Verbrechen,
und die Ferne verschlang das Geröchel.

Gespenstisches Tocopilla, unterhalb der Hügel,
unter der Kahlheit voll scharfer Spitzen
rinnt des Salpeters trockener Schnee,
ohne das Licht seiner Bestimmung zu verlöschen
noch die Agonie der dunklen Hand,
die der Tod in den Erdklumpen geschüttelt.

Verlassene Küste, die du das gequälte
Wasser zurückweist der menschlichen Liebe, die
sich verbirgt an deinen kalkigen Uferrändern
wie das Metall der größten Schande.
Zu deinen Häfen nieder stieg der überlebende Mensch,
das Licht zu schaun der verkauften Straßen,
das beklommene Herz von der Last zu befrein,
Sandwüsten zu vergessen und Mißgeschicke.
Der du da vorübergehst, wer bist du, was gleitet
durch deine strahlenden Augen, was geht vor sich
in den spiegelnden Scheiben? Niedersteigst du und lächelst,
du schätzt das Schweigen im Holz,
berührst das glanzlose Silber der Scheiben
und weiter nichts: der Mensch wird bewacht
von fleischfressenden Schemen und Eisenstangen,
liegt hingestreckt in seinem Spital, schlummernd
auf der Sprengladungen Felsenriffen.

Häfen des antarktischen Südens, die den
Blätterregen abstreiften auf meine Stirn;
herbe Koniferen des Winters,
aus deren Born voll von grünen Nadeln
auf meine Schmerzen niederströmte die Einsamkeit.
Puerto Saavedra, eiserstarrt an den Ufern
des Imperial: die Mündungen
versandet, der eisige Klageschrei
der Möwen, die mir aufzuschweben schienen
wie stürmische Orangenblüten,
ohne daß ihre Wipfel jemand eingewiegt;

süße Verirrte hin zu meiner Zärtlichkeit,
versprengt vom gewaltigen Meer,
besprüht in den Einsamkeiten.

Später war mein Weg der Schnee,
und in den schlafenden Häusern der Meeresenge
in Punta Arenas, in Puerto Natales,
in des Sturmgeheuls blauer Erstreckung,
in der sausenden, der entfesselten
fernletzten Nacht der Erde sah ich die Planken,
die widerstanden, entzündete die Lampen ich
unter dem grausamen Wind, tauchte meine Hände
in den kahlen antarktischen Frühling
und küßte der letzten Blumen kalten Staub.

XIV DIE KAUFFAHRTEI-SCHIFFE

Die Schiffe der Seide hinziehend auf dem Licht,
hochaufgerichtet im morgendlichen Veilchenblau,
die Meeressonne mit roten Bugflaggen kreuzend,
die wie zerfetzte Blütenfäden zerschlissen,
der heiße Duft goldfarbener Kisten,
die der Zimmet wie Violinen erklingen ließ,
und die kalte Habsucht, die in den Häfen
in einem Sturm sich reibender Hände summte,
die willkommenen grünen Zartheiten
der Jadesteine und der Seide mattschimmerndes Getreide,
alles fuhr hin und her auf der See wie des Windes Fahrt,
wie ein Tanz von Anemonen, die dem Aug entschwanden.

Es kamen die Schnellsegler, schlanke, feine
Werkzeuge des Meeres, Fische mit Segelwerk,
goldschimmernd von Weizen, ausersehen
für aschgraue Waren,

für die Überfülle der Steine, die beim
Niederstürzen zwischen den Segeln wie Feuer glänzten,
oder angefüllt bis zum Rand mit schwefligen Blumen,
zusammengeklaubt auf den salzigen öden Páramos.

Andre verfrachteten Völkerrassen, verdammten
Gefesselte nach unten in die Nässe,
gefangene Augen, deren Tränen das schwere
Holz des Schiffs zerfurchten.

Füße, getrennt vom Elfenbein, Bitternisse,
zusammengehäuft wie zerquetschte Früchte,
Schmerzen, wie Hirsche geschunden: Häupter,
die von des Sommers Diamanten hinab
in die Tiefe stürzten zum verruchten Dünger.
Weizenbeladene Schiffe, die auf den Wogen
bebten wie in den Ebenen
der Ähren Getreidewind:
Walfischsegler, starrend von harten Herzen,
Harpunen gleich.
Schwerfällig von der Beute, bringen sie ihre
vollen Schiffsräume nach Valparaíso,
fettgetränkte Segel, hin und her geworfen
und wund von Eis und Tran,
bis des Schiffes Kessel angefüllt waren
mit der weichlichen Ausbeute des Tieres.
Mastenlose Barken, die im Wüten
des Meeres kreuzten von Untergang zu Untergang
mit dem Menschen, an seine Erinnerungen geklammert
und an die letzten Lappen des Schiffs,
bevor des Meeres Fragmente
gleich abgehauenen Händen sie trieben
hin zu den schmalen Mäulern, die
in schäumender See bei ihrem Todeskampf wimmelten,
Salpeterschiffe, spitzbugig
und heiter wie unbändige Delphine

zu den sieben Weltmeeren gleitend
mit dem Wind in glorreichen Linnen,
schmal wie Finger und Nagelkuppen,
geschwind wie Schwingen und Rosse,
Segler des dunkelfarbenen Meers,
das meines Landes Metalle zerfrißt.

XV AUF EINE GALIONSFIGUR (Elegie)

An den Gestaden der Magallanstraße
wir lasen dich auf, müde Seefahrerin, regungslos
unter dem Seesturm, der deine süße und hohe Brust
so oft herausgefordert, an ihren Spitzen sich teilend.

Wir heben dich wiederum über die Meere des Südens,
jetzt aber
bist du Fahrende des Dunkels, der einsamen Orte,
dem Weizen gleich und dem Metall, das du beschirmtest
auf hoher See von Meeresnacht umhüllt.

Heut bist du mein, Göttin, die der Albatrosgigant
im Fluge streifte mit seinem ausgespannten Wuchs,
wie ein wallender Schleier aus Musik gelenkt im Regen
durch deine blinden schweifenden Lider von Holz.

Rose des Meers, Bienenkönigin, reiner als Träume sind,
mandeläugige Frau, die du Gestalt annahmst
aus den Wurzeln einer von Gesängen erfüllten Eiche,
Kraft nesterschweren Laubes,
Mund der Wetterstürze, schlanke Süße du,
die das Licht mit ihren Hüften erobern würde.

Als Engel und Königinnen, mit dir geboren,
mit Moos sich überzogen und schliefen,

zur Regungslosigkeit verurteilt mit der Toten Würde,
erklommst du des Seglers schlanken Bug,
und Engel, Königin und Woge, Beben der Welt
warst du.
Der Menschen Erschütterungen stiegen
bis zu deiner edlen Tunika mit den Apfelbrüsten auf,
indes deine Lippen waren, o Süße! feucht
von anderen Küssen, würdig deines wilden Mundes.

Unter der befremdenden Nacht deine Hüfte ließ
in die Wogen niederfallen des Schiffes reines Gewicht,
eine Bahn herabgestürzten Feuers, phosphorglühenden
Honigs schneidend in die düstre Unermeßlichkeit.
In deinen Locken öffnete der Wind sein wildes
Orgelgehäus,
das entfesselte Metall seines Gewimmers,
und im Frührot empfing dich das Licht bebend
in den Häfen, dein Diadem, das feuchte, küssend.

Zuweilen hieltest du deine Fahrt auf dem Meere an,
und das schwankende Schiff ließ an seiner Flanke
wie eine schwere Frucht, die sich löst und fällt,
einen toten Seemann herab, den der Wogenschaum aufnahm
und die reine Bewegung von Zeit und Schiff.
Und unter allen den von Bedrohung bedrückten,
in tauben Schmerz versunknen Gesichtern
du allein empfingst das sprühende Salz auf deiner Maske,
und deine Augen bewahrten die salzigen Tränen.

Mehr als ein armselig Leben glitt durch deine Arme
in die Ewigkeit der tödlichen Gewässer,
und die Berührungen, die dir die Toten und die Lebenden
bescherten,
verzehrte dein Herz aus Meeresholz.

Heute haben wir deine Gestalt aufgelesen aus dem Sande.
Du warst am Ende für meine Augen bestimmt.
Vielleicht schläfst du, Schlafende, bist tot vielleicht, Tote:
deine Rastlosigkeit hat schließlich das Brausen vergessen,
und der umherirrende Glanz beschloß ihre Meerfahrt.
Des Meeres Zorn, Schläge des Himmels haben
dein stolzes Haupt mit Sprüngen und Rissen gekrönt,
gleich einer Muschel ruht dein Antlitz
voller Wunden, die deine schwebende Stirne zeichnen.

Für mich behält deine Schönheit all ihren Duft,
die ganze schweifende Herbheit, ihre ganze dunkle Nacht.
Und in deiner steilen Brust einer Helle oder einer Göttin,
schwellender Turm, Liebe unentwegt, lebt das Leben.

Du fährst mit mir auf dem Meer, o Aufgelesene, bis zu
dem Tag,
da sie senken werden, was ich bin, in den Wogenschaum.

XVI DER MENSCH AUF DEM SCHIFF

Fern des Schiffes Bahn,
gezogen vom bewegten Salz,
zwischen totem Maschinenöl, das in die Träume dringt,
schläft der Seemann in nackter Erschöpfung,
einer der Wache schleppt ein Metalltau fort,
die Welt des Schiffes
widerhallt, es knarrt der Wind in den Planken,
dumpf pochen die eisernen Eingeweide,
in einem Spiegel erblickt der Heizer sein Gesicht:
in einem zerbrochnen Stück Glas erkennt er
in dieser knochigen rauchgefleckten Maske
ein Augenpaar: jene Augen, die Graciela Gutiérrez
liebte, bevor sie sterben mußte, ohne daß diese Augen,

die sie liebte, sie an ihrem Sterbelager sehen
und mit sich nehmen konnten, auf diese letzte Reise,
in das Tagwerk zwischen Kohlengluten und Maschinenöl.
Es kommt auf die Küsse nicht an, die sich zwischen
den Fahrten und jenen Geschenken vereinten, niemand nun,
ach niemand ist zu Hause. In der Nacht des Meeres
die Liebe rührt an alle Lager der Schlafenden, lebt
tief unten im Schiff wie eine Alge
der Nacht, die ihre Fäden gleiten läßt, in die Höhe.

Andere sind hingestreckt in der Nacht der Seefahrt,
in die Leere, ohne Meer unter den Träumen,
gleichsam wie das Leben, zertrümmerte Höhen, Fetzen
Nacht, Felsblöcke, die das zerrissene
Netz der Träume beiseite schoben.
Die Erde
zur Nacht überwältigt das Meer mit seinen Wogen
und bedeckt des armen schlafenden Seefahrers Herz
mit einer einzigen Silbe Staub, mit einem
Löffel voll Tod, der ihn fordert.

Jeder ozeanische Stein ist Meer, der winzige
Medusengürtel ultraviolett, der Himmel
in seiner ganzen bestirnten Leere, der Mond,
sie bergen in ihren Spektren aufgesogen das Meer:

doch der Mensch verschließt seine Augen, nagt ein wenig
an seinen Spuren, droht seinem kleinen Herzen,
schluchzt und zerkrallt mit seinen Nägeln, Erde suchend,
zum Wurme werdend, die Nacht.

Erde ists, was die Wasser nicht bedecken, nicht
vernichten.

Stolz des Erdenstoffs ists, der mit dem Kruge sterben wird,
beim Zerbrechen sich von den Tropfen trennend, die sangen,
seine ungewisse Fuge an die Erde heftend.

Suche jenen Tod im Meere nicht, erhoffe keinen
Erdengrund, bewahre nicht die Handvoll Staub,
um ihn unversehrt zu erhalten und der Erd zu übergeben.

Vertraue ihn diesen unendlichen Lippen an, die singen,
schenke ihn diesem Chor der Bewegtheit und Welt,
gehe ein in die ewige Mutterschaft des Wassers.

XVII DIE RÄTSEL

Ihr habt mich gefragt, was spinnt das Schalentier
zwischen seinen goldenen Füßen,
und ich antworte euch: Das Meer weiß es.
Ihr fragtet mich, was erwartet in ihrer durchsichtigen
Glocke die Molluske? Was erwartet sie?
Ich sage euch, sie erwartet wie ihr die Zeit.
Ihr fragtet mich, wen erreicht die Umarmung der Alge
Macrocustis?
Erforscht sie, erforscht sie zu gewisser Stunde im
gewissen Meer, das ich kenne.
Sicherlich werdet ihr mich fragen nach des Narwals
verfluchtem Elfenbein, damit ich euch antworte,
wie des Meeres Einhorn unter Harpunen stirbt.
Ihr fragt mich vielleicht nach den Polypenschwammfedern,
die im reinen
Ursprung zittern der australen Flut?
Und vor dem kristallhellen Bau des Polypen habt ihr
zweifellos noch eine Frage
erwogen und äußert sie jetzt?
Wollt ihr kennenlernen den elektrischen Stoff der
Stachelarme des Grundes?

Den gepanzerten Stalaktiten, der umherwandernd sich
verletzt?
Die Lockrute des Fischerfischs, die in der Tiefe
wie ein Faden im Gewässer ausgespannte Musik?

Ich will es euch sagen, daß das Meer es weiß, daß in seinen
Muscheln
endlos das Leben ist wie der Sand, zahllos und rein,
und zwischen den blutgierigen Traubengebilden hat die Zeit
eines Blütenblatts Härte geschliffen, die Helle des
Medusensterns,
und abgeperlt der Korallenfasern Gezweig
aus einem Füllhorn unendlichen Perlmutts.

Ich bin nur das leere Netz, das menschliche Augen,
tot in jener Finsternis, fortbewegt,
Finger, ans Dreigestirn gewöhnt, Maße
einer scheuen Orangen-Hemisphäre.

Ich wandelte wie ihr, den unabsehbaren
Stern durchforschend,
und in meinem Netz, in der Nacht, erwachte ich nackt,
einziger Fang, vom Wind eingeschlossener Fisch.

XVIII DIE STEINE DES OZEANS

Weltmeerhafte, ihr bergt die Materie nicht,
die aus Pflanzenerden emporsteigt
zwischen dem Frühling und den Ähren.

Das blaue Tasten der Luft, die zwischen
Trauben schwebt, kennt nicht das Antlitz,
das aus der Einsamkeit zum Weltmeer kommt.

Das Antlitz der zerklüfteten Felsen,
das keine Bienen kennt, das nichts anderes
faßt als den Ackerbau der Wellen,
das Antlitz der Steine, die gewähren lassen
den verheerenden Gischt des Kampfes
in seinen zerrissenen Ewigkeiten.

Schroffe Schiffe rauhen Granits,
anheimgegeben dem Zorn, Planeten,
an deren starrem Ausmaß
des Meeres Banner ihr Gewog verhalten.

Throne orkanischen Wütens.

Türme geschüttelter Einsamkeiten.

Felsen des Meeres, ihr habt der Zeit
sieghafte Farbe, den Stoff, verbraucht
durch eine endlos bewegte Ewigkeit.

Das Feuer ließ diese Barren entstehen,
die das Meer mit seinen Einschlägen erschüttert.

Dieser Spalt, in dem Kupfer und Salzlake
sich mengten: dieses orangefarbene Eisen,
diese Flecke wie Silber und Taube
sind die tödliche Mauer und Grenze
der Tiefe mit ihren Traubengebilden.

Steine der Einsamkeit, geliebte Steine,
aus euren rauhen Höhlungen hängt
der Algen tobende Kälte,
und zu eurem Rand, mondlichtgeschmückt,
steigt die Verlassenheit der Gestade auf

Von den im Sand versunkenen Gründen
welch ein Duft ging verloren, welch eine Regung
bräutlicher Blütenkrone klomm bebend empor?

Pflanzen des Meeresstrandes, fleischige Dreiecke,
flachgedrückte Substanzen, denen es gelang,
ihren Glanz auf den Steinen zu entfachen,
meerhafter Frühling, zerbrechlicher
von den Steinen aufragender Kelch,
winziger Amarantenblitz, kaum
entflammt und schon vom Wüten gefroren,
verleiht mir die Fähigkeit, den Gestaden
der zerschmetterten Ödnis zu trotzen.

Meergestein, Funken, aufgehalten
im Kampfe des Lichts, Glocken,
vom Oxyd vergoldet, scharfe
Schwerter des Schmerzes, zerborstene Kuppeln,
in deren Narben sich der Erde
zahnlose Gestalt aufbaut.

XIX MOLLUSKE GONGORINA

Aus Kalifornien brachte ich eine *Murex*
            Espinoso heim,
reine Kieselerde in ihren rauchgeschmückten
            Stacheln,
ihre ragende Erscheinung einer zu Eis erstarrten Rose
und ihr rosenfarbenes Gaumeninnere glühten
wie einer fleischroten Koralle milder Schatten.

Auch eine Porzellanschnecke besaß ich, deren Tupfen
auf ihr Gehäuse paßten, ihren makellosen Samt
mit Kreisen ätzenden Feuers oder Panthers zierend,

und eine andre trug auf ihrem kuppelglatten Rücken
ein Geäst in den Mond gravierter Flüsse.

Überdies die Spiralenlinie, nur von Luft
und Meer gehalten, o
Treppengewinde, zarte *Scalaria*,
o zerbrechliches der Morgenröte Monument,
die, einen Ring mit eingelassenem Opal
umspannend, Lieblichkeit verströmt.

Ich holte aus dem Meer, im Sandgrund grabend,
eine Auster, starrend von blutigem Korallenrot,
die *Spondylus*, die in ihren Hälften das Licht
ihres überschwemmten Schatzes umschließt,
Schmuckgehäuse, eingehüllt in Scharlachnadeln,
oder Schnee mit herausfordernden Stacheln.

Ich nahm vom Strand die graziöse Olivenschnecke,
benetzte Wanderin, Purpurleib,
feuchtschimmerndes Kleinod, in deren Gebild
die Frucht ihre Flamme gehärtet;
ihre Meereseigenschaft schliff das Kristall,
und die Taube formte oval ihre Nacktheit.

Die Tritonschnecke fing
in ihrer Schallgrotte die Ferne ein,
und in der Struktur ihres geflochtenen Kalks
stützt das Meer mit Blütenblättern ihre Kuppel.

O *Rostellaria,* unbegreifliche Blume,
Sinnbild, zu einer Nadel erhoben,
winzigste Kathedrale, Lanze rosenrot,
Degen des Lichts, Blütengriffel des Wassers.

Aber auf dem Gipfel des Frührots erscheint,
aus Mond erschaffen, die Tochter des Lichts,

die *Argonautenmuschel*, die ein Beben lenkt,
die eine zitternde Berührung des Meerschaums
geformt, hintreibend auf einer Welle
mit ihrem Spiralenschiff von Jasmin.

Und dann, verborgen in der Flut,
wogender Mund violetten Meeres,
verschloß ihre Lippen eines Riesenveilchens
die *Tridacna Gigas* wie ein Kastell,
und nun verschlingt die ungeheuerliche Rose
die blauen Meergeschlechter, die sie küssen:
Mönchsklause aus Salz, regungsloses Erbe,
Das eine steingewordene Woge umschloß.

Aber kaum rührend an deine geflügelte Dynastie,
die vollkommene Ausgewogenheit, mit der du im Meer
dein perlmuttenes Schiff hingleiten läßt, *o Nautilus*,
rühmen muß ich deine spiralenhafte Geometrie,
in der in eins verschmelzen,
du Uhr des Meeres, Linie und Perlmutt,
und zu den Inseln hin sollt ich mit dir
im Winde fahren, Gottheit des Wohlgefügten.

XX DIE MISSHANDELTEN VÖGEL

Hoch über Tocopilla liegt die Salpetersteppe,
die kahlen Páramos, Schandfleck der Salzgebiete, es ist die
Wüste ohne ein einziges Blatt, ohne Käfer,
ohne Halm, ohne einen einzigen Schatten, zeitenlos.

Dort baute vor langer Zeit der Meervogel Garuma
seine Nester, im einsamen heißen Sand
ließ er seine Eier, da er von der Küste her
ausbreitete den Flug in Wellen von Gefieder

hin zur Ödnis, zum abgeschiedenen
Geviert der Wüste, das sie schmückten
mit dem lieblichen Schatz des Lebens.

Herrliches Strömen vom Meer, wilde
Einsamkeit der Liebe, Gefieder des Winds
zu Magnolienknospen gerundet,
pulsierendes Fliegen, geflügelter Herzschlag,
in dem alles Leben, zu einem Strome
vereint, sein Drängen häuft:
so wurde das unfruchtbare Salz belebt,
wurde mit Federn bekränzt das Ödland,
und auf den Sandflächen brütete der Vogelzug.

Da kam der Mensch. Vielleicht ward
sein Elend eines bleichen Verirrten
der Wüste vom Laub des Girrens erfüllt,
das bebte in der Wüste wie das Meer,
vielleicht blendete ihn wie ein Stern
die knisternde Erstreckung schneeiger Weiße,
doch andre nahten auf seinen Spuren.

Sie kamen im Morgendämmern mit Stöcken
und Körben, sie raubten den Schatz,
knüttelten nieder die Vögel, vernichteten,
Nest um Nest, der Federn gewaltiges Schiff,
sie wogen die Eier mit Händen, und jene, die
Brut enthielten, zertraten sie.

Sie hoben sie auf ins Licht und schleuderten sie
auf den Wüstenboden inmitten
des Flugs und Gekrächz und der Woge
des Grolls, und die Vögel entfalteten
ihre ganze Wut in der überfallenen Luft:
und sie verhüllten die Sonne mit ihren Bannern:
allein, Vernichtung traf die Nester,

pflanzte den Knüttel auf, und dem Boden gleichgemacht
ward des Meeres Stadt in der Wüste.

Später hörte im abendlichen
Salzdunst von Nebeln und Betrunknen die Stadt
die Körbe vorüberziehn, die der Meeresvögel
Eier verkauften, wilde Früchte
der Einöde, in der weiter nichts überlebt
als die Verlassenheit ohne Jahreszeiten
und das überfallene grollende Salz.

XXI LEVIATHAN

Arche, grimmer Friede, hingleitend
tierhafte Nacht, antarktische Fremde, du
wirst an mir nicht vorüberziehen, dein
Schattengewölb fortwälzen, ohne daß ein Tag
durch deine Wände dränge und emporhöbe
deine Struktur submarinen Winters.

Dem australen Süden zu prasselte dein schwarzes Feuer
eines verstoßenen Planeten, deines Schweigens
Zone, die Algen fortbewegend,
erschütterte das Alter der Undurchdringlichkeit.

Gestalt nur war er, Größe, von einem
Beben der Welt umschlossen, in der die Herrlichkeit
seiner Haut hingleitet, in Furcht versetzt
durch die eigene Kraft und Zartheit.

Arche des Zorns, von Fackeln
entflammt des schwarzen Schnees,
als dein blindes Geschlecht sich gründete,
schlummerte in den Gärten die Jugend des Meeres,

und in seiner Ausgedehntheit der Mond zerstörte
den Schweif seines phosphorglühenden Magneten.
Das Leben knisterte
wie eine blaue Flamme, Mutter-Meduse,
von Fruchtstöcken ein tausendfältiger Sturm,
und alles Wachstum war Reinheit,
zuckendes Leben meerischer Rebe.

So ward dein gigantisches Mastenwerk
in die Fluten gesetzt als Weg
der Mütterlichkeit über das Blut,
und deine Macht war unberührte Nacht,
die dahinglitt, die Wurzeln überflutend.

Verirrung und Schauder erschütterten
die Einsamkeit, und es floh dein Kontinent
fern hinter die ersehnten Inseln:
der Schrecken aber ging über die Globen
des Eismonds und drang in dein Fleisch,
fiel Einsamkeiten an, die deine
Entsetzen verbreitende erloschene Lampe schützten.
Die Nacht war mit dir: sie hüllte dich ein,
stürmischen Schlamm an dich hängend,
und dein orkanischer Schwanz
wühlte das Eis auf, in dem die Sterne schliefen.

O große Wunde, heißer Quell,
noch bezwungene Donnerschläge schleudernd
in der Harpune Bereich, den
das Meer des verströmenden Blutes färbt,
sanftes verendetes Tier, wie ein Zyklon
zerspellter Sphären getrieben
zu den schwarzen Barkschiffen des Trans,
die voller Heimtücke sind und Pestilenz.

O Statue tot und mächtig zwischen des Polarmonds
Kristallen, den Himmel wie eine Wolke
mit Grauen füllend, die niederweint
und die Weltmeere bedeckt mit Blut.

XXII PHALACRO-CORAX

Ihr der Inseln düngenden Vögel,
tausendfältiger Wille des Flugs,
himmlische Größe, zahlloses
In-die-Fremde-Fliegen des Lebens:
Schweben eure Kometenschwärme dahin,
den geheimnisvollen Himmel zuwehend
des schweigenden Peru, dann fliegt die Eklipse.
O gelassene Liebe, urwilder Frühling,
der seinen übervollen Wipfel ausrottet,
es segelt das Schiff der Vogelart
mit einem flutartigen Zittern heiligen Wassers,
den überströmenden Himmel
zu den roten Inseln des Düngers drängend.

Ich möchte eingehn in eure Flügel,
gehalten von der großen schwanken Dichte,
hin nach dem schlummernden Süden fliegen.
Hinziehen mit verlorener Stimme,
im dunklen Fluß der Pfeile mich verteilen
in das untrennbare Pulsen.
Dann, des Fluges Regensturz, es öffnen
die kalkigen Inseln ihr eisiges Paradies,
in das des Gefieders Mondlicht niederrauscht,
der trauerbefallene Federsturm.

Da beugt der Mensch das Haupt
vor dem Wiegenlied der Vogelmütter

und gräbt Dünger mit blutigen Händen,
eine um die andre Schicht abhebend,
schabt er die Helle des Tierkots ab,
häuft er den Bodensatz, den weitverstreuten, auf
und beugt wie ein Sklave die Knie inmitten
der Inseln der Fermentation,
grüßend die säurebeizenden Ufer,
welche die rühmlichen Vögel kränzen.

XXIII NICHT DER ALBATROS ALLEIN

Kaum vom Frühling, nicht erwartet seid ihr,
nicht vom Regenlechzen der Blumenkrone,
vom maulbeerfarbenen Honig nicht, der, Faden um Faden,
Weinstock und Trauben durchwirkt,
sondern vom Wettersturz, von des Felsenriffs
zerfetzter mitreißender Kuppe,
von dem vom Frührot durchbohrten Felsspalt,
und mehr noch, auf den grünen Lanzen
des Kampfs, in der zerfallenen
Einsamkeit der kahlen Meeresöden.

Bräute des Salzes, Sturm-Tauben,
allem unreinen Duft der Erde
kehrtet ihr den Rücken dem feuchten Meer zuliebe,
und in die urwilde Helle tauchtet ihr
des Fluges himmlische Geometrie.

Heilig seid ihr; nicht die allein, die hinflog,
ein Tropfen des Zyklons auf der Bahn
des Seesturms: nicht die allein, die da nistet
an den Steilhängen des Wütens, auch
die rundliche Eismöwe,

des Guanays Gestalt auf dem Schaumkamm,
das silbrige Platinbündel.

Da, geschlossen wie ein Knoten,
der Pelikan niederstieß, seine Masse versenkte,
und als die Prophetie übers Meer zog
auf des Albatros weitgespannten Schwingen
und hinflog der Sturmschwalbe Wind
über die bewegte Unendlichkeit,
jenseits der uralten Kormorane,
nahm Zuflucht mein Herz in seiner Hülle,
und zu Meeren hin und Schwingen entbreitete es
seines Gesanges Mündung.

Gebt mir das eisstarre Zinn, das in der Brust
ihr tragt zu den sturmbesessenen Steinen,
verleiht mir die Eigenschaft, die in den Fängen
sich des Seeadlers ballt,
oder den beständigen Wuchs, der jedem Schwall
und Zerbrechen der Flut widersteht,
den Hauch schutzloser Orangenblüte,
und das Arom des grenzenlosen Vaterlands.

XXIV DIE MEERESNACHT

Meernacht, Statue weiß und grün,
dich liebe ich, schlafe in meinen Armen.
Ich ging, mich verglühend, verlöschend,
durch alle Straßen,
aufwuchs mit mir das Holz, der Mensch
überwand seine Asche und gedachte,
sich auszuruhn von Erde umgeben.

Es verschloß sich die Nacht, daß deine Augen
seinen armseligen Schlaf nicht sähen:
Nähe wollte er, im Schutz von Geschöpfen
und Mauern öffnete er die Arme
und fiel in den Schlaf des Schweigens,
in den Totenacker sinkend mit seinen Wurzeln.
Ich aber, Weltmeernacht, kam zu deiner unverhüllten
Gestalt,
zu deiner Endlosigkeit, die Aldebarán bewacht,
zu deines Gesanges feuchtem Munde
mit der Liebe, die mich bedingt.

Meeresnacht, ich sah dich, da du entstandest,
getroffen von dem unendlichen Perlmuttglanz,
sah die Sternenfäden sich verflechten
und deines Gürtels elektrisches Sprühn,
das blaue Wogen der Klänge,
die deiner verschlingenden Süße bedrängen.

Liebe mich ohne Liebe, grausame Braut.

Liebe mich mit dem Weltenraum, mit dem Strom
deines Atmens, mit der Mehrung
aller deiner überschäumenden Diamanten:
liebe mich ohne deines Antlitzes Sänftigung,
gib die Lauterkeit deines Vernichtens mir.

Schön bist du, Geliebte, du herrliche Nacht:
du hütest den Sturm wie eine Biene,
die in deinen aufgestörten Blütenfäden schläft,
und Traum und Wasser zittern in den Gefäßen
deiner von Schroffen gepeinigten Brust.

Nächtliche Liebe, ich folgte dem, was du emporhobst,
deiner Ewigkeit, dem bebenden Turm,
der die Sterne an sich nimmt, dem Ausmaß

deiner schwankend Bewegung, den Brutstätten,
die der Gischt an deinen Borden gründet,
und bin an deine Brust gefesselt
und an deine Lippen, die auf dem Sand zerbersten.

Wer bist du? Nacht der Meere, sag mir,
bedeckt deine steile Haarflut
die ganze große Einsamkeit, ist dieser Raum
aus Wiesen und Blut ohne Ende?
Sage mir, wer du bist, voll von Schiffen
und Monden, die der Wind zermalmt,
Herrin aller Metalle, Rose
der unergründlichen Tiefe, Rose, getränkt
von der Maßlosigkeit offener Liebe.

Tunika der Erde, grüne Statue,
gib mir eine Woge einer Glocke gleich,
gib mir eine Woge toller Orangenblüte,
die Mannigfaltigkeit der Freudenfeuer, die Schiffe
des wesentlichsten Firmaments, das Wasser, das ich befahre,
die Vielfalt der Himmelsfeuer: ich möchte eine einzige
Minute deines Entbreitens und mehr als
die Träume alle dein Ausmaß:
den ganzen Purpur, den du durchmißt, das feierliche
Sternensystem, das gedankenvolle,
deine ganze Haarflut, die das Dunkel
aufsucht, und den Tag, den du bereitest.

Ich möchte dein überall simultanes Antlitz fassen,
in meinem Innern es erschließen, um
an allen deinen Ufern zu erstehen, um nun hinzugehn
mit all den eingeatmeten Geheimnissen,
mit deinen dunklen Linien, in mir
behütet wie das Blut, wie die Fahnen,
diese geheimen Proportionen tragend
zum tagtäglichen Meer, zu den Kämpfen,

die an jeder Tür – Zuneigungen und Bedrohungen –
da schlummernd leben.
Dann aber
werde ich eintreten in die Stadt mit so vielen Augen
wie den deinen und hüten das Gewand,
in welchem du mich heimgesucht und mich berührtest
bis ans totale Wasser, das niemand durchmißt:
Reinheit und Zerstörung gegen allen Tod,
Weite, die sich nie verzehren läßt, Musik
für alle, die da ruhen, und für die Wachenden all.

XV Ich bin

Das erste, was ich sah im Leben, waren
Bäume, Schluchten,
mit Blumen von urwilder Schönheit geschmückt,
feuchtes Land, Wälder, die in Gluten standen,
und maßlos am Ende der Welt den Winter.
Meine Kindheit war durchnäßte Schuhe, morsche
niedergestürzte Stämme im Wald, von Lianen und Käfern
gefressen, liebliche Tage im Haferfeld
und der goldschimmernde Bart meines Vaters
beim Hinausgehn zur herrlichen Welt der Eisenbahnen.

Vor meinem Haus grub das australe Wasser
tiefe Rinnen, Sümpfe düsteren Lehms,
die im Sommer eine gelbe Dunstsphäre waren,
durch die die Karren, schwanger von neun Weizenmonden,
knarrten und weinten.
Flüchtige Sonne des polaren Südens:
Stoppelfelder, Rauchwolken
über Wegen aus Scharlacherde, Flußufer
vollkommener Art, Gehege und Weiden,
von denen des Mittags Honig hell widerstrahlte.

Fortschreitend drang die staubige Welt
in die Scheuer, zwischen Fässer und Stricke
der Lagerräume, angefüllt mit des Avellanobaums
rotem Ertrag, mit allen Wimpern des Waldes.

Ich sah mich im glühenden Kleid
des Sommers mit den Dreschmaschinen
auf das Hügelland klimmen, über die von Boldublättern
gefirnißte Erde,
die zwischen Steineichen anschwoll und an den Rädern
unlösbar haftete wie zermalmtes Fleisch.

Meine Kindheit durchflog die Jahreszeiten: zwischen
den Schienen, im Wärterhäuschen aus frischem Holz,
das Haus ohne Stadt, spärlich beschirmt
von Rosen und Apfelbäumen mit unsagbarem Duft,
so lebte ich, ein schmächtiger Knabe, dessen blasse Gestalt
sich mit menschenleeren Wäldern vollsog und Warenlagern.

II DER SUCHENDE (1919)

Liebe, wahrscheinlich Liebe, unsicher,
ungewiß:
ein Prickeln allein von Geißblatt im Munde,
ein paar Haarflechten nur, deren Bewegung
zu meiner Einsamkeit wie schwarzes Feuer stieg,
und außerdem: der nächtliche Strom, die Himmelszeichen,
der flüchtige Frühling, regenfeucht,
die einsame wahnbefallene Stirn, das Begehren,
das seine grausamen Tulpen in die Nacht hob.
Mich verzehrend, entblätterte ich die Sternbilder,
mein Fühlen schärfend beim Berühren der Gestirne,
spann ich, Faden um Faden, das eisige Gefüge
eines Luftschlosses, türenlos,
o Zärtlichkeiten sternübersät,
deren Jasmin ihre Transparenz vergeblich bewahrt,
o Wolken, in den Tag der Liebe mündend
wie zwischen feindseligen Gräsern ein Schluchzen,
nackte Einsamkeit, einem Schatten verhaftet,
einer angebeteten Wunde, einem unbezähmbaren Mond.
Rühme mich, sprach ich vielleicht zu den Rosenstöcken:
möglich sie, der Schatten verworrener Köstlichkeit,
alles Beben der Welt, sie kannten meine Schritte,
meiner harrte der verborgenste Winkel, die Statue
des gebietenden Baumes in der Ebene:

alles am Kreuzweg berührte mein Außersichsein,
meinen Namen über den Frühling verstreuend.
Und dann, du süßes Gesicht, verbrannte Lilie,
die du nicht in meinem Traume schliefst, trotziges
Erinnerungsbild, verfolgt von einem Schatten, namenlose
Geliebte, ganz erschaffen aus des Blütenstaubs Struktur,
nur aus dem großen glühenden Wind über unreinen Sternen:
o Liebe, entwirrter Garten, der sich verzehrt,
in dir erhoben meine Träume sich und gingen auf
wie ein Gärstoff düsteren Brotes.

III DAS HAUS

Mein Haus, die Wände, deren frisch geschlagenes
junges Holz noch duftet: ein unwohnliches Haus
an der Grenze, das knarrte
bei jedem Schritt, heulte und mit dem Wind, dem
kriegerischen,
der australen Wetter, zum Element
des Sturmes wurde, unbekannter Vogel,
unter dessen Eisgefieder mein Gesang erwuchs.
Schatten sah ich, Gesichter, die Pflanzen gleich
rings um meine Wurzeln wuchsen, Verwandte,
die im Schatten eines Baumes Lieder sangen
und zwischen dampfenden Pferden schwätzten,
im Dunkel verborgene Frauen,
verlassen von den männlichen Turmgestalten,
wilde Ritte, die peitschten das Licht,
seltene
Nächte des Zorns, Hunde, die heulten.
Mein Vater, im dunklen Morgendämmern
der Erde, zu welchen verlorenen Archipelen
rollte er in seinen heulenden Eisenbahnzügen hin?
Später liebte ich im Rauch den Kohlenruch,

die Maschinenöle, die vereisten Präzisionsachsen
und den mächtigen Zug, der wie eine stolze Raupe
den über die Erde sich breitenden Winter querte.
Plötzlich schlugen die Türen:
Es ist mein Vater.
Ihn umringen die Streckenarbeiter:
Eisenbahner in ihren durchnäßten Mänteln,
Dunst und Regen überfielen mit ihnen
das Haus, der Eßraum füllte sich mit heiseren
Geschichten, man leerte die Gläser,
und bis zu mir gelangten von jenen Wesen, einer
abgesonderten
Schranke gleich, in der die Schmerzen lebten,
die Sorgen, die düster drohenden
Narben, Menschen ohne Geld,
die erzene Klaue der Armut.

IV REISEGEFÄHRTEN (1921)

Dann kam ich in die von Nebel und Regen
verschwommen durchnäßte Hauptstadt.
Was waren das für Straßen?
Die Kleider von 1921 wimmelten
in einem widerlichen Geruch von Gas, Kaffee und
Ziegelstein umher.
Ich verbrachte unter den Studenten, ohne zu begreifen,
die Zeit;
mich hinter Wänden verschließend, suchte ich
am Abend in meiner armseligen Dichtung die Blütenzweige,
die Regentropfen und den Mond, die sich verloren hatten.
Ich wandte mich ihrem Grunde zu, versenkte
jeden Abend mich in ihre Wasser, mich an unfaßbare
Reize klammernd, Sturmmöwen eines verlassenen Meers,

bis zum Augenschließen und Scheitern inmitten
meiner eigenen Substanz.
Waren es Finsternisse, waren es
feuchte verborgene Blätter nur des Unterirdischen?
Mit welch kranker Materie streute der Tod sich aus,
bis er meine Glieder berührte, mein Lächeln lenkte
und in den Straßen einen unglückseligen Brunnenschacht
höhlte?

Zu leben, trat ich hinaus: ich wuchs, und gehärtet
ging ich durch die Elendsgassen
fühllos, an den Grenzen des Wahnsinns
singend. Die Mauern belebten mit Gesichtern sich.
Augen, die das Licht nicht sahen, wirbelnde Wasser,
die ein Verbrechen erhellte, Erbteil einsamen
Stolzes, Höhlen,
angefüllt mit vernichteten Herzen.
Mit ihnen war ich: allein in ihrem Chor, erkannte
meine Stimme die Einsamkeit,
in der sie geboren ward.

Mensch zu sein, trat ich,
zwischen Flammen singend, ein, aufgenommen
von Gefährten nächtlicher Herkunft,
die mit mir in den Schenken sangen
und mehr als eine Zuneigung mir schenkten,
mehr als einen von ihren feindseligen
Händen verteidigten Frühling,
einzige Flamme, der zerfallenen Vorstädte
wahrer Sproß.

O du, süßer noch, unendlicher
als die Lieblichkeit, du unter Schatten
leiblich Entzückte: aus vergangnen Tagen
steigst du auf, deinen Kelch mit betäubendem
Blütenstaub
füllend, in der Bezauberung.
Aus der Nacht voll
von Schimpf, Nacht wie verschütteter
Wein, Nacht aus rostigem Purpur,
sank ich, ein verwundeter Turm, hin zu dir,
und zwischen den ärmlichen Linnen wogte,
den Himmel versengend, dein Geschick mir entgegen.

O Netze des Jasmins, o körperliches Feuer,
genährt von diesem neuen Schatten,
Finsternisse, an die wir rührten, den Gürtel
fester schnürend, den Zeitenablauf treffend
mit grausamen Ährenböen.

Liebe und nichts anderes, im Hohlraum
einer Luftblase, Liebe mit toten Straßen,
Liebe, da alles Leben erstarb
und uns zurückließ, die einsamen Winkel entflammend.

Ich verfiel dem Weib, tauchte unter, blindlings,
aus meiner Kraft, sammelte Blütentrauben,
löste mich, um von Kuß zu Kuß zu wandern,
gebunden nur an Liebkosungen, verhaftet
dieser Grotte kühlen Haars,
diesen von Lippen überrasten Schenkeln,
hungrig immer zwischen den Lippen der Erde,
verschlingend mit verschlungenen Lippen.

Und ich zog über die Meere hin
zu den Häfen.
Die Welt zwischen Kränen
und Lagerschuppen der schmutzigen Ufer
zeigte in ihrem Spalt Lohnsklaven und Bettler,
Banden hungriger Gespenster
an den Flanken der Schiffe.
                                        Länder,
hingestreckt, ausgedörrt, im Sand,
schleppende Gewänder, aufleuchtende Burnusse
tauchten da aus dem Wüstenraum; wie Skorpione
bewaffnet, bewachten sie das Bohrloch
des Erdöls im staubigen
Netz der erloschnen Gewalten.

In Birma lebte ich zwischen mächtigen
metallenen Kuppeln und im Dickicht,
wo der Tiger seine Augenringe verbrannte
aus blutigem Gold. Durch das Fenster
in der Dalhousie Street stieg auf zu mir
der unbeschreibliche Geruch (Moos der Pagoden,
Parfüms und Menschenkot, Pollen und Pulverrauch)
einer von menschlicher Ausdünstung
gesättigten Welt.
                          Die Straßen lockten mich
mit der unendlichen Bewegtheit ihrer
safrangelben Gewebe und rotem Betelauswurf
am Rand der schmutzigen Fluten des Irawadi,
eines Gewässers, dessen Dichte, Blut und Öl,
seine Brut abladend,
aus dem Bergland herabfloß, dessen Götter,
umgeben von ihrem Schlamm, wenigstens schliefen.

Indien, ich liebte nicht dein zerfetztes
Gewand,
deine Bevölkerung schutzlos, in Lumpen.
Jahre verbrachte ich mit Augen, die die steilen
Vorgebirge der Verachtung erklimmen wollten
in Städten wie grünes Wachs,
inmitten der Talismane, der Pagoden,
deren blutdürstiges Zuckerwerk
grausige Reize verbreitete.
Ich sah den Elenden, erfüllt zu allem andern
noch vom Leid seines Bruders,
die Straßen gleich Strömen der Kümmernis,
die kleinen Dörfer, erdrückt von den mächtigen
Klauen der Blumen,
und ich in der Menge, Schildwach
der Zeit, beseitigte schwarz gewordene
Narben, Streitfälle der Sklaven.
Ich trat in die Tempel, Stuck und geschnittener Stein,
schmutzig von Blut und Tod, bilden die Stufen;
und die tierischen Priester, trunken
von glühender Verzückung, stritten sich
um die in Staub liegenden Münzen,
während, o kleines Menschenwesen,
die erhabenen Idole mit den phosphorglänzenden Füßen
rachsüchtige Zungen ausstreckten
und über einen Phallus aus scharlachrotem Stein
zertretene Blumen glitten.

Ich liebte nicht … Ich weiß nicht, war es
Mitleid oder Ekel.
Ich durchstreifte die Städte Saigon, Madras,
Khandy bis hin zu den erdbedeckten majestätischen
Steinen von Anuradapurha und auf den Felsen
Ceylons die Bildnisse
Siddarthas wie Wale, und weiter zog ich:
zum Silbererz von Penang, die Gestade
der Ströme entlang, in den Urwald
aus reinstem Schweigen, übervoll
von Herden intensiven Lebens,
jenseits von Bangkok die Gewänder
der Tänzerinnen mit gipsernen Masken,
pestatmende Golfe hoben
geschmeideüberladene Dächer in die Lüfte,
und auf breiten Strömen die Hausung
Tausender Armer, in Dschunken
zusammengepfercht; und andre, ach alle
bedeckten sie die unendliche Erde
jenseits der gelben Ströme
wie eine einzige zerfetzte Haut erlegten Wildes,
Haut der Völker, von diesen und anderen
Gebietern geschändetes Fell.
Führer und Prinzen
lebten auf dem nassen Geröchel
ersterbender Lampen, Blut aus dem Leben
der armen Handwerker saugend,
und zwischen Klauen und Peitschen, höher gelegen,
die Konzession, der Europäer,
der Nordamerikaner des Erdöls;
Tempel aus Aluminium befestigend,
pflügten sie, neue Blutopfer
begründend, auf der schutzlosen Haut.

Tief im Innern Javas, inmitten der schattigen
Zonen: hier steht erleuchtet der Palast.
Ich durchschreite grüne, mit den Mauern
verwachsene Arkaden und trete
in den Thronsaal ein. Dort sitzt der Monarch,
apoplektisches Schwein, unzüchtiger Truthahn,
mit Ordensbändern behangen, besternt,
zwischen zweien seiner holländischen Gebieter,
finsterblickende Kaufleute, die alles bewachen.
Welch abstoßende Gruppe Ungeziefer, wie sie,
ganz bewußt, Schaufeln voll Gemeinheit
auf die Menschen werfen.
Die schändlichen Wachen
der fernen Gebiete und der Monarch, der,
einem blinden Frosch gleich, sein schwammiges
Fleisch und seine falschen Sterne hinschleppt
durch ein unterwürfiges Vaterland von Silberschmieden.
Auf einmal aber
traten aus dem fernen Innern des Palastes
zehn Tänzerinnen hervor, langsam wie ein Traum
unter Wassern.
Jeder Fuß kam seitlich
näher, wie ein Fisch von Gold nachtdunklen Honig
vor sich hinschiebend, ihre ockergelben Masken
trugen auf dem gesalbten schweren Haar
einen frisch gewundenen Kranz Orangenblüten.
Bis sie vor dem Satrapen sich
aufstellten und mit ihnen die Musik, ein Schwirren
kristallener Käferflügel, der reine Tanz,
der da wie eine Blume erwuchs, die hellen Hände,
die erbauten eine flüchtige Statue,
die Tunika, die an ihre Fersen schlug,
Schlag einer Woge und von lichter Weiße,
und in jeder taubenhaften

aus heiligem Metall gewirkten Bewegung die säuselnde
Luft des Archipels, entflammt
wie im Frühling ein bräutlicher Baum.

X DER KRIEG (1936)

Spanien, in Traum gehüllt, erwachend
wie eine Haarkrone mit Ähren,
ich sah dich erblühn, zuweilen zwischen Dorngestrüpp
und Finsternis, dich Bäuerliche
erheben unter Steineichen und Bergwald
und hineilen im Wind, die Adern offen.
Dann aber sah ich dich überfallen an den Straßenecken
von den alten Wegelagerern. Sie gingen
vermummt mit ihren aus Vipern
gemachten Kreuzen und setzten die Füße
in den eisigen Sumpf der Toten.
Da sah ich deinen Leib vom Dorngestrüpp
gelöst, gebrochen, ohne Welt,
daliegen offen auf der blutdürstenden Arena des Kampfes,
im Todeskampf von Stacheln starrend.
Bis auf den heutigen Tag fließt von deinen Felsen
das Wasser
in die Kerker, und du trägst
deine Dornenkrone in Schweigen,
zu sehen, wer mehr vermag, deine Schmerzen
oder die Gesichter, die vorübergehn, ohne dich anzuschaun.
Ich lebte mit dem Frührot deiner Gewehre
und wünschte, Volk und Feuer schüttelten
von neuem das geschändete Geäst,
bis daß der Traum erbebe und zusammenfänden
die über das Erdreich verteilten Früchte.

Du gabst mit deinen Gaben mir, Spanien,
die unerschütterliche Liebe.
Zu mir gelangte die Zärtlichkeit, auf die ich gewartet,
und sie begleitet mich, die den tiefsten Kuß
meinem Munde bringt.
Sie konnten
von mir die Stürme nicht trennen,
noch fügten die Fernen
dem Raum der Liebe Erdreich bei, den wir erobern.
Als vor dem Kriegsbrand zwischen Spaniens
Saaten dein Gewand erschien,
ich war falscher Begriff, zwiespältiges Licht,
und Bitternis glitt über dein Gesicht,
bis sie auf die verlorenen Steine fiel.
Mit einem von Harpunen starrenden großen Schmerz
mündete ich in deine Wasser ein, du meine Liebe,
wie ein Pferd, das mitten von Zorn und Tod
dahinrast, und auf einmal erwartet es
ein morgenkühler Apfel,
eine Kaskade ursprünglichen Erschauerns.
Seit jener Zeit, Geliebte, kennen dich
die öden Hochebenen, die mein Verhalten formten,
das dunkle Weltmeer, das mir nachfolgt,
und die Kastanien unermeßlichen Herbstes.

Wer sah dich nicht, du Liebende, meine Zärtliche,
an meiner Seite im Kampf wie eine
Erscheinung mit allen Zeichen
des Gestirns? Wer, wenn er, mich zu suchen,
umherging in der Menge,
denn ich bin Korn des Menschenspeichers,
begegnete nicht dir, an meine Wurzeln gedrängt,
aufgerichtet durch meines Blutes Sang?

Ich weiß nicht, Geliebte, ob ich noch einmal Zeit finden
werde
und den Ort, deinen zarten Schatten zu beschreiben,
über meine Seiten auszubreiten, du, meine Frau:
hart sind und strahlend diese Tage,
und aus ihnen sammeln wir die Süße ein,
von Augenlidern geformt und Dornen.
Ich vermag schon nicht mehr zu erinnern,
wann du begannst:
du warst vor der Liebe da,
du kamst
mit dem ganzen Sein des Geschicks,
und vor dir bereits meine Einsamkeit gehörte dir,
war sie vielleicht dein schlummerndes Haar.
Heut nun, Gefäß meiner Liebe, nenne ich dich kaum,
du Losung meiner Tage, Angebetete,
im Zeitenraum dem Tage gleich ergreifst du
das ganze Licht, das das Weltall birgt.

XII MEXIKO (1940)

Mexiko, von Meer zu Meer erlebte ich dich,
durchdrungen von deiner
eisernen Hitze, Berge erklimmend,
auf denen dornüberwuchert
erschienen Klöster,
der vergiftende Lärm
der Stadt, die heimtückischen Zähne
des überall wimmelnden Dichterlings, und auf
dem Laub der Toten und den Felsenstufen,
von hartnäckigem Schweigen erbaut,
wie Stümpfe einer aussätzigen Liebe
der Ruinen feuchter Glanz.

Doch vorn herben Kampfplatz, verborgenen
Schweiß, gelben Getreides Lanzen,
erwächst die gemeinsame Agrikultur
und verteilt die Brote des Vaterlandes.

Ein andermal sperrten meinen Weg
kalkige Cordilleren,
Gebilde
der niederschießenden Schneestürme,
die die dunkle Kruste zerschrunden
der mexikanischen Haut, und die Pferde,
die wie des Pulvers Kuß vorübereilen
unter den erzväterlichen Baumalleen.

Jene, die kühn die Grenze
des ererbten Grundes tilgten und die
durch Blutvergießen eroberte Erde
zurückgaben den vergessenen Erben,
auch jene schmerzlichen Finger,
dem Süden mit ihren Wurzeln verbunden,
webten die haargenaue Maske,
verliehen mit Blumenspielzeug
und Feuergeweben der Landschaft Leben.

Ich wußte nicht, was mehr ich liebte, die ausgegrabene
Vorzeitlichkeit von Gesichtern, die die Intensität
bewahrten unerbittlicher Steine,
oder die frisch erblühte Rose, verfertigt
von einer gestern noch blutbefleckten Hand.

Und so von Erdstrich zu Erdstrich berührte ich
amerikanischen Lehm, meinen Wuchs,
und durch meine Adern aufstieg das Vergessen,
das da schlummert in der Zeit, bis mein Mund
eines Tages seine Sprache erbrausen ließ.

Die Länder breiten sich an den Strömen aus,
sie suchen die sanfte Brust, die Lippen des Planeten,
du, Mexiko, berührtest
die Nester des Dorns,
die öden Höhen des blutdürstigen Adlers,
der Kampfessäule Honig.

Andre Menschen suchten die Nachtigall, sie fanden
den Rauch, das Tal, Gebiete, gleich der menschlichen Haut:
du, Mexiko, vergrubst die Hände ins Erdreich,
wuchsest in des Gesteins urwildem Blick auf.
Als deinen Mund die betaute Rose berührte,
des Himmels Geißel verwandelte sie in Qual.
Dein Beginn war von Messern ein Wind
zwischen zwei Meeren erbitterten Schaumes.

Deine Augenlider öffneten sich im dichten Mohn
eines tobenden Tags,
und der Schnee entbreitete seine unendliche Weiße,
in der das lebendige Feuer dich als Wohnstatt nahm.

Ich kenne deine Opuntienkrone
und weiß, unter ihren Wurzeln
formt sich deine unterirdische Gestalt, Mexiko,
mit den heimlichen Wassern der Erde
und den blinden Barren der Minen.

O Erde, o Glanz
deiner immerwährenden harten Geographie,
die ausgestreute Rose des Kalifornischen Meeres,
der grüne Blitz, der Yucatán strahlt,
die gelbe Liebe von Sinaloa,
rosenfarben die Wimpern Morelias

und die endlose Reihe duftender Agaven,
die das Herz an deine Gestalt fesselt.

Erhabenes Mexiko mit Tosen und Schwertern,
als größer war die Nacht auf Erden,
du teiltest die Wiege des Maises den Menschen zu.
Du erhobst die Hand voll heiligen Erdenstaubs
und legtest sie in deines Volkes Mitte
als einen neuen Stern voll Brot und Wohlgeruch.
Da sah der Bauer im Licht des Pulvers
seine vom Joch befreite Erde
schimmern über den aufgehenden Toten.

Ich singe Morelos. Da niederbrach
sein durchbohrter Glanz,
ein kleiner Tropfen begann zu rufen
unter der Erde, bis er den Becher mit Blut
gefüllt und mit dem Becher einen Strom,
bis er das ganze schweigende Gestade Amerikas
erreichte, es durchtränkend mit geheimnisvoller Kraft.

Ich singe Cuauhtémoc. Ich fühle
sein Mondgeschlecht
und sein zartes Lächeln eines gemarterten Gottes.
Wo bist du, hast du, Bruder
der Vorzeit, deine sanfte Härte verloren?
Worin hast du dich verwandelt?
Wo lebt deine, des Feuers Jahreszeit?

Sie lebt in der Haut unsrer dunklen Hand,
lebt im aschgrauen Korn,
wenn, nach den nachtgeborenen Schatten,
des Frührots Reben sich ausstreun,
entfalten Cuauhtémocs Augen ihr fernes Licht
über dem grünen Leben des Laubwerks.

Ich singe Cárdenas. Ich war dabei,
ich sah den Aufruhr von Kastilien.
Es waren des Lebens blindwütende Tage.
Große Schmerzen wie grausame Äste
verwundeten unsre gequälte Mutter.
Verzweifelte Trauer herrschte, des Schweigens Wand,
da
man dieses Vaterland des Morgenanbruchs und des Lorbeers
verriet, überfiel, mit Wunden schlug.
Damals
glänzten in die Nacht des Menschen hinein
nur der rote Stern Rußlands und Cárdenas' Blick.
General, Präsident von Amerika, in diesem Gesang
hinterlaß ich dir
etwas vom Glanz, den ich in Spanien in mir aufnahm.

Mexiko, du hast deine Tore und Hände aufgetan
dem Umherirrenden, dem Verwundeten,
dem Vertriebenen, dem Helden.
Ich beklage, dieses nicht auf andere Art
sagen zu können,
und wünschte, meine Worte hefteten sich
erneut wie Küsse an deine Mauern.
Weit auf tatest du dein Tor, das kämpferische,
und deine Strahlenkrone füllte sich mit fremden Söhnen,
du berührtest mit deinen harten Händen
des Sohnes Wangen,
der unter Tränen dir den Sturm der Welt heraufbeschwor.

Hier ende ich, Mexiko,
hier hinterlasse ich diese Handschrift dir
auf deinen Schläfen, auf daß die Zeit
auslösche diese neue Rede
des, der dich liebte deiner Freiheit und Tiefe wegen.
Ich sag dir Lebewohl, aber ich gehe nicht fort.
Ich gehe, aber ich kann dir nicht

Lebewohl sagen.
Denn in meinem Leben, Mexiko, lebst du, ein verirrter
kleiner Adler, der in meinen Adern kreist,
und nur der Tod wird ihm zuletzt die Flügel falten
über meinem entschlafnen Soldatenherzen.

XIV DIE HEIMKEHR (1944)

Ich kehrte heim… Chile empfing mich mit
dem gelben Antlitz
der Wüste.
Ich wanderte, erlitt
im sandigen Krater den ausgebrannten Steppenmond
und fand die unfruchtbaren Zonen des Planeten,
rankenlos die glatte Helle, die menschenleere Gradheit.
Leer? Doch pflanzenlos, ohne Fänge, ohne Dünger,
offenbarte die Erde mir nackt ihre Dimension
und in der Ferne ihre große kalte Linie, in der Vögel
zur Welt kommen und feurige Brüste von zartem Bau.

Aber weiter entfernt unterhöhlten Menschen die Grenzen,
gewannen sie harte Metalle, manche
verstreut wie das Mehl bitterer Getreide,
andere wie des Feuers ausgeglühte Höhe;
und Menschen und Mond, alles hüllte mich ein in sein
Leichentuch,
bis ich der Träume leeren Faden verlor.

Ich gab mich gänzlich den Wüsten hin, und der Mensch der
Schlacke
kam aus seinem Erdloch hervor, aus seiner stummen Härte,
und ich erfuhr die Schmerzen meines zugrunde gerichteten
Volkes.

Damals ging ich durch Straßen und Bezirke und nannte,
was alles ich sah, wies auf die Hände, die, schmerzüberhäuft,
an die Erdschollen rührten, die Hausungen
der schutzlosen Armut, das elende
Brot und die Einsamkeit des vergessenen Monds.

Und Schulter an Schulter mit meinem barfüßigen
Bruder
wollte ich des schmutzigen Geldes Herrschaft ändern.

Ich wurde verfolgt, aber unser Kampf geht weiter.

Die Wahrheit reicht weiter als der Mond.

Sie sehen sie, als wären sie auf einem schwarzen Schiff,
die Männer der Gruben, wenn sie die Nacht anschaun.

Und meine Stimme wird im Dunkeln verbreitet
durch der Erde härtestes Geschlecht.

XV DIE LINIE DES HOLZES

Ich bin ein blinder Tischler, ohne Hände.
Ich lebte,
Kälte zehrend, unter den Wassern
ohne die duftenden Gehäuse, die Wohnstätten zu baun,
die, Zeder um Zeder, die Größe errichten,
indessen suchte mein Lied des Waldes Gespinst,
geheime Fasern, köstliche Wachse,
und es schnitt Zweige, die Einsamkeit füllend mit
Wohlgeruch, mit Lippen von Holz.

Ich liebte jeglichen Stoff, jeden Tropfen
Purpur und Metall, Wasser und Ähre,

und drang in massive Schichten, bewahrt
von Zeitenraum und zitterndem Sand,
bis ich sang mit versehrtem Munde,
wie ein Toter singt zwischen den Trauben der Erde.

Ton, Schlamm und Wein umhüllten mich,
ich ward der Vernunft beraubt beim Berühren der Hüften,
der Erdhaut, deren Blüte erhalten wurde
unter meiner Brust wie ein Brand,
und im Gestein, in geschlossene Narben dringend,
wandelten meine Gefühle.

Wie veränderte ich mich, ohne zu werden und meine
Berufung verkennend, bevor ich war
die Metallurgie,
die meiner Härte bestimmt war,
oder der Holzfäller, den die Lastpferde wittern im Winter?

Alles wurde Liebe und Quell
und diente Nächtlichem nur.

XVI DIE KÄMPFERISCHE GÜTE

Aber ich nahm die tote Güte nicht an in den Straßen.
Ich wies ihren Eiterkanal zurück
und berührte nicht ihr vergiftetes Meer.

Ich brachte wie ein Metall das Gute ans Licht, jenseits
der Augen schürfend, die verheerten,
und unter den Narben wuchs,
zwischen Schwertern geboren, mein Herz auf.
Ich trat nicht schmähend hervor, Erde
und Dolch unter die Menschen schleudernd.

Mein Amt
war nicht, Kränkung zu sein oder Gift.

Ich zwang den Wehrlosen nicht in Bande,
daß eisige Peitschen ihn träfen,
ging nicht auf den Platz, Feinde zu suchen,
spähend mit verhüllter unkenntlicher Hand:
ich tat nichts weiter denn wachsen mit meinen Wurzeln,
und der Boden, der mein Mastenwerk entbreitete,
legte bloß das Gewürm, das verborgen lag.

Es kam, mich zu packen, der Montag, und ich gab ihm
ein paar Blätter.
Es kam, mich zu schmähen, der Dienstag, und ich
schlief weiter.
Dann kam der Mittwoch mit grimmen Zähnen.
Grundlagen schaffend, ließ ich ihn vorüberziehn,
und als der Donnerstag kam mit schwarzer
giftiger Lanze aus Nesseln und Schuppen,
erwartete ich mitten in meiner Dichtung ihn
und pflückte im hellen Mondlicht ihm eine Traube.

Kommt her, um an diesem Schwert zu zerschellen.

Kommt, um in meinen Bereichen zugrunde zu gehn.

Kommt in gelben Regimentern
oder in der Gemeinschaft der Schwefligen.

Schatten werdet ihr zehren und Glockenblut
unter den sieben Meilen meines Gesangs.

Ich sah das Übel und den Übeltäter, aber nicht
in Diebeshöhlen.

Die Übeltat mit Mördergruben ist ein Märchen für
Kinder.

Den Armen, nachdem sie in Lumpen
gerieten, in die unglückselige Erzmine,
hat man den Weg mit Hexen bevölkert.
Ich fand die Verderbnis sitzen in Tribunalen:
im Senat, da fand ich sie, geputzt
und geziert, die Debatten
und Ideen zu den Geldbeuteln drehend.
Das Übel
und der Übeltäter kamen frisch aus dem Bad: sie waren
eingehüllt in Zufriedenheit,
und in der Geschmeidigkeit ihrer falschen Würde
sie waren Vollkommene.
Ich erkannte das Übel, und um
dieses Geschwür zu verbannen, habe ich gelebt
mit anderen Menschen, Leben zusammenführend,
mich wandelnd in geheime Zahl, namenloses Metall,
unbesiegbare Einheit von Volk und Staub.

Der Hochmütige kämpfte
tierisch in seiner Elfenbeinlade,
und das Übel flog meteorisch vorbei
und sprach: »Bewundernswert ist
seine einsame Rechtschaffenheit.
Laßt ihn.«

Der Gewalttätige wies sein Alphabet,
und auf seinem Schwert reitend hielt er an,
in öder Straße eine Rede zu halten.

Es ging der Übeltäter vorüber und sprach zu ihm:
»Wie mutig!«
und ging in den Klub, die Heldentat zu kommentieren.

Aber da ich Stein und Mörtelmasse wurde,
Turm und Stahl, Silbe gemeinschaftlich:
da ich meines Volkes Hände ergriff
und auszog zum Kampf mit dem ganzen Meer,
da ich hinter mir ließ meine Einsamkeit und meinen Stolz
ins Museum stellte, meine Eitelkeit in den
Schuppen der aus den Fugen gegangenen Wagen,
da ich zusammen mit anderen Männern Partei wurde und
das Metall der Lauterkeit sich zusammenschloß,
alsdann nahte der Übeltäter und sprach: »Keine Schwäche
mit ihnen, ins Zuchthaus, daß sie verrecken!«

Aber es war zu spät, und des Menschen
große Bewegung, meine Partei,
ist der unbesiegbare Frühling, ausdauernd
unter der Erde, als er Hoffnung wurde
und allen gemeinsam: Frucht für spätere Tage.

XVIII DER WEIN

Wein des Frühlings... Herbstes Wein, reicht mir,
Gefährten, einen Tisch, auf den der Tropenbreiten
Blätter niederfallen, und den großen Strom der Welt,
der ein wenig blasser würde, bewegte sein Rauschen er
unseren Gesängen fern.
Ich bin ein guter Gefährte.

Du trittst nicht ein in dieses Haus, daß ich dir ein Stück
deines Wesens entreiße. Eher, so du gehst,
trägst du etwas von mir davon, Kastanien, Rosen oder

eine Gewißheit von Wurzeln oder Schiffen,
die ich mit dir teilen wollte, Freund.

Singe mit mir, bis die Gläser
überfließen, Purpur der Freigebigkeit zurücklassend
auf dem Tisch.
Dieser Honig gelangt an deinen Mund
aus der Erde, aus ihren dunklen Trauben.

Wie sehr sie mir fehlen, die Schatten des Gesangs,
die Gefährten,
die ich, die Stirn hinneigend, liebte, aus meinem Leben
die unvergleichliche, die männliche Wissenschaft
ziehend, die ich übe,
die Freundschaft, Hochwald rauher Zärtlichkeit.

Reich mir die Hand, triff dich mit mir,
ganz schlicht, suche in meinen Worten nichts
als einer schmucklosen Pflanze Verströmen.
Warum verlangst du mehr von mir als von einem
Arbeiter? Du weißt ja,
hier und da schmiedete ich mein vergrabenes Werkzeug
und wollte nur reden, wie mein Mund gewachsen ist.
Suche nach gelehrten Leuten, wenn dir der Wind nicht
gefällt.

Wir, wir werden singen beim herben Wein
der Erde: werden mit den Bechern des Herbstes anstoßen,
und die Gitarre oder das Schweigen werden Verse der Liebe
bringen, Sprache von Flüssen, die es nicht gibt,
Strophen, die keinen Sinn haben, leidenschaftlich geliebte.

Wie wächst die Erde auf durch den
Mais, immer suchend
das milchige Licht, des Fruchtkolbens Mähne,
gehärtetes Elfenbein,
der reifen Ähre kunstvolles Netz
und die ganze Herrschaft aus Gold, die sich entkörnen wird?

Zwiebeln möcht ich essen, bringt mir eine vom Markt,
eine Kugel, angefüllt mit kristallenem Schnee,
den die Erde umwandelte in Wachs und Gleichgewicht
wie eine in ihrem Sprunge verhaltene Tänzerin.
Gib mir ein paar erlegte Wachteln, duftend
nach Moosen der Wildnis, einen Fisch, wie ein König
geschmückt und feuchte Tiefe
auf die Schüssel tropfend,
der blasse Goldaugen öffnet
unter den angehäuften Fruchtscheiben der Limonen.

Gehn wir also, und unter der Kastanie wird das
lodernde Feuer
den blanken Schatz der Früchte zurücklassen auf der Glut,
und ein Lamm mit seinem ganzen Reichtum wird golden
seine edle Art, bis es Amber ist für deinen Mund.

Gebt mir alle Dinge der Erde, Ringeltauben,
eben erst getroffen, trunken von wilden Blütendolden,
sanfte Flußaale, die beim Sterben
winzige Perlen aufsteigen ließen,
und eine Schüssel herber Seeigel
wird ihre orangefarbene Meerestiefe fügen
zum grünen Firmament des Salates.

Und bevor der eingelegte Hasenrücken
die Luft des Mittagsmahls mit Duft erfüllt

wie eine waldwilde Fuge von Gerüchen,
eilt zu den Austern polaren Südens, frisch geöffnet
in ihren Schalen aus salzigem Glanz,
mein Kuß, von den Substanzen der Erde
durchtränkt, die ich liebe und mit allen Bahnen
meines Bluts durchströme.

XX DIE GROSSE FREUDE

Das Dunkel, das ich durchforschte, gehört
mir nicht mehr an.
Ich besitze des Mastes dauerhafte Freude,
das Erbe der Wälder, den Wind der Wege
und unter dem irdischen Licht einen entschlossenen Tag.

Ich schreibe nicht, damit neue Bücher mich
gefangenhalten,
nicht für versessene Kunstjünger der Lilie,
sondern für schlichte Erdenbewohner, die Wasser
und Mond verlangen, Elemente der unwandelbaren
Ordnung,
Schulen, Brot und Wein, Werkzeuge und Gitarren.

Ich schreibe für das Volk, auch wenn es mit seinen
ländlichen Augen meine Dichtung noch nicht lesen kann.
Der Augenblick wird kommen, in dem eine Zeile, die Luft,
von meinem Leben erregt, dringen wird an sein Ohr,
und dann wird der Landmann die Augen aufheben,
wird, Steine brechend, der Bergmann lächeln,
der Lastenträger die Stirn sich wischen,
der Fischer schöner den Glanz erblicken
eines Fischs, der zuckend ihm die Hände versengt,
sauber und frisch gewaschen, nach Seife duftend,

wird der Mechaniker meine Gedichte zu erforschen trachten,
und sie vielleicht werden sagen: »Er war ein Kamerad.«

Das genügt, das ist die Krone, die ich erstrebe.

Ich möchte, daß beim Ausgang von Fabriken und Gruben
meine Dichtung der Erde verhaftet sei,
der Luft, dem Sieg des mißhandelten Menschen.
Ich möchte, ein Jüngling fände in der Härte,
die ich erschaffen mit Biegsamkeit und Metallen,
wie einen Schrein sie öffnend, von Angesicht zu Angesicht
das Leben,
und die Seele versenkend, möge er an Lichtböen rühren,
die meine Fröhlichkeit schufen auf stürmischem Gipfel.

XXI DER TOD

Oft bin ich wiedererstanden aus der Tiefe
zerstörter Sterne, wiederherstellend den Faden
der Ewigkeiten, den ich mit meinen Händen belebte,
und nun werde ich sterben, mit weiter nichts als Erde
auf meinem Leib, bestimmt, Erde zu werden.

Ich kaufte keine Parzelle des Himmels, den die Priester
verkauften, noch nahm ich die Düsternis an,
die der Metaphysiker verfertigte
für meinungslose Mächtige der Erde.

Ich will im Tod bei den Armen sein,
die keine Zeit hatten, ihn zu ergründen,
indes jene sie schlugen, die den Himmel
aufgeteilt haben und eingerichtet für sich.

Ich halte meinen Tod bereit wie ein Kleid,
das auf mich wartet, in meiner Lieblingsfarbe,
von der Weite, die ich vergebens suchte,
von der Tiefe, die ich brauche.

Wenn die Liebe ihre unleugbare Materie verschwendet hat
und der Kampf seine Hämmer austeilt
in andre Hände voll gehäufter Kraft,
naht der Tod, auszulöschen die Zeichen,
die deine Grenzen errichtet hatten.

XXII DAS LEBEN

Möge ein anderer sich mit Beinhäusern
befassen …
                Die Welt
hat eines Apfels nackte Färbung: die Ströme
schleifen einen Überfluß wilder Münzen mit sich,
und überall lebt Rosalia, die Liebliche,
und Juan, der Gefährte …
                                Rauhe Steine bilden
das Schloß, und der Lehm, milder als die Trauben,
war mit den Resten des Korns mein Heim.
Weite Lande, Liebe, langsame Glocken,
dem Frührot vorbehaltene Kämpfe,
Haarfluten der Liebe, die mich erwarteten,
schlummernde Türkislager:
Häuser, Landstraßen, Wogen, die ein von Träumen
weggeschwemmtes Standbild errichten,
Bäckereien im Morgendämmern,
auf dem Kampfplatz erzogene Stunden,
Mohnblüten des wogenden Weizens
und jene dunklen Hände, die meines eigenen Lebens
Baustoffe mengten:

dem Leben entgegen entflammen die Orangen
über der Vielfalt der Geschicke!

Mögen Totengräber die unheilvollen Stoffe
aufwühlen: mögen sie die lichtlosen
Fragmente aus der Asche heben
und in der Sprache reden des Gewürms.
Ich habe vor mir nur Samen,
strahlende Entwicklungen und Wonne.

XXIII TESTAMENT (1)

Ich hinterlasse den Gewerkschaften
von Kupfer, Kohle und Salpeter
mein Haus am Rande des Meers von Isla Negra.
Ich möchte, daß dort die mißhandelten Söhne
meines Heimatlandes Frieden finden, das, von Äxten und
Verrätern
geplündert, verwüstet daliegt in seinem heiligen Blut,
aufgezehrt im vulkanischen Lumpengewand.

Ich möchte, daß in der reinen Liebe, die mein Bereich
durchströmen wird, die Ermüdeten ausruhn,
an meinen Tisch die Unbekannten sich setzen,
auf meinem Bett die Versehrten Ruhe finden.

Bruder, dies ist mein Haus, tritt ein in die Welt
von Meeresflora und gestirntem Gestein,
die ich in meiner Dürftigkeit kämpfend errichtet.
Hier in meinem Fenster erblühte der Laut
wie in einer wachsenden Muschel,
und dann verankerte er seine Dehnung
in meiner wirren Geologie.

Du kommst aus sengenden Schächten,
aus von Haß zerstückten Tunnels,
vom Schwefelstoß der Luft:
hier hast du den Frieden, den ich für dich ausersehe,
Wasser und Weite meiner ozeanischen Welt.

XXIV TESTAMENT (2)

Ich hinterlasse meine alten Bücher, gesammelt
in allen Winkeln der Welt, ehrfürchtig geliebt
in ihrer großartigen Typographie,
den jungen Dichtern Amerikas,
ihnen, die eines Tages
auf summendem Webstuhl, der stillstand, wirken werden
die Sinngebungen von morgen.

Sie werden geboren werden, wenn die bäurische Faust
toter Holzfäller und Häuer
unzählig Leben geschaffen hat,
um hinwegzufegen die falsche Kathedrale,
das abtrünnige Korn, das Gespinst,
das unsre begierigen Ebenen umstrickte.
Sie werden das Inferno berühren, jene Vergangenheit,
die Diamanten zermalmte, und werden verteidigen
die blühenden Weizenwelten ihres Gesangs,
das, was am Baum des Martyriums erwuchs.

Über den Gebeinen von Kaziken, fern
von unserem verratenen Erbe, mit offner
Miene von Völkern, die einsam vorwärtsschreiten,
sie werden das Gesetz beleben
eines langen sieghaften Leidens.

Mögen sie lieben, wie ich meinen Manrique liebte,
meinen Góngora,
meinen Garcilaso, meinen Quevedo:
es waren
Wächter titanenhaft, Rüstzeug
aus Platin und eisklarer Transparenz,
sie, die mich die Strenge lehrten, und mögen sie suchen
in meinem Lautréamont uralte Klagen
im Pesthauch der Agonien.
Mögen sie sehen, wie in Majakowski aufging der Stern
und wie aus seinen Strahlen aufschossen die Ähren.

XXV ANORDNUNGEN

Kameraden, begrabt mich in Isla Negra,
im Angesicht des Meeres, das ich kenne,
auf jenem gefurchten Grund
aus Steinen und Wellen, die meine entschwundenen
Augen nicht wiedersehn werden.
Jeder ozeanische Tag
brachte Nebel mir oder lichterfüllte Niederstürze
von Türkis,
oder nichts denn Weite, gradflächige Wasser,
unveränderlich,
das, wonach ich verlangte, den Raum, der meine Stirn
verschlang.

Jeder trauerdunkle Strich des Kormorans, der Flug
gewaltiger grauer Vögel, die den Winter liebten,
und vom schwimmenden Meergras jeder düstere Kreis,
und jede ernste Woge, in ihrer Kälte geschüttelt,
und mehr noch, die Erde, ein verborgenes geheimes
Herbarium, Frucht der Meeresnebel und Salze, zernagt
vom scharfen Wind, winzige Blütenkronen

der Küste, festhaftend am unendlichen Sand:
alle feuchten Zugänge des Meeresbodens
kennen jeden Grad meiner Freude,
wissen,
daß dort ich ruhen will zwischen dem großen Lidschlag
der See und dem Erdreich …
Ich möchte weggeschwemmt werden
hinab mit den Regen, die der urwilde
Meerwind durchtobt und zerfetzt,
hinzuströmen dann durch die unterirdischen Rinnsale
dem großen Frühling zu, in seine Wiedergeburt.

Öffnet an meiner Seite das Grab für sie, die ich liebe,
und eines Tages
laßt es geschehen, daß sie mich wieder begleite unter der Erde.

XXVI ICH WERDE LEBEN (1949)

Ich werde nicht sterben. Heute,
an diesem Tag
voller Vulkane, ich trete hervor,
der Menge entgegen, dem Leben zu.
Ich lasse hier diese Dinge geordnet zurück,
heut, da die Banditen herumziehn
mit der »westlichen Kultur« im Arm,
mit Händen, die Spanien umbringen,
und den Galgen, die schwanken über Athen,
und der Schande, die Chile regiert
und aufhört zu zählen.
Hier bleibe ich stehen
mit Worten und Völkern und Wegen,
die mich von neuem erwarten und mit gestirnten
Händen pochen an meine Tür.

XXVII AN MEINE PARTEI

Du gabst mir die Brüderlichkeit zu ihm,
den ich nicht kenne.
Du hast mir die Kraft aller, die leben, verliehen.
Du hast mir erneut das Vaterland gegeben wie bei
der Geburt.
Du hast mir die Freiheit geschenkt, die nicht der
Einsame hat.
Du lehrtest mich die Güte entfachen wie ein Feuer.
Du gabst die Gradheit mir, die der Baum haben muß.
Du lehrtest mich die Einheit erkennen und der Menschen
Verschiedenheit.
Du zeigtest mir, wie der Schmerz eines Menschenwesens
verging im Siege aller.
Du lehrtest mich in den harten Betten meiner Brüder
schlafen.
Du ließest mich erstehen auf der Wirklichkeit wie
auf einem Fels.
Du machtest zum Feind des Ruchlosen mich und zum Wall
gegen den Rasenden.
Du ließest mich erkennen das Licht der Welt und die
Möglichkeit der Freude.
Du machtest mich unzerstörbar, denn mit dir hab ich
in mir selbst kein Ende.

XXVIII HIER SCHLIESSE ICH (1949)

Hier endet dieses Buch. Es ging
aus dem Zorn hervor wie eine Glut, wie flammende
Wäldermassen, und ich wünsche,
daß es fortdauern möge wie ein roter Baum,
der seinen hellen Feuerkreis verbreitet.
Doch nicht Zorn allein fandest du

in seinem Geäst: nicht nur das Leid
suchten seine Wurzeln, sondern die Kraft,
und Kraft bin ich aus denkendem Stein,
Freude vereinter Hände.

Endlich, frei bin ich im Innern der Menschen.

Unter den Geschöpfen wie die lebendige Luft,
und aus der abgeschlossenen Einsamkeit
trete ich in die Vielfalt der Kämpfe,
frei, da in meiner Hand deine Hand liegt,
unbändige Freuden erobernd.

Buch eines Menschen, allen gehörend, ausgebreitetes Brot
ist diese, meines Gesanges Geographie,
und eine Gemeinschaft von Ackerbauern
wird dereinst sein Feuer einsammeln
und aussän seine Flammen und Blätter
auf das Schiff der Erde erneut.

Und wieder erstehen wird dieses Wort,
vielleicht zu anderer schmerzloser Zeit
ohne die unreinen Fasern, die schwarze
vegetierende Welten hefteten an meinen Gesang,
und wieder wird auf dem Gipfel in Flammen stehn
mein Herz glühend und sternüberwandert.
Hiermit endet dieses Buch, hier überreiche ich
meinen *Großen Gesang*, geschrieben
in der Zeit der Verfolgung, singend unter
meines Vaterlandes heimlichen Fittichen.
Heute, am 5. Februar, in diesem Jahr
1949; in Chile, in »Godomar
de Chena«, einige Monate vor
meines Lebens fünfundvierzigstem Jahr.

Die Verse des Kapitäns
(1952)

Erklärung

Über die Anonymität dieses Buches ist viel diskutiert worden. Worüber ich indessen mit mir selber diskutierte, das war die Frage, ob ich es der Intimität seines Ursprungs entreißen sollte oder nicht: seine Abstammung enthüllen hieß – die Heimlichkeit seiner Geburt entblößen. Und mir kam es vor, als wäre ein solches Verhalten etwas wie Verrat an den Ekstasen der Liebe und Wut, an der trostlosen und sengenden Atmosphäre der Verbannung, in der es entstand.

Andererseits denke ich, daß alle Bücher anonym sein sollten.

Doch bei der Erwägung, ob ich allen, die von mir stammen, meinen Namen entziehen oder ihn dem einen, geheimnisvollsten geben sollte, habe ich schließlich nachgegeben, wenn auch nicht eben gern.

Doch warum hat es sein Geheimnis so lange gewahrt? Wegen nichts und wegen allem, wegen sehr Naheliegendem und recht Weitreichendem, wegen unangebrachter Freude, wegen fremdem Leiden. Als Paolo Ricci, der strahlende Gefährte, es zum ersten Mal 1952 in Neapel druckte, dachten wir, daß die paar Exemplare, die er betreute und vorzüglich ausstattete, verschwinden würden, ohne Spuren zu hinterlassen im Sand des Südens.

Es kam anders. Und das Leben, das einst seine heimliche Explosion forderte, trägt es heute mir auf als Gegenwart der unerschütterlichen Liebe.

Ich händige also dieses Buch ohne weitere Erklärung aus, als wäre es von mir und doch nicht von mir: es genügt, daß es allein durch die Welt gehen und selbständig wachsen kann. Jetzt, da ich es anerkenne, hoffe ich, daß sein furioses Blut auch mich wiedererkennt.

Pablo Neruda

Isla Negra, November 1963

Vorwort
Zur ersten, anonymen Ausgabe von 1952

Sehr geehrter Herr! Ich erlaube mir, Ihnen diese Papiere zu schikken, die Sie vermutlich interessieren werden und die ich bisher nicht an die Öffentlichkeit geben konnte. Ich besitze alle Originale dieser Verse. Sie sind an den verschiedensten Orten geschrieben worden, in Zügen, Flugzeugen, Cafés, auf seltsame Zettel, fast ohne Korrekturen... Viele dieser Papiere sind, weil sie zerknittert und zerstückelt ankamen, fast unleserlich, aber ich glaube, daß es mir gelungen ist, sie zu entziffern.

Meine Person ist nicht von Bedeutung, aber ich bin die Protagonistin dieses Buches, und dies macht, daß ich stolz bin und zufrieden mit meinem Leben.

Diese Liebe, diese große Liebe begann im August eines beliebigen Jahres, auf einer der Tourneen, die ich als Künstlerin durch die Ortschaften an der französisch-spanischen Grenze machte.

Er kam aus dem Krieg in Spanien. Er kam nicht als Besiegter. Er gehörte zur Partei der Pasionaria, er war voller Illusionen und Hoffnungen für sein kleines und fernes Land, in Mittelamerika.

Leider kann ich Ihnen seinen Namen nicht nennen. Niemals habe ich erfahren, welcher der richtige war, ob Martínez, Ramírez oder Sánchez. Ich nenne ihn einfach meinen Kapitän, und das ist der Name, den ich in diesem Buch bewahren möchte.

Seine Verse sind wie er selbst: sanft, liebevoll, leidenschaftlich und schrecklich im Zorn. Er war stark, und seine Stärke fühlten alle, die ihm nahekamen. Er war ein privilegierter Mann, einer von denen, die für eine große Bestimmung geboren werden. Ich fühlte seine Stärke, und meine größte Lust war, mich klein zu fühlen an seiner Seite.

Er drang in mein Leben ein, wie er's in einem der Verse sagt: er schlug die Tür ein. Er klopfte nicht an mit der Schüchternheit des Verliebten. Vom ersten Augenblick an fühlte er sich als Herr über meinen Körper und meine Seele. Er ließ mich fühlen, daß er alles in meinem Leben veränderte; mein kleines Künstlerleben aus Bequemlichkeit, Weichheit verwandelte sich, wie alles, was er berührte.

Er kannte keine kleinen Gefühle und akzeptierte sie auch nicht.

Er gab mir seine Liebe, mit all der Leidenschaft, die er zu fühlen fähig war, und ich liebte, wie ich niemals lieben zu können glaubte. Ich trat in eine Welt ein, von deren Existenz ich zuvor keine Ahnung hatte. Zuerst hatte ich Angst, es gab Augenblicke des Zweifels, doch die Liebe ließ mich nicht lange schwanken.

Diese Liebe brachte mir alles. Die sanfte und schlichte Zärtlichkeit, wenn er eine Blume suchte, ein Spielzeug, einen Flußkiesel und das Gefundene mir reichte mit seinen Augen, feucht, voll unendlicher Zärtlichkeit. Seine großen Hände waren in diesem Moment von einer sanften Weichheit, und in seinen Augen zeigte sich eine Kinderseele.

Aber es gab in mir eine Vergangenheit, die er nicht kannte, und es gab Anfälle von Eifersucht und Wut. Sie waren wie rasende Sturmgewitter, die seine Seele peitschten und die meine, aber sie hatten niemals die Kraft, die Kette zu zerreißen, die uns einte, die unsere Liebe war, und aus jedem Unwetter gingen wir einiger hervor, stärker, selbstgewisser.

In all diesen Momenten schrieb er diese Verse, die mich in den Himmel emporhoben oder mitten in die Hölle stürzten, mit der Roheit seiner Worte, die mich brannten wie glühende Kohlen.

Er konnte nicht anders lieben. Diese Verse sind die Geschichte unserer Liebe, groß in all ihren Erscheinungsformen. Sie hatte die gleiche Leidenschaft, mit der er sich seinen Schlachten zuwandte, seinen Kämpfen gegen die Ungerechtigkeiten. Ihn schmerzte das Leiden und das Elend, nicht nur seines Volkes, sondern aller Völker; alle Kämpfe, die dagegen geführt wurden, waren seine Kämpfe, und er setzte sich ein, mit ganzer Person, mit all seiner Leidenschaft.

Ich habe sehr wenig mit Literatur zu tun und kann nicht über den Wert dieser Verse sprechen, abgesehen vom menschlichen Wert, den sie unbestreitbar haben. Vielleicht dachte der Kapitän niemals daran, daß diese Verse veröffentlicht würden, doch jetzt glaube ich, daß es meine Pflicht ist, sie ans Licht der Welt zu bringen.

Hochachtungsvoll
Rosario de la Cerda

Havanna, 3. Oktober 1951

Die Liebe

IN DIR DIE ERDE

Kleine
Rose,
Rose du, kleine,
manchmal
winzig und nackt,
als hättest du
Platz
in meiner einen Hand,
als schlösse ich dich drin ein
und führte dich zu meinem Mund,
aber plötzlich
berühren meine Füße die deinen,
und mein Mund berührt deine Lippen,
gewachsen bist du,
deine Schultern heben sich wie zwei Hügel,
deine Brüste schlendern über meine Brust,
mein Arm kann kaum die schlanke
Neumondlinie deiner Taille umfassen:
in der Liebe, wie Meerwasser brandend, brichst du aus:
kaum ermeßbar sind mir die weitesten Augen des
Himmels,
und ich neige mich nieder zu deinem Mund, die Erde
zu küssen.

DIE KÖNIGIN

Ich hab dich zur Königin ernannt.
Größere gibt es, größer als du.
Reinere gibt es, reiner als du.
Schönere gibt es, schöner als du.

Doch du bist die Königin.

Wenn du durch die Straßen gehst,
erkennt dich keiner.
Niemand sieht deine Krone aus Kristall, niemand schaut
den Teppich aus rotem Gold,
den jeder Schritt von dir betritt,
den Teppich, der gar nicht da ist.

Und wenn du erscheinst,
rauschen alle Flüsse
in meinem Körper auf, rütteln
die Glocken am Himmel,
und ein Hymnus erfüllt die Welt.

Nur du und ich,
nur du und ich, meine Liebe,
hören ihn tönen.

DER TÖPFER

Dein ganzer Körper
hat Becher oder Süße, einzig für mich.

Hebe ich die Hand,
finde ich überall eine Taube,
die mich gesucht hat, als hätte man dich,
Liebe, eigens aus Lehm gemacht
für meine Töpferhände.

Deine Knie, deine Brüste,
deine Hüften
mangeln mir, wie einer Höhlung
in dürstender Erde,
aus der man einst
eine Form gelöst,

und zusammen
sind wir vollkommen wie ein einziger Fluß,
wie ein einziger Strand.

8. SEPTEMBER

Der heutige Tag war ein voller Becher,
der heutige Tag war die gewaltige Welle,
heute, das war die ganze Erde.

Heute hob das stürmische Meer
in einem Kuß uns so hoch,
daß wir erzitterten
im Licht eines Blitzes
und aneinandergefesselt abwärts schossen,
um unterzugehn, ohne uns loszulassen.

Heute dehnten sich unsere Körper aus,
wuchsen bis an die Grenzen der Welt
und rollten, verschmelzend, fort
in einem einzigen Tropfen
Wachs, einem einzigen Meteor.

Zwischen Du und Ich ging eine Türe auf,
und jemand, noch ohne Gesicht,
stand da und erwartete uns.

DEINE FÜSSE

Wenn ich dein Gesicht nicht betrachten kann,
so betrachte ich deine Füße.

Deine Füße aus gewölbtem Knochen,
deine kleinen, festen Füße.

Ich weiß, daß sie dich tragen,
und daß dein liebliches Gewicht
auf ihnen sich erhebt.

Deine Taille und deine Brüste,
der zwiefache Purpur
deiner Kuppen,
der Taubenschlag deiner Augen,
die eben noch flogen,
dein breiter Fruchtmund,
deine rote Mähne,
mein kleiner Turm du.

Aber ich liebe deine Füße
nur deshalb, deshalb allein,
weil sie über die Erde gewandert sind,
über das Wasser, den Wind,
bis sie zu mir gefunden.

DEINE HÄNDE

Wenn deine Hände, Liebe,
meinen entgegenkommen,
was bringen sie mir, fliegend?
Warum hielten sie plötzlich
inne auf meinem Mund?

Wie erkenne ich sie,
als hätte ich sie damals
früher schon mal berührt,
und als wären sie früher,
ehe sie selber waren,
mir schon über die Stirne,
über die Hüfte gestreift?

Ihre Sanftheit kam her,
fliegend über die Zeit,
über das Meer, den Rauch,
über den Frühling flügelnd,
und als du deine Hände
mir auf die Brust gelegt,
erkannte ich die Flügel
der goldfiedrigen Taube,
erkannte ich die Kreide
und die Farbe von Weizen.

Mein ganzes Leben habe
ich nach ihnen gesucht.
Treppen stieg ich empor,
ging über Pflasterstraßen,
Züge trugen mich fort,
Wasser brachten mir her,
und auf der Haut der Trauben
meinte ich dich zu fühlen.
Das Holz gab unversehens
mir Berührung mit dir,
und die Mandel verhieß mir
deine heimliche Sanftheit,
bis deine Hände sich
schlossen auf meiner Brust,
um hier nun wie zwei Flügel
zu beenden die Reise.

DEIN LACHEN

Nimm mir das Brot weg, wenn du
es willst, nimm mir die Luft weg,
aber laß mir dein Lachen.

Laß mir die Rosenblüte,
den Spritzstrahl, den du versprühst,
dieses Wasser, das plötzlich
aufschießt in deiner Freude,
die jähe Pflanzenwoge,
in der du selbst zur Welt kommst.

Mein Kampf ist hart, und manchmal
komme ich heim mit müden
Augen, weil ich die Welt
gesehn, die sich nicht ändert,
doch kaum trete ich ein,
steigt dein Lachen zum Himmel,
sucht nach mir und erschließt mir
alle Türen des Lebens.

Meine Liebe, auch in der
dunkelsten Stunde laß dein
Lachen aufsprühn, und siehst du
plötzlich mein Blut als Pfütze
auf den Steinen der Straße,
so lache, denn dein Lachen
wird meinen Händen wie ein
frisch erglänzendes Schwert sein.

Und am herbstlichen Meer
soll deines Lachens Sturzflut
gischtend himmelwärts steigen,
und im Frühling, du Liebe,
wünsche ich mir dein Lachen

als Blüte, lang erwartet,
blaue Blume, die Rose
meines klingenden Landes.

Lache über die Nacht,
über den Tag, den Mond,
lache über die krummen
Gassen unserer Insel,
lache über den Burschen,
den Tolpatsch, der dich liebt,
aber wenn ich die Augen
öffne, wenn ich sie schließe,
wenn meine Schritte fortgehn,
wenn sie dann wiederkommen,
nimm mir das Brot, die Luft,
nimm mir das Licht, den Frühling,
aber niemals dein Lachen,
denn sonst würde ich sterben.

DER UNBESTÄNDIGE

Die Augen entliefen mir,
einem dunklen Weib hinterdrein.

Sie war aus schwarzem Perlmutt,
war aus nachtvioletten Trauben,
und das Blut, es geißelte mich
mit funkelndem Feuerschwanz.

Hinter allen
laufe ich drein.

Eine Blonde ging strahlend
vorüber, goldne Pflanze,

wippend mit Wonnegaben.
Und mein Mund entlief mir,
wie eine Welle davonläuft,
und entlud auf ihrer Brust
Blitze aus Blut.

Hinter allen
laufe ich drein.

Doch zu dir, ohne daß ich mich rege,
zu dir, die ich nicht sehe, du Ferne,
drängt all mein Blut, meine Küsse,
meine Dunkle und Helle du,
meine Große und Kleine,
meine Üppige du, meine Schlanke,
meine Häßliche, meine Schöne,
gemacht aus allem Gold
und aus jeglichem Silber,
gemacht aus allem Weizen,
aus der gesamten Erde,
gemacht aus all dem Wasser
der Wellen aller Meere,
gemacht für meine Arme,
gemacht für meine Küsse,
gemacht für meine Seele.

DIE NACHT AUF DER INSEL

Die ganze Nacht hab ich geschlafen mit dir,
nahe dem Meer, auf der Insel.
Wild und lieblich warst du im Wechsel von Lust und Schlaf
im Wechsel von Feuer und Wasser.
Vielleicht vereinten sich

spät, sehr spät unsere Träume,
hoch droben oder tief drunten,
in der Höhe wie Zweige, vom selben Winde bewegt,
in der Tiefe wie rote Wurzeln, einander berührend.

Vielleicht trennte sich
dein Traum von dem meinen
und suchte mich
auf dem dunklen Meer
wie einstens,
als es dich noch nicht gab,
als ich, ohne dich zu gewahren,
dicht an dir vorüberfuhr,
und deine Augen suchten,
was ich nunmehr
– Brot, Wein, Liebe und Zorn –
mit vollen Händen dir gebe,
denn du bist der Becher,
wartend auf die Gaben meines Lebens.

Ich hab mit dir geschlafen
die ganze Nacht, während
die dunkle Erde sich drehte
mit Lebenden und mit Toten,
und beim Erwachen, jählings,
inmitten der Dunkelheit
umfaßte mein Arm deine Hüfte.
Weder die Nacht noch der Traum
konnten uns beide trennen.

Ich hab mit dir geschlafen,
und beim Erwachen gab dein Mund,
eben dem Traum entkommen,
mir den Geschmack von Erde,
von Meereswasser, von Algen,
vom Grund deines eignen Lebens,

und ich erhielt deinen Kuß,
benetzt von der Morgenröte,
als käme er mir vom Meer,
das hier uns umspült.

DER WIND AUF DER INSEL

Der Wind, der ist ein Rappe:
hör doch, wie er dahinprescht
übers Meer, durch den Himmel.

Er will mich holen: horch,
wie er die Welt durchklappert,
um mich weit fortzutragen.

Birg mich in deinen Armen,
nur diese eine Nacht,
während der Regen losplatzt
auf das Meer und die Erde
aus unzähligem Mund.

Lausche doch, wie der Wind
im Galopp nach mir ruft,
um mich weit fortzutragen.

Stirn an Stirne gepreßt,
mit deinem Mund auf meinem,
beide Körper gefesselt
an das, was uns verbrennt,
laß ihn vorbei, den Wind,
ohne daß er mich mitnimmt.

Laß, daß der Wind vorbeirast,
mit Gischt vom Meer bekränzt,

daß er mich ruft, mich sucht,
galoppierend im Dunkel,
während ich hier, versunken
in deinen großen Augen
nur diese eine Nacht
ausruhe, meine Liebe.

DIE UNERMESSLICHE

Siehst du diese Hände? Sie haben
die Erde gemessen, haben Mineral
von Mineral gesondert, Getreide von Getreide,
haben den Frieden gemacht und den Krieg,
haben die Distanzen
aller Meere und Flüsse überwunden,
und dennoch:
wenn sie hingehn
über dich, du Kleine,
Weizenkorn, Lerche,
so kommen sie nie an ein Ende,
halten inne, benommen,
wenn sie zu den Zwillingstauben gelangen,
die ruhen oder fliegen auf deiner Brust,
sie gehen eilig deine Beine entlang,
kauern sich ein im Licht deiner Hüfte.
Für mich bist du ein Hort,
reicher, unermeßlicher noch als das Meer mit
seinen Trauben,
und du bist weiß und blau und weit
wie die Erde, wenn sie zur Weinlese lädt.
In diesem Gelände,
zwischen deinen Füßen und deiner Stirn,
weile ich, wandernd und wandernd,
mein Leben lang.

SCHÖNE

Schöne,
wie im kühlen Gestein
das Wasser des Quells,
üppiger Blitz aus Gischt,
entspringt,
so ist das Lächeln in deinem Gesicht,
du Schöne.

Schöne,
mit feinen Händen und schlanken Füßen
wie ein Silberpferdchen,
leichten Ganges, Blüte der Welt,
so sehe ich dich,
du Schöne.

Schöne,
mit einem kupfernen Wuschelnest
auf deinem Kopf, einem Nest
von der Farbe dunklen Honigs,
worin mein Herz lodert und ruht,
du Schöne.

Schöne,
deine Augen haben nicht Raum genug in deinem Gesicht,
nicht Raum genug auf der Erde.
Länder gibt es, Flüsse gibt es
in deinen Augen,
mein Vaterland ist in deinen Augen,
ich durchwandere sie,
sie spenden Licht der Welt,
die ich durchwandere,
du Schöne.

Schöne,
deine Brüste sind wie zwei Brote,
aus Kornerde und Goldmohn gemacht,
du Schöne.

Schöne,
deine Taille,
sie wurde geformt von meinem Arm,
wie von einem Fluß, der tausend Jahre lang
deinen lieblichen Leib umströmte,
du Schöne.

Schöne,
nichts läßt sich vergleichen mit deinen Hüften,
vielleicht hat die Erde
irgendwo an geheimem Ort
die Wölbung und den Duft deines Körpers,
irgendwo vielleicht,
du Schöne.

Schöne, meine Schöne,
deine Stimme, deine Haut, deine Nägel,
Schöne, meine Schöne,
dein Sein, dein Licht, dein Schatten,
Schöne, dies alles ist mein, Schöne,
all dies ist mein, du Meine,
wenn du gehst oder ruhst,
wenn du singst oder schläfst,
wenn du leidest oder träumst,
immer,
wenn du nahe bist oder fern,
immer
bist du mein, meine Schöne,
immer.

DER GESTOHLENE ZWEIG

In die Nacht werden wir dringen,
um einen blühenden
Zweig zu stehlen.

Wir werden die Mauer übersteigen,
im Dunkel des fremden Gartens,
zwei Schatten im Schatten.

Noch ist der Winter nicht vorbei,
und der Apfelbaum erscheint
jählings verwandelt:
ein Wasserfall duftender Sterne.

In die Nacht werden wir dringen,
bis hinauf an ihr zitterndes Firmament,
und deine kleinen Hände und die meinen
werden die Sterne stehlen.

Und heimlich,
zu unserem Haus,
in Nacht und Dunkel,
wird dringen mit deinen Schritten
der lautlose Schritt des Duftes
und mit Sternenfüßen
der lichte Leib des Frühlings.

DER SOHN

Ach, Sohn, weißt du denn, weißt du,
von wo du kommst?

Von einem See mit weißen,
hungrig kreischenden Möwen.

Am winterlichen Wasser,
da entfachten wir, sie und
ich, ein rotes Geloder,
verschlissen uns die Lippen,
uns die Seele zu küssen,
warfen alles ins Feuer,
verbrannten unser Leben.

Und so kamst du zur Welt.

Doch sie, um mich zu sehen,
und auch dich, eines Tages,
überquerte die Meere,
und ich, um zu umarmen
ihre zierliche Taille,
lief um die ganze Erde,
durch Kriege, über Berge,
durch Wüsten, Dornendickicht.

Und so kamst du zur Welt.

Von so viel Orten kommst du,
vom Wasser, von der Erde,
vom Feuer und vom Schnee,
von so weit her gelangst du
bis zu uns beiden hier,
von der schrecklichen Liebe,
die uns verkettet hat,
daß wir nun wissen wollen,
wie du bist, was du sagst, denn
du weißt mehr von der Welt,
die wir zwei dir gegeben.

Wie ein heftiger Sturm
rüttelten wir den Baum
des Lebens, ihn erschütternd

bis hinab zu den letzten,
geheimsten Wurzelspitzen,
und jetzt erscheinst du singend
dort, auf dem höchsten Zweig,
den wir mit dir erreichen.

DIE ERDE

Die grüne Erde hat sich nun ergeben
all dem Gelb, Gold, Ernten,
Erdklumpen, Blätter, Korn,
aber wenn er aufsteht, der Herbst,
mit seiner großen Standarte,
bist du es, die ich sehe,
für mich ist's dein Haar,
das die Ähren austeilt.

Ich sehe die Monumente
aus altem zerbrochenem Stein,
aber berühre ich
die steinerne Narbe,
so antwortet mir dein Körper,
meine Finger erkennen
plötzlich, erschaudernd,
deine warme Süße.

Unter den Helden geh ich umher,
denen, die eben ausgezeichnet wurden
durch die Erde und den Staub,
und hinter ihnen, stumm,
mit deinen kleinen Schritten –
bist du's, oder bist du's nicht?

Gestern, als sie aus Neugier
den alten Zwergbaum
mit der Wurzel ausrissen,
sah ich dich hervorschaun,
wie du mich ansahst aus den gequälten
und dürstenden Wurzeln.

Und wenn der Schlaf kommt,
mich auszustrecken und in mein
eigenes Schweigen mich zu führen,
erscheint ein großer, weißer Wind,
der meinen Schlaf zu Fall bringt,
und die Blätter fallen ihm ab,
fallen wie Messerklingen
auf mich, daß ich verblute.

Und jede Wunde hat
die Form deines Mundes.

ABWESENHEIT

Kaum hab ich dich verlassen,
gehst du mit in mir, kristallklar
oder zitternd
oder unruhig, verletzt durch mich selbst,
oder erfüllt von Liebe, wie wenn deine Augen
sich schließen über der Gabe des Lebens,
die ich unablässig dir reiche.

Meine Liebe,
wir haben uns gefunden
voller Durst, und wir haben
uns getrunken, alles Wasser und das Blut,
wir haben uns gefunden

voll Hunger
und haben uns gebissen,
wie das Feuer beißt,
Wunden uns hinterlassend.

Aber warte auf mich,
bewahre mir deine Süße.
Ich werde dir auch
eine Rose geben.

Die Begierde

DER TIGER

Ich bin der Tiger.
Laure auf dich im Laub,
zwischen Blättern, so strotzend
wie Barren feuchten Erzes.

Der weiße Fluß schwillt an
unterm Nebel. Du kommst.

Nackt tauchst du unter.
Ich warte.

Und dann, in einem Sprung
von Feuer, Blut und Zähnen,
reißt ein Prankenhieb dir
die Brust, die Hüften nieder.

Ich trinke dein Blut, breche
dir deine Glieder, einzeln.

Und dann halte ich Wache
im Urwald, jahrelang,
bei deinen Knochen, deiner
Asche, regungslos,
fern dem Haß und dem Zorn,
entwaffnet durch deinen Tod,
von Lianen umwuchert,
regungslos unterm Regen,
unerbittlicher Wächter
bei meiner Mörderliebe.

DER KONDOR

Ich bin der Kondor, fliege
über dir, die zu Fuß geht,
und jäh, in einem Kreiseln
von Wind, Gefieder, Krallen,
stürz ich auf dich und hebe
dich hoch in schrillem Wirbel
sturmentfesselten Frosts.

Hinauf zu meinem Schneeturm,
zu meinem schwarzen Schlupfloch
bringe ich dich, und einsam
haust du, dir wachsen Federn,
du fliegst über der Erde,
regungslos, in der Höhe.

Kondorweibchen, wir wollen
uns stürzen auf die rote
Beute, reißen das Leben,
das mit Herzpochen herkommt,
und uns aufschwingen, beide,
zu unsrem wilden Fluge.

DAS INSEKT

Von deinen Hüften bis zu deinen Füßen
will ich eine lange Reise machen.

Ich bin kleiner als ein Insekt.

Ich schweife über Hügel,
hell schimmernd wie der Hafer,
bedeckt mit zarten Spuren,

die keiner kennt, nur ich,
versengte Zentimeter,
dämmrige Perspektiven.

Hier gibt es einen Berg.
Nie werd ich den verlassen.
Oh, wie riesig das Moos!
Und da ein Krater, eine
Rose aus feuchtem Feuer!

Deine Beine hinunter
eine Spirale windend
oder schlummernd im Gehen,
steig ich abwärts und komme
zu deinen Knien, rund und
hart wie die Gipfel eines
heiteren Kontinentes.

Gleitend, zu deinen Füßen,
komm ich in die acht Spalten
zwischen den spitzen, trägen,
halbinselhaften Zehen
und stürze ab ins Leere
des weißen Leintuchs, blind und
hungernd nach deinem Umriß,
den Rand des Glutkrugs suchend.

Die Furien

DIE LIEBE

Was hast du, was haben wir,
was widerfährt uns?
Ach, unsere Liebe ist ein harter Strick,
der uns festzurrt, uns verletzt,
und wollen wir
unserer Wunde entrinnen,
uns trennen,
so schlingt er uns einen neuen Knoten und verdammt uns,
daß wir zusammen verbluten und uns verbrennen.

Was hast du? Ich schaue dich an
und finde nichts an dir als zwei Augen,
genauso wie alle Augen, einen Mund,
verloren unter tausend Mündern, die ich küßte, die
schöner waren,
einen Körper gleich denen, die unter
meinem Körper glitten, ohne ein Erinnern zu hinterlassen.

Und wie leer gingst du durch die Welt,
ein weizenfarbner Tonkrug
ohne Luft, ohne Laut, ohne Inhalt!
Ich suchte vergeblich in dir
eine Tiefe für meine Arme,
die unentwegt graben unter der Erde:
unter deiner Haut, hinter deinen Augen
– nichts,
unter deiner zwiefach gewölbten Brust
ein spärliches
gläsernes Rieseln,
das nicht weiß, warum es singend dahinrinnt.
Warum, warum, warum,
meine Liebe, warum?

IMMER

Was vor mir war,
weckt keine Eifersucht.

Komm mit einem Mann
auf dem Rücken,
komm mit hundert Männern in deiner Mähne,
komm mit tausend Männern zwischen deiner Brust und
deinen Füßen,
komm wie ein Fluß
voller Ertrunkener,
der den rasenden Ozean findet,
den ewigen Gischt, die Zeit!

Bring sie alle her,
wo ich dich erwarte:
immer werden wir einzig sein,
immer nur du und ich
allein auf der Erde,
um das Leben zu beginnen!

DIE VERFEHLUNG

Wenn dein Fuß noch einmal fehlgeht,
wird er abgehauen.

Wenn deine Hand dich
auf einen anderen Weg führt,
fällt sie verfault zu Boden.

Wenn du mir dein Leben entziehst,
stirbst du
bei lebendigem Leibe.

Als Tote oder als Schatten
wirst du ohne mich dann durch die Welt gehn.

DIE FRAGE

Liebe, eine Frage
hat dich zerstört.

Ich bin zurückgekehrt zu dir
aus der Ungewißheit voll Dornen.

Ich wünsche mir dich so gerade
wie das Schwert oder der Weg.

Aber du beharrst darauf,
einen Schattenwinkel zu wahren,
den ich nicht mag.

Meine Liebe,
versteh mich,
ich will dich ganz,
von den Augen bis zu den Füßen, den Nägeln,
im Innern
all die Klarheit, die du bewahrtest.

Ich bin's, meine Liebe,
der an die Tür schlägt.
Nicht das Gespenst, nicht der,
welcher früher stehenblieb
an deinem Fenster.
Ich schlage die Türe ein,
dringe ein in dein ganzes Leben,
komme, um in deiner Seele zu wohnen:
Du kannst nichts tun gegen mich.

Tür um Tür mußt du auftun,
du mußt mir gehorchen,
mußt die Augen öffnen,
damit ich sie durchsuche,
du mußt sehen, wie ich
mit schweren Schritten
all die Wege gehe,
die blind mich erwartet haben.

Fürchte mich nicht,
ich bin dein,
aber
ich bin nicht der Durchreisende oder der Bettler,
ich bin dein Herr,
der, auf den du gewartet hast,
und jetzt trete ich ein
in dein Leben,
um nie mehr fortzugehn,
Liebe, Liebe, Liebe,
um zu bleiben.

DIE VERGEUDERIN

Ich habe dich erwählt unter allen Frauen,
damit du wiederholst
auf der Erde
mein Herz, das tanzt mit den Ähren
oder kämpft ohne Kaserne, wenn es nötig ist.

Ich frage dich: Wo ist mein Sohn?

Hat er mich nicht erwartet in dir, mich erkennend
und zu mir sagend: »Ruf mich heraus auf die Erde,
damit ich fortführe deine Kämpfe und deine Lieder?«

Gib mir meinen Sohn zurück!

Hast du es vergessen an den Türen
der Lust, o vergeuderische
Feindin,
vergessen, daß du zu dieser Zusammenkunft kamst,
der tiefsten, der,
wo wir zwei, vereint, weiterreden werden
durch seinen Mund, meine Liebe,
ach, all das,
was wir uns nicht zu sagen vermögen?

Wenn ich dich emporhebe auf einer Woge
aus Feuer und Blut und sich verdoppelt
das Leben zwischen uns,
so denke daran,
daß jemand uns ruft,
wie niemand uns je gerufen hat,
und daß wir nicht Antwort geben
und einsam bleiben und feige
vor dem Leben, das wir verneinen.

Vergeuderin,
tu die Türen auf
und laß in deinem Herzen
den blinden Knoten
sich lösen, laß ihn fliegen
mit deinem Blut und meinem
durch die Welt!

DIE VERLETZUNG

Ich habe dir wehgetan, mein Herz,
ich habe dein Herz zerrissen.

Versteh mich.
Alle wissen, wer ich bin,
aber dieses Ich-bin
ist überdies ein Mann
für dich.

In dir wanke ich, falle
und erhebe mich glühend.
Du unter allen Wesen
hast das Recht,
mich schwach zu sehen.
Und deine kleine Hand
für Brot und Gitarre
soll meine Brust berühren,
wenn ich hinausgeh zum Kampf.

Darum suche ich in dir den festen Stein.
Rauhe Hände schlage ich in dein Blut,
deine Festigkeit suchend
und die Tiefe, die ich brauche,
und begegnet mir
nur dein metallisches Lachen, treffe ich
nichts, worauf meine harten Schritte Halt finden,
Angebetete, so nimm
meine Trauer hin und meinen Zorn,
meine feindlichen Hände,
die dich zerstören, ein wenig,
damit du aus dem Lehm erstehst,
neu geschaffen für meine Kämpfe.

DER BRUNNEN

Manchmal versinkst du, fällst
hinab in dein Schweigeloch,
in deinen Abgrund stolzen Zorns,
und mühsam nur
kommst du wieder heraus, behaftet noch
mit den Fetzen dessen, was du findest
in der Tiefe deines Daseins.

Meine Liebe, was findest du
in deinem verschlossenen Brunnen?
Algen, Morast, Felsbrocken?
Was siehst du mit blinden Augen,
grollend und verwundet?

Mein Leben, du wirst
in dem Brunnen, worein du fällst,
nicht finden, was ich dir oben aufbewahre:
einen Jasminzweig voll Tau,
einen Kuß, noch tiefer als dein Abgrund.

Fürchte mich nicht, fall
nicht aufs neue in deinen Groll.
Schüttle ab mein Wort, das kam, dich zu verletzen,
und laß es davonfliegen, zum offenen Fenster hinaus.
Es wird zurückkehren, um mich zu verletzen,
ohne daß du es lenkst,
denn es wurde geladen mit einem harten Augenblick,
und dieser Augenblick wird entschärft in meiner Brust.

Lächle mich strahlend an,
wenn mein Mund dich verletzt.
Ich bin nicht der sanfte Hirte
aus dem Feenmärchen,

sondern ein rechter Holzfäller, der mit dir
Erde, Wind und Dornen der Berge teilt.

Liebe mich, du, lächle mich an,
hilf mir gut sein.
Verletze dich nicht an mir, es wäre unnütz,
verletze nicht mich, du verletzt sonst dich.

DER TRAUM

Beim Gang über den Strand
beschloß ich, dich zu verlassen.

Ich trat auf dunklen Schlick,
der wankend nachgab,
sank ein, kam wieder heraus,
beschloß, du solltest
heraus aus mir, da du darin lastetest
wie ein kantiger Stein,
und ich plante, wie ich dich loswürde,
Zug um Zug:
dir die Wurzeln abhacken,
allein dem Wind dich überlassen.

Ach, in dieser Minute,
mein Herz, überkam dich
ein Traum
mit seinen schaurigen Schwingen.

Du fühltest dich verschlungen vom Schlick
und riefst mich, und ich kam nicht herbei,
du gingst unter, starr,
ohne dich zu wehren,
bis du versankst im Strandmaul.

Später stieß mein Entschluß auf deinen Traum,
und seit dem Bruch,
der uns die Seele zerbrach,
sind wir aufs neue aufgetaucht, rein und nackt,
uns liebend,
ohne Traum, ohne Strand,
vollständig und strahlend,
vom Feuer besiegelt.

WENN DU MICH VERGISST

Ich möchte, daß du
eines weißt.

Du weißt ja, wie das ist:
Betrachte ich
den kristallenen Mond, den roten Zweig
des säumigen Herbstes an meinem Fenster,
berühre ich
beim Feuer
die ungreifbare Asche
oder den runzligen Körper des Holzes,
bringt mich alles zu dir,
als wäre alles, was da ist,
Düfte, Licht, Metalle,
nichts andres als ein Schwarm kleiner Schiffe,
hinsegelnd zu deinen Inseln, die mich erwarten.

Nun aber,
wenn du allmählich aufhörst, mich zu lieben,
werde ich aufhören, dich zu lieben, allmählich.

Wenn du auf einmal
mich vergißt,

suche nicht nach mir,
denn ich werde dich schon vergessen haben.

Scheint er dir lang und irre lodernd,
der Fahnenwind,
der mein Leben durchweht,
und entscheidest du dich,
mich auszusetzen, am Rand
des Herzens, in dem ich verwurzelt bin,
so bedenke,
daß am selben Tag,
zur selben Stunde,
ich die Arme erhebe
und meine Wurzeln sich aufmachen,
einen anderen Boden zu suchen.

Doch wenn du
jeden Tag,
jede Stunde
empfindest, daß du für mich bestimmt bist,
mit unverrückbarer Süße,
wenn jeden Tag
eine Blüte aufsprießt zu deinen Lippen, um mich zu suchen,
ach, meine Liebe, ach, Meine,
so wiederholt sich in mir all dies Feuer,
und nichts erlischt in mir, nichts wird vergessen,
meine Liebe nährt sich von deiner Liebe, Geliebte,
und solange du lebst, wird sie in deinen Armen sein,
ohne die meinen zu verlassen.

DAS VERGESSEN

Die ganze Liebe in einem Becher
so weit wie die Welt, die ganze
Liebe mit Sternen und Stacheln
gab ich dir, aber du schrittest
mit kleinen Füßen, mit schmutzigen Absätzen
über das Feuer, tratest es aus.

Ach, große Liebe, kleine Geliebte!

Ich hielt nicht inne im Kampf,
stockte nicht auf dem Marsch zum Leben,
zum Frieden, zum Brot für alle,
aber ich hob dich empor in meinen Armen
und nagelte dich an meine Küsse
und schaute dich an, wie niemals
Menschenaugen dich je wieder anschauen werden.

Ach, große Liebe, kleine Geliebte!

Damals ermaßest du nicht meine Statur,
und dem Mann, der für dich aufsparte
das Blut, den Weizen, das Wasser,
verwechseltest du
mit dem kleinen Insekt, das dir in den Schoß gefallen.

Ach, große Liebe, kleine Geliebte!

Erwarte nicht, daß aus der Ferne
ich zurückschaue nach dir; verharre
bei dem, was ich dir hinterließ, spaziere
mit meinem verratenen Foto,
ich werde weitermarschieren,
werde breite Wege schlagen ins Dunkel,

sanft die Erde machen und
den Stern austeilen denen, die kommen.

Bleib hocken auf dem Weg.
Nacht ist für dich gekommen.
Vielleicht in der Morgenfrühe
sehen wir uns von neuem.

Ach, große Liebe, kleine Geliebte.

DIE MÄDCHEN

Mädchen, die ihr die große
Liebe suchtet, die große schreckliche Liebe,
was ist gewesen, was ging vorbei?

Vielleicht
die Zeit, die Zeit!

Denn jetzt,
hier ist sie, schaut, wie sie vorbeigeht,
fortschleift die Himmelssteine,
die Blüten zerfetzt und die Blätter,
mit einem Rauschen gepeitschten Gischtes,
brandend gegen alle Steine deiner Welt,
mit einem Geruch von Sperma und Jasminen,
dicht beim blutigen Mond!

Und jetzt
berührst du das Wasser mit deinen kleinen Füßen,
mit deinem kleinen Herzen
und weißt nicht, was tun!

Besser sind
gewisse nächtliche Fahrten,
gewisse Abteile,
gewisse amüsante Bummelgänge,
gewisse Tänze ohne größere Folgen,
besser als immer weiter auf der Reise sein!

Stirb vor Angst oder Kälte,
oder vor Zweifel,
denn ich mit meinen großen Schritten
werde sie finden,
in dir
oder fern von dir,
und sie wird mich finden,
sie, die nicht zittern wird vor der Liebe,
die verschmolzen sein wird
mit mir
im Leben oder im Tod!

DU KAMST

Nicht leiden hast du mich gemacht,
sondern hoffen.

Damals, in den Stunden
der Wirrnis, voller
Schlangen,
als der Mut
mir niedersank und ich ertrank,
kamst du gegangen,
kamst du nackt und zerschunden,
gelangtest blutend bis an mein Bett,
meine Braut,
und da

waren wir die ganze Nacht unterwegs,
schlafend,
und als wir erwachten,
warst du unversehrt und neu,
als hätte der heftige Wind der Träume
frisch entfacht
das Feuer deines Haars
und in Weizen und Silber getaucht
deinen Körper, bis er schimmernd erstrahlte.

Ich hab nicht gelitten, meine Liebe,
ich wartete nur auf dich.
Anders werden mußten dir
Herz und Blick,
nachdem du in Berührung gekommen
mit der tiefen Meereszone, die meine Brust dir darbot.
Hervorgehn mußtest du aus dem Wasser,
rein wie ein Tropfen,
den eine nächtliche Woge auswirft.

Meine Braut, du mußtest
sterben und geboren werden, ich wartete auf dich.
Ich litt nicht, dich suchend,
ich wußte, du würdest kommen,
eine neue Frau, mit dem, was ich verehre
an der, die ich nicht verehrte,
mit deinen Augen, deinen Händen und deinem Mund,
doch mit einem anderen Herzen,
das aufging an meiner Seite,
als wäre es immer dort gewesen,
um mich zu begleiten für immer.

Alles Leben

DER BERG UND DER FLUSS

In meiner Heimat gibt es einen Berg.
In meiner Heimat gibt es einen Fluß.

Komm mit.

Die Nacht steigt den Berg hinauf.
Der Hunger steigt zum Fluß hinunter.

Komm mit.

Wer sind die, die dort leiden?
Ich weiß nicht, aber sie gehören zu mir.

Komm mit.

Ich weiß nicht, aber sie rufen mich
und sagen mir: »Wir leiden.«

Komm mit.

Und sie sagen mir: »Dein Volk,
dein unglückliches Volk,
zwischen dem Berg und dem Fluß,

voll Hunger und voller Schmerzen,
möchte nicht einsam kämpfen,
es wartet, Freund, auf dich.«

O du, die ich liebe
Kleines, rotes Weizenkorn,
hart wird der Kampf sein,
das Leben wird hart sein,
doch du kommst mit.

DIE ARMUT

Ach, du magst nicht,
dich erschreckt
die Armut,

du magst nicht
mit zerrissenen Schuhen zum Markt gehn
und heimkommen mit dem alten Kleid.

Liebe, wir lieben nicht,
wie es die Reichen möchten,
das Elend. Wir werden
es ausrotten, ausreißen wie einen üblen Zahn,
der bis heut das Herz des Menschen geplagt hat.

Aber ich will nicht,
daß du die Armut fürchtest.
Kommt sie, durch meine Schuld, zu deiner Wohnung,
fegt sie
deine goldenen Schuhe fort,
soll sie nicht fortfegen dein Lachen, das mir das Brot
meines Lebens ist.
Kannst du die Miete nicht bezahlen,
geh zur Arbeit mit stolzem Schritt
und denke, Liebe, daß ich dich sehe
und wir zusammen der größte Reichtum sind,
der je auf der Erde zusammenkam.

ALLES LEBEN

Ach, wie unbehaglich, fühle ich,
ist es dir manchmal
bei mir, Sieger unter den Männern!

Denn du weißt nicht,
daß mit mir
Tausende von Gesichtern siegten, die du nicht sehen kannst,
Tausende von Füßen, die Brust von Tausenden, die mit mir
marschierten,
daß ich nicht bin,
daß ich nicht existiere,
daß ich nur die Stirn derer bin, die mit mir gehn,
daß ich stärker bin,
weil ich in mir
nicht mein kleines Leben,
sondern alles Leben trage,
und sicher schreite ich vorwärts,
weil ich tausend Augen habe,
mein Schlag hat die Schwere des Steinblocks,
weil ich tausend Hände habe,
und meine Stimme hört man
an den Ufern aller Länder,
denn es ist die Stimme von allen,
die bisher stumm gewesen,
die bisher nicht gesungen
und heute singen mit diesem Mund,
der dich küßt.

DIE FAHNE

Steh auf mit mir.

Niemand würde so gern
wie ich dableiben
auf dem Kissen, wo deine Lider
die Welt einschließen wollen für mich.
Gern auch würde ich
einschlafen lassen mein Blut,
hier, wo es deine Anmut umströmt.

Doch steh auf,
du, steh auf,
mit mir steh auf,
und laß uns gemeinsam hinausgehn
zum Kampf, Mann gegen Mann,
gegen die Spinngewebe des Verruchten,
gegen das System, das den Hunger austeilt,
gegen die Organisation des Elends.

Auf, gehn wir,
und du, mein Stern, bei mir,
eben geboren aus meinem eigenen Lehm,
wirst schon gefunden haben den Quell, den du birgst,
und inmitten des Feuers wirst du
bei mir sein,
mit deinen wilden Augen,
meine Fahne erhebend.

DIE LIEBE DES SOLDATEN

Mitten im Krieg ließ dich das Leben
zur Liebe des Soldaten werden.

Mit deinem armen Seidenkleid,
deinen Nägeln aus unechtem Stein,
solltest du plötzlich durchs Feuer gehen.

Komm her, Landstreicherin,
komm und trink an meiner Brust
roten Tau.

Du wolltest nicht wissen, was dein Weg ist,
du warst die Tanzgefährtin,
hattest weder Partei noch Vaterland.

Und jetzt, wo du an meiner Seite gehst,
siehst du, daß mit mir das Leben ist
und hinter mir der Tod.

Du kannst nicht mehr zurück zum Tanz
im Saal mit deinem Seidenkleid.

Du wirst dir die Schuhe kaputtmachen,
doch du wirst wachsen auf dem Marsch.

Du mußt über Dornen gehen,
Blutströpfchen hinterlassend.

Küß mich aufs neue, Geliebte.

Reinige das Gewehr dort, Genossin.

NICHT NUR DAS FEUER

Ach, doch, ich erinnere mich,
ach, deine geschlossenen Augen,
wie innen von schwarzem Licht erfüllt,
dein ganzer Körper wie eine offene Hand,
wie eine weiße Traube vom Mond,
und die Verzückung,
wenn uns ein Blitzstrahl tötet,
wenn ein Dolch uns an den Wurzeln verletzt
und ein Licht uns das Haar durchbricht,
und wenn wir
von neuem gehen
zurück zum Leben,
als entstiegen wir dem Ozean,
als kämen wir vom Schiffbruch
verwundet heim
zwischen den Steinen und roten Algen.

Aber
es gibt andere Erinnerungen,
nicht nur Blüten der Feuersbrunst,
sondern kleine Knospen,
die plötzlich erscheinen,
wenn ich in Zügen fahre
oder durch Straßen gehe.

Ich sehe dich,
wie du meine Taschentücher wäschst,
meine zerrissenen Socken
vors Fenster hängst,
deine Gestalt, in die alle,
alle Lust wie eine Lohe
fuhr, ohne dich zu zerstören,
aufs neue,
kleine Frau

im Alltag,
aufs neue ein menschliches Wesen,
demütig menschlich,
hochherzig arm,
wie du es sein mußt, damit du nicht
die flüchtige Rose bist,
welche die Asche der Liebe zerfallen läßt,
sondern das ganze Leben,
das ganze Leben mit Seife und Nadeln,
mit dem Geruch, den ich liebe,
aus der Küche, die wir vielleicht nicht haben werden
und in der deine Hand zwischen den Pommes frites
und dein Mund, singend im Winter,
während der Braten kommt,
für mich die Dauer
des Glücks auf der Erde wären.

Ach, mein Leben,
nicht nur das Feuer brennt zwischen uns,
sondern das ganze Leben,
die schlichte Geschichte,
die schlichte Liebe
einer Frau und eines Mannes,
nicht anders als alle.

DIE TOTE

Wenn du plötzlich nicht mehr da bist,
wenn du plötzlich nicht mehr lebst,
werde ich weiterleben.

Ich wage es nicht,
wage es nicht zu schreiben,
wenn du stirbst.

Ich werde weiterleben.

Denn wo ein Mensch keine Stimme hat,
da, meine Stimme.

Wo die Schwarzen geprügelt werden,
kann ich nicht tot sein.
Wenn sie meine Brüder ins Gefängnis stecken,
geh ich mit ihnen hinein.

Wenn der Sieg,
nicht mein Sieg,
sondern der große Sieg,
kommt,
muß ich, auch wenn ich stumm bin, reden:
ich werde ihn kommen sehen, auch wenn ich blind bin.
Nein, verzeih mir.

Wenn du nicht lebst,
wenn
du, Geliebte, meine Liebe,
wenn du
gestorben bist,
fallen alle Blätter in meiner Brust,
regnen wird's auf meine Seele Tag und Nacht,
der Schnee wird mein Herz verbrennen,
ich werde gehen mit Frost und Feuer und Tod und Schnee,
meine Füße werden dorthin marschieren wollen, wo du schläfst,
aber
ich werde am Leben bleiben,
weil du mich liebtest über alles, mich wolltest als
unbezähmbar,
und, Liebe, weil du weißt, daß ich nicht ein Mensch nur bin,
sondern alle Menschen.

KLEINES AMERIKA

Beschau ich auf der Karte
die Form Amerikas,
Liebe, so seh ich dich:
die Kupfergebirge auf deinem Haupt,
die Brüste, Schnee und Weizen,
dann deine schlanke Taille,
flinke Flüsse, pulsierend, sanfte
Hügel und Wiesen,
und im Frost des Südens schließen deine Füße
die Geographie zwiefachen Goldes.

Berühre ich dich, Liebe,
so gleiten meine Hände
nicht nur über den Liebreiz
von dir, auch über Zweige, Felder, Früchte,
Wasser, den Frühling, den ich
liebe, über den Mond der Wüste,
die Brust der wilden Taube,
über die Sanftheit abgenutzter Steine,
durch das Wasser des Meers oder der Flüsse
und das rötliche Dickicht
aus Buschwerk, wo der Durst giert
und wo der Hunger lauert.
Und so, kleines Amerika, empfängt mich
mein weites Heimatland auf deinem Körper.

Ja, sehe ich dich ruhen, ausgestreckt,
seh ich in deiner Haut, deiner Haferfarbe,
die Nationalität meiner Geliebten.
Von deinen Schultern schaut mich
an der Zuckerrohrschnitter
aus dem sengenden Kuba,
mit dunklem Schweiß bedeckt,
aus deiner Kehle singen

Fischer mir ihr Geheimnis,
zitternd in kalten feuchten
Häusern am Meeresufer.
So entlang deinem Körper,
kleines Amerika, du, mein geliebtes,
unterbrechen die Länder
und Völker meine Küsse,
und deine Schönheit zündet
nicht nur das Feuer an,
das unauslöschlich zwischen uns brennt, sondern
auch das, welches mich ruft mit deiner Liebe
und durch dein Leben mich
mit dem Leben beschenkt, das mir gefehlt hat,
und zu dem Geschmack deiner Liebe fügt sich
der Lehm, der Kuß des Lands, das auf mich wartet.

Ode und frisches Keimen

I

Der Geschmack deines Mundes und die Farbe deiner Haut,
Haut, Mund, meine Frucht dieser flüchtigen Tage,
sag mir, waren sie immer schon bei dir
während all der Jahre und Reisen und Monde und Sonnen,
mit Erde und Weinen und Regen und Freude,
oder jetzt erst, treiben
sie jetzt erst hervor aus deinen
Wurzeln, wie in verdorrter Erde Wasser
ein Keimen weckt, welches sie nie gekannt hat,
oder wie zu den Lippen aus dem vergessenen Krug
im Wasser aufsteigt der Erdgeschmack?

Ich weiß nicht, sag mir's nicht, du weißt es doch nicht.
Niemand weiß diese Dinge.
Aber all meine Sinne anziehend
zum Licht deiner Haut, entschwindest du,
vergehst wie der saure
Duft einer Frucht oder
die Wärme eines Weges,
der Geruch der Maisfrucht, wenn sie entkörnt wird,
die Geißblattranken unterm klaren Abend,
die Namen der staubbedeckten Erde,
der grenzenlose Hauch des Heimatlandes:
Magnolie und Macchiendickicht, Blut und Mehl,
jäher Galopp von Rossen,
der staubumwölkte Mond über dem Dorfe,
das frischgeborne Brot:
ach, alles kehrt von deiner Haut zurück mir
zum Mund, zu meinem Herzen, meinem Körper,
und zusammen mit dir werde ich wieder
zur Erde, die du bist:
du bist in mir ein gewaltiger Frühling:
in dir erfahr ich wieder, wie ich keime.

II

Jahre von dir, die ich hätte fühlen müssen,
wie sie wuchsen, nahe bei mir, gleich Trauben,
bis du endlich gesehen, daß die Sonne und die Erde
dich bestimmten für meine steinernen Hände,
bis du, Traube um Traube, in meinen Adern
den Wein zum Singen gebracht.
Der Wind oder das Pferd,
ein kurzes Abschweifen vom Weg, hätte
bewirken können, daß ich deine Kindheit durchquerte;
denselben Himmel hast du gesehen, Tag für Tag,
denselben Morast des schwarzgrauen Winters,
das unaufhörliche Laub der Pflaumenbäume
und ihre veilchenfarbene Süße.
Nur ein paar Kilometer Nacht,
die feuchten Weiten
der Morgenröte auf freiem Feld,
eine Handvoll Erde trennte uns, die durchsichtigen
Mauern,
die wir nicht durchschritten, damit das Leben,
später, alle Meere
und die Erde
zwischen uns legte, und wir uns näherkämen,
trotz der trennenden Ferne,
Schritt für Schritt uns suchend,
von einem Ozean zum andern,
bis ich sah, daß der Himmel sich entflammte
und im Licht deine Haare flogen,
und du kamst zu meinen Küssen mit dem Feuer
eines entfesselten Meteors
und ich, als du verschmolzest mit meinem Blut, die Süße
der wild gewachsenen Pflaume
unserer Kindheit empfing mit meinem Mund
und dich drückte an meine Brust, als ob ich
die Erde und das Leben zurückerlangte.

III

Mein wildes Mädchen, zurückgewinnen
mußten wir die Zeit
und rückwärts wandern
in die Ferne unserer
zwei Leben, Kuß um Kuß,
einsammeln wieder am einen Ort,
was wir freudlos hingegeben, entdecken
am andren Ort den geheimen Weg,
der deine Füße den meinen näherbrachte,
und so unter meinem Mund
siehst du wieder die unbefriedigte Pflanze
deines Lebens, die ihre Wurzeln ausstreckte
nach meinem Herzen, das dich erwartet hat.
Und eine um die andere schließen die Nächte
zwischen unseren getrennten Städten
sich zusammen mit der Nacht, die uns vereint.
Das Licht eines jeden Tages
schenkt uns seine Flamme oder seine Ruhe,
der Zeit sie entreißend,
und so wird ergraben
im Schatten oder im Licht unser Schatz,
und so küssen das Leben unsere Küsse:
alle Liebe liegt umschlossen in unserer Liebe:
aller Durst hört auf in unserer Umarmung.
Hier sind wir endlich Auge in Auge,
wir haben uns gefunden,
nichts haben wir verloren.
Lippe für Lippe haben wir uns durchlaufen,
haben tausendmal unter uns getauscht
den Tod und das Leben,
alles, was wir mitgebracht
wie tote Medaillen,
warfen wir hinab ins Meer,
alles, was wir gelernt,

nützte uns nichts:
wir begannen von neuem,
beendeten von neuem
Tod und Leben.
Und hier überlebten wir,
rein, mit der Reinheit, die wir erschaffen,
weiter als die Erde, die uns nicht abbringen konnte,
ewig wie das Feuer, das brennen wird,
solange das Leben dauert.

IV

Wie ich zu diesem Punkt gelange, stockt mir
die Hand. Jemand sagt: Sag mir doch, warum, wie die Wellen
stets an dieselbe Küste, deine Worte,
Ebbe und Flut, zu ihrem Körper drängen?
Ist sie nur die Gestalt, welche du liebst?
Und ich gebe zur Antwort: Meine Hände
werden ihrer nie satt, und meine Küsse
rasten nicht – warum sollte ich da meinen
Worten wehren, die immer neu der Fährte
geliebter Fühlung folgen und vergeblich,
wie in dem Netz das Wasser, fassen wollen
die Oberfläche und Temperatur
dieser lautersten Welle allen Lebens?
Und, Liebe, dein Leib ist nicht nur die Rose,
die im Dunkel oder im Mondlicht aufgeht,
die ich jählings entdecke, rastlos suche.
Er ist nicht nur Bewegung oder Brandspur,
Bluttat oder des Feuers Blütenblatt,
denn du warst es, die mir mein
Land gebracht hat, den Lehmgrund meiner Kindheit,
den Wogengang des Hafers,
die rundliche Haut der dunklen Frucht,

die ich im Urwald pflückte,
Duft von Hölzern und Äpfeln,
Farbe verborgnen Wassers, wo geheime
Früchte und Blätter in die Tiefe sinken.
Liebe, dein Leib erhebt sich
wie eines Kruges klare Kontur von der
Erde, die mich erkennt,
und während meine Sinne dich entdeckten,
schaudertest du, als fielen
drinnen in dir der Regen und die Samen!
Ach, man sage mir doch,
wie ich loskommen könnte von dir, und es
lassen, daß meine Hände, ohne deine
Gestalt, Feuer entfachen aus den Worten!
Du meine Sanfte, schmiege
deinen Körper in diese Zeilen, die dir
mehr verdanken als das, was die Berührung
mit dir mir gibt, lebe in diesen Worten,
wiederhole in ihnen den Brand, die Süße,
und erschaudere drinnen in den Silben,
schlafe in meinem Namen, wie du einschliefst
auf meinem Herzen, und so werden morgen
meine Worte bewahren
die Hohlform deines Leibes,
und wer sie später hört, fühlt einen Windstoß
voller Weizen und Klatschmohn:
noch wird er atmend da sein,
der Leib der Liebe, atmend auf der Erde!

V

Faden von Korn und Wasser,
von Kristall oder Feuer,
das Wort und auch die Nacht,
die Arbeit und den Zorn,
Dunkel und Zärtlichkeit,
alles hast du allmählich eingenäht in
meine zerfetzten Taschen,
und du hast mich erwartet, meine Liebe,
nicht nur dort, wo der Boden bebt, wo Liebe
und Martyrium Zwillingsschwestern sind,
so wie zwei Feuerglocken,
nein, auch in den geringsten,
zärtlichen Tagespflichten.
Italiens goldnes Öl gab dir den Nimbus,
du Heilige des Nährtopfs und des Nähzeugs,
und deine Gefallsucht, die klitzekleine,
die so lang vor dem Spiegel brauchte, wusch mir
mit deinen Händen, deren
Blütenspitzen noch der Jasmin dir neidet,
das Geschirr und die Kleider,
desinfizierte mir die offnen Wunden.
Meine Liebe, du kamst
gerüstet in mein Leben,
als Mohn und als Partisanin:
von Seide ist der Glanz, den ich durcheile
mit dem Durst und dem Hunger,
den ich für dich auf die Welt gebracht hab,
und hinterm Seidenschimmer
das Mädchen aus Eisen, das kämpfen wird,
kämpfen an meiner Seite.
Liebe, Liebe, hier finden wir zusammen.
Seide und Metall, komm zu meinem Mund.

VI

Und weil Liebe kämpft nicht nur
auf eignem heißem Feld,
sondern im Mund auch von Männern und Frauen,
darum will ich denen entgegentreten,
die zwischen meine Brust und deinen Duft
ihre finstre Fußsohle setzen wollen.
Von mir können sie dir nichts Schlimmres sagen,
meine Liebe, als was ich
selber dir schon gesagt hab.
Ich tummelte mich auf der Weide, ehe
ich dich gekannt hab, und ich
wartete nicht, ich lauerte auf Liebe,
stürzte mich auf die Rose.
Was sonst können sie sagen?
Ich bin nicht gut, nicht schlecht, sondern ein Mann.
Und dann werden sie reden, wie gefährlich
mein Leben sei – du kennst es,
hast es in Leidenschaft mit mir geteilt.
Nun gut, diese Gefahr
ist die Gefahr der Liebe, schrankenloser
Liebe zum ganzen Leben,
zu jedem Einzelleben,
und wenn uns diese Liebe
Tod oder Kerker einträgt,
weiß ich gewiß, daß deine großen Augen,
wie dann, wenn ich sie küsse,
sich schließen werden voller Stolz, erfüllt von
doppeltem Stolz, Geliebte,
von deinem Stolz und meinem.
Doch zuvor noch bedrängt man mir die Ohren,
den Turm zu unterhöhlen
der zarten, harten Liebe, die uns einigt.
Sie werden zu mir sagen:

»Die Person, die du liebst,
ist keine Frau für dich,
warum liebst du sie bloß?
Du könntest, glaube ich, eine schönre finden,
eine ernstere, meine ich, eine mit mehr Tiefe,
du verstehst schon, nicht so leichtfertig,
schau doch, was sie für einen Kopf hat,
und überhaupt, wie die sich
anzieht, schau« – und so weiter.
Und ich, in diesen Zeilen,
sage: So mag ich dich,
so liebe ich dich, Liebe,
so, wie du dich gern anziehst,
und wie sich deine Mähne
aufbäumt, und wie dein Mund
lächelt, leicht, wie das Wasser
des Quells über die reinen Steine rinnt,
so mag ich dich, Geliebte.
Vom Brot fordre ich nicht, mich zu belehren,
sondern daß es nicht ausgeht,
daß es mir niemals fehlt in meinem Leben.
Ich weiß gar nichts vom Licht, nicht wo es herkommt,
und auch nicht, wo es hingeht,
ich will vom Licht nur eines: daß es leuchte;
ich will von der Nacht keine
Erklärungen,
ich erwarte ihr Kommen, sie umhüllt mich,
und so bist du mir Brot
und Licht und Dunkel.
Du bist gekommen in mein
Leben, mit allem, was du anhast,
als Wesen
aus Licht, Brot und Dunkel wollte ich
und brauche ich dich,
und so liebe ich dich,
und alle die, die morgen hören wollen,

was ich ihnen nicht sagen werde, sollen hier es lesen
und heute zurückstecken, denn es ist noch zu früh
für solches Urteil.
Morgen werden wir ihnen
nur ein Blatt vom Baum unserer Liebe schenken, nur ein
Blatt, das zur Erde fällt,
als wär's erschaffen von unseren Lippen,
wie ein Kuß, der herabfällt
von unseren Höhen, unbezwingbaren Höhen,
um zu zeigen das Feuer und die Zartheit
einer wirklichen Liebe.

Hochzeitsgedicht

Weißt du noch, wie wir
im Winter auf die Insel kamen?
Das Meer hob uns entgegen
einen Pokal voll Kälte.
An den Wänden die Kletterpflanzen
wisperten und ließen
dunkle Blätter
uns vor die Füße fallen.
Auch du warst ein kleines Blatt,
das zitterte an meiner Brust.
Der Wind des Lebens hatte dich hingeweht.
Zuerst sah ich dich nicht; ich merkte nicht,
daß du mit mir gingst,
bis deine Wurzeln
meine Brust durchbohrten,
sich vereinten mit den Fäden meines Blutes,
sprachen aus meinem Mund,
mit mir erblühten.
So war deine unbemerkte Gegenwart,
unsichtbares Blatt oder Zweiglein,
und plötzlich erfüllte sich
mein Herz mit Früchten und Klängen.
Du bewohntest das Haus,
das dunkel dich erwartete,
und zündetest drin die Lampen an.
Weißt du noch, meine Liebe,
unsere ersten Gänge auf der Insel:
Die grauen Steine erkannten uns,
die Regenböen,
die Schreie des Windes in der Düsternis.
Aber das Feuer war
unser einziger Freund,
dicht bei ihm preßten wir
vierarmig
die süße Winterliebe.

Das Feuer sah wachsen unseren nackten Kuß,
bis er an verborgene Sterne rührte,
und sah den Schmerz zur Welt kommen und sterben,
wie ein zerbrochenes Schwert
gegen die unbesiegbare Liebe.
Weißt du noch,
o du, die schläft in meinem Schatten,
wie aus dir der Traum erwuchs,
aus deiner nackten Brust
mit ihren Zwillingskuppeln,
offen zum Meer, zum Wind der Insel,
und wie ich frei dahinschiffte
in deinem Traum, im Meer und im Wind,
gefesselt dennoch und überflutet
von der blauen Klangfülle deiner Süße?
O Süße, meine Süße,
der Frühling verwandelte
die Mauern der Insel.
Es erschien eine Blüte wie ein Tropfen
orangegetönten Blutes,
und dann entluden die Farben
mit Wucht ihr reines Gewicht.
Das Meer errang aufs neue seine schimmernde Klarheit,
die Nacht am Himmel
ließ vortreten ihre Trauben,
und schon wisperten alle Dinge
unseren Liebesnamen, Stein um Stein
sagte unseren Namen und unseren Kuß.
Die Insel aus Stein und Moos
hallte wider im Geheimnis ihrer Grotten
wie in deinem Mund das Lied,
und die Blume, die zur Welt kam
aus den Ritzen im Gestein
mit ihrer geheimen Silbe,
sagte beim Vorübergehn deinen Namen,
den Namen einer brennenden Pflanze,

und der schroffe Fels, aufragend
wie die Wand der Welt,
erkannte meinen Gesang, Geliebte,
und alle Dinge sagten
deine Liebe, meine Liebe, Geliebte,
denn die Erde, die Zeit, das Meer, die Insel,
das Leben, die Gezeiten,
der Keim, der seine Lippen
langsam öffnet in der Erde,
die heißhungrige Blüte,
die Bewegung des Frühlings,
alles erkennt uns.
Unsere Liebe ist geboren
außerhalb der Wände,
im Wind,
in der Nacht,
in der Erde,
und darum wissen
der Lehm und die Blumenkrone,
der Schlamm und die Wurzeln,
wie du heißt,
und sie wissen, daß mein Mund
sich zusammentat mit deinem,
denn zusammen sind wir in die Erde gesät worden,
ohne daß auch nur wir selber dies wußten,
damit wir zusammen aufwachsen
und zusammen blühen,
und darum,
wenn wir vorbeigehn,
ist dein Name auf den Blütenblättern
der Rose, die im Stein wächst,
mein Name ist in den Grotten.
Sie wissen alles,
wir haben keine Geheimnisse,
zusammen sind wir gewachsen,
doch wir wußten es nicht.

Das Meer kennt unsere Liebe, die Steine
der Felsenhöhe wissen, daß unsere Küsse
mit unendlicher Reinheit erblühten,
wie aus ihren Spalten
ein Scharlachmund erscheint:
so kennen sie unsere Liebe und den Kuß,
die deinen Mund vereinen mit dem meinen
in einer ewigen Blüte.
Meine Liebe,
der linde Frühling,
Blüte und Meer, umringen uns.
Wir tauschen ihn nicht
gegen unseren Winter,
wo der Wind
deinen Namen zu entziffern begann,
den er heute zu allen Stunden wiederholt,
wo die
Blätter nicht wußten,
daß du ein Blatt warst,
wo die
Wurzeln
nicht wußten, daß du mich suchtest
in meiner Brust.
Liebe, Liebe,
der Frühling
bietet uns den Himmel an,
aber die dunkle Erde
ist unser Name,
unsere Liebe gehört
der ganzen Zeit und der Erde.
Uns liebend, mein Arm
unter deinem sandigen Hals,
werden wir darauf warten,
wie die Erde sich wandelt und die Zeit
auf der Insel,
wie die Blätter

der verschwiegnen Kletterpflanzen fallen,
wie der Herbst
durchs zerbrochene Fenster entweicht.
Aber wir
werden warten
auf unseren Freund,
auf unseren Freund mit roten Augen,
das Feuer,
wenn von neuem der Wind
an den Grenzen der Insel rüttelt
und den Namen von allen
nicht mehr kennt,
wird der Winter
uns suchen, meine Liebe,
immer
wird er uns suchen, weil wir ihn kennen,
weil wir ihn nicht fürchten,
weil wir
bei uns haben
das Feuer
für immer.
Wir haben
die Erde bei uns
für immer,
den Frühling bei uns
für immer,
und wenn sich
von den Kletterpflanzen
ein Blatt löst,
so weißt du, meine Liebe,
welcher Name
auf diesem Blatt steht,
ein Name, welcher deiner ist und meiner,
unser Liebesname, ein einziges
Wesen, der Pfeil,
der den Winter durchquerte,

die unbezwingliche Liebe,
das Feuer der Tage,
ein Blatt,
das mir auf die Brust fiel,
ein Blatt vom Baum
des Lebens,
das nistete und sang,
das Wurzeln trieb,
das Blüten und Früchte trug.
Und so siehst du, meine Liebe,
wie ich über die
Insel schreite,
über die Welt,
sicher inmitten des Frühlings,
lachend vor Lust am Licht im Frost,
ruhig durchs Feuer gehend,
dein Blütenblattgewicht
auf meinen Armen haltend,
als wäre ich nie gewandert,
außer mit dir, mein Herz,
als könnte ich gar nicht wandern,
außer mit dir,
als könnte ich gar nicht singen,
außer wenn du singst.

Der Brief von unterwegs

Lebwohl, doch du wirst
mit mir sein, wirst mitgehn
drinnen in einem Tropfen Blut, der kreist in meinen Adern,
oder draußen, ein Kuß, der mir das Gesicht versengt,
oder ein Feuergürtel um meine Hüfte.
Meine Süße, empfange
die große Liebe, die auszog aus meinem Leben
und die in dir kein Land für sich fand,
wie der Entdeckungsreisende, der zugrund geht
auf den Inseln von Brot und Honig.
Ich fand dich einst
nach dem Unwetter,
der Regen wusch die Luft,
und im Wasser
blinkten deine lieblichen Füße wie Fische.

Bewunderte du, ich ziehe in meine Kämpfe.

Ich werde die Erde aufscharren, um dir eine Höhle zu machen,
und dort wird dein Kapitän
dich erwarten mit Blumen auf dem Lager.
Denke nicht länger, meine Süße,
an die Qual,
die zwischen uns hindurchfuhr
wie ein Phosphorstrahl
und manche Brandwunde uns vielleicht hinterließ.
Der Friede kam auch, weil ich zurückgehe
zum Kampf in mein Land,
und weil mein Herz erfüllt ist
von dem, was du an Blut mir gabst
für immer,
und weil meine Hände
noch voll sind von deinem nackten Sein,
sieh mich an,
sieh mich an,
sieh mich auf dem Meer, über das ich strahlend ziehe,

sieh mich in der Nacht, die ich durchschiffe,
und Meer und Nacht sind deine Augen.
Ich habe dich nicht verlassen, wenn ich mich entferne.
Jetzt will ich dir erzählen:
Mein Land wird deines sein,
ich werde es erobern,
nicht nur, um es dir zu geben,
nein, für alle,
für mein ganzes Volk.
Eines Tages wird der Räuber seinen Turm verlassen.
Und der Eindringling wird davongejagt.
Alle Früchte des Lebens
werden wachsen in meinen Händen,
die zuvor ans Pulver gewöhnt waren.
Und ich werde die neuen Blüten streicheln können,
weil du mich die Zärtlichkeit gelehrt hast.
Meine Süße, Bewunderte,
du wirst mit mir ziehen in den Kampf Mann gegen Mann,
denn in meinem Herzen leben deine Küsse
wie rote Fahnen,
und wenn ich falle, wird mich
nicht nur die Erde bedecken,
sondern auch die große Liebe, die du mir gebracht hast
und die kreisend lebte in meinem Blut.
Du wirst mit mir gehen,
in jener Stunde erwarte ich dich,
in jener Stunde und in allen Stunden,
in allen Stunden erwarte ich dich.
Und kommt die Traurigkeit, die ich hasse,
schlägt sie an deine Tür,
so sage ihr, daß ich auf dich warte,
und will die Einsamkeit, daß du den Ring
vertauschst, in den mein Name geschrieben ist,
so sage der Einsamkeit, mit mir soll sie reden,
sag ihr, daß ich fortziehen mußte,
weil ich Soldat bin,

und daß ich dort, wo ich bin,
unter dem Regen oder unter
dem Feuer,
meine Liebe, dich erwarte,
dich erwarte in der schlimmsten Wüste
und beim blühenden Zitronenbaum:
überall, wo das Leben ist,
wo der Frühling zur Welt kommt,
meine Liebe, erwarte ich dich.
Wenn sie dir sagen: »Dieser Mann
liebt dich nicht«, so denke daran,
daß meine Füße allein sind in dieser Nacht, und daß sie
die lieblichen, kleinen Füße suchen, die ich verehre.
Liebe, wenn sie dir sagen,
ich hätte dich vergessen, und selbst, wenn ich der wäre,
der dir dies sagt,
selbst wenn ich dir dies sagen würde,
glaube mir nicht.
Wer könnte, auf welche Weise, dich mir
aus der Brust schneiden?
Und wer würde mein Blut auffangen,
wenn ich zu dir hin verblutete?
Doch ebensowenig kann ich
mein Volk vergessen.
Ich werde kämpfen in jeder Gasse,
hinter jedem Stein.
Auch deine Liebe hilft mir:
sie ist eine geschlossene Blüte,
die jedesmal mich mit ihrem Duft erfüllt
und die plötzlich aufgeht
in mir wie ein großer Stern.

Meine Liebe, es ist Nacht.
Das schwarze Wasser, die schlafende
Welt umgeben mich.

In einer Weile wird die Morgenröte kommen,
und ich schreibe dir indessen,
um dir zu sagen: Ich liebe dich.
Um dir zu sagen: Ich liebe dich; hüte,
reinige, richte auf,
verteidige
unsere Liebe, mein Herz.
Ich hinterlasse sie dir, als übergäbe
ich eine Handvoll Erde mit Samen.
Aus unserer Liebe werden Leben geboren werden.
In unserer Liebe werden sie Wasser trinken.
Vielleicht wird ein Tag kommen,
an dem ein Mann
und eine Frau, so wie wir,
diese Liebe berühren werden, und sie wird noch die Kraft haben,
die Hände zu verbrennen, die sie berühren.
Wer sind wir gewesen? Was bedeutet das?
Sie werden dieses Feuer berühren,
und das Feuer, meine Süße, wird deinen einfachen Namen sagen
und den meinen, den Namen,
den nur du erfahren hast, denn du allein
auf der Erde weißt,
wer ich bin, und niemand hat mich so gekannt wie eine,
wie eine einzelne Hand von dir,
denn niemand
erfuhr, wie oder wann
mein Herz entbrannte:
allein
deine großen braunen Augen erfuhren es,
dein breiter Mund,
deine Haut, deine Brüste,
dein Bauch, dein Eingeweide
und deine Seele, die ich weckte,
damit sie von nun an
singe bis ans Ende des Lebens.

Liebe, ich warte auf dich.

Lebwohl, Liebe, ich warte auf dich.

Liebe, Liebe, ich warte auf dich.

Und so endet dieser Brief
ohne alle Traurigkeit:
Fest stehen meine Füße auf der Erde,
meine Hand schreibt diesen Brief unterwegs,
und mitten im Leben werde ich
immer
neben dem Freund sein, gegenüber dem Feind,
mit deinem Namen auf dem Mund
und einem Kuß, der niemals
sich getrennt hat von deinem.

Chronologie

der wichtigsten Lebensabschnitte von Pablo Neruda und der Publikationen seiner bedeutendsten Werke

12. Juli 1904	Geburt von (Ricardo Eliecer) Neftalí Reyes (Basoalto) in Parral (Südchile) als Sohn des Lokomotivführers José del Carmen Reyes und der Volksschullehrerin Rosa Neftalí Basoalto. Seit 1920 benutzt der Dichter das Pseudonym Pablo Neruda, das er am 28. 12. 1946 als seinen Namen legalisieren läßt. Seine Mutter stirbt sechs Wochen nach seiner Geburt an Tuberkulose.
1906	Umzug des Vaters nach Temuco (Südchile) und zweite Ehe mit Trinidad Candia Marverde.
1917	Veröffentlichung des ersten Artikels in der Zeitung *La Mañana* (Temuco).
1921	Neruda begibt sich zum Studium nach Santiago de Chile.
1923	Erstausgabe von *Crepusculario*.
1924	Erstveröffentlichung von *Zwanzig Liebesgedichte und ein Lied der Verzweiflung*.
1927–1932	Chilenischer Honorarkonsul in Rangun, Colombo, Batavia und Singapur.
1930	Hochzeit mit der Holländerin Maria Antonieta Hagenaar Vogelzanz.
1932	Rückkehr nach Chile. Zweite und definitive Ausgabe von *Zwanzig Liebesgedichte und ein Lied der Verzweiflung*.
1933	Erstausgabe von *Der begeisterte Schleuderer* (zehn Jahre nach der Abfassung). Chilenischer Konsul in Buenos Aires. Erste Begegnung mit Federico García Lorca. Erstausgabe von *Aufenthalt auf Erden (1925–1931)*.
1934	Chilenischer Konsul in Barcelona. Geburt seiner

Tochter Malva Marina. Lernt die Argentinierin Delia del Carril kennen.

1935 Chilenischer Konsul in Madrid. Die spanischen Dichter feiern ihn mit dem Buch *Homenaje a Pablo Neruda de los poetas españoles (Ehrengabe der spanischen Dichter an Pablo Neruda)*. Publikation der Zeitschrift *Caballo Verde para la Poesía (Grünes Pferd für die Dichtung)*. Publikation: *Aufenthalt auf Erden (1925–35)*.

1936 Nach dem Ausbruch des Spanischen Bürgerkriegs wird Pablo Neruda als Konsul abgesetzt. Trennung von Maria Antonieta Hagenaar Vogelzanz.

1937 Rede in Paris auf Federico García Lorca. Engagement zugunsten der spanischen Republik. Erstausgabe von *Spanien im Herzen*.

1938 Tod seines Vaters und seiner Stiefmutter. Politisches Engagement in Chile für Pedro Aguirre Cerda, den Präsidentschaftskandidaten der Volksfront.

1939 Chilenischer Konsul für die spanischen Emigranten in Paris. Organisiert die Überfahrt spanischer Flüchtlinge nach Chile auf dem umgebauten Frachtschiff »Winnipeg«.

1940 Chilenischer Generalkonsul in Mexico-Stadt.

1941 Die Universität von Mexico-Stadt publiziert *Gesang für Bolívar*.

1942 Liest im Auditorium maximum *Gesang für Stalingrad*, das dann überall in Mexico-Stadt als Plakat angeschlagen wird.
Tod seiner kranken Tochter Malva Marina.

1943 Reise in die USA. Triumphale Rückkehr nach Chile über Panama, Kolumbien, Peru (wo er Lima, Cuzco, Macchu Picchu und Arequipa besucht).

1944 Erhält den Lyrik-Preis der Stadt Santiago de Chile.

1945 Wahl zum Senator für die nordchilenischen Provinzen Tarapacá und Antofagasta. Eintritt in die Kommunistische Partei Chiles. Reise nach Brasilien.

1946 Wahlkampfleiter des chilenischen Präsidentschaftskandidaten Gabriel González Videla. Erste Begegnung mit Matilde Urrutia in Santiago.

1947 Publikation von *Dritter Aufenthalt.*

1948 Pablo Neruda hält am 6. Januar im Senat die Rede *Ich klage an* gegen den politischen Kurswechsel des Präsidenten González Videla; darauf wird er als Senator abgesetzt und polizeilich gesucht. Verbot der kommunistischen Partei Chiles. Neruda lebt bis Februar 1949 im Untergrund.

1949 Abenteuerliche Flucht aus Chile. Ernennung zum Mitglied des Weltfriedensrates. Er trifft in Mexico-Stadt Matilde Urrutia wieder.

1949–1952 Exil. Zahllose Reisen nach Amerika, Europa und Asien (Indien, Volksrepublik China).

1950 Erstausgabe von *Der Große Gesang* in Mexico-Stadt. Erhält den Internationalen Friedenspreis.

1952 Aufenthalt auf Capri, zusammen mit Matilde Urrutia. Anonyme Publikation von *Die Verse des Kapitäns* in Neapel. Triumphale Rückkehr nach Chile.

1953 Erhält den Stalinpreis.

1954 Erstausgabe von *Elementare Oden* und *Die Trauben und der Wind.* Zahlreiche Reisen und Ehrungen.

1955 Trennung von Delia del Carril und endgültige Verbindung mit Matilde Urrutia.

1956 Erstausgabe von *Neue Elementare Oden.*

1957 Wahl zum Präsidenten des Chilenischen Schriftstellerverbandes.
Erstausgabe von *Drittes Buch der Oden.*

1958 Beteiligung am Präsidentschaftswahlkampf in Chile. Erstausgabe von *Estravagario (Extravaganzenbrevier).*

1959 Erstausgabe von *Seefahrt und Rückkehr.*

1960 Zahlreiche Reisen, Aufenthalte in Paris und in Kuba. Erstausgabe von *Heldenepos.*

1961 Ernennung zum korrespondierenden Mitglied des Instituts für Romanische Sprachen der Universität Yale (USA).

1962 Ernennung zum akademischen Mitglied der Philosophischen Fakultät der Universität von Chile in Santiago.

1964 Vortragsreihe zum 60. Geburtstag des Dichters in der Chilenischen Nationalbibliothek. Aktive Beteiligung am Präsidentschaftswahlkampf. Erstausgabe von *Memorial von Isla Negra.*

1965 Dr. h. c. der Universität von Oxford.

1966 Reisen in Nord- und Südamerika. Legalisiert in Chile seine im Ausland geschlossene Ehe mit Matilde Urrutia.

1967 Reisen in Europa.

1968 3. Ausgabe der *Vollständigen Werke* (Losada, Buenos Aires).
Erstausgabe von *Die Hände des Tages.*

1969 Ernennung zum Präsidentschaftskandidaten der Kommunistischen Partei Chiles; Wahlkampf; Verzicht zugunsten von Salvador Allende.
Erstausgabe von *Ende der Welt* und *Immer noch.*

1970 Erstausgabe von *Das entflammte Schwert* und *Die Steine des Himmels.* Wahlkampf; nach dem Sieg der Volksfront Ernennung zum Botschafter Chiles in Paris.

1971 Nobelpreis für Literatur.

1972 Aus Gesundheitsgründen Rücktritt von seinem Botschafterposten. Die Regierung und das chilenische Volk ehren Pablo Neruda im Nationalstadion von Santiago.

11. 9. 1973 Sturz und Tod von Salvador Allende.

23. 9. 1973 Pablo Neruda stirbt in Santiago de Chile.

1974 Publikation der Memoiren *Ich bekenne ich habe gelebt* und der acht postumen Lyrikbücher *Die abgeschnittene Rose, Garten im Winter, 2000, Das gelbe Herz, Buch der Fragen, Elegie, Das Meer und die Glocken, Ausgewählte Mängel.*

1978 Publikation der Prosaschriften *Um geboren zu werden.*

*Namen und Daten**

Afrikaner Siehe *Marokkaner*

Agenaar Vogelzanz, M. A. Siehe *Hagenaar Vogelzanz, Maria Antonieta*

Albacora Großer Tiefseefisch, ähnlich dem Schwertfisch.

Alberdi, Juan Bautista (1810–1884), argentinischer Rechtsgelehrter und Publizist.

Alberti, Rafael Geboren 1902 in Puerto de Santa María/Cádiz; neben Federico García Lorca der bedeutendste spanische Dichter der *Generation von 1927* und enger Freund von Pablo Neruda. Träger des Cervantes-Preises von 1983.

Alacalufes Eingeborenenstamm Ozeaniens.

Aleixandre, Vicente Geboren 1898 in Sevilla; einer der wichtigsten spanischen Dichter der *Generation von 1927* und sehr guter Freund von Pablo Neruda. Erhielt 1977 den Nobelpreis für Literatur.

Almagro, Diego de (1475–1538), spanischer Offizier, der an der Eroberung Perus durch Francisco Pizarro teilnimmt und später eine Expedition nach Chile leitet.

Almería, südspanische Stadt; dort scheitert der Aufstand gegen die Republik an der Entschlossenheit des sozialistischen Abgeordneten Gabriel Pradal. Die Stadt wird im Juni 1937 von deutschen Flugzeugen bombardiert.

Altolaguirre, Manuel (Manolo) Geboren 1905 in Málaga, gestorben 1959 in Burgos. Bedeutender spanischer Dichter und Buchdrucker der *Generation von 1927,* enger Freund Pablo Nerudas, dem er 1935 die Zeitschrift *Caballo Verde para la Poesía (Grünes Pferd für die Dichtung)* druckt.

Alvarado, Pedro de (1486–1541), spanischer Befehlshaber bei der Eroberung von Mexico durch Hernán Cortés.

* Zusammengestellt unter teilweiser Verwendung der *Anmerkungen* in: Pablo Neruda, *Der Große Gesang.* Übertragen von Erich Arendt, Verlag Volk und Welt, Berlin [2]1974, S. 581–592.

Amarant Fuchsschwanz; Pflanzengattung der Familie der Amarantazeen mit etwa 50 in den Tropen und in den gemäßigten Zonen verbreiteten Arten.

Aquitanien, Prinz von Gemeint ist der französische Dichter Gérard de Nerval (1808–1855) und sein Gedicht *El Desdichado* aus *Les Chiméres* (1853).

Araukaner Indianervolk in den chilenischen Anden. Ureinwohner Chiles.

Artigas, Jose Gervasio (1764–1850), südamerikanischer Unabhängigkeitsheld aus Uruguay, das er 1814 von den Spaniern befreit. Lebt von 1820 bis zu seinem Tod im Exil in Paraguay.

Atahualpa Herrscher des Inkareiches; erbt 1527, nach dem Tode seines Vaters Huayna Cápac, das Teilreich Quito und bekämpft seinen Stiefbruder Huáscar, den legitimen Thronerben, in Cuzco. 1533 wird er von den Spaniern unter Francisco Pizarro gefangengenommen und, trotz der Zahlung eines hohen Lösegeldes, in Cajamarca erdrosselt.

Atajacaminos In Südamerika beheimateter Vogel.

Austral Abgeleitet von lateinisch *auster* = Südwind: den Süden betreffend, südlich.

Avellano Haselnußstaude; hier: Baum mit haselnußartiger Frucht und milchartigem Harz, aus dem Gummi gewonnen wird.

Azteken Indianervolk in Mexico. Im 14. Jahrhundert errichten die Azteken auf der Hochebene von Mexico ein mächtiges Reich, das seine Grenzen weit über Mittelamerika ausdehnt und dessen Hauptstadt Tenochtitlán ist, das heutige Mexico-Stadt. Der neunte und letzte Herrscher der Azteken, Moctezuma II., wird 1519 von Hernán Cortés gefangengenommen und im Juni 1520 getötet.

Balboa, Vasco Núñez de (1475–1517), spanischer Eroberer, Entdekker des Pazifischen Ozeans, Statthalter von Darien (Panama).

Balmaceda, José Manuel (1838–1891), chilenischer Politiker und national-liberal eingestellter Staatspräsident (1886–1891). Als seine Politik für die Entwicklung der nationalen Wirtschaft und gegen die ausländischen Kapitalinteressen in einen Bürgerkrieg mündet und sich seine Niederlage abzeichnet, begeht er Selbstmord.

Banderilla Mit bunten Bändern geschmückter Spieß, von denen der Stierkämpfer (Banderillero) mehrere dem Stier in den Nacken stößt.

Barkarole Von italienisch *Barca* = Boot. Ursprünglich Lied der venezianischen Gondolieri; Lied oder Musikstück, meist im $^{6}/_{8}$-Takt.

Bebé Ehefrau von *Carlos Morla Lynch* (siehe dort).

Belgrano, Manuel (1770–1820), argentinischer General und Freiheitsheld, Mitglied der Junta von 1810.

Beltrán, Manuela Heldin des kolumbianischen Befreiungskampfes (1781).

Belzú, Manuel Isidoro Präsident von Bolivien (1848–1850).

Bilbao, Manuel (1828–1895), chilenischer Publizist und Romanschriftsteller.

Bliss, Josie Ein junges Mädchen aus Rangun, in das sich Neruda während seiner Zeit als chilenischer Konsul in Burma verliebt und die ihn mit ihrer Eifersucht bis nach Colombo verfolgt (vgl. P. Nerudas Memoiren, S. 117f. und S. 129). Für sie schreibt er *Der Tango des Witwers* und *Josie Bliss (Aufenthalt auf Erden I und II)*.

Boldú (auch *Boldo)* In Chile beheimateter Baum mit immergrünen Blättern, weißen Blüten, eßbarer Frucht. Seine Blätter werden zur Herstellung eines aromatischen und heilenden Tees verwendet.

Bolívar, Simón (1783–1830), venezolanischer General und größter Held der südamerikanischen Unabhängigkeitsbewegung, genannt *El Libertador* (Der Befreier), Führer der Befreiungskriege Venezuelas, Kolumbiens, Ecuadors und Perus. Sein Ziel sind die »Vereinigten Staaten von Südamerika«.

Cápac Yupanqui Fünfter Herrscher des Inkareiches nach Manco Cápac, Sinchi Roca, Lloque Yupanqui und Mayta Cápac.

Cárdenas, Lázaro (1895–1970), mexikanischer General und Politiker, Staatspräsident von 1934 bis 1940. Unter seiner Regierung werden die britischen und nordamerikanischen Erdölgesellschaften enteignet. Er führt eine Landreform durch.

Carias Andino, Tiburcio Diktator von Honduras (1933–1949).

Carlos Siehe *Morla Lynch, Carlos.*

Carrera, José Miguel (1785–1821), erster Staatspräsident von Chile, Sohn und Bruder von Helden des chilenischen Unabhängigkeitskrieges. Seine beiden Brüder Juan José und Luis werden 1818 in Mendoza (Argentinien) zum Tode verurteilt und erschossen. Er selbst erleidet dasselbe Schicksal im Jahre 1821.

Carril, Delia del Argentinierin, die zweite Frau von Pablo Neruda. Er lernt sie 1934 in Madrid kennen und trennt sich 1955 von ihr.

Carril, Salvador María del (1798–1883), Staatsmann und Vizepräsident von Argentinien.

Casa del Yodo »Haus des Jodes«, Fabrik zur Destillation von Jod.

Castillo, Pedro del Spanischer Eroberer, gründet 1561 die Stadt Mendoza in Argentinien.

Caupolicán Häuptling des chilenischen Araukanervolkes, das seine Heimat vehement gegen die spanischen Eroberer verteidigt. Er wird 1558 von den Spaniern zu Tode gefoltert.

Ceibo Baum amerikanischen Ursprungs, trägt grellrote Blüten.

Chango Indianerstamm in Nordchile.

Chercane Kleiner, der Nachtigall ähnlicher Singvogel.

Chibcha Ureinwohner der Hochebene von Bogotá in Kolumbien.

Chicha Alkoholisches Getränk aus gegorenem Mais und Zuckerwasser (»Maisbier«), besonders verbreitet in Chile, Bolivien, Ecuador und Kolumbien.

Chichén = Chichén-Itza. Eine der eindrucksvollsten Ausgrabungsstätten der Maya-Zivilisation auf der Halbinsel Yucatán in Mexico.

Chingolo In Südamerika weitverbreiteter Singvogel von der Größe und dem Aussehen des Sperlings.

Cholula Stadt in Mexico. Geistiges Zentrum der präkolumbischen Toltekenkultur.

Chucao Singvogel von der Größe der Drossel, hat braunes Gefieder und lebt im Dickicht der Wälder.

Chupón Parasitäre Pflanze.

Chuquicamata Kupferminenbezirk in der chilenischen Provinz Antofagasta. Dort wird Neruda im März 1945 zum Senator gewählt.

Cineraria Aschenpflanze; Korbblütlergattung, mit weißem, aschenähnlichem Filz an den Blättern.

Coca Strauch peruanischen Ursprungs, dessen Blätter von den Indianern gekaut oder zur Teezubereitung benutzt werden.

Companys Jover, Lluís (1883–1940), Rechtsanwalt, Journalist und führender Politiker der *Esquerra Republicana de Catalunya*, der Partei der katalanischen autonomistischen Linken, ist seit 1933 Präsident der Generalidad de Cataluña, der teilautonomen Regierung Kataloniens. Am 6. 10. 1934 ruft er die *República de Cataluña dentro de la Federación Española* (Katalanische Republik in der Bundesrepublik Spanien) aus, gegen die die Madrider Regierung unter Lerroux sofort durch Verhaftung des Rates der Generalidad und deren Auflösung vorgeht. Nach dem Sieg der Volksfront im Februar 1936 tritt das Katalonienstatut wieder in Kraft, wird die Generalidad wieder eingesetzt. Nach der Eroberung Kataloniens durch Francos Truppen flieht Companys 1939 nach Paris. Pétain liefert ihn Franco aus, der ihn 1940 hinrichten läßt.

Comunero Mitglied einer Comunidad, einer Dorfgemeinschaft, die ihr Land gemeinsam besitzt und bestellt.

Condorcanqui, José Gabriel (1743–1781), Anführer eines Aufstandes der peruanischen Indianer gegen die Spanier. Sein indianischer Name ist Túpac Amaru II. Er wird als Hochverräter hingerichtet, d. h. gevierteilt.

Copal Baum amerikanischen Ursprungs, mit gelblichem, von roten Streifen durchzogenem, hartem Holz.

Copihue In Chile weitverbreitete Kletterpflanze mit roten oder weißen Blüten; wird als Zierpflanze gezüchtet.

Cortés, Hernán (1485–1547), spanischer Conquistador. Erobert 1519–1521 von Kuba aus Mexico. Er gelangt bis nach Tenochtitlán, der Hauptstadt des Aztekenreiches, und unterwirft dessen Herrscher, Moctezuma II, der spanischen Krone.

Cotapos, Acario Chilenischer Musiker, Erzähler phantastischer Geschichten und guter Freund Nerudas, der ihn in seinen Memoiren einen »Erfinder von Sternen« nennt.

Cuartel de la Montaña Eine der wichtigsten Kasernen in Madrid und Zentrum der Verschwörung – unter dem General Joaquín Fanjul – gegen die Spanische Republik in Madrid. Die republikanischen Milizen und loyalen Truppen greifen diese Kaserne an und nehmen sie am Mittag des 20. Juli 1936.

Cuauhtémoc (»Fallender Adler«, 1495–1525), brillanter Aztekenfürst, übernimmt nach dem Tod von Moctezuma II. und der kurzen Regierung von Cuitláhuac in aussichtsloser Lage die Herrschaft über die Azteken, leistet den Spaniern unter Hernán Cortés erbitterten Widerstand, wird gefangengenommen und 1525, als Cortés nach Honduras marschiert, gehenkt.

Cueca Chilenischer Nationaltanz

Cuevas Reaktionärer chilenischer Intellektueller, Anhänger von González Videla.

Curupay Hülsenfruchtbaum, ähnlich dem Johannisbrotbaum.

Cuzco (El Cuzco) (»Der Nabel der Welt«), Hauptstadt des Inkareiches, in den peruanischen Anden auf 3500 m Höhe gelegen, reich an Baudenkmälern aus der Inka- und Kolonialzeit.

Dámaso = Dámaso Alonso (geboren 1898), spanischer Dichter, Literaturwissenschaftler und Essayist, gehört zur Gruppe von Dichtern um Federico García Lorca und Rafael Alberti, die, weil sie 1927 den 300. Todestag des offiziell mißachteten spanischen Barockdichters Luis de Góngora y Argote feiern, die *Generation von 1927* genannt werden. Dámaso Alonso veröffentlicht aus diesem Anlaß 1927 eine Prosaübersetzung von Góngoras *Soledades,* zusammen mit einem Kommentar. Mitglied der Real Academía Española.

Darío, Rubén (1867–1916), einer der bedeutendsten Dichter Lateinamerikas. Er stammt aus Nicaragua und ist der hauptsächliche Vertreter des hispano-amerikanischen Modernismo.

Délano »Coke«, Jorge Herausgeber einer satirischen Zeitung in Chile während der vierziger Jahre.

Delgadilla Eine Grasart.

Delia Siehe *Carril, Delia del.*

Diuca Südamerikanischer Singvogel, beheimatet hauptsächlich in Chile und Argentinien.

Doca Chilenische Schlingpflanze mit fleischigen dreieckigen Blättern, großen rosafarbenen Blüten; wächst am Strand und auf den Uferfelsen.

Drimys Pflanzenstaude, zu deren Gattung der Ingwer gehört.

Dutra, Eurico Gaspar (1885–1974), brasilianischer Marschall, Kriegsminister unter dem Diktator Getulio Vargas und, zwischen zwei Regierungen von Vargas, Staatspräsident von Brasilien zwischen 1946 und 1950.

Ebro Spanischer Fluß. Im Spanischen Bürgerkrieg findet vom 25. 7. bis 16. 11. 1938 die »Schlacht am Ebro« statt (am Unterlauf des Flusses zwischen Fayón, Gandesa und Tortosa). Die Republikaner verlieren mit 70 000 Mann, darunter 30 000 Toten, 200 Flugzeugen und großen Mengen von Waffen ihre gesamte Nordarmee. Die Nationalisten haben 33 000 Tote und gehen zum Angriff auf Katalonien über, womit die Schlußphase des Bürgerkriegs eingeleitet wird.

Elzevier-Ausgaben Bücher von besonderem Sammlerwert, hergestellt und herausgegeben von der niederländischen Buchdrukkerfamilie Elzevier (17. Jahrhundert).

Ercilla y Zúñiga, Alonso de (1533–1594), spanischer Soldat und Dichter; Autor des berühmten Epos *La Araucana,* das die Eroberung Chiles, die Ercilla miterlebt hat, beschreibt.

Errazuriz Alteingesessene chilenische Familie spanischer Herkunft.

Escanilla Reaktionärer chilenischer Intellektueller, Parteigänger von González Videla.

Espino Dornenstrauch mit weißen Blüten.

Estrada Cabrera, Manuel Grausamer Diktator in Guatemala von 1899 bis 1920.

Euzkadi Baskischer Name für das Baskenland in Nordspanien.

Fallas, Carlos Luis (1909–1966), Gewerkschaftsführer, Politiker und Schriftsteller aus Costa Rica. Er wird bekannt durch seinen Roman *Die grüne Hölle* (1941), dem Pablo Neruda durch ein Vorwort zum Erfolg verhilft.

Fanega Spanisches Hohlmaß (55,5 Liter).

Federico Siehe *García Lorca, Federico*

Francia, José Gaspar Rodríguez de (1766–1840), Diktator von Paraguay zwischen 1814 und 1840, entschiedener politischer Gegner von Bolívar. Er verfolgt eine strikte Autarkiepolitik und schließt Paraguay hermetisch vom Ausland ab. Er wird heute differenzierter beurteilt als dies Neruda tut.

Franco Bahamonte, Francisco (1892–1975), spanischer General und einer der Hauptverschwörer gegen die Spanische Republik. 1926 jüngster General Spaniens, 1934 schlägt er den Aufstand der asturischen Minenarbeiter brutal nieder, 1935 wird er Chef des Generalstabes. Beim Aufstand gegen die Spanische Republik im Juli 1936 kommandiert er die spanische Afrika-Armee, wird Chef der nationalspanischen Regierung und Generalissimus. Regiert Spanien als Diktator (»Caudillo«), ist seit 1957 Staatschef, Regierungschef (bis 1973), Oberbefehlshaber der Streitkräfte und Führer der Einheitspartei. Er stirbt am 20. 11. 1975.

Fray Luis de León (1527–1591), spanischer Mönch und Dichter, einer der bedeutendsten Vertreter der spanischen Mystik.

Fünftes Regiment Von der Kommunistischen Partei bei Ausbruch des Spanischen Bürgerkriegs aufgestelltes Regiment, das Ende Juli 1936 8000 Mann hat und nach dem Vorbild der Roten Armee organisiert ist. Sein berühmtester Kommandant ist der italienische Kommunist Vittorio Vivaldi, alias »Carlos«, »Carlos Contreras«, »Arturo Sormuti« (verheiratet mit Tina Modotti). Andere Befehlshaber sind Enrique Líster, Juan Modesto und Valentín González (»el Campesino«).

Gaitán, Jorge Eliecer Populärer kolumbianischer Politiker, Führer des linken Flügels der Liberalen Partei. Seine Ermordung am 9. April 1948 in Bogotá führt, während dort die Interamerikanische Konferenz tagt, zu einem blutigen Aufstand (5000 Tote) und zu einem bürgerkriegsähnlichen Zustand, der bis 1958 dauert.

Garbanzo Kichererbse.

García Lorca, Federico (1898–1936), der berühmteste spanische Dichter der *Generation von 1927* und einer der besten Freunde von Pablo Neruda, der ihn 1933 in Buenos Aires im Haus von Pablo Rojas Paz zum ersten Mal trifft. Vielfältig begabt, ist García Lorca vor allem als lyrischer Dichter und als Theaterautor wichtig. Bei Ausbruch des Spanischen Bürgerkriegs wird er im August 1936, 38 Jahre alt, bei Granada von Falangisten erschossen.

García Moreno, Gabriel (1821–1875), errichtet in Ecuador eine grausame ultra-katholische Diktatur. Er wird 1875 erschossen und von einer wütenden Menschenmenge in Stücke gerissen.

Garcilaso de la Vega (1503–1536), einer der größten spanischen Renaissance-Dichter.

Garfias, Pedro (1901–1967), spanischer Dichter aus Andalusien, zum Umkreis der *Generation von 1927* gehörend und Freund von Pablo Neruda. Publiziert 1941 *Poesías de la guerra española* (vgl. Nerudas Memoiren, S. 193 f.).

Garuma Seevogel, an der pazifischen Küste Südamerikas beheimatet.

Gerardo = Gerardo Diego (1896–1987). Spanischer Dichter und Literaturwissenschaftler, einer der wichtigsten Vertreter der *Generation von 1927,* gibt 1932 und 1934 die erste Anthologie dieser Dichtergruppe heraus *(Poesía española contempóranea).*

Gómez, Laureano Diktator von Kolumbien von 1950 bis 1951 nach der Ermordung von Jorge Eliecer Gaitán.

Gómez, Juan Vicente Berüchtigter Diktator von Venezuela (1908–1935).

Góngora y Argote, Luis de (1561–1627), spanischer Barockdichter, Schöpfer des nach ihm benannten gongorinischen (gelehrten, »kulteranistischen«) Stils in der spanischen Dichtung. Die jungen spanischen Poeten der *Generation von 1927* haben ihn wiederentdeckt.

González Tuñón, Raúl Argentinischer Dichter, den Neruda 1933 in Buenos Aires kennenlernt und in Madrid wiedertrifft.

González Carbalho, José (1900–1958), argentinischer Dichter.

González Videla, Gabriel Staatspräsident von Chile von 1946 bis 1952. Pablo Neruda hat für ihn den Wahlkampf geleitet. 1948 vollzieht González Videla eine radikale Kehrtwendung in seiner Politik (Neruda nennt dies seinen »Verrat«), verbietet die Kommunistische Partei Chiles und läßt Neruda polizeilich verfolgen. Der Dichter lebt ein Jahr im Untergrund und flieht 1949 nach Argentinien.

Gringo Hellhäutiger, blonder, englischsprachiger Ausländer in Lateinamerika, häufig gleichbedeutend mit »Yankee«.

Guanahaní Indianischer Name der von Kolumbus San Salvador genannten Insel der Bahamagruppe in der Karibischen See; Ort seiner ersten Landung in der Neuen Welt am 12. Oktober 1492. Die Insel heißt heute Watlings Island.

Guanaco Südamerikanischer Wiederkäuer, mit dem Lama verwandt.

Guanay Südamerikanischer Seevogel.

Guaraní(es) Indianervolk in Paraguay, Brasilien und Argentinien. Mit den Guaraníes versuchen die Jesuiten im 17. und 18. Jahrhundert, einen auf utopischen Ideen des 16. Jahrhunderts aufbauenden Staat zu verwirklichen, wobei sie gleichzeitig an gemeinschaftliche Lebensformen der Indianer anknüpfen. Sie schützen die Guaraníes vor den Sklavenjägern aus São Paulo, den Bandeirantes, und bewahren sie so vor dem Untergang.

Guardia Civil 1844 gegründete kasernierte und militärisch ausgebildete und bewaffnete Gendarmerie, die auf dem Land eingesetzt wurde und bei der Bevölkerung überaus verhaßt war (in grüner Uniform und mit einem schwarzglänzenden Dreispitz auf dem Kopf). Am Ende der Monarchie (1931) hat sie 30000 Mann und wird von dem General Sanjurjo, einem der Hauptgegner der Spanischen Republik, befehligt. 1936 ist sie größtenteils auf der Seite der Aufständischen.

Guillén, Nicolás (1902–1989), der bedeutendste zeitgenössische Dichter Kubas. Selbst Mulatte, hat er als einer der ersten afrikanische Elemente in die Lyrik eingeführt und eine sozialkritische Negerdichtung entwickelt.

Hagenaar Vogelzanz, Maria Antonieta Holländerin, erste Frau von Pablo Neruda. Er heiratet sie 1930 in Batavia (Java) und trennt sich 1936 von ihr. Ihre (kranke) Tochter Malva Marina wird 1934 geboren und stirbt 1942.

Harpyie Südamerikanische Habichtart mit einer Flügelspannweite von mehr als einem Meter.

Hearst, William Randolph (1863–1951), nordamerikanischer Zeitungsverleger, Gründer des nach ihm benannten Zeitungskonzerns.

Hernández, Miguel (1910–1942), spanischer Lyriker bäuerlicher Herkunft; kommt nach Madrid und tritt dort mit Pablo Neruda und den spanischen Dichtern der *Generation von 1927* in enge Verbindung. Im Spanischen Bürgerkrieg kämpft er als Soldat auf republikanischer Seite. Er wird später vom Francoregime zum Tode verurteilt, dann begnadigt und zu 30 Jahren Haft verurteilt; 1942 stirbt er im Gefängnis von Alicante.

Hidalgo y Costilla, Miguel (1753–1811), mexikanischer Geistlicher und Freiheitsheld. Führer des Aufstandes von Dolores (1810).

Huáscar Herrscher des Inkareiches, erbt 1527, nach dem Tode seines Vaters Huayna Cápac, den Hauptteil des Reiches, wird von seinem Stiefbruder Atahualpa geschlagen, gefangengenommen und auf dessen Befehl getötet.

Ines Siehe *Suárez*.

Inka Indianervolk aus den Hochanden am Titicaca-See, das ab 1200 das riesige »Reich der 4 Weltgegenden« (Tawantinsuyu) errichtet. Im engeren Wortsinn Bezeichnung für den Herrscher (König und Halbgott) und für die Oberschicht. Das Reich der Inka erlangt kurz vor der Ankunft der Spanier (1533) seine größte Ausdehnung und umfaßt das Gebiet der heutigen Länder Peru, Ecuador, Bolivien und die Nordhälfte von Chile.

Internationale Brigaden Während des Spanischen Bürgerkriegs kämpfen auf der Seite der Republik insgesamt 40 000 Ausländer aus über 50 Ländern (vor allem aus Frankreich, Deutschland und Österreich, der UdSSR, Italien, England, Nordamerika und Canada). Es werden 5 Brigaden aus je 3 bis 4 Bataillonen aufgestellt (nummeriert von 11–15): die 11. Brigade im Oktober 1936, die 12. im November 1936, die 13. im Dezember 1936, die 14. im Februar 1937 und die 15. im Juli 1937. Sie werden am 15. 12. 1938 aufgelöst und verabschiedet.

Isla Negra = »Schwarze Insel«, ist aber weder schwarz noch eine Insel, sondern eine Landzunge, etwa 40 km südlich von Valparaíso am Pazifik in Chile; beliebter Aufenthaltsort von Neruda, der dort ein Haus kauft und ausbaut.

Jacarandá Baum amerikanischen Ursprungs, von hohem Wuchs. Sein Holz ist als Rosenholz bekannt.

Jarama Fluß südlich von Madrid. Vom 5.-15. Februar 1937 tobt hier die »Schlacht am Jarama«. Die Aufständischen, überwiegend marokkanische Truppen, versuchen, Madrid von der Verbindung nach Valencia abzuschneiden. Die republikanischen Truppen, unterstützt von den Internationalen Brigaden, können dies verhindern. Auf beiden Seiten werden schwere Waffen, Panzer und Flugzeuge eingesetzt.

Javiera Schwester von *José Miguel* Carrera (siehe dort).

Jiménez de Quesada, Gonzalo (1496–1579), spanischer Conquistador und Gründer von Bogotá in Kolumbien.

Joaquín = Joaquín Cifuentes Sepúlveda (1900–1928), Freund Pablo Nerudas aus seiner Zeit in Santiago de Chile (1921–1927).

Juárez García, Benito (1806–1872), mexikanischer Staatsmann indianischer Herkunft mit sozialreformerischer und nationalstaatlicher Konzeption. 1859 Vizepräsident Mexicos: Seine Reformgesetze führen zum Bürgerkrieg (1859–1861). Als mexikanischer Staatspräsident (1861–1871) kämpft er erfolgreich gegen die Intervention von Spanien, Großbritannien und Frankreich, die den Habsburger Maximilian zum Kaiser und Staatsoberhaupt von Mexico machen wollen. Er läßt Maximilian 1867 erschießen.

Kazike Indianischer Häuptling.
Kormoran Seevogel von der Größe einer Gans.

Larco, Jorge Ehemann von María Luisa Bombal, einer chilenischen Schriftstellerin, die Neruda 1933 in Buenos Aires kennenlernt.
Las Casas, Bartolomé de (1474–1566), spanischer Dominikaner, Missionar und Verteidiger der Indianer; 1543 Bischof von Chiapas in Mexico. Er verhindert die Versklavung der Indianer, tritt aber, um dies zu erreichen, für die Negersklaverei ein. Sein Hauptwerk ist die *Historia General de las Indias.*
Laureano Siehe *Gómez.*
Lautaro Araukanischer Indianerhäuptling. Besiegt Pedro de Valdivia; wird 1557 ermordet.
Lautréamont, Comte de (1846–1870), Pseudonym des in Montevideo (Uruguay) geborenen französischen Dichters Isidore Ducasse. Er lebt unter miserablen Bedingungen in Paris, wo er an Tuberkulose stirbt. Sein Hauptwerk sind *Die Gesänge des Maldoror* (1869).
Leoncico Rufname für Hunde; hier der des Hundes von Balboa.
Leyte Im Zweiten Weltkrieg umkämpfte Insel im Pazifik.
Lidice Ort westlich von Prag, der als Vergeltung für die Ermordung von Richard Heydrich, des »stellvertretenden Reichsprotektors von Böhmen und Mähren«, durch einen tschechischen Patrioten von der Gestapo am 10. Juni 1942 zerstört wird (190 Männer werden erschossen, 52 von 195 Frauen sterben im Konzentrationslager Ravensbrück, 98 Kinder kommen in SS-Lager).
Lincoln, Abraham (1809–1865), 16. Präsident der Vereinigten Staaten von Nordamerika (1861–1865). In Lateinamerika ist er geachtet wegen seines entschiedenen Kampfes gegen die Sklaverei. Seine Wahl zum Präsidenten führt zum Abfall der Südstaaten und zum Sezessions-Krieg. Er wird am 15. April 1865 von dem Rassisten J. W. Booth ermordet.
Líster, Enrique (1907–1995), General der republikanischen Armee im Spanischen Bürgerkrieg, einer der Kommandanten des

Fünften Regiments. André Malraux hat ihn als »Manuel« in seinem Bürgerkriegsroman *Die Hoffnung* gezeichnet.

Litre In Chile beheimateter Baum mit außergewöhnlich hartem Holz; die Berührung mit seinen Zweigen ruft Hautausschlag hervor.

Lockrige, Ross Franklin (1914–1948), nordamerikanischer Schriftsteller, beschreibt in *Raintree Country* (1948) einen Tag im Leben eines Schulrektors in Indiana.

Loica In Chile beheimateter Singvogel, ähnlich dem Star.

Loyola, Ignacio de (1491–1556), spanischer Adliger, der nach einer Verwundung und einer Wallfahrt ins Heilige Land Theologie studiert, 1537 die Priesterweihe erhält und 1541 den militärisch strukturierten gegenreformatorischen Jesuitenorden gründet, dessen erster General er ist.

Luque, Fernando de (1484–1531), spanischer Geistlicher, der an der Eroberung von Peru durch Pizarro teilnimmt und der erste Bischof Perus ist.

Macchu Picchu Eine Festungsstadt der Inka auf 2000 m Höhe, 110 km nordwestlich von Cuzco auf einem Bergsattel zwischen dem Macchu Picchu (= Großer Berg) und dem Huayna Picchu (= Kleiner Berg). Sie wird 1911 von dem nordamerikanischen Archäologen Hiram Bingham wiederentdeckt und ist heute eines der größten und bedeutendsten Kulturdenkmäler des indianischen Amerika.

Machado, Gerardo Beherrscht Kuba als Diktator von 1925 bis 1933.

Machete Langes Buschmesser.

Machi Indianische Zauberin.

Magallanes, Fernando de Eigentlich *F. de Magalhães* (1480–1521), portugiesischer Seefahrer und Entdecker im Dienst der spanischen Krone. Entdeckt die nach ihm benannte Meerenge im Süden von Chile.

Mailer, Norman (1923–2007), nordamerikanischer Schriftsteller, der mit dem Kriegsroman *Die Nackten und die Toten* (1948) Weltruhm erlangt.

Maitén In Chile beheimateter Baum mit glockenförmigen purpurroten Blüten und hartem, orangefarbenem Holz.

Malva Marina Die Tochter Nerudas von seiner ersten Frau Maria Antonieta Hagenaar Vogelzanz. Das kranke Mädchen wird 1934 geboren und stirbt 1942.

Manrique, Jorge (1440–1478), bedeutender spanischer Dichter des Spätmittelalters und der Frührenaissance. Sein Hauptwerk sind die *Coplas* auf den Tod seines Vaters.

María Luisa = María Luisa Bombal (1910–1980), chilenische Schriftstellerin, die Neruda 1933 in Buenos Aires kennenlernt.

Marokkaner Das in Marokko stationierte spanische Afrika- Heer ist, unter dem Kommando von General Franco, ganz auf der Seite der Aufständischen gegen die Spanische Republik (Beginn des Aufstandes in Marokko: 18. Juli 1936). Es besteht aus zwei Truppenteilen: den 1911 gegründeten »regulären Truppen« (marokkanische Soldaten unter spanischen Offizieren und Unteroffizieren) und der 1924 von Franco mitaufgebauten »Fremdenlegion« (90% Spanier). Es wird geschätzt, daß nicht weniger als 100000 Marokkaner im Bürgerkrieg kämpften. Francos Leibwache besteht bis 1956, als Marokko unabhängig wird, aus Marokkanern.

Marshall, George Catlett (1880–1959), nordamerikanischer General und Politiker; Generalstabschef während des Zweiten Weltkriegs; 1947–1949: Außenminister, entwickelt das nordamerikanische Hilfsprogramm für Europa (Marshallplan); 1951–1952: Verteidigungsminister; erhält 1953, zusammen mit Albert Schweitzer, den Friedensnobelpreis.

Martí, José (1853–1895), kubanischer Dichter und Nationalheld; Führer des Befreiungskampfes gegen die spanische Kolonialmacht, in dem er 1895 fällt.

Martínez, Maximiliano Fernández Diktator von El Salvador zwischen 1935 und 1945.

Maruca So nennt Pablo Neruda seine erste Frau *Maria Antonieta Hagenaar Vogelzanz* (siehe dort).

Mate Südamerikanische Pflanze, aus deren Blättern Tee zubereitet wird.

Mauren Siehe. Marokkaner.

Maya Indianervölker in Südmexico, Guatemala, El Salvador und Honduras. Die verschiedenen Reiche der Maya zeichnen sich durch eine hohe Zivilisationsstufe aus. Große Teile der Bevölkerung leben in Städten; Landwirtschaft, Handwerk und Handel blühen. Die Architektur der Tempel, Paläste und Festungsanlagen ist hervorragend. Die Maya besitzen eine (erst teilweise entzifferte) Schrift und einen vorzüglichen Kalender. Die klassische Zeit der Maya-Zentren reicht von 300 bis 950 nach Christus. Mit dem Eindringen der Spanier (1524) erlischt das hochstehende Geistesleben der Maya fast vollständig.

Melgarejo, Mariano Diktator Boliviens von 1864 bis 1871.

Mella, Julio Antonio Gründer der Kommunistischen Partei Kubas (1925). Er wird 1929 auf Veranlassung des kubanischen Diktators Machado in Mexico ermordet. Er ist mit Tina Modotti befreundet, die diesen Mord miterlebt.

Menéndez, Jesús Kubanischer Gewerkschaftssekretär, Führer der Zuckerarbeiter; wird 1948 ermordet.

Méndez, Concha Geboren 1898 in Madrid, spanische Dichterin aus dem Umkreis der *Generation von 1927,* Freundin von Pablo Neruda, gestorben 1986.

Mina, Francisco Espozy (1786–1836), spanischer Freiheitskämpfer gegen Napoleon (1808–1814); nimmt während seines Exils an den Unabhängigkeitskriegen in Südamerika teil.

Miranda, Francisco de (1752–1816), venezolanischer General, gemeinsam mit Simón Bolívar Führer des nationalen Aufstandes gegen die Spanier.

Moais Eingeborene der Osterinsel.

Modesto Guilloto, Juan Köhler, dann Unteroffizier in der spanischen Fremdenlegion unter Franco in Marokko; wird Kommunist und Armeeführer auf der republikanischen Seite im Spanischen Bürgerkrieg, ist einer der Kommandanten des *Fünften Regiments* (siehe dort).

Modotti, Tina Italienische Fotografin und Kommunistin, Freundin des Gründers der Kommunistischen Partei Kubas, *Julio Antonio Mella* (siehe dort), später verheiratet mit Vittorio Vidali, dem Kommandanten »Carlos« des *Fünften Regiments* (siehe dort), der republikanischen Armee im Spanischen Bürgerkrieg. Sie stirbt 1941 in Mexico-Stadt (vgl. P. Neruda in seinen Memoiren, S. 343 f.).

Mola Vidal, Emilio (1887–1937), spanischer General und einer der Hauptverschwörer gegen die Spanische Republik. Er ist am Ende der Monarchie (1931) Leiter der Geheimpolizei. Anfang 1936 plant er den Aufstand, um »die Ordnung, den Frieden und die Gerechtigkeit« in Spanien wiederherzustellen; im Oktober 1936 übernimmt er den Oberbefehl über die nationalistischen Truppen, die Madrid angreifen, und im März leitet er die Offensive im Baskenland. Am 3. Juni 1937 kommt Mola bei einem Flugzeugabsturz ums Leben.

Molinari, Ricardo (1898–1996), argentinischer Lyriker, lebt ab 1933 mehrere Jahre in Spanien, wo er mit den spanischen Dichtern der *Generation von 1927* und mit Pablo Neruda befreundet ist.

Montezuma (II.) (oder *Moctezuma;* 1467–1520), der 9. Herrscher der Azteken. Er kann den Angriff der Spanier nicht abwehren, wird 1519 von Hernán Cortés gefangengenommen und stirbt unter dem Stein- und Geschoßhagel seines eigenen Volkes, als er es auffordert, sich den Spaniern zu ergeben.

Morazán, Francisco (1792–1842), Staatsmann aus Honduras, Präsident der Zentralamerikanischen Föderation von 1830–1840.

Morelos y Pavón, José María (1765–1815), mexikanischer Patriot, der an der Seite von Hidalgo für die Befreiung seines Landes aus der spanischen Kolonialherrschaft kämpft.

Moríñigo, Higinio Diktator von Paraguay zwischen 1940–1948.

Morla Lynch, Carlos (1885–1969), chilenischer Dichter und Diplomat, guter Freund von Federico García Lorca und der *Generation von 1927.* Vermittelt das Manuskript von *Aufenthalt auf Erden* an Rafael Alberti und steht mit Neruda in engem Konakt, als dieser in Madrid lebt.

Narváez, Pánfilo de (1470–1528), spanischer Conquistador; entdeckt Florida.

Neu-Granada So nennen die spanischen Eroberer zunächst Kolumbien. Erst 1819 erhält das Land seinen heutigen Namen.

Norah = Norah Lange, argentinische Schriftstellerin, die Neruda 1933 in Buenos Aires kennenlernt.

Norte Chico Wörtlich: »kleiner Norden«; mittlerer Norden Chiles.

November (7. November) Siehe *Siebenter November.*

Oello Indianische Göttin.

O'Higgins Riquelme, Bernardo (1776–1842), chilenischer General, einer der Hauptanführer im Kampf um die nationale Unabhängigkeit Chiles.

Oliverio = Oliverio Girondo (1891–1967), argentinischer Schriftsteller, den Neruda 1933 in Buenos Aires kennenlernt.

Ombú Baum des südamerikanischen Tieflandes, wächst einzeln, hat weitausgreifende Wurzeln und dichtes Blätterwerk.

Opuntien Riesenkakteen; wachsen bis zu einer Höhe von drei Metern.

Oro, Domingo de (1800–1879), argentinischer Schriftsteller.

Otero Silva, Miguel (1908–1985), venezolanischer Dichter und Romancier, enger Freund von Neruda; Mitbegründer und Chefredakteur der Zeitung *El Nacional*, in der Neruda am 4. 10. 1947 seinen *Persönlichen Brief für Millionen von Menschen* veröffentlicht, um gegen den »Verrat« des chilenischen Staatspräsidenten *González Videla* (siehe dort) zu protestieren.

Páez, José Antonio (1790–1873), venezolanischer Patriot; mehrmals Präsident seines Landes.

Páramo Hochland, kahle Hochebene.

(La) Pasionaria = Dolores Gómez Ibárruri (1895–1989), 1920 Mitbegründerin der Kommunistischen Partei Spaniens, 1942–1960 Generalsekretärin, kehrt 1977 aus dem Exil in der UdSSR nach Spanien zurück. Erwirbt sich legendären Ruhm durch ihren leidenschaftlichen Einsatz für die Republik während des Spanischen Bürgerkriegs. Ehrenvorsitzende der KP Spaniens.

Patagonier (Indianische) Einwohner von Patagonien, des südlichsten Teils Südamerikas (südlich des Río Colorado), überwiegend zu Argentinien gehörig.

Pedrarias de Avila Spanischer Conquistador, Nachfolger von Balboa als Statthalter von Darien (Panama); läßt Balboa hinrichten.

Peluchoneaux Polizeichef in Chile unter der Regierung von González Videla.

Peón Landarbeiter.

Perikles von Havanna Gemeint ist der Diktator *Gerardo Machado* (siehe dort).

Peter = Zar Peter I., der Große (1672–1725).

Peumo Strauch der Lorbeergattung.

Pisagua Stadt in der chilenischen Provinz Taracapá. Dort richtet González Videla ein Konzentrationslager für politische Häftlinge ein.

Pizarro, Francisco (1475–1541), spanischer Conquistador, unterwirft das Reich der Inka und gründet Lima.

Poblete, Darío Reaktionärer chilenischer Publizist. Chef des Zeitungswesens unter González Videla.

Poe, Edgar Allan (1809–1849), nordamerikanischer Schriftsteller, dessen phantastische Literatur und Schauergeschichten in Lateinamerika großen Einfluß ausüben.

Poleo Grasart.

Porfirist Anhänger von Porfirio Díaz, der Mexico von 1876 bis 1911 diktatorisch regiert.

Prestes, Luís Carlos (1898–1990), brasilianischer Arbeiterführer. Seit 1943 Generalsekretär der Kommunistischen Partei Brasiliens. Während der Diktatur von Getulio Vargas in Rio de Janeiro im Gefängnis. Siehe auch *Señora.*

Puelche In Chile: aus den Anden kommender Ostwind.

Pueyrredón, Juan Martín (1776–1850), argentinischer Patriot. Vertreibt 1806 die Briten aus Buenos Aires. 1816–1819 Präsident der »Vereinigten Provinzen des Río de la Plata«.

Pulque Stark alkoholisches Getränk aus gegorenem Kaktusblättersaft, das hauptsächlich in Mexico getrunken wird.

Puschkin, Alexander Sergejewitsch (1799–1837), wegweisender russischer Dichter und Schriftsteller (Hauptwerke: *Eugen Onegin, Boris Godunow).*

Quebracho Hülsenfruchtbaum der amerikanischen Tropen; hat kleine in Haufen hängende violette Blüten.

Quelenquelén Südamerikanische Medizinalpflanze.

Queltehué Südamerikanischer Wasservogel.

Querétaro Stadt in Zentralmexico. An diesem Ort wird Kaiser Maximilian von den Mexikanern hingerichtet.

Quetzal Buntgefiederter Klettervogel der amerikanischen Tropen, Nationalvogel von Guatemala.

Quevedo y *Villegas, Francisco de* (1580–1645), einer der bedeutendsten Dichter und Schriftsteller des spanischen »Goldenen Zeitalters«. Pablo Neruda hat sich Quevedos satirische Feder vielfach zum Vorbild genommen. 1935 gibt er dessen *Todessonette* mit einer Einleitung heraus.

Quila Südamerikanische Bambuspflanze.

Rafael Siehe *Alberti, Rafael.*

Rancagua Hauptstadt der chilenischen Provinz O'Higgins. Dort unterliegen 1814 die chilenischen Patrioten den spanischen Truppen.

Rancho Bauernhof, Farm.

Ranu Raraku Vulkan auf der Osterinsel, die zu Chile gehört.

Rapa-Nui Polynesischer Name der Osterinsel.

Raúl Siehe *González Tuñón, Raúl.*

Raulí Buchenähnlicher Baum, der bis zu einer Höhe von 50 Metern wächst.

Recabarren, Luis Emilio (1876–1924), chilenischer Arbeiterführer, Gründer der Kommunistischen Partei Chiles.

Regiment Siehe *Fünftes Regiment.*

Revueltas, Silvestre (1899–1940), bedeutender mexikanischer Komponist.

Rigodón Tanz.

Rodríguez, Manuel (1786–1818), Held des chilenischen Befreiungskampfes.

Rodríguez de Francia Siehe *Francia.*

Rojas Jiménez, Alberto (1900–1934), chilenischer Dichter aus dem Kreis der künstlerischen Bohème, mit der Neruda in Santiago von 1921 bis 1927 verkehrt. Er stirbt am 25. Mai 1934 an Lungenentzündung (vgl. P. Neruda, Memoiren, S. 51–55).

Rosales Camacho, Luis (Granada 1910–1992), spanischer Dichter, Freund von Federico García Lorca und Pablo Neruda; in seinem Haus wird García Lorca 1936 verhaftet. Träger des Cervantes-Preises und Mitglied der Real Academía Española.

Rosas, Juan Manuel de Argentinischer Diktator (1835–1852), von *Sarmiento* (siehe dort) unerbittlich bekämpft.

Rostellaria Muschelart.

Rubén Siehe *Dario, Rubén.*

(La) Rubia = Sara Tornú, die Frau von Pablo Rojas Paz. Neruda befreundet sich mit dem Ehepaar 1933 in Buenos Aires. In ihrem Haus trifft er am 13. Oktober 1933 Federico García Lorca zum ersten Mal.

Sandino, Augusto César (1893–1934), Freiheitskämpfer und General aus Nicaragua. Bekämpft die nordamerikanische Intervention von 1927. Er wird auf Betreiben seines politischen Gegenspielers *Anastasio Somoza* (siehe dort) ermordet. Er ist das Vorbild der Sandinistischen Befreiungsfront und der Nationalheld von Nicaragua.

Sangay Vulkan in den Anden von Ecuador (5324 m hoch).

Sanjurjo Sacanell, José (1872–1936), spanischer General und einer der Hauptverschwörer gegen die Spanische Republik. Veteran des Spanisch-Nordamerikanischen Krieges von 1898 und Kuba, Puerto Rico und die Philippinen, nimmt er 1923 teil am Putsch des Generals Primo de Rivera, bringt 1927 den Marokko-Krieg siegreich zu Ende und wird Kommandeur der *Guardia Civil* (siehe dort). Im August 1932 putscht er erfolglos gegen die Republik, wird zum Tode verurteilt, begnadigt. Am 20. Juli 1936 kommt er bei einem Flugzeugabsturz ums Leben.

San Martín, José de (1778–1850), argentinischer General, südamerikanischer Freiheitsheld; kämpft für die nationale Unabhängigkeit von Argentinien, Chile und Peru.

Santos, Enrique Während der vierziger Jahre Direktor einer rechtsliberalen Zeitschrift in Kolumbien.

Sarmiento, Domingo Faustino (1811–1888), argentinischer Schriftsteller, Pädagoge und Politiker, Präsident von Argentinien (1868–1874). Sein bis heute wichtiges Werk ist der gegen die Gaucho-Caudillos Rosas und Quiroga gerichtete romanhafte Essay *Civilización y barbarie: Vida de Juan Facundo Quiroga (Zivilisation und Barbarei: das Leben des Juan Facundo Quiroga, 1845).*

Sarras Türkensäbel.

Señora = Leocadia Felizardo de Prestes, die Mutter des brasilianischen Kommunistenführers *Carlos Luís Prestes* (siehe dort). Als sie am 18. Juni 1943 in Mexico-Stadt stirbt, bemühen sich viele Lateinamerikaner vergeblich, den brasilianischen Diktator Getulio Vargas zu bewegen, Prestes zur Beerdigung seiner Mutter nach Mexico reisen zu lassen. Pablo Neruda trägt bei ihrem Begräbnis das Gedicht *Harte Elegie* aus *Dritter Aufenthalt* vor.

Señorito Herrensöhnchen.

Sequoia Kalifornischer Riesenbaum.

Siddharta Name des Buddha.

Siebenter November 7. November 1936: Das der Spanischen Republik treue Madrid wehrt unter dem Kommando von General Miaja den Angriff der Aufständischen unter dem Befehl des Generals Mola ab.

(der) Sohn Gemeint ist das Kind, das Matilde Urrutia von Pablo Neruda erwartet, aber 1950 während einer Reise nach Guatemala verliert.

Somoza, Anastasio Diktator von Nicaragua zwischen 1938 und 1947 und Todfeind Sandinos, den er ermorden läßt.

Suárez, Inés de Geliebte des Valdivia.

Sucre, Antonio José de (1795–1830), General der venezolanischen Befreiungsarmee unter Bolívar. Präsident der Republik Bolivien von 1826 bis 1828.

Suworow, Alexander Wassiljewitsch (1730–1800), hervorragender russischer General. Nach ihm ist der Suworow-Orden, eine hohe militärische Auszeichnung der UdSSR, benannt.

Tacho Diminutivform zu Anastasio, Spitzname von Somoza.

Tamarugo Hülsenfruchtbaum der Pampa Südamerikas, ähnlich dem Johannisbrotbaum; *Tamarugal:* ein mit Tamarugos bestandenes Gelände.

Tarahumara Indianerstamm in Mexico.

Tata Nacho Volkstümlicher mexikanischer Komponist.

Tepito-Te-Henúa Insel im Pazifischen Ozean.

Teruel Spanische Stadt, 150 km nordwestlich von Valencia. Im Spanischen Bürgerkrieg ist die Stadt zwischen Mitte Dezember 1937 und Mitte Februar 1938 hart umkämpft. 15. 12. 1937 – 8. 1. 1938: Offensive der Republikaner; 17. 1. – 22. 2. 1938: erfolgreiche Gegenoffensive der Nationalisten. Franco beginnt danach die Offensive an der Aragón-Front.

Tolstoi, Leo (1828–1910), herausragender russischer Dichter und Schriftsteller (Hauptwerk: *Krieg und Frieden,* 1864–1869).

Toqui In Kriegszeiten Oberhaupt der Araukaner.

Torres Bodet, Jaime (1902–1974), mexikanischer Schriftsteller, Politiker und Diplomat.

Tortilla Eierkuchen, Maisfladen.

Toussaint l'Ouverture (1743–1803), Freiheitskämpfer aus Haiti, Führer eines Negeraufstandes.

Trujillo, Rafael Leónidas Brutaler Diktator der Dominikanischen Republik von 1930 bis 1960.

Tucán Klettervogel auf dem amerikanischen Kontinent.

Tucumania Auch Tucumán: Provinz von Argentinien, der »Garten der Republik«, Name der Provinzhauptstadt, wo 1816 der Nationalkongreß den Schwur auf die Unabhängigkeit des Landes leistet.

Túpac Amaru II. Siehe *Condorcanqui, José Gabriel.*

Ubico, Jorge Diktator über Guatemala von 1931 bis 1944.

Ugarte (Rafael) Wahrscheinlich Manuel Ugarte (1878–1951), argentinischer Schriftsteller und Diplomat.

Uria Familienname eines spanischen Offiziers der Conquista.

Urrutia, Matilde (1912–1985), die dritte Frau von Pablo Neruda. Er trifft sie 1946 zum ersten Mal in Chile, begegnet ihr dann 1949 in Mexico wieder, wo sie ihn pflegt, als er schwer erkrankt. Ein Kind, das sie von Pablo erwartet, verliert sie auf einer Reise nach Guatemala (1950). Beide verleben im Winter und Frühjahr 1952 eine glückliche Zeit auf Capri. Aus dieser Liebe entstehen *Die Verse des Kapitäns* (1952). 1966 legalisiert Neruda seine Ehe mit Matilde Urrutia in Chile.

Vafiades, Marcus Griechischer Kommunist, fällt im Bürgerkrieg unmittelbar nach dem Ende des Zweiten Weltkriegs.

Valdivia, Pedro de (1500-1554), spanischer Conquistador. Besiegt die Araukaner in Chile und gründet Santiago und Concepción.

Valverde, Vicente de Berühmt-berüchtigter Kaplan von Francisco Pizarro; später Bischof von Cuzco.

Vanderberg, Arthur Hendrick (1884–1951), konservativer nordamerikanischer Politiker.

VicuñaMackenna, Benjamín (1831–1886), chilenischerSchriftsteller.

Videla Siehe *González Videla*.

Villa, Francisco (»Pancho«) Guerillaführer der mexikanischen Revolution (1910–1920); wird 1923 ermordet.

Villagra, Francisco de (1512–1563), spanischer Conquistador, Stellvertreter Valdivias, Gouverneur von Chile.

Villamediana, Graf von (Juan de Tassis y Peralta) Geboren 1582 in Lissabon, nach abenteuerlichem Leben 1621 in Madrid ermordet; spanischer Satiriker, dessen *Poesías* Neruda 1935 mit einer Einleitung in Madrid herausgibt und die seine eigene Dichtung inspirieren.

Whitman, Walt (1819–1892), berühmter nordamerikanischer Dichter mit großem Einfluß auf die lateinamerikanischen Schriftsteller.

Wolfe, Thomas (1900–1938), in Lateinamerika vielgelesener nordamerikanischer Romancier.

Yaganen Auch *Yamanas:* Indianervolk in Südargentinien.
Yupanqui Siehe *Cápac Yupanqui.*
Yuyo Grasart.

Zapata, Emiliano (1879-1919), einer der hauptsächlichen Führer der mexikanischen Revolution; setzt sich für eine konsequente Agrarreform ein; wird 1919 ermordet.
Zapotecas Indianervolk in den mexikanischen Bundesstaaten Oaxaca und Guerrero.

Die Quellen und Übersetzer

Die Balladen von den blauen Fenstern: Die Übertragung folgt dem von Victor Farlas zusammengestellten Typoskript der Gedichte, die Pablo Neruda in den Jahren 1919–1920 geschrieben hat. Das Typoskript trägt den Titel »Los cuadernos de Temuco« (Die Schulhefte von Temuco) und ist 1997 in der Edition Seix Barral erschienen. Ausgewählt und übersetzt wurden die Gedichte von Fritz Rudolf Fries.

Zwanzig Liebesgedichte und ein Lied der Verzweiflung: Erschienen sind diese Gedichte mit dem Titel »Veinte Poemas de Amor y una Canción desesperada« 1924. Die zweite und überarbeitete Fassung mit dem gleichen Titel erschien 1932 bei Nascimento in Santiago de Chile. Dieser Ausgabe, der verbindlichen Edition dieser Gedichte, folgt die Übertragung hier. Übersetzt hat die Gedichte Fritz Vogelgsang.

Der rasende Schleuderer: Die Gedichte entstanden im Jahr 1923 und wurden 1933 mit dem Titel »Ei hondero entusiasta« bei Empresa Letras de Santiago veröffentlicht. Die Übertragung der Gedichte folgt dieser Ausgabe, übersetzt wurden die Gedichte von Fritz Vogelgsang.

Aufenthalt auf Erden: Der erste Teil von »Residencia en la Tierra (1925–1933)« erscheint bei Nascimento in Santiago de Chile. 1935 erscheinen die beiden ersten Teile von ,,Residencia en la Tierra (1925–1935) im Verlag Cruz y Raya in Madrid. Dieser Ausgabe folgt die Übertragung der Gedichte. 1947 erschien der »Tercera Residencia« (Dritter Aufenthalt) in Buenos Aires. Die Mehrzahl der Gedichte wurde von Fritz Vogelgsang übersetzt, ein kleinerer Teil von Stephan Hermlin.

Spanien im Herzen: Diese Sammlung erschien unter dem Titel »España en ei Corazón« (Spanien im Herzen) 1937 bei Ercilla in Santiago de Chile. Die Übertragung folgt dieser Ausgabe und stammt von Erich Arendt.

Der große Gesang: Die Übertragung folgt der Ausgabe des »Canto General«, die 1950 vom Comité Auspicador bei der Ediciones Océano, Mexico-Stadt, veröffentlicht und von Erich Arendt übersetzt wurde.

Die Verse des Kapitäns: Die Übertragung folgt der anonymen Veröffentlichung dieser Gedichte unter dem Titel »Los Versos del Capitän« (Die Verse des Kapitäns) 1952 in einem privaten Verlag in Neapel. 1963 bekannte sich Neruda öffentlich zu seiner Autorenschaft. Übersetzt hat die Gedichte Fritz Vogelgsang.

Alphabetisches Verzeichnis der Gedichte

Inhalt

Balladen von den blauen Fenstern (1919–1920)

Aufenthalt auf Erden II (1931–1935)

Spanien im Herzen (1936–1945)

Der Große Gesang (1950)

VII. Chiles großer Gesang